De voorlaatste droom

&

Waar het de tijd aan ontbreekt

ÁNGELA BECERRA

De voorlaatste droom
&
Waar het de tijd aan ontbreekt

Vertaald uit het Spaans door Jacqueline Visscher

Oorspronkelijke titel *El penúltimo sueño*
Oorspronkelijke uitgever Editorial Planeta, S.A.
Published by arrangement with UnderCover Literary Agents

Oorspronkelijke titel *Lo que le falta al tiempo*
Oorspronkelijke uitgave Editorial Planeta, S.A.
Published by arrangement with UnderCover Literary Agents

Omslagontwerp Studio Jan de Boer
Foto voorzijde omslag © Arcangel
Uitgave in MM Boeken juni 2011
Zetwerk Stand By, IJsselstein
Druk Bercker, Kevelaer

www.mmboeken.nl

ISBN 978 90 5831 567 0
NUR 302

INHOUD

De voorlaatste droom

Voor Joaquín Lorente,
omdat ik van hem houd

Ze rustten op de vloer, de onmiskenbare glimlach van de liefde op hun lippen, verstrengeld in een stille, waardige omhelzing, van top tot teen gekleed in het ongerepte wit van een pril bruidspaar.

De deur moest worden ingetrapt nadat ongeruste buren alarm hadden geslagen over de stilte en rust die in de woning heersten. Al enkele dagen kwam Joan Dolgut niet meer naar buiten om brood te kopen en waren de kwijnende klanken van zijn piano, waaraan iedereen gewend was geraakt, niet meer te horen. Ze moesten al een dag of twee, drie op de vloer van de donkere keuken liggen, maar hun lichamen straalden nog steeds de verkilde warmte van een verloren liefde uit.

De schemering van de invallende avond die door de jaloezieën het kleine appartement binnensijpelde, hulde de hele omgeving in een dofrode gloed.

Inspecteur Ullada en zijn assistent begonnen de verplichte foto's te nemen en de vredige rust van de doden werd ruw verstoord door flitsen die hen van alle kanten belaagden; voor de dienstdoende politiefotograaf waren het zijn eerste foto's van een bruidspaar. Een oude platenspeler herhaalde eindeloos een bruiloftsmars. Conchita Marededeu, al sinds jaar en dag Joans buurvrouw, was de enige die sprak, vanuit de deuropening, want terwijl de familieleden werden gewaarschuwd had de politie de doorgang met linten afgezet.

In haar versteende hand hield de bruid nog steeds het verwelkte boeket maagdelijke rozen dat Joan onder strikte geheimhouding bij een bevriende bloemenman van de Ramblas had besteld. De onmiskenbare geur van gas dat uit de openstaande oven had gestroomd, was nog steeds te ruiken. Het enige wat Ullada aanraakte, waren de hermetisch gesloten ramen; toen hij ze opende, zuiverde een bevrijdende windvlaag de plek van de dodenlucht, speelde door het witte haar van de bruid dat zijn kleur was kwijtgeraakt door de ouderdom en het verdriet van de vele verloren jaren.

Ze had nooit gezien dat Joan Dolgut bezoek kreeg, verklaarde Conchita heel beslist, en dat terwijl het spionnetje van haar deur versleten was door het vele gebruik, want als er iets was waar ze zich op beroemde dan was het wel dat ze alles van iedereen wist; ze stond bekend als de Sherlock van de buurt.

De dode vrouw had ze nooit gezien en van haar bestaan wist ze ook niets. Ze kwam in ieder geval niet uit deze buurt, hoorde niet tot de klantenkring en was evenmin afkomstig uit de directe omgeving van El Born.

Nadat ze voor de zoveelste keer hetzelfde riedeltje had afgedraaid, kreeg de inspecteur genoeg van haar ongebreidelde nieuwsgierigheid en stuurde de vrouw naar huis, met zijn visitekaartje voor het geval haar nog iets te binnen mocht schieten.

Net toen hij met een uitgebreide inspectie van het appartement wilde beginnen, stopte er voor het gebouw een donkergrijze Mercedes, met achter het stuur een chauffeur die een pet en handschoenen droeg, waaruit een elegante man stapte die geërgerd een blik op zijn horloge wierp; vanwege dit gebeuren had hij een aandeelhoudersvergadering moeten afzeggen. Ullada zag hem vanuit het raam en besefte dat de man zo voor zijn neus zou staan. Dat zal de zoon van de overledene zijn, dacht hij. Nou, die heeft wat te verteren... en niet zo weinig ook. Hij kon de pronkerige rijkdom van de zoon niet rijmen met het eenvoudige appartement dat hij wilde onderzoeken.

De inspecteur begroette Andreu Dolgut; voordat hij hem meenam naar de keuken bereidde hij hem voor op wat ze daar zouden aantreffen.

De lange sluier van de bruid liep vanuit de keuken naar de woonkamer en verspreidde zich door de hele woning. De vele meters ragfijne, kunstig geborduurde tule leken een waterval van illusies die over het parket was uitgestort. Soledad Urdaneta had besloten haar sluier te borduren gedurende haar vele slapeloze nachten, gevoelens ophalend terwijl ze steekjes reeg waaruit vervolgens margrietjes opbloeiden.

Het vertrek was onberispelijk; alles stond netjes op zijn plaats en leek te zijn voorbereid op een intiem, warm onthaal. Op de eettafel zag hij een dienblad met nog lege champagneglazen staan; in de koeler dreef een ongeopende fles Codorníu in het water; verder een met witte suikerparelitjes versierde taart van drie verdiepingen, precies zoals Soledad had gewenst, met als bekroning het suikeren bruidspaar erbovenop.

Het was voor het eerst sinds vele jaren dat Andreu Dolgut weer voet in dat appartement zette en zich verwaardigde het eenzame onderkomen van zijn oude vader te aanschouwen. Hij had zo'n overweldigende afkeer gevoeld van de armoede die hij in zijn jeugd had ondervonden dat hij, toen hij eenmaal goed ging verdienen, alles wat hem daaraan herinnerde achter zich had gelaten, zijn eigen vader incluis. Hij schaamde zich zelfs voor zijn achternaam; hij was gaan dromen van een illustere naam als Bertran i Montoliu, maar kwam wrevelig tot het besef dat een achternaam niets met waardigheid van doen had en werd eenvoudigweg Andreu.

Nu werd hij weer met zijn verleden geconfronteerd. Aan de muur hing de oude koekoeksklok die in zijn kinderjaren het tijdstip van het avondeten, ontspanning en het slapengaan had aangekondigd. Ondanks het feit dat hij tot zijn veertiende bij zijn vader had gewoond, wist hij niets van hem. Ze hadden in een beleefde stilte geleefd waardoor ze nooit eens echt met elkaar konden praten. Nadat zijn moeder was gestorven bij de bevalling van een klein zusje, dat het evenmin overleefde, had de levendigheid het huis verlaten; zij was het die soms had gezongen en hem had laten lachen, die hem had laten dromen van een toekomst als belangrijk zakenman met een exclusieve wagen, wellevende omgangsvormen en verblijven in luxueuze hotels. Achter de rug van zijn vader om nam ze hem mee naar het operagebouw El Liceu, enkel om de nertsmantels, de vlinderdassen en de accessoires van de beau monde te zien en daarmee versterkte ze zijn grenzeloze dromen nog meer. Nadat ze was gestorven, bracht zijn obsessie hem ertoe piccolo te worden in het Hotel Ritz en om in de avonduren allerlei cursussen te volgen; hij veranderde in een onverzadigbare lezer en werd een briljant autodidact. Daar leerde hij het gekonkel van de hoge kringen kennen en veroverde behendig een plaatsje in het gevoelsleven van eenzame magnaten, net zo lang tot hij in de zakenwereld wist binnen te dringen, eerst als leerjongen en later als grote baas. Op dit moment was hij directeur van een grote parfumeriemultinational, maar ook al had hij alles, zijn ontevreden, norse uitdrukking verried hem.

Hij schoof de sluier voorzichtig opzij, lette goed op dat hij er niet op ging staan en liep door de lange gang naar de keuken. Daar aangekomen draaide zijn maag zich om; zijn vader op de vloer zien liggen, gekleed in een smetteloos wit jacquet, met een bloem in het knoopsgat en onberispelijke lakschoenen aan was nog tot daar aan toe. Waar hem de tranen van in de ogen sprongen was dat hij nog nooit in zijn leven die intens tevreden uitdrukking had gezien, van liefde vol overgave, van jeugdige vitaliteit. Voor de eerste en enige keer zag hij hem zoals hij hem in zijn kindertijd zo graag had willen zien: gelukkig. De vrouw die in zijn armen rustte, was een oud dametje met verfijnde gelaatstrekken en rimpels die daar door een groot verdriet getekend waren, een leed onthulden waar nu niets meer van te bespeuren was. Een tere, liefdevolle glimlach was op haar lippen gedrukt. Ja, ook die onbekende oude vrouw straalde dat uit: geluk. Voor het eerst werd Andreu Dolgut zich ervan bewust dat zijn vader gevoelens had gekend. Hij stond daar zwijgend, armzalig afstekend bij de lijken, zonder iets anders dan tranen voort te brengen. Uit respect voor de bittere pil die de man te verwerken kreeg, deed inspecteur Ullada een paar stappen opzij en gebaarde dat hij zich niet hoefde te haasten, dat hij de tijd kon nemen. Tenslotte, dacht hij, maak je het niet elke dag mee dat iemand zijn vader in zo'n betreurenswaardige toestand dood aantreft.

'Ze waren stapelgek op elkaar,' zei de inspecteur tegen zijn assistent om de tijd te doden.

'Liefde maakt zelfs de oudjes nog gek,' gaf Bonifasi als antwoord.

Andreu huilde echter niet van verdriet maar van woede; van ingehouden razernij bij het zien van het geluk op het gelaat van zijn vader, iets wat hij zelf nog niet had meegemaakt, zelfs niet toen hij in zijn jonge jaren voor het eerst geld ging verdienen.

Ook al had hij de status van meest begeerde vrijgezel van de Barcelonese societyclubs verworven en was hij pas laat in het huwelijk getreden – hij naderde toen al de veertig –, de liefdespijlen hadden hem nooit getroffen. In de liefde had hij zich puur door zijn belangen laten leiden; hij had alles tot in het kleinste detail uitgestippeld, had uit de hoogste aristocratische kringen van Barcelona de jongste dochter van een bankier gekozen; het exemplaar dat het waardevolst en aantrekkelijkst was voor zijn doelstellingen, die niets meer of minder inhielden dan zich aan de buitenkant te omringen met dat wat hij in zijn jeugd had moeten ontberen: respect vanwege bezit.

De bruiloft was groots. Met onder de gasten leden van de Círculo el Liceu, el Ecuestre, afgevaardigden van het koningshuis, de grote bankiers, en in de kathedraal van Barcelona werd de koormis zelfs geleid door de bisschop uit La Seu d' Urgell.

Hij woonde in een schitterend, kapitaal herenhuis in de avenida Pearson dat dateerde uit het begin van de eeuw en magnifiek was gerestaureerd door Cinnamond, op dat moment de meest prestigieuze architect. Hij had een puberzoon, drie dalmatiërs, vier huisbedienden en een echtgenote die al haar tijd doorbracht in de sportschool, bij de kapper en in de rue Saint-Honoré te Parijs, alwaar de garderobe voor het hele gezin werd aangeschaft.

De dood van zijn vader, wiens bestaan aan vrijwel de hele maatschappij voorbij was gegaan, bracht Andreu in een lastig parket.

Nadat er een tijdje was verstreken en de inspecteur zag dat hij geen woord uitbracht, interrumpeerde Ullada: 'Zegt u maar wat er met de overledenen moet gebeuren...'

De muziek klonk nog steeds. Andreu, gewend bevelen te geven, wees naar de grammofoon. 'Zet die onzin af. Ik kan niet eens nadenken. Bent u er al achter wie die... vrouw is?' vroeg hij met een gebaar naar de bruid.

'Als zelfs u het niet weet, de zoon van de bruidegom...' antwoordde Ullada op licht sarcastische toon; het air van die vent begon hem de neus uit te komen.

Op het nachtkastje in de donkere slaapkamer had de inspecteur allang het kleine krokodillenleren handtasje gevonden waarin een portefeuille zat met het identiteitsbewijs van de dode en had hij daarin ook een neergekrabbeld telefoonnummer aangetroffen dat hij onafgebroken had gebeld, echter zonder verbinding te krijgen. Uiteindelijk had hij een boodschap ingesproken, het nummer van zijn mobiel achtergelaten met het dringende verzoek hem te bellen, maar hij had geen zin dat tegen Andreu te zeggen. Barst maar, dacht hij.

Soledad Urdaneta woonde alleen in haar flat in de paseo de Colom, op een prachtige bovenverdieping die een luxueuze woning was geweest toen ze in de jaren vijftig als kersverse echtgenote met haar man vanuit Colombia naar Barcelona was gekomen. In de loop der jaren was de staat van de woning achteruitgegaan en waren het imponerende modernistische koperen deurbeslag en het fraai bewerkte mahoniehoutwerk wegens geldgebrek donker geworden. Ze had beetje bij beetje alle waardevolle meubels aan antiquairs verkocht en bezat nu enkel nog een paar art-decolampen, die ze als aandenken bewaarde, en een meisjeshoofd met haar gelaatstrekken dat door Maillol uit marmer was gebeeldhouwd, waarvoor haar vader vanuit Bogota opdracht had gegeven, een cadeau voor haar eerste communie waarvan ze geen afstand kon doen.

Haar levenspad was geplaveid met rozen en doornen. De bitterheid van een gedwongen ballingschap, een leven ver verwijderd van haar vaderland en het moeten wennen aan een land met seizoenen, aan kou en eenzaamheid, en aan een taal die de hare niet was, dat alles holde haar ziel uit, meer nog dan de liefde had gedaan. Het uitzicht vanuit haar grote ramen op het witschuimende blauw van de Middellandse Zee vrolijkte Soledad Urdaneta niet op, want deze bracht haar met het geruis van de golven slechts de loochening van haar hele leven.

Toen haar dochter ging trouwen, wilde deze dat ze met haar meekwam, smeekte haar het appartement te verkopen en bij hen te komen wonen, maar Soledad wist dat ze een last zou zijn voor een pasgetrouwd stel dat elkaar wilde overladen met liefkozingen; zij was slechts een oude vrouw met afwezige, door het verdriet getekende levenloze ogen. Dus besloot ze op haar stoel te blijven zitten, schommelend en bordurend, dag en nacht kijkend naar de zee… Dromend.

De schelle stem van Conchita Marededeu verbrak de stilte in de flat van Dolgut; ze stond weer in de deuropening, nieuwsgierig op zoek naar een vette roddel voor de buurt. Met het excuus dat ze zich iets belangrijks herinnerde, slaagde ze erin de aandacht van de agenten te trekken.

'Iets meer dan een maand geleden zag ik meneer Joan met de gasbezorger praten.' Terwijl ze dit zei monsterde ze met een snelle blik Andreu, die achter in de gang stond. In deze buurt zag je nooit zulke opgedofte, elegante mensen.

'Verder nog iets?' wees Ullada haar terecht.

'Eh… Montsita, de bakkersvrouw, zag hem heel geanimeerd met een vrouw praten, en dat terwijl hij een man van weinig woorden was, er kon nog geen goeiendag vanaf. Zo weinig hoffelijkheid. Hij stapte de lift in zonder iemand aan te kijken, en het is echt niet zo dat ik om een praatje verlegen zit, maar even "hallo" zeggen wordt toch wel op prijs gesteld, vooral als je zo alleen bent als ik…' Terwijl ze het laatste woord uitsprak, keek ze naar Andreu, haar ogen vernauwden zich tot spleetjes.

Ullada had zin de deur voor haar neus dicht te smijten, maar hield zich in toen hij zag dat het oude ijzeren traliehek van de lift openging.

Een beeldschone vrouw met een serene, diepzinnige uitdrukking op haar gelaat, gekleed in een grijze rok en een witte popeline blouse die gekreukeld was door de intens drukkende hitte van die 24ste julidag, vroeg Conchita Marededeu naar inspecteur Ullada. Ze hield een paar oude, half uit elkaar vallende boekwerken tegen haar borst gedrukt.

'Dat ben ik, mevrouw, komt u binnen.' Ullada gebaarde haar hem te volgen en gaf de bemoeizieke buurvrouw met zijn ogen te kennen dat ze moest ophoepelen.

Ook al was de eenvoud van de vrouw overduidelijk, ze straalde een aangeboren bekoorlijkheid en elegantie uit. Haar sierlijke gebaren, haar zwierige tred, de manier waarop ze haar hand aanbood, een haarlok achter haar oor deed, dat alles leek haar gewichtloos te maken; een vrouw gemaakt van wind en briesjes.

Andreu wierp een laatdunkende blik op haar en liep naar achteren, zocht afleiding bij een paar verdorde objecten op een vensterbank terwijl Bonifasi vingerafdrukken verzamelde. De aangename stem van de vrouw bevestigde wat Ullada al voor zichzelf had vastgesteld: ze was de dochter van Soledad Urdaneta. De agent liet haar plaatsnemen alvorens ze de klap te verwerken kreeg.

Aurora Villamarí legde haar gehavende boeken op de oude bank; ze leken te hongeren naar rust. Voor haar waren ze het verlengde van haar vingers.

'Het gaat om uw moeder...' zei de inspecteur behoedzaam, in een poging een stortvloed van niet te stuiten tranen te voorkomen die hij wellicht over zich heen zou krijgen.

De vrouw herkende de vele meters ragfijne tule op de vloer die ze haar moeder al heel lang met heel veel toewijding had zien borduren en waarvan deze tegen haar had gezegd dat het een opdracht was voor het trouwfeest van een bruidje uit Pedralbes.

In de doffe ogen van de inspecteur las ze dat hij haar iets vreselijks zou vertellen, maar ze besloot het zelf te ontdekken. Ze haastte zich onbeheerst door de lange gang, raapte onderwijl de eindeloos lange sluier op en drukte hem tegen haar hart; uiteindelijk leidde deze haar naar het kroontje met verwelkte oranjebloesem op het hoofd van de vrouw die haar alles in haar leven had gegeven. Toen wierp ze zich smartelijk op haar lichaam en bedolf het onder kussen en tranen, waarbij ze haar omhelsde en lieve woordjes prevelde. Badend in tranen streelde ze haar, zette het kroontje weer op zijn plaats, kamde met haar vingers haar haren, alsof ze een moeder was die haar dochter gereedmaakt voor haar eerste communie, met een recht uit het hart opwellende tederheid. Zo bleef ze een paar eindeloze minuten bezig. Toen ze haar kalmte had hervonden, streelde ze het ijskoude gezicht van de arme oude man die door de rigor mortis aan haar moeders lichaam vastgeklonken was. Ze schikte de roos in het knoopsgat en kuste hem zachtjes op zijn gladde kale kruin.

Ullada werd door het tafereel geraakt en beloofde zichzelf meer tijd met zijn moeder door te brengen.

Aurora Villamarí begreep er helemaal niets van; geknield op de vloer van die keuken kon ze dat wat haar ogen registreerden niet bevatten. Wat deed haar moeder daar, dood en gekleed als bruidje? Hoe was het mogelijk dat ze nergens van wist? Wie was die onbekende man die haar in zijn armen hield?

Zielsbedroefd en vol vragen kwam ze langzaam overeind, probeerde ze zich te herstellen van haar grote verdriet, zonder een borst of schouder te hebben waarop ze kon uithuilen. Toen hij haar zo van streek zag, wist inspecteur Ullada niet hoe hij met de ondervraging moest beginnen. Hij schraapte nerveus zijn keel en zei: 'Kent u de overleden man…?' En zonder een antwoord af te wachten, ging hij verder: 'Hoewel alles erop wijst dat ze samen hebben besloten naar gene zijde te gaan… Weet u misschien of hij vijanden had?'

Aurora schudde haar hoofd terwijl ze in haar tas naar een papieren zakdoekje zocht. Andreu reikte haar een geparfumeerde zakdoek aan maar die weigerde ze; ze vond het gênant dat tere katoen met haar gesnotter te bevuilen. 'Vijanden?' herhaalde Aurora haperend. 'Soms is het leven zelf de vijand van het leven.'

Andreu keek zonder een spier te vertrekken naar de klok, wilde een eind maken aan dat onzinnige verhoor. Als hij op tijd terug was, kon hij nog naar New York bellen. Hij wilde niet dat de videoconferentie die hij met zijn broker had belegd aan zijn neus voorbijging.

'Een autopsie…?' Andreu wees met een beschuldigende vinger naar de inspecteur en ging verder: 'Ik wil niet dat de begrafenis wordt uitgesteld. Ik wil geen autopsie noch papieren rompslomp. Hoe sneller dit achter de rug is hoe beter.'

Aurora wierp hem met haar aardekleurige ogen een vernietigende blik toe en haar aangename stem klonk heel vastberaden: 'Ik wil weten waaraan mijn moeder is gestorven.'

De lijkschouwing vond met de grootst mogelijke omzichtigheid plaats. Er moest een tweepersoonsbrancard komen, want het was onmogelijk de doden te scheiden; de omhelzing had ze tot één enkel wezen gemaakt. Een dubbele sculptuur van liefde in wit. Op verzoek van Soledads dochter werden de sluier en het bruidsboeket niet weggehaald. Zo, exact als ze waren gevonden, werden ze voor autopsie naar het mortuarium overgebracht. Andreu verliet woedend het appartement, dreigde de inspecteur, die enkel zijn plicht deed, met zijn advocatenkantoor.

Aurora vroeg of ze nog wat langer in de flat mocht blijven, ze wilde proberen hier een echo van haar moeders stem te vinden waardoor de dichte mist van haar verdriet en ontreddering zou optrekken.

In Dolguts piepkleine huiskamer stond de grote vleugelpiano – het enige voorwerp van waarde in de woning – met geopende klep te wachten op de strelingen van zijn eigenaar. Haar instinct van bevlogen pianiste bracht Aurora ertoe te gaan spelen, eerst schuchter maar daarna met ongeremde passie. Ze vertolkte op magistrale wijze de melodie die ze haar moeder als kind zo vaak had horen neuriën. Elke toon sneed door de ziel van inspecteur Ullada, die besloten had gehoor te geven aan de laatste wens van de verweesde dochter. Aurora speelde en speelde maar, net zo lang tot haar smart uitgeput raakte, tot de ziel van haar moeder niet langer uit haar vingers vloeide. De bewoners van het gebouw hoorden haar spelen en dachten dat de melodie werd voortgebracht door de gekwelde geest van Dolgut; hij zou nooit in vrede rusten omdat hij Gods wegen niet had geëerbiedigd, zich niet door Hem had laten meevoeren wanneer zijn tijd gekomen zou zijn, Zijn wens had getrotseerd door de zonde van zelfmoord te begaan.

Waarom wist ze niet, maar Aurora besloot haar man niet te bellen om te vertellen wat ze zojuist had meegemaakt; nadat ze vriendelijk afscheid had genomen van Ullada, die er tot het laatst op stond met haar mee te gaan, waarheen dat ook mocht zijn, ging ze rechtstreeks naar haar moeders woning.

De invallende duisternis had de paseo del Born nog niet bereikt. Het bruinrode oker werd door de oude gevels tegengehouden en Aurora's benen brachten haar als een automaat naar de oude woning uit haar jeugd. De calle Montcada vulde zich met uitbundig zomertoerisme. In portieken speelden straatmuzikanten Zuid-Amerikaanse repertoires, Mozart en Vivaldi, het begin van een feestelijke avond vol gebedel.

Aurora stak Palau Dalmases over en het toeval wilde dat ze opnieuw de melodie hoorde die ze nog maar net voor haar moeder had gespeeld; de klanken kwamen uit een barok café. Hoewel ze wist dat ze nog meer in verwarring zou raken door deze weg te gaan, had ze in haar eenzaamheid die zojuist gestalte had gekregen toch de voorkeur gegeven zich te omringen met vreemden. De vraagtekens mengden zich ongeordend met haar herinneringen. Ze liep door via Laietana zonder te merken dat Ullada haar op veilige afstand volgde.

Toen ze bij het oude appartement aankwam, werd ze verwelkomd door geuren uit haar kindertijd. Ditmaal verscheen haar moeder niet om haar te begroeten en baande de schemering zich een weg tussen de meubels.

Waar moest ze beginnen met zoeken naar iets waarvan ze geen idee had? Op de eettafel zag ze een krantenknipsel liggen, een interview met een arts die gespecialiseerd was in luchtverontreiniging op schepen en waarin hij het had over mensen die als gevolg van het inademen van gassen waren overleden; in het artikel werden rond de twintig gevallen genoemd. Aurora had niet de moed het helemaal te lezen maar stopte het in haar tas voor later, om het dan rustig te bestuderen. Ze werd zich bewust van de pijn die ze voelde doordat haar moeder had gedaan wat ze gedaan had, zonder ook maar even aan haar te denken. Ze ging haar slaapkamer binnen met het gevoel dat ze een heilige plaats schond en opende elke lade, elk doosje en iedere kast die ze tegenkwam, maar ze vond niets. Aan het hoofdeinde van haar moeders bed hing de rozenkrans uit Murano die ze in Vaticaanstad had gekocht tijdens haar huwelijksreis en die ze altijd in haar handen hield. Op het nachtkastje stond een foto van haar vader waarop hij er als een filmacteur uitzag: *Voor Solita, die de weg van mijn dromen aangeeft en mijn dagen verlicht. Voor altijd, je Jaume.* Hij was gedateerd op 24 juli 1949, de datum van haar moeders verjaardag. De dag waarop hij dat geschreven had, was precies zesenvijftig jaar geleden, dacht Aurora terwijl ze de foto terugzette.

Op dat moment besefte ze voor het eerst hoeveel haar ouders in leeftijd hadden gescheeld. Ze begon te rekenen en kwam uit op vierentwintig jaar. 'Te veel,' dacht ze hardop.

Haar aandacht werd getrokken door het meubel met de louvredeurtjes dat naast de kast stond en dat altijd zorgvuldig afgesloten was geweest. Ze probeerde het tevergeefs te openen. Ze pakte haar moeders sleutelbos en probeerde ieder sleuteltje, zonder resultaat. Ze voelde dat ze daarin een aanwijzing zou kunnen aantreffen en deed haar best het open te krijgen. Toen ze al een tijdje met twee haarspelden bezig was, meende ze ergens in de flat een geluid te horen. Ze liep de gang in, maar alles leek in orde; door die afleiding stopte ze met haar pogingen en besefte opeens hoe laat het al geworden was.

De avond had de gedaante van een maanloze, zwarte deken aangenomen. Ze keek op de klok: het liep al tegen tienen en ze was nog steeds niet thuisgekomen. Toen besloot ze haar man te bellen en hem te vertellen wat er was gebeurd.

Die avond maakte Andreu zich klaar om naar een diner te gaan. Na zijn thuiskomst had hij nog net tijd voor een snelle douche en om zijn hoofd vrij te maken voor de komende oppervlakkige gesprekken en ongemeende lachjes. Terwijl hij zich aankleedde, doemde het beeld van zijn dode vader in linnen jacquet voor hem op, maar hij zette het van zich af door een das uit te zoeken. Uit de veertig die hij nog niet gedragen had, koos hij er een van Versace. Tita Sardá, zijn echtgenote, kwam binnen, gehuld in luchtige zijde die een gebruind decolleté vrijliet waaruit twee rijpe siliconenborsten puilden. Ze had een stevig, pezig lichaam dat perfect gestroomlijnd was door de vele dagen van spinning en fitness, en ook al hoefde ze zich niet op te tutten om er mooi uit te zien, toch was ze tot in de puntjes opgemaakt met allerlei brouwseltjes van Chanel.

'Hoe vind je me?' Ze spreidde haar armen en draaide rond voor haar man.

'Vanavond zal iedereen jaloers op je zijn,' antwoordde Andreu zonder zelfs maar naar haar te kijken, wetend dat ze door dat antwoord niet meer aan zijn hoofd zou zeuren.

Ze waren klaar. Om haar net aangebrachte lippenstift niet te beschadigen, blies Tita hun zoon, die als een robot met zijn PlayStation in de weer was, een luchtkusje toe en ook nog eens drie naar haar geliefde dalmatiërs.

Omgeven door een gesoigneerde aureool voegden ze zich bij de lieden van hun soort. Daar, onder het genot van hapjes foie gras en slokjes sauternes, maakten ze plannen voor de vakantieperiode die in zicht kwam. Ze kwamen overeen langs de kust van Kroatië te varen, de havens van de jetset, waar onder meer het jacht *Pacha III* van Caroline van Monaco zou liggen, aan te doen. Terwijl zijn vrouw met haar gelach het samenzijn een frivool tintje gaf, de oudere mannen hijgend en kwijlend met zijn jonge echtgenote zaten te flirten en hem zijn positie als haar echtgenoot benijdden, besloot Andreu de dood van zijn vader te verzwijgen. Hij had er absoluut geen behoefte aan zijn verleden op te rakelen, hij was niet gek, en nu al helemaal niet meer, nu hij bij de aristocratische kringen hoorde. Hij moest alleen nog bepalen wat hij met het lijk zou doen en op welke manier hij zand over zijn grijze verleden zou strooien.

'Ze zeggen dat de paparazzi hen op heterdaad op het jacht hebben betrapt terwijl ze met een triootje bezig waren,' merkte een van de aanwezigen op.

'Was het maar een kwintetje geweest,' antwoordde de oudste. 'Dat het heeft plaatsgevonden is niet erg, wel dat we er niet bij waren...'

Zijn vrouw kreeg een aanval van zenuwtrekjes en probeerde haar woede te verbergen.

'Schatje... is er soms iets?' vroeg Tita aan Andreu.

'Ik ben gewoon een beetje moe,' antwoordde hij afwezig.

'Je put hem ook veel te veel uit...' zei de oude man op hitsige toon tegen Tita. 'Je weet het Andreu, als je hulp nodig hebt... ik sta altijd klaar.'

Een uur later omhelsden ze elkaar bij het afscheid; de volgende samenkomst zou in Llanaveres zijn, in het landhuis van Andreu en Tita.

Toen Aurora Villamarí overlopend van droefenis thuiskwam, stond haar dochter haar liefdevol en intens verdrietig op te wachten. Haar oma was het meest fantastische mens geweest dat ze ooit had gekend en ze kon haar onzinnige dood niet verkroppen. Door haar prachtige verhalen was ze de huid en ziel van een smaragden land gaan koesteren, de pluizige plukjes wolk en de ongeëvenaarde bergen, een land waarvan ze zich een adoptiekindje voelde. Op school fantaseerde ze vaak dat ze een Colombiaanse was, en dat deed ze vooral omdat ze zich in wezen ook zo voelde. Uit haar donkere, amberkleurige ogen met de lange, volle wimpers sprak een verre afkomst. De s en de z sprak ze op een speciale manier uit, haar oma's accent imiterend dat deze al die tijd behouden had als kenmerk van haar identiteit en luisterrijke uitbundigheid.

Hoewel Aurora brandde van verlangen om haar dochter te laten kennismaken met het groene land waarover haar oma haar zoveel had verteld, hadden ze wegens een tekort aan financiële middelen nog nooit voet op Colombiaanse bodem gezet, want het gezin moest leven van het bescheiden salaris dat werd verdiend: haar man werkte als vertegenwoordiger voor een klein bedrijf in vlooienbestrijdings- en insectenverdelgingsmiddelen en zelf gaf ze pianolessen aan huis. Tegen het eind van de maand zaten ze altijd krap en moest ze extra muzieklessen geven aan verwende, betweterige rijkeluiskinderen.

Van haar moeders oudadellijke afkomst had ze de waardigheid, wellevendheid en het integere bloed van de Urdaneta's geërfd. Al het andere was in de loop der jaren verloren gegaan, dat was althans wat haar moeder haar had verteld en het moest ook wel waar zijn, want uit de foto's van haar voorouders sprak klasse en distinctie.

Ze was opgegroeid met fotoalbums die haar lieten dromen van luxe en feesten in gedistingeerde clubs. Maar voor haar was het enige wat telde dat haar verre opa haar pianolessen betaalde, dat was voldoende om gelukkig te zijn. Elke avond bad ze tot God of haar opa alstublieft eeuwig mocht blijven leven, want zonder de piano zou haar leven voorbij zijn. Toen hij uiteindelijk overleed, bespeelde ze het instrument inmiddels op engelachtige wijze; met een etherische breekbaarheid die zelfs bij de ongevoeligste sterveling tranen opriep.

Daarom voelde inspecteur Ullada toen hij haar in het appartement van Dolgut hoorde spelen dat die vingers niet alleen zijn hardheid verzachtten maar ook zijn ziel beroerden en moest hij haar gewoon weer horen, ook al kon hij niet zeggen waarom.

Mariano Pla was zijn vrouw en dochter aan het troosten toen de telefoon ging. Het was halfdrie 's nachts, Ullada wilde Aurora spreken.

'Met al mijn respect, mevrouw, neem me niet kwalijk dat ik op dit late tijdstip nog bel... maar morgen worden de lichamen vrijgegeven. Van het mortuarium kreeg ik te horen dat het niet gelukt is ze te scheiden... Wilt u dat het met geweld gebeurt...? U begrijpt me wel...' Hij liet doorschemeren dat in dat geval de armen moesten worden afgezaagd.

'Nee, laat ze hen niet langer lastigvallen, zeg maar dat ze hen eindelijk met rust moeten laten.'

Aurora had een beslissing genomen waarvan ze nog niet wist hoe ze die moest verwezenlijken; ze had nog de hele nacht om erover na te denken. Ze belde de begrafenisondernemer en zette iets in werking wat ze zelfs niet tegen haar man of dochter vertelde.

Gezien de bijzondere omstandigheden duurde het twee dagen voor de administratieve rompslomp rond de uitvaart was afgehandeld en de benodigde overlijdenspapieren en vergunningen waren verstrekt. Aurora gaf al haar spaargeld uit om de mooiste plechtigheid *sui generis* te regelen die men ooit had meegemaakt.

Ze sprak met de eerwaarde van de basiliek Santa María del Mar; hij was een van haar beste jeugdvrienden, een uiterst gevoelige en begripvolle jezuïetenpater die ze zondags tijdens de mis van twaalf uur met haar pianospel in vervoering bracht. Ze vroeg hem een huwelijk *in extremis mortis* te voltrekken, en haar bijzondere vriend stemde toe.

De ochtend van de bruiloft-begrafenis ging Aurora naar de kelders van de begrafenisonderneming en hielp mee de gebalsemde lichamen van Joan Dolgut en Soledad Urdaneta aan te kleden; ze maakte liefdevol en zorgvuldig het vale gelaat van haar moeder op waarop nog steeds de verliefde glimlach prijkte. Met een koelbloedigheid die voortkwam uit de immense liefde die ze voor haar moeder voelde, parfumeerde ze haar met Air de Roses, haar moeders lievelingsgeurtje, en maakte haar gereed voor de plechtigheid. Bij de bruidegom stak ze de bloem weer in het knoopsgat en ze trok zijn jacquet recht.

Ze had als een gek gezocht en uiteindelijk in de Poble Nou, op de hoek met de calle Pallars, een timmermanswerkplaats gevonden die in twee dagen een dubbele kist van cederhout kon leveren: een doodskist voor geliefden.

Inspecteur Ullada bracht haar in contact met Andreu, die enorm opgelucht was toen hij Aurora's voorstel hoorde. Hij hoefde zich niet meer druk te maken om zijn vaders stoffelijk overschot aangezien die halvegare dat samen met dat van haar moeder wilde begraven. Zonder enig spoor van wroeging deed hij afstand van het lichaam op voorwaarde dat hij er niets mee te maken hoefde te hebben. Hij was natuurlijk wel bereid zijn deel van de begrafeniskosten te betalen, maar Aurora wilde nog geen dubbeltje van hem accepteren. Iemand die zich op zo'n manier tegenover zijn vader gedroeg, verdiende het niet eens om te bestaan.

Voor de rouwdienst had Aurora Villamarí haar klasgenoten van het Nationale Conservatorium uit de calle Bruc verzameld en een orkest geïmproviseerd dat heel plechtig de 'Bruiloftsmars' van Mendelssohn speelde toen de lichamen werden binnengebracht en voor het grote altaar werden geplaatst. De ellenlange sluier golfde uit de kist en vormde een bruisende waterval op de vloer.

De pastoor voerde de huwelijksplechtigheid precies zo uit als hij met Aurora had afgesproken, vol menslievendheid. Hij sprak over de kracht van de rimpelloze, tijdloze liefde. Over de eeuwigheid zonder ouderdom van geest.

Over het leven dat niet eindigt bij de dood. Over de diepe liefde, het spirituele gevoel dat geen daden behoeft om gevoed te worden omdat ze zelf het voedsel is. Voor de doodskist maakte het hart van de priester een diepe buiging.

'Ware liefde sterft niet,' zei hij.

Joan Dolgut en Soledad Urdaneta wisten het. De glimlach op hun lippen bevestigde dit. Hun liefde was immuun voor de klauwen van de dood. In het zachte schijnsel van de kaarsen straalden hun gezichten het licht van de ziel uit.

'Momenten van ware liefde zijn altijd woordeloos,' besloot de priester en beëindigde daarmee de huwelijksceremonie.

Een stilte van witte bloemblaadjes kleefde aan de stenen muren. Het leek of de wereld was opgehouden met ademen. Minutenlang zweeg iedereen. Hoewel de kerk vol was, had de echo van de stilte haar geleegd. Alle aanwezigen waren ondergedompeld in respect: de gezamenlijke bloemisten van de Ramblas die als eerbetoon aan hun vriend Dolgut de basiliek hadden getooid met maagdelijke bloemen, de buurtslager, de winkeliers van La Boquería, de eigenaressen van fourniturenzaken, Soledads vriendinnen van haar naai- en vriendenclubjes, buren van haar en van hem met hun kinderen, kleinkinderen en petekinderen, de bakkersvrouw Montsita, de eigenaar van boekhandel La Hormiga de Oro waar Joan vele uren had doorgebracht met het lezen van boeken die hij nooit kocht, die van de bar Gloria, de kerkelijke gebedsgroep van de rozenkrans... Allen diepten uit hun geest herinneringen op om beiden een laatste afscheid te geven. Soledad en Joan hadden nooit bevroed dat er zoveel mensen waren die van hen hielden.

Het door Aurora's vriendenkoor Orfeó Català gezongen 'Halleluja' van Händel luidde het tweede deel in: de begrafenis.

Hij kon het gewoon niet geloven. Achterin, verscholen achter de pilaren bij de deur kon Andreu Dolgut zijn ogen niet geloven. Met een donkere zonnebril op woonde hij het schouwspel bij. Voor één keer had hij zijn pak in de kast laten hangen en het oudste overhemd en de oudste broek die hij kon vinden aangetrokken. Hij was puur uit nieuwsgierigheid naar de plechtigheid gekomen en had al zijn afspraken voor die ochtend afgezegd.

Hij had zijn vader de kerk zien binnenkomen en had alle aanwezigen aandachtig opgenomen, onder hen gezichten van vroeger herkend; vele waren van mensen met wie hij in zijn jeugd kattenkwaad had uitgehaald en puberale dromen had gedeeld. Allen vergoten tranen, bedroefd door de dood van zijn vader en hij begreep niet waarom.

De sociale ladder afdalen, ook al was het alleen maar om dit te aanschouwen, had Andreu een klamme paniekaanval bezorgd, angst om dat wat hij bezat te verliezen. Voor niets ter wereld zou hij weer bij deze mensen willen horen, die naar goedkope eau de cologne, kamfer en ouderwetse stoffen roken. Van zo dichtbij het banale leven van zijn buurt ruiken, bracht een zweem van verwarring bij hem teweeg. Maar ondanks zijn onbehaaglijke gevoel bij die lage middenklasse woonde hij de plechtigheden wel tot het eind toe bij.

Inspecteur Ullada had hem bij zijn binnenkomst zien staan, maar toen hij langs hem heen liep deed hij alsof hij hem niet in de gaten had, hoewel hij zin had op hem te spuwen; Aurora's verdriet was ook zijn verdriet geworden. Hij voelde zich solidair met haar en was trots op wat deze vrouw deed. Het liefst was hij bij de nabestaanden op de voorste rijen gaan zitten, hij vereenzelvigde zich met hen door de intensieve dagen die hij met de doden had doorgebracht, maar hij hield zich discreet afzijdig en maakte van de gelegenheid gebruik Andreu's gedrag te observeren.

Hij moest Aurora nog vertellen wat hij 's ochtends in het rapport van de lijkschouwer had gelezen. Hij hield het nog even voor zich, wilde eerst op eigen houtje nog wat onderzoek doen.

Er gingen vele dagen voorbij waarin Aurora haar toevlucht zocht tot de piano en het kerkhof. Elke woensdag liep ze na de lessen de berg Montjuïc op met een bos witte lelies die ze op het graf van haar moeder zette. Ze sprak in stilte met haar terwijl de zwartmarmeren grafsteen glinsterde.

Het had veel moeite gekost hen te begraven op een plekje met het mooiste uitzicht op de Middellandse Zee, maar uiteindelijk was het haar gelukt. Daar, kijkend naar de zee, nam Aurora op een dag het besluit die liefdesgeschiedenis tot op de bodem uit te zoeken. Ze moest weten wie Joan Dolgut was geweest en waarom haar moeder nooit over hem gesproken had.

Ze keerde terug naar haar moeders appartement. Sinds de dag van haar dood had ze niet meer de moed gehad daarheen te gaan en geconfronteerd te worden met afwezigheden die gevuld waren met het verleden, want daar waren eveneens de herinneringen aan haar jeugd die door het verdwijnen van haar moeder kwamen bovendrijven.

De gang waarin ze altijd op haar sokken rond gleed om zich een schaatsster te voelen en tegelijkertijd haar moeder te helpen met de vloer boenen, blonk niet meer. De oude Steinway die haar opa vanuit Colombia had laten verschepen als cadeau voor haar eerste communie klonk niet meer; achtergelaten op de dag van haar bruiloft omdat er geen plaats voor was in de kleine flat in Les Corts van de kersverse echtgenote, was deze gedoemd tot stilzwijgen, hoewel vele stemmers het binnenwerk hadden bekeken. In de dode toetsen waren de vreugde en vooruitgang van haar lessen gevangen. Door toedoen van het geheugen klonken vanuit de badkamer de liedjes die ze in duet met haar moeder had gezongen wanneer ze samen een bad namen. Dolend tussen gevoelens van eenzaamheid werd ze begroet door de geuren van het ontbijt: *arepas*, ofwel maïskoeken, met kaas en schuimende chocolademelk, een van haar Colombiaanse voorouders overgenomen traditie; de norse, ernstige houding van haar vader die altijd achter zijn bureau brieven aan familieleden zat te schrijven die hij nooit verstuurde; het huiswerk en de angst voor de nonnen van Bellavista. Alles was daar, heette haar welkom.

In haar moeders slaapkamer gekomen, deed ze nogmaals een poging het meubel met de louvredeurtjes te openen dat ze de vorige keer had geprobeerd te forceren en ditmaal ging het moeiteloos. Ze was ervan overtuigd dat het op slot had gezeten; ze had geworsteld om het open te krijgen. Zonder er iets van te begrijpen begon ze het te doorzoeken. Het oude bureau werd bedolven onder papieren die alfabetisch en chronologisch waren gerangschikt.

Ze vond een stapeltje brieven van haar grootvader Benjamín, geschreven in een prachtig Engels schoonschrift. De stamboom van de familie Urdaneta Mallarino en foto's van de fabriek. Haar grootvader, onberispelijk in pak en hoed zittend tussen mannelijke en vrouwelijke werknemers, allen met een gelegenheidsgezicht, op de achtergrond het grote uithangbord waarop stond: Zeep- en kaarsenfabriek Urdaneta. Eindelijk kreeg ze dat allemaal te zien!

Ze trof meerdere dagboeken van haar grootvader van moederskant aan waarin hij verhaalde over de plezierreisjes en cruises uit zijn jongere jaren; het vergeelde bericht op de voorpagina van *El Tiempo*, besmeurd met de moord op Jorge Eliécer Gaitán, en vele krantenknipsels waarin melding werd gemaakt van het roerige leven in het Bogota van die tijd.

De bril van haar overgrootmoeder, een juwelenkistje waarin miniatuurrozenkransen van robijnen en smaragden lagen, een verhalenbundel van

Rafael Pombo en een heel oud, met een zakmes uitgesneden stuk boomschors waarop een hart prijkte met de initialen J en S. Aurora bleef ernaar kijken, die konden zowel van haar vader en moeder (Jaume en Soledad) als van Joan Dolgut en haar moeder (Joan en Soledad) zijn.

Ze stalde alles uit op het bed, leegde alle vakjes en laatjes. Ze vond een lange zwarte vlecht met een blauwe strik gewikkeld in foliepapier en een plastic zak met daarin een getailleerde bloemetjesjurk met wijde rok, heel zomers en jeugdig, vrijwel ongedragen. In dezelfde zak zat ook een klein roodfluwelen etuitje dat haar aandacht trok; er zat een soort ring in, of eigenlijk was het in elkaar gedraaid roestig ijzerdraad, een beduimelde, vervaagde foto waarop alleen nog de schoenen van een man en een vrouw te herkennen waren en een in slechte staat verkerend negatief.

Aurora Villamarí had nog nooit zoveel vervlogen jaren op het bed uitgestald gezien. Het waren tientallen losse stukjes die zwijgend spraken. Als niets van dat alles daar had gelegen, zou je zeggen dat haar moeder niet had bestaan. We blijven alleen voortleven in de dingen die we achterlaten, dacht ze, terwijl ze het in elkaar gedraaide verroeste kunstwerkje streelde dat in het rode etui lag.

Toen ze alles wat er was had uitgepakt, stelde ze vast dat datgene wat ze zocht niet aanwezig was.

Maar Soledad Urdaneta had wel bestaan. Ze was het enige kind van Benjamín Urdaneta Lozano en Soledad Mallarino Holguín, rasechte Bogotanen en overtuigde katholieken. Vanaf haar geboorte wond ze haar vader met haar blik en lieflijkheid om de vinger; nadat hij over de eerste teleurstelling heen was dat zijn geslacht niet met een stamhouder was bekroond, werd hij stapelgek op haar. Solita was zijn oogappel; aanbeden, verwend en van jongs af aan opgevoed om een dame van de high society van Bogota te worden.

Haar eerste levensjaren werd ze in de watten gelegd en omringd door de liefdevolle zorgen van haar moeder en de kindermeisjes. Ze had privéleraressen voor het onderricht in de etiquette van de hoge kringen, voor spraak-, muziek- en zanglessen, voor borduur- en naailessen, voor klassieke en moderne dans, voor Engels en Frans.

Vanaf het moment dat ze kon denken had haar moeder haar gedurende zeven lange jaren gedwongen elke zondag getooid in het habijt van de Maagd van Lourdes naar de mis van twaalf uur te gaan om een belofte in te lossen. Nog geen twee maanden na haar geboorte werd Bogota geteisterd door een kinkhoestepidemie en ook Solita was besmet geraakt. Haar moeder, die heel godvruchtig was, had in een wanhopige poging om haar dochter te redden haar toevlucht genomen tot een wonderdadige genezing. Ze beloofde de Maagd dat als deze haar dochtertje zou genezen, het meisje als dank vanaf haar eerste communie gekleed zou gaan in haar habijt. Afgezien van die zondagse verplichting in het openbaar, waarvoor ze zich vreselijk schaamde, waren Soledad Urdaneta's kinderjaren heel gelukkig verlopen.

Ze woonde in een indigoblauw geschilderd droomhuis dat haar vader had laten bouwen in Chapinero, in Bogota-Noord, waar de meest aristocratische buitenhuizen van de stad stonden. Daar, in het midden van de reusachtige patio, omgeven door eucalyptussen, paradijsvogels en rozen, had haar vader om zijn dochter een plezier te doen een windmolen laten neerzetten, een gigantisch ijzeren apparaat waarop ze tijdens een zomervakantie verliefd was geworden. De bewegingen van de molen verspreidden alle geuren, parfumeerden haar dagen en nachten met al die aroma's.

Ze at van Italiaans servies en tafellinnen. Haar kleding was gemaakt van verfijnd Zwitsers aïda-katoen en satijnen lintjes. Ze sliep in een koperen bed met prinsessenbaldakijnen, bezat een met paarlemoer ingelegde secretaire en een met kristallen roosjes versierde spiegel, die elke ochtend een heel blank, ovaal gelaat met sprekende trekken weerkaatste, omlijst door een waterval van tot haar middel reikend gitzwart haar dat haar kindermeisje elke avond met honderd slagen van een zilveren borstel kamde terwijl zij haar lessen voor de volgende dag repeteerde. Haar sprankelende ogen waren twee tranen die de diepe kleur van onyx hadden. Ze was beeldschoon, en dat wist ze ook, maar ze had van kleins af geleerd niet verwaand te zijn.

Haar vader had een oude kaarsen- en glycerinefabriek geërfd, was heer en meester van een bloeiende zeepindustrie waardoor ze zich met alle mogelijke luxe konden omringen. Hij was lid van de meest gedistingeerde clubs van de stad en ontbrak bij geen enkele belangrijke voorstelling in het theater Colón.

Haar moeder, een dame van hoge komaf, was vrouw en meesteres des huizes; ze combineerde haar leidinggevende capaciteiten met spelletjes canasta en bridge, het sociale leven en de Europese gewoonten die hun intrede deden in de clubs van Bogota.

Haar leven als jonge tiener had zich afgespeeld tussen de Sagrado Corazónschool, de Country Club, de zondagse mis in de Nuestra Señora de

Lourdeskerk, privélessen, haar hartsvriendinnen en de fantastische reizen die haar vader zomers organiseerde en die haar verlosten van de kou van de savanne en de nevel van de bergen.

Tot haar veertiende was het leven van Soledad Urdaneta een droom geweest... Tot ze de liefde had leren kennen.

Sinds de dood van zijn vader waren er twee weken verstreken en Andreu Dolgut was bezig met de laatste voorbereidingen voor de cruise die hij met Tita en zijn zoon zou maken. Die avond hadden ze afgesproken in zijn prachtige landhuis in Llavaneres, tussen de dadelpalmen die hij uit Marrakesh had laten komen en de zachtjes klaterende fonteinen die de tuin omgaven; ze zouden de grote Thaise pergola inwijden die puur voor het zomers genoegen was gebouwd.

Dat huis gaf hem een zelfverzekerd gevoel, daarvoor had hij vele uren besteed aan antiekbeurzen, een fortuin uitgegeven aan binnenhuisarchitecten en verbouwingen om er een paleisje van te maken dat zo uit een tijdschrift kon komen. In de beschutting van zijn bezittingen bewoog Andreu zich als een gelijke tussen de illustere namen.

'Zonder jou zal de vakantie eindeloos duren,' fluisterde Tita Sardá honingzoet in haar mobieltje. 'Sst... stil nou, idioot, ik kan nu niet praten.'

Toen Andreu de kamer binnenkwam, had Tita al opgehangen. Vrezend dat haar man iets gehoord zou hebben, liep ze naar hem toe en gaf hem een verdwaald kusje terwijl ze een knoopje van zijn overhemd dichtdeed.

Nog voor de vakantie begon, was deze al een lijdensweg voor Tita geworden. Behalve de calorieën die ze in de sportzaal verbrandde, liep daar ook de temperatuur van haar kruis hoog op, want ze was verliefd geworden op haar spinningtrainer, een fantastische blonde jongeman die in allerlei advertenties voor yoghurtjes en magere zuivelproducten schitterde. Ook al bleef ze tegen zichzelf herhalen dat het niet meer dan een affaire was, toch duurde het nu al ruim een jaar. Om haar vele vrije uurtjes in te vullen, had ze de ontmoetingen met haar minnaar voortgezet en hem zelfs in een maisonnette in de gegoede wijk Pedralbes geïnstalleerd, alwaar ze vele zweterige middagen doorbracht.

Ze wist niet wat haar echtgenoot uitvoerde, maar daar maalde ze ook niet om... zolang hij haar maar niet voor schut zette. Ze wist dat hij puur uit berekening met haar was getrouwd en ze had het spelletje meegespeeld; zo kon ze mooi al haar vriendinnen, die net als zij naar Andreu smachtten, de loef afsteken en hun bewijzen dat zij hem uit zijn verstokte vrijgezellenbestaan wist te halen; zodra de huwelijksreis voorbij was, was hun samenzijn een uitwisseling van formaliteiten geworden en hadden ze ogenschijnlijk een harmonieus huwelijk.

Andreu's mobiel ging en hij trok zich terug in zijn werkkamer zodat Tita zijn gesprek niet zou horen.

'Meneer Andreu?' vroeg de detective.

'Hallo.'

'Ik wilde u even laten weten dat mevrouw Aurora elke woensdag naar de begraafplaats gaat en sinds kort ook veel tijd doorbrengt in de woning in de paseo de Colom.

Na de begrafenis van zijn vader was er bij Andreu een sprankje nieuwsgierigheid gewekt dat hem maar niet met rust liet. Waarom waren zoveel mensen bedroefd om zijn vaders dood? Waarom had een vrouw besloten samen met hem te sterven? Wat had zijn vader dat hijzelf nooit had gezien? Zou er net zo om hem getreurd worden wanneer hij stierf?

Hij besloot rustig en discreet een onderzoek in te stellen; een privédetective moest het mysterie tot op de bodem uitzoeken.

Hij overhandigde hem de sleutels van zijn vaders appartement zodat deze enkel en alleen voor hem aan de hand van allerlei voorwerpen en prullaria zijn verleden kon reconstrueren; hij verstrekte hem ook de gegevens over Aurora Villamarí voor het geval zij hem op een spoor kon brengen. Hij wilde alles weten. Nu pas, op zijn zesenvijftigste, was hij nieuwsgierig naar iets dat nooit enige waarde voor hem had gehad: zijn eigen verleden.

'Ik zou u graag wat persoonlijke eigendommen van de overledene laten zien om te kijken of die u iets zeggen,' zei de detective.

'Luister eens, Gómez, als u me belt wil ik concrete dingen horen, het is de bedoeling dat u het werk doet, niet ik. Is dat helder?'

'Als glas, meneer Andreu. Neem me niet kwalijk.'

Toen hij de verbinding verbrak, had Andreu zijn welkomstglimlach al klaar voor de gasten die arriveerden. Tita had een deel van het gesprek opgevangen en was een beetje ongerust geworden door dat vreemde telefoontje, het gevoel bekroop haar dat haar man iets vermoedde. Die avond was ze bijzonder tactvol en flirtte ze heel discreet.

In de flat van Joan Dolgut had detective Gómez veel spulletjes gevonden, allemaal oud en ogenschijnlijk waardeloos.

Het was de woning van een oude, alleenstaande, methodische, sobere en gevoelige man. Zijn kasten waren regelrechte stellingen van herinneringen en evocaties. Daar zou je vele dagen kunnen doorbrengen om zijn leven te reconstrueren en dan vele andere tegenkomen. Daarom had hij Andreu ook gebeld; hij had een beetje hulp nodig.

Bij zijn naspeuringen was hij inmiddels op de jaren van net na de burgeroorlog gestuit, de tijd die van alles wat hij had aangetroffen het verst in het verleden lag.

Toen Joan Dolgut op die bewuste 28 juli 1936 Spanje verliet, had zijn vader hem beloofd dat het niet voor lang zou zijn, dat hij maar een paar weken bij zijn Franse familieleden hoefde te blijven. Hij was nog maar net veertien en gehoorzaamde zonder tegensputteren, hoewel hij eigenlijk voor niets ter wereld bij zijn vader weg wilde. Hij begreep dat de onzekere, paniekerige oorlogssituatie zijn vader ertoe bracht hem zo beangstigend overhaastig in ballingschap te laten gaan, en ook al aanbad hij hem – of misschien juist daardoor –, hij had gehoorzaamd.

Ze waren altijd samen geweest, in goede en slechte tijden. Toen zijn moeder aan een niet opgemerkte tbc was gestorven, had deze rampspoed hen heel dicht bij elkaar gebracht. Ze deden alles, of bijna alles, samen. Zijn vader was moeder, vader en verder alles wat maar nodig was geworden, ondanks zijn werk in de fabriek en de vergaderingen van de vakbond die vrijwel al zijn tijd opslokten.

Van vaderskant was Joan Dolgut republikein en van moederskant pianist. Al voordat hij kon praten kende hij de toonladder, rammelde op de toetsen van een geleende, onzuivere piano waar zijn moeder hem achter zette. Muziek was in zijn ziel geschreven nog voor hij was geboren. Thuis had er nooit een eigen piano gestaan, die luxe konden ze zich absoluut niet veroorloven, maar dat had hem niet verhinderd een volleerd pianist te worden. Hij was opgegroeid met de vislucht van Barceloneta en invallende schemeringen die hij voorbij de havenloodsen volgde, die sombere pakhuizen stampvol balen en zakken die het blauw van de zee wegnamen. Zijn hele fortuin bestond uit de gouden namiddagen op de pier, wanneer de golven aan zijn voeten braken, de hemel openstond voor zijn dromen en de zon achter hem verdween. Hij was een gevoelige, stille jongen die tijdenlang naar de geluiden van zijn innerlijke wereld kon luisteren. Zijn vader en hij ontbraken nooit bij de concerten die Pau Casals met zijn orkest voor de arbeiders gaf; dan deed hij net of hij een leerling van het muzikale genie was. Pau Casals was zijn idool en alles wat hij van hem zag, over hem hoorde of las, noteerde hij in zijn grijze lijntjesschrift; die man zond serene gevoelens uit waarmee hij zich identificeerde en waarover hij niet met zijn vriendjes uit de buurt kon praten.

Hij ging elke dag naar de La Salle-Condalschool, daar stond zijn vader op want als er één ding was wat hij wilde dan was het wel dat zijn Joan het verder zou schoppen dan hijzelf.

Met de maten van een sonate van Chopin in zijn hoofd legde hij elke dag dezelfde route af, liep de via Laietana door tot hij bij het concertgebouw Palau de la Música kwam waar hij altijd een buiging voor de deur maakte, alvast oefenend voor de dag dat hij net zo bejubeld zou worden als Casals. Op school lachten ze hem uit om zijn fijngevoelige manier van praten en zijn geringe aanleg voor sport, maar hij kon altijd rekenen op de onvoorwaardelijke steun van de broeder die het koor onder zijn hoede had.

De middag waarop hij vertrok, was de stad één grote massa van stellingen, benen, ogen en ellende die zich probeerde te handhaven onder de ontketende razernij en onrechtvaardigheden. Een golf van verschrikkingen overspoelde het centrum van Barcelona en verpestte de lucht met de geur van dood en wanhoop; een woeste horde teisterde de stad en probeerde de rode vlaggen die overal wapperden neer te halen. Met hulp van de vicevoorzitter van de houtvakbond waarvan hij lid was, was het zijn vader gelukt een vrijbrief te bemachtigen waarmee Joan zonder veel problemen de Franse grens zou kunnen bereiken; hij had zijn hoop gevestigd op de schamele steun die Frankrijk aan de republikeinse beweging verleende. Hij had zijn ongehuwde nichten uit Cagnes-sur-Mer gesproken en deze waren met tegenzin akkoord gegaan om de jongen, zolang hij hun van nut was, op te vangen. Een keten van vakbondsvrienden zou Joan onderweg helpen. Zo, met twee verschoningen, drie haastig klaargemaakte broodjes met paprikaworst, wat op het laatste moment te pakken gekregen Franse francs en een omhelzing waarbij de tranen rijkelijk vloeiden, had Joan Dolgut afscheid van zijn vader genomen en zat hij nu in de trein die hem naar Portbou zou brengen.

Verborgen in de onderste lade van Dolguts kast vond detective Gómez een versleten rugzak waarin een oude vrijbrief met republikeinse stempels zat, een grijs schrift met notities en knipsels die nog van voor de burgeroorlog dateerden en een paar losse brieven van zijn vader uit 1936 en 1937 waarin deze schreef over de bloedige, door Italiaanse en Duitse vliegtuigen uitgevoerde bombardementen, over de chaos die in die tijd in Barcelona heerste, en het advies aan zijn zoon geduld te oefenen en zich netjes te gedragen tegen zijn tantes. Hij vond eveneens een foto van de eerste communie van een jongetje in een matrozenpakje waarop ook zijn ouders stonden; zij was een vrouw die er lief en eenvoudig uitzag, naast haar stond een man met een stroef gezicht en heldere ogen.

Gómez bladerde het oude schrift bladzijde voor bladzijde door, maakte van alles wat hem verder kon helpen aantekeningen tot hij achterin kwam, waar het schrift veranderde in een geïmproviseerd, verdrietig dagboek. Daar waren de eenzame nachten van de tiener Dolgut op vreemde bodem verhaald, zijn eerste indrukken toen hij de Franse grens was overgegaan, de blikken vol afschuw van zijn oude, onbekende tantes die hem overlaadden met een stortvloed van Frans gebrabbel, een onoprecht *très bien* en ongemeende kussen, en... de eerste schets van de liefde.

Een tekst van iemand die verliefd was, vast en zeker geschreven met rode blosjes op zijn wangen, beschreef hartstochtelijk de eerste kus van die jongen-man. Op de door de tijd en armoede bevlekte pagina's begon de omtrek van Joan Dolguts ziel zich af te tekenen.

Daar was Gómez toen hij stemmen in het trappenhuis hoorde. Hij keek door het spionnetje in de deur en zag Aurora Villamarí met Dolguts buurvrouw praten.

'Woonde meneer Dolgut hier al lang?'

'Zijn hele leven al... Of eigenlijk sinds hij met Trini was getrouwd, hoewel, eerlijk gezegd weet ik niet of ze daarvoor al samenwoonden. Ach! Die arme Trini was nooit gelukkig met hem... en zij was net een klokje, u had haar eens 'La zarzamora' moeten horen zingen, met zoveel gevoel...'

'Wat is er met zijn vrouw gebeurd?'

'Dat arme ding is van pure ellende gestorven, van de stilte waartoe die man haar had veroordeeld. Hij werd al heel jong weduwnaar, het jongetje was nog maar een paar jaar oud, het had een moeder nodig, maar dat kwam niet in hem op. En dat terwijl ik ter beschikking was, ongehuwd en ongebonden, maar daar stond hij niet eens bij stil.'

'Hebt u hem de laatste tijd wel eens met mijn moeder gezien?'

'Als u de vrouw bedoelt met wie ze hem gevonden hebben, nee. Haar heb ik nooit gezien.'

'... of andere vrouwen?'

'Ook niet. Moet u luisteren, meneer Joan die zag je niet, die hoorde je. De hele dag door zat hij maar piano te spelen; ik moet wel toegeven dat hij een echte pianist was. Geen idee wanneer die man nou at of sliep, het leek wel of zijn eten uit muziek bestond. Hier in de buurt zeiden we vaak dat hij een beetje gestoord was. Hij had nul komma nul belangstelling voor dingen die normale mensen interesseren... U weet wel, voetbal, bingo, domino, kleinkinderen, buren... Niets. Alleen maar dat getingel... op die gezegende piano. Maar in wezen mochten we hem graag. We vonden het zielig dat hij nooit eens bezoek kreeg. Niet met Vaderdag, niet met kerst en Sint Joan, geen feestjes of vieringen...'

'En zijn zoon?'

'Die hebben we nooit meer gezien. Hij vertrok toen hij nog een kind was, opeens... alsof hij door de aarde was verzwolgen. Ze zeggen dat hij heel rijk is, maar geen cent ervan voor zijn vader. Een slechte zoon.'

Aurora besefte dat de buurvrouw de dag waarop de doden werden aangetroffen Andreu Dolgut niet had herkend en ze besloot haar ook niet wijzer te maken. Conchita Marededeu ging verder: 'Wat ik ook al tegen de inspecteur heb verteld is dat Montsita hem een keer met een oude vrouw zag praten. We hadden het er uitgebreid over want het was iets bijzonders, ik zei het al, hij sprak nooit met iemand.'

'En zou u me kunnen zeggen, als het niet te veel moeite is, waar ik die jongedame... kan vinden?'

'Jongedame? Nou, dat is ze al lang niet meer,' terwijl ze het zei trok ze een schalks gezicht. 'Montsita is de bakkersvrouw van deze buurt, ze bakt brood, mmm... ze maakt er een met tijm...'

Conchita bleef Aurora aanstaren en toen ze in de gaten kreeg dat deze alleen maar wilde weten waar ze de vrouw kon vinden, bood ze aan mee te lopen, voornamelijk om stof voor roddelpraatjes te vergaren.

'En uw moeder, was ze weduwe? Sorry hoor, ik wil me nergens mee bemoeien, daar heb ik natuurlijk niets mee te maken.'

Aurora dacht aan haar moeder en haar ogen werden vochtig. Ze wist niet waarom haar moeder had gedaan wat ze had gedaan; ze zocht een motief, een brief, een aanwijzing, iets wat dat alles zou verklaren. Ze antwoordde automatisch: 'Mijn vader is dertig jaar geleden gestorven.'

'Och, wat erg, arm kind.' Terwijl ze dat zei, legde ze een hand op Aurora's schouder.

Ze gingen met de lift naar beneden en nog geen twee minuten later stonden ze in La Espiga del Sol. Montsita was haar klanten aan het helpen.

Aurora bedankte de buurvrouw en liet doorschemeren dat ze graag alleen met de bakkersvrouw wilde zijn, maar Conchita Marededeu rook een vers roddeltje en was niet van haar plaats te krijgen. De bakkersvrouw ging gewoon door met het verstrekken van de dampende pistoletjes die net uit de oven kwamen en vertelde intussen in geuren en kleuren over de keer dat ze Joan Dolgut met een vrouw had gezien.

'Ik kan me het nog heel goed herinneren. Hij was aan het betalen en naast hem stond een vrouw die al heel wat jaartjes telde, een oude vrouw om precies te zijn, hem aandachtig op te nemen. Ik dacht dat ze me iets wilde vragen, maar ze was alleen maar binnengekomen om meneer Joan te observeren. Ze stond naar hem te staren, alsof ze door haar herinneringen heen naar hem keek... u weet wel wat ik bedoel. Het was een heel elegante vrouw, u moet niet denken dat ze een bedelares of zo was, nee...'

Op het moment dat Soledad Urdaneta besloot op zoek te gaan naar Joan Dolgut, had ze al vele jaren van hun ontmoeting gedroomd. In haar innerlijke isolement had ze talloze ochtendglorens, avondschemeringen en slapeloze nachten vol herinneringen beleefd. Op die liefdeloze leeftijd bloeide haar ziel op wonderbaarlijke wijze met de dag meer op, maakte zich een vage, onzekere vreugde van haar meester: Joan vinden om te blijven leven.

Zonder er ook maar met iemand over te praten, koesterde ze haar illusie tijdens het dagelijkse borduurwerk en het maken van kruissteekjes op haar kleedjes. Haar verbeelding ontsteeg het vlakke, grijze heden en doordrenkte het met genoten kussen die haar gerimpelde wangen nog steeds lieten blozen. Haar dorre borst roerde zich tijdens haar overpeinzingen te midden van haar vertrouwde vriendinnen van de naaiclub wanneer ze een herinnering in haar geest opriep die alleen zij beleefde. Ze had zich voorgenomen haar hart nieuw leven in te blazen met het verleden, en soms verbaasde ze zich over de intense nabijheid van die gouden middagen vol liefde. Alles was in haar geheugen bewaard gebleven, in die verplichte vergetelheid.

Het was haar duidelijk dat ze Joan wilde zoeken, maar ze wist niet hoe ze moest beginnen. Ze stelde zich voor dat hij nog steeds in Barcelona woonde en voelde dat hij nog leefde; ze fantaseerde over een toevallige ontmoeting op straat, maar dat gebeurde nooit.

De ochtend waarop ze definitief besloot naar hem op zoek te gaan, neuriede ze onder de douche 'Tristesse', het oude liedje dat haar altijd dicht bij Joan bracht, en ze besprenkelde zich met Air de Roses, haar geurtje voor speciale gelegenheden. Ze pakte het telefoonboek en zocht zijn naam, maar tot haar grote teleurstelling stond er niet slechts één Joan Dolgut in maar honderden die samen drie volledige bladzijden in beslag namen. In plaats dat die tegenslag haar ontmoedigde, vulde dit haar met een felle, puberale koppigheid.

Ze scheurde de pagina's eruit en begon de adressen een voor een te bestuderen, streepte door welke ze onwaarschijnlijk achtte.

Het ging tot haar dagelijkse routine behoren nog voor het ontbijt met behulp van een kaart waarop ze de plaatsen had gemarkeerd de route voor die dag te bepalen. Afhankelijk van de plek nam ze de bus of metro en hing eerst een tijdje in de buurt rond tot ze genoeg moed had verzameld om aan te bellen en vragen te stellen.

De eerste keer dat ze ergens aanbelde, kreeg ze bijna een hartaanval. Al snel begreep ze dat dat met een wildkloppend hart aanbellen haar voortijdige dood zou betekenen en naarmate de weken vruchteloos voorbijgingen, werd het vanzelf rustiger.

Op een morgen deed een slaperige dertiger vol piercings en tatoeages open die zei Joan Dolgut te heten; hij was verbijsterd toen hij voor de deur een oud dametje aantrof dat naar hem vroeg.

Op een middag betrad ze de wachtkamer van dokter Dolgut, een specialist in maag- en darmziekten die gezien de diploma's wel eens de Joan kon zijn naar wie ze op zoek was, ook al begreep ze niet hoe hij op zijn tweeëntachtigste nog steeds kon praktiseren. Toen de secretaresse haar binnenliet was het niet de oude man die haar te woord stond maar een jongeman die de praktijk van zijn vader had overgenomen en uit respect zijn oude oorkonden had laten hangen. De arts had medelijden met Soledad en hielp haar zoveel hij kon. Hij maakte in ieder geval een eind aan haar twijfels. De oude Dolgut was niet de man die ze zocht.

Op zekere dag woonde ze een rechtszaak bij die werd voorgezeten door rechter Dolgut, maar zodra ze hem zag wist ze dat die kille, harde blik op geen enkele manier kon toebehoren aan de man van wie ze zoveel had gehouden.

Er waren avonden dat haar benen en geest zich overgaven aan de uitputting en droefenis, maar de slaap blies haar hoop nieuw leven in en de volgende ochtend besprenkelde ze zich weer met het parfum en ging ze met frisse moed op pad. Hoewel haar verstand haar soms aan het twijfelen bracht, had ze het sterke voorgevoel dat Joan Dolgut nog leefde. In ieder geval had ze niets meer te verliezen, dacht ze. De tijd die ze aan de zoektocht besteedde, was geen verloren tijd, maar het medicijn dat haar in leven hield.

Ze hield waanzinnig veel van haar dochter, maar wilde haar absoluut niet vertellen waar ze mee bezig was. Ze vond het gênant dat haar dochter te weten zou komen dat haar oude moeder van tachtig nog steeds van liefde droomde. Ze wist niet goed wanneer precies het moment was aangebroken dat bejaarden geen vleselijke liefde meer mochten voelen. Grootouders werden uiteindelijk overdragers van ervaringen, pasten op de kleinkinderen, vormden een luisterend oor voor de kinderen, stopten sokken en bemiddelden bij problemen. Oude mensen zijn onzichtbaar voor de liefde, hun wordt het plezier van dromen ontnomen, had ze op een middag in het park gedacht. Ze had dat bij haar grootouders zien gebeuren; het leek wel of de leeftijd ze van hun ziel had beroofd. Oude mensen hadden enkel nog foto's en oude verhalen die niet meer van deze tijd waren; het was onmogelijk je voor te stellen dat een stel kleurloze, gebarsten lippen ooit met de passie van een rijpe vrucht hadden gekust.

Wanneer ze zichzelf 's ochtends bekeek en in het landschap van haar rimpels een nieuwe rivier ontdekte, voelde Soledad dat haar ziel geen tijd kende. Nu begreep ze wat ze niet kon bevatten toen ze nog jong was: dat iemand alleen in de spiegel ouder wordt, dat de geest in staat is ver boven het leven te vliegen, dat ware liefde geen leeftijd of dood kent.

Na twee maanden van vruchteloos zoeken en van desolate nachten, toen ze nog slechts vijf adressen overhad, kreeg Soledad Urdaneta een droom. Ze droomde dat ze hem had gevonden. Dat ze weer veertien was en over het strand rende, door een vrolijk lachende zee liep, badend in kussen. Dat Joan zonder de grond te raken naderde, haar in zijn armen nam en vleugels aan zijn voeten had die hen boven de grond en rotsen verhieven. Tijdens hun liefdesvlucht zag ze haar dochter die op aarde achterbleef, maar plotseling was het niet meer haar gezicht maar dat van haar moeder die riep dat ze terug moest komen, die haar beval uit de wolken neer te dalen. Soledad sloeg er geen acht op, ze vloog hoog door de lucht.

Die dag wist ze met de zekerheid van een droom dat ze hem zou vinden.

Vanaf het eerste moment wist ze dat hij het was. Ze zag hem met zijn muzikale tred de straat oversteken, opgebrand maar harmonisch. Met dat dunne, door het zachte briesje in de war geraakte witte haar leek hij op een verstrooide schilder uit Montmartre die op zoek was naar inspiratie; zijn kale kruin bedruppeld met ouderdomsvlekken en zijn door de tijd en geïncasseerde klappen omfloerste ogen verhinderden Soledad niet hem te herkennen, want ze had hem niet met haar ogen maar met haar ziel geïdentificeerd. Hij had de afwezige blik en vermoeide gang van iemand die in het niets loopt. Toen ze hem zag, was Soledad niet in staat zijn naam uit te spreken, uit angst dat hij het niet was, dat hij zich niet zou omdraaien, uit angst hem af te schrikken met haar doffe ouderdom. Ze stelde datgene waar ze met zoveel volharding naar had gezocht uit tot het laatste moment: de ontmoeting.

Ze besloot hem een paar dagen te observeren alvorens hem te benaderen. 's Ochtends ging ze op een van de bankjes in de paseo del Born zitten, precies tegenover de ingang van het gebouw waar Joan Dolgut woonde, gehuld in haar marineblauwe mantel, op haar schoot een tasje van krokodillenleer en een zakje broodkruimels voor de elkaar verdringende mussen. Dagenlang sloeg ze zijn gewoonten gade tot ze niet alleen die van hem uit haar hoofd kende maar ook die van de buren, die haar aanwezigheid nooit opmerkten omdat ze opging in de anonimiteit van de ouderdom.

Ze wist dat Joan Dolgut nooit voor twaalven naar buiten kwam, ook niet tegen etenstijd. Dat hij elke middag om klokslag halfvijf een wandelingetje maakte, gekleed in een muisgrijs jasje en met een sjaal om zijn hals geknoopt. Hij liep ongehaast de calle Argenteria door, sloeg de via Laietana in, liep Correos uit tot hij uiteindelijk bij de pier kwam, waar hij starend naar de zee de namiddag doorbracht. Daar bleef hij tot de avondschemering inviel en de zon op de vlucht sloeg. Op de terugweg stopte hij bij La Espiga del Sol waar hij een stokbrood kocht om zich vervolgens tot de volgende dag terug te trekken in zijn toevluchtsoord.

Op een vroege avond die geurde naar brood en leven stapte Soledad Urdaneta de bakkerswinkel binnen. De oven verspreidde dampende graangeuren en Joan Dolgut was naar binnen gegaan om zijn baguette te kopen. Ze stond als verlamd toen ze hem hoorde praten. Zijn stem had de levendige klanken uit zijn jeugd behouden. De staar verhinderde haar niet zich onder te dompelen in Joans ogen en te verdrinken in het woeste groen van zijn tijdloze blik. Maar Joan zag haar zonder haar te zien, alsof ze een gewone voorbijgangster was, een vrouw die brood kwam halen voor een eenzame avond. Hij herkende haar niet omdat hij haar niet verwachtte. De Soledad Urdaneta die op het netvlies van zijn ziel gegrift stond, was een fris, uitgelaten zingend meisje, geurend naar wilde rozen en omgeven door een wolk van vrolijkheid, en dat beeld was zo diep in zijn verdriet weggestopt dat het praktisch niet meer bestond. Daarom wist hij haar blik niet te beantwoorden toen ze hem aankeek. Hij was vergeten hoe je de ziel met je ogen streelde. Hij moest diep in zijn geheugen tasten om dat terug te vinden.

'Joan...?' vroeg Soledad met haar lieflijkste accent. Haar stem had nog steeds de onmiskenbare cadans van een Colombiaans meisje.

Hij keek haar met zwijgende ogen aan, overbrugde in een oogwenk de eindeloze afstand die hem van die engelachtige stem had gescheiden, sprong over de jaren heen, de levenloze zomers, de schaduwen van de vergetelheid...

'Soledad?'

Vanachter het treinraampje nam Joan Dolgut afscheid van zijn land, hij telde de telegraafpalen die het landschap een voor een veroverde; de kabels waren trapezes waarop vogels zaten uit te rusten, vluchtige rijen zwarte vraagtekens en gedachtepuntjes vormend. Het was de eerste keer dat hij zijn geboortegrond verliet, en dan ook nog met tegenzin.

De rook van de stoommachine zette de horizon in brand en hulde dat wat achter hen bleef in een asgrijze nevel; een door zijn vader afgedwongen vlucht die hij uit respect en gehoorzaamheid eerbiedigde. Tot op dat moment had hij geen tijd gehad om angst te voelen... tot op dat moment. Het mechanische geluid van de treinrails bezorgde hem een ongerust gevoel, dat monotone geratel leek hem schor te vragen: waargajeheen... waargajeheen... waargajeheen, en hij wist niet wat hij moest antwoorden. Hij verdreef de tijd met gezichten bestuderen, beroepen raden, de haveloze houten en kartonnen dozen tellen die overal op de vloer stonden. Af en toe stopte de trein om de waterreservoirs bij te vullen en dan maakte hij van de gelegenheid gebruik naar de wagons van de eerste klas te gaan, de benen te strekken en terneergeslagen tussen de rookglazen deuren een beetje rond te kijken in de coupés met comfortabele kussentjes en rekken die volgepropt waren met luxueuze leren koffers; een groot contrast met de stoffige plaatsen in de derde klas. In die coupés was alles anders. Met zomerhoedjes getooide dames zaten onbezorgd te keuvelen en te lachen, alsof de oorlog niet bestond of plaatsvond in een andere wereld. Onberispelijk geklede, bedachtzame heren rookten sigaren en voerden gesprekken over van alles en nog wat, behalve over politiek. Die wereld van reizigers voerde lotsbestemmingen mee die voor Joan onbegrijpelijk waren. De oorlog was uitgebroken, maar hij kreeg het gevoel dat die alleen voor mensen als hij begonnen was. Toen hij in zijn eigen wagon terug was, werd hij weer geconfronteerd met de groeiende ellende en de angstige ogen van zijn reisgenoten.

Hij vestigde zijn blik weer op de lucht, verloor zich in het Franse landschap dat voorbijtrok. Geïntrigeerd begon hij te vergelijken. Er veranderde niets. Groen bleef groen; de hemel was dezelfde blauwe deken die zijn Barcelona beschutte; de lommerrijke bomen gaven dezelfde brede schaduw als op de Catalaanse middagen; de oranjekleurende vallende avond hulde de velden, kuddes en daken in een gouden gloed, net als in Rupit waar hij een keer de zomer had doorgebracht. In het buurland was alles hetzelfde als in zijn geboorteland, afgezien van de doden die zouden vallen. Frankrijk bezat iets wat zij onlangs hadden verloren: vrede.

Zijn maag begon te protesteren. Hij stilde de honger met water uit zijn veldfles terwijl hij de laatste momenten met zijn vader overdacht. Hij was trots op hem, het was een eenvoudige, rechtvaardige man die het volste begrip had voor zijn fijngevoeligheid en die ook had gestimuleerd zoveel hij maar kon. Joan wist dat hij stapelgek op zijn moeder was geweest, en hoewel ze niets bezaten, hadden ze toch alles. Toen ze was gestorven had Joan een manier gevonden om de herinnering aan haar voor zijn vader en zichzelf levend te houden: het op de piano vertolken van haar lievelingssonate, de 'Nocturne no. 2' van Chopin.

De landschappen ontsnapten hem tijdens zijn overpeinzingen, sluimeringen, dutjes en herinneringen die samenbalden in zijn om voedsel schreeuwende maag, een gerommel dat uiteindelijk vermoeid zweeg omdat hij geen proviand meer overhad. De broodjes had hij aan de vrouw naast hem gegeven, die met een baby op schoot en nog twee hongerige kinderen reisde.

Toen Joan Dolgut die 31ste juli 1936 in Cagnes-sur-Mer aankwam, had hij nooit kunnen bevroeden dat zijn grootste verdriet nog moest komen.

Zijn tirannieke tantes hadden hem met de vraatzuchtige uitdrukking van hongerige hyena's ontvangen en verspreidden een penetrante geur van goedkope make-up, waardoor ze grotesk en weerzinwekkend werden. Dezelfde avond nog dat hij aankwam, maakten ze hem de voorwaarden van zijn verblijf duidelijk: ze zouden hem onderdak verschaffen in ruil voor alle huishoudelijke klussen. Ze brachten hem naar een oude voorraadkelder waar hij een halfvergane stromatras vandaan moest slepen en ze wezen hem een plaatsje op een ongerieflijke vliering vol muggen en walgelijk ongedierte.

Nog voor zonsopgang stond hij op om het huis in orde te maken. Ook al blonk de vloer van alle kanten, toch dwongen ze hem de hele dag door op z'n knieën met een dweil en zinken emmer in de weer te blijven. Met ontvelde handen maakte hij de toiletten schoon, ging met de wasmand naar de gemeenschappelijke wasplaats op het dorpsplein waar hij de risee van alle jongens werd, stond tot laat in de avond te strijken en at zijn avondmaaltijd, die hij onder boze blikken en geschreeuw had klaargemaakt, ergens in een hoekje op de grond.

Het enige wat hij bezat, was zijn grijze lijntjesschrift en de muziek in zijn hoofd. Om niet te vergeten dat hij de ziel van een pianist had, neuriede hij tijdens zijn werkzaamheden in stilte sonates, soms van Beethoven en dan weer van Chopin. Dat was zijn manier om de onrechtvaardigheden te kunnen doorstaan. Hij luchtte zijn hart in brieven aan zijn vader die hij nooit verstuurde, omdat hij geen geld voor postzegels had. De eerste berichten die hij van hem ontving, bereikten hem met drie maanden vertraging; later kwamen er druppelsgewijs nog een paar brieven waarin zijn vader vermeed de illusie van een snelle terugkeer te wekken; in zijn laatste brief vertelde hij dat veel kunstenaars het land begonnen te verlaten en hun toevlucht tot het buitenland namen. Hij schreef dat gevoelige mensen ver van bloedbaden en oorlogen moesten blijven om te voorkomen dat de haat zich in hun hart nestelde. Na die brief had Joan niets meer vernomen, maar hij had gehoord dat de oorlog de communicatie bemoeilijkte en hij bleef de hoop koesteren dat de briefwisseling met zijn vader hersteld zou worden. In de enkele brieven die hij uiteindelijk had kunnen versturen, vertelde hij nooit iets over zijn ellendige toestand, want hij wist dat zijn vader vanaf daar niets kon doen om die te verbeteren.

Toen hij op een ochtend bij de gemeenschappelijke wasplaats was, kwam een roodharige jongen, die hem al een paar dagen in de gaten hield, naar hem toe en vroeg: '*Vous parlez français?*'

Eindelijk verwaardigde iemand zich tegen hem te praten. Werd hij door iemand als een menselijk wezen gezien. Door het vele zwijgen waren Joans woorden bijna opgedroogd, maar het Frans vloeide borrelend van zijn lippen.

Die jongen liet hem de mooiste plekjes van het dorp zien. Cagnes-sur-Mer bestond uit meer dan alleen minderwaardig werk. Door zijn geplaveide straten hadden ridders met maliënkolders geparadeerd. Het kasteel en het middeleeuwse centrum ademden het door Cézanne, Renoir en Modigliani geschilderde verleden uit... Cagnes-sur-Mer had ook die blauwe Middellandse Zee, en hij leefde.

'Ik zal je aan mijn vader voorstellen. Hij is de bakker van ons dorp. Je zult wel merken wat een heerlijk brood...' zei Pierre.

Joan begon te dromen van een ander leven. Zijn door zeepallergie en huishoudelijke karweitjes ontvelde handen hadden al heel lang geen pianotoetsen meer gestreeld. De oude bakker vatte genegenheid voor hem op, eerst gaf hij hem brood om de hongerige maag van een opgroeiende jongen te stillen en later nam hij hem mee naar de kerk, waar een oud, zwijgend orgel weer delen van sonates begon te jubelen. Zijn zoon Pierre kon wel een collega gebruiken; ze kwamen handen te kort voor de bezorging van het brood, want zijn oven was in de hele omgeving beroemd geworden en hij kreeg nu ook bestellingen uit naburige plaatsen.

Op de momenten dat Joan zich aan zijn klussen kon onttrekken, bracht de bakker hem het vak bij. Hij leerde hoe hij met de oven moest omgaan, het deeg moest kneden, gist toevoegen, het deeg laten rijzen, en dat alles vrolijk zingend.

Op een oude fiets van Pierre reed hij elke middag door het dorp naar het strand, waar hij zijn oude gewoonte om naar de zee te luisteren weer opnam. Van zijn vader hoorde hij maar niets en wellicht was dat de reden waarom hij bij zijn afstotelijke tantes bleef wonen; hij was bang het contact te verliezen. Als zijn vader hem schreef, zou het naar dat adres zijn. Hij had geen antwoord op zijn laatste brieven gekregen, en uit de radioberichten waar ze 's avonds naar luisterden, maakte hij op dat de situatie in Barcelona was verslechterd door de onvoorwaardelijke steun die de Nationalen van Hitler en Mussolini kregen.

Op een ochtend vertelde hij zijn tantes het goede nieuws: de bakker had hem een betrekking als assistent aangeboden. In ruil voor een paar franc zou hij brood gaan bakken en rondbrengen.

Zijn tantes schreeuwden moord en brand en dreigden hem het huis uit te gooien als hij de baan zou aannemen, maar Joan wist ze om te praten door hun de helft van zijn loon te beloven.

Hij bracht een intensief, druk jaar door tussen de dampende geuren van versgebakken brood en met lange tochten om het vervolgens te bezorgen, nu op een eigen fiets, een tweedehandsje dat hij voor zijn vijftiende verjaardag van de bakker had gekregen.

Door de oorlog waren duizenden Spanjaarden op de vlucht geslagen. Een onafzienbare menigte ontheemden hoopte zich op bij de grens, waar de Fransen de democratie naar eigen goeddunken toepasten; mannen en vrouwen werden gescheiden, de vrouwen werden meestal naar Chomerac, in de Ardèche, gebracht en de mannen naar concentratiekampen op het strand van Argelès. De grensplaatsjes kregen een stroom van kunstenaars, dichters, leraren, denkers en politici van allerlei niveau te verwerken, die daarvandaan dat wat van de Republiek over was wilden steunen.

Joan was te weten gekomen dat de zo door hem bewonderde Pau Casals zich onder hen bevond en hij bedacht dat ze in zeker opzicht iets gemeen hadden. Beiden leefden in gedwongen ballingschap. Hij verlangde wanhopig naar zijn vader en vreesde voor zijn lot; hij wist dat hij uit liefde voor hem in Frankrijk moest blijven, hij had hem beloofd dat hij, wat er ook mocht gebeuren, zijn uiterste best zou doen om vooruit te komen. Aan de ene kant koesterde Joan de hoop dat zijn vader was gevlucht en zich onder de vele duizenden vluchtelingen bevond, maar aan de andere kant wist hij dat zijn vader nooit zou vertrekken en tot het bittere einde met zijn kameraden zou blijven vechten. Gaandeweg vatte hij het plan op naar de grens te gaan. Hij wilde wat geld proberen te sparen en naar Prades gaan om daar de grote violoncellist te ontmoeten die hij, zonder ooit met hem gesproken te hebben, als een vriend met gedeelde misère en idealen beschouwde.

Hoe meer tijd er verstreek, hoe republikeinser hij zich voelde. Dat was het wezenskenmerk dat hem met zijn vader verbond. Hij wilde zijn verbannen landgenoten helpen, maar wist niet hoe. Ondanks al zijn ellende vond hij zichzelf bevoorrecht; zijn eigen leed was minder belangrijk, met vallen en opstaan zou hij wel overleven en er waren zelfs dagen waarop hij lachte en zijn verdriet vergat.

Bij de bakker thuis hadden ze hem stilaan geadopteerd. 's Avonds at hij altijd bij hen en hij maakte deel uit van de gezellige familieavondjes rond de open haard. Hij hakte het hout, stak het vuur aan, en Pierre en hij deden om de beurt de vaat en maakten de keuken aan kant. Pierres moeder aanbad hem; net als voor haar zoon breidde ze sjaals en truien voor hem en bakte één keer per week zijn lievelingstaart: *la tarte tatin*. Op zijn beurt onthaalde Joan hen op concerten van barokke muziek die hij elke zaterdagochtend op het kerkorgel gaf.

Door de vele gemengde gevoelens – de frustratie niets van zijn vader te horen, de heimwee naar zijn vaderland, de vreugde van de warme maaltijd te midden van genegenheid – ontwikkelde Joan ongemerkt een bruisende creativiteit en ging hij 's avonds sonates componeren. De muziek hoorde hij in zijn binnenste en deze vloeide vervolgens naar buiten in een waterval van onstuimige noten die zich ordenden op het lijntjespapier. Achtste noten, zestiende, open en dichte noten geschreven tussen de lijntjes van een notenbalk hielden zijn geest gespannen en ontlokten hem een zeldzame vreugde; hoewel hij ze alleen maar vanbinnen kon beluisteren – want een piano had hij niet – was hij ervan overtuigd dat datgene wat in hem opborrelde het geluid van zijn ziel was. Wanneer hij componeerde, was zijn hoofd een vibrerende muziekdoos, afgesloten voor de wereld om hem heen en wagenwijd openstaand voor zijn gevoelens. Hij werd het nooit moe naar muziek te luisteren. Hij dompelde zich onder in een klankrijke droomwereld.

Wanneer hij naar de zee ging, was zij het die met haar droevige golven de maat aangaf; wanneer hij 's ochtends naar de vogels luisterde, kwetterden ze hem toe in chaotische symfonieën; wanneer hij naar het vuur keek, suggereerde het knetterende hout hem contrasterende akkoorden; het water uit de regenput, een fuga. De molen, de bladeren aan de bomen, de gedempte stilte van de sneeuw, zijn voetstappen, de wind, de pomp, de lepels en zelfs zijn handen die het deeg kneedden, alles zong hem toe.

Op een morgen stuurde de bakker hem voor zijn eerste belangrijke bestelling op pad. 'Vanaf nu, mijn beste Joan, breng je de bestellingen van de grote hotels rond; het wordt tijd dat jij en Pierre het bezorgen volledig op je nemen. Jij gaat naar Antibes, Juan-les-Pins en Cannes...'

En daar ging Joan, gekleed in gesteven wit, met zijn geurige lading bestoven brood en zijn dromen, fietsend aan de Franse Rivièra.

In de jaren die hij in Cagnes-sur-Mer had doorgebracht, was hij de dorpsgrens nooit over geweest, afgezien van die ene keer dat hij er met Pierre tussenuit was geknepen om naar Golfe-Juan te gaan, waar ze stiekem een grote villa waren binnengeglipt die naar zeggen aan Francis Picabia had toebehoord en waar de grote Isadora Duncan, voordat ze was gestorven, blootsvoets had gedanst op een sonate van Bach, en met haar gesluierde dans de Parijse bohemiens had verleid.

Nu ging hij in opdracht wegen verkennen.

Behalve dat ze hem trakteerden op schilderachtige landschappen brachten de lange tochten hem ook in contact met de wereld van de glamour, een wereld die hij nog nooit van zijn leven had gezien; gaandeweg werd hij voor velen een vertrouwd gezicht.

Het dagelijkse bezorgen was een routine geworden waar hij met plezier naar uitkeek. 's Morgens om vijf uur, bij het eerste hanengekraai, stond hij op, verliet het huis op z'n tenen om de in doeken verpakte broden te halen en laadde ze in de manden van de zijspan waarop hij tegenwoordig reed, want voor zijn nieuwe werk voldeed de fiets niet meer. Om tien uur was hij in Juan-les-Pins, waar madame Tetou hem glimlachend stond op te wachten met een kop romige chocolademelk en een flinke fooi. Hij vond het heerlijk wat met haar te kletsen; ze had altijd wel wat te vertellen over de beroemdheden die de avond ervoor in haar restaurant hadden getafeld, verhalen over de beau monde, vrolijke en droevige geschiedenissen van de elkaar afwisselende artiesten en bohemiens.

Hij voorzag de meest trendy plekken van brood. La Maison de l'Amour, Le Bistrot d'Angélique, Chez Simone en André Plage behoorden tot zijn vaste cliëntèle. De inkopers mochten hem graag en behandelden hem als een van hen, en dat in een tijd waarin de meeste Spanjaarden achterdochtig of medelijdend werden bekeken. Ook al was dit niet het leven waarvan hij gedroomd had, het stelde hem in ieder geval in staat te overleven. Hij voelde dat het een fase was waar hij doorheen moest om verder te komen. Hij spaarde al zijn fooien op, want hij was nog steeds van plan naar Prades te gaan om tussen de ballingen zijn vader te zoeken en Pau Casals in levenden lijve te ontmoeten. Hij koesterde de hoop dat de musicus een keer naar zijn nocturnes wilde kijken en zijn mening over het bescheiden werk van een eenzame vluchteling zou geven.

Op elke tocht deed hij zich intens te goed aan andermans belevenissen; levens die hij leende om weg te dromen. Op die plaatsen waarden de verlangens rond van velen en de genoegens van weinigen. Inwendig bleef zijn ziel van pianist intact, maar aan de buitenkant was hij er gaan uitzien als een jonge bakker. Hij had nog steeds de lach van een hulpeloos jongetje, maar zijn ronde gelaatstrekken waren langer en scherper geworden, gaven hem een ander, heel mannelijk voorkomen. Zijn warrige, mahoniekleurige krullenbos was door de brandende zon goudblond geworden. In zijn groene ogen lag nu de melancholieke uitdrukking van zijn vader. Hij was enorm gegroeid en de enkele broeken die hij bezat konden niet meer worden uitgelegd. Joséphine, Pierres moeder, verrichtte wonderen door kleding die haar man te klein was geworden voor hem te vermaken, maar hoezeer ze ook haar best deed, het was duidelijk aan Joans opgeschoten, slungelige lijf te zien dat die kleren niet van hemzelf waren; afgezien van zijn bakkersuniform was alles van anderen geweest.

De eerste keer dat hij in Cannes kwam, rolden zijn ogen bijna uit de kassen bij het zien van zoveel luxe. Daar waren de wispelturige miljonairs verzameld die niets te verliezen en alles te besteden hadden. De jachten dobberden traag op het diepe blauw van de zee, wachtend op hun gasten. Schitterende bolides blonken in ordelijke rijen: Bugatti's, Mercedessen, Rolls Royces... Alles daar rook naar dure parfums, soufflés, kreeft, champagne en francs. Hij reed heel langzaam om zich niet te verslikken in de vele schoonheid die hij te verwerken kreeg. Hij was op weg naar het Carlton en moest aan de achterzijde vragen naar monsieur Philippe, die verantwoordelijk was voor de leveringen aan de keuken. Hij stond perplex bij het zien van al die bedrijvigheid, luxe en de overdaad aan voedsel. De keuken was een vorstelijke danszaal, aangevoerd door een orkest van smetteloze koks met pollepels en koekenpannen.

'Monsieur Philippe?' vroeg hij timide.

'Ben jij de zoon van Pierre Deloir?'

'Ik ben zijn assistent.'

'O... dan ben je vast Joan, nietwaar?'

'Ja, meneer, Joan Dolgut, om u te dienen, meneer.'

'Leg het brood daar maar neer, mijn beste Spanjaard.' Hij wees naar een enorme ingebouwde vliegenkast.

Joan bekeek alles met ogen als schoteltjes. Toen monsieur Philippe dat in de gaten kreeg, vroeg hij hem binnen te komen.

'Zoiets heb je vast nog nooit gezien... Ja, jongen, hier zouden verscheidene gezinnen kunnen wonen, ja ja, zo gaat het in het leven. De rijken verkwisten en de armen vechten erom... Als je dit werk doet, houd je wel op met vergelijken. Toen ik hier begon, was ik net zo oud als jij nu en moest ik de borden legen... En weet je, ik kon het gewoon niet over mijn hart verkrijgen al dat maar half-aangeraakte voedsel weg te kieperen. Ik kreeg er buikpijn van... Nu weet je dat het leven is opgedeeld in zij die bezitten en zij die doodgaan doordat ze niets hebben... En dat jij dat niet kunt veranderen.'

Monsieur Philippe gaf hem een paar franc en een muntstuk. 'Hier, pak aan, mijn beste Spanjaard.'

Joan nam het verlegen aan. 'Dank u wel, monsieur.'

'Zeg maar tegen Pierre dat hij een keertje langs moet wippen, dat er een goed wijntje op hem staat te wachten... voor mijn rekening.'

'Ik zal het tegen hem zeggen, monsieur.'

Het eerste wat Joan Dolgut deed toen hij vertrok was een wandeling maken over boulevard La Croisette. Het was nog kil, maar de lente begon haar bloemenkleed al tevoorschijn te halen. De trottoirs tooiden zich met azalea's, klaprozen en margrieten. Voor hem was Cannes net een film die hij gratis en op de beste plaats van de bioscoop te zien kreeg; een schitterende stad waarin veel gebeurde: terrassen gevuld met aperitiefjes, opklinkende muziek, lachende mensen, elkaar liefkozende stelletjes. Daar werd op een andere manier geleefd, zonder klokken, muren, tekorten of wolken aan de lucht. De plaats beviel hem. Zijn onmetelijke liefde voor de zee bracht hem ertoe op het voetpad langs het strand te lopen. Voor het eerst werd zijn aandacht getrokken door dames die met breedgerande hoeden aan het zonnen waren; ze zaten te praten terwijl ze sigarettenpijpjes naar hun gestifte lippen brachten en de rook op sensuele wijze lieten ontsnappen. De welvingen van hun lichamen werden wulps geïnsinueerd en duidden zones aan waar Joan uit valse schaamte niet rechtstreeks naar durfde te kijken. Zoiets had hij in het dorp nog nooit gezien; daar hadden de meisjes pukkels en droegen ze nog strikjes; afgezien van een korte groet wanneer ze brood kwamen halen, had hij nooit een van hen benaderd; zonder dat iemand hem het hoefde te vertellen wist hij dat dat onmogelijk was, want voor de inwoners van Cagnes-sur-Mer was hij het Spaanse neefje van de 'dorpsidioten'.

Hij wilde het strand op lopen en hen van dichtbij bekijken, maar twee potige bewakers hielden hem tegen. Voor de armen was kijken verboden. Dat deel van de zee was niet voor het volk, het behoorde toe aan de illustere hotelgasten.

Voordat hij terugging, besloot hij nog even naar de haven te gaan; daar lagen verscheidene zeiljachten aangemeerd, en ook een reusachtige oceaanstomer bemand met geüniformeerde zeelieden. De lust bekroop hem als verstekeling aan boord te gaan en terug te keren naar Barcelona, naar zijn vader.

De situatie in zijn vaderland was aanzienlijk verslechterd en de berichten die hen vandaar bereikten waren zeer spaarzaam.

Franco's troepen hadden de republikeinse linies doorbroken en in heel Catalonië een spoor van verwoestingen achtergelaten. De nieuwe autoriteiten hadden de sterk op het Italiaanse fascistische model geïnspireerde wetten van de nieuwe Staat ingesteld. In een paar maanden tijd waren de vakbonden, vakverenigingen, coöperaties, literair-culturele clubjes, kranten en tijdschriften die een Catalaanse of linkse inslag hadden verdwenen. Straatnamen werden gewijzigd, het Catalaans, de patriottische liedjes en Catalaanse kringdans verboden, monumenten vernield, standbeelden neergehaald... De vervolging, marteling en executie van trouwe volgelingen van de Republiek gingen onafgebroken door, en Joan hoorde maar niets. Op dat moment moest zijn vader ergens ondergedoken zitten... maar waar? Joan kon alles aan, behalve de stilte rond zijn vader; dat was een van de redenen waarom hij weg wilde uit Cagnes-sur-Mer.

Het was al bijna avond toen hij thuiskwam. Pierre Deloir, Joséphine en hun zoon zaten ongerust op hem te wachten. Joan was nog nooit zo lang weggebleven wanneer hij een bestelling wegbracht. Nadat hij in geuren en kleuren over zijn belevenissen in Cannes had verteld, begreep de bakker het wel en was hij zelfs blij dat er iets was dat het leven van die jongen een beetje kon opfleuren.

In de maand dat hij dagelijks brood bij het Carlton bezorgde, was Joan Dolgut bevriend geraakt met monsieur Philippe.

'Mijn beste Spanjaard...' zo noemde hij hem altijd. 'Wist je dat ik eigenlijk Felipe heet...? Ik ben net zo Spaans als jij, joh. Alleen woon ik hier al heel lang...'

'Monsieur Philippe... Hebt u nog familie in Spanje?'

'Ach, jongen, ik wil liever niet denken aan wat ik daar heb achtergelaten. Ik ben het land uit eigen beweging ontvlucht, toen nog niemand vertrok. Ik wilde... op een andere manier leven. Frankrijk was mijn droom. Eenmaal hier besefte ik dat dromen niet meer dan dromen zijn... Dat je wordt geboren zoals je bent en dat dat zo blijft; ook al ga je naar een ander land, je afkomst blijft gelijk. Ik ben verliefd geworden op een arme Française en leef nu als een arme Fransman. Zij wast lakens die de rijken bevuilen en ik ben een radertje in het binnenwerk van een hotel, verzorg het eten voor mensen die niet weten wat honger is... En wanneer we 's avonds onze ogen dichtdoen, dromen we van een ander leven... Zo gaat het, jongen, elke dag opnieuw.'

'Monsieur... de betrekking van ober waarover u het laatst had...'

'Aha... Die is ophanden. Ik wil mijn vriend Pierre niet in de weg zitten, maar je hebt het recht vooruit te willen komen, jongen. Kom morgen netjes gekleed en gekamd hier. Ik zal je aan de maître d'hôtel voorstellen; als je hem bevalt, neemt hij je vast meteen aan. Houd je vingers maar gekruist.'

Monsieur Philippe gaf hem een vriendschappelijk tikje op zijn wang en Joan stapte blij en bedroefd tegelijk op zijn zijspan. Mocht hij de baan krijgen, dan zou hij zijn vriend Pierre en diens familie moeten verlaten... of ze moesten hem een kamer willen verhuren waarvoor hij nu zou kunnen betalen. Eindelijk kon hij bij zijn tantes weg. Hij zou in Cagnes-sur-Mer blijven wonen en later misschien naar Cannes verhuizen. De hele weg bleef hij zich verheugen op zijn nieuwe leven. Onderweg bouwde hij luchtkastelen. In Cannes zou hij weer piano kunnen spelen, wat geld overhouden om naar Prades te gaan. In Cannes was de grens dichter binnen zijn bereik, zou hij een keer kunnen gaan varen en op de golven een pianist van de oceaan worden. In Cannes zou hij de tekenen van het leven dat mensen met zich mee torsen leren begrijpen; zou hij kennismaken met alle muziek van de aarde. In Cannes zou hij zich in meer dan alleen brood en vloeren bekwamen... en wellicht de taal van de vreugde leren kennen.

Toen hij in Cagnes-sur-Mer aankwam, had Joan Dolgut al een hele tijdreis gemaakt en voelde hij zich meer ober dan broodbezorger. Voor hij naar binnen ging, plukte hij voor madame Joséphine eerst wat bloemen die langs de weg stonden. Hij had nog de hele avond om zich voor te bereiden.

In het huis van zijn tantes lag een brief van zijn vader te wachten. Hij las hem gretig terwijl zijn hart vreugdesprongetjes maakte. Zijn vader vertelde over de buren, over de meisjes van Barceloneta, een paar onbelangrijke roddeltjes, en ook over de vermoeienissen van zijn werk en dat hij hem erg miste. Hij moest de groeten aan zijn tantes doen en hen bedanken. Over de oorlog schreef hij vrijwel niets. Joan herlas de brief verscheidene malen voor hij tot de ontdekking kwam dat er een datum boven stond die al twee jaar oud was en dat de brief hem om onbekende redenen nu pas had bereikt.

Zijn euforie verdween als bij toverslag en liet hem gebogen, als jongen-oude man achter. Met hangende schouders kwam hij bij de Deloirs en vertelde hun over de brief en wat hem misschien in Cannes te wachten stond. Anders dan hij had verwacht, waren ze heel blij met het bericht over zijn eventuele baan en hielpen ze hem zelfs zijn kleding voor de volgende dag uit te zoeken.

Gestoken in het prachtige pak dat Pierre Deloir toen hij nog jong was had gedragen bij speciale gelegenheden, ging hij op weg. Met de stropdas erbij leek Joan Dolgut wel twintig. Madame Joséphine poetste en parfumeerde hem alsof hij haar eigen zoon was. Pierre junior leende hem zijn zondagse schoenen, die hem wat aan de kleine kant waren, maar het algehele beeld was perfect. Het was niet te veel en niet te weinig. Hij zag er gesoigneerd genoeg uit om ober in een luxueus hotel te kunnen zijn.

Hij werd opgewacht door de maître d'hôtel en monsieur Philippe, die een zekere trots voelde toen hij hem zag. De jongen had klasse, iets dat velen ontbeerden. Zo gekleed, in dat beige pak van onberispelijke snit, leek hij wel een van de Hollywoodacteurs uit de jaren dertig die op dat moment in zwang waren.

De maître d'hôtel vond het fantastisch dat Joan naast vloeiend Frans ook nog eens Spaans en Catalaans sprak. Dat kwam goed van pas in een tijd dat Cannes gasten uit heel de wereld kreeg. Het beetje benodigde Engels zou hij vanzelf wel oppikken. De referenties van monsieur Philippe en de bakker prezen hem de hemel in. Het was een vriendelijke, beschaafde, stille jongen met verantwoordelijkheidsgevoel.

Hij werd aangenomen en moest twee weken later beginnen. Hij zou lange diensten draaien, van zeven uur 's ochtends tot twaalf uur 's nachts. Als hij de baan wilde houden, zou hij moeten werken als een paard. Joan Dolgut vertrok en liep te huppelen van blijdschap. De droefheid van de vorige avond werd verdrongen door het enthousiasme over zijn nieuwe baan. Hij kreeg een bescheiden salaris en kon ook nog eens van iedereen wat leren. Dat was meer dan waarvan hij had durven dromen.

De daaropvolgende week besteedde hij aan het zoeken van een kamer in Cannes die zo dicht mogelijk in de buurt van het hotel lag, want hij zou maar zeven uur rust hebben, zeven uur die hij slapend zou doorbrengen. Hij vond er een in de buurt van de stad, in Juan-les-Pins.

Voordat hij vertrok, maakte madame Joséphine, alsof hij haar eigen zoon was, op haar oude naaimachine een sobere uitzet voor hem en een rugzak waarin hij zijn schaarse bezittingen kon doen, bovendien deed ze hem het pak cadeau dat hij bij de sollicitatie had gedragen. 'Voor speciale gelegenheden,' zei ze terwijl ze hem een schalks knipoogje gaf.

Onder veel tranen en omhelzingen nam Joan afscheid van Cagnes-sur-Mer. Dat gezin was tijdens de jaren van ballingschap zijn familie geweest, zij waren het die hem met hun boereneenvoud het beetje geluk hadden geschonken dat hij de laatste jaren gekend had, zij hadden hem laten zien dat genegenheid en liefde bij vreemden gevonden kon worden, dat bloedbanden niet altijd verenigen, dat er onzichtbare banden zijn die de diepst gevallenen met een beetje warmte weer overeind kunnen helpen. Met zijn vertrek liet Joan een broer achter, Pierre, de enige vriend die hij ooit in zijn leven had gehad.

Toen ze hoorden wat hij ging verdienen, probeerden zijn vrekkige tantes hem tot het laatst toe te overreden bij hen te blijven; ze boden hem maaltijden aan tafel aan, ontbijt met eieren, kaas en spek, en de grootste en lichtste kamer van het huis, dat alles in ruil voor zijn salaris.

Hij sprak met hen af dat hij nu en dan een weekendje zou komen, en ook voor feestjes, voornamelijk omdat hij wilde dat zijn tantes eventuele berichten van zijn vader voor hem bewaarden.

De ochtenden in het hotel waren een ware belevenis voor Joan. Hij verwonderde zich over de heerlijke geuren die de keuken uitwasemde en die zijn mond bijna in een zwembad veranderden, hij streelde het tafellinnen, liet de glazen van Boheems kristal vluchtige symfonieën zingen en bekeek zichzelf als een klein kind in de zilveren lepels; al kijkend en gissend voelde hij zich gelukkig. De miljonairs verspreidden de geur van Parijse eaux de cologne en parfums. Op hun door geld gezalfde gezichten lag een uitdrukking die hij nog nooit had gezien. De toekomst van velen werd weerspiegeld in de alomtegenwoordige inbeelding. Dwangmatige spelers die in het casino op het punt stonden miljoenen te verliezen verkeerden in gezelschap van Amerikaanse magnaten; aftakelende actrices smeerden stroop om de lippen van New Yorkse zangers in een poging hun met een laatste zucht een ultieme uitnodiging te ontlokken; gladde, snorrende Italianen streelden met katachtige klauwen de handtasjes van ontgoochelde oudere dames. Voor Joan was dat alles als een filmwereld waarvan hij enorm genoot. De kunst van het bedienen had hij in één ochtend onder de knie. Hij wist dat hij een gast niet recht in de ogen mocht kijken, dat een kleine buiging en het op het juiste moment aanschuiven van een stoel fundamenteel waren. Hij leerde servetten in kunstige kegels te vouwen en op het juiste moment onzichtbaar te zijn, of juist heel zichtbaar wanneer iemand hem nodig had. Wijn schenken deed hij voortreffelijk, zonder ook maar één druppel te morsen. Hij was behulpzaam en discreet.

Op een zomerochtend, toen Joan al drie maanden onberispelijk bediende, wees de maître hem een door alle kelners felbegeerde plek toe: het strand. Bij het vallen van de avond zou de verjaardag van de dochter van een van de meest illustere hotelgasten worden gevierd en op het terras aan zee zouden de gasten worden onthaald op een banket in buffetvorm. Er heerste een opgewonden bedrijvigheid. De bestelwagen van de bloemist had zoveel bloemen afgeleverd dat het leek of het hele strand ermee bedekt moest worden.

De stoet kelners, inclusief Joan, dekte de tafels met linnen en versierde ze met zijden guirlandes en verse rozen terwijl enkele transporteurs heel voorzichtig een vleugelpiano, die speciaal voor het feest was besteld, met katrollen op een houten podium tegenover de immense zee lieten zakken. Bij de ingang hingen twee met rozenblaadjes gevulde klokken van ruwe zijde aan linten, die door Joan en een van zijn collega's moesten worden geluid op het moment dat de jarige haar entree maakte. De directeur van het hotel liep aldoor orders te geven, controleerde alles tot in het kleinste detail. Deze gast wilde geld uitgeven, en hij zou het onmogelijke doen om hem ter wille te zijn.

De hele dag door werden dingen neergezet en weer weggehaald, buffettafels, tafeltjes en stoelen verplaatst, de piano werd gestemd en als laatste werden vier grandioze, uit ijs gebeeldhouwde zwanen op het buffet gezet.

Toen de namiddag rood en oranje kleurde, wachtte hun een droomstrand. De genodigden hadden een haag gevormd om het meisje te laten passeren dat uit een ver land kwam en nu een vrouw werd. De violen en de piano verbraken de stilte van de golven en het wachten, luidden het begin van de feestelijkheden in.

Hij zag haar de trap afdalen, gehuld in briesjes, gewichtloos, bijna zonder de grond te raken. Ze was een witte engel met zijdezachte, gitzwarte haren en doordringende ogen die van ver leken te kijken en zich in de ziel boorden. Zoiets had Joan Dolgut nog nooit gezien. Ze liep trots, met het air van een verre prinses, tussen de mensen door die applaudisseerden toen ze voorbijkwam. Toen ze bij de ingang arriveerde, stond Joan Dolguts hart even stil; met haar ogen had ze even naar hem gelachen. Joan, die vol door haar blik was getroffen, trok bevend aan de lintjes. De zijden klokken gingen open en lieten honderden bloemblaadjes vrij die in de lucht bleven zweven, veranderend in sonore vlinders.

Die dag werd Soledad Urdaneta veertien en haar ouders hadden besloten het feest te openen met een wals van Strauss. Soledad wervelde sierlijk in de armen van haar vader. De voiles van haar jurk verspreidden het parfum van haar huid en de aroma's van het badzout waarin ze zich de hele middag had gedompeld. Omgeven door bloemblaadjes en overgoten door het gouden licht van de invallende avond en het feestgedruis, lachte ze gelukkig.

Ze was met haar ouders en haar nicht Pubenza in een oceaanstomer die was vertrokken uit New York naar Cannes gekomen. Ze waren al twee maanden op reis en hadden zich nu voor dertig dagen in een van de suites van het Carlton geïnstalleerd. Soledad vond deze zomerreizen heerlijk; de voorbereidingen voor de volgende tocht begonnen al zodra ze thuiskwamen van de laatste. De schoolboeken en de ijzige kou van Bogota raakten in de vergetelheid en kwamen pas in september weer tot leven.

Ze had haar vader gevraagd of voor deze ene keer haar nicht mee mocht, die weliswaar elf jaar ouder was, maar haar beste vriendin was. Haar vader had niet alleen toegestemd, maar ook beloofd dat het in het vervolg altijd zo zou zijn, want hij had medelijden met het verweesde nichtje van de arme familietak.

In al die jaren dat ze op reis gingen, was dit de eerste keer dat haar ouders zo'n bijzonder feest voor haar hadden georganiseerd, en hoewel ze gewend was aan alle mogelijke luxe, was Soledad toch erg onder de indruk van dit warme onthaal, dat meer dan ooit bevestigde dat haar ouders haar aanbaden.

De avond verliep met cadeautjes, waaronder cameeën, oorbellen, zijden shawls en sieraden, en een onafgebroken 'merci' van Soledad. Joan had de hoofdtafel toegewezen gekregen en hoewel hij zeer bedreven was in het bedienen, maakte hij die dag door zijn verwarring onvergeeflijke fouten; zo goot hij bijvoorbeeld een glas water over Pubenza's jurk, die de nichtjes met servetten depten om deze te redden.

Dat mooie meisje had zijn ziel van streek gemaakt en hij was niet in staat een gevoel dat hij nog nooit eerder had ondervonden te herkennen. Hij kon niet ophouden naar haar te kijken, ook al wist hij dat dit verboden was; de magnetische aantrekkingskracht die ze op hem uitoefende, verhinderde hem met zijn normale verstandigheid te handelen. Ze deed alsof ze hem niet zag, was zich ervan bewust dat hij haar ogen zocht om die vast te houden en te strelen. Nicht Pubenza had de stille dialoog opgemerkt maar zei er niets van, want ze had haar nichtje nog nooit eerder op die manier naar een jongen zien kijken, niet wanneer ze naar de mis gingen, niet wanneer ze uit school kwamen, en zelfs niet toen ze op een zondagavond in de Country Club – in opdracht – de aandacht van het meisje op de broer van een goede vriendin had gevestigd. Ze wist dat die arme ober, als Soledads ouders het in de gaten kregen, het risico liep ontslagen te worden.

Op nadrukkelijk verzoek van haar vader liep Soledad Urdaneta naar de piano en begon, nadat ze de pianist de toon had aangegeven, met haar virtuoze stem een Frans liedje over de zee te zingen. Joan stond naar haar te luisteren, begeleidde haar met zijn inwendige piano waaraan nieuwe klanken werden ontlokt. Wat zou hij ontzettend graag voor haar spelen! Haar gezegende stem gleed over zijn lichaam, streelde hem, wiegde zijn witte kelnerspak in, tot ze zich volledig in zijn ziel had genesteld.

Toen ze ophield met zingen en het applaus en gejuich opklonken, streelden haar ogen hem opnieuw en liet hij de zijne voor de tweede maal spreken.

Die nacht, toen alles voorbij was en de piano was blijven staan om de volgende morgen te worden opgehaald, vertolkte Joan Dolgut tot zonsopgang een eindeloze, door niemand gehoorde liefdessonate voor het meisje met de dromerige, zwarte ogen: 'Tristesse' van Chopin.

Toen ze terugkwam uit de paseo del Born voelde Aurora Villamarí dat ze langzaam maar zeker het doek zou oplichten dat zoveel onbekende dingen verhulde. Haar broosheid drong als een fris briesje de geest van mensen binnen die haar, zodra ze haar ontmoetten, direct wilden helpen en haar het beetje dat ze wisten vertelden, zodat ze de incomplete puzzel zou kunnen oplossen. Het speurwerk omtrent haar moeder was een obsessie geworden. Nu ze er niet meer was, was Soledad Urdaneta sterker aanwezig dan ooit. De geschiedenis van haar dood was voortdurend in Aurora's gedachten en hield haar in een permanente staat van waakzaamheid. Daarom besloot ze de hele zomer aan haar naspeuringen te wijden. De pianolessen waren afgelopen en tot september was ze vrij om, behalve het mysterie van hun zelfmoord, ook te onderzoeken wat die twee oude mensen nu zo sterk verbonden had dat ze op die manier wilden eindigen. Ze voelde dat ze dit moest doen, ze besefte dat het misschien wel jaren zou kunnen duren, maar ze was ervan overtuigd dat haar vasthoudendheid naar de waarheid zou leiden.

Nu had ze een nieuw spoor. Ze wist zeker dat de vrouw met het zangerige accent die de bakkersvrouw zo uitvoerig had beschreven haar moeder was; bovendien had deze benadrukt dat de twee elkaar die dag ongetwijfeld voor het eerst na vele jaren weer hadden ontmoet, dat bleek wel uit de vreugde die de twee bejaarden hadden uitgestraald. Verder had Conchita Marededeu haar toen ze de bakkerswinkel uit kwamen verteld dat ze een verandering in het dagelijkse leven van Dolgut had opgemerkt. 'De laatste tijd klonk zijn pianospel anders, alsof de toetsen lachten, alsof hij levendiger was... Soms zei hij me zelfs gedag wanneer ik hem in het trappenhuis tegenkwam.' Dat viel samen met de maanden waarin haar moeder drukke bezigheden had gehad en ze telkens uitvluchten verzon om haar te ontlopen. Dat ze geborduurde sluiers naar Pronovias moest brengen, dat ze ging koffiedrinken met haar vriendinnen van de naaiclub, dat ze al een afspraak met de pastoor had, dat ze moest repeteren met het koor van de Mercèkerk... dan was er dit, dan weer dat... Eigenlijk was haar moeder al een hele tijd superdruk geweest. Nu ze het een met het ander in verband bracht, stelde Aurora voor zichzelf vast dat haar moeder al maanden de telefoon niet meer had opgenomen; zij belde haar juist altijd, 's morgens al, om te vertellen wat ze allemaal ging doen om zo een eventueel bezoek van Aurora te voorkomen. Ja, nu wist ze het zeker. Joan Dolgut en haar moeder zagen elkaar al vijf maanden.

Met brandende voeten liep ze over het blakerende asfalt naar haar vroegere thuis in de paseo de Colom; daar aangekomen deed ze haar schoenen uit, dronk een beetje koud water en verzonk weer in herinneringen. Ze dacht na over de dingen die ze in de kast had gevonden. Daar had ze een foto aangetroffen van haar moeder als jong meisje, gekleed in voile, tussen zwevende bloemblaadjes, lachend en innig gearmd met een ander meisje; op de achterkant stond in haar handschrift: *Met mijn nicht Pubenza, op de gelukkigste dag van mijn leven. Cannes, 24 juli 1939.*

Ze dacht na... Nicht Pubenza. Over haar had haar moeder het nooit gehad en toch kon ze zich herinneren dat ze haar op veel familiefoto's had gezien; dat was het magere, donkerharige meisje met kuiltjes in haar wangen en het vrolijke gezicht dat altijd naast haar moeder stond.

De foto was uit een klein roodleren boekje met door mannen geschreven verzen gevallen, alle gedagtekend in Bogota tussen 1942 en 1947.

Ze begon te lezen:

Soledad,
Om uw deugden te bezingen,
moeten sublieme klanken stromen,
is een van de onmisbare dingen,
onze goede God dagelijks noden
en een plaatsje voor u in de hemel bedingen
waar uw vreugde rijkelijk tot uiting kan komen.
Tulio Fernández

Voor het album van mejuffrouw Soledad,
Het liefste meisje ooit verschenen in mijn leven,
een stralende ster aan de hemel verheven,
een gezegend licht dat alles beschijnt,
en met haar zilveren lach dit leven verfijnt.
Pedro A. Gil

Tientallen korte teksten in schoonschrift prezen haar moeders charmes in een ouderwetse, formele stijl. Ze las ze allemaal maar geen ervan was door Joan Dolgut ondertekend, en evenmin door haar vader. Ze legde het boekje weg en sloeg het dikke reisdagboek van haar grootvader Benjamín open dat op het bed lag. Er stonden veel zorgvuldig met Chinese inkt getekende kaarten in met bijschriften die routes en stopplaatsen aangaven; reçu's in alle talen en tekenschriften van de wereld werden afgewisseld door persoonlijke indrukken en gevoelens. Byzantijnse maagden en Bengaalse tijgers deden hun opwachting. De meesterlijke wijze waarop haar grootvader zijn belevenissen verhaalde, liet haar gewoon meereizen. Tijdens het lezen bevond ze zich midden in het oerwoud, sprak daar met inboorlingen die haar vanaf de bladzijden toeschreeuwden, reed in het maanlicht op kamelen, sliep in bedoeïenententen in de woestijn; door de ogen van haar grootvader zag Aurora de sterrenhemel van de woestijn en de gouden vissen in de diepte van de zee, bracht ze een bezoekje aan het New York van de jaren twintig met haar oude fabrieken en opkomende jazzconcerten, aan de Griekse ruïnes met het Parthenon en kariatiden, het chaotische Rome, het Parijs van Montparnasse, Londen, Amsterdam, Monte Carlo, Nice, Cannes...

Ze zou vele avonden nodig hebben om al die indrukken te verwerken. Dat dagboek was haar paspoort naar het verleden en het voerde haar naar andere werelden; daarin maakte ze kennis met een deel van haar moeder dat ze nooit had gekend: de jonge Soledad.

Ze was zo verdiept in de pagina's dat het ongemerkt avond was geworden; na een blik op de klok besloot ze het dagboek in haar tas te stoppen en in de metro verder te lezen.

Bij haar vertrek werd ze door twee schaduwen gevolgd.

Ze liep het plaza Medinaceli over, stak schuin de calle Anselm Clavé over en kwam uit op de Ramblas. Daar stuitte ze op een stroom zomertoeristen op sandalen en in korte broek die verbijsterd rondkeken en verloren monumenten op hun kaarten probeerden te lokaliseren.

In augustus was Barcelona een andere stad, een verrukkelijke Babylonische smeltkroes van rassen waarin de bezigheden van vrije Barcelonezen en slenterende toeristen bij elkaar kwamen. Die oude stroom bleef maar massa's aantrekken, ook al bestonden die nu niet meer uit water maar uit mensen met twijfelachtige beroepen en weer verdwijnende bezoekers; het asfalt werd overspoeld door zich met gezwinde spoed verplaatsende mannen in djellaba's, mannen met tulbanden en ellenlange baarden, moslima's met hoofddoekjes en schichtige ogen, rijkelijk getatoeëerde Chinezen in een hemdje, jongeren met rastahaar en piercings, omaatjes die door hun honden werden voortgesleept, door drugs verwoeste junks en illegale hoertjes die op argeloze toeristen loerden. Op zoek naar de metro-ingang baande Aurora zich een weg door die bonte massa en kwam bij de tafeltjes van de waarzeggers terecht. Een rijpere vrouw met een Egyptisch voorkomen sprak haar aan: 'Aurora... ik moet u iets vertellen.'

Hoe was het mogelijk, die vrouw kende haar naam! Aurora ging aan haar tafeltje zitten, trok kaarten die haar nog nooit gelezen waren.

'Uw moeder is onlangs op tragische wijze om het leven gekomen en u wilt de omstandigheden van haar dood onderzoeken,' zei de vrouw op ernstige toon terwijl ze naar de tarotkaarten keek die voor haar op het geïmproviseerde tafeltje lagen. 'Iemand die heel dichtbij is, in deze straat zelfs, heeft informatie die interessant voor u is.'

Aurora Villamarí keek om zich heen, maar ze zag alleen onbekende voorbijgangers.

'Wanneer datgene wat die persoon heeft in uw bezit komt, zult u vertrekken. Ga hier weg. In het buitenland zult u aanwijzingen vinden...'

'Wie bent u en hoe weet u mijn naam?' vroeg Aurora geïntrigeerd.

'Een windvlaag heeft me die verteld en ik moest met u praten.' De vrouw leek weer in trance te verkeren en vervolgde: 'Over dertig dagen zult u weer aan mij denken...'

Ze had nooit in waarzeggers noch in heksen en al helemaal niet in kaartleggers geloofd, maar dit verontrustte haar. Die raadselachtige vrouw had haar niet veel meer verteld dan ze al wist, maar ze had behoorlijk aangedrongen dat ze de waarheid in het buitenland moest zoeken. Ze stond geschrokken op van het klapstoeltje en zonder af te wachten wat de vrouw nog meer zou zeggen, gaf ze haar twee munten en vertrok.

Met haar profetische stem schreeuwde de waarzegster haar nog iets na dat ze in de kaarten zag, maar Aurora luisterde al niet meer. Het was inspecteur

Ullada die de laatste zin opving en in zijn geheugen opsloeg.

Hij volgde Aurora al dagen maar durfde haar niet te benaderen. Sinds hij haar op Dolguts piano had horen spelen fascineerde ze hem. Hij was er weliswaar van overtuigd dat ze tot dezelfde klasse behoorden, maar er was iets aan haar dat haar van andere vrouwen onderscheidde; een zweem van afstandelijkheid, dichtbij en toch onbereikbaar. Hij begeerde haar niet in de vleselijke zin van het woord, ze trok hem op een andere manier aan, alsof ze iets bezat wat hij nog moest ontdekken: een soort verheven vrede. Aan de ene kant verlangde hij ernaar bij haar in de buurt te zijn om haar te kunnen zien en haar aanwezigheid te voelen, en aan de andere kant wilde hij ook de zaak van de doden verder onderzoeken, meer vanwege het verbazingwekkende, zonderlinge aspect van de geschiedenis dan door de manier waarop de zelfmoord had plaatsgevonden. Wat voor soort liefde kon je op je tachtigste nog voelen om zo aan je eind te komen?

Diep vanbinnen was Ullada een romanticus; die gevoelens waren voortgekomen uit zijn voorliefde voor oude liefdesfilms waar hij op onmogelijke tijden naar keek, wanneer hij zeker wist dat niemand hem in de gaten hield. Met al die doden die hij onder ogen kreeg, was dit het enige levendige tijdverdrijf dat hem overbleef waarvoor hij niet gedwongen was op pad te gaan of zich aan een tijdschema hoefde aan te passen. Hij kon erover beschikken wanneer hij maar wilde, hij hoefde alleen maar een lade te openen en een van de honderden films te kiezen die hij in de loop der jaren per postorder had verzameld; hij kende ze allemaal op zijn duimpje, maar huilde, zuchtte en droomde als een puber wanneer hij er een bekeek. Hij was vijfenvijftig en deelde met zijn moeder een bescheiden appartement in de calle Legalitat, want de vrouw van zijn leven had hij nog niet gevonden, die moest op z'n minst net zo mooi zijn als Ava Gardner, net zo verfijnd als Grace Kelly en even hulpeloos als Audrey Hepburn. Zijn dagen bracht hij door op het hoofdbureau in de via Laietana nummer 43, waar hij de harde bikkel uithing die zijn nagels scherpte tijdens zijn jacht op de laatste macabere gebeurtenis. Het onderzoeken van en snuffelen in andermans leven intrigeerde hem; wanneer hij daarmee bezig was, voelde hij zich net de hoofdrolspeler van een film. Soms deed hij alsof hij een raadselachtige inspecteur was, een Humphrey Bogart met regenjas en slappe hoed; andere keren was hij de reddende held, een hartstochtelijke, aantrekkelijke Clark Gable. Hij had vaak gedacht dat hij er eigenlijk voor zou moeten betalen, want het was het enige waardoor hij zich nog een beetje gelukkig voelde.

Op de dag dat de stoffelijke overschotten waren gevonden, was Ullada Aurora naar de paseo de Colom gevolgd en was vervolgens, ervan gebruikmakend dat de deur op een kier stond, stiekem het appartement binnengeglipt; nadat Aurora was vertrokken had hij daar uitgebreid rondgekeken. Hij wist wel dat hij geen huiszoekingsbevel of iets dergelijks had, maar onderzocht alles net zo lang tot hij zich een beeld had gevormd van de dode vrouw en, en passant, van de dochter. Hij bleef er verscheidene uren, deed laden open en weer dicht; hij begon in de keuken, ging daarna naar de huiskamer, vervolgens naar de kamer waarvan hij direct in de gaten had dat die van Aurora was geweest, en eindigde in de ouderslaapkamer waar hij zijn onderzoek op concentreerde. Naast het bed zag hij het oude meubel met de louvredeurtjes staan dat Aurora enkele uren ervoor had geprobeerd te openen; toen hij merkte dat het op slot zat, zei zijn speurneusinstinct hem dat daar iets verborgen was. Hij maakte het heel voorzichtig open, forceerde het slot zonder dat het zichtbaar was; daarin had hij, naast veel oude aandenkens die hij bekeek, ook een oude koektrommel aangetroffen waarin een met blauw lint bijeengebonden stapeltje brieven zat, gericht aan Soledad Urdaneta en afkomstig van Joan Dolgut, en ook nog een oud negatief van een foto. Zonder zich ook maar twee keer te bedenken, had hij ze bij zich gestoken met de nieuwsgierigheid van een toeschouwer voor een nieuwe film, waarom wist hij niet goed. Nu bedacht hij dat dat materiaal hem ooit wel eens van pas kon komen om toenadering tot Aurora te zoeken. Zolang dat nog niet het geval was geweest, zou hij haar overal volgen.

Achter hem deed detective Gómez eveneens zijn werk. Overeenkomstig de opdracht van Andreu Dolgut volgde hij Aurora waarheen ze ook ging. Op dit moment had het nog niet tot iets geleid, maar aangezien Andreu hem heel goed betaalde, zou hij het verslag wel dikker maken en foto's van iedereen die ze ontmoette bijvoegen. Hij had een aantal kiekjes van haar gemaakt op de begraafplaats, op zondag in de kerk terwijl ze pianospeelde, met Conchita Marededeu, met de bakkersvrouw, met haar dochter, met haar man… hij had zelfs een foto van haar met de helderziende gemaakt, in de rambla de Santa Mónica. Dat alles had hij klaarliggen voor wanneer Andreu terugkwam van zijn cruise langs de Kroatische kust, wat over twee weken het geval zou zijn. Intussen zou hij zich aan alles wat hij tegenkwam vastklampen, want in al die jaren dat hij detective was, had hij nog nooit zo'n smeuïge zaak onder handen gekregen, financieel gesproken dan.

Gevolgd door de twee mannen nam Aurora de metro.

Ze ging zo in haar grootvaders dagboek op dat ze vergat bij Les Corts uit te stappen. Gómez was naast haar gaan zitten en keek stiekem mee terwijl hij deed of hij zat te lezen in een boek dat hij bij zich had. Het was magnifieke lectuur. Ullada had twee rijen verderop moeten plaatsnemen om te voorkomen dat Aurora hem zou herkennen en verscholen achter een krant hield hij haar in de gaten. Opeens zag hij Aurora met de man naast haar praten.

'Mooi geschreven,' zei Gómez innemend. 'Neem me niet kwalijk, ik heb ongewild meegelezen... mag ik?' Hij maakte een gebaar om het dagboek wat beter te bekijken.

'Dit zijn de herinneringen van mijn overleden opa,' antwoordde Aurora terwijl ze de nostalgieloze pagina's streelde. Het was niet gebruikelijk dat ze in de metro met iemand sprak, maar af en toe kwam ze mensen tegen die echt om een praatje verlegen leken te zitten.

'Prachtig schoonschrift... aristocratisch,' ging Gómez verder.

'Dat is nog het minste. Wat hij schrijft en de plaatsen die hij heeft bezocht zijn nog veel mooier. Mijn grootvader was een reiziger van de wereldzeeën. Hij heeft ontzettend veel gereisd, weet u.'

Plotseling besefte ze dat ze haar halte had gemist en ze stond onmiddellijk op. 'Sorry, maar ik ben te lang blijven zitten, bij de volgende halte ga ik eruit.' Ze sloeg het dagboek dicht en maakte aanstalten om uit te stappen.

'Dat is toevallig, ik ook,' zei Gómez in een poging wat meer contact te krijgen.

Hoewel zijn speurdag er inmiddels op zat, besloot inspecteur Ullada ook uit te stappen om uit te vissen waarin het gesprek dat net begonnen was zou ontaarden.

De mensenmassa voor wie de rit bij die halte eindigde loste op, werd verzwolgen door het asfalt.

'Neem me niet kwalijk, het was niet mijn bedoeling u af te leiden.' Gómez liep naast Aurora. Hij wilde het net gelegde contact niet verliezen; die vrouw kon hem interessante gegevens verschaffen voor het verslag dat hij voor Andreu aan het samenstellen was. 'Weet u dat mijn jongens nu op me zitten te wachten? Ik heb met ze afgesproken naar de bioscoop te gaan. Je weet bijna niet meer hoe je ze moet bezighouden als je geen geld hebt,' zei hij, wetend dat je vrouwen meestal voor je kon winnen door over kinderen te praten.

Het had effect. Aurora besloot nog wat langer naar hem te luisteren.

'Woont u hier in de buurt?' vroeg ze.

Gómez deed alsof hij haar niet had gehoord en hij veranderde van onderwerp. Hij wilde het gesprek naar zijn hand zetten.

'Uw grootvader moet een belangrijk man zijn geweest. Dat zie je gewoon. Nou ja... dat maak je op uit wat hij heeft geschreven. Ik kon de verleiding niet weerstaan mee te lezen.'

'Dat geeft niet. Nieuwsgierigheid is de mens eigen. We vinden het prettig naar anderen te kijken om onszelf te ontdekken... Mijn opa was Colombiaan, maar ik heb hem nooit ontmoet; al lezend begin ik hem nu echt te kennen.'

'Uit Colombia? Dat is ver weg, nietwaar? De mijne kwam uit Andalusië. Was vrolijker dan een stel klepperende castagnetten... en verwend dat-ie me heeft, hij behandelde me alsof ik een heertje was.'

Bedreven stuurde Gómez het gesprek tot hij Aurora een aantal bijzonder interessante pareltjes had ontlokt die zijn rapport konden opsieren. Hij was er nu achter dat de dode vrouw een Colombiaanse was die tot 1950 in Bogota had gewoond en dat ze van zeer goede afkomst was. Iets is beter dan niets, dacht hij. Toen ze nog één blok van Aurora's huis verwijderd waren, nam hij heel tevreden afscheid, met een hoffelijkheid die een dandy niet zou hebben misstaan.

Die vrijdag heerste er een levendige sfeer in de wijk. Er stonden tafeltjes buiten voor de cafeetjes en vandaar klonk gelach op dat doortrokken was van de geur van bier en tapas. In Aurora's hoofd vermengden de woorden van de waarzegster zich met de verhalen die ze in het dagboek van haar grootvader Benjamín had gelezen. Het gesprek met de man uit de metro had haar even afgeleid van de problemen waar ze mee worstelde, maar nu ze de trap naar haar flat op liep, werd ze weer overvallen door vragen. En als Joan Dolgut eens een oude geliefde van haar moeder was? Het was nog nooit bij haar opgekomen dat deze haar vader wel eens ontrouw kon zijn geweest, maar nu ze er bij stilstond had ze hen elkaar nooit vaak zien liefkozen. Ze herinnerde zich dat haar moeder, onder het mom van Aurora's nachtelijke kinderangsten, op een avond haar intrek in haar kamer had genomen en dat ze heel lang – een jaar of tien? – bij elkaar hadden geslapen. Dat was haar excuus geweest om de echtelijke sponde te verlaten. Toen ze ouder werd, was haar moeder teruggekeerd naar de ouderslaapkamer en was ze weer bij haar vader gaan slapen, echter niet meer zoals vroeger in het tweepersoonsbed maar in een lits-jumeaux met gescheiden bedden, die het soort relatie dat ze hadden goed weergaven: een 'vriendelijke afstandelijkheid'. Dat oude mahoniehouten bed, waarvan het hoofdeinde was versierd met een gravure van modernistische bloemen en een met de hand gesneden crucifix, had nooit meer het gestoei en gedartel van het paar mogen beleven, als dat ooit al had plaatsgevonden; een hele tijd bleef het nog als oude liefdestrofee bewaard, voor eeuwig verstomd maar wel opgemaakt, was het verbannen naar de logeerkamer voor onzichtbare familieleden op het Amerikaanse continent die ooit zouden overkomen maar nooit arriveerden. Uit de tijd dat haar vader met de weinige vrienden die hij had samenkwam om heimelijk over de onrechtvaardigheden van de dictatuur te praten, herinnerde ze zich dat haar moeder trots 'de gastenkamer met het logeerbed' aan hun echtgenotes liet zien. Zo moest haar moeder zich hebben gevoeld: een gast die een bed bezette waarin ze niet hoorde vanwege de implicaties die het erin slapen met zich mee hadden gebracht. Later, kort nadat haar man was overleden en ze zich realiseerde dat niemand ooit bij hen zou komen logeren, was ze in de logeerkamer getrokken, verloste ze dat bed eens en voor altijd van zijn eenzaamheid en verliet ze het nooit meer. Nu besefte ze dat stiltes het meest kenmerkend voor de situatie bij haar thuis waren geweest, ook al waren ze nooit opgevallen omdat de piano ze had overstemd met vrolijke symfonieën.

'Mamaaa!' Haar dochter vloog haar om de hals. 'Ik heb je zo gemist. Ik zie je nooit meer,' zei ze terwijl ze haar vol genegenheid een zoen gaf.

'Dat is waar, prinsesje, ik ben ook zo...'

'Met dat van oma, nietwaar?' Ze veegde een haarlok weg die over haar moeders voorhoofd viel. 'Laat toch, mama. Tenslotte... kunnen we haar toch niet meer tot leven wekken, en ik ben er nog. Ik heb je lievelingseten klaargemaakt: de empanada's die oma me heeft leren maken. Papa is nog niet thuis.'

Mariano Pla zat al dagenlang in spanning. Bij het bedrijf waar hij werkte waren ze bezig met een personeelsreorganisatie en hij had het in zijn hoofd gehaald dat ze hem weleens zouden kunnen ontslaan. Hij was altijd wel ergens door van streek. Hij was een kleurloze man, vol inbeelding en nooit-uitgesproken complexen, die zijn toevlucht had genomen tot het voetbalfanatisme om zijn angsten af te reageren, en tot de nieuwsberichten op werkelijk alle zenders om zo een gesprek te ontlopen. Hij was een vurig supporter van Barça, en er ging geen zondag voorbij dat hij niet gekleed was in een blauwrood trainingspak met het embleem van zijn geliefde voetbalclub. De enige luxe die hij zich veroorloofde was zijn lidmaatschapskaart. Aurora, die een hekel aan voetbal had, ging soms met hem mee, alleen maar om de metamorfose te zien die haar man in het stadion onderging. Daar zag ze hem schreeuwen, juichen, tekeergaan en zelfs vloeken en schelden in woorden waarvan ze nooit had gedacht dat hij die over zijn lippen kon krijgen.

Ze had hem dertig jaar eerder in Cadaqués leren kennen tijdens een zomertripje dat ze met twee vriendinnen had gemaakt, studentes kunstgeschiedenis die helemaal weg waren van het werk van Dalí en het in hun hoofd hadden gehaald dat ze de schilder misschien wel in zijn huis aan het strand konden zien... wellicht hem zelfs ontmoeten. In plaats van Dalí hadden ze alle drie een jongen leren kennen die kort daarna hun echtgenoot zou worden. Door de repressie in die tijd en de opvoeding van de nonnen van Bellavista verliep Aurora's verlovingstijd zonder enig smetje, met weinig uitstapjes en veel bezoekjes thuis. Mariano Pla arriveerde elke avond rond zes uur en nadat hij beleefd had gegroet, ging hij op de bank zitten, pakte de hand van zijn verloofde en bleef daar stilletjes zitten tot Aurora's moeder hem uitnodigde om mee te eten en hij beschaamd vertrok, behalve op vrijdag, dan bleef hij wel bij hen eten. Na een verloving van tien maanden bedacht Soledad dat die verlegen jongen een goede echtgenoot voor haar dochter zou zijn. Ook al was ze er niet zeker van dat wat ze voelde wel echte liefde was, stapte Aurora toch verliefd en verwachtingsvol het huwelijksbootje in, zonder ook maar één druppeltje seks te hebben geproefd... Door de enorme ontgoocheling die ze op dat gebied te verwerken kreeg, vulde ze haar uren met eenzame arpeggio's, adagio's en recitals.

Mariano en zij hadden maar één ding gemeen en daarin waren ze het ook voor de volle honderd procent met elkaar eens: ze aanbaden hun dochter. Het meisje was pas laat geboren, toen Aurora al tweeëndertig was en ze bijna doodgingen van verveling, maar de geboorte had als een speld gewerkt die beide harten opnieuw met elkaar verbond.

Er waren geen ruzies of conflicten van welke aard dan ook. Ze wisten wat ze aan elkaar hadden en geen van beiden verwachtte meer van de ander dan wat die hem kon geven. In de ogen van het meisje hadden haar ouders een perfect huwelijk. Na het avondeten gaf Aurora Mar pianolessen; daarna praatten ze tot heel laat over haar schoolvriendinnen, over boeken die ze hadden gelezen en over concerten waar ze gratis naartoe gingen na heel lang in de rij te hebben gestaan. Mariano zette zich altijd voor de tv tot hij in slaap viel, afgestompt door stiltes, natuurdocumentaires, stompzinnige programma's en nieuwsberichten.

Aurora had al heel lang niet meer aan zichzelf gedacht. Toen ze klein was, had ze een heel ander leven in gedachten, maar ze had niet aan het vlakke bestaan weten te ontsnappen. Haar pogingen om als jongere uit Barcelona weg te komen en het hogerop te zoeken waren op niets uitgelopen, want na de dood van haar opa kon ze wegens geldgebrek geen lessen meer nemen bij de beroemde Weense pianist Horowitz – dat was haar droom – en op de grote podia optreden, ook al had ze genoeg talent.

Bij het krieken van de dag, wanneer de ochtend gloorde, gleden haar vingers vederlicht over de piano en streelden de toetsen in een intieme dialoog van vragen en antwoorden. Bij de piano kon ze haar droefheid bezweren, voelde ze zich bemind. Al spelend zei ze haar woede, verdriet en frustraties vaarwel, beteugelde ze haar ongelukkige gevoelens. Alleen dat instrument was in staat haar de liefde te schenken waar ze zo naar hunkerde en die ze niet kreeg. Ze leefde om te spelen en speelde om te leven... Die klankrijke passie maakte de onvervulde hartstochten van haar dagelijks leven los, zorgde ervoor dat haar hart zich elke ochtend opnieuw openstelde voor het leven, zonder iets van iemand te verwachten... Gewoon leven, omdat zij en haar piano dat zo voelden.

Ze hoorde de sleutel in de deur en Mariano kwam met een bedrukt gezicht binnen.

'Ze gaan me ontslaan. Ik weet het. Vandaag is de baas uit Parijs overgekomen en hij keek me op een bepaalde manier aan.'

'Zeg dat nou niet, joh,' antwoordde Aurora en ze legde haar hand even op zijn schouder. 'Je zou je niet zoveel zorgen moeten maken, dan trek je het ongeluk nog aan.'

'Trouwens, ik meende buiten die ene man te zien... de inspecteur die belast was met de zaak van je moeder.'

'Ullada? In deze buurt? Onmogelijk.'

Inspecteur Ullada had plaatsgenomen aan een tafeltje in de bar recht tegenover de woning van de Villamarí's om de avond te verkwikken met een biertje. Bij de ober had hij een tortilla met knoflook besteld en intussen zat hij van wat stukjes ham te knabbelen. Die avond zou hij, als hij ten minste niet op het laatste moment door het hoofdbureau werd opgeroepen, een film kijken die hij in een kiosk had gekocht: *The Bridges of Madison County*, een Amerikaanse liefdesgeschiedenis tussen een fotograaf van *National Geographic* en een getrouwde vrouw. Clint Eastwood en Meryl Streep. Hij zou eens met Aurora moeten gaan praten.

Bruinverbrand door de Kroatische zon en wind waren ze thuisgekomen nadat ze eerst nog een exquis afscheidsdiner hadden genoten op het jacht van de beroemde ontwerper Amore Cuore. Andreu Dolgut en Tita Sardá bruisten nog van de champagne en van de onder arrogant gelach maar deels genuttigde kreeft, kaviaar en zee-egels. Toen ze aankwamen, deed Andreu wellustig toenaderingspogingen tot zijn vrouw.

'Houd op, idioot. Kun je niet wachten tot we binnen zijn?' Tita trok de handen van haar echtgenoot van haar borsten af. 'Wat ben je toch vreselijk ordinair!'

'Waarom zeg je niet gewoon dat je niets met me wilt doen in plaats van steeds maar smoesjes te verzinnen, madam Frigide? Kijken maar niet aankomen, dat duurt nu al een maand. Heeft papa's meisje soms zin in een ander mannetje?' Het laatste zei Andreu honend.

'Ik ben die onzin van je zat. Je hebt anders behoorlijk geprofiteerd van alles wat ik heb, nietwaar? Als je mij niet had gehad, wie zou je nu dan zijn, hè? Nou, geef eens antwoord. Een meneer niemendal.'

Tita's stem galmde door de kamers.

In zijn slaapkamer hoorde hun zoon hen. Ze hadden alweer ruzie. Hij stopte zijn hoofd onder het kussen om ze maar niet te horen en probeerde te slapen. Een paar minuten later ging de deur open en kwam Andreu binnen. Hij ging altijd naar de slaapkamer van zijn zoon wanneer hij dacht dat Borja al sliep, en deze deed dan alsof om ieder contact maar te vermijden; hij gaf er de voorkeur aan zijn vader op deze manier te voelen: dichtbij en veraf. Hij zou niet weten waarover ze moesten praten, want dat hadden ze nooit gedaan. Dit was het enige moment waarop hij daadwerkelijk zijn genegenheid voelde en hij dacht dat die magische momenten verbroken zouden worden als ze het over onbenulligheden gingen hebben. Voor het eerst sinds de jongen kind-af was, ging zijn vader op de rand van het bed zitten en streelde hij zijn gouden haardos die onder het kussen vandaan kwam.

'Je wordt groot, hè?' Andreu praatte tegen zichzelf, maar Borja hoorde hem. Hij wist niet of zijn zoon nu al veertien was of nog steeds dertien. Hij had altijd moeite gehad de leeftijd van zijn enige zoon te onthouden. 'We zouden eens met elkaar moeten praten,' zei hij terwijl hij de controller van de PlayStation van het bed pakte.

Hij keek de kamer een poosje rond. De collectie in elkaar gezette miniatuurautootjes stond in een nette rij op de vensterbank. Andreu pakte een Ferrari... Zo eentje had ik moeten kopen, dacht hij. Nadat hij hem een poosje had bekeken, zette hij hem terug. De computer was warm en op het beeldscherm was het nieuwste Sims-spel te zien. Zijn zoon was druk bezig geweest een denkbeeldig gezin in het leven te roepen dat zich dood verveelde in een overdadig luxueus huis. Hij sloot het spel af en zette het apparaat uit. De piano die tegen de wand stond deed hem aan zijn vader denken. Toen hij klein was had Borja graag les willen hebben, maar hij had het verboden uit angst dat zijn zoon een niemendal zou worden... net als zijn opa. Het was al zes jaar geleden dat hij voor het laatst had gespeeld. Die piano moest worden weggehaald, bedacht hij terwijl hij het lampje op het nachtkastje uitdeed. Toen hij de kamer uit liep, betrapte hij zichzelf erop dat hij weer aan zijn vaders dood dacht.

Hij wilde al weken met Gómez afspreken, maar de vakantie was ertussen gekomen; hij vertrouwde er maar op dat de detective die tijd nuttig had besteed en zijn bevindingen met wat nieuwe berichten kon staven. Waarom eigenlijk? vroeg hij zich af. Misschien om meer over zichzelf te weten te komen. Morgen bel ik hem, dacht hij terwijl hij de deur van zijn prachtige slaapkamer opendeed.

Tita Sardá lag net in bed, omringd door linnen sierkussentjes en met een dikke laag Capture van Christian Dior op haar gezicht; ze deed alsof ze al sliep. Des te beter, dacht Andreu toen hij haar zag liggen. Hij had geen zin verder te ruziën. Hij had er een hekel aan onder dezelfde lakens te slapen wanneer ze hadden gekibbeld. Zo vaak ze maar kon, liet zijn echtgenote hem zijn nederige afkomst voelen. Haar vernederende opmerkingen waren altijd laag en doortrokken van een bijtende spot. Ze had nooit eens de moeite genomen zich te verplaatsen in de gevoelens van mensen die niets bezaten, want van kinds af aan had ze gezwommen in geld en luxe. Hij liep naar de badkamer, deed de kraan open en wierp enkele handen water in zijn gezicht om de laatste alcoholrestjes in zijn ogen weg te spoelen. Hij bleef een hele tijd zijn gezicht in de spiegel bestuderen. Zijn haar werd al behoorlijk grijs, en tussen zijn wenkbrauwen en bij zijn mondhoeken begonnen zich diepe rimpels af te tekenen; het zomers bruin deed de groene ogen die hij van zijn vader had geërfd goed uitkomen. Alles bij elkaar genomen zag hij er knap en treurig tegelijk uit. Hij bekeek zichzelf niet graag, want ongewild keken zijn ogen hem aan met de afwezige blik van Joan Dolgut, zijn verwekker, ogen waarvoor hij al heel lang had geprobeerd te vluchten; maar daar was hij. Door die blik bleef zijn vader in hem en daar had hij niet aan kunnen ontsnappen, zelfs niet nu deze onder de grond lag.

Borja had eveneens zijn ogen. Het was een kenmerk van de Dolguts dat geld niet had kunnen uitwissen. Wellicht vermeed hij het daarom naar zijn zoon te kijken, omdat alles aan de jongen hem herinnerde aan zijn vader die, als wraak omdat hij hem in de steek had gelaten, zijn aanwezigheid leek te hebben afgedwongen op de enige manier waar niet aan te ontkomen viel: het genetisch materiaal.

Hij had zijn vader nooit verteld dat hij opa was geworden, hij wilde voorkomen dat deze zijn luxueuze leventje zou binnendringen, maar via de kranten en nieuwsberichten had Joan Dolgut de carrière en het sociale leven van zijn zoon gevolgd. Een van de dingen waarvan Andreu nog niet op de hoogte was en die detective Gómez hem wilde laten zien, waren de tientallen krantenknipsels die hij in een lade van het nachtkastje van de oude man had aangetroffen, met foto's van Andreu op de dag van zijn huwelijk met Tita, Andreu en Tita met hun stamhouder, Andreu die tot directeur van Divinis Fragances werd benoemd, Andreu en Tita als winnaars van de zeilwedstrijd *Parfum du Vent*, Andreu terwijl hij de felicitaties van het koninklijk paar in ontvangst nam... Dat had hij allemaal als relevante gegevens bij zijn rapport gevoegd, want het was wel duidelijk dat de overledene geobsedeerd was door Andreu en zijn gezin. Ook had hij een zilveren lijstje bijgevoegd waarin een uit een tijdschrift geknipte foto van een kind zat, van wie Gómez vermoedde dat het de kleine Borja op zevenjarige leeftijd was.

Andreu stapte in bed waarbij hij probeerde Tita niet wakker te maken, niet zozeer om haar slaap niet te verstoren maar om zich te hoeden voor haar venijnige tong die, als ze het eenmaal op haar heupen had, wel dagen kon aanhouden. Na een hele tijd onrustig te hebben liggen woelen, bleek dat hij de slaap niet kon vatten. Hij was uitgeput en tegelijk stond zijn mannelijkheid op springen; zijn geslacht was topzwaar door alle weigeringen. Hij stond stilletjes op en in de duisternis van de badkamer zocht hij verlichting.

De volgende morgen begroette Tita hem met een brede glimlach in plaats van met haar gebruikelijke bitsheid. Ze was met een stralend humeur wakker geworden. Gestoken in een trainingspak van Armani en op sportschoenen maakte ze zich op om naar de sportschool te gaan, ze bestoof zich met parfum en gaf nog wat laatste instructies aan het personeel.

Andreu zag haar zoals hij haar de hele vakantie niet had gezien: gelukkig. Ze liep van hot naar her zonder haar mobiel ook maar een seconde los te laten, verzekerde zich ervan dat ze niets was vergeten, stopte sleutels in haar sporttas en haalde ze er weer uit.

'Jullie hoeven vandaag niet op me te wachten met eten, ik kom niet thuis. Ik heb al zo lang niet meer gesport dat ik heel wat in te halen heb. Borja, schatje,' zei ze tegen haar zoon die zwijgend zijn cornflakes klaarmaakte, 'de tennisleraar is er tegen elf uur, laat hem niet wachten, oké? Kusje. Smak.' Ze wierp beiden een kushandje toe. 'O ja... dat zou ik bijna vergeten.' Vanuit de deuropening richtte ze zich tot Andreu: 'Vanavond dineren we bij de Domènechs.'

Een vlaag Allure van Chanel bleef in de ruimte rond zweven. Andreu en Borja keken elkaar aan, voor het eerst lag er een samenzweerderig lachje in hun ogen. Ze dreven de spot met Tita's gehaast en haar op het laatste nippertje gegeven aanwijzingen, het was altijd hetzelfde liedje.

Onder het ontbijt besloot Andreu te gaan zeilen. Hij had nog een paar dagen vrij aangezien het bedrijf wegens vakantie gesloten was en hij had geen zin om alleen te zijn; hij zou zijn vrienden bellen. Terwijl hij het nummer intoetste, veranderde hij van mening. Hij zou Gómez bellen en eens horen wat die hem te melden had. Hij zocht in zijn adreslijst en drukte de beltoets in...

'Gómez?'

Een gedienstige stem antwoordde meteen. 'Meneer Andreu? Bent u terug?' En hij ging zonder pauze verder. 'Ik heb een uitgebreid rapport voor u. De hele vakantie heb ik lopen zwoegen, dag en nacht, zonder pauzes te nemen, u wilt niet weten hoe ik heb gezweet...'

'Houd maar op, Gómez, daar betaal ik u ook voor. Ik bel om een afspraak te maken. Laten we om twee uur wat gaan eten in La Fonda de los Ilustros, achter de kathedraal. Weet u waar dat is...?'

'In de calle Obispo Irurita?'

'Nee, man, daarnaast.'

'Maakt u zich geen zorgen, meneer Andreu, ik zal er zijn.'

'Nog nieuws, Gómez?'

'U hoort het wel, meneer Andreu... U hoort het wel...'

Intussen deed Tita de deur van het appartement in Pedralbes open, waar een pas gedouchte en geparfumeerde Massimo di Luca op haar zat te wachten. Een pop van vlees en bloed, dacht Tita toen ze hem overlopend van schoonheid op zich af zag komen. Haar minnaar, het yoghurtmodel, stortte zich op haar, tilde haar met zijn gespierde armen op, en terwijl hij haar als een dolle liet rondwervelen overdekte hij haar met kussen. Dwars door de stof heen beet hij hard in haar borsten, wreef hardhandig met zijn handen tussen haar dijen om door haar strakke katoenen broek heen haar geslacht te voelen. Zonder haar ook maar een adempauze te gunnen, rukte hij haar de kleren van het lijf, plantte haar tegen de muur en neukte haar met woeste stoten. Tita Sardá schreeuwde van pijn en genot. Nadat hij zijn woede van in de steek gelaten minnaar had gekoeld, fluisterde Massimo almaar Italiaanse woordjes in haar oor, iets waar ze helemaal wild van werd want dat vond ze supersensueel en romantisch.

'*Mi fai impazzire di gioia…*' Hij liet zijn tong over haar oorlelletje glijden. '*Sei l'amante più passionale del mondo.*'

Tita smeekte hem door te gaan.

'*Ti voglio tanto bene.* Terwijl hij dat zei, stak hij zijn tong diep in Tita's mond. '*Sìììì. Mi sei mancata così tanto, diavoletta.*'

'Ik ook, *amore mio*. Ik heb je zo ontzettend gemist! Je hebt geen idee hoe ik onder die dagen zonder jou heb geleden. Ik stierf van verlangen om je te zien,' antwoordde Tita intussen wellustig op zijn wijsvinger zuigend.

'*Sono stato così geloso di tuo marito...*' fluisterde Massimo terwijl hij als straf hard in de punten van haar tepels kneep.

'Hij heeft me met geen vinger mogen aanraken… ik zweer het je,' zei ze zijn borst strelend.

Buiten zichzelf van hartstocht bleef Massimo haar likken. '*Di quella gente con cui sicuramente ti divertivi...*' Nu beet hij haar wellustig, '*geloso del mare che ti abbracciava... della brezza che ti sfiorava… del sole che baciava la tua pelle.*' Zijn handen gleden hongerig over haar onderbuik tot hij Tita's vlammende vulkaan had gevonden. '*Come possiamo fare, amore mio?*' De Italiaan stak zijn vinger diep in de vagina van zijn minnares, liet haar kreunen. '*Tu già lo sai che io sono possesivo. Ti voglio tutta per me...*' Hij wachtte tot Tita hem smeekte te stoppen met drukken, en besloot: '*Solo per me.*'

Toen hij dat zei, rolden ze in hartstochtelijke, acrobatische buitelingen over de vloer.

Massimo kwam abrupt overeind, pakte een beker yoghurt van tafel die hij net bij het ontbijt had willen nemen, goot die over Tita heen, overdekte haar lichaam met stukjes meloen, aardbeien en moerbeien die hij verorberde terwijl hij haar zo wild bereed dat ze bijna bezwijmde van genot.

Detective Gómez liep te zweten in een zakelijk krijtstreeppak dat hij op het laatste moment had besloten aan te trekken om indruk op Andreu te maken. De stropdas knelde en zijn voeten brandden in zijn schoenen op het kokende asfalt zo tegen het heetst van de dag, maar hij zag eruit als een echte Wall Streetbroker. Als hij zijn jasje uitdeed, zouden de rode bretels die hij had omgedaan zichtbaar zijn. Hij had veel zorg aan details besteed om meer te lijken dan hij was, en wellicht zou Andreu na het onderzoek tot de ontdekking komen dat hij een waardevolle aanwinst voor het parfumeriebedrijf kon zijn, misschien voor industriële spionage bij de concurrentie van Divinis Fragances, die de laatste tijd aldoor succesvolle nieuwe producten op de markt bracht. Hij was trots op het werk in zijn nepleren aktetas – eindelijk kon hij die eens gebruiken –, een naar zijn mening voortreffelijk rapport waaraan hij de hele vakantie had gewerkt.

Hij beklom de trap op het plaza de la Catedral en nam met een paar flinke stappen het nauwe zijsteegje tot hij voor La Fonda de los Ilustros stond. Hij keek op zijn horloge: hij was één minuut te vroeg. Perfect, dacht hij terwijl hij met een zakdoek de kleine zoute druppeltjes depte die over zijn voorhoofd gleden. Binnen wachtte Andreu Dolgut hem op aan een gereserveerd tafeltje. Hij wilde niet met die onbeduidende figuur worden gezien; daarom had hij ook op die plek met hem afgesproken, hij wist dat hij daar geen bekenden zou tegenkomen.

'Meneer Andreu, wat bent u prachtig bruin,' zei Gómez toen hij hem ontwaarde, en hij gaf hem een hand.

'Ga zitten, Gómez.' Andreu wees op de stoel tegenover hem; hij gniffelde bij het zien van het ongemakkelijke pak dat de detective droeg en dat volstrekt niet bij een 29ste augustus paste. 'Doe dat jasje toch uit, kerel, u stikt nog.'

Ze bestelden wat kleine hapjes, Iberische ham, Galicische inktvis, blokjes kaas uit La Mancha, en een goede rioja uit 1994.

Gómez was opgetogen. In het gezelschap verkeren van een bekende zakenman die regelmatig in de bladen stond, zo'n wijntje drinken, die ham snoepen, hij bevond zich zo ongeveer in de zevende hemel. Hij had zich zorgvuldig op deze dag voorbereid, was naar een copyshop gegaan waar ze alle documenten voor hem hadden gekopieerd op hoogwaardig, zwaar papier, wat hem een professionele uitstraling verleende. Hij had de geschiedenis van Joan Dolgut netjes in gekleurde mappen geordend: in de blauwe zaten de papieren die betrekking hadden op zijn jeugd, in de rode het deel over zijn ballingschap, in de witte zijn leven als getrouwde man en in de groene map alles wat niet te classificeren viel, zoals foto's van Aurora, aantekeningen van zijn gesprek met haar en zijn eigen conclusies. Net toen hij met zijn uitleg wilde beginnen, viel een van de zwart-witfoto's die hij van Aurora had gemaakt om het rapport wat dikker te maken uit de stapel papieren. Andreu pakte de foto van tafel en bestudeerde haar aandachtig. Die vrouw heeft beeldschone gelaatstrekken, dacht hij, men kent de monnik niet aan zijn pij... maar die zegt wel veel over iemand... Als je Armani zou dragen, was je heel anders, was je een dame... in die goedkope kleding zie je er zo nietszeggend uit. Hij legde zijn hand over haar lichaam zodat alleen haar gezicht zichtbaar was. Zo zie je er veel beter uit.

Gómez stopte de foto terug in de map en kwam ter zake. 'Zal ik beginnen, meneer Andreu?' Hij schraapte nerveus zijn keel en sloeg een van de dossiers open.

'Steek maar van wal, Gómez, ik heb niet de hele dag de tijd.'

'Wist u dat... uw vader,' hij benadrukte het woord uw, 'een oorlogsvluchteling was?'

Andreu wierp hem een vernietigende blik toe.

'Neem me niet kwalijk, meneer Andreu, als dit vervelend voor u is, maar u had me meteen moeten vertellen dat de oude man in kwestie uw vader was. Ik heb het kunnen afleiden uit een paar authentieke documenten die ik in zijn ladekast heb gevonden.'

'Ga door, Gómez.' Andreu verborg zijn onbehagen elegant. 'U weet dat alles wat u in de loop van dit onderzoek ontdekt strikt geheim moet blijven. Maar toch, als u aan hem refereert heb ik liever dat u hem bij zijn naam noemt in plaats van "uw vader" te zeggen.'

'Prima, meneer Andreu. Wat ik wilde zeggen is dat... Joan Dolgut,' hij beklemtoonde de naam terwijl hij hem aankeek, 'in de zomer van 1936 met een republikeinse vrijbrief uit Barcelona vertrok en pas in 1940 is teruggekeerd. Hij woonde bij een paar afschuwelijke familieleden in Frankrijk die hem blijkbaar als een onderkruiper hebben behandeld. Ik heb hier wat gegevens...' Hij overhandigde hem een kaartje met het adres in Cagnes-sur-Mer. 'Over de periode tussen '36 en '40 heb ik nog maar heel weinig kunnen vinden, daar zou ik nader onderzoek naar moeten doen. Ik zou u willen voorstellen dat ik naar de Franse Rivièra ga om zijn leven daar te reconstrueren, hoe lijkt u dat?'

'We zullen zien, Gómez, ga verder.' Andreu vroeg zich peinzend af waarom zijn vader hem nooit iets over die ballingschap had verteld, waarom hij hem nooit iets over zijn verleden had verteld... waarom hij hem vrijwel nergens iets over had verteld.

'Dit is het schrift uit de jeugd van uw... van Joan Dolgut,' corrigeerde hij zichzelf, 'voor het geval u er eens een blik in wilt werpen. Toen ik het las, sprongen de tranen me in de ogen.'

Andreu pakte het aan met een gevoel van beklemming dat hij nog niet eerder had ervaren. De aanraking van dat stoffige schrift riep die 'allergie voor het schamele' bij hem op, zoals hij alles wat hem aan armoede deed denken spottend had gedoopt. Aan de ene kant wilde hij het schrift graag inkijken, maar zijn positie als man van standing maakte het niet eenvoudig het zomaar door te bladeren. Hij had de houding van een rijke die zich niet kon ontspannen of kon handelen als een ongecompliceerd menselijk wezen. In dat schrift stonden de dromen van zijn vader waarvan hij, de zoon, geweigerd had te accepteren dat hij die ooit had gekoesterd; als hij het zou lezen bestond de kans dat hij in de val van goedkoop sentiment liep. Maar toch wilde hij het. Hij had die detective ingehuurd om zijn verleden boven water te krijgen, enkel om het weten, zonder enige vorm van verplichting. Hij zou zelf bepalen in hoeverre hij zich bij die geschiedenis liet betrekken, in wezen had hij er niets mee te maken, hij was immers zijn eigen weg gegaan, en kijk eens hoe: met een en al succes.

Nadat zijn razendsnelle overdenkingen hem hadden gerustgesteld, sloeg Andreu het schrift op een willekeurige bladzijde open en las vluchtig een paar regels. Die obsessie voor de piano, voor het leven van Pau Casals en ook om zelf pianist te worden had zijn vader in het verderf gestort. Hij was ervan overtuigd dat het gebrek aan ambitie, financieel gesproken dan, zijn vader had verhinderd als mens te groeien. Die slapheid en apathie, gevoegd bij de naoorlogse depressie, hadden hem aan de zelfkant van de samenleving doen belanden, en hijzelf, de zoon, had daarvoor moeten boeten en in zijn eentje moeten vechten om een plaatsje in de maatschappij te veroveren, in de echte, die telde en waar maar één enkele god de scepter zwaaide: geld. Hij had de hielen van de rijkste mensen moeten likken om zelf niet ook een onzichtbaar persoontje te worden, zoals zijn vader naar zijn stellige mening was geweest. Al lezend in Joan Dolguts grijze aantekeningen kon Andreu zich absoluut niet in de schoenen van de eenzame jongen verplaatsen, in die gedwongen vreemdeling met een vroegrijpe ziel die ten prooi was gevallen aan nostalgie, want hij was er alleen maar op ingesteld aan zichzelf te denken, want hij was enkel in staat verwijten te maken, niet om begrip te tonen. Als hij zich ook maar even had kunnen openstellen voor een beetje mededogen, dan zou hij hebben beseft hoe dicht hij bij die jongen, bij zijn vader, had kunnen staan.

'Volgt u me nog, meneer Andreu?' vroeg de detective, die in de gaten had dat deze met het geopende schrift voor zich was afgedwaald.

'Ja, ja, ga verder...' antwoordde Andreu, weer tot de werkelijkheid terugkerend.

'Ik zei dat Joan Dolgut een behoorlijke tijd in Cannes moet zijn gebleven, dat blijkt uit de laatste pagina's. Mag ik even?' Hij pakte het schrift en sloeg het bijna helemaal achterin open. 'Hier merk je een verandering in hem op. Uit zijn aantekeningen blijkt dat zijn stemming anders is. Je zou zelfs zeggen, uit wat je tussen de regels door leest, dat de jongen gelukkig was. Hij leert een meisje kennen dat hij beschrijft als... nou ja, ze moest een engeltje zijn dat uit de hemel was neergedaald... Het deed me denken aan de tijd dat ik mijn Lola heb leren kennen. U begrijpt me wel, wanneer je verliefd bent, hoor je de engelen zingen... zie je duizend naakte maagden... voel je je de enige onsterfelijke sterveling.'

Maar Andreu kende dat gevoel niet. Verliefd worden stond niet in zijn woordenboek. Je hart de vrije teugel geven hield in dat je geen heer en meester meer over je eigen leven was. Alles onder controle houden, dat was zijn devies, en het had hem geen windeieren gelegd. Ooit, toen hij als portier bij het Ritz werkte, was hij in de ban geraakt van een Andalusische die daar kamermeisje was en de schoonheid bezat van een boerenmeisje, een donkere huid en olijfkleurige ogen, maar hij had nooit toegestaan dat die onzinnige, irritante gevoelens een obstakel vormden voor datgene wat hij in zijn hoofd had gezet, en ook al zou hij het hebben gewild, het kon nooit meer zijn geworden dan een avontuurtje in een suite om ledige uurtjes te vullen. Dat kwam voor hem nog het dichtst bij verliefd zijn. Daarna had hij nog enkele affaires gehad om de mannelijke behoeften van een alleenstaande man te bevredigen en waarvoor hij met cadeautjes of in klinkende munt betaalde, de beste manier om geen sporen achter te laten. Zo had hij het jaren volgehouden, tot hij uiteindelijk Tita Sardá had ontmoet, een vrouw die overal aan voldeed: achternaam, geld, schoonheid en macht, en voor het eerst waren zijn hart en hoofd het met elkaar eens. Voor Andreu was verliefd worden een verstandskwestie, en als daar uitkwam dat het gunstig was, nou, dan kon het liefde worden.

'Volgens mij is uw...' het kostte hem moeite zichzelf te corrigeren, 'is Joan Dolgut als een blok voor dit engeltje gevallen. Blijkbaar was hij al weg bij zijn tantes en woonde hij in Cannes... Hier komt nog een andere naam naar voren, kijk...' Hij liet het hem zien en praatte onafgebroken verder. 'Pierre Deloir, hij noemt hem diverse malen zijn beste vriend, een jongen uit Cagnes-sur-Mer. Daar zou ik naartoe kunnen gaan, zoals ik al zei, en navraag doen... Wellicht leeft deze Deloir nog. In Frankrijk worden bejaarden stokoud. Wat vindt u ervan?' Gómez bleef aandringen op de reis. 'Niet-genomen stappen zijn de slechtste, meneer Andreu, dat zei mijn moeder altijd, en terecht. Het reisje zou veel onzekerheden kunnen wegnemen, wie weet. Misschien vinden we daar heel nuttige informatie.'

'Eens even kijken of u me begrijpt, Gómez. De regels zijn als volgt: u vertelt me wat u heeft ontdekt en ik trek de conclusies. Dat reisje lijkt me op zich geen slecht idee... Welnu, we zullen nog wel zien of u dat gaat maken.'

Gómez besloot geen druk meer uit te oefenen. Het ging er nu om dat Andreu hem volledig zou vertrouwen en op dit moment lag het verleden van de zakenman in zijn handen. Hij keek naar zijn rapport: Andreu lag letterlijk in zijn handen.

De detective had een droge mond gekregen; hij leegde zijn glas in één teug, met de bedoeling dat de ober het weer zou vullen, en ging verder: 'Eén ding begrijp ik nog niet goed. De vader van Joan Dolgut stuurt zijn zoon naar Frankrijk maar blijft zelf in Barcelona. En waarom blijft hij daar? Omdat hij republikein is en aan het front moet vechten, zou ik denken, ook al zijn er geen concrete gegevens die dat bevestigen. Deze brieven zaten in het schrift...' Hij haalde ook een foto tevoorschijn en wees er naar. 'En dit is, volgens mij, Joans vader... dat wil zeggen, uw grootvader.'

Andreu staarde naar de foto. Hij had zijn grootouders nog nooit gezien... En dat jongetje dat de kaars voor zijn eerste communie vasthield was het evenbeeld van Borja. Dezelfde blonde krullen, dezelfde afwezige glimlach en dezelfde mysterieuze blik in hun ogen.

Hoe had hij zoveel jaar zonder herinneringen kunnen leven? Zijn verleden begon zich langzaam een weg te banen door het spinrag van de vergetelheid. Het was niet goed en niet slecht. Het was simpelweg zijn geschiedenis, daar maakte hij tegen wil en dank deel van uit, en hoewel hij uit alle macht had geprobeerd die te verdringen, deed de geschiedenis zich nu gelden en schreeuwde hem vanuit het verleden toe dat ze wel degelijk had bestaan. Het was de geschiedenis van zijn vader die hij niet kende, omdat hij als kind geweigerd had ernaar te luisteren, zijn oren had dicht gestopt en geschreeuwd wanneer zijn vader daar geduldig en verdrietig over wilde vertellen. Hij herinnerde zich nu de dag waarop zijn vader en hij waren opgehouden met elkaar te praten en tot dat pijnlijke, beleefde stilzwijgen waren vervallen. Zijn vader had gezegd: 'Andreu, op een dag haalt het verleden je in, of je wilt of niet. Je kunt de zon niet met een vinger bedekken.' En dat was wat hij jarenlang had gedaan: de zon met een vinger bedekken, tot die vinger vermoeid was geworden... Tot die vinger was verbrand.

Waar was nu de geschiedenis die zijn vader hem had willen vertellen toen hij nog een kind was? Begraven op het kerkhof op de berg Montjuïc. Zijn vader had die met zich meegenomen het graf in, en nu betaalde hij een vreemde om hem die te vertellen, halfslachtig, onsamenhangend en met niet op te vullen leemtes.

Andreu legde de foto weg en pakte de brieven van zijn onbekende opa, las ze vluchtig door en stelde vast dat ze overliepen van de liefde die de vader voor zijn zoon voelde. Er stonden wat spelfouten in waaruit zijn eenvoudige, ongeschoolde afkomst bleek, maar dat deed geen greintje af aan de liefhebbende inhoud. Er waren veel doorhalingen die tegen het licht nog leesbaar waren; daarin had hij het over het 'rode gevaar', zoals ze de verdedigers van de Republiek waren gaan betitelen, over barricades die op pleinen werden opgeworpen, over de angst die zich aftekende op de gezichten van kinderen en vrouwen. Blijkbaar had Joans vader op het laatste moment besloten zijn zoon niets over die spanningen te vertellen en had hij ze uiteindelijk krachtig maar met weinig inkt doorgestreept. Terwijl hij zat te lezen, viel het Andreu opeens op dat Joans moeder geen enkele keer werd genoemd. Wat zou er met zijn oma zijn gebeurd? Weer een vraagteken. In minder dan een uur waren alle lacunes uit zijn leven over hem heen gekomen.

Wie was die engel over wie zijn vader het op het laatst in zijn dagboek had?

Andreu had zich nooit kunnen voorstellen dat door dat onderzoek zijn grootste dorst naar kennis zou worden aangeboord. Voor niets ter wereld zou hij dat wat hij in werking had gesteld nog willen stopzetten.

In de suite van het Carlton konden Soledad Urdaneta en haar nichtje Pubenza niet in slaap komen. Joan Dolguts pianospel zong hen toe en daarbij waren ze ook nog rusteloos van de opwindende dag. Een heldere maan hulde de pianist met zijn smetteloze pak in een blauwachtig schijnsel; als een bezetene bleef hij de ivoren toetsen waaruit een zuivere liefde opklonk strelen. Bij het raam, maar niet zichtbaar, fluisterden Soledad en Pubenza over de knappe ober en zijn blikken. Soledads hart maakte sprongetjes van verliefdheid; die had haar wangen met een dieprode liefdesblos gekleurd en haar witte nachtjapon van fijn linnen nam de roze tint van blijdschap aan.

Het eerste wat haar nichtje Pubenza zei was dat ze het licht driemaal aan en uit moest doen om te laten merken dat ze de serenade aanvaardde, maar Soledad, bang dat haar ouders haar zouden ontdekken, besloot in het duister te blijven toekijken en iets te koesteren waarvan ze nooit had vermoed dat ze het zou kunnen voelen. Overweldigd door een mengeling van rebelse angst en vreugde wilde ze aan de ene kant absoluut niet dat haar ouders wakker zouden worden, maar aan de andere kant smeekte ze dat de pianist bleef spelen, want in de klanken die als gouden vogeltjes omhoogvlogen, ontwaarde ze onmiskenbare liefdeswoorden.

Naarmate de uren verstreken, besefte ze dat hij de piano niet zou verlaten. Haar nicht Pubenza was tegen de gordijnen aan in slaap gevallen, en zijzelf, opgewonden door de slapeloosheid veroorzaakt door de liefde, bleef van boven af naar haar liefdesober kijken, wachtend tot hij uit vermoeidheid vermetel zou worden, of uit vrees voor de dageraad. Maar met pijnlijke vingers die haar op liefdessonates onthaalden had Joan Dolgut de dag zien gloren. Hij voelde dat hij met die muziek Soledad alles verklaarde wat hij met zijn ogen niet had kunnen zeggen. Hij wilde wel opstaan, maar iets nagelde hem aan dat instrument, zijn blik strak gevestigd op het balkon van de grote suite. Hij wilde dat zijn muziek langs de gevel omhoogkroop en door de tafzijden gordijnen naar binnen gleed tot ze zich vol op het kussen nestelde van het meisje dat met haar glinsterende gitzwarte ogen zijn ziel betoverd had.

Zo trof monsieur Philippe hem aan.

'Ben je gek geworden, mijn beste Spanjaard?' zei hij slechtgehumeurd. 'Wil je soms ontslagen worden?'

'Neem me niet kwalijk, monsieur, ik weet niet wat er met me aan de hand is. Ik kon gewoon niet ophouden te spelen.'

'Kleed je snel om, je ziet er afgrijselijk uit. Over een halfuur wil ik je het ontbijt zien serveren. Gelukkig heb alleen ik je gezien… Lukt je dat? Schiet op, in de benen!' Hij duwde hem vol genegenheid vooruit terwijl hij deed alsof hij kwaad was.

Vanuit haar kamer zag Soledad hem weggaan, een paar keer omkijkend naar haar raam. Zonder er verder over na te denken, stak ze haar hand tussen de gordijnen door en zwaaide.

Joan maakte een sprongetje van blijdschap. Die hand gaf hem vleugels van geluk. In tien minuten was hij gedoucht en omgekleed; toen Soledad getekend door slaaptekort en liefde het terras op liep om met haar ouders en nichtje te ontbijten, stond hij klaar om hen te bedienen.

De luchtigste en knapperigste croissants, de meest verfijnde marmelades, het verste sinaasappelsap, de romigste chocolademelk, al het beste was voor het meisje met de zwarte ogen. Hij deed zijn uiterste best voortreffelijk te bedienen en vocht ervoor zijn verwarring niet te laten blijken; hij moest niet uit de terrasdienst worden gezet, want hij wist dat hij haar daar zou zien. Hij was achter haar kamernummer gekomen door tersluiks op de rekening te kijken die haar vader de vorige avond had getekend, en bij haar nicht bespeurde hij een soort samenzweerderige blik. Hij wist heel goed dat hij zich de luxe niet kon veroorloven om zelfs maar aan dat buitenlandse meisje te denken, maar zijn hart weigerde te gehoorzamen. Hij voelde iets onbeschrijfelijks en had niemand om dat gevoel mee te delen, niemand aan wie hij kon vragen wat dat nu was dat zijn ziel voor eeuwig had veranderd.

Ze keken elkaar weer aan terwijl de broodjes en de chocolademelk onaangeroerd koud stonden te worden. Soledad had geen trek; ze zat tot haar keel toe vol met muziek. Haar ouders merkten dat ze een beetje afwezig was.

'Solita, meisjelief, je hebt geen hap genomen,' zei haar moeder terwijl ze naar het bord keek.

Pubenza, kenner van liefdeskwalen, schoot haar te hulp: 'Ach, tante, dat arme kind heeft gisteren veel te veel taart gegeten... Laat haar maar.'

'Vandaag gaan we naar Monte Carlo. Jullie zullen eens zien hoe fantastisch het daar is,' zei de vader enthousiast.

'Nou, ik weet niet of ik het wel zo'n goed idee vind dat ons meisje al die verkwisting ziet,' merkte de moeder op zachte toon tegen haar man op.

'Welbeschouwd zijn de meisjes al volwassen. Ze zouden ook hier kunnen blijven, vind je niet? Pubenza is vijfentwintig. We zouden best een nachtje kunnen wegblijven, jij en ik samen...' Bij de laatste zin gaf Benjamín zijn vrouw een knipoogje. 'En ze blijven in het hotel. Hier hebben ze het zwembad, de zon en de zee... Pubenza is een heel verantwoordelijk meisje, en bovendien is ze als een oudere zus. Ze zal goed opletten.'

Soledad en Pubenza deden net of ze niets hoorden. Alleen blijven! Dat was hun nog nooit overkomen. Voor het eerst zouden haar nichtje en zij heer en meester over hun dag en nacht zijn. Ze keken elkaar veelbetekenend aan, hielden hun gezicht in de plooi.

'Ik weet het niet, hoor, Benjamín,' zei de moeder.

'Kom nou, joh, doe niet zo raar. Er zal niets gebeuren. Wij hebben het naar onze zin en zij ook. Wat hebben ze daar nu te doen? Zich vervelen tussen de oudjes?'

Pubenza nam het woord: 'Dat is zo, tante. We blijven wel hier, dat lijkt me verstandiger. Nietwaar, Soledad?' Pubenza gaf haar een por met haar elleboog, Soledads steun verwachtend, die knikte en deed alsof het haar niet interesseerde. 'Weet u, mijn nichtje heeft vannacht slecht geslapen, vanwege die taart; u zult zien dat een pittige bouillon en een lekker middagdutje wonderen doen. Daar zal ik wel voor zorgen.'

Pubenza en Soledad keken elkaar aan, en met die blik was alles gezegd.

Joan Dolgut, die als een sfinx hun tafeltje in de gaten hield, hoorde het hele gesprek aan zonder ook maar met zijn ogen te knipperen. Hij wenste onzichtbaar te blijven voor Soledads ouders; hij wilde enkel in de buurt van het meisje zijn zonder in de weg te lopen, haar aanwezigheid voelen, ruiken hoe ze naar dauw en vrouw geurde, met zijn ogen haar zijdezwarte haar strelen dat in een waterval over haar porseleinen schouders golfde.

Soledad verbrak haar stilzwijgen. 'Dan kan ik mooi kaarten schrijven. Die heb ik mijn vriendinnen en de zusters beloofd.'

Benjamín ging gedecideerd staan. 'Ik ga het regelen.'

Terwijl haar man naar de receptie ging, voorzag Soledad Mallarino haar nichtje en haar dochter van adviezen. Ze mochten niet met vreemden praten, onbewaakt zwemmen, in de namiddag in badkleding op het strand wandelen, omgaan met meisjes die rookten, naar iemand staren, te veel taart of brood met veel boter eten, of chocolade en slagroom, want dat was slecht voor de huid, en natuurlijk ook niet later dan om negen uur 's avonds gaan slapen.

Ze riep de ober en bestelde een lichte bouillon die om twaalf uur 's middags op de kamer van haar dochter moest worden geserveerd. Joan liep met de bestelling naar de keuken en vermeed het naar de moeder te kijken.

Die middag maakten Soledad en Pubenza een wandelingetje over boulevard La Croisette, waar vele affiches hingen waarop het eerste internationale filmfestival in september werd aangekondigd. Op het aanplakbiljet pronkte de wereldpremière van *The Wizard of Oz*. De directeur van het hotel had hun verteld dat tientallen artiesten uit Hollywood in het hotel zouden verblijven om de film te promoten, onder anderen Gary Cooper, Mae West en Douglas Fairbanks.

Pubenza, voor wie het spannendste uitstapje tot nu toe een verblijf op de haciënda van een koffieplantage was geweest die een van haar ooms in Quindío bezat en waar ze kwark van verse melk had gemaakt, was uiterst opgewonden over alles wat ze zag. Het was voor het eerst dat ze zoveel luxe bij elkaar zag. Ze was er aan gewend het arme familielid van de Urdaneta's te zijn, en hoewel ze al heel jong wees was geworden, bezat ze een aangeboren vrolijkheid die alle narigheid in haar leven had weten te verhullen. Ze raakte overal van onder de indruk en alles leek haar goed. Mensen waren niet rijk of arm, het waren gewoon mensen. Jongens waren niet goed of slecht, het waren gewoon jongens. Dingen, nou, als je ze had dan had je ze... en had je ze niet dan miste je ze ook niet. Ze had een uitstekende opleiding genoten aan het Sagrado Corazón, op kosten van haar oom Benjamín, en verder allerlei voordeeltjes gehad omdat ze een ver familielid van de gegoede klasse was.

Nadat ze verschillende minder geslaagde liefdesperikelen had beleefd, was ze door de laatste verbitterd geraakt en besloot ze de zoute wond van haar onmogelijke liefde af te dekken met het habijt van een noviciaat. In het klooster had ze zich bijna begraven in de gebeden, ware het niet dat de nonnen daar inzagen dat ze niet echt de devotie bezat om het habijt aan te nemen en ze op het laatste moment besloten eens met haar oom en tante te praten, die het meisje vervolgens onder hun hoede namen zodat ze niet tussen de muren van het kloosterleven zou wegkwijnen. Van de liefde moest ze niets meer hebben, ook al waren haar oom en tante onder hun kennissen op zoek gegaan naar een geschikte kandidaat. Ze waren er nu allemaal van overtuigd dat Pubenza in de loop der tijd uit eigen beweging de eeuwige vrijgezel van de familie zou blijven, want niemand had haar van dat koppig volgehouden standpunt kunnen afbrengen.

De laatste maanden was ze ongemerkt veranderd in de gezelschapsdame van haar nichtje, dat ze overigens aanbad. Was Soledad blij, dan was zij blij, was Soledad verdrietig, dan was zij ook verdrietig, hoewel dat laatste bijna of helemaal niet voorkwam. En nu zouden haar nichtjes eerste hartsgeheimen ook haar geheimen worden, ze zou er plechtig op zweren en verder alles doen wat maar nodig mocht zijn. Onder het ontbijt hadden hun blikken in stilte een pact gesloten. Ze zouden samenzweerders worden op het meest opwindende of ontgoochelende gebied: dat van de liefde.

Vrolijk zingend en kwebbelend kwamen ze van de wandeling terug, gehuld in zomerse briesjes en onbeduidende ontboezemingen. Benjamín Urdaneta en Soledad Mallarino hadden hun koffer met daarin kleding voor twee dagen al naar beneden laten brengen en stonden klaar om te vertrekken in de Jaguar met chauffeur die voor de ingang op hen wachtte.

Pubenza stelde hen nogmaals gerust en beloofde te bellen als er iets mocht zijn.

'Pas goed op je nichtje, en denk aan wat ik heb gezegd.'

'Maakt u zich maar geen zorgen, tante, we zullen goed op onszelf passen.'

Ze omhelsden en kusten elkaar; de ouders tot op het laatst toe adviezen gevend en zij verplicht antwoordend met 'ja, mevrouw' en 'ja, meneer'. Toen de auto de rue d'Antibes insloeg, was het stel eindelijk in staat hun bezorgdheid te vergeten en begonnen ze te genieten van hun uitstapje.

Joan Dolgut was net bezig de banketbakker van het hotel over te halen hem een reuzenkoekje te laten maken, dat hij wilde versieren met een engeltje en een bijpassende tekst, om naar de kamer van het meisje van zijn dromen te brengen toen hij werd opgeroepen voor een bestelling. In de suite van Soledad hadden ze om een schaaltje aardbeien met slagroom en een meloenijsje gevraagd.

Joans benen en dienblad trilden toen hij Soledad achter de deur ontwaarde. Blozend keken ze elkaar zwijgend aan tot Pubenza, die naar de deur kwam lopen, de stilte verbrak: 'Dank u wel, zet het daar maar neer.' Ze wees naar de tafel. 'Hoe heet u?'

'Joan, juffrouw. Om u te dienen.' Hij keek naar Soledad, die hem verlegen opnam.

'U speelt heel mooi piano, Joan. We hebben er de hele nacht naar geluisterd, nietwaar, nichtje?' zei Pubenza Soledad aankijkend.

'Prachtig. Wat u vannacht speelde was prachtig,' voegde Soledad er met een stem als een zwak windvlaagje aan toe. 'Chopin...'

'U kent Chopin?' vroeg Joan nerveus.

'En Beethoven... en Mozart... al hun sonates. De piano is de regen die verdroogde zielen doordrenkt met liefde. Wie zou nu zonder muziek kunnen leven?'

Joan voelde dat de ware muziek uit het geluid bestond dat over Soledads lippen kwam. Haar woorden waren de regen waarover ze het had. Dat beeldschone meisje had zich in zijn ziel genesteld om zijn verdriet te absorberen met vreugde.

'Ik zou graag nog eens naar u luisteren,' zei Soledad bijna onhoorbaar.

'En ik nog eens voor u spelen, juffrouw.' Joan wist niet hoe hij het had kunnen uitbrengen; hij deed zijn best zijn wildkloppende hart, dat uit zijn borst leek te willen springen, tot bedaren te brengen.

Pubenza merkte in de stem van het tweetal een vrees voor de liefde op en ze schoot hen te hulp. 'Komt u hier uit de buurt?' vroeg ze aan Joan.

'Ik kom uit Barcelona, juffrouw.'

Het geluid van de telefoon onderbrak hen. Iemand vroeg of de ober de bestelling al had gebracht.

'Ze vragen naar u,' zei Pubenza toen ze ophing.

'Ik moet gaan. Als u dat goedvindt.' Hij keek naar Soledad, smeekte om een glimlach voor hij zou vertrekken, maar ze antwoordde met een vraag. 'Chopin?' Joan keek haar niet-begrijpend aan. Soledad ging verder. 'Speelt u de volgende keer "Tristesse"?'

'... en "Les gouttes de pluie", juffrouw. Alles van Chopin wat u maar wenst.'

Verscheurd door schaamte verwijderde Joan zich zonder echt weg te gaan. Zijn ziel bleef gevangen in kamer 601. Zijn werk deed hij met een aanwezig lichaam maar een afwezige geest, terwijl zijn hoofd zich bezighield met elk uitgesproken woord, met iedere stille blik, met elk opgekomen blosje. Hij moest dringend een piano vinden.

Bij de provisiekast kwam hij monsieur Philippe tegen en deze merkte zijn verdwazing op.

'Wat is er met je aan de hand, mijn beste Spanjaard? Je doet nogal vreemd... Je hebt toch niet een of ander meisje leren kennen, hè?'

Monsieur Philippe keek hem onderzoekend aan. Joan sloeg gekweld zijn ogen neer.

'Dus wel. Ik heb de spijker op de kop geslagen. Je bent verliefd. Kom op, jongen, dat overkomt ons allemaal, daar hoef je je niet voor te schamen.'

Maar Joan was niet beschaamd, hij was bevreesd. Hij had zijn blik gevestigd op iets wat verboden was, en nu was het te laat die weer af te keren. Hij besloot de oude man in vertrouwen te nemen en te vertellen wat hem was overkomen.

'Je bent hartstikke geschift, jongen! Je oog op een gast laten vallen. Ben je soms stapelgek geworden? Wat jij moet hebben is een dienstertje, een schoonmaakmeisje, eentje uit de Rivièra... nou ja, een eenvoudig meisje. Zet dat idiote idee nou maar meteen uit je hoofd, voor het te laat is.'

'Dat kan ik niet, monsieur. Zonder haar heeft mijn leven geen zin meer,' antwoordde Joan bedroefd.

'Maar je kent haar nog geen twee dagen, jongen.'

'Maar tot twee dagen geleden dacht ik ook dat ik niet bestond, ik was niemand.'

Monsieur Philippe keek hem vol genegenheid aan. Die ontheemde jongen had zojuist van de zoete marteling die liefde heet geproefd.

'En zij... beantwoordt ze je gevoelens?'

'Ze is een engel, monsieur. Ze heeft me heel lief aangekeken.'

'Dat is niet voldoende. Heeft ze iets tegen je gezegd?'

'Ze wil graag dat ik weer piano voor haar speel.'

'En nu heb je een probleem. Waar denk je een piano vandaan te halen?' Hij keek Joan strak aan. 'O nee... kijk niet met dat gezicht naar me. Waar denk je een piano vandaan te halen?' herhaalde hij.

Joan keek hem met een smekende blik aan en antwoordde zachtjes: 'Ik dacht aan de piano in de grote salon... Wanneer het diner is afgelopen, is die vrij.'

Monsieur Philippe besloot hem te helpen. Per slot van rekening zouden de mensen tegen die tijd toch slapen. Hij kon wel regelen dat de deur niet werd afgesloten. Wie had er in zijn jeugd nu geen rare liefdessprongen gemaakt? Terwijl hij zijn besluit nam, dacht hij: *L'amour... l'amour.* Ik wilde dat ik weer jong was en die bitterzoete smart van het geluk nog eens kon voelen.

Om niemand tegen te komen, nam hij de trap naar de zesde verdieping. Met bevende handen en bloed dat hem naar het hoofd steeg, schoof Joan Dolgut het briefje dat hij had geschreven onder de deur door van kamer 601. Pubenza en Soledad waren op het balkon, maar zagen het papier naar binnen glijden en snelden op hun tenen naar de deur om de enveloppe te pakken.

'Voor juffrouw Soledad' stond erop. Pubenza gaf hem aan Soledad, die hem verwachtingsvol met klamme handen aanpakte. Toen ze zag dat haar nichtje niet in staat was de enveloppe open te maken, nam een verrukte Pubenza het over; ze was net zo geëmotioneerd als de blozende Soledad.

Door het samenzweerderige aspect van wat op til was, kwamen haar eigen blijde gevoelens van vroeger weer boven.

Joan nodigde Soledad uit om die nacht tegen één uur naar de grote salon te komen, waar hij een concert voor haar zou geven. Hij legde haar uit waarom het op zo'n vervelend tijdstip moest gebeuren, en verontschuldigde zich dat het niet op de manier kon die hij graag zou willen en die zij verdiende.

Monsieur Philippe, die het meisje zelf wel eens wilde zien, ging persoonlijk naar haar kamer om haar met witte handschoenen een zilveren dienblad met daarop een versgebakken reuzenkoekje te brengen, waarop in vanille Soledads naam prijkte en een engeltje dat de laatste letter in zijn vleugels hield. Hij zei tegen haar dat het een cadeautje was van de heer Joan Dolgut. Pubenza lachte hem samenzweerderig toe; in Philippe had ze haar medestander herkend.

's Avonds om acht uur, de eetzaal was vol gasten, gingen ze naar beneden om in de grote salon te dineren. Joan Dolgut zag zijn prinses in een luchtige jurk binnenkomen en hij viel stil van gelukzaligheid. Hij had al twee dagen niet meer geslapen of gegeten, en zelfs het ademhalen kostte hem moeite. Telkens als hij haar zag, stond hij op het punt in zwijm te vallen. En haar overkwam hetzelfde. Afgezien van de bouillon die haar moeder haar had gedwongen te drinken, en die ze stiekem weer had uitgespuugd, was haar keel gewoon dichtgeknepen. Het was onmiskenbaar een teken dat wat er met haar aan de hand was niet met een bouillonnetje te verhelpen viel. 'De symptomen van de liefde zijn dezelfde als van indigestie,' had Pubenza gezegd toen ze haar met een groenig gezicht uit de badkamer zag komen, 'met dat verschil dat die laatste te genezen is.' Het diner ging maar langzaam voorbij, met door Soledad onaangeroerde borden die een andere ober verward weghaalde terwijl hij haar in een geaffecteerd Frans aanbood het menu te wijzigen, en met door de dienstdoende pianist monotoon vertolkte muziek. Naarmate de tafeltjes leger werden, wierpen Pubenza, Soledad en Joan elkaar vaker veelzeggende blikken toe. Toen er nog maar twee gasten over waren, stonden de meisjes op en gingen naar hun kamer.

Soledad was onrustig. Het zou nog drie uur duren voor ze hem weer zag en de wijzers van de klok wilden maar niet vooruitgaan; het zou de eerste keer zijn dat ze hem alleen zag... het was de eerste keer dat ze een afspraakje met een jongen had; ze voelde wel dat ze een belofte van correct gedrag verbrak, die ze overigens niet aan haar ouders had gedaan. Een van vreugde en meevoelende spanning overlopende Pubenza besloot de tijd te doden met voorbereidingen op het afspraakje. Ze maakte alle mogelijke kapsels bij haar nichtje. Ze probeerden vlechten, knotjes, losjes en strak opgestoken haar, tot ze uiteindelijk voor eenvoudig loshangend haar kozen. Ze liet haar allerlei jurken passen, en schoenen, maakte haar op en haalde de make-up er weer af, masseerde haar schouders en wreef haar in met alcohol om de angst uit haar lichaam te verdrijven, ze dompelde haar onder in oliën en geurtjes. Ze zongen, dansten en oefenden voor de spiegel de gebaartjes van een actrice die bijna bezwijmt van liefde. Pubenza haalde het pakje sigaretten uit haar geheime bergplaats tevoorschijn waarmee ze bijzondere gebeurtenissen vierde, en ze begon te zingen, intussen wolkjes rook de lucht inblazend met het ivoren mondstukje dat ze nog had uit haar noviciaat, terwijl haar nicht bewonderend toekeek.

Ze spraken met Soledads ouders die, toen ze de meisjes aan de telefoon kregen, gerustgesteld waren bij de gedachte dat ze keurig en slaperig op hun kamer waren.

Intussen dekte Joan Dolgut verhit en bevend van liefde de tafeltjes voor de volgende dag. Hij werkte het ritueel van de glazen en borden treuzelend af, wachtend op instructies. De salon was leeg en de laatste obers vertrokken. Monsieur Philippe inspecteerde alle hoeken en toen hij had vastgesteld dat er geen levende ziel meer te bekennen was, fluisterde hij hem toe: 'Helemaal tot je beschikking. Vergeet niet de deur op slot te doen wanneer je weggaat, en maak het vooral niet te laat.' Hij gaf hem een paar bemoedigende schouderklopjes en met een 'Succes, mijn beste Spanjaard' vertrok hij. Joan bleef alleen achter in die weelderige omgeving van stilgevallen stemmen, glazen en serviezen. Zo was de salon veel mooier. Hij ging achter de piano zitten en probeerde de achtentachtig toetsen uit. Uit zijn rugzak haalde hij de partituren van de door hemzelf gecomponeerde sonates en probeerde te spelen, maar door zijn angst wilden zijn rusteloze vingers hem niet gehoorzamen. Hij had nog een kwartier om de betoverende afspraak voor te bereiden. Uit de bloemenvazen die overal in het hotel verspreid stonden, had hij tientallen rozen ontvreemd waarvan hij vervolgens de bloemblaadjes had geplukt tot hij een grote zak vol had; daarmee legde hij een bloemenpad aan dat bij de deur van Soledads kamer begon, de trap afdaalde, door gangen liep en eindigde bij de vleugelpiano in de grote salon.

Met veel moeite opende hij de hoge ramen zodat de maan en de nachtelijke bries hem gezelschap konden houden. Tegenover de piano zette hij een eenvoudig tafeltje neer met een brandende kaars en een pasgeplukte jasmijntak die een heerlijke geur verspreidde.

Het pak voor speciale gelegenheden dat hij van madame Joséphine had gekregen, lag netjes gestreken op hem te wachten, want dit was de bijzonderste gelegenheid die zich in zijn hele leven had voorgedaan. Hij ging weer achter de piano zitten en speelde 'Tristesse', tot de eerste tranen van emotie in zijn ogen sprongen. Zijn hart stond op springen, hij keek op de klok. In de keuken verkleedde hij zich, kauwde op wat kruiden zodat zijn adem naar het veld zou ruiken en hij begon te spelen, terwijl het zeebriesje hem met zuchten omhulde.

Soledad arriveerde in een aureool van licht en bloemblaadjes, die haar op de voet waren gevolgd en nu om haar heen zweefden, een almaar groeiende spiraal vormend waardoor ze veranderde in een mysterieuze, aardse engel. Bevend duwde ze zachtjes tegen de deur, en deze ging open. Toen ze binnenkwam, werd de salon licht door haar aanwezigheid.

Vervuld van liefde en vrees liep Joan Dolgut op haar af, maakte een kleine buiging voor haar, net als hij Pau Casals bij zijn concerten had zien doen; voor één nacht zou hij geen anonieme ober zijn maar een virtuoze pianist. Toen begon hij, noot voor noot, de sonate die hij uit zijn hoofd kende vrij te laten. Soledad Urdaneta sloot haar ogen en liet haar gevoelens over haar wangen glijden... de muziek verbond haar met onzichtbare linten aan de ziel van de jongen die haar liefhad met de piano. Zo zag Joan haar, een maagdelijk standbeeld met van zilte emoties glinsterende wangen, en hij bad dat de tijd voor eeuwig stil zou blijven staan. Hij speelde voor haar, voor hem, voor beiden, voor zijn overleden moeder, voor zijn afwezige vader, voor het leven dat hem nu het genot verleende zich levend te voelen.

In stilte, enkel verbonden door de muziek en met volle teugen genietend van de pas ontloken liefde zonder toekomst, hongerden ze naar tijd. Hij, die alleen maar naar haar durfde te kijken, leerde haar liefhebben door haar jurk te beroeren met arpeggio's, die als golven kwamen aanrollen en weer wegebden. Zij, het meisje dat andere werelden had bereisd, begon hem met woorden te strelen. Ze nam hem mee naar Afrika, begeleidde hem met haar avontuurlijke verhalen; ze liet hem kennismaken met de Masaïkrijgers, reed met hem rond tussen hongerige leeuwen en zielige gnoes; ze vertelde hem over het ochtendgloren in de jungle; ze liet hem het vlees van giraffen eten, van zebra's en buffels. Aan boord van haar droomschip nam ze hem mee naar New York. Ze bezochten het Vrijheidsbeeld, daalden af naar de diepten van de zee. Ze sprak over haar land, over Cabo de la Vela, over de woestijn en het lot van de doden. Over hoge bergen die bedekt waren met palmen en koffiebomen. Over het kille groen van de savanne rond Bogota. Over de bloemen, de tram waarmee ze elke dag naar school ging. Over de liefde tussen Simón Bolívar en Manuelita Sáenz. Ze vertelde hem over haar huis van de wind, over de blauwe molen die haar vader in het midden van de patio had laten plaatsen omdat zij daar als klein meisje verliefd op was geworden tijdens een reis waarbij ze het onbekende kleine eiland Ibiza hadden aangedaan. Ze had het over haar nicht Pubenza, over de eindeloos durende missen, over haar school, over het borduurwerk en de nonnen. En toen haar woorden waren opgedroogd, die als een waterval waren gaan stromen puur uit vrees voor het alleen-zijn, zonder dat een van beiden meer van de liefde wist dan wat ze bij hun ouders hadden gezien, keken hun monden elkaar aan terwijl hun ogen elkaar kusten, net zo lang tot de liefdesinkt onuitwisbaar op hun netvlies stond gebrand.

Door de grote ramen sijpelden de ochtendsterren binnen en druppelden op de marmeren vloer; het begon al dag te worden en vanbuiten riep een zacht briesje hen. Joan nodigde haar uit voor een laatste concert. Ze verlieten de salon heimelijk via de dienstingang, hij in zijn witte pak, zij met haar voiles, blootsvoets in de zieltogende nacht.

'Ik wil je iets laten zien,' zei Joan, hij pakte haar hand en nam haar mee naar het strand.

Daar ging hij met zijn gezicht naar de zee zitten, uitdagend, hoogmoedig als nooit tevoren. Toen ze hem zagen, rekten de golven zich opgewonden uit; de zee werd woelig, met ongeordende schuimkoppen die leken te komen wanneer ze zich moesten terugtrekken en zo tegengestelde stromingen veroorzaakten. Joan had al gemerkt hoe de zee zijn intiemste gevoelens feilloos beschreef. Van kleins af had hij geprobeerd haar te bedwingen en het was hem gelukt. Inwendig wist hij dat ze de vriend was waaraan hij zijn diepste pijn en verlangens kwijt kon. Soledad zag hem de golven met zijn wilde blik onderwerpen, ze temmen, symfonieën ontlokkend zoals hij aan de toetsen van zijn piano deed, deinend tussen de solfège... en ze voelde hoe de pianist van de oceaan zonder piano toch kon spelen, omdat zijn ziel de muziek in zich droeg.

De zee ontwaakte en speelde een sonate voor hen die nog mooier was dan 'Tristesse', Joans liefdessonate. Toen, geleid door de golven, dansten ze, met in muzieknoten gedrenkte voeten... ze dansten tot de dag met een oranje schreeuw ontwaakte.

Pubenza had die nacht geen oog dichtgedaan. Kort nadat Soledad was vertrokken, was ze haar naar de salon gevolgd en had ze bij de deur naar hen staan luisteren, tot ze besefte dat die nacht haar stilzwijgen verdiende.

Toen haar nichtje terugkwam in haar door de zee doorweekte jurk vol bloeiende bloemen en met ogen die straalden van blijdschap wist ze dat ze, net als zijzelf, door de liefde was beroerd.

In verwarde bewoordingen vertelde Soledad haar dat Joan 's middags met haar wilde gaan vliegeren; dat ze hun dromen de lucht in moesten sturen door briefjes om het vliegertouw te vouwen. Dat als die naar boven gleden en in de top van de vlieger terechtkwamen, hun wensen zouden uitkomen.

Pubenza raakte ontroerd bij het zien van haar nichtjes naïviteit. 'Soledad, dromen mogen niet van een draadje afhangen,' zei ze bezorgd. 'Je dromen zijn van jou, het zijn je kinderen. Ze moeten bij je zijn, ze worden sterker naarmate jij sterk bent en zwakker naarmate jij zwak wordt. Je kunt ze niet zomaar aan een gril overlaten, en al helemaal niet aan de wind, die blaast wanneer hij er zin in heeft. Dat begrijp je toch wel?'

'Maar als we vertrekken en ik hem niet meer kan zien, ga ik dood. Ik heb geen tijd om na te denken of bang te zijn. Ik moet mijn angsten de lucht in sturen. Snap je dat niet, Pubenza? Mijn ouders komen al bijna terug.'

'De lucht kan je niet helpen. Alleen God kan dat...' Pubenza haalde snel haar rozenkrans. 'Laten we bidden, nichtje.'

Zo trof Soledads moeder hen toen ze belde. Nadat deze haar hadden gezegd dat ze de hele morgen al zaten te bidden, wist ze niet hoe snel ze dat aan haar man moest vertellen. De meisjes gedroegen zich beter dan ze had verwacht.

Ze hadden nog één dag in Monte Carlo waar ze, behalve een heerlijke avond in Hotel Paris, die was veraangenaamd door vier violisten die de mooiste bambuco ooit vertolkten, ook een selecte groep Latijns-Amerikaanse schrijvers, schilders en bohemiens hadden ontmoet. 's Avonds zou er een groot feest in het casino zijn en ze waren door zowel de kunstenaars- als de zakenwereld uitgenodigd. Communisme en kapitalisme verenigd in een heilzame samenkomst. Benjamín sprak nog even met zijn dochter en hij beloofde de volgende dag terug te zijn. Soledad had graag geantwoord dat hij daar moest blijven, dat hij nog jaren weg moest blijven, dat na zijn terugkeer haar geluk voorbij zou zijn. Maar ze beperkte zich ertoe instemmend te antwoorden en zich, inwendig verdrietig, verheugd te tonen.

Die ochtend keek Joan Dolgut reikhalzend uit naar de komst van monsieur Philippe om zijn hart te luchten en zijn nieuwe zorgen kwijt te kunnen.

'En, hoe was het vannacht, mijn beste Spanjaard?' Hij keek hem vorsend aan. 'Jongen, je hebt een stel wallen van heb ik jou daar. Nou, nou,' zei hij meelevend. 'Je hebt het echt flink te pakken... Volgens mij ben je zelfs afgevallen.'

'Monsieur... Ik moet u iets vragen,' zei Joan beschaamd met een dun stemmetje.

'Nog meer?'

'Ik moet een dag vrij hebben. Ik beloof u dat ik de tijd inhaal.'

'Wat jij moet doen is eten en slapen. Je ziet er belabberd uit!'

'Dat komt later wel, monsieur. Nu heb ik geen tijd te verliezen. Morgen komen haar ouders terug.'

Monsieur Philippe liet de jaren van zich afglijden en voor even had hij weer Joans leeftijd. Natuurlijk zou hij hem helpen.

'Goed, maar dat dagje vrij moet je aan je leidinggevende vragen. Je weet dat ik hier ook alleen maar een ondergeschikte ben. Maak gebruik van die wallen van je, jongen. Ga naar hem toe en zeg dat je buikloop hebt. Dat is het enige wat me zo te binnen schiet...'

Joan haastte zich benauwd naar zijn chef, die hem meteen naar huis stuurde toen hij hem in zo'n beroerde toestand zag. Hij nam de bus naar Juan-les-Pins; hij had al twee nachten niet meer geslapen. Eenmaal op zijn eenvoudige kamer viel hij ten prooi aan vreselijke buikkrampen waardoor de middag in het water dreigde te vallen. Hij rende de gang door en eenmaal op het toilet bleek zijn leugentje waarheid geworden. Zijn ziel leegde zich via zijn maag. De hele morgen lag hij te rillen van de hitte, had zweetaanvallen, liep heen en weer tussen bed en toilet, tot zijn gezicht groen zag van al dat gal. Die ochtend dacht hij dat hij doodging... Hij stierf van liefde.

Soledad besloot uiteindelijk naar haar nicht te luisteren – deze had gedreigd haar niet te laten gaan als ze niets zou eten – en nam gedwongen een met honing gezoete beker melk als ontbijt. Kort nadat ze die had gedronken, leegde ze haar maag in het toilet. Ze had last van dezelfde rillingen en onpasselijkheden als haar pianist. Pubenza stopte haar onder de wol en vertroetelde haar tot de slaap haar uiteindelijk te hulp schoot en haar in een ongedurige rust dompelde. De ochtend verliep met angstige nachtmerries om hem niet terug te zien en dromen vol illusies om in de wind te gaan vliegeren. Ze wilde wel wakker worden, maar ze was te zwak. Pas toen ze besefte dat als ze niet beter werd ze hem vast nooit meer zou zien, keerde ze terug in het land der levenden.

Het was twee uur 's middags en de pensionhoudster trof Joan in de gang aan toen hij op het punt stond flauw te vallen. Ze kreeg medelijden met de hulpeloze jongen en ontfermde zich over hem, liet hem een Provençaals kruidenaftreksel drinken waarvan ze zei dat het genezend werkte bij zowel indigestie als bij liefdeskwalen.

Twee uur later en twee kilo lichter was een van verliefdheid doodsbleke Joan Dolgut terug in de omgeving van het hotel. Ze hadden op het strand, bij de havenpier afgesproken.

Hij zag haar zwaar steunend op de arm van haar nicht aan komen lopen; ze was gehuld in een lijkbleke broosheid die haar in een doorschijnend zuchtje veranderde, in een ijle geest. In haar verliefde weerloosheid was ze beeldschoon.

'Mijn nichtje is helemaal niet lekker,' zei Pubenza toen ze hem zag. 'Jullie kunnen beter een ander keertje afspreken.'

'Natuurlijk, juffrouw,' mompelde Joan verdrietig.

'Ik voel me prima. Ik zweer het je, nicht.'

Het was waar. Soledad had haar kleur en warmte teruggekregen. Het zien van Joan was het beste medicijn tegen haar kwalen. Ze straalde weer een ongelofelijke vitaliteit uit. Ze keek haar nicht smekend aan.

'Nou, goed, maar zeg niet dat ik je niet heb gewaarschuwd. Ik blijf bij jullie,' Pubenza keek naar hen en voelde een golf van genegenheid opwellen, '... in de buurt, voor het geval jullie me nodig mochten hebben.'

Ze stapten met z'n drieën in de bus naar het strand van Juan-les-Pins. Onderweg genoot Soledad van ervaringen die ze nog nooit had meegemaakt. Zomaar de bus nemen en je onder de mensen begeven; ze vond het geweldig. Door zich altijd maar te verplaatsen in een particuliere wagen met chauffeur en omringd te zijn door bedienden, was ze nooit in contact gekomen met eenvoudiger werelden; in de bus keken de mensen op een andere manier naar het leven. Alles was veel natuurlijker, zelfs het gelach. Het fascineerde haar de zitplaatsen en haltes te delen met die bruisende Fransmannen. Ze durfde geen woord met Joan te wisselen, de schroom van haar liefde had haar tot zwijgen gebracht, maar ze dacht, net als hij, dat het weer niet meezat. De juliwinden ware verre van ideaal voor hun karwei. Er was geen blaadje dat bewoog, maar Joan vertrouwde erop dat zijn trouwe vliegers het ook onder die slechte omstandigheden niet zouden laten afweten. Hij bewaarde ze in de kelder bij zijn oude vriendin madame Tetou, die hij af en toe opzocht wanneer ze bouillabaisse voor de gasten van haar restaurant maakte.

'Joan Dolgut! Wat een verrassing!' begroette ze hem, vrolijk als altijd. 'Wat brengt je hier,' en toen ze de meisjes zag ging ze verder, 'en in zo'n goed gezelschap!'

'Madame Tetou, dit is juffrouw Soledad, en dat is haar nicht Pubenza.'

De meisjes groetten haar beleefd.

'Ik kom mijn vliegers halen.'

'Het is geen weer om te vliegeren, Joan.'

'Dat weet ik, maar ik heb ze nodig.'

De twee meisjes bleven in het restaurant, dat op dat tijdstip gesloten was, en keken door de rustieke ramen naar de zee terwijl Joan met madame Tetou de vliegers ging halen.

'Waar heb je dat engeltje gevonden?' vroeg de oude vrouw vol genegenheid.

'Ach, madame! Ik vrees dat ze uit de hemel is komen vallen en daar binnenkort weer naartoe verdwijnt.'

'Je bent verliefd, ik zie het aan je blik, die is glazig.' Madame Tetou droogde haar handen aan haar schort en streek door zijn haren terwijl ze verder ging: 'Laat de liefde je niet ontglippen, want de ware liefde kom je maar eens in je leven tegen, en als je die dan niet beleeft ben je de rest van je leven ongelukkig...' Ze haalde haar sleutelbos tevoorschijn en deed de groene, door de zeelucht verweerde deur open.

Die vliegers had hij eigenhandig in elkaar geknutseld tijdens zijn eenzame weekenden. Het waren veelkleurige achthoeken, gemaakt van met zijn zakmes geslepen dunne rietstengels en doorzichtig papier dat hij zelf gekleurd had. De lange staarten waren samengesteld uit groene, oranje, blauwe, gele en rode deeltjes, stukjes stof die madame Joséphine speciaal voor dat doel in zijn rugzak had gestopt. Ze waren met elkaar verbonden en vormden een regenboogachtig spoor dat in de lucht uit duizenden te herkennen was. De vliegers roken muf, maar toen hij het stof had weggeveegd, glansden ze levendig.

Madame Tetou hielp hem de vliegers te pakken en ze maakte van de gelegenheid gebruik een samenzweerderige uitnodiging te doen. 'Vanavond, als je dat wilt tenminste, zijn jij en je engel uitgenodigd voor een bouillabaisse. *Très spéciale, mon petit prince. Très romantique... Très jolie...'* Ze knipoogde liefjes.

'Dank u wel, madame. Maar mijn maag speelt vandaag nogal op.'

'*Mon petit prince...*' Haar stem werd teder. 'Dat is je maag niet. Dat is de ware liefde, en ik zal je wat vertellen, *mon chéri*. Liefdeskwalen genees je alleen met liefde. Te weinig verergert de symptomen, maar te veel eveneens. Je moet leren de juiste dosis te nemen.'

'Wat zegt u nu allemaal, madame!'

'Luister nou maar naar een oude vrouw die heeft liefgehad... En niet omdat ik oud ben maar omdat ik heb liefgehad.'

Joan liep met de vliegers de trap op waarbij hun staarten traag over de grond sleepten. Met madame Tetou had hij afgesproken dat ze kwamen eten, al wist hij nog niet hoe hij het tegen zijn meisje moest zeggen. Boven wachtte een eenzame Soledad hem op. Pubenza was de verliefde sfeer die in de lucht hing ontvlucht; ze had besloten de middag op het strand door te brengen met het lezen van *Madame Bovary*. Door het grote raam wees Soledad Joan aan waar haar nicht was, een vaag lila stipje dicht bij de zee.

Met een vrolijk *au revoir* namen ze afscheid en verlieten opgewekt het restaurant, geheel hersteld van hun kwalen van die morgen.

Ze liepen het strand op, in tegengestelde richting dan waar Pubenza zat, op zoek naar een zandheuvel vanwaar ze de komst van de wind konden afwachten, maar het was volstrekt windstil.

'Waar is de wind als hij niet blaast?' vroeg Soledad, hem verliefd aankijkend.

'In jouw ziel,' antwoordde Joan, al zijn liefde met zijn ogen over haar uitstortend.

Hij durfde niet meer dan naar haar te kijken, maar hij stond te popelen om haar te kussen. Terwijl ze zaten te wachten, haalde Joan een potlood en een klein stukje papier uit zijn zak. Hij scheurde het doormidden en gaf een van de helften aan Soledad om daar de boodschap op te schrijven die aan haar vlieger omhoog moest gaan. Hij legde haar de kunst uit om wensen langs lijntjes naar boven te sturen.

'Je moet iets schrijven wat recht uit je hart komt,' maande hij haar zachtjes.

'Jij eerst,' antwoordde ze verschrikt.

Joan nam het potlood en schreef, in pietepeuterige lettertjes zodat zijn hele droom op het kleine papiertje paste, een superlange wens. Nadat hij die had overgelezen en gekust, vouwde hij het stukje papier diagonaal, scheurde het in tot het midden en stak het in zijn broekzak terwijl hij verkondigde: 'Ik mag hem je niet voorlezen, want dan komt hij niet uit.'

Soledad pakte het potlood, beet erop tot haar hart wijd open stond en haar verlangens op het papier vloeiden. Terwijl ze de woorden schreef, steeg een blauw briesje als een wolk van verpulverde blaadjes uit de letters op en speelde lichtjes door haar haren. Het was warm en zacht, maar stevig. Naarmate ze langer schreef nam de wind in kracht toe.

'Snel, Soledad. Het gaat waaien,' zei Joan geëmotioneerd.

Hoe meer ze schreef, hoe harder het ging waaien. Toen ze klaar was, toen de wind het papier bijna uit haar vingers rukte, vouwde ze het lachend op, deed hetzelfde wat ze Joan had zien doen en stak het discreet in haar bh.

De wolk van blauwe lucht die schoorvoetend in haar was begonnen, groeide hooghartig, verspreidde zich over het strand en zwol aan tot een flinke zeewind.

Soledad bood de wind haar vlieger aan en deze rukte hem uit haar handen, hield hem stevig vast, duwde en tilde hem op, trok met de klim alle meters touw mee die op het klosje zaten. Kijkend naar de capriolen die Joan uithaalde om hem recht te houden, lachte ze gelukkig, want de vrolijke vlieger leek een malle charleston te dansen, van links naar rechts zwenkend terwijl de staart chaotisch kronkelde.

Toen hij hem eenmaal gestabiliseerd had, overhandigde hij de vlieger aan Soledad en concentreerde zich op zijn eigen exemplaar dat nog op de grond lag. Hij rende ermee over het strand net zo lang tot de wind medelijden kreeg en hem uit zijn handen nam, omhoog bracht. In de lucht voerden de twee vliegers een liefdesdans uit; ze kusten elkaar en gingen weer uiteen terwijl hun elegante staarten in een verliefde cadans bewogen. Het moment was aangebroken om de papiertjes te plaatsen en te laten opstijgen.

Joan schoof het zijne om de lijn, waarbij hij erop lette dat het papiertje tot het midden om het touw zat. Door de kracht van de wind klom de boodschap resoluut langs de lijn omhoog. Soledad deed hetzelfde.

Hoe hoger de papiertjes kwamen, hoe wilder de vliegers bewogen. Het werd steeds moeilijker hun capriolen in de lucht te bedwingen. Joan probeerde nog wat verder weg te gaan staan toen hij zag dat hun lijnen in de knoop dreigden te raken, maar het was al te laat. Soledads vlieger had net een zwaai naar die van hem gemaakt en bleef er vanaf het midden mee verstrengeld. Vanaf dat moment hulde een grijze wind ze in onstuimige bewegingen, raakten ze verward en tuimelden in ongecontroleerde wentelingen omlaag.

De vliegers botsten tegen elkaar aan, maakten gaten in elkaar. De beschadigde staarten probeerden uit de knoop te raken en te blijven dansen. De trillende papiertjes klemden zich vast in een poging niet te vallen, terwijl de gevonden windstromen hevig streden ze los te krijgen. Joan en Soledad vochten ervoor de vliegers te redden, haalden snel de lijn in die ze omhoog had gebracht. Het was een ware strijd geworden ze van een dreigende schipbreuk te redden. Toen ze het geweld van de rukwinden niet meer aankonden, knapten de lijnen en werd de verbinding van de vliegers met de aarde verbroken; nadat ze in een duizelingwekkende dans nog vele meters samen waren opgestegen, gingen ze uiteindelijk in de zee ten onder. Joan en Soledad keken stil naar hun einde, en daarmee naar de ondergang van hun dromen.

Andreu legde de blauwe map terug op tafel en pakte de groene waarin Gómez de foto's had gestopt die hij gedurende de zomer van Aurora had genomen.

'Staat u me toe dat ik u eerst iets over mijn bevindingen vertel voordat u die map inkijkt, meneer Andreu. Ik zou u deze graag eerst willen laten zien.' Hij pakte de witte waarin de geschiedenis over Joan Dolguts huwelijksleven stond.

'Gómez... Hebben ze u nooit geleerd dat de volgorde niets aan het product verandert?' Hij zei het nogal aanmatigend. 'Nu wil ik deze inzien, begrijpt u?' Het beviel hem niets afhankelijk te zijn van die detective.

'Die baas is, moet baas blijven, meneer Andreu.' De detective had een uitgebreide reportage gemaakt van Aurora Villamarí's dagelijkse bezigheden en had haar doen en laten minutieus beschreven. 'Genoemde persoon woont in de...'

Andreu viel hem in de rede: 'U gaat me nu toch niet het adres vertellen dat ik u zelf gegeven heb. Waar bent u mee bezig, Gómez? Bespaar me de vanzelfsprekende zaken en vertel de belangrijke.'

'Oké, ik wilde alleen maar een bepaalde volgorde afwerken. U begrijpt het wel... onderzoeksprotocollen.' Hij maakte de knoop van zijn stropdas wat losser die hem het gevoel gaf te stikken. 'Mevrouw Villamarí brengt meestal een groot deel van de dag door in het huis in de paseo de Colom, waar de overledene heeft gewoond. Het is me gelukt een praatje te maken met de portierster van het gebouw, na vele tochtjes die onverrichter zake waren en na lange wachttijden zonder zelfs maar te kunnen zitten,' en passant benutte hij de mogelijkheid zichzelf te verkopen, 'en ze heeft me interessante gegevens verstrekt. Mevrouw Soledad is in 1950 met haar man in het gebouw komen wonen. Er wordt gezegd dat het een heel knappe vrouw was, met een aristocratische elegantie en verfijning. Ze was Colombiaanse en haar man, een Catalaan, had jaren in Colombia gewoond. Het schijnt dat zijn vader, een textielfabrikant uit Terrassa, vanwege de burgeroorlog met zijn gezin naar de Nieuwe Wereld emigreerde, op zoek naar vrede en veiligheid.'

'Ga door, Gómez, dat vind ik wel interessant. Dus, de oude vrouw had geld.'

'Niet echt, meneer Andreu, volgens de portierster konden ze nauwelijks rondkomen. De man kwam geruïneerd terug in Barcelona. Het was een vreemde snuiter, zwijgzaam en koud als ijs; blijkbaar was hij er kapot van dat hij te gronde was gegaan. Het kleintje, Aurora, kwam pas laat, maar ze zeggen dat het meisje in het hele gebouw bekendstond om haar fantastische pianospel.'

'Deze vrouw,' Andreu haalde een van de foto's uit de map en keek ernaar, 'speelt piano?'

'Daar wilde ik heen, meneer Andreu... volgt u me nog?' Gómez wist niet hoe hij de aandacht van zijn gesprekspartner moest vasthouden. 'Ze zeggen dat het een hele gebeurtenis was toen haar grootvader uit Colombia op een dag een vleugelpiano had gestuurd, een echte Steinway, en dat die met katrollen langs de gevel van het gebouw omhoog getakeld moest worden. Het verhaal gaat ook dat toen het meisje ging trouwen het instrument vreemd genoeg geen geluid meer voortbracht, ondanks het feit dat haar moeder tevergeefs probeerde het te laten herstellen en al het geld dat ze met haar naaiwerk verdiende aan pianostemmers en reparateurs uitgaf. Soledad, de dame met wie uw...' hij corrigeerde zichzelf voor Andreu hem een vernietigende blik kon toewerpen, 'met wie Joan Dolgut omging, had een stem die gemaakt was om te zingen. Ze leidde het koor van de Mercèkerk en er was geen buurtbewoner die haar zondagse solo-uitvoeringen miste. Kijk... hier heb ik nog meer gegevens over de jeugd van haar dochter. Ze ging naar school bij de nonnen van het Bellavista. Ze volgde pianolessen aan het conservatorium in...'

Gómez merkte dat Andreu geen belangstelling voor die informatie had. 'Als u wilt, sla ik het over, bovendien staat alles netjes op letters voor u gerangschikt. A-geboorte, B-kindertijd, C-tienerjaren, D-verloving...' Andreu's blik dwong hem naar een andere bladzijde over te gaan. 'En nu komt er iets vreemds: een paar dagen geleden liet mevrouw Villamarí zich de kaarten lezen. Hier heeft u de foto...' Hij overhandigde hem een foto, en toen Andreu daar naar keek, voelde hij iets wat hij niet kon duiden maar dat hem dwong naar haar te blijven kijken. Intussen verder luisterend, bedekte hij haar gezicht totdat alleen haar ogen zichtbaar waren, die hem vanaf de foto zwijgend aanstaarden. 'Die waarzegster moet haar iets bijzonders hebben verteld, want de vrouw stond verschrikt op, wachtte niet eens tot ze uitgesproken was.'

'Ach kom... dat is allemaal onzin, Gómez. Wie gelooft die oplichters nou. Kom me nu niet aanzetten met dat soort stompzinnige zaken.'

'U zult me wel niet willen geloven, maar soms werken die dingen. In Sevilla was er een die het altijd bij het juiste eind had; ik kan u vertellen dat er een hertogin was die, om niet herkend te worden, verkleed als hoer naar haar toe ging... Leden van het koningshuis, meneer Andreu. En zelfs presidenten van de regering die zich kandidaat stelden voor nieuwe verkiezingen.'

'Dwaal niet zo af, Gómez, ga verder.'

'Nog iets interessants: Aurora's grootvader, oftewel Soledads vader, was een fervent reiziger die met zijn gezin de halve wereld rondtrok. En dat in die tijd, in de jaren twintig en dertig, toen reizen bijzonder kostbaar was. Ik heb een blik in zijn reisdagboek kunnen werpen, toen Aurora het zat te lezen, hoewel ik geen kopieën heb kunnen maken.'

'Goed werk, Gómez... En wat hebben we aan de gegevens over de grootvader?'

'Heel veel. Het meisje is van goede komaf.' Gómez loerde naar hem; het was hem opgevallen dat Andreu zijn ogen niet van de foto's van Aurora kon afhouden.

'Ik help u even herinneren dat we geen onderzoek naar de dochter maar naar de moeder doen.'

'Daarom juist, meneer Andreu. De appel valt niet ver van de boom, ook al is het in dit geval andersom.'

Andreu wilde een eind aan het gesprek maken, een dubbele whisky met ijs bestellen en zich laven aan het alleen-zijn. Alles met betrekking tot zijn vader putte hem vreselijk uit. Een paar dingen begonnen zich duidelijk af te tekenen. Op dit moment waren er meer gegevens over Soledad dan over zijn vader, die vertoonde de bekende grote leemtes. Voor vandaag was het meer dan genoeg geweest; hij was het beu nog langer te praten met die banale figuur die wel een zweetfontein leek.

‘Wat vindt u ervan, meneer Andreu? Bent u tevreden over mijn werk? Als u wilt kan ik meer gegevens voor u verzamelen. Gun me wat tijd en u zult eens zien met wat voor geschiedenis ik kom. Op het moment heb ik deze stukjes voor u, maar u kunt altijd op me rekenen.’ En op plechtige toon besloot Gómez: ‘Rigoberto Gómez heeft nog nooit iemand teleurgesteld. Detective voor familieperikelen, ontrouw, vertrouwelijke zaken, erfeniskwesties, plagiaat en bedrijfsspionage. Altijd tot uw dienst, waar en wanneer u maar wilt.’

‘Houd toch eens op met dat gezeur, Gómez, dat ken ik zo onderhand wel. Dit rapport laat u hier en u zoekt verder. Over twee weken zien we elkaar weer… Ik wil dat u dieper graaft, dat u zich het vuur uit de sloffen loopt voor dit onderzoek. Ik wil concrete gegevens. Hoe ze elkaar hebben leren kennen, wanneer, waar. U weet wel wat ik bedoel. Dwaal niet te veel af. Wat mijn verleden betreft, zoek uit wat er met mijn grootouders is gebeurd. En heel belangrijk, zeg tegen niemand iets over mij. U kent me niet. Haal het niet in uw hoofd mijn naam zelfs maar te noemen.’

Andreu overhandigde hem een enveloppe met daarin de eerste betaling voor het onderzoek, en voordat hij wegging telde Gómez het geld schaamteloos voor zijn ogen na. Toen de detective was vertrokken, bleef Andreu de hele middag aan het tafeltje het rapport zitten lezen, delen onderstrepend, gissend, interpreterend. Het bevatte interessante details die de detective had overgeslagen, maar die bijzonder boeiend waren.

Voor het beeldscherm zat Ullada te huilen bij de afgebroken liefdesgeschiedenis uit *The Bridges of Madison County*. Het was de tweede keer dat hij die zag en daarbij aan Aurora Villamarí moest denken. Sinds een paar dagen kwam de herinnering aan haar zomaar in hem op, zonder dat er een speciale aanleiding voor was. Hij wilde haar weer horen pianospelen, met die zachte, etherische stijl waardoor hij van onmogelijke dingen ging dromen. Hij wist nog niet hoe, maar hij wilde haar voorstellen naar Dolguts appartement terug te gaan en nogmaals op de oude piano te spelen die zoveel indruk op haar had gemaakt. Dat sublieme, met Aurora gedeelde moment van muziek en intimiteit stond in zijn geheugen gegrift en hij begon het steeds nadrukkelijker op te roepen. Die namiddag, terwijl hij naar haar luisterde, was zijn blik ongewild naar de perfecte lijnen van haar hals getrokken en had hij even de vluchtige behoefte gevoeld die met zijn vingers te strelen. De afgelopen dagen had hij haar niet kunnen volgen, want een onderzoek naar een grote partij in beslag genomen hasj, aangetroffen in de vissershaven, inclusief dode, had hem bij haar vandaan gehouden, maar nu hij de zaak had afgerond beloonde hij zichzelf door haar herinnering te koesteren.

In zijn handen had hij de brieven van Joan Dolgut die hij had weggenomen uit Soledads flat en die hij nog niet had kunnen lezen, en het negatief dat hij eveneens in de oude koektrommel had gevonden en dat hij tegen het licht in bekeken had; er waren duidelijk twee personen op te onderscheiden. Door alle drukte was hij vergeten het te laten ontwikkelen, maar hij zou het vanochtend zeker naar de fotozaak brengen.

’s Middags overhandigden ze hem de foto, uitvergroot op A4-formaat. Er liepen honderden dunne streepjes over de foto in oude grijstinten, maar de twee jongeren waren duidelijk mooi en gelukkig. Rond het elegante tienermeisje met zwarte vlechten zweefde een kristalwitte aureool die op hemelse wijze straalde en haar omlijstte met een schijnsel van maagdelijke verliefdheid. Naast haar stond een apollinische jongeman met een warrige, vermoedelijk goudblonde, bos krullen, die verlegen een arm om haar heen had geslagen en glimlachend voor de camera poseerde. Het was een vreemde foto die het midden hield tussen een heiligenafbeelding en een oud bruiloftsportret.

‘Wat mooi,’ liet Ullada zich ontvallen terwijl hij het meisje bekeek. Het was ongetwijfeld Aurora in kleding van vroeger. Nadat hij even had nagedacht, zei hij bij zichzelf dat dat niet het geval kon zijn, want de foto ademde de sfeer van een ander tijdperk uit. Het was vast haar moeder, of grootmoeder, of misschien een ander naast familielid. Dat meisje leek wel een lichtende godin.

De jongen herkende hij absoluut niet, maar naar zijn uiterlijk te oordelen leek hij een van die bohème schilders te zijn met wie Picasso op de Parijse foto’s uit de jaren twintig stond.

‘Uw ouders?’ vroeg de verkoopster terwijl Ullada de foto bekeek.

‘Min of meer... Familie.’

‘Als u wilt kunnen we deze lijntjes retoucheren...’ Ze wees naar de lijntjes die over de foto liepen. ‘Dat komt doordat het negatief vol streepjes zit, en bovendien is het vele jaren niet al te goed bewaard. Ik zou zelfs durven beweren dat het negatief nat is geweest of lang buiten heeft gelegen.’

Ullada bedacht dat het geen slecht idee was de foto geretoucheerd en in een mooie lijst aan Aurora te geven.

'Oké. Ik laat het negatief bij u en neem dit mee. Hoeveel gaat dat grapje me kosten?'

'Nou inspecteur... omdat u een buurman bent en zegt dat het om familie van u gaat, goed, doe maar de helft. Wat dacht u van dertig euro? De foto wordt als nieuw.'

'Wanneer kan ik die komen halen?'

Hij zou haar verrassen. Hij zou haar met een smoesje bellen, de foto geven en zeggen dat hij die had aangetroffen tussen de spullen die Bonifasi uit het appartement van Joan Dolgut had meegenomen, en dat ze op het bureau niet wisten wat ze ermee moesten doen. Daarna zou hij haar uitnodigen voor een kop koffie in El Born, en als de stemming er in zat zou hij het gesprek op de piano brengen, dat zou dan uitmonden in een intieme solovoorstelling in Joan Dolguts huis, waar alles nog exact hetzelfde was, zoals hij had vastgesteld; blijkbaar had iemand opdracht gegeven het zo te laten.

Van haar kant kreeg Aurora Villamarí een foto met het beetje dat de fotozaak had weten te redden van het negatief dat ze in het meubel met de louvredeurtjes had gevonden. Vanaf de knieën naar beneden was alles scherp zichtbaar. Iets had de gezichten en een deel van de lichamen laten verdwijnen. Hij kwam exact overeen met de vervaagde foto die ze in het doorzochte meubel bij de bloemetjesjurk had aangetroffen, met dat verschil dat op laatstgenoemde de kleding nog enigszins te onderscheiden was.

Tot nu toe had haar onderzoek haar nog geen stap verder gebracht. De sporen waren vaag en gaven geen enkele aanwijzing. Er was niets dat erop wees dat Joan Dolgut al in haar moeders leven was verschenen vóór de vijf maanden die ze zelf had vastgesteld nadat ze de verklaringen van de bakkersvrouw en Dolguts buurvrouw had gehoord.

Achter enkele van de zaken die ze had gevonden, leek weliswaar een geschiedenis schuil te gaan, maar ze kon zich enkel nog op veronderstellingen baseren.

Door steeds maar weer de oude albums door te nemen, was ze duidelijk twee gemoedstoestanden in haar moeder gaan onderscheiden. Vanaf haar kindertijd tot haar tienerjaren had ze een open, vrolijk lachend gezicht. Er waren prachtige foto's uit die tijd: als prinsesje in een paardenkoets met een kanten parasolletje en een gehandschoende koetsier in livrei; als bloeiende maagd, gekleed in habijt en haar handen vroom voor haar borst gekruist; als onverschrokken amazone gezeten op een imposant wit paard met lange, glanzende manen; als verfijnde dame in een lange avondjurk van chiffon en zijde tijdens de dansfeesten in het theater Colón... Ze wist niet vanaf welk moment haar gelaatstrekken een ernst waren gaan weerspiegelen die niet bij haar leeftijd paste. Het was of ze plotseling volwassen was geworden en een zorgelijke verantwoordelijkheid met zich mee torste. Haar uitbundige, open lach was overgegaan in een vage, gesloten glimlach. Zelfs op de foto's van het dansfeest waar ze haar vader, Jaume Villamarí, had leren kennen, zag ze er weliswaar beeldschoon uit maar was haar geslotenheid duidelijk waar te nemen. Aurora had nog veel te lezen en uit te zoeken, maar wat ze op dat moment had zou ze beetje bij beetje uitpluizen. Het was als een brood dat je kruimeltje voor kruimeltje moest oppeuzelen.

Met de ring van verstrengeld draad, die ze met de vage foto en het negatief in het rode etui bij de jurk had gevonden, was ze naar een juwelier gestapt en daar hadden ze haar verteld dat het geen goud of ander waardevol materiaal was. Volgens de juwelier leek die legering van gewoon metaal afkomstig te zijn, van het vlechtwerk van ijzerdraad waarmee de kurk van flessen Franse champagne werd bedekt. Als haar moeder die gedurende al die tijd had bewaard, moest de ring wel heel veel voor haar betekenen.

In haar grootvaders dagboek kwamen veel avonturen voor waaraan haar moeder actief had deelgenomen, maar niets wees op liefdesgeschiedenissen, vriendschappen of iets in die geest. De laatste reis dateerde van 1939 en daarin was niets meer te bekennen van de euforische toon waarop de vorige beschreven waren.

Er was geen teken dat haar moeder al voor 1950 in Barcelona was geweest, en tegen die tijd was ze al getrouwd.

De kinderloze jaren van haar ouders waren in de vergetelheid geraakt. Ze had niets gevonden dat haar kon helpen die tijd te reconstrueren, wat heel belangrijk voor Aurora was, want in Barcelona had haar moeder Joan Dolgut op een willekeurig moment kunnen leren kennen. Na die geschiedenisloze periode was zij geboren, en nu, krampachtig herinneringen aan haar kindertijd ophalend, probeerde ze zo goed en kwaad als het ging het huwelijksleven van haar ouders te reconstrueren; daar paste Joan Dolgut evenmin in ... of wel? Dat was de grote vraag. Want nadat haar moeder weduwe was geworden, waren ze altijd bij elkaar geweest en ze zou zweren dat Joan Dolgut toen niet in haar moeders leven voorkwam.

Ze moest nog met de beste vriendin van haar moeder gaan praten, Clemencia Rivadeneira, een vrouw van in de tachtig die eveneens uit Bogota afkomstig was en die in de jaren veertig met een rijke Catalaan naar Barcelona was gekomen, en ook al waren ze geen jeugdvriendinnen toch waren ze jarenlang onafscheidelijk geweest. In haar moeders agenda had ze haar oude telefoonnummer gevonden, maar toen ze het belde vertelden ze haar dat de oude Clemencia in een verzorgingstehuis zat voor mensen met alzheimer en andere vormen van dementie, maar dat ze haar wel kon bezoeken want haar geestelijke vermogens waren nog deels intact. Het zou goed kunnen dat haar moeder Clemencia intieme geheimen had toevertrouwd en dat deze haar die nu zou willen onthullen.

Vanwege de schaarse informatie had ze zin weer naar de Ramblas te gaan om de merkwaardige waarzegster te zoeken die haar overduidelijk had gesuggereerd uit Barcelona weg te gaan als ze het mysterie wilde ontrafelen. Ze moest zich aan elk strohalmpje vastklampen. Die augustusavond was ze weggevlucht, uit angst voor haar onbekendheid met die occulte kunsten en had ze niet meer naar het eind van haar voorspellingen geluisterd, waar nu toch wel iets in leek te zitten. Het was best mogelijk dat die vrouw gelijk had toen ze zei dat ze de stad uit moest om antwoorden te vinden; maar het buitenland was oneindig groot, dat was alles buiten haar eigen land. Waar moest ze heen?

Ze sprak af de volgende ochtend naar het verzorgingstehuis Bonanova te komen en ze nam zich voor aan het eind van de middag langs de tafeltjes van de kaartlezers en waarzeggers aan de rambla de Santa Mónica te gaan.

Toen ze bij het tehuis aankwam, werd ze verwelkomd door een vrouw in een witte jas; deze nam haar mee door een lange gang met ramen en bracht haar naar de tuin. Daar zat een klein oud dametje zichzelf te wiegen; ze hield stevig een roos met doornen in haar handen geklemd, waardoor deze waren gaan bloeden zonder dat ze het leek te merken.

Aurora bekeek haar liefdevol. Het was een verkreukelde karikatuur van een meisje dat in het park was achtergelaten. Ze herkende haar niet maar wist dat ze het was. Ze nam de roos uit haar handen en op haar schoot bleven de blaadjes gekneusd achter.

'Clemencia?' vroeg ze terwijl ze over de kleine wondjes streek. 'Ik ben Aurora, de dochter van Soledad Urdaneta. Kun je je mij nog herinneren?'

Maar het oude mensje keek haar met een lege blik aan. De verpleegster was op een van de bankjes gaan zitten en liep nu naar haar toe. 'Heb een beetje geduld. Soms lijkt het of ze niets hoort maar ze luistert altijd. Ze geeft alleen antwoord als ze vindt dat iets de moeite waard is om haar dagelijkse bezigheid van herinneringen zoeken te onderbreken.'

Aurora streelde haar over het hoofd en pakte haar handen vast. 'Clemencia,' herhaalde ze. 'Mijn moeder is gestorven.'

'Wie ben ik?' Het oude vrouwtje keek Aurora angstig aan. 'Kun je me zeggen wie ik ben? Ik ben mijn naam vergeten en kan me die niet meer herinneren.'

'Clemencia. Je heet Clemencia Rivadeneira en je komt uit een groen, vruchtbaar land waar zelfs op de rotsen bloemen bloeien. Waar de wolken zich bij honderden verzamelen, zich opstapelen aan de hemel...' Aurora herhaalde wat ze haar moeder zo dikwijls had horen zeggen.

'Bogota...' zei Clemencia met een glimlachje op haar lippen. 'De tram, ik moet de tram halen, anders kom ik te laat op school.'

'Clemencia Rivadeneira... Kun je je Soledad Urdaneta nog herinneren?'

De oude vrouw trakteerde haar op een blik waaruit een andere tijd sprak en die bevestigde dat ze zich haar moeder herinnerde.

'Waarom is Soledad niet gekomen?'

'Ze kan niet. Ze is gestorven.'

'Soledad heeft me beloofd dat ze niet weg zou gaan zonder afscheid van me te nemen....'

'Wanneer heeft ze je dat beloofd?'

'De laatste keer dat ik haar heb gezien.' Ze keek Aurora strak aan. 'En... Joan?'

Aurora was verbaasd toen ze haar dat hoorde vragen. Die vrouw wist dus van het bestaan van de man.

'Bedoel je Joan Dolgut?' vroeg ze meteen. 'Hij is ook gestorven.'

'Waarom...? Waarom zijn ze dood...?' En ze herhaalde: 'Ze heeft me beloofd dat ze niet weg zou gaan zonder afscheid van me te nemen.'

Het oude vrouwtje begon te kreunen zonder te kunnen huilen. Aurora omarmde haar. 'Misschien heeft ze dat wel gedaan.'

'Ik zou getuige zijn bij haar huwelijk. Wat heeft dat arme mens veel moeten doormaken!' Toen ze dat zei leek haar blik weer uit een andere tijd te komen. Ze keek angstig naar Soledads dochter. 'Wie ben je?'

Aurora gaf antwoord, maar Clemencia luisterde niet meer.

De verpleegster adviseerde haar haar even met rust te laten. Dat gebeurde vaker: wanneer iets veel indruk op haar maakte, trok ze zich terug in het niets, maar ze keerde terug.

'Zijn ze getrouwd?' De stem van de oude vrouw overviel Aurora.

'Ja, ze zijn getrouwd.'

'Wat fijn! Dat hadden ze ook verdiend.'

'Clemencia?' Aurora waagde het haar de vraag te stellen. 'Weet je hoe mijn moeder Joan heeft leren kennen?'

'Dat is een lang en droevig verhaal...' Haar gezicht lichtte op. 'Maar heel mooi. Ik weet niet of ik je het moet vertellen. Zij heeft er niet met je over gesproken en ik moet haar wens respecteren.'

'Clemencia, mijn moeder... heeft zelfmoord gepleegd. Ze hebben samen zelfmoord gepleegd. Begrijp je waarom ik het moet weten?'

Weer boorden de vertwijfelde ogen van de oude vrouw zich in die van Aurora.

'Wie zijn dat?' Ze wees naar een leeg hoekje. 'Ze komen me halen. Zeg dat ze weg moeten gaan.' Ze huilde zonder tranen. 'Ik wil niet mee.'

Aurora nam haar weer in haar armen, wiegde haar tot ze kalmeerde. De spoken van haar geest belaagden haar opnieuw.

'Wie ben je?' Clemencia herkende haar niet meer en in paniek schoof ze van haar weg terwijl ze schreeuwde: 'GA WEG!'

De verpleegster kwam aansnellen en stelde Aurora gerust, die helemaal van streek was door het tafereel. 'U went er wel aan. Blijft u alstublieft komen. Daarmee helpt u haar om niet haar hele verleden te vergeten. Haar familie bezoekt haar nooit, of ze zeggen dat ze komen en doen het niet, terwijl het leven haar intussen ontglipt in de tunnels van de vergetelheid. Als u dagelijks komt, leert ze wel met u samen te zijn. Dan went u er beiden aan... op een andere manier met elkaar om te gaan. U begrijpt me wel... zo gaat dat met alzheimer.'

Aurora liep naar Clemencia, die vanuit de diepte van de jaren blikte, en kuste haar ten afscheid terwijl ze beloofde de volgende dag weer te komen.

Ze vertrok, nog meer in de war dan ze was gekomen, maar met een klein sprankje hoop. Het zou goed kunnen dat Clemencia zich nog wist te herinneren wat haar moeder tegen haar had gezegd, en wellicht zou ze het haar later wel willen vertellen. Ze besefte dat het niet eenvoudig zou zijn, maar ze was bereid te wachten tot het zover was.

Twee uur later kwam ze haar dochter tegen en ging met haar lunchen in een eettentje in de buurt, ze namen allebei het goedkope dagmenu. De vakantie was bijna afgelopen en ze moesten op pad voor boeken en andere schoolbenodigdheden.

Tita Sardá was met Borja het schooluniform gaan kopen. Dit was het laatste jaar dat hij die belachelijke roodgeblokte broeken moest dragen. Binnenkort werd hij vijftien en zou ze hem gelukkig kunnen kleden in polo's en pantalons van Ralph Lauren, hoefde ze die eeuwige klaagzang om van school te veranderen vanwege de kledingvoorschriften niet langer aan te horen. Ze kon niet wachten tot de lessen weer begonnen. Ze dacht dat als de normale routine van school en werk weer aanbrak ze er gemakkelijker tussenuit kon zonder steeds maar te hoeven zeggen dat ze naar de sportschool ging, waarover ze zich trouwens een beetje zorgen ging maken, want iedereen uit haar kringen ging naar hetzelfde sportcentrum en als een van hen om een of andere reden in het bijzijn van haar echtgenoot zou vragen waarom ze nooit meer kwam, zou ze voor schut staan, of was het in ieder geval overduidelijk dat ze loog.

De situatie thuis begon gespannen te worden. Ze ging al tijden de bedspelletjes met haar man uit de weg, want haar ontmoetingen met Massimo di Luca werden steeds wilder en vuriger. Sinds ze terug waren van hun cruise zag haar gezin haar praktisch niet meer. 's Morgens verdween ze al vroeg met haar BMW cabrio en, behalve wanneer ze sociale verplichtingen had, kwam ze pas 's avonds tegen etenstijd weer thuis om vervolgens uitgeput het bed in te duiken.

Ze genoot als een hongerige leeuwin van haar prooi. Massimo was haar mooie welpje dat ze hartstochtelijk likte en uitvlooide. In bed begrepen ze elkaar alsof ze het op dezelfde academie hadden geleerd. Hij kon haar in extase brengen, in ruil voor een kus... en andere zaken. Hoewel hij haar nooit ergens om vroeg, gaf ze hem toch van alles. Ze kocht zijn kleding, zijn eten, zijn geurtjes, ze vertroetelde hem wellustig met allerhande luxe artikelen. Het grootste cadeau dat ze hem onlangs had gegeven was de maisonnette, en al was die naar haar begrippen niet echt ruim – slechts driehonderd vierkante meter – hij was bijzonder smaakvol ingericht. Elk wist zo goed mogelijk van de ander te profiteren... en hoe! Ondanks het feit dat ze vijftien jaar ouder was dan hij, dacht Tita dat je dat leeftijdsverschil niet kon zien, want door het oefenprogramma waaraan haar minnaar haar dagelijks onderwierp, had ze het lichaam van een twintiger behouden en een huid die strak stond van bevrediging; effectiever dan welk middel ook tegen vrije radicalen en die algenpakkingen in Zwitserse klinieken waarover haar vriendinnen helemaal lyrisch waren. Ze had een paar 'kleine aanpassingen' laten doen, zoals ze de siliconen- en botox-inspuitingen noemde, waardoor ze wulpse, uitdagende lippen had gekregen, zachte jukbeenderen en een stel borsten om u tegen te zeggen, die Massimo met zijn mond ook nog eens oppepte.

Na dat lange jaar van heimelijke ontmoetingen veranderde dat wat voor Tita als een spelletje was begonnen ongemerkt in een ware passionele obsessie. Ze was hopeloos verliefd geworden op het yoghurtmodel, en hij leek met haar zijn behoefte aan een Romeinse *mamma* en een Napolitaanse minnares te compenseren; hij werd ziekelijk bezitterig op een manier die zijn *donna sposata* fascineerde. Het beroep van gigolo had hij al vroeg geleerd, waarbij hij zijn vaardigheden toepaste op rijke, eenzame toeristen die in de via Condotti in Rome aan het winkelen waren. Daarna had zijn schitterende lijf hem als model voor de camera's gebracht, en vervolgens was hij in Barcelona terechtgekomen nadat hij door de grootste zuivelfabrikant van het land gecontracteerd was als exclusief model voor magere yoghurtjes. Aangezien hij geen ander reclamewerk mocht aannemen, was Massimo om de tijd te doden les gaan geven in het meest trendy sportcentrum van Barcelona, waar alle vrouwen naar zijn lichaam hunkerden. Hij kon met jeu over kunst vertellen, aangezien hij in de Italiaanse hoofdstad schone kunsten en restauratie had gestudeerd. Hij was geraffineerd en een beetje gestoord, de perfecte combinatie voor Tita.

Gezien de opschorting van bedperikelen die zijn vrouw de laatste tijd had ingelast, en om zijn seksuele behoeften toch enigszins te bevredigen, was Andreu teruggevallen op de oude maar effectieve formule uit zijn vrijgezellentijd: betaalde liefde. Hij was, lichamelijk gezien althans, voldaan en zijn geprikkeldheid van de laatste tijd was verdwenen dankzij die seks van hoge klasse. Het onderzoek naar zijn vader kreeg hem te pakken, en hij betrapte zich erop dat hij daar steeds vaker aan dacht. Doordat ze op de zaak nog te kampen hadden met de naweeën van de zomer, kon hij zich de luxe veroorloven zijn tijd aan andere dingen te besteden.

Uit het gesprek met Gómez had hij geconcludeerd dat het levensverhaal van zijn vader minder simpel in elkaar stak dan hij aanvankelijk had gedacht. Zijn belevenissen aan de Franse Rivièra moesten gegevens opleveren die op zijn minst wat meer licht op de zaak zouden werpen. Zijn grootvader was in nevelen gehuld, en zijn grootmoeder werd zelfs helemaal niet in het verslag genoemd.

Het ging dus niet om slechts één onderzoek, nu waren het er twee die duidelijk afgebakend waren: aan de ene kant had je het onderzoek naar zijn verleden, en aan de andere kant het onderzoek naar de liefdesgeschiedenis die zijn vader ertoe had gebracht op zijn tweeëntachtigste zelfmoord te plegen.

Met in zijn hand de foto van Aurora zittend aan een tafeltje bij de waarzegster aan de Ramblas en onopvallend gekleed in een jeans en een eenvoudig overhemd en voorzien van een zonnebril ging hij op weg naar de kraampjes waar de helderzienden zaten, zonder goed te weten waarom.

Hij liet zijn auto in de parkeergarage bij het plaza Catalunya achter en besloot te voet naar de Ramblas te gaan, zich te mengen onder de bonte verzameling passanten die de trottoirs overspoelde. Een purperen bol liet zijn licht over het asfalt vallen en verleende de silhouetten een wijnrode tint terwijl ze donker tegen de achtergrond van de lucht afstaken; hij kon zich niet herinneren ooit zo'n avondschemering op het cement te hebben gezien. Hij liep langs stalletjes met dieren en vogeltjes, waar een klein meisje huilend een wit konijntje in haar armen hield terwijl haar moeder haar best deed het terug te zetten; hij kwam langs goedlachse bloemenverkopers, slechtgehumeurde kioskhouders, zwijgende bejaarden, op straat actieve oplichters, verdwaalde zakenmannen, een zilverkleurige Quichot die gevoed door euro's zijn zwaard liet bewegen, standbeelden en nog meer levende standbeelden, lachende lolita's en huisvrouwen die tot het laatste moment hadden gewacht met hun inkopen om bij de viskraampjes van La Boquería hun schaal- en schelpdieren zo goedkoop mogelijk te bemachtigen.

Die wandeling had Andreu vaak gemaakt, stevig vastgeklemd aan de hand van zijn moeder wanneer ze met hem naar het Liceu ging om in de kou de pracht en praal van anderen gade te slaan. Niets van wat ze onderweg tegenkwamen had ooit zijn aandacht getrokken, behalve dan de invaliden die met hun handen de wielen van hun rolstoel lieten rollen en intussen losse sigaretten verkochten, en van wie zijn moeder stiekem een Bisonte kocht om die tijdens de wandeling genietend op te roken. Nu had hij het idee dat hij in een andere stad was; hij voelde zich meer buitenlander dan de toeristen die hij onderweg tegenkwam. Bij het Gran Teatre del Liceu bleef hij even staan en ging terug in de tijd. Hij voelde opnieuw zijn moeders ijskoude hand en hoorde haar van rook doortrokken gefluister: 'Jij zult een grote worden, Andreu. Een eerbiedwaardige heer... meer dan die daar,' had ze gezegd, waarbij ze wees op een man gehuld in een bontjas en met een gouden horloge om die uit een zwarte auto stapte. Jaren later had hij die man teruggezien, nu door de jaren getekend; het was Tita's grootvader van vaderskant, een van de rijkste mannen van Catalonië. Als zijn moeder nog geleefd had, zou ze vast heel trots zijn op wat hij had bereikt. Hoewel hij op dit moment bijna geen herinneringen meer aan haar had. Zijn geheugen afspeurend kwam hij tot de verbazende ontdekking dat hij in een ondoorzichtige leegte was gedoken. Het was vreemd dat alle herinneringen aan zijn kindertijd zich tot één grote deur beperkten: die van het Liceu. En tot veel luxe zaken: die van anderen.

Hij liep verder tot hij bij de mysterieuze kraampjes kwam. Het gedenkbeeld aan Columbus tekende zich scherp af tegen de rode lucht boven de zee. De stemmen van de waarzeggers schoten uitnodigingen op hem af om hem een grootse toekomst te voorspellen. Hij observeerde hun gezichten terwijl hij bedacht dat hij met iets vreselijks onzinnigs bezig was. Hij ging op een kraampje af dat als een altaar was versierd, vol gehangen met amuletten, rozenkransen en foto's die werden verlicht door kaarsen en brandende wierook. Een excentrieke vrouw bekeek de foto die Andreu haar liet zien en ze beduidde hem dat de helderziende die hij zocht twee kraampjes verderop zat.

Hij twijfelde even of hij zich de kaarten zou laten lezen of eenvoudigweg geld zou bieden in ruil voor informatie. Toen hij bijna bij haar was, herkende hij de vrouw die zich op dat moment de tarotkaarten liet lezen. Dat verfijnde profiel, die perfecte ovaal en de tijdloze huid; die volle waaiers die haar verwachtingsvolle, glinsterende zwarte ogen zuiverden; de volmaakte contouren van haar halfgeopende, afwachtende lippen… Aurora Villamarí herhaalde het tafereel op de foto die hij nog maar net had laten zien en die hij nog steeds in zijn hand hield. Hij zag haar een arm oplichten en met een zwierig gebaar een zwarte lok, die als inkt op haar gelaat viel, achter haar oor stoppen; alles aan haar leek licht als een briesje te zijn. Ze was luchtig en doorschijnend. Andreu had nog nooit op zo'n manier naar een vrouw gekeken. Hij besloot alleen naar haar gelaat te kijken om niet de teleurstelling over haar kleding te voelen. Hij schaamde zich opeens daar te zijn en misschien door haar herkend te worden, hij wilde wegvluchten… maar kon het niet. Hij zag dat ze zich omdraaide en hoewel haar vlinderachtige blik even op hem bleef rusten, keek ze afwezig door hem heen, verzonken in de woorden van de Egyptische vrouw.

Hij stond daar als aan de grond genageld… wachtend, probeerde afleiding te zoeken ook al kon hij zijn ogen niet van haar afhouden. Plotseling zag hij dat Aurora haar portemonnee opendeed en de zieneres enkele bankbiljetten gaf.

Toen ze opstond viel haar tas, verspreidden muntstukken en papieren zich over de grond, die Andreu instinctmatig opraapte. Ze wilde hem net bedanken toen ze zijn gezicht herkende. 'U?' Ze keek hem misprijzend aan.

Andreu gaf haar de spullen maar ze wierp ze met een hooghartig gebaar, en ditmaal opzettelijk, weer op de grond en zei: 'Van u wil ik niets... Begrijpt u me? Helemaal niets!'

Ze raapte de spullen weer op en vertrok, een ijzige windvlaag achterlatend.

Ze liep vlak langs inspecteur Ullada heen, die de onverwachtse ontmoeting wilde ensceneren waarop hij al zo lang had zitten broeden. Toen de politieman in de gaten kreeg dat ze hem dreigde te ontglippen, ging hij snel een stukje vooruit om haar toevallig tegen het lijf te kunnen lopen en aan te spreken. Hij zei haar naam. Aurora draaide zich om, lichtvoetig en glimlachend.

'Inspecteur... Dat is lang geleden!'

'Ik wilde u al een tijdje bellen... waarom weet ik eigenlijk niet... om te horen hoe het met u gaat. Weet u, ik denk nog vaak aan uw moeder en aan die man... Dolgut. In mijn tijd als politieagent heb ik nog nooit zo'n droevige... maar ook mooie geschiedenis meegemaakt.'

Aurora hoorde hetzelfde wat Clemencia Rivadeneira 's ochtends tegen haar had gezegd: het was een droevige maar mooie geschiedenis... en gehuld in raadselen. Ze keek hem bedroefd aan.

'U kunt zich niet voorstellen hoe pijnlijk het voor een dochter is haar moeder op zo'n manier te verliezen.' Ze wierp een ongelovige blik op hem. 'Ik dacht trouwens dat mensen als u hun gevoel uitschakelden.'

Ullada greep de gelegenheid aan in de diepten van haar ogen te verzinken.

'Dat doen we ook... behalve wanneer de liefde de zaken overtreft. En in dit geval was de liefde er duidelijk boven uitgestegen; dat appartement boordevol beloften. Overigens ben ik die middag nog vergeten u iets te zeggen: u speelt engelachtig piano.'

Soledads dochter begon te blozen en accepteerde het compliment met een eenvoudig 'Dank u wel'.

'U zou concerten moeten geven, ik meen het. Ik weet weliswaar niet veel van pianospelen maar wel van gevoelens, en u bespeelt iemands ziel met dat instrument... Weet u dat alles in Joan Dolguts appartement nog hetzelfde is? Vanwege mijn werk ben ik er nog een paar keer geweest, u snapt het wel, op zoek naar informatie om de zaak af te sluiten... Puur beroepshalve. Ik heb tijden bij die vreemde piano staan peinzen...'

'Is de piano daar nog steeds?' vroeg Aurora met fonkelende ogen.

'Hoe heeft u daar op kunnen spelen terwijl er een toets ontbreekt? U moet echt een professional zijn, want ik heb er niets van gemerkt, later pas.'

Aurora lachte. 'De F-toets ontbreekt... maar het is zo'n mooie piano, en het geluid is zo prachtig dat ik begrijp dat zijn eigenaar er zo op speelde, ook al miste hij een noot... Het zou best kunnen dat hij zich ook zo voelde... Dat hij iets miste om volledig te kunnen vibreren. We dragen allemaal een noot in onze ziel die niet meer klinkt... of die we op onze levensweg zijn kwijtgeraakt. Denkt u ook niet?'

Ullada keek haar zachtaardig en bewonderend aan; met zijn blik gaf hij bevestigend antwoord. Van die vrouw leerde hij het onzichtbare te waarderen.

'Je hebt een liefdesrelatie met een piano...' Ze keek hem beschaamd aan. 'Ik weet niet waarom ik dat tegen u zeg. Maar als je pianospeelt heb je een heel intieme relatie met het instrument... Een gesprek dat tussen je ziel en de onzichtbare snaren verloopt. Voor een pianist is zijn piano een vriend die er altijd is; je kunt hem op elk moment aanhalen en in ruil daarvoor geeft hij je alles wat hij heeft: zijn ziel, zijn muziek.'

Ullada dacht aan zijn films... Voor hem waren die films de metgezel waaruit zijn diepste gevoelens ontsproten. Hij begreep haar, natuurlijk begreep hij haar.

Ze waren in het café van de Ópera gaan zitten, waar de minuten verstreken met koffie die gezoet werd met muziek. Aurora moest die dag gewoon met iemand praten, en dat had met iedereen kunnen zijn, want op dat moment voelde ze zich oneindig eenzaam; toevallig was het vanmiddag met de inspecteur die zich zo vriendelijk tegenover haar had gedragen tijdens de formaliteiten die aan haar moeders begrafenis vooraf waren gegaan.

Voor hij een eind aan het gesprek maakte, waagde Ullada het zijn innige wens haar nog eens te horen spelen kenbaar te maken, ingekleed als een gunst.

'Zou u die piano nog eens willen bespelen?'

'Bedoelt u daarmee teruggaan naar het appartement van Joan Dolgut?'

'Wel, ik denk dat het niet helemaal legaal is, u snapt me waarschijnlijk wel... maar ik zou u daarheen kunnen brengen.'

'Op die piano spelen is een grote uitdaging voor me, een oefening in scherp luisteren en improviseren.' Ze dacht even na, twijfelde. 'Ja, ik zou het graag doen, waarom ook niet? Ik denk dat de piano het zelf ook heerlijk zal vinden. Hij is al zo lang stil... en dat is voor een piano erg verdrietig.'

'Het is hier vlakbij,' zei Ullada. 'Zou u zin hebben er nu op te spelen?'

Aurora wierp een blik op haar horloge. Het was bijna acht uur. Hoewel ze het aan de late kant vond, liet iets haar toch instemmen. Ze wilde graag weer naar dat appartement terug en achter Dolguts piano plaatsnemen; een oude Bösendorfer. Dat instrument dwong een enorm respect af; het was de beste vriend van de oude man geweest... en misschien ook van haar moeder. De toetsen verborgen vast verzwegen geheimen.

Nadat de vliegers in zee waren gestort, leken Joan Dolgut en Soledad Urdaneta net twee droevige standbeelden, kijkend naar de wervelende zwarte wolken die nog steeds boven het wateroppervlak cirkelden, als gieren loerend op de dood. De geschreven boodschappen vlogen, waren veranderd in witte vogeltjes, verdwijnend aan de horizon, wie weet waarheen. Vanuit de verte had Pubenza met hen te doen vanwege die ongelukkige schipbreuk, maar ze ging niet naar hen toe; daar was het het moment nog niet voor. Het was de eerste keer dat Soledad haar hoofd op de schouder van de ober legde. De eerste keer dat ze voor beiden huilde.

'Kom, niet zo verdrietig, mijn engeltje.' Met een kus depte hij de traan die over haar wang rolde. Het was voor het eerst dat Joan met zijn lippen haar zijdezachte huid beroerde. Voor het eerst voelde hij dat ze van hem was. 'Weet je wat ik zal doen? Ik ga de hele nacht voor je spelen...'

Soledad keek hem aan met haar overstromende zwarte poelen zonder aandacht aan zijn woorden te schenken. 'Ze komen niet uit,' stelde ze vast terwijl ze naar de zee keek.

'Natuurlijk wel... Heb je niet gezien hoe ze zijn opgestegen? Ze zijn niet verdronken. Ze zijn op weg naar de hemel... vrij... Onze wensen hebben geen vliegers nodig om naar boven te gaan.'

'Maar je zei dat ze de vliegers moesten bekronen,' snikte ze als een klein meisje.

'Ik zei dat ze omhoog moesten gaan. En dat hebben ze gedaan.' Joan streelde haar gezicht en droogde de kristallen druppels die onophoudelijk vielen. 'Vertrouw je me?'

Soledad knikte en sloeg haar armen om zijn hals. Hun lippen raakten elkaar en werden gezouten met een laatste traan. Toen opende het meisje, dat nog nooit een mond op de hare had gevoeld, haar lippen om iets te zeggen, en zijn lippen streelden die tot ze ijl en stil werd door de zachtste en meest gevleugelde kus die hij met zijn zestien jaar kon bedenken. Haar kussen was een wervelstorm kussen, was een verstilde windvlaag kussen.

Verbonden door die gemeenschappelijke, onbezoedelde kus lieten ze zich door de schemering omhullen, wachtend tot het avond werd. Ze zouden bouillabaisse gaan eten in madame Tetou's restaurant.

Ze brachten Pubenza naar de bus die haar naar het Carlton terug zou brengen.

'Joan, pas goed op mijn nichtje...' zei ze streng. 'Als mijn oom en tante hier achter komen, doen ze me wat. En jij,' ze keek Soledad smekend aan, 'kom alsjeblieft niet te laat thuis, vannacht was ik doodongerust. Als mijn tante belt, zeg ik wel dat je al ligt te slapen.' Zonder dat Joan het kon zien stopte ze een biljet van vijf franc in haar rokzakje en zei zachtjes: 'Voor je weet maar nooit.'

'Dank je wel, fantastisch nichtje.' Soledad omhelsde haar en overlaadde haar met kusjes.

Pubenza stapte bezorgd in de bus, zag hoe het stel haar uitzwaaide. Ze begon zich schuldig te voelen over wat er gebeurde, schuldig over het nu, dat goed voelde, en over het later, dat slecht voelde en dat eraan zat te komen. De volgende dag zouden haar oom en tante terugkomen en zou de lijdensweg voor Joan en Soledad beginnen, want dan konden ze elkaar niet meer onder vier ogen zien. Onder geen enkel beding zou haar oom Benjamín noch haar tante Soledad deze vulgaire relatie accepteren. Daar kende ze hen goed genoeg voor. Hier kon niet eens over gesproken worden. Ze voelde zich bezwaard dat ze die situatie zonder toekomstmuziek had helpen creëren.

In het hotel overhandigden ze haar samen met de sleutel ook een boodschap. Zij en Soledad moesten onmiddellijk het Paris in Monte Carlo bellen. Haar oom en tante, Soledads ouders bellen.

Ze wist niet wat ze moest doen. Ze had er niet op gerekend dat deze vóór tien uur 's avonds zouden bellen. Trillend van angst ging ze naar haar kamer, dacht na. Ze liet een maaltijd op de kamer komen en het enige wat ze kon bedenken was naar monsieur Philippe vragen. Met een verwarde uitdrukking op zijn gezicht kwam hij persoonlijk de bestelling brengen.

Pubenza vertelde hem bedrukt over de boodschap.

'*Mademoiselle*,' zei monsieur Philippe op sussende toon, 'dat is wel op te lossen. Een leugentje om bestwil. U heeft gewoon van niemand een boodschap doorgekregen.' Hij knipoogde en voor haar ogen verscheurde hij het briefje in duizend stukjes.

Een uur later ging de telefoon.

'Dag, tante.'

'Waarom hebben jullie ons niet gebeld?' vroeg Soledad Mallarino streng.

'Moesten we u dan bellen?' Pubenza deed of haar neus bloedde.

'Hebben ze jullie de boodschap niet doorgegeven?'

'Welke boodschap, tante?'

'Ik merk wel dat het niet is gebeurd. Het maakt ook niet uit, meisjelief.'

'O, tante,' Pubenza slaakte opgelucht een zucht, 'we hebben zo'n leuke dag gehad. We zijn naar het strand geweest en hebben gevliegerd... Het was heerlijk. Nou, en nu zijn we doodop, Soledad ligt al twee uur te slapen.'

'Dus alles gaat goed?'

'Meer dan goed, tante. We hebben het echt naar ons zin.' Pubenza nam een risico: 'Zal ik mijn nichtje even wakker maken, dan kan ze het u zelf vertellen.'

'Geen sprake van! Laat haar maar lekker liggen... Ze is nog net zo'n slaapkop als in haar babytijd. Je oom zit eraan te denken om een dag later terug te komen, maar dat is nog niet zeker. Hij heeft een paar heel interessante mensen ontmoet... je weet wel hoe hij is.'

'Blijf gerust, tante. Over ons hoeft u zich geen zorgen te maken, echt niet. Morgen kunnen we naar de bioscoop gaan. En dan is het zwembad er ook nog. Daar zijn we niet bij weg te slaan.'

'Ik zal het er met Benjamín over hebben, hij is nu beneden, met die vrienden. Ik bel straks terug. Pak de telefoon snel op zodat Soledad niet wakker wordt. Slaap is het beste schoonheidsmiddeltje.'

Het was Benjamín Urdaneta die terugbelde en met Pubenza sprak. Ze hadden besloten naar Nice te gaan, maar zouden 's avonds voor het diner terug zijn. Hij had het mooiste tafeltje in het restaurant Belle Époque al gereserveerd, aan zee...

'Maak je maar mooi voor het etentje. Je tante heeft een paar prachtige jurken voor jullie gekocht.' Op de achtergrond was de stem van Soledad Mallarino te horen die protesteerde dat hij niet alle verrassingen moest verklappen. 'Je hoort het wel, als ik nog meer zeg, krijg ik er zo van langs.'

Pubenza lachte lusteloos.

'Tot morgen, Pubenza.'

'Tot morgen, oom.' De woorden kwamen er futloos uit. Opeens voelde ze zich triest worden. Ze kon niets voor Soledad doen. De volgende dag zouden ze terugkomen.

'Pas goed op en geef mijn schone slaapster een kus van me.'

Pubenza hing op en zei bij zichzelf: 'Ach, nichtje van me! Haal zo veel mogelijk uit deze nacht, want daarna zul je hongeren...'

Madame Tetou had niet in het restaurant maar buiten, op het zand, onopvallend een houten tafeltje gedekt met een linnen tafelkleed dat tot op de grond hing en een windlicht met olie waardoor enkel de gezichten van Joan en Soledad werden verlicht. De oude vrouw was gelukkig omdat ze voor één avond de beschermengel van de liefde kon zijn. Dat paartje deed haar terugdenken aan haar eerste gestrande liefde; aan die Italiaanse zeeman op wie ze op haar vijftiende hopeloos verliefd was geworden en van wie ze nooit meer iets had gehoord. Ze kwam plechtig met een koeler en een fles aanlopen.

'Een hemelse liefde verdient het met gezegend water overgoten te worden...' Ze liet de fles zien. 'Champagne, *le meilleur*...'

'Kan ik u helpen, madame?' vroeg Joan verlegen.

'Geen denken aan, monsieur. Zo'n deftige gast als u hoeft dat soort dingen niet te doen.'

'Alstublieft...'

'Nou, vooruit dan, *mon petit prince*. Helemaal de jouwe.' Ze gaf hem de fles die in een linnen servet gewikkeld was en Joan zette hem deskundig in de koeler, drapeerde de stof om de hals van de nog ongeopende fles. Hij had nog nooit champagne geproefd en wilde dat doen wanneer hij alleen was... met Soledad.

'Heb je dat al gezien?' Joan wees op een zilveren spoor dat boven de zee begon te glinsteren. 'Ik heb de maan voor je besteld... en ze komt eraan, in feestkleding. Zie je de sleep die ze draagt?'

Soledad overgoot hem met haar onschuldige lach. Uit het raam van het restaurant kwamen de klanken van een piano.

'Hij kan niet spelen. Jij doet het veel beter,' zei Soledad met haar lieflijke, donkere stem.

'Hij kan het wel, alleen mist hij liefde, daarom klinkt de muziek wel maar streelt ze niet.'

Hij leegde zijn ziel in haar ogen terwijl hij haar beroerde met een vinger van zijn vochtige, roze hand. Een vurige blos steeg naar Soledads wangen, kleurde haar met liefde. Om haar heen zag Joan een luisterrijke, zuivere stralenkrans.

Ze was hemels, zoals madame Tetou al had gezegd. De maagd was hem verschenen, daarom verkeerde hij nu ook in die hunkerende, gelukzalige toestand.

Ze dineerden, ook al wisten ze niet hoe ze het konden. Ze namen lepeltjes bouillabaisse, aten een paar stukjes vis die erin dreven, bewaarden het kraken van de schaaldieren tot het laatst. Joan had nog nooit kreeft gegeten en nu moest hij met dat onmogelijke gereedschap de scharen van het dier kraken; wanneer hij tijdens zijn werk als ober die fijne tangetjes neerlegde, had hij altijd het gevoel dat hij een tafel klaarmaakte voor een chirurgische ingreep. Nu was hij het die moest 'opereren' en hij had geen idee hoe hij dat moest aanpakken, ook al had hij het zijn gasten tientallen malen zien doen. Met een angst die Soledad aanvoelde, pakte hij het instrument. Bij zijn eerste poging vloog de poot van de kreeft door de lucht en belandde op haar bord. Het jonge meisje lachte geamuseerd, zo aanstekelijk dat hij zijn schaamte verloor. Toen begon ze hem les te geven. Soledad wist wel hoe het moest en ze deed het als een volleerde chirurg.

Uiteindelijk wisselden ze de Bogotaanse glamour van gesteven linnen servetten en zilveren bestek af met het eenvoudige mediterrane ritueel van schone vingers. Ze zaten van onder tot boven onder de kreeft, likten hun vingers af en vergaten hun goede manieren, lachten tranen van geluk.

'Het is tijd voor de champagne, mademoiselle,' zei Joan tegen Soledad en hij maakte een kleine buiging.

'*S'il vous plait, m-o-n p-e-t-i-t p-r-i-n-c-e*,' antwoordde Soledad, madame Tetou's stem imiterend.

Joan pakte de fles uit de koeler, schroefde het goudkleurige ijzerdraad eraf dat als een netje over de kurk zat en stak het in zijn zak. Daarna wilde hij de fles netjes openmaken, maar de kurk kwam met een knal vrij en het glinsterende vocht spoot in Soledads gezicht, die tussen de bubbeltjes door lachte.

Aangezien de champagne maar bleef spuiten, pakte Soledad de fles en besproeide Joans gezicht met sprankelende gouden druppeltjes. Zo, in een fijn waas van geschater en Veuve Clicquot, trof madame Tetou hen aan.

'*Oh, mon dieu!* Kijk nou eens hoe ze elkaar met champagne overgieten. *C'est péché mortel*... Jullie zijn hartstikke gek.'

'Van liefde, madame, gek van liefde.' Plotseling keek hij haar smekend aan. 'Madame... mag ik op de piano spelen?'

'Zodra de laatste gast vertrokken is; laat haar huilen van genot. Speel zoals alleen jij dat kunt.'

Glimlachend nam de vrouw de borden mee en liet hen weer alleen.

De maan had haar schijnsel geconcentreerd op een oude olijfboom met takken die uit een rots leken te ontspruiten. De gekronkelde stam was als een afwachtend perkament. Bij Joan kwam het 'idee van verliefden' op, hij rende hand in hand met Soledad over het strand naar de boom. Daar zocht hij zijn kleine zakmes en met de precisie van een ervaren houtbewerker sneed hij in de stam tot er een hart met zijn en Soledads initialen was verschenen. Uit de stam drupten twee tranen van boomsap.

Toen hij klaar was zei Joan: 'Wanneer we oud zijn, komen we hier terug en dan is het er nog steeds. Olijfbomen gaan nooit dood. Dan maken we er nog een, en nog een en nog een... tot de hele boom onder de harten zit.'

Soledad omhelsde hem bedroefd. Waar zou zij zijn wanneer ze oud waren, en waar hij? Plotseling werd ze overmand door verdriet. Hoe kon ze voorkomen dat ze haar zouden scheiden van deze prins met zijn gouden krullen en zijn jongensachtige hart? Hoe moest ze tegen haar ouders zeggen dat ze niet zonder haar pianist van de golven kon leven?

'Hé!' Joan tilde haar kin op en las haar gedachten in haar ogen. 'Welke wolk heeft je geest verduisterd en je blik zo droevig gemaakt, prinsesje? Niemand zal ons ooit kunnen scheiden. Weet je waarom niet? Omdat onze zielen verbonden zijn, meisjelief. Ook al vertrek je, je blijft bij mij en ik bij jou. We zijn verbonden door de golven, de muziek, de wind. Je moet nog wat ouder worden, je studie afmaken. En ik moet je kunnen onderhouden op een manier die jou waardig is, als een godin. Mijn godin... Ik wil niet mijn hele leven ober blijven. Ik word pianist, voor jou. En ik ga elke dag voor je ziel spelen. We schrijven elkaar, ik kom je halen. Als het nodig is, steek ik alle oceanen van het leven over om bij jou te kunnen zijn. Ik ben niet bang. Wees jij dat ook niet, Soledad.'

Het meisje knikte, hij had gelijk, ze zou niet bang zijn. Haar liefde zou zelfs de laatste slaap, de dood, overleven.

Omhelsd door een blauwe stilte luisterden ze naar de golven die een rustgevende sonate voor hen speelden.

'*Mon petit prince*.' Madame Tetou riep hen. 'De piano wacht.'

Ze schudden de triestheid van zich af en gingen het in duisternis gehulde restaurant binnen dat enkel verlicht werd door de tientallen kleine kaarsjes die madame Tetou van alle tafeltjes had afgehaald. De toetsen van het oude instrument flonkerden.

'Ooit zal deze piano van mij zijn... en madame Tetou weet het. Ik speel er elk weekend op en ik weet dat hij van me houdt. Een echte Bösendorfer, moeilijk te beteugelen, maar hij houdt van me.' Hij streek met zijn hand over de gouden letters. 'Op hem speel ik alle sonates ter wereld voor je. Vanavond heeft hij de eer je stem te begeleiden, mademoiselle...'

'Wat zal ik voor je zingen, meneer de pianist?'

'Een liefdeslied...'

Soledads stem zette stralend in en ze zong in het Frans *Mon amour bleu... ma vie...* Madame Tetou luisterde in de keuken, haar ogen gesloten, overspoeld door herinneringen; de liefde van Soledad en Joan had haar achtergebleven smart bevloeid. Ze vertrok zonder afscheid te nemen, liet een briefje met een dikke ketting, een hangslot en een advies voor hen achter: wanneer ze weggingen moesten ze de sleutel onder de bloempot bij de ingang leggen. En met koeienletters: 'WEES GELUKKIG'.

En dat waren ze.

Het leek of de wereld om hen heen verdwenen was. Die houten taveerne was hun liefdestempel geworden.

In de keuken maakte Joan stiekem een dun ringetje voor Soledads vinger van het goudkleurige ijzerdraad dat over de champagnekurk had gezeten; hij had gezegd dat ze binnen moest blijven wachten, dat hij haar wilde verrassen. Intussen was bij haar het idee opgekomen iets op de onderkant van de middelste pianotoets, op de F, te schrijven; een liefdesboodschap zodat haar in de letters verborgen stem hem zou begeleiden, telkens als Joan de toon liet klinken. Als klein meisje had ze, nieuwsgierig naar wat zich erachter bevond, tijdens een van haar zanglesmiddagen geleerd hoe ze de toetsen moest losmaken. Daaronder verstopte ze dan kleine briefjes met geheimpjes die ze de week erna nog steeds aantrof, en ze had vastgesteld dat het de beste geheime bergplaats was om gedachten in te bewaren. Wat ze nu besloten had, kwam voort uit het onderbewustzijn van de liefde. Op de onderkant van de toets, rechtstreeks op het hout, had ze haar diepste gevoelens geschreven, en aan het slot van de tekst had ze een klein hartje getekend met hun namen. Als Joan net zo nieuwsgierig was als zij zou hij het vast een keer vinden. Zoniet, dan zou dit het best verborgene van al haar geheimen zijn. Toen ze klaar was met schrijven, blies ze de inkt droog en plaatste ze de toets zonder dat het te zien was weer terug, en ze vertelde hem niets.

Joan kwam terug uit de keuken, het eenvoudige cadeautje verstopt in zijn vuist, en trof Soledad op het bankje achter de piano aan. Hij ging naast haar zitten, pakte haar rechterhand, kuste een voor een de vingertopjes en legde ze vervolgens op de pianotoetsen om de toonladder te spelen. Haar duim op de C, haar wijsvinger op de D, haar middelvinger op de E, haar ringvinger liet hij boven de F hangen, en als laatste haar pink op de G.

'Dat is de belangrijkste pianotoets,' Joan wees dezelfde toets aan waarop zij net haar boodschap had geschreven en waarboven haar vinger nog steeds gestrekt was zonder hem aan te raken. 'Alle sonates die ik heb gecomponeerd, hebben deze toets nodig om tot leven te komen. Het is de F.'

Hij liet ze een voor een klinken: do-re-mi... op dat punt bedekte Joan met zijn ene hand Soledads ogen en met zijn andere liet hij heel voorzichtig de ring die hij net gemaakt had om haar vinger glijden terwijl hij zei: 'Als ik die mis, sterven mijn sonates. Deze ring, mijn liefste engel, zorgt ervoor dat je dat nooit vergeet.'

Hij legde zijn hand op de hare en liet haar de eenvoudige toonladder spelen... do-re-mi-fa-sol, met en zonder fa zodat Soledad haar afwezigheid kon horen.

'Hij is prachtig. Ik doe hem nooit meer af. Jij mag hem me pas afdoen wanneer we elkaar weer zien.'

'Dan krijg je een echte van me die intenser straalt dan de zon. Je zult omhuld zijn door de maan, en ik, ik zal voor ieders ogen de sluier oplichten die je gezicht bedekt en je eindeloze lippen kussen... Ze zullen weten dat je voor altijd de mijne bent... en ik de jouwe, nog voorbij de laatste slaap.'

'De voorlaatste slaap,' corrigeerde ze hem. 'Ik houd niet van het woord "laatste", dat klinkt zo definitief.'

Ze omhelsden elkaar in een beklemmende stilte en zo bleven ze zitten, ineengedoken, weerloos tegen de schaduw van het naderende afscheid die met zijn venijnige kaken op de loer lag, langs hun verlangens omhoogkroop tot hij hen verstikte met de kracht van een weerzinwekkende anaconda.

Zonder te hebben geslapen zagen ze de dag aanbreken, in elkaars armen, zittend bij de zee, luisterend naar het ruisen van de golven, doordrenkt van droefenis en kou... gebroken door een onmogelijke liefde. In de verte kondigde het geluid van een oude scheepstoeter de nieuwe dag aan. Enkele vissersbarkassen keerden terug met hun vroege lading. Soledad en Joan sjokten naar de bushalte, op weg terug naar het hotel, met als bagage voor hun dromen een zuivere belofte, een stralende nacht in het halfduister, een hart gegraveerd in een olijfboom, het geheim van een boodschap geschreven op een pianotoets, vele lachjes, een traan, een ring, en het oneindige verdriet om de naderende scheiding.

Ze konden niet ophouden elkaar te kussen, gingen daarmee door tot het bloed uit hun lippen kwam en de kus pijnlijk begon te worden. Dat was het enige dat ze de hele nacht hadden gedaan: elkaar kussen met hun ziel, met woorden, met hun ogen, met stiltes, en met hun lippen. Ze hadden zich lichaamloos aan elkaar overgegeven en hun liefdespact was een prachtige diamant waarop geen krassen konden verschijnen. Soledad was van Joan en Joan was van Soledad, voor altijd.

Soledad trof Pubenza koffiedrinkend en gehuld in blauwe rookdampen aan. Ze had het hele pakje opgerookt en ze was hypernerveus. Toen ze haar zag, wierp ze haar een hele reeks reprimandes naar het hoofd. 'Ik zei nog zo dat je op tijd terug moest komen en moet je kijken hoe laat ze komt opdagen. Lieve hemel, je hebt er geen idee van wat ik heb moeten doormaken. De hele nacht heb ik op je zitten wachten; ik zou bijna blind worden van al dat uit het raam turen, ik ben bijna doodgegaan van angst. Gelukkig arriveren je ouders vanavond pas. Als mijn oom en tante je toch in deze toestand zagen, nou, ik wil er niet aan denken wat ze dan met mij zouden doen.'

Soledad had rode, behuilde ogen en was in en in verdrietig. Terwijl ze naar haar nicht luisterde, keek ze haar door een gordijn van tranen aan en ze begon hartverscheurend te snikken. Pubenza schrok, ze vreesde het ergste. Ze sloeg een arm om Soledad heen en vroeg: 'Wat is er gebeurd, Soledad? Heeft Joan je niet met respect behandeld? Zeg me de waarheid, want als dat zo is, dan vermoord ik hem, ik zweer het je.'

Soledad snikte: 'Hij heeft me... met geen vinger... aangeraakt.'

'Godzijdank! Gelukkig. Je hebt er geen idee van hoezeer het me spijt dat ik je in dit gedoe heb gesteund. Ik had nooit gedacht dat het jullie zo zou aangrijpen. Als jij moet lijden, vergeef ik het mezelf nooit meer.'

'Het is jouw schuld niet, nichtje. Noch van mij noch van hem, van niemand. Ik ga met Joan...' Ze hief haar gezichtje op en keek Pubenza vastberaden, met een volwassen blik in haar ogen aan. 'Ik ga met Joan trouwen.'

'O, mijn God, haal het niet in je hoofd dat tegen je ouders te zeggen, die schrikken zich wezenloos.'

Ze bracht haar naar bed, trok haar haar sandalen uit, waar nog restjes zand in zaten, stopte haar onder de wol en bleef haar strelen in een poging haar ontroostbare verdriet te sussen.

In de keuken werd Joan, eveneens met rode ogen, door monsieur Philippe gekalmeerd die hem toesprak, intussen gewoon doorgaand met orders uitdelen en croissants in mandjes leggen: 'Ze is hier nog.'

Joan keek monsieur Philippe niet-begrijpend aan.

'Ja, kijk niet zo naar me, mijn beste Spanjaard. Je prinses is hier nog steeds. Weet je wat dat betekent? Zolang er leven is, is er hoop. Zo kun je je toch niet aan haar vertonen, wel? Een van tweeën moet sterk zijn. Met zwak zijn bereik je niets, jongeman. Kom op, ga je even douchen.' Hij gaf hem welwillend een duwtje en overhandigde hem een sleutel. 'Als je klaar bent, kom dan hier. Je gaat je prinses een koninklijk ontbijt brengen en schenkt haar je mooiste glimlach. O ja, en een advies! Wees lief tegen haar nicht, want zij zou weleens je bondgenote kunnen zijn... in wat komen gaat.' Hij knipoogde en toverde daarmee een flauw lachje op Joans gezicht.

Tien minuten later droeg hij zijn witte uniform weer dat scherp afstak tegen zijn paarsblauwe wallen.

'Dank u wel, monsieur.' Joan gaf hem de sleutel terug.

'Eet eerst even iets, anders slaat ze nog op de vlucht als ze je ziet.'

Nadat hij met tegenzin een beker chocolademelk had gedronken, ging hij beschaamd op weg naar de kamer van de meisjes. Hij voelde zich niet prettig meer in dat uniform nadat hij zijn verloving met Soledad had bezegeld.

Pubenza deed open en gebaarde met een vinger op haar mond dat hij stil moest doen. Soledad was al huilend in slaap gevallen. Joan zette het karretje met het ontbijt neer en deed zijn best haar niet wakker te maken; hij smeekte Pubenza met zijn ogen of hij haar mocht zien.

Het nichtje knikte toen ze het verdriet in zijn blik opmerkte. Joan bleef naast het bed staan, hij kon zich niet verroeren van emotie. Gedurende een eeuwigdurende minuut sloeg hij haar gade. Zo wilde hij zich haar herinneren, slapend. Met haar haren over het kussen gespreid, verward door de maan en de nacht, en met de sporen van opgedroogde tranen op haar wangen; blozend en sereen in een stille intimiteit waardoor ze de schoonheid van een onverstoorbaar standbeeld kreeg. Een slapende engel met vermoeide vleugels van het vliegen. Zijn engel.

'Ze is zo mooi,' bracht Joan uit terwijl hij naar haar keek.

'Dat is ze zeker. Doe haar geen verdriet.'

'Juffrouw Pubenza, ik houd meer van haar dan van mijn leven. Hoe zou ik haar nu verdriet kunnen doen?'

'Joan, er zijn liefdes die pijnlijker zijn dan de dood. Ik was erg ongerust vannacht.'

'Neem me niet kwalijk, dat was echt niet mijn bedoeling.'

'Dat weet ik wel.' Pubenza keek naar haar slapende nichtje. 'Ik probeer haar tot het middaguur te laten uitrusten, dat zou voor u ook goed zijn, u ziet er vreselijk vermoeid uit. En misschien kunt u elkaar vanmiddag nog zien.' Toen de ober wilde weggaan, liet ze zich ontvallen: 'Mijn oom en tante komen vanavond terug.'

Joans hart begon sneller te kloppen. Opeens kregen ze een paar uur extra om elkaar lief te hebben; hij zat natuurlijk weer met die toestemming, die kon hij nu echt niet meer vragen. Hij zou wel stiekem wegglippen, bedacht hij.

Hij zwaaide naar Soledads nicht, botste op de trap tegen een benevelde Amerikaan op die hem niet eens zag, niet eens opmerkte ook al had hij wel gegroet. Uiteindelijk verwijderde hij zich terwijl hij eraan dacht hoe onzichtbaar hij voor anderen was als hij dat uniform aanhad.

Pubenza sloot de deur en stond een tijdje te peinzen, ze was boos op zichzelf vanwege haar gedrag. Ze wist niet waarom ze alle normen aan haar laars lapte. Die jongen had iets wat ze niet kon benoemen. De uitstraling van een gevoelige, in de steek gelaten jongen die zonder iets te vragen in je ziel doordrong. Door toe te staan dat hij naar Soledad mocht kijken terwijl ze lag te slapen had ze alle regels van goed gedrag en fatsoen overschreden. Een man die naar een slapende vrouw keek... naar zijn geliefde, zonder dat er sprake was van enige kerkelijke verbintenis, dat kon gewoon niet. Ze dacht dat als haar oom daar achter zou komen hij in staat was haar het huis uit te gooien, maar ze stelde zichzelf meteen gerust; het waren alleen maar twee kinderen die speelden dat ze volwassen waren, de kinderlijkheid sprak nog uit hun ogen. Eén ding stond in ieder geval voor haar vast, en daarom werkte ze waarschijnlijk mee als koppelaarster voor Soledad: zelf had ze niet kunnen liefhebben toen ze dat graag wilde, en nu ze het kon... wilde ze het niet meer, en dat zou haar nichtje niet overkomen.

Toen Soledad wakker werd, vertelde Pubenza dat Joan haar was komen opzoeken en dat ze hem had gezegd wat uit te rusten.

'Trek eens een wat vrolijker gezicht, nichtje. Oom en tante komen pas vanavond terug. Jullie hebben de hele middag nog, maar knoop één ding in je oren: doe me dat van vannacht niet nog eens aan.'

'Echt, Pubenza? Mag ik? Ik dacht dat je woest op me was. Hm, ik ga hem weer ontmoeten!' Ze stond op, greep de handen van haar nicht en begon met haar te dansen, ze sloot haar ogen en neuriede intussen het liedje dat ze de vorige avond voor Joan had gezongen.

'Als je weg wilt, moet je iets eten.'

'Ik eet alles wat je maar wilt, ik beloof het... Ik zie hem weer!'

Ze spraken af op het strand van het hotel. Joan kon bijna niet geloven wat hem overkwam. Hij wilde dat zijn vader er was om het tegen hem te vertellen, zijn overleden moeder weer tot leven wekken zodat ze hem kon zeggen hoe hij zich tegenover een vrouw moest gedragen, en met Pierre praten, zijn vriend uit Cagnes-sur-Mer. Hij wilde dat iedereen wist dat hij verliefd geworden was op een engel.

Een reeks fladderende vlinders hangend aan een lijntje van geurende lucht kwam dichterbij, gevolgd door een stralende, lachende Soledad. Joan rende naar haar toe en pakte haar handen; de blik van beiden liep over van liefde. Hij wilde haar naar de top van Cannes brengen, haar meenemen naar een klein pleintje waar zich meestal een straatfotograaf met zijn camera bevond en die voor een paar cent bedeesde paartjes op de foto zette, waarna hij ze onthaalde op een voorspelling gedaan door twee kanaries die een klein papiertje in hun snavel namen dat hij hun met veel vertoon plechtig voorlas; Joan was er nog nooit geweest, maar monsieur Philippe had het hem aanbevolen: 'Elke zichzelf respecterende verloofde laat zich op dat plein met zijn meisje fotograferen.'

Ze klommen het laatste stuk van de oude straat omhoog en kwamen midden op het adellijke, geplaveide pleintje uit; een prachtige carrousel met ruiterloze paarden draaide rond, en een zwijgzame fotograaf zat te wachten. Ze genoten van het mooiste uitzicht op de stad en maakten zich op hun droom te vereeuwigen. Nadat ze de prijs hadden afgesproken, begon de kunstenaar hen voor te bereiden op het kiekje; hij probeerde diverse poses uit tot hij uiteindelijk voor een eenvoudige compositie koos tegen de achtergrond van een handgeschilderd doek van een landschap met in de verte een vulkaan dat hij achter hen ontrolde.

De man stak zijn hoofd onder het zwarte doek dat zijn camera tegen het licht beschermde en gebaarde hoe ze moesten gaan staan zonder de vulkaan aan het oog te onttrekken. Door het oog van de camera gezien, hingen de kinderen op het portret aan hun voeten terwijl hun hoofd bijna de grond raakte, waarbij Soledads vlechten, ogenschijnlijk in strijd met de wet van de zwaartekracht, onbeweeglijk op haar borst bleven rusten. Joan vroeg de fotograaf of zijn meisje even door de camera mocht kijken voor hij afdrukte, zodat ze hem ondersteboven kon zien; Soledad lachte vrolijk bij het zien van Joan die deed alsof hij opgehangen was. Dankbaar voor het geduld van de fotograaf lieten ze uiteindelijk niet één maar drie foto's maken. Ze stonden minutenlang als bevroren met een verstarde uitdrukking op hun gezicht tot ze zich weer mochten bewegen. Tussen de foto's door wachtten ze op het resultaat en toen ze dat ten slotte zagen, voelden ze zich meer getrouwd dan welk gezegend paar ook. De papiertjes van de kanarie Benito voorspelden hun een lang en gelukkig leven samen, zonder tegenslag of tegenspoed. Ze besloten niet langer aan de naderende scheiding te denken en boorden toekomstbronnen aan in de massieve rots van onmogelijkheden die zich tussen hen geplaatst had.

Ze zaaiden bloemen op de klippen van hun wanhoop. Ze kleurden de hemel wit door niet slechts één maar honderden berichtjes omhoog te laten vliegen, voor het geval er een verdwaalde, ingepalmd door een of andere tegenwind; ze lieten ze vanaf de hoogste berg opstijgen, zonder lijntjes of vliegers, daagden de afgunst van een onfortuinlijke wind uit. Joan temde opnieuw de zee, liet haar speciaal voor Soledad een eindeloze sonate zingen. En Soledad zong het liedje weer voor hem, een lied dat hun liefdeshymne zou worden.

Benjamín Urdaneta en Soledad Mallarino keerden terug uit Nice en Monte Carlo nadat ze twee heerlijke, onbezorgde dagen hadden doorgebracht met libertijnse schrijvers en schilders. Artiesten uit het Parijse Montparnasse van eind jaren twintig waren tien jaar later weer samengekomen om hun dwaasheden te herbeleven, en zij waren erbij, op uitnodiging van een vriend van de Mexicaanse schilder Diego Rivera. Weliswaar trok de avontuurlijke geest die zich achter de façade van illustere Bogotaan schuilhield sterk aan Benjamín om langer te blijven en te genieten van die bohème wereld vol intellectuelen en vertier, maar door zijn verantwoordelijkheidsgevoel van strenge vader had hij de verleiding kunnen weerstaan. Ze kwamen vermoeid maar verlangend om hun oogappel, op wie beiden dol waren, weer in hun armen te sluiten terug in Cannes. Doordat Soledad hun enige kind was, hadden ze een obsessieve liefde voor haar aan de dag gelegd, waarvan het meisje tot op dat moment niets had gemerkt omdat ze de behoefte aan vrijheid om zichzelf te zijn en zelf te kunnen kiezen nog niet eerder had gevoeld.

De rode Jaguar hield tegen zes uur halt voor de ingang van het hotel, een uur eerder dan ze hadden aangekondigd.

Pubenza zat nog op haar nichtje te wachten en zag de auto vanaf het balkon verschijnen en haar oom en tante uitstappen. Haar hart stond bijna stil van schrik en de lust bekroop haar zich over de balustrade in de leegte te werpen, te sterven, maar het idee daar uiteengespat voor hen te liggen, hield haar op het laatste moment tegen. Haar hoofd tolde van angst; ze pakte snel haar tasje en vluchtte als een hysterische vloed heimelijk via de trappen en overlopen door de nooduitgang naar buiten, op zoek naar monsieur Philippe die haar moest helpen bij de entree de wacht te houden om Soledad te waarschuwen voor de terugkeer van haar ouders.

Onwetend van haar nichtjes ongerustheid, had Soledad haar schoenen met plateauzolen uitgetrokken en liep ze hand in hand met Joan Dolgut langs de oever van hun gedachten. Ze spraken niet meer; ze persten de laatste druppel uit de tijd die hun nog restte van de uren die reeds vervlogen waren. Nu braken de dagen van stilte aan, en van heimelijke blikken. Ik kan hem nog tot de laatste dag zien, dacht Soledad, en ik kan hem met hulp van Pubenza berichtjes sturen. Dat zou nog mogelijk zijn...

Ze keek naar de lucht. De wind had het hemelgewelf in tweeën gespleten en trok een spoor van rook dat van de zee naar het hotel liep.

Ze waren terug! Haar ouders waren teruggekomen, dat wist ze omdat de wind haar nooit bedroog. Nadat hij haar had gewaarschuwd, verdween de luchtstroom, liet hen aan hun lot over. Beduusd begonnen ze te rennen, zonder hun kalmte te verliezen. Net toen ze uit elkaar wilden gaan, vond Pubenza hen, het hart klopte haar in de keel.

'Hier zijn jullie! Hemeltjelief! Godzijdank!' Ze sloeg een kruisje en wendde zich tot haar nichtje. 'Hopelijk hebben ze jullie niet hand in hand zien lopen... hopelijk hebben ze jullie helemaal niet gezien.'

'Ik kan er niets aan doen, Pubenza, je zei dat...'

'Vergeet wat ik heb gezegd. Ze zijn eerder teruggekomen. Ze zullen ons wel aan het zoeken zijn...'

Joan keek verbouwereerd, hij liep weg zonder te weten wat hij moest doen. Monsieur Philippes woorden kwamen als een zegen.

'Aan het werk, jongen. Het is afgelopen met het feesten,' zei hij tegen Joan.

'En u, lieve jongedames, het hoofd omhoog en tover uw mooiste glimlach op uw gezicht. Het hangt van u beiden af of dit geheim verborgen blijft of dat uw ogen het verraden. Dus, moed en beheersing. Laat eens kijken...' Hij zag hoe ze gehoorzaamden. 'Zo is het beter.'

Joan en Soledad hadden geen tijd meer om afscheid van elkaar te nemen, niet eens voor een laatste blik. De afscheidszoen was achter de poorten van hun gesloten lippen gebleven, de laatste omhelzing verloren gegaan in hun hangende armen.

Op het moment dat Soledad en Pubenza wegliepen, realiseerde Joan zich dat de drie foto's nog in de tas van zijn engel zaten.

Voor het raam had Soledad Mallarino haar dochter over La Croisette zien komen aanlopen, hand in hand met een lange, blonde jongen, en ze begreep er niets van. Op hetzelfde moment belde haar man de receptie en vroeg naar de meisjes; daar werd hem verteld dat ze in het hotel moesten zijn want de kamersleutel lag niet in het vakje. Hij zocht hen tevergeefs, belde het zwembad en de terrassen terwijl zijn vrouw probeerde te verwerken wat ze net had gezien.

'Waar kunnen die meisjes toch zitten?' vroeg Benjamín aan Soledad, die afwezig voor zich uit zat te staren. 'Wat is er met je, vrouw? Je ziet eruit alsof je een spook hebt gezien...'

Dat was ook inderdaad zo, bedacht Soledad Mallarino. Als ze tegen haar man zou zeggen wat ze net had gezien, was het waarschijnlijk gedaan met de familierust. Ze kende zijn woede-uitbarstingen en eergevoel maar al te goed. Wat zou dat te betekenen hebben, haar dochter 'omarmd' door een onbekende? Benjamín was in staat haar in hun hotelkamer op te sluiten, achter slot en grendel, en haar er tot hun vertrek niet meer uit te laten. Voor ze iets zei, zou ze eerst de meisjes eens aan de tand voelen, hopelijk kwamen die met een goede verklaring; mocht dat niet zo zijn dan was ze wel gedwongen het haar man te vertellen, want ze had nog nooit, ook al deed ze nog zo haar best, iets voor hem verborgen kunnen houden, aangezien hij dankzij zijn zesde zintuig of zijn inheemse achterdocht, zoals hij zijn intuïtie zelf noemde, uiteindelijk altijd het kleinste detail van het diepste geheim wist te ontdekken; daarin was hij een echte expert. In de fabriek waren ze er nooit in geslaagd hem te bedriegen, ook al hadden verscheidene lepe gangsters dat geprobeerd. Hij had de gewoonte alles te controleren, hij was zelfs zo ver gegaan de dagelijkse gang van zaken thuis te bepalen, en ze was niet tegen hem ingegaan om de familierust niet te verstoren, en haar sociale leven evenmin.

'Zeg, vrouw, hoor je me wel? Ik zei dat ik ze nergens kan vinden...'

Net toen Soledad wilde antwoorden, werd er op de deur geklopt.

'Daar zijn ze. Zeker weten dat ze het zijn,' zei zijn vrouw opgelucht.

Benjamín haastte zich naar de deur, deed open, tilde zijn dochter op en overlaadde haar zoals altijd met kussen.

'Hoe is het met mijn prinsesje?'

Soledad had geen tijd gehad haar geest tot rust te laten komen, en al haar moed verzamelend omhelsde ze haar vader zonder hem aan te kijken terwijl haar nicht haar moeder begroette, die hun een scherpe, vragende blik toewierp.

'Jongedame,' zei Soledad Mallarino fluisterend tegen haar dochter nadat ze haar had begroet en gekust alsof er niets aan de hand was, 'jij en ik moeten even iets bespreken, en je kunt beter niet met verhaaltjes komen aanzetten want je kent je vader.'

Soledad stak met haar paniek ook Pubenza aan, die haar best deed haar oom allerlei leugentjes op de mouw te spelden waarvoor het hun aan tijd had ontbroken die goed in te studeren. Ze hing een onsamenhangend verhaaltje op, sprong van de vliegers over op het zwembad, van het zwembad op de boulevard, van de boulevard op de film waar ze die middag niet naartoe waren geweest en waarvan ze de verhaallijn stante pede moesten verzinnen. Het resultaat was dat Benjamín in de gaten kreeg dat ze iets voor hem verborgen, en hij besloot niet te gaan dineren voordat alles opgehelderd was.

De cadeautjes die ze hadden meegebracht bleven ingepakt en wel op het bed liggen, eerst moesten de onduidelijkheden uit de weg worden geruimd. Soledads moeder probeerde Pubenza's verwarring wat af te zwakken, maar Benjamín, die een ware bloedhond was als het op ontrafelen van mysteries aankwam, legde hun het vuur aan de schenen om het geheim boven water te krijgen.

'En vertel me nu eens wat jullie deze dagen werkelijk hebben gedaan,' zei Benjamín steeds ernstiger. 'Want het is wel duidelijk dat jullie niet hebben zitten bidden.'

Ze moesten iets bedenken waardoor ze gered kon worden, en Pubenza gaf antwoord: 'Soledad is ziek geweest, oom, en dat wilden we u niet vertellen om uw uitstapje niet te bederven. We zijn bijna de hele dag op onze kamer geweest. Weet u nog dat ze last van haar maag had?'

'Dat is zo, Benjamín,' zei moeder, heel goed wetend dat Pubenza loog. 'Na het feest was ons meisje helemaal niet lekker.'

Toen haar gezondheid ter sprake kwam, werd Benjamín onmiddellijk milder. 'Ziek? En waarom hebben jullie dat niet gezegd? Dat is niet goed, Pubenza. Dat had je toch moeten weten, jij vooral, je bent per slot van rekening al volwassen.' Hij wees met een beschuldigende vinger naar Pubenza terwijl hij zijn dochter vroeg: 'Hoe voel je je, meisjelief?'

Soledad toverde een vermoeide uitdrukking op haar gezicht en besloot op slag niet lekker te worden. Ze holde naar de badkamer en daar kreeg ze daadwerkelijk buikkrampen en braakneigingen, van angst en verliefdheid. En wat als ze het ontdekten, als ze hem nooit meer mocht zien, en als haar nicht alles opbiechtte om haar eigen hachje te redden?

Ze kwam lijkwit tevoorschijn en vluchtte in haar moeders armen, die haar kalmpjes meevoerde om haar aan een uitgebreid verhoor te onderwerpen, terwijl ze huichelend tegen haar man zei: 'Dit zijn vrouwenzaken, Benjamín. Je weet wel dat ons meisje een vrouw aan het worden is, nietwaar, lieveling?' Ze keek Soledad aan die zonder iets te zeggen knikte, gevangen in de greep van haar moeder.

Pubenza besefte dat haar tante iets in haar schild voerde. De snelheid waarmee ze begrip toonde en de haast waarmee ze Soledad van het toneel afvoerde gingen verder dan haar normale moederlijke bezorgdheid, en zijzelf had het dan wel in de gaten, maar ze wist niet wat ze kon doen om haar nichtje te beschermen, of haar op zijn minst te waarschuwen. Ze maakte aanstalten met hen mee te gaan, maar Soledad Mallarino hield haar tegen. 'Laat ons maar even alleen, meisjelief.'

Benjamín, veel kalmer nu, vertelde Pubenza tot in detail over de bijeenkomst van de kunstenaars, buiten het oog van de pers, op een moment dat het in Europa penibel begon te worden voor de Europeanen. Het was als een vervroegd afscheid geweest, aangezien velen zich aan hun vaderland verplicht voelden partij te trekken in een oorlog die met rasse schreden dichterbij leek te komen. Picasso, die op dat moment met de fotografe Dora Maar in Antibes was, was in het geheim naar de samenkomst gekomen nadat hij als protest tegen de Duitse bombardementen op de stad het grootse *Guernica* had geschilderd, en Dora had hun de foto's laten zien die ze had gemaakt in de periode van de schepping van het enorme, aangrijpende doek. Het verhaal van haar oom had Pubenza even afgeleid, maar opeens keerde haar bezorgdheid volop terug. Benjamín werd ongeduldig en besloot het gesprek af te breken; hij stuurde zijn nicht op pad om tegen beide Soledads te zeggen dat als er geen nieuwe bijzonderheden waren, ze zich moesten omkleden voor het diner, want over een halfuur zouden ze echt moeten gaan, wilden ze niet zonder tafeltje komen te zitten.

Hij bleef alleen achter, zittend op de sofa met naast zich het kleine tasje dat zijn dochter was vergeten, en voor het eerst had hij zin in haar privézaken te snuffelen. Hij was benieuwd wat een meisje van veertien in haar handtasje had zitten. Hij liet het onbeholpen en met een mannelijke nieuwsgierigheid in zijn handen ronddraaien, erop lettend dat niemand hem zag. In het tasje straalden de drie foto's van Joan en Soledad nog steeds de frisheid van de namiddag uit.

In gezelschap van inspecteur Ullada, die haar onderweg aangenaam had beziggehouden met verhalen over films, actrices en acteurs van alle tijden, was ze bij het appartement in El Born aangekomen. Aurora Villamarí had besloten naar die plek terug te keren, zogenaamd om weer op de verminkte piano die haar zo fascineerde te spelen, maar in werkelijkheid moest ze de plaats gewoon weer voelen om haar onbegrip, waar ze sinds haar moeders overlijden door geplaagd werd, een beetje te kunnen uitbannen.

Het was de tweede keer dat ze voet in het appartement zette, en het scheen haar toe dat de plek in de loop der dagen was veranderd in een toevluchtsoord van stilte en liefde. Toen ze naar binnen ging, rook ze een welbekende parfumgeur en er ging een hevige rilling door haar heen. Net als haar moeder kon ze de aroma's die in de lucht hingen interpreteren, en ze was ervan overtuigd dat die intense geur haar ergens in het appartement iets duidelijk wilde maken. Zonder iets tegen Ullada te zeggen liep ze regelrecht naar de keuken, op zoek naar de herkomst, maar daar werd ze slechts geconfronteerd met de herinnering aan haar op de vloer liggende moeder. Ze stond daar maar, zag het beeld van haar door de doodsslaap versluierde blik en haar door vreugde getekende lach weer voor zich.

'Kwel uzelf niet langer...' zei Ullada haar gedachten radend. 'Ze hebben er vast een reden voor gehad. Soms willen we de feiten niet accepteren omdat we ze simpelweg niet begrijpen.'

Aurora wierp hem een blik vol genegenheid toe. Ullada had gelijk. Om het verlies van haar moeder te kunnen accepteren moest ze haar begrijpen, en dat was waar haar eenzame zoektocht op gebaseerd was. Ze zocht verklaringen. Bij de oven, waarvan het deurtje nu gesloten was, zocht haar verdriet een uitweg in tranen, die de inspecteur met zijn zakdoek wilde drogen maar die ze zelf snel met haar handen wegveegde.

Gehuld in het zachte licht van de avondschemering liepen ze naar de woonkamer waar alles nog gereedstond voor de bruiloft. De champagne dreef nog in de koeler, het etiket was losgeweekt en het water begon er bedorven uit te zien. De taart in haar jasje van suiker waarop nog steeds het bruidspaar prijkte, leek versteend.

'Hoe is het mogelijk dat die man,' Aurora doelde op Andreu, 'dit niet heeft laten opruimen!'

Ullada greep de kans aan hem in een negatief daglicht te plaatsen. 'Hij heeft het vast te druk met het kopen van een of ander jacht. Dat soort mensen heeft geen gevoel, Aurora. Ik ken er een paar zoals hij. Louter rotzooi gehuld in een zijden verpakking.'

Voor ze naar de piano ging, liep Aurora denkend aan haar moeder de kleine flat nog eens door. Als haar liefde voor Dolgut haar naar de dood had geleid, dan moest dat gevoel wel heel intens zijn geweest. Even was ze blij voor hen; hoeveel mensen van die leeftijd kwijnden niet weg van eenzaamheid? Op haar manier had haar moeder in ieder geval een late liefde mogen beleven. Ze kwam bij de slaapkamer en hoewel het haar moeite kostte aan een lichamelijke liefde tussen haar moeder en de oude man te denken, kon ze zich hen wel gelukkig voorstellen.

Ullada liet haar overal rondkijken. Hij wist dat ze terug zou komen en een prachtige sonate voor hem zou spelen zodra ze zich de ruimte had eigengemaakt en ze de gangen van haar moeder op haar manier had doorlopen. Dan zou hij de gelukkigste man ter wereld zijn. Hij zag haar met een sereen gezicht door de gang komen aanlopen, en hij vond haar zuivere gelaat op dat van Audrey Hepburn lijken, maar dan nog veel mooier en subtieler. Het leed geen enkele twijfel meer: hij was verliefd geworden op Aurora Villamarí.

De dochter van Soledad Urdaneta nam plaats op het pianobankje, door muziek bezeten, zoals haar altijd bij dat instrument overkwam. Toen ze de klep die de toetsen verborg omhoog deed, was de streling van haar moeders parfum op haar gezicht zo krachtig dat haar hoofd achteruitdeinsde. Ze voelde opnieuw dat haar moeder bij haar was, en dat maakte haar voor het eerst sinds het verlies weer blij. Ze zoog stilletjes haar geur in zich op, haalde zich de omhelzingen voor de geest toen ze zich als kind tegen haar zachte borst had gedrukt. Ze rook aan het toetsenbord en ontdekte dat het aroma uit de holte kwam waar de F ontbrak. Ze tuurde in het kleine gaatje maar zag niets, en toen bedacht ze dat de betekenis van het geurende signaal weleens kon zijn dat haar moeder gelukkig was omdat ze wist dat Aurora daar was en op de piano van haar geliefde Joan zou spelen. Ze keek naar de partituur voor haar. Het was een gevoelige compositie, rechtstreeks met de hand op de notenbalk geschreven en waarvan de f's waren doorgestreept; aan de verschillende inktsoorten dacht ze te zien dat dat later was gebeurd.

Ze sloeg een paar noten aan, maakte zich op het muziekstuk te spelen. Ullada ging achter haar staan, streelde met zijn ogen opnieuw het lange, door haar zwanenhals gevormde vraagteken. Even stelde hij zich voor dat zijn lippen dat stukje blote huid beroerden, maar hij schudde die gedachte van zich af; als hij haar veroverde, zou hij subtiel te werk gaan. Onwetend van de gedachten van de inspecteur dompelde Aurora zich onder in de muziek die Joan in Cannes voor Soledad had geschreven. Het was een aangrijpend, droevig lied met een sterk vibrerend crescendo. Door het gemis van de F klonk het tegelijkertijd onvoltooid en compleet. Onder het spelen viel haar een merkwaardig toeval op. Naarmate de melodie uit haar handen ontsproot, verspreidde haar moeders geur zich in de atmosfeer, alsof dat bedwelmende aroma uit de noten zelf vrijkwam. Al spoedig was de hele kamer doordrenkt van een parfumnevel. Ullada ademde die in en zijn verlangen naar haar nabijheid werd zo sterk dat hij bijna dichterbij kwam en met zijn adem haar hals beroerde. Hij hield zich op het laatste moment in. Als hij dat deed, zou hij haar vast nooit meer terugzien. Hij had een enveloppe met daarin de oude foto van Joan en Soledad, die hij bij de fotozaak had opgehaald, bij zich en hij was van plan geweest die als afsluiting van de avond aan Aurora te geven, maar hoe langer hij nu luisterde, hoe meer de twijfel hem bekroop. Hij wist niet wat hem overkwam; die plek bracht hem helemaal van zijn stuk. Het leek wel of de hele sfeer geladen was van liefde en dat hij onvermijdelijk door haar stroom werd meegesleept.

In het naburige appartement had Conchita Marededeu zich gehaast, zodra ze de piano van de overledene hoorde, een kaars voor de Maagd Montserrat aan te steken, sloeg ze dwangmatig enkele kruisjes en bad ondertussen een weesgegroetje voor de ziel van de oude man die volgens haar gekweld moest ronddolen. Het was al de tweede keer na de tragedie dat ze die melodie heel duidelijk hoorde, dezelfde die haar buurman de dagen voor zijn dood onophoudelijk had gespeeld. Ze durfde zelfs niet te gaan kijken, uit angst oog in oog met de geest van de dode te komen staan.

Diezelfde avond reed Andreu terug naar huis en voelde hij zich een beetje vreemd en belachelijk tegelijk nadat hij met de kaartlegster had gesproken; verward door de voorspellingen die ze hem had gedaan en behoorlijk vernederd door Aurora Villamarí's uitval. Het was voor het eerst in zijn leven dat een vrouw het had gewaagd zijn hoffelijkheid af te wijzen, en dat zat hem dwars, maakte hem woedend. Hoe hard hij ook zijn best deed het voorval met de tas te vergeten, haar woorden en vooral haar hooghartige, uitdagende houding bleven maar door zijn hoofd spoken. Ook al had hij tegen haar tekeer willen gaan, hij kon het gewoon niet. Hij stuitte op zwarte dolken die hem aankeken en zich in hem boorden, waardoor hij onmogelijk met woede aan haar kon denken. Dat hij haar niet uit zijn hoofd kon zetten schreef hij toe aan de onbetamelijke ontmoeting, maar het hem onbekende gevoel ging verder dan zijn rationele, methodische bewustzijn.

Die avond was er veel verkeer op de Diagonal, en in zijn hoofd eveneens. Zijn gedachten kwamen en gingen zonder tussenkomst van verkeerslichten. Wat had hij bereikt? Het directeurschap van een grote onderneming? Zijn succesvolle beurshandelingen? Zijn plaatjesachtige huizen? Zijn wedstrijdjacht? Zijn vloot auto's? Het feit dat hij getrouwd was met een van de rijkste Catalaansen, een vrouw die door iedereen werd begeerd behalve door hem? Het feit dat hij een zoon had die uit zwakte en schaamte niet eens zijn achternaam droeg? De verveling en leegheid van zijn leven begonnen hem zwaar te vallen. Hoewel hij alles had, voelde hij de laatste tijd een eenzaamheid prikken die hij nu en dan met whisky verdreef.

Bij zijn thuiskomst kwamen zelfs de honden hem niet begroeten. Tita was nog niet terug en de deur van de kamer van zijn zoon zat zoals gewoonlijk dicht. Hij voorzag zich van een dubbele whisky en in de tuin toetste hij een nummer op zijn mobiel in; aan de andere kant van de verbinding antwoordde een stem: 'Meneer Andreu, wat ben ik blij dat u belt...' De detective had Andreu's nummer herkend.

'Gómez, ik bel u met een concrete vraag. Ik meen dat ik u heb horen zeggen dat Aurora pianolessen geeft, klopt dat?'

'Jazeker, meneer Andreu. Pianolessen aan huis.'

'Dank u wel, Gómez, dat is alles.'

'Alleen dat? U weet dat ik altijd tot uw beschikking sta. Sta me toe u te vertellen dat ik nog een paar dingen aan het onderzoeken ben en dat ik inmiddels enkele interessante gegevens over uw grootvader heb. Als u wilt…'

Andreu viel hem in de rede en nam haastig afscheid.

Hij had net een briljant idee gekregen hoe hij Aurora via een zijweg kon benaderen. Al van jongs af had zijn zoon pianolessen willen hebben, maar hij had het hem ronduit geweigerd uit angst dat zijn zoon op zijn vader zou gaan lijken. Nu bedacht hij dat die lessen wellicht beiden ten goede konden komen. Voor Borja zou het een aangename verrassing zijn en voor hemzelf een klein cadeautje. Hij liep de kamer van zijn zoon in en, nadat hij het gezegd had, vroeg Borja: 'Gaat het wel goed met je, papa?'

'Waarom zou het niet goed met me gaan?'

'Nou, omdat je nooit hebt gewild dat ik die toetsen aanraakte…'

'Iemand kan veranderen, Borja. Ik denk dat het goed voor je zal zijn. Wat minder computer en meer piano. Wel, wat vind je ervan? Wil je het?'

'Natuurlijk wil ik het, papa.'

Voor het eerst sinds jaren kreeg Andreu een gemeende zoen van zijn zoon. Zo trof Tita hen aan toen ze thuiskwam.

'Mis ik soms iets?' vroeg ze terwijl ze haar sporttas op een stoel deponeerde.

'Papa wil dat ik pianolessen neem.'

Tita keek haar man vragend aan.

'Te veel computer, te veel PlayStation,' zei Andreu zijn besluit verdedigend.

'Daar heeft je vader gelijk in.'

Andreu gaf haar een briefje waarop Aurora Villamarí's telefoonnummer gekrabbeld was. 'Ik heb gehoord dat het een fantastische lerares is. Bel haar even. Het wordt tijd dat Borja een andere hobby krijgt.'

De volgende dag werden Tita en Aurora het telefonisch eens. Ze zou twee keer per week bij hen thuis les komen geven, om zes uur 's avonds, en ze zou over twee weken beginnen, wanneer de school weer aanving.

Borja bleek een voorbeeldige leerling te zijn. Hij volgde de lessen met een voor een jongen van zijn leeftijd ongebruikelijke toewijding. Hij had een verfijnd gehoor en hij hoefde een melodie maar één keer te horen om die vervolgens exact en heel bekwaam te herhalen. Vanaf het eerste moment dat Aurora hem zag, had ze hem in haar hart gesloten. Ze had er absoluut geen vermoeden van dat die gevoelige, blonde jongen niemand minder was dan

Andreu's zoon en Joan Dolguts kleinzoon; voor haar was hij gewoon Borja D. Sardá, een zielig, eenzaam rijkeluiskind onder de velen aan wie ze lesgaf, een jongen die een enorme ziel te geven had.

Gevolg gevend aan de smeekbedes van haar leerling en aan het nadrukkelijke verzoek van diens moeder had ze het aantal wekelijkse lessen uitgebreid tot drie. Elke maandag, woensdag en vrijdag sloten ze zich op in zijn kamer, en de tijd vloog voorbij met toonladders en maten, waarna Borja haar altijd smeekte nog wat langer te blijven. Op een dag was Andreu wat vroeger thuisgekomen en had hij ongezien door de deuropening het prachtige profiel van de lerares gadegeslagen, en haar ranke vingers die hemelse klanken voortbrachten. Met haar als lerares zou hij graag ieder willekeurig instrument willen leren bespelen.

De afgelopen weken had hij Gómez een paar keer ontmoet; de detective had hem meer dingen over zijn grootvader verteld. Uit de schaarse archieven die bewaard waren gebleven van de fabriek waarin hij had gewerkt, was een contract boven water gekomen waaruit bleek dat een zekere José Dolgut in dienst was als opzichter van de band waar het hout werd gezaagd en geschaafd, met in de kantlijn een aantekening over zijn politieke gezindheid. Aangezien hij republikein was geweest, lag het in de lijn der verwachting dat hem vrijwel zeker hetzelfde lot ten deel was gevallen als zo velen van hen. Hij had laatst gelezen dat ze bezig waren de historische herinnering aan die tijd terug te halen, en het was goed mogelijk dat door die jaren van onrecht in dat geheugen ook het lot van zijn grootvader was verdwenen. Nu hij erin geïnteresseerd raakte, werd hij door een ongekende impuls gestuurd en groeide zijn verlangen alles te weten. Het leek wel een heimelijke hobby die zijn dagen in beslag nam en die hem onbewust nader bracht tot een wereld waarin hij zich meer verbonden kon voelen met de enige vrouw die het hem ooit lastig had gemaakt.

Op een middag maakte hij een proefritje met zijn nieuwe auto en hield stil voor de poort van de begraafplaats Montjuïc. Hij was daar gedachteloos naartoe gereden, alsof zijn auto hem daar vanzelf heen had gebracht. Hij besloot het eenzame oord binnen te gaan. Er was geen levende ziel tussen al die slapende zielen te bekennen. Hij manoeuvreerde zijn nieuwe Ferrari langs de schitterende modernistische beelden die de praalgraven van de meest illustere families opsierden; links en rechts leken aan weer en wind blootgestelde marmeren engelen en maagden hem zwijgend te verwelkomen. Door een plattegrond die Gómez bij zijn verslag had gevoegd, wist hij waar zijn vader begraven lag, en hoewel hij niet van plan was geweest het graf te bezoeken, beklom hij uiteindelijk toch de dodenberg tot hij voor de aangegeven plek stilhield. Nog nooit van zijn leven had hij een stap op een kerkhof gezet, want aan doden kon je niet meer dan stilte ontlokken en het was duidelijk dat hij, in ieder geval tot dat moment, enkel gedreven werd door datgene waar hij enig voordeel uit kon halen, en hoe groter dat voordeel was hoe beter.

Voordat hij uitstapte keek hij eerst goed om zich heen, voor het geval iemand die hij belangrijk achtte hem in de gaten had. Een oude vrouw stond op een trapje een grafnis schoon te maken en negeerde zijn aanwezigheid. De stilte van de doden kreeg hem te pakken. Geloodst door de kleine plattegrond liep hij tussen de graven door tot zijn voeten stilhielden bij de dubbele zwarte grafsteen waarin de namen van zijn vader en Soledad Urdaneta waren gegraveerd. Op het glanzende marmer rustte de bos lelies die Aurora woensdag tijdens haar wekelijkse bezoek had meegebracht; afgezien van twee lelies die er wonderbaarlijk vers uitzagen, waren ze allemaal door de zon verwelkt. Bij de namen stond slechts één datum: 24 juli 2005. Hun sterfdag. Andreu wist niet wat hij moest doen; hij werd opeens overweldigd door een verdriet dat een brok in zijn keel vormde en zijn tranen verstikte die maar niet wilden vloeien.

Hij had van zijn vader gehouden, natuurlijk had hij van hem gehouden, op dat moment besefte hij het pas. Hij ging op het graf zitten en begon als een klein kind te huilen; hij huilde en huilde tot zijn herinneringen hem te hulp schoten. In zijn geheugen bestonden nog steeds droge momenten. Hij ging terug in de tijd en zag zichzelf als kind hand in hand met zijn vader op een herfstige zondag in de dubbeldekker stappen; hij vond het prachtig via de smalle wenteltrap achterin omhoog te klimmen en op de voorste rij plaats te nemen waar hij op de conducteur wachtte, die in een bruin uniform en met een kruislings gedragen tas het kaartje uit zijn handen griste, terwijl zijn kinderlijke opwinding groeide naarmate ze verder door de calle Balmes reden. Wanneer de bus ter hoogte van het prieel was aangekomen, wist hij dat hij enkele minuten nadat ze de blauwe tram hadden genomen in de voorhof van het geluk zou zijn: het oude café met een hoge houten bar waar hij nooit bij kon, ook al deed hij nog zo zijn best; daar dronk zijn vader altijd heel bedaard een glaasje bessensiroop van het merk Viuda de Esplugas en werkte hijzelf hongerig een hemels smakend broodje met paprikaworst naar binnen, en een beker hete chocolademelk die de kou uit zijn botten verdreef.

Daarna volgde het mooiste: met de kabelbaan omhoog tot de top van de magische berg, het Tibidabo. Voor hem betekende dat attractiepark meer dan simpelweg kinderlijk vertier; dat was de plek waar zijn vader en hij echt vader en zoon waren, samen een dag doorbrachten die weliswaar gevuld was met stilte in plaats van gelach, maar ze waren in ieder geval samen, een hele dag, hand in hand. Ze bezochten de automatenhal, lieten de figuren zonder lijf bewegen die in de vitrines gevangenzaten, wachtend tot het muntstukje hen dertig seconden tot leven wekte; de Moños, ofwel de Bonte Hond, de clown... Het eeuwige treintje dat de steile heuvels beklom en afdaalde en door de miniatuur, met sneeuw bedekte dalen reed, waarvan hij elke Driekoningen droomde tot hij volwassen was geworden en het kon kopen, te laat, toen zijn droom was vervlogen en hij niet meer per trein reisde... De uitkijktoren beklimmen, met een angst die door zijn lijf joeg maar tegelijk met een gevoel van veiligheid dat een hand hem gaf, die van zijn vader... Zich bekijken in de spiegels die verschillende vaders en Andreus weerkaatsten, de een nog meer vervormend dan de ander. In het kleine vliegtuigje stappen en tijdens schijnvluchten de stad Barcelona aan zijn voeten liggend voorstellend.

Ja, nu begreep hij waarom hij zo genoten had van het Tibidabo. Dan voelde hij zich een hele dag lang innig verbonden met zijn vader en was hij zo gelukkig als in een stripverhaal. Niet eens de last van het oude verdriet dat op zijn vader drukte kon die uren bederven, want zelfs op die vrolijke plek merkte hij met de gevoeligheid van een kind de droefheid in zijn zuchten op. Wel was er altijd dat schuldgevoel; op zijn achtste al voelde hij zich schuldig omdat hij blijkbaar niet in staat was zijn vader voldoende levensvreugde te geven om diens gezichtsuitdrukking, al was het maar voor één keer, te veranderen. Wanneer ze terugkwamen was alles weer even somber. Hij haatte het hem die droevige sonates te horen spelen die het huis in een nostalgische sfeer hulden.

Toen zijn moeder nog leefde, hadden de vrouwelijke drukte en de radio die keihard zarzuela's uitbraakte de piano tot een gekweld stilzwijgen gebracht. Dat was de gelukkigste tijd van zijn leven geweest... wanneer hij zijn moeder hoorde zingen. Toen ze was gestorven, kwam die vervloekte piano weer tot leven, en daarmee had de melancholische sfeer voorgoed haar intrek genomen. Daarom was hij weggegaan, om de droefenis die zijn vader omhulde te ontvluchten, want voor hem waren verdriet en middelmatigheid een en hetzelfde. Maar hij had van hem gehouden, zoveel zelfs dat, ook al deed hij zijn uiterste best geluidloos te huilen, zijn diepe uithalen medelijden wekten bij de eenvoudige vrouw die verderop bezig was en nu moederlijk en zacht naar hem toe kwam.

'Jongen toch... waarom huil je zo? De doden hebben niets aan onze tranen, weet je. Ze hebben er meer aan als we vrolijk zijn, ze hebben meer aan onze hoogtepunten. Weten dat we gelukkig zijn... dat is het mooiste cadeau dat we hun kunnen geven... Zijn het je ouders?' Ze keek naar het graf. 'Mijn zoon ligt hier, weet je, dat is wel heel zwaar... Hij had nog niet moeten sterven, was nog maar net achttien... Hij zou nu een man geweest zijn, zoals jij.'

Andreu was helemaal stuk en hij huilde als een oud kind uit tegen de anonieme borst van de onbekende vrouw, tot zijn tranen opraakten en een schaamte in hem opwelde die hem liet wegvluchten zonder haar te bedanken of afscheid te nemen. Het bejaarde vrouwtje verwijderde de verwelkte bloemen van Joan en Soledads graf, liet de verse lelies liggen, waarvan uit de harten nu onophoudelijk dauwdruppels opwelden die in kleine stroompjes over de grote grafsteen rolden tot deze er heel fris uitzag. Voor de vrouw vertrok, keek ze hoe de trieste, rijke man in zijn oogverblindende rode bolide wegreed.

Aurora was net in het verzorgingstehuis aangekomen. Al wekenlang bezocht ze Clemencia Rivadeneira dagelijks, tot nu toe vruchteloos, voor zover de schaarse vrije uurtjes die ze had dat toelieten, want haar werk als lerares nam haar hele dag in beslag. Hoewel de korte zinnen die ze aan haar verwarde geest wist te ontlokken maar weinig licht wierpen op de relatie van haar moeder met Joan Dolgut bleef ze volhouden. Vasthoudendheid was een van haar grootste deugden; vandaar ook dat de relatie tussen haar en haar man nog steeds standhield, ondanks het feit dat hun lichamen en geest nog maar zelden contact hadden. De verpleegsters hadden haar al zo vaak gezien dat ze aan haar bezoekjes gewend waren geraakt, en ze waren altijd blij wanneer ze kwam, want ze had altijd wel een of andere exotische delicatesse bij zich; die dag was het een zak eigengemaakte *almojábanas*, waarbij ze nauwgezet de instructies uit haar moeders oude receptenschrift had gevolgd. Ze bood de verpleegsters wat van de maïsbroodjes met kaas aan, maar hield wel in de gaten dat er een paar voor Clemencia overbleven; wellicht maakte de smaak van Colombiaans eten iets in de oude vrouw wakker, en dan met name haar herinneringen. Ze wist niet dat iemand die zich voordeed als een verre neef ook naspeuringen deed en de vrouw vaak bezocht. Dankzij die man had Clemencia zich Joan Dolgut herinnerd.

Die ochtend ondervroeg een geduldige en liefdevolle Aurora haar weer heel tactvol.

'Je moet de groeten van Soledad hebben, ze zegt dat ze gauw eens langskomt. Ik moest je deze almojábanas geven zodat je die bij een kopje koffie kunt oppeuzelen.' Ze zei het in de veronderstelling dat als ze haar moeder weer levend presenteerde Clemencia misschien niet zo gekweld zou reageren als tijdens haar laatste bezoekjes. Door de geur die uit de zak opsteeg zag ze Aurora voor Soledad aan.

'Die zijn goed gelukt, meisje. Is Joan er ook?'

'Nee, die zit piano te spelen. Hij laat zeggen dat hij binnenkort komt.'

'Hij is al geweest, laatst... en hij is de hele middag gebleven.'

Aurora was verrast en ging er dieper op in. 'Wat fijn. En wat zei hij...?'

'Ik vroeg naar jou... en naar je dochter. En ik zei dat hij de volgende keer een mooie sonate voor me moest spelen... Heeft hij zijn zoon al verteld dat jullie gaan trouwen? Dat ben ik vergeten te vragen.'

'Nee, nog niet.'

'Dat verbaast me niets. Die jongen heeft echt afstand van zijn vader genomen... En jij? Heb je het Aurora al verteld?'

'Ik durf het niet.'

'Je moet het wel doen, het is een lieve meid.'

Zodra ze het laatste hapje almojábana had genomen, loste haar identiteit op en ging ze haar tunnel van het niets weer binnen. Aurora keek naar de zak en ze had er spijt van dat ze die bijzondere broodjes aan de verpleging had uitgedeeld. Ze kuste de oude dame ten afscheid en streelde haar over haar haren. De volgende keer zou ze weer Colombiaanse lekkernijen meenemen. De almojábanas hadden wonderbaarlijk gewerkt: ze hadden de herinneringen van die lieve oude dame van in de tachtig opgewekt en ze was nu heel nieuwsgierig. Zou het waar zijn dat iemand Clemencia had bezocht? En wie was dat dan geweest? Toen ze vertrok vroeg ze het tussen neus en lippen door aan de vrouw bij de receptie, die het gastenboek raadpleegde en bevestigde dat het niet om één maar meerdere bezoekjes ging, met tussenpozen van een week. Toen ze de naam van de bezoeker vroeg, weigerde de receptioniste haar die te geven. Uit respect voor de bejaarden was het niet toegestaan, behalve aan naaste familie, de identiteit van mensen die de patiënten kwamen bezoeken te onthullen. Dit was geen gevangenis maar een respectabel tehuis, had ze gezegd, een soort luxe hotel waar ouderen naartoe kwamen om hun laatste, geheugenloze jaren door te brengen, mensen die niet langer deel uitmaakten van de maatschappij maar nog wel wat te verteren hadden. De vrouw hoedde zich er wel voor het geld dat ze wekelijks van de elegante bezoeker kreeg in gevaar te brengen.

Andreu was met zijn bezoekjes begonnen nadat Gómez hem het bestaan van de oude dame en het feit dat ze Soledads boezemvriendin was geweest had onthuld; dit was iets wat hij alleen wilde onderzoeken, zelf... zoals Aurora ook deed. Mede dankzij zijn uitstraling van rijke man had de receptioniste van het verzorgingstehuis hem vanaf het eerste moment gladjes en met veel egards ontvangen. Ze geloofde alles wat hij zei toen ze het dubbelgevouwen biljet van vijfhonderd euro zag dat hij haar gaf terwijl hij haar hand schudde. Ze beantwoordde al zijn vragen en vertelde hem zelfs dingen waar hij niet naar had gevraagd, zoals de frequentie van Aurora's bezoekjes en het tijdstip waarop ze gewoonlijk kwam. De eerste keer liep ze gedienstig met hem mee naar de meest exclusieve bezoekkamer, vertelde hem over de aard van haar ziekte en hoe hij daarmee om moest gaan. Hij hoefde geen enkele instructie in de praktijk te brengen. Toen Clemencia Rivadeneira hem in het oog kreeg, herkende ze hem meteen en noemde hem Joan. Zijn intens groene ogen speelden hem parten; ze lieten zijn vader uit zijn graf herrijzen. Hoewel hij het altijd had ontkend en ervoor had gevochten fysiek niet op hem te lijken, hadden zijn vaders genen de strijd gewonnen; hoe ouder hij werd hoe meer hij op hem ging lijken. Op dit moment kwam het hem wel van pas en kon hij meespelen met het oude verkreukelde dametje dat in haar verre blik alle herinneringen leek te omvatten. Hij kreeg vrijwel geen tijd zich op het gesprek voor te bereiden.

'Joan, je hebt me verwaarloosd. Hoe kun je je getuige voor je bruiloft nu vergeten?' Ze omhelsde hem hartelijk, alsof ze hem heel graag mocht. Andreu vond dat bijna moederlijke, naar jasmijn geurende contact wel prettig. Het oude dametje was elegant en verfijnd, bovendien rook ze naar afwezige moeder. Toen hij zich na een lange stilte had hersteld van de onverwachte omhelzing zei hij: 'Ach, Clemencia! Vergeten is een heel beladen woord. Dat moet je zelfs niet uitspreken want dan lopen we het risico dat het ons te pakken krijgt.'

'Komt Soledad vandaag niet?'

'Nee, ze had een koorrepetitie. Je weet wel hoe dat gaat...' Hij kende het verslag dat Gómez hem had gegeven vanbuiten.

‘Heb je Aurora al gezien?’

‘Ze is beeldschoon…’ Andreu zag haar gelaat voor zich, bloeiend als geopende bloemblaadjes.

‘En ze speelt net zo mooi als jij. Ik heb haar al vanaf dat ze een klein meisje was de piano horen strelen, net als jij doet… hem beminnend. Daarin lijkt ze precies op jou.’

Op dat moment streek een stel rumoerige parkieten op de vensterbank neer, hun opgewonden gekwetter verschroeide Clemencia’s geheugen tot het in zwarte rook opging. Ze keek Joan weer aan, ditmaal met een lege blik. ‘Wie ben je?’

‘Ik ben Joan.’

‘Joan? Ik ken geen Joan…’ schreeuwde ze angstig. ‘GA WEG! GA WEG!’

Haar geschreeuw alarmeerde de verpleegsters, die de oude vrouw snel kwamen kalmeren, en Andreu eveneens, die als versteend was. Ze hadden hem niet gewaarschuwd voor de heftige scènes veroorzaakt door haar verwardheid; ze hadden alleen maar gesproken over haar geheugenverlies en haar stiltes. Hij probeerde rustig te worden en toen hij zijn kalmte eenmaal hervonden had, ging hij weer naar Clemencia toe, die hem zwijgend met afwezige ogen aankeek, open maar gesloten… Ze was vertrokken. Hij drukte een kus op haar hand en verdween met een gevoel van onbehagen dat hem de rest van de dag stil deed zijn.

Dat was zijn eerste bezoek geweest. Daarna waren andere gevolgd, minder onderbroken en vruchtbaarder, hoewel hij er nooit meer in was geslaagd het gesprek op het onderwerp van de eerste keer te brengen, namelijk dat de bejaarde vrouw weer over Aurora zou vertellen.

Dankzij Clemencia’s liefdevolle vergissing wist hij nu meer over zijn vader, doordat hij gevoelens interpreteerde waarvan hij nooit had gedacht dat zijn vader die had kunnen opwekken. Het was tijdens deze bezoekjes dat zijn liefde voor zijn vader beetje bij beetje terugkwam, wanneer hij zijn rol overnam, en hij leerde weer van zijn vader te houden. Hij was ervan overtuigd dat deze de laatste maanden van zijn leven heel gelukkig was geweest en dat hij intens veel van de dode vrouw had gehouden. Clemencia had hem stukje bij beetje episodes vol verfijnde romantiek onthuld. Voor zover hij kon nagaan, was zijn vader een uitmuntende, onbekende componist geweest uit wiens partituren de prachtigste concerten hadden kunnen voortvloeien; een niet erkend muzikaal genie die hijzelf heel eenvoudig had kunnen voorthelpen, want hij was een van de grote weldoeners van het Gran Teatre del Liceu en ook van het Palau de la Música. Tijdens een van haar heldere ogenblikken had Clemencia hem verteld dat er minstens tweehonderd niet uitgegeven partituren bestonden waarvan niemand wist waar ze gebleven waren, allemaal gecomponeerd door zijn vader en geïnspireerd door zijn liefde voor Soledad. Ze zei dat ze er een paar had gehoord en volgens haar hadden ze het romantische van Chopin en het dramatische van Beethoven. Ze had het ook over een oceaanstomer gehad waarop hij de wereld had doorkruist, maar dat verhaal was nogal mistig en moeilijk te plaatsen. Soms dacht hij dat niets van wat ze vertelde daadwerkelijk was gebeurd, maar omdat hij niets anders had om zich op te baseren, geloofde hij haar maar liever. Bovendien waren die bezoekjes belangrijk voor hem geworden; een wekelijks ritueel dat hem even verloste van de druk van zijn zakelijke beslommeringen met al die vergaderingen, cocktails, bijeenkomsten en allerhande politiek gekonkel. Hij voelde de genegenheid van dat oude dametje, en zonder het zelf te beseffen genoot hij daarvan… Hij voelde zich geliefd.

Dat jaar was de herfst met haar oranje waas al vroeg ingevallen en beloonde de mensen die koppig het zonnetje zochten op de bankjes in het park en op de nog geopende terrasjes met gouden muntstukken. In het Bonanovatehuis zou de binnentuin spoedig gesloten worden en moesten de oudjes met een plaid over hun reumatische benen het leven van achter de grote ramen voorbij zien glijden. De regens zouden andere eenzaamheden wegspoelen, de bomen zouden voor hun astmatische ogen kaal worden, de ene vergetelheid zou de andere opwekken, en zij, ze zouden verlangend wachten op een verloren gegane liefkozing, zoals kinderen dromen van koningen die nooit vanuit het Oosten arriveerden. Het bezoek zou afnemen, met kerst zouden ze een of ander onzinnig cadeautje krijgen dat het schuldgevoel van harteloze familieleden suste. De enige die niets merkte van het verglijden van de tijd en die nog steeds trouw bezoek kreeg was Clemencia Rivadeneira.

De rest van het jaar bleef zowel Aurora als Andreu haar bezoeken; voor hen was ze een bron van liefde, verloren herinneringen en informatie geworden. Aurora had de formule ontdekt waarmee ze haar herinneringen kon opwekken: ze onthaalde haar op Colombiaanse lekkernijen die haar smaakpapillen streelden en de woordenstroom van haar geheugen op gang brachten; kostelijke anekdotes over avonturen die ze met haar moeder had beleefd, enkele daarvan verteld met een gênante, jeugdige vertrouwelijkheid. Toen ze op een dag de warme chocolademelk dronk die Aurora in een thermoskan voor haar had meegebracht en ze met een lepeltje de gesmolten kaas op de bodem van de beker opsmulde, zei Clemencia: 'Liefde zonder zoenen is als chocolade zonder kaas...'

En Aurora antwoordde met een zin die ze van haar moeder had gehoord: 'En liefde zonder verstand is als een ei zonder zout.'

'Weet je, Soledad? Wat ik nog het meest van mijn Eliseo mis, zijn zijn handen die gretig onder mijn rok graaiden tot ze mijn... bloem hadden gevonden.' Terwijl ze dat zei, lachte ze als een klein meisje dat weet dat ze iets stouts heeft gedaan. 'Nou, we beminden elkaar hartstochtelijk tot hij de voetstappen van Toña la Negra naderbij hoorde komen.' Ze had het over de dood. 'Dat was pas echte liefde, niet wat je nu op dat stomme kastje ziet.' Ze wees op de tv. 'En jij? Tot wanneer wil je de liefde uitstellen? Tot de wormen aan je vreten? Doe het nou eindelijk, want de tijd is een gier die ons met zijn gepik van het leven berooft! Heb je nog een beetje voor me?' zei ze haar beker aanreikend. 'Het smaakt verrukkelijk!'

Aurora wist dat het laatste wat mocht ontbreken om haar herinneringen levend te houden wel het extraatje was; daarom had ze ook altijd een dubbele portie bij zich, want als de proeverij was afgelopen, verdween haar geheugen onmiddellijk.

Clemencia ging smikkelend door. 'Moet je kijken hoe je hem gevonden hebt en hoe lang dat heeft geduurd. Je hebt je leven lang op hem gewacht. Ach, meisje, je zou stom zijn als je er niet van genoot. Nu zit je bijvoorbeeld je tijd met mij te verdoen. Kom, ga nou! Laat niet wachten tot morgen wie je vandaag kunt beminnen. Neem je de volgende keer passievruchtschuimpjes voor me mee, *esponjado de curuba*?' vroeg ze gretig.

'Wat je maar wilt.'

'En geef ze niet aan hen,' ze wees naar de verpleegsters, 'het zijn veelvraten. Ze pakken me alles af.'

Zo verliepen haar bezoekjes aan het verzorgingstehuis. Kleine snippertjes van geschiedenissen waaraan het belangrijkste deel ontbrak: het deel over Soledad. Niettemin kreeg Aurora het vermoeden dat haar moeder Joan van vroeger had gekend... van veel vroeger, en dat dat te maken had met de prachtige sonates die de oude man had gecomponeerd.

Ze bleef elke week naar Joan Dolguts appartement gaan, waar Ullada op haar wachtte voor zijn exclusieve, wekelijkse concert. Ze waren stilaan bevriend geraakt, met een samenzweerderig gevoel dat het onnodig maakte van tevoren af te spreken. Zij, de pianiste, en hij, haar trouwe publiek, behalve wanneer hij verhinderd werd door een politiezaak. De eerste keer dat ze alleen was, had Aurora in het pianobankje een pak niet-uitgegeven partituren gevonden die echt een juweeltje van muzikale virtuositeit waren. Ze waren op gewoon papier gezet, op met de hand getekende notenbalken waarvan de lijntjes bijna geheel door de tijd vervaagd waren. Iedere noot was zo geweven dat de opzettelijke afwezigheid van de F opviel. Elk concert was bedoeld om er een tot bloei te laten komen en door het pianospel te laten leven.

Er waren dagen dat Aurora haar moeders aanwezigheid zo scherp opmerkte dat ze het gevoel had dat ze haar alleen nog maar hoefde te omhelzen. Haar parfum hing nu in de hele ruimte; het was in de piano, in de lucht, in de keuken, in de slaapkamers, in de klanken die door de lucht zweefden. Het leek wel of de muziek haar aanwezigheid versterkte, haar opriep. Dat was de enige plaats waar ze het gevoel had dat haar moeder voortleefde, en zoals zij ervan overtuigd was dat haar moeder zich daar bevond, zo hadden de buurtbewoners van El Born het idee dat Dolguts geest in het appartement ronddoolde en daar op de piano speelde. Ze hadden een gebedsgroep opgericht om voor zijn eeuwige rust te bidden, en Conchita Marededeu had negen dagen lang een novene aan hem laten opdragen. Maar niemand durfde in de buurt van zijn deur te komen, laat staan op onderzoek uit te gaan, wat de ontmoetingen tussen Ullada en Aurora wel zo gemakkelijk maakte. De vondst van de partituren en de gewaarwording van haar moeders aanwezigheid in dat huis intrigeerden Aurora dusdanig dat ze besloten had de ontmoetingen voort te zetten, in ieder geval tot ze alle tweehonderd sonates op de piano had gespeeld en ze volledig had laten klinken.

Ullada had bij elke afspraak de enveloppe met de foto van Soledad en Joan bij zich, en hoewel hij met zichzelf had afgesproken haar die na het pianospel te geven, aarzelde hij telkens als hij op het punt stond dat te doen, werd hij tegengehouden door de angst haar te verliezen. Aurora bracht hem het hoofd op hol, zowel op een respectvolle als op een oneerbiedige manier. Hij was jongensachtig verliefd geworden op haar luchtige schoonheid en haar innerlijke goedheid, en hoe dichter hij bij haar was, hoe groter de afstand die hij voelde. Hij voelde zich haar niet waardig; ook al behoorden ze tot dezelfde sociale klasse, hij was lichtjaren van haar verwijderd waar het diepzinnigheid en overdenkingen betrof. Hij conformeerde zich eraan de sleutelbewaarder te zijn die haar in contact bracht met haar moeder en met die spirituele, magische sfeer. Want op die plek overkwam hem hetzelfde; hij voelde niet alleen de aanwezigheid van de verliefde bejaarden maar bovenal de onmiskenbare alomtegenwoordigheid van de absolute liefde. Hoe meer hij er kwam, hoe vaker hij erheen wilde.

Gómez was, in zijn hoedanigheid van detective, op de hoogte van die heimelijke tochtjes van Aurora en Ullada naar Joan Dolguts appartement en hij had meteen na het eerste clandestiene bezoekje verslag uitgebracht aan Andreu, die eraan voorbijgegaan was in de hoop meer informatie te krijgen en die langzaam vastere vormen ging aannemen. Hij wist waarom Aurora naar zijn vaders flat ging, want de detective had alles door een kiertje kunnen gadeslaan en hij had het hem in geuren en kleuren uit de doeken gedaan. Hij vond het zo mooi dat hij haar daar naar binnen liet gaan, ook al was het op die illegale wijze, en het ging beschouwen als een geheim cadeautje van hem voor die etherische vrouw aan wie alles, behalve haar kleding, hem perfect toescheen.

Het enige wat hij niet van deze geschiedenis begreep was de aanwezigheid van de inspecteur, maar op dit moment had hij geen haast. Hij kwam erachter dat het gedrag van mensen lang niet altijd overeenkwam met wat de schijn deed vermoeden. Sinds hij op zoek was naar de waarheid over zijn vaders verleden voelde hij zich anders. Zijn leven had nieuwe facetten gekregen; hij kon ze niet benoemen omdat het totaal andere gewaarwordingen waren dan die waarmee hij normaal gesproken te maken had, eerst in zijn eentje en later met zijn vrouw, die buiten de afspraken, clubs en verdere bedrijvigheid van de jetset een absolute onbekende voor hem was. Hij besefte dat het hem de laatste tijd werkelijk geen zier meer kon schelen wat ze wel of niet deed, zolang ze het beeld dat ze naar buiten toe ophielden maar niet in gevaar bracht. En als hij 'naar buiten toe' zei, doelde hij vooral op zijn schoonvader, die ondanks het al vele jaren standgehouden huwelijk het heft nog steeds in handen had, financieel gesproken. Hij was met Tita getrouwd – of beter gezegd, ze hadden hem met haar laten trouwen – onder strikte huwelijkse voorwaarden, en dat stond met koeienletters in zijn geheugen gegrift.

Zijn vrouw en hij hadden elkaar de afgelopen maanden praktisch niet aangeraakt, op de enkele keer na dat zij het voortouw had genomen, wat bijna nooit gebeurde. Tussen de lakens leken hun lichamen wel een blok cement, maar hij deed of er niets aan de hand was. Intussen maakte zij van de gelegenheid gebruik haar minnaar te paaien met liefkozingen en steeds buitensporigere cadeaus. Doordat Borja nu pianolessen kreeg, kon Tita nog langer wegblijven, en als ze er voordien nog een klein beetje haar best voor had gedaan om op tijd thuis te komen dan was dat nu helemaal verdwenen. De hobby van haar zoon was haar vrijbrief geworden; ze had Aurora zelfs aangeboden meer te betalen als ze de lessen verlengde.

Andreu, die naast zijn gewone werk en betaalde seks ook zijn periodieke gesprekjes met Clemencia, zijn afspraken met Gómez en zijn bezoekjes aan de begraafplaats in zijn dagelijkse leven had opgenomen, had zich nu tot doel gesteld minstens één keer per week thuis te komen voordat de pianolessen waren afgelopen, om vanaf een veilige afstand via de deuropening de vrouw te bespieden die door de vleugels van de wind gedragen werd.

Zijn zoon maakte ongelofelijk snel vorderingen. Vanaf het moment dat hij met Aurora de toonladder was gaan oefenen, nu een maand of vier geleden, speelde hij hele muziekstukken alleen, zonder hulp van zijn lerares. Ook al waren het eenvoudige sonates, het deed niets af aan de virtuositeit die zijn zoon tentoonspreidde. Je zag dat hij bezeten was van het instrument, in extase verkeerde als een ouderwetse pianist, iets wat scherp afstak bij zijn moderne kleding en zijn aerodynamische Nikes.

Op een maandagmiddag had Andreu stiekem een gesprek tussen lerares en leerling afgeluisterd.

'Wanneer je de piano bespeelt,' zei Aurora tegen Borja, 'probeer dan te denken dat je een vogeltje streelt; dat je de vleugeltjes aanraakt waarmee het daarna moet vliegen. Het vogeltje moet jou op een dusdanige manier voelen dat het zich bemind waant en toch vrij is. Je vingertoppen moeten op de toetsen drukken alsof het liefdespunten zijn die je stimuleert... zonder pijnlijk te worden, begrijp je wat ik bedoel?'

'Ik snap de taal die je gebruikt niet, Aurora...'

'Misschien omdat je nog nooit een vrouw hebt bemind. Heb je wel eens een musje in je handen gehouden? Als dat zo is, heb je vast zijn hartje angstig voelen kloppen... en toen je je handen opende en het vrijliet, het gekriebel van zijn fladderende vleugels, verlangend naar zijn vrijheid.'

'Maar toetsen leven niet.'

'Natuurlijk wel. Jouw strelingen brengen ze tot leven.'

'Denk je dat je verliefd kunt worden op een piano? Want ik voel dat ik van deze piano houd. Mijn ouders weten het niet, maar... Weet je wat ik 's morgens vroeg doe om hen niet wakker te maken? Dan speel ik zonder geluid.'

'Wil je een geheimpje horen? Dat doe ik ook als ik op een ongelegen tijdstip een aanval van liefde voor mijn piano krijg. De truc is je ogen dichtdoen en je het geluid in gedachten voor te stellen wanneer je je vingers over de toetsen laat vliegen... zonder ze aan te raken.'

'Zo doe ik het ook.'

'Je wordt een echte pianist. Weet je waarom? Omdat je zelfs wanneer je niet kunt spelen van je piano houdt. En een goede pianist houdt altijd van zijn piano, ondanks alle obstakels... zelfs de allergrootste: de stilte.'

'Gisteravond had de piano mij in zijn macht. Kijk...' Borja haalde een blaadje met daarop muzieknoten geschreven uit zijn notenbalkschrift en hij gaf het aan zijn lerares.

'Heb jij dit bedacht?' Kalmpjes bestudeerde Aurora het. Het was een korte maar perfecte compositie.

'Ja. Toen ik zonder geluid aan het spelen was, kwam deze melodie in me op; ik heb haar nog niet op de piano uitgeprobeerd omdat ik bang ben dat het niet zo klinkt als in mijn hoofd. Het was... hemels.'

'Het is geweldig! Als het hemels in je hoofd klonk, komt dat doordat je geest direct verbonden was met de noten... Laat je ziel de vrije loop en speel het stuk, het zal precies zo klinken... Kom op, Borja...'

Aurora gaf hem een zacht duwtje. De jongen sloot zijn ogen en speelde met zijn ziel.

Kwijnende, zuivere tonen streelden de gevoelens van de lerares en lieten haar hart huilen. Ze herinnerde zich Joan Dolguts sonates. Deze melodie was net zo verfijnd en meeslepend als die van de oude man.

'Schitterend, Borja.' Ze kuste hem liefdevol, als een moeder. 'Woensdag breng ik een schat voor je mee. Sonates die een heel bijzonder mens heeft gecomponeerd en die ik zelf nog moet ontdekken.'

'Chopin?'

'Nee...' Aurora lachte naar hem. 'Een onbekende die een bijzondere gevoeligheid bezat; iemand die eens door de wereld zal worden erkend, ook al is hij overleden.'

'Maar waarom zou je componeren als niemand ernaar luistert?'

'Om gelukkig te zijn. Wedden dat jij je gelukkig voelde toen je dit schreef? Dat geluksgevoel neemt niemand je meer af.'

'En als ze me uitlachen?'

'Wie jou uitlacht, weet niets van je vreugde. Dat zijn arme zielen omdat ze geen eigen dromen hebben. En jij hebt die wel.'

'En als het nou je ouders zijn die je uitlachen?'

'Die zullen door jou de ware vreugde leren ontdekken. Laat je niet uit het veld slaan. Jij moet zelf voor je droom vechten... En om voor iets te kunnen vechten, moet je eerst krachtig in dat iets geloven, met heel veel liefde.'

Toen hij de laatste vraag van zijn zoon hoorde, schaamde Andreu zich diep. Vanaf het moment dat hij een vermoeden had van zijn zoons gave voor de piano had hij er alles aan gedaan die uit te bannen, weigerde hij hem doelbewust de mogelijkheid een musicus te worden. Hij had een ongelukkige speler van computerspelletjes van zijn zoon gemaakt, en een verdrietige jongen die zwom in allerlei nutteloze modeartikelen. Nu had hij hem zijn eerste compositie op de piano horen vertolken en hij had er kippenvel van gekregen. Door zijn zoon werd hij gewaar dat hij niet enkel uit een lichaam bestond, dat daarbinnen iets was dat ontroerd kon raken zonder dat daar geld of winst mee gemoeid waren.

Voor het raam staand zag Andreu haar weggaan. Haar voeten leken vleugels te hebben en haar lichte lichaam liet geen sporen achter op het perfect gemaaide grasveld. Haar haren zwierden zachtjes opzij en onthulden twee glinsterende zwarte zonnen die hem, zonder hem te zien, aankeken. Ze had zijn blik gevoeld en zich omgedraaid, tussen de jaloezieën zoekend naar de felle hunkering die twee felle, intens groene ogen naar haar hadden gezonden.

Na haar moeders ondervraging kwam Soledad Urdaneta verhit, beschaamd en heel verdrietig de badkamer uit; ze had haar moeder alles in geuren en kleuren moeten opbiechten onder het dreigement dat ze anders aan haar vaders toorn onderworpen zou worden, een argument waar Soledad Mallarino kwistig mee had rondgestrooid. Haar waterige ogen leken te smelten in een zee van verslagenheid. Hoewel haar moeder had beloofd niets tegen haar vader te zeggen zolang ze haar maar altijd in alles gehoorzaamde, kon ze uit de toon die ze had aangeslagen opmaken dat ze daar niet echt op hoefde te rekenen. Ze had ook gezegd dat het een domme kalverliefde was, dat die bij je jeugd hoorde en dat die 'dwaasheid' wel overging zodra ze de ware tegenkwam. Iemand die haar waardig was, behorend tot de aristocratie en opgegroeid in de schoot van een gegoede familie, niet zo'n armoedzaaier die op jacht was naar een goede partij. 'Dan vergeet je hem wel, meisje,' had ze simpelweg gezegd terwijl ze een traantje van Soledad droogde, en daardoor had deze haar woedend willen toeschreeuwen dat dit toevallig wel haar WARE was, de ware die Soledad Urdaneta Mallarino had uitgekozen, de ware die háár dochter liefhad, maar ze had het niet gedurfd. Het was wel haar moeder die ze tegenover zich had en voor wie ze respect moest tonen. Snikkend en zuchtend van onmacht had ze haar moeder gesmeekt begrip te tonen; ze was op haar knieën gevallen, had haar van alles beloofd als ze Joan maar mocht ontmoeten, maar Soledad Mallarino had geen duimbreed toegegeven. Dat 'parasiterende obertje', had ze honend gezegd, zou ze nooit meer te zien krijgen. En vervolgens mompelde ze dreigend dat ze Pubenza terug naar het klooster zou sturen omdat deze zich heel onnadenkend als medeplichtige had gedragen.

Benjamín Urdaneta zat met het geopende tasje van zijn dochter op schoot en keek met grote ogen die bijna uit hun kassen rolden van woede naar de foto's waarop zijn dochter met een onbekende jongen in een meer dan hartelijke houding stond. Een walgelijke, opdringerige hand op de schouder van zijn kleine, onschuldige meisje. Wat had dat te betekenen? Een furieuze schreeuw liet de suite schudden alsof een aardbeving van woorden de schilderijen, tafels, het serviesgoed en de gordijnen wilde vermorzelen. 'SOLEDAAAAAAAAAD!'

Door de schreeuw, die zwiepend weergalmde, sloeg de badkamerdeur waarachter beide Soledads zich bevonden plotseling open. Pubenza, die het gesprek stond af te luisteren en net wilde aankloppen, viel op de grond. Benjamín rukte zijn dochter uit de armen van zijn vrouw en sleepte haar naar de woonkamer, door zijn woede zweefde ze bijna boven de vloer, terwijl de moeder erachteraan liep, roepend dat hij zich rustig moest houden.

Benjamíns razernij had de lampen in het hele hotel heen en weer laten slingeren en totale kortsluiting veroorzaakt. De keuken was in duisternis gehuld en de liften waren tussen de verdiepingen blijven steken. Joan Dolgut, gekleed in witte handschoenen en zwarte droefheid, schonk op dat moment net een beetje champagne in het glas van een gast. Voor hem was het licht al eerder gedoofd, vanaf het moment dat hij Soledad niet meer had gezien; die stroomstoring onderschreef zijn innerlijke duisternis alleen maar.

'WIE GAAT ME DIT UITLEGGEN?' Benjamín liet de serie foto's aan zijn dochter zien terwijl hij een vlammende blik afvuurde op Pubenza. 'EN EEN BEETJE SNEL GRAAG, IK HEB NIET DE HELE DAG DE TIJD! WIE IS DIE SCHLEMIEL? HOE HEB JE HET IN JE HOOFD KUNNEN HALEN JE TE LATEN AANRAKEN DOOR EEN SMERIGE BUITENLANDER? WAAR IS DEZE...?' Hij sloeg woedend met de foto op de arm van zijn dochter. 'IK VERMOORD HEM EIGENHANDIG!'

Van angst was Soledad bij elk woord bleker geworden tot ze bijna doorschijnend was, een lichaamloze geest, hangend aan haar vaders vingers die zich in haar armen boorden en haar pijn deden. Ze raakte in paniek toen ze hem op zo'n vreselijke manier tekeer hoorde gaan en ze kon geen woord uitbrengen; het was de eerste keer dat ze dit angstaanjagende tafereel meemaakte, en het was exact zoals de huisbedienden het haar toen ze een klein meisje was hadden verteld, hoewel ze hen nooit had willen geloven.

'SPREEK... SPREEK... SPREEEEEEEEEEEK!!!'

Het woord 'spreek' weerkaatste in steeds zwakkere echo's door de kamer. Soledad Urdaneta viel languit op de grond. Ze was flauwgevallen van angst. Een amberkleurige vlek verspreidde zich rond haar lichaam. Ze had in haar broek geplast... ook van pure angst.

Een doodsbenauwde Soledad Mallarino begon haar man allerlei verwensingen naar het hoofd te slingeren terwijl ze probeerde haar dochter weer bij te brengen. Pubenza haastte zich naar de badkamer en keerde terug met een natte handdoek en een glas water. Toen ze weer bij hen kwam, had Soledad net haar ogen geopend, maar zodra ze besefte dat het geen nachtmerrie was maar de rauwe werkelijkheid raakte ze opnieuw buiten bewustzijn, en ditmaal reageerde haar lichaam nergens meer op.

Benjamín was in een stoel gaan zitten, buiten zichzelf van woede, opgewonden blazend en puffend, terwijl een ijzige stilte in de kamer neerdaalde.

Twee dagen lang werd er geen woord gesproken. Niemand durfde het gedwongen stilzwijgen te verbreken; twee dagen... tot Benjamín, terwijl hij zijn koffie met melk zat te drinken, in de ober met het 'doodgraversgezicht' de jongen van de foto meende te herkennen. Alvorens opnieuw in woede te ontsteken, bedacht hij zich. Hij beraamde een machiavellistisch plan. Met hem zou niemand de draak steken, verdorie, en zo'n snotneus al helemaal niet! Hij verbeet zich. Ze ontbeten in doodse stilte: Pubenza en Soledad zonder van hun bord op te kijken en praktisch zonder een hap te nemen; Soledad, haar man nauwlettend in de gaten houdend, liet haar eten liever koud worden dan de schijnbare rust die ze had bereikt te verstoren.

Joan begreep er niets van maar liet het allemaal over zich heen komen; hij wachtte op een teken van Pubenza of Soledad, iets wat gezien de omstandigheden onmogelijk was. Toen ze naar hun kamer waren vertrokken, ging Benjamín weer naar beneden. Als een wolf in schaapskleren. Hij liep de eetzaal binnen waar ze een paar minuten ervoor nog hadden zitten ontbijten en deed alsof hij zijn bril was vergeten; hij begon te zoeken tot Joan naar hem toe kwam. 'Mist u iets, meneer?'

'Ik mis een gesprek, een toestemming, iets wat u, jongeman, me had moeten vragen. Vindt u ook niet?'

'Neem me niet kwalijk, meneer... Ik begrijp u niet.'

'Natuurlijk begrijpt u me. Het gaat om mijn dochter. Ze heeft me alles verteld.'

'Het spijt me, meneer.'

'Dat kan gebeuren met jonge, onervaren meisjes... en mijn dochter is nog een meisje. Ze beseft niet waar ze mee bezig is. Ze weet niet dat ze mensen als u op afstand moet houden. Haar kan ik nog wel begrijpen... Maar u? U had beter moeten weten, zeker met uw werk hier in het hotel. Hebben ze u niet verteld dat er verschillende klassen zijn? Dat u niet strak naar de zon moet kijken omdat u dan blind kunt worden? Ik wil dat u goed beseft dat mijn dochter en u geen gelijken zijn.'

'Ja, meneer.'

'Ja, meneer...' bootste hij de toon van de ober na. 'Toch bent u zo brutaal geweest haar te benaderen, en niet alleen zonder mijn toestemming maar ook nog eens profiterend van het feit dat de meisjes alleen waren, profiterend van het feit dat wij er niet waren. Mijn God, wat een gebrek aan respect! Begrijpt u niet dat mijn dochter tot een andere klasse behoort? Het lijkt me overduidelijk dat we niet tot dezelfde behoren.' Hij wierp een minachtende blik op zijn kleding. 'Hoe noemen obers, hoe noemt u sociale klasse, klassenverschil? Maatschappelijke lagen...? Standen?'

'Meneer, ik beloof u dat ik een heer word die haar waardig is.'

'Zo mag ik het horen, nu gaan we elkaar begrijpen. En hoe oud is deze veelbelovende, aankomende chef-ober?'

'Bedoelt u mij?'

'Ja, wie anders.'

'Zestien, meneer.'

'Goed. En hoe lang denkt u dat het duurt voor u een... respectabel man bent?'

'Ik weet het niet, meneer.'

'Goed. Zolang u dat niet weet, blijft u uit de buurt van mijn mooie, voor u duidelijk onbereikbare dochter.'

'Maar we houden van elkaar...'

'Dat doet er niet toe.'

'Ik beloof u dat ik haar niet zal lastigvallen. Ik weet dat u binnenkort vertrekt. Sta me alleen toe dat ik haar schrijf... totdat...'

'Doe dat vooral. Ze zal ongetwijfeld heel blij met uw brieven zijn.' Benjamín haakte er snel op in om het gesprek een andere wending te geven.

'Echt, meneer? Mag ik haar schrijven?'

'U mag haar schrijven tot u een plek in de maatschappij hebt veroverd, tot u een... heer bent geworden, dan praten we verder. Hoe heet je?' Hij tutoyeerde hem nu en legde kameraadschappelijk een hand op zijn schouder.

'Joan Dolgut, meneer. Om u te dienen.'

'Eén ding nog, Joan. Je mag haar schrijven, maar dan moet je tot ons vertrek bij haar uit de buurt blijven, geen contact met haar zoeken, begrijp je me? Ik zou het niet prettig vinden als er in dit hotel over ons wordt geroddeld. Dat is niet in mijn belang en evenmin in het jouwe. Mijn vriend Georges Bonnard,' hij sprak de naam van de directeur van het Carlton nadrukkelijk uit, 'zou er niet blij mee zijn, begrepen? Denk aan onze afspraak. Eerst word je een... respectabel man en daarna praten we verder.'

'Afgesproken, meneer. Heel erg bedankt. U bent een goed mens.'

'Hier is het adres. Schrijf haar vooral, je brieven maken haar vast heel gelukkig. Ik zal haar van ons gesprek op de hoogte brengen.'

Joan kreeg een visitekaartje van Benjamín en hij wierp er een snelle blik op. De straatnaam, het nummer, alles klopte precies met het adres dat Soledad hem twee dagen ervoor had gegeven.

'Wel. Verbreek ons pact niet, Joan... Ik houd je in de gaten.' Benjamín zei het schertsend.

'Daar hoeft u niet bang voor te zijn, meneer.'

Joan stond daar als verlamd tot hij Soledads vader in de lift zag verdwijnen. Hij leek oprecht, dacht hij. Zijn woede was blijkbaar in begrip overgegaan. Het was een rechtvaardig man en hij had gelijk. Hij zou uiterst hard moeten werken om haar waardig te zijn.

Toen Benjamín in de hotelkamer terugkwam, zaten de drie vrouwen met een begrafenisgezicht op hem te wachten, ieder op haar eigen plekje. Na drie dagen geen woord met hen te hebben gewisseld, verzamelde hij hen in de woonkamer en sprak hen toe: 'Soledad Urdaneta, ik zeg je dit maar één keer en ik neem aan dat dat genoeg is. Het is ABSOLUUT, luister goed naar wat ik zeg, ABSOLUUT verboden om ook maar één woord, één blik, gebaar, boodschap of wat dan ook met die ober Joan Dolgut uit te wisselen... als je tenminste niet wilt dat hij op staande voet ontslagen wordt en in de goot terechtkomt, zoals met veel van zijn landgenoten het geval is die op dit moment de grens oversteken. Je ziet hem niet meer, zelfs niet in je dromen. Want als ik erachter kom dat je van hem droomt, ben ik in staat je niet meer te laten slapen. Dus, zolang deze "infectie" niet genezen is, ga je in quarantaine. Je blijft in deze kamer tot we vertrekken. Ik heb al met de hoteldirecteur gesproken en heb hem gezegd dat je een kleine infectie hebt, want je moet weten dat je geïnfecteerd bent, met armoede. Heb je me goed begrepen, Soledad Urdaneta? En jij,' hij keek Pubenza aan, 'met jou ben ik onverbiddelijk. Aangezien je achter mijn rug dit alles hebt goedgevonden, ben je ook geïnfecteerd, zodoende blijf je ook in quarantaine... En dan nog een goede waarschuwing, je moet niet denken dat je met een schlemiel te maken hebt...' Hij keek hen alle drie aan, duidelijk vergenoegd met het idee dat net bij hem was opgekomen. 'Als je ooit nog eens je medewerking aan iets dergelijks verleent, schop ik je terug naar het klooster, en laat ik je één ding zeggen, dan niet als welgestelde novice... nee nee, meisje, dat is dan voorbij, maar om vloeren te schrobben en toiletten schoon te maken, als een bediende. Het doet me veel verdriet zo tegen je te moeten spreken, maar je vader zou het hebben geprezen. Ik voed je op en doe het voor je bestwil. Onze boot vaart over een week uit, en al die tijd kunnen we niets ondernemen... We wachten. Door deze straf zal ik kunnen zien hoe jullie je gedragen... ALLE DRIE.' Bij het uitspreken van de laatste woorden keek hij zijn vrouw aan, die geen antwoord durfde te geven uit vrees zijn woede aan te wakkeren.

Terwijl hij sprak, bleef Soledad maar tranen met tuiten huilen, en niemand waagde het haar te troosten.

'En ik wil geen enkele traan meer zien. Bewaar die maar voor als ik doodga, wat zullen jullie me dan missen, verdorie. Hopelijk geeft de goede God me een lang leven zodat ik jullie kan beschermen. Ik kan jullie gewoon niet alleen laten want dan begaan jullie allerlei stommiteiten. Gelukkig hebben jullie mij.'

Soledads keel begon pijn te doen van de ingehouden snikken; een snoer van verdriet wurgde haar tot ze bijna stikte. Haar moeder durfde haar niet te troosten, en Pubenza al helemaal niet. Haar vader, de man die ze zó had gerespecteerd en van wie ze zoveel had gehouden, was een monsterlijk wezen. Ze zou hem nooit meer een kus kunnen geven of hem omhelzen. Ze zou hem geen papa meer kunnen noemen. Ze zou nooit meer van hem kunnen houden... Ze huilde om haar liefde voor Joan en om de liefde die ze voor haar vader had gevoeld en die hij op dat moment zelf, met zijn woorden, had gedoofd. Alles ging in rook op. Zelfs haar moeder, die haar niet had kunnen verdedigen. Zelfs Pubenza, haar liefste nichtje... Ze stond alleen. Hoe meer ze eraan dacht, hoe harder ze vanbinnen moest huilen. Plotseling slaakte ze een zucht die hen allemaal doordrenkte... als een enorme golf; vanbinnen stroomde ze over. Ze verdronk in haar eigen tranen. Ze rende naar de badkamer en gaf liters zilt water over, tot ze, zich vastklampend aan de toiletpot, op de vloer gleed.

De dagen in opsluiting verstreken. Op de deur van de suite had Benjamín een bordje laten hangen met 'VERBODEN TOEGANG' en verder had hij een soort bewakers aangesteld die het uitdrukkelijke bevel hadden gekregen elke onregelmatigheid onmiddellijk aan de directie of rechtstreeks aan hem te melden. In het hotel werden alle vragen afgewimpeld, maar er werd gefluisterd dat een van de meisjes waterpokken had opgelopen en daarom in quarantaine werd gehouden. Niemand mocht naar binnen, afgezien van twee dienstmeisjes die met een masker voor de kamer schoonmaakten en het eten brachten... altijd dezelfde twee. Benjamín had hen uitgekozen, geholpen door zijn vriend Georges, de directeur.

In een onbewaakt ogenblik, want ze stonden bijna vierentwintig uur per dag onder toezicht van de moeder, had Soledad in de lange blikken van Pubenza een geheim gelezen. Na die heftige ruzie op de eerste dag had Benjamín de foto's van Joan en Soledad in het toilet gesmeten, hard aan de ketting getrokken, intussen allerlei verwensingen schreeuwend, maar een ervan was aan de binnenkant van de porseleinen pot blijven kleven. Toen Pubenza ging plassen, vond ze die foto. Zo goed en zo kwaad als het ging redde ze hem van de verdrinking, maakte hem schoon en blies hem droog om hem daarna in een van haar schoenen te verstoppen. Met de blikken die ze haar nichtje toewierp wilde ze het haar vertellen. Ze wilde haar troosten, zeggen dat ze in ieder geval nog iets van haar Joan had. Een foto.

Intussen was de ober intens verdrietig bij de gedachte dat de zieke vast en zeker zijn allerliefste was en dat hij niets kon doen om haar bij te staan en te verzorgen. Hij doolde rond op de zesde verdieping om uit de verte heimelijk de bezigheden in kamer 601 gade te slaan, maar hij kreeg weinig tot niets te zien. Hij was doodsbenauwd dat Soledads vader hem daar zag rondhangen en dat hij daarmee het recht haar te schrijven zou verspelen. Zelfs monsieur Philippe, die allerhande toeren had uitgehaald zowel met woorden als andere verleidingstechnieken, had geen andere informatie aan de kamermeisjes weten te ontfutselen dan het verhaal dat al door het hele hotel ging.

Op de enige vrije middag die Joan had – zijn feestdagen hadden alles opgeslokt – ging hij terug naar het plein waar ze de foto's hadden laten maken. Aangezien hij wist dat het onmogelijk was er een terug te krijgen, want door de angstige toestanden van die onfortuinlijke middag had hij er geen idee meer van waar ze nu konden zijn, wilde hij de fotograaf smeken hem de negatieven te verkopen, ook al wist hij dat ze misschien niet meer bestonden. Maar de man, een vakman in hart en nieren, hield een gedegen archief bij, geordend op datum en tijdstip, en omdat hij medelijden met de jongen had deed hij hem twee van de drie bewaarde negatieven cadeau. Daarna haastte Joan zich naar de haven en ging niet weg voor hij wist op welke dag en hoe laat de oceaanstomer *Liberty*, zo heette het indrukwekkende schip had Soledad hem verteld, koers zou zetten naar New York.

Vervolgens ging hij naar het strand van Juan-les-Pins. Hij wilde met zijn zakmes het stuk schors uit de olijfboom snijden waarop hij de avond van hun diner in Le Tetou zijn initialen en die van zijn engel had gekerfd om het later op een of andere manier, hoe wist hij nog niet, aan Soledad te geven voordat ze vertrok. Maar toen hij bij de oude olijfboom aankwam, viel zijn mond open van verbazing. Het hart dat hij nog geen week eerder met zoveel liefde in het midden van de boom had gekerfd, had zich over de hele stam vermenigvuldigd, tot en met de takken en de wortels toe. Zelfs op elk blad waren het hart en de letters verschenen, alsof ze er met een ragfijn penseeltje op getekend waren. De oude olijf leek een liefdestrofee die zich verhief te midden van dorheid en ongunstige omstandigheden. Ontroerd door zoveel schoonheid sneed Joan met de precisie van een chirurg voorzichtig het stukje schors waarop hij het hart had getekend los en stopte het in zijn aantekenschrift, waar de boomsaptranen konden drogen.

De dag van het vertrek brak aan en Joan had geen kans gekregen dat wat hij met zoveel liefde had geprepareerd aan Soledad te geven. Hij had een prachtige liefdesbrief aan haar geschreven, hij verbeterde hem wel honderd keer en besloot op het laatste moment niets over de afspraak tussen haar vader en hem te zeggen; het stukje boomschors met het hart had hij erbij gedaan, en een sonate waarbij hij de F extra had ingekleurd zodat ze zich zijn belofte zou herinneren, en verder de twee negatieven. Dat alles had hij in een rode enveloppe gestopt, wachtend op een moment om haar die op een of andere manier te kunnen geven. Met monsieur Philippe had hij duizend-en-een mogelijkheden onderzocht, maar die waren allemaal op niets uitgelopen. De meest riskante bewaarden ze tot het laatst.

Het voltallige hotelpersoneel stond klaar om het herstellende meisje en haar familie uitgeleide te doen. Het leek ook inderdaad of Soledad een vreselijke ziekte had doorgemaakt, en geen simpele waterpokken zoals was rondgegaan, want ze was extreem mager en bleek; een droevig zuchtje gehuld in organza. In haar ogen lag de zware beproeving van hen die aan onmogelijke liefdes lijden en die vaak met pest of tyfus wordt verward. Haar vader bewaakte haar en had haar verboden op te kijken zolang ze nog niet op de boot waren, het zou niet zo zijn dat dat ellendige kelnertje op het laatste moment haar ziel nog zou veroveren; wat hij niet wist was dat haar ziel allang niet meer van haarzelf was. De uittocht leek wel een begrafenisstoet. Met gebogen hoofd liep Pubenza achter Soledad, met haar tante naast zich die zelfs haar ademhaling leek te bewaken.

Toen Joan zijn meisje van de wind zó zag, zich met een zwaar gemoed voortslepend alsof ze een tot de galg veroordeelde gevangene was, sprongen de tranen hem in de ogen. De ziekte had haar flink te pakken, dat zag je aan de schaduw die over de grond bewoog. Hij kon niet door haar venster binnenglippen omdat ze hem niet kon zien; haar ogen waren afgesloten voor feestelijkheden, vergrendeld met twee onzichtbare hangsloten. Maar hij had nog een andere manier om een laatste afscheidsgroet aan haar ziel te brengen, en wel door een deur die nog openstond: haar gehoor. Hij wilde haar ziel vullen met een sonate... haar een liefdesserenade brengen.

Madame Tetou, die via Joan op de hoogte was van alle droefenis, had een van haar steenrijke bohème klanten zover gekregen dat hij zijn oude piano in de haven liet zetten zodat de ober er daar op kon spelen. Joan was op zijn aftandse zijspan vooruitgereden. Gestoken in zijn linnen pak, het pak dat madame Joséphine zo liefdevol voor hem in orde had gemaakt, kwam hij op de plek aan en raapte al zijn moed bijeen om op dezelfde manier afscheid van haar te nemen als zijn ziel haar had leren kennen... met Chopins 'Tristesse'.

Op het moment dat hij Soledad uit de Jaguar zag stappen, begonnen zijn vingers de piano met 'Tristesse' te strelen. Soledads koolzwarte ogen ontwaakten uit de straf, verbraken de aangebrachte hangsloten, nagelden hun laatste, als geslepen diamant fonkelende zwartheid in de zeegroene ogen van haar pianist van de golven. Het was slechts even, maar ze waren voor eeuwig in Joans ziel gegrift. De tranen en de piano verenigden hen.

De smartelijke noten begonnen enthousiast door de lucht te fladderen tot ze in minuscule vliegertjes veranderden en vrij, zonder lijn, rond Soledad zweefden, zachtjes om haar heen cirkelden. Het waren de fa, do, sol, re, la, mi en si, ze vermenigvuldigden zich, kwamen allemaal naar haar toe, raakten haar aan, kusten haar, beminden haar, drongen haar binnen... in een *andante maestoso*... in een *allegro vivace*... in een *largo appassionato*... tot ze volledig door liefde werd bezeten. Met zijn muziek had Joan de liefde met haar bedreven. Zijn vingers hadden hem niet langer gehoorzaamd en de sonate van Chopin was door zijn woede en verdriet, door de vervroegde afwezigheid en de tegenwerking die hun liefde ondervond, veranderd in een symfonische wervelwind van onzichtbare aanrakingen die hun zielen voor het oog van de hele wereld verbonden. Soledads lippen gingen een beetje vaneen, lieten een broze, blauwe jammerklacht ontsnappen waaruit een nieuw briesje ontstond. Plotseling waren de wind en vliegers rondom haar één; wakkerden aan tot een kleurige windhoos die Benjamín Urdaneta tegen zijn wil het binnenste van het schip in duwde; Pubenza en Soledad Mallarino vielen neer aan de voeten van het meisje van de wind, dat nu de kracht van de wind en van de zojuist opgevoerde liefde bezat.

Een zwaanwitte vlieger verhief zich aan de hemel, voortgestuwd door die blauwe bries. Geholpen door de wind klom een rode enveloppe langs het dunne lijntje naar boven, rechtstreeks naar de hemel, om de wolken met zijn boodschap de kleur van de liefde te geven.

Met Soledad aan boord lichtte het schip het anker terwijl de piano beukte en het met symfonieën uitzwaaide. Monsieur Philippe bleef vele meters lijn ontrollen die de vlieger gulzig verslond. Toen de oceaanstomer niet meer dan een klein wit stipje aan de horizon was, gaf monsieur Philippe de vlieger zijn vrijheid, precies zoals hij met Joan had afgesproken, en leverde zijn laatste houvast over aan de wind.

Soledad bleef gedurende de hele overtocht Joan Dolguts eindeloze pianospel horen. Verstrikt in de Amerikaanse vlag die het schip voerde, hield de vlieger de wacht over haar reis, met de enveloppe vastgekleefd aan de lijn tot Soledad die met een krachtige ademstoot had laten neerdalen, om hem de rest van de reis in haar bh te verstoppen. Tegen haar vader zei ze geen woord meer.

Toen ze aankwamen, brak de oorlog uit. In Europa, de Tweede Wereldoorlog. Bij de familie Urdaneta Mallarino, de oorlog tussen vader en dochter.

Soledad veranderde in een moeilijk meisje met afwezige buien en periodes van volstrekt zwijgen. Ze ging als een marionet naar school en wanneer ze thuiskwam, plantte ze zich voor de deur van het huis om daar urenlang de komst van een postbode af te wachten, die nooit verscheen. Ze ging in de schommelstoel op de patio zitten en telde aan het getjilp van de vogels de uren af die een einde aan de dag zouden maken, ze herbeleefde tot in de allerkleinste details haar herinneringen aan de momenten in Cannes; die droom die haar had gedood, ook al was ze nog in leven. Stiekem koesterde ze de foto van hen beiden die Pubenza haar gegeven had. Haar ritueel bestond uit eerst haar huiswerk maken, zich daarna in de volledig vergrendelde badkamer opsluiten en daar haar pianist bekijken en kussen tot ze geen kus meer overhad. Ze at net genoeg om niet te verhongeren en gaf net niet te veel over om ondervoed te raken. De stilte van haar pianist vrat aan haar zekerheden. De ring die Joan aan haar vinger had geschoven droeg ze nog steeds, hij werd al zwart maar ondanks haar moeders smeekbedes en haar vaders dreigementen weigerde ze hem af te doen.

Sinds ze terug waren, had Pubenza niet meer over Joan gesproken, het was alsof er niets was gebeurd. Daardoor groeide Soledads wrok en kon ze zich er niet toe zetten zelfs maar hallo tegen haar te zeggen. Pubenza leed verschrikkelijk onder haar nichtjes houding, maar ze kon niets doen. Ze had haar oom moeten beloven met geen woord meer van de geschiedenis met Joan Dolgut te reppen, niet in bijzijn van de familie, niet wanneer ze alleen waren. Geen hoop te wekken of die waanzin te voeden, voor het welzijn van haar nichtje en dat van haarzelf, want de nonnen waren volledig op de hoogte en zouden haar meteen aannemen zodra Benjamín Urdaneta, de grote weldoener van de instelling, het aangaf; en wel op de wijze waarmee hij in Europa al had gedreigd: als een vuige dienstmeid. Haar onverzoenlijke en sinds Cannes laaghartige oom had iedereen in zijn macht. Zelfs Soledad Mallarino. Ze konden niets uitrichten.

Wekelijks ontving Benjamín de brieven van de ober en borg ze op in zijn kluis. Hij las ze niet eens, wilde zijn tijd daar niet mee verdoen. Een ervan was zelfs aan hem persoonlijk gericht, maar hij verwaardigde zich niet die open te maken.

Kerst brak aan en Soledad Urdaneta zat nog steeds voor de deur, ze had nog geen enkel berichtje van haar pianist gekregen.

'Hoe laat komt de postbode?' vroeg Soledad aan haar oude kindermeisje.

'Hij heeft geen vast tijdstip. Dan weer vroeg, dan weer laat. Dit oord is anders dan het centrum van Bogota, meisje Soledad.'

'Noem me niet langer meisje. Ik ben geen meisje meer. Ik ben verloofd.'

'Ach, meisje Soledad, u heeft uw hele leven nog voor u!'

'Ik ben al gestorven, Vicenta. Mijn vader heeft me gedood.'

'Zeg dat nou niet. Hij wil alleen maar goede dingen voor u.'

'Nou, er zijn goede dingen die dodelijk zijn, en wat hem goed lijkt, steekt je neer. Hij heeft mijn liefde en respect voor hem gedood, mijn vriendschap met Pubenza. Hij heeft mijn gelukkige tijd in Cannes gedood, hij is de oorzaak van mijn verdriet, ik had de liefde van mijn leven vlak bij me en hij veroordeelde me tot de marteling dat ik hem niet eens mocht zien.'

'Hij is een goed mens... die een vergissing maakt.'

'Hij is een egoïst.'

'Zeg dat nou niet, de muren hebben oren.'

'Ik hoop maar dat hij me hoort. Ik ben niet bang voor hem; die angst heb ik allang uitgespuugd.'

'Meisje Soledad, koester geen haatgevoelens, daar raakt u verbitterd van. Als u wilt, kan ik een louterend kruidenbad voor u klaarmaken.'

'Zo'n bad zou u voor hen moeten klaarmaken, Vicenta. Zij zijn het die verdorven zijn.'

'Lieve hemel nog aan toe, meisje toch. Wat is er op die reis met u gebeurd? U moet respect voor uw ouders hebben.'

'Vicenta, als u niet naar me wilt luisteren, dan ben ik inderdaad verloren. Niemand begrijpt me... Waarom schrijft hij me niet?'

'Zoals u weet, is het daar oorlog, meisje. Misschien komt het daardoor, krijgt u geen brieven omdat hij ze niet kan posten; ik weet zeker dat ik de postbode de post heb zien bezorgen.'

'Kijkt u de brieven voor me door voordat mijn vader ze onder ogen krijgt? Belooft u me dat?'

'Daar kunt u op vertrouwen, meisje, dat doe ik. Maar probeer de verhouding wat te verbeteren. Met dwang bereikt u niets. Bij uw vader niet. Dat kan ik u wel vertellen, en ik ken hem al vanaf de tijd dat hij een klein jongetje was. Hij is erg gesloten.'

Wat Vicenta niet wist, was dat Benjamín de buitenlandse post naar de fabriek liet komen. Hij had overal contacten en zijn wensen waren bevelen. Hij bewoog zich tussen ministers, gevolmachtigden, afgevaardigden en gezanten, had een hele serie invloedrijke vriendjes die hermetisch gesloten deuren konden openen.

Sneeuwvlokjes bestoven de vensterbank van Joan Dolguts raam als glanzende suiker die over een onzichtbare taart werd gestrooid. Een nieuwe kerst diende zich aan met een witte deken en een bevroren ziel, en hij had nog steeds geen antwoord gekregen op de brieven die hij elke week liefdevol en trouw aan Soledad Urdaneta stuurde. Hij haalde uitputtend herinneringen op, lachjes, kussen, blikken en strelingen, door elkaar heen en ieder apart, want hoe meer hij probeerde zich haar gezichtje voor de geest te halen, hoe meer alles leek te vervagen in die importune afwezigheid. Het enige dat onophoudelijk over zijn gezicht bleef dwarrelen was het blauwe briesje, liefdevol en zacht, dat zijn lippen leek te kussen. Hij wist dat Soledad hem via de wind bezocht... Wist hij dat... of verbeeldde hij zich het? De laatste tijd was hij er niet meer zo zeker van. Hij begon overal aan te twijfelen. Hoewel hun liefdeseed was bezegeld door de waarheid in haar ogen en door hun adem die zich had vermengd, begonnen de scharnieren van zijn hart te roesten door de bijtende stilte die langzaam binnensijpelde. En als ze nu eens niet van hem hield? En als de afstand haar liefde had gedoofd? En als ze op de oceaanstomer nu eens een ander had ontmoet? En als die ander nu eens van haar eigen stand was en haar met zijn verfijnde maniertjes verliefd had laten worden? Door de kieren van zijn jaloezie drong de twijfel binnen.

Hij was een levende dode tussen zwijgende dienbladen en borden. Sinds zijn liefste was vertrokken, voelde hij geen leven meer.

De oorlog had de ziel van vele harteloze mensen wakker geschud; zelfs het hotel had ontdekt dat het een hart had dat huilde. In de eetzaal was het gelach weggestorven en ook de pianist was niet meer hetzelfde. Al klonk de muziek nog wel, je hoorde haar niet meer. De gasten aten in eerbiedige rouw om niet-aanwezige doden.

Op 1 september, tien dagen nadat hij in de haven afscheid had genomen van Soledad, verkondigden de radiozenders het uitbreken van de oorlog. In Cannes waren de voorbereidingen voor het eerste filmfestival in volle gang, maar dat moest worden afgeblazen. Reserveringen, affiches, openbare feestelijkheden en ouvertures gingen ten onder als gevolg van de invasie van de Duitse troepen in Polen. Eensklaps was alles veranderd. De eenzaamheid die Joan Dolgut voelde, bracht hem er in de weekends toe meer dan ooit zijn toevlucht te zoeken tot het huis van zijn oude vriend Pierre Deloir, die hem troostte met broodjes die hem niet smaakten. Hij bleef uitkijken naar de onmogelijke brieven van zijn vader, en noch madame Tetou noch monsieur Philippe slaagde erin zijn verdriet om de verloren liefdes te verzachten. Het leek of zijn dagen afhingen van een flinterdun lijntje, van papier dat hem inspirerende woorden zou brengen, zowel vanaf de ene kant van de oceaan als vanaf de andere. Hij schreef zijn vader niet langer, hij wachtte alleen maar. Het bestuur dat met geweld in zijn geliefde Barcelona was aangesteld, was niet te vertrouwen. Maar voor Soledad raakten zijn inktpotjes leeg; hoe verdrietiger hij werd, hoe meer sonates uit zijn pen vloeiden. Bij elke brief naar Colombia, voegde hij schetsen van zijn composities om haar te laten weten dat er meer leven en muziek in zijn liefde zat dan ooit; hij was ervan overtuigd dat zijn geliefde dankzij haar zang- en muzieklessen de liefdesmelodieën zou laten klinken.

Hij bleef naar de zee gaan, liet met de kracht van zijn irissen de golven beuken, en met zijn wanhopige radeloosheid slaagde hij erin zware deiningen te scheppen van uitzinnig ontroerd salpeterwater. Hij verhief schuimende, wervelende draaikolken waaruit oceaansonates opklonken die enkel hij kon horen, die enkel hij met zijn gespikkelde ogen waarnam tijdens de doelloze vroege ochtenden waarop hij als een slaapwandelaar op zoek ging naar ontmoetingen met de zee.

Haar leren kennen was het mooiste dat hem ooit was overkomen... en het ergste. Een gelijktijdige geboorte en dood. De liefde had hem verheven tot het leven; haar afwezigheid hem teruggeworpen in de dood. Om te leven moest hij haar voelen. Om te sterven van geluk haar zien.

In de dichte nevel van een slapeloze februariochtend hoorde hij de oceaanstomer aankomen, hoorde zijn onmiskenbare geronk. Zonder zich aan te kleden rende hij door de sneeuw naar de haven. De *Liberty* leek wel een spookschip; hij kwam statig dichterbij met de witte vlieger nog steeds in zijn vlag verstrikt. Op dat moment kreeg Joan Dolgut een inval. Die welde even scherp op als zijn inspiratie voor een nieuwe sonate. Hij zou zich inschepen en haar gaan opzoeken. Hij kon niet langer wachten en haar verliezen. Hij telde zijn spaargeld, dat zelfs niet toereikend was voor een derdeklaskaartje, en nam met zijn hongerende hart een besluit. Het maakte hem niet uit hoe hij moest gaan, zolang hij maar ging. Als hij wilde reizen, moest hij het op een andere manier doen. Monsieur Philippe probeerde hem ervan af te brengen, maar de koorts van een ontmoeting had hem te pakken gekregen, ditmaal heftig en zonder dat het medicijn in de buurt was. Monsieur Philippe probeerde hem af te schrikken met de verraderlijkheden op volle zee, met het onbekende, maar de hoop van de ober steeg boven alle redeneringen van zijn oude vriend uit. Hij ging haar opzoeken en zij moest hem recht in zijn gezicht zeggen waarom ze hem niet had geschreven. Zij moest hem, hem in de ogen kijkend, zeggen dat ze hun heilige pact wilde verbreken, als dat het was wat ze met haar stilte klaarblijkelijk beoogde. Zij was het die zich misschien, als ze hem zag, in zijn armen zou werpen tot ze versmolten. Want hij was ervan overtuigd dat haar omhelzingen en kussen niet konden bedriegen. Hij zou met haar vader praten, en met wie verder ook nodig was. Hij zou proberen hen te laten inzien dat een leven zonder haar onmogelijk was. En als ze dat niet wilden begrijpen, zou hij haar schaken. Zou hij met zijn meisje van de lucht ontsnappen en vliegers oplaten en zouden ze elkaar tot het einde der tijden liefhebben, waar dat ook mocht zijn. Ze mochten niet gescheiden worden. Wellicht was het leven in de Nieuwe Wereld anders, aangenamer, met minder verdriet om mee te torsen. Misschien kon hij op een dag terugkeren naar Europa, naar Barcelona... samen met haar, en wanneer alles weer rustig was, kon hij haar meenemen naar zijn oude pier, met haar door zijn vroegere buurt wandelen en zijn vader die hij zo miste weer zien. Misschien zou Pau Casals hem willen ontvangen. Misschien zouden op een dag, wanneer hij een gevierd pianist was, zijn vader en zijn prinses samen in een loge van het Palau de la Música zitten, allemaal bij elkaar, de vader, de echtgenote en hun kinderen; want ze zouden kinderen krijgen die trots klapten voor de recitals die hij had gecomponeerd tijdens zijn liefdesballingschap, waarvan enkel nog die partituren en de sublieme liefde van hun ouders over waren.

Op de ochtend van 15 maart 1940 vertrok Joan Dolgut met al zijn bezittingen in zijn oude rugzak richting New York: een rugzak gevuld met kleding van anderen, aangepast aan zijn veronderstelde nieuwe beroep, dat van rondzwervende reiziger, en met een handvol dromen. Door een bescheiden inzameling te houden, de tijden waren er niet naar om met geld te kunnen strooien, hadden monsieur Philippe, madame Tetou en Pierre Deloir net genoeg bijeen kunnen schrapen om te voorkomen dat 'hun jongen' zich als verstekeling aan boord moest verstoppen. Eenmaal daar zou Joan iets moeten vinden om geld te verdienen, zodat de reis hem niet alleen naar Amerika zou voeren, maar hij ook voldoende had om voet aan wal te zetten in Cartagena de Indias en daarna verder te reizen naar Bogota.

Aurora Villamarí was 's ochtends al vroeg opgestaan om naar de markt La Boquería te gaan. Ze wist daar een kraampje waar ze alle ingrediënten kon kopen voor een heerlijke goedgevulde Bogotaanse soep die ze Clemencia Rivadeneira beloofd had mee te brengen. Sinds haar bezoekjes een culinair tintje hadden gekregen, werd het geheugen van het oude vrouwtje op spectaculaire wijze geactiveerd; bij hun laatste samenzijn, toen ze de typisch Colombiaanse koekjes, *obleas con arequipe*, had meegebracht, ging ze haar bij haar naam noemen en leek ze alles wat er gebeurde te begrijpen. Het enige probleem was dat wanneer het bord leeg en het smullen afgelopen was, de diepe duisternis opnieuw bezit van haar geest nam. Maar Aurora's geduld en vasthoudendheid waren eindeloos.

Ze arriveerde met alle benodigde ingrediënten: kip, drie soorten aardappelen, maïskolven, kaal knopkruid, avocado, room en een groot blik kappertjes, dat laatste had Clemencia benadrukt. De kappertjes mogen vooral niet ontbreken, had ze gezegd. Van de directrice van het tehuis mocht ze de keuken gebruiken op voorwaarde dat alle verpleegsters een beetje mochten proeven. Door de vele bezoekjes was er een ontspannen, kameraadschappelijke sfeer ontstaan.

Toen de *ajiaco* voldoende was ingedikt, deed Aurora het fornuis uit. Zodra de geur van het knopkruid in Clemencia's neus drong, welden haar herinneringen op. 'Je hebt vandaag wel iets heel lekkers voor me meegebracht, Aurorita. Je hebt jezelf overtroffen, meisje.'

'Jij zegt het, Clemencia. Eens kijken of dit je opvrolijkt. Mama zei altijd: buikje vol, kindje lol… Maar voor haarzelf gold die uitdrukking niet, want ook al at ze nog zoveel, ik heb haar nooit echt gelukkig gezien. Na het eten lette ik altijd goed op om te zien of ze veranderde... maar dat gebeurde nooit. Haar blik was altijd droevig en haar ziel hongerig.'

'Ach, kleintje! Weet je, je moeder was nooit gelukkig. Ze werd tot een huwelijk gedwongen.'

'Dat is niet waar. Mijn opa was een goed mens.'

'Een harteloze kerel. Hij wilde nooit naar je moeders smeekbedes luisteren.'

'En mijn oma?'

'Een bange schijtster. Ze durfde niet tegen hem in te gaan. Ze was doodsbenauwd voor zijn woedeaanvallen.'

'En mijn moeder...?'

Clemencia gaf geen antwoord. In plaats daarvan stelde ze een vraag. 'En jij? Ben je gelukkig met Mariano?' Het was ongelofelijk, dacht Aurora, dat ze zich de naam van haar man herinnerde.

'Wie is er in dit leven nou gelukkig, Clemencia? Jij hebt bijna alles meegemaakt, ben je van mening dat geluk bestaat?'

'Het hangt ervan af wat je zelf onder geluk verstaat. Mijn geluk bestond eruit samen met mijn Eliseo te zijn. Verder hoefde ik niets, alleen maar bij hem zijn. Ja, ik was gelukkig. Zoals je ziet was mijn geluk heel simpel. En het jouwe?'

'Als je de liefde bedoelt, nou die heb ik niet beleefd zoals ik dacht dat die zou zijn. Het zou best kunnen dat ik daar verkeerde ideeën over had. Je weet wel, dat je hele wezen gaat trillen van emoties. Wellicht is echte liefde wel net zo eenvoudig en vlak als mijn liefdesleven nu. Maar toch is de piano in mijn binnenste nooit voor hem gaan spelen. Daarom bespeel ik die andere, buiten mezelf, en daar haal ik een sprankje vreugde uit.'

'En hoe, mijn kindje! Ik heb vaak naar je geluisterd. Je speelt net als Joan Dolgut. Een groot pianist... Ik was bevoorrecht; ik heb zijn sonates mogen horen... Hij componeerde ze zelf, de muziek stroomde uit zijn vingers. Heeft je moeder het wel eens over hem gehad?'

'Nooit.'

Toen ze dat antwoord hoorde, wilde Clemencia van onderwerp veranderen maar ze kon het niet. Ze deed of ze gek was en nam een lepel soep terwijl Aurora aandrong: 'Vertel jij me over hem, alsjeblieft.'

'Ze hielden van elkaar toen ze nog kinderen waren. Toen ze hem gevonden had, bloeide ze helemaal op. Je had ze met mijn ogen moeten zien. De ogen van een bejaarde zijn anders dan die van een kind. Rimpels bestaan enkel in de geest van jonge mensen, want die vrezen ze. En weet je waarom ze daar bang voor zijn? Omdat ze die niet begrijpen.' Ze deed nog wat kappertjes op haar bord en ging verder: 'Wij staan boven de tijd als we kijken. Ouderdom moet toch ergens goed voor zijn, nietwaar? We zien de leeftijd aan de buitenkant niet, alleen maar de ziel, en de ziel, mijn lieve meisje, kent geen leeftijd. Zo ontmoetten Soledad en Joan elkaar, met een frisse, gladde ziel... Daarom hielden ze zoveel van elkaar.'

'Kenden ze elkaar van vroeger?'

'Hun hele leven al. Al voordat ze werden geboren. Je enige ware liefde is je hele leven voor je bestemd. Ook al leer je hem pas laat kennen,' ze benadrukte het woord 'laat', 'omdat... Wat wil dat eigenlijk zeggen, laat? Laat is wat je zelf laat vindt. Denk je ook niet?' Aurora knikte, ze wilde niets zeggen om de herinneringen niet te laten verdwijnen. 'Kijk maar, het is nu laat voor de ochtend want het is al bijna twee uur, maar het is nog vroeg voor de avond. Dus, het is nooit laat. Het hangt van je behoeften af.'

'Als ze zoveel van elkaar hielden, weet je dan misschien waarom ze...' het kostte haar moeite het te zeggen, 'zelfmoord hebben gepleegd?'

'Ik weet het niet. Wellicht om te voorkomen dat het leven hen opnieuw zou scheiden.'

'Hoe was de relatie tussen Joan en mijn moeder?'

'Als van twee zielsgeliefden. Hun ziel steeg boven hun lichaam uit, daarom hebben ze elkaar ook teruggevonden nadat ze elkaar verloren hadden. Als je alleen met je lichaam zoekt, loop je het risico de ware liefde nooit tegen te komen. Ze genoten van elke seconde van hun leven samen en ik denk dat ze het hele leven in een paar maanden hebben beleefd. Ze werden verteerd door de liefde... dat hevig brandende vuur.'

'Waarom heeft ze me niets verteld?' Ze deed nog wat ajiaco op Clemencia's bord toen ze zag dat haar moeders oude vriendin met haar lepel over het bord schraapte.

'Omdat hun liefde een zaak tussen hen was, denk je ook niet? Maar ik kan je wel zeggen dat ze vanaf het moment dat ze hem zag niet meer naar het koor is gegaan, niet meer naar de kerk en zelfs niet meer ging winkelen. Ze zong alleen maar en was als een puber bezig haar bruiloft voor te bereiden.'

Clemencia hield op met eten, en hoezeer Aurora ook aandrong, ze wilde niets meer hebben.

'Mijn navel moet uitpuilen.' Ze lachte als een klein meisje. 'Als ik nog meer eet, knap ik.'

Aurora stelde nog een vraag, maar de herinneringen waren samen met het gerecht verdwenen.

Ze hield van haar. Dat kleine oude vrouwtje was niet alleen haar moeders vriendin geweest en iemand die de open plekken voor haar moest invullen, nee, ze was de geliefde tante die ze nooit had gehad. Haar familie die altijd zo ver weg was geweest... in dat hoge groene hart.

Ze dacht aan haar verliefde moeder en op haar lippen tekende zich een glimlach af. Het moest geweldig zijn de liefde zó te beleven als zij de laatste maanden hadden gedaan. Helemaal opgaan in de vreugde van het beminnen en bemind te worden, op zo'n sublieme en volledige wijze. Zo onomwonden en zonder opschorting. Hoe zouden die twee bejaarden de liefde hebben beleefd? Zouden ze seks hebben gehad? Welk hoogtepunt had hen naar de dood geleid? Wat had het voor hen betekend om van het leven af te zien?

Toen ze het tehuis verliet, striemde de ijzige februarikou de werkelijkheid in haar gezicht. Ze leefde al een hele tijd voor haar moeders geschiedenis, en die van haarzelf was de 'niet-geleefde' geworden. Haar dochter was eigenlijk het enige dat haar leven nog liet sprankelen. Haar ophalen van school en haar zien aankomen met die uitbundige vrolijkheid, als klokjes in de wind, was het grootste cadeau in haar leven dat ze zich wekelijks gunde. Helaas kon dat alleen op dinsdag en donderdag, want de andere dagen kon ze zich vanwege de pianolessen niet vrijmaken. Dan gingen ze naar de Teleférico, de oudste bar van de buurt, en smulde ze van de woorden en verhalen die haar dochter Mar opdiste, met haar trek van vijf uur en de euforie van haar dertien jaar, tegelijkertijd kauwend op zinnen en hapjes sandwich met gesmolten kaas, weggespoeld met slokjes ijskoude chocolademelk, ondanks de kou.

Vervolgens kwam de terugtocht naar huis; drie blokken innig gearmd lopen en onderwijl het enige spelletje doen dat Aurora van haar moeder had geleerd en als een vorstelijke erfenis had doorgegeven aan haar dochter: *chupaté*, dat eruit bestond elkaar stevig om het middel vast te houden en tegelijk te springen op het ritme van een onzinnig versje dat ze beiden opdreunden... 'Het verhaal van een meisje dat ging lopen naar Parijs, rijs, rijs, en toen struikelde, de, de, en in de armen van een verloofde duikelde.'

Ze bleven het versje herhalen en bleven maar springen zonder zich iets van de blikken van voorbijgangers aan te trekken, tot ze de hoek omsloegen en het gebouw binnengingen. Dat was gewoon onbetaalbaar. Haar dochter en zij, verenigd in een kindertijd die voor beiden al voorbij was maar nog bestond in een oud spelletje dat altijd jong zou blijven. In Mar zag ze haar eigen, al heel lang verdwenen kinderpleziertjes weerspiegeld, en ongemerkt leende ze die van haar wanneer Mar ze met haar deelde. Zo zou je je tijd moeten doorbrengen, in gezelschap van mensen die je liefhad, zoals Mar.

Ze kwam thuis en omdat ze al de hele ochtend voor Clemencia had staan koken, besloot ze niet te eten. Ze bladerde weer wat in haar grootvaders dagboek dat ze al dagen aan het bestuderen was. Er was iets dat haar intrigeerde. Al zijn reisverslagen hadden een begin en een eind. Allemaal, op één na. De laatste. De reis naar de Côte d'Azur in juli 1939. Ze waren gegaan, daarvan getuigden tientallen minutieus beschreven bladzijden in die expliciete stijl van haar grootvader, intens en levendig, plotseling afgebroken na een verblijf van enkele dagen in Monte Carlo en Nice. In het schrift leek het of ze nog niet waren teruggekeerd van die reis. De enige niet-afgemaakte geschiedenis. De laatste. Daar eindigde het dagboek, ook al waren er nog een heel stel blanco pagina's over. Dat moest iets betekenen.

Cannes, noteerde Aurora in haar aantekenboekje, gevolgd door een vraagteken. Waar was het einde van die fantastische vakantie? En andere? Die erna hadden plaatsgevonden? Waren er geen jaarlijkse reizen meer geweest? Waar zou Pubenza zijn? Zou ze nog leven? Ze schreef nog iets op: 'Pubenza's telefoonnummer in Bogota zoeken.'

De lijst met vraagtekens werd steeds langer; twee pagina's vragen zonder antwoorden. Opmerkingen die zich hadden gevoegd bij het al geanalyseerde roestige vlechtwerkje dat waarschijnlijk een ring was, bij de foto met de schoenen die bij een stel moesten horen dat door de tijd vervaagd was, en bij het album met haar moeders jeugdfoto's waarop haar gezicht die gesloten, droevige uitdrukking had, zelfs op de dag van haar bruiloft. Clemencia's opmerkingen van die ochtend over een wrede Benjamín Urdaneta die zijn enige dochter tot een huwelijk had gedwongen, gaven haar een nieuwe kijk op de 'koele liefde' tussen haar vader en moeder, uitmondend in een levensgroot vraagteken. Een plotselinge bliksemschicht die de zware, donkere wolken doorkliefde... De moeilijkste en meest beangstigende om te aanvaarden... wie was Joan Dolgut eigenlijk? Als ze daaraan dacht, verkrampte ze van angst. Waar kwam haar hevige passie voor de piano vandaan? Waarom had Clemencia zo benadrukt dat ze op dezelfde manier pianospeelde als die man? Waarom had haar moeder er zo op aangedrongen die passie te voeden waarvan ze al in de wieg bezeten was? Al het gespaarde geld van haar naai- en borduurwerk en de toelage van haar grootvader had ze, achter de rug van haar man om want die zag er niets in, aan het conservatorium uitgegeven. Nu pas besefte ze hoe enthousiast haar moeder haar vooruitgang had gevolgd; zou ze in haar dochter de liefde van haar leven hebben teruggezien… de man met wie ze nooit had samengeleefd? De vader van haar dochter? Maar haar moeder had Jaume Villamarí nooit zo lang kunnen bedriegen. Dat was gewoon onmogelijk.

Ze hoorde een sleutel in de deur en, alsof ze bang was dat haar gedachten te lezen waren streek ze over haar voorhoofd en wreef haar angsten van haar gezicht. Het was haar man die thuiskwam om te eten.

'Het is stervenskoud,' zei hij in zijn handen wrijvend, en hij ging regelrecht naar de keuken.

'De heek staat in de oven. Ik heb hem erin gezet om warm te maken en daarna…'

Door het geluid van de tv verstomde Aurora's stem. Mariano was met zijn bord en een biertje voor het beeldscherm gaan zitten. Een avondgewoonte die zich nu ook 's middags herhaalde sinds hij besloten had dat het voordeliger was thuis te eten. Hij at zijn bord leeg en haastte zich weer naar zijn werk, zonder zich ergens om te bekommeren, zonder haar zelfs gedag te kussen, zo typerend voor zijn sobere persoontje.

Toen ze hem zag verdwijnen dacht Aurora aan Clemencia's vraag: 'Ben je gelukkig met Mariano?'

Die avond ging ze weer met Ullada naar het appartement in El Born. Voor ze naar binnen gingen, keken ze zoals altijd even om zich heen om te voorkomen dat ze door buurtbewoners werden gezien. De inspecteur was een vriendelijke schaduw geworden die haar gezelschap hield in het luchtledige waarin ze verkeerde; die melancholische stemming die ze zo nu en dan had en waarvan ze zich die middag bewust was geworden. Toen ze de drempel overging, werd ze begroet door een warme blauwe bries die haar in kalme golven omhelsde. Het was haar moeder. Ze was daar en overdekte haar met liefdevolle strelingen. Ook al zag Aurora haar niet, ze voelde haar sterker dan ooit, gelukkiger dan ooit. Ook merkte ze de serene aanwezigheid van Joan Dolgut op, een sfeer van liefde en bescherming. Een warme, koesterende kracht. Hoewel het hartje winter was en de verwarming uit, had de plek toch de zoelte van een baarmoeder. Hun liefde was daar echt, en ook al kon ze die niet zien, ze voelde haar overduidelijk. Sinds haar moeders verdwijning was haar geest veranderd; ze merkte nu alles op, stond overal voor open. Zelfs met haar dood had haar moeder haar iets geschonken... een andere ziel. Ze wist niet of Ullada hetzelfde voelde, maar ze had het idee dat beiden die plek op een heel bijzondere maar verschillende manier ervoeren. Ze verwonderde zich erover dat het die man gelukkig maakte om naar haar te luisteren. Als iemand hen zou zien, dacht hij vast dat ze gestoord waren: een stel dat de weg kwijt was en andermans huis binnendrong. Zij om een verminkte piano te bespelen en hij om naar het spel te luisteren. Maar zo waren ze. Twee eenzame wezens, twee idioten die bij hun volle verstand waren en enkel muziek wilden maken of ernaar luisteren... dat was in ieder geval wat zij dacht.

De inspecteur had de foto van Joan en Soledad al weken niet meer bij zich, en hij dacht er niet eens aan haar de brieven te geven die hij uit respect voor de doden nog niet had gelezen. Hij wist dat hij datgene wat hij uit de flat in de paseo de Colom had 'geleend' op een dag aan Aurora zou moeten overhandigen, maar als hij dat deed kon het mes aan twee kanten snijden: afhankelijk van de manier waarop hij het hanteerde, zou het hem naar de toppen van vervoering kunnen brengen of hem in het smerigste slijk kunnen onderdompelen. Het idee ze terug te leggen in het meubel met de louvredeurtjes was weliswaar even bij hem opgekomen maar hij had het meteen weer verworpen, want wat als een alledaags onderzoek was begonnen had in de loop der maanden voor hem de proporties van een extreme liefde aangenomen. Hij had zichzelf vastgezet met enkele bewijzen die hij als doorslaggevend beschouwde en waarmee hij de zaak kon afsluiten, maar daarmee zou ook zijn enige ware genoegen afgelopen zijn: zich belangrijk voelen voor Aurora.

Nu, los van de bewijzen die hij bezat, was het allerbelangrijkste dat niets zijn beginnende relatie met Aurora zou verstoren, op dit moment beperkt tot een begroeting alvorens ze naar binnen gingen, een kopje koffie wanneer ze weggingen en daartussenin het fantastische concert; de enige vreugde die zich kon meten met het eindeloze genoegen waarmee hij zijn films bekeek. Sinds hij met Aurora omging, zocht hij tijdens zijn nachtelijke omzwervingen steeds vaker in videotheken die tot laat open bleven naar films met de onmogelijkste liefdesgeschiedenissen. *The English Patient, Dangerous Liaisons, The Horse Whisperer, Moulin Rouge, Titanic, Immortal Beloved* en *Legends of the Fall* hadden zich bij *The Bridges of Madison County* en *Gone with the Wind* gevoegd, allemaal films over het noodlot van de liefde, waarbij hij zich identificeerde met het hevigst lijdende personage. Want zo voelde hij het ook; wanneer hij bij haar was, leed hij. Hij wilde haar zonder zijn handen te gebruiken aanraken, haar zonder lippen kussen, haar zonder armen omhelzen. Niets mocht haar knakken of besmetten. Niets, geen enkele ondeugdelijke handelswijze mocht haar van hem verwijderen. Hij wist niet hoe hij zich tegenover vrouwen moest gedragen, en al helemaal niet als die vrouw getrouwd was. Afgezien van wat hij in de films had gezien en door de vele herhalingen uit zijn hoofd had geleerd, was zijn kennis van vrouwen beperkt tot die van een zichzelf verloochenende zoon.

Die avond vond hij haar breekbaarder en droeviger dan ooit. In haar omfloerste ogen lag een zweem van onmetelijke leegte. Hij zag hoe ze zwijgend naar de piano toe liep – het dartelende briesje speelde door haar haren – en uit het pianobankje het stapeltje partituren tevoorschijn haalde. Zoals altijd zou ze een nieuwe sonate spelen. Maar zodra ze ditmaal de eerste maat aansloeg, begonnen de partituren, die rustig op het meubel lagen, als een dolle door de lucht te vliegen, wervelden ze om de piano en de bespeelster heen. Hoe meer ze speelde, hoe meer ze ronddraaiden. De onzichtbare liefde manifesteerde zich. De bries verhief de papieren en liet ze rondcirkelen, liet de noten van het papier verwaaien, liet ze vrij rondvliegen, veranderde ze in piepkleine kolibrietjes die de piano binnengingen en weer verlieten door de ontbrekende F; schitterende tonen klonken op uit die toetsloze holte. Aurora had de sonate uitgekozen waarmee Joan Dolgut in Cannes afscheid had genomen van Soledad Urdaneta, toen de piano nog compleet was, toen zijn liefde nog ongeschonden was. Een wolk van muzikale zuchten verspreidde zich door de lucht en voerde Aurora's ziel mee in een roes van verrukking; hoewel de symfonie was afgelopen, begon ze haar opnieuw te spelen, wetend dat ze dan een nog mooiere melodie zou horen, betoverd door die magische muziek die haar een leven liet voelen dat ze nooit eerder ervaren had: dat wat komende was.

De fantastische sonate had in de inspecteur een storm van emoties losgemaakt, waardoor hij dichter bij de pianiste ging staan dan nodig was. Hij deed twee stappen, drie, vijf, tot zijn hand hem niet langer gehoorzaamde en heel licht over haar schouder gleed waarbij hij opzettelijk met het topje van zijn pink de blote huid van haar nek streelde. Een kleine seconde lang voelde hij de zijdeachtige huid van een verboden plekje. Die was luchtig, teer en warm, precies zoals hij had gedacht, en vol levenskracht. Haar hele huid moest een voortgezette, oneindige droom om te veroveren zijn. Bij die gedachte bleef de avond in Ullada's droge keel steken. Hij verroerde zich niet, bedekte van heel dichtbij met zijn lichaam de rug van de vrouw die hij vroeg of laat tot de zijne zou maken, gebruikmakend van de windrichting om haar huid heimelijk te strelen, met zijn adem.

Terwijl haar handen over de toetsen gleden, had Aurora die vinger in haar nek waargenomen als een vluchtige aanraking van de wind. Vervolgens, strelingen van de lucht. Haar hals leefde, voelde zelfs het briesje. Ze kon niet ophouden te spelen voordat de symfonie uit zichzelf eindigde, voordat de wind ophield te waaien en zich in de piano terugtrok. Ongemerkt had die zwoele bries haar behoefte om te beminnen en bemind te worden nieuw leven ingeblazen.

Intussen verliepen Borja's vorderingen recht evenredig met de neergang die zich voltrok in de relatie van zijn ouders. Tita Sardá was smoorverliefd geworden op haar minnaar. Lispelend in het Italiaans begon ze een toekomst met Massimo di Luca uit te stippelen. Hoewel haar beste vriendin, de enige aan wie ze haar overspel had toevertrouwd, haar had gewaarschuwd dat dit avontuurtje haar leven weleens behoorlijk gecompliceerd kon maken, had ze dat weggewimpeld. Inderdaad had die, in haar eigen woorden heerlijke man, haar eerst alleen lichamelijk aangetrokken, maar in de loop der tijd was hij ook in haar hoofd gaan zitten. Massimo was niet zomaar een Italiaan. Nee, hij had zelf gezegd dat hij uit een familie van graven kwam die weliswaar aan lager wal geraakt was, maar niettemin tot de oude adel behoorde. Zijn adellijke titel, dacht Tita, was zijn paspoort voor het Barcelonese wereldje waarin namen en afkomst, etiquette en glamour en, als deze in het slechtste geval ontbraken, geld boven alles ging. Ze vond het bewonderenswaardig dat Massimo voorheen nooit over zijn verleden van renaissancistische kastelen en luisterrijke feesten had gesproken; dat zei veel over hem; daaruit werd zijn ware afkomst zichtbaar. Het enige wat Tita zorgen baarde was haar vader, of beter gezegd, de zaken waarover hij de leiding aan haar echtgenoot had gegeven. Ook al vond ze het moeilijk te erkennen, Andreu bestierde alle bedrijven fantastisch en daarmee had hij de sympathie en het vertrouwen van haar vader gewonnen. Een scheiding zou een ware verdeeldheid in de familie kunnen betekenen. Maar verder wist ze zeker dat haar exclusieve vrienden- en zeilkringen hem nieuwsgierig en verwachtingsvol zouden accepteren, want het was wel heel exotisch om een Italiaanse graaf in hun midden te hebben die niet alleen heel knap was, maar ook nog eens bijzonder goed thuis in de wereld van de schone kunsten. Op de eerste plaats om zijn schoonheid en vervolgens omdat hij een artiest was. Hij moest alleen zijn titel weer gaan gebruiken, dan kwam de rest vanzelf.

In het appartement in Pedralbes overgoten Massimo en Tita hun illusies met glibberige tongzoenen en krachtige waterstralen van de hydromassage.

'*Carissima diavoletta...*'

'*Amore mio...*'

'Je hebt het me beloofd, je zult de mijne worden.' Terwijl hij dat zei, richtte Massimo de straal net zo lang op Tita's geslacht tot ze een orgasme kreeg. Vervolgens begonnen ze elkaar tegelijkertijd als kat en tijger te beminnen, jankend, brullend, hijgend, krabbend en zuchtend, tot het water en de liefkozingen hen volledig hadden uitgeput.

Buiten, in een gehuurde Opel, hield Andreu de wacht. Hij wilde het met eigen ogen zien; hij was argwaan tegen zijn vrouw gaan koesteren. Tita Sardá was niet meer dezelfde. Haar ontrouw bleek al maanden duidelijk uit haar houding. De lichamelijke verwijdering tussen hen had hij eerst toegeschreven aan een tijdelijke verveeldheid, maar die had zich nu definitief gemanifesteerd. Even was het door zijn hoofd gegaan Gómez opdracht te geven haar te volgen, maar de detective begon een beetje te veel te weten en dan zou het spel zich tegen hem kunnen keren. In een opwelling was hij haar die dag gevolgd. Hij had de hele middag opgesloten in de auto gezeten, maar had van de gelegenheid gebruik gemaakt zijn beurshandelingen per mobiel af te handelen. Net toen hij met een grote transactie bezig was om aandelen te kopen van een ICT-bedrijf die volgens zijn bronnen omhoog zouden schieten, zag hij haar naar buiten komen, zwierig, gehuld in een bontmantel en een Chaneltasje in haar hand bungelend, en rechtstreeks naar haar BMW lopen. Haar haren waren vochtig en op haar gezicht lag de uitdrukking van vleselijke bevrediging. Ze keek naar boven waar voor het grote raam een spectaculaire kerel in een witte badjas stond die haar kushandjes toewierp. Andreu pakte zijn verrekijker en richtte die op het gezicht van de minnaar. Dat gezicht kwam hem heel bekend voor, maar hij kon het niet thuisbrengen. 'HOERRR,' siste hij zachtjes. Nu had hij het bewijs, maar hij zou zijn mond houden. Hij zou wachten tot hij dat kon inzetten en intussen zijn voorbereidingen treffen. Hij zou net doen of zijn neus bloedde... tot hij zijn toekomst veilig had gesteld. Zijn schoonvader moest op de hoogte worden gebracht, maar hij zou bepalen op welke manier.

Die avond zocht hij in zijn agenda en belde een van zijn oogverblindende troostmeisjes. De eenzaamheid spetterde van hem af. Nadat ze in een gereserveerd gedeelte van een restaurant aan de haven met oesters en kreeft hadden gedineerd, vertrokken ze naar de suite die op hen wachtte in Hotel Arts. Hij liet een fles champagne aanrukken om een wellustige nacht in te luiden, maar toen hij haar de badkamer uit zag komen, gekleed om in te bijten met die superdure kousen en het doorschijnende tangaslipje, cadeautjes die hij haar net had gegeven, kon hij haar niet aanraken. Hij zag telkens Aurora's gelaat voor zich.

Hij gaf haar het dubbele bedrag en stuurde haar vriendelijk weg. Voor het eerst sliep hij die nacht niet thuis of in een hotel. Hij ging naar zijn vaders appartementje. Naar zijn ouderlijk huis in El Born, waar vier uur ervoor Aurora Villamarí nog was geweest.

Sinds zijn vaders dood was hij daar niet meer binnen geweest, en hij werd begroet door een ijzige kou. Hij draaide de verwarming open, deed lichten aan, en ook al probeerde hij warm te worden, de kou steeg op als een welkomstvlag. Hij begaf zich regelrecht naar wat vroeger zijn kamertje was geweest. Alles was nog hetzelfde, alleen bedekt met een dikke laag stof. Zijn rij soldaatjes, zijn ouderwetse schriftjes, de foto van zijn moeder en hemzelf, glimlachend, in het oude, zwart uitgeslagen zilveren lijstje, zijn oude *Hazañas Bélicas* en *Roberto Alcázar y Pedrín*-strips, netjes opgestapeld op het nachtkastje... Hij ging op zijn oude bed liggen en sliep pas in nadat hij al zijn herinneringen uit de oude doos van het verleden de revue had laten passeren. Hij had zich zojuist met zijn kindertijd verzoend.

Voor het eerst sinds veertig jaar droomde hij weer. Zijn onderbewustzijn zwierf vrij rond tussen dromen in slaaptoestand, iets wat hem al heel lang niet was overkomen, want de dag waarop hij zijn ouderlijk huis had verlaten om de wereld te veroveren, had hij eveneens zijn kinderlijke argeloosheid achtergelaten, en daarmee zijn innerlijke opmerkingsvermogen. Het was alsof door zijn vlucht voor het leven al zijn dromen in de vergetelheid waren geraakt, onder zijn bed waren blijven liggen omdat ze hem geen nut konden bewijzen. Alsof het een paar oude schoenen waren, versleten door het vele dragen, en in het hoekje van 'nooit meer' waren geworpen. Eenmaal alleen in de asfaltjungle had hij zich nieuwe aangemeten die praktischer waren en waarmee hij sneller en zonder te struikelen kon lopen. Dromen in wakkere toestand, doelen en ambities ingegeven door zijn bewustzijn. Alles goed bestudeerd en overwogen op zoek naar de grootst mogelijke winst, het indrukwekkende succes.

Na al die jaren vond hij ze die nacht in een rustige slaap terug, niet gestoord door klinkende winst maar enkel voorzien van menselijke genoegens. Hij voelde zijn vader naar zich toe komen en hem omhelzen in de veronderstelling dat hij sliep… en hij vond het prettig. Het was een oude man die een verslagen mens liefkoosde, die met handen die wisten hoe ze moesten liefhebben over zijn haren streek. Hij koesterde zich in die oude omhelzing en liet zich liefhebben. Er was geen piano of geluid, alleen de nachtelijke duisternis, de beschermende geur van zijn vader en het warme contact van oude handen die zijn gelaat streelden, hem liefhadden. Klokslag zeven uur werd hij gewekt door de eeuwige radio van Conchita Marededeu, vanouds hun buurvrouw.

Met een bonzend hoofd van de kater van het verleden liep hij door de smalle gang. Toen hij de kamer binnenliep, kliefde een zwaard van ochtendlicht de piano in tweeën en hulde deze in een spookachtige schemering. Denkend aan zijn vader, Borja en Aurora liep hij ernaartoe. Hier nam de vrouw plaats die hij maar niet uit zijn gedachten kon zetten. Zich Aurora's handelingen voorstellend deed hij de klep omhoog om het toetsenbord aan te raken, en een sterke rozengeur trof hem met een bovennatuurlijke kracht vol in zijn gezicht. Het was een andere piano dan uit zijn jeugd. Deze had een oude, aristocratische elegantie, en hoewel hij verminkt was, lachte hij hem toe met zijn incomplete rij ivoren tanden. Plotseling werd hij bang. Een koude rilling liet hem de klep dichtslaan. De aromatische bries verdween.

Door het spionnetje zag Conchita hem weglopen. Ze wist het zeker. Het was Joan Dolgut, dertig jaar jonger. De geest van de oude man huisde in het appartement, precies zoals ze al dacht.

Thuis kreeg hij te maken met het schijnheilige gepruil van Tita Sardá. Gezien de staat waarin het Armanipak dat haar man droeg verkeerde, was ze ervan overtuigd dat hij haar bedroog. Ze deed alsof ze gekwetst was en bleef maar vragen waar hij was geweest en waarom hij niet even had gebeld, ze voerde cynisch een nummertje van jaloezie op. Deze kans werd haar op een presenteerblaadje aangeboden en die zou ze natuurlijk niet onbenut laten.

'Je feestje heeft lang geduurd, nietwaar?' Toen ze merkte dat Andreu geen antwoord gaf, besloot ze hem verder te bestoken: 'Is ze goed, je liefje? Ze pijpt zeker lekker, hè? Je hoeft alleen maar naar je gezicht te kijken. Dat dacht ik altijd al wel: hoeren passen goed bij je. Meisjes van je eigen soort, schatje.'

Borja kwam de keuken binnen en schreeuwde tegen zijn moeder: 'Houd je mond eens een keer, mama! Zo praat je niet tegen mijn vader.'

'Laat haar maar, Borja. Ze weet niet wat ze zegt. Haar tong is ziek.'

Tita keek Andreu aan en wijzend met een beschuldigend vingertje zei ze: 'Dit komt mijn vader te weten. Daar kun je van op aan!'

'Houd eens op met die dreigementen,' smeekte Borja. 'Ik schaam me voor je, mama.'

'Houd zelf je mond en steek er wat van op. Als je mij niet had gehad, wat zou jij nu dan zijn geweest? Een onbetekenende sukkel... net als je vader. Weet je waarom je mijn achternaam hebt? Omdat hij je zelfs die niet kon geven.'

'GENOEG,' schreeuwde Andreu bits. 'Ik accepteer niet dat je ooit nog zó tegen me praat, en zeker niet waar onze zoon bij is! Begrepen?'

Borja sloeg de deur met een klap achter zich dicht. Hij was zonder ontbijt en zonder gedag te zeggen vertrokken.

De dagen erna bestudeerde Andreu samen met een bevriende advocaat zijn financieel-echtelijke situatie, en wat er in het geval van een scheiding zou gebeuren. Op welke manier hij enkele clausules ongedaan kon maken die hij voor het huwelijk had moeten tekenen. De echtscheidingsgronden, zijn rechten in geval Tita overspel had gepleegd en wat er gebeurde als het andersom was, de voogdij en het onderhoud van zijn zoon, zijn aandelen en baten in de onderneming waarover hij de leiding had, de verdeling van de goederen, waaronder zijn geliefde jacht, zijn zeilboot, het huis in Llavaneres en dat in de avenida Pearson, zijn verzameling cabrio's, zijn loge in het Liceu, zijn aandelen in de clubs, van de Náutico tot de Ecuestre... Terwijl hij daarmee bezig was, besefte hij dat hij er nog niet klaar voor was om ook maar iets van die bezittingen op te geven, laat staan de helft. Hij besloot zijn huwelijksonmin even in de ijskast te zetten en deze met een gespannen maar elegante zelfbeheersing te omzeilen.

Die houding maakte Tita Sardá erg ongeduldig, maar ze was ook niet in staat de eerste stap te zetten. Andreu had geen enkele blijk meer gegeven van mogelijk overspel, hij was daarentegen juist elke avond al een tijdje thuis wanneer zij arriveerde. Het gezin had zijn dagelijkse ritme van activiteiten en langs elkaar heen leven weer opgenomen.

Borja speelde al een aantal weken heel gelukkig de sonates van zijn grootvader, zonder te weten dat die ze had geschreven. Tita suste haar minnaars ongeduld met meer bedperikelen en Andreu trakteerde zichzelf door heel omzichtig vanaf een afstandje de fantastische lessen die Aurora zijn zoon gaf te bespieden. De muziek die uit de kamer opklonk ontroerde hem hevig. Dat was hem zelfs bij de opera *Turandot* niet overkomen, en die vond hij toch subliem en uiterst gevoelig. Als die vrouw pianospeelde, vulde zijn ziel zich met liefde en droefheid. Het geluid bezorgde hem rillingen, de stilte een hunkerende verwachting. De liefdevolle manier waarop Aurora met zijn zoon omging, de wijze waarop ze hem streelde, het zachte briesje van haar stem waarmee leegtes werd gevuld, dat alles fascineerde hem. Hij begon te begrijpen waarom zijn vader tot aan zijn dood van Aurora's moeder had gehouden. Zij moest ook zo zijn geweest, gewichtloos, net als Aurora. Hoe meer hij haar gadesloeg, hoe sterker zijn verlangen werd om in het verleden te graven.

Na zijn laatste onderhoud met Gómez, diens aandringen om buiten Barcelona op zoek te gaan naar informatie en enkele losse eindjes die Clemencia Rivadeneira had gelanceerd tijdens hun warrige gesprekken, had hij besloten naar Cannes en omgeving af te reizen om daar een diepgaand onderzoek naar zijn vaders in nevelen gehulde tienerjaren te verrichten. Hij zou proberen meer te weten te komen over monsieur Philippe en madame Tetou; in Cagnes-sur-Mer zou hij het spoor volgen van de verre familieleden bij wie zijn vader in de oorlogsjaren onderdak had gevonden, en dat van Pierre Deloir junior, een naam die regelmatig in zijn vaders aantekenschrift opdook en die hij zijn beste vriend noemde.

De weken gingen voorbij tot het voorjaar aanbrak. Voor hij naar Frankrijk vertrok, bezocht Andreu het graf van zijn vader waar nu een grote sculptuur bij stond. Hij had opdracht gegeven een zwartmarmeren grafmonument te maken, in de geest van de *Balzac* van Rodin, en had die op een kleine meter afstand van de grafsteen laten plaatsen waarop de namen van Joan en Soledad stonden; een hommage aan zijn herinnering. Hij had een bloemist uit de buitenwijken van Barcelona in de arm genomen en vooruitbetaald om wekelijks vierhonderd witte lelies te brengen die de eenvoudige zwarte grafplaat geheel bedekten, zodat het de doden nooit aan bloemen zou ontbreken, want hoewel hij er altijd als hij er kwam de lelies aantrof die Aurora meebracht, leek hem dat kleine bosje toch niet voldoende om het respect te tonen dat zijn vader nu verdiende. Met bloemblaadjes wilde hij het feit compenseren dat hij zijn vader al die jaren aan zijn lot had overgelaten, en hem onthalen op iets indrukwekkends, een groot monument dat getuigde van zijn bestaan en honderden bloemen die hem huldigden. Hier, voor de doden, de lelies en het imposante beeldhouwwerk deed hij zichzelf de belofte compleet terug te komen, het verleden van zijn vader te achterhalen dat in wezen ook zijn eigen verleden was.

Hij nam zijn rode Ferrari en na vijf uur onafgebroken te hebben gereden, uren waarin hij intens genoot van het aan één stuk door op de snelweg rijden terwijl de lucht en zijn gedachten vrij spel hadden, kwam hij uitgeput aan op de boulevard La Croisette. Met de gele en paarse azalea's ademde deze een typisch Franse sfeer uit. De parasols op het strand vormden een blauw-wit geblokt plaatje en beschermden de oude huid van de schatrijke lui tegen kanker. Op de met lange tafellakens gedekte tafeltjes stonden de glazen vermout als middagaperitiefje bezadigd te wachten. Alles leek professioneel geënsceneerd voor een belangrijke filmopname en het wachten was enkel nog op het woord 'actie'. Hier zouden de respectabelste bejaarden, financieel gesproken dan, hun laatste fantasieën begraven. Cannes was veranderd in het Europese Varanasi, de enorme afstand en onmetelijke geestelijke kloof even buiten beschouwing latend; de plaats waar oude, en in dit geval rijke mensen hun laatste adem uitbliezen. In het begin van zijn huwelijk had hij jaarlijks met Tita en hun vrienden een bezoekje aan de stad gebracht, nadat ze eerst een liederlijk tochtje door Saint-Tropez hadden gemaakt. Ze maakten van de gelegenheid gebruik om liters Franse champagne en Gran Reserva bordeauxwijnen weg te spoelen en zich fijntjes vol te proppen met levende oesters en coquilles in restaurants als La Colombe d'Or in Saint-Paul-de-Vence, waaraan kunstenaars en artiesten als Ives Montand en Simone Signoret een artistiek glamourtintje hadden gegeven die het nog steeds bewaarde en waar zijn vrouw zich als een vis in het water voelde. Nu was hij alleen, en in heel andere omstandigheden. Cannes was de plaats waar een heilig vraagteken doorheen kronkelde: zijn vaders jaren die aan de vergetelheid waren prijsgegeven.

Hij parkeerde zijn auto voor het Carlton waar hij een suite had gereserveerd. Zoals gewoonlijk hoefde hij zich nergens om te bekommeren. Een chauffeur zou de auto wegzetten en een kruier zijn bagage brengen.

De tijd had geen sporen achtergelaten. Het hotel handhaafde trouw de luxueuze stijl van het interieur waarop Hitchcock zó verliefd was geworden dat hij het had uitgekozen als decor voor zijn film *To Catch a Thief* en vele scènes in de vorstelijke salons had opgenomen.

Bij de receptie werd hij meteen herkend door de aloude conciërge, die hem met een geaffecteerde, overdreven Franse hoffelijkheid begroette. Zojuist was de man binnengekomen die de grootste fooien gaf die hij ooit had meegemaakt, en nu zou hij vast handenvol euro's in plaats van de niet te versmaden francbiljetten rondstrooien. Die man was altijd heel genereus wanneer hij zijn dankbaarheid liet blijken. Daarom stelde hij zich volledig tot zijn dienst toen hij hem de sleutel overhandigde en hij onderstreepte dit met een sonoor 'monsieur Andreu'.

Toen Andreu dit hoorde, bedacht hij dat de man hem wellicht behulpzaam zou kunnen zijn om datgene waarnaar hij op zoek was te vinden. Ze spraken af voor de volgende ochtend, na het ontbijt. De reis had hem uitgeput.

Eenmaal op de kamer schonk hij zich een dubbele whisky in, zette de kraan van het bad open en liet, ook al had hij geen trek, voor 's avonds een tafeltje met uitzicht op zee reserveren in Le Tetou, dat pittoreske restaurantje in Golfe-Juan dat befaamd was om zijn bouillabaisse en het feit dat er zonder uitzondering des persoons geen creditcards werden geaccepteerd. Het zou de eerste keer zijn dat hij daar in zijn eentje at.

Hij rustte een poosje uit en herlas enkele bladzijden uit het haveloze grijze schriftje van zijn vader; met twee whisky's achter de kiezen en drie namen op zak liep hij naar buiten, de eerste lentebriesjes tegemoet. Hij stak de straat over en wandelde over de boulevard. Een perkamentachtige vrouw op rolschaatsen ontweek hem en twee dames haastten zich de uitwerpselen in plastic zakjes te stoppen die hun van een met briljanten versierde halsband voorziene poedeltjes elegant op het trottoir hadden gedeponeerd. Voor het eerst zag hij de stad met andere ogen. Blauwe blazers met geborduurde ankertjes en gouden knopen leken het uniform te zijn van de mensen aan de tafeltjes; het gewicht van de gouden kettingen en andere sieraden lieten de hals en de oren doorbuigen van vrouwen die blasé lachten bij een teruggetrokken zee. Wat verveeld moet het leven van rijke Fransen zijn! dacht hij.

Hij zwierf doelloos tussen het gelach en de gesprekken rond zonder te weten waar hij heen zou gaan, en voor hij bij het Palais des Festivals et des Congrès kwam, sloeg hij een smal straatje in richting rue d'Antibes, de straat met dure winkels van de grote merken die Tita tijdens hun reisjes leeg kocht. De etalages kwamen hem banaal voor en boezemden hem afkeer in. Alles geurde naar het parfum dat Franse vrouwen van boven de veertig als omhulsel hadden geadopteerd en dat hij weerzinwekkend zoet vond: Angel van Thierry Mugler.

Hij vluchtte weg na tegen wil en dank twee colbertjes, die hij niet nodig had, en een cadeautje voor zijn vrouw en zijn zoon te hebben gekocht, waarvan hij zeker wist dat ze die in de kast zouden laten liggen, maar die de verkoper van Hermès hem handig had aangesmeerd.

Weer op de strandboulevard ging hij op een terrasje zitten, bestelde een whisky en zag de schemering invallen. De dagen begonnen te lengen en dat biologeerde hem. Hij zag hoe de maan tevoorschijn kwam van achter zwarte, tuleachtige dampen en hoe deze de zon krachtig verdreef tot ze haar laatste ijle rood in zee liet zakken. Het was een stil duel, een wisseling van krachten. De zon droop verslagen af; de tijd van de maan was aangebroken. Naar de maan kijkend voelde hij zich plotseling ontzettend alleen. Hij dacht aan zijn vader. Hoe was zijn leven geweest in die luxe wereld zonder zelf een franc op zak te hebben? Wat zou er door het hoofd van de verbannen tiener zijn gegaan? Zou in die tijd alles net zo geweest zijn als hij nu gadesloeg? Waar waren de jongeren heen gegaan? Wie was die hemelse engel geweest, dat mooie meisje over wie Joan Dolgut in zijn grijze schrift sprak? Hij haalde het briefje uit zijn zak waarop hij drie Franse namen had gekrabbeld en gesteund door de whisky begon hij zijn onderzoek te structureren. Monsieur Philippe was een thema dat hij met de conciërge van het hotel moest bespreken. Madame Tetou had wellicht iets van doen met het restaurant dat haar naam droeg. De gedachte aan het restaurant deed hem besluiten de reservering af te zeggen. Hij was te moe om de auto te pakken. Hij keek of zijn mobieltje wel werkte, want dat had de hele dag gezwegen. Het was niet te geloven; zijn telefoon die al tijden onafgebroken ging, was de laatste tijd geluidloos verstomd, behalve wanneer Gómez hem belde, Wall Street hem optrommelde of zijn secretaresse hem lastigviel. Hij was alleen. Misschien wel meer alleen dan zijn vader zestig jaar geleden. Hij belde Borja op zijn mobieltje, denkend dat de pianoles al wel was afgelopen, maar zijn zoon nam niet op. Hij stond op om weg te gaan.

Een paar meter verderop, zittend op het muurtje dat de afscheiding met het strand vormde, met de rug naar hem toe, tekende zich zwart tegen het donkere blauw van de horizon een onbeweeglijk silhouet af; de elegante schaduw sloeg de glansrijke aanwezigheid van de avond gade. Door een intiem gebaar veranderde deze plotseling in een vrouw. Haar hand ging omhoog om een haarlok achter haar oor te doen, voorzichtig... alsof elk haartje van glas was en zou kunnen breken. Andreu staarde verrukt naar haar; dat broze gebaar kon maar van één vrouw zijn.

Maar ze kon het niet zijn, onmogelijk. Hij keek op zijn horloge en calculeerde. Precies op dit moment moest Aurora met haar gewichtloze manier van voortbewegen door de tuin van zijn huis lopen, nadat ze de maandagles aan zijn zoon had gegeven. Zijn gedachten speelden hem parten. Hij begon haar op elk moment van de dag voor zich te zien, en ook al wilde hij voor zichzelf niet toegeven dat Aurora Villamarí een wezenlijk deel van zijn leven was gaan uitmaken, dit was er wel het bewijs van. Hij zag haar zelfs in het lichaam van een ander. Zijn onderbewustzijn had al haar bewegingen opgenomen en nu hield zijn innerlijke verlangen hem voor de gek.

Hij liep vlak langs de vrouw heen, waarbij hij het vermeed opnieuw geobsedeerd naar haar te kijken. Aangekomen in het hotel drukte een soort inwendige leegte zwaarder op hem dan de grote pakjes die bij de receptie op hem lagen te wachten; de winkel had zijn aankopen van die middag laten bezorgen en ze lagen nog beneden. Hij vroeg of ze alles voor hem naar boven konden brengen, want zijn energie was opgeslokt door een vermoeide eenzaamheid.

Nadat hij de volgende ochtend sobertjes met een kop koffie en een croissant had ontbeten, begaf hij zich lusteloos naar de portiersloge en bij de receptie zag hij opnieuw dat transparante gebaar; zijn ziel kwam tot leven. Was ze het of was ze het niet? Plotseling verdween alles, behalve dat profiel dat vlammend toortslicht verspreidde en de hele zaal verlichtte en alles wat zich in haar omgeving bevond liet schitteren.

Haar ovale gelaat, de perfecte curve die zedig omhoogliep en haar oorlelletje kuste, die haarlok, een vermetele penseelstreek op haar gezicht geschilderd, de zwarte waaiers die met lichte knipperbewegingen haar oneindig trieste, met nacht en sterren getooide ogen verfristen, de ranke vingers die in de lucht hingen, hooghartig geheven om haar haren glad te strijken... Haar ondeugdelijke kleding, haar welgevormde benen, haar kleine voeten gestoken in sandalen die bij haar perfecte tenen in het niets verdwenen. Het was Aurora Villamarí.

Hij kon de verleiding niet weerstaan. Langzaam kwam hij dichterbij tot hij vlak achter haar stond. Ze sprak met een glasheldere stem, liet haar woorden tussen wolken van ingehouden woede door glijden. Ze drong aan op een kort onderhoud met de directeur. De conciërge vroeg haar te vertrekken met een huichelend '*je suis désolé*' nadat hij een snelle blik op haar kleding had geworpen en had geconstateerd dat het geen pas gaf haar het hotel te laten betreden; hij wilde zo snel mogelijk van haar af. Hij kon zijn tijd niet verdoen met vulgaire personen en al helemaal niet toen hij Andreu, zijn grote fooiengever, zag naderen.

Andreu staarde verrukt naar haar en vroeg zich af hoe zoveel hemelse schoonheid in zo'n aardse vrouw mogelijk was. Die vrouw met het gezicht van een droevig meisje was een engel. Hoe oud zou ze zijn? Twintig? Vijfentwintig? Dertig? Het was onmogelijk dat te bepalen. Haar gelaat kende geen leeftijd. Hoezeer hij ook zijn best deed die af te lezen, het was gewoonweg niet te zeggen.

Aurora had hem niet gezien. Ze was zo druk bezig een afspraak met de directeur te bewerkstelligen dat ze zijn aanwezigheid niet had opgemerkt. Toen ze zich omdraaide, werd ze door een zeegroene blik opgezogen.

'Hallo...' slaagde hij erin met zijn diepste stem uit te brengen.

Toen ze zich realiseerde wie hij was, wilde ze ervandoor gaan. Dat ontbrak er nog net aan, hier die verachtelijke man tegenkomen.

'Ga niet weg, alsjeblieft.' Hij hield haar tegen en pakte haar zachtjes bij haar arm. 'Heb je een paar minuutjes voor me?'

Wat zou een persoon die zijn eigen vader niet eens wilde begraven haar te zeggen hebben?

'Het spijt me, ik heb dingen te doen.'

'Je denkt erg slecht over me, nietwaar?'

'Wat ik denk is mijn zaak.'

'Laten we een kopje koffie gaan drinken. Volgens mij hebben we iets heel belangrijks gemeenschappelijk: de dood van onze ouders.'

Aurora voelde zich geïntimideerd. Die man. Dat gesprek. Zijn warme hand op haar arm. Zijn geurige elegantie. Dat hotel vol luxueuze dingen die ze zelfs in haar dromen nog nooit had gezien, alleen in de huizen van de rijke kinderen aan wie ze lesgaf. Dit was haar terrein niet. Hier voelde ze zich armoedig en gewoontjes. Alles aan haar vormde een schril contrast met de weelderige pilaren, het glanzende marmer en de flonkerende, druppelvormige lampen. Ja, dit was echt een plek voor mensen als hij. Ze wilde wegvluchten.

Andreu leek haar gedachten te raden en onderbrak haar: 'Laat je niet imponeren door deze luxe. Dit alles is slechts een filmdecor. Niets hiervan is echt. Wie denkt dat dit het leven is, zal op een dag door het leven zelf op de vingers worden getikt.' Aurora vond het prettig hem dat te horen zeggen. 'En het ergste is nog wel dat het tikje soms een vernietigende dreun kan zijn. Ik heb enkelen gekend die liever gek werden dan dat te accepteren. Weet je, op mijn zestiende was ik piccolo in een hotel en ik heb heel wat vloeren schoongemaakt en minachting moeten verduren.' Het was de eerste keer dat hij zijn geheim aan iemand prijsgaf. 'Ik weet wat je voelt wanneer je voor hen,' hij wees met zijn ogen naar de conciërge, 'niemand bent. Wanneer je simpelweg onzichtbaar bent. Als we op uiterlijke schijn afgaan, kunnen we ons weleens flink vergissen, daarom kun je beter leren met je hart te kijken.'

Andreu ving haar met zijn ogen toen hij die laatste woorden uitsprak. Ze rukte zich los, wierp een snelle blik op de straat en hield aan: 'Het spijt me, ik moet gaan.'

'Alsjeblieft,' smeekte Andreu. 'Weet je waarom ik hier ben? Door hem, door mijn vader. Ik volg zijn spoor om dingen te kunnen begrijpen die ik nu nog niet begrijp.'

Toen ze dat hoorde, ging er een schok door Aurora heen. Hij was naar hetzelfde op zoek, de zwijgende stemmen van een begraven verleden. Joan Dolgut was eveneens in Cannes geweest… net als haar moeder, maar… wanneer? Waar? In welk jaar? In dezelfde tijd? Nu wilde ze de informatie hebben die hij wellicht bezat. Zijn stem riep haar terug naar de werkelijkheid.

'Als je nu geen tijd hebt voor een kopje koffie,' waagde hij, 'zou je dan morgen met me willen dineren?'

Aurora dacht er even over na en zonder goed te weten waarom nam ze de uitnodiging aan. Hij leek oprecht, en één ding stond vast: hij wist blijkbaar dingen die zij niet wist. Ze spraken af voor de volgende avond. Hij zou haar komen afhalen in het pension Bell Air waar zij logeerde, een armoedig hotelletje in de mindere buurt van Cannes met kapotte lakens en muren die scheuren vertoonden.

Hij liep met haar mee naar de uitgang en probeerde haar met zijn gedachten tegen te houden. Hij wilde niet dat ze wegging. Bij het afscheid vermeed ze het hem een hand te geven door haar persoonlijkste gebaar te maken: haar haren achter haar oor doen.

Ze was van haar stuk gebracht en in zijn gezelschap waren haar handen ijskoud geworden. Ze wilde niet dat Andreu het zou merken. Ze moest de verwarring die deze ongewone ontmoeting bij haar teweeggebracht had eerst voor zichzelf verwerken. Haar mond voelde als een opgezwollen, kurkdroge spons, zonder ook maar een druppeltje speeksel, ze was zelfs niet in staat gedag te zeggen. Ze vluchtte de trappen af; de markiezen boven de hotelingang bolden op als een ballon door de luchtstroom die haar haastige tred ontketende. Andreu sloeg haar vertrek gade. Hij kende haar zwierige manier van lopen heel goed, haar rechte, gedecideerde rug die altijd leek weg te vluchten. Die kende hij uit zijn hoofd door haar heimelijk vanuit zijn slaapkamerraam te hebben bespied wanneer ze vertrok. Het leek wel of hij ertoe veroordeeld was haar altijd te zien weggaan... Een witte afscheidszakdoek tussen grijze voorbijgangers. Toen ze uit zijn gezichtsveld verdwenen was, viel hem een gedachte in die hem de verdere dag niet meer losliet. Wat deed Aurora in Cannes?

Tijdens haar laatste bezoekje aan Clemencia Rivadeneira had Aurora, terwijl het oude mensje smulde van een heerlijk vlatoetje, verteld wat ze in haar grootvaders reisdagboek had ontdekt. Dat wat ze bij een vluchtige lezing over het hoofd had gezien, maar wat ze nu heel scherp zag: de reis naar Cannes waarvan de afloop ontbrak, een onvoltooide bladzijde tussen onbeschreven wit dat door de tijd vergeeld was.

Die dag had ze eveneens het album met jeugdfoto's van haar moeder meegebracht, in de hoop dat die foto's wellicht een bruikbare herinnering bij haar zouden opwekken. Terwijl ze de bladzijden omsloeg en de oude vrouw zwijgend toekeek, maakte ze haar attent op de droefheid die het gelaat van haar moeder als jong meisje uitstraalde. Tientallen foto's volgden, de een na de ander, waarop haar moeder met de verdrietige, lege uitdrukking stond die zich vanaf haar veertiende eindeloos herhaalde. Na het album wekenlang bekeken te hebben, van voor naar achter en van achter naar voor, was ze tot een rake conclusie gekomen: de laatste foto waarop haar moeder straalde van vreugde was op 24 juli 1936 in Cannes genomen, de dag dat ze haar veertiende verjaardag vierde. Het was een schitterend kiekje waarop alles een betoverende sfeer en verfijnde vitaliteit uitademde. Badend in licht en liefde straalden de ouders, dochter en nicht geluk uit. Na die foto lag er een schaduw over haar moeders gezicht. En die doffe schaduw werd groter en strekte zich uit, viel zelfs over haar trouwdag. Vanaf het moment dat Clemencia haar had verteld dat haar moeder tot een huwelijk gedwongen was, had Aurora in het trouwalbum van haar ouders de droevigste bruid ter wereld aangetroffen.

Tussen haar grootvaders reisdagboek en de verjaardagsfoto van haar moeder bestond dus een onweerlegbare overeenkomst: Cannes. In die Franse stad was haar grootvader zijn woorden en haar moeder haar lach voorgoed kwijtgeraakt.

'Ga naar Cannes, meisjelief,' was de enige uitspraak die ze haar moeders oude vriendin die dag met de zoete smaak van het vlatoetje wist te ontlokken.

En ze was gegaan.

Een ingeving, versterkt door de woorden van de zieneres op de Ramblas en bevestigd door het stellige advies van Clemencia, had haar aangemoedigd. Ze was ervan overtuigd tijdens die reis iets te vinden. Het waren niet alleen de voorspellingen van een waarzegster, ook haar eigen instinct, haar zesde zintuig, zei haar dat datgene wat ze na maandenlange observaties had gevonden haar naar een spoor zou leiden. Het ging niet alleen meer om de geschiedenis van haar moeder en Joan Dolgut, het was ook het verhaal van haar verleden. Ze wilde weten waar Soledad Urdaneta's vreugde was gebleven.

Ze haastte zich alles te organiseren. Als ze iets in haar hoofd had, bleef ze daar maar mee bezig en kon ze haar rust niet hervinden tot ze het idee had uitgevoerd.

In één ochtend maakte ze het eten voor een hele week klaar en stopte het in de vriezer. Ze sprak met haar man en dochter; ze dacht dat ze niet langer dan vijf dagen zou wegblijven maar, voor het geval dat, had ze een hele week voor hen in de diepvries achtergelaten, gastronomisch gesproken. Ze had een lijstje op de koelkastdeur geplakt waarop de menu's en dagelijkse taken voor elk van hen stonden. Ze belde haar pianolessen af en met de paar euro's die ze had, kocht ze het goedkoopste busticket dat ze kon vinden om in Cannes te komen. Ze stopte drie eenvoudige stelletjes in haar koffer, haar grootvaders dagboek, de foto's van Cannes en het aantekenboekje waarin ze een groeiend aantal veronderstellingen noteerde.

Ze kwam vroeg in de avond aan, en nadat ze enkele onooglijke hotelletjes had bekeken, koos ze er eentje dat er redelijk netjes uitzag en niet te duur was. In een paar minuten had ze zich daar geïnstalleerd en vluchtte vervolgens naar buiten. Op zoek naar het strand liep en liep ze maar, tot ze ongewild in het gebied van de rijke gasten terechtkwam: de boulevard La Croisette. Ze was nog nooit aan de Franse Rivièra geweest en de overweldigende luxe bezorgde haar bijna een complex. In haar eenzaamheid als arme buitenlandse was ze op het strandmuurtje gaan zitten en sloeg ze het fronsen van de lucht gade. De mooiste avondschemeringen bleken altijd gratis; een prachtig feest waarvoor je alleen je ziel maar open hoefde te zetten, zonder kledingvoorschriften of andere poespas. Niets kon de schoonheid evenaren van dat avondrood, de wattige vingers die de sappige vrucht tot op de laatste druppel uitpersten. Een zonsondergang aan zee was een langdurige ondergang, een mise-en-scène, een opera met koren van sopranen en tenoren, van piano's en violen. Een duel in schoonheidsduetten...

Terwijl Aurora dat alles overdacht, sloeg achter haar Andreu haar gade zonder haar daar te verwachten. In één oogopslag had hij haar herkend en niet herkend.

Ze waren naar dezelfde stad gekomen, op dezelfde dag, op zoek naar hetzelfde: dat wat ze niet wisten. Ze sloegen dezelfde zonsondergang gade, dezelfde verdwijnende zon, dezelfde opkomende maan, op dezelfde boulevard en met dezelfde gedachten, hij met een whisky in zijn hand... en zij met haar zwierige gebaar.

Nadat ze die ochtend Andreu's ogen, hun verwarrende gesprek en de luxe van het Carlton was ontvlucht en terugkwam in de kamer van het pensionnetje waar ze logeerde, tolde Aurora's hoofd van de vele tegenstrijdige gevoelens en flitsende gedachten. Ze wervelden in haar geest en zoemden als een onrustige bij. De lust om honing op te zuigen, maar niet wetend van welke bloem. Er waren zoveel bloemen en er wachtten haar zoveel soorten nectar. Aan de ene kant had je dat waar ze naar op zoek was; aan de andere dat wat ze toevallig was tegengekomen. Voegde je die twee dingen samen, dan groeide de hoop om antwoorden te vinden. De honingraat werd voller. Dus, waar was ze dan bang voor? Waarom waren haar handen in deze lentewarmte ijskoud geworden? Waarom had ze de blik van die man niet kunnen weerstaan? Waarom was zijn geur haar zo opgevallen? Waarom was ze zo haastig vertrokken terwijl ze niets urgents te doen had? Waarom kon ze ineens geen woord meer uitbrengen?

Een overweldigend gevoel bezorgde haar ziel kippenvel. Ze was doodsbang. Waar kwam die verwarring vandaan? Ze zou het etentje afzeggen. Ze zou naar de receptie bellen en een boodschap achterlaten. Na er even over nagedacht te hebben, veranderde ze van mening. En als Andreu haar nu eens meer kon vertellen? Ze zou gaan. Ze bekeek de kleding die ze had meegenomen en voor het eerst voelde ze zich belachelijk. Ze had niets om aan te trekken. In deze kleding kon ze absoluut niet uit eten gaan. Maar waarom zou ze hem willen behagen? Wat maakte het uit hoe ze gekleed was? Als ze inderdaad alleen maar wilde gaan vanwege het simpele verlangen meer over haar moeder te weten te komen, dan zou het haar niets uit moeten maken. Nadat ze de drie meegebrachte stelletjes had bekeken, besloot ze een witte blouse, een katoenen trui en een marineblauwe rok voor de volgende avond te reserveren, het meest neutrale wat ze bij zich had.

Toen ze deze in de kast terughing, bekroop haar een andere gedachte. De twijfel die haar op een middag had beslopen na een opmerking van Clemencia Rivadeneira hechtte zich in haar geest vast. Als Joan Dolgut, die oude man en begaafd pianist, nu eens haar vader was... dan zou Andreu haar broer zijn. Onmogelijk. Ze wilde er niet eens aan denken. Wellicht was haar fantasie op hol geslagen. Ze bekeek zich in de spiegel en zocht naar een gelijkenis met Dolgut, maar het beeld dat weerkaatst werd was dat van de foto's uit haar moeders jeugdalbum die ze zo vaak had bestudeerd. Ze was sprekend haar moeder, haar evenbeeld. Toen haar moeder nog leefde, was het haar nooit opgevallen, misschien omdat ze nooit zo vurig naar een gelijkenis had gezocht.

Ze dacht na. Niet alle kenmerken waren zichtbaar voor je ogen. Sterker nog, de belangrijkste waren soms in je ziel verborgen. En haar liefde voor de piano? Die gave waardoor ze als baby al stapelgek op dat instrument was geweest... Waar kwam die vandaan? Waarom had Clemencia zo nadrukkelijk herhaald dat ze net als Joan Dolgut speelde? Waarom werd ze zo mysterieus wanneer ze het over hem en haar moeder had? Zou ze zich achter haar alzheimer verschuilen om geen stille waarheden te hoeven onthullen? Ze verweet zichzelf die laatste vraag. Hoe kon ze nou slecht over die arme vrouw denken, elk bezoek leverde haar wel iets op. Het was best mogelijk dat Clemencia een stiltepact met haar moeder had gesloten. Maar het was ook mogelijk dat er helemaal geen pact bestond. Ze probeerde die vervelende gedachte te verjagen door zich op het nuchtere onderzoek van de foto's te concentreren.

Ze bestudeerde de foto's van het verjaardagsfeest nog eens met een kleine loep. Op een ervan, ontwaarde ze helemaal op de achtergrond een klein stukje van de markiezen waarop de letters RLTON zichtbaar waren. Haar grootvader had geschreven dat ze in een groot hotel zaten, maar hij had verzuimd de naam te noemen. Aurora was ervan overtuigd dat het alleen maar het Carlton kon zijn, want in die tijd was dit al een van de beste hotels van de stad. Daarom was ze vanochtend naar de receptie gegaan en had ze naar de directeur gevraagd. Ze wilde vragen of ze in de archieven konden nagaan of haar grootvader en zijn familie daar hadden gelogeerd, en zo ja, van wanneer tot wanneer dat was geweest. Nu ze wist dat Andreu juist in dat hotel verbleef, voelde ze zich niet prettig bij de gedachte daar weer heen te moeten, maar ze had geen andere keus. Haar onderzoek begon en eindigde met het hotel. In ieder geval moest ze haar eerste en enige spoor verwerpen of bevestigen. Ze zou wachten tot de ochtend voorbij was en aan het begin van de middag teruggaan. Ook al wist ze dat ze Joan Dolguts zoon weer kon tegenkomen, ze was hiernaartoe gegaan om meer over haar moeder te weten te komen, en dat ging ze doen ook. Nadat ze het besluit genomen had, voelde ze zich ietsje beter.

Tegen etenstijd kreeg ze geen hap door haar keel. Haar maag zat boordevol vragen en twijfels die steeds scherper werden, steeds slechter verteerbaar. Te veel boter en room, te veel sausjes. Ze bleef maar aan Andreu denken. Haar hart klopte opgewonden en ze werd boos op zichzelf. Ze herinnerde zich de eerste keer dat ze hem had gezien. Dat was in de keuken geweest toen zijn vader was overleden, samen met haar moeder, en hij met dat aristocratische air door het appartement beende alsof het hem niet interesseerde, alsof hij een banale zaak afhandelde, niet alsof er een pijnlijke wond geopend werd. Niets leek belangrijk voor hem. Zijn dode vader daar op de vloer leek hem geen bal te kunnen schelen. Hoezeer ze ook haar best deed, Aurora slaagde er niet in iets van deze nieuwe Andreu, die van het Carlton, te herkennen in die van El Born. Dat was een kil en pedant wezen; dit een warme, eenvoudige man. De middag van hun toevallige ontmoeting op de Ramblas schoot haar te binnen, toen hij haar tas had opgeraapt en zij die, met een minachtende blik op hem, weer op de grond had gegooid. Nee, dit was niet dezelfde man. Deze Andreu leek vele Andreus te zijn. Ook al wilde ze het niet toegeven, die man intrigeerde haar. Hij had iets raadselachtigs en ze was niet gewend met mannen om te gaan die zo... zo ambigu waren. Eigenlijk was ze sowieso niet gewend met mannen om te gaan, want de enige, haar echtgenoot, was net zo open en vlak als zijn achternaam. Achter Mariano Pla viel niets te ontdekken, en daarom was ze in ieder geval met beide benen op de grond blijven staan. In dat opzicht had haar man haar niet teleurgesteld. Ze keek door het smalle raampje... Waarom moest ze nu aan Mariano denken?

Nadat ze een beetje lippenstift had opgedaan, ging Aurora tegen drie uur naar buiten. De trottoirs waren inmiddels leeg en de terrasjes puilden uit van mensen die zaten te eten. Er hing een geur van zeevruchten, wijn en sigaren. Naarmate haar benen haar dichter bij het hotel brachten, ging haar hart sneller kloppen. Ze was opgewonden, wist niet wat haar te wachten stond. Mocht ze Andreu weer tegenkomen, dan wilde ze absoluut niet dat hij haar vreemde verwarring zou opmerken. Bijna onzichtbaar liep ze de trappen op en plantte zich weer voor de receptiebalie. Dit keer hielp een andere, veel vriendelijker man dan die van 's morgens haar. Nadat hij haar even in een kamertje had laten wachten, kwam hij terug met de hoteldirecteur, een lange, slanke man met een vriendelijke glimlach en een verzorgde uitstraling die na zich te hebben voorgesteld plaatsnam.

'Wat kan ik voor u betekenen, mademoiselle...'

'In de eerste plaats wil ik u bedanken dat u wat tijd voor me kunt vrijmaken, monsieur Bonard. Ik ben met een belangrijk persoonlijk onderzoek bezig en ik denk dat dit hotel me op een of andere manier verder kan helpen. Ik zal proberen het kort te houden. Ik moet weten of mijn grootvader, Benjamín Urdaneta Lozano, Colombiaan, in juli 1939 met zijn gezin in dit hotel heeft gelogeerd. Het is niet gewoon uit nieuwsgierigheid, moet u weten. Alleen daarvoor ben ik vanuit Barcelona hiernaartoe gekomen; het is ontzettend belangrijk voor me.'

De directeur keek haar aandachtig aan. Hij bedacht dat die vrouw een aangeboren klasse bezat hoewel haar kleding daar niet mee overeenstemde; ze was elegant, mooi en verfijnd, en ze leek die informatie inderdaad hard nodig te hebben.

'Dat zal heel lastig zijn. Denkt u maar eens aan de vele jaren die verstreken zijn en hoe dichtbij de oorlog was op de datum die u me zojuist hebt gezegd. Het is goed mogelijk dat veel van die archieven vernietigd zijn of dat ze zelfs niet eens hebben bestaan.'

'Ik weet het.'

'Maar geef me een paar dagen....' Hij gaf haar een kaartje en voegde eraan toe: 'Bel me.'

'Veel tijd heb ik niet.'

De directeur kreeg medelijden. 'Eén dan... zou dat kunnen?'

Aurora knikte.

'*Très bien*, mademoiselle Villamarí.'

Op een blaadje noteerde Aurora de mogelijke datums, inclusief die van haar moeders verjaardagsfeestje, de twee achternamen van haar grootvader, die van haar grootmoeder, haar moeder en Pubenza, en daaronder het nummer van haar mobiele telefoon en dat van het pension. Toen ze het aan hem gaf, lachte ze. 'Voor het geval u vóór morgen iets vindt.'

Ze bedankte hem voor de moeite en nam afscheid. De directeur liep zonder te weten waarom hij dat deed met haar mee naar de deur.

'Maakt u zich geen zorgen. Mocht ik dat waarnaar u op zoek bent vinden, dan bel ik u meteen.'

In die tijd was zijn opa directeur van het hotel geweest. Hij wilde het meer uit persoonlijke nieuwsgierigheid dan uit hoofde van zijn beroep onderzoeken. Bonard nam achter de computer plaats en begon de namen in te tikken.

Intussen liep Andreu in Cagnes-sur-Mer rond. Toen Aurora uit het hotel was vertrokken en hem gehuld in luchtstromen had achtergelaten, had het hem nogal wat moeite gekost zijn gedachten weer te ordenen; hij was volledig in haar ban. Haar aanwezigheid bracht hem ertoe zijn ziel onophoudelijk bloot te geven. Hij hoorde zichzelf praten en herkende zijn eigen diepzinnige betoog niet eens. Iets in haar bewerkstelligde die onstuitbare drang tot bespiegelingen bij hem. Overmand door onrustige gevoelens besloot hij zijn Ferrari te pakken om met tegenzin aan zijn naspeuringen te beginnen. Hij reed zonder meer te zien dan zijn innerlijke landschap, dat op dat moment intens in clair-obscur getint was, vergelijkbaar met een van de stormachtige luchten geschilderd door Turner. Hij verslond de afstand, het gaspedaal diep intrappend. Rijden was een van de weinige dingen waardoor hij echt tot rust kwam; de wind in zijn gezicht voelen hielp hem zijn gedachten te verhelderen. Op dat moment echter dacht hij alleen maar aan Aurora en zelfs de wind in zijn cabrio bij tweehonderd kilometer per uur was niet in staat het beeld van die bloem-vrouw te verjagen.

Ongemerkt had zijn wagen hem naar het begin van het dorp gevoerd, waar een groot rood bord de toegang van auto's verbood. Hij parkeerde ergens en nam ongehaast de aanblik en grootte van het plaatsje in zich op, waarbij hij zich zijn vader op die bijzondere plek voorstelde. Hij besloot eerst een stukje te wandelen om zich de sfeer een beetje eigen te maken. Hij groette, stelde vragen en deelde genereus fooien uit; de vijftigeurobiljetten vlogen zijn zak uit en verdwenen in handen van winkeliers, oude vrouwtjes en kinderen. Al snel bevond hij zich in een rustieke bakkerij met een ouderwetse oven en sprak met een roodharige, sproeterige jongen die Pierre Deloir heette, en die hem na een poosje naar hem geluisterd te hebben meenam naar een oud huis. Ze liepen door straatjes met afgesleten kinderkopjes, te midden van opgewonden honden en katten die op hem afkwamen, en ze hielden stil voor een eenvoudig stenen boerenhuisje. Binnen zat een oude man in een schommelstoel te lezen.

De jongen ging naar binnen en riep hem: 'OPAAA...!' Toen hij hem in de dichte duisternis binnen ontwaarde, liet hij zijn stem dalen. 'Dag opa. Deze man is volgens mij naar u op zoek. Hij was in de bakkerij en vroeg naar een zekere Pierre Deloir, en natuurlijk zei ik tegen hem dat we hier allemaal Pierre Deloir heten, dat is toch zo, opa? Al vanaf mijn betovergrootvader heet iedere man in onze familie zo.' De jongen liep naar de oude man toe en kuste hem teder op zijn kale hoofd. 'Nou, ik laat jullie alleen, anders verbranden mijn baguettes nog.'

De deur ging achter hem dicht en de twee mannen bleven in een afwachtend halfduister achter. De oude man begon te schommelen terwijl hij naar Andreu's woorden luisterde. Gedurende meer dan drie uur hulde de man zich in een ongelovig stilzwijgen dat langzaam overging in aanvaarding; zijn ogen werden vochtig, herinneringen kwamen bovendrijven, vroegere verwachtingen vielen in het water... en vervolgens begon hij te praten. Hij woelde in het verleden, hervond het, ontdeed het van rimpels en friste het op. Hij begon weer ronde en langwerpige broden te kneden, ze te kruiden, met bloem te bestuiven en af te bakken, dat alles doortrokken van de geuren van zijn tijdloze herinnering. Uit die hervonden enorme vreugde vloeide weer een droevige stilte voort, een oneindig verdriet, waardoor Andreu ging begrijpen waarom zijn vader zoveel van deze man gehouden had.

De avond viel in, en daarmee de schemering en kippen die zich naar hun hok haastten; het werd alsmaar later. En zo gebeurde het dat Joan Dolguts zoon uiteindelijk aan dezelfde tafel zat te eten waaraan zijn vader zevenenzestig jaar ervoor had gelachen, nu niet met één maar met drie generaties Pierre Deloir; hij beleefde het magische genoegen van de eenvoud, van papieren tafellakens, huiswijn, brood met olie en vrolijke lachjes zonder orthodontische correcties.

Al twee uur nadat ze afscheid van de directeur had genomen, kreeg Aurora een telefoontje van het hotel. De secretaresse vroeg haar zo snel mogelijk langs te komen, want de directeur wilde haar weer spreken; hij had haar iets te melden. Hij was dingen tegengekomen die duidelijk verband hielden met wat ze hem had gevraagd.

Het gesprek, dat tot halverwege de avond duurde, leverde haar meer dan bevredigende informatie op. De reis was niet voor niets geweest. Ze beschikte nu over waardevolle gegevens die haar speurwerk aanvulden en zich vermengden met de gevoelens waardoor ze opeens was overvallen aan die blauwe Rivièra, die ineens van tint veranderde naarmate haar emoties onverklaarbaarder en lastiger werden.

Ze dacht alleen nog maar aan het etentje met Andreu. Ze wilde terug naar Barcelona vluchten, maar ze wilde ook blijven. Ze wilde met hem praten, maar dan zwijgend. Ze wilde hem weer zien, maar dan zonder dat zijn ogen haar van streek maakten. Ze wilde hem alles wat ze te weten was gekomen vertellen, maar eerst horen wat hij haar te zeggen had. Ze wilde, waarom wist ze niet, dat het al de volgende avond was, zonder nog een hele dag te moeten doorbrengen; nu meteen.

Ze sliep niet.

In haar duistere wake, nagelde ze haar blik op het verschoten plafond van haar kamer en perforeerde het met vragen. Ze bekeek de informatie waarover ze nu beschikte en de gegevens die ze binnenkort zou krijgen van verschillende kanten. Ze noteerde en veronderstelde. Bestudeerde mogelijkheden en onmogelijkheden. Daartussenin verscheen, in vol ornaat opduikend, het beeld van Andreu. Ze haalde zich hun ontmoeting weer voor de geest, zijn woorden, en terwijl ze daarmee bezig was, voelde ze een lichte kriebel in haar buik. Onstuimig vliegende libelles waardoor ze de slaap niet kon vatten.

Het werd licht.

Dat waarvoor ze gekomen was, had ze al vrijwel afgerond. De hoteldirecteur had haar uitgenodigd voor het ontbijt, maar ze zou niet gaan. Ze voelde zich vol en verward. Ze had tijd nodig om na te denken, dingen helder te krijgen. Ze belde haar man en dochter met de gedachte dat dit haar zou helpen, maar het verergerde de zaak juist. Ze voelde zich eenzaam in haar gevecht om een verleden te ontrafelen dat niemand interesseerde… afgezien van Andreu. Daarin waren ze verbonden. Beiden, al was het misschien om verschillende redenen, wilden de geschiedenis tot op de bodem uitzoeken.

Als het al even door haar hoofd was gegaan naar Barcelona terug te keren, dan was ze er nu zeker van dat ze zou blijven. Ze wilde meer te weten komen.

Ze verontschuldigde zich met een uiterst beleefd telefoontje bij de directeur, en na een snelle douche besloot ze naar het strand te gaan, gehuld in een badpak dat ze op het laatste moment zonder te weten waarom in haar kleine koffer had gestopt; ze zocht iets waar ze nooit naar op zoek was geweest: strelingen… de streling van de zon, het water, de wind… wat dan ook. Ze ging tussen de toeristen liggen en doodde de tijd met zwemmen en luieren, viel onverhoeds in slaap, waardoor ze tot de schemering uitgestrekt op het strand bleef liggen.

Toen ze wakker werd, was de zon al aan het verdwijnen. Als een tiener holde ze naar het pension. Ze had nog twee uur om zich voor te bereiden en klaar te maken voor het etentje. Toen ze de deur van haar kamer opendeed, trof ze een grote verrassing aan. Op het haveloze bed stond een enorme rode doos met een gouden strik op haar te wachten.

Wat zou dat nu kunnen zijn? Er was vast een vergissing gemaakt, bedacht ze. Dat kon niet voor haar zijn. Ze liep er voorzichtig naartoe, alsof ze bang was dat er iets uit zou springen. Op een kaartje dat aan de strik bevestigd was stond haar naam. Ze pakte het en stond daar enkele minuten als verlamd tot ze uiteindelijk besloot de doos open te maken. Voorzichtig maakte ze de strik los, bang het lint te beschadigen dat op zich al een prachtig cadeau was. Toen ze het deksel optilde, zag ze een uiterst elegante zwarte jurk gevlijd op rood zijdepapier liggen, vergezeld van een kaartje waarop stond: *Op jouw lichaam zal deze eenvoudige stof haar waardigheid als jurk volledig bereiken. Kleed je in schaduwen. Vanavond is het volle maan.* Daaronder, met twee strepen, de naam van Andreu.

Ze was volkomen beduusd. Ze durfde de jurk niet uit de doos te halen noch op andere wijze te reageren. Ze werd heftig heen en weer geslingerd tussen vreugde en schaamte. Golven hier, golven daar, ze overspoelden haar, wiegden haar tot ze haar lieten vallen. Aan de ene kant had dit charmante compliment een verborgen plekje bij haar geraakt; aan de andere kant werd ze gekweld door de zekerheid dat die man haar kende. Zou hij zich schamen om haar in haar eigen kleding mee uit eten te nemen en had hij haar daarom die droomjurk gestuurd? En als het nu alleen maar een prachtig cadeau was waar niets achter zat? Waarom vond ze het zo moeilijk iets te krijgen?

De nieuwsgierigheid won het van haar overpeinzingen. Ze pakte de jurk en snelde naar de badkamer waar een kleine wastafelspiegel hing. Ze hield hem even voor, zonder haar kleren uit te trekken, en bekeek zichzelf; hij was prachtig en bovendien was het haar maat. Ze had nog een uur. Ze draaide de douchekraan open, er kwam slechts een miezerig straaltje koud water uit. Wat ze voor dit pension moest betalen was ook niet genoeg om van warme baden te kunnen genieten. Ze zeepte zich vrolijk in en droogde zich zingend af. Ze was zichzelf kwijt en had zichzelf tegelijkertijd gevonden.

De lange jurk paste haar perfect. Hij was eenvoudig maar heel uitdagend. Het bovenlijfje perste haar borsten samen in welvende rondingen die eruit leken te rollen. De smalle taille benadrukte de glooiing van haar heupen en vandaar viel de stof gladjes naar beneden; en dan dat split dat vanaf de onderkant schaamteloos omhoogliep tot het midden van haar dijen, precies tot het punt dat nog acceptabel voor haar was. Ja, hij paste haar perfect. Het leek wel of de jurk speciaal voor haar gemaakt was. Geen centimeter te veel of te weinig. Ze herkende zichzelf niet meer. De vrouw die voor de spiegel stond kon gewoon Aurora Villamarí niet zijn, met haar preutse rokken en saaie blouses. Ze bekeek zichzelf tot de vrouw die de spiegel weerkaatste besloten had zichzelf te herkennen.

'En wat nu, hè?' zei ze tegen haar beeld. 'Welke schoenen denk je hierbij aan te trekken?'

Haar ogen antwoordden. Op een stoel naast de deur stond nog een doos die ze door de bescheiden omvang nog niet eerder had opgemerkt. Een zwarte, waarin de elegantste schoenen zaten die Aurora ooit had gezien, en eveneens een avondtasje, dat meer een verfijnd sieraad leek dan een tas.

'Lieve help, wat overkomt me toch allemaal?' zei ze tegen zichzelf terwijl ze de schoenen paste. Toen ze ze aandeed, voelde ze de streling van een onbekende huid. Italiaans *Vero*-leer. Zijden handschoenen voor haar voeten... en het was precies haar maat. Hoe wist hij die?

Ze keek weer op haar horloge. Ze had nog maar tien minuten, die gebruikte ze om zich lichtjes op te maken. Geen sieraden; die had ze niet. Waar was ze mee bezig? Haar hart klopte als een bezetene. Ze was opgewondener dan ooit... en bang... En gelukkig? Wat was dat gevoel dat ze niet kon thuisbrengen?

De pensionhoudster klopte op haar deur. Toen ze opendeed, nam deze haar met een snelle blik op en zocht achter haar naar de vrouw aan wie ze de kamer had verhuurd.

'Buiten wordt er op u gewacht,' zei ze op onpersoonlijke toon.

'*Merci, madame.*'

Toen ze de kamer uit liep, voelde ze zich opeens vreemd in die jurk. Ze wilde zich omkleden en stond op het punt dat te doen toen de stem van de vrouw haar tegenhield: '*Très jolie.* Geen twijfel aan; uw jurk is prachtig. U ziet er heel elegant uit.'

'Merci. Vindt u dat echt?'

'En hij is ook heel knap,' voegde ze eraan toe terwijl ze door de gang verdween en haar alleen met haar ontreddering bij de trap liet staan.

Het leek een eeuwigheid te duren voor ze de trap af was op die nieuwe schoenen waaraan ze nog niet gewend was en die jurk die haar lichaam onzichtbaar leek te omsluiten, waardoor ze zich naakt voelde.

Toen hij haar van top tot teen gehuld in avondkleding de deur uit zag komen, was Andreu sprakeloos. Hij had die jurk 's ochtends gekocht en zich haar erin voorgesteld, maar zijn verbeelding was tekortgeschoten. Ze was een zwarte engel; iriserende stofdeeltjes die hoog door de lucht bewogen; het mooiste dat hij ooit in zijn leven had gezien. Hij liep naar haar toe, maar enkel zijn ogen konden haar naam uitspreken; die van Aurora verdronken in zijn wateren.

Ze wilden iets zeggen, maar hun stem liet hen in de steek en dompelde hen in een zinderende stilte. Boven hen hing een lange avond, en een melkwitte maan baadde hen in beloften. Ze stapten in zijn cabrio en werden omgeven door nachtelijke zijde, zoals de rode doos van het cadeau. De Ferrari kronkelde behoedzaam door de straten, subtiel aangevoerd door een ballet van verstilde maar levendige emoties.

Een nocturne van Chopin begeleidde hen. Terwijl ze luisterden, volgden Aurora's onzichtbare vingers de melodie in haar binnenste. Af en toe keek ze opzij, en bij het zien van Andreu's serene profiel ontwaakte er een kristalhelder getinkel in haar ziel. Ze begon te begrijpen waarom haar moeder verliefd geworden was op Joan Dolgut. Zijn aantrekkingskracht kon ogenblikkelijk haat opwekken of verlate hartstochten... Het ergste. Van haat naar liefde is het maar één stap. Dat was wat haar moeder altijd zei. Of was het andersom? Maar op wie leek hij toch? Die gelaatstrekken, die ogen doordrenkt van vochtig mos, aan wie deed hij haar toch denken? Waar was ze mee bezig, uit eten gaan met de zoon van haar moeders bruidegom? Beter niet aan denken. Waarom was hij zo stil? Zou hij iets over zijn vader hebben ontdekt? Zou hij meer weten over haar moeder en Joan dan zij? Wat een prachtige avond. Ze keek omhoog en zag een in sterren gedoopte zwarte deken. Wat zit daar in mijn keel? Is dat de stilte die klopt? Of zijn het ingehouden woorden? Ze haalde diep adem. De lucht heeft zijn geur. Ze keek naar zijn handen. Hij heeft de handen van een pianist, lange vingers, veren. Waarom heeft hij niet geleerd piano te spelen? Misschien heeft hij dat wel... Zou hij heimelijk pianist zijn?

Andreu reed en zijn handen werden geleid door zijn ziel. Het stuur volgde de wendingen die zijn gedachten namen. Daar was ze… binnen het bereik van zijn dromen. Ze droeg de jurk. Hij keek naar beneden… en de schoenen. Geen enkele weigering. Tijdens hun begroeting hadden haar ogen zijn blik beantwoord; het was geen blik uit beleefdheid geweest. Die zwarte diamanten hadden als twee grote briljanten zijn adem doen stokken. En dan haar blote hals, eindeloos, verdwijnend in de zwartheid van haar haren. Welke gedachten zouden door haar hoofd spelen? Hij observeerde haar vertrouwde profiel. Een perfect gelaat. Volop vrouwelijk, hooghartig meisjesachtig. Zo moest zijn vaders Soledad zijn geweest. Hij wist nu zoveel meer en wilde het haar vertellen. Hij begreep nu zoveel… Wat veel onstuimige, ontdekte gevoelens. Had een vrouw hem ooit zo gefascineerd? Nooit. Wat was dit voor heerlijke roes? Stilte. Wat was ze mooi in avondkleding! Een en al elegantie. Wat zou zijn vader zeggen als hij hem zo kon zien? Hij zou hem niet terug kennen. Wat moest hij aan met zoveel niet-verbroken stilte? Hij zette de muziek wat harder. De noten vlogen de cabrio uit en stierven weg in de golven die over het zand spoelden.

Chopin bleef hun gedachten begeleiden tot ze voor het restaurant stilhielden. Le Tetou verwachtte hen. Andreu hield het portier voor Aurora open, een gebaar dat hij in lang vervlogen tijden had geleerd, en haar lange benen kietelden zijn verlangens.

Ze spraken in koor, zeiden hetzelfde.

'Het is niet koud.'

'Het is niet koud.'

Ze lachten. Ze waagde het voorzichtig te zeggen: 'Dankjewel.'

'Ik weet niet waar je het over hebt.'

Aurora keek naar haar jurk.

'Wie dank je wel zou moeten zeggen is hij,' Andreu wees op de jurk, 'omdat je hem hebt aangetrokken. Bij jou komt hij volledig tot zijn recht.' Nadat hij dat gezegd had, veranderde hij van onderwerp. Hij wilde niet dat dit de boventoon ging voeren.

Ze liepen de drie traptreden naar de ingang op. Een vrouw met een witte schort voor kwam hen breed lachend tegemoet en bracht hen naar een tafeltje bij een groot raam achter in de zaal, het tafeltje met het mooiste uitzicht op zee. De maan had zich over het water uitgestort en vormde een immense rivier van licht. Die avond waren maar twee tafeltjes bezet, het restaurant was gehuld in een warme schemering.

Andreu haalde zijn gouden Dunhill uit zijn zak en stak de kaars op het tafeltje aan; een gouden zon verlichtte het gelaat van zijn onzekere engel.

'Wat een prachtige maan.'

'Wat een prachtige maan.'

Hun ogen lachten weer. Ze hadden beiden de stilte willen verbreken en weer zeiden ze dezelfde zin.

Ditmaal was Aurora hem voor: 'Op een avond als deze, aan de Bodensee, heeft Beethoven zijn "Mondscheinsonate" gecomponeerd. Tranen veranderd in muzieknoten. De maan geeft de ziel scheppingsdrang. In haar licht is haar magie...'

'En in haar duisternis... de droefenis?' Andreu eindigde zijn zin met een vraag.

'Niet altijd. Soms is duisternis noodzakelijk. Het zijn de periodes van slaap, van rust, van mijmeringen.'

'En van eenzaamheid...'

'Dat denk je vast omdat je de stilte nog nooit echt hebt gevoeld. De duisternis van de stilte. We hebben de eenzaamheid van de nacht nodig. Ze laat je groeien; ze helpt je je diepst verscholen ik te vinden.'

'Die ons soms niet bevalt.'

'Dat kan, maar dat wil niet zeggen dat het niet waardevol is.'

'Ik heb het gevoel dat ik jarenlang met een verloochende duisternis heb geleefd.'

'Zeg niet verloochende. Misschien is onbenut beter.'

'Dat is zo. Ik heb mijn vader geen kans gegeven. Omdat ik hem niet begreep, heb ik hem niet toegelaten in mijn leven.'

'Het is nooit te laat.'

'Nu wel. Hij kan me niet meer zien en zal ook nooit weten hoe ik nu denk. De dood is zo vreselijk definitief, dat hebben we pas in de gaten wanneer die ons heeft bezocht.'

'Je gaat naar zijn graf, nietwaar?'

'Ja, sinds een paar maanden. Maar het lukt me niet de verwijten die ik mezelf maak tot zwijgen te brengen. En dat is nog veel erger dan weten dat hij dood is.'

Aurora voelde zijn grote verdriet. Blonk daar een traan in zijn ogen?

Er viel een gedwongen stilte. Plotseling voelde Andreu zich niet meer op zijn gemak; hij pakte de menukaart, schraapte zijn keel om de brok van emoties die hem verstikte los te maken en zei: 'We hebben nog niet besteld.'

Hij zocht een bordeaux uit van de wijnkaart. Een Château Mouton Rothschild Grand Cru uit '98. Even moest Aurora aan haar grootvader denken. Zo moest ook hij de beste wijnen hebben uitgekozen. Eén groot genotzuchtig ritueel. Een cultuur van geuren, smaken en innerlijke genoegens. De juiste keuze maken moest een persoonlijke voldoening geven die ze nog maar net had leren begrijpen.

Het gesprek was gestokt en beiden waren opnieuw woordeloos. De sommelier kwam met de fles, opende deze in hun bijzijn en schonk een beetje wijn in de kelk van het grote glas. Nadat hij plechtig kleine ronddraaiende bewegingen met het glas had gemaakt, overhandigde hij het aan Andreu om te keuren. Toen deze de wijn had goedgekeurd, leegde hij de fles in een karaf zodat de wijn kon ademen en verdween hij. Aurora kwam terug op het onderwerp begraafplaats.

'Telkens als ik naar Montjuïc ga, tref ik hun graf vol bloemen aan. Volgens mij wordt geen enkel ander paar zo in de bloemetjes gezet.' Ze keek hem moederlijk aan. 'Ouders begrijpen alles van hun kinderen, ook hun onverschilligheid.'

'Zelfs daarin heb ik gefaald. Ik heb een zoon die ik nog maar sinds kort probeer te begrijpen.'

'Omdat je jezelf niet begrijpt. Hoe kun je anderen begrijpen als je niet eens weet wie je zelf bent? En hoe kunnen zij jou begrijpen? Wat straal je uit?'

'Je hebt gelijk.'

'Kijk maar eens! Uit je vaders dood vloeit iets moois voort. Die bevrijdt je.'

'Aurora, naar jou luisteren is het mooiste wat me in mijn leven is overkomen. Je kunt je niet voorstellen hoe goed je woorden me doen.' Zijn hand schoof naar voren en streelde Aurora's vingers; inwendig ging er een schok door haar heen. 'Je bent een uitzonderlijk wezen.'

'Ik ben... gewoon menselijk, anders niets.' Haar stem klonk ijl, van prille angstige verliefdheid. Haar hand lag doodstil. Andreu's vingers bleven die lichtjes strelen.

De ober schonk de wijn in en de vrouw die hen had verwelkomd, nam hun bestelling op. Ze hadden besloten een bouillabaisse voor twee personen te nemen. Voor ze weer vertrok, vroeg Andreu: 'Bent u madame Tetou?'

'*Oui, absolutment.* In dit restaurant zal altijd een madame Tetou zijn.'

'Zou ik... een keer met u kunnen praten?'

'Wanneer u wilt, monsieur. Ik ga even de bestelling doorgeven, anders zult u morgen moeten terugkomen voor de bouillabaisse.'

Ze bleven zwijgend achter; de geschiedenis van Joan en Soledad zweefde boven hen, herinnerde hen aan het doel van hun komst naar Cannes. Aurora besloot het gesprek een wending te geven.

'Ik heb de bevestiging gekregen,' zei ze tegen Andreu. 'Mijn moeder was in 1939 in Cannes. Ze heeft toen een maand in het hotel waar jij nu verblijft gelogeerd. Ik zou er heel wat voor overhebben een kijkgaatje door de tijd heen te vinden zodat ik haar kon zien... Weten wat ze dacht, waar ze heen ging...'

'En op wie ze verliefd werd,' vulde Andreu aan.

Toen ze hem dat hoorde zeggen, keek Aurora verrast op. Hij wist nog veel meer dan ze had gedacht. Voorzichtig trok ze haar hand terug. Ze wilde niet dat hij het trillen zou opmerken. Zijn betoverende vingers bleven eenzaam op het tafelkleed liggen; hij had haar vlucht bemerkt maar hield zijn hand dicht bij haar.

'Ze zeggen dat je moeder beeldschoon was. Een engel zoals nooit eerder op aarde heeft bestaan, de letterlijke woorden van een verliefde pianist. Mijn vader hield zielsveel van haar.'

'Hoe weet je dat?'

'Ik heb ook iets over hem gevonden. Misschien vind je het leuk te horen dat de eerste liefde in zijn leven, en ik ben geneigd te denken de enige, Soledad Urdaneta was.'

'Hebben ze elkaar hier leren kennen?' Een golf van vreugde stroomde uit Aurora's mond.

'Ze hebben elkaar hier leren kennen en zijn hier verliefd geworden. Eigenlijk denk ik dat ze al verliefd waren vóór ze elkaar kenden. Met ware liefde moet dat zo zijn.'

'Verliefd worden en daarna... elkaar leren kennen?'

'Verliefd worden, en vervolgens jezelf verliezen, verliezen in de liefde ook al verliest de liefde je uit het oog.'

Ja, dacht Aurora, misschien was dat de liefde. Een andere omschrijving. Iets wat ze tot op heden niet had gekend. Een niet te bedwingen kracht die je alle regels volstrekt liet vergeten. De tijd. Alles wat er om je heen gebeurde. Alles... Er ging een rilling door haar heen. Het was haar angst die stille waarschuwingen uitzond. Ze concentreerde zich weer op het gesprek. 'Ze werden verliefd?'

'Hopeloos. Dat verklaart Pierre Deloir.'

Dat moest de reden zijn van de grenzeloze vreugde die haar moeder op de oude foto in Cannes uitstraalde. Die schittering kon alleen maar van liefde zijn. Daarna was haar gelaat dof en droevig geworden. Aurora wist dat iets haar vreugde had weggenomen; het klopte allemaal. Van haar koude lippen ontsnapte een diepe zucht. 'Waarom tekent de liefde ons zo?'

'Waarschijnlijk omdat het het mooiste is wat ons kan overkomen. Wie niet heeft liefgehad... heeft niet geleefd. En dit wordt je gezegd door iemand die dat gevoel tot op dit moment niet kende.' Een heerlijke stilte overspoelde hen met liefde. 'Weet je wat mijn vader was toen ze elkaar leerden kennen? Een eenvoudige ober.'

'Maar hun liefde was sterker dan hun verschillen in afkomst,' voegde Aurora eraan toe.

Ze keken elkaar aan en hun handen verstrengelden zich via hun ogen.

'Wat is er gebeurd?' vroeg Aurora met een stem als van een wit wolkje.

'Wat er gebeurde was de scheiding. Twee landen. De roerige wereld van die tijd... Weet ik veel! Hoewel de informatie die ik heb geweldig is, vertoont ze ook veel leemtes.' Hij keek uit het raam en ging verder: 'Wat zouden ze denken als ze ons hier nu konden zien?'

'Ze zien ons, ongetwijfeld. Ik ben ervan overtuigd dat ze vanavond hier zijn... bij ons.'

Madame Tetou kwam het tafeltje klaarmaken. Zonder hen te onderbreken, zette ze een mandje met flinterdunne sneetjes geroosterd brood bij hen neer, een kommetje knoflookmayonaise en een schaaltje olijven en ingelegd zuur voordat ze hun de rijkelijk gevulde vissoep met zeevruchten zou brengen.

Aurora ging verder: 'Door hen zijn we nu hier...'

'We moesten elkaar tegenkomen, Aurora. Besef jij dat ook?'

'Ze wilden dat we achter hun geschiedenis kwamen... En we weten nog niets.'

'Ik weet al wel iets. Mijn vader is door mijn opa in Frankrijk terechtgekomen; die wilde hem de burgeroorlog besparen door hem hiernaartoe te sturen.'

'Wat is er met je opa gebeurd?'

'Mijn vader heeft hem nooit teruggezien. Hij is gestorven zonder te weten wat er met mijn opa is gebeurd. Maar ik ga het uitzoeken. Ik weet dit alles pas sinds kort. En jouw moeder? Hoe is ze hier verzeild geraakt, zo ver van haar vaderland vandaan?'

'Mijn moeder kwam hier met mijn grootouders, een zomertrip. Ze reisden veel. Toen ze jong was, leefde ze als een prinsesje. De directeur van het hotel heeft tussen de papieren het verhaal gevonden van de mooiste verjaardag die ooit in het hotel is gevierd: mijn moeders verjaardag.'

'En daar hebben ze elkaar leren kennen. Mijn vader was een van de obers die bij het feest bedienden. Dat vertelde Pierre Deloir me, de beste vriend van mijn vader in die tijd, een innemende oude man. Hij zei ook dat mijn vader al heel jong sonates componeerde...'

'Dus, mijn moeder werd hopeloos verliefd op hem.'

'Een ober en een "prinsesje"... In die tijd niet echt gemakkelijk.'

'Een pianist en een gevoelig meisje... Enig kind.'

'En hij, een arme sloeber in de ogen van je grootvader.'

'Volgens de directeur had mijn moeder waterpokken of zoiets opgelopen voordat ze vertrokken, en zat ze de laatste dagen van hun verblijf geïsoleerd in hun suite, alsof ze de pest had. Zijn grootvader was in die tijd directeur en had dat opgeschreven; hij maakte aantekeningen van alles wat indruk op hem maakte. Ooit wilde hij een roman schrijven... Het was zijn droom schrijver te worden.'

'En hun droom? Zullen we een toost uitbrengen op hun liefde?'

Ze klonken en toostten op hun ouders. Madame Tetou onderbrak hen en zette al pratend de gloeiendhete bouillabaisse op tafel. 'De beste uit deze omgeving,' kondigde ze aan. 'Recept van mijn overgrootmoeder, hiermee wist ze haar echtgenoot te strikken, een beroepsvisser.'

Ze schepte een paar lepels op hun bord, en toen ze hen zo zwijgend zag zitten, liet ze hen met rust. Ze liep weg en Andreu vervolgde: 'In zijn jeugddagboek heeft mijn vader het verscheidene keren over een madame Tetou. Ze was zo ongeveer zijn beschermengel. Hij mocht van haar een piano bespelen waarop hij verliefd was geworden.'

'Dat verbaast me niets. Als je van een piano houdt, kun je niet leven wanneer je er niet op kunt spelen.'

'Geldt dat ook voor de liefde?'

Andreu liet zijn vingers opnieuw over Aurora's hand glijden terwijl zijn ogen minuscule golfjes van verlangen uitzonden. Ditmaal keerde Aurora haar handpalm naar boven. Twee warmtestralen vonden elkaar horizontaal. Twee vlammende hemisferen.

De maan kwam okergeel tevoorschijn, immens en intens. Een oneindige baan licht doorbrak de toenemende duisternis tot ze de hele hemel vulde, tot ze een lenteavond veranderde in een dag van maan. Het gulden schijnsel was naar binnen gedrongen en hulde het paar in een schitterend licht. De zee leek van vloeibaar goud.

'Hoe het komt, weet ik niet, maar mijn trek is opeens over,' zei Andreu terwijl hij naar buiten keek. 'De zee roept me... Voel jij dat ook?'

Aurora kon niet antwoorden. Ze wist dat het een lange nacht zou worden, langer dan de zwarte jurk die ze aanhad. Met een regen van kometen... van sterren.

Andreu liet discreet een biljet op het tafeltje achter dat op zich ruimschoots voldoende was voor de nog niet gevraagde rekening, en ook nog eens voorzag in een flinke fooi. Niemand zag hen weggaan.

Blootsvoets liepen ze het strand op, vervuld van onzekere gevoelens. Wat ze zouden doen wisten ze niet, maar ze moesten gewoon weg. Ze hadden er behoefte aan alleen te zijn. Ze wilden vragen stellen, weten, maar hadden ook de stilte nodig om te voelen.

Op het strand zagen ze in een stil hoekje van het terras bij het restaurant een gammel houten tafeltje staan en een paar met salpetermos overdekte stoelen die zich als rotsen in het zand hadden vastgezet. Een oud tafeltje van geliefden, nu bloeiend van algen en zeeorganismen. In dat bijzondere monument hadden zich schelpdieren genesteld. Vanaf dat moment werd het schijnsel van de maan heel luisterrijk. Het werd ontzettend licht. Die maan werd een middernachtelijke zon.

De hanen in het dorp begonnen te kraaien bij de onduidelijke dageraad die aanbrak. Dol geworden honden bleven onophoudelijk janken, een koor van spirituele stemmen die een bovennatuurlijk iets aankondigden.

Overgoten met goud leken ze van glinsterend travertin. Andreu legde zijn hand op Aurora's blote rug en ze voelde die weer branden.

'Heb je ooit zoiets gezien?' vroeg ze, het wonder van de natuur aanschouwend.

'Nooit.'

'Ik zei toch dat ze hier waren. Voel je hun warmte?' Ze strekte haar armen uit naar de zee en sloot haar ogen.

'Ik weet alleen dat ik iets voel wat ik nog nooit eerder heb gevoeld.'

Hij ging voor haar staan. Door de lucht zweefden gouden deeltjes die uit de immense lichtbaan leken te komen; deze hechtten zich aan hun lichamen waardoor ze op geïriseerde wezens leken. Twee zonovergoten standbeelden.

Andreu's vinger streelde voorzichtig en onzeker de contouren van Aurora's lippen, alsof hij bang was dat hij ze met zijn gebaar zou uitwissen. Zijn vochtige mond kwam dichterbij tot hij die op de gesloten ogen van de dame van de wind liet rusten. Een trage muziek, met stijgende stiltes. Een gewichtloze kus, hangend aan een zijden lijntje.

Hij wilde haar voelen zonder haar te knakken. Hij was bang dat zijn hartstocht als een nachtelijke hengst op hol zou slaan, maar hij kon zich niet bedwingen. In ieder geval niet zijn vingers, die over haar blanke hals gleden, over het begin van een kloppende huid, tot ze het midden van haar decolleté beroerden, tussen twee bergen van huid glipten, die onmiddellijk reageerden en zich oprichtten.

Aurora kon haar ogen onmogelijk openen, verlamd als ze was van genot; ze voelde die vingers als piepkleine vogeltjes haar bh in vluchtten; met hun rode vleugeltjes kleurden ze niet alleen de beroerde zones met begeerte, maar ook de meest ondoordringbare plekjes van haar lichaam. Ze hadden elkaar nog niet gekust en haar huid smachtte ernaar. Ze kon het niet tegenhouden. Ze wist dat één woord voldoende zou zijn, haar hand of een uitgesproken blik, om te verhinderen dat hij haar zou aanraken, maar haar verlangen luisterde niet langer naar haar; eindelijk had het zijn vleugels uitgeslagen en zweefde nu boven haar... liet haar het genot van de eerste vlucht smaken.

Haar lichaam, beroerd door haar avondjurk heen, smolt weg in Andreu's handen. In dat maanlicht voelde ze zich een brandende zon, een huid gemaakt van toetsen... Een piano. Die vingers ontlokten haar nog nooit eerder gehoorde symfonieën, zelfs niet tijdens het prachtigste concert.

Pas daarna zochten haar lippen smachtend zijn mond, die haar als een geopende roos opwachtte, vochtige tongen, een zoete verstrengeling van hartstochten die alle hoekjes onderzochten, bezit namen van die woordeloze ruimte, van nieuw genot. Wie waren ze? Andreu en Aurora of Soledad en Joan? In deze kus waren enkel eeuwenlang ingehouden passie en liefde te bespeuren; plotseling opgebloeid.

Hoe meer hun tongen zich verstrengelden, hoe feller het maanlicht werd. Was het wel een maan? Een zonnewind blies wolken licht om hen heen. De immense lichtbaan was uiteengevallen in ovalen van vlammend morgenrood, zonnestofjes, gloeiende golven in roodtinten. Een vurig brandende Middellandse Zee. Een uniek noorderlicht.

Gevangen in dat magnetische veld van liefde bleven ze elkaar met een trage intensiteit kussen; de liefde stroomde uit hun mond; met hun tong beroerden ze elkaars ziel tot ze naar meer kussen smachtten. En dan begonnen ze opnieuw, zonder iets te zeggen. Met bloedende lippen van gegeven en nog te geven kussen, monden die zich onverzadigbaar leegden en weer vulden.

Toen het hemelse licht in de lucht en zee uiteenviel, en de zwartheid hen weer in duisternis hulde, trokken hun uitgeputte lippen zich in stilte terug. Ze waren één, verbonden in een omhelzing in de pikdonkere nacht. Het restaurant was donker, alles was in slaap. Alles, behalve hun lichaam en ziel.

Ze kwamen bij het hotel, na een rit waarin ze omgeven en verbonden waren door hun ouders. Aurora had hem gevraagd haar bij het Bell Air af te zetten, maar Andreu kon het niet. Ze liepen het Carlton binnen zonder iemand te zien, ze waren volstrekt van de wereld. Op dat moment had niets of niemand hen kunnen tegenhouden. Ze kwamen bij suite 601 en voor de deur kuste Andreu haar opnieuw, ditmaal was het een zachte, tedere kus. Een belofte.

In diezelfde kamer, zevenenzestig jaar ervoor, had haar moeder vanuit het raam naar Dolguts pianospel geluisterd. Had ze gelachen en gehuild. Had ze gedroomd, was ze gelukkig en ongelukkig geweest, alles tegelijkertijd. Maar dat wist Aurora niet. Ze was vergeten de directeur te vragen in welke kamer ze hadden gelogeerd.

Toen ze de drempel overging, werd ze overspoeld door herinneringen. Ze voelde dat ze die suite kende. Waar dat gevoel vandaan kwam wist ze niet, want ze was nog nooit in Cannes geweest. De meubels waren anders en de decoratie ook, maar die kamer kende ze op haar duimpje, zonder enige twijfel. Ze was daar geweest zonder er te zijn. Geleid door een innerlijk gevoel liep ze naar het raam, ze hoorde klanken van een oude piano.

'Hoor je dat?' vroeg ze aan Andreu.

Hij hoorde het ook. Het was 'Tristesse' van Chopin. Die muziek had hij zijn vader vaak horen spelen.

'Waar zou die vandaan komen?' vroeg hij.

'Zie je ergens licht branden?' vroeg ze terwijl ze naar buiten keek.

'Nee, nergens.'

'Maar het moet heel dichtbij zijn…'

'Ja toch? Hoor jij het ook nog steeds?'

'Wat prachtig…!' Aurora sloot haar ogen.

'Soms voel ik deze muziek als ik alleen ben. Het is net of die in me zit.' Andreu streelde haar en trok Aurora's hoofd zachtjes tegen zijn borst.

'Je ziel is vol muziek. Die klinkt naar "Tristesse",' zei Aurora teder. 'Als ik nu een piano bij de hand had, zou ik een sonate voor je componeren, die zou ik dan "Alegría" noemen.'

'Als jij een piano was...' Andreu keek haar smachtend aan. 'Ik wil je bespelen.'

Aurora keek naar de grond. Plotseling werd ze overmand door schaamte. Ze was er niet klaar voor, en hij raadde het.

'Laat me je liefhebben... met mijn ogen.'

Ze liet hem begaan.

Zijn ogen veranderden in handen. Zo had hij het nog nooit gedaan. Hij begon haar uit te kleden met dat vochtige groen waarin zijn hele begeerte geconcentreerd was; als eerste nam hij haar met zijn geest. Langzaam, knoop voor knoop, maakte hij de kleding van haar ziel los tot hij met zijn ogen op haar verborgen huid stuitte en die bezat. Vervolgens drong zijn blik haar ziel binnen. Erin en eruit... erin en eruit, traag, ongehaast. Haar voelend zonder enig tijdsbesef. Niets wachtte op hem, alles wachtte hem. Zijn ogen zochten tussen de vrouwelijke plooien van haar angst en schaamte tot hij de sleutel vond en haar bevrijdde... Nu was ze volledig naakt in haar zwarte jurk. Vrij, beeldschoon, volmaakt... Een gloeiend noorderlicht. Enkel met zijn ogen. Ja, enkel met zijn ogen kon hij haar beminnen.

Aurora voelde haar lichaam ontvlammen. Zijn blik brandde, bevochtigde, onderwierp, bevrijdde, dompelde onder, bracht in vervoering... in vervoering... liet haar leven.

Het licht van de lamp deed pijn.

Andreu bewoog de schakelaar en de schaduw van de maan omhulde hen. Op het bed wachtte hun een uitgestrekte liefde.

Hij ontdeed haar van haar jurk, heel langzaam, streelde met zijn hand over elk nieuw stukje onbedekte huid. Zijn mannenhanden bedwongen zijn begeerte. Hij wilde haar bezitten, zich met geweld op haar werpen, met hartstochtelijk geweld, voelde de behoefte zich op haar te storten, wilde de jurk van haar lichaam rukken, haar tot de zijne maken, in haar binnendringen, één met haar zijn, verbonden van benen tot geest, één lichaam, van hun tongen tot in de kern, zich drenken in zweet en kreten, in gekreun van de wind en in stiltes, uitbarsten van genot, sterren aan zijn hemel zien verschijnen, maar de piano bleef klinken, vroeg een nieuw ritme van kortstondige en voortdurende vertragingen, een sonate voor de huid van Aurora. Want

Aurora's huid bestond uit de toetsen van een eeuwige piano, van een muziek die eeuwen niet geklonken had.

Hij moest zichzelf opnieuw als man ontdekken om die als een engel te beleven.

Ze ontwaakten terwijl ze elkaar aanschouwden. Ze hadden elkaars lichaam volledig leren kennen zonder het aan te raken. Slechts met hun ogen hadden ze de liefde bedreven, elkaar gestreeld tot ze sidderden van verbijstering. Naakt, zonder meer te bezitten dan de ziel. Ja, ze hadden de liefde bedreven.

Voor het eerst had hij de liefde bedreven... En zij eveneens.

Op de gigantische oceaanstomer voelde Joan Dolgut zich heel nietig. Een eenzame verliefde jongen onderweg naar een onmogelijke droom. In zijn kleine kajuit telde hij avond aan avond zijn geld, met de wetenschap dat als hij niet heel snel iets deed hij na aankomst in New York zijn reis naar Colombia niet zou kunnen voortzetten.

Hij probeerde een baantje te krijgen als tweede hulpje van de keukenchef, maar de referenties van zijn vriend Deloir waarin hij een bijzondere bakker werd genoemd, waren niet voldoende om het enige plaatsje te bemachtigen dat was vrijgekomen doordat de betreffende persoon plotseling ziek was geworden.

In de derde klas gingen voortdurend biertjes, praatjes en schunnigheden rond, en door de constante herrie was hij niet in staat ook maar één sonate te componeren. Maar de illusie Soledad terug te zien hield hem overeind. Na een paar dagen glipte hij weg, gekleed in zijn enige pak 'voor speciale gelegenheden', en raakte bevriend met de obers van de eerste klas en natuurlijk met de pianist voor de gala-avonden, een man uit Havana met een donkere huid en ziel die zijn beschermer werd, of hem in ieder geval met zijn weergaloze pianospel meevoerde naar andere werelden. Hij maakte deel uit van het pas opgerichte Machito and his Afro Cuban Orchestra dat een bijzonder publiek moest amuseren, een mengeling van gecamoufleerde ballingen en verstrooide toeristen die ervan droomden de lotgevallen van de oorlog en het leed met dansen en plezier maken te verjagen. Op zee voelden ze zich beschermd tegen het leven en de dood; dat immense drijvende huis was voor de meesten een veelbelovende droom.

De pianist, in de wereld van de nieuwe jazz bekend als Niño Sulay, een geweldig arrangeur, had zijn Cubaanse achtergrond op de *Liberty* ingevoerd en vulde de avonden met zijn aparte eilandstijl. Hij sprong net zo makkelijk over van de son cubano op de bebop, een bijzonder soort jazzmuziek in twee verschillende maten. Joan Dolgut, gewend aan klassieke sonates, raakte in vervoering over de hem onbekende Afro-Cubaanse ritmes. Gedurende de overtocht vergat hij zijn onrust door naar de verhalen te luisteren die de pianist tussen de glaasjes rum door vertelde over zijn belevenissen op Broadway, iets waar hij zich niets bij kon voorstellen; de matineeconcerten waarop gedanst kon worden in het Palladium en de Blen Blen Club die de Amerikaanse bigbands en de swing compleet verdrongen hadden. Alles wat de pianist vertelde, leek hem uit zijn duim gezogen.

De oceaanreus bedwong schuimend de wereldzee en vormde een wereld op zich vol verborgen ervaringen. Daar huisden frustraties, groot verdriet, uiteengereten landen, door de oorlog verenigde... of juist uiteengevallen gezinnen, wittebroodsweken... of vergalde weken, in rook opgegane illusies, een lach en een traan. Soledad was op dit schip geweest, vaak wellicht; naar alle waarschijnlijkheid hadden haar verfijnde voetjes op dezelfde plaats gedanst als waar hij nu rondliep. Zou ze aan hem hebben gedacht? Was zijn aan de vlieger bevestigde bericht uiteindelijk bij haar terechtgekomen? Als bewijs van de verzending was de staart van de vlieger nog steeds verstrengeld met de Amerikaanse vlag die de *Liberty* voerde. Maar de enveloppe... had die de rukwinden doorstaan?

Hij was met lege handen op weg naar het land van zijn geliefde, zonder haar iets te kunnen bieden, smoorverliefd, terneergeslagen doordat hij sinds haar vertrek geen enkele brief van haar had ontvangen. Dat was nog het ergste geweest. Als ze hem maar geschreven had dan had hij nu vast nog in Cannes gezeten. Hij kon gewoon niets aanpakken zolang hij niets van haar gehoord had. Vanwege die stilte verbrak hij nu zijn belofte aan Benjamín Urdaneta om geen toenadering tot zijn dochter te zoeken voordat hij naam had gemaakt in de maatschappij. En dan die vervloekte oorlog, die had alles opeens nog veel ingewikkelder gemaakt. Hoe was het toch mogelijk dat hij geen enkele brief had gekregen? De situatie had hem als het ware verlamd. Hij had eraan gedacht terug te gaan naar Spanje, waar alles relatief rustig leek te zijn, maar zolang hij de kwestie van de liefde van zijn leven niet had opgelost, kon hij zich nergens voor inzetten.

Op dat schip vergat hij hoe je moest slapen; zijn slapeloosheid werd verzacht doordat zijn verlangens een uitweg vonden via de piano waarop de Cubaan hem na middernacht liet spelen en waarvoor hij als tegenprestatie alleen dat mocht vertolken wat deze hem had geleerd terwijl hij zich intussen bezatte. Maar het belangrijkste was te kunnen spelen... spelen om te vergeten... spelen zodat de dagen vergleden. Beiden speelden. De een om zijn geliefde te vergeten die hij in Havana had achtergelaten, de ander om niet te vergeten dat zijn geliefde in een stad leefde waarvan hij niets wist maar waarin alles was: Bogota.

Soledad was weer in haar slaap gaan rondwandelen. Het slaapwandelen, dat na haar eerste communie sterk was afgenomen, was in alle hevigheid teruggekomen. Terwijl Joan op weg was naar New York, zwierf zij op een nacht in het schijnsel van een halve maan blootsvoets door de wijk Chapinero. Niet één enkele brief van haar geliefde had ze ontvangen sinds haar terugkeer uit Cannes, zelfs niet nadat ze had besloten hem stiekem te schrijven waardoor ze de regel met voeten trad dat de man de eerste stap moest nemen, en dat alles zorgde ervoor dat ze zichzelf niet meer was. Om de drie dagen stuurde ze Vicenta naar het postkantoor met brieven die hun bestemming nooit bereikten aangezien haar vader ze allemaal onderschepte.

Ze deed heel stilletjes deuren en hekken open en zonder ook maar enig geluid te maken verliet ze in de nachtelijke kou het huis, doolde ze verward en doelloos rond, slechts gekleed in haar peignoir van fijn geborduurd linnen en met de foto van Joan en zichzelf in haar hand die, doordat ze die zoveel gekust had, zijn kleur was gaan verliezen en waarop het gezicht van beiden vervaagde.

Ze herhaalde onophoudelijk zijn naam, alsof ze een litanie aan het bidden was, en vaak was het Vicenta die haar weer terugbracht naar haar bed, en deze vrouw voorkwam dat de anderen in huis te weten kwamen wat er 's nachts voorviel, waarmee ze haar beschermde tegen een gewisse opsluiting door haar vader.

Op een nacht had ze haar gered van de put bij de windmolen toen Soledad op het punt stond zich in de diepte te werpen; een andere keer van een onsamenhangend gesprek dat ze voerde met een vrouw die zei Margarita te heten en die perfect de beroemde zottin met de rode jurk, verwarde haren en een lint om haar hoofd imiteerde die door de straten zwierf terwijl ze de liberale partij toejuichte.

Haar ongerustheid en eenzaamheid hadden haar verstomd, en hoewel ze gedwongen werd een intensief sociaal leven te leiden, sloot ze zich vanbinnen steeds meer af. Ze sprak tegen bijna niemand meer. Ze was veranderd in een vluchtig wezen dat niet zozeer door het leven wandelde maar was blijven steken in een afwezige tijdeloosheid. Niemand leek haar oneindig verdriet op te merken, zelfs Pubenza niet, die zich liever verschool achter het lezen van liefdesromannetjes dan het tot zich door te laten dringen. In feite gaf deze zichzelf de schuld van alles wat haar nichtje overkwam en werd ze bovendien verlamd door haar angst om als dienstmeid in het klooster te eindigen.

De laatste tijd had Benjamín Urdaneta – hij was trouwens de enige die aan tafel sprak – het tijdens de maaltijden maar over één ding: ze moesten dinertjes organiseren voor hun meest invloedrijke vrienden en hun kinderen. Een goede partij zoeken voor de toekomst van hun dochter. Hij sprak alleen tegen zijn vrouw, alsof er verder niemand aan tafel zat, terwijl zij instemmend knikte omdat ze niet tegen hem in durfde te gaan. Wanneer Soledad hem zo hoorde praten, bekroop haar een enorme lust haar soep in zijn gezicht te smijten en naar haar kamer te vluchten, maar uiteindelijk slikte ze haar woede in, die in dikke tranen op haar bord viel. Ze bleven maar volhouden dat de fase die ze doormaakte gewoon met puberen te maken had, en het woord puberen zei het al, puberteit... de verandering van meisje in vrouw, gebrek aan inzicht. Ook al begreep ze het leven nu nog niet, vroeg of laat zou dat vanzelf wel komen, als teken van volwassenheid, iets waar zij als ouders ruimschoots over beschikten.

Hij had inmiddels achttien dagen van oneindig water, pianospel en lange gesprekken achter de rug. Op de laatste avond besloot Joan Dolgut Niño Sulay, de pianist die zijn metgezel was tijdens zijn slapeloosheid, naar zijn reizen te vragen.

'Ben je wel eens eerder op dit schip geweest?'

'Och, jongen, de *Liberty* is al jaren mijn thuis.'

'Dan heb je vast veel gezien, nietwaar?'

'Hmm... Je moest eens weten wat een geheimen een oceaanstomer herbergt... Net zoveel als de zee...'

'Kun je je de gezichten van de reizigers herinneren?'

'Er zijn mensen zonder gezicht, jongen. Zeker!' Terwijl hij dat zei sloeg hij in één teug de rum naar binnen die hij net voor zichzelf had ingeschonken. 'Maar er zijn ook gezichten die je blijft zien, in veel gedaanten. Dat is de moeilijkheid. Bijvoorbeeld het gezichtje van mijn lieve meisje dat ik in Cuba heb achtergelaten... Dat zal ik nooit vergeten.'

'Als ik je een foto laat zien, zou je dan weten of je dat gezicht al eens eerder hebt gezien?'

'Als ze mooi is, vast wel, jongen. Niño Sulay vergeet nooit een knap gezichtje.' Hij schonk zich nog eens in.

Joan haalde een kopie van de foto waar hij en Soledad op stonden uit zijn zak en gaf hem die. De pianist zweeg een hele tijd, dacht diep na.

'Is dit je meisje? Ai, jongen. Ik vind het vervelend te moeten zeggen wat ik je nu ga vertellen.'

'Heb je haar op dit schip gezien? Kun je je haar herinneren?'

'Alsof ze hier voor me staat. Ze danste zonder de vloer te raken. Eigenlijk zweefde ze. Hier in deze salon stonden ze in een kring om haar heen te applaudisseren.'

'Zag ze er gelukkig uit?'

'Ze straalde... Beter gezegd, ze straalden. Ze was niet alleen...'

'Ze was met haar ouders... en een nichtje,' legde Joan uit.

'Ze danste met een jongeman. Stijlvol, een knappe jongen. Je weet wel. Zo een van wie het afstraalt dat zijn bedje gespreid is.'

Door de alcohol vergiste de pianist zich in het verhaal en plaatste hij Soledads gezicht op het lichaam van een ander meisje, een meisje dat de reis met haar verloofde en hun respectieve ouders had gemaakt. Toen hij het hoorde werd Joan overmand door een donkere twijfel.

'Weet je dat zeker?'

'Waarom zou'k tegen je liegen, jongen? Het spijt me.' Hij bood hem een slok aan. 'Hier... drink. Dat is het probleem met vrouwen, je weet het maar nooit met ze...'

'Maar zij is anders.'

'Dat denken we allemaal als we verliefd zijn. En dan... gebeurt er wat er gebeurt.'

Op dat moment wist Joan wat jaloezie was. Dat beestje was in zijn ziel gekropen. Door die langdurige stilte vermoedde hij al dat er iets vreemds met Soledad aan de hand was, maar de gedachte dat ze zomaar ineens op een ander verliefd was geworden, zelfs al op de terugreis terwijl hij haar net had uitgezwaaid met zijn liefde, pianospel en vlieger... nee, dat ging er bij hem niet in.

'Ze kan het niet zijn,' zei hij en hij liet hem de foto weer zien. 'Kijk nog eens goed.'

'Ze is het wel, jongen. Ze is het. Dat gezichtje staat in mijn geheugen gegrift.'

Verslagen verviel Joan in een lijdende stilte. De pianist haalde hem eruit.

'Tegen liefdesverdriet... rum en pianospel. We gaan ons bedwelmen met muziek. Kom. Speel. Laat die woede eruit komen. Ram op de toetsen.'

Maar Joan bedwelmde zich liever met rum en dronk net zo lang tot hij bewusteloos op de vloer gleed. Het was de eerste keer dat hij dronk. Het brandende vocht had al zijn gevoelens in slaap gesust. Hij had gehuild om zijn vader, om zijn moeder en om zijn verloren gegane meisje van de lucht. Hij had nog nooit zoveel eenzaamheid op zich voelen drukken. De pianist belandde uiteindelijk boven op hem; beiden verzwolgen door hun verloren liefde.

Nog voor het licht werd, ontwaakte Joan. Hij kon niet zeggen wat hem nu meer pijn bezorgde, zijn ziel of zijn hoofd. Ze naderden New York. Een schrille stem die maar bleef roepen had hem gewekt.

'HÉ, KOM KIJKEN! Het vrijheidsbeeld. We zijn er bijna! Het vrijheidsbeeld. KOM KIJKEN!'

Niño Sulay schrok wakker. 'Snel, jongen. We zijn er.'

Joan ging aan dek om de imposante aanblik gade te slaan. Tussen de flarden van de ochtendnevel door heette een grote dame met haar geheven fakkel hen welkom. In de verte was leven te bespeuren. Schoorstenen die rookwolken uitstieten. Fabrieken in asgrijze wolken. Wolkenkrabbers... De naald van het Empire State Building die in de lucht omhoog stak. Het was schitterend. Nooit eerder vertoond. Voor veel reizigers was dit het eindpunt van de tocht. De stad betekende vrijheid. Ontsnappen aan de onwezenlijke oorlog die levens verwoestte. Het schip zat vol joden, intellectuelen en gedwongen emigranten die in een ultieme overlevingsdrang alles hadden achtergelaten en met hun waardigheid als bagage een nieuwe start wilden maken. Ze bezaten in ieder geval het allerkostbaarste: het leven.

De gebruikelijke kreten en het geklap brachten hem terug tot de werkelijkheid. Toen hij de stad ontwaarde, werd Joan overvallen door vrees. Wat hij in zijn zak had was niet genoeg om verder te reizen maar evenmin om te blijven.

Hij ging van boord met een van angst dichtgeknepen keel. Niño Sulay zag hem bij de uitgang staan.

'En, waar ga je nu naartoe?'

'Naar Colombia.'

'Kom eerst een paar dagen met mij mee. Dan laat ik je zien hoe deze stad wervelt.'

'Ik heb geen geld, en ook geen zin.'

'Zo kun je toch niet hier blijven?'

'Ik blijf ook niet; ik ga. Niets wacht me, ik heb niets meer.'

'Alles gaat voorbij.'

'En dat zeg jij? Denk je dat ik niet weet dat je nog steeds naar die Cubaanse smacht?'

'Ach, jochie, er zijn liefdes die dodelijk zijn. En die ene liefde heeft me gedood. Maar ik heb mijn muziek, en die neemt niemand me af. Jij hebt ook iets dat van jou is, vergeet dat nooit.'

Met een innige omarming namen ze afscheid van elkaar. Voor hij vertrok, stak de pianist hem een paar dollar toe en een briefje met zijn telefoonnummer.

'Voor het geval je besluit te blijven.'

Joan bleef alleen in de haven achter, met zijn schamele bagage en zijn toegenomen verdriet; hij zag hoe de meute passagiers werd opgeslokt door de straten, omgeven door een onbekende taal en wereld.

Hij dwaalde tussen vissersboten, opgestapelde balen en hijskranen, probeerde iets te bedenken dat hem dichter bij zijn doel zou brengen. Hij begreep geen woord van wat er tegen hem gezegd werd. Sommigen sommeerden hem het gebied te verlaten, anderen leken hem te willen helpen. Zijn hoofd barstte uit elkaar van de 's nachts naar binnen geslagen rum, zijn keel deed pijn van de dorst en zijn maag schreeuwde om voedsel. Hij ging een haveloze havenkroeg binnen en maakte zich met gebaren duidelijk. Met kleine slokjes dronk hij een glas waterige zwarte koffie en at hij een hard broodje, iets waardoor zijn toch al minieme kapitaaltje met een paar cent verminderde. De obsessie voortdurend zijn geld te tellen werd ondraaglijk.

Toen hij het kantoortje voor de ticketverkoop had gevonden, vroeg hij in het Spaans hoe hij van daar naar Colombia kon komen. De persoon die hem te woord stond verstond enkel Columbia, met een u, dus besloot Joan het op te schrijven.

'Ah! *Colombia. South America. Wednesday at 6.00 o'clock. La Heroica.*'

Joan begreep er niets van. De man gebaarde dat hij even moest wachten. '*Wait a minute, wait a minute, boy.*' Hij keerde terug met een vrouw die Zuid-Amerikaanse trekken had.

'Wat is er, jongen?'

Eindelijk iemand die zijn taal sprak.

'Ik moet naar Colombia, mevrouw.'

De vrouw sprak even met de man, en die herhaalde wat hij net al tegen hem had gezegd.

'Woensdag om zes uur 's morgens vaart er een schip uit naar Cartagena de Indias: *La Heroica.*'

'Hoeveel kost een kaartje, het goedkoopste graag?'

Nadat ze het had gevraagd, vertelde ze het.

Joan wist dat hij niet genoeg geld had. Bovendien zou hij daar ook nog twee dagen moeten doorbrengen, het was pas maandag. Een koude maandagochtend in april.

'Dank u wel. Ik kom straks terug, met het geld.'

De man en vrouw keken elkaar aan. Ze wisten dat hij niet terug zou komen. Maar zo was New York. Een stad vol verloren ontheemden, dak- en werkloze mensen, rondzwervende pechvogels, en sinds de oorlog in Europa was uitgebroken ook vol hongerige ballingen op zoek naar een nieuw bestaan.

Joan liep weer naar buiten. Zijn enige doel was nu *La Heroica* vinden. Het was nooit bij hem opgekomen dat hij op die manier zou moeten reizen. Hij had wel vaker verhalen gehoord over verstekelingen die zich verborgen tussen balen en goederen, soms vermomd als pakketjes tot ze in een of ander ruim van het schip terechtkwamen om zo de gewenste haven te bereiken. Hij zou zich zo goed mogelijk verstoppen. Ook al was hij ontmoedigd door wat Niño Sulay hem had verteld, toch wilde hij nu meer dan ooit het bedrog met eigen ogen vaststellen.

Hij besloot de twee dagen in de haven te blijven, bang als hij was te verdwalen in die onbekende, koude metropool.

Hij wandelde over de drukke vismarkt, met ogen die bijna uit zijn kassen rolden van trek die niet bevredigd kon worden. De vissers duwden hem weg, sleepten schreeuwend met hun kisten vol druipend ijs, zieltogende schelpdieren en vissen die hun laatste staartzwiepen maakten. In de loop van de namiddag kwam de opgewonden drukte langzaam tot rust, tot de invallende duisternis zich onverbiddelijk meester maakte van de roerige sfeer aan de kade. Een stilte doordrenkt van rottende zeegeuren.

De twee nachten bracht hij door gewikkeld in een deken die hij gestolen had toen een werkman, die enorme houten kisten waarop FRAGILE stond van de ene plek naar de andere verplaatste, even niet oplette.

De protesten van zijn gekwelde maag bracht hij tot zwijgen met pretzels en koffie, en nadat hij het doen en laten van de werkmannen en de bemanning van *La Heroica* nauwlettend had geobserveerd, scheepte hij bij het ochtendgloren in, verborgen tussen een grote lading huishoudelijke apparaten van Westinghouse. Het was een Colombiaans vrachtschip dat naast de vracht van Amerikaanse huishoudelijke artikelen ook beschikte over een klein aantal eenvoudige passagiershutten.

Ineengedoken en hijgend hoorde Joan tussen de opeengepakte koelkasten stemmen en bevelen opklinken en weer verstommen. Ze inspecteerden alles, alsof ze wisten dat hij zich daar verstopt had. In wezen was het de gewoonte een laatste rondgang te maken om te kijken of de pakketten en kisten goed vastgebonden waren voor het geval het op volle zee zou gaan stormen.

De overtocht zou tien lange dagen duren, maar dat wist hij niet; hij wist evenmin hoe hij zou moeten overleven. Hij had drinkwater nodig, en wat voedsel, maar hij had geen idee hoe hij dat moest bemachtigen. Dit was niet bepaald de oceaanstomer of iets in die richting. Het was een oud, roestig schip dat een routinetocht maakte en waarvan de goederen hem weinig tot niets te bieden hadden. Hij vermoedde dat die reis weleens zijn dood zou kunnen betekenen, maar dat interesseerde hem niet. Hij voelde zich meer alleen dan ooit, overgeleverd aan een zwarte toekomst en aan een eenzaamheid die overweldigender was dan zijn dood. Hij was zestien, maar zijn ziel leek wel honderd.

De hele dag verroerde hij geen vin. Hij wachtte tot de zware boot in beweging kwam en kalmpjes koers zette naar een rustige zee, tot zijn lichaam om actie begon te vragen. Toen hij zich eenmaal veilig waande, besloot hij de ruimte te verkennen en zich met alle plekjes vertrouwd te maken. Het schip zat vol zeelieden die uit volle borst meezongen met vals klinkende feestnummers die op een oude grammofoon gedraaid werden en die hij nooit eerder had gehoord. Het gelach en de geur van alcohol vulden bijna de hele salon. Hij moest hoe dan ook aan eten zien te komen. De piano, eveneens onontbeerlijk voor hem, was zolang verbannen naar de wereld van onmogelijke dromen, in ieder geval tot hij in zijn eerste levensbehoeften had voorzien.

Hij glipte de schamele keuken binnen, en nadat hij daar diverse kastjes had doorzocht trof hij wat fruit en een paar blikjes aan waarmee hij zijn zakken vulde tot ze vol zaten. Hij voelde zich niet prettig bij wat hij deed, maar hij had geen andere keus. Vervolgens keerde hij terug naar zijn gedwongen schuilplaats.

Van het verblijf in die vochtige, van ratten vergeven ruimte raakte zijn lichaam behoorlijk van streek en hij was voortdurend misselijk. Hij begon over te geven. In dat benauwde halfduister verschenen en verdwenen allerlei spookbeelden. Dat van de onzekerheid en de honger; dat van Soledad met een ander; dat van Niño Sulay die hem veel verdriet voorspelde; dat van zijn vader die zijn vlucht voorbereidde; dat van Pau Casals begraven in de stilte van de ballingschap; dat van zijn verloren vrienden; dat van zijn adem inhouden om maar niet ontdekt te worden; dat van zijn uitzichtloze toekomst.

Hij praatte met schaduwen, probeerde zijn hoofd bezig te houden, hield het verloop van de dagen bij alsof hij een schipbreukeling was, deelde zijn minieme proviand in slokjes en hapjes op, met het hart angstig in zijn keel kloppend dat het maar niet te snel uitgeput zou raken.

De stilste uren van de nacht gebruikte hij om aan dek te gaan en onder de sterrenhemel te ademen. De honger was veranderd in een beest dat zijn ingewanden dreigde te verslinden.

Nadat het fruit op was, had hij vergeefs geworsteld de gestolen blikjes open te krijgen, maar zonder blikopener was het onmogelijk gebleken. Hij had voedsel maar kon er niet bij. En hoewel hij diverse malen naar de keuken was teruggegaan om een stuk gereedschap te bemachtigen dat hem van pas zou komen, bleek de deur telkens op slot te zijn.

Tijdens een stormachtige nacht, ze voeren in de Golf van Mexico, begon de lading te schuiven. Zijn toch al netelige schuilplaats werd door de lichte bewegingen van het schip steeds smaller. De kratten met koelkasten begonnen te glijden, ook al waren ze vastgebonden. De smalle verstopplaats werd kleiner en kleiner, veranderde in een onbestendig plekje waar hij elk moment geplet kon worden. En hoewel Joan doodsangsten uitstond, had hij het idee dat de andere passagiers niets leken te merken. Die waren dan ook helemaal gewend aan dergelijke omstandigheden; ze hoorden bij het klimaat van het gebied; een combinatie van zeestromingen en passaatwinden. Twee dagen lang hield de akelige woeligheid aan en bezorgde deze hem hallucinaties over schipbreuk en doodgaan, tot uiteindelijk de zon doorbrak. Ze hadden het riskante gebied achter zich gelaten en werden nu omgeven door een kalme horizon en een aangename, ongekende warmte. Het was het tropisch klimaat dat diep in hem doordrong en waardoor hij na die twee benauwde nachten in een lethargische slaap weggleed.

Op de commandobrug was de kok een heftige discussie begonnen. Van de levensmiddelen die hij heel precies voor de overtocht had berekend waren vijf blikjes tonijn, twee met sardientjes en enkele stuks fruit verdwenen. Hij hield de voorraad altijd secuur bij en was ervan overtuigd dat er een dief aan boord was. Het zou nog drie dagen duren voordat ze de haven van Cartagena binnenliepen, en in die tijd moesten ze hem grijpen. De kapitein genoot van het speurwerk; het bezorgde hem wat afleiding. Ze hadden vast een verstekeling aan boord en hem opjagen zou een leuk kat-en-muisspelletje worden. Die clandestiene schooier zou er wel achter komen wat zijn wandaden voor gevolgen hadden, en eenmaal aan wal zouden ze hem met 'de complimenten' naar zijn land terugsturen.

Nadat hij een kleine ploeg had samengesteld, ging de kapitein aan de slag. Alles, van het dek tot en met het vrachtruim, moest minutieus worden onderzocht. Alleen de enkele hutten waarin een paar Noord-Amerikanen verbleven zouden worden gespaard.

'Een buitenlander moet je altijd de beste behandeling geven zodat hij zich thuis voelt, verdomme! Leve Colombia!' schreeuwde hij terwijl hij bevelen gaf.

Joan was diep in slaap, door de vermoeidheid en het gebrek aan voedsel, een bed en genegenheid. Tot zijn hoofd in de gestolen deken gewikkeld, droomde hij van een Soledad die hem niet herkende toen ze hem zag. Achter haar verscheen zijn rivaal, een superelegante man zoals hij ze vaak in het Carlton had gezien; die sloeg zijn arm om haar heen en overlaadde haar met complimenten. Soledad keek Joan cynisch aan en liet hem op de grond liggen terwijl ze zich tegen haar verloofde aandrukte.

Plotseling greep een arm hem vast en werd hij heftig door elkaar geschud. Toen hij uiteindelijk zijn ogen opendeed, wees een gigantische neger met zijn lantaarn op hem.

'Ik ga je zo'n trap verkopen dat je alleen nog maar hoog kunt zingen, vuile klootzak. Ons eten een beetje pikken, hè? Wacht maar tot de kapitein je ziet… Je gaat dit verstoppertje duur betalen.'

Joan Dolgut kroop in elkaar terwijl de oplichtende ogen van de neger hem vorsend aankeken.

'Wat kijk je nou, hè? Ik zie er heel zwart uit, nietwaar? Zeg eens. Die smerige neger heeft me aangeraakt… Ach, je bent net een engeltje, schatje, met die blonde krulletjes van je! Een lieftallige verstekeling. Als ze niet op me zaten te wachten, zou ik je eens laten voelen wat een echte neger is. Ik zweer het, echt wel!' Hij maakte een kruis met zijn vingers en kuste ze.

Joan hoorde voetstappen.

'Moet je kijken wat een engeltje ik hier heb aangetroffen. Alleen de vleugels ontbreken nog… om weg te vliegen.'

'Laat hem met rust, zwarte. Dat blondje is voor mij. Zullen we erom tossen?' Hij haalde een muntje tevoorschijn. 'Kop of munt?'

'Alstublieft…' zei Joan.

'Maar 't is niet eens een yankee. En 'k dacht nog wel da'k een mals hapje zou krijgen…'

'Het spijt me heel erg dat ik aan boord ben geglipt. Doe me alstublieft niets,' smeekte Joan bevend als een rietje.

'Aan z'n accent te horen is 't zelfs een verfijnd heertje,' zei de mulat met een geaffecteerd stemmetje.

'Zeg zwarte, weet je, we kunnen hem maar beter naar de kapitein brengen. Als we hem iets doen, zijn wij het nog die straks in de lik zitten,' haastte de matroos zich te zeggen.

'Tuurlijk, lafbek, tuurlijk. Ik was effe vergeten dat je een schijterd bent.'

De neger rukte aan Joans arm tot hij rechtop stond en zei: 'Bewaar je woorden maar, honneponnetje. Wat je te zeggen hebt, zeg dat maar tegen de baas.'

In het buitenhuis in de wijk Chapinero was er die avond een officieel diner met Boheems kristal en zilveren bestek. Benjamín Urdaneta had de pas benoemde Colombiaanse ambassadeur voor de Verenigde Staten uitgenodigd met zijn vrouw en zoon, die bijna klaar was met het Gimnasio Moderno en zich nu voorbereidde op een rechtenstudie aan Harvard. De jongen beviel hem heel goed. Hij had een uitstekende opvoeding genoten in de schoot van een belangrijke familie met een lange politieke traditie, en dat was goed aan hem te merken. Telkens als hij iets zei, had hij het bij het juiste eind. Je zag dat hij intelligent was en snel nadacht, en bovendien ook nog eens ontwikkeld en belezen was. Op zijn achttiende waren zijn kracht en redekundige gaven al duidelijk te bespeuren. Hij wist je te fascineren met standpunten en uitspraken van beroemdheden aan wie hij voortdurend refereerde, waarbij hij uiteenlopende types met elkaar verbond die gingen van Nietzsche en Rimbaud tot Tagore en Goethe, om Whitman en Abraham Lincoln maar niet te vergeten. Een fantastische partij voor zijn dochter van bijna vijftien. Op details letten was altijd verstandig, dacht hij terwijl hij hen gadesloeg en mooie toekomstplannen smeedde. Ze vormden een prachtig paar. Vijf jaar buitenland, een prima periode voor de jongen om zich klaar te stomen, en voor haar om haar school af te maken, en wellicht een lange verlovingstijd als hij terug was, net als bij hem en zijn vrouw was gebeurd, waarin ze elkaar goed konden leren kennen. En dan een grootse bruiloft, in de Primadakathedraal in Bogota, waarom niet? Op dat punt was hij met zijn gedachten aanbeland toen een luide boer hem terugbracht aan tafel.

Wie kon dat onbeschaafde geluid hebben voortgebracht?

Er viel een doodse stilte.

Zijn dochter gedroeg zich werkelijk heel ongemanierd. Afgezien van het boeren at ze ook nog eens met haar mond open en maakte ze al kauwend luidruchtige geluiden die bijna onverdraaglijk waren. Ze slurpte bij elke lepel soep en knoeide ook nog eens flink op haar jurk. De genodigden staarden elkaar met een van afschuw vertrokken gezicht aan en legden onmiddellijk hun bestek neer. Benjamín greep zijn dochter bij de arm, trok haar overeind en gaf haar ten overstaan van iedereen een klinkende oorveeg. Na die hardhandige uitbarsting stonden de gasten op en verlieten zonder omwegen het huis terwijl een van schaamte blozende Soledad Mallarino intussen duizendmaal excuses maakte.

De dochter was huilend naar haar kamer gevlucht, gevolgd door Pubenza, voor wie ze de deur voor haar neus dichtsloeg en die vervolgens op dubbel slot deed. Niemand zou haar daar nog uit krijgen. Haar opsluiting was voor eeuwig. Als ze zo nodig buiten haar om een verloofde voor haar wilden zoeken, nou, dan zouden ze het nog lastig krijgen.

'Soledad, doe onmiddellijk open!' Haar vader bonsde razend op de deur.

'Over mijn lijk.' De uitdaging in haar stem was aan de andere kant van de deur goed te horen.

'Ik zeg het voor je eigen bestwil. Open! Nu!'

De moeder ging op Benjamín af en probeerde hem te kalmeren, maar deze was buiten zichzelf van woede.

'Onbeschofte trut! Je hebt ons voor de ogen van iedereen belachelijk gemaakt.'

'Ik haat je.'

'Waag het niet op die manier tegen je vader te spreken,' zei Benjamín op dreigende toon.

'Je bent mijn vader niet meer. Mijn vader is dood, hoor je me?' schreeuwde ze luid. 'DOOD!'

'Daag me niet uit, ik ben in staat je...'

'Me wat? Nou? Waar ben je nog meer toe in staat, don Benjamín de Almachtige?'

Uiteindelijk kwam Soledad Mallarino tussenbeide.

Vijf dagen hield Soledad Urdaneta haar vrijwillige opsluiting vol. Ze had ladekasten, stoelen en al wat haar maar van pas kwam naar de deur gesleept en daarvan een barricade gemaakt zodat niemand kon binnenkomen, ook al braken ze de deur open. Maar er gebeurde niets. Benjamín, die tegen wil en dank door zijn vrouw gekalmeerd was, had besloten zich afzijdig te houden uit angst de liefde van zijn dochter definitief te verliezen. De ziekelijke woedeaanvallen hadden hem, toen ze eenmaal voorbij waren, uitgeput en stil achtergelaten. Op advies van een bevriende psychiater gaven ze hun dochter de tijd om rustig te worden – blijkbaar had ze het temperament van haar vader geërfd – en wachtten ze tot ze puur uit verveling weer normaal ging doen. Achter de rug van haar vader om, die haar op brood en water had willen zetten, gaf Soledads moeder Vicenta opdracht schaaltjes met eten op de vensterbank van het raam achter te laten: koekjes, soep, toetjes, melk, en ook al raakte het meisje het aanvankelijk met geen vinger aan, uiteindelijk had ze het eten toch geaccepteerd.

Pubenza stopte briefjes onder de deur door waarin ze haar vertelde wat er buitenskamers gebeurde, maar Soledad verwaardigde zich niet eens ze open te vouwen, zo kwaad was ze. Haar nicht had haar op het belangrijkste gebied teleurgesteld: haar betrokkenheid bij haar liefdesgeschiedenis.

Op de commandobrug legde Joan Dolgut een verklaring af aan de kapitein. Hij had besloten hem het hele verhaal op te biechten in de hoop dat die hem zijn vergrijp zou vergeven, maar hij was op een muur van gewapend beton gestuit. De baas was een wantrouwige Cartagener die zijn mededogen al heel lang geleden was kwijtgeraakt en tegenwoordig bij de dag leefde, gebruikmaakte van zijn buitenlandse reizen om te smokkelen en zo wat extra peso's verdiende. Hij had de wetten op het schip gemaakt. De enige persoon die daar een misdrijf mocht plegen was hijzelf, uiteraard met eigen instemming, en als anderen iets dergelijks deden waren het ratten, dieven en ander gespuis die gestraft moesten worden. Bovendien kwam dit soort zaken hem uitstekend van pas, want daarmee kon hij de autoriteiten afleiden en hoefde hij niemands stilzwijgen te kopen aangezien hij een vers slachtoffer afleverde om de onder de havenpolitie heersende dorst naar machtsvertoon te lessen.

Het prachtige silhouet van de baai van Cartagena doemde op tussen de nachtelijke schaduwen. De goudkleurige contouren van vijftien kilometer muur schitterden te midden van kerkkoepels en oude kloosters; een soort Zuid-Amerikaans Venetië. Ze naderden de wal en Joan had de kapitein nog niet weten te vermurwen met zijn verhaal; toen deze de nabijheid van het land in de gaten kreeg schreeuwde hij: 'Genoeg! De wet neemt het nu over. We zullen wel zien wat voor straf je krijgt voor je diefstal en insluiping. Nou! En je mag blij wezen dat ik je niet aan hen overlever...' Hij wees op de mulat en de matroos die hem aan dek hadden gebracht. 'Dat zou pas echt een pijnlijke straf geweest zijn. Ha ha...'

'Het is nog niet te laat, baas,' zei de mulat wellustig.

'Scheer je weg, stelletje perverten,' schreeuwde hij zonder woede. 'En jij, je verroert geen vin tot ik het zeg.'

De kapitein liep naar het instrumentenpaneel, pakte de marifoon en kondigde aan dat ze een verstekeling van de ergste soort aan boord hadden en dat de lokale autoriteiten moesten worden gewaarschuwd.

In elkaar gedoken van angst werd hij onder het opgewonden rumoer van geschreeuw en muziek geboeid van boord gebracht. De kleren plakten aan zijn lijf en zijn ellende droop in stralen van hem af. Hij was in Colombia, maar niets of niemand kon hem helpen in Bogota te komen. De mensen spraken dezelfde taal, maar hij begreep ze niet. Ze hadden een vreemd accent, een rare tongval en ze gebruikten woorden waarvan hij nog nooit gehoord had.

Hij bleef geboeid terwijl de kapitein voor zijn neus zijn misdrijven overdreef en hem beschreef als een gevaarlijke crimineel, tot de sergeant en twee agenten gewapend met pistolen en knuppels hem in een oude patrouillewagen zetten.

Een van de agenten kreeg medelijden toen hij hem zo hulpeloos zag zitten.

'Waar kom je vandaan?'

'Uit Barcelona...'

'Aha! En waar ligt dat?'

'In Catalonië...'

'Wat mag dat wel wezen?'

'Een land. Het ligt in Spanje.'

'O, da's andere koek. Olé! Op Spanje en Concha Piquer!'

Joan greep de gelegenheid aan zich onschuldig te verklaren. 'Ik heb niets gedaan, dat zweer ik u. Wat de kapitein net zei is allemaal gelogen. Ik ben alleen maar aan boord geglipt... stiekem. Ik had geen geld om een kaartje te kopen.'

'Zeg dat maar tegen de persoon die je gaat ondervragen. Ik voer alleen bevelen uit, jongen.'

Hij bracht de nacht door in een smerige, naar urine en schimmel stinkende cel tot ze hem de volgende dag lieten komen om een verklaring af te leggen. Nadat ze zijn verhaal hadden aangehoord, besloten ze hem zo snel mogelijk te lozen, want hij was niet meer dan een buitenlander die op volle zee een klein misdrijf had gepleegd, en die overtreding viel niet binnen hun jurisdictie. Ze zouden hem op het eerste schip dat uitvoer naar Marseille zetten, de haven die het dichtst bij de plaats lag waar hij de eerste keer aan boord was gegaan.

Toen hij dit te horen kreeg, besloot Joan te vluchten; hij had die hele oversteek niet gemaakt om opnieuw op een schip te belanden zonder Soledad te hebben gezien of haar zijn liefde te hebben bewezen.

Vijf dagen en vijf nachten dacht hij na en kwelde hij zichzelf met de wetenschap dat hij weliswaar in het land was van de engel op wie hij hopeloos verliefd was, maar dat hij niets kon uitrichten om bij haar te komen.

In de helse hitte raakte hij bevriend met de kakkerlakken en de gevangene naast hem, en ook al deed hij nog zo zijn best zijn cipiers ervan te overtuigen dat ze hem in het land moesten laten blijven, de machteloosheid van de werkelijkheid liet zijn krachten wegvloeien. Zijn schaarse bezittingen waren aan boord van *La Heroica* gebleven, en het enige wat hij nog bezat was de vrijbrief van zijn vader, zijn grijze schrift en de drie dollar in zijn zak. Daarmee probeerde hij de bewaker om te kopen, maar al wat hij bereikte was dat deze ze uit zijn handen griste.

'Is Bogota hier ver vandaan?' vroeg hij aan de man in de cel naast hem.

'Gebied van beroerde smerissen... Wat heb je in die kou te zoeken?'

'Een vrouw.'

'De goeie wijfies zitten hier. Heet... Zwartjes zijn de besten... Bovendien ruiken ze naar seks... Je snapt me wel.'

Maar Joan begreep er niets van.

Toen de agenten Joan bij het aanbreken van de dag kwamen halen, troffen ze hem liggend op de vloer aan, ten prooi gevallen aan rillingen en hallucinaties terwijl hij hartverscheurend om zijn vader schreeuwde. Bij dat schouwspel bleef hun niets anders over dan hem naar het ziekenhuis te brengen; hij leek uitgedroogd en vertoonde symptomen van dysenterie.

Met tegenzin haalden ze hem uit de cel en sleepten hem naar een busje dat meer weg had van een gammele rijdende cel dan van een auto. Het voorste deel was met een dik traliehek gescheiden van het achterste, waarin de gevangene gekooid als een beest werd opgesloten. Toen ze in de gaten kregen dat Joan zich niet op de been kon houden, legden ze hem op de vloer en lieten hem over aan zijn delirium terwijl ze zelf voorin plaatsnamen.

Ze reden dwars door armoedige buurten waar de geur van wegrottende zeeproducten dampend in de brandende zon opsteeg. Ze haalden ezels in, en paard-en-wagens, ze baanden zich dwingend met gillende sirenes een weg door de drukte van Portal de los Dulces, waar ze werden opgehouden door een opstootje tussen snoepverkopers en door hen verdrongen kopiisten, die bij het zien van de patrouillewagen onmiddellijk uiteenstoven. Nadat ze om uitpuilende bussen waar trossen mensen aan hingen geslingerd waren, kwamen ze uiteindelijk aan bij het oude, stinkende gebouw van de Eerste Hulp van het Santa Claraziekenhuis.

Ze zetten de wagen ergens neer. Toen ze de achterdeur openden en Joan daar lijkbleek zagen liggen, gingen ze op zoek naar een brancard en een verpleger, naar iemand die zich over de jongen kon ontfermen, maar de dienstdoende persoon zat doodleuk haar nagels te lakken.

Terwijl ze de medewerkster verwijten stonden te maken, greep Joan ondertussen de gelegenheid aan om weer tot 'leven' te komen. In werkelijkheid had hij zijn ziek-zijn gesimuleerd, een handje geholpen door zijn verzwakking die hij nu echt begon te voelen vanwege de ondervoeding en zijn hongerige toestand. Het was waar dat hij zich ellendig voelde, maar tussen dat en zijn delirium en bewusteloosheid gaapte een brede kloof. Hij wilde hoe dan ook vluchten, en het enige wat hij had kunnen bedenken was net doen of hij doodziek was. En dat was heel eenvoudig gebleken. De hele nacht had hij gekermd en gekokhalsd met de bedoeling dat ze hem de volgende ochtend in een deerniswekkende toestand zouden aantreffen.

Hij glipte heimelijk de half openstaande deur uit, en nadat hij had vastgesteld dat er niemand was, zette hij het op een lopen en bleef maar rennen, tussen een drukke menigte zwarten door die hem onverschillig bekeken. Urenlang vluchtte hij weg tot hij in een verpauperde buurt terechtkwam. Hij had geen idee wat nu te doen, maar één ding wist hij zeker: hij zou niet naar Europa teruggaan zonder met eigen ogen te hebben vastgesteld wat Niño Sulay hem had verteld.

Omgeven door diepe armoede zag hij in de verte voor het eerst dat enorme, vierhonderd jaar oude fort dat ondanks de zilte zeewind nog steeds intact was: het San Felipe de Barajas. Het straalde een hooghartige luister uit en leek in niets op wat hij tot nu toe had gezien.

Hij luisterde opnieuw naar de zee, en voor de ogen van twee verbijsterde mulatten verzoende hij zich met de golven. Hij zat een hele tijd naar de beukende golfslag te staren, mijmerend en uitgehongerd; die honger was zo onderhand zijn enige trouwe metgezel op deze reis.

Vooralsnog moest hij hier blijven en de uren voorbij laten gaan. Hij moest zijn achtervolgers de tijd geven hem definitief kwijt te raken. De stad had ongelofelijk veel schuilplekjes, en hij wist zeker dat ze hem nooit zouden vinden, ook al waren ze naar hem op zoek. Die onveilige chaos kwam hem nu uitstekend van pas.

Aan het eind van de middag, toen de agenten de zaak vermoeid voor gesloten hielden, begon Joan te lopen en probeerde hij zich te oriënteren in die zee van muren en smalle steegjes. Hij was in een miserabele fysieke toestand en begon er als een bedelaar uit te zien.

Hij besloot een duik in zee te nemen en zijn kleren ergens te wassen, die, nadat hij ze weer had aangetrokken dankzij de warmte in minder dan een uur droog waren. Ongemerkt had zijn neus hem naar de rand van de muren geleid. Een grote, niet-overdekte eettent met de geur van dampende maaltijden schitterde onder de avondlijke hemel.

Joan herinnerde zich zijn tijd als ober, maar voor die armzalige eettent had hij daar niets aan. Een barmhartige ziel daar kreeg medelijden met de hongerige jongen en gaf hem de restjes van een in kokosmelk klaargemaakte zeebaars die hij gulzig naar binnen schrokte. Daarna wees de man hem hoe hij in de ommuurde stad moest komen.

Dat was het enige wat hij kon doen. Teruggaan naar de stad en proberen ergens bij het licht van een lantaarn te slapen waardoor hij zich in ieder geval een paar uurtjes veilig zou kunnen wanen, want als die plaats één ding uitstraalde dan was het wel dat van permanent gevaar. Sinds hij gevlucht was, bevond hij zich in de slechtste buurt van Cartagena; hij moest daar echt weg en een veilige straat zoeken, een plek waar hij kon schuilen voor verdorven personen zoals hij die op zijn onfortuinlijke reis was tegengekomen.

Hij liep en liep maar door de nacht, de zee aan zijn hand en in een verpletterende kosmische eenzaamheid tot hij midden in de duisternis de spitse toren van de poort Reloj ontwaarde. De muren omsloten de stad. Hij liep door de ingang, besloot de nacht door te brengen onder de rustige gewelven van Portal de los Dulces, het eerste dat hij in de schaduwen van de muren ontdekte, maar toen hij dichterbij kwam ontdekte hij dat het bed al uitpuilde van bedelaars.

Uit de duisternis doemde de schriele gestalte van een dichter op en deze bood hem een sigaret aan die Joan beleefd afsloeg. Dat leverde hem in ieder geval op dat deze hem naar een beter oord leidde, naar de calle Santos de Piedra, bij de kathedraal. In het portaal van een fraai oud pand en toegedekt door de sterren bracht hij zijn eerste nacht in vrijheid door. De dichter had een adres voor hem neergekrabbeld waar hij gewoonlijk zijn poëzie, waar overigens niemand naar luisterde, voordroeg; daar ging hij de volgende ochtend naartoe. Het was een soort hotelletje waar binnen de muren het tijdperk van de onderkoningen nog af te lezen was. Een piano bij de ingang ontroerde hem dusdanig dat het net was of hij een oude vriend terugzag. Hij stal het hart van de eigenaresse en om een paar peso's te verdienen begeleidde hij vele avonden met zijn sonates de stem van de zwervende dichter, een halfgestoorde, grootmoedige zoon uit de hoogste aristocratische kringen van Cartagena. Hij begon te begrijpen dat in die stad de tijd van de heiligdommen en dromen nog volop heerste en hij ging zelfs denken dat zijn onderneming om uit liefde de wereld te doorkruisen een delirium was. Dat land bezat een alomtegenwoordige magie waardoor hij het gevoel had in een irreële wereld rond te zwerven. Soledad was de essence, het geconcentreerde parfum van die magie; daarom was hij zo verliefd op haar geworden.

Eenmaal genoeg gespaard, bestudeerde hij op een oude kaart de route die hij moest afleggen om bij zijn meisje te komen. Op een krakkemikkige vrachtwagen, zittend tussen trossen bananen, balen mest en kakelende kippen, ging hij op weg naar Barranquilla. Na twaalf eindeloze uren genadeloos door elkaar te zijn geschud, waarbij ze ook nog eens midden in een mangrovebos strandden, kwam hij eindelijk aan in de haven. De rivier Magdalena wachtte hem op met zijn chocoladebruine water en slapende kaaimannen. Tegen het advies van de dichter in, die hem graag op zijn tocht had willen vergezellen, was hij weer alleen en onbeschermd. Hij moest de eerste rivierboot die uitvoer naar Puerto Salgar nemen en daar de trein naar Bogota. Soledads adres stond in zijn geheugen gegrift.

De tocht zou vijf dagen duren, maar vanwege de droogte liep de reistijd uit. Ze kwamen een week lang vast te zitten op een zandbank, en Joan moest de stank van walmende rottende beesten en de excessen van de stilte verdragen. Op het scheepsdek leerde hij een jonge student kennen, een leerling van het leven, die hem al snel uitleg gaf over wat hij zou aantreffen. Bogota was het Zuid-Amerikaanse Athene, vertelde hij hem, het kapitaal en de stad van alle Colombianen. Wie vooruit wilde komen, ging daarheen. Het was de stad van de hoogste wijsheid. Joan kon goed met de jongen overweg, die aan zijn kleding en gedrag te oordelen een schrijver in de dop was, en met z'n tweeën veranderden ze de loze uren in een feest van artistieke improvisaties. In de grote salon van de boot ontbrak de piano niet, en die gaf Joan de gelegenheid de geest van de verveelde studenten en reizigers te verstrooien. Tijdens het laatste stuk van de reis weerklonken sonates en droevige bolero's, en zelfs de grootste zeurpieten en stilste kwebbeltjes zongen uiteindelijk mee met de noten die uit het instrument opstegen. Als laatste, om een lach tevoorschijn te toveren, speelde hij de liedjes die hij van Niño Sulay had geleerd, en veranderde daarmee de boot in één groot feest.

Toen ze de haven van Puerto Salgar naderden, bekroop Joan een angstig gevoel en legde de vrees voor het onbekende opnieuw een knoop in zijn maag. Ondanks de gekregen fooitjes was de inhoud van zijn portemonnee bijna net zo precair als toen hij aan boord ging van *La Heroica*.

Alle opvarenden hadden zich omgekleed en droegen nu donkere kleding, overjassen en bolhoeden, zoals de Londense gasten die hij 's winters wel eens in Cannes had gezien. Iedereen, behalve hij, hij droeg nog steeds dat witte pak voor gelegenheden.

De student onderbrak zijn zorgelijke gedachten: 'Ga je je niet omkleden?' vroeg hij terwijl hij hem monsterde.

'Ik heb niets anders.'

'Je zult nog bevriezen in Bogota. Hier, pak aan.' Hij overhandigde hem een sjaal. 'Dit is het enige dat ik je kan geven.'

Joan sloeg hem om.

'Waar ga je heen?'

'Waar mijn ziel me heen leidt. Een verloren liefde opzoeken.'

'Verwacht ze je?'

'Ik vrees dat ze mijn bestaan zelfs al is vergeten. Ik ga dat uitzoeken... om te bepalen of ik blijf zieltogen.'

Gedurende het steile traject per trein deed Joan zijn tijdelijke vriend in geuren en kleuren al zijn gevoelens en ellende uit de doeken. In een kille nevel trokken de dorpjes triest aan zijn ogen voorbij, als een voorbode van de kou. Het hele verhaal was verteld toen uiteindelijk dat uitbundig groene tapijt verscheen, en Joan herkende het landschap dat Soledad met haar woorden voor hem had geschilderd. Kuddes wolken bekroonden de blauwe lucht boven de schitterende savanne van Bogota. Echt, die stad moest wel in de hemel liggen, want zo hoog was hij zelfs in zijn dromen nog nooit geweest.

Op het station werd zijn adem afgesneden door een ijskoude wind. Hij zag somber hoe de andere reizigers uitzwermden en elkaar soms ten afscheid omarmden, iets wat hij begon te missen. De student had iemand getroffen die een familielid van hem leek te zijn en hij had op de net geleerde Bogotaanse manier afscheid van Joan genomen.

'Als je niet weet waar je heen moet, ga dan naar Las Cruces,' schreeuwde hij terwijl hij zijn donkere koffer richting uitgang sleepte. 'Ik heb horen zeggen dat je daar voor vijf cent een bed kunt krijgen. Ik kan je niet meenemen, want ik ben intern.'

Maar Joan schonk er geen aandacht aan. Hij was niet de hele wereld door getrokken om in een bed te gaan liggen wachten. Met het adres uit zijn hoofd geleerd, vroeg hij een glimmende oude man die zijn schoenen door een straatschoenpoetser liet fatsoeneren hoe hij op een plaats genaamd Chapinero moest komen. Het hart klopte hem in de keel en hij stikte bijna van onzekerheid in het door de sjaal gesmoorde verlangen. Hij kon bijna niet geloven dat hij voet in Bogota had gezet, dat hij haar spoedig zou zien.

Plotseling leek de stad in rouw gedompeld. Uit een betrokken, loodgrijze lucht daalde het water op de voorbijgangers neer die als in een goed ingestudeerde choreografie hun paraplu's hadden opgestoken en door de regen en straten werden opgeslokt. Onder de doodse blik van bedelaars die als glinsterende standbeelden de chaos van de namiddag leken te sieren, vulden de straten zich met door voetgangers belaagde rode taxi's. Toen hij bij de tramhalte aankwam, had de intense kou hem tot op het bot verkleumd.

Hij noemde het adres, betaalde de twee cent en mengde zich onder de passagiers die met een verbaasde blik naar zijn witte, uit de toon vallende kleding keken.

Nadat ze de chaos van de kantooremployés, lotenverkopers, straatventers, de vele vrachtwagens en het drukke verkeer in het centrum achter zich hadden gelaten, dat Joan trouwens niet eens had opgemerkt, in gedachten verzonken als hij was, waarschuwde de conducteur hem dat ze in Chapinero waren.

Hij werd verwelkomd door uitgestrekt groen, traliehekwerken en blaffende hazewinden.

Hij zwierf langs de chique huizen tot hij het juiste nummer had gevonden. Hij ging voor de blauwe gevel staan en staarde met open mond naar de schitterende, weelderige architectuur die imposant omhoog rees. Dat was geen huis meer maar een paleis met Dorische zuilen en een prachtige arcade, zoals hij die ook tijdens zijn wandelingen door de wijk Manga in Cartagena had gezien. Bij de hoofdingang was op een smetteloos opgepoetste bronzen plaat te lezen: *Moulin de Rêves* – Molen van Dromen.

De enorme tuin werd omsloten door een ijzeren hekwerk dat de afscheiding met de straat vormde. Het liep om het hele blok heen, en nergens bloeiden meer sterk geurende wilde rozen dan in deze tuin. Achterin, boven het blauwe bouwwerk uitstekend, doorkruisten de verstomde wieken van een slapende, met schemerige klimop begroeide molen de windstille lucht.

Hij keek tussen de spijlen door en stelde zich haar daar voor, in dat weelderige groen, tussen de rozen, schommelend op de verlaten schommel, zittend op de gaanderij, uit de deur komend.

Plotseling ging deze open. Twee vrouwen met een schort voor en een mutsje op hun hoofd waren naar buiten gekomen en keken een beetje rond. Nu kon Joan een blik in het huis werpen; hij hoopte dat het lot hem gunstig gezind was en hij Soledad te zien kreeg, maar hij zag niets. Hij schoot bijna wortel, probeerde vergeefs een glimp te ontfutselen tot het geluid van een motor hem waarschuwde. Voor het huis stopte een Cadillac die wachtte tot de butler de poort opendeed. Op de achterbank zat Benjamín Urdaneta die terugkwam van de fabriek. Zodra hij hem herkende, verstopte Joan zich, beschaamd over zijn ongepaste kleding. Hun blikken dreigden elkaar te kruisen. Onder geen enkele voorwaarde mocht haar vader hem in deze deerniswekkende toestand zien. Hij besloot naar de overkant van de straat te gaan, ging als een verliefde zwerver op de stoep zitten en bezag vanaf een afstandje de illusoire werkelijkheid om op een fatsoenlijke manier naar binnen te kunnen gaan en haar te bezoeken.

In de regen zakte de zich schuilhoudende zon onder, schilderde de heuvels in vlammend rood en leverde het paleis van de droevige prinses... zonder vogeltjes of gezang over aan een asgrijze omgeving.

Bij het vallen van de avond kwam het verlichte huis weer tot leven, en door de gordijnen heen bespeurde Joan de avondlijke bezigheden van de familie Urdaneta Mallarino. Hij dacht te dromen dat hij de tere schaduw van Soledad ontwaarde. Hij droomde het niet: ze was het. Ja, ze moest het wel zijn. Ze was omgeven door een gouden stralenkrans, als een godin, zijn godin.

En als het nu eens niet waar was wat Niño Sulay hem had verteld? Als ze nog steeds van hem hield? Zou hij gaan schreeuwen zodat ze wist dat hij daar was, brandend van liefde en stikkend van jaloezie? Mijn God, laat haar nou kijken... Kijk naar me Soledad! Ik ben hier. Hij sprak haar in gedachten toe. Ik kom je halen. Ga met me mee. Ik heb de oversteek gemaakt omdat ik niet zonder jou kan leven. Maar Soledad had hem niet alleen niet gehoord, ze had ook nog eens de gordijnen strak dichtgetrokken waardoor ze in de duisternis opging en hem achterliet met het beeld van zijn vederlichte engel op zijn netvlies gebrand.

Hij moest een manier vinden om haar te benaderen. Hij moest nadenken, maar het lukte hem niet. Zijn angsten kwamen in alle hevigheid terug... Hij had geen piano om met muziek tegen haar te kunnen spreken; hij kon haar niet met arpeggio's liefkozen. Hij stond voor zijn meisje van de lucht, voor zijn onmogelijke droom... en de nacht was ijzig koud.

Soledad had een kille vlaag door haar ziel voelen gaan. Een rilling liep over haar rug, trok door al haar leden en haar hart werd ijskoud. Nadat ze die avond had gekeken of het raam van haar slaapkamer wel goed gesloten was, liep ze weg met de heilige bedoeling Joans foto te pakken, zich ermee in de badkamer op te sluiten en die te kussen tot ze niet meer kon. Dat deed ze elke avond en dat zou ze haar hele leven ook blijven doen. Waarom had ze vandaag toch het gevoel dat hij heel dichtbij was? Met de foto tegen haar lippen gedrukt begon ze van zijn kussen te dromen, tot deze nat werd van haar tranen. Weer dat huilen. De wond wilde maar niet genezen. Wat was er toch met haar aan de hand? Ze had het kouder dan normaal. Ze wilde weer naar zijn beeltenis kijken, maar die was volledig vervaagd door haar kussen; nu was er bijna geen zichtbaar spoor meer over dat Joan daadwerkelijk had bestaan. De ring van ijzerdraad waarmee hij zijn liefdesbelofte had bezegeld, treurde roestig zwart aan haar vinger en de foto was een kaal vodje papier geworden waarop alleen nog de schoenen van een niet langer bestaand stelletje zichtbaar waren. Het was nu tien maanden geleden dat ze uit Cannes vertrokken was, en ook al overhandigde ze trouw elke week een brief aan Vicenta toch had ze nooit een reactie gekregen. Ze voelde hem in haar binnenste, maar zijn gezicht was ze kwijt. Ze zocht het in haar herinneringen, maar het vervaagde. Ze zou bijna denken dat ze zich alles had verbeeld ware het niet dat haar hart bleef zeggen dat alles wat ze voelde echt had plaatsgevonden.

Die avond sloeg de regen op een andere manier tegen de ruiten; druppels pianomuziek van haar pianist die 'Tristesse' speelde. Soledad hoorde ze helder en vloeiend langs het glas glijden. Ze voelde dat Joan bij haar was, en verder verwijderd dan ooit. Ze kon noch eten... noch slapen. Ze bracht de uren slapeloos door, met een wildkloppend hart en een onbestendig voorgevoel.

Toen het die avond begon te schemeren meende Pubenza een vreemdeling bij het huis te zien rondhangen en dat had ze dan ook doorgegeven aan de bedienden, die er verder geen aandacht aan schonken nadat ze hadden vastgesteld dat er niemand bij het hek stond. Wat later kon ze haar ogen niet geloven: de haveloze jongen met zijn gouden haardos die de hele avond al op de stoep aan de overkant zat was niemand minder dan Joan Dolgut. Dat had ze vastgesteld met de verrekijker die ze meenamen wanneer ze naar de operette gingen. Een panische angst maakte zich van haar meester. Was het een spookverschijning? Hoe was hij hier verzeild geraakt? Was het dan niet tot hem doorgedrongen dat als hij geen antwoord van haar nichtje had gekregen dat betekende dat ze geen belangstelling meer voor hem had? Wist hij niet dat als haar oom hier achter zou komen hij tot alles in staat was? Ze bad dat niemand hem zou zien terwijl ze nadacht over een manier om hem te helpen. Ze moest hem ervan overtuigen dat hij moest vertrekken. De sfeer was al enorm gespannen en zijn komst zou de zaken alleen maar erger maken. Ze was bang voor haar nichtje, en voor zichzelf. Het klooster hing als een zwaard van Damocles boven haar en boven Soledads hoofd.

Ze bleef de hele nacht wakker, voortdurend kijkend of Joan daar nog zat, maar ze zag hem niet meer. Deze was zo verstijfd geraakt dat hij had besloten een stukje te gaan lopen en was toen een in het rood geklede vrouw, die zei Margarita te heten, tegengekomen.

Ze deelde haar maaltijd met hem – de verwarde vrouw kreeg altijd wel een warme maaltijd geschonken uit een van de luxe landhuizen – en bij het licht van een vuurtje dat ze op een braakliggend stuk grond hadden gemaakt, raakten ze aan de praat.

'Dus je bent de verloofde van het meisje uit het blauwe huis? Welkom in de wereld van de gekken.'

'Je gelooft me zeker niet, hè?'

'Natuurlijk wel, Margarita gelooft alles. Ik zeg alleen dat wie verliefd wordt op de verkeerde persoon uiteindelijk gek wordt...'

'Ken je Soledad?'

'Deze hele buurt is *soledad*, is eenzaamheid. De nacht is soledad. De maan is soledad. De honger is soledad. Natuurlijk ken ik de soledad!'

Joan ging door. Hij moest praten, de nacht moest voorbijgaan. 'Ik heb haar hier heel ver vandaan leren kennen, in Cannes.'

'Als je het hebt over wie ik denk dat je het hebt, dan kun je het wel schudden. Ze is al verloofd.'

'Ze is pas veertien.'

'En wat zegt dat nou... Soms zijn ze al verloofd voordat ze geboren zijn. Laat je niet verblinden door de zon, dan verbrand je je netvlies.'

Joan zweeg, was bang dat wat hij net gehoord had te bevestigen.

'Mag ik je een goede raad geven?' zei Margarita. 'Wentel je niet langer in je verlangens. Die brengen je alleen maar problemen.'

'En als ik niet anders kan?'

'Dan kom je met de pijn van het onmogelijke te zitten. Je zult je wonden moeten blijven likken, slapeloze nachten hebben, met je gedachten weggaan zonder te vertrekken, kijken zonder te zien, leven als een gevangene van je schaduwen. Wat denk je zelf?' Margarita keek Joan aan en vervolgde: 'Voor ik gek werd was ik verliefd. Ik bracht de nachten zuchtend door, in een snijdende leegte. Ik werd verliefd op iemand op wie ik dat niet mocht en was bang gek te worden, wat uiteindelijk ook gebeurde. Nu ben ik gelukkig. Hoe gekker je bent, hoe verstandiger het is in deze wereld van verschillen, heb ik gemerkt. Luister goed: leer te leven met wat je bent. Scheid dromen van werkelijkheid.'

Joan kon niets meer uitbrengen. Hij begreep niet wat de vrouw, die opeens leuzen tegen de conservatieve partij begon te roepen, tegen hem had gezegd. Hij hield van Soledad en om haar te krijgen was hij bereid te sterven.

De regen was opgehouden en de nieuwe dag brak aan met oranjegekleurde, met goud doortrokken sluiernevels. Overmand door slaap en kou lag Joan in elkaar gedoken te slapen onder een kapokboom in de buurt van het huis van de Urdaneta's. Hoewel hij zijn uiterste best had gedaan niet in slaap te vallen, had de vermoeidheid van de reis hem toch te pakken gekregen. Hij werd gewekt door een harde windvlaag.

Toen hij zijn ogen opendeed, bestierf hij het van woede. Op nog geen vijftig meter bij hem vandaan stapte zijn engel van de wind in een tram waar Sagrado Corazón op stond. Bij haar stond een vrouw met een schort voor die haar hartelijk uitzwaaide. Toen hij doorkreeg dat ze hem ontsnapte zonder dat hij haar gesproken had, begon Joan achter het voertuig aan te rennen. Tijdens zijn wilde tocht kwam hij iemand tegen die hetzelfde deed, maar dan bij een andere tram: het was de gekke Antoñín die zijn zusje op wie hij smoorverliefd was wilde beschermen en elke ochtend achter de tram aan rende tot ze bij school was, om zo te voorkomen dat een jongen toenaderingspogingen deed; vervolgens keerde hij via dezelfde weg terug naar huis. Onder de ochtendpassagiers waren zijn capriolen beroemd.

Nadat hij vele blokken achter de tram waarin Soledad zat had aan gerend tot hij deze uiteindelijk uit het oog was verloren, keerde Joan terug naar het blauwe huis. Hij had iets bedacht. Als hij nu eens gewoon aanbelde en naar Pubenza vroeg? Per slot van rekening had zij hen het meest geholpen.

Eenmaal voor het huis zonk de moed hem in de schoenen. Wat voor gezicht moest hij zetten als hij naar haar vroeg, en moest je eens kijken hoe hij eruitzag!

Hij klappertandde van de kou en zijn hoofd knarste van machteloosheid.

Binnen had de butler Benjamín Urdaneta al fijntjes ingelicht over de vreemde snuiter in het witte pak die het huis al vanaf de vorige middag in de gaten leek te houden; deze had de zwerver met zijn verrekijker nauwkeurig bekeken en tot zijn grote verbijstering de straatarme ober uit het Carlton herkend.

'Wel verdomme!' was het enige dat hem ontglipte, en tegen het personeel zei hij dat hij dit akkefietje voor zijn rekening zou nemen en hij gebood hun niets tegen een van de vrouwen in huis te zeggen.

In een diepe stilte verzonken, vertrok hij naar de fabriek, vastbesloten onmiddellijk actie te ondernemen. Toen ze de hoek omsloegen zag hij hem staan, verscholen achter een boom. Hij bleef naar hem kijken zonder dat de jongen het merkte en hij dacht bij zichzelf: Je zult je deze ouweheer nog goed gaan herinneren.

Eenmaal op de fabriek zette hij zijn hele arsenaal aan contacten aan het werk tot hij de hoogste persoon die verantwoordelijk was voor deportaties te spreken kreeg.

'Moet u eens horen, ik heb een geweldige dochter...' hij had de chef van de Immigratiedienst aan de lijn en na een uitgebreide, beleefde begroeting was hij ter zake gekomen, 'en nu hangt er een kale kerkrat bij mijn huis rond, eentje die hier ver vandaan komt, u begrijpt wel wat ik bedoel, zo'n arrogante arme sloeber die soms aan jongedames van hoge komaf klit, kijkend of er iets voor hem te halen valt.'

'Vertelt u mij maar niets, doctor Urdaneta. Ik heb vijf beeldschone dochters en ik moet constant rattengif om ze heen strooien om dat... die ratten... te verjagen.'

'Ik zou graag zien dat u zo snel mogelijk optreedt. Het maakt me niet uit wat u verzint, zolang die hufter maar ver bij mijn dochter uit de buurt is. En jaag hem de schrik maar flink op het lijf, zodat hij het niet in zijn hoofd haalt hier nog eens op te duiken. Hij moet terug naar waar hij vandaan komt.'

'Het wordt geregeld, doctor Urdaneta.'

'U doet me hier een groot plezier mee en ik ben u zeer erkentelijk... U begrijpt me wel.'

Aan de andere kant van de lijn klonk een lachje en ze namen afscheid. De chef van de Immigratiedienst had alle gegevens en beloofde er onmiddellijk werk van te maken.

Op de Sagrado Corazónschool kon Soledad zich intussen maar niet concentreren. Ze was helemaal in de war. Niet wetend wat haar nu zo van streek maakte, had ze de ochtend peinzend doorgebracht. De nonnen hadden haar diverse malen een standje gegeven, maar ze bleef heel afwezig. De lessen algebra, meetkunde en geschiedenis, de pauze en het godsdienstuurtje gingen voorbij zonder dat er iets veranderde. Wezenloos stapte ze weer in de tram, ditmaal om thuis te gaan lunchen, en hoe verder ze de calle 26 inreden, hoe sterker haar voorgevoel werd, tot ze zelfs de rillingen en transpiratieaanvallen van een plotseling opgekomen ziekte begon te vertonen. Ineens had ze een onweerstaanbare drang thuis te zijn. Boven de tram begon zich een enorme wolk te vormen waaruit grote hagelstenen dreigden te vallen. De rest van de rit bleef die zwarte schaduw als een onheilspellende voorbode boven de tram hangen.

Toen ze er bijna was en de tram bij de halte bij het kruispunt op de hoek was gestopt, zag ze vanuit de verte een patrouillewagen voor hun huis staan. Een in het wit geklede man werd geboeid en wel onder luid geschreeuw door twee agenten naar het busje geduwd. Soledad voelde een steek in haar hart, een soort vaag verdriet voor die vreemde zwerver van wie ze enkel de achterkant kon zien. De wagen reed met loeiende sirene weg.

Daarbinnen ving een huilende Joan Dolgut een laatste glimp op van zijn meisje van de lucht, gekleed in haar marineblauwe schooluniform en met een donkere wolk boven haar hoofd die haar onverbiddelijk volgde; hij zag haar gedesoriënteerd op het trottoir lopen met die lichte tred die hij zo goed kende, zag haar naar rozen geurende zwarte haren waarvan hij 's nachts droomde, en de maagdelijke aureool die haar intens witte gezichtje omkranste. Hij zag haar dichterbij komen terwijl hij zich juist verwijderde, en zijn gesnik veranderde in een stortvloed van tranen.

De weken waren voorbijgegaan en na het gebeuren in Cannes was Aurora Villamarí verwarder dan ooit. Ze beantwoordde Andreu's telefoontjes naar haar mobiel niet, in de hoop en wanhoop – twee zaken die lijnrecht tegenover elkaar stonden – dat hij haar niet meer zou bellen. Ze vreesde die liefde.

Die droomnacht in het Carlton was voor haar de bevestiging dat als ze zo doorging ze zichzelf voor altijd zou kunnen verliezen; zich verliezen in de waanzin geen wil meer te bezitten, overgeleverd te zijn aan haar emoties… heel intense emoties waarvoor ze doodsbang was omdat ze die nog nooit eerder had gevoeld en daardoor niet onder controle had. Daarom was ze bij het aanbreken van de ochtend op haar tenen voor haar eigen schaduw weggevlucht, zonder hem wakker te maken of een briefje achter te laten, en had ze de eerste bus terug naar Barcelona genomen, terug naar de grauwe, vlakke werkelijkheid, naar haar zekerheid.

Onwetend van het feit dat het om Andreu's zoon ging, bleef ze Borja punctueel lesgeven, ook al had ze moeite zich te concentreren. Het was een schat van een jongen die ze gaandeweg in haar hart had gesloten. Ze wilde een gevierd pianist van hem maken en ze was ervan overtuigd dat dat zou lukken, want de jongen deed werkelijk overal zijn uiterste best voor; hij had het zelfs in zich een groot componist te worden. Hij had alleen een beetje aanmoediging nodig en moest wat meer zelfverzekerdheid ingegoten krijgen, een taak die eigenlijk bij de ouders berustte maar die ze met alle liefde op zich nam.

De sporadische ontmoetingen met Ullada in het appartement in El Born meed ze als de pest. Ze was bang dat de inspecteur met zijn speurneusinstinct een vermoeden zou krijgen van haar relatie met Andreu, de man op wie ze samen zoveel kritiek hadden geleverd en van wie ze geen spaan heel hadden gelaten. Ze zag zichzelf haar gevoelens nog niet verklaren aan iemand die haar zo geheel belangeloos en onbaatzuchtig zijn vriendschap had betoond. Er bestond evenmin genoeg vertrouwelijkheid om hem iets te onthullen wat ze zelf niet eens begreep. Hoewel ze graag naar die plek ging en het heerlijk vond op die bijzondere piano te spelen, had ze besloten van dat toneel te verdwijnen, in ieder geval tot ze haar gedachten helder had.

De relatie met haar man – als je dat tenminste een relatie kon noemen – beperkte zich tot het middageten in de oven om twaalf uur en de gezamenlijke avondmaaltijd tegen tien uur, waarbij hun dochter de woorden inslikte die niemand at.

Sinds haar terugkomst leed ze aan slapeloosheid. Andreu hield haar voortdurend bezig en één gedachte in het bijzonder viel haar zwaar: een steeds terugkerende vraag die haar dag en nacht kwelde en haar maar niet met rust liet... En als Andreu nu eens haar broer was?

In Andreu's huwelijk was de spanning in stilte steeds verder opgelopen. Tita Sardá zei alleen het hoognodige tegen hem, bijvoorbeeld tijdens de verplichte etentjes en andere gelegenheden waarbij ze er echt niet onderuit kon, en hij was vervallen tot het zwijgen en de rusteloosheid van een ingehouden liefde.

Zijn zakelijke beslommeringen bezorgden hem niet zoveel afleiding dat hij die magische nacht in Cannes kon vergeten. Onder geen beding wilde hij Aurora tot een ontmoeting dwingen, maar hij stierf van verlangen om haar te zien. Hij ging ervan uit dat haar gevoelens net zo intens waren als de zijne. Hij wist niet wat die vrouw met hem had gedaan, maar hij merkte dat hij anders was, minder agressief. Hij bespeurde zelfs een gevoel van onbehagen dat allergische vormen aannam wanneer hij zich in gezelschap bevond van al die glitter en glamour die hij voorheen zo bejubeld had. Hij herinnerde zich haar slechts gekleed in haar huid en met ogen die overliepen van hartstocht; hij wilde niet dat iemand anders haar zo zag. Hij raakte geobsedeerd door de wens te weten wie haar echtgenoot was, en plotseling bloeide er een onbekend gevoel in hem op: jaloezie.

De diensten van detective Gómez met betrekking tot de relatie van zijn vader met Soledad had hij even stopgezet waardoor hij elke toenadering tot Aurora uit de weg ging, maar hij zette hem nog wel in om naspeuringen te doen naar zijn grootvaders verleden; een belofte die hij zijn vader op het kerkhof had gedaan.

Hij wist dat hij Aurora vroeg of laat zou moeten vertellen dat de blonde jongen die zo van haar pianolessen genoot zijn zoon was, maar vooralsnog was dit het enige wat hij had om haar te bespieden zonder dat iemand het in de gaten had.

En hij bespiedde haar; die vrijdag was hij eerder thuisgekomen en had hij zich tussen de zitkamer en de gang opgesteld om te genieten. In die toestand trof Tita hem aan toen ze thuiskwam. Ze nam het tafereel in zich op, liep naar hem toe en fluisterde hatelijk met een honingzoet stemmetje: 'Schat… je wilt toch niet zeggen dat je je niveau hebt laten zakken en dat je nu de "klasseloze" vrouwtjes leuk vindt,' met haar blik op Aurora wijzend. 'Dat onbeduidende leraresje is toch niets voor jou!'

'Lazer op. Als er iemand is die het over zin in een ander zou moeten hebben, ben ik het wel. Pas jij maar op je tellen.'

'Ik weet niet waar je het over hebt.'

'En óf je dat weet. Je bent bijdehand genoeg om te weten waar ik het over heb. Ik ga mijn tijd niet verdoen met discussies met jou.'

'Wil je scheiden?'

'Dat zou je wel willen, hè? Maar dat genoegen gun ik je niet. Kaart dat zelf maar bij je vader aan.'

'Geen denken aan, schatje. Als je oorlog wilt, mag jij het eerste schot afvuren.'

'Je kunt beter je mond houden, mag ik je even helpen herinneren dat we een zoon hebben, en die is wél belangrijk voor me.'

'Ha! Dat is nieuw! En sinds wanneer mag hij dan wel belangrijk voor je zijn?'

Andreu wilde voorkomen dat Aurora hen zou horen en liet de ruzie in een stilte eindigen. Een halfuur later, kort voor de les afgelopen was, liep hij de tuin in, reed de oprit af en wachtte een paar huizen verderop tot Aurora naar buiten kwam. Toen, net voor ze het metrostation in wilde gaan, schoot hij haar zonder er verder over na te denken aan.

'Hallo… Ik had mijn hand open en de vlinder die erop was gaan zitten is weggevlogen. Wat had ik moeten doen? … Had ik mijn hand moeten dichtdoen?'

Bij het horen van zijn stem raakte Aurora gespannen als een snaar. Het was dus echt gebeurd, ze had het niet gedroomd. Daar was hij, hartelijker dan ooit.

'Als je je hand had dichtgedaan,' antwoordde ze terwijl ze probeerde haar stem niet te laten trillen, 'was de vlinder waarschijnlijk in een armzalige larve veranderd.'

'Ik heb je ontzettend gemist! Mijn God, wat heb je met me gedaan?'

Hij deed het portier voor haar open, vroeg haar in te stappen. Met een nerveus gebaar streek Aurora de lok terug die over haar gezicht viel. Ze wist niet wat ze moest doen, maar haar hart had al een besluit genomen: ze zat in de auto.

In een stilte die gevuld was met gedachten en angsten reden ze de calle Balmes uit, staken het plaza Catalunya over en sloegen de via Laietana in. Ze begon te vermoeden waar ze heen gingen. Hij zou de calle Princesa inslaan en de auto parkeren in de calle Comerç. De rit had hen naar El Born gevoerd.

Het liep tegen achten en onder een nog glimlachende zon vulden de trottoirs zich met de eerste vrolijkheid van een meiavond. De mensen hadden de winter in de kast gehangen en hun kleurige kleding lachte stralend. Een herboren Barcelona bloeide op tussen de tafeltjes op de terrasjes, jonger en bloter, uitbundiger en artistieker.

Ze hadden de auto naast de stoeprand geparkeerd, op een plekje waar net iemand wegreed. Aangestoken door de sfeer die in de lucht hing, voelden ze ineens de drang innig gearmd te wandelen en zich voor één avond een stel te voelen, maar ze hielden zich in. Ze waren volwassen, hoewel ze zo onzeker als onervaren pubers waren. Vol van niet-uitgesproken vragen liepen ze over de brede stoep tot ze bij nummer 15 kwamen. Daar hadden ze elkaar leren kennen op de dag van de dood van hun ouders, en elkaar verafschuwd. Daar keerden ze nu terug, verliefd en zonder antwoorden.

Beneden opende bar Mírame Lindo zijn deuren. De winkel met gezouten vis waar hij vroeger zo vaak met zijn moeder kabeljauw ging halen was al tijden een ontmoetingsplaats met *mojito's*, vermouts en longdrinks. Andreu ging naar binnen, ditmaal om gesteund door een drankje Aurora's ziel met woorden te benaderen. Nadat ze even om zich heen hadden gekeken zeiden ze tegelijk: 'We zijn de enige.'

'We zijn de enige.'

Ze schoten in de lach. Dat was hun al eerder overkomen. Andreu zonk weg in Aurora's ogen, zoals hem bij hun vorige ontmoeting ook was gebeurd, en zij voelde hem haar ziel binnendringen.

'Je hebt mijn telefoontjes niet beantwoord,' zei hij op warme toon.

'Ik ben bang.'

'Ben je bang voor me?'

'Voor jou niet, nee. Voor mezelf.'

Andreu streelde met zijn vinger haar hand terwijl hij haar met zijn ogen uitkleedde. Waarom raken we zo van streek als we bij elkaar zijn? Waarom dat gevoel van opwinding waardoor ik niet eens normaal tegen je kan praten? dacht hij.

Aurora keek hem met een wildkloppend hart aan. Boem-boem, boemboem, bang-blij, bang-blij... Ze veranderde van onderwerp. 'Hoe lang heb je hier gewoond?'

'Tot ik weg kon... Ik ben pas teruggekomen op de dag dat ik je ontmoette. Kijk me niet zo aan, dat weet je toch. Volgens mij weet je alles van me.'

'Denk je dat echt?' Aurora's ogen waren twee vraagtekens.

'Van jou weet ik daarentegen niets.'

'Daar geloof ik niets van. Hoe heb je me vandaag gevonden? Hoe wist je dat ik daar op dat tijdstip zou lopen? ... Was dat soms toevallig?'

'Ik moet je zoveel dingen opbiechten...'

De ober kwam met de drankjes en de woorden losten op in de muntgeur van hun mojito. Hij had op het punt gestaan haar te onthullen wie Borja was. Nu vertelde hij haar over de naspeuringen die hij na haar vertrek nog in Cannes had gedaan.

Aangespoord door wat hij in het oude schriftje van zijn vader had gelezen waarin deze over zijn leven aan de Franse Rivièra met veel genegenheid aan een zekere madame Tetou refereerde, was hij de dag erna teruggegaan naar het restaurant in Golfe-Juan. Toen hij naar haar vroeg, was hij erachter gekomen dat de huidige eigenaresse van Le Tetou zowaar een directe nakomelinge van haar was. Deze vertelde hem in geuren en kleuren dat een jonge ober genaamd Joan Dolgut en een Colombiaans meisje dat engelachtig mooi was een onvoltooide liefdesgeschiedenis hadden achtergelaten in de vorm van een tafeltje waaraan na hen niemand meer had gezeten... het stond daar op het strand waar ze het samen, hij en Aurora, licht hadden zien worden. Wat een schitterend toeval.

De oude madame Tetou was overleden, maar ze had haar kleindochter dat verhaal van de onmogelijke liefde verteld, en deze, hoewel ze niet wist of het op waarheid berustte of slechts ontsproten was aan haar oma's fantasie, had het oude verveloze tafeltje voor de zekerheid en als eerbetoon aan haar grootmoeder laten staan. Dat van de oude olijf waarover ze hem had verteld, waarvan de bladerkroon en de stam op onbegrijpelijke wijze getooid waren met duizenden harten en de initialen J en S, was ook waar. Andreu had hem op de door madame Tetou aangeduide plek aangetroffen, en hoewel hij het eerst niet wilde geloven, was hij enorm onder de indruk geraakt bij het zien van de boom bedolven onder die initialen.

Het laatste wat ze van de verliefde ober wisten, zo had madame Tetou haar verhaal beëindigd, was dat hij in 1940, midden in de oorlog, smoorverliefd aan boord van een schip was gegaan om zijn meisje in Colombia op te zoeken; daarna hadden ze nooit meer iets van hem vernomen.

'Wat kan er in Colombia zijn gebeurd? Weet jij daar iets van?' vroeg Andreu aan Aurora.

'In de spullen van moeder ben ik niets tegengekomen. Weet je ook hoe lang je vader in Colombia is geweest?'

'Volgens mij weet ik net zoveel als jij. Zijn verre verleden is in nevelen gehuld. Ik wist niet eens iets van zijn heden, maar we komen er wel achter.' Hij pakte Aurora's hand, bracht hem naar zijn lippen, kuste die teder en vervolgde: 'Ik weet niet waarom het leven ons heeft samengebracht, maar ik ben er wel van overtuigd dat daar een bedoeling achter zit… een heel sterke. Je moest eens weten hoe ik door deze geschiedenis ben veranderd…'

'Iemand verandert alleen maar als hij beseft dat hij, zoals hij is, niet verder komt… Kom je nu verder?'

Andreu smachtte ernaar haar helemaal te voelen. Hij wist niet of verder komen was haar in zijn armen nemen en de tijd laten stilstaan. Of verder komen betekende alles vergeten en zich terugtrekken in die piepkleine ruimte in El Born, die hij juist ontvlucht was om vooruit te komen en iemand te worden. De zin van zijn leven was nu net zo vaag als toen hij een toekomst los van zijn vader was gaan opbouwen.

'Wil je naar binnen?' In Andreu's smekende stem klonk een verfijnde hoffelijkheid door.

Aurora keek naar hem, met de duistere vraag die tegenwoordig altijd en overal door haar hoofd spookte en waar ze op dat moment absoluut niet over na wilde denken.

Ze gingen naar binnen.

Toen ze de deur openden, leek de woning een zucht te slaken die geurde naar verse rozen. Aurora en Andreu bleven in de gang staan, overrompeld door het tafereel dat zich voor hun ogen voltrok. Het was alsof de voorwerpen en meubels uit een lethargie ontwaakten en hun huidige eigenaar hartelijk verwelkomden. De zwijgende piano wachtte op Aurora's ranke vingers. De kale vloer, die op de dag van Joan en Soledads dood bedekt was geweest met de bruidssluier, baadde in een okergeel licht. Alle vazen waren gevuld met witte rozen en door de ramen kwam de buitenlucht binnen en deed de gordijnen opbollen als zeilen van een schip dat net was uitgevaren. Aurora en Andreu stonden strak van liefde.

'Wil je voor me spelen?' vroeg hij terwijl hij haar naar de piano leidde.

'"Tristesse"?'

Toen hij haar de klep die de toetsen bedekte zag optillen, kon Andreu zich niet langer beheersen. Hij pakte haar zachtjes bij de schouders en draaide haar naar zich toe, liet haar op de geopende piano plaatsnemen die met een sonoor arpeggio antwoordde. Begeleid door de aanhoudende klanken kuste hij Aurora, die haar ziel wijd open zette.

Zijn handen bewogen begerig maar beheerst over haar lichaam, met nooit eerder beleefde muzikale bewegingen; in een *andante ma non troppo* gleden zijn vingers helder over haar borsten, zetten de klanken in van een sonate... de mooiste en lieflijkste die Aurora ooit had meegemaakt. Van de geopende blouse, van het kloppende ivoor, verplaatsten zijn strelende vingers zich in een *adagio molto e cantabile* naar haar dijen... tussen haar dijen... het diepste punt tussen haar dijen... de verborgen huid die al het leven in zich had. Door het gewicht van haar lichaam bleef een melodie uit de piano opklinken. Die klonk als Beethovens 'L'Aurore'. Die klonk naar vreugde. En haar benen voelden... en haar huid reageerde... *Allegro... Vivace... Allegro molto vivace...* Andreu's vingers waren diep in haar vochtige ziel gedrongen... een zee van genot... *Largo... Appassionato... Largo appassionato...*

Hij bespeelde haar lichaam zoals niemand ooit had gedaan. Hij kon dus pianospelen.

Toen Aurora uit haar sonate ontwaakte, biggelde een traan over haar wang: puur van geluk. Andreu had haar op de piano uitgekleed en haar als een levende godin op de toetsen gezet, liet haar haar duisterste voorgevoelens vergeten.

Haar witte huid contrasteerde scherp tegen het glanzende zwart van het instrument. Een lang aangeheven klank, een verwachtingsvolle F, hopend opnieuw te vibreren. De handen van de speler kwamen weer, ditmaal dwingend... prettig... haar handen in de zijne vangend... haar armen spreidend... Haar overal kussend, van de geopende roos van haar mond, millimeter voor millimeter... hals... navel... aanzet van haar buik... zijn tong tussen haar benen… gespreid… een muzikale vlucht… tot hij haar opnieuw liet huilen.

Terwijl de tranen over haar gezicht rolden, maakten haar pianistenhanden zich op een huidconcert te geven… op Andreu's huid.

Zonder haar naaktheid van de piano te halen, ontdeed Aurora hem met ingehouden honger van zijn kleren. Das en overhemd vielen op de grond terwijl haar lippen over zijn borst gingen die geurde naar verlangen en nieuwe liefde. Plotseling hield hij haar tegen en plaatste haar, haar van de piano tillend, ruggelings naar hem toe… een ongerepte rug tegen een gloeiende borst… Hij trok haar naar zich toe, zette haar op zijn schoot, voelde de vochtige rozenblaadjes, heet… haar gezicht naar de piano gekeerd.

'Speel…' fluisterde hij terwijl hij met zijn handen haar borsten omvatte.

Aurora's handen probeerden zich op de klanken te concentreren. Die van Andreu gleden opnieuw over haar hele lichaam, openden gesloten holtes op de melodie van Chopins 'Tristesse'. Uit de piano steeg steeds meer parfum op… slaakte samen met haar kreetjes… huilde samen met haar tranen van genot… verspreidde zich… doordrenkte de lucht met leven… Een wellustige Aurora had 'Tristesse' in een vreugdezang veranderd, in een levenszang. Andreu's handen tilden haar heupen op, zijn geslacht drong binnen… langzaam… teder… diep… bewoog op en neer… hard… zacht… hard… deed haar pijn… een pijn die geen pijn deed… die bevrijdde…

Piano… Kreet… Stilte… Traan… Lach… Huid… Ziel.

Alles wervelde om hen heen. De piano bleef zingen… Zij, slap op de toetsen hangend, ontving de kussen waarmee Andreu haar naakte nek overlaadde. De piano barstte los… ze speelde niet meer… hij omhelsde haar… ze had hem in zich… hij was in haar… ze waren versmolten… een verdubbeld lichaam… vermenigvuldigde gevoelens.

Het was al laat geworden en ze lagen op de bank in elkaars armen te slapen. Het straatgeroezemoes kwam samen met de sterren door de ramen binnen. Buiten ging het leven voor vele passanten monotoon voorbij. Voor hen was het nog maar net begonnen.

Toen Aurora haar ogen opende, rustten Andreu's handen ontspannen op haar lichaam. Die magische handen hadden haar bevrijd. Die lange vingers…

Haar hart sloeg over. Zijn handen? Andreu sliep nog. Aurora legde haar handen naast de zijne. Ze waren hetzelfde. Hetzelfde? Dat kon niet. Ze kwelde zichzelf met iets dat aan haar fantasie ontsproten was. Ze probeerde het voorgevoel van zich af te zetten. Ze moest weer naar Clemencia en deze moest haar martelende twijfel wegnemen.

Maar hoe stiller het werd, hoe angstiger ze werd. En hoe moest ze nu verder met haar leven? En met Mariano? En Mar? Haar dochter wachtte vast op haar, en zij, ze moest gaan, ook al wilde ze niet. En zij, tegelijkertijd zo verdrietig en gelukkig. En zij, zoveel gezelschap en toch zo alleen. Ze voelde haar moeders aanwezigheid, haar liefdevol toelachend, gelukkig. Ze voelde de rustige ademhaling van Andreu, ze voelde liefde, heel veel liefde, die van hen en die van hun ouders. Een overweldigende hoeveelheid gevoelens op twintig vierkante meter woonkamer, op anderhalve meter bank... in de millimeter die hun zielen verbond. De tijd gleed over hun lichamen als druppels zuivere lucht. Het was tien uur, een vrijdagavond die een weekend vol ellende en droefenis voorspelde.

Mariano Pla werd ongerust. Zijn vrouw kwam maar niet thuis en ze moesten nog eten. Ze hadden haar op haar mobiel gebeld, maar ze nam niet op. Vanavond zond Canal+, waar hij zich alleen maar op geabonneerd had om geen voetbalwedstrijd te hoeven missen, de wedstrijd tussen zijn geliefde Barça en Atlético Madrid uit, en als ze niet snel gingen eten zou hij die niet meer helemaal kunnen zien, want als hij iets trouw deed dan was het 's avonds met z'n drieën eten. Dat was voor hem het gezin. Mar was naar een buurvrouw gegaan om haar het nieuwe liedje dat ze had bedacht te laten horen, en hoe langer haar moeder wegbleef, hoe meer tijd ze had om te oefenen. Ze wilde haar moeder bij haar thuiskomst verrassen. De tekst en muziek had ze zelf geschreven. De laatste tijd ging het componeren op de piano haar wonderwel af. Ze had de heldere stem van haar oma geërfd, en het was waar wat ze over haar zeiden: ze drukte zich altijd zingend uit, zelfs wanneer ze haar moeder een complimentje over het eten maakte deed ze dat welluidend met een harmonieuze, zachte stem.

Haar Colombiaanse afkomst werd weerspiegeld in haar lange gitzwarte haar, het zangerige accent dat ze voor geen goud wilde kwijtraken, en de donkere ogen die in intens witte, maanvormige ovalen lagen. Haar mond was als een rijpe kers en speelde verstoppertje met het mooiste dat ze bezat: haar vrolijkheid. Want het was een opgewekt meisje, heerlijk opgewekt als een briesje op een warme zomeravond. Met haar dertien jaar leefde ze in de zekerheid dat er veel van haar werd gehouden.

Toen haar moeder thuiskwam, verbaasde het Mar dat ze zo stil en afwezig was. Ze had een blos op haar wangen waardoor ze er als een jong meisje uitzag, maar de blik in haar ogen telde vele jaren. Ze had haar niet eerder zo triest gezien, zelfs niet bij de dood van haar oma. Hoewel ze graag wilde weten wat er met haar moeder aan de hand was, respecteerde ze haar stilzwijgen met de gedachte dat zij ook wel eens een slechte dag mocht hebben.

Terwijl in de pan de macaroni aan de kook was geraakt, bleven in Aurora's hart de gevoelens van die avond borrelen. Wat ze zojuist had meegemaakt was gewoonweg niet te geloven. Zij, naakt, voor Dolguts piano, de liefde bedrijvend terwijl ze een sonate speelde. Ze voelde zich niet op haar plaats. Ze sneed de tomaten en profiterend van de scherpe uienlucht liet ze haar tranen de vrije loop.

Eenmaal aan tafel drukte Mariano op de afstandsbediening van de tv, en de maaltijd ging voorbij met passes, over-de-lijnsituaties, hoekschoppen en een enkele penalty.

Op datzelfde moment kwamen Andreu en Tita in zijn Ferrari aan bij de jachtclub. Onder het genot van een dinertje zouden ze, zoals elk jaar, met hun zeilvrienden de gezamenlijke zomervakantie voorbereiden, en ditmaal werd het Sardinië, waarbij ze ook Corsica zouden aandoen.

Na een rijkelijk diner en oppervlakkige loftuitingen sloeg de bijeenkomst de richting van verwaandheid in. Andreu, met de smaak van Aurora nog op zijn lippen, werd opeens overvallen door een kus die even onecht was als de met siliconen opgevulde lippen waarmee deze gegeven werd. Tita had zojuist een vinnige opmerking gemaakt en die verhuld met een kus. Andreu ontweek haar instinctief. Hij wist niet hoe hij het voor elkaar moest krijgen, maar hij was ervan overtuigd dat de vakantie een ware lijdensweg zou worden als hij niet net zo cynisch tegen haar zou zijn als zijn vrouw tegen hem.

Met heel veel moeite kwam hij de avond door. Iedereen lachte. Iedereen praatte. Iedereen maakte grapjes en iedereen, niemand uitgezonderd, leefde in de veronderstelling dat Andreu en Tita een geweldig huwelijk hadden en het knapste stel uit hun kringen vormden. Echt om jaloers op te zijn.

Ze vertrokken met vier wijntjes op, een paar glazen whisky, nul komma nul liefde en veel venijn dat aan één stuk door uit Tita's mond rolde. Andreu probeerde de hele rit zijn kalmte te bewaren tot ze bij hun huis arriveerden. Eenmaal daar kwam het hem voor dat Tita met hem... flirtte? Voor één keer leek zijn vrouw hem seksueel uit te dagen. Hij begreep er niets van. Of ze was iets aan het uitbroeden of ze had te veel gedronken en was daardoor ineens geil geworden. Hij liet haar in bed liggen wachten en ging naar de woonkamer om een laatste whisky te drinken met zijn gedachten bij de piano in El Born, bij het zachte lichaam van Aurora. Hij miste haar. Nou, wat miste hij haar! Dit was dus de liefde. Dat gevoel dat hem volledig in beslag nam en waardoor zijn lichaam en geest leken te zweven.

Hij had zoveel jaren gevochten om datgene waarmee hij nu omringd was te krijgen, zoveel jaren om het leven te kunnen leiden dat hij had verward met HET GELUK... en allemaal voor niets. Want het was hem niet eens gelukt een eigen kapitaal te vergaren. Zijn schoonvader had hem, om het maar plat te zeggen, 'bij zijn ballen'. Als hij van Tita zou scheiden, raakte hij vrijwel alles kwijt. De voorwaarden die hij voor het huwelijk had moeten tekenen en waarvan hij had gedacht dat ze later wel aangepast konden worden, waren onherroepelijk gebleken.

De Sardá's vormden de typische familieclan die, volgens grootvaders wil, uitgebreid werd geadviseerd door het Instituut van de Familie Onderneming, dat in zijn statuten helder en onweerlegbaar had opgenomen dat de aandelen en baten van de ondernemingen uitsluitend ten goede kwamen aan directe bloedverwanten. Na tien jaar zachte druk te hebben uitgeoefend, had Andreu bereikt dat één clausule was aangepast: zodra Tita en hij twintig jaar getrouwd waren, zou hij aandeelhouder worden in Divinis Fragances en de andere bedrijven, hoewel hij in de laatste alleen een minderheidsbelang zou krijgen. Op dat moment had hij nog vijf lange jaren te gaan.

Niet zijn auto's die op een rij in de gigantische garage waren geparkeerd; ze stonden niet op zijn naam. Niet het zeiljacht *Parfum du Vent* waarmee hij deelnam aan de zeilwedstrijd die hij zelf in het leven had geroepen om het bedrijf meer glans te geven. Niet zijn huis in Barcelona noch dat in Llavaneres. Niet zijn appartement in het skioord Gstaad, waar hij al zo vaak tussen de groten der aarde was doorgegleden. Daar hij zijn naam niet droeg... droeg zijn zoon evenmin zijn naam.

Al 'zijn' bezittingen behoorden toe aan Divinis Fragances.

Van dat alles afzien was erg moeilijk voor hem. Van zijn zoon afzien was onmogelijk.

Hij wilde hem niet verliezen en hij wist zeker dat zijn vrouw in geval van een scheiding al het mogelijke zou doen om hen uit elkaar te halen.

Met de whisky nog in zijn hand liep hij Borja's kamer binnen. De pianoklep stond omhoog en daarop prijkte een vergeelde partituur waarin de F overal was doorgestreept, en in de kantlijn waren in het onmiskenbare handschrift van zijn vader enkele opmerkingen genoteerd; die was ongetwijfeld meegebracht door Aurora. Het was indrukwekkend te moeten vaststellen dat de genen hadden gezegevierd. Zijn zoon ging steeds meer op zijn grootvader lijken. Hij speelde piano alsof hij nooit anders had gedaan.

Zijn regelmatige ademhaling vulde de slaapkamer met rust. Leek hij gelukkiger te zijn? Hij liep naar hem toe en kuste hem. De jongen voelde het; hij werd altijd wakker maar gaf er de voorkeur aan de magie van zijn enige moment met zijn vader niet te verbreken. Hij hield van hem. Natuurlijk hield hij van hem... ontzettend veel. Zijn vader had hem uiteindelijk datgene gegeven wat hij altijd al had gewild: pianospelen.

Voor Aurora Villamarí begon de week in het verzorgingstehuis, waar ze een *bandeja paisa* stond te bereiden om als lunch aan Clemencia Rivadeneira te geven. Sinds haar verblijf in Cannes had ze niet meer zo uitgebreid voor haar gekookt, maar die dag had ze Clemencia's geheugen nodig.

Toen de bonen klaar waren, het kalfsvlees gemalen en het zwoerd en de rijpe banaan gebakken, legde ze alles op een grote schaal en voegde de rijst, de hogao-saus, het gebakken ei, de maïskoek en de avocado toe.

Zodra ze het de oude dame aanbood, begon deze herinneringen op te hoesten. Haar vooruitgang was onmiskenbaar maar wel verbonden met eten. Ze had Aurora niet meer met haar moeder verwisseld.

'Hmmm... wat ruikt dat heerlijk, meisjelief. Het doet me denken aan de keren dat ik met je moeder naar La Fonda Antioqueña ben geweest. Zat dat restaurant niet in de calle Diputación? ... Volgens mij kwamen alleen wij tweeën er, daarom moesten ze ook sluiten.'

'Mijn moeder vond het daar fantastisch.'

'Dat verrukkelijke eten weten alleen rasechte Colombianen zoals wij te waarderen... en "geadopteerde kinderen" als Joan. Je weet wel hoeveel hij van dit gerecht hield.'

Aurora wist het niet.

'Clemencia... wat is er tussen hen voorgevallen? Tussen mijn moeder en Joan?'

Maar de oude dame sprak verder alsof ze haar niet had gehoord. 'Vooral het zwoerd vond hij heerlijk. Op deze manier klaargemaakt,' ze beet er krakend in, 'krokant gebakken. In het begin leek hij nogal verlegen, maar later kwam hij los. Hm... nou en of hij loskwam.'

'Ik heb wat onderzoek gedaan... Ik ben in Cannes geweest. Daar hebben ze elkaar leren kennen. Dat wist je wel, of niet?'

'De plaats doet er niet toe. Ik heb je al eerder gezegd dat ze elkaar al kenden voordat ze elkaar ontmoetten. Eigenlijk herkenden ze elkaar.'

'Hebben ze elkaar later weer ontmoet?'

'Natuurlijk. Als dat niet zo was, zou jij hier nu niet zijn geweest.'

'Wat bedoel je daarmee?'

'Precies wat je hoort. Ach, Aurorita, wat vraag je toch veel! Je laat iemand niet eens rustig eten.'

Aurora besloot een andere vraag te stellen. 'Hadden mijn moeder en Joan een relatie voordat ik geboren werd?'

Het antwoord bleef steken in een lepel bonen.

'Weet je wel over welke tijd je het hebt? Het was heel gevaarlijk. Je moeder was getrouwd... met een ander.'

'En wat dan nog? Waarom is mijn moeder in Barcelona gaan wonen, nou? Waarom juist in Barcelona? Was dat soms omdat Joan hier woonde?'

'Er zijn dingen die ik je uit respect voor je moeder niet kan vertellen.'

'Clemencia, ik heb je hulp nodig. Ik moet weten of...'

Haar moeders oude vriendin hield op met eten, keek haar aan en zei: 'Als je wilt weten of je moeder Jaume Villamarí ontrouw is geweest, kan ik je dat niet zeggen. Haar nagedachtenis is heilig voor me.'

De vraag bleef maar door Aurora's hoofd spoken en was daar met geen mogelijkheid uit te krijgen. Ze besloot het onderwerp even te laten rusten, begon over de rozen die in de tuin van het tehuis bloeiden. De rozenstruiken vormden nu een boog boven de kleine tafeltjes waaraan andere oudjes speelden dat ze kinderen waren.

Clemencia verorberde de gebakken banaan en toen ze de drang om te weten bij de dochter van haar beste vriendin in de gaten kreeg, begon ze weer te spreken. 'Ik kan je wel zeggen dat Soledad vanaf haar veertiende maar van één man heeft gehouden, en dat was van Joan Dolgut. Alles wat ze heeft gedaan of heeft nagelaten was slechts uit liefde voor hem. En jij zou je alleen maar druk moeten maken om te leren hoe je gelukkig wordt... en doorgaan deze heerlijkheden te maken. Je hebt me er vreselijk aan laten wennen.'

Aurora omhelsde haar. Had Clemencia haar zonder het te zeggen iets duidelijk gemaakt? 'Er zijn dingen die ik je uit respect voor je moeder niet kan vertellen', bedoelde ze daarmee: 'Je bent de dochter van Joan, en de persoon die jij altijd als je vader hebt beschouwd heeft dat nooit geweten'? En als ze haar dat nu eens recht op de man af vroeg? Zachtjes drong ze aan: 'Lieve Clemencia, was Joan Dolgut mijn vader?'

Het oude dametje keek haar met een lege blik aan en onder een verpletterende stilte zonk ze weg in het land der vergetelheid, in die mist waarin zij en haar herinneringen vertoefden. In een mum van tijd was ze uit het heden vertrokken.

Aurora nam haar in haar armen en fluisterde lieve woordjes. Ze voelde de angst waardoor het mensje ging beven. In haar ogen zag ze de diepe leegte, de val, het zwarte gat waarin haar hele bestaan verloren ging. Het niets.

Ze kuste haar en nadat ze alles had verzameld, ging ze weg. Met haar ogen volgde Clemencia haar vertrek. Voordat ze de deur doorging, draaide Aurora zich nog even om; het was net of het oude vrouwtje haar met haar blik wilde geruststellen. Ze zwaaide gedag en Clemencia hief automatisch haar hand, imiteerde het gebaar.

Wat had Tita Sardá de avond van het dinertje? Waarom had ze seksuele toenadering gezocht? Wat was ze aan het uitbroeden? Toegedekt met vragen viel Andreu in slaap. Hij wist niet dat zijn vrouw die avond een telefoontje van haar vader had gekregen waarin deze zonder omwegen zijn bezorgdheid had geuit over de verwijdering die hij de laatste maanden tussen het echtpaar had bespeurd. Hij had benadrukt dat als het waar was dat ze domme dingen deed, geruchten die hem ter ore waren gekomen, de winst van de best florerende onderneming die ze hadden daar weleens flink onder kon lijden, want die was volledig afhankelijk van de vaardigheden van haar echtgenoot. De belangen waren wederzijds. Andreu had hen nodig en zij zijn kundigheid, ook al hadden ze hem nooit wijzer gemaakt want het was hun tactiek hem altijd scherp te houden. Tita had haar vader gezworen dat er niets met hun relatie aan de hand was, dat het om de normale ups en downs van een stel ging. Ze besefte nu pas hoe moeilijk het zou worden te scheiden van de man die ze begon te haten. Alles was met elkaar verstrengeld en ze wist dat voor haar vader geld op eerste plaats kwam. De onstuitbare reeks successen die Divinis Fragances de laatste jaren had geoogst mocht door niets in de weg worden gestaan. De onderneming was inmiddels niet alleen het belangrijkste parfumerieconcern van het land, maar was ook hard op weg de belangrijkste parfummultinational met de meest exclusieve merken ter wereld te worden. En die enorme groei was volledig aan Andreu te danken.

Maar ze was verliefd, en hoe! Ze was bang dat Massimo di Luca het niet zou begrijpen en genoeg zou krijgen van al dat wachten en verstoppertje spelen. Ze raakte buiten zichzelf door de obsessie hem te verliezen. De cadeaus gingen in crescendo en de toekomstbeloften kenden geen grenzen. Tot overmaat van ramp raakte het geduld van haar minnaar uitgeput.

De kwestie glipte haar door de vingers.

Via de telefoonlijn was Massimo haar huis binnengedrongen. Wanneer ze haar mobiel niet opnam, liet hij wanhopig 'twijfelachtig gespelde' berichten achter bij het personeel. Als hij haar niet elke dag zag, kwamen zijn vurige Italiaanse temperament en jaloezie boven; hetzelfde temperament waarop Tita zo smoorverliefd was geworden.

Het snoepje dat ze hem had voorgehouden en waarmee ze hem opgewonden wilde laten blijven, was dat als ze eenmaal gescheiden was en zij tweeën samenwoonden, ze samen het meest luxueuze sportcentrum van Barcelona zouden opzetten; een soort Guggenheimmuseum, eveneens door Gehry ontworpen, waar je zelfs zou kunnen wonen. Met studio's, artsen, masseurs, psychologen, sofrologen, acupuncturisten, schoonheidsspecialisten en alle nieuwigheidjes en technieken die zich ter wereld voordeden.

En nu stond ze tussen twee vuren. Aan twee kanten ingesloten: aan de ene kant haar vader en Andreu, aan de andere Massimo, haar toevluchtsoord.

Ze was zo verhit dat ze volledig aan haar zoon voorbijging. Ze had er niet eens over nagedacht bij wie hij zou blijven wanneer ze de stap naar het geluk zou zetten. Het belangrijkste was Massimo niet kwijtraken en haar vader tevreden houden, in ieder geval tot die vervloekte winsten waarvan het water hem in de mond liep gewaarborgd waren. Twee taken die haar samen van het laatste beetje slaap zouden beroven. Maar ze stond op voet van oorlog, en als het nodig was zou ze zelfs haar toevlucht tot pure serotonine nemen.

Het eerste wat ze de ochtend na haar vaders waarschuwing deed, was naar Massimo snellen en hem een bliksemreisje naar Los Angeles voorstellen. Hij moest Frank Gehry in zijn huis aan de Santa Monicaboulevard opzoeken en met hem over het project van het sportcentrum praten. De kunst was hem een paar dagen bezig te houden zodat ze tijd had om na te denken. Massimo reageerde dolenthousiast. Een vliegticket eerste klas, verblijf in de grote suite van het Hotel Beverly Hills midden op Sunsetboulevard... De toekomst begon al net zo te schitteren als het titanium van het golvende museum in Bilbao.

Vervolgens wierp ze zich vol in de strijd om haar vader ervan te overtuigen dat de situatie thuis volstrekt normaal was. Ze greep hun trouwdag aan om vele genodigden te onthalen op een diner met exquise witte truffels en stromen champagne, die de leugen van hun 'voorbeeldige huwelijk' met gelach overgoten.

Twee weken lang gedroeg ze zich als een engeltje en gooide alles in de strijd om Andreu het gevoel te geven dat ze van hem hield. Ze was bijzonder verleidelijk, machiavellistisch lief, aanvallend koket, en kreeg het een enkele nacht zelfs voor elkaar dat de geest en het lichaam van haar man in de war raakten, die na veel glazen Chivas uiteindelijk toegaf aan haar lokroep. Na de daad en eenmaal weer nuchter verzonken ze in een stilzwijgen en in wederzijdse gevoelens van afkeer.

Door Tita's plotselinge toewijding, haar constante belaging, de berg sociale verplichtingen en de ophanden zijnde overname van een ander groot bedrijf uit de parfumeriesector had Andreu geen moment over om op adem te komen bij zijn Aurora.

Na hun magische samenzijn in El Born had hij haar niet meer gezien. Hoewel hij haar overlaadde met telefoontjes en berichtjes die hij op haar voicemail achterliet, had ze hem niet één keer geantwoord.

Andreu had haar gebruikt, geen twijfel mogelijk.

Als een dwaze romantica had ze zich verbeeld dat hij haar de volgende dag zou bellen. Dat hele eindeloos lange weekend had ze iets verwacht… maar niets gekregen. Bij de vreselijke spanning van haar gedachten die waarschuwden voor mogelijke incest, kwamen nu ook nog eens de schaamte gebruikt te zijn en het akelige gevoel dat ze het spook van het ongeluk haar gezin had binnengebracht.

Dat kon ook alleen haar overkomen, denken dat die man wél de moeite waard was terwijl uit alles wat hij voor haar trip naar Cannes had gedaan duidelijk zijn laaghartigheid sprak. Maar ze was voor hem gevallen. Ze hield van hem… tegen wil en dank. Wat ze met hem had beleefd, was geweldig… Alleen voor haar?

Ze besloot het laatst binnengekomen berichtje af te luisteren. Het was de warme stem van Andreu: 'Aurora, beantwoord alsjeblieft mijn telefoontjes. Ik sterf van verlangen om je te zien, ik moet je wat uitleggen; deze dagen zijn ontzettend zwaar voor me.' Na een lange stilte: 'Ik mis je verschrikkelijk! Je hebt er geen idee van hoe erg!'

De laatste zin sneed door haar ziel.

Ze belde hem.

Andreu zat midden in een aandeelhoudersvergadering, maar hij stond meteen op en liep naar de gang, met een wildkloppend hart en de telefoon in zijn hand.

'Waarom verstop je je voor me? Waarom laat je me zo lijden?' vroeg hij haar strelend met zijn innigste stem.

'Ik verstop me helemaal niet. Jij bent opeens verdwenen. Betekende die avond dan niets voor je? Na een week kom je weer opdagen en dan zeg je dat ik je laat lijden?'

'Aurora, we moeten elkaar zien, elkaar voelen; ik laat alles in de steek. Deze stomme vergadering. Nu meteen.'

'Ik kan niet.'

'En vanavond, aan het begin van de avond?'

Aan de andere kant van de lijn klonk een vrouwelijke ademhaling, een licht briesje en een zware stilte.

'Nee.'

Met een druk op de rode toets van haar Nokia maakte Aurora een eind aan het gesprek. Vijf seconden later kondigde het melodietje een oproep van Andreu aan. Ze liet het een tijdje gaan en net toen ze wilde opnemen stopte het geluid.

Best, dacht ze terwijl ze hem in haar tas stopte. Jammer, zei haar hongerende hart.

Haar benen leidden haar naar de paseo de Colom. In dat toevluchtsoord wilde ze zich voor de wereld verstoppen; ze wilde door niemand worden gezien. Haar moeders woning rook nog steeds naar haar... maar dan zonder haar. Ze ging de ouderslaapkamer binnen, net als vroeger wanneer ze uit school kwam en zich niet lekker voelde. Ze voelde de behoefte zich op haar schoot te nestelen, haar aan te kijken en te vragen wat ze moest doen.

Net toen ze in het eenzame bed wilde gaan liggen, klonk haar mobiel weer. Ditmaal was het inspecteur Ullada. Hij wilde weten hoe het met haar was, want hij had haar al weken niet meer gezien. Hoewel hij de dagen telde en heel goed wist dat hij precies achtenveertig dagen niets van haar had gehoord, deed hij het voorkomen alsof het om een hartelijk telefoontje van een vriend ging.

Een avondje pianospelen? Nee, bedankt. Ze zou het appartement in El Born nooit meer kunnen binnengaan. Daar was haar vreugde in een hoek gedreven. Ze wimpelde de inspecteur af, beloofde hem een afspraakje in de bar van de Ópera, na de zomer. Het was een moeilijke periode waar ze doorheen moest en daar had ze al haar aandacht voor nodig. Ullada wilde niet aandringen... nog niet.

Zwelgend in haar verdriet staarde ze naar het plafond. Haar blik viel op het vrijwel onzichtbare luikje waaruit ze haar moeder wel eens geld had zien halen. Doordat het lang niet geopend was en door de diverse lagen verf die er in de loop der tijd overheen waren gestreken, leek het één met het plafond. Ze stond op en liep snel naar de keuken om een trapje te halen. Een wit meegeschilderde spijker deed dienst als knop. Ze trok eraan, maar de houten plank die als deurtje fungeerde zat stevig vast aan de rest van de wand. Ze zette meer kracht en net toen ze bijna haar evenwicht verloor en dreigde te vallen, gaf hij mee. Ze stopte haar hand erin en tastte rond in de loze ruimte van het verlaagde plafond. Niets. Ze klom nog een trede hoger, en om het zoekgebied te vergroten stak ze nu niet alleen haar hand maar haar hele arm in het gat. Achterin voelde ze iets wat op een doos leek, ze trok er krachtig aan om die te kunnen zien. Een wolk stof viel in haar ogen waardoor ze ze moest sluiten. Na een tijdje te hebben geknipperd en met het stof nog in haar ooghoeken pakte Aurora de doos en ging het trapje weer af.

Toen ze de doos opendeed, trof ze een stapeltje oude pesetabiljetten aan waar een elastiekje omheen zat, een schrift waarin de gezinsboekhouding was bijgehouden en een bruine enveloppe. In totaal moest er voor zo'n tweeduizend peseta in biljetten van vijf zijn, waarschijnlijk gespaard huishoudgeld dat ze was vergeten. Het ruitjesschrift was volgeschreven met optellingen en aftrekkingen, schulden en tegoeden en was niet interessant... maar de enveloppe?

Die zat niet dicht. Ze maakte hem gretig open en haalde er een oud, gekarteld fotootje uit, heel oud maar niettemin scherp.

Dezelfde foto waarvan ze maanden eerder maar een klein deel had kunnen zien – door de slechte staat van het negatief waren enkel de schoenen van een stelletje onthuld – verscheen nu volledig voor haar ogen, van top tot teen. Twee tieners. Haar moeder, beeldschoon en... Joan Dolgut? Aurora kon haar ogen niet geloven. Die jongen met zijn blonde krullen was niemand anders dan... Wie?... Was ze gek aan het worden?

BORJA!

De jongen naast haar moeder was het sprekende evenbeeld van de jongen aan wie ze pianoles gaf, de jongen die ze in haar hart had gesloten. Wat had dat allemaal te betekenen?

Ze had een loep nodig. Met de foto in haar hand haastte ze zich naar het oude bureau van haar vader en daar lag hij, zoals altijd op het blad. Met een punt van haar witte blouse poetste ze het glas tot het weer helder was en plaatste ze de loep boven het gezicht van de jongen.

IDENTIEK!

Alleen aan de kleding was te zien dat het niet om haar leerling ging. Even stelde ze zich Borja in dat pak voor.

In haar hoofd vormden zich allerlei hypothesen, vergelijkingen, simpele en ingewikkelde rekensommetjes... Als die jongen Joan Dolgut was en Joan Dolgut er precies zo uitzag als Borja, dan kon de vader van laatstgenoemde niemand anders zijn dan Andreu.

Ze verwierp de gedachte. Onmogelijk!

Hoe was het mogelijk dat Andreu haar niets had verteld? Waar was hij mee bezig? Wist hij dat ze zijn zoon lesgaf?

Natuurlijk wist hij dat. Ze zette alles nog eens op een rijtje. Die middag dat ze Borja had lesgegeven en Andreu in zijn auto op haar stond te wachten; zij had gedacht dat het een toevallige ontmoeting was geweest, maar van toeval was geen sprake, zoveel was wel duidelijk.

Wat was die man van plan? Hoe was het mogelijk dat ze zich door zo'n machiavellistisch persoon had laten strikken? Had ze niet genoeg geweten door de manier waarop hij zich had gedragen toen ze hem leerde kennen?

'Stommeling,' zei ze tegen zichzelf. 'Je bent een grote stommeling,' herhaalde ze nog eens.

Ze pakte de foto en stopte die in haar tas.

Ze spraken af elkaar de volgende dag in El Born te ontmoeten, bij de ingang van het Picassomuseum. Ze zouden wat gaan eten bij Habana Vieja, een klein Cubaans restaurant verscholen in de calle Banys Vells, en daarna zouden ze naar het appartement gaan, dat had Aurora in ieder geval tegen hem gezegd.

Andreu had de hele middag voor haar vrijgemaakt. Hij hunkerde ernaar haar weer te zien, haar vanbuiten en vanbinnen te voelen. De afgelopen dagen hadden hem een eeuwigheid geleken. Hij was als een tiener verliefd geworden en dat had zijn weerslag op de zaken die hij onder handen had, dat was wel duidelijk, maar voorlopig alleen voor hemzelf. Zo had hij een telefoontje van zijn New Yorkse broker afgewimpeld en daardoor een aanbod laten schieten dat als een bus bij het bedrijf paste.

Toen Aurora hem belde, was alles stil blijven staan. Ze was niet langer boos en wilde hem zien... Wat wenste hij nog meer?

Hij was te vroeg en doodde de tijd met het observeren van een groep toeristen die voor het museum stond te wachten. Hij zag haar aankomen, ze leek te zweven boven het smeltende asfalt van de calle Montcada. Het was of een wind haar door de lucht voerde. Zijn hongerige ogen kleedden haar uit tot haar naaktheid zijn ziel tegemoet schreeuwde. Zo wilde hij haar zien, in huid, alleen voor hem.

'Het voelt of ik je al eeuwen niet meer heb gezien,' zei hij haar over haar wang strelend.

Aurora, met al haar woede, twijfels, onzekerheden, de foto, haar liefde, haar angst en haar verlangen, liet zich vluchtig kussen.

Ze liepen de Barra de Ferro uit, sloegen links af en gingen het restaurant binnen. Tot op dat moment had Aurora nog geen woord gesproken. Haar ogen waren twee bliksemschichten die hun woede elk moment konden ontladen. Andreu, die reikhalzend naar hun ontmoeting had uitgekeken, had haar zwijgzaamheid niet in de gaten.

'Ben je niet blij me te zien?' vroeg hij haar verliefd.

Het kostte haar moeite te antwoorden, door het bedrog zat haar keel dicht van woede.

'Wat denk je?'

'Ben je ergens boos om?'

'Zou ik dat moeten zijn?'

De eigenaresse bracht hun twee mojito's en de kaart.

'Zeg eens... heb ik iets gedaan of iets nagelaten wat je wel van me verwachtte?'

'Je hebt iets gedaan en iets nagelaten... zonder dat ik het van je verwachtte. Lijkt je dat niet genoeg?'

'Waar word ik van beschuldigd?'

'Van liegen. Maar dat gaat je heel goed af; blijkbaar maakt dat deel uit van je verbijsterende persoonlijkheid.'

'Aurora, ik begrijp er niets van.'

'Ik begreep er evenmin iets van... in het begin. Nu weet ik in ieder geval één ding over je: als leugenaar ben je briljant. Ik vraag me alleen af... In hoeveel leugens heb je me nog meer laten geloven, vanaf Cannes tot nu? Wat voer je in je schild? Wat wil je van me?'

Het bombardement van beschuldigingen bracht hem van zijn stuk.

'Ben je gek geworden?'

Aurora haalde de gevonden foto van haar moeder en Joan uit haar tasje en overhandigde hem die.

'Begrijp je mijn... hoe noemde je het ook alweer, gek worden, nu beter?'

Andreu's mond viel open. Zijn zoon op een heel oude foto? Nee, het was zijn vader. En dat beeldschone meisje, was dat Aurora? Ze leek er heel veel op.

'Heb je niets te zeggen?' Aurora's stem klonk snijdend.

Even later kreeg Andreu zijn stem terug. Die oude kwestie schopte zijn leven helemaal in de war.

'Laat me het je uitleggen...'

'Doe je best.'

'Ik was van plan het je te vertellen... echt waar, Aurora. Die sublieme dag, voordat we naar mijn vaders appartement gingen, ik zweer je dat ik het van plan was... maar ik werd bang. Was bang alles kapot te maken en dat bijzondere moment niet te beleven, het enige waarop ik daadwerkelijk gelukkig ben geweest.'

Aurora hoorde hem ongelovig aan.

'Ja, Borja is mijn zoon. Ik was het die voorstelde dat jij hem pianoles zou geven. Het was de enige manier je in de buurt te hebben.'

Aurora's ongeloof had zich tussen hen gewrongen.

'Hoe wist je dat ik pianoles gaf? Ik kan me niet herinneren dat ik je dat heb verteld.'

'Ik heb je laten volgen.'

'Mij? Dan heb je je geld over de balk gegooid. Zo interessant ben ik niet.'

'Aanvankelijk deed ik het om meer over je moeder te weten te komen. Later wilde ik meer over jou weten.'

'Jij wilt echt alles onder controle hebben, nietwaar? En, heb je je geamuseerd?' vuurde Aurora cynisch op hem af. Andreu wilde het niet horen.

'Ik heb zoveel geleerd door naar je te kijken! Je liefde voor de piano, de tederheid die je voor mijn zoon aan de dag legt...'

'Heb je me bespied... zelfs bij je thuis?'

'Hij aanbidt je, net als ik. Het spijt me.' Hij probeerde haar hand te pakken, maar ze ontweek dat met een vraag. 'Wat weet je nog meer van mijn onbetekenende bestaan? Hoe lang gaat je spelletje nog duren?'

De serveerster stond met het notitieblokje in de aanslag onbewogen te wachten om hun bestelling op te nemen. Toen ze in de gaten kreeg dat de ruzie nog wel even zou aanhouden, schraapte ze luid haar keel.

'Zullen we bestellen?' onderbrak Andreu het gesprek.

'Ik zit al vol.'

'Laat mij maar wat voor je bestellen.'

Een paar minuten later was de Cubaanse terug met een heel stel kleine schaaltjes die ze op hun tafel schikte, waarbij ze Aurora vanuit haar ooghoeken opnam en bij zichzelf dacht: Hé, meid, doe niet zo idioot. Zo'n goede partij laat je toch niet lopen? Houd toch op de beledigde onschuld te spelen.

In doodse stilte aten ze met tegenzin. Was zijn dag nu verpest? Nee, dacht Andreu terwijl hij haar verliefd gadesloeg. Ze was net een klein meisje als ze boos was; zelfs zo was ze prachtig. Hun eerste ruzie was de moeite waard. Ze was mooier dan ooit in haar woede die uit al haar poriën fonkelde. Hij raakte opgewonden bij de gedachte haar bezwijmd van liefde op de piano te zien. Hoe kon hij de middag redden? Wat moest hij doen zodat ze hem zou vergeven? Overlopend van liefde zei hij: 'We zouden moeten weggaan.' Onder haar vragende blik vervolgde hij: 'Op reis gaan. Jij en ik.'

'Nu is er iemand anders gek geworden.'

Aurora verbrak haar stilzwijgen met een zachte, vriendelijke stem. Gedurende de maaltijd was ze gekalmeerd. De stilte van het bestek had als een balsem gewerkt. Ze kon hem niet haten; ze hield van hem zoals ze nog nooit van een man gehouden had. Was hij oprecht? Hoewel hij haar had bedrogen door van alles te verzwijgen, kon ze zijn liefde voelen. Wat hij nu voorstelde was een heerlijke dwaasheid… Een onmogelijke dwaasheid.

'Waarom niet?' drong Andreu aan.

'Heeft je detective je niet verteld dat ik getrouwd ben?'

'En ik.'

'Dus?'

'Wie heeft nou nooit een stommiteit uit liefde begaan?'

Dat was zo. Aurora werd overmoedig. Waarom ook niet? Ze speelde mee om te zien waar het zou eindigen.

'En wat zou de bestemming van die dwaasheid zijn?'

'Hoe lijkt je… Colombia?'

Colombia! Naar het land van haar moeder, waar haar diepste wortels lagen, verstrengeld met treurwilgen en rode rivieren, wuivende palmbomen en oogstrijpe koffiebomen. De droom die in de loop der jaren was vervaagd – hun inkomen was net toereikend om te eten en door de vele verplichtingen was de lust haar ook vergaan – rees nu in volle glorie voor haar ogen op. Het zou fantastisch zijn. En Mariano? En Mar? Hoe kon ze hen achterlaten zonder zich schuldig te voelen?

'Hé! Hoor je me wel?' Andreu bewoog zijn hand op en neer voor Aurora's mijmerende ogen.

'Ik kan niet... hoewel ik het heerlijk zou vinden.'

'Ben je er wel eens geweest?'

'Nooit.'

'Nou, daar heb je een reden. En zeg niet dat ik het niet moet overhaasten.' Andreu wierp het gouden lokaas uit. 'Het spoor van onze ouders is daar opgehouden, weet je nog? We zouden samen op onderzoek kunnen gaan.'

Dat was waar. Wat zou er van haar familie zijn geworden? Zou er nog iemand leven?

'Denk je erover na?' Met zijn wijsvinger tilde hij haar kin op en streek over haar lippen terwijl zijn ogen zich verloren in de rookkleurige irissen.

Ze zou erover nadenken.

Gearmd gingen ze op weg naar de paseo del Born, hij brandend van hartstocht, zij met een onbestendig gevoel: ze wilde het wel en ze wilde het niet. Ze wist dat als ze het appartement betrad ze een speelbal van de liefde zou zijn, een blaadje dat buiten het seizoen van de boom gedwarreld was... Ze kon het niet. Het was belachelijk met iemand samen te zijn die haar voorloog, getrouwd was, geen principes had en die ze bovendien bijna niet kende. Toen ze stilhielden voor nummer 15 smolten al haar argumenten als sneeuw voor de zon.

Ze zou weer naar binnen gaan.

In de lift vielen haar ongelovige ogen op de handen van haar minnaar. Hij had lange vingers... net als zij.

De instructies van Andreu opvolgend, ging detective Gómez door met zijn speurtocht naar gegevens over de vermisten uit de burgeroorlog. Aurora bespioneren was al een tijdje niet meer aan de orde; zijn onderzoek concentreerde zich nu volledig op de archieven van de stoffelijke overschotten die in die tijd gevonden waren, waarin geen enkel teken van José Dolgut voorkwam.

Bij de Stichting voor het Herstel van het Historisch Geheugen vertelden ze hem over de opgravingen die recentelijk in heel Spanje werden gedaan, waarbij ze achtergelaten in de bergen, greppels, olijfgaarden en grotten nog vele resten van begane schande en onrecht moesten aantreffen. Vergeten slachtoffers die niet aan de vergetelheid werden prijsgegeven. Meer dan dertigduizend? Veertigduizend? Zestigduizend? Niemand die het wist.

De tijd van de herinnering aan het lijden was een andere tijd. Hoewel de misdrijven waren verjaard, was het recht op de herinnering nog steeds van kracht. Bij de nabestaanden lag de geërfde pijn nog vers in het geheugen. De nieuwe generaties wilden dat wat anderen uit angst hadden verzwegen van de daken schreeuwen, hun verlamde tongen tot leven wekken. Ze wilden iets volstrekt menselijks, namelijk hun doden fatsoenlijk begraven om voor het oog van de wereld een getuigenis van hun bestaan te laten verrijzen, want niemand kon die doden bedriegen, zelfs de dood in eigen persoon niet. Ze hadden bestaan en bleven bestaan, in weerwil van het Amnesie Pact van de Transitie.

Gómez zag zich geplaatst voor duizenden dossiers die nog niet gerubriceerd waren; geesten die met hun namen schreeuwend ellenlange lijsten vulden. Het dossier van José Dolgut mocht niet aan die slapende lijsten worden toegevoegd aangezien Andreu harde resultaten van hem eiste.

Hij had een paar gegevens verzameld; een ervan, het belangrijkste, was dat José Dolgut een 'rooie' was geweest en lid was van de anarchistische vakbond CNT die in Barcelona het verzet had georganiseerd.

Hoewel hij het geluk had gehad dat de Guardia Civil van genoemde stad sterk republikeins was en aan hun kant stond, was hij uiteindelijk, zoals velen, waarschijnlijk geveld door een geweerschot, een handgranaat of een luchtbombardement, mogelijk een genadeschot... of was hij in ballingschap gegaan? Dat laatste was niet erg aannemelijk.

En daar moest hij dus achter zien te komen. Achter het onmogelijke. Gelukkig had Andreu hun afspraak twee weken opgeschort, dagen waarvan hij gebruik maakte om de oude buurt La Barceloneta waar José en Joan Dolgut hadden gewoond af te struinen. Hij liep door straten die in vroeger tijden het toneel van barricades en bloedige schermutselingen waren geweest, maar van het gebouw waarin de man naar wie hij naspeuringen deed had gewoond, was niets meer over. De eerste bombardementen op de Ciudad Condal hadden de haven en omgeving als doelwit en een aantal gebouwen was daarbij ernstig beschadigd, enkele woningen waren zelfs weggevaagd. Desondanks gaf hij zich niet gewonnen. Hij had de buurtbewoners nog.

Speurend op oude plattegronden van die tijd bepaalde hij de juiste plaats.

Toen hij deze vergeleek met de actuele kaarten zag hij dat bijna alle gebouwen in die buurt nog overeind stonden. Het zou een lastig maar niet onmogelijk karwei worden. In een van die woningen moesten nog overblijfselen zijn van de uitgemoorde generatie... Niemand kon zomaar, zonder een spoor achter te laten, van de aardbodem verdwijnen, in ieder geval niet voor hem, ook al was er een complete oorlog overheen gegaan.

Hij nam een medewerker in dienst en liet het aan hem over van deur tot deur te gaan en navraag te doen, terwijl hijzelf naar Priaranza del Bierzo in Léon vertrok, de plaats waar een van de eerste openingen en opgravingen van een massagraf uit de Spaanse burgeroorlog had plaatsgevonden. Het hele land moest er vergeven van zijn, Catalonië uiteraard ook. Daar hielp het gemeentebestuur hem de teamleden te lokaliseren die die zware taak op zich hadden genomen, en met hen nam hij uitgebreid alle benodigde stappen door voor het geval zijn onderzoek hem in die richting zou leiden.

Hij begon andermans verdriet als eigen verdriet te voelen. Hij sprak met enkele nabestaanden van de veertien slachtoffers, met antropologen, archeologen en forensische artsen.

Twee dagen later voerde zijn onderzoek hem naar Andalusië, waar een team genetici van de Universiteit van Granada hem informeerde over de nieuwste DNA-technieken.

Vol vage ideeën keerde hij terug, maar één ding was hem wel duidelijk: hij zou Andreu om veel meer geld moeten vragen. Wat hij op het punt stond te ondernemen was de moeilijkste taak waar hij ooit in zijn leven voor had gestaan.

Barcelona leed nog steeds onder de gevolgen van de bombardementen. Na de zware overtocht die hem had teruggevoerd naar Europa, eenzaam, vernederd en honds behandeld, zag Joan Dolgut zich nu geconfronteerd met de pijn zijn stad in puin te zien liggen.

Op de trottoirs sleepten de oorlogsinvaliden zich voort. Een stroom van verminkte lichamen rolde zich voort op houten plankjes en probeerde dat wat overduidelijk in hun gezicht sloeg niet te zien; mensen die letterlijk doormidden gesneden waren, leerden opnieuw lopen in een dal van gevallenen, hun stompjes verstopt onder leer. Kinderen met diepe fronsen vanwege de verloren kinderjaren zwierven op krukken hun toekomst tegemoet, een vervanging van hun benen. Een tumultueuze vloed van eenarmen, kreupelen, blinden, doven en stommen bedelde om aalmoezen bij mensen die net als zij geen rooie cent bezaten.

De gevels ademden gesmoorde kreten van pijn uit; deuren bungelden in de leegte van verlaten woningen; kale ramen, zonder ogen of leven. Muren vol gaten door de verschrikking van de fusillades en terechtstellingen rezen op te midden van het troosteloze asfalt. Stukken muur die voorheen vreugde, gezamenlijke avondmaaltijden en gesprekken hadden geherbergd, waar vele gezinnen hun vermoeidheid hadden weg geslapen, alles daar getuigde van een macabere nachtmerrie. Wat had zijn stad misdaan om zoveel woede te verdienen? Zijn buurt... Wat was er met zijn Barceloneta gebeurd? En met zijn huis? Had hij zich in de straat vergist? Waar was zijn huis? EN ZIJN VADER?

Joan Dolgut draaide langzaam om zijn as. Op de plaats waar eerst zijn huis had gestaan, verrees nu een berg zwart puin, alsof het door een ziedende bliksemstraal was getroffen. Voorbijgangers liepen langs zonder zich bewust te zijn van de ramp die zijn ogen net hadden ontdekt.

Wat was er gebeurd met de mensen die keken zonder te zien? Beseften ze dan niet wat ze met zijn huis hadden gedaan? Waar was zijn taal? Sinds wanneer werd er Spaans in plaats van Catalaans gesproken? Waarom bekeken ze hem zo achterdochtig? Of was het wellicht angstig?

In de ogen van de mensen lag een onmetelijke rouw. Ook al lachten ze, hun gezichten drukten een huilen zonder tranen uit.

Zijn Barcelona was oneindig triest... En hij, hij voelde zich meer dan ooit verloren, had zelfs zichzelf verloren en wist niet waar hij met zijn immense verslagenheid naartoe moest.

Gedesoriënteerd, vel over been en verteerd door een laaiende pijn, rende hij weg tot hij bij de oude pier kwam, het enige wat hij nog overhad van zijn verleden. Daar stortte hij zijn verdriet uit over de zee, schreeuwde uit alle macht: 'VAAADEEER! ... WAAAAROOOM? ... WAAAAROOOOM?'

Het zachte geruis van de golven antwoordde hem met een zilte stilte.

Hij hurkte neer op de rand die hem scheidde van de grote diepte, en van het zich in de zee werpen en voor eeuwig te verdrinken. Urenlang koesterde hij het idee zich in de zwarte diepte van het water te storten. Verdwijnen, zoals alles was verdwenen... Uitrusten.

Hij had geen reden meer om verder te leven. Hij had zijn vader verloren, en het mooiste dat hij ooit in zijn leven had gehad: zijn meisje van de lucht. Hij had geen moeder, geen broers en zussen, geen ooms en tantes, geen grootouders; hij had altijd als eenling in het leven gestaan. Niemand verwachtte hem en hij verwachtte van niemand nog iets. Hij had geen onderkomen, geen middelen. Zijn hele bezit bestond uit zijn honger – die hij al zoveel had geleden dat hij hem bijna niet meer voelde –, zijn aantekeningenschrift, zijn vrijbrief en een pak dat riekte naar verval, net als hijzelf.

Er waren geen redenen om verder te leven. Zonder liefde was het leven een leeg omhulsel, een leeg ei...

Waar hij heen ging had hij niets meer nodig, zelfs niet de vrijbrief die zijn vader hem zo liefdevol op het station had overhandigd op die 31ste juli, inmiddels al vier lange jaren geleden.

Hij zou zich in het vloeibare niets storten. In het droomloze niets.

Hij keek naar de zee, en daarin tekenden zich bedrieglijk de schaduwen van zijn geliefden af. De golven wenkten hem met hun witte handen. Hij stond op en spreidde zijn armen, zijn vleugels, als een vogel. Hij zou zijn sonates verstrengeld tussen zijn vingers meenemen.

Net toen hij zijn vlucht wilde inzetten, bereikten hem, meegevoerd door de middagbries, de zachte klanken van 'Tristesse'; ze waren afkomstig van een piano die op een oude paard-en-wagen werd vervoerd. De verhuiskar ging richting de via Laietana en hij werd bespeeld door een man die geheel opging in zijn spel en niet in de gaten had dat alle voorbijgangers naar hem keken.

Dat geluid gaf hem terug aan het leven. Hij was niet alleen, hij had zijn muziek nog. Hij zou weer gaan spelen om de herinnering aan Soledad levend te houden, en de belofte die ze elkaar hadden gedaan op die met kussen overladen avond op het strand. Via zijn pianospel bleef ze in zijn ziel.

Als hij speelde, was Soledad bij hem.

Hij vluchtte weg van de pier en van zijn idee te sterven, met het laatste beetje kracht dat hem nog restte: zijn piano.

Hij ging terug naar zijn buurt op zoek naar een bekend gezicht, iemand die hem kon helpen, maar hij ontmoette enkel schuwheid en angst. Hij wilde Barceloneta al verlaten toen hij opeens werd geroepen.

'Pst... Joan!'

Joan speurde de portieken af. De stem kwam uit een deur die op een kier stond.

'Jij bent de zoon van Dolgut, nietwaar?'

Joan knikte.

'Als je de vrijbrief nog steeds hebt die je vader je gegeven heeft, gooi hem dan weg. Daar heb je nu niets meer aan en hij kan je alleen maar problemen opleveren. O ja... en spreek geen Catalaans, voor je eigen bestwil. Smeer hem, jongen, meer kan ik je niet zeggen.'

'En mijn vader? Waar is mijn vader?'

'Hij is verdwenen... Zoals zo velen. Ik wilde dat ik je kon helpen, maar ik heb zelf niets. En nu gaan.'

De deur ging dicht. Hij was weer overgeleverd aan de stilte en aan zijn gedachten.

'Verdwenen'. Wat hield dat woord in? Betekende 'verdwenen' hetzelfde als 'dood'? Een in rook opgegaan wezen? Niet bestaand? Later zou hij erachter komen dat 'verdwenen' de meest gebruikte term was uit de woordenschat van de naoorlogse jaren.

Hij liep en liep tot zijn vermoeidheid hem op een goed idee bracht: hij zou de hotels afgaan en vragen of ze een bordenwasser nodig hadden. Zijn Frans was uitstekend en zijn Spaans perfect. Wellicht zou hij ooit weer de ober kunnen worden die hij was geweest.

Hij zag zijn spiegelbeeld weerkaatst in de ruit van een hoedenwinkel en schrok van zijn uiterlijk. In die haveloze toestand zou niemand hem aannemen. Hij liep naar zijn oude school en vroeg naar de pastoor van het koor die hem had gesteund in zijn streven pianist te worden, maar hij was eveneens 'verdwenen'. Niettemin gaven ze hem daar een stel kleren op voorwaarde dat hij zou ophoepelen.

Twee weken later werkte Joan Dolgut tegen kost en inwoning als bediende in een middelmatig hotelletje dicht bij de haven. Toen hij zich een beetje had hersteld en de eerste herfstregens begonnen te vallen, besloot hij zijn geluk te beproeven... en hij had het. In de avenida José Antonio Primo de Rivera vond hij zijn plekje. Zijn vriendelijke uitstraling en het stijlvolle gedrag dat hij in het Carlton had geleerd, kwamen hem nu van goed pas om een baantje te bemachtigen in het beste hotel van Barcelona: het Ritz. Hij zou weer ober in een luxueus hotel zijn, ook al was er wel iets veranderd: hij was nu een trieste, zwijgzame man, van zijn vrolijkheid als argeloze jongen vol toekomstplannen was niets meer over, er lag nu een oud aandoende droefheid over hem die hij de rest van zijn leven zou houden. Hij was beroofd van zijn illusies en toekomst.

De vrijbrief was samen met zijn liefdesgeschiedenis en het grijze schriftje weggestopt in een donker hoekje van zijn jeugd. Hij was gedwongen volwassen geworden.

In Bogota had Soledad eveneens een verandering ondergaan. De adolescentie was voorbijgegaan zonder haar te beroeren. De klap van de onmogelijke liefde die ze te incasseren had gekregen, had haar hart voortijdig verouderd. Ze kwam nooit te weten hoe dichtbij haar pianist was geweest, noch welke leugens haar vader had verzonnen om hem het land te laten uitzetten. De dagen volgden elkaar op, de een na de ander, als bladzijden van een boek die niet gelezen werden, enkel omgeslagen. Haar stilte werd door haar ouders uitgelegd als de definitieve overgang naar volwassenheid, iets waar het hele gezin naar uitkeek: dan zou er weer rust over huize Urdaneta Mallarino komen. Maar Soledad had besloten te vegeteren in een wereld die haar niet begreep. Ze hadden haar allemaal van het leven beroofd, Joan incluis, en dat met de zwaarste straf: haar in leven laten. Hoewel hij haar brieven nooit had beantwoord, kon ze hem niet haten.

Toen het beeld op de foto onder haar vele kusjes was verdwenen, liet ze een van de negatieven ontwikkelen die Joan in de enveloppe had gestopt en vervolgens had vastgemaakt aan de vlieger terwijl het schip Cannes uitvoer. En om die niet ook te verslijten, kuste ze hem nooit meer, al bleef ze er altijd naar kijken. Ze besloot hem zorgvuldig op te bergen bij de verroeste ring van ijzerdraad, de jurk die ze had gedragen toen Joan haar voor het eerst gezoend had, het stuk boomschors met het hart en hun initialen en de vlecht die ze op een middag had afgeknipt als symbool van hun gestorven liefde, iets wat haar ouders hadden opgevat als de wens een jongedame te lijken. Ze bewaarde alles in een kast, en iedereen vergat de episode in Cannes... Iedereen, behalve zij.

Ze wijdde zich volledig aan het zingen, vertolkte de mooiste Ave Maria's die ooit ten gehore waren gebracht, van Schubert tot Gound, schrok alle door Benjamín opgetrommelde huwelijkskandidaten af, die uiteindelijk ging denken dat zijn dochter waarachtig een diepe roeping tot het nonnenschap ontwikkelde, iets wat absoluut niet strookte met zijn plannen om haar aan een goede partij te koppelen, wat hem een waardige erfgenaam voor zijn zaken en fortuin zou kunnen opleveren.

Over zomerreizen werd niet meer gesproken. Ze besloten die af te schaffen, aan de ene kant om liefdesperikelen zoals in Cannes te vermijden, aan de andere kant omdat het niet echt de tijd was om verre reizen te maken in een periode dat de wereldvrede hachelijke momenten beleefde. De vakanties brachten ze door op hun haciënda's die overal in het departement Cundinamarca verspreid lagen. De zomers daar duurden lang voor Soledad en gingen maar traag voorbij.

Op haar achttiende werd ze door haar onbeschrijfelijke schoonheid – een mengeling van droefheid en een porseleinen volmaaktheid – gekozen tot de onbetwiste koningin van de studentes. Haar vader regelde bovendien dat de Bogotaanse society hulde aan haar schoonheid bewees. Soledad werd gekroond tijdens een pompeuze ceremonie in het theater Colón dat speciaal voor deze gelegenheid was ingericht. Onder orkestbegeleiding, gejuich en applaus vulden de in galakleding uitgedoste gasten de parterre; een wereld gekarakteriseerd door de meest verfijnde Londense stijl. Soledad woonde dit alles als een kille genodigde bij; ze vervluchtigde in het gelach om haar heen, toonde de fotografen haar mooiste bevroren glimlach, deelde als een automaat zwijgend handtekeningen uit aan de horde verliefde jongemannen die hunkerden naar een blik van haar. Benjamín zag in allen een toekomstige schoonzoon. Ze bevielen hem doordat ze tot de hoogste oudadellijke kringen van de hoofdstad behoorden.

Maar Soledad weerde hen allemaal af, hield zich uit alle macht vast aan een grenzeloze vroomheid. Toen haar regeerperiode was afgelopen, concentreerde ze zich hartstochtelijk op de gewijde zangkunst. Ze wilde alleen de Heer bezingen, Hem met haar stem loven, tot het punt dat ze de meest illustere en sublieme sopraan van de Primadakathedraal in Bogota geworden was.

De missen veranderden in subtiele zondagse concerten waardoor de kerk stampvol kwam te zitten met parochianen, voornamelijk jongemannen die onder haar betovering waren geraakt en alleen al als ze haar zagen duizelig werden en flauwvielen, wat weer de jaloezie en achterdocht van nog ongehuwde en reeds getrouwde dames opwekte die in Soledad een concurrente zagen tegen wie ze op geen enkele wijze op konden.

Enkele mannen eindigden als alcoholisten door Soledads constante afwijzingen. Ze werd de meest ontoegankelijke jongedame die ooit op de Bogotaanse savanne had geleefd.

Hoewel haar vader er aanvankelijk wars tegenover stond zijn dochter naar het buitenland te laten gaan, ging hij uiteindelijk toch overstag toen deze de meerderjarige leeftijd bereikte, in die tijd was dat met eenentwintig jaar. Zijn dochter dreigde een eeuwige vrijgezel te worden en hij voelde er weinig voor de risee van de beau monde te zijn. Bovendien was de oorlog afgelopen en veranderde Parijs weer in de hoofdstad van de glitter en glamour; het was in de hoogste kringen van Bogota weer mode de kinderen naar Europa te laten afreizen. Tijdens de high teas, partijtjes bridge, golf en polo pronkten ze met alle vorderingen en wapenfeiten van hun kroost.

Dat jaar Frankrijk, 1946, was voor Soledad een intens verdrietig jaar vol herinneringen. In alle Parijzenaars dacht ze haar Joan te herkennen. Ze woonde weliswaar bij de nonnen, verschuilde zich achter hen om aan een huwelijk te ontkomen, maar ze voelde zich niet sterk genoeg om zichzelf in een klooster te begraven. Ze perfectioneerde haar zangkunsten tot ongekende hoogten en wijdde zich vol overgave aan de lessen die ze aan de Sorbonne volgde. Ze sprak met niemand, ook al probeerden velen een gesprekje aan te knopen. De slaapwandelepisodes gingen nog steeds door, maar wonderlijk genoeg gebeurde er nooit iets ernstigs. Er waren nachten dat ze wakker werd en tot de ontdekking kwam dat ze doelloos aan de oevers van de Seine rondzwierf, de stilte delend met andere dolenden in het leven die net als zij in de duisternis op zoek waren naar het licht dat in hun geest gedoofd was. Haar hart was haar enige gezelschap; het liep over van niet-geschonken liefde, maar het deed niet langer pijn.

Haar ouders schreven en belden haar wekelijks, en zij antwoordde kil maar beleefd, vermeed het haar gevoelens in de woorden te laten doorschemeren. Haar brieven kwamen regelmatig maar waren altijd identiek; afgezien van de datum en de wisseling van de seizoenen, die af te leiden was uit haar opmerkingen over het weer, verschilden ze nergens in.

Het verzoek van haar ouders om terug te komen verraste haar niet. Ze gehoorzaamde in alles met een kalme onverstoorbaarheid; het was haar lot. Terugkeren naar de plaats waarvandaan ze was vertrokken: haar gouden kooi.

Benjamín had echter andere plannen met haar... maar zij ook. Voordat ze naar Bogota terugkeerde, zou ze naar Barcelona gaan.

In het Ritz was Joan Dolgut intussen een begrip geworden voor pianoliefhebbers. Na vijf lange jaren als ober te hebben gewerkt, was hij gepromoveerd tot salonpianist nadat de directeur hem op een dag had horen spelen terwijl Joan dacht dat niemand het in de gaten had. Hij begon met het vervangen van de vaste pianist wanneer deze zijn vrije dag had, en eindigde met zijn baan. In het franquistische Barcelona paradeerden voortdurend militairen en falangisten die, als ze eenmaal naar Joan hadden geluisterd, volledig in de ban van zijn spel raakten. Dat was ook wat hij wilde: een pianist zonder mening of leven zijn, want ook al was hij er wel, hij leefde niet meer in deze wereld. In de sfeer die hij en zijn instrument creëerden, bestonden geen meningen of politieke kampen. Muziek kende geen nationaliteit of overtuiging maar was beweging, vluchtige klanken. Een stroom die uit de ziel voortkwam en naar de ziel vloeide, in een omgeving boordevol angst en allerhande groeperingen. De salon van het Ritz was een ontmoetingsplaats van smokkelaars die in een benauwende, met heimelijkheid en dubbele moraal geladen sfeer al hun listen als sjacheraars tentoonspreidden. In de naoorlogse jaren was een nieuw Barcelona ontstaan waar Joan maar niet aan kon wennen. Zijn via Laietana had inderdaad nog steeds de lichte helling die uitnodigde onder de zwak licht verspreidende lantaarns te wandelen, in de geteisterde straten weerklonk nog steeds de echo van voetstappen zonder militaire laarzen en de kerkklokken luidden nog steeds om het verstrijken van de uren aan te geven, maar de geschiedenis was veranderd.

Joans van ouders en liefde verweesde eenzaamheid stond zijn aantrekkingskracht niet in de weg. Ongewild hadden de klanken niet alleen de hotelgasten gelokt maar ook een eenvoudig, mooi meisje dat de vloeren dweilde. Trini was met de *Sevillano*, de Andalusische migrantentrein, uit Huelva naar Barcelona gekomen en vanaf het moment dat ze op het station Francia was gearriveerd, wist ze dat ze in die stad wilde sterven; die was prachtig, en de misère was er anders dan in haar dorp. Daar wilde ze zich vestigen, trouwen en kinderen krijgen, wellicht kon ze zelfs leren lezen en schrijven.

Al luisterend terwijl ze de vloer van de salon liet glanzen, was Trini verliefd geworden op de jongen met zijn hulpeloze, droevige uitstraling, maar daar ze nogal verlegen was duurde het een hele tijd voor ze toenadering zocht.

Joan, die zijn hart inmiddels definitief op slot had gedaan, begreep Trini's bedoelingen niet en gaandeweg zag hij haar als een vriendin, niet beseffend dat zij hem als haar verloofde had bestempeld. Het meisje was net als hij een van de vele oorlogsslachtoffers. Haar vader was geëxecuteerd omdat hij republikein was en haar moeder was een jaar later aan longontsteking gestorven.

Ze begonnen op zondag uit te gaan en brachten hun schaarse vrije uurtjes samen door, want het hotel was echt een luxe uitziende gevangenis. Ze werden bij het leven uitgebuit in ruil voor een paar schamele peseta's die ze weer uitgaven aan eten.

Toch was Trini voor Joan niet meer dan een vriend, toevallig van het vrouwelijke geslacht. Hij kon haar niet als vrouw zien, want zijn hart had hij al verpand aan zijn meisje van de lucht. Al waren er inmiddels zeven jaren verstreken sinds haar terugkeer naar Colombia, de wond had zich niet alleen nog niet gesloten maar bleef ook etteren. Niettemin kwam Trini met haar provinciale argeloosheid dichter bij hem.

Soledad was de trein die haar van Parijs naar Barcelona had gebracht uitgestapt, bang en zonder goed te weten waar ze heen moest. Het station Francia verwelkomde haar met gammele paard-en-wagens en een zilte vochtigheid, afkomstig van de zeedampen. Ze wist dat het waanzin was te denken dat ze Joan in die stad zou vinden, ze wist niet eens of hij daar wel was en haar komst was slechts het gevolg van een opwelling. Maar als het toeval hen al eens had samengebracht, waarom zou dat toeval dan niet nog eens een wonder willen verrichten?

De reden waarom Joan in Cannes was toen ze hem had leren kennen, was dat zijn vader hem weg wilde hebben van de Spaanse burgeroorlog; nu de oorlogen voorbij waren, zou het meest logische zijn dat hij naar zijn stad was teruggegaan om zich met zijn vader te herenigen.

Toen ze aankwam, kon ze het niet nalaten zich haar pianist voor de geest te roepen, en ze werd overmand door een immense spanning. Ze keek om zich heen en zag enkel sjofele hoeden en jassen. Onder een daarvan zou zijn gezicht kunnen schuilgaan.

Op datzelfde moment, op slechts luttele meters van het station, maakten Joan en Trini hun zondagse wandeling in het Ciutadellapark. Het meisje wachtte al tijden op de dag dat Joan haar hand zou vragen, ze was een groot deel van de ochtend bezig geweest zich op te doffen met het weinige dat ze bezat om daarmee Joans belangstelling aan te wakkeren. Vandaag zou ze aandringen op belangrijke onderwerpen.

'Je hebt me nooit iets over je verleden verteld,' zei ze. 'Wat is er gebeurd dat erger was dan ik heb meegemaakt waardoor je zo zwijgzaam bent geworden?'

'Ik heb je al gezegd dat ik niet over het verleden wil praten.' Joan keek haar niet aan.

'Verdriet waarover je niet praat, geneest niet.'

'En wie zegt dat ik wil genezen?'

'Je kunt niet je hele leven verdoen met die stilte.'

'Je weet niet wat deze stilte oplevert. Voor jou is het tijd verdoen, voor mij...'

Trini onderbrak hem: 'Voor jou is het je wentelen in je verdriet.'

Joan wendde zich af. Die deur wilde hij niet openen.

'Laat me je helpen.'

'Niemand kan me helpen, wat ik nodig heb kun je me niet geven.'

'Hoe kun je daar zo zeker van zijn? Ik weet wel dat ik een analfabete ben, dat ik nergens iets van weet, maar één ding kan ik je wel zeggen: wat jij nodig hebt is liefde. Het enige wat jou kan redden is de liefde, en ik...' Ze keek hem beschaamd aan. 'Ik weet wel dat ik niet hoor te zeggen wat ik nu ga doen, maar wat maakt het uit, als ik het niet doe wie zou het dan doen, toch? Ik houd van je, Joan. Het maakt niet uit dat jij niet van mij houdt; je leert wel van me te houden. Ik zal je het leren.'

Joan keek naar haar en voor het eerst merkte hij haar Andalusische schoonheid op; een robuust vrouwelijk lichaam dat gevormd was door het werken op het land. Brede heupen die kinderen en een zwoel bed beloofden. Dat was waar hij naar diende te kijken, wat bij hem paste. Een vrouw die van dezelfde klei gebakken was, die geurde naar de vruchten van de aarde, niet naar Franse parfums of geparfumeerde baden, genoten in een luxe hotelbadkamer. Dat was wat hem toekwam.

'Ik beloof je niets.' Joan pakte verlegen haar hand.

'Is dat een ja?'

'Ja.'

Ze kusten elkaar niet, aangezien het franquistische regime liefde in het openbaar verboden had; wat de straten uitademden was liefde zonder tastzin. Maar ze liepen wel hand in hand verder. Voor Joan was het een onwezenlijke gewaarwording dat een hand die niet van Soledad was hem vasthield. Hij kreeg het gevoel dat hij toch niet zo dood was als hij had gedacht. Het was al zo lang geleden dat iemand van hem gehouden had!

Ze wandelden als een gewoon paartje door de avenida Marquès d'Argentera, liepen voor Soledad Urdaneta langs die bij gebrek aan een fatsoenlijke taxi net op dat moment op een paard-en-wagen klom. De koetsier was in de zevende hemel. Zo'n mooie engel had hij nog nooit gezien; ze straalde buitenlandse elegantie en rijkdom uit.

'Het Ritz, alstublieft,' gaf ze aan.

De rozengeur die haar haren verspreidden, bereikte Joans neus enkele seconden nadat de wagen zich in beweging had gezet en bracht een lang vervlogen middag in Cannes in zijn herinnering waarvan hij slechts een paar minuten ervoor besloten had die voor eeuwig in zijn geheugen te begraven. Voor zijn eigen bestwil... en dat van zijn verloofde. Hij zou nu tegen zijn herinneringen moeten vechten om dat wat hem nog restte in het leven op te bouwen.

Die middag, na lang in de rij te hebben gestaan, bezegelden ze hun verloving in de bioscoop, hun handen verstrengeld.

In Bogota kwamen Benjamín Urdaneta en een vriend de mogelijke bruiloft van zijn dochter overeen, en wel achter haar rug om. Hij kon het zich niet veroorloven dat zijn enige kind hem zonder erfgenaam liet zitten, als het even kon graag van het mannelijke geslacht. In besloten kringen werd al gefluisterd dat Soledad aan een psychische aandoening leed en dat haar ouders daarom hadden besloten haar in het buitenland te verbergen. Er werd zelfs gezegd dat ze was opgenomen in een Parijs' sanatorium.

Door haar terug te halen en uit te huwelijken aan een serieuze, verantwoordelijke man zou dat gezwets wel overgaan.

De uitverkorene was niet zomaar een meneer huppeldepup, zo had Benjamín zijn vrouw verteld; het was een man uit één stuk. Hij was weliswaar al wat ouder, om precies te zijn scheelde hij twintig jaar met zijn dochter, maar dat wilde niet zeggen dat het geen goede partij was. De meest geschikte huwelijkskandidaat die nog over was van de club.

Een Catalaan uit Terrassa, zijn familie was gevlucht voor de oorlog en had al het geld dat ze bezaten in de textielindustrie geïnvesteerd. Hij was eigenaar van een keten winkels waar de rijkste Bogotanen hun uit Engeland geïmporteerde satijn, laken en zijde kochten. Ze waren hole-vrienden geworden tijdens zonovergoten golfmiddagen. Hij was bedaard en consciëntieus, en, zoals het een goede Catalaan betaamd, een harde werker en zuinig. Hij had natuurlijk een betere kandidaat kunnen vinden, maar zijn dochter had het in haar hoofd gezet ze allemaal af te schrikken, en het puikje van de zalm had inmiddels een boterbriefje gehaald.

Jaume Villamarí was een integer man. Net als vele anderen was hij al jaren verliefd op Soledad Urdaneta, maar hij had nooit toenadering gezocht omdat hij zich haar prille jeugdigheid niet waardig achtte.

Nu zijn toekomstige schoonvader hem haar praktisch op een presenteerblaadje aanbood, zou hij zich de kans niet laten ontgaan.

Benjamín had hem al verteld hoe moeilijk het zou worden, maar bedaard als hij was nam hij het op als een uitdaging. Stapje voor stapje verder komen.

Koeltjes maakten ze plannen. Ze zouden gebruikmaken van een ontmoeting op de club, uiteraard heel toevallig, en vanaf dat moment vertrouwde Benjamín erop dat de vaardigheden van de Catalaan de rest zouden doen.

Jaume kon wachten; het was een van de kwaliteiten waardoor hij maatschappelijk was opgeklommen. Hoewel hij in wezen niet uit een bijzondere familie kwam, had hij toch een plaats weten te veroveren tussen de meest illustere namen.

Op de golfbanen van de Country Club en op de hippodroom ging hij om met het puikje van de zalm van de Bogotaanse high society, die hem al snel in hun kringen opnam. Er was geen feest of viering waar Jaume Villamarí niet voor uitgenodigd werd; van bruiloften en doopfeesten tot eindexamenfeesten en debutantenbals. Voor vele families was hij een van de begeerlijkste vrijgezellen.

Benjamín had hem al op de hoogte gebracht van het feit dat zijn dochter haar terugkeer een paar dagen had uitgesteld vanwege op het laatste moment gerezen problemen, waarvan hij het fijne ook niet wist. Die dagen zouden ze benutten om een weergaloos welkom voor te bereiden: met een buffet en dansmuziek in de zetel van de club, opgeluisterd met het beste orkest van het moment.

De problemen lieten niet op zich wachten. Die zondag beleefde Soledad Urdaneta haar eerste gefrustreerde middag in Barcelona. Het enige wat ze kon doen voor ze terugging naar Amerika was door de straten van de stad wandelen, op zoek naar haar pianist. Ze pakte een plattegrond en, zich de gesprekken met Joan herinnerend, zocht daarop het door te ploeteren gebied in de omgeving van de haven. Hij had haar veel over de pier verteld, en over Barceloneta, die naam had ze goed onthouden door zijn gelijkenis met Barcelona. Een paar blokken, dat viel nog wel mee, als het lot haar een handje wilde helpen.

Ze zou de volgende ochtend meteen beginnen, en als het nodig was ook een advertentie in de krant laten plaatsen.

Ze stond vroeg op, nam een taxi en liet zich voor het postkantoor bij de haven afzetten. Ze wilde wat rondlopen en de omgeving op zich in laten werken. Ondanks de puinhopen die de oorlog had veroorzaakt, fascineerde Barcelona haar. De stad had een zee, iets wat ze miste in dat Bogota met de eeuwige nevels. Als ze mocht kiezen, zou ze gebleven zijn. Maar dat ging niet. Ze moest terug.

Al vragend kwam ze bij de pier terecht waar Joan zes jaar eerder op het punt had gestaan vanaf te springen. Ze wist dat hij elke dag naar deze plek ging. Hij had haar verteld dat hij nooit een afspraak met de zee miste. Maar in die tijd was hij nog een jongen… Zou hij die gewoonte nog steeds trouw zijn? De enige manier om daar achter te komen was wachten.

Ze ging op de pier zitten en sloeg de hele dag de drukte in de haven gade. Ze zag schepen uitvaren en binnenkomen, meeuwen vliegen, vissersboten laden en lossen. Ze zag paartjes dichterbij komen, kinderen die papieren bootjes op het met olievlekken vervuilde water wilden laten varen, maar die zodra ze de zee raakten schipbreuk leden. Ze werd geraakt door de geur van vastgebonden touwen, van teer en van teleurstelling. Dat kon ook alleen haar overkomen, denken dat ze hem zou kunnen vinden.

Toen de schemering zich over haar uitstortte, besloot ze te vertrekken. Ze zou het de volgende ochtend opnieuw proberen. Ze was vergeten te eten en haar buik rammelde van de honger.

Het was maandag, ze had nog drie dagen.

Eenmaal weer in het hotel liet ze een lichte maaltijd op haar kamer komen en viel vervolgens in een diepe slaap. Intussen, in La Parilla van het Ritz, dansten enkele paartjes op romantische melodieën die in de mode waren en die Joan met zijn bijzondere swing op de piano vertolkte.

Na het besluit dat hij de vorige middag had genomen, voelde hij zich nogal vreemd. Hij moest wennen aan het idee verloofd te zijn, en dan niet met het meisje van wie hij gedroomd had maar met de persoon die het lot hem geschonken had. Hij begon zijn wil aan dat lot te onderwerpen.

Ja, in weerwil van zichzelf wilde hij weer liefhebben. Was een liefde zonder verliefd te zijn mogelijk? Waar was de echte liefde?

Misschien zouden Trini en hij op een dag ook dansen en elkaar in de ogen kijken, zoals die paartjes nu deden, terwijl een andere pianist op een piano speelde... Misschien.

Soledad installeerde zich nog twee dagen in de haven. Ze had vastgesteld dat de pier geen andere kon zijn dan deze. Als hij zijn oude gewoonte nog steeds trouw was, moest Joan komen.

Ze arriveerde al vroeg in de ochtend, onder het flauwe zonnetje van de pas ingezette herfst, en ging als een toerist op het eind van de golfbreker zitten met een zakje waarin haar eenvoudige maaltijd zat: een broodje ham en twee appels, meer dan voldoende om de dag zonder honger door te komen. Terwijl de wolken als wuivende zakdoeken boven haar hoofd voorbijtrokken en ze met het verstrijken van de uren almaar nul op het rekest kreeg, bleef ze gesteund door haar oneindige liefde toch volhouden. En wat als ze hem tegenkwam? En als ze haar hoofd omdraaide en hem zag aankomen, in wit en liefde gehuld? En als...? Nee. De schemering was over de voorlaatste dag van haar verblijf in Barcelona gevallen en Joan was niet gekomen.

Haar illusie werd langzaam doorgeprikt. Ze begon nu aan haar terugkeer te denken; ze zou naar Parijs teruggaan en twee dagen later naar Colombia vertrekken om haar bestaan als levende dode weer op te pakken.

Ze had weliswaar uit kunnen gaan om de stad te leren kennen, maar haar liefdesverdriet hield haar de vier avonden die ze in Barcelona was opgesloten in haar kamer in het Ritz.

Ze had nog één dag.

Ze nam contact op met *La Vanguardia*, volgens de conciërge de krant die door iedereen gelezen werd, en liet een klein berichtje plaatsen waarin ze met klem vroeg of Joan Dolgut haar in het hotel wilde bellen. De advertentie verscheen tussen de vele berichtjes betreffend oorlogsvermisten naar wie nog steeds gezocht werd. Die dag ging ze niet naar de pier, ze bleef in haar hotelkamer op een telefoontje wachten dat maar niet kwam. Ze stelde haar vertrek nog een dag uit en, ingegeven door nostalgische gevoelens en haar wens om definitief afscheid van haar droom te nemen, bezocht ze nog een laatste keer de kade nadat ze door een schuw en somber gestemd Barceloneta had gewandeld.

Het was haar laatste namiddag daar. Achteraan had een paartje de plaats in beslag genomen waar zij de afgelopen dagen had gezeten. Terwijl ze naar hen keek, zag ze zichzelf tijdens een onmogelijke ontmoeting. Zij en Joan, de armen om elkaar heen geslagen, starend naar een oneindige horizon. Als ze hem gevonden zou hebben, was terugkeren onmogelijk geweest. Dan had ze alles voor hem in de steek gelaten, voor eeuwig verdwijnend uit die stijve kringen waar ze van haar ouders heen moest. Niemand zou meer iets van haar gehoord hebben, zijzelf evenmin, want ze zou zelfs haar naam hebben veranderd om maar niet opgespoord te worden.

Die middag had Joan Trini gezegd dat hij haar het plekje van de stad zou laten zien waar hij het meest van hield, waar hij zijn kindertijd en een deel van zijn tienerjaren had doorgebracht. Hij begon zich over te geven aan de hevige genegenheid die ze voor hem koesterde. Hij liet zich liefhebben, en haar liefdesbetuigingen namen met sprongen toe. Haar lippen had hij nog niet geproefd, uit angst niet te kunnen antwoorden, uit angst dat de schaduw van Soledad hem datgene zou ontnemen wat een sprankje hoop leek te worden.

Hoewel hij niet over zijn verleden wilde praten, kon Joan het toch niet vermijden zijn vader aan te halen. Dat van Soledad was een geheim dat hij nooit zou onthullen, uit respect voor Trini en... voor Soledad.

'Je hebt nog pijn om je vader, nietwaar?' zei ze terwijl ze hem streelde.

'Het hele leven doet me pijn, Trini.'

'Kon je maar één druppeltje voelen van de zee van liefde die ik voor je voel.'

Voor ze deed wat ze al van plan was, keek Trini even om zich heen om te zien of er geen bewaker van de franquistische moraal in de buurt was, maar ze zag niemand, alleen een vrouw die een verdwaalde toerist leek te zijn kwam langzaam hun richting op, alsof ze de tijd moest doden. Er waren geen verklikkers op de kust.

'Liefde moet je tijd geven,' zei hij haar haren strelend.

'Zo denk ik er ook over, Joan. En de tijd is nu.'

Ze wierp zich met al het vuur van haar Andalusische bloed op hem en kuste hem vol op zijn mond. Haar lippen gingen vaneen en zochten zijn antwoord.

Dat kreeg ze.

Joan sloot zijn ogen en in zijn gedachten was het niet Trini. Hij kuste Soledad weer, hij kuste haar met een eeuwenoude honger. Hij wilde haar de kleren van het lijf rukken en voor de zee de liefde met haar bedrijven. Zijn mannelijkheid was een rijpe vrucht die bijna uit elkaar barstte, en die nood kon hij niet bedwingen, alsof hij wakker werd uit een lange, gedwongen winterslaap.

Door de voetstappen van een vrouw die wegrende, zag hij Trini's gezicht weer. Nee, zij was het niet die hij had gekust; met wie hij de liefde wilde bedrijven was een geest.

Soledad had hem herkend. De man met de gouden haardos die de vrouw zo hartstochtelijk kuste was haar Joan. Ze was langzaam dichterbij gekomen, kon haar ogen niet geloven, en hoewel haar hart smeekte dat ze zich vergiste, bevestigden haar ogen het. Het kon niet... het mocht niet... maar hij was het.

En de belofte dan die ze elkaar gedaan hadden? Hoe was het mogelijk dat ze er niet aan had gedacht dat hij wel eens een ander kon hebben? Waarom zou hij op haar gewacht hebben als hij nog niet één brief van haar beantwoord had? Wat had ze zich voorgesteld toen ze hem ging zoeken? Wat deed ze daar, bevroren bij de aanblik van dat tafereel?

Ze was te laat gekomen.

Nee, ze had nooit moeten gaan.

Wat een vernedering! Ze voelde zich naakt, nietig, op haar ziel getrapt en met haar droom aan diggelen. De tranen die zo zoveel jaar had ingehouden begonnen over haar wangen te stromen tijdens haar radeloze vlucht om uit het leven te verdwijnen. Toen ze de straat op rende, werd ze bijna door een tram doodgereden. En wat dan nog? Waarom had die haar niet gewoon gedood?

In het hotel zagen ze haar met door de val bebloede knieën en gescheurde kleren binnenkomen, en hoewel ze aanboden haar te verzorgen weigerde ze dat resoluut. Ze pakte haar koffer zo snel mogelijk in en met een verscheurd hart nam ze een taxi die haar naar het station bracht.

Nooit zou ze nog een voet in die stad zetten!

Ze zou zelfs vergeten dat ze er ooit was geweest. Eindelijk zou ze zich van de schaduw bevrijden die haar al die tijd verhinderd had te leven. Al die pijn was het niet waard geweest. Zoveel verloren jaren...

Dagen later las een buurman Joan de advertentie voor.

'"DRINGEND! Mejuffrouw Soledad Urdaneta zoekt de heer Joan Dolgut..." Ben jij dat niet?' En hij ging verder: '"Neem alstublieft contact op met telefoonnummer 23894..."'.

Joan rukte de krant uit zijn handen. De buurman bleef aanhouden: 'Wie is die vrouw die jou zo dringend moet spreken?'

La Vanguardia viel uit Joans handen. Hij werd lijkbleek en voelde de misselijkheid weer opkomen die hij ook in Juan-les-Pins had gevoeld toen zijn maag volledig van streek was geraakt door de liefde.

Ze was in Barcelona geweest en had hem gezocht. Waarom had hij die advertentie niet gezien? Waarom las hij de krant ook nooit?

Hij belde het nummer en kreeg de receptionist van het Ritz aan de lijn. Ze was al vertrokken.

Het kon niet waar zijn dat ze dicht bij hem in de buurt was geweest!

Hij haastte zich naar het hotel en ging regelrecht naar de conciërge, die hem Soledad zuchtend en hemelhoog prijzend beschreef. De jongedame was vijf dagen geleden vertrokken, en nee, ze had geen adres achtergelaten. Het enige waar ze gedurende haar verblijf om had gevraagd was het telefoonnummer van een krant en een plattegrond, waarop hij op haar verzoek de pier en Barceloneta had aangegeven. Een beeldschone maar heel afstandelijke vrouw; je kon zien dat ze een groot verdriet mee torste. En hij eindigde met: 'Arme lui! Zo rijk en toch zo ongelukkig! De wereld is vol van dat soort mensen… Geld maakt niet gelukkig, Dolgut.'

Maar Joan luisterde al niet meer. Hij was naar het toilet gerend om al zijn verdriet uit te braken. Hij voelde zich langzaam doodgaan.

Op het vliegveld van Bogota wachtten Soledads ouders haar met open armen en een boeket met haar lievelingsrozen op, rozen die ze kweekten bij *Moulin de Rêves*, hun huis in Chapinero. Ze vonden haar bleker, met donkerdere kringen onder haar ogen en stiller dan ooit. Haar moeder dacht dat ze ziek was want Soledad bleef maar hoesten; die hoest beviel haar absoluut niet en kon weleens op een longontsteking duiden. Soledad stond erop dat ze haar met rust moest laten, beweerde dat het een simpele verkoudheid was, een gevolg van de lage temperaturen in Parijs en van een overbelasting van haar stembanden.

Twintig dagen lang werd ze geplaagd door zeer hoge koorts, benauwdheid en hartkloppingen, waardoor ze vel over been werd. De artsen konden geen oorzaak van de ziekte vaststellen, ze schreven haar toestand toe aan complicaties veroorzaakt door de hoogte waarop Bogota lag en waaraan Soledads hart niet meer gewend was.

De liefdevolle zorgen van Vicenta en de rustige voorleesuurtjes van Pubenza haalden haar langzaam uit het delirium dat veroorzaakt werd door haar hoge temperatuur en waarin ze voortdurend slechts één naam hoorde: Joan.

Toen ze uit haar grote verdriet bijkwam – dat geheim zou ze nooit aan iemand onthullen –, keerde de kleur op haar wangen terug. Gaandeweg werd ze weer de beeldschone, onbereikbare vrouw naar wie zo velen smachtten.

Zodra haar vader de verbetering opmerkte, zette hij de voorbereidingen voor het welkomstfeest in gang. Het zou een zondagse verrassing worden waaraan haar beste vrienden deelnamen, en natuurlijk Jaume Villamarí.

Die dag werd het terras van de club gevuld met muziek en hadden de dames extra hun best gedaan zich op te doffen om te voorkomen dat hun charmes zouden verbleken bij de schoonheid van de pas aangekomene, maar in feite waren ze achterdochtig en stikjaloers. Er was geen feest waarop de mannen het niet over Soledads schoonheid hadden en waarop hun metgezellinnen haar niet bekritiseerden, en haar vriendelijk toelachend wreed de grond in stampten.

Haar moeder had erop gestaan dat ze die avond een prachtige zwierige jurk droeg met een bijpassende hoed van mauve tafzijde, en Soledad wilde niet tegen haar ingaan. Het eerste wat haar in deze nieuwe fase te doen stond, was de tijd met haar ouders inhalen die door Joans toedoen verloren was gegaan. Haar vriendschap met Pubenza in ere herstellen zou veel moeilijker worden, want met haar stilzwijgen had ze haar gedurende al die jaren behoorlijk gekwetst.

Van haar kant liet Pubenza zich verontschuldigen voor het welkomstfeest van haar nichtje, ook al stierf ze van verlangen haar genegenheid terug te winnen. Ze had er genoeg van achter haar rug uitgelachen te worden, want op de club stond ze inmiddels bekend als de oude vrijster, en ze kon de medelijdende blikken waarmee ze haar bekeken niet verdragen.

Het feest ving aan met de aankomst van Soledad in de zetel van de Country, onder geklap en welkomstuitingen. Het was een namiddag waarop de savanne schitterde met haar intenste groen en het wolkendek plaatsmaakte voor een stralende zon. Nadat ze met alle vrienden van haar vader had gedanst, die brandden van verlangen om haar in hun armen te houden, al was het maar om drieënhalve minuut, de duur van een dans, te kunnen dromen dat die schoonheid de hunne was, besloot Soledad uit te rusten... en daarmee kregen alle vrouwen rust. Ze hadden hun echtgenoten weer onder controle.

Jaume Villamarí verscheen pas laat, toen het feest al in volle gang was, en liep op de tafel af waar Benjamíns dochter haar eigen licht verspreidde. Met de hoffelijkheid van een rijpe man en zonder zijn verlangens te laten blijken, sprak hij met haar over de aria's en opera's waardoor ze zo geboeid werd en hij vermeed het haar complimentjes te maken of haar ten dans te vragen.

Hij was de eerste man die niet zei hoe mooi ze wel niet was of die wilde weten hoe ze over de liefde dacht of die zich afvroeg waarom ze geen verloofde had… hij leek haar niet eens als een vrouw te zien! Bij hem voelde Soledad zich slechts een menselijk wezen en dat beviel haar uitstekend.

Ze hoefde zich geen zorgen te maken. Jaume was veel te oud, hij kon haar vader zijn; dat verschil in jaren creëerde veiligheid. Hij had een intelligente en beschaafde manier van praten. Hij kende Parijs op zijn duimpje en beheerste het Frans, zodat ze in een ontspannen gesprek vol anekdotes in die taal overgingen op de straten van Saint-Germain, de Jardin des Tuileries, de Champs-Élysées, de oevers van de Seine, Montmartre, de Sacré Coeur en Montparnasse, terwijl Benjamín en zijn vrouw geboeid naar de glimlach keken die Soledad haar 'toekomstige echtgenoot' schonk.

Jaume vertrok voordat het feest was afgelopen, Soledads hand kussend zonder die daadwerkelijk met zijn lippen te raken. Ze vond het erg jammer dat hij al zo vroeg wegging. Het was een aangename avond geweest, anders dan anders.

Hij was de perfecte man voor haar nicht Pubenza.

De geheime ontmoetingen in het appartement in El Born waren een subliem ritueel van liefde en pianospel geworden. De mysterieuze sfeer op die plek bracht in Andreu en Aurora een gevoel van verhevenheid teweeg waarvan ze geen afstand konden doen. Het was of alles daar hun verzocht nooit meer van elkaar te scheiden. Ze bedreven de liefde, rustten uit en bedreven haar opnieuw, tot de tijd uit hun geheugen werd gewist en ze zelfs hun eigen naam vergaten. Hun lichamen pasten perfect in elkaar, als twee delen van een geheel. Voor Andreu was het een nieuwe manier om zich in de huid van een vrouw te verliezen, want wat hij nu streelde was iets dat hij nooit eerder had beroerd: de huid van de liefde. Bij elke ontmoeting bloeiden hun zielen op. Het waren uitbarstingen van leven. De twijfel bleef als een schaduw boven Aurora hangen, maar haar weerstand was gebroken en een macht stuwde haar voort hem in weerwil van zichzelf te beminnen.

Achter de rug van Andreu om bleef ze Clemencia Rivadeneira bezoeken, denkend dat deze ondanks haar alzheimer de enige was die haar van haar martelende onzekerheid kon verlossen.

Die maandag ademden de oudjes in het Bonanova de geuren in van koriander, yucca en banaan die verspreid werden door de *sancocho de gallina* die Aurora aan het bereiden was. Iedereen wilde een beetje proeven van de typisch Colombiaanse kipschotel.

Clemencia voelde zich bevoorrecht door de bezoekjes die haar sleur van het niets doorbraken en flarden van herinneringen opriepen waardoor ze, al was het maar voor enkele uurtjes, de warmte van het leven weer beleefde. De sancocho was precies zoals haar oma die altijd maakte.

'Hmm... Deze sancocho doet me aan mijn oma's haciënda in Buga denken. Weet je, meisje, waarom elke inwoner van Buga een papajaboom in de patio van zijn huis heeft staan?' Aurora kende inmiddels haar gevoel voor humor. Dit betekende dat de sancocho zijn werk deed. 'Om zijn idioot aan vast te binden... ha ha ha. Er is geen familie die ervan verschoond blijft.'

Aurora lachte met haar mee.

'Hier lacht niemand, het lijken wel doden, daarom vind ik het ook zo fijn dat je komt. Je brengt me vreugde, Aurorita. Hoe staat het met je leven?'

Aurora sloeg haar ogen neer.

'Ai! Een slecht teken. Ogen die je niet aankijken... verbergen iets.'

'Ik wil je liever niet lastigvallen, Clemencia, maar alleen jij kunt mijn twijfels wegnemen.'

'Ach, lieverd, wat kan ik je nu vertellen, ik twijfel er zelfs aan of ik wel leef. Als jij er niet bent, besta ik niet eens.'

'Maar jij bent de enige die mijn moeders geheimen kent, en als jij er niet meer bent, vertel eens... hoe kan ik er dan achter komen?'

'Als zij had gewild dat je ze zou kennen, had ze me dat wel gezegd.'

'Misschien is ze het vergeten.'

'Dat betwijfel ik. Je moeder wist altijd heel goed wat ze deed.' Ze reikte haar bord weer aan. 'Wil je me nog wat opscheppen?'

Clemencia kreeg medelijden met Aurora, die het bord weer vulde en het haar verdrietig overhandigde.

'Kop op, niet zo bedroefd. Je zou blij moeten zijn dat je moeder zo'n goede vriendin heeft gehad. Ik zal je één ding vertellen.' Ze begon weer te eten. 'Soledad en Joan hebben elkaar op een middag in Barcelona ontmoet. Ze was net uit Bogota hierheen gekomen; ze kwamen elkaar tegen in El Siglo, dat warenhuis zat toen in de calle Pelai. Ze waren allebei met een ander. Je moeder met je vader en Joan met een meisje.'

'Dus, ze zagen elkaar. En wat gebeurde er toen?'

'Nou ja, wat zou er gebeurd zijn, ze hielden immers altijd al van elkaar?'

'Dus ze ontmoetten elkaar weer.'

'Nee, zo simpel lag het niet, meisje. Het waren andere tijden... hm... Waar haal je die koriander vandaan?' Ze keek naar het blaadje dat in het gerecht dobberde. 'Een goede sancocho maak je met wilde koriander. Bij ons thuis groeide die.'

Aurora zag hoe de ogen van de oude vrouw een verre blik kregen.

'Nu niet, alsjeblieft, Clemencia. Glip nou niet weg!'

Maar de vrouw begon te zingen: 'Ach, in het wild, in het wild, in het wihild... Rennen, anders slaat je hart op tilt!'

'Hebben ze elkaar vaker ontmoet? ... Zeg nou, Clemencia, hebben ze elkaar vaker ontmoet?'

'Zing met me mee, meisje... Hoe zei je ook weer dat je heette?'

Aurora wachtte nog een hele poos in de ijdele hoop dat de vrouw terug zou keren van haar reis naar de vergetelheid, maar uiteindelijk besloot ze te vertrekken.

Op weg naar huis nam ze het besluit naar Colombia te gaan. Ze zou ja tegen Andreu zeggen.

In huize Sardá deed Tita haar best alles er zo normaal en harmonieus mogelijk uit te laten zien, ervoor wakend dat haar vader iets zou opmerken dat zijn aandacht trok. Ze was ervan overtuigd dat hij een informant onder haar bedienden had die hem op de hoogte hield, maar wie dat was wist ze niet. Massimo di Luca was laaiend enthousiast teruggekomen uit de Verenigde Staten; Gehry had hij niet gesproken, want in het vliegtuig had hij kennisgemaakt met een Barcelonese architect die in Los Angeles woonde en die had hem weten in te palmen met een gesprek over luxe en zijn magnifieke werk. Hij had een net uitgekomen boek bij zich waarin al zijn werk stond, inclusief het schitterende huis waarin hij woonde en waar hij Massimo had uitgenodigd, dus besloot deze zijn minnares te laten zien dat hij zelf ook over initiatief en goede smaak beschikte en was met hun idee naar dat bureau uitgeweken. Het project voor het sportcomplex intrigeerde de architect en hij had beloofd de tekeningen binnen dertig dagen klaar te hebben, een tijdstip waarvan Tita dacht dat ze er wel een paar dagen met haar model tussenuit kon zonder achterdocht te wekken.

Toen ze haar echtgenoot hoorde zeggen dat hij voor zaken naar Zuid-Amerika moest, nam haar vreugde toe. Ze zou haar reis, die welbeschouwd eveneens zakelijk was, laten samenvallen met de zijne. Dan hoefde ze ook geen excuus of leugentje te verzinnen. Ze zou gewoon een paar dagen verdwijnen naar haar eigen intieme 'liefdeskuuroord'. Na een bliksembezoekje inclusief bruinsessie op Saint Barth, het kleine super-de-luxe eilandje waar ze al vaker was geweest, zou ze met Massimo naar Los Angeles gaan.

Telkens als Aurora bij Borja thuis kwam, voelde ze zich ongemakkelijk. Ze had Andreu beloofd zijn zoon te blijven lesgeven, enkel uit liefde voor de jongen. Maar ze kon hem niet meer recht in de ogen kijken, want ze werd verteerd door schuldgevoelens. Ze voelde zich daar niet op haar plaats, iemand die de rust in het gezin verstoorde. De jongen had met zijn fijngevoeligheid haar spanning opgemerkt en hij was bang dat zijn lerares hem in de steek zou laten, dus om dat maar te voorkomen putte hij zich uit in attenties en aandacht voor de lessen. Hij wilde niemand anders dan haar: zijn enige gelukkige momenten beleefde hij tijdens die lessen.

Die middag had Aurora's blik die van Tita gekruist, en in een poging sympathiek over te komen had deze haar een daiquiri aangeboden, en, een misplaatst gebaar om modern te lijken, haar zoon eveneens; beiden sloegen het aanbod af en bogen zich weer over de toetsen.

's Avonds zei Tita tegen haar echtgenoot: 'Vandaag heb ik dat onbeduidende leraresje gezien, en weet je, ik vond haar zelfs zielig. Ze gaat zo slecht gekleed, dat arme kind. Ik denk erover haar wat jurken die ik niet meer draag cadeau te doen.'

'Laat dat maar uit je hoofd. Die vrouw is heel trots.'

'Maar met trots kun je je niet kleden, schatje. Daarom moet je die verhullen. Ha ha. Kom nou niet met dat soort overdreven beschouwingen aanzetten, dat past niet bij je.'

'Houd op, Tita. Vandaag heb ik geen zin in ruzie.'

'Ik evenmin. En als we nu eens een poosje spelen dat we van elkaar houden, mijn allerlíéfste echtgenoot?'

'En als we eens gingen slapen en die komedie laten voor wat het is, mijn líéve Tita?'

Tussen de lakens begon Andreu een allergie te ontwikkelen voor het lichaam van zijn vrouw en alles wat ze uitademde. De zurige gezichtscrèmes, het bedwelmende parfum van Chanel, haar diepe ademhaling, haar walgelijk provocatieve peignoirs, haar chirurgische onechtheid, de berg mode- en roddeltijdschriften die overal in de kamer lagen, hij hield het gewoon niet meer uit. Als dat haat was... ja, dan begon hij haar te haten. Als het zo doorging zou hij binnenkort niet eens meer in zijn eigen bed kunnen slapen.

En als hij nu eens voorstelde in aparte kamers te slapen? Of beter nog, in verschillende huizen? En als ze eindelijk eens zouden scheiden?

Hoewel hij zichzelf niet in een andere dan een weelderige omgeving kon voorstellen, begon hij toch te fantaseren over het idee samen met Aurora in het appartement in El Born te wonen. Wat zou er gebeuren als hij alles achter zich liet, naam, geld, aanzien en werk, ter wille van een droombeeld? Nee, zo'n idioot was hij niet. Eerst zou hij zijn schoonvader zo veel mogelijk geld ontfutselen, en daarna zag hij wel verder.

Hij zou zijn befaamde virtuoze zakentalent, dat waarvan de Sardá's zo onder de indruk waren, gebruiken om een onfeilbare strategie op te zetten waardoor hij verzekerd was van een luxe leventje, zoals hij ook verdiende. Hij had toch vele miljoenen voor hen verdiend? Wel, dan werd het nu tijd die te verdelen. Hij zou weer naar zijn advocaat gaan. Hij zou net als altijd brutaal zijn, tactieken afspreken, een datum en enkele concrete doelen vaststellen, meedelen waarvan hij wel en waarvan hij geen afstand wilde doen, alsof hij heer en meester van de onderneming was. En het waarom van dat alles? Om het te delen. Een leven alleen hoefde hij niet, dat had hij al achter de rug, en de enige herinneringen die hij daaraan had, waren de kleffe ochtenden in gezelschap van liefjes voor één nacht. Heel deprimerend. Dit werd zijn derde leven. Zijn echte leven. Wanneer hij met Aurora ging samenleven, zou dat in alle comfort zijn, zou hij haar de toekomst geven waar ze recht op had. Hij zou het niet toestaan dat ze zich nog langer afmatte met pianoles geven. Hij zou een grandioze concertiste van haar maken, horend bij de besten ter wereld. Hoewel ze er nooit over hadden gesproken, wist hij dat zij aan hetzelfde moest denken, dat ze fantaseerde over een leven samen. Natuurlijk niet met de eisen die hij stelde, daarin waren ze duidelijk verschillend, maar wel met de zuivere illusie van hun liefde. De dagen samen doorbrengen, en vooral de nachten, daar hadden ze nu dringend behoefte aan.

Ze waren stilzwijgend overeengekomen nooit over hun echtelijke leven te praten tijdens de schaarse momenten die ze bij elkaar waren; het zou jammer zijn die wonderbaarlijke, korte tijd te verspillen aan de aanfluiting die hun respectievelijke leven zonder liefde was. Twee gelijke huwelijken, afgezien van de financiële omstandigheden, waarin het belangrijkste schitterde door afwezigheid: de ware liefde. Nu was het hun beurt gelukkig te zijn, maar dan wel zonder het materiële deel op te geven. Sterker nog, hij zou het vergroten.

Van haar kant verruilde Aurora, net als haar moeder vroeger had gedaan, de echtelijke slaapkamer voor die van haar dochter onder het mom niet te kunnen slapen door Mariano's gesnurk. Zo eindigden hun sporadische, bijna verplichte seksuele nummertjes met wederzijdse instemming, aangezien ze de apathie van haar echtgenoot op dat gebied maar al te goed kende. Het enige waar Mariano zich zorgen over maakte, was dat hun dochter zou kunnen denken dat er een verwijdering of conflict tussen hen bestond dat in een scheiding kon uitmonden, iets waar geen sprake van was en waar hij niet eens over nadacht, want het gezin was het gezin. Weliswaar spraken ze weinig met elkaar, beter gezegd, praktisch helemaal niet, maar dat was geen punt; zolang ze 's avonds samen aan tafel zaten was de gezinseenheid onverbrekelijk en niet te scheiden.

Mar vond het wel prettig dat haar ouders niet langer de slaapkamer deelden. Nu had ze haar moeder bij zich om mee te kletsen en de veranderingen aan toe te vertrouwen die ze als puber doormaakte. Daar ze enig kind was, had ze nooit het gezelschap van een zusje genoten en nu had ze zowaar haar moeder bij zich. Deze sprak al dagen op een andere manier met haar, alsof ze haar op een meer volwassen manier benaderde. Ze had het over de liefde, seks, het leven, mannen, de zoektocht naar het geluk, en ze gaf haar overal raad over.

'Dochterlief, leef voordat je gaat liefhebben.'

'Wat bedoel je daarmee, mama? Is liefhebben niet leven?'

'Ik weet niet wat ik moet antwoorden, prinses. Soms denken we dat de liefde ons laat leven, maar vaak ontneemt ze het ons juist.'

'Zeg je dat vanwege oma?'

'Misschien.'

'Ben je er niet achter gekomen waarom ze het heeft gedaan?'

'Nog niet, maar ik hoop het nog wel te doen.'

'Mis je haar?'

'Heel erg. Dat wat we hebben gaan we pas waarderen als we het kwijt zijn.'

'Waarom ben je nooit gelukkig, mama?'

'Ik ben gelukkig, lieverd, op mijn manier.'

'Houd je van papa...? Jullie kussen elkaar nooit, praten niet, lachen niet. Is dat wat ik moet leren over de liefde? Een nietszeggende stilte?'

'Iets wat er niet is kun je niet forceren.'

'Jij en papa... houden jullie niet van elkaar?'

Aurora gaf geen antwoord.

'Nou, waarom wonen jullie dan samen?'

'Mar, je bent nog te jong om dat te begrijpen.'

'Mam, soms leer je veel door te kijken. Ik wil geen huwelijk zoals dat van jou. Ik wil niet dat mijn man is zoals pap. Ik wil mijn kinderen niet laten denken dat ik gelukkig ben terwijl ik verdrietiger ben dan het verdriet zelf. Ik wil niet 's nachts op de toetsen van een piano rammelen als ik in de armen kan liggen van de man van wie ik houd.'

Aurora keek haar bedroefd aan. Terwijl zij dachten dat ze het goed deden, zag hun dochter dat ze volstrekt langs elkaar heen leefden.

'Vind je nog steeds dat ik te jong ben om het te begrijpen, mama?'

Ze sloeg haar armen om Mar heen. Ze moest haar leven weer op poten zetten, voor haar eigen bestwil en voor dat van haar dochter.

Onder het ontbijt vertelde Aurora hun na eerst wat getreuzeld te hebben dat ze een paar weken later naar Bogota zou gaan om enkele kwesties af te handelen die met haar moeders dood te maken hadden. Zonder van zijn broodje op te kijken, bood Mariano aan met haar mee te gaan, puur voor de vorm, en Mar vroeg of ze mee mocht om het land van haar oma te leren kennen, iets wat om allerlei redenen onmogelijk was.

Nu had ze het gezegd. Ze vond het heel vervelend hen voor te moeten liegen, maar gezien de omstandigheden had ze geen andere keus. Na haar terugkeer zou ze een besluit over de scheiding nemen, ook al bleef ze dan alleen met haar dochter achter en zouden ze van haar pianolessen moeten leven.

Plotseling werd ze overspoeld door vragen. En als Mariano zich nu eens met alle geweld zou verzetten? Nee, hij kon haar niet dwingen te blijven. En als haar lessen niet voldoende opleverden om van te leven? Dan zou er wel een oplossing komen. Een instituut of een school die haar voltijds in dienst wilde nemen. Hoe zou het leven alleen zijn? Hetzelfde als nu, alleen zonder voor Mariano te hoeven koken. Zou het een andere stilte zijn dan die ze nu in gezelschap meemaakte? Ja, het zou een stilte in vrijheid zijn. Wat zou er met Andreu gebeuren? Er kon van alles gebeuren, zolang hij maar niet haar broer was. Waren ze broer en zus? Nee, dat kon niet... Of wel? Wie zou haar uit die onzekerheid kunnen halen? Het leek erop dat alleen Clemencia het antwoord had. En als ze het niet waren... Zou er dan iets in hun relatie veranderen of bleven ze elkaar stiekem ontmoeten, iets wat haar begon tegen te staan? En als Andreu vroeg of ze met hem verder wilde? Zou hij haar inclusief dochter accepteren? Dat waren vragen van een naïeveling die last had van het utopiesyndroom. Onmogelijk! Zoiets had hij nooit gesuggereerd, zelfs niet tijdens hun intiemste momenten, wanneer ze zich het sterkst met elkaar verbonden voelden.

Hoe zou het zijn de rest van hun leven samen door te brengen?

Detective Gómez kreeg een telefoontje van Andreu net toen hij het regeringsgebouw van de Generalitat uit liep, waar hij zijn onderzoek naar het eerste geopende massagraf in Catalonië had voltooid. Het ging om zes republikeinse soldaten en een burger, begraven in de streek Osona. Daar vertelden ze hem dat de regering meer dan honderdvijftig graven op kerkhoven en daarbuiten had opgespoord waarin tussen de twee- en achthonderd lichamen konden liggen, voor het merendeel van soldaten en strijders die gevallen waren in de laatste maanden van de burgeroorlog, tijdens de instorting van het Catalaanse front. Hij raakte er steeds meer van overtuigd dat Joan Dolguts vader in zo'n massagraf lag. Maar in welk?

Allereerst zou hij met de persoon die hij als assistent had aangesteld gaan praten die, toen hijzelf in Priaranza del Bierzo was, langs alle woningen in Barceloneta was gegaan om de buurtbewoners naar de verblijfplaats van José Dolgut te vragen. Een oude man uit het bejaardentehuis van de wijk had inmiddels aangegeven dat hij hun iets te vertellen had, maar wel in het geheim, want hij vond nog steeds dat je daar niet over moest praten; de enige reden waarom hij het nu wel wilde was zijn ophanden zijnde dood. Dat geheim wilde hij niet meenemen het graf in.

Tijdens zijn gesprek met Andreu stelde Gómez hem volledig op de hoogte en overdreef zoals gewoonlijk de moeilijkheden die hij had ondervonden om daar te komen waar hij nu was; hij verzekerde hem dat uit dat alles iets 'goeds' zou voortkomen. Wel had hij meer geld nodig, maar voor het overige kon Andreu zoals altijd op hem rekenen.

Ze hingen op nadat ze hadden afgesproken weer contact te hebben zodra de detective het gesprek met de oude man achter de rug had, iets waar hij onmiddellijk werk van maakte.

Hij arriveerde alleen in het haveloze tehuis en gewapend met geduld wachtte hij tot de verzorgster hem naar een ineengedoken oude man bracht die vanwege een vergevorderde parkinson trillend en schokkend op een bankje zat te wachten.

'Dank u wel dat u me wilt ontvangen, meneer Antonio. Moet u horen, ik kom uit naam van de kleinzoon van José Dolgut. Ik probeer diens verblijfplaats te achterhalen. Nou ja... de plaats waar zijn stoffelijke resten liggen, want gezien de tijd...'

De schorre stem van de bejaarde man leek langs de afgebladderde muren te schuren: 'Ik heb gezworen dat ik het nooit zou vertellen.'

'Maar dat waren andere tijden. Nu komt alles aan het licht, weet u.'

'U bent toch niet van de politie, of zo?'

'Zie ik er zo uit?' Hij keek hem glimlachend aan en liet een kaartje zien waar de man niet eens naar wilde kijken. 'Ik ben detective... maar van de goede kant.'

'In mijn tijd zag je die alleen in films.'

'Vertelt u eens...'

De oude man schraapte zijn keel, tastte zijn geheugen af.

'Ik vind het erg moeilijk hierover te praten.' Na een lange pauze vervolgde hij: 'José Dolgut was republikein, net als mijn vader. Ze leerden elkaar kennen op de bijeenkomsten van de vakbond en hoewel ze niet samen werkten, werden ze goede vrienden. Ze geloofden in de republiek en vochten er tot het einde voor. En of ze vochten! Op een dag, 's morgens nog heel vroeg, we lagen nog te slapen, kwamen ze mijn vader en hem halen; Dolgut was kort ervoor bij ons ingetrokken. Ze werden een vrachtwagen in geduwd...' Zijn handen begonnen ongecontroleerd te schokken. 'Ze namen iedereen mee, opgehoopt als varkens, op weg naar het slachthuis... naar Arrabassada,' legde hij uit en hij begon te jammeren als een klein kind.

'Wat erg voor u...'

'Ik heb steeds weer dezelfde nachtmerrie: die gebroken duisternis, mijn moeder gillend, ik aan zijn broekspijpen hangend, mijn vader die me aankijkt... Dat was de laatste keer dat ik hem heb gezien.'

'En hoe kwam u erachter waar ze hen heen hadden gebracht?'

'Een van hen wist te ontsnappen, hoewel hij later dood op straat werd aangetroffen, een nekschot. Hij heeft ons alles kunnen vertellen, was diep verslagen.'

'Gaat u verder, alstublieft...'

'Die macabere nacht, bij de laatste bocht van de weg die naar Sant Cugat loopt, sloeg de vrachtwagen rechts af en reed het bos in, gevolgd door een auto waarin de beulen zaten.' De bejaarde keek Gómez met zijn fletse ogen aan. 'Weet u hoe vaak ik die weg ben gegaan? Elke zondag, mijn leven lang. Ze hadden een groot graf gegraven in de buurt van een enorme ceder. Die boom staat er nog steeds. Er liggen altijd bloemen, van familieleden... anderen die net als ik weten maar zwijgen. Dat is wat ze ons hebben geleerd: zwijgen.' Hij liet zijn stem dalen. 'Bij die open plek lieten ze hen uitstappen en voor het gat knielen... Wat een vernedering. Op dat moment probeerden er een paar te vluchten, maar de enige die het lukte was de man die ons later verslag deed. Ze leefden zich op hen uit... richtten een slachting aan. Schoten hen kapot...' De oude man huilde, onbeheerst schokkend.

'Doet u maar rustig...'

'Weet u hoe oud mijn vader was? Tweeëndertig. Een jonge vent... Ze hebben hem van me afgenomen toen ik hem het meest nodig had.'

'Luister,' de detective pakte zijn handen, 'we gaan die lichamen opgraven. Dat is het enige wat we kunnen doen. Ze een fatsoenlijk graf geven. Daar ga ik voor zorgen. Als u het goedvindt, zou ik graag met behulp van uw aanwijzingen een plattegrond tekenen.'

Gómez haalde zijn notitieboekje tevoorschijn en schetste de weg tussen Barcelona en Sant Cugat. Die kende hij op zijn duimpje omdat hij daar diverse malen was geweest om met een stel vrienden naar de pelgrimsfeesten te gaan die de Andalusische kolonie van Cerdanyola daar in de omgeving vierden.

Volgens de aanwijzingen van de oude man moest hij de rambla Can Bell inrijden, vervolgens rechtdoor en bij de eerste straat rechts afslaan. Dan een pad naar beneden volgen en na een bocht zou hij helemaal aan het eind een grote open plek zien met een ceder. Hij had hem!

Hij stopte zijn boekje weg en omhelsde het opaatje, beloofde hem dat hij terug zou komen.

'U bent erg dapper geweest, meneer Antonio. Hopelijk volgen er meer verklaringen zoals de uwe. Dan kunnen vele doden die recht hebben op ons respect uiteindelijk in vrede rusten. Dit "democratische" stilzwijgen dat al zo lang duurt is afschuwelijk, vindt u ook niet?'

'Kunt u ook iets voor mijn vader doen?'

'Dat beloof ik u.'

'Zegt u maar tegen Joan dat ik nog erg jong was, maar dat ik me hem nog steeds kan herinneren... hoe hij pianospeelde.'

'Joan is gestorven. Alleen zijn zoon leeft nog.'

'We zijn ter wereld gekomen om te sterven, beseft u dat, Gómez? We hebben het alleen pas laat in de gaten... Zeg maar tegen hem dat zijn opa een bijzonder mens was.'

Toen hij het bejaardentehuis verliet, belde de detective Andreu om hem het goede nieuws te vertellen. Hij wist nu waar de stoffelijke resten van zijn grootvader lagen en ze moesten elkaar ontmoeten om over het budget en de volgende stappen te praten. Er moest een omvangrijke opgraving in de omgeving van Barcelona worden gedaan. Meer kon hij over de telefoon niet zeggen; de kwestie was gewichtig genoeg om een afspraak te maken.

Hij had alles klaar en netjes in mappen ondergebracht, zoals hij zijn bevindingen graag presenteerde; van de vereiste vergunningen, politieke formaliteiten en contacten, gekwalificeerd personeel en benodigde machines tot het belangrijkste: de geraamde kosten, inclusief zijn eigen honorarium dat hij schaamteloos verviervoudigd had, om de opgraving uit te voeren van de stoffelijke resten van José Dolgut en van achttien anderen die met hem begraven waren. Het zou in Catalonië het tweede massagraf uit de burgeroorlog worden dat na dat in Osona geopend werd.

Andreu was zo verheugd over het bericht dat hij besloot hem onmiddellijk te ontmoeten. Er moest een aanvang met het project gemaakt worden voordat hij naar Colombia afreisde.

In de calle Legalitat bleef een licht branden; het was in de kamer van inspecteur Ullada. De laatste tijd had hij zijn gewoonte om in de late uurtjes een film te kijken vervangen door lezen. Hij miste de ontmoetingen met Aurora, haar nek met de intens witte huid die over de piano gebogen was terwijl de klanken haar omgaven; haar zachte haren hangend in de melodie en haar vingers die vederlicht over de zwarte en witte toetsen vlogen. De laatste keer dat ze elkaar hadden gesproken, had ze hem tijd gevraagd om enkele persoonlijke aangelegenheden af te handelen, en Ullada verheugde zich bij de gedachte dat die kwesties niets anders konden zijn dan een ophanden zijnde scheiding. Daar hij haar niet kon zien, begon hij de stapel brieven te lezen die hij zolang uit de ladekast van Soledad Urdaneta had 'geleend'; hij had ze nu al ruim een jaar in zijn bezit, en hoewel hij wel van plan was ze ooit terug te geven vond hij dat het daarvoor nog niet het moment was, want om dat te laten gebeuren moest Aurora ze verdienen. Dat ze hem de laatste maanden had laten zitten, in grote onzekerheid, had hem gekwetst, en niet zo'n beetje ook. Ze had op zijn minst iets kunnen zeggen voor ze van het toneel verdween.

Hij las ze een voor een, ongehaast, in chronologische volgorde, de zinnen herlezend, woorden stelend, de tienerliefde van Joan voor Soledad belevend; zijn moeilijkheden, de beloften, zijn angst, de frustratie... Dit was veel beter dan een film, want het was de echte waarheid, het meest romantische en droevigste dat hij ooit had gevoeld.

De brieven waren eind '39, begin '40 in Cannes geschreven en in Bogota aangekomen, en uit de woorden kon min of meer het grootste deel van het begin van hun liefdesgeschiedenis worden afgeleid... De liefde... Dat wat hij nodig had, dat wat hem het meest beviel, omdat het hem de gelegenheid gaf te ontsnappen aan de stank van de dood waarmee hij werd geconfronteerd. Hij was Joan Dolgut en Soledad was veranderd in Aurora Villamarí. Die vergeelde brieven in het oude handschrift gaven hem vleugels om van een toekomst te dromen, los van het feit dat ze hem een ander beroep schonken. Het was één ding om inspecteur-speurneus te zijn met onwelriekende zaken, een ander, veel spannender, om archeoloog-spion te zijn van een verloren liefde. Hij genoot ervan de plaats van de verliefde in te nemen, diens verdriet en blijdschap als de zijne te voelen. In zijn nachtelijke fantasieën was hij gaan denken dat hij en de pianiste elkaar vroeg of laat zouden beminnen. Hij begon hetzelfde te voelen als Joan toen deze Soledad niet meer zag: het lijden.

De foto die hij door de ontwikkelzaak had laten retoucheren, en die hij uiteindelijk niet aan Aurora had gegeven, rustte gevangen tussen het glas en het hout van zijn nachtkastje; die had hij daar geplaatst om tijdens het lezen naar 'Aurora' te kunnen kijken. Want Aurora was identiek aan de Soledad op het portret. Aurora was zijn geheime verloofde geworden.

Naast de vracht brieven op het nachtkastje lag een enveloppe; het was het autopsierapport van de twee bejaarden dat hij op de dag van de begrafenis niet aan Aurora had overhandigd. Hij hield het rapport nog steeds achter, hoewel hij het niet meer had herlezen want op dat moment interesseerde het hem niet bijzonder; hij was het zat dat soort verhalen te lezen. Verschijnselen van het lijk, ontledingen, kleur van de huid, afmeting van de organen; en als het om moord ging, het gebruikte wapen, de opening van binnentreden en uittreden als het een vuurwapen betrof of de diepte van de snede en de toegebrachte schade als het een steekwapen betrof... een ellenlange lijst kille woorden waar geen eind aan leek te komen. Analyse van de lichaamsvloeistoffen, staat van ontbinding van het materiaal, misselijkmakende lelijkheid... Kortom, veel vaktermen en geen enkele romantiek te bekennen.

Hij hield het bij zich omdat er iets in stond wat belangrijk kon zijn voor Aurora, en hij dacht erover het als lokaas of laatste middel te gebruiken mocht ze hem niet meer willen ontmoeten.

Zijn ongeduld nam toe na zoveel over liefde te hebben gelezen en haar zo weinig te hebben beoefend, maar iets zei hem dat hij geduld moest hebben, en aan dat iets had hij een datum gesteld: december. De terugkeer van Aurora zou zijn kerstcadeau worden. Hij gaf haar nog twee maanden respijt, al zou hij haar af en toe wel bellen zodat ze niet vergat dat hij daar was, in een eerbiedige stilte op haar wachtend.

Die ochtend sliep inspecteur Ullada in met een brief van Joan in zijn hand en droomde dat Aurora hem tegemoet rende, zich aan hem vastklampte en de liefde met hem bedreef midden op de rambla de les Flors, onder de ogen van twee levende standbeelden die de engel en de duivel voorstelden... oftewel, de liefde.

Hij werd heel gelukkig wakker.

Diezelfde ochtend om tien uur in het appartement nummer 15 in de paseo del Born waren Andreu en Aurora al gezwollen van het liefdes- en pianospel. Het was de eerste keer dat ze zo vroeg hadden afgesproken; nadat ze in de keuken als ontbijt een liefdessonate nuttigden zonder meer kleding dan hun dampende kop koffie, maakten ze plannen voor hun trip naar Colombia. Die vond al over vier dagen plaats en ze moesten nog beslissen of ze na Bogota naar Cartagena de Indias zouden gaan of dat ze kozen voor het departement Quindío, met zijn woelige rivieren en geur van geroosterde koffie. Het samenzijn was voor Aurora het belangrijkste; als ze Bogota, waar ze hoopte de geschiedenis van haar moeder te achterhalen, eenmaal hadden bezocht zou alles wat Andreu uitkoos wel goed zijn.

De dag van hun vertrek moest ze veel moeite doen Mariano ervan te overtuigen dat hij haar niet naar het vliegveld hoefde te brengen; ze wist niet hoe ze zich tegen hem moest gedragen met Andreu in de buurt. Ze nam nerveus afscheid van haar man, omhelsde haar dochter en bleef haar maar stompzinnige adviezen geven over de maaltijden, de markt, het huiswerk en andere zaken.

'Ga nou maar, mama. Het lijkt wel of je voor altijd weggaat.'

'Dat is zo, Aurora. Ga nou maar,' zei ook Mariano.

De taxi trok op in het gebruikelijke zaterdagochtendverkeer.

Andreu daarentegen had geen enkel probleem om weg te komen. Hij was eraan gewend dat niemand hem uitzwaaide wanneer hij op reis ging. Zoals ze hadden afgesproken, wachtte hij op haar in de viplounge Puente Aéreo, die op dat tijdstip vrijwel leeg was.

Hij zag haar binnenkomen met de uitdrukking van een onzekere tiener op haar gelaat. Ze was nog nooit in een dergelijke ruimte geweest en wist tot op dat moment niet eens dat die bestonden, aangezien ze zich nooit had beziggehouden met klassenverschillen. Hoewel ze elkaar met hun ogen kusten gingen ze niet bij elkaar zitten, in ieder geval niet tot ze in Madrid waren, voor het geval ze door een bekende werden gezien.

De lange reis was een ander geval, dat waren te veel uren om die gescheiden door te brengen.

Achter elkaar wachtten ze tot de luidspreker eindelijk hun vertrek aankondigde.

In haar handtas had Aurora het dagboek van haar grootvader, het adres van het huis in Chapinero en van de oude zeep- en kaarsenfabriek die van de Urdaneta's was geweest, en wat oude familiefoto's; ze had geen idee wat ze zou aantreffen, maar ze voelde een kinderlijke nieuwsgierigheid en enthousiasme. Eindelijk ging ze naar het land waarvan ze in haar jeugd zoveel had gedroomd; het land waar het geld vandaan kwam om door te kunnen gaan met haar liefste bezigheid: het pianospel.

Ze zaten in de eerste klas met als enig gezelschap twee stewardessen en een vluchtassistent die zich uitputten in attenties. Gedurende de negen uur die de oversteek duurde, praatten ze, lazen ze, kusten ze elkaar, probeerden vergeefs wat te slapen en, gebruikmakend van de belangrijke eenzaamheid, streelden en beminden ze elkaar onder de dekens, tot een stem aankondigde dat ze over enkele minuten zouden landen op het vliegveld El Dorado van de stad Bogota.

Vanuit het vliegtuigraampje doemde een landschap van onmogelijk groen voor hun ogen op. De savanne van Bogota was een oneindig tapijt van smaragden deeltjes die schitterden onder het dek van een helderblauwe hemel waarin, zwevend in de lucht, mollige wattendiertjes graasden... de wolken waarover Aurora haar moeder zoveel had horen praten. Een land van felle kleuren dat uitwendig klopte en iedereen die het durfde te betreden verwelkomde met zijn weelderige vegetatie.

Toen ze door de douane kwamen, werden ze verrast door de chaos van families die ongeduldig op de komst van hun verwanten wachtten, sommigen met welkomstborden, anderen met bloemen, slingers en fluitjes, en één zelfs met een live mariachiconcert. Die bijzondere muzikale ontvangst was bedoeld voor een slank, donker meisje dat thuiskwam na haar studie in Madrid. Aurora en Andreu werden aangestoken door de buitenlandse euforie, gevangen door trompetten, violen, gitaren en zangers; op dat moment wist ze dat de wortels van haar ziel ook in dat spontane, levenslustige land lagen.

Ze verbleven in de presidentiële suite van Hotel Casa Medina, aan de voet van de emblematische bergen van de Colombiaanse hoofdstad. Het hotel was een groot, oud landhuis dat zorgvuldig onderhouden was en het rook naar brandend haardhout en pasgeplukte rozen.

In de kamer brandde de open haard en wachtte hun een fles champagne, een opengeslagen bed dat bedekt was met honderden rode bloemblaadjes, waarvoor Andreu vanuit Barcelona opdracht had gegeven, gesloten gordijnen, brandende kaarsen en... 'Tristesse' van Chopin, muziek die fluisterend uit de boxen van de geluidsinstallatie kwam.

Het tweepersoonsbad was gevuld met warm, geparfumeerd water. Zonder iets te vragen, tilde Andreu Aurora op en dompelde haar helemaal onder... met kleding en al...

Zo, zoals ze waren aangekomen, gehuld in beloften, verzonken ze in het water om iets te proeven wat ze nooit eerder hadden geproefd: het genot alle regels ter wereld te overtreden. De rest van de middag was doordrenkt van vreugde, ze bedreven en verdronken in de liefde met champagne, water en liefkozingen die hen van al hun schuldgevoelens en angsten bevrijdden.

Bogota wachtte op hen... maar wat maakte dat uit! Zij waren eerst aan de beurt.

De volgende morgen, na een doorwaakte nacht vol liefde, kwamen ze weer op krachten met een honderd procent Colombiaans ontbijt bestaande uit de typische chocolademelk met kaas, roereieren, maïskoekjes en almojábanas, de maïsbroodjes met kaas; voor Aurora was het terugkeren naar haar moeders keuken, voor Andreu zijn smaakpapillen verfijnen met onbekende delicatessen. Ze namen een taxi en reden richting het huis in Chapinero. Onderweg kon Aurora niet voorkomen dat ze geëmotioneerd raakte; ze naderden de plek waarnaar ze al zo lang vurig verlangde.

De wijk, in haar moeders verhalen beschreven als een rustige plek met buitenhuizen omgeven door grote zonovergoten tuinen, ver verwijderd van de lawaaierige wereld en beroemd geworden door een schoenmaker uit Cádiz, die in een vroegere eeuw *chapines* – een soort schoen met een houten zool die met bandjes aan de voet werd vastgemaakt – had gefabriceerd en verkocht, vandaar de naam Chapinero, was veranderd in een wirwar van straten vol straatventers, gebouwen zonder architectonische stijl, winkels en een grootstedelijke chaos.

En de buitenhuizen? En het huis van haar grootvader? Geheel onverwacht verscheen op een hoek een oude, met verdroogde klimop overwoekerde windmolen in beeld die roest en verlatenheid uitstraalde. Aan het ijzeren raderwerk hingen een paar geknakte wieken, als het hoofd van een onthoofde waarvan de tijd er niet in was geslaagd het te laten vallen. Hij stak boven een grote tuin uit waarin wonderbaarlijk veel paradijsvogels en wilde rozen huisden. De taxi stopte voor een groot, roestig toegangshek.

'Hier is het,' zei de chauffeur.

'Weet u het zeker?' vroeg Aurora ongelovig.

'Natuurlijk, mevrouw.'

Op een bordje bij de ingang stond: 'Museum van Onmogelijke Dromen'. Daaronder, op een klein, zwart uitgeslagen koperen plaatje was in vervaagde letters te lezen: *Moulin de Rêves*, de naam waarmee Benjamín Urdaneta tachtig jaar eerder het huis had gedoopt na een reis door het Franse landschap.

Het oude landhuis leek op zijn oude dag de god van de vergetelheid clementie te smeken.

Met een bezwaard gemoed openden ze het hek en liepen over het stenen pad naar het huis. Het was aangrijpend dat imposante bouwwerk te zien, zo stijlvol met de Dorische pilaren, het met mozaïek ingelegde renaissancistische portaal en vloeren, maar aangetast door vele jaren van verwaarlozing. Bij de entree was een geïmproviseerd hokje dat dienstdeed als loket; daarachter verkocht een slecht geklede vrouw toegangsbewijzen.

Andreu en Aurora kochten twee kaartjes en gingen zonder een woord met haar te wisselen naar binnen. Het kwam hun absurd voor dat dit een museum zou zijn.

Het ruime voorportaal, dat bezaaid was met verdroogde resten van bloemblaadjes, gaf toegang tot de hal; daar, bij wijze van altaar, heersten Joan en Soledad over de ingang. Het was een oude, magnifiek gerestaureerde vergroting van de foto die Aurora had gevonden in de bergplaats in het plafond van haar moeders kamer. Onder de foto stond een inscriptie: '*Onmogelijke liefde.* Joan Dolgut en Soledad Urdaneta. Cannes, juli 1939. Dit museum is opgedragen aan de herinnering van allen die hebben geloofd in de liefde, het leven en hun dromen.'

Aurora en Andreu omhelsden elkaar voor de foto, bedrukt. Wie zat hierachter? Hoe was het mogelijk dat hun ouders geëxposeerd waren in een dergelijk museum?

Ze volgden de route, geleid door de vrouw die toen ze hen naar binnen zag gaan haar loket had verlaten en achter hen aan was gelopen. Ze waren de eerste bezoekers van deze week... en van de afgelopen maand.

Ze bracht hen naar een enorme kamer zonder levenstekenen maar vol herinneringen. Op een marmeren voetstuk verrees het bronzen beeld van een prachtig meisje uit wier rug twee elegante vleugels ontsproten. '*Onmogelijke vlucht.* Margarita Luna. Bogota, augustus 1904. Het meisje dat ervan droomde te vliegen, maar bij haar eerste en enige vlucht niet meer dan een meter omhoogkwam.'

Daarnaast, in een hoek van de kamer, een foto van een jongetje met een kaaiman die zijn tanden liet zien. '*Onmogelijke beet.* Alfonsito *het Kaaimannetje.* Het jongetje dat dacht dat hij een kaaiman was en dat omdat hij zijn tanden niet had gewisseld van honger stierf. Barranquilla, februari 1925.'

Van de figuren in de salon gingen ze naar de kamers die rondom de centrale patio lagen; de heliconia's vielen in oranje en rode watervallen over de vloer van de gangen, in schoonheid wedijverend met de honderden vogels die als absolute heer en meesters het hele huis in bezit namen.

Elke kamer die ze binnengingen bevatte meer en meer onmogelijke voorwerpen, overgelaten aan het lot van een dreigende blote hemel. Fietsen zonder wielen, vazen zonder bodem, boeken zonder bladzijden, een auto met vierkante wielen, kaarsen zonder lont, bedden hangend aan het plafond, stoelen zonder zitting, tafels zonder blad, trappen die naar een muur leidden, transparante spiegels...

Toen ze bijna aan het einde van die vreemde expositie waren aangekomen, vroeg Aurora aan de vrouw van wie dat bijzondere museum was.

'Het Speciale District. Het gezin dat in dit huis woonde is verdwenen. Ze zijn allemaal gestorven, behalve een heel oude vrouw wier idee het was dit op te zetten.'

'Over welke vrouw heeft u het?' vroeg Aurora verontrust, even denkend dat ze het over haar moeder had.

'Een superoude... verstokte vrijgezel; blijkbaar een verweesde nicht van de eigenaar.'

'Leeft ze nog?'

'Nou ja... als je dat leven kunt noemen, vrijwillig opgesloten zitten in een kamer waar licht noch schaduw binnenkomt. Ja, ze leeft nog, maar ze spreekt met niemand.'

'Heet ze Pubenza...? De vrouw over wie u het heeft, heet ze Pubenza?'

'Hoe weet u dat? ... Hemeltjelief!' Ze sloeg een kruisje. 'Bent u soms helderziend?'

Pubenza LEEFDE nog. Aurora kon bijna niet geloven dat er nog iemand uit haar verleden bestond. Familie van haar!

'Weet u ook waar die goede vrouw woont?'

'Hier heel dichtbij. U hoeft niet ver te kijken.' Ze wees op een deur aan het einde van de gang. 'Als u haar wilt zien, geef me dan wat peso's... Onder ons gezegd, ze is het enige interessante in dit hele museum.'

Zonder zelfs maar naar Aurora te kijken, haalde Andreu wat bankbiljetten tevoorschijn en gaf ze aan de vrouw. Het zou niet zo zijn dat ze het oude mensje niet te zien kregen omdat de fooi ontbrak.

De lokettiste bracht hen naar een smalle deur, die door de spleten veroorzaakt door termieten en vermolming de geur van kille ouderdom uitwasemde. Ze bleef ervoor staan en klopte hard met haar knokkels op de deur terwijl ze riep: 'JUFFROUW PUBENZA! JUFFROUW PUBENZA!...' Ze legde hun uit waarom ze zo hard schreeuwde. 'Ze is doof.'

Binnen was geen geluid te horen.

De vrouw klopte nogmaals, dit keer hard op de deur bonzend waardoor uit alle gaatjes stof opdwarrelde. 'JUFFROUW PUBENZAAAA!!'

Aan de andere kant antwoordde een zwaarmoedige stem met tegenzin: 'Maak dat je wegkomt!'

'Ongemanierd stuk vr...' zei de loketjuf zachtjes, 'U HEEFT BEZOEK!'

'Hoeveel heb je hen laten betalen om mij te showen, alsof ik een circusattractie ben, nou? Denk je dat ik niet in de gaten heb dat ik een goed handeltje voor je ben...? Idioot mens!'

'WAAR HEEFT U HET OVER, JUFFROUW PUBENZA...! STEL U NIET AAN EN DOE OPEN!'

Pubenza bleef een poosje stil maar uiteindelijk klonk het gerinkel van een sleutelbos.

De zurige, sleetse geur die de bejaarde verspreidde, drong naar buiten toen de deur langzaam werd geopend. Een muffe lucht van opsluiting en lichaamsuitwasemingen dreef in de atmosfeer. Aurora en Andreu wachtten in stilte op haar verschijning in die dichte nevel.

Plotseling doemde een broodmager lichaam gehuld in een zwarte jurk in de deuropening op. De bleke, met kloppende aderen overdekte slapen omlijstten twee kleine oogjes, verborgen tussen gerimpelde, perkamentachtige plooien. Met haar schaarse, warrige haren zag ze eruit als een zwervende gekkin... als een levende geest.

Ze keek hen aan zonder hen te zien en begon de deur weer te sluiten. Aurora hield haar tegen. 'Wacht even, alstublieft.'

'Hè, wie is dat?' De oude vrouw kneep haar ogen halfdicht, vroeg de lokettiste naar Aurora.

'ZE WILDE U GRAAG LEREN KENNEN.'

'Nou, ze heeft me gezien.' Ze probeerde de deur opnieuw dicht te doen maar Aurora begon weer te praten: 'Ik wil u niet storen...'

De loketjuf viel haar in de rede: 'Als u iets tegen haar wilt zeggen moet u hard praten, zodat ze u kan horen.'

'IK ZEI DAT IK U NIET WIL STOREN... IK BEN DE DOCHTER VAN SOLEDAD, UW NICHT.'

De hoogbejaarde vrouw keek naar Andreu. Aan wie deed zijn gezicht haar toch denken?

'En hij... op wie lijk je toch? Ach. De ouderdom kent geen vergiffenis.' Ze wees op Andreu. 'Je gezicht komt me bekend voor.'

'WE ZIJN UIT BARCELONA GEKOMEN, OP ZOEK NAAR HET VERLEDEN.'

'Het verleden? Dat is verdwenen uit dit huis. Hier valt niets meer te vinden; het verdriet heeft alles meegenomen. Het enige wat nog over is, is een foto... Die van mijn nichtje en haar grote liefde. Als dat portret er niet was, zou ik denken dat ze niet eens hebben bestaan. Die dag ben ik mijn nichtje kwijtgeraakt. Wat na die vakantie van haar overbleef, was slechts haar schaduw.'

Aurora haalde de foto van Pubenza en Soledad op het terras van het Carlton, genomen op de dag van haar moeders verjaardag, uit haar tasje en gaf die aan de oude vrouw.

'HIER STA JIJ...' Aurora wees het meisje met de kuiltjes in haar wangen aan dat lachend naast haar moeder stond.

'Zonder bril zie ik niets... en omdat ik niets meer hoef te zien, heb ik ook geen bril.'

'PUBENZA... IK BEN AURORA. HEEFT MIJN GROOTVADER NOOIT MET JE OVER MIJ GESPROKEN?'

'Over jou had hij het nooit... Het enige wat hij heeft gedaan is geld sturen... om zijn zonden af te kopen. Hij werd verteerd door schuldgevoelens.'

Ten slotte deed de oude Pubenza de deur open en liet alleen Aurora binnen.

'Jij daar, duivels loeder, waag het niet binnen te komen.' Ze wees met haar knokige wijsvinger naar de loketjuf. 'En jij evenmin...' wijzend naar Andreu, 'houd haar maar goed in de gaten, je weet maar nooit.'

Voor ze de deur sloot, keek Aurora tersluiks naar haar minnaar, die een geruststellend gebaar maakte.

Pubenza's slaapkamer was een wanordelijk web van kapotte voorwerpen die over de vloer verspreid lagen: onthoofde maagdenbeeldjes, gesprongen rozenkransen, losgeraakte crucifixen, poppen zonder hoofd, hoofden zonder lijf, geschilferd Engels porselein, zwart uitgeslagen zilveren bestek, niet meer gedragen kleding, hutkoffers... Dat alles, en de stapels in de hoeken, maakte een onthutsende indruk. De ramen met gebrandschilderd glas in bloemmotieven die in andere tijden rozerood, amberkleurig en hemelsblauw licht hadden doorgelaten, waren afgedekt met dun karton. De hele kamer was vergeven van stof en spinnenwebben, beschut door een duisternis die werd verzacht door twee kaarsen waardoor de hele boel elk moment in vlammen dreigde op te gaan.

Het oude mensje liet Aurora naast zich op het oude bronzen bed plaatsnemen dat van Soledad was geweest toen ze een meisje was. Tussen de versleten lakens door was het katoen van de matras zichtbaar, die aan het vergaan was.

'Heb je Joan Dolgut gekend?' vroeg Aurora.

'Watte...?'

'OF JE JOAN DOLGUT HEBT GEKEND,' schreeuwde ze.

'Door mijn schuld is je moeder ongelukkig geworden. Als ik haar die capriolen in Cannes niet had ingefluisterd... Die arme jongen kon er ook niets aan doen dat hij geen geld had... maar uiteindelijk moesten ze het allebei duur betalen.'

Aurora besloot maar niet te zeggen dat Andreu Joans zoon was, om de geschiedenis niet ingewikkelder te maken. Als ze haar niet bestookte met vragen zou haar moeders nicht weleens veel kunnen vertellen. Ze liet haar verder praten.

'Weet je dat die jongen uit Cannes hiernaartoe is gekomen om haar op te zoeken? Midden in de oorlog en zonder geld... God mag weten onder welke omstandigheden. Arme ziel! Mijn oom liet hem het land uitzetten. Ze kwamen hem als een misdadiger halen, geboeid, tussen agenten. Mijn nichtje heeft nooit geweten dat hij er was, ik kon het haar niet vertellen. Als ik dat had gedaan, hadden ze me in het klooster bij de nonnen gestopt. Later kreeg ik er spijt van, maar toen was het te laat. Het kwaad was al geschied.'

Aurora wilde haar niet onderbreken, uit angst dat met haar hetzelfde gebeurde als met Clemencia Rivadeneira, dus besloot ze zwijgend af te wachten.

'Ik heb haar nooit durven vertellen wat er in die tijd allemaal gebeurd is. Zelfs niet nadat mijn oom gestorven was; ik was een lafaard. Zij kwam er zelf achter, tussen Benjamíns papieren vond ze de brieven die Joan haar vroeger had gestuurd en die mijn oom zijn hele leven verborgen hield.'

'OVER WELKE BRIEVEN HEB JE HET?'

'De brieven die Joan vanuit Cannes heeft gestuurd, toen we terug waren van onze vakantie. Ze hebben elkaar in een hotel leren kennen.'

'DAT WEET IK, PUBENZA.' Aurora nam Pubenza's handen tussen de hare.

'Mijn nichtje heeft hem op een gegeven moment ook brieven gestuurd, maar mijn oom onderschepte die voor ze het huis konden verlaten... zonder dat ze dat wist. Hij had alle bedienden omgekocht.'

'EN... HEB JE LATER NOG MET MIJN MOEDER GEPRAAT?'

'Nooit meer. Ze heeft me nooit vergeven. Onze vriendschap was in Cannes geëindigd, op de dag dat Benjamín erachter kwam dat Soledad verliefd was geworden op een armzalig hotelobertje; de grootste belediging die zijn dochter hem kon aandoen. Deels was ik de schuldige van het gebeuren. Ik had hen opgestookt, zodat ze gelukkig konden zijn, zoals ikzelf nooit was geweest...' Terwijl ze naar haar luisterde, dacht Aurora aan haar moeder en Joan, rustend op de keukenvloer, in bruidskleding, en een traan biggelde over haar wang. 'Mijn oom bedreigde me en ik trapte in de val van de angst. Mijn hele leven was ik bang voor zijn geschreeuw en zijn eeuwige waakzame blikken. Zelfs toen hij stierf was ik niet vrij; hij had me voor altijd beschadigd. Wat me in mijn leven nog het meeste pijn doet, is dat ik het enige wat ik had ben kwijtgeraakt: je moeders liefde.'

Opeens viel de vrouw stil. Aurora legde haar hand op haar verwarde haren en begon die zachtjes met haar vingers te kammen. Het oude mensje sloot haar ogen om de handen beter te voelen en begon hartverscheurend te snikken.

'Niemand heeft dit ooit gedaan... me strelen.'

Aurora keek haar met betraande ogen aan.

'Je hebt gezegende vingers, Aurora, net als je naam. Ze raken niet aan, ze stralen licht uit.'

Ze bleven zwijgend zitten. Pubenza genietend van Aurora's liefde, en zij, haar die gevend met haar vingers. Toen ze uitgehuild was, pakte het oude vrouwtje de handen van haar nichtjes dochter en bracht ze naar haar lippen.

'Je hebt de handen van een pianiste... Joan was een groot pianist. Je had de prachtige sonates eens moeten horen die hij voor je moeder schreef. Hij was bijna nog een kind, maar al een virtuoos op dat instrument.' Ze slaakte een diepe zucht. 'Eén enkele week om je hele leven op te teren. Weet je welk muziekstuk hij als afscheid speelde, midden in de haven, voor het schip?' Aurora keek haar verwachtingsvol aan. '"Tristesse", van Chopin, je moeders lievelingsstuk.'

'Tristesse', de sonate van Joan en haar. De sonate die haar de grootste vreugde had gegeven. Waarom toch al dat gejongleer van het lot? Leefden haar moeder en Joan soms via hen? Of was het de liefde van Joan en Soledad die hen beiden weer tot leven had gewekt, zij, die voordat ze elkaar hadden leren kennen, het leven leefden zonder het echt te leven?

Pubenza sprak verder, maar Aurora hoorde haar niet meer, ging geheel op in haar gedachten.

En als ze haar nu eens vertelde dat haar moeder samen met Joan gestorven was? Dat ze op hun manier... nu bij elkaar waren? Zou dat het arme oude mensje nog meer verdriet bezorgen?

'Ik had nooit moeten leven.' Pubenza's schorre stem deed haar weer met beide voeten op de grond komen.

'Dat moet je niet zeggen,' zei Aurora, maar de oude vrouw hoorde haar niet.

'Er zijn levens die niet de moeite waard zijn.'

'Alle levens zijn de moeite waard, ook al zijn er velen die verdwalen.'

Pubenza hoorde haar nog steeds niet.

'Soms denk ik dat ik nog niet gestorven ben omdat ik al dood ben.'

'Of omdat je nog iets moet doen.'

'Er is niets meer. Er is al jaren niets meer...'

Verslagen vielen de vrouwen stil. Na enkele intense minuten tussen haar levenloze herinneringen te hebben rondgedoold, begon Pubenza weer te praten: 'Ik ben moe, heel moe. Wat is het donker. Heb je de kaarsen uitgeblazen?'

Aurora wist dat de oude vrouw haar niet meer zou horen, ook al schreeuwde ze nog zo hard. De vlammetjes verlichtten de kamer nog steeds.

'Wil je me een glaasje water geven... of beter nog, maak mijn jurk een beetje los.' Nadat Aurora een paar knoopjes had losgemaakt, ging ze verder. 'De poncho, meisjelief, geef me de poncho eens aan, ik heb het zo koud.' Aurora streelde haar weer. Het oude mensje beefde, klemde zich aan haar vast. 'Ga niet weg...'

'Ik ben hier, lieverd.'

Aurora's tranen vloeiden boven het uitgeteerde lichaam van Pubenza die met een ijl, breekbaar stemmetje murmelde: 'Zij... Hoe is het met je moeder?'

'Goed... ze is nu bij Joan.'

Er rolde een laatste traan uit Pubenza's ogen en ze glimlachte.

Aurora bleef zitten, met het vrouwtje op haar schoot. Het was haar moeder, haar grootvader, haar grootmoeder, haar geschiedenis... haar verleden, dat wat nu in haar armen lag te slapen.

De stilte zweemde naar een afscheid. Ze bewoog zich niet maar ademde wel. Nadat er een uur verstreken was, hoorde ze haar weer.

'Ga nu maar... Ik wil alleen zijn...'

Pubenza verzuchtte een vlaag woorden die oploste in de muffe lucht van de afzondering. Aurora wilde haar een kus geven, maar de hoogbejaarde trok haar wang terug. 'Ga! Voordat het te laat is en ik van je ga houden.'

Dit had ze niet verwacht. Sinds haar moeders dood ging niets van wat haar overkwam nog zoals ze had verwacht. Aurora stond met tegenzin op, met vochtige ogen en het verdriet in haar ziel een verwoest leven te zien; ze voelde zich machteloos, wist niet hoe ze het haar kon teruggeven.

'Zeg maar niets, meisje. Ik hoor je niet meer. Als je weggaat, zoek dan de vogels; en hoor je het vrije gefladder van hun vleugels, dan weet je dat je leeft.'

Toen ze de deur opende, droogde het bergbriesje haar tranen. Buiten zuchtte de lucht dromerig. Haar blik zocht Andreu en vond hem zittend op een gammele schommel, tussen bloeiende rozenstruiken die doorbogen onder hun aroma. Ze liep op hem af, de opgewonden zoemende hommels ontwijkend, en liet zich in zijn armen vallen. Ze kon geen woord uitbrengen, en hij wilde niets vragen.

Ze verlieten het huis nadat Aurora de tijd had genomen om het afscheid te verwerken. Wat haar moeders nicht gezegd had was waar: in *Moulin de Rêves* waren alleen de vogeltjes vrij, ze behoorden niemand toe... zelfs de hemel niet. Wortels veroorzaakten scheuren in de vloeren en takken bedekten de muren in een dodelijke omhelzing. Dat buitenhuis zonder dromen kwijnde langzaam weg... net als Pubenza.

Na de heftige emoties van de ochtend trokken Andreu en Aurora zich terug in het hotel, verliefder en inniger verbonden dan ooit. Ze praatten, speculeerden, treurden om hun ouders en kwamen tot een prachtige conclusie: ze zouden doorgaan met hun naspeuringen, maar als het verleden niets meer wilde prijsgeven dan hadden ze toch iets moois te schrijven: hun toekomst. Waarom zouden ze zich zo afmatten met iets onherstelbaars in plaats van hun krachten aan het komende te wijden?

Ze luidden de avondschemering in met een tedere vrijpartij, alsof ze bang waren tussen de lakens te breken. Met kristallen kreetjes gaf Aurora zich over aan Andreu's vluchtige tong die over de rozenblaadjes van haar half openstaande geslacht fladderde, aan de zachte zuchtjes waarmee haar minnaars lippen haar huid streelden... over haar ranke voeten gleden... de zijkant van haar kuiten... de zachte binnenkant van haar dijen... de welving van haar buik... de opgerichte punten van haar borsten. Een vochtige dans, een langzame overgave en verzaligde verzuchtingen... geschonken door de liefde van Andreu die haar dorstende lichaam bevloeide... en haar ziel.

Een metalen gordijn was over de hemel getrokken en koelde zijn woede met een uitbarsting van witte stenen. Een enorme hagelbui kletterde tegen de ramen, vormde een schril contrast met de behaaglijke warmte van het oplaaiende haardhout in de volmaakte stilte die bezegeld was met zoveel beminnende liefde.

Toen ze gingen dineren, scheen de maan over een schoongewassen avond. De grond was bezaaid met ijzige bloemen, glinsterend op het asfalt en in het gras. Met de komst van het ijs had het drukke verkeer zich opgelost waardoor de straten verschoond waren van auto's.

De chauffeur nam de rondweg en zette hen af aan de voet van de berg Monserrate, waar hij hen drie uur later weer zou oppikken. Ze namen de kabelbaan waarmee ze tien minuten lang boven de ruim vijfhonderd meter dichte begroeiing en leegte zoefden tot ze op een hoogte van 3160 meter waren; boven wachtten hun de sterren en een spectaculair uitzicht op een onvoorstelbaar Bogota. Andreu had een tafeltje gereserveerd in het restaurant met het mooiste uitzicht op de stad, maar eerst wilde hij haar iets zeggen. Voor de ingang van de kerk van het Santuario de Monserrate bleven ze staan.

Alsof ze het er al vaak over hadden gehad, legde hij haar uit hoe hij het ging doen. Tegen het einde van het jaar zou hij het huis aan de avenida Pearson verlaten en naar een hotel gaan, alles in overleg met en onder supervisie van zijn legertje advocaten. Hij was zeker van zijn gevoelens en wilde geen tijd meer verspillen aan een relatie die hem niet alleen hinderde maar ook enorm tegen begon te staan. Hij wilde niet langer zonder haar leven, maar hij moest de zaak goed regelen. Ze moesten de vreselijke ketenen verbreken die het zijn vader en Soledad onmogelijk hadden gemaakt elkaar te beminnen, en die hen nu ook dreigden vast te leggen.

Ze hoefde nergens over in te zitten, zei hij. Hij zou voor haar zorgen... en voor haar dochter. Toen hij besefte dat hij er niet eens aan had gedacht Aurora's mening te vragen, verontschuldigde hij zich, nam haar in zijn armen en zette haar voor het beeld *El Señor Caído* neer, aan wie de berg gewijd was.

'Wat ik nu ga doen, heb ik nooit eerder gedaan, niet met de overtuiging die ik nu voel.'

Hij keek haar aan en een liefdesboog verbond hen via hun ogen.

'Aurora Villamarí, wil je je verdere leven aan mijn zijde doorbrengen?'

'Ja, ik wil.'

'Wil je me oud zien worden, me gezelschap houden tijdens mijn slapeloze nachten, mijn stiltes begrijpen, mijn boze buien, mijn vreugdes, mijn verdriet... me helpen mijn opgelopen wonden te helen, de sonates van mijn vader die ik nooit heb gehoord voor me spelen, samen met mij om hem rouwen, wat ik nooit heb gedaan, me mijn vergissingen en het feit dat ik geen beter mens ben vergeven?'

'Ja, ik wil.'

'Wil je me leren mijn leven door jouw ogen te zien, terwijl ik je het jouwe door mijn ogen laat zien?'

'Ja, ik wil.'

'Aurora, ik kan je niet beloven dat je elke dag gelukkig zult zijn, als ik dat deed zou ik je bedriegen. Maar ik beloof je wel dat we samen het geluk elke dag opnieuw kunnen creëren, van onze fouten kunnen leren en daarop de juiste keuzes baseren.'

'Het zal niet gemakkelijk worden, weet je,' onderbrak ze hem. 'Ik wil echt niet de onheilsprofeet uithangen... maar we zullen eerst nogal wat hindernissen die tijd kosten moeten nemen, op bezwaren en onbegrip van onze respectieve partners stuiten.' Terwijl ze dat zei dacht ze voornamelijk aan haar echtgenoot. 'We zouden zelfs wanhopig kunnen worden doordat de zaken niet gaan zoals we ze hadden gepland, en hoewel we onze weg dan zullen moeten aanpassen geldt dat niet voor ons uiteindelijke doel. Ben jij tot dat alles bereid?'

'Ben jij dat?'

'Je hebt gehoord dat ik overal "ja, ik wil" op heb geantwoord... Maar zal het ons ook lukken?'

'De eerste stap is het te willen, mijn mooie meisje. Dat heb ik op andere gebieden ervaren die veel... laten we zeggen, trivialer waren. Ik wilde niet langer piccolo zijn maar zakenman worden, en dat is me gelukt. Ten koste van alles, door zelfs van de liefde af te zien.' Hij liet zijn hoofd beschaamd zakken. 'Ik was een ander mens, kortzichtig en berekenend. Ik was verloren... tot jij me hebt gevonden. Jij hebt me gered.'

'Ik heb je nergens van gered. Dat heeft je vader gedaan, met zijn dood. Ze hebben ons gered, Andreu.'

Aurora bedacht dat ze het belangrijkste deel oversloegen: rekening houden met datgene wat het leven al geschreven had. Ze moest haar angstige vermoeden nog verifiëren, en als dat op waarheid berustte zou hun droom voor eeuwig uit elkaar spatten; ook al wilden ze hun ogen ervoor sluiten, die waarheid zou een rampzalig beletsel vormen.

'Wat ben je opeens stil.'

'Ik ben bang.'

'Bang... waarvoor?'

'Dat het niet kan, Andreu, dat het niet kan...'

'Weet je waarom angst bestaat? Om overwonnen te worden.' Andreu nam haar in zijn armen en haar tere lichaam verdween tegen zijn borst. 'Maak je geen zorgen. We gaan alles, luister goed naar me, alles oplossen.'

Aurora sloeg haar ogen neer. Haar geest had haar weer een gemene streek geleverd op een wel heel ongelegen ogenblik en belette haar zo van dat moment te genieten. Haar werkelijke bezorgdheid, dat 'alles' waarover haar minnaar het had, gold het 'dat' waarvan hij geen weet had en waarvoor, als het waar was, ook geen oplossing bestond. Andreu verjoeg haar gedachten.

'Als je wilt, mag je de bruidegom kussen. Hij staat te popelen...' Hij sloot zijn ogen en bracht zijn mond naar haar lippen.

Ze bezegelden hun belofte met een innige kus, badend in het maanlicht van de avond, voor de kruisweg die het lijden van Christus verbeeldde; een weg die honderden Bogotanen zondags gingen na op hun knieën de berg te zijn opgeklommen, ervan overtuigd dat het wonder eruit bestond zo hoog mogelijk te komen, al lijdend.

Ze kon maar niet vergeten wat ze op de pier van Barceloneta had gezien. Hoezeer ze ook haar best deed, het pijnlijke beeld van Joan Dolgut en die vrouw in een innige omhelzing raakte Soledad maar niet kwijt. Ze slaagde er niet in hem te haten, hoe graag ze dat ook wilde. De weg die Joan genomen had, liet haar evenmin koud. Ze bleef verliefd, meer dan tevoren zelfs; weliswaar had ze alles diep weggestopt maar in haar hart droeg ze hem heimelijk bij zich. Zeer tegen haar wil was ze ertoe veroordeeld voor altijd van hem te houden.

Jaume Villamarí begon regelmatig op bezoek te komen in het buitenhuis in Chapinero, zonder de vergissing te begaan zijn ware bedoelingen te onthullen. Hij had altijd wel een reden. Soms waren het zijn schaakpartijtjes met Benjamín, die als hobby waren begonnen maar uitmondden in ware veldslagen waarbij ze onvoorstelbare inzetten deden; andere keren ging het om futiele vergaderingen met leden van de Country Club onder het warme genot van whisky en sigaren, terwijl ze golftoernooien bedachten die nooit werden gehouden. Met zijn uit Spanje meegebrachte grammofoonplaten maakte Jaume de hele familie Urdaneta Mallarino enthousiast om thuis opera's te beluisteren, iedereen behalve Pubenza, zij had zich na het gebeuren in Cannes opgesloten in haar kamer. De verfijnde avondlijke concerten vonden plaats in de grote salon van het huis en gingen vaak tot in de late uurtjes door; de met heldere stemmen gezongen aria's gingen dwars door de wanden en muren heen waardoor zelfs de tuinen van de buren opbloeiden.

Soledad dacht nog steeds dat die man met zijn beschaafde manieren de perfecte echtgenoot voor Pubenza zou zijn. Ze wilde dat hij Pubenza eens en voor altijd meenam, weg uit haar huis, zodat ze haar nooit meer hoefde te zien; haar nicht herinnerde haar aan haar geluk en haar ongeluk, haar hemel en haar hel. Ze gaf haar opnieuw de schuld van alle ellende. Als Pubenza haar geholpen had, zou ze nu vast samen met Joan zijn. Maar ze had haar in de steek gelaten, had haar in de kou laten staan. Waar was al die zogenaamde 'zusterliefde' die ze zei voor haar te voelen als ze haar op het moment dat ze haar het hardst nodig had de rug had toegekeerd? Ze dacht er niet aan ooit nog iets tegen haar te zeggen.

Haar moeder sloofde zich verschrikkelijk uit hen weer te verzoenen, maar tevergeefs. Hoe meer ze aandrong hoe groter de kloof tussen hen leek te worden. Op een dag waarschuwde Soledad Urdaneta haar: 'Stop ermee, mama... als je me tenminste niet wilt kwijtraken.'

Vanaf dat moment besloot Soledad Mallarino maar te negeren dat de meisjes niet met elkaar spraken en wendde ze al haar listigheid aan om haar dochter de goede kanten van de Catalaan te laten inzien.

'Het een doet het ander vergeten, Soledad.'

'Weer dat van dat vergeten, mama?'

'Je blijft ook echt een kind.'

'Omdat ik niet denk zoals jij?'

'Liefde is niet zoals je die in films ziet, meisjelief. Die moet je met je verstand benaderen.'

'Wel, en waarom heb ik dan een hart, vertel eens?'

'Je hart heeft je alleen maar problemen gebracht... Denk je niet dat het tijd wordt je verstand te gebruiken?'

'Het verstand is kil, mama. Hoe kun je dat nu tegen me zeggen? Wil je wel dat ik gelukkig word?'

'Jaume Villamarí is een serieuze man.'

'En ik een serieuze vrouw; daarom wil ik hem niet voorliegen.'

'Je gaat wel van hem houden.'

'Onmogelijk, mama.'

'Dat zei ik ook van je vader... en moet je ons nu zien.'

'Laat me niet lachen. Als dat van jullie liefde moet voorstellen... dan word ik nog liever non.'

'En ons doodongelukkig maken?'

'Jij denkt ook alleen maar aan jezelf. Hebben papa en jij ooit wel eens aan mij gedacht?'

De volgende anderhalf jaar werd Jaume Villamarí ongemerkt in het gezin opgenomen. Soledad Mallarino aanbad hem, Benjamín vereerde hem, en zelfs de bedienden gingen hem beschouwen als de ideale schoonzoon over wie meneer zoveel sprak. Er was altijd plaats voor hem aan tafel en ondanks zijn veelvuldige aanwezigheid had niemand ooit last van hem. Zelfs Soledad niet, die genegenheid voor hem opvatte, als voor een broer of een oom, nooit als verloofde.

Er moest een historische aardverschuiving plaatsvinden, een uitbarsting van haat en onvrede die als gloeiende lava vele Bogotanen, onder wie ook het gezin Urdaneta Mallarino, zou meesleuren voordat Soledad onvermijdelijk en in weerwil van zichzelf van de textielimporteur ging houden.

Die vroege ochtend van vrijdag 9 april 1948 schrok Soledad wakker. Een bloedstollende nachtmerrie, onmogelijk zich scherp te herinneren, liet haar in een halfwakkere, halfslapende toestand door de tuin dwalen. Wat ze voelde wist ze niet, maar er hing een onheilspellende sfeer in de kille nevel van het ochtendgloren.

Ze kon niet meer slapen, en na een snelle douche probeerde ze tot de orde van de dag over te gaan.

Ze gaf nog steeds recitals in de kerk en nu repeteerde ze met het koor van de San Franciscokerk de grote mis van Haydn, die ze de eerste zondag in mei zouden opvoeren om de maand van de Maagd Maria te vieren.

Ze had de tram genomen, tegen de wil van haar moeder die, ook al was ze volwassen, haar nog steeds als een kind behandelde en erop stond dat ze zich door de huischauffeur liet brengen.

Op dat tijdstip was dat deel van de stad zoals gewoonlijk één grote massa van ontwikkelde en van eenvoudige Bogotanen die elk op zijn eigen manier de kost voor die dag probeerde te verdienen.

Als ze in het centrum was, werd ze onderdeel van die drukte; iemand die het leven wilde leven zonder opgemerkt of beoordeeld te worden. Ze vond het heerlijk anoniem te zijn, een toevallige passant; haar alomtegenwoordige ouders waren verdwenen en voor even was ze zelf heer en meester over haar vlakke bestaan.

Ze bracht de hele ochtend binnen door, leidde het koor, zong, legde de laatste hand aan de details en het decor voor de grote dag. Ze zouden pas over twee weken weer repeteren en dan was er geen tijd meer om nog iets te veranderen.

Toen ze de klok twaalf hoorde slaan, negeerde ze dat en ze ging niet bij het altaar weg voor ze de pastoor had overgehaald alles met een groot wit laken te bedekken – de sacramentaliën, de Christus- en heiligenbeelden – om op de avond van het concert het beeld van de Heilige Maagd beter te doen uitkomen.

Ze vertrok tegen enen en liep de Séptima in, mengde zich onder de mensen die op dat tijdstip gingen lunchen. Net toen ze de straat wilde oversteken, werd ze opgeschrikt door drie explosies en bleef ze als verlamd staan. Voor het gebouw Agustín Nieto zakte een man gehuld in een jas en hoed in elkaar. Wat ze gehoord had, waren geen explosies maar schoten. Voor haar ogen was zojuist iemand vermoord.

Een bloedplas verspreidde zich over het trottoir en een furieuze schreeuw kliefde de lucht van Bogota in tweeën: 'ZE HEBBEN GAITÁN VERMOORD!!!'

Binnen enkele minuten was de straat veranderd in een van woede en verontwaardiging kokende meute. De dodelijk verwonde man werd onmiddellijk naar het Centralziekenhuis overgebracht, terwijl de uitzinnige horde op de deur van de Nueva Granada-apotheek beukte om binnen te komen en de moordenaar te lynchen, die onmiddellijk was opgepakt en daarbinnen door een paar bewakers werd vastgehouden.

Het lukte hen.

Eerst de schoenpoetsers, en daarna de hele troep; ze sloegen hem in elkaar, sommigen met hun poetsdozen en anderen met vuistslagen en trappen, lieten hem over de grond rollen. Het bebloede lichaam met stukgescheurde kleren werd door de Séptima gesleept onder kreten waarmee zijn dood werd geëist.

Als uit het niets doemden links en rechts opgewonden mensen op, gewapend met machetes en dorstend naar wraak, en ze voegden zich bij de wraakzuchtige menigte, alles vernietigend wat op hun weg kwam. Een van angst verlamde Soledad werd door die menselijke stroom voortgestuwd, tevergeefs probeerde ze een uitweg te vinden. Hoe harder ze haar best deed weg te komen, hoe dichter ze zich bij de haard van woede leek te bevinden.

Voor haar ogen werd de eerste tram omgekiept. Daarna volgden vele andere. Vanaf dat moment brak de chaos uit. De straten waren geen wegen meer maar vormden onneembare menselijke muren.

Te midden van de schoten van sluipschutters, die vanaf dakterrassen hun doelwitten probeerden te raken, staken honderden manifestanten van allerlei pluimage elk overheidsgebouw in brand dat ze op hun weg tegenkwamen. Hongerige overvallers gooiden etalageruiten en vitrines in en roofden alles leeg. Het winkelcentrum lag open voor de onstuitbare stromen mensen die zich meester maakten van dure sieraden, Engelse kostuums, bontmantels, exquise wijnen, Ierse whisky's en huishoudelijke apparaten. Het was een totale chaos en de openbare orde schitterde door afwezigheid.

Soledad voelde zich hopeloos verloren tussen die oplaaiende razernij, ze probeerde te schuilen in de eerste kerk die ze tegenkwam, maar deze was al geplunderd, de deuren stonden halfopen en zijn Christus en heiligen lagen daar verminkt, de hemel verzoekend.

In haar verdwazing ging ze op zoek naar de winkel van Jaume Villamarí die in de Octava was; toen ze daar aankwam trof ze die verwoest aan. De etalages waren ingeslagen met flessen en hamers en walmden de geur van jenever en ontreddering uit; de stellingen braakten coupons uit die met geweld waren losgerukt. Op de stoep leek een stel lijken gewikkeld in veelkleurige vlaggen te slapen: de achtergelaten stoffen. Op de grond lagen rollen Chinese zijde, verscheurd en vertrapt. Aan de elektriciteitskabels bungelde een naakte etalagepop.

Verward zochten Soledads ontstelde ogen tussen de puinhopen en dood in de openstaande winkel en achterin ontdekten ze een huilende man: het was Jaume Villamarí.

Zonder te weten of ze wel woorden had, deed Soledad haar mond open om hem te roepen. Het ging niet. Ze was met stomheid geslagen na zoveel ellende te hebben meegemaakt. Ze beefde van top tot teen en voor het eerst besefte ze dat haar jurk aan flarden was en dat ze tijdens haar vlucht haar schoenen had verloren. Ze voelde zich volstrekt weerloos in een stad die in enkele uren was verdwenen, slachtoffer van de waanzinnigste waanzin: de razernij. Dat rustige, lome Bogota met zijn warme chocolademelk, gezellige samenkomsten en zelfingenomenheid begon tranen van bloed te storten.

In het buitenhuis in Chapinero onderging men de vreselijke gebeurtenissen van die dag met het hart in de keel. Enkele radiozenders die in handen van liberalen, communisten en gaitanisten waren gevallen, zonden allerlei valse proclamaties uit. Daarin werd gesproken over de triomf van 'de revolutie' die op exemplarische wijze de verantwoordelijke conservatieven had terechtgesteld, te beginnen met de president, Ospina Pérez, en met de leider van de Partido Conservador en tevens minister van Buitenlandse Zaken, Laureano Gómez, wier lijken tentoongesteld waren op het plaza de Bolívar. In deze communiqués werden de mensen bovendien opgeroepen ijzerhandels te overvallen om zich te wapenen met machetes, bijlen en knuppels en hun afgeslachte leider te wreken.

De berichten hadden niet verontrustender kunnen zijn. Er werd gesproken van een oorlog tussen de partijen waarbij de sociale wrok al tientallen slachtoffers had gemaakt.

Er was niet zomaar een man vermoord. Jorge Eliécer Gaitán was de droom van een heel volk; een liberaal die de zwakkeren in de samenleving in hun hart hadden gesloten. De hoop van de arbeidersklasse was vermoord, de hoop van hen met wie nooit rekening werd gehouden en die streefden naar een waardig bestaan. Hij was de redder van de stemlozen geweest. Lotenverkopers, krantenjongens, schoenpoetsers, dienstmeisjes, chauffeurs, taxibestuurders, obers, straatvegers, arbeiders, de klasse van de onzichtbare mensen, ze bleven verward en verloren achter in de jungle van de onzekerheid. Hun vader was gestorven zonder hun toekomst te hebben veiliggesteld.

Hij was hun charismatische leider, de persoon die hen uit de dienende anonimiteit zou halen en hen zou verheffen tot menselijke wezens.

Ze gaven de conservatieve regering de schuld en hun wraak richtte zich op alles wat met macht en rijkdom te maken had.

In het centrum van Bogota waren de anarchie en het geweld losgebarsten. Het paleis van justitie, het regeringsgebouw, talrijke hotels, gebouwen, kerken en katholieke onderwijsinstellingen, waaronder het Palacio Arzobispal, de Nunciatura en de Javeriana Femenina Universiteit, waren in brand gestoken of verwoest.

In het midden van de kamer hadden Soledad Mallarino en Pubenza kaarsen aangestoken en baden ze bij het beeld van de Heilige Maagd de rozenkrans, smekend of Benjamín en Soledad veilig en heelhuids thuis mochten komen. Sinds de onlusten waren uitgebroken hadden ze niets meer van de twee vernomen en nu viel de avond in. Tegen die tijd had het personeel het huis al verlaten om zich bij de roep om wraak te voegen. Ze waren alleen en onbeschermd achtergebleven.

De branden woedden ongecontroleerd en hulden de hemel in rouw; de nacht begon de rivieren van bloed waarin de straten van het centrum waren veranderd schoon te huilen.

Benjamín Urdaneta zat ten tijde van de gebeurtenissen ontspannen aan een zakenlunch en hoorde pas tegen halfvier van de moord. Hij kwam erachter doordat hij niet meer bij de fabriek kon komen.

Een bende tuig met flessen whisky, rode vlaggen en machetes in hun hand was midden op straat gaan staan en had zijn Cadillac de doorgang belet.

Onder het schreeuwen van 'Oligarch, oligarch' begonnen ze zijn auto heen en weer te schudden tot deze omsloeg, met hem en zijn chauffeur erin.

Verhit door de alcohol sleurde het schorem hem de auto uit alvorens die in brand te steken. Gebruikmakend van de verwarring sloeg de chauffeur op de vlucht en ging op in de menigte.

'Dood aan de oligarch!' schreeuwde een van hen terwijl hij Benjamín in het gezicht spuwde.

Benjamín was op de grond gevallen, raakte door de schok van de aanval in een steeds diepere bewusteloosheid. Toen ze hem in elkaar zagen zakken, dacht het woedende gepeupel dat hij dood was en beperkte het zich ertoe hem nog flink wat trappen na te geven, maar niet voordat ze hem zijn portefeuille, horloge en alles wat verder maar mogelijk was afhandig hadden gemaakt.

Hij was zwaargewond, lag midden op straat, naakt en zonder identiteitspapieren. Zonder zijn uiterlijke tekenen was Benjamín Urdaneta er gewoon eentje meer in de zee van achtergelaten lichamen. Naast hem was zijn Cadillac veranderd in een rokende ijzermassa.

Uren later, in de uitgestorven regenachtige nacht, werd zijn lichaam overgebracht naar het amfitheater, samen met dat van de vele stoffelijke overschotten die de autoriteiten verspreid door de straten aantroffen.

Na vijf volledige rozenkransen was noch Soledad opgedoken noch had Benjamín enig levensteken gegeven. Pubenza en haar tante waren inmiddels meer dan ongerust, ze begonnen doodsbenauwd te worden. In het hoofdkantoor van de zeep- en kaarsenfabriek Urdaneta werd niet opgenomen. Ze bleven maar bellen en bellen, zonder resultaat.

Terwijl zij probeerden contact te krijgen, was er in de enorme fabriek een dantesk spektakel aan de gang. In het licht van de gebeurtenissen waren de arbeiders in opstand gekomen en vernietigden als dolle stieren alle materialen die ze maar konden vinden. Na slechts enkele minuten stond alles in brand, van de muren, machinerie, paraffine, plastic, geurstoffen, dozen, oplosmiddelen en alcohol tot allerlei ander licht ontvlambaar materiaal.

De brand woekerde angstaanjagend snel voort, en het gebouw dat een heel blok besloeg, was veranderd in één grote vuurzee die dreigde de hele wijk in as te leggen. Voor de ogen van de arbeiders verdween dat wat lange tijd het symbool van hun onderdrukking en uitbuiting was geweest. Met deze daad wreekten ze de miserabele lonen die Benjamín Urdaneta hun jarenlang had betaald, de man die misbruik van hen had gemaakt en zich ten koste van hen had verrijkt. Gaitáns dood was niet zinloos geweest: die had hen bevrijd van de onderdrukking door een 'oligarchisch zwijn', iemand die ze haatten vanwege zijn wrede, despotische gedrag.

Jaume Villamarí en Soledad Urdaneta waren niet naar het huis in Chapinero gegaan, want Soledad wilde met alle geweld naar de fabriek om haar vader te zoeken. Het was bijna onmogelijk op straat te zijn zonder het risico te lopen door een verdwaalde kogel te worden getroffen. Vanaf de dakterrassen en balkons vuurden scherpschutters in het wilde weg. Het centrum stond in lichterlaaie en tussen de autowrakken en omgekiepte trams werden barricades opgeworpen. De doden in de straten waren zo onderhand niet meer te tellen.

Kort voor tienen en in een stromende regen kwamen ze op hun bestemming aan.

De zwartgeblakerde kolos brandde nog steeds en het bijna gedoofde naambord stond op het punt naar beneden te storten.

'O, mijn God!' schreeuwde Soledad. 'PAPA!!!'

Jaume kalmeerde haar, nam haar troostend in zijn armen. Ze stonden een paar minuten ontzet naar het trieste schouwspel te kijken.

'Ik weet zeker dat alles goed is met je vader...' zei Jaume zonder veel overtuiging. 'Ze maken zich vast heel ongerust over jou... Kom, laten we naar huis gaan. Je ziet er doodmoe uit.'

Urenlang liepen ze gearmd door de stad, omgeven door de beangstigende geur van de dood en in een stilte die van tijd tot tijd doorbroken werd door een eenzaam afgevuurd schot. De stad rookte.

Pas na middernacht bereikten ze de ingang van *Moulin de Rêves.*

Toen ze hen zag was haar moeder dolblij. Nu hoefde alleen Benjamín nog maar thuis te komen.

Maar Benjamín kwam niet. In plaats van tussen het linnen van zijn eigen bed werd hij de volgende ochtend in zijn onderbroek wakker omgeven door doden die stonken naar maïsbier en gestolen whisky. Zijn neus was gebroken, evenals zijn ribben en wie weet wat nog meer, maar hij leefde nog. Hij kon zich niet bewegen, lag daar maar in een of ander amfitheater te midden van bebloede lijken die in een massagraf zouden worden begraven.

Puur door een wonder werd hij gered. Net toen ze de stoffelijke overschotten wilden afvoeren, hoorde iemand hem kreunen.

Verscheidene dagen zweefde hij op het randje van de dood, want de trappen die hij had gekregen hadden zijn lever deels verwoest, maar hij redde het.

Gedurende zijn lange herstelperiode ontpopte Jaume Villamarí zich als de zoon naar wie hij zo vurig verlangd had; deze nam de bescherming van het gezin op zich en herstelde de orde in het buitenhuis, zorgde voor het beetje dat nog over was van zijn fortuin.

Benjamín had zijn finca's nog, zijn zwarte spaargeld, het kapitaaltje op de bank en verder zijn gekrenkte trots, maar de verschrikkingen hadden hem gevloerd.

Hij was oud geworden, depressief, ongelukkig en had geen kracht meer om iets nieuws op te starten. Maar al met al konden ze een behoorlijk leven leiden, zonder financiële problemen.

Het jaar na de grote ramp werd voor de familie Urdaneta Mallarino een lesje in bescheidenheid. Langzamerhand zagen ze zich gedwongen af te zien van overbodige luxe, onzinnige feestjes en kinderlijke bijeenkomsten. De kaart- en bridgespelletjes waar Soledad Mallarino zo van hield stopten vanwege het geroddel van de dames die hen meelijwekkend bezagen en hen behandelden alsof ze arm waren, ook al was dat niet het geval. De partijtjes golf interesseerden Benjamín niet meer, aangezien zijn lichamelijke toestand hard achteruitgegaan was en elke wandeling hem uitputte. De gezellige bijeenkomsten onder het genot van een glaasje whisky en een sigaar hielden op, als gevolg van de delicate toestand van zijn lever. Pubenza sloot zich definitief in haar stilte op, wijdde zich volledig aan de tuin en het dwangmatige bidden. Soledad, die haar heldere stem in al dat verdriet op miraculeuze wijze had behouden, bleef zingen en elk koor en elke mis die op haar weg kwamen leiden, wetend dat ze Joan nooit zou vergeten... Wetend dat ze voor altijd buiten het leven stond.

Jaume Villamarí was zijn grote winkel kwijtgeraakt, maar hij bleef stoffen importeren voor de kleine die hij nog overhad. Niettemin was alles veranderd. Het Bogota dat ervan gedroomd had een luxueuze hoofdstad in Europese stijl te worden, werd gesmoord door de kiem die die negende april tot bloei was gekomen: het geweld. De pracht en praal, de verkwisting en de luisterrijke feesten werden overschaduwd door een onrustige sfeer vol twijfels en politieke perikelen. Zijn toekomst in het land dat hem met open armen had ontvangen leek niet langer een droom te zijn. Hij had nog een klein kapitaaltje waarmee hij had gedacht het gezin te stichten waarvan hij altijd had gedroomd en dat het lot hem niet leek te gunnen, zijn Spaanse nationaliteit waardoor hij terug kon naar het beschaafde continent dat hij begon te missen, en dat wat zijn grootvader hem in Barcelona had nagelaten: een prachtige bovenwoning in de paseo de Colom. Dat was wat hij Soledad kon bieden toen hij al zijn moed had verzameld en haar ten huwelijk vroeg.

Ze zei echter niet zonder meer ja. Daarvoor waren de tussenkomst van haar vader, haar moeder en de omstandigheden nodig.

'Je moet toestemmen, dochter, voor je eigen bestwil en dat van je familie. Ik kan geen betere kandidaat meer voor je zoeken. Deze man zal voor je zorgen... Meer kunnen we niet vragen. We zijn niet meer wie we waren.'

'Je vader heeft gelijk, meisje. Het zal je aan niets ontbreken.' Soledad Mallarino sloeg haar ogen neer. 'Hoewel het een groot offer voor ons is je naar Europa te laten vertrekken, maar we hebben het niet meer voor het uitkiezen.'

Sinds haar terugkeer uit Parijs was Soledad aan het gezelschap van Jaume Villamarí gewend geraakt. Ze had veel genegenheid en respect voor hem opgevat; hij was een bedachtzame, vredelievende man die zich enkel tot doel had gesteld de mensen om hem heen gelukkig te maken. Na de gebeurtenissen van 9 april was er een oprechte vriendschap tussen beiden opgebloeid. Hij begreep haar gemoedstoestanden en bestookte haar niet met vragen wanneer ze tot een van haar nostalgische stiltes verviel die het gevolg waren van haar ongeneeslijke liefdeswond. Ze voelde zich meer door hem beschermd dan door haar vader. Weliswaar had ze de innige blikken waaruit zijn liefde sprak opgevangen, maar daar voelde ze zich absoluut niet ongemakkelijk onder, want ze wist ze op hun waarde te schatten. Soms nam hij haar mee naar de schouwburg om naar zarzuela's te luisteren of naar de bioscoop, zonder zich aan complimentjes te buiten te gaan. Hoewel hij inderdaad geen enkele hartstocht bij haar losmaakte, begon ze te denken dat een leven met Jaume als het rustige kabbelen van een rivier zonder stroomversnellingen zou zijn. Daar ze op het gebied van hartstocht voor het leven getekend was en ze alleen nog genegenheid te schenken had – wellicht was dat ook het enige wat hij kon geven – gaf ze hem haar jawoord.

Toen ze het goede bericht vernamen, waren Benjamín Urdaneta en Soledad Mallarino buiten zichzelf van vreugde. Ze vergaten de beperkingen waarmee ze nu geconfronteerd werden en begonnen een grootse bruiloft te organiseren. Ze deden een beroep op hun invloedrijkste connecties zodat de kardinaal in eigen persoon, bijgestaan door een stoet priesters die de familie kende, het huwelijk zou inzegenen.

Voor deze gelegenheid vond Benjamín zijn verloren krachten terug. Hij zou weer bij de elite horen, hij zou ze onthalen op het mooiste feest dat ze ooit hadden meegemaakt, want hij zou nergens op bezuinigen.

De plechtigheid moest plaatsvinden in de Primadakathedraal in Bogota, zoals hij altijd al had gewenst. Hij zou er alles aan doen om een ware sociale happening van de ceremonie te maken; hij zou de crème de la crème van de Bogotaanse beau monde uitnodigen… en de president van de republiek. Hij zou het prachtigste koor en het meest virtuoze orkest engageren zodat de kerk die avond veranderde in een paradijs van hemelse klanken. Hij zou de bloemenvelden van de hele savanne laten leegplukken en daarvan een tapijt laten maken zodat zijn dochter niet op de kale grond hoefde te lopen. Zij die hem na zijn tegenspoed de rug hadden toegekeerd, keken weer vol bewondering en respect naar hem op. Alle kranten zouden op hun pagina societynieuws melding maken van deze spectaculaire verbintenis; zelfs het tijdschrift *Cromos* zou een uitgebreide reportage met paginagrote foto's aan de bruiloft wijden.

Het feest zou worden ingeleid met een overvloedig banket in de salons van Hotel Granada, en daar zouden niet slechts één maar liefst drie van de populairste orkesten aanwezig zijn.

Terwijl Soledad als afsluiting van haar vrijgezellenbestaan werd onthaald op eindeloze theetafels en ze zich op het huwelijk voorbereidde met passessies van haar bruidsjurk, was Joan intussen al getrouwd.

Nadat hij had vernomen dat Soledad in Barcelona naar hem op zoek was geweest, had hij haar maandenlang brieven geschreven waarin hij zijn hartstochtelijke gevoelens de vrije loop liet en ze naar het adres gestuurd dat hij uit zijn hoofd kende. Hoewel hij betwijfelde of ze haar wel zouden bereiken – hij was ervan overtuigd dat haar vader ze onderschepte – wilde hij toch schriftelijk vastleggen hoeveel hij van haar hield.

Het liep uiteraard weer op niets uit; om niet te sterven van liefde besloot hij zich door Trini te laten liefhebben.

Ze trouwden in de sacristie van de San Cucufatekerk in de calle Princesa, met twee stille getuigen en zonder huwelijksreis. Meer liet hun loon niet toe.

Met bloedend hart zag Joan zich gedwongen zijn baan als pianist op te geven, want wat hij daarmee verdiende was niet voldoende om een gezin te onderhouden. Hij wilde niet dat zijn vrouw andermans kamers bleef schoonmaken en hij had geld nodig om een woning voor hen tweeën te kopen.

Hij vond een baan bij een timmerwerkplaats in de calle Pallars en bewerkte daar piano's, echter niet meer de toetsen maar de houten planken waarvan de kast werd gemaakt.

Zijn leven nam een doffe sleur aan. Alleen Trini's vrolijkheid liet hem soms ineens beseffen dat hij nog leefde. Hij was een man van heel weinig woorden geworden, en in de buurt begrepen ze maar niet hoe zo'n leuke, geestige vrouw met zo'n triest persoon kon samenleven.

Hij bleef naar de pier gaan en beleefde daar opnieuw wat uit zijn leven was verdwenen. Soms betreurde hij het dat hij die middag niet had doorgezet en hij zich niet in zee had geworpen. Hij zag nergens meer de zin van in. Bij het verlies van zijn moeder, zijn vader en Soledad had zich nu ook zijn pianospel gevoegd. Erger kon het niet.

Hij voelde dat hij Trini's liefde verried doordat hij haar niet kon liefhebben zoals ze verdiende, met het onstuimige vuur van de jeugd, maar hij kon het gewoonweg niet. En het ergste was nog dat zij het merkte. Ze vroeg hem constant of hij haar niet aantrekkelijk vond, of hij de liefde niet met haar wilde bedrijven omdat hij geen kinderen wilde, of hij niet dit of hij niet dat... Bij zoveel vragen gaf hij er de voorkeur aan weg te vluchten.

Hij bleef sonates componeren, allemaal even melancholiek, maar hoewel hij ze schreef vertolkte hij ze nooit. Als hij weer achter de piano plaatsnam, zo dacht hij, zou hem dat nog veel sterker aan Soledad laten denken. Zijn liefdesgeheim had hij voor zich gehouden en hij dacht er niet aan het ooit aan zijn vrouw te onthullen, bovenal om haar niet te kwetsen. Hij was haar immens dankbaar want hij zag hoe ze haar best deed om hem gelukkig te maken. Ze vertroetelde hem, kookte zijn lievelingseten, zette muziek voor hem op, kamde zijn haar, zorgde soms voor hem alsof hij een kind was... Ze probeerde zijn hart weer tot leven te wekken maar slaagde daar niet in.

De middag van 7 mei 1950 zou Joan nooit meer vergeten.

Hij was bij de pier, had zijn muziekschrift bij zich en plotseling sloeg een stormachtige windvlaag in zijn gezicht, wierp hem tegen de grond. De zee was woester dan ooit en spuwde een aroma van rozen uit. Die geur had hij al jaren niet meer geroken. Het was dezelfde verandering van de lucht die hij alleen met Soledad had beleefd. Maar ditmaal ging de windvlaag gepaard met de onderliggende, misselijkmakende stank van de dood. De liefdesgeur van rozen was verbitterd door ellende. Hij meende op de golven een bruidje in wit kant te zien drijven dat verdween in een goor uitbraaksel van zeeafval, en met een akelig voorgevoel stierf met een doodszucht de laatste sonate weg die hij bijna had voltooid. Vanaf dat moment zou Joan nooit meer componeren. Hij was drooggevallen.

Hoe begreep hij niet, maar met de zekerheid van een verloren geliefde wist hij dat Soledad hem niet langer toebehoorde.

Die zevende mei van het jaar 1950 zou ook voor Soledad Urdaneta onvergetelijk worden. Op de dag van haar pompeuze bruiloft verhinderde een begrafenisstoet haar op tijd in de kerk te arriveren. Terwijl het geroezemoes aanzwol, de genodigden speculeerden over bedenkingen op het laatste moment en Jaume Villamarí het voor het altaar niet meer had bij de gedachte dat Soledad ten slotte toch spijt van haar beslissing had gekregen, stond de auto van Benjamín Urdaneta te wachten. Al het verkeer was stilgevallen en verleende de sombere stoet doorgang.

De wierookgeur, de geprevelde gebeden en rozenkransen, en het geweeklaag van de ellenlange processie van nabestaanden hadden zich in de trouwauto genesteld en het boeket oranjebloesem en de twijfelachtige vreugdestemming van het bruidje doen verwelken.

Er was een jonge schoonheid gestorven.

De door zes donkerbruine paarden getrokken lijkkoets liet een spoor van rondvliegende as na, minuscule zwarte bloemetjes die oneindig veel verdriet voorspelden. Die ontmoeting was meer dan een toevallige gebeurtenis. Zonder het te kunnen vermijden, ging Soledad naar het altaar met het voorgevoel een dood bij leven tegemoet te gaan, en sprak ze het droevigste 'ja' uit dat ze ooit in haar leven had gedaan.

Toen ze de kerk als man en vrouw verlieten, stoof een wolk as over hen heen en dompelde de witte jurk van de bruid in rouw, waardoor ze in alle kranten verscheen als de zwarte bruid.

Ze kwamen inniger verbonden en verliefder dan ooit terug uit Colombia. Andreu Dolgut en Aurora Villamarí waren niet langer dan nodig in Bogota gebleven; nadat ze de plek hadden bezocht waar in vroeger tijden de zeep- en kaarsenfabriek Urdaneta had gestaan en waar nu een groot winkelcentrum verrees, beseften ze dat hun tijd als speurders naar het verleden voorbij was en de tijd van hen tweeën was aangebroken.

In Barcelona wachtte hun een realiteit die, als ze er zelf niets aan deden, zou blijven zoals ze was.

Het eerste wat Andreu na zijn terugkomst deed, was zijn advocaten verzamelen en hun de zaak formeel opdragen. De scheiding was een van zijn belangrijkste doelen geworden.

'Om te onderhandelen, en dat weet je beter dan wie ook, Andreu, moet je sterk staan,' zei een van hen.

'En zoals de zaken ervoor staan, met de huwelijkse voorwaarden die je hebt getekend, zul je bij de scheiding geen cent krijgen,' deed een ander er een schepje bovenop. 'Je moet wel iets goeds achter de hand hebben.'

'Het overspel van mijn vrouw?'

'Heb je bewijzen?'

'Nee. Maar ik heb haar met eigen ogen uit een gebouw zien komen en van haar minnaar afscheid zien nemen.'

'Kun je het aantonen?'

'Bedoel je... of ik foto's heb, of een video of iemand die het kan bevestigen?'

De advocaten knikten.

'Nee.'

'Wel, zonder bewijzen ben je nergens. Als het je om het bedrijf te doen is, nou dan zul je praktisch met lege handen komen te staan... En als ze je ontslaan...'

Andreu onderbrak hem bruusk. 'Zeg maar niets. Met mijn contract als directielid krijg ik zes dagen per gewerkt jaar, een schijntje. Geen sprake van. Ik wil de aandelen waar ik recht op heb.'

'Gezien de omstandigheden en de man die je tegenover je hebt, kun je maar beter overtuigende bewijzen verzamelen. Dat wordt ook wel chantage genoemd, mijn beste vriend. Hoe groter de achternaam hoe pijnlijker het schandaal.'

'Denk je dat je dat zal lukken?' vroeg een ander. 'We zouden je kunnen helpen. We hebben...'

Andreu viel hem in de rede: 'Daar zorg ik zelf voor. Ik ken een detective die al eens wat voor me heeft gedaan en goed werk levert.'

Zodra hij het gebouw had verlaten, belde Andreu Gómez. Ze spraken nog diezelfde middag af voor een spoedoverleg.

Ze troffen elkaar in Sandor, een bar op een hoek van het plaza Francesc Macià. De detective was de laatste weken druk aan het werk geweest voor de opgraving van de stoffelijke resten van José Dolgut. Hij had de plek meerdere malen bezocht met experts op het gebied van opgravingen, en deze hadden het terrein onderzocht, de grootte vastgesteld en een kostenraming gemaakt. Ze hadden nog een vergunning van de regering nodig, maar hij was ervan overtuigd dat er geen problemen zouden rijzen als Andreu de hele operatie financierde en hij persoonlijk het verzoek indiende.

'Ik ga onmiddellijk werk maken van die vergunning van de Generalitat, Gómez. Mijn complimenten voor uw efficiëntie, en hoe zou ik dat beter tot uitdrukking kunnen brengen dan door u een nieuwe opdracht te geven?'

'Meneer Andreu, u weet dat u altijd op me kunt rekenen, voor welke zaak dan ook... Een tegenvaller in uw bedrijf?' De detective dacht even dat hij met industriële spionage van doen kreeg.

'Nee, Gómez. Ik wil dat u voor deze opdracht uw beste beentje voorzet. Als u het er goed van afbrengt, zal ik erover nadenken u bij de onderneming in dienst te nemen. Op dit moment moet u me de beste bewijzen leveren... en u hoeft niet op uitgaven te beknibbelen. Ik wil video's, foto's... En als het nodig is kunt u een tijdje een woning huren om op de beste plaats te zitten...'

'U maakt me wel nieuwsgierig, meneer Andreu. Waar gaat het om?'

'Om overspel. Mijn vrouw... u moet haar *in fraganti* betrappen. Ik wil dat u de naam van haar minnaar achterhaalt, zijn beroep, zijn burgerlijke staat, maar bovenal dat u me compromitterende beelden bezorgt... u weet wel waar ik op doel, Gómez.' Hij keek hem vorsend aan. 'Als u goed werk levert, zal ik u belonen... U kent me...'

Andreu gaf hem het adres van de woning van de minnaar, dat van het grote herenhuis aan de avenida Pearson, het model van Tita's auto, het kenteken en enkele die zomer genomen foto's van haar na de laatste chirurgische correcties en hij benadrukte dat hij zo snel mogelijk aan de klus moest beginnen.

Hij wilde onder geen beding dat hij de zaak van zijn grootvader zou stopzetten, maar hier moest hij onmiddellijk mee aan het werk gaan. De hoogte van de klinkende beloning zou afhangen van zijn vlotheid.

'Doe uw best, Gómez. Begin meteen. Pak aan, alvast een voorschot.'

Andreu wist hoe hij hem moest stimuleren; hij haalde een enveloppe gevuld met eurobiljetten uit zijn colbert en overhandigde hem die.

Gómez sloot het gesprek af zoals hij altijd deed wanneer hij een opdracht in de wacht had gesleept. 'Vertrouwt u maar op mij, meneer Andreu. Rigoberto Gómez heeft nog nooit iemand teleurgesteld. Detective voor familieperikelen, ontrouw, vertrouwelijke zaken, erfeniskwesties, plagiaat...'

'Houd maar op, Gómez. Hoe lang blijf je nog met dat gedoe doorgaan?'

De detective veroorloofde zich een glimlachje alvorens te vertrekken, en Andreu beantwoordde dat.

In het appartement in Pedralbes bekeken Massimo di Luca en Tita Sardá de tekeningen die ze uit Los Angeles hadden meegebracht. Het waren fantastische dagen geweest, eerst op Saint-Barth en vervolgens in Californië. Het ontwerp voor het sportcomplex muntte uit in luxe en exquise gemakken. De gevel had iets weg van Gehry's werk, maar qua vorm week de stijl van de Amerikaanse architect af; in plaats van golvend waren de vormen hoekig. De bouw ervan zou twee jaar beslaan. Nu nog het belangrijkste: de goedkeuring door Tita's vader.

'Maak je geen zorgen, *amore*,' zei ze tegen hem terwijl ze zachtjes in zijn oor beet. 'Je zult zien dat je door iedereen geaccepteerd wordt. Je straalt zoveel glamour uit... je bent zo cool...'

'*Diavoletta mia...*' Massimo wierp zich hartstochtelijk op haar, scheurde haar blouse open; de knopen sprongen rond op het parket.

'Wat ben je toch wild… Hm… ga door, stouterd…'

'Vind je dat lekker?' De Italiaan rukte haar de broek van het lijf en plantte haar tegen het grote raam van de woonkamer.

Daar tegenover, uit het gebouw aan de overkant, de eerste klik…

Tita hijgde. Ze had alleen haar slipje en bh nog aan. Massimo's handen trokken de zijkanten van haar tangaatje krachtig omhoog, waardoor het in haar geslacht drong en nat werd… Klik…

Het tangaatje ging dieper en Tita kreunde… Zoom en klik…

Tot Massimo alleen nog twee zwarte stukjes stof in zijn handen had… Klik…

De Italiaan draaide haar met het gezicht naar het raam toe en neukte haar van achteren… Focus op het gelaat en klik…

Tita's borsten schommelden heen en weer in de bh die bijna afgleed. De tepels kwamen opgericht tevoorschijn… Klik…

Verandering van houding.

In plaats van staand werd Tita nu op haar knieën gedwongen.

'Beest… je bent een heerlijk beest…'

'Op je knieën of je krijgt straf.' Massimo haalde een klein zweepje met een met glazen kralen afgewerkt handvat tevoorschijn dat glinsterde in de zonnestralen.

'Straf me, ondeugende jongen.' Tita was op handen en voeten gaan staan.

Massimo sloeg op haar billen… Klik, klik…

'Zo ja, amore. Zo ja…' Tita schreeuwde erop los.

De minnaar, op zijn knieën, stootte met al zijn kracht bij haar binnen… ging als een wild veulen tekeer… Klik…

En nog eens en nog eens… Klik, klik…

Tot ze uitgeput op de vloer lagen, zijn lichaam boven op Tita's rug. Klik! Klik! Klik!

Hij had ze. Gómez had de hele seksscène met zijn digitale camera gevangen en bovendien alles opgenomen met een videocamera die hij op een statief had geplaatst. Er waren pas tien dagen verstreken sinds hij de opdracht had gekregen en nu al had hij bijzonder smeuïg materiaal. Het was supereenvoudig geweest. Andreu zou hem complimenteren, en dat betekende meer euro's in zijn zak en een toekomst als industrieel spion bij een van de grootste Catalaanse ondernemingen.

Hij haastte zich alles met zijn computer klaar te maken, uitvergrotingen en kopieën op papier, en ook op dvd voor het geval Andreu het op een breedbeeldscherm wilde bekijken... om geil te worden, net zoals hem was overkomen toen hij ze fotografeerde.

Andreu en Aurora hadden afgesproken elkaar niet meer te ontmoeten zolang hun echtelijke kwesties nog niet afgehandeld waren en ook al misten ze elkaar vreselijk, ze hielden het netjes vol.

Aurora vond het erg moeilijk het onderwerp scheiding met haar man aan te kaarten, niet omdat hij nog verliefd op haar zou zijn want ze wisten allebei dat de liefde al heel lang over was, gedoofd in de sleur van hun leven. Het probleem lag ergens anders. Het gezin moest koste wat het kost bij elkaar blijven. Dat was Mariano Pla's stokpaardje wanneer hij commentaar leverde op de scheiding van anderen. 'Een gezin dat 's avonds samen aan tafel zit blijft samen,' was zijn favoriete uitspraak wanneer een van drieën een keer niet op tijd thuis was voor het avondeten. Er was geen overweging of argumentatie, hoe redelijk ook, die hem van zijn koppige standpunt kon afhelpen.

Dat hij niet meer met zijn vrouw sliep liet hem koud. Hij werd niet warm of koud van haar; daar ging het niet om. Welk echtpaar voelde na zoveel jaar getrouwd te zijn nou nog steeds die extase zoals je in soaps op tv zag? Hij wilde van alles afspreken zolang dat maar geen inbreuk maakte op het 'als gezin 's avonds samen aan tafel zitten'. Ze hadden elkaar eeuwige trouw beloofd en dat was een heel serieuze belofte die je niet zomaar van de ene op de andere dag verbrak. Een door God gezegende verbintenis mocht je niet ontbinden. 'Wat God verbonden heeft, zal de mens niet scheiden.' Wat was er met de principes van zijn vrouw gebeurd?

'Ik wil scheiden, Mariano.'

'Het gaat niet om wat je wilt maar om wat je kunt. Je kunt niet scheiden omdat je met mij getrouwd bent, voor de duur van je leven. Weet je dat niet meer? "Tot de dood ons scheidt"...' Hij dacht een poosje na. 'Ga maar als je dat wilt, als je dat zonodig moet, maar Mar blijft bij mij.'

'Betrek haar hier nou niet bij.'

'Dat doe je zelf. Of denk je soms dat je haar er niet bij betrekt als je het gezin uit elkaar haalt?'

'Heb je je wel eens afgevraagd hoe je dochter zich voelt in dit... modélgezin?'

'Moet dat als je ziet dat ze heel gelukkig is?'

'Ach, Mariano! In welke wereld leef je? Ik heb met haar gepraat en... weet je wat ze zei?'

'Ik waarschuw je, Aurora.' Mariano stak dreigend een vinger op. 'Ik accepteer niet dat je me iets op de mouw spelt.'

'Het is wel duidelijk dat je er niets van begrijpt. Onze dochter is geen kind meer, je mag het haar zelf vragen. Kom op, ga haar maar vragen wat ze van dit gewéldige gezin vindt...'

Op dat moment kwam Mar terug van de buren.

'Wat is er met jullie? Wat een ernstige gezichten, zeg!'

Mariano stond op, zette de tv aan en alsof er niets aan de hand was vroeg hij zijn vrouw: 'Kunnen we over een uur eten? Barça speelt vandaag.'

Terwijl haar vader aan de beeldbuis gekluisterd zat en helemaal opging in de wedstrijd van zijn geliefde club, luisterde Mar aandachtig naar haar moeder, die besloten had haar de waarheid te vertellen.

Ze begreep haar moeder wel... Hoe zou ze haar ook niet kunnen begrijpen als ze gelijkgestemde zielen waren?

Ze zou haar overal in steunen. Geen twijfel aan. Als ze tussen hen moest kiezen, zou ze bij haar moeder gaan wonen, hoewel ze liever had dat ze dat onderling oplosten, zodat zij haar vader geen pijn hoefde te doen met haar besluit. Ze hield van hem, maar ze zag de gapende kloof van ideologische verschillen tussen hen. Daarvoor hoefde je alleen maar te kijken. Haar moeder had een bruisend, intelligent innerlijk dat ze bewonderde. Haar vader daarentegen was gemaakt om een leven zonder vragen of schokken te leiden. Hij was een conformist, als je iemand tenminste zo kon noemen die dag in dag uit hetzelfde strakke schema herhaalde en geen verdere verlangens had. Ze hield van allebei en ze begreep hen allebei. Hij was primitief, een plattelander van de stad, zonder grote verwachtingen en heel traditioneel. Zij was beschaafd en verfijnd, ze was ervoor gemaakt bewonderd te worden. Ze had zoveel te geven! Ze kon zoveel van haar leren!

Ze wachtten tot de wedstrijd was afgelopen en op het moment dat Mariano welterusten wilde zeggen en zich opmaakte naar de slaapkamer te gaan, werd hij door zijn vrouw en dochter tegengehouden.

'We moeten praten, Mariano.'

'Ja, pap. Mama heeft me alles verteld. Je moet weten dat je dat wat mama wil voor mij niet hoeft tegen te houden.'

Mar liep naar haar vader toe en gaf hem een kus. Ik houd van jullie allebei, papa. Laat dat duidelijk zijn. Het is echt niet zo dat ik denk dat we zo'n geweldig gezin vormen als jullie tegen wil en dank bij elkaar blijven. Dan zie ik jullie liever apart... maar gelukkig.'

'Hoe heb je het in je hoofd gehaald hier met het meisje over te praten zonder dat ik erbij was? Wat heb je tegen haar gezegd?' Mariano keek zijn vrouw woedend aan.

'De waarheid, Mariano. Ze heeft het recht die te weten. Ze is geen klein meisje meer, zie je dat niet?'

Mariano vroeg zijn dochter hen alleen te laten. Die nacht praatten ze tot in de vroege uurtjes en namen de vele jaren van hun leven samen nog eens door; van hun niet bepaald hartstochtelijke verlovingstijd tot het moment dat Aurora het echtelijk bed had verlaten. Uiteindelijk werd Mariano redelijk.

'Goed dan, Aurora. Jij wint. Dat betekent dat je alles kapot hebt gemaakt, dat heb jij op je geweten. Je komt er wel achter. Ik begrijp die moderne fratsen van je niet. Je zult voor altijd mijn vrouw zijn, ook al wil je dat niet. Het enige wat ik je vraag is dat we 's avonds samen aan tafel blijven zitten... al is het maar één keer per week.'

Aurora omhelsde hem, bedankte hem. Tijdens die omhelzing besefte ze hoeveel ze om hem gaf.

Intussen was Ullada's liefde voor Aurora Villamarí aangewakkerd nadat hij haar in gezelschap van Andreu had gezien.

Door het lezen van de brieven die Joan Dolgut aan Soledad Urdaneta had geschreven, was zijn hart zo geprikkeld dat hij het niet had kunnen nalaten Aurora te bespieden op die zaterdag dat ze in de taxi naar het vliegveld vertrok. Vanuit zijn auto had hij niet alleen gezien hoe dochter en echtgenoot haar uitzwaaiden, maar hij was haar ook naar de luchthaven gevolgd. Hij zag haar haar bagage inchecken, wachten in de viplounge en, later, samen met Andreu richting Madrid vertrekken. De rest was gezien zijn status als politie-inspecteur een koud kunstje geweest. Hij had de gegevens van de vlucht naar Bogota, het tijdstip van aankomst en het adres waar ze logeerden; hij wist zelfs alles over hun vijfdaagse uitstapje naar Hotel Santa Clara in Cartagena de Indias waar ze, daar was hij van overtuigd nadat hij foto's van die romantische stad had gezien, voortijdige wittebroodsweken hadden doorgebracht. Aurora, het bruidje van zijn dromen, bedroog hem met het verachtelijkste wezen dat hij kende. Niettemin had hij zich daardoor niet geroepen gevoeld haar te vergeten, maar was zijn liefde voor haar juist verhevigd. Hij sleet de nachten nu als een gekwetste, verliefde man met het schrijven van brieven: lieve epistels, wrange, grievende, verzoenende, tedere, brute, hartstochtelijke, jaloerse... Hij stopte ze allemaal in een enveloppe als onomstotelijk bewijs dat zijn liefde boven de vergissingen van zijn beminde stond. Zij was niet de enige schuldige; de troost en liefde die hij haar uit overdreven respect of verlegenheid dat jaar niet had kunnen geven, kreeg ze nu met handenvol van die geparfumeerde kwast. Die was het type man dat alle wapens in handen had om welke vrouw dan ook te verleiden, en zij was in zijn netten verstrikt geraakt. Hijzelf had de kans niet benut om haar hart te veroveren door haar te troosten in haar pijnlijke verlies, maar hij zou nog wel een manier vinden. Niemand wist waar hij uit liefde toe in staat was.

Zelfs experts hadden niet kunnen bevroeden wat er zich in zijn hart afspeelde. Alleen zijn oude moeder merkte een verandering op in de manier waarop hij zijn avonden doorbracht; het geluid van de tv waarop hij zijn favoriete video's afspeelde hoorde ze niet meer, en de laatste tijd raakte hij het avondeten nauwelijks aan.

Door zijn staalharde karakter stond hij op het hoofdbureau bekend als volstrekt ongevoelig. Gedurende zijn vele dienstjaren hadden ze hem nooit over een verloofde gehoord, noch over een minnares of iets in die richting; ze dachten allemaal dat dat kwam door zijn overduidelijke onvermogen om lief te hebben.

Hoewel hij maar heel weinig slaap kreeg, bleef Ullada zich bezighouden met berovingen, onopgeloste moordzaken, zelfmoorden, verdwijningen en, indien zijn werk het toeliet, het volgen van zijn beminde.

Hij begreep niet waarom Aurora na haar terugkeer uit Colombia afstand had genomen van Andreu. Hij zat te wachten om dat wat hij al als feit zag te kunnen bevestigen. Als ze elkaar niet meer zagen was dat óf omdat ze niets meer hadden óf omdat ze bezig waren hun leven te herstructureren. Hij dacht liever het eerste.

Een paar keer had hij op het punt gestaan Aurora's nummer te bellen, maar uiteindelijk kon hij zich inhouden, wachtend tot zij degene was die belde. Ondanks alles wat hij had gezien, vermoedde en zeker wist, besloot hij toch het ultimatum dat hij zich gesteld had te eerbiedigen: december. Tot dan had hij de tijd om te leren hoe hij haar moest benaderen zonder gehinderd te worden door al die complexen.

Gómez was euforisch. De zaken liepen fantastisch. De spoedige aflevering van het pakketje met het overduidelijke bewijs van de ontrouw van Andreu's echtgenote had de portemonnee van zijn cliënt een fikse aderlating opgeleverd. Hij had als nooit tevoren van een zaak genoten en was daar nog eens goed voor betaald ook. Wat wenste hij nog meer?

De zaak van de opgraving van José Dolguts stoffelijke resten vorderde gestaag. Andreu had zijn werk gedaan, had wekenlang met allerlei mensen gesproken om dat wat hij nodig had voor elkaar te krijgen. Zijn zakelijke prestige en respect waren toereikend geweest om een volmondig ja te bewerkstelligen, en zijn anonimiteit werd gewaarborgd in ruil voor de financiering van het hele project.

De graafwerkzaamheden zouden bijna beginnen, en hoewel ze alles strikt geheim hadden gehouden was de informatie toch uitgelekt en wachtten de inwoners van Sant Cugat del Vallès met grote spanning af. Gómez was een echte mediafiguur geworden. Aangezien Andreu anoniem wilde blijven, had deze hem voor het merendeel van de handelingen tot zijn gevolmachtigde en woordvoerder benoemd. De detective gaf interviews aan de lokale pers en weidde behoorlijk uit in zijn verklaringen, was een ware expert geworden door zijn verblijf in Priaranza del Bierzo en zijn gesprekken met de wetenschappers van de Universiteit van Granada. Hij beweerde dat hij al jaren met het idee rondliep, zelfs al vóór de eerste opgravingen hadden plaatsgevonden. Enkele oude dorpsbewoners zagen hem als de redder van de eer van de republikeinse slachtoffers die in deze streek waren gevallen.

Gezien de pers die eropaf was gekomen en uit respect voor de doden beperkte het gemeentebestuur de toegang tot het gebied en voorkwam daarmee dat nieuwsgierigen of de jongste generatie fanatici het massagraf zouden schenden. Ze zouden een oppervlakte van vierhonderd vierkante meter afgraven.

Na drie dagen van vruchteloze inspanningen legde de schep van de graafmachine op de vierde dag het eerste macabere bewijs bloot: de wijzerplaat van een horloge en een bot dat van de arm van een van de vermisten kon zijn. Vanaf dat moment kwamen meer botten uit de aarde naar boven... bergen botten, geldstukken, schoenzolen, kammen, gespen van bretels, ritsen, knopen... Drie dagen lang stonden de machines geen moment stil tot ze het terrein volledig uitgekamd hadden. Wat ze vonden kwam exact overeen met hetgeen de oude man uit het bejaardentehuis aan Gómez had verteld. Nu moest alleen het belangrijkste nog gebeuren: de identificatie.

Door de haast die Andreu had om deze kwestie op te lossen om zich vervolgens volledig aan de andere, zijn scheiding, te kunnen wijden, spaarde hij kosten noch moeite en liet hij de beste DNA-specialist met zijn hele team uit Granada overkomen; dit hoofd van de afdeling forensische geneeskunde had in de Verenigde Staten bij het instituut van de FBI gewerkt en hield zich nu volledig bezig met het identificeren van stoffelijke resten uit massagraven.

Het genetische materiaal in zijn grootvaders botten was nog intact. Die ochtend hadden ze een speekselmonster bij hem genomen, dat vergeleken met het DNA-materiaal van een van de botten en het kwam overeen. Toen ze het hem vertelden, voelde Andreu een nieuw soort vreugde. De gewaarwording ergens toe te behoren, voorvaders te hebben die zich dood hadden gevochten voor de vrijheid. Voor het eerst was hij trots op zijn achternaam. Hij was een Dolgut… of wat hetzelfde was: een Dappere.

Zijn blijdschap over die ontdekking bracht hem ertoe Aurora te bellen en met haar af te spreken op de begraafplaats Montjuïc, bij het graf van hun ouders.

Ze kwamen afzonderlijk. Aurora te voet, Andreu met zijn Ferrari. Ze hadden elkaar al vele dagen niet meer gezien. Voor ze elkaar omhelsden keken ze even om zich heen, maar er was alleen de gewijde stilte van de doden.

'Er is niemand…' zei Andreu.

'Ze zijn er allemaal…' antwoordde Aurora naar de graven kijkend. 'We denken dat ze er niet zijn omdat we ze niet zien. Hoe kunnen we de doden nu vergeten!'

'Je hebt gelijk. Je hebt er geen idee van hoe gelukkig ik ben dat ik mijn grootvader heb gevonden. Het is triest dat ik het niet eerder heb gedaan, toen mijn vader nog leefde.'

'Dit was het juiste moment, Andreu. Wij kunnen de tijd niet uitkiezen, die kiest ons. Je had een bewijs van je grootvaders bestaan nodig om hem te voelen. Wat zou er gebeurd zijn als zijn lichaam niet gevonden was?'

'Het was mijn plicht het te vinden.'

'Je hebt het niet uit plichtsgevoel gedaan. Je weet het misschien niet, maar de liefde heeft je ertoe bewogen. Plicht is moeten, en als je iets moet kun je datgene waar je mee bezig bent niet met liefde doen. Je hebt het gedaan uit liefde voor je vader en voor jezelf.'

Andreu kuste haar. Dit was de vrouw met wie hij zijn verdere leven wilde doorbrengen; ze was meelevend, oprecht, vriendelijk en uit alles wat ze deed of zei sprak haar liefde. Zelfs in haar diepste stiltes verhief haar aardse eenvoud haar tot de categorie engel. Ze wist in de donkerste uithoeken van zijn ziel het beste van hem te vinden. Bij haar voelde hij zich een goed mens.

Ze stonden zwijgend bij het graf van Joan en Soledad. Dat hadden ze nog nooit eerder samen bezocht. De lelies lieten hun ongerepte schoonheid over het zwarte marmer vloeien.

Andreu pakte er een, kuste die en bood haar de bloem aan.

'Je kunt geen bloem aanraken zonder een ster te verstoren,' fluisterde Aurora toen ze die aanpakte.

'Waar haal je die prachtige zinnen vandaan?'

'Dat heeft een filosoof ooit gezegd...'

'Die filosoof weet niet wat de beweegredenen zijn van de persoon die de bloem aanraakt.' Andreu streelde Aurora's schouder.

'Kijk de lucht eens...' zei ze.

Andreu keek naar boven.

'Zie je niets?'

'Wat moet ik dan zien?'

'De maan is er... midden op de dag.'

'Het is een verdwaalde maan...'

'Misschien... of ze is gebleven om ergens bij te zijn. Ik heb een verrassing voor je...'

Andreu keek haar verwachtingsvol aan.

'Het is me gelukt... Volgende week ga ik met mijn dochter in mijn moeders appartement wonen, in de paseo de Colom...'

'Waarom heb je me niets gezegd?'

'Dat wilde ik in hun aanwezigheid doen.' Ze wees op het graf. 'Denk je dat ze blij zijn?'

Ze kusten elkaar voor het bloeiende marmer. Een dubbele omhelzing omhulde hen. Ze waren bij hen.

'En jij?' vroeg Aurora terwijl ze hem streelde.

'Heb nog even geduld... Eén ding kan ik je wel zeggen: dit jaar versieren we samen de kerstboom. Het zal de mooiste kerst van mijn leven worden... De eerste.'

Tita's vader had een koele ondertoon opgemerkt in het telefoontje dat hij net van zijn schoonzoon had gekregen. Deze had gezegd dat hij hem wilde spreken over een belangrijke kwestie, zonder daar verder op in te willen gaan. Voor ze bij elkaar kwamen sprak hij onder vier ogen met zijn dochter af.

'Vanmiddag komt je man bij me. Heb je enig idee waarover hij me wil spreken? Ik merk al dagen dat hij anders is.'

'Nou, ik merk anders niets bijzonders aan hem.'

'Gaat alles goed thuis?'

Tita keek hem met een onschuldig gezicht aan.

'Natuurlijk, papa. We zijn verliefder dan ooit...'

'Laat dat cynisme maar zitten...' Hij wierp haar een onderzoekende blik toe. 'Je doet toch geen domme dingen meer of wel?'

'Waar heb je het over, papa!'

'Kan ik daar zeker van zijn?'

'Zo zeker als dat het vandaag maandag is.'

Andreu arriveerde met de foto's van Tita Sardá en haar minnaar plus de dvd waarop de hele gefilmde opname stond bij het kantoor van zijn schoonvader. Hij was meteen nadat hij afscheid had genomen van Gómez naar kantoor gesneld, had zich opgesloten in de vergaderzaal en daar had hij alles bekeken. Het zien van zijn vrouw met dat yoghurtmodel wekte geen enkele jaloezie bij hem op; integendeel, het deprimeerde hem. Meer dan dat het hem voldoening gaf voor wat dit voor hem kon betekenen, maakte het materiaal hem triest, voelde hij een plaatsvervangende schaamte. Terwijl hij op de bank zat te wachten voelde hij een zekere spijt over wat hij ging doen. Op een of andere manier mocht hij zijn schoonvader wel en hij vond het vervelend dat hij hem die vuiligheid moest laten zien.

Hij had geen tijd er langer bij stil te staan. Op dat moment kwam Tita's vader binnen en liep naar hem toe om hem te begroeten.

'Andreu, beste kerel, wat brengt je hierheen?'

'Een nogal, laten we zeggen... netelige kwestie.'

'Maar jij bent een meester in het oplossen van netelige zaken... Dus waarmee kan ik je dan van dienst zijn?'

'Ik wil mijn aandelen.'

'Wat is dit nu?' Pere Sardá zei hem plaats te nemen terwijl hij razendsnel nadacht. 'Ik begrijp je niet. Natuurlijk krijg je die. Dat weet je toch... over vijf jaar.'

'Ik wil ze nu.'

'Vanwaar die haast, als ik het vragen mag?'

'Ik wil van je dochter scheiden.'

Tita's vader deed alsof hij verbaasd was, overwoog snel hoe hij op een praktische, omzichtige manier moest omgaan met wat hem boven het hoofd hing.

'Je weet dat je me iets onmogelijks vraagt, Andreu. De huwelijkse voorwaarden... weet je nog?'

'Huwelijkse voorwaarden die je handig hebt laten opstellen...'

'En die jij getekend hebt, als ik je even mag helpen herinneren. Luister, Andreu, ik weet niet wat er tussen jullie gaande is, maar elk huwelijk heeft zo zijn crises. Jullie zijn niet de eerste... en evenmin de laatste.'

'Dit is geen crisis. Dit is niet meer te lijmen.'

'Je weet heel goed dat ik je niet kwijt wil, Andreu. Jij bent Divinis Fragances.'

'Daarom verdien ik het ook dat er rekening met me gehouden wordt.'

'En we houden rekening met je. Je hebt kunnen doen wat je wilde en dat heb je ook op geniale wijze gedaan.'

'Alleen krijg ik niet wat me toekomt.'

'Blijf nog vijf jaar. Werk voor me... Bepaal zelf je salaris maar, dan praten we daarna verder.'

'Geen denken aan. Ik wil de aandelen waar ik recht op heb. Ik wil ze nu, en dan blijf ik misschien voor je werken.'

'Geen sprake van.' Pere Sardá sloot de discussie abrupt af.

'Het spijt me je te moeten zeggen dat je niet in de positie verkeert om te onderhandelen.'

'Zijn we dan aan het onderhandelen?' snauwde zijn schoonvader hem met ingehouden woede toe. 'Ik hoop niet dat je met dreigementen komt aanzetten, of wel soms?'

Andreu gaf geen antwoord. Zwijgend liep hij naar de tafel en drukte op de afstandsbediening van de dvd-speler. De beelden van Tita en Massimo vulden het scherm.

Voor het tv-toestel beefde Pere Sardá van woede. Zijn dochter, op handen en voeten, en dat walgelijke sujet dat haar met een zweep bewerkte terwijl hij haar neukte. Het was vernederend, beschamend, bizar, verlagend, immoreel. Niet te geloven!

'Dit is een smerige trucage!' schreeuwde hij.

'Je weet heel goed dat dat niet zo is. En je kunt je niet voorstellen hoezeer me dat spijt.'

'Wie heeft die vuiligheid nog meer gezien?'

'Daar gaat het nu net om, Pere. Als je me niet geeft wat me toekomt, zou dit in andere handen terecht kunnen komen... minder discrete... Ik weet niet of ik duidelijk ben.'

'Je bent een smee...' Pere Sardá maakte zijn zin niet af. Hij moest rustig worden. Zijn achternaam mocht niet met een dergelijk schandaal bezoedeld worden.

'Waarom doen we het niet zo, Pere? Je denkt er even over na, je bekijkt het materiaal nog eens, samen met je dochter als je dat wilt. Ik betwijfel of ze het zal ontkennen met dit overduidelijke bewijs, hoewel, voor zover ik haar ken is ze er nog toe in staat ook.'

De schoonvader keek zijn schoonzoon machteloos aan, wetend dat hij had verloren door een stomme onoplettendheid. Zijn hele leven had hij absoluut alles onder controle gehad; voor het eerst sneden de omstandigheden hem de pas af en dat deed hem uit zijn vel springen. Onvergeeflijk. Hij had de intelligentie van Andreu onderschat, de vermetelste professional die hij in de zakenwereld kende, en dat had hij net weer eens bewezen. Nu stond de toekomst van Divinis Fragances op het spel en dat was de schuld van die slet van een dochter van hem. Waarin had hij als vader gefaald? Waar hadden die dure scholen en katholieke universiteiten voor gediend... de uitstekende opvoeding die hij haar had gegeven? Zouden zijn andere dochters net zo schaamteloos zijn als deze? Hij luisterde weer naar Andreu die nog iets eiste.

'O ja, dit nog: ik wil Borja hebben. Zeg haar dat maar. Daar kan evenmin over onderhandeld worden.'

'Ik zal kijken wat ik kan doen.' Zijn stem hield het midden tussen cynisme en verslagenheid.

'Het is heel simpel, Pere. De aandelen en mijn zoon... of het schandaal en mijn ontslag bij de onderneming. Jij mag het zeggen.'

Toen Andreu was vertrokken, haalde Tita's vader snel de dvd met zijn schandalige dochter uit het apparaat en pakte eveneens de enveloppe met foto's die hem van woede vervulden. Vervolgens liep hij lijkbleek de deur uit, was zijn secretaresse voor die net zijn kantoor wilde binnenkomen.

Wat was er gebeurd met Clemencia Rivadeneira? Waarom waren ze in het Bonanova zo onwillig haar iets te vertellen terwijl ze wisten dat het oude dametje haar heel na stond?

Aurora Villamarí begreep niets van het gedrag van de directrice van het tehuis. Ze hadden haar nog nooit om haar papieren gevraagd wanneer ze haar kwam opzoeken en nu moest ze alles laten zien. Dat ze geen dochter van haar was, geen nicht of naast of ver familielid wisten de verpleegsters heel goed. Ze was pas anderhalve maand niet geweest en nu al leek het personeel haar niet meer te kennen. Na een poosje vergeefs te hebben aangedrongen, verliet Aurora ontstemd het tehuis. Buiten wachtte de verpleegster die de vrouw altijd verzorgde haar op. Ze was heel onrustig toen Soledads dochter tegen haar begon te praten.

'Wat is er met Clemencia? Waarom zoveel geheimzinnigheid?'

'Clemencia...' de verpleegster sloeg haar ogen neer, 'is verdwenen. We weten nog steeds niet hoe het heeft kunnen gebeuren. Niemand heeft haar zien weggaan en de receptioniste zegt dat het niet via de deur geweest kan zijn.'

'Hoe is dat mogelijk? Is haar verdwijning bij de politie gemeld?'

'Dat hebben we meteen gedaan. Minder dan een uur ervoor hadden we haar nog gezien.'

'En wanneer was dat?'

'Twee weken geleden.'

'O, mijn God!' Aurora greep naar haar hoofd.

'Ze had niets bij zich, dat kan ik u verzekeren. Al haar papieren zijn nog hier. Dat is een van de moeilijkheden van deze ziekte. Het zou kunnen dat ze zich vergist heeft en in plaats van naar het toilet te gaan op straat beland is. Vervolgens zal ze geprobeerd hebben de weg terug te vinden en...'

'Maar het kan toch niet zo zijn dat ze niet te vinden is?'

'Weet u hoeveel oude mensen verdwijnen en nooit meer opduiken? De cijfers zijn schrikbarend.'

'Wat kan ik doen?'

'Ik weet dat u de enige bent die haar weer naar de werkelijkheid laat terugkeren. Misschien is ze u aan het zoeken. De periode dat u niet kwam...'

Aurora viel haar intens verdrietig in de rede: 'Ik was op reis, daarom ben ik niet gekomen. Vervolgens had ik andere dingen...'

'Geef uzelf niet de schuld. We hebben allemaal ons eigen leven, u heeft uw dingen moeten doen. Ik wilde net zeggen dat ik haar onrustiger vond, ik weet niet... Ze keek naar de straat, naar de tuin... alsof ze iets of iemand zocht.'

'Arme Clemencia... en haar zoon? Weet haar zoon het?'

'Die is allang vergeten dat hij een moeder heeft. Hij denkt dat hij genoeg doet door te betalen.'

'Maar iemand kan toch niet zomaar verdwijnen?'

'Helaas wel. Dat kan wel.'

'Als u iets weet, wilt u me dan alstublieft bellen?' Aurora schreef haar nummer op een stukje papier en gaf het haar. 'Het maakt niet uit wat, wilt u dat doen?'

'Natuurlijk. Hopelijk hebben we geluk. We hebben in de hele buurt posters verspreid. In ons zorgcentrum is zoiets nog nooit voorgevallen; we zijn er allemaal van ondersteboven... Het is niet bepaald reclame voor het tehuis.'

Nadat ze afscheid hadden genomen, bleef Aurora nog een hele tijd voor het gebouw staan. Ze wist opeens niet meer wat ze moest doen of waar ze heen zou gaan. Ze zag de verpleegster naar binnen verdwijnen en de glazen deur zich sluiten. Ze stond daar onbeweeglijk, overspoeld door herinneringen aan de middagen die ze met Clemencia had doorgebracht. De tranen rolden over haar wangen.

Waar was dat prachtige oude dametje, dat zonder het te weten haar moeder was gaan vervangen? Zou ze verloren ronddwalen in de koude straten van het bladloze Barcelona? Wie zou haar beschermen tijdens haar geheugenloze angsten? En zijzelf? Hoe moest Aurora Villamarí verder na dit nieuwe verlies?

Zij, die het deze dag had willen vieren en haar had willen vertellen over haar liefde voor Andreu en hun plannen om samen gelukkig te worden; zij, ervan overtuigd dat als ze dat te horen kreeg haar moeders vriendin haar eindelijk de waarheid over de twee zou toevertrouwen... Zij, die haar nu harder nodig had dan ooit...

Wie zou haar nu uit de onzekerheid halen die haar toekomst bepaalde?

Aurora verkilde onder al die vragen, liep in gedachten verzonken tot ze een heldere ingeving kreeg.

Wat had Andreu ook weer verteld over het monster dat ze van zijn grootvaders resten hadden genomen? Was het geen DNA-test? Ja, dat was het, en de resultaten waren bijna honderd procent betrouwbaar. Zou dat met hen ook kunnen? Hoe was het mogelijk dat ze daar niet eerder aan had gedacht! Zou het mogelijk zijn via die weg een verwantschap tussen haar en Andreu op te sporen? En vooral, zou het kunnen zonder dat hij erachter kwam?

Toen ze thuiskwam, zocht ze op internet direct alles op over broer-zusrelatietesten middels analyse van het genetisch materiaal. Er waren tientallen laboratoria die ze uitvoerden en op relatief korte termijn een uitslag konden geven. Ze zou het doen. Het probleem was alleen dat ze met Andreu had afgesproken elkaar niet meer te ontmoeten tot zijn zaak geregeld was. Maar ze kon niet langer wachten.

Op datzelfde moment kreeg Tita Sardá van haar vader en moeder een stortbui van verwijten vol felle bliksemschichten over zich heen. Ze had de eer van de familie Sardá bezoedeld op de meest schunnige en vernederende manier die je maar kon bedenken, en ze hadden geen millimeter bewegingsruimte. Wat konden ze nog uitrichten met dergelijk materiaal in handen van Andreu?

'Trek het je niet aan, papa. Zo erg is het ook weer niet,' zei Tita terwijl ze naar hem toe liep.

'Blijf bij me uit de buurt!' Hij duwde haar weg. 'Zo erg is het ook weer niet? Besef je wel wat je hebt aangericht? Weet je wat er met ons kan gebeuren? Jawel, dat weet je wel maar het interesseert je niet, hè?'

'Papa, we kunnen miljoenen verdienen met wat ik je ga voorstellen.'

'Je hebt het lef nog om...?'

'Massimo...' viel Tita haar vader in de rede, ze schraapte even haar keel voor ze verder ging, 'de man op de foto, hij is een Italiaanse graaf.'

'Dat zal me een zorg zijn.'

'Nee, papa. Laat me het je uitleggen. Een graaf met geniale ideeën. Wat ik wil zeggen is dat we met een project bezig zijn dat ons veel geld kan opleveren... op langere termijn bijna net zoveel als Divinis Fragances.'

Haar moeder onderbrak haar: 'Laat je niet inpakken, Pere.'

'Luister goed naar me.' De vader wees met zijn vinger op Tita. 'Als ik moet kiezen tussen jou en Andreu kun je maar beter weten dat mijn keuze op hem valt. Je echtgenoot levert me tenminste nog iets op.'

Zijn dochter wierp hem een uitdagende blik toe, was niet van haar stuk gebracht.

'En dan nog iets, Tita. Je man wil dat Borja bij hem blijft en het lijkt me niet dat jij daar iets tegen in kunt brengen. Wat heb je daarop te zeggen?'

Tita bleef zwijgen, alsof dat wat ze net gehoord had haar niet aanging.

'Ik zal proberen te onderhandelen over het percentage aandelen, dat is het enige wat ik kan doen, misschien neemt hij genoegen met de helft.'

'En ik dan, ben ik niet belangrijk voor je?' Zijn dochter veinsde gekwetst te zijn.

'Wat een schaamteloos figuur ben je ook. Wil je soms dat ik voor je ga applaudisseren? Dat ik trots ben op het nummertje dat je ten beste hebt gegeven?'

'Papa... ik houd van Massimo zoals ik nooit eerder van iemand gehouden heb. Jij en je zaken hebben me tot dit huwelijk gedreven... zonder verliefd te zijn.'

'Leugenaarster! Je wilde je vriendinnen laten zien dat je Andreu kon strikken. Waag het niet je vader nu de schuld te geven,' kaatste haar moeder terug.

'Moet je je voorstellen, papa. Een sportcentrum voor hen die het meest bezitten... en zich het meest vervelen. De vrouwen "als lustobject", degenen die niet weten hoe ze het geld van hun echtgenoten moeten uitgeven.' Even schoot het door Pere Sardá heen dat het niet eens zo'n slecht idee was, en hij luisterde zwijgend naar haar, bedacht hoe hij de parfums kon koppelen aan dat centrum. 'Een plaats waar je de wereld om je heen vergeet, papa, de meest luxueuze van Barcelona... met plastisch chirurgen, verfraaiingen à la carte, om kort te gaan, een maximale cultus aan het lichaam; als je wilt laten we je de ontwerpen en de kostenraming zien. Massimo is een ster op dit gebied.'

'Heb je niets te zeggen over de kwestie met je zoon?' onderbrak haar moeder haar.

'Borja is al ouder, mama, en het is een jongen. Hij kan beter bij zijn vader blijven. Om eerlijk te zijn hebben we nooit goed met elkaar overweg gekund.'

'Je bent de slechtste moeder die ik ken, Tita. Ik schaam me voor je.'

Het gesprek werd onderbroken door een telefoontje. Het was Andreu die Tita's vader tot spoed maande. Hij moest zijn antwoord zo snel mogelijk weten. Hij wilde alles in kannen en kruiken hebben, op zijn laatst tegen het einde van het jaar.

Meteen nadat het gesprek met zijn schoonvader was afgelopen, kreeg Andreu een telefoontje van Aurora. Ze moest hem dringend zien, zei ze. Ze miste hem verschrikkelijk. Konden ze elkaar tegen het eind van de middag in het appartement in El Born ontmoeten?

Andreu, die gezien de delicate omstandigheden rond zijn scheiding een ontmoeting liever vermeden had uit angst dat zijn schoonvader dezelfde kaarten in handen kreeg als hijzelf, stemde uiteindelijk toe. In zulke donkere dagen mocht je zoveel vreugde niet afslaan.

Ze was op tijd en wachtte hem op, zittend op hetzelfde bankje waarop haar moeder twee jaar ervoor had gezeten om Joan te bespieden.

Toen ze hem zag aankomen, maakte haar hart een sprongetje maar ze wachtte tot hij haar met zijn ogen vroeg hem te volgen. Ze openden de deur als onbekenden… en sloten die als minnaars.

Die namiddag werden haar gedachten verdreven in de kamer die gehuld was in de schemering van de herfst. Uit de piano steeg het sterke rozenparfum van Soledad op en een enkele in de lucht verdwaalde noot bevestigde dat ze niet alleen waren. Ze waren inmiddels gewend aan dat gezelschap.

Ze konden niet wachten.

Ze bedreven de liefde met de haast van een ingehouden liefde. Vrijwel zonder zich uit te kleden. Haar jas halfopen… Haar borst bedekt door begeerte… Haar rok opgetild… Haar blouse omhoog geschoven… Haar schoenen aan… En haar kousen geladderd…

Zijn regenjas waar een fijne regen van zuchten op neerdaalde… Zijn kreukloze pak… Zijn brandende huid… Zijn hongerige handen die het lichaam van zijn geliefde optilden… die gepassioneerde lichtheid; zijn geslacht, een smekende lans… de uitzinnige kwelling, op het punt om toe te geven. Het vuur in zijn onderbuik… de dorst. Haar geslacht overdekt met dauw… het topje van een ingehouden sapstroom… De vulkaan… opwellende lava… verwoestend… verenigend… brandend… Borrelende extase… Voor even de eeuwigheid.

Andreu was op Aurora's borst in slaap gevallen terwijl zij zijn hoofd streelde. Zo was het beter, dacht ze. Ze zag definitief van het idee af met hem over haar bezorgdheid te praten; hij had al genoeg problemen zonder die van haar erbij. Het enige wat ze nu nog nodig had, waren enkele haren van hem en die moest ze heel behoedzaam uittrekken zodat hij het niet in de gaten had. Terwijl ze daarmee bezig was, werd Andreu wakker.

'Wat doe je?'

Aurora schaamde zich.

'Maak je misbruik van mijn weerloze toestand?'

'Idioot…' Ze wilde hem niet voorliegen maar ze had geen andere keus. 'Ik wilde alleen maar iets van je hebben.'

'Maar weet je dan niet dat je me helemaal hebt?'

'Ik zal wel ouderwets zijn, maar ik wilde graag een haarlok van je hebben... Tot we bij elkaar wonen.'

'Daar hoeven we niet over te discussiëren. Ga je gang,' hij vlijde zijn hoofd op Aurora's buik, 'neem maar wat je wilt, mijn haar is helemaal van jou.'

Andreu dook onder haar rok en dit keer bedreven ze de liefde traag, met bedaarde vurigheid, tot ze versmolten.

De uit Rome vertrokken trein was zojuist tot stilstand gekomen op het slaperige perron van station Francia. Soledad Urdaneta ademde de dichte zeelucht van dat stille Barcelona weer in. Ze keerde mooi, elegant en trots terug, maar ditmaal was ze niet alleen. Haar kersverse echtgenoot vergezelde haar. Toen ze de stad voelde, werd ze plotseling overspoeld door een uitzichtloze triestheid die haar ziel doofde. Waarom bracht het lot haar opnieuw in de buurt van haar onmogelijke liefde? Hoe moest ze overleven in de wetenschap dat haar onvergetelijke pianist zo dichtbij was?

Ze was gekomen om haar intrek te nemen in de stad die haar vier jaar ervoor had gedood; waar ze met eigen ogen had vastgesteld dat Joan niet langer de hare was. Haar familie, de bergen, de nevel, het groen, haar windmolen, de lang vervlogen middagen van haar kinderlijk geluk, dat alles was ver weg. Haar adolescente jaren van de verloren liefde... Als zielsbagage droeg ze enkel de geest mee die haar in weerwil van zichzelf dag en nacht vergezelde.

Tijdens hun huwelijksreis had ze, God was haar getuige, het onmogelijke gedaan om verliefd te worden op Jaume Villamarí, en het was haar bijna gelukt, hoewel de schaduw van Joan altijd achter haar echtgenoot opdook. Om de intieme momenten te kunnen verdragen, stelde ze zich voor dat het haar Joan was die haar bezat, niet Jaume; dat was de enige manier waarop ze zich kon laten beminnen. Ze was daar vaak over gaan biechten, in alle steden die ze aandeden, zelfs in Vaticaanstad, maar daar ze haar niet begrepen vergaven ze haar overal.

Nu begon haar huwelijksleven echt, en ook haar wil zich te beteren. De wittebroodsweken waren voorbij en ze waren in de fase beland om de akker opnieuw in te zaaien.

Haar moeder had haar met de beste bedoelingen ingewijd in de kunst een goede echtgenote zijn, en ze zou haar best doen die te worden... zolang haar goede voornemens haar maar niet in de steek lieten.

Na de gebeurtenissen in Bogota op die negende april 1948 was haar sociale status radicaal veranderd. Luxe hotels waren nu alleen nog een herinnering.

Hun eerste dagen in Ciudad Condal verbleven Jaume en Soledad in pension Layetana, een middelmatig hotelletje op het plaza Berenguer, aan de via Laietana. Daar vluchtten ze een paar dagen later weg nadat er tijdens hun avondmaaltijd vanaf het balkon een verdieping hoger een jongetje een klodder spuug in de soep mikte die Soledad zat te eten.

Ze zetten er spoed achter zo snel mogelijk naar de bovenwoning in de paseo de Colom te verhuizen en trokken erin zonder dat ze het fatsoenlijk hadden kunnen inrichten. Na in Bogota een legertje dienstmeisjes te hebben gehad, moest ze nu zelf het huishouden doen, alsof ze een van hen was. Een dienstmeisje was een luxe die ze zich absoluut niet konden veroorloven. Maar dat was nog wel het minste. Wat haar veel verdrietiger maakte, was de aanblik van dat aan het verplichte vaandel en kruis onderworpen Barcelona. De uitingen van liefde en genegenheid tussen paartjes schitterden door afwezigheid. Blijkbaar trachtte het door Franco ingestelde staatskatholicisme alle menselijke spontaniteit de kop in te drukken. Er werd wreed opgetreden tegen elke uiting van vrijheidszin en spontaniteit, waardoor de Catalaanse trots angst werd ingeboezemd; hun geschiedenis, hun taal en hun cultuur werden vertrapt; met laarzen en uniformen werd hun een taal opgedrongen die niet de hunne was. Een voor velen vernederend optreden, ze werden gedwongen thuis te vechten om datgene wat van hen was in stand te houden en wat de dictatuur probeerde af te nemen: hun verleden.

Soledad wilde bij dat alles horen... maar ze voelde zich een nog grotere vreemdeling dan de Catalanen zelf in eigen land.

Het eerste wat ze deed om haar verbanning draaglijk te maken, was weer gaan zingen. Ze vond een plekje als soliste voor de zondagse missen in de Mercèkerk, in de buurt van hun woning. Daar leerde ze Clemencia Rivadeneira kennen, een Bogotaanse die net als zij met een Catalaan was getrouwd en al vijf jaar in de stad woonde. Vanaf het eerste moment dat ze elkaar zagen, waren ze hartsvriendinnen. Clemencia zou de enige in haar leven zijn aan wie Soledad haar liefdesgeheimen en -frustraties toevertrouwde. Haar ontmoeten was het beste dat haar was overkomen sinds haar aankomst in de stad. Met een zielsverwant over ontworteling en eenzaamheid kunnen praten. Het verschil was dat Clemencia intens gelukkig was met haar echtgenoot en beiden hunkerend uitkeken naar de komst van hun eerste kindje.

Er ging daarentegen geen dag voorbij waarop Soledad er niet van droomde Joan ergens op straat tegen te komen. Het was onverdraaglijk maar ze kon het niet nalaten. Ondanks de pijn die die steeds terugkerende gedachte bij haar veroorzaakte, fantaseerde ze erover alleen met hem in een hotelletje af te spreken en, moge God haar vergeven, hem tot stervens toe te beminnen, ook al was dat verboden door de clerus… en door Franco.

Zodra ze de deur van hun gebouw binnenging, werd ze overspoeld door wroeging en schuldgevoelens, en eenmaal thuis spande ze zich in om Jaume het beste van zichzelf te geven.

Na een paar maanden besefte ze dat zingen alleen niet voldoende was om haar behoeften te bevredigen en ze vond thuiswerk als borduurster van bruidssluiers. Deze maakte ze in opdracht, en aangezien ze daar al de haar ontzegde liefde instak, werden deze hoofdtooisels de prachtigste die men ooit in de stad had gezien. Het ontbrak haar nooit aan opdrachten en dankzij dit werk konden ze zich soms een kleine luxe veroorloven, zoals naar het Liceu gaan, ook al ging het slechts om plaatsen in de engelenbak.

Het leven met Jaume Villamarí was ongecompliceerd maar veel te serieus voor een vrouw van haar leeftijd. Het leeftijdsverschil kwam naar voren in hun smaken en gewoonten. In tegenstelling tot haar man moest Soledad de bries, de bomen, de lucht, de aarde, de zee voelen… Uitgaan, wandelingen maken, zich laten omhelzen door de natuur; zich levend voelen, ook al was dat enkel aan de buitenkant.

Jaume's opsluiting bedrukte haar, zozeer zelfs dat ze geen adem meer kon krijgen en dacht te stikken. Gewend als ze was aan open ruimtes en het inademen van de rozengeur die door de windmolen in de tuin van *Moulin de Rêves* werd verspreid, zag haar man zich gedwongen voor noodgevallen een flesje rozenwater op het nachtkastje te zetten waarmee hij zijn vrouw weer bij kon brengen als ze het weer eens heel benauwd had.

In de sombere woning met de met mahoniehouten panelen beklede wanden en van loodgrijs glas voorziene deuren verergerde haar slaapwandelen. 's Avonds voor ze naar bed gingen, vergrendelde Jaume Villamarí de voordeur met een dubbel slot om zo de gevaarlijke, onbewuste uitstapjes van zijn vrouw te voorkomen.

Hij rekende het haar niet aan. Hoe moest zij zich wel niet voelen als hijzelf zich niet eens thuis voelde in zijn stad? Hij was teruggekeerd, vluchtend voor het geweld dat zich langzamerhand van Bogota meester maakte, in de overtuiging hier iets van het oude Barcelona dat hij had verlaten terug te vinden, maar zelfs zijn vrienden waren niet langer dezelfden. De helft was verdwenen. Sommigen waren naar Mexico, Argentinië of Frankrijk vertrokken terwijl anderen waren gefusilleerd omdat ze lid waren van de textielgilde. De burgeroorlog had niet alleen mensen gedood; hij had een einde gemaakt aan de illusie deel van een volk te zijn. Zijn Catalonië was zwaargewond... was niet meer zoals voorheen.

Hij had heel naïef geloofd dat hij dat wat ze bij hun vertrek waren kwijtgeraakt eenvoudig weer kon herwinnen, maar in de naoorlogse jaren was de hele industrie in een kritieke situatie beland. Het roer was overgenomen door onbekenden die hem met een schuine blik aankeken en elke actie van hem dwarsboomden. Zijn droom weer op te bouwen wat zijn vader was kwijtgeraakt, bloedde dood. Langzaam, dag na dag, raakte zijn spaargeld verder uitgeput. De kleine stoffenhandel die hij nog in Colombia had, leverde maandelijks een hoeveelheid peso's op die, eenmaal omgewisseld tegen peseta's, maar heel miniem bleek te zijn.

Naarmate de maanden verstreken, kwijnde Jaume Villamarí weg. Hij was zelfs niet in staat tot zoiets elementairs als het onderhouden van een gezin. Hij schaamde zich ervoor door zijn vrouw te worden 'onderhouden', en hoewel hij haar zo veel mogelijk hielp, voelde hij voor zichzelf dat dat niet voldoende was. Hij nam het op zich haar de fijnste kant uit de winkels te bezorgen, want als er één ding was wat hij kon dan was het wel uit al die weefselpartijen datgene te selecteren dat echt de moeite waard was. Maar meer kon hij niet doen. Het overige was het product van Soledads meesterschap en de liefde die ze in haar werk stopte. Jaume had eens tegen haar gezegd dat ze met zoveel verfijning bezig was dat het leek of ze haar eigen bruidssluier borduurde. 'Misschien vergis je je daar niet eens in,' had ze hem eenvoudigweg geantwoord.

Maar de financiële frustraties waren voor Jaume nog niet het grootste probleem. Na vier jaar huwelijk was het hem niet gelukt Soledad zwanger te maken. Terwijl zijn vrienden al adolescente kinderen hadden, werd hij almaar ouder zonder nakomelingen te hebben. Ook al had zijn vrouw er met geen woord van gerept, hij voelde dat haar moederinstinct tot bloei moest komen, ze het kloppen van leven in haar buik wilde voelen. Hij was ervan overtuigd dat een kind de trieste leegte in hun leven zou opvullen, hun een reden zou geven om te vechten. Hij was zich ervan bewust dat het bedrijven van de liefde met steeds grotere tussenpozen plaatsvond, maar waar dat aan lag kon hij niet goed aangeven. Zich uitkleden en het doen was bijna een consciëntieus ritueel geworden dat ze op sommige avonden uitvoerden, niet echt vaak. En dat kwam niet doordat hij zijn vrouw niet begeerde; God wist hoeveel hij van haar hield. Het probleem, als daar al sprake van was, lag erin dat hij soms een zekere tegenzin bij haar bespeurde en hij wilde haar zijn vleselijke lusten niet opdringen. Ze was zo engelachtig en teer dat hij het idee had dat ze kon breken als hij het vaak deed. Naar zijn mening vloeide dat gedrag hoofdzakelijk voort uit de respectvolle wijze waarop hun verloving tot stand was gekomen. In bedzaken was Soledad ontoegankelijk. Ze gaf wat ze wilde... wanneer ze wilde.

Op een late middag in mei, vlak voor hun trouwdag, wilde Jaume met zijn vrouw mee om een prachtig borduurwerk af te leveren in de paseo de Gracià.

Hij had al zo'n tijd binnen gezeten zonder iemand te zien dat de wandeling zijn oude illusies nieuw leven inblies. Even voelde hij zich in staat Soledad gelukkig te maken, en zichzelf ook. Ondanks alle frustraties en beperkingen lachten de mensen en bleven ze levenslustig. Die golf mensen botste tegen hen op maar het hinderde hem niet, sterker nog, hij voelde zich er goed bij.

Nadat ze de sluier bij een luxueuze woning hadden achtergelaten, wandelden ze verder zonder goed te weten waarheen. Ze staken het plaza de Catalunya over, ontweken groepjes en lotenverkopers tot ze bij de calle Pelai kwamen. Voor de gevel van het warenhuis El Siglo stonden ze stil.

'Je vraagt me nooit ergens om, Soledad.'

'Omdat ik niets hoef.'

'Zullen we naar binnen gaan? Ik wil je een cadeautje geven...'

'Wat ik graag zou willen, kun je me niet geven.'

'Wat wil je dan?'

Soledad had er al spijt van dat ze dat had gezegd en ze veranderde van onderwerp. 'Je moet geen geld aan me uitgeven.'

'Laat me dat in ieder geval zelf bepalen. Je weet hoe vervelend ik het vind je niet te kunnen geven wat je verdient.'

'Er zijn dingen die je niet kunt kopen, Jaume, niet eens met al het goud ter wereld. Je geeft me je liefde en dat is meer dan genoeg.'

'Maar je leidde het leventje van een koningin... en ik heb mijn belofte aan je vader niet kunnen waarmaken. Je werkt zonder ophouden.'

'En wie heeft je gezegd dat iemand slechter wordt van werken?'

Terwijl ze praatten, voelde Soledad ineens een elektrische schok door haar hart gaan en verbleekte ze. Ze dacht dat ze Joan Dolgut daar in de winkel had gezien.

'Voel je je wel goed, lieverd?' Jaume had haar wit zien wegtrekken tot ze bijna doorschijnend was.

Soledad gaf geen antwoord.

'Ben je weer benauwd?'

Soledad wilde niet weg. Ze vermande zich en antwoordde: 'Alleen maar een kleine duizeling… wellicht door het wandelen.'

'Wil je naar huis?'

'Nee, alsjeblieft… Laten we naar binnen gaan.' Ze wilde zeker weten of die slanke man met zijn gouden krullen de persoon was die ze dacht dat hij was.

Ze gingen naar binnen.

Jaume had beschermend een arm om haar heen geslagen terwijl Soledads hart bijna via haar ogen naar buiten sprong. Tussen de onbekenden zocht ze naar het gelaat dat ze gemeend had te herkennen. Opeens brak haar innerlijke opwinding naar buiten in een onverhoedse, wervelende windvlaag die alle artikelen in de rekken liet rondvliegen. Een maalstroom van ingehouden emoties omhulde haar, verlamde haar.

Hij was het.

De man, met aan zijn arm een vrouw, was haar pianist van de golven. Zijn gelaat had de jeugdige trekken behouden, maar de jaren hadden de aureool van een schipbreukeling in zijn blik gelegd. Die zeegroene ogen hadden zich nu op haar gevestigd… spreidden hun versleten netten uit. Hij had haar herkend.

Ze was het.

Die vrouw, met de arm van een onbekende om haar heen, was zijn meisje van de lucht. Joan verdronk weer in haar vloeibare blik… in rouw gedompeld… oneindig. Haar zwijgende ogen, zeiden die dat ze nog steeds van hem hield? Ja.

Dat vluchtige moment werd net zo intens en eindeloos als de eerste keer. Hun zielen waren samengesmolten. Ze konden zich niet losmaken, ook al hadden ze elkaar niet eens aangeraakt.

De een voor de ander, beiden vergezeld door een ander, ze bleven stilstaan, allebei… alle vier, op de rand van hun eigen verdriet.

Ze hadden het niet in de gaten. Noch Trini noch Jaume vermoedde dat die toevallige ontmoeting de hun onbekende ongeneeslijke liefdeswond weer openreet.

'Laten we gaan,' zei Jaume tegen Soledad.

'Laten we gaan,' zei Trini tegen Joan.

Maar ze verroerden zich niet. De voeten van Soledad en Joan hadden wortel geschoten. Ze verstrengelden zich als hongerige rietstengels, vormden een onontwarbare knoop. Ze konden niet vertrekken, ze konden niet scheiden... niet nog eens, nee. Waarom bestond hun geschiedenis uit almaar afscheid nemen?

Trini trok haar man mee... Jaume trok zijn vrouw mee... Terwijl ze werden meegevoerd, bleven ze via hun ogen met elkaar verbonden, wanhopig, machteloos, tot ze elkaar verloren in de menigte.

Een uur later kwamen ze elkaar op de tweede verdieping opnieuw tegen; ditmaal waren ze alleen... wachtend op hun partner. Trini was in gesprek met een verkoopster terwijl Jaume stond te wachten tot hun aankoop was ingepakt.

Ze liepen op elkaar af... met angst en zonder tijd.

'Hallo...'

'Hallo...'

Wat ze vervolgens tegen elkaar zeiden, bleef besloten in hun ziel.

Om de pijn van het afscheid te vermijden zeiden ze niet 'tot ziens' maar 'tot binnenkort'.

Die avond vond Soledad in de duisternis van hun slaapkamer de sleutel van de voordeur en ontsnapte terwijl haar man in diepe slaap was. Al slaapwandelend snelde ze naar de ontmoeting met haar droom...

De vroege ochtend overviel haar op de pier, blootsvoets en rillend van eenzaamheid en kou.

Het huwelijksleven van Joan en Trini verliep zoals dat van de meeste naoorlogse gezinnen. Weinig geld, hard werken, slecht eten, weinig vertier, af en toe een gecensureerde film, op zondag naar de mis, verplichte feestdagen; gesprekken, stiltes en hun kind zien opgroeien. Precies een jaar nadat ze getrouwd waren, baarde Trini een zoon die ze Andreu noemden.

Die baby was haar reden van bestaan geworden. In hem kon ze al haar illusies en frustraties kwijt. Ze voelde dat het kind meer van haar dan van haar man was, want al voor het kon lopen hadden ze een eigen taal ontwikkeld die Joan niet deelde. Vanaf het moment dat ze hem zijn eerste pakje aantrok, vertelde ze hem dat hij op een dag een prins zou zijn. Een van de eerste woordjes die ze hem leerde was 'geld'; hij moest worden wat zijn vader en zij niet waren. Om door iedereen gerespecteerd te worden moest hij bezitten.

Die elitaire wereld intrigeerde het kind. Zijn moeder was een goede fee die hem meenam naar een weelderig universum, veel interessanter dan de trieste wereld van zijn buurt. Zijn enthousiasme was zijn schild, beschermde hem tegen die armoede. Zijn vader was een melancholiek wezen. Een verliezer zonder toekomst. Zijn moeder zong; hij liet de toetsen van zijn piano huilen. Zij nam hem mee naar andere werelden. Die van hem eindigde in de stilte.

Joans werk in de werkplaats in de calle Pallars was monotoon en somber. Hij bleef maar zagen, schuren, polijsten en politoeren. Hij stopte het gat van zijn verdriet om Soledad dicht met het zaagsel dat hij produceerde. Thuis liep hij als een gekwelde geest rond, het ontbrak hem aan het vuur en de vreugde die hij als vader graag aan zijn zoon had willen geven. Hij verdorde tussen de geraamtes van levenloze piano's.

Elke dag was zijn eerste gedachte bij het ontwaken voor zijn meisje van de lucht... De laatste eveneens. Hoe meer hij dat zuivere gelaat uit zijn geheugen wilde wissen, hoe krachtiger het hem voor de geest stond.

Daarom, toen hij haar aan de arm van die man zag lopen in het warenhuis in de calle Pelai, was hij gek geworden van jaloezie.

Die nacht, zijn dromen doorvlochten van haar ogen en van de nachtmerrieachtige wetenschap dat ze in de armen van een ander sliep, stapte hij zijn bed uit en ging de straat op. De schaarse lantaarns in El Born verlichtten alle uithoeken van zijn onmetelijke eenzaamheid. Achter zijn dolende voetstappen weerklonk de dwalende echo van zijn misère, de slaperige stilte van de huizen doorbrekend.

Zijn scherpe silhouet spleet de nevel van de van maanlicht verstoken nacht doormidden; langzaam loste hij erin op, ademde hem in... tot hij was versmolten met de duisternis.

De nacht waarop zijn vrouw verdween, was Jaume Villamarí in diepe slaap verzonken. Zodoende dacht hij toen hij 's morgens wakker werd en haar niet naast zich aantrof dat ze al was opgestaan om zoals altijd het ontbijt klaar te maken. Hij zocht haar in de keuken, in de kamers en in de gang tot hij ontdekte dat de voordeur op een kier stond. Toen vreesde hij het ergste.

Hij zag haar afwezig en betraand aankomen. Aan haar nachtjapon kleefde de nachtelijke vochtigheid van de havenpier en ze ademde alsof ze de lucht van een lepeltje dronk. Dat slaapwandelen begon een serieus probleem te worden waar medische hulp aan te pas moest komen.

Hij vroeg niets, en zij zei niets, omdat ze zich niets kon herinneren. Hij wist dat zijn vrouw zich schaamde voor de periodes waarin ze haar bewustzijn volledig verloor. Soledad herinnerde zich niet wat er zich die nacht had afgespeeld; ze wist niet eens waarom ze zo thuiskwam, op blote voeten en in haar nachtjapon terwijl ze zeker wist dat ze niet was weggegaan.

De dagen erna waren erg moeilijk voor Soledad Urdaneta. Het kostte haar veel moeite opnieuw aan het idee te wennen zonder haar pianist van de golven te moeten leven. Ze wilde hem uit haar hart rukken, niet zozeer om zichzelf, want ze voelde zich al tijden levenloos, maar uit respect voor Jaume en de vrouw die Joans echtgenote moest zijn. Ze mochten twee onschuldige mensen niet meesleuren in hun ellende.

Als afleiding voor haar verdriet ging ze meer zingen, voerde ze haar bezoekjes aan de kerk op en, zonder zelf te weten waarom, begon ze op een ochtend een sluier te borduren waarvoor niemand haar opdracht had gegeven. Van alle exemplaren die ze maakte, was deze van uitzonderlijke schoonheid. Elke draad die ze verwerkte, veranderde in een kristallen traan; ze had iets gevonden om haar liefde de vrije loop te laten en tot in het oneindige te laten groeien... steekje voor steekje. In die sluier hechtte ze haar herinneringen, haar verdriet en haar sprookje waarmee ze niemand pijn deed, alleen zichzelf.

Wanneer ze borduurde, werden haar gedachten stopgezet. Het was als kijken zonder te zien. Ze liet zich meevoeren op de stroom van de uren zonder bijzondere gebeurtenissen. Hoewel ze een paar keer was teruggegaan naar de calle Pelai om datgene te zoeken wat ze niet had, met als enige bedoeling hem vanuit de verte gade te slaan, was ze hem nooit meer tegengekomen. Toen ze zelfs aan de buitenkant niets meer leek te voelen, keerden op een dag haar duizelingen terug, maar ditmaal had het rozenwater van Jaume geen effect.

De arts bevestigde het: ze was zwanger.

Haar buik weersprak haar... Ze leefde.

De maanden die voorafgingen aan de bevalling wijdde Soledad zich met hart en ziel aan het maken van de meest verfijnde en donzige babyuitzet die ooit door haar handen was gegaan. De sluier belandde in de onderste lade van haar commode en maakte plaats voor hemdjes, lakentjes, sloopjes en luiers, alles getekend door haar moederliefde. Een kind. Ze zou een kind krijgen! Zonder het te kennen hield ze er al van. Het was het mooiste cadeau dat ze ooit had gekregen. Ze droeg leven in zich; zij, die dacht dat ze morsdood was, zou het met haar bloed laten groeien.

Er was een klein, weerloos wezentje dat haar leven nodig had om te kunnen bestaan.

En Aurora werd geboren. Op de ijzige vroege ochtend van 22 februari zag ze haar haar oogjes opendoen; twee inktdruppels die verwaterden in de tranen van de prille moeder. In haar tere armpjes bracht ze de spijs voor de illusie mee. Wat Soledad was verloren in de liefde voor een man herwon ze in de liefde voor haar dochter. Dat kleine wezentje verschafte haar het voedsel waar ze zo naar hunkerde: liefde.

Ze leefde voor haar, door haar en in haar. Ze bleef zich maar verbazen over de wonderen van de natuur. Ze sloeg haar urenlang gade, ontdekte in elk detail haar eigen beeld. Haar gezichtje, de ovale vorm van de Mallarino's; haar blik, de ogen van de Urdaneta's. Hoe ze ook zocht naar een spoor van Jaume, ze vond het niet. Het meisje was een rasechte Urdaneta Mallarino, tot aan de ronding van haar oortjes toe.

Toen de kleine handjes haar voor het eerst aanraakten, wist ze dat die vingertjes ervoor gemaakt waren om symfonieën voort te brengen. Ze waren lang en zijdezacht. Ze schreef haar ouders dat ze opa en oma waren geworden, stuurde hun een foto, met de naam van de fotostudio in hoog reliëf, waarop de kleine Aurora lag, gewikkeld in haar geborduurde doopjurkje op een wolk van moiré tafzijde.

Met de geboorte van Aurora Villamarí begon de zon volop te schijnen in de bovenwoning in de paseo de Colom.

De jaren verliepen zonder schokkende gebeurtenissen. Soledad bleef borduren en zingen, Jaume had werk gevonden als stoffeninkoper bij een winkel in de calle Casp en voelde zich weer een man van eer. Het meisje werd een echte schoonheid en groeide gelukkig op onder de bescherming van haar vader en de aanbidding van haar moeder. Net als deze bezat ze de gave van lichtheid waarmee ze iedereen die haar kende verbluft deed staan; alles om haar heen leek een gewichtloze staat te krijgen die grensde aan het bovennatuurlijke.

Wanneer ze pianospeelde, verplaatste haar lichtheid zich naar de arpeggio's en veranderde de woning in een huis van lucht waar niets zwaarder woog dan die klanken. De dag van haar eerste communie zouden de bewoners van het gebouw nooit meer vergeten. Vanuit elk raam, verdieping na verdieping, zagen ze een enorm cadeau langskomen, verpakt in goudkleurig papier met een helblauwe strik eromheen; het was zo groot dat het niet door de benedendeur kon. Het was de Steinwaypiano die Aurora's Colombiaanse grootvader had laten sturen. Vanaf dat moment tot ze ging trouwen en de bovenwoning verliet, zouden de buren voortdurend genieten van haar muziek. Het was een cadeau geweest waar iedereen vreugde aan beleefde.

Joan Dolgut ontving het bericht van Trini's tweede zwangerschap met gemengde gevoelens; hij was verheugd over de gebeurtenis maar bedroefd omdat hij geen betere vader kon zijn. Zijn zoon vervreemdde steeds meer van hem en tijdens de schaarse momenten die ze samen waren, merkte hij een rijkeluisverachting bij hem op die noch bij zijn leeftijd noch bij zijn maatschappelijke positie paste. Hij scheen alles wat zijn vader vertegenwoordigde te haten. Wanneer hij hem hoorde pianospelen rende de jongen met zijn handen op zijn oren door de gang en maakte hem duidelijk hoezeer hij zijn sonates verafschuwde. Als hij iets tegen hem wilde zeggen, begon zijn zoon klakkende geluiden met zijn tong te maken zodat zijn woorden onverstaanbaar werden. Telkens als hij hem een kus gaf, veegde de jongen die subiet met de mouw van zijn shirtje af.

Hoe meer hij zijn best deed zijn zoon zijn waarden bij te brengen, hoe sterker deze zich ertegen verzette. Hij luisterde alleen naar zijn moeder, die hij ervan had weten te overtuigen dat zijn vader in wezen niet van hem hield.

Daardoor, nadat Trini een levenloos meisje ter wereld had gebracht en een genadeloze bloeding diezelfde dag ook haar het leven benam, wist Joan niet wat hij moest aanvangen.

Zijn wroeging doordat hij haar niet de liefde had kunnen geven die ze verdiende en doordat hij evenmin gelukkig met haar was geweest, dreef hem in een bodemloze depressie.

Hij was nog jong, weduwnaar, had een zoon die niet van hem hield en was emotioneel gezien hulpelozer en eenzamer dan ooit.

Het waren moeilijke jaren waarin hij Andreu's resterende kindertijd zo goed mogelijk probeerde te verlichten. Met grote moeite leerden beiden elkaar te verdragen zonder zich met de ander in te laten, ze waren gedwongen de verschillen te respecteren die voor Andreu onoverkomelijk waren; hij wachtte op het minst traumatische moment om dat grijze bestaan te kunnen ontvluchten.

Toen zijn zoon hem midden in zijn puberjaren verliet, sloot Joan zich nog meer op in zichzelf, ontweek hij de omgang met anderen en hield zijn celibataire leven als weduwnaar in stand zonder ook maar iets aan zijn dagelijkse routine te veranderen.

De verbittering begroef zijn huis in stilte, en hoewel hij af en toe wel een vriend trof, wist niemand waarom hij, terwijl hij nog zo jong was, geen interesse voor vrouwen kon opbrengen. 'Er is geen erger straf voor een man dan alleen te moeten eten,' had de marktkramer van La Boquería tegen hem gezegd toen hij hem zoals elke zaterdag de kabeljauw voor zijn maaltijd overhandigde. 'Wie alleen eet, sterft alleen, Joan.'

Maar het was niet enkel het alleen-zijn, al zijn handelingen waren schakels van eenzaamheid die uiteindelijk zijn ketenen werden.

Daarin werd hij vergezeld door zijn herinneringen aan Soledad, een pijn die al heel lang geen pijn meer deed, alsof het om een litteken ging dat alleen 's winters opspeelde, of wanneer hij liefde tussen anderen zag opbloeien. Hij wandelde uren en uren in het Ciutadellapark, kijkend hoe de paartjes elkaar liefhadden... via hen zijn meisje van de lucht liefhebbend.

Na de dood van Franco was de liefde teruggekeerd. Op straat kusten jongeren elkaar weer begerig en zonder angst. De democratie betekende vrijheid van zijn en voelen, en de liefde profiteerde daarvan, werd wijd en zijd geuit.

De tijd begon over Joans lijf te glijden, rimpelde zijn huid, vertraagde zijn gang, plukte aan zijn hoofd waarop de decennia waren gedruppeld en vlekken hadden achtergelaten, verkleinde zijn ogen, verlengde zijn oren... en zijn wenkbrauwen. Zijn vingers ondergingen bevreesd een zich aankondigende reuma die hij wist te beteugelen met dagelijkse preludes en concerten.

Hij wist niet waarom hij leefde, niet eens of je zijn manier van bestaan wel leven kon noemen.

Zijn gang naar de Poble Nou was bijna afgelopen. Zijn tijd als timmerman zat erop. Tafelvoetbal zonder spelers, xylofonen zonder ziel, pianisten gekleed in frak zonder overhemd, doodskisten zonder doden... alles bleef achter in het landschap.

Hij volgde het leven van zijn zoon in de kranten en op het nieuws. Op die manier wist hij van zijn zakelijke successen en hij was blij voor hem. Zijn bruiloft leek hem een zege van de ambitie op de liefde en het bedroefde hem te weten dat zijn zoon dat wonder nooit zou meemaken.

Hoewel de liefde hem zijn hele leven had ontnomen, zou hij dat toch opnieuw gegeven hebben om die weer te beleven. Dat zou zijn zoon wellicht nooit begrijpen. Hij zag hem altijd glimlachen met dat triomfantelijke airtje dat hem aan die gasten in de luxe hotels deed denken, zover terug in zijn geheugen.

De dag waarop zijn buurvrouw hem zijn kleinzoon in de *Hola* liet zien, begonnen zijn tranen te rollen. Hoe ouder hij werd, hoe kwetsbaarder hij zich op emotioneel gebied voelde.

Soms kwam hem het beeld voor de geest van zijn moeder die hem in haar armen sloot en dat vermengde zich met de hand van zijn vader die hem een laatste afscheidsgroet toezwaaide. Dat van Soledad was nog het zwaarst.

Er waren zoveel bladzijden van zoveel jaren over het beeld van zijn geliefde gevallen, dat hij het langzaam aan kwijtraakte en het zich opnieuw had moeten verbeelden. Als hij een winkeljuffrouw zag met dichte, krullende wimpers dan verving hij die voor zijn vervaagde Soledad. Als een rookwolk hem deed denken aan de kleur van haar ogen, dan griste hij die voor haar uit de lucht; het aanraken van zijde, haar huid; de mantel van een Maagd, haar lange haardos; een pauwenveer, haar vederlichte gewicht. Hij werd een dief van andermans gewaarwordingen, gevoelens en tastzin om daarmee zijn verloren liefde te herscheppen.

Op een schemerige namiddag, zo een waarvan je niets bijzonders verwachtte, zag hij tijdens zijn wandeling langs de antiquairs in de calle Palla iets in een etalage dat hem dwong te blijven staan. Iets leek hem met een open, stille glimlach te roepen. Hij moest er al een heel tijdje vergeten staan, want hij was bedekt met een dikke laag stof die de glans volledig had weggenomen: een Bösendorfervleugel, een uniek, heel oud exemplaar. Hij bleef er lang naar kijken... Was hij het of niet? Hij ging de zaak binnen en een belletje kondigde de eigenaar zijn bezoek aan.

'Mag ik?' vroeg Joan terwijl hij naar de piano wees.

'Ga uw gang.'

Joan liep naar het instrument toe. Zijn onberispelijk gepolitoerde laklaag, zijn goudkleurige lijstwerk, zijn twee meter... Hij streelde de klep van sparrenhout uit het Zwarte Woud, de ivoren en ebbenhouten toetsen en hield in bij de F. De antiquair haastte zich uitleg te geven: 'Zoals u ziet is het een juweeltje; een authentieke Bösendorfer van eind negentiende eeuw, die vind je niet meer. Ik heb hem uit Frankrijk gehaald. Ze zeggen dat hij de oorlogen is doorgekomen in een restaurant aan het strand. Het ging de eigenaresse erg aan het hart hem te moeten verkopen, ze had het geld nodig.' De man rook dat hij zaken kon doen, haalde er een stofdoek overheen en liet de piano schitteren. 'Neemt u alle tijd...'

Joan bekeek de piano met ware aanbidding; hij was onbeschadigd. Hij bekeek hem minutieus, bukte zich om een laatste, definitieve bevestiging te krijgen. Daar was het. Op een van de poten vond hij het kleine merkteken dat hij met zijn zakmes had gekerfd voor hij naar Colombia vertrok, voor het geval hij hem niet meer zou zien. Het was de piano van madame Tetou! Die had op hem gewacht. Hij moest hem koste wat het kost hebben; hij was getuige geweest van zijn enige momenten van vreugde; hij was zijn liefdesmaatje geweest. Op hem hadden zijn en Soledads handen hun belofte gedaan... Wat een verloren jaren! Niets was uitgekomen maar de piano was nog steeds dezelfde. Het enige wat over was van zijn gestrande liefdesgeschiedenis. Hij wilde hem, hij wilde hem bij zich hebben, ook al moest hij er tot zijn dood voor vechten.

'Hoeveel moet hij opbrengen?'

Toen de eigenaar Joans belangstelling in de gaten kreeg, verdubbelde hij schaamteloos de prijs. 'Twaalf miljoen peseta... Het is een unicum. Ik kan u vertellen dat hij van een prinses is geweest, lang voor hij bij de laatste eigenaresse terechtkwam. Ik heb er een certificaat van.'

Het maakte Joan niet uit van wie de piano vroeger was geweest. Voor hem was het enige waardevolle dat hij deel uitmaakte van zijn liefdesgeschiedenis in Cannes.

Hij wist niet of zijn spaargeld hem zo'n luxe uitgave toestond maar hij zou het proberen.

'Mag ik?'

'Hij zal gestemd moeten worden. Er heeft al heel lang niemand meer op gespeeld.'

Toen Joan zijn vingers op de toetsen legde en begon te spelen, herkende de piano hem en bracht zijn snaren op de juiste toon. Het mechanisme bloeide op, jong en schitterend. Onmiddellijk zwol het geluid aan, ontketende een stroom die naar de straat vloeide. De antiquair was stomverbaasd over het meesterschap van de oude man.

'Die piano hoort bij u, meneer... Hij heeft op u gewacht. Zoiets heb ik nog nooit gehoord; pianist en instrument verworden tot één enkel wezen. Werkelijk magistraal!'

Joan stond op. 'Hij is te duur voor me.'

'Ik weet zeker dat we daar wel uit komen.'

'Bewaart u hem voor me?'

'Als u niet te lang wacht...' De handelaar paste zijn onfeilbare tactiek toe. 'Er is nog een geïnteresseerde, een museum.'

'Ik kom vandaag nog terug.'

Joan Dolgut liep zo snel als zijn jaren hem toestonden naar huis. Hij voelde een vreugde opborrelen waardoor hij zich even weer een puber waande. Hij zocht zijn heilige spaarbankboekje op. Bij elkaar had hij vijftien miljoen peseta; het was genoeg maar die gril zou hem ruïneren. En als hij hem nu eens voor minder kon krijgen? Hij zou doen wat hij kon. In geen geval zou hij zijn enige geluk opofferen voor geld waarvan hij niet wist of hij het ooit zou uitgeven. Wat maakte het uit, dacht hij. Hij at toch steeds minder en had ook steeds minder nodig. Hij had een pensioentje waarvan hij zijn dagelijkse brood en zijn vis op zaterdag kon betalen.

Hij zou hem kopen.

De dood van Jaume Villamarí kwam plotseling. Hij werd getroffen door een hartaanval toen hij op palmzondag een middagdutje deed. Ze merkten zijn overlijden niet meteen op doordat ze dachten dat hij zat te soezen, gezien de gelukzalige uitdrukking op zijn gezicht en zijn ontspannen lichaamshouding. Hij zag er sereen uit, genesteld in zijn oorfauteuil.

Op haar vijftigste hulde Soledad Urdaneta zich in rouw, zowel aan de buitenkant als vanbinnen. De dood van haar echtgenoot veroorzaakte een diepe pijn in haar ziel. Ze hadden zoveel jaren samen doorgebracht dat ze daadwerkelijk van hem was gaan houden, als van een broer. Ook al leefden ze in een apathische huwelijkssleur, ze wist dat hij in de kamer ernaast was; haar zwijgzame metgezel, met zijn zwarte koffies en stiltes.

Ze wist niet of hij in haar onoverkomelijke tegenzin de liefde te bedrijven ooit haar tegenstrijdige liefdesgevoelens had opgemerkt; hij drong in ieder geval nooit aan en stelde evenmin vragen. Hij was een volmaakte heer geweest die haar tot zijn dood toe had gerespecteerd. En hoe! Na de geboorte van Aurora, na Soledads voortdurende weigeringen en de vele mislukte pogingen had haar man er zonder protesten van afgezien haar nog tussen de lakens op te zoeken. Zelfs haar verhuizing naar een andere kamer had hij geaccepteerd zonder ook maar enige verklaring te eisen. Dat was een grote opluchting voor haar, want zonder die echtelijke bedverplichtingen had ze hem kunnen liefhebben op de enige manier waartoe ze in staat was: met de liefde van een zus. Desondanks hadden ze zich altijd een normaal echtpaar gevoeld.

Na zijn dood werd Soledad vol getroffen door de alomtegenwoordige afwezigheid van de overledene. Ze voelde hem overal in huis. Ze hoorde zijn nachtelijk gesnurk, zijn ochtendhoest, het geluid van het omslaan van de krant, zijn pantoffels die over het parket sloften, zijn klaterende urinestraal, het doorspoelen, de geopende kraan, het gorgelen 's avonds, het licht op zijn bureau wanneer de schemering inviel en het gekras van zijn pen op het papier van de honderden brieven die hij schreef maar nooit verzond. Toen wist ze dat haar ziel leed en ze besloot te bidden. Vijf jaar lang hield ze een strenge rouwperiode in acht, inclusief missen en rozenkransen en met haar dochter als enige metgezel. Toen ze het verlies eenmaal verwerkt had en op het punt stond het zwart uit haar leven te bannen, ontving ze een bericht dat haar dwong dit nog eens tien jaar te verlengen. Haar ouders waren kort na elkaar een natuurlijke dood gestorven.

Ze vloog naar Bogota om de begrafenisplechtigheid bij te wonen, en toen ze weer voet in het huis in Chapinero zette, dat nog in rouw gedompeld was vanwege het dubbele verlies, wachtte haar een ander groot verdriet, verborgen in de kluis van haar vader. En dat was nog veel pijnlijker dan al de andere bij elkaar.

Tussen de verlopen documenten en de juwelen lag een pakje ongeopende brieven. Ze waren aan haar gericht en allemaal afkomstig van Joan Dolgut.

Waarom hadden ze haar dit aangedaan?

Het gevoel een willoos speelpoppetje in handen van haar vader te zijn geweest, maakte haar woedend. Ze stond daar onbeweeglijk, de brieven tegen haar borst gedrukt, zag tussen de schaduwen de spoken van haar verleden. De duisternis viel in en daarmee kwamen ook haar inwendige kreten. Waar waren haar dagen van onschuld gebleven, toen ze dacht dat iedereen goed was? Ze hadden haar op haar veertiende gedood maar niemand had het in de gaten gehad, want haar dood was van een soort dat onopgemerkt bleef. Het was een bedrieglijke dood waardoor ze zelfs een kind had kunnen baren, oud worden en normaal had kunnen doen.

Ze had iemand moeten liefhebben van wie ze niet hield, moeten leven op een manier die ze niet wilde. Dat was haar leven geweest, zingen om niet te huilen, borduren om niet te sterven.

Ze had gespaard kunnen blijven van de pijn die haar haar jeugd en haar leven ontnomen had, als ze alleen maar die brieven had gelezen.

Hoe konden ze zo verachtelijk zijn geweest? Hoe hadden ze het gewaagd haar van haar leven te beroven? Waar was de liefde die ze zeiden voor haar te voelen als ze haar tot een leven zonder liefde hadden veroordeeld?

Noch haar vader noch haar moeder noch Pubenza; geen van drieën verdiende vergiffenis. Zij hadden besloten dat ze ongelukkig moest zijn.

Ze keerde terug naar Barcelona en pas toen het vliegtuig was opgestegen besloot ze de brieven te lezen.

Ze huilde als nooit tevoren. De eerste brieven van Joan liepen over van liefde; de volgende verweten haar haar stilte; daarna kwamen smekende, vervolgens brieven die huilden van machteloosheid. Bij elke brief was een niet uitgegeven sonate gevoegd.

Er waren nog andere, acht jaar later gedateerd, waaraan ze merkte dat hij rijper was geworden. Daarin verontschuldigde hij zich dat hij niet op tijd had geweten dat ze hem via een advertentie had gezocht en hij herhaalde telkens hoeveel hij van haar hield. Hij verhaalde over zijn vreselijke reis naar Bogota midden in de oorlog, over de uitzetting die Benjamín Urdaneta had geregeld, over de moeilijke tijd na zijn terugkomst in een verwoest Barcelona, over zijn wanhoop... Over zijn verdwenen vader. Over zijn zelfmoordgedachte. Over zijn baan als pianist in het Ritz. Hij vertelde haar over Trini en zijn onmogelijkheid om haar lief te hebben. Over de moeite die hij moest doen om door te gaan met zijn leven. Uit de woorden sprak zijn passie, zijn wanhopige liefde en zijn oneindig leed.

Wat een verdriet had hun bespaard kunnen blijven als ze ze op tijd had kunnen lezen!

Nu was het overal te laat voor. Ze had geleefd met een afwezigheid, en nog een en nog een... Zoveel eindeloze afwezigheid onder haar kussen van niet-uitgekomen dromen dat ze zichzelf was kwijtgeraakt. Ze was vergeten hoe je moest beminnen want al die tijd was haar hart in een donkere lade weggestopt. De apathische amnesie van de sleur had haar onbewuste omsingeld, haar van alles afgesneden... zelfs van haar vreugde.

Nooit zou ze de rouw nog afleggen. Het zwart als teken van verdriet was niet om het verlies van haar ouders. Het was om zichzelf en om Joan.

Hij moest zijn gewone piano voor een luttel bedrag van de hand doen om ruimte te creëren voor zijn geliefde Bösendorfer. Joan Dolgut kwam tot een akkoord met de antiquair en wist een behoorlijke korting op de oorspronkelijke prijs te bedingen. In het midden van de woonkamer straalde de waardigheid van de piano een bijzonder licht uit dat de eenvoudige meubels die eromheen stonden met zijn schoonheid aanstak. Een aristocraat tussen het gewone volk.

Tot in tranen geroerd, bekeek Joan zijn oude vriend. Hij zou erop spelen... Natuurlijk zou hij erop spelen! Maar dan wel trouw aan de eed die hij zijn geliefde had gezworen.

Hij zou de F-toets eruit halen, de toets die hun liefde vertegenwoordigde. Als hij er niet in geslaagd was zijn leven met zijn meisje van de lucht door te brengen, dan hoorde dat onderdeel niet meer op het toetsenbord thuis.

Voor hij die verwijderde, bezweek hij voor de verleiding 'Tristesse' te vertolken, liet zich meevoeren op de stroom van zijn herinneringen. Onder al die herinneringen sloeg zijn hart als een wild veulen op hol. Hij was weer in Cannes, op het strand van Juan-les-Pins, en Soledad lachte, keek naar hem, had hem lief...

Zijn lichaam kwijnde weg maar zijn dromen waren gebleven. Bestond er, nu hem niets meer was overgebleven, een groter geluk dan het oproepen van herinneringen?

Joan Dolgut ging de hele middag volledig in zijn muziek op. Hij speelde en speelde tot zijn vingers moe werden en zijn geheugen uitgeput raakte. Na een lange stilte richtte hij zijn blik weer op de piano, zoekend naar het mechanisme om de toets te verwijderen. 'Het spijt me, beste vriend. Het zal je pijn doen maar je overleeft het wel, net als ik,' zei hij toen hij de toets eruit haalde. 'Nu zul je me begrijpen, zijn we gelijk.'

De piano behield onaangedaan zijn tandeloze glimlach.

In Joans hand leek het ivoren deel op een tand die met wortel en al was uitgerukt. Toegevend aan een onverklaarbare ingeving draaide hij het om. Op het hout verscheen een inscriptie in blauwe inkt die eindigde met een klein hartje, twee namen en een datum:

Hier ben ik. Nooit vertrokken.
Vóór jou bestond ik niet.
Na jou...
is enkel nog het wij.

JOAN EN SOLEDAD
Juli 1939

Hoe was het mogelijk dat de stem van Soledad zestig jaar later weer tegen hem sprak? Al die tijd verborgen in de piano... Op hem wachtend. Zijn teleurstelling weer aanwakkerend. Wat was er van zijn meisje van de lucht geworden? Waar zou ze zijn? Zou ze nog leven? Waarom deed het lot zo zijn best hem zijn ziel terug te geven als zijn lichaam er allang aan gewend was zonder te leven?

Hij dacht er een paar minuten over na de toets terug te plaatsen, maar uiteindelijk besloot hij het niet te doen.

De F zou pas terugkeren naar het toetsenbord op de dag dat de liefde terugkwam. Misschien zou hij niet lang genoeg leven om dat mee te maken, maar zijn piano wel. Met zijn lange overleving had die zijn onsterfelijkheid al bewezen. Joan pakte de toets in alsof het een schat betrof en verstopte hem.

Soledad Urdaneta deed hetzelfde met de brieven. Ze bewaarde ze als een relikwie achter slot en grendel in een donker hoekje van haar meubel met de louvredeurtjes. Daarna, zonder te weten waarom, haalde ze de onvoltooide bruidssluier uit de onderste lade. Ze zou verder borduren aan die bruidstooi zonder eigenaresse.

Andreu had weer een afspraak met zijn schoonvader en ditmaal wist hij dat hij aan de winnende hand was. Als Pere Sardá hem zo snel liet komen, wilde hij de kwestie vast en zeker zo spoedig mogelijk afhandelen. Hij was het type dat zaken voor gevoelens stelde, en al helemaal als hij daarmee een schandaal kon vermijden.

Ze begroetten elkaar zonder omwegen en kwamen meteen ter zake.

'Mijn dochter heeft er geen problemen mee de hoede en zelfs de voogdij over Borja aan je over te dragen. Je kunt hem bij je houden.'

'En hoe staat het met de aandelen? Denk je niet dat we eerst het zakelijke deel moeten afronden voor we over mijn zoon gaan praten?'

'Daar hebben we het ook over: Borja is onderdeel van de overeenkomst. Denk maar niet dat het eenvoudig was Tita over te halen.' Pere wierp Andreu over zijn brillenglazen heen een indringende blik toe, probeerde hem te intimideren.

'En mijn aandelen?'

'Wat je me vraagt kan echt niet. Vijftig procent is onmogelijk.'

'Dan is er geen overeenkomst. En je weet dat als ik eenmaal begin…'

'Ik wil geen ruzie met je. Je bent de vader van mijn kleinzoon én ik wil je in het bedrijf.'

'Nou, begin dan met me te geven wat ik je vraag. Je weet donders goed dat Divinis Fragances met mij aan het hoofd zal blijven groeien.'

'Andreu, toen ik je salaris aanhaalde, maakte ik geen grapje. Mijn voorstel is: vijfentwintig procent van de aandelen en een verdriedubbeling van je salaris. Wat vind je daarvan?'

Andreu maakte een snelle afweging. 'Vijfendertig procent en we praten er niet meer over.'

Tita's vader wilde het afronden. Hij kende Andreu maar al te goed en wist dat deze, mocht hij daar zin in hebben, hem net zo lang onder druk zou zetten tot hij vijftig procent van de onderneming in handen had. Daarom accepteerde hij zijn voorstel onmiddellijk.

'Deal...' Ze schudden elkaars hand alsof ze de beste overeenkomst van hun leven hadden gesloten. 'Als tegenprestatie, en voor de rust van de familie, overhandig je me op de dag van de aandelenoverdracht en het plaatsen van de handtekeningen al het materiaal dat mijn dochter compromitteert, inclusief de originele dvd en de foto's.'

'Dat hoeft geen betoog, Pere.'

Terwijl haar vader de deal met haar man sloot, stoeide Tita in de armen van Massimo di Luca. Ze vierden de ophanden zijnde huwelijksbreuk.

'*Diavoletta del mio cuore...*'

'Ik zei toch dat het me wel zou lukken...'

'En dat heb je allemaal voor mij gedaan.'

'Je hebt geen idee hoe moeilijk het was.'

'Wat gebeurt er met je zoon?'

'Hij gaat bij zijn vader wonen.' Tita keek hem ontroostbaar aan.

'Het spijt me, *carissima*.'

'Ik doe het uit liefde voor jou.'

'*Lo so, amore... Anche se*, kijk maar hoe gepassioneerd we zijn...' Massimo begon haar met zijn tanden uit te kleden. '*Ahi. Diavoletta mia... voglio mangiarti tutta... intera...*'

'Doe dat, *amore*.'

'*Adesso no...*'

'Waarom kwel je me zo?'

'Omdat ik weet hoe lekker je dat vindt. Vertel eens... Heb je al met je vader over ons project gesproken?'

Een naakte Tita hijgde, wachtte op de strelingen van haar minnaar.

'*Rispondi, mia cara*.' Massimo stak zijn vinger in Tita's vagina en begon die langzaam te bewegen.

'Ik kan me niet concentreren.'

'*Rispondi...*' De vinger van de Italiaan zocht het antwoord als een bezetene bij haar g-plek. '*Rispondi...*' En hij kreeg het van zijn hijgende minnares.

'Ja, ja... Jaaaaaaaa.'

Na het orgasme liet Tita zich uitgeput op het bed vallen, maar Massimo gaf zich nog niet gewonnen en ging door: 'Wanneer beginnen we?'

Tita's lichaam begon weer te reageren.

'Ik kan niet...' Ze hijgde weer. De wijsvinger van haar geliefde hield haar gevangen; het was een gekmakende kwelling. 'Ik kan... niet... pra... ten.'

'*Quando?*'

Midden in het orgasme gilde Tita: 'NUUUUUUUUUU!'

Massimo stortte zich op haar en bereed haar als een waanzinnige. Het antwoord bracht hem in een nooit eerder gevoelde extase. Overspoeld met champagne en hun vreugde over wat komende was, bereikten ze de climax.

In die vreugdestemming bekroop Tita een zorgelijk gevoel dat haar verhinderde van het liefdesnaspel te genieten. Wanneer het sportcentrum eenmaal open was, zou ze haar geliefde moeten bewaken. Hij was zo knap en sensueel, zo wild en geraffineerd als hij dat wilde, dat hij het lustobject van de vele gefrustreerde vrouwen die daar kwamen zou worden. Ze zou moeten wedijveren, op voet van oorlog leven... Misschien moest ze vóór de opening nog even langs de chirurg, die haar, de ongeëvenaarde Tita Sardá, boven alle anderen zou plaatsen. Ze keek naar haar beeld dat door de spiegel werd weerkaatst. Op dit moment was ze oogverblindend. Massimo, die haar verrukt bekeek, bevestigde dat: '*Bellissima...*' Hij trok haar weer in zijn armen.

Sinds een paar dagen woonde Aurora Villamarí met haar dochter in de bovenwoning in de paseo de Colom. Het afscheid van haar man was weliswaar heel beschaafd verlopen, maar sneed door haar ziel. Ze voelde zich schuldig dat ze hem zoveel verdriet deed, want op het laatste moment was Mariano ingestort, had hun onder het doen van allerlei onmogelijke beloften gesmeekt te blijven.

De eerste avondmaaltijd na de breuk verliep in een gespannen sfeer geladen met hatelijke opmerkingen. Een collega van Mariano, wiens vrouw hem had verlaten voor een ander, had allerlei twijfels in zijn hoofd gezaaid. Waar Mar bij was insinueerde de man die nog steeds Aurora's echtgenoot was dat hij de scheiding voor de rechter zou aanvechten, aangezien hij het niet eens was met de manier waarop de 'wederzijdse instemming' tot stand was gekomen. Het vermoeden bekroop hem dat zijn vrouw niet alleen uit verveling was vertrokken maar ook gedreven werd door een onvergeeflijk motief:

overspel. Hij was ervan overtuigd dat de onbekende minnaar vroeg of laat uit zijn schuilplaats tevoorschijn zou kruipen. Hij was bedrogen, en dat ging zomaar niet. Onder geen enkel beding zou hij toestaan dat zijn dochter bij een man woonde die niet haar vader was. Wat dachten ze wel niet? Ze moesten niet denken dat ze een imbeciel voor zich hadden.

Na het eten, met haar dochter op de terugweg naar de woning in de paseo de Colom, besloot Aurora de papieren rompslomp zo snel mogelijk af te wikkelen en bij Andreu uit de buurt te blijven, in ieder geval tot de procedure in gang was gezet en het niet meer mogelijk was die te veranderen. Ze was bang dat haar man haar het meisje zou afnemen.

Ze besteedde de dagen aan het huis inrichten, met de illusie vrij te zijn om gelukkig te kunnen worden. Ze kocht kerstversieringen; haalde de kleine porseleinen figuurtjes van haar moeders kerststalletje tevoorschijn waarmee ze zoveel decembermaanden had gespeeld, maakte met haar dochter papieren guirlandes. Ze speelden quatre-mains Colombiaanse kerstliedjes op de Steinway, die sinds haar terugkeer weer geluid voortbracht. Het huis van haar kindertijd bloeide op onder haar blijde verliefdheid en Mar was eveneens heel gelukkig, ze haalde haar oma's spulletjes tevoorschijn, paste alle oude jurken die ze tegenkwam, probeerde met behulp van de albums en foto's haar geschiedenis te reconstrueren.

'Mama, waarom wilde oma eigenlijk dood, ze had jou, ze had ons toch?'

'Daar ben ik nog niet achter. Misschien was ze bang dat ze opnieuw gescheiden zouden worden of schaamde ze zich omdat ze zich te oud vond om lief te hebben.'

'Maar ze waren toch allebei vrij om te doen en laten wat ze wilden?'

'Niemand is helemaal vrij, prinses.'

'Omdat ze niet weten hoe ze dat moeten zijn, mam.'

'Omdat ze vanaf hun geboorte geketend waren, meisje...'

'En zij hebben zich er niet tegen verzet. Ik zou me nooit iets laten opleggen.'

'Dat weet ik. Daarvoor hoef je alleen maar naar je te kijken.'

'Mama,' Mar raakte opgewonden, 'en als ze nou eens een geheim hadden? In liefdesromans kom je zoiets altijd tegen.'

'Maar dit is geen roman, meisje.'

'Maar wel liefde, en liefde heeft altijd geheimen, mama. Ik weet niet... brieven, foto's...'

'Wat zou ik de brieven graag vinden waarover nicht Pubenza het had...

Geen idee wat ze daarmee heeft gedaan. Ik geloof nooit dat je grootmoeder die heeft weggegooid.'

'Zal ik je helpen zoeken?'

Ullada kende alle brieven van Joan uit zijn hoofd. De nachten vergleden langzaam tussen de woorden die Dolgut aan Soledad geschreven had en die van hemzelf aan Aurora. Hij werd zo door haar geobsedeerd dat hij een kalender met hokjes had gemaakt waarvan hij er elke dag één doorstreepte, en zelfs de tijd tot kerst in seconden berekende en afmat. Mocht ze hem niet bellen, dan zou hij het zelf doen met als excuus haar een zalig Kerstmis te willen wensen. Wellicht wilde ze een espresso met hem drinken in het café van de Ópera en konden ze daarna langs de kraampjes van de Feria de Santa Llúcia slenteren, tussen de kerstlichtjes de geur van dennen en mos opsnuivend, iets wat hij altijd al ontzettend graag had willen doen met aan zijn arm een andere vrouw dan zijn moeder.

De laatste tijd was hij het spoor van zijn 'geheime verloofde' bijster geraakt; hij had haar al een hele tijd haar woning in Les Corts niet meer zien verlaten en het was hem onduidelijk of dat uit vrije wil was of dat haar man achterdochtig was geworden en haar opgesloten hield. Op het hoofdbureau kreeg hij voortdurend te maken met aangiftes van vrouwen die zeiden door hun echtgenoot mishandeld te zijn. Daarom had hij op een avond op het punt gestaan zijn legitimatie te gebruiken om Aurora's woning binnen te komen en dat vast te stellen, maar zoals altijd wanneer hij een emotionele opwelling kreeg, wist hij zich op het laatste moment te beheersen.

Hij was met groepstherapie voor verlegen mensen begonnen om zijn schuchterheid kwijt te raken en er rijp voor te zijn wanneer Aurora hem belde, of wanneer hij zich definitief op de verovering zou storten. Het reisje met Andreu leek de afwikkeling van een familiekwestie te zijn geweest, niet meer dan dat, want het zag er niet naar uit dat Aurora de relatie had voortgezet. Voor het geval dat had hij haar sowieso al vergeven.

Bovendien was de therapie nuttig geweest om een besluit te nemen. Als hij om Aurora voor zich te winnen van Joan Dolguts brieven moest afzien, die zo ongeveer heilig voor hem waren, dan was hij daartoe bereid. Net als hij bereid was om voor haar te vechten en haar het forensisch rapport te geven, en de foto die hij onder het glas van zijn nachtkastje bewaarde.

Ze keek zoals elke ochtend in haar postbus, maar de enveloppe waarop ze wachtte was er nog steeds niet. Aurora Villamarí begon ongeduldig te worden. Het was al vele dagen geleden dat ze, nauwgezet de instructies opvolgend, de haarmonsters van Andreu en zichzelf had opgestuurd naar het adres dat op de website stond. Hoewel het laboratorium haar had verzekerd dat ze de uitslag binnen twee weken zou krijgen, was die nog steeds niet gekomen.

Ze belde een nummer om haar beklag te doen, maar een lange reeks ingesproken instructies bracht haar tot wanhoop en uiteindelijk verbrak ze de verbinding. Ze moest zo snel mogelijk weten wat de uitkomst van de DNA-test was. Net toen ze het nummer nog eens wilde proberen, ging de bel. Wie kon dat zijn, in die stromende regen? Ze vroeg meerdere malen via de intercom wie daar stond maar kreeg geen antwoord; ze besloot naar beneden te gaan. Voor de deur, druipend van de regen en met haar jurk aan haar botten geplakt, sloeg een oude dame haar gade.

'Lieve hemel!' Aurora deed snel open.

Clemencia Rivadeneira klemde zich aan haar vast, rillend van de kou.

'Je beeft helemaal.'

De tanden van het oude mensje klapperden vreselijk.

'Kom...' Aurora deed haar vest uit en sloeg het om haar schouders terwijl ze naar boven liepen. 'Je moet uitgehongerd zijn.'

Het oude dametje keek haar aan, afwezig, verloren in haar verten. Het leek of ze elk moment kon bezwijken. Soledads dochter haastte zich een warm bad klaar te maken en zonder te wachten tot het vol was, kleedde ze het mensje uit en stopte haar erin. Haar kleren waren aan flarden. Ze zag er uitgehongerd uit en afweziger dan ooit. Ze moest zo snel mogelijk weer op temperatuur komen.

Ze snelde naar de keuken en maakte eerst maar eens een instantbouillon voor haar klaar. Ze moest iets warms drinken. Al drinkend verloren Clemencia's lippen langzaam de blauwachtige kleur van de dood en opende ze haar mond om een vraag te stellen: 'En Soledad...?'

'Ik woon hier nu. Herinner je je nog dat Soledad gestorven is?'

'Jij bent Soledad. Je moet niet tegen me liegen.'

'Ach, Clemencia, lief dametje. Wat fijn dat je gekomen bent. Wat wil je eten? ... Je weet wel dat je wat dat betreft verwend bent. Zeg eens, waar heb je zin in?'

De oude vrouw lachte schelms. 'Mag ik alles vragen wat ik wil?'

'Wat je maar wilt.'

'Wat denk je van een... *sobrebarriga* met *papas chorreadas*?'

'Hm... ik heb het gemist voor je te koken.'

Aurora koos een wollen jurk voor Clemencia uit haar moeders kast en nadat ze haar had afgedroogd, gekamd en geparfumeerd trok ze haar die aan. Vervolgens nam ze haar mee naar de keuken en sloeg aan het koken. Door de geuren van de gefruite ui en tomaat, oregano, koriander, komijn en andere specerijen begonnen Clemencia's herinneringen te vloeien. Van al haar lievelingsgerechten was deze schotel van lende met aardappelen in tomatensaus haar favoriet. Ze begon te praten zonder dat Aurora iets vroeg.

'Waarom woon je hier, Aurorita?'

'Ik ben bij Mariano weg.'

'Ik wist wel dat je dat zou doen.'

'Hoezo?'

'Oude mensen kunnen droevige ogen lezen. Ik weet al een hele tijd dat je verliefd bent, en dan niet op je man. Je hebt dezelfde ogen als je moeder wanneer ze over Joan praatte...' Ze keek haar vol genegenheid aan. 'Wie is het?'

'De zoon van Joan Dolgut, Clemencia. Daarom heb ik je ook zo vaak gevraagd of we broer en zus zijn.'

'Je moeder heeft me verteld dat ze daar altijd een vermoeden van had.'

'Waarom?'

'Omdat ze Joan in jou terug zag. Ze zei altijd dat je passie voor de piano alleen maar van hem kon komen.'

'Maar ze wist het niet zeker, hoe komt dat?'

'Je moeder leed aan slaapwandelen. Na zo'n episode kon ze zich nooit herinneren wat er was gebeurd. De dag waarop ze Joan weer tegenkwam... Weet je nog dat ik je heb verteld dat ze elkaar hadden ontmoet in het warenhuis El Siglo toen dat nog in de calle Pelai zat?' Aurora knikte. 'Nou, diezelfde dag, of beter gezegd, nacht, verliet ze slapend het huis en ze werd wakker bij de zee, vertelde ze me, bij de pier waar Joan als kind altijd naartoe ging, daar had ze hem al eens eerder gezocht toen ze nog niet getrouwd was.'

Aurora deed het vuur onder de braadpan uit en schepte de sobrebarriga en wat met tomatensaus overgoten aardappelen op twee borden terwijl Clemencia doorpraatte.

'Ze vertelde dat twee weken later haar misselijkheid begon en dat de dokter bevestigde dat ze zwanger was. En moet je nagaan dat ze al vijf jaar met Jaume getrouwd was en maar niet in verwachting raakte.'

'Maar hoe is het mogelijk dat ze iets wat zo bijzonder voor haar was niet heeft gemerkt?'

'Zo gaat dat met slaapwandelen, meisjelief. Ik ben er een keer bij geweest toen ze midden in de nacht stond te koken en met me praatte en lachte, en toen ik haar dat de volgende morgen vertelde, maakte ze me uit voor leugenaarster.'

'Maar... hebben ze elkaar daarna nooit meer gezien?'

'Nooit meer, Aurorita. Ondanks het feit dat je moeder vaak naar de pier ging... en naar dat warenhuis.'

'De stakker, wat een verdriet moet ze hebben gehad.'

'Ze heeft al haar liefde aan jou gegeven... Daarom heeft ze er ook voor gevochten om je piano te laten spelen... En je hebt er geen idee van hoe zwaar het voor haar was je grootvader om geld te vragen om je lessen te kunnen betalen. Wat ze met het borduren verdiende was niet toereikend. Je hebt de beste leraren gehad.'

Aurora onderbrak haar. Ze wilde terug naar de kwestie die haar de meeste zorgen baarde: 'En later, toen ze elkaar weer gevonden hadden, heeft mijn moeder je niet verteld of ze van Joan heeft gehoord wat er zich die nacht op de pier had afgespeeld?'

'Als ze er al met hem over gesproken heeft, dan heeft ze dat mij nooit verteld. Ze stak al haar energie in de bruiloft, die op haar verjaardag moest plaatsvinden.'

'Zei ze ook waarom?'

'Nee, maar blijkbaar had ze haast.'

Aurora zag dat Clemencia's bord leeg raakte en ze was bang dat met het laatste hapje ook de herinneringen zouden verdwijnen.

'Wil je nog een beetje?'

'Als ik toch dood moet, kan dat beter zijn omdat ik me ongans eet dan door verstrooidheid. Verdorie! Schep me nog maar wat op.' Ze nam het bord met sobrebarriga van Aurora aan. 'Je moeder is gelukkig gestorven.'

'Dat straalde van haar gezicht af, Clemencia. Maar waarom verkozen ze de dood als ze eindelijk bij elkaar konden zijn?'

'Ik weet het niet, meisje. Soledad heeft me veel verteld maar niet alles, vrees ik. Of misschien is het veel simpeler dan we denken; we zoeken altijd overal iets achter.'

Terwijl Clemencia die laatste zin uitsprak, zoemde de intercom.

'Wie is daar?' vroeg Aurora.

Een mannenstem antwoordde: 'Aangetekend stuk.'

Aurora Villamarí's hart maakte een sprongetje. Het was vast datgene waarop ze zat te wachten. Ze rende de trappen af en schreeuwde naar Clemencia dat ze zo terug was.

Ze zette een beverige handtekening en nam de enveloppe in ontvangst. Hij was afkomstig van ANSWER, de firma die verwantschapstesten op basis van DNA-materiaal aanbood.

Ze kon hem niet meteen openmaken. Hij was hermetisch in plastic verpakt. Ze liep de gang in en schreeuwde: 'Clemencia, je hoeft me niet meer te vertellen of ik Andreu's zus ben!' Ze liet haar de enveloppe zien. 'Hier is het antwoord.'

Ze pakte de schaar uit de keuken en knipte de zijkant van het plastic open. Met trillende handen haalde ze een map met daarin een rapport tevoorschijn en las:

VERGELIJKING VAN DNA-PROFIELEN

Aan de hand van de toegepaste PCR-techniek en de kettingreactie die zich in elk van de geanalyseerde deeltjes heeft voorgedaan, verklaart het laboratorium ANSWER dat tussen beide monsters
GEEN ENKELE OVEREENKOMST BESTAAT.

Derhalve wordt met een zekerheid van 99,9% een bloedverwantschap uitgesloten.

Aurora barstte in snikken uit. Clemencia begreep er helemaal niets van en wilde haar troosten.

'Wat is er, meisjelief?'

'Ik huil van geluk, Clemencia. Je hebt geen idee hoeveel maanden ik me rot gevoeld heb. Andreu en ik zijn geen broer en zus! Weet je wat dat voor mij betekent?'

'Ik begrijp er niets van. Hoe kan iets wat zo gevoelig en serieus is nou in een brief staan?'

'Doe maar geen moeite om het te begrijpen. Je wilde toch getuige zijn bij mijn moeders bruiloft? Wat vind je ervan om de mijne te zijn? Nou ja, als het moment daar is,' voegde ze eraan toe.

'Ach, mijn lieve kind, wat zou Soledad blij geweest zijn je zo te zien!'

'Ze ziet ons ook, Clemencia. Mijn moeder is in jou, in mij, in mijn blijdschap. Zonder haar had ik Andreu nooit ontmoet. Met haar dood heeft ze me het leven geschonken.'

Plotseling viel Aurora stil, bleef ze haar geïntrigeerd aanstaren.

'Hoe komt het dat je je opeens zoveel kunt herinneren?' vroeg ze.

Het oude dametje keek haar lachend aan.

'Jij en je wonderdadige handen. Kom, Aurorita...' Ze wees op de telefoon. 'Bel het verzorgingstehuis. Je hebt me nu niet meer nodig en ik wil graag uitrusten. Ik heb er behoefte aan weer bij mijn oudjes te zijn.'

De dag van zijn vertrek nam Andreu niet eens de moeite afscheid van zijn vrouw te nemen. Hij regelde alles via zijn schoonvader om niet met haar geconfronteerd te hoeven worden. Hij walgde er zo van dat hij met dat serpent getrouwd was dat hij haar eenvoudigweg niet meer kon zien. Toen hij zijn prachtige huis aan de avenida Pearson verliet, deed hij dat met een grenzeloos tevreden gevoel. Om die woning had hij niet willen vechten, niet omdat hij die niet had kunnen krijgen maar omdat alles daar, ook al haalde hij het huis van onder tot boven leeg, hem zou blijven toeschreeuwen hoe hij was geweest; het huis was zo ostentatief dat het beschamend was. Bovendien zouden de muren Allure, Tita's parfum dat hij nu niet meer kon verdragen, blijven uitwasemen.

Hij ging met zijn zoon in El Born wonen, in het bescheiden appartement van zijn vader, en dat terwijl hij best in staat was een vijfsterrenhotel te betalen; het maakte deel uit van zijn nieuwe leven en de onlangs verworven waarden die hij wilde naleven. Hij beleefde de wereld nu op een andere manier. Hij had altijd verwacht dat de mensen om hem heen veranderden, dat zij voor zijn welzijn zorgden, allemaal tot zijn dienst stonden. En op zijn zesenvijftigste was hij opeens tot de ontdekking gekomen dat de omgeving er heel anders uitzag als hijzelf veranderde. Niemand had hem ooit verteld dat hijzelf de enige was die hem uit de wereld van schijn, die gevangenis waarin hij langzaam stikte, kon bevrijden. Toen hij zijn vergissingen eenmaal inzag, had hij zich eraan ontworsteld; zonder vrees of schuldgevoelens. Hij was net als vele anderen slachtoffer geweest van verkeerde ideeën en klatergoud. Nu was de huid van zijn ziel veranderd. Hij was een MENSELIJK WEZEN. Hij voelde dat verstand en emoties deel waren van zijn geheel; ze waren harmonieus vervlochten en gaven hem een onbeschrijfelijke innerlijke vrede. Hij had nu andere illusies en geen ervan kwam voort uit de motor die hem zijn hele leven had voortgedreven: de ambitie.

Zijn toekomst wachtte, samen met de vrouw die hem alles had geleerd… Maar dat was voor later. Eerst had hij iets anders te doen: zijn zoon. Hij wilde op een manier van hem houden zoals hij nooit eerder had gedaan: hij zou al zijn tijd aan hem wijden. Hij wilde hem echt kennen en ook dat deze hem leerde kennen. De muur van stilzwijgen die hen scheidde neerhalen. Voor de ogen van zijn zoon zijn hele verleden reconstrueren. Hem laten beseffen dat hij een achternaam had. Dat hij een Dolgut was, net als zijn vader, en dat hij daar trots op kon zijn. Hij zou hem over zijn grootvader vertellen, over diens passie voor de piano, over de onmogelijke liefde uit diens jonge jaren: Soledad Urdaneta. Over Trini en over zijn nederige afkomst. Over zijn overgrootvader die strijdend voor de vrijheid zijn leven had gegeven. Hij had geen haast meer. Zijn leven had een ander tempo aangenomen; de tijd om van seconde tot seconde van het meest verfijnde van het leven te genieten; dat wat onmogelijk op een andere wijze dan door de ware liefde te verkrijgen was.

Hij zou de dingen hun gang laten gaan. Aurora zou doorgaan met haar lessen aan Borja en op een dag zou hij zijn zoon bekennen dat hij op zijn lerares verliefd was geworden. Hij zou hem deelgenoot maken van zijn plannen.

Hij wilde Aurora de mogelijkheid geven op een groot toneel te laten zien wat ze was: een groots pianiste. Ze zouden beginnen met het Palau de la Música en het Liceu, en vervolgens andere steden aandoen tot ze alle vijf de continenten hadden gehad, waarbij ze niet-uitgegeven composities zou vertolken. Hij moest zijn vader redden van de vergetelheid, zijn sonates aan heel de wereld kenbaar maken.

Daarom had hij ook zo gevochten voor de aandelen van Divinis Fragances. Hij wilde dat geld om het in dienst te stellen van de mensen van wie hij het meest hield en hun de plaats geven die ze verdienden. Hij zou het gebruiken om zijn zoon te stimuleren te worden wat hij wilde zonder hem iets in de weg te leggen, integendeel, hij zou die voor hem effenen.

En daar het bevorderen van andermans welzijn zijn eigen welzijn niet in de weg stond, zou hij het ook gebruiken om goed van te leven. Ze zouden een eenvoudig maar comfortabel huis laten bouwen; licht en ruim, met een huiskamer waarin zijn vaders piano glorieus zou schitteren. En verder niet veel spulletjes, daarin was Aurora veel beter dan hij, maar in elk ervan zou de ziel van hen beiden voelbaar zijn, of beter gezegd, van hen vieren, want ze zouden één groot gezin vormen. Hij zou zichzelf bewijzen dat de grootste luister in soberheid lag. Hij zou zijn vloot prachtige bolides verkopen en een auto aanschaffen die overal paste. Hij zou een huisje in de bergen kopen om daar hun oude dag door te brengen, omgeven door pijnbomen en eucalyptussen. Hij zou een leven gaan leiden waarvan hij zelfs nog nooit gedroomd had, in wezen beleefde hij toen hij de avenida Pearson verliet zijn wedergeboorte.

Het geluid van zijn mobieltje onderbrak zijn gedachten. Het was Aurora en haar stem klonk stralend.

'Andreu, ik moet je zien... Ik wil je iets vertellen. Waar ben je?'

'Raad eens... ik kom net aan in El Born, met Borja. We hebben onze koffers bij ons.'

'Heb je hem over zijn grootvader verteld?'

'Nee, nog niet. Dat wil ik doen als we binnen zijn.'

'Dan bel ik je later wel. Ik zou voor niets ter wereld willen dat dat prachtige moment verloren gaat.'

'Ik bel je zodra ik kan... Wat zou je er intussen van denken om morgen samen te eten,' hij liet zijn stem dalen, 'en het te vieren?'

'Ik houd van je... Je hebt geen idee hoeveel.'

'En ik...'

Het was inmiddels december en inspecteur Ullada had Aurora's telefoontje, waar hij zo naar hunkerde, nog steeds niet gekregen. Als de zaken op het hoofdbureau het toestonden, hing hij een beetje rond in de wijk Les Corts, hopend op een toevallige ontmoeting met de pianiste om de technieken om zijn schuchterheid kwijt te raken die hij tijdens de therapie had geleerd in praktijk te brengen, maar de gelegenheid deed zich niet voor. Op een avond zat hij een biertje te drinken aan de bar van een café onder in het gebouw waar Aurora woonde toen hij Mariano Pla zag binnenkomen. Nu hij zo dicht bij hem in de buurt was, besloot hij hem aan te spreken.

'Meneer Pla?'

'Dat ben ik.'

'Weet u nog wie ik ben?'

Mariano dacht even na.

'Bent u niet de inspecteur die belast was met de zaak van mijn schoonmoeder?'

'Helemaal juist.'

'Woont u hier in de buurt?'

'Min of meer. Ik heb wat zaken onder handen die in dit district vallen. Hoe gaat het trouwens met uw vrouw?'

'Ik weet het niet…' antwoordde hij terneergeslagen.

'Ik begrijp u niet.'

Mariano zat verlegen om een praatje. Hij voelde zich eenzaam en gekwetst.

'Ze heeft me laten zitten voor een ander. U kent het wel… het is tegenwoordig in om echtgenoten die zich goed gedragen in de steek te laten.'

'Het spijt me…'

Inwendig was Ullada laaiend. Het was dus zo. Aurora had 'hen' verlaten om er met een ander vandoor te gaan, en hij wist dat die ander Andreu was, een waardeloze, stinkend rijke klootzak. Nee. Zo mocht het niet zijn, onder geen enkel beding.

Hij zou tot het uiterste gaan om te voorkomen dat ze haar zin kreeg. Het was maar een kleine stap van liefde naar haat, en die had zijn hart zojuist genomen. Hij, die zo goeiig was en had besloten dat hij haar het slippertje zou vergeven als ze maar bij hem terugkwam… en nu was hij vernederd; wat ze had gedaan moest afgestraft worden.

'Zal ik u helpen de kwestie te onderzoeken?'

'Daar heb ik geen geld voor. Zo'n onderzoek kost nogal wat, nietwaar?'

'Ik zou het voor niets doen. Ik mag u wel. Er zijn dingen die je een man niet kunt aandoen, en dan moeten we solidair zijn.'

'Datzelfde zei een vriend van me ook al… Bent u getrouwd?'

'Nee, daar heb ik godzijdank geen tijd voor gehad.'

'Maar goed ook. Vrouwen weten je uiteindelijk altijd op je gevoeligste plek te raken.'

'Het zal haar berouwen… U zult het zien. Zoiets kunnen ze "ons" niet aandoen.'

Mariano keek de inspecteur dankbaar aan en dacht dat er nog steeds goede mensen bestonden.

'Ik trakteer u op een biertje.'

Ullada accepteerde het en monsterde de kleding die Aurora's man droeg: een trainingspak met het embleem van Barça.

'Zo te zien zijn we van dezelfde club. Ik ben ook Barça-aanhanger. Proosten we?'

Inspecteur Ullada en Mariano Pla klonken met schuimende glazen op hun ontmoeting.

Ze hadden elkaar al bijna drie weken niet gezien en zowel Aurora als Andreu was gespannen en dolblij.

Ondanks de winter en de eindeloze dagen van onafgebroken regen en kou, onthaalde de Barcelonese hemel hen nu op een schitterend pas geschilderd blauw, was deze schoongeveegd door een fris windje. Om de tijd tegen te spreken gaf de thermometer vijfentwintig graden aan.

Andreu dacht dat het bij deze temperatuur ideaal was om op een terrasje in Sitges te eten en naar de zee te kijken. Er zou niemand zijn en ze zouden het strand helemaal voor henzelf hebben. Hij reserveerde een tafeltje in het restaurant aan het einde van de boulevard, in de buurt van de kerk.

Hij haalde Aurora op met zijn rode Ferrari en na een eindeloze kus waarin ze hun hele ziel legden, trok hij op.

'Ik heb een cadeautje voor je,' zei Aurora.

'Wat is het?'

'Een verrassing.' Ze haalde een cd zonder hoesje en label uit haar tas en stopte hem in de geluidsinstallatie. Meesterlijk gespeelde pianonoten vervlogen in de auto. Andreu luisterde gefascineerd.

'Wie is dit?'

'Het zijn de sonates van je vader... vertolkt door je zoon.'

'Hoe heb je dat voor elkaar gekregen?'

'We hebben er vele dagen werk aan gehad.'

'En hoe komt het dat Borja me er niets over heeft verteld?'

'Hij denkt dat ze voor mij zijn. Je zoon speelt inmiddels zelfstandig. Hij is een groot pianist.'

'Dankzij jou...'

'Ik heb niets gedaan. Alles was daar al; er moest alleen iemand in geloven; hij zou sowieso zijn gaan bloeien, ook al moest hij wortelen op een stenen ondergrond. De genen van je vader zitten in elke cel van hem. Hij wordt een meesterlijk componist.'

'Hoe weet je dat?'

'Hij heeft me een paar van zijn creaties laten horen.'

'Ik heb nog zoveel te ontdekken!'

Onderweg vertelde Aurora hem over Clemencia's verdwijning en hoe ze verrassend weer was opgedoken. Over de onthullingen die het dametje had gedaan onder het genot van Colombiaanse maaltijden. Ze bekende hem een beetje beschaamd dat ze maandenlang had rondgelopen met het vermoeden dat ze familie van elkaar waren; over het waarom van de uitgetrokken haren en de DNA-test die uiteindelijk een bloedverwantschap had uitgesloten.

'Waarom heb je me daar niets over gezegd? Dat hadden we toch samen kunnen verwerken, met zijn tweeën uitzoeken? Dat is nu liefde, Aurora. Elkaar op elk moment bijstaan. Is dat niet wat je mij hebt geleerd? ... Wat moet je het zwaar hebben gehad!'

'Je kunt je niet voorstellen hoe erg het was. Terwijl ik verliefd werd op jou namen mijn vermoedens alleen maar toe... het was vreselijk. Maar ik had zo mijn redenen. Jouw handen en die van mij... Vind je ook niet dat ze identiek zijn?' Aurora hield haar hand naast die van Andreu en hij pakte die, bracht haar naar zijn lippen en drukte er een kus op.

'Het hebben van lange vingers is geen alleenrecht van de Dolguts, jongedame Villamarí.'

Ze schoten beiden in de lach.

De wind maakte Aurora's haren in de war en veranderde haar in een engel met zwarte vleugels. Andreu sloeg haar verrukt gade. Sinds ze bij haar man weg was, was haar serene schoonheid nog groter geworden.

'Waar denk je aan?' vroeg ze.

'Aan hoe gelukkig ik ben.'

'Wij zijn,' maakte Aurora de zin af. Plotseling overviel haar een vlaag van somberheid. 'Andreu, ik ben bang dat Mariano Mar van me afneemt.'

'Dat doet hij niet, lieverd. Je dochter is op een leeftijd dat ze haar moeder heel erg nodig heeft. Dat beseft hij wel.'

Om haar af te leiden, begon Andreu over de feestdagen die eraan kwamen; ze hadden het erover hoe en waar ze Kerstmis zouden vieren, ze praatten en praatten maar... tot ze er waren.

Zoals Andreu al had verwacht, lag heel Sitges aan hun voeten. De eetlokalen waren leeg en de enkele zeilboten die ze in de verte ontwaarden leken over het onbeweeglijke blauw voortglijdende zwanen.

'Een van de moeilijkste dingen is kijken,' zei Aurora terwijl ze haar blik op de horizon liet rusten.

'Wat bedoel je daarmee?'

'Kijken zonder te oordelen. Zie je die zeilboten daar? Als we daar al onze gedachten over ze aan hangen, wie aan het roer staat, welk type het is, uit welk land ze komen... dan genieten we al niet meer van het simpele feit ze daar op de zee te zien dobberen. Wanneer we vrij kunnen kijken is alles wat we zien nieuw. Datzelfde gebeurt met ons.'

'Heb je het over de projecties die we van dingen... en van mensen maken?'

'Ja. Meningen, oordelen en waarden houden je gevangen. Ik heb zoveel van je geleerd...'

'Hoor dat nou! Ik ben het juist die van jou heeft geleerd.' Andreu streelde haar teder.

'Ik had je al veroordeeld voordat ik je kende.'

'Ik verdiende het.'

'Je vergist je. Niemand verdient het a priori veroordeeld te worden. En bovendien hebben we allemaal het recht een vergissing te begaan en die weer recht te zetten.'

'Daar zijn we nu mee bezig. Door van onze respectieve echtgenoten te scheiden.'

'Jawel, maar ik weet niet hoe erg we anderen kwetsen met onze scheiding.'

'We kunnen andermans leven niet regelen, Aurora. Ze moeten zelf voor hun welbevinden zorgen. Zoals de zaken ervoor stonden, waren we vier ongelukkige mensen.'

'Je hebt gelijk. Ik kan er niets aan doen, maar ik blijf me schuldig voelen.'

'Het is niemands schuld. Bovendien, kun je het wel als schuld beschouwen wanneer je het geluk nastreeft? Kijk eens wat er met onze ouders is gebeurd. Ze waren zelf niet gelukkig en konden hun levensgezel evenmin gelukkig maken.'

'Ik begrijp nog steeds niet waarom ze zelfmoord hebben gepleegd.'

'Daar komen we nog wel achter, liefste. De waarheid zal altijd schitteren... ook al lijkt ze soms verscholen in het duister.'

Ze beleefden een gouden middag onder gelach en stiltes terwijl de uren verstreken zonder hen te breken of te bevlekken. Het klokgelui van de kerk juichte hun blijdschap toe. Nu zouden ze elkaar pas echt goed leren kennen; het pad was geëffend en de toekomst straalde hen tegemoet. Ze dronken twee flessen Moët Chandon op hun eigen geluk, op dat van hun ouders en van hun kinderen. Op het geluk van wat komende was.

Ze aten zich ongans aan zeevruchten, onder sprankelende lachjes en diepzinnige gesprekken absorbeerden ze de woorden als voedsel. Ze wandelden blootsvoets over het zand als vrijgelaten kinderen en eindigden geliefkoosd door een invallende avond die zich loom in de lucht verspreidde en hen in een onverwachte zoelte hulde. Ze besloten terug te gaan voor de zon volledig zou wegzakken.

'Kom, stap in.' Andreu hield het portier voor haar open. 'Ik wil dat je de zee vanuit de lucht ziet.'

'Wat zeg je?'

'Ik laat het je wel zien. Er is een plek waar het net lijkt of je een opstapje naar de hemel neemt; vandaar gezien is de zee oneindig veel mooier.'

De Ferrari reed richting de kust van Garraf. Ze namen de langste, maar wel de mooiste weg. Toen ze enkele kilometers door een onbeschrijfelijk kustlandschap hadden gereden, wees Andreu op de horizon.

'Zie je die witte vlokjes?' Aurora knikte. 'Dat zijn duiven.'

'Hoe kunnen dat nu duiven zijn!'

'Het zijn zeeduiven. Ze ontstaan uit het schuim van de zee.'

'Ze zijn prachtig...'

'Als ik je hier niet mee naartoe had genomen, zou je ze nooit gezien hebben. Ik schenk ze je allemaal, zodat je je in schuim kunt baden.'

Aurora kuste hem.

'Het is verboden de chauffeur af te leiden, jongedame... ik waarschuw je alvast dat ik niet reageer.'

Aurora legde haar hand op Andreu's borst. Ze verlangde naar hem.

De sonates zwollen aan in de verliefde stilte, vermengden zich met de blauwe lucht van een Middellandse Zee die op het punt stond in te slapen. Aan de horizon leken alleen de meeuwen hen uit te zwaaien met hun veren zakdoeken. Aurora vlijde haar hoofd tegen Andreu's schouder. Ze hadden elkaar alles al gezegd. Ze droegen de vermoeidheid van een innig verbonden liefde met zich mee... niets bedrukte hen meer. De snelheid van de auto was toegenomen, hij gleed moeiteloos over het asfalt.

Enkele sterren begonnen voortijdig te schitteren en een dromerige maan hing in een nog schemerende hemel.

Plotseling werden ze in een scherpe bocht verrast door een tegemoetkomende vrachtwagen die op de verkeerde weghelft reed en hen, zonder dat ze tijd hadden om te reageren, de afgrond in duwde.

Tijdens de val bleef Borja's pianospel klinken. De Ferrari stortte langzaam op de rotsen naar beneden, voerde op zijn weg brokken steen mee die hem in een angstwekkende vaart volgden, hij stuiterde op de treinrails, tot de rode vlucht uiteindelijk in zee eindigde.

Ze merkten het niet. Andreu en Aurora begonnen hun vlucht in elkaars armen, slapend. De eerste dreun tegen de vangrail had hun ogen gesloten. Terwijl ze vielen, werden ze beschermd door een weldadig, licht gevoel.

Aurora zag zichzelf heel klein, in de beschutting van haar moeders armen... Het enorme cadeau van haar grootvader uitpakkend... 'Tristesse' op de piano spelend op het podium van de school, applaus en buigingen... Ineens was ze ouder en hield ze een piepklein meisje in haar armen, en ze lachte en huilde van geluk... Ze voelde dat zachte lijfje, vlees van haar vlees... Ze voelde water... ze dreef met haar kleine Mar in bad, warme dampen, gebrabbel, ma, ma, ma, ma... En Mar zong voor haar, samen quatre-mains kerstliedjes spelend... Haar moeder, beeldschoon, met de langste bruidssluier die ze ooit had gezien... Zij droeg hem, de bruiloftsmars... En aan het eind, de bruidegom... Andreu spreidde zijn armen, wachtte op haar... Riep haar... De pianoklep omhoog... zijn handen die de mooiste sonate vertolkten... op haar lichaam... Liefde... De liefde...

Andreu zong samen met zijn moeder een zarzuela... was hij vijf jaar? Alleen spelend... Zijn bedroefde vader, de treurige klanken van een piano... De Ramblas, het was koud... Wat veel luxe wagens, mantels, sigaren, zijn moeders adem... Haar kussen, haar vrolijkheid... Haar dood, het verdriet... Zijn hand in die van zijn vader, de kabelbaan... Zijn vaders hand, het Tibidabo... Zijn vaders hand, de hete chocolademelk... Zijn vaders hand, de weelde van anderen... Zijn woede... Zijn eigen weelde... Zijn zoon in zijn armen, slapend, altijd slapend... Zijn vader in zijn armen, slapend... Pijn, eenzaamheid... Liefde, eindelijk liefde... Aurora's handen op zijn lichaam... Op de piano... Zijn haren strelend... Tegen zijn borst... Haar zwierige gebaar om haar haren goed te doen... Aurora's naakte lichaam bevend in zijn armen... Liefde... De liefde...

De trein van zeven uur reed er vlak langs, was zo dichtbij dat de conducteur het zware ongeval bij de politie kon melden.

De auto verdween met de muziek in zee. Andreu en Aurora waren door de klap uit de wagen geslingerd en lagen in een omhelzing naast de spoorbaan.

Het was zeker niet eenvoudig. De reddingsoperatie werd uitgevoerd door de brandweer, een mobiel traumateam stelde de verwondingen vast. De vitale functies van de lichamen hingen aan een zijden draadje. Op het eerste gezicht hadden beiden diverse fracturen en een hersenschudding opgelopen. Voor ze grondiger onderzocht konden worden, moest er een CT-scan van de schedel en nek worden gemaakt.

Ondanks hun bijzonder ernstige toestand straalden hun gezichten een intense vrede uit. Ze leken in een diepe slaap verzonken te zijn.

Ze werden per helikopter overgebracht naar het ziekenhuis Vall d'Hebron, waar ze voorzien van een infuus en andere slangetjes werden binnengebracht.

Mar hoorde om middernacht van het ongeluk en haastte zich met haar vader naar het ziekenhuis. Toen ze arriveerden was Aurora nog steeds op de operatiekamer, waar een team specialisten voor haar leven vocht. Ze probeerden een inwendige bloeding te stelpen; haar milt was gescheurd; haar heup gebroken, vier ribben verbrijzeld en de CT-scan wees een hersenschudding uit. De diagnose was ernstig. Ze lag in een diepe coma.

In een andere kamer voerde ook Andreu een strijd op leven en dood. Sinds zijn binnenkomst had hij al drie keer een hartstilstand gehad en zijn pols was bijna niet te voelen. Hij had vochtophoping in de borstholte en ernstig gekneusde nieren, en daarbij nog gecompliceerde arm- en beenbreuken. Net als bij Aurora wees de CT-scan duidelijk op een inwendige bloeding die waarschijnlijk veroorzaakt was doordat ze met hun hoofd tegen de voorruit waren geklapt.

Borja zat in gezelschap van zijn grootvader in de wachtkamer op nieuws van de artsen te wachten.

Het eerste wat Pere Sardá deed toen hij het medisch verslag hoorde, was gebruikmaken van zijn connecties; de particuliere geneeskunde moest het wonder gaan verrichten Andreu uit de diepe coma te halen. Na enkele uren stemde het team van het ziekenhuis Vall d'Hebron in met een behoedzame overplaatsing naar de Teknonkliniek.

De daaropvolgende tien dagen verliet noch Borja noch Mar de respectieve hospitalen en toonden ze een ijzeren standvastigheid. Niet weg te slaan bij de deuren van de intensive care brachten ze de kerst door, biddend of hun ouders weer tot bewustzijn mochten komen. De bezoekjes waren streng gelimiteerd, maar de schaarse minuten die ze bij hen mochten benutten ze om hun liefde te schenken. Nu wist Borja hoeveel hij van zijn vader hield. Hij moest gewoon beter worden om hem dat te kunnen tonen.

Ondanks de smeekbedes van Mariano, die haar wilde meenemen naar de woning in Les Corts, had Mar er de voorkeur aan gegeven haar moeder trouw te blijven en had ze al haar spulletjes in de paseo de Colom gelaten. Ze hoopte dat deze uit haar slaap zou ontwaken en als ze toegaf aan haar vaders verzoek, hield dat in dat haar moeder niet meer zou terugkeren. Ze zou zich niet gewonnen geven, ze zou met haar praten.

Die ochtend mocht ze al vroeg naar haar toe. Haar moeders gelaat straalde de sereniteit van een heilige uit, ondanks al die draadjes, slangetjes en naalden. Haar bont en blauwe armen lagen bewegingloos naast haar lichaam.

'Arme ziel. Moet je kijken hoe je erbij ligt.' Mar kuste de gesloten oogleden en spreidde haar haren over het kussen uit. 'Heb je pijn, mama?' Het gebrom van het beademingsapparaat gaf antwoord. 'Waar je nu bent, zijn daar ook dromen?' Ongewild leunde Mar op een slangetje en ze schrok van het gefluit. 'Je moet snel terugkomen, mama. Ik wil niet bij papa gaan wonen en als het nog lang duurt, neemt hij me mee.' Het beeldscherm en het bijbehorende geluid vertoonden een monotoon ritme. 'Als je doodgaat, van wie moet ik dan leren volwassen te worden? Zie je dan niet dat ik nog moet groeien? Je kunt niet zonder mij weggaan, mama. Ik houd van je... Ik houd ontzettend veel van je... Je hebt me beloofd dat je altijd bij me zou zijn. Je hebt het me beloofd... Je hebt het me beloofd...' Mar barstte in snikken uit. Een verpleegster sloeg een arm om haar heen en bracht haar naar buiten.

De zaak van het ongeluk met de rode Ferrari kwam zelfs op het hoofdbureau van de via Laietana nummer 43 terecht. Er werd gedacht aan een tweevoudige zelfmoordpoging, want de ravijnen aan de kust van Garraf waren berucht om de verholen zelfdodingen die daar plaatsvonden. De chauffeur van de vrachtwagen was doorgereden zonder een spoor van zijn schuld achter te laten.

Toen Ullada hoorde dat Andreu Dolgut en Aurora Villamarí de inzittenden van de auto waren geweest, was het eerste wat hij deed naar de toestand van zijn beminde vragen. Zijn woede maakte plaats voor één enkele wens: dat ze in leven bleef. Het kon niet waar zijn wat ze in het ziekenhuis zeiden, ze kon niet in coma liggen.

Nadat Aurora van de intensive care was overgebracht naar een kamer besloot Ullada op bezoek te gaan.

Door een lichte verbetering was de beademingsapparatuur weggehaald; desondanks bleef haar levenstoestand onveranderlijk. De oppervlakkige verwondingen waren aan het helen, maar haar borst en een deel van haar heupen zaten nog in het gips. Hoewel ze bleek als marmer was, straalde haar lichaam tussen de lakens op bovennatuurlijke wijze. Ullada sloeg haar een hele poos gade en kon niet voorkomen dat hij emotioneel werd. Wat had die vrouw toch waardoor je wel van haar moest houden? Hoe had hij ooit kunnen denken een dergelijke engel verdriet te doen? Hij was niet in staat iets uit te brengen. Hij had geen woorden meer. Lange tijd bleef hij haar slapende gelaat met zijn blik strelen. Zo had hij haar nog nooit voor zichzelf gehad, zo intiem, zo aan hem overgeleverd.

De deur ging open en de inspecteur droogde zo goed en kwaad het ging zijn tranen. Het was Mariano.

'Inspecteur... U hier?'

Ullada verzon een leugentje: 'Ik moest hier voor een ander geval zijn en op de patiëntenlijst zag ik... Het spijt me... Het moet erg zwaar voor u zijn geweest.'

Een gebroken stem antwoordde. 'Ze was... met haar minnaar. Weet u, uiteindelijk waren mijn vermoedens niet zo verkeerd.'

Ullada veranderde van onderwerp. 'Wat zeggen de artsen?'

'Ze kunnen niets zeggen. Ze kan elk moment uit de coma ontwaken... maar die kan ook eeuwig duren.'

'En uw dochter, hoe is ze eronder?'

'Wat denkt u... Ze wil het appartement van haar oma maar niet verlaten. Ze beweert dat ze wacht tot haar moeder wakker wordt... en ik wil haar die illusie niet ontnemen. Het is zo zielig...'

'Het komt wel goed... Dat zult u zien.'

Ullada nam afscheid, ging gebukt onder schuldgevoelens. En als ze nu eens niet wakker werd? En als ze nu eens doodging? Nee, ze mocht niet gaan voor ze wist wat hij te weten was gekomen. Hij had iets dat haar toebehoorde.

Borja sloeg geen acht op de smeekbedes van zijn grootvader en bleef in El Born wonen. Zijn vader lag nu al meer dan een maand in diepe coma, en hoewel zijn toestand stabiel bleef, was er afgezien van de genezing van de fracturen geen vooruitgang te bespeuren. De meest erudiete specialisten waren het met elkaar eens en zeiden dat ze niets konden doen, alleen maar afwachten.

Tita's vader werd zo langzamerhand wanhopig; zijn schoonzoon moest gewoon weer bijkomen zodat het bedrijf geen catastrofale gevolgen zou ondervinden. Nu pas besefte hij hoe afhankelijk hij van Andreu was voor de stabiliteit van de onderneming. Hij gaf zich niet gewonnen voor hij zeker wist dat werkelijk alles geprobeerd was. Hij nam contact op met de beroemdste neurologische centra in de Verenigde Staten, waar men hem na de zaak bestudeerd te hebben evenmin iets kon garanderen.

Ondanks de slangetjes, draadjes en het infuus leek Andreu vredig te slapen. Hij lag in de mooiste suite van de kliniek en beschikte over een privélegertje verpleegsters en fysiotherapeuten dat zijn lichaam in optimale staat hield, voor zover dat mogelijk was dan. Dat alles in opdracht van zijn schoonvader.

Zijn nog wettige vrouw had hem niet bezocht en was dat evenmin van plan. Het ongeluk stuurde al haar plannen in de war. Haar vader was geobsedeerd om Andreu koste wat het kost terug te krijgen en hij was niet in de stemming voor sportcentra.

Nadat hij op een middag uit school was gekomen, voelde Borja dat hij er klaar voor was op zijn grootvaders Bösendorfer te spelen. Dat had hij nog niet eerder gedaan uit respect voor zijn herinnering. Hij wist nu hoe zijn grootvader was geweest en hij was trots op hem. Avond aan avond had hij in het oude schrift zitten lezen en hij identificeerde zich met al diens jeugdverlangens. De composities tussen de verhalen waren zo magnifiek dat de muziek al in zijn hoofd klonk alleen maar door ze te lezen. Hij zou ze spelen; zo zouden hij en zijn grootvader verbonden zijn. Toen hij de klep die de toetsen bedekte omhoog deed, herkende hij het rozenparfum dat zijn grootvader zo goed in het schrift beschreven had. Zou het de geur zijn van 'het meisje van de lucht'? Waarom miste de piano een toets? Hij keek in de holte en wat hij daar zag verbaasde hem. Wat was dat voor iets wits daar achterin bij de demper? Een stukje papier? Hij deed de klep van de vleugel open en het klankbord werd zichtbaar. Ja, tussen het mechaniek van het klavier lag een brief.

Hij maakte de enveloppe voorzichtig open en ontvouwde het papier. Het was een bericht van zijn grootvader aan hem waarin hij hem de Bösendorfer naliet met het verzoek zijn laatste wens te eerbiedigen: de F moest terug naar de piano op de dag dat hij, zijn enige kleinkind, de liefde vond.

Borja probeerde het instrument zonder die toets te bespelen maar het lukte hem niet. Even kwam hij in de verleiding die te zoeken, maar uiteindelijk zag hij daarvan af. Als zijn grootvader het zo wenste dan zou hij dat respecteren, al kon het zijn hele leven duren voor het zover was, want als één ding hem wel onmogelijk leek was het verliefd worden. De liefde die hij tussen zijn ouders had gezien – als je dat al liefde kon noemen – trok hem absoluut niet aan.

Inspecteur Ullada werd door een lange reeks slapeloze nachten geplaagd. Een duister voorgevoel had hem bekropen. De aanblik van een Aurora die uit het leven van de wakkere mensen was verdwenen, kwelde hem. Hij wilde dat ze weer bij kennis zou komen, dat ze beter werd, en waarom wist hij eigenlijk niet, want als dat ongeluk één ding bevestigde dan was het wel haar verhouding met Andreu. Hij zat tussen twee kwaden in. Als ze stierf zou hij zichzelf nooit vergeven dat hij haar iets had ontnomen waar ze recht op had; als ze bleef leven zou hij zichzelf niet vergeven dat hij haar aan een ander verloren had. Er was nog een andere mogelijkheid waaraan hij nog niet eerder had gedacht, maar die in het delirium van de vroege ochtend bij hem opkwam: dat Andreu zou sterven en Aurora zou blijven leven.

Als dat gebeurde, was de weg weer vrij voor hem.

Hij gaf zichzelf een reprimande.

Wat was dat voor gedachte! Wat voor liefde was dat? Nee. Hij wilde anders zijn. Zijn liefde moest niet als die van andere stervelingen zijn; hij mocht niet egoïstisch zijn. Ook al zou hij eeuwig aan zijn onmogelijke liefde moeten denken, hij kon haar niet met geweld bezitten; hij hield te veel van haar om haar pijn te doen. Hij zou de liefde waardigheid verlenen. Hij zou haar liefhebben, ook al was er geen zicht op een gezamenlijke toekomst. Na die laatste gedachte viel hij in een verlossende slaap.

Hij begon twee middagen per week naar het Vall d'Hebron te gaan, en na een maand voerde hij zijn bezoekjes op. Al snel raakte hij gewend aan het gepiep van de machines, de steriele geur van de vloeren en het vermoeiende licht van de tl-verlichting in Aurora's kamer. Hij deed zijn uiterste best geen dag op zijn afspraakje te ontbreken en verscheen altijd met een rode roos; nadat hij een stoel bij het bed had geschoven en haar had begroet, las hij haar met al zijn gevoel de brieven van Joan voor. Elke dag één. Dertig per maand… zonder het moe te worden. Hoe langer hij haar voorlas, hoe meer hij ervan overtuigd raakte zelf de auteur van die hartstochtelijke zinnen te zijn.

Aurora leek de slaap van de doden te slapen. Naarmate de maanden verstreken nam het vooruitzicht op herstel af. Niettemin bleef Mar geloven dat haar moeder op een dag zou ontwaken; ze bezocht haar elke middag wanneer de school was afgelopen. Zij was het die haar met hulp van de verpleegster waste, haar haren kamde en haar masseerde om de bloedcirculatie op gang te houden en haar spieren te stimuleren. Elke dag vertelde ze haar wat ze op school hadden gedaan, ervan uitgaande dat ze haar kon horen. 'Ik weet wel dat je zult zeggen...' 'Word niet boos, mama, ik beloof je dat ik de wiskundetoets morgen haal...' 'Ik woon nog steeds in oma's huis...' 'Ik moet je de groeten doen van de buurvrouw van de derde...' 'Papa is boos op me omdat...' 'Van jou had het wel gemogen...' 'Als afsluiting van het schooljaar gaan we de musical *Belle en het Beest* opvoeren...' 'En raad eens! Juist, ik mag Belle zijn...'

Borja zocht op internet naar informatie over coma en bewustzijn nadat hij op tv een ontroerend relaas had gezien van een vrouw die vertelde dat ze vier jaar in coma had gelegen en alles wat er om haar heen gebeurde had kunnen horen. Op een van de sites werd gesproken over muziek als neurologische prikkel voor baby's, als goede remedie om stress te bestrijden, als natuurlijk slaapmiddel, als leerstimulans voor kinderen met concentratieproblemen, als spierverslapper... Muziek was een waar medicijn voor de geest. Als het gehoor het eerste zintuig was dat in de baarmoeder tot ontwikkeling kwam, dan moest het ook het laatste zijn dat verloren ging. Hij kreeg een lumineuze inval.

De piano. Hij moest zijn grootvaders sonates voor zijn vader spelen. Maar hoe moest hij dat voor elkaar krijgen, want de piano waarop hij dat wilde doen was de Bösendorfer. Hoe moest hij dat instrument in de kliniek krijgen? Hoe kon hij toestemming van de kliniek krijgen?

Zijn grootvader... Hij moest zijn andere grootvader overtuigen.

Pere Sardá ontving zijn kleinzoon met grote vreugde. Hij maakte zich zorgen om die jongen, zo zonder vader of moeder die zich om hem bekommerde, hoewel hij moest toegeven dat hij veel volwassener was dan normaal gesproken bij een knaap van zestien het geval was.

'Opa... Waarom heb je me niet verteld dat papa op de dag van het ongeluk iemand bij zich had?'

'Dat hoef je op jouw leeftijd niet te weten, wie heeft je dat verteld?'

'Volwassenen snappen echt niets van jongeren. In de kliniek, ik heb het in de kliniek gehoord.'

'Hebben ze je ook verteld wie het was?'

'Nee.'

'Dat is maar goed ook.'

'Blijkbaar beseften ze dat ze iets verkeerds hadden gezegd. Wie is het?'

'Dat zeg ik niet.'

'Ik heb het recht dat te weten.'

'Ze is, of was, een arme ziel. Gewoon een onbelangrijk scharreltje. Niet de moeite waard.'

'Waarom veroordeel je mensen toch zo makkelijk?'

'Op die manier spreek je niet tegen me, jongeman.'

Borja stond op. 'Ik ben eigenlijk gekomen om over iets belangrijks te praten… iets wat misschien helpt om papa weer bij kennis te laten komen, maar…'

'Ga nog niet weg.'

'Zeg me wie het was.'

'Ze heet Aurora…'

'Aurora?' Borja dacht aan zijn pianolerares die nooit afscheid van hem had genomen en die hij nooit meer had gezien. 'Aurora… hoe, opa?'

'Villa… nog wat. Je zult wel begrijpen dat ik me dat niet meer herinner. Voor mij was alleen je vader belangrijk.'

'Wat is er met haar gebeurd?'

'Ze was zwaargewond… Waar ga je heen?'

'Naar Vall d'Hebron.'

'En wat je me wilde vragen?'

'Ik bel je nog wel.'

'Wie is ze? Ken je haar?'

Vanuit de deuropening gaf Borja hem met tranen in zijn ogen antwoord. 'Ze is de meest bijzondere vrouw die ik ooit heb gekend.'

Hij zette zijn brommer tegenover het gebouw en toen hij naar de deur liep zag hij haar. Ze droeg een vale jeans en een rode trui die goed bij haar blozende wangen kleurde. Een oorverdovende rilling trok van zijn keel naar zijn buik. Het gefladder van honderden vlinders in zijn buik dwong hem te blijven staan. Wat was dat wat hij voelde?

Het meisje kwam recht op hem af.

Laat ze opkijken...

Loop je... of zweef je?

Langzaam... Ik wil niet dat je voorbijloopt... Ik wil naar je blijven kijken...

En als ik je nu eens gedag zeg? Hoe kan ik je leren kennen als ik niets tegen je durf te zeggen?

(Hij schraapte zijn keel.) Het gaat niet... Er komt geen geluid uit.

Voor hem, net voordat ze hem voorbijliep, troffen twee donkerbruine ogen als een bliksemflits zijn ziel. Hij brandde van geluk.

Eén enkele seconde... een eeuwigheid.

Ze liep verder.

En als je je omdraait? Als je weer naar me kijkt...

Het meisje keek om en instinctief, wellicht een geërfd gebaar, veegde ze de lange lok uit haar gezicht om haar ogen weer op die van hem te richten.

Nog een seconde... nog een eeuwigheid.

Hij zag haar tussen de mensen verdwijnen. Haar zwarte haren wapperden in de bries die uit het niets was opgestoken.

Ze werd opgeslokt door de metro-ingang.

Borja stond als verlamd voor het ziekenhuis, met zijn helm onder zijn arm zonder te weten wat hij moest doen. Hij begreep de aardbeving in zijn binnenste die hem door elkaar schudde niet goed. Toen zijn hart weer een beetje rustiger was geworden, liep hij naar de receptie. Het beeld van het meisje stond op zijn netvlies gegrift, op dezelfde manier als met de zon was gebeurd op een brandende zomeravond toen hij nog geen vijf was.

De receptioniste gaf hem het kamernummer; hij nam de lift en nadat hij zich drie keer in de verdieping had vergist, kwam hij daar aan. De hoofdverpleegster vertelde hem dat de patiënte al maanden in diepe coma lag.

Hij zag haar liggen, omgeven door beeldschermen met gelijkmatige pieken en curves, in een bedrukkende sfeer van eenzaamheid. Zijn lerares leek op een schone slaapster wachtend op de wonderdadige kus. Haar armen lagen langs haar lichaam, moe van het infuus en de prikken.

Een oneindig gevoel van tederheid overspoelde hem en de jongen kon zijn tranen niet bedwingen.

Gelukkig kon niemand hem zien.

Hij sloeg haar lange tijd gade, durfde bijna geen adem te halen uit respect voor haar slaap. Net toen hij wilde weggaan, kwam er een verpleegster binnen.

'Je hoeft niet bang te zijn. Als je iets tegen haar wilt zeggen, doe dat gewoon. We weten niet of ze je hoort, maar voor het geval dat...'

Borja voelde zich een beetje belachelijk. Wat als er iemand binnenkwam en hem hoorde praten?

Hij keek om zich heen, hij was alleen.

Hij begon haar te vertellen wat er met zijn vader was gebeurd, ervan uitgaande dat niemand haar iets had gezegd. Hij vertelde in geuren en kleuren hoe het met hem ging; over zijn overplaatsing naar de Teknonkliniek, over de eerste dagen na het ongeval en over zijn huidige toestand.

'Mijn vader is net zo alleen als jij... slaapt net zo diep... De artsen kunnen niets doen... Aurora, ik ben bang dat zijn hart ermee ophoudt. Het ziet er niet goed uit... Als hij nog een hartstilstand krijgt, raak ik hem kwijt... raken wij hem kwijt... Ik weet niet waarom opa hem hier heeft weggehaald. Jullie waren vast liever bij elkaar gebleven, toch?'

Een verpleegster kwam hem waarschuwen dat het bezoekuur over een paar minuutjes afgelopen was. Borja nam de levenloze hand van zijn lerares tussen de zijne.

'Aurora... kom terug. Ik mis je.'

De nacht verspreidde zich over het ziekenhuis. In Aurora's kamer was alles in diepe rust, behalve haar geest...

Ik moet wakker worden. Waarom zijn mijn oogleden zo zwaar? Iemand moet die steen weghalen waardoor ik ze niet open krijg.

Andreu... Ga niet weg. Ga niet dood... Wacht op me...

Ik moet opstaan... Ik moet naar hem toe... LAAT IEMAND ME HELPEN!!!

Mar, ben je daar? Zeg iets tegen me... meisje... zeg iets tegen me. Als je eens wist, mijn mooie dochter, hoe graag ik je wil omhelzen. Kom eens wat dichterbij... zodat ik je kan ruiken, zodat ik je kan voelen, geef me een kus, meisje van me... Raak me aan... Mar... MAAAAR!!! IS ER DAN NIEMAND DIE ME HOORT?

De rust keerde terug in de kamer. Aurora was weer vertrokken.

Het werd weer zomer in Barcelona, vol gouden licht en pas ontloken groen. De straten begonnen al stoffig te ruiken en op de hoeken stonden bloemenverkopers met verlepte, dorstige bloemen. Alles nodigde uit tot feesten. In de etalages van de banketbakkerijen lagen smakelijk uitziende *cocas*, de lekkernij waarmee Sant Joan werd gevierd, en de mensen liepen rusteloos heen en weer. Vanavond werd het feest van de kortste nacht gevierd en bij tientallen geïmproviseerde stalletjes werden lange rijen wachtenden aan vuurpijlen, klappers en ander vuurwerk geholpen. Inspecteur Ullada wist dat het die nacht druk zou worden op het hoofdbureau, daarom besloot hij voor het donker werd naar het ziekenhuis te gaan.

Hij arriveerde met zijn rode roos en de laatste brief van Joan; de brief die hij het mooiste vond had hij voor het laatst bewaard. Voor hij naar binnen ging, vroeg hij aan de verpleegster of Aurora's dochter er was.

'Maakt u zich maar geen zorgen, inspecteur. Ze is net weg.'

De verpleegsters hadden genegenheid voor hem opgevat, en hoewel ze zijn bezoekjes niet goed konden plaatsten, dachten ze dat die wel ergens voor zouden dienen.

'Nog nieuws?'

'Nee, niets.'

De inspecteur legde de roos op het tafeltje na de geur ervan te hebben opgesnoven.

'Kon je haar maar ruiken, Aurora... Ze hebben me verteld dat deze uit het land van je moeder komt. En dat geloof ik ook wel. De rozen van hier geuren niet meer. Ze laten ze niet rijpen. Ze worden al afgesneden voor hun geur tot ontwikkeling komt...'

Hij schoof de stoel bij het bed.

'Vandaag lees ik je de laatste brief voor. Naar mijn idee de mooiste.'

Mijn meisje van de lucht,

Ik leef in een kwellende stilte.
De uren vallen me zwaarder dan mijn ziel kan verdragen. Waarom antwoord je me niet? Ik wil graag geloven dat het komt doordat mijn brieven je niet bereiken. Dat die vervloekte oorlog ze opslokt, dat de schepen die ze vervoeren midden op de oceaan vergaan, dat een verzengende straal ze verschroeit... ik wil van alles geloven, behalve dat je ze niet wilt beantwoorden.
Ik ben verloren. Zonder jou herken ik mezelf niet meer. Hoe kan het dat de liefde ons maakt en breekt, net wat haar uitkomt? Hoe kun je in as veranderen en nog steeds branden? Soms vrees ik niet verder te kunnen. Als je

me ten minste maar één woord zou sturen. Als je maar zou zeggen: 'Ik ben niet weggegaan, ik ben bij je'.
Je gezicht spookt in mijn uitputtende nachten rond; ik voel het tussen mijn blinde oogleden drijven.
Welke vinger heeft mij aangewezen om de uitverkorene te zijn van deze onmogelijke liefde?
Ik voel me verder verwijderd van mezelf dan van jou. Ik dool met mijn lege lichaam door je afwezigheid en wanneer ik denk dat ik niet besta, sterven mijn ogen van dorst…
Ik verlang er zo naar je weer te zien!
Deze eenzaamheid is als een dikke modder die me verstikt. Ik weet niet meer of ik vóór jou wel geleefd heb, of dat ik begon te sterven nadat ik je had gezien. Leven en dood zijn voor mij in één enkel bedrijf verenigd.
Je hebt er geen idee van hoeveel sonates ik heb geschreven, dromend van de dag waarop ik je weer zal zien. Ze overvallen me. Ik componeer ze allemaal denkend aan jou.
Je hebt me nooit gevraagd waarom ik je mijn meisje van de lucht noem.
Ken je iemand die zonder kan leven?
Draag je nog steeds de ring die ik voor je heb gemaakt?
Geloof je nog steeds dat we op een dag weer samen zullen zijn?
Zeg alsjeblieft ja. Dat je nog steeds gelooft dat we samen zullen zijn, tot voorbij de voorlaatste droom…

JOAN

'Zeg alsjeblieft ja. Dat je nog steeds gelooft dat we samen zullen zijn, tot voorbij de voorlaatste droom…' Ullada herhaalde de laatste zinnen van de brief fluisterend, met gesloten ogen.

Vervolgens bleef hij lange tijd zwijgen. Uiteindelijk begon hij weer te praten: 'Aurora… We staan nu bijna quitte. Ik heb je de brieven voorgelezen die ik nooit uit je moeders kast had mogen halen. Vergeef me, ik wilde ze niet stelen… Ik heb ze je altijd willen teruggeven, maar toen ik de eerste had gelezen, kon ik dat niet meer. Ik ben een ongeneeslijke romanticus die de liefde via andermans liefde heeft willen beleven. Weet je waarom? Omdat ik het zelf nooit heb meegemaakt… niet één vrouw heeft van me gehouden… Ik zou zo gelukkig zijn geweest als jij van me gehouden had, Aurora. Alleen op dit moment, nu je slaapt, durf ik je dat te zeggen… Rustig maar, ik begrijp nu dat je te veel voor me bent.'

De inspecteur haalde de foto die hij in zijn nachtkastje bewaarde uit een enveloppe.

'Ik heb iets meegebracht dat jou toebehoort,' ging hij verder. 'De foto van je moeder en Joan. Het negatief had ik eveneens uit je moeders kast meegenomen. Hij is geretoucheerd, weet je. Bij de fotozaak dachten ze dat het mijn ouders waren. Ik heb hem voor je in een lijstje gedaan. Ik laat hem hier... samen met de brieven. Aurora, dankjewel voor de vele maanden waarin ik mezelf voelde leven. Dankjewel voor je pianospel... Dat je me het gevoel hebt gegeven belangrijk voor iemand te zijn geweest. Bel me wanneer je wakker wordt. Ik heb nog iets voor je. Een goede reden om te blijven leven...'

In kamer 330 van de Teknonkliniek was het alarm afgegaan. Andreu ontglipte hun. De verpleegsters renden. Op de monitors gaf een groene lijn aan dat zijn hart was opgehouden te kloppen. Borja stond lijkwit en doodsbang bij zijn vaders bed.

'RED HEM!' schreeuwde hij buiten zinnen. 'Papa, je mag niet doodgaan. Je mag het niet...'

Een team artsen kwam al bevelen gevend binnen; de assistenten kwamen met reanimatie-apparatuur en injectiespuiten aansnellen. Andreu's lichaam werd bewerkt met stroomstoten, akelige schokken op zijn borst, een-, twee-, driemaal... Niets. Zijn lichaam verkrampte en viel daarna slap terug. De stem van een arts verklaarde: 'We kunnen niets meer doen.'

'Geef het niet op, papa, ik houd van je...!'

Het medische personeel trok zich terug van het bed, nam de apparaten mee. Andreu's gelaat was heel bleek geworden.

'Hij is dood,' zei een van hen.

'NEEE! PAPA, LAAT ME NIET ALLEEN, LAAT ONS NIET ALLEEN. AURORA WACHT OP JE... ZEG TEGEN JE HART DAT HET NIET MOET OPGEVEN. PAPAAA...!'

De kilte van de dood maakte zich triomfantelijk meester van de kamer.

'Het spijt me...' zei een van de artsen. 'We hebben al het mogelijke gedaan...'

Plotseling, de verpleegsters wilden net de slangen afkoppelen, vertoonde het scherm een heel zwak signaal. De rechte groene lijn begon lichtjes te golven.

De jaren gingen aan Soledad voorbij met handwerken en met haar dromen. Sinds haar terugkomst uit Bogota na de dood van haar ouders en na het lezen van Joans brieven, leefde ze op veronderstellingen. Ze veronderstelde dat ze haar pianist van de golven op een dag zou vinden; ze veronderstelde dat hij vrij was om haar te beminnen; ze veronderstelde dat hij zich haar nog herinnerde; ze veronderstelde dat hij nog leefde. Met zoveel veronderstellingen werd de tule uit de lade van de vergetelheid nieuw leven ingeblazen. Vanaf het moment dat ze besloot het borduren van haar bruidssluier te hervatten, nam ze niet één dag rust. Ze had geen idee waartoe die gril zou leiden, maar dat maakte haar niet uit.

Ze borduurde hem terwijl ze haar liefdesstroom de vrije loop liet, met een jeugdige vervoering waarvan ze nog steeds moest blozen. Het was niet de bejaarde Soledad die bezig was, het was dat verliefde meisje in Cannes. Elk zijden steekje dat op de tule terechtkwam was een verloren seconde; elke bloem een minuut; elk tuiltje een jaar zonder haar Joan... Op die sluier werden al haar tranen geborduurd, de te geven kussen, de te delen nachten, de te leven dagen. Daarom flonkerde hij als een stralende diamant. Ze was dag en nacht met het borduurwerk bezig, maar hoe meer steekjes ze maakte hoe meer meter tule ze nog te borduren had. De sluier werd langer en langer, strekte zich uit over de vloer en nam de hele woonkamer en gang in beslag.

Toen ze uiteindelijk besloot Joan te zoeken, groeide de sluier niet meer.

De avond van hun ontmoeting verlieten Joan Dolgut en Soledad Urdaneta La Espiga del Sol met een dampend brood onder hun arm... het brood der vreugde. Nadat ze elkaar met hun ziel hadden herkend, straalde de verlegenheid als van twee verliefde kinderen van hun gezicht af.

Ze waren vergeten hoe ze elkaar niet-uitgesproken woorden moesten vertellen, en iets bleef in hun keel steken. Het was hun hart, hun lijf opgekropt in hun hals, hun verliefde ziel, hun tranen, hun lach die zich een weg naar buiten vocht.

Het eindeloze wachten was voorbij, de lege bladzijden, die beklemmende, eeuwige eenzaamheid. Verdwenen waren de in nevelen gehulde verloren ochtenden, de met fantasmagorische dromen bevolkte nachten, de leegte van een doelloos leven, de angst voor de dood, het krachtige gevecht tegen de herinnering, de eindeloze strijd om de vergetelheid...

Alles herleefde door het hemelse geluk weer bij elkaar te zijn.

Ze hadden elkaars naam niet meer uitgesproken, maar ze voelden elkaar. De stilte van hun vermoeide voetstappen was de mooiste muziek die ze ooit hadden gehoord. Het waren de voetstappen van hen samen op het asfalt van het leven. Niemand kon hen nog tegenhouden. Joans hand zocht schuchter die van Soledad. Hij raakte die lichtjes aan, nauwelijks meer dan een zuchtje. Ze reageerde door haar vingers te spreiden, langzaam, strelingen van de ziel... Hun handen verstrengelden zich, voorzichtig, bang te zullen breken... Ze beefden.

Ze kwamen bij het bankje waar Soledad daags tevoren had gezeten om Joans gangen gade te slaan voor ze hem durfde aan te spreken.

Hun ogen zochten elkaar, stonden vol tranen...

Wat moesten ze zeggen als woorden te veel waren? Dat handcontact was zo subliem dat iets zeggen het alleen maar kon bezoedelen.

Zou dat wat hen overkwam echt plaatsvinden? Joan keek om zich heen. Ja. In zijn buurt ging het leven van alledag bij een invallende avond gewoon door, maar er was iets veranderd: hij was niet langer alleen.

Met zijn wijsvinger veegde hij een traan weg die over Soledads wang biggelde.

Zijn meisje van de lucht was beeldschoon. Hij zag haar weer gehuld in de voiles van haar feestjurk, en haar zwarte haren omlijstten haar frisse gezichtje. Ze was weer veertien.

Soledad keek naar hem. Haar pianist van de golven leegde zijn zilte blik in haar ziel. De wind van hun wervelingen verwarde zijn gouden krullenbos, ze dansten op het strand van Cannes... Hij was weer zestien.

De pijn in zijn gewrichten liet Joan terugkeren naar zijn echte leeftijd, naar de tweeëntachtig. Hij voelde de kilte van de avond in zijn botten doordringen.

Waar zouden ze heen gaan? Ze wisten dat ze ziek zouden worden als ze nog langer buiten bleven, maar Joan durfde haar niet mee te vragen naar zijn appartement, en zij verwachtte dat evenmin.

'Wat dacht je van een warme chocolademelk met *churros?*' stelde hij voor, voordat hij helemaal verkleumd zou zijn. 'Ik weet een plekje in de calle Petritxol waar ze die fantastisch klaarmaken.'

'Ik mag al tijden geen chocola meer... en ook geen churros.'

'En als we nu eens vergeten wat je allemaal niet mag?'

Soledad lachte. 'Je hebt gelijk... waarom ook niet?' Ze voelde zich onderhand zo stijf als een plank worden.

Joan hielp haar overeind en ze liepen naar de calle Comerç, waar ze een taxi namen.

'We kunnen beter uit de buurt van praatzieke buurvrouwen blijven...' zei hij terwijl hij het portier voor haar openhield.

In de auto ging Soledads hart wild over van stap in galop, van snelle draf in rengalop, een opwinding veroorzakend die ze onmogelijk kon verdragen.

'Deze ontmoeting wordt mijn dood nog,' zei ze zachtjes bij zichzelf, maar hij hoorde het.

'Als de eerste onze dood niet is geworden...'

'Weet je zeker dat die ons niet heeft gedood? Ik weet niet wat ik met mijn hart aan moet. Het weet zich niet te gedragen in jouw bijzijn.'

'Het is je ten strengste verboden te sterven, hoor je me? Zeg dat maar tegen je hart.'

Ze lachten allebei. Ze bloosden allebei. De taxichauffeur bekeek hen in de achteruitkijkspiegel, ontroerd.

'Je bent prachtig.'

'Hoe lang heb je je ogen al niet meer laten nakijken?' Soledad keek hem bedeesd koket aan.

'Ze zijn nooit beter geweest. Ik heb je nog nooit zo mooi gezien.'

'Leugenaar.'

De taxi kwam bij het plaza de Catalunya, nam de ventweg langs de Ramblas en zette hen af tegenover de calle Portaferrissa. Het was een vrolijke avond en op het trottoir deed een violist zijn best een oude sonate aan zijn instrument te ontlokken.

'Ken je die nog?' Joan bleef staan toen hij de muziek hoorde.

'Hoe zou ik die kunnen vergeten... "Tristesse".'

Ze pakten elkaars hand weer en liepen verder tot ze bij een smalle deur kwamen. Het lokaal was rokerig en vol studenten, maar achterin was nog een tafeltje vrij.

Niet alleen namen ze noch de churros noch de chocolademelk, maar ze bleven ook nog eens zitten tot ze eruit werden gegooid, wel heel vriendelijk uiteraard, met respect voor hun leeftijd. Ze hadden een leven lang nodig om bij te praten. Het was onmogelijk zesenzestig jaar in drie uur samen te vatten.

Toen ze buiten kwamen, was het ijskoud. Ze moesten afscheid nemen maar konden het niet. Ze wandelden in elkaar gedoken door de straten tot ze bij het plaza de Sant Felip Neri kwamen, het plekje dat Joan als het zijne beschouwde. Het plein was helemaal verlaten. Het geklater van de fontein in het midden verbrak de stilte van hun voetstappen.

'Wat een schitterende plek!' riep Soledad uit. 'Hier ben ik nog nooit geweest.'

'Het is het mooiste plein dat ik ken. Zie je die muur met gaten erin?' Hij wees naar de gevel van de kerk. 'Hier zijn mensen als mijn vader doodgeschoten, die geloofden in de vrijheid. Die sporen zijn daar door machinegeweren achtergelaten.'

'Wat moet je hebben geleden onder zijn verdwijning.'

'Nadat ik jou had verloren, was dat mijn andere grote verdriet... Kom, er is iets wat ik altijd heb willen doen.'

Joan nam haar mee naar het stenen bassin, maakte zijn vingers nat met een paar druppels water en besprenkelde daarmee Soledads voorhoofd.

'Soledad Urdaneta, uit de kracht die de liefde me geeft doop ik je voor eeuwig tot de mijne, in de naam van de Vader, de Zoon en de Heilige Geest...'

Soledad maakte de zin af. 'Amen.'

'Wil je met me trouwen?'

Soledad keek hem nat van water en tranen aan. Van emotie kon ze niet antwoorden.

'Mijn meisje van de lucht... en van het water...'

'Ik houd van je, Joan Dolgut. Met heel mijn oude ziel... en mijn vermoeide hart.'

Joan bracht zijn lippen dichterbij om haar te kussen.

'Ik moet belegen smaken,' zei ze tegen hem.

'Naar wijn...' corrigeerde hij voor hij haar kuste. 'Gran Reserva...'

Hun lippen raakten elkaar in de ongecompliceerde eeuwigheid van een kus... De kus smaakte naar geweekte druiven en verse pruimen; naar sappige appels en gesmolten chocolade; naar rijpe kersen en frambozenijs... Hij proefde naar alle delicatessen van de aarde... naar gelukzaligheid... naar leven. Hij laafde hun ondervoede zielen... hij gaf hun de verloren jaren terug.

Tijdens de kus begon het te regenen, maar ze gingen gewoon door tot het water hun botten verkleumde. Ze voelden zich als pubers, vrij, smoorverliefd in de vloeibare nacht... En als ze nu eens in de regen gingen wandelen? En zongen? En de hele buurt wakker maakten om te zeggen hoe gelukkig ze waren?

'Zullen we dansen?' Hoewel zijn oude botten kreunden, pakte Joan Soledad bij haar middel en zong een liedje in haar oor.

'Ik weet niet of ik het nog kan,' zei ze terwijl ze haar armen om zijn nek sloeg.

'Laat je maar gewoon gaan.'

Ze sloot haar ogen en liet zich gaan. Joans stem was een heel orkest geworden; de regendruppels een pianosolo.

Die nacht sliepen ze niet; beiden, ieder voor zich, stelden zich hun leven samen voor. De muziek bleef boven hun wakende dromen dansen.

Ze werden één enkel wezen. Ze ontmoetten elkaar 's morgens in het appartement in El Born en gingen pas 's avonds weer uiteen, zich verbergend voor de buren, vooral voor Conchita Marededeu die het komen en gaan van de hele buurt nog steeds controleerde.

Al snel ontdekten ze dat een van de geneugten van de liefde het delen van de maaltijd was en de ander verrassen met inheemse verrukkelijkheden. Soms was het Soledad die met boodschappentassen verscheen en hem met kusjes de keuken uit werkte om hem vervolgens te onthalen op een ajiaco, een sancocho of *empanaditas de Pipián*, die heerlijke deegflapjes gevuld met aardnoten en aardappel. Andere keren was hij het die haar verraste met een *escudella i carn d'olla* of een *botifarra amb mongetes*, waar je bijna je vingers bij opat. Als hun financiën het toelieten vroegen ze Clemencia Rivadeneira, die ze tot hun getuige bij de bruiloft hadden benoemd, mee uit eten in La Fonda Antioqueña; daar werd Joan een ware fan van de bandeja paisa, een van de favoriete gerechten van Clemencia en Soledad.

Met het verstrijken van de dagen werden de leemtes van hun verleden langzaam opgevuld, en onder schuchtere liefkozingen vervlogen de uren terwijl ze elkaar hun leven vertelden. Zo leerden ze bij monde van de verdrietige persoon al het ondergane leed van de ander kennen. Joan vertelde haar over het gesprek met haar vader dat hij in het Carlton had gevoerd; zij over haar gedwongen opsluiting in de suite; hij over zijn wanhopige brieven, zijn angst en zijn wachten; zij over hun foto, haar eenzaamheid en gevoel van verlatenheid; hij over zijn vreselijke tocht over de oceaan op weg naar Colombia; zij over haar angst voor haar vader; hij over Niño Sulay, New York, zijn belevenissen als verstekeling; zij over haar lege dagen, het verlies van haar nichtje Pubenza, de vrees voor het klooster; hij over zijn insluiting in Cartagena, zijn vlucht, zijn tocht over de rivier Magdalena, over de jongeman die hij toen had leren kennen en die vele jaren later de Nobelprijs had gekregen; zij over de moeite die ze had gedaan om de huwelijkskandidaten met wie haar vader elke week kwam aanzetten af te poeieren; hij over zijn aankomst in Bogota, over de kou op straat, en over zijn smadelijke uitzetting, over het onuitwisbare beeld haar te hebben gezien terwijl hij geboeid als een crimineel werd afgevoerd. Hij vertelde haar kort over zijn terugkeer; zijn verdriet, zijn gevecht om werk te vinden, zijn frustratie omdat hij haar nog eens had verloren; over zijn huwelijk met Trini, de geboorte van hun zoon, hun ontmoeting in het warenhuis El Siglo, over zijn onrust, zijn jaloezie, zijn nachtelijke vlucht. De geboorte van zijn dode dochtertje, zijn weduwnaarschap, het vertrek van Andreu, de lange jaren verscholen tussen het zaagsel en de houtwol... en over zijn oneindige gevoel van eenzaamheid. En ten slotte vertelde hij haar over de wederontmoeting met zijn Bösendorfer, de piano van madame Tetou, en over de prachtige ontdekking van haar boodschap op de onderkant van de F-toets.

'Het lijkt wel of we in het album van ons leven bladeren... Joan, heb jij je wel eens afgevraagd wat er na ons is?'

'Een schitterende schemering. Rust in beweging. Het mysterie de bodem te raken om vervolgens in het niets, dat alles is, te drijven...'

'Waar zullen de herinneringen blijven van wat we samen hebben beleefd?'

'Heb je ooit het sterven van een roos meegemaakt? De stille val van haar blaadjes, zijden druppels en tranen die de aarde met sterren bezaaien... en dan, het groene ontluiken en opnieuw dezelfde roos in een andere roos. Niets verdwijnt, mijn meisje van de lucht. Ook wij niet, wanneer we er niet meer zijn.'

'Ben je bang om te sterven?'

'Ik geloof dat ik bijna mijn hele leven al dood was... Het enige alternatief dat ons nu rest, is leven... En jij? Ben jij bang?'

'Nu ik jou weer heb gevonden niet meer. Ik was bang te sterven zonder je nog eens te hebben gezien.'

Joan keek haar verliefd aan. 'Het enige waar ik bang voor ben is in je armen te breken. Mijn botten worden erg broos…'

'Ik beloof je je niet te stevig te omhelzen.'

'Geen denken aan. Het zou de zoetste pijn zijn…' Joan nam haar in zijn armen.

'Zullen we niet langer over de dood maar over het leven praten?'

Joan Dolgut stond op. 'Doe je ogen dicht en wacht op me,' zei hij terwijl hij iets uit de kamer pakte en het in het klavier van de piano verborg.

Hij nam Soledads hand en voerde haar mee naar het instrument terwijl hij zijn hand voor haar ogen hield. Toen hij de klep opendeed, zag ze iets glinsteren in de holte van de ontbrekende toets. Het was een ring.

'Deze is echt. Ik heb altijd geweten dat ik je die een keer zou kunnen geven.'

'Hij is prachtig.'

'Wacht even.'

Joan speelde de toonladder met Soledads vingers, en toen hij bij de fa kwam, schoof hij de solitair aan haar vinger.

'En de toets? Vind je ook niet dat het tijd wordt dat die terugkeert naar de piano, Joan?'

'Nog niet. Dat doe ik na onze bruiloft. Oudemannenzaken… Ik moet er zeker van zijn dat dit geen droom is.'

'Ach, mijn pianist van de golven… Wat moet ik doen om je te overtuigen?'

'Laten we beginnen met de bruiloft te regelen.'

Op straat knalden de rotjes. Buiten was het een geschreeuw en vreugde van belang. Het siervuurwerk bloeide aan de hemel, baadde de hele stad in een waterval van licht. De echo van het geluk van anderen drong door de ramen Aurora Villamarí's kamer binnen. Mar was bij haar. Ze had gevraagd of ze de nacht van Sant Joan bij haar moeder mocht blijven, en in het ziekenhuis hadden ze het goedgevonden. Ze hadden erg te doen met het meisje dat maar niet wilde opgeven.

'Mama, ik ben er. Je weet niet hoezeer ik je nodig heb... Wat moet ik zonder jou?' Ze kamde haar haren met haar vingers. 'Mijn vriendinnen zeggen dat je niet meer leeft, maar als dat zo is waarom ben je dan nog steeds in leven? Waar ben je heen gegaan, mama? Welke droom houdt jou gevangen?'

Aurora bemerkte de frisse geur van haar dochter. Haar zachte aanraking. Waarom kon ze haar ogen niet open krijgen? *Ga door, meisje, blijf me aanraken met je magische handen.*

Mar streelde haar armen.

'Vandaag heb ik de Teknonkliniek gebeld, mama. Ik heb naar de toestand van je vriend Andreu gevraagd; hij is er slecht aan toe, mama. Ze zeiden dat hij een hartstilstand heeft gehad, hij ligt weer op de intensive care.'

Andreu!... Neee!... Ga niet dood, wacht op me...

Mar, meisje, help me.

Mar meende een lichte beweging te voelen van een vinger van haar moeders hand.

'Mama?! Beweeg je? Word je wakker?'

Blijf tegen me praten, Mar… laat me niet gaan, ik wil niet langer slapen… ik wil niet gaan…

'Kom, mama… Houd je aan me vast… Stevig… Zoals ik bij jou deed toen ik nog niets was en jij me alles gaf… Nu ben ik jouw lijn… Ik houd je vast… Wees niet bang, mama… Trek jezelf naar boven… Doorbreek de duisternis, mama… Zwem, zoals je vroeger zwom… Ik help je… Kom eruit… Het leven wacht op je, mama… Ik wacht op je…'

Aurora's hand pakte haar heel lichtjes vast. Mar kon het voelen.

'Ga door, mammie. Je redt het, rust even uit… Ik houd van je, mama. Ik houd zoveel van je…'

Ik kom eraan, meisje van me.

'Maaar…'

Mar hoorde haar moeders stem. Ze was terug. Ze overlaadde haar gezicht met kusjes en tranen. De druppels vielen op haar moeders gesloten oogleden.

'Mar… Mijn dappere meisje.'

Aurora deed met veel pijn en moeite haar ogen open. Een pijnlijk lichtend zwaard stak in haar netvlies. Buiten explodeerde het vuurwerk onophoudelijk met knallen en rode rozetten die de kamer verlichtten.

Mar schoof de gordijnen open.

'Kijk, mama… zelfs de hemel is blij met je terugkeer.'

'Laat me niet in slaap vallen…' Aurora's hand kneep in die van haar dochter.

'Nee, dat laat ik niet gebeuren. Je hebt genoeg geslapen voor de rest van je leven, mama. Ik moet je zoveel vertellen!'

De verpleegsters hoorden de stem van het meisje en dachten dat ze zoals gewoonlijk in haar eentje praatte. Pas na enkele minuten kregen ze het wonder in de gaten en lieten ze het artsenteam en de dienstdoende neuroloog komen die de patiënte aan een uitgebreid onderzoek onderwierpen. Er was geen sprake van hersenbeschadiging, ze was bij volle bewustzijn maar de spieratrofie was behoorlijk. Het herstel zou langzaam verlopen. Er was veel fysiotherapie nodig, veel geduld en nog meer liefde, en dan zou ze misschien over een maand weer kunnen lopen; nu zou ze niet meer achteruitgaan. Ze zou weer beter worden.

Borja streelde het uiteinde van de losse toets van de Bösendorfer nadat hij daar wanhopig naar op zoek was gegaan. Zijn grootvader had hem onder de piano verstopt, onder de houten vloer, en het had hem veel moeite gekost die te vinden. Hij was in een rode lap gewikkeld, alsof het een schat was, en de boodschap op de onderkant raakte hem in zijn ziel:

Hier ben ik. Nooit vertrokken.
Vóór jou bestond ik niet.
Na jou...
is enkel nog het wij.

JOAN EN SOLEDAD
Juli 1939

Toen hij dat had gelezen, dacht hij aan het meisje met de spijkerbroek en de rode trui; hij kon het beeld niet uit zijn hoofd krijgen. Hij herhaalde de eerste zin. 'Hier ben ik. Nooit vertrokken'... Het was waar. Ze was bij hem. De herinnering aan dat mooie meisje vervaagde niet, sterker nog, die werd met de dag krachtiger. Zou het waar zijn dat liefde op het eerste gezicht bestond? Door dat frisse, zuivere gezichtje kon hij niet meer nadenken, studeren, slapen, eten. Als zijn vrienden erachter kwamen dat hij smoorverliefd was op een onbekende zouden ze vreselijk de draak met hem steken. Zowel de piano als het meisje behoorde tot zijn diepste geheimen. Hij wilde niet dat ze hem daarmee belachelijk maakten.

In de brief had zijn grootvader hem het volgende geschreven:

Deze piano kan alleen door de liefde worden gered...
Wanneer je je ziel door je lichaam voelt fladderen, zoekend naar een uitgang, wanneer je hart in je keel klopt en je laat stikken van vreugde, wanneer de zekerheid in je rijst dat je leeft en bijzonder bent, dan heb je de liefde gevonden. En wacht dan niet langer. Ga hier weer naartoe en zoek onder de piano, tussen de planken van het parket, de ontbrekende toets; de F, de liefdesnoot. Plaats hem terug... en speel 'Tristesse' van Chopin voor me. Ik zal eeuwig bij je zijn.
Mijn erfenis bestaat uit de liefde.

Zou hij hem terugplaatsen? Was dat wat hij voelde liefde? Ja. Hij vertoonde alle symptomen. Waarom had hij haar niet aangesproken? Wat als hij haar nooit meer zou zien? Als de toets terugkeerde naar de piano, zou het meisje dan bij hem terugkeren? Wat dacht hij nou voor onzin. En wat als zijn grootvader gelijk had, dat de piano en de liefde één waren?

Borja schoof het gereedschap aan de kant, stond op, opende het deksel van de klankkast en ging aan het werk.

Nadat hij het bevestigingsmechaniek had bestudeerd, worstelde hij minutenlang tot de toets uiteindelijk weer op zijn plaats zat. Toen probeerde hij hem... Fa-fa-fa-fa-fa... De klank vibreerde helder. Hij ging achter de piano zitten en speelde de volledige toonladder: do-re-mi-fa-sol-la-si-do...

Een vreemd gevoel van blijdschap trok door zijn hele lijf. Het was iets nieuws.

Hij, die vrijwel nooit de liefde van zijn ouders had gevoeld; hij, die alleen maar bergen materiële zaken had gekregen; hij, die zo vervuld van leegte was geweest, voelde zich vol nu hij niets meer had. Spelend op die piano beleefde hij de aangename gewaarwording door iemand omhelsd te worden; bemind en beschermd als nooit tevoren. Zijn handen gleden over de toetsen, bezeten door energie en harmonie. Zij waren het niet die de melodie vertolkten, het was de zachte kracht van een oud gevoel, geërfd, dat de kamer vulde. Zijn grootvader was bij hem, was in hem; hij voelde hem.

Hij liet zich leiden. Uit de piano steeg de naar rozen geurende melodie op, vervluchtigend in de lucht... Het was 'Tristesse' van Chopin. Dat stuk had hij nog nooit gespeeld maar zijn vingers kenden het perfect, alsof ze nooit iets anders hadden gespeeld. Hij had er geen verklaring voor... maar wat maakte het uit! Waarom moest je die altijd overal voor zoeken?

De muziek groeide in zijn vingers en vloeide naar buiten. Het was zo mooi dat hij zijn emoties niet kon bedwingen. Speelde hij ter nagedachtenis aan zijn grootvader of was het zijn grootvader die voor hem speelde?

Hij was er klaar voor. Nu moest hij voor zijn vader spelen, ook al was dat het laatste wat hij deed. Sinds hij aan de beademing lag, hadden de artsen alle hoop verloren; hij ging langzaam achteruit. Daarbij waren zijn longen nog sterker verzwakt als gevolg van een infectie veroorzaakt door de tracheotomie, en zijn broze lichaam begon vanwege het lange verblijf in bed doorligplekken te vertonen.

Hij belde Pere Sardá.

'Opa, ik zou je nu dat van een poosje geleden willen vragen. Kan ik even langskomen?'

'Je weet dat je me niet hoeft te bellen om te komen, Borja. Ik ben er altijd voor je en je kunt voor alles op me rekenen. Wat doe je daar nog! Kom hierheen en blijf bij ons eten. Je oma en ik missen je.'

Na de avondmaaltijd bleef Borja alleen achter met zijn grootvader en hij lichtte hem in over zijn plannen. Hoewel datgene wat zijn kleinzoon wilde Tita's vader bijna onmogelijk voorkwam, durfde hij hem de illusie niet te ontnemen. Hij had erg met de jongen te doen en wilde hem graag een plezier doen.

'Natuurlijk gaan we het proberen. Trouwens, we moeten het binnenkort eens over je toekomst hebben. Ik wil je in de zaak, jongen. Ik ben ervan overtuigd dat het je net zo goed af zal gaan als je vader. We moeten het over je studie hebben. Hoe lang moet je nog naar school?'

'Opa... Word niet boos, maar ik wil pianist worden; mijn vader had dat al begrepen.'

'Wel, je bent nog wat aan de jonge kant om dat nu al te weten. Het zou een mooie hobby kunnen zijn, Borja, maar niet als beroep.' Pere omhelsde zijn kleinzoon. 'Let maar op, je zult wel merken dat je tot dezelfde conclusie komt wanneer je volwassen bent.'

Aurora wilde zo snel mogelijk naar buiten om naar Andreu te kunnen, maar de artsen vonden het nog niet goed. Ze maakte goede vorderingen door de fysiotherapie en de oefeningen die ze deed, maar nog niet voldoende om zichzelf te kunnen redden. De wond van de tracheotomie genas netjes en haar algehele toestand was goed. Ze was inmiddels overgebracht naar de woning in de paseo de Colom, waar haar dochter haar dag en nacht vertroetelde. De liefdevolle verzorging van Mar was haar beste medicijn. Gedurende de maanden die ze in het ziekenhuis had gelegen, had haar dochter zich ontpopt tot een beeldschone vrouw. Ze was verstandig, volwassen en zo fijnbesnaard dat het bijna hemels leek. Ze zong als een engeltje en haar stem bezat de tweevoudige kracht om kristal te laten springen en de ziel te helen.

Soms verloor Aurora zich in herinneringen aan voorvallen waarvan ze niet wist of die daadwerkelijk hadden plaatsgevonden; het waren korte flitsen, een stem die een brief voorlas, veel brieven, allemaal even prachtig... Wie was dat meisje van de lucht? Was Joan Dolgut bij haar geweest? Of was het Andreu? En Borja, was Borja haar in het ziekenhuis komen opzoeken? Het scheen haar toe dat hij aan haar bed had gezeten. En inspecteur Ullada? Waarom herinnerde ze zich hem opeens? En die foto op het nachtkastje in het ziekenhuis?... En de brieven, waar waren die vandaan gekomen?

De arts vertelde haar dat ze zich korte fragmenten zou herinneren, losse stukjes die langzaamaan een geheel zouden vormen. Maar intussen benauwde het haar behoorlijk niet met zekerheid te weten waar ze was geweest en wat er was gebeurd in de zes maanden die haar slaap had geduurd.

'Mar, ik kan niet meer wachten. Morgen is het 24 juli.'

'Ja, maar je kunt nog niet lopen... Bovendien zei de arts dat je weerstand nog heel laag is.'

'Ik moet gaan.'

'Je houdt heel veel van hem, nietwaar? Je hoeft niet te antwoorden, mammie. Ik weet het. Ik heb je nog nooit zo gelukkig gezien als op de dag dat je met hem meeging.'

'Vergeef me. Ik had het je moeten vertellen.'

'Je hebt het me ook verteld... met je ogen. Je stond voor de spiegel, was je aan het optutten. Jij, die zich nooit druk maakte om er mooi uit te zien, je keek naar me, zocht mijn goedkeuring.'

Aurora spreidde haar armen. 'Kom eens bij me.' Ze gaf haar een zoen.

'Mama, je verdient het gelukkig te worden. Je zag er altijd zo bedroefd uit!'

Pere Sardá moest behoorlijk tegen de directeur van de kliniek aanpraten en al zijn invloed uitoefenen om aan de wens van zijn kleinzoon tegemoet te komen.

Heel vroeg in de ochtend meldde zich een stel transporteurs op nummer 15 van de paseo del Born, en onder de aandachtige blik van de buurtbewoners haalden ze de piano uit Joan Dolguts woning.

Conchita Marededeu vroeg de chauffeur van het voertuig: 'Waar brengt u die naartoe?'

'Naar de kliniek.'

'Maar zijn ze nou helemaal gek geworden? Het is een piano, geen mens!'

'Nou, mevrouw, ik denk dat u de gek bent.'

Borja kwam erachteraan. Toen ze hem in het oog kreeg, pakte Conchita Marededeu hem bij de arm.

'Wel heb je me ooit, je bent Andreu!'

'Nee, mevrouw. Ik ben zijn zoon, ik woon in het appartement van mijn opa.'

'Ik wist wel dat het geen geesten waren!'

'Het spijt me, mevrouw, maar ik moet gaan.' Borja zette zijn helm op.

'Conchita, noem me maar Conchita,' schreeuwde ze terwijl hij de brommer startte.

In de kliniek hadden ze een kamer klaargemaakt voor het concert. De piano werd gedesinfecteerd en Borja moest een jas, muts en wegwerpslofjes aandoen; van tevoren was de hele kamer steriel gemaakt. Net als zijn kleinzoon droeg ook Pere Sardá de jas die hem was gegeven over zijn kleding, en een heel team wachtte op de brancard waarop de zieke werd vervoerd.

Eerst arriveerde nog het reanimatieteam met allerlei benodigdheden in de aanslag voor het geval dat nodig mocht zijn. Vervolgens besloot Borja nog even te oefenen. Hij haalde een van de partituren tevoorschijn die hij in zijn opa's grijze schrift had aangetroffen en stelde met een simpele vingeroefening vast dat de piano niet ontstemd was geraakt.

Na verloop van enkele minuten ging de deur open en verschenen meerdere verplegers die de brancard, de infusen en alle apparaten waaraan Andreu lag droegen.

Voor zijn zoon was het uitgeteerde lichaam bijna onherkenbaar. Andreu was twintig kilo afgevallen en zijn levenloze huid kleefde aan de steeds sterker geprononceerde botten. Met al die buisjes, slangetjes en kabeltjes leek hij een verdrietige, hulpeloze marionet.

Toen ze alles hadden gecontroleerd, keek de chef neurologie naar de zoon van de patiënt.

'Je kunt beginnen.'

Voor het eerst was Borja enorm bang voor een mislukking. Wat als het nu allemaal niets uithaalde? En als datgene waarin hij zo vast geloofde niet werkte? Als zijn vader nooit meer wakker zou worden?

Door de intense stilte begon het geluid van de monitor die Andreu's levenssignalen controleerde in ieders oren te dreunen.

'Kom, jongen, begin maar,' moedigde zijn grootvader hem aan.

Maar Borja kon het niet. Hij had zijn andere opa nodig.

'Waar wacht je op, Borja?' drong Pere aan.

Wat hij ging geven was niet zomaar een recital; het was het medicijn dat hij in zijn puberale naïviteit had bedacht om zijn vader van de dood te redden. En zijn vingers waren verstijfd van angst.

Stilte.

Stilte.

Stilte.

Er gingen vele stiltes voorbij voordat de kracht in zijn handen terugkeerde. Toen was de eerste klank te horen.

De compositie was magistraal, de pianist een begaafd kunstenaar. De akkoorden groeiden en stegen op. Het was een imponerend, extreem verfijnd muziekstuk. Om de genialiteit ervan te laten uitkomen, was een virtuoze vertolking nodig, maar dat kon hij… De melodie klonk vol in de kamer, overstroomde die, vloeide door de gangen, was in de hele kliniek te horen; ze drong de operatiezalen binnen, de verloskamers; ze dwaalde door de receptie, nestelde zich in de kantine, bij de spoedeisende hulp. Iedereen werd onthaald op de sublieme muziek.

In de kamer waren de ogen verwachtingsvol op Andreu gevestigd. Artsen, verpleegsters, verplegers, de grootvader… allen deden hun best het onmogelijke te laten gebeuren: dat de zoon met zijn muziek zijn vader tot leven wekte.

Borja wierp een blik op zijn vader… Niets.

Het stuk naderde het eind, hij rekte het.

Hij bleef spelen… Geen enkel teken… Niets.

Zijn vingers zetten door… Zijn vader sliep… en sliep… en sliep maar…

Plotseling viel de piano stil en barstte Borja in tranen uit.

Een eeuwigdurend moment deed iedereen er het zwijgen toe en de realiteit verpletterde hen als een baksteen. Het had geen zin gehad.

De deur van de kamer piepte en allen keken op. Een vrouw in een rolstoel werd door een andere geduwd, beiden gekleed in de steriele kleding die hun bij de ingang was verstrekt.

Pere Sardá stond op. 'Juffrouw, ik vrees dat u zich in de kamer hebt vergist.'

'Nee, opa.' Borja haastte zich naar haar toe. Hij had haar herkend. 'Aurora…'

'Sssst…' Zijn lerares gebaarde met haar vinger dat hij stil moest zijn en ze omhelsde hem.

Borja had het meisje achter de rolstoel nog niet opgemerkt. Toen hij opkeek, begon zijn hart net zo wild te kloppen als de eerste keer, het bonkte in zijn borst, steeg naar zijn hoofd, ontsnapte via zijn slapen. Was het het meisje met de rode trui? Haar haren waren onder het mutsje verstopt en verhinderden hem haar daaraan te herkennen, maar zijn ziel, iets in hem, bevestigde het… dat zij het was.

'Mar, rijd me eens naar de piano,' zei Aurora zachtjes.

Maar het meisje verroerde zich niet. Ze beefde. Was het nou wel of niet de jongen die ze die ene middag had gezien toen ze uit het ziekenhuis kwam? En als hij het was… wie was hij dan? Hoezo kende haar moeder hem?

Toen ze zag dat het meisje onbeweeglijk bleef staan, bracht een verpleegster Aurora naar de piano.

'Kom, Borja, we spelen samen.'

'Het is niet gelukt, Aurora. Ik heb geprobeerd hem wakker te krijgen met de piano, maar het is niet gelukt.'

'Sssst…' Ze maande hem weer tot stilte. 'Je hoeft alleen maar al je liefde in het pianospel te leggen. Jij bent het niet die speelt, maar de piano. Weet je nog? … De piano is liefde.'

Aurora sloot haar ogen.

Borja sloot zijn ogen.

Niemand begreep er iets van, maar iedereen wenste dat er iets zou gebeuren.

'Ik kan het niet,' fluisterde Borja.

'Je kunt het.'

'We hebben nog nooit samen gespeeld.'

'Je vader wacht… Zullen we beginnen?'

Het werd weer stil, maar ditmaal kreeg een subtiele kracht de overhand. Een vluchtig zuchtje, ijl als een ragfijn zijden draadje, verbond de verholen verlangens van de aanwezigen, vervulde hen van vrede. Wat er ook mocht gebeuren, hun geloof was één geworden.

De eerste klank was zo licht dat niemand durfde te ademen. Daarna volgden twee akkoorden, drie, een waterval, met één hand, twee, vier…

Het regende druppels 'Tristesse' in de kamer, zachtjes, zo zacht dat het leek of het spel een briesje was; zuchtjes die een slapend vuur aanwakkerden; klanken, een vonk, een licht, traag dansende vlammetjes, gescheiden, verenigd; een groot vuur, een gloedvolle hartstocht, vol leven.

Aurora…

Andreu bekeek haar naakte lichaam op de piano.

Aurora…

Zijn handen streelden die geliefde huid.

Aurora…

Klank en kreun waren één.

Aurora… Aurora…

De piano bleef zingen.

Aurora… Aurora… Aurora…

Hij en zij… één enkel lichaam… in de intiemste kus…

Aurora…

Het muziekstuk naderde het eind, begon weer opnieuw. Maar ditmaal speelde Borja het alleen. Mar duwde haar moeder naar Andreu's bed en hielp haar overeind.

Ze boog zich over hem heen en kuste zijn voorhoofd. Gedurende enkele intense minuten beminde ze hem met haar ogen; vervolgens begon ze tegen hem te praten.

'Als ik maar in je stilte kon opgaan… zonder je te smeken… zonder je iets te vragen… zonder om je te treuren… en kon accepteren dat je gaat…

Als ik maar kon aanvaarden dat ik je niet meer in mijn armen zal houden, tussen je lippen zal lachen… zwemmen in je ogen…

Als ik je alleen maar gedag kon zeggen, je laten gaan… Ik kan het niet… Het doet te veel pijn… Je neemt mijn leven mee… Andreu, mijn liefste…

Kom, begraaf je hoofd in mijn schoot… Ga nog niet weg… nee, niet zonder afscheid te nemen…

Sterf je omdat je niet meer wilt leven? Of heeft dat duistere labyrint je naar de vergetelheid gevoerd? … Als je me maar toeliet in je afwezigheid en ik je eraan kon herinneren dat je bent… dat je nog steeds bent… dat ik hier ben… dat we zijn…

Ben je je in jezelf kwijtgeraakt? Wie anders dan jijzelf kan je redden?

Sta niet toe dat je ziel je vergeet, want als ze jou verloochent, verloochent ze mij eveneens…

Ik blijf op je wachten, laat me niet opgeven... Geef jij niet op... Ben je vergeten dat ik op je wacht? ... Onze liefde moet zich nog verspreiden...'

Aurora richtte haar overstromende ogen op het raam. Haar woorden gleden over Andreu's gelaat en vielen in de afgrond van de stilte.

'Weet je, mijn liefste, buiten schijnt een schitterende zon... Kon je die maar zien! ...

We hebben een lente verloren... Laten we geen leven verliezen.'

In haar verdriet zwol Chopins melodie aan, nam af... en bereikte het einde.

Aurora huilde boven Andreu's lichaam.

Borja liep naar zijn vader.

'Papa... om godswil, word wakker...'

De artsen gingen naar Andreu en gaven met een hoofdbeweging aan dat er niets meer te doen viel... Hij was nog steeds bewusteloos. Het concert was afgelopen.

Volgens de aanwijzingen reed de verpleging de brancard naar buiten.

Een sombere stilte hing in de kamer. Borja's grootvader durfde die niet te verbreken. Aurora liet haar hoofd zakken... ze was gebroken. De jongen huilde als een klein kind. Mar wist niet wie ze moest troosten.

De brancard verwijderde zich door de gang met een monotoon geluid. Plotseling hield het geluid op.

'Is er iets, dokter?' vroeg Pere Sardá.

Rondom de brancard ontstond een grote opwinding. De verplegers brachten apparatuur. De neuroloog baande zich een weg tussen hen.

Andreu's oogleden leken te bewegen... Ja, ze bewogen. Hij sloeg heel traag zijn ogen op; het was of hij keek zonder te zien. Je kon zien dat hij duidelijk gedesoriënteerd was, maar zijn ogen vertoonden leven. De artsen haastten zich vast te stellen of zijn pupillen op licht reageerden... dat deden ze.

Toen hij in de gaten kreeg dat Aurora pogingen deed om op te staan om door de gang naar de brancard te hollen, duwde Borja haar rolstoel voort, bracht haar naar zijn vader en hielp haar overeind.

Andreu richtte zijn transparante blik op de mooie vrouw die hem gadesloeg. Een open vraag wachtte op zijn antwoord. Niets.

Borja verbrak de stilte. 'Papa... ik houd van je...'

Een traan rolde over Andreu's wang.

Pere Sardá ging ontroerd naast het bed staan. Andreu keek hem bevreemd aan; hij wist niet wie hij was.

De dag voor de bruiloft, nog heel vroeg in de ochtend, was Joan Dolgut naar de Ramblas gegaan waar zijn vriend de bloemist op hem wachtte met het tere bruidsboeket van pasgeplukte maagdelijke rozen en de driehonderd zoenrode rozen die hij uit Colombia had laten komen.

Bedolven onder bloemen en bedwelmd door hun geur kwam hij in El Born terug, de verbaasde blikken zo veel mogelijk ontwijkend droeg hij ze zijn appartement in. Een oude vent van tweeëntachtig met zo'n berg rode rozen gaf nogal wat stof tot praatjes.

Hij keek op de klok in de woonkamer: over twee uur zou zijn meisje van de lucht haar opwachting maken.

De kleermaker had het witte jacquet al laten bezorgen, het hing aan een kleerhanger aan de deurknop van de kast in de ouderslaapkamer. Op de vloer stonden de sneeuwwitte lakschoenen klaar.

Nadat hij de vazen met rozen had gevuld en deze door de hele woning had neergezet, begon hij de bloemblaadjes van de vele tientallen die nog over waren te plukken, tot hij ze allemaal bij elkaar had.

Met nieuwe witte linnen lakens maakte hij het onlangs gekochte tweepersoonsbed op, en met bevende handen strooide hij er de honderden rode bloemblaadjes over uit die hij zojuist had geplukt. Hij stelde vast dat de hoopgroene kaars op het nachtkastje stond, de passie-rode in de vensterbank en de zuiverheid-witte op de commode, tegenover de Maagd van de onmogelijkheden, zodat ze haar wondertje voor hem zou verrichten: een oud ritueel dat hij voor het eerst beoefende.

Het bed was veranderd in een rozensponde. Voor hij de deur sloot, keek hij vanaf de drempel de kamer keurend rond, met een jongensachtige vrees. Hij wist niet of hij het kon, of de durfal die levenloos tussen zijn benen hing voor de gelegenheid weer tot bloei zou komen. Hij besloot zijn gedachten af te leiden, uit angst dat de vrees zelf hem definitief zou doden.

Nu hoefde alleen de bruidstaart nog gebracht te worden, want de fles Codorníu stond al koud te worden.

Hij probeerde de platenspeler nog eens. De naald viel op de 'Bruiloftsmars' van Mendelssohn en hij kon zijn emoties niet bedwingen. Sinds Soledad en hij weer bij elkaar waren, bleef hij maar tranen van geluk huilen. Huilen van liefde, op zijn leeftijd, was meer dan hij van het leven mocht vragen.

Intussen, in de bovenwoning in de paseo de Colom, bleef Soledad Urdaneta de vele meters van de prachtige sluier die ze jarenlang had geborduurd opvouwen. Vanwege de lengte was ze een hele poos bezig, en ook al vouwde en vouwde ze maar, er leek geen eind aan te komen. Op het tweepersoonsbed lag het cadeau van haar naaivriendinnen uitgespreid: een schitterende bruidsjurk die ze de avond ervoor met de gebruikelijke zenuwen van een aanstaand bruidje nog een keer had gepast, en het kroontje met oranjebloesem dat de lange sluier op zijn plaats moest houden.

De koffer met haar bescheiden uitzet was al ingepakt. Van haar laatste spaargeld had ze een lange satijnen nachtjapon gekocht met een bijpassende peignoir, het stelletje waarvan ze toen ze jong was had gedroomd om tijdens haar eerste liefdesnacht met Joan Dolgut te dragen. Ze keek in de spiegel en begreep niet hoe haar pianist van de golven haar nog steeds beeldschoon kon vinden. Zou ze in staat zijn zich in zijn bijzijn uit te kleden? Alleen al bij de gedachte steeg het schaamrood haar naar de kaken. Die blos was het enige dat nog over was van haar vroegere schoonheid; de rest was door de tijd uitgewist. Om niet gedeprimeerd te raken bekeek ze zich liever niet meer; per slot van rekening waren het niet haar ogen waarmee ze zichzelf moest zien, maar de zijne.

De minuten wilden maar niet verstrijken. Hoe vaker ze op de klok keek, hoe onrustiger ze werd… Het zou nog een uur duren voor de taxi kwam om haar naar El Born te brengen, en ondertussen vrat ze zich op van de zenuwen. Ze voelde ze in haar borst, in haar longen en in haar hoofd. Of ze moest kalmeren of ze zou niet eens bij Joans huis arriveren.

Toen ze alles klaar had, liet ze het bad vollopen en pakte allerlei spulletjes die ze bij de parfumerie had gekocht: ontspannend badzout, peelinggel en een scheutje rozenolie om haar lichaam helemaal van die essence te doordringen.

In het water ontspande ze zich en begon ze te dromen…

Wat zou er gebeuren als een lichaam vloeibaar was? Zij, geheel uit water bestaand om Joans dorst te lessen, wat als ze elkaar volledig zouden opdrinken en verdwenen in een groot meer van gelukstranen? Drijvend in het waterachtige niets, opgewonden en ontbonden… Zou de onbekende eeuwigheid zo zijn? Water… Een naamloze zee, onbeheerd, leeftijdloos, tijdloos, geheugenloos? Ze verzonk in die gedachte; ze zou gelukkig zijn.

Joan en zij, voor altijd verbonden in de eeuwigheid van het niets.

Ze keerde terug naar het heden…

Wat zou er gebeuren als Joan haar wilde aanraken? Als hij haar lichaam zocht? Zou ze op haar tachtigste zijn strelingen nog voelen? Zou haar huid leven voelen…?

Toen Soledad Urdaneta het portaal van nummer 15 in de paseo del Born binnenstapte, kwamen prachtige pianoklanken haar tegemoet. Ze hoefde haar bagage niet naar boven te brengen, want zoals te verwachten was, ontfermde de taxichauffeur zich erover. In de deuropening stond Joan haar op te wachten met een roos, een zoen en zijn partituren. De hele dag had hij alle sonates gespeeld die hij in Cannes voor haar had gecomponeerd. Zijn vingers waren pijnlijker dan ooit, maar hij dacht er niet aan op te houden voor de avond inviel. Het was zijn bruiloftsgeschenk. Soledad sloeg hem ontroerd gade.

'Zullen we ons een beetje bedrinken?' vroeg hij schalks toen de schemering de kamer binnendrong. Ze lachte, geraffineerd. 'Een anijslikeurtje?'

Joan pakte de fles Anís del Mono die hij al meer dan vijftig jaar in de kast bewaarde.

'Hopelijk is hij nog goed.'

'Hoe ouder, hoe beter hij smaakt, zeggen ze,' antwoordde ze terwijl ze hem ondeugend aankeek. 'Doe je het licht niet aan?'

'Vanavond geef ik de voorkeur aan kaarsen…'

Soledad voelde iets kriebelen in haar lijf. Joans ogen keken haar op een andere manier aan, zou het licht dat van binnenuit leek te komen verlangen zijn? En wat ze zelf voelde, wat was dat?

'Zullen we gaan eten?' vroeg Joan.

'Ik heb niet echt trek.'

'Wel… nog een glaasje dan?'

Soledad voelde de warmte van de anijslikeur op haar wangen en wuifde zich toe. 'Moet je mij nu kijken… Als mijn vader me zo zag!' Ze lachte, nerveus.

'Je bent zo mooi.'

Joan ging naast haar op de bank zitten en liet zijn hand over haar hals glijden. Haar huid was strak en jeugdig. Hij keek haar in de ogen. Onder zijn handen beefde zijn meisje van de lucht. Hij nam haar in zijn armen, tilde haar op, en precies zoals hij had gedacht, woog haar lichaam niets. Ze was zo licht als een briesje.

'Idioot...' Soledad lachte, zenuwachtig. 'Wat doe je?'

'Ik draag je naar de bruidssuite.'

De deur van de kamer week en de geur van de honderden rozen kwam hen triomfantelijk tegemoet. Joan legde zijn meisje van de lucht op het met bloemblaadjes geparfumeerde bed. Het zachte kaarslicht verwelkomde hen, schonk hun twee jeugdige, van verlangen gloeiende gezichten... De liefde gaf hun de hartstocht van de jeugd terug.

'Ik weet niet of ik het kan...' zei ze.

'Ik ook niet.'

'Wacht...' Soledad pakte de nachtjapon die ze had gekocht en verdween in de badkamer. Toen ze eruit kwam, wachtte Joan tussen de lakens op haar. 'Ik heb nog een likeurtje nodig...'

'Mijn God! Je bent een engel...' Hij zag haar met loshangend haar dichterbij komen; haar zwarte haren omlijstten haar transparantie... Onder het bovenlijfje van de nachtjapon schemerden twee rozige knopjes. Haar bevreesde, vochtige lippen gingen lichtjes vaneen.

'Joan...'

'Mijn prachtige meisje...' Hij streelde haar zonder ophouden, door de kleding heen.

Het gevoel van het beroerde satijn veroorzaakte een zoete kriebel in haar lichaam. Onder de nachtjapon was ze naakt, en voor het eerst van haar leven voelde ze het leven tussen haar benen fladderen. Haar pianist van de golven bracht een vochtstroom op gang, in de diepst verborgen plekjes van haar wezen.

Joan pakte haar hand en legde die op zijn borst.

'Raak me aan...' zei hij wellustig. 'Doe met me wat je maar wilt.'

Soledad kleedde hem langzaam uit... kuste hem over zijn hele lichaam. Ze wist niet hoe het moest, maar ze hoefde het niet te weten. Het was als dansen, je hoefde je alleen maar door de melodie te laten leiden... en het lichaam van haar pianist was de muziek. Toen ze bij zijn onderbuik kwam, hield ze in. Ze durfde niet verder te gaan. Dat deel had ze nog nooit aangeraakt, zelfs niet toen ze getrouwd was. Joan nam haar hand weer en leidde die naar zijn hardheid... Die mannelijke rijkdom richtte zich levendig op, klopte onder haar handen, groeide triomfantelijk tussen haar vingers... trilde...

Het was een wonder.

Met vaste hand schoof Joan haar nachthemd omhoog... zijn handen gleden met ingehouden begeerte over haar lichaam; over haar heerlijke dijen... haar tere buik... haar hunkerende heupen... en over het zachte haar van haar venusheuvel... krullende strelingen... En tussen het oerwoud... verborgen... vochtige lippen... zijn pianistenvingers die haar donzige waas beroerden.

Joan keek naar haar. De rode bloemblaadjes waren verstrikt in haar haren, kleefden aan haar lichaam als van een kristallen maagd... ze was een fleurige godin.

Ze waren naakt, gehuld in de passie van de rozen en het zachte schijnsel van de kaarsen... hun borst sprong bijna uit elkaar van hartstocht.

Boven haar was Joan de god van het leven... hij zou haar met zijn geheven zwaard weer tot leven wekken.

Voor hij zijn liefde in haar liet verdwijnen, met alle fijngevoeligheid van zijn kracht, keek Joan haar weer aan.

'Ik houd van je, Soledad Urdaneta... tot voorbij de laatste droom.'

'De voorlaatste...' corrigeerde ze hem, zuchtend van liefde.

Haar benen spreidden zich zonder bedenkingen, in een feestelijke ontvangst. Joans ziel drong binnen... beroerde haar... liet haar trillen van genot... en bezegelde hun liefde.

Nu wist Soledad wat het was de sterren te bereiken. Op haar tachtigste... kreeg ze haar eerste orgasme.

Ze vielen in het bloemenbed in slaap, met de smaak van anijs op hun lippen en van de liefde in hun binnenste. Overgegeven aan het geluk van hun dromen... Soledad lag opgekruld onder Joans beschermende arm.

In de vroege ochtend kwam het zachte briesje van het ochtendgloren door het raam naar binnen, tilde de bloemblaadjes op, die boven hun lome lichamen begonnen te dwarrelen.

'Het leven is een droom...' mompelde Joan halfslapend.

'En dromen... is leven,' voltooide Soledad.

Joan nam haar weer in zijn armen. Zijn handen gleden vloeiend over het gebied dat hij nu uit zijn hoofd kende... rivieren en jungles, heuvels en bergen; het lichaam van zijn geliefde.

'De mijne...' fluisterde hij in haar oor.

Soledad legde haar hand weer op Joans onderbuik, tastend naar het antwoord.

'Hij is van geluk gestorven,' zei hij zachtjes, vrolijk.

'Ssssst... hij slaapt alleen maar,' antwoordde ze, zijn lippen kussend.

Ze streelden elkaar zonder verwachtingen. Alles was al gevoeld. Ze sliepen niet meer. Ze hadden nog de dageraad en enkele uurtjes voor de plechtigheid zou plaatsvinden. Met hun vingertoppen onderzochten ze opnieuw elk plekje. Joan creëerde een eigen piano op Soledads lichaam. Een helling, een diepte, een zee, zilte vochtigheid... Soledad leerde het lichaam van haar man te bespelen. In luttele uurtjes was ze een bedreven minnares geworden. Hun lichamen verstrengelden zich in een liefdesstrik, wachtend op de dageraad.

'Heb je honger?' vroeg Soledad.

'Ik zal eeuwig naar jou hongeren...' antwoordde hij.

'Waarom hebben we elkaar ons hele leven toch moeten missen?'

'Ons wacht een droom.'

Ze douchten samen. Ze zeepte hem in alsof hij een kind was: oren, oksels, borst, buik... Zijn slapende huid ontwaakte onder haar aanrakingen; billen, benen, voeten; haar vrouwenhanden namen alle plekjes in bezit. Hij blies mondenvol water in haar gezicht; kind en tiener. Hij zeepte wellustig haar opgerichte borsten in, haar bovenlijf, haar taille. Zijn meisje van de lucht was van fris water, hij dronk haar; zijn handen glibberden, haar lichaam ontglipte, een vluchtige sirene door toedoen van de zeep...

Die 24ste juli kwam de zon uitgelaten binnen, wierp overal gouden serpentines. De woning schitterde van leven. Ze begonnen zich in stilte klaar te maken, gehoor gevend aan een heilige liturgie die uit hun ziel voortkwam... het was de belangrijkste dag van hun leven.

Joan hielp Soledad aankleden, deed een voor een de rij pareltjes dicht waarmee de met zoveel zorg gemaakte en met kant afgezette japon van *peau de soie* sloot. Zij fatsoeneerde de kraag van zijn overhemd, bevestigde de bretels aan zijn pantalon, knoopte zijn gilet dicht, strikte zijn das en hielp hem het jacquet aantrekken. Hij drapeerde de eindeloze stroom geborduurde tule over de slaapkamer, de gang en de woonkamer voor hij de sluier op Soledads hoofd vastzette. Als laatst kroonde hij haar met het diadeem van oranjebloesem.

'Mijn ongerepte Maagd...'

Soledad plukte een roos uit haar bruidsboeket en deed die in zijn knoopsgat terwijl ze zei:'Mijn pianist van de golven. Je kunt je nog bedenken...'

'Mag ik de bruid kussen?'

In haar kus legde Soledad al haar ingehouden kussen.

'Ben je vergeten dat het vandaag je verjaardag is? Kom, ik heb een cadeautje voor je...'

Joan liep naar de piano en ging zitten. Zijn vingers ontplooiden een voor een de klanken van 'Tristesse'. In vier minuten muziek was hun hele liefdesgeschiedenis geschreven.

Toen het stuk was afgelopen, keken ze elkaar met een verre blik aan, in een onbezoedelde stilte die hun hele leven doorkruiste en hen aan de poort bracht van de eerste en enige illusie uit hun jeugd.

Soledad zag in Joan de knappe ober in het witte pak.

Joan zag in haar zijn meisje van de lucht... veranderd in een bruidje.

'Het is tijd,' zei ze.

'Zullen we?'

De 'Bruiloftsmars' klonk.

Joan bood Soledad zijn arm en ze klemde zich aan hem vast. In haar hand had ze het bruidsboeket. Hun passen, vermoeid door de jaren, brachten hen langzaam naar de keuken; ze sloten de deur achter zich. Alle ramen en kieren waren gedicht.

Zonder aarzelen openden de verstrengelde handen van Joan en Soledad de ovendeur; vervolgens pakten ze de gasknop vast en draaiden die voluit open. Een zurige damp stroomde de keuken in.

Joan hielp Soledad op de vloer te gaan liggen, en nadat hij haar sluier goed had gelegd, nam hij naast haar plaats.

'Je schenkt me je leven...' zei ze, voor ze insliep.

'Je vergist je... Ik schenk je mijn droom.'

Ze omhelsden elkaar stevig, heel stevig, zodat niemand hen ooit nog zou kunnen scheiden.

Hun ogen vielen dicht en op hun lippen tekende zich een glimlach af.

Het regende applaus en bloemen op de jonge pianist. Het Palau de la Música Catalana was afgeladen, en het hele theater bracht een staande ovatie uit voor de virtuositeit van Joan Dolgut Sardá.

Op de voorste rij keken Andreu, Aurora en Mar bewonderend en trots naar hem.

Het was de eerste keer dat Borja voor een groot publiek optrad, en bovendien onder een voor- en achternaam waarop hij ontzettend trots was: die van zijn opa. Zijn hele leven had hij zich ongemakkelijk gevoeld onder die van hemzelf, maar daar werd hij zich pas van bewust op de dag dat hij zijn debuut voorbereidde.

Vanavond hadden zijn opa's sonates geschitterd als nooit tevoren. Vanaf het podium zocht Borja wanhopig de ogen van Mar, maar de spots verblindden hem. Het applaus vroeg, eiste, smeekte...

Hij verdween en keerde na enkele minuten terug met een partituur in zijn hand. Het publiek verstomde.

'Tristesse' van Chopin verhief zich plechtig boven allen. Andreu en Aurora pakten elkaars hand. Soledad en Joan waren daar.

Achterin, in de loge van de Sardá's, vergezeld door haar vader, sloeg Tita vanuit de verte haar zoon gade. Zes maanden eerder was Massimo di Luca uit haar leven verdwenen, gevlucht in de armen van een voorbeeldige leerlinge, jonger, knapper en nog veel rijker dan zij. Desondanks vorderde de bouw van het sportcentrum gestaag, en ze verwachtte over een halfjaar open te kunnen. Ze had zich weer laten opereren en haar gezicht had elke uitdrukking verloren. Ze leek verbaasd, gedesillusioneerd, blij en droevig, alles en niets tegelijkertijd. Na die verlating had Tita op duizend manieren toenadering tot haar zoon gezocht, maar het was haar niet gelukt. In het concert zag ze haar laatste kans.

Toen alles was afgelopen, wachtte ze hem bij de uitgang op.

'Borja...'

'Joan... ik heet Joan... Dolgut. Voor het geval je het nog niet wist,' benadrukte haar zoon, 'mijn vader heeft wel degelijk een achternaam.'

'Zoon...'

'Het spijt me, ik moet gaan.'

'Vergeef me.'

'Vergeef jezelf, mama. Vergeef eerst jezelf.'

'Je was fantastisch.'

'Dag, mama.'

Toen ze in de woning in de paseo de Colom kwamen, vonden Aurora en Mar een enveloppe op de vloer. Die was onder de deur door geschoven in de tijd dat ze bij het concert waren. Aurora raapte hem op; er zat een kaartje bij:

Lieve Aurora,

Het spijt me heel erg dat ik zo lang iets heb achtergehouden dat jou toebehoort. Ik hoop dat je me het ooit kunt vergeven. Haat me niet.

ULLADA

Aurora haalde een map uit de enveloppe: het was het rapport van de patholoog-anatoom dat de resultaten van haar moeders autopsie bevatte. Ze liep naar de woonkamer en liet zich op de bank vallen. Mar stond erop bij haar te blijven, maar Aurora vroeg haar haar alleen te laten.

Ze haalde zich het beeld van Joan en haar moeder, uitgestrekt op de vloer, voor de geest en haar hart sloeg over; ze was ervan overtuigd dat onder het lezen een verdriet aan de oppervlakte zou komen dat nog niet was geslonken.

Ze deed de map bevreesd open en uit het binnenste viel een polaroid van het bruidspaar, exact zoals ze in de keuken waren gevonden. Ze keek er een hele poos naar; ze leken te slapen. Hun vredige gelaat, de roze kleur op hun wangen en de glimlach op hun lippen weerspraken hun dood. Die gevoelvolle omhelzing had hen voor eeuwig met elkaar verbonden.

De eerste pagina bevatte algemene gegevens. De datum van het onderzoek, de naam van haar moeder, haar geslacht, haar leeftijd... Elk vakje was netjes ingevuld met de geijkte routinegegevens. Daarna volgden de datum van overlijden en de ogenschijnlijke omstandigheden die het hadden veroorzaakt. Verderop werden een voor een de anatomische verschijnselen van de toestand van het lijk uiteengezet, die in dit geval blijkbaar op het moment van verscheiden waren stilgezet; wonderlijk genoeg had het lichaam na intreding van de dood geen enkele verandering ondergaan. In een uitgebreide analyse werd de afwezigheid van littekens en uitwendige trauma's vastgesteld, en werd de rozige kleur van haar huid onderstreept; een ogenschijnlijk levensteken dat kenmerkend was voor personen die aan koolmonoxidevergiftiging waren overleden.

Op de volgende pagina werden in histogrammen en profielen een voor een de gevolgde stappen van het inwendig onderzoek opgesomd. Beelden visualiseerden de ontdekte details.

In het vooraanzicht werd haar aandacht sterk naar iets getrokken. Op de borst, met dikke lijnen geschetst, nam een enorm hart de hele borstholte in beslag en verstikte de longen volledig, die letterlijk naar de achterkant van het lichaam waren verdrongen.

'Moet je dit eens zien,' zei de patholoog-anatoom tegen zijn assistent toen hij de borstholte opende.

'Mijn God!' riep hij verbaasd uit. 'Het hart van die vrouw paste niet in haar lichaam... hoe heeft ze zo kunnen leven?'

De arts drukte de opnametoets in en ging verder: 'Na opening van de borstkas is een verbazingwekkende hypertrofie van het hart zichtbaar die de longen vrijwel geheel samendrukt.'

De lijkschouwer zette het anatomisch onderzoek van het lichaam voort. Die bejaarde had iets dat hem ontsnapte. Haar vredige, gelukkige voorkomen en de verheugde, verliefde uitdrukking klopten niet met wat ze vanbinnen meedroeg. Met zo'n hart was het onmogelijk te ademen; ze had al een hele tijd geleden moeten stikken.

Hij ging verder met de analyse van het enorme pericardium; een grote vochtbel was de oorzaak van de disproportionele vergroting van het hart en van de verschuiving en verschrompeling van de longen. Toen hij het hart openmaakte, verspreidde zich een intens aroma door de kamer.

Wat was dat? De geur belemmerde bijna zijn ademhaling, hij was heerlijk… De heldere, waterachtige vloeistof rook naar… rozen! Het leek net of in de zaal een gigantische tuin tot bloei was gekomen.

De assistenten en al het andere personeel begaven zich naar de tafel, geïntrigeerd door het fantastische aroma. Waar kwam dat parfum vandaan? De autopsie werd verscheidene uren onderbroken vanwege de speurtocht naar de oorzaak van dat onverklaarbare fenomeen. Het waterachtige vocht was rozenwater; in de hele geschiedenis van het ziekenhuis had zich nog nooit zoiets voorgedaan.

De assistent die de kleding van de bejaarde dame grondig moest doorzoeken, vond een vele malen dubbelgevouwen papier. In de bh van de overledene trof hij, vastgemaakt met een veiligheidsspeld, een brief van de cardioloog aan; deze was gericht aan Soledad Urdaneta en daarin deelde hij haar op warme maar besliste toon mee dat er niets meer gedaan kon worden. De uitslag van de CT-scan bevestigde zijn vermoedens. Wat ze hadden ontdekt was al in een vergevorderd stadium en er was geen genezing mogelijk. Met een beetje geluk had ze nog enkele weken te leven. De brief was gedateerd op twee weken voor haar overlijden.

'Ze is gestorven aan liefde,' zei de arts tegen zijn assistent. 'Jammer dat we dat niet in het rapport kunnen zetten.'

Badend in tranen las Aurora de brief van de cardioloog. Eindelijk wist ze waarom haar moeder op die manier was heengegaan… zonder afscheid te nemen. Nu begreep ze alles.

De bouw van het nieuwe huis was bijna klaar, en over twee weken zouden Andreu en Aurora gaan samenwonen. De woningen in de paseos de Colom en del Born bleven open, op uitdrukkelijk verzoek van hun kinderen.

In het appartement van Joan Dolgut was Borja twee vliegers aan het knutselen, stap voor stap de instructies volgend die hij in zijn opa's grijze schrift had ontdekt. Tegenwoordig maakte niemand meer op zo'n ambachtelijke manier vliegers. De kamer lag vol papier, naalden, scharen, houten stokjes, lapjes stof en plakmiddelen.

Hij had een groot schaalmodel gemaakt naar een voorbeeld dat hij in een boek over origami had aangetroffen, en na vele dagen arbeid met geslaagde en minder geslaagde pogingen, verrezen twee witte vogels met majestueuze vleugels uit zijn handen.

Het weerbericht kondigde een warme, droge westenwind aan die een voor vliegeren geschikte namiddag beloofde.

Toen hij ze af had, zette hij alles klaar en haastte zich naar de douche. Hij keek uit het raam. Ofschoon het al ver in de namiddag was, was het nog snikheet. De zomer verzengde het asfalt en een intens avondrood leek de lucht in vlam te zetten. Hij zou witte kleding aantrekken.

Hij belde een taxi, het duurde een eeuwigheid voor die kwam, en vroeg de chauffeur hem voor de poort van de begraafplaats Montjuïc af te zetten. Toen hij bij de dodenstad aankwam, werd hij verwelkomd door een stoet stenen engelen waar de eenzaamheid van afdroop. De slaperige sfeer van de graven intimideerde hem. Het was de eerste keer dat hij voet op een dergelijke plek zette, en wat hij voelde was niet zozeer angst maar een grote eerbied.

Zou hij het graf kunnen vinden?

Waarom had hij die treurige plek uitgekozen?

Hij dacht aan haar. Zou ze hetzelfde voelen als hij?

Hij liep tussen de nissen en grafstenen door en keek omhoog. De lucht was een brandend vuur. Oranje vlammen likten het vermoeide blauw op, verdubbelden de schoonheid ervan in de zee.

Wat paradoxaal! Nu ze het niet meer konden zien, hadden de doden het mooiste uitzicht van Barcelona.

Hij volgde de aanwijzingen van zijn vader tot hij de top bereikte. Daar was het.

Voor het graf van Joan en Soledad, gekleed in smetteloos linnen, wachtte Mar op hem. In opdracht van Andreu bedekten die dag honderden maagdelijke rozen het zwarte marmer.

Ze zag hem aankomen, de staart van de vliegers achter zich aan slepend, en liep hem met gespreide armen tegemoet.

'Snel...' zei ze, naar de lucht wijzend. 'De zon gaat bijna onder...'

Op het graf bewogen de rozen in de wind.

De zee droeg haar blauwe, tafzijden avondjapon.

'Ben je er klaar voor?'

Ze knikte. Voor de dubbele gedenksteen gaven Borja en Mar de vliegers vrij aan de wind.

De vogels klommen omhoog, hun vleugels gespreid...

De wind vroeg en zij gaven.

De touwen gingen strak staan. Er waren nog vele meters draad... een heel leven.

Een van rood doortrokken hemel verwelkomde de vlucht van de vogels... zonder die te verstoren.

De vliegers gingen recht omhoog...

Ze bevestigden hun geschreven boodschap aan de lijn, hun intiemste dromen.

De papiertjes klommen... gingen omhoog... stegen verder... en bereikten de top.

'Ze komen uit,' zei hij.

DANKWOORD

María, je vroeg me waarom jij noch je zus Ángela in de opdracht van dit boek voorkomt. Ik zal het je zeggen: ik was het je vader verschuldigd.

Je hebt er geen idee van hoe gelukkig ik was toen ik zag dat je het manuscript uit de handen van je zus griste. Jouw vinger bij elk woord om maar geen regel over te slaan; van jullie beiden, om te weten wie op de ander voorlag; de fascinatie die je voor de geschiedenis aan de dag legde. Natuurlijk is deze roman ook aan jou opgedragen. Dankjewel, prinses.

En hij is ook opgedragen aan je zus Ángela. Die immense oceaan van gevoeligheid, kracht en verfijndheid aan wie ik de schitterende omslag van de Spaanse editie van dit boek te danken heb. Dankjewel, mijn grote meisje, voor het lezen van en ontroerd raken door mijn woorden; voor het meeleven en het verheugd raken al naar gelang de gemoedstoestand van de personages. Voor je geloof in alles wat ik opschreef en je intense beleving ervan. Je bent de hartslag die het kloppen van mijn schrijven aangeeft.

Ik dank Teresa Soler en Ángel Cequier voor de avonden die we samen hebben doorgebracht. Behalve goede vrienden zijn het geweldige artsen, hebben ze me van adviezen voorzien en hun kennis ingebracht zonder de vleugels van de verbeelding te kortwieken.

Helena Jorquera, die zonder me te kennen me een pianoles heeft geschonken.

Ramón Eguiguren, een bevlogen pianist, voor het naar me luisteren en het me vertellen dat jawel, dat al het gedroomde mogelijk was.

Mijn allerliefste broer Richard, omdat hij zijn buitengewone intellect voor me heeft opengesteld en me heeft laten wroeten in zijn kennisbibliotheek.

Mijn allerliefste broers Soco, Xime en Marquis, wier aanwezigheid ik altijd voel, ondanks de afstand.

Mijn allerliefste Andrés, mijn innige neef, van wie ik zoveel liefde ontvang... En Isabel...

Mijn Joaquín, voor het schenken van zijn jeugdherinneringen en zijn afgelegde paden.

Mijn allerliefste zus Patri, omdat ze bij me was en me heeft vertroeteld met haar liefde toen ik, vanwege het verlies van onze vader, gebroken was.

En tot slot mijn allerliefste zus Cili, omdat ze er altijd is... altijd.

Waar het de tijd aan ontbreekt

Voor Ángela en María
mijn dochters... mijn vleugels

En als je lang in een afgrond kijkt,
kijkt de afgrond ook bij jou naar binnen.

FRIEDRICH NIETZSCHE

1

Ze dacht dat de dood obsceen was, tot ze de kast opendeed. Vijftien jaar lang was ze in de verleiding geweest haar aan te raken, maar haar moeder had haar vermaand dat je doden niet aanraakt.

De dag was aangebroken. Haar moeder was er niet meer om het haar te beletten en ze voelde zich eenzamer dan ooit. Zou ze zo koud zijn als ze zich voorstelde? Of zou de gewaarwording van leven die dat tienerlichaam uitstraalde, teruggetrokken in een slapende tijd, haar meer schenken dan een onteerde, verstilde aanwezigheid?

Ze trok aan de hendel en de grote kist van geslepen glas doemde op uit de duisternis. Voorzichtig veegde ze de dikke laag stof weg tot ze daarbinnen de gesloten oogleden zag verschijnen, die ze toen ze klein was zo vaak met haar vingertjes had willen openen. Waarom was ze nooit wakker geworden terwijl ze haar toch zo vaak had geroepen?

Een lichtstraal van boven viel vol op La Sainte, schetste als een penseel de licht- en schaduweffecten op haar blozende, serene gelaat, verstoord door de sporen die de stenen hadden achtergelaten. Ja, ondanks de opzettelijk aangebrachte verwondingen en de honderden jaren doorgebracht tussen die vier glazen panelen bleef het dode meisje beeldschoon: een schone slaapster.

Nu ze haar weer zag, voelde ze dat dat lichaam haar met warmte vervulde. Zijn doden beter gezelschap dan levenden?

Waar werd het hart van dat kleine tienermeisje gevangengehouden? Een witte, vleugellamme duif. Zou het nog onbeweeglijk kloppen in haar verwachtingsloze dromen?

De sluiting drupte roest en haar handen, klam van voorgevoelens, aarzelden. Ze tilde het deksel op en net toen ze het gezicht van La Sainte wilde strelen werd haar aandacht getrokken door een oude penning die op de levenloze borst rustte. Was het een familiewapen? Hij zag eruit als een vreemd symbool, een soort munt die enkele Latijnse letters als een hiëroglief verstrengelde tot een gesloten cirkel, heel mooi en intrigerend. Ze haalde hem voorzichtig weg, probeerde de gerafelde kleding van de dode niet te beroeren, bang haar te wekken uit haar eeuwige lethargie. Vervolgens keek ze instinctief om zich heen of iemand haar zou berispen. Niemand; alleen de gele ogen van haar kat sloegen haar afwezig gade. Een onbeduidende diefstal, een cadeautje voor haar hals. Daarna had ze niet meer de moed de dode aan te raken, uit angst haar vermoedens bevestigd te zien. En als ze nu eens even koud was als haar vader en moeder? En als ze nu eens onder haar handen verpulverde, zoals de vleugels van een vlinder? Ze zou blijven denken dat ze warm was; zo warm en hartelijk als een zus.

Ze kon niet nog een geliefde verliezen. Nee, nu niet.

Ze duwde tegen de kist en het mechanisme liet dat angstvallig bewaarde geheim weer in de duisternis verdwijnen.

Ze ging naar buiten met het gevoel beschermd te zijn; de penning die ze nu verborgen tussen haar borsten droeg, was van La Sainte geweest; het was of ze bij haar was en bij elke stap die ze deed tegen haar zei: 'Ik ben hier, naast je hart'.

Ze stak de rue Saint-Jacques over en nam haar gebruikelijke weg terwijl ze haar blik over de geklauwde waterspuwers van de Saint-Séverin-kerk liet gaan; draken, adelaars en leeuwen leken haar als roofvogels vanuit de hoogte te belagen. Maar nu was ze niet langer bang voor ze. Nadat ze de sarcofaag had geopend en oog in oog had gestaan met de dode kon nog maar weinig haar angst aanjagen.

De drukte op de terrasjes omhulde haar met vrolijkheid. Haar buurt had een jonge ziel en die junidag zou ze haar drieëntwintigste verjaardag vieren, zichzelf trakteren op iets waar ze al heel lang naar verlangde: lessen van de grote kunstschilder en maestro Cádiz.

Zijn schilderijen waren een koele, provocerende schreeuw en tegelijk intimiderend. Hij leek er behagen in te scheppen de psyche van de toeschouwer overhoop te halen tot hij diens diepst verborgen verlangens naar boven had gehaald, waarbij een hypnotiserende werking van zijn schilderijen uitging waarvan je je onmogelijk kon losmaken.

Ze volgde zijn schildercarrière al jaren. Ze kende alles van hem, zijn unieke penseelstreken, zijn persoonlijke kleurstelling, zijn magistrale schildertechniek, en ze bewonderde hem met de aanbidding van een beginnelinge, al was ze niet van plan hem dat te laten merken.

Ze hadden telefonisch met elkaar gesproken, en alles was haar een beetje te gemakkelijk voorgekomen. Zou hij haar voor de gek houden?

Op weg naar het atelier van die titan van de schilderkunst besloot ze zich onmisbaar te maken; een voorbeeldige leerlinge te zijn die kon bijdragen aan iets waar het op de doeken van de schilder aan haperde: de voeten. Die vormloze vlekken haalden het niet bij de rest van zijn werk en al waren ze uiteindelijk een van zijn kenmerken geworden, haar kon hij niet bedriegen: ze was schilderes en ze was ervan overtuigd dat hij het gewoon niet beter kon.

Toen ze haar weg door het binnenste van Parijs had afgelegd, verliet ze de metro bij de Boulevard Montparnasse en zwierf langs de tafeltjes en winkels. Ze had nog een halfuur en was niet van plan een seconde te vroeg of te laat te komen. Ze liep en liep tot ze bij de straat was aanbeland die op de kaart stond.

Voor huisnummer 2 van de passage de Dantzig bleef ze staan. Wat ze zag kon gewoon niet echt zijn. Het was een eiland waar de natuur haar verlatenheid leek uit te kermen. Tientallen verminkte hoofden zwierven over de grond tussen wilde kamperfoelie zonder meester en lichamen zonder eigenaar. Een bruinige kat lag op een eenzame tafel te slapen terwijl de vogels volop hun gang gingen in dat in de tijd verloren paradijs. Ze wist dat Cádiz' atelier midden in de wijk lag, ze had zich het groots voorgesteld, maar wat ze nooit had vermoed was dat het La Ruche was, het paviljoen van Brits-Indië dat Eiffel voor de Wereldtentoonstelling van 1900 had ontworpen. Het leek op instorten te staan. Bij de ingang droegen de door de jaren vermoeide kariatiden stoïcijns het gewicht van de gevel. Ze belde aan. Een donkere stem, als van een schorre cello, noemde haar naam en nodigde haar uit binnen te komen. Hoe wist hij dat zij het was? Zou hij haar observeren?

Ineens werden haar handen glibberig van spanning. Ze bekeek zichzelf in de ruit en wat ze zag beviel haar.

De geur van terpentijn, verf en oplosmiddelen verwelkomde haar. De ruimte ademde een vreselijke wanorde uit, verstikte haar. Honderden verfpotten verspreid over de vloer, te midden van uitgespreide kranten, foto's, hopen zand, zakken cement, lijm, meetlinten, spatels en gemorste verf dreigden haar op te slokken. Er was geen centimeter vrij. Een vloed van acryl, olieverf en lijmresten had een soort maanlandschap gevormd met kraters en steile hellingen, bijna ontoegankelijk. Hoe kon iemand in zo'n bende werken? Het zag ernaar uit dat daar in geen jaren was schoongemaakt. Niettemin was dat ronde paviljoen een waar architectonisch kunstwerk. Even zag ze hen daar, Chagall, Kandinsky, Soutine, Modigliani, Giacometti, Calder, Picasso, al haar idolen verenigd in die unieke ruimte, maar haar gedachten werden verstoord door de naderende voetstappen van de schilder.

Ze zag hem gekleed in een overall aankomen en alles aan hem scheen haar een levend schilderij. Van de kronkelende rook die opsteeg van zijn sigaret tot de bruinige verfvegen op zijn kleding, alles droeg het stempel van zijn artisticiteit. Voor haar bleef hij staan, hij keek haar met een strakke blik aan en na een lange stilte, waarmee het hem lukte haar te intimideren, begon hij te spreken.

'Mazarine, wat kom je hier doen?'

'Leren.'

'Leren...' herhaalde Cádiz terwijl hij gretig aan de sigaret trok die aan zijn lippen bungelde. 'Wat naïef ben je. Weet je dan niet dat je zelf je beste leermeester bent?'

'Een schilder heeft ook het recht meer te willen weten. Wat is daar verkeerd aan? Ik probeer alleen maar een goede kunstenares te zijn.'

'Wat je niet hebt kan ik je ook niet geven. En jij, heb jij iets te geven?'

'Ik weet het niet... test me maar.'

'Je moet het weten. Vertel eens... Heb je iets vanbinnen?'

Mazarine wist niet welk binnenste hij bedoelde. De ogen van de schilder gleden onbarmhartig over haar heen, rukten haar de kleding van het lijf. Ze antwoordde hem uitdagend. 'Natuurlijk. We hebben allemaal iets in ons.'

'Goed, haal het dan tevoorschijn. Laat het anderen zien. Kleed je uit voor de ogen van de wereld, zonder belachelijke schaamte. Onthoud, Mazarine: jouw werk is je ware spiegel. Hij is het die meedogenloos over je spreekt.'

Het meisje dacht even na. Zijn ondervraging bracht haar van haar stuk. Wie dacht hij wel dat hij was? God? Ze kreeg geen tijd iets te zeggen. Hij begon alweer tegen haar te praten.

'Om te beginnen... het bevalt me niets dat je met schoenen aan mijn atelier binnenkomt. Trek ze uit... dan voel je het materiaal.'

Mazarine deed haar sandalen uit, ontblootte haar sierlijke voeten. Het was waar. Onder haar huid was de vloer een enorm, opgedroogd schilderij, dat haar bovendien pijn deed. Een steek in een van haar tenen bracht haar terug tot de werkelijkheid. Ze zou wel leren in die ruimte te lopen zonder zich te bezeren.

Terwijl Cádiz in de chaos van rondslingerend materiaal iets zocht om het meisje te geven, wachtte een naakte vrouw gezeten op een rond podium op aanwijzingen van de schilder.

'Hier...' Cádiz gaf haar een smerig paneel. 'Ik wil dat je rechtstreeks op dit hout schildert.'

'Wat moet ik schilderen?'

'Dat ga ik je niet vertellen. Ik zal je nooit zeggen wat je moet uitdrukken. Dat moet helemaal uit jezelf komen.'

Mazarine fixeerde zich op de voeten van het model en besloot haar hele lichaam in een enkele streek te vangen en zich op de voeten te concentreren.

Ze zou hem laten zien dat ze wel degelijk iets te geven had, iets waaraan het hem ontbrak.

Ze begon vaardig te schetsen en Cádiz kon zijn ogen niet van haar blote voeten afhouden; een piepklein druppeltje bloed op een ervan benadrukte hun witheid. Ze waren perfect, prachtig vormgegeven, en ze grensden aan het hemelse. Hij had nog nooit zulke ranke voeten gezien. Het waren net twee gestileerde vleugels. Plotseling kwam iets wat al tijden verstomd was in zijn binnenste tot leven. Zouden de voeten van zijn nieuwe leerlinge dat onverwachte ontwaken hebben veroorzaakt?

2

Soms dacht ze met heimwee terug aan de heerlijke reizen uit de tijd dat ze nog een onbekende journaliste was. Zo was Sara Miller. Bijna zestig, maar ze gaf nog steeds de voorkeur aan de aangename anonimiteit van de passant, de stralende stilte van het vluchtige, boven het vertoon van de spots en interviews waarin zij en haar man al vele jaren waren ondergedompeld.

Ze had hem in mei 1968 leren kennen, tussen het traangas, de klappen, het geschreeuw en de leuzen, gelanceerd met de adrenaline van opstandige studenten. Ze was van New York naar Parijs gevlogen, in opdracht van de redactiechef politiek van *The New York Times* die haar perfect vond om zich onder de jongeren te mengen en als fotografe de indrukwekkende straatonlusten te verslaan die de regering van generaal De Gaulle in hun greep hielden.

Direct na haar aankomst had ze zich bij hun leuzen aangesloten, had ze de spontane roep van intellectuelen en de idealistische revolutie omhelsd die opsteeg te midden van de vlammen, de rook van de branden, en de straatstenen die een symbool waren geworden: de revolutie van de stenen en de woorden. Het wapen van het tegengeweld waarmee de studenten zich verdedigden tegen de brute aframmelingen door de staatspolitie.

Terwijl ze met haar camera de woeste politieaanvallen vereeuwigde, zag ze hem uit het niets opdoemen, gehuld in rook- en strijdwolken. Bezweet, episch en gigantisch; met zijn opgewonden libertaire verlangens en een roodgeverfde straatsteen in zijn dreigende vuist, zijn vurige verlangens uitschreeuwend. Elke steen, een woord. Een held-symbool, een nieuwe wereld verkondigend.

Zijn verwarde, lange zwarte haren gaven hem het uiterlijk van een vastberaden zigeuner, en zijn derdehands jasje met de versleten bontkraag plaatste hem onverholen voor haar camera. Hij was prachtig. Een wild dier. Op dat moment vergat Sara volstrekt waar en waarvoor ze daar was, en begon ze hem met haar Leica te bestoken, hem op haar netvlies te vereeuwigen. De stenen vlogen om haar heen, raakten haar, gehuld in woorden en geschreeuw, een regen van knuppelslagen, maar ze voelde ze niet.

Te midden van de woede van de oproerpolitie die erop los schopte en vernederde, en de uitdagende jongeren die zich verdedigden en hen uitscholden, was haar hartstocht ontloken. Haar en zijn ogen sprongen boven de gebeurtenissen uit, zochten elkaar, verloren en hervonden elkaar in het gevecht.

Zij klikte, rende, zoomde in, ontweek... kwam dichterbij. Hij schreeuwde, sloeg, gooide, dook weg... kwam dichterbij. Oog in oog, hijgend, smerig, uitgeput en opgewonden, ontmoetten ze elkaar om een ander gevecht te leveren, dat van de liefde.

De ontmoeting vervreemdde en verwijderde hen van de revolutie. Een krachtig licht verpulverde hun bewustzijn, verstomde het heden, tot ze uiteenvielen. De camera was enkel het excuus geweest, de stille dialoog tussen hun verlangens. Achter bleven de dromen van velen, een vruchtbare aarde waarop hun eigen droom begon te ontkiemen.

Zij sprak niet, hij deed niet de minste moeite zich te verweren tegen de wilde aanval met het fototoestel die de mooie onbekende tegen hem inzette. De leuzen van Sartre, de zin van de *contestation*, de vlaggen, vuisten, kreten, schilderingen... '*L'imagination prend le pouvoir... Il est interdit d'interdire...* Wees realistisch, eis het onmogelijke...' alles werd onscherp en vervaagde door de lens van de verhitte Leica.

Toen de voorraad filmrolletjes, de stenen, het geschreeuw en geduw eenmaal uitgeput waren, verstomde de camera. De gezichten, ogen, ademhaling en lippen van Sara en Cádiz hechtten zich aan elkaar tot ze op het straatplaveisel lagen, een groot stenen bed. Gevallen, de een boven de ander, de een op de ander, de een in de ander. Parijs verstilde in de kus.

Al de vochtige zoelte dreef tussen hun tongen. Een mengeling van smaken en uit te spreken woorden vervloeide in die saprijke, donkere holte. Lang... als een eindeloze gang.

In de verte waren gedempt stemmen te horen: 'Verander het leven... *pu-*

tains, putains... Droom niet met andermans ogen...' en zij bleven met hun tongen dromen.

'Liefde is in de kus,' zei Cádiz zonder op te houden haar te kussen. 'Een kus kan niet liegen. Als hij niet waarachtig is, schreeuwt hij.'

'Eens kijken... wat vertelt deze je?' Ze keek hem aan terwijl ze haar tong diep in zijn mond liet verdwijnen.

'Dat je mond vol duistere vragen zit.'

'Als het waar is wat je zo stellig verkondigt, wat vind je er dan van deze te lezen?' Sara had hem haar tong laten zien en hij had erin gebeten.

'Bruut.'

Dat was niet alleen haar grote reportage geweest, maar de reportage van haar leven die haar voorgoed had getekend. De foto's werden opgestuurd, gepubliceerd, wonnen prijzen, maar Sara was nooit meer vertrokken. Ze had haar mooie, bijzondere stilte, haar bestaan als eenlinge, ingewisseld voor die meeslepende, meervoudige vreugde, zij beiden verenigd.

Zij, met haar schoolfrans en gebrekkige kennis van het Spaans, opgestoken van het Mexicaanse dienstmeisje dat vroeger haar kindermeisje was geweest, kwam in Cádiz' piepkleine zolderkamer van arme schilder te wonen, midden in het Quartier Latin. Dat wat ze niet tegen elkaar zeiden maar wel voelden, almaar afbrekend en weer opbouwend – in die jaren lag de verplichting van een kunstenaar niet bij de liefde maar bij zijn werk. Luisterend naar blues en 'Je t'aime... moi non plus' van Serge Gainsbourg onder eindeloze vingers en gehijg. Zich voordoend als behoeftigen, vermagerend op zoenen en strelingen, op een dieet van zoet speeksel en fluwelen kussen. In een badkamer improviseerde Sara haar donkere kamer, waar ze de beste foto's van haar leven ontwikkelde. En ze stuurde ze liever op dan dat ze de waanzin van het bohème leven achterliet waarin ze zich zo irrationeel had gestort, in een roemrucht en dichterlijk Parijs, vol van onthulde dromen en op voet van oorlog, met intellectuele uitwassen die in de lucht hingen, met latino's en jongeren uit heel de wereld, een Babylonische chaos van dwazen die bruisten van te realiseren ideeën.

Zonder het te hebben gepland of overdacht, veranderden ze tegen die levendige achtergrond in een dualistisch wezen. Zij, een grandioze tovenares met de lens, begon de wereld rond te reizen en de meest gewaagde, ongelofelijke beelden te verzamelen om ze vervolgens tegen exorbitante prijzen aan de grote magazines te verkopen. Hij, een geniale aanzetter tot vrijpostigheid, streefde ernaar zich onder de grootmeesters van een nieuw expressionisme te scharen. Een ruwe diamant die op het punt stond een revolutionaire beweging in de moderne schilderkunst te ontketenen. Sara voorvoelde dat al vanaf het begin en had elk werk dat onder zijn handen ontstond vereeuwigd door hem in de intimiteit van zijn atelier te fotograferen; het nog niet-bestaande opblazend om het vervolgens als een bijzondere primeur naar de hoofdredacteur van de culturele afdeling van *The New York Times* te sturen.

Zo was zijn roem begonnen.

Bekritiseerd en geminacht door experts en aartsconservatieven, maar bewonderd door de meer liberale jongeren, die hem al snel tot de grote icoon van de moderniteit en de seksuele vrijheid uitriepen.

Zijn werk was de dualistische kunst. De meest gedurfde expressie van het dualisme van Descartes. Geest en lichaam, goed en kwaad, rede en instinct, lichaam en ziel. De twee kanten van de mens. Het zedige en het onzedige in één enkel concept. De zonde en de genade die om elkaar heen draaiden. Een beroemde kunstcriticus, verheven in zijn scherpe blik, had zijn werk Schaamteloos Dualisme gedoopt.

De groten der aarde bewezen eer aan de prachtige uitbeelding van de schilderszziel die zijn schilderijen weerspiegelden. Ze bewonderden zijn vrijmoedigheid en heftigheid; zijn ongecontroleerde tong, zijn duistere woede. Zijn ontoegankelijkheid. Niemand, zelfs zijn vrouw niet, had de vinger weten te leggen op het diepste deel van zijn ziel, daar waar al zijn doeken ontsproten.

Sara was bezorgd.

Terwijl zij een glorietijd beleefde en uit haar genialiteit verzoeken voortvloeiden die ze lang niet allemaal kon inwilligen – sublieme reportages, sophisticated cocktails met een overvloed aan mondaine kunstenaars –, en haar werk geëxposeerd werd in het Hamburger Bahnhof in Berlijn, het Tate Modern in Londen, het Guggenheim in New York... en alle grote musea ter wereld, terwijl de mensen smachtten om haar in hun buurt te hebben, merkte ze in het recente werk van haar man een triestheid en matheid op die haar bezighielden.

Al was het heel subtiel en viel het de critici nog niet op, ze voelde dat zijn onuitputtelijke inspiratiebron begon op te drogen. Al een paar maanden vond ze hem gedeprimeerd, stil en ontwijkend. Met een groeiende paranoia die hem op het randje van de wanhoop bracht; hij dacht dat heel de wereld erop zat te wachten om hem belachelijk te kunnen maken. Hij kon niet accepteren dat ze in de gaten zouden krijgen dat hij niet meer in staat was iets nieuws te scheppen, dat zijn huidige werk een herhalingsoefening was, zonder ook maar één creatieve uitbarsting.

Voorheen hadden ze soortgelijke spanningen ondervonden, wanneer een van Cádiz' exposities niet het vurig door hem verlangde grote succes had en zijn ego een deuk had opgelopen. Maar nu was het anders. Ze maakten beroepsmatig verschillende tijden door.

Ze hadden altijd over de beruchte crises gesproken. Die van de veertig hadden ze omzeild door aan de vijftig te denken; die van de vijftig door aan de zestig te denken, maar deze ontglipte hun volledig. Het was een crisis met vele aanleidingen.

Soms wenste ze dat al die luisterrijke spots hun licht niet op hen hadden laten vallen; leven in volstrekte anonimiteit en rustig oud kunnen worden, zonder zich te hoeven blootstellen aan de schijnwerpers en de kritiek. Ze waren jong, maar de wereld wilde hen met alle geweld van rimpels voorzien en langzamerhand slaagde ze daarin. Tussen het vroeger en het later liet de depressie zich gelden.

Toch, ondanks al haar succes, was Sara's belangrijkste doel die glorieuze tijden te laten herleven, de schitterende, bruisende tijd waarin zij en haar man zwolgen in wederzijdse roem, toen geen van beiden afgunstig naar de ander keek, maar juist vol bewondering.

Ze moest dringend de vreugde in Cádiz nieuw leven inblazen.

3

'Rotmeid!' mompelde de schilder binnensmonds toen hij Mazarine nakeek die blootsvoets naar buiten liep. Haar kleine sandalen stonden vergeten in een hoek, misschien wel met opzet. 'Verdomde rotmeid!' zei hij weer, met in zijn handen het houten paneel waarop het meisje had geschilderd.

Het schilderij waaraan hij die middag begonnen was en dat op de vloer lag, kreeg de woede van zijn laarzen te verduren, tot het uiteindelijk totaal versplinterd was.

Het model sloeg hem versteend gade zonder op te durven staan. Toen hij zich haar aanwezigheid bewust werd, beval Cádiz: 'Wegwezen! En je hoeft niet meer terug te komen.'

Eenmaal alleen, liet hij zijn razernij en frustratie de vrije loop en gooide alles wat maar voor het grijpen lag tegen de muur. Penselen, spatels, panelen, sponzen en lappen vlogen door de lucht. Verf uit opengesprongen blikken glibberde traag over de muren, in een surrealistische jammerklacht, veranderd in dikke tranen. Tranen van een schilder, drooggevallen in de bloei van zijn leven.

'IK BEN DOOD! DOOOOOD!'

4

Mazarine kon niet zeggen hoe het haar op de eerste lesdag bij de schilder was vergaan. De uren in zijn atelier waren in een onbeschofte stilte verstreken. De meester had zijn mond niet meer opengedaan, zelfs niet om haar 'dag' te beantwoorden. Ze keerde terug naar huis, niet wetend of ze nu gedesillusioneerd was, geërgerd of allebei. Haar idool leren kennen had bij haar een gevoel van teleurgestelde verwachting achtergelaten. Hij was niet zo bijzonder of aantrekkelijk als hij in de tijdschriften leek. Na een hele middag met hem te hebben doorgebracht, was haar wrange gewaarwording er een van verlies, van dood. Desillusies zijn kleine sterfgevallen, dacht ze terwijl ze stilhield bij een banketbakker aan de Boulevard Saint-Michel om een grote *tarte Saint-Honoré* te kopen waarmee ze, in grote eenzaamheid, haar verjaardag zou vieren.

Voor La Friterie groette een buurvrouw haar, die maar niet kon begrijpen hoe dat jonge meisje zo afgezonderd van het leven in dat oude, groene huis kon leven, het juweeltje van de buurt, niet omdat het zo luxueus was, maar extravagant. Die vreemde woning was de enige waarvan de ramen het hele jaar dag en nacht gesloten waren, zelfs op de warmste zomerdagen in augustus. Een tijdlang stond het op de lijst om afgebroken te worden, maar op het laatste moment had de gemeente het plan ingetrokken, gehoor gevend aan de honderden door de buurtbewoners verzamelde handtekeningen voor wie het een van de onbetwistbare karakteristieken van Saint-Séverin was geworden. Gevangen tussen twee gebouwen was dat architectonische miniatuurtje, met een vage tudorstijl en een gevel van slechts enkele meters, een ware onbekende. Na de dood van haar moeder, in de tienerjaren van het meisje, had Mazarine alle openingen die op straat uitkwamen hermetisch gesloten. Desondanks viel er vanaf de vensterbank van een van de ramen een onverklaarbare waterval van lavendel naar beneden en verspreidde haar aroma in de omgeving van de woning.

Nadat ze de deur had dichtgedaan keek ze zuchtend naar haar voeten. Zo slecht was het niet de schoen te verbannen. Ze had zojuist een onherroepelijk besluit genomen: vanaf die dag zou ze geen schoenen meer dragen. Het fascineerde haar de grond te voelen; dat had ze vastgesteld toen ze te voet van het atelier naar haar buurt was gegaan. Twee uur lang door straten, parken en op trottoirs wandelen, waar enkele nieuwsgierigen haar lach met een meewarige blik beantwoordden toen ze haar naaktheid daarbeneden in het oog kregen. Haar voeten weerstonden stoïcijns de buitenomstandigheden; op een paar kleine kneuzingen na die wel zouden wegtrekken en uiteindelijk een beschermlaag vormen; ze zou een niet eerder gevoeld Parijs beleven.

Ze ging naar de keuken, waar ze begroet werd door de zwaaiende staart van haar kat, en zette de taart in de koelkast. Het feest zou ze voor later bewaren. Nu ze eenmaal over haar angst heen was, wilde ze La Sainte weer zien en haar gezelschap voelen.

Ze liep langzaam de trap op, zich bewust van de nerven in het hout onder haar pijnlijke voeten. Ze werd de geur weer gewaar van glanzend mahonie en van de angst die ze voelde toen ze klein was en haar moeder zei dat ze naar bed moest terwijl zij zich niet wilde losmaken van de enige warmte die ze bezat: haar schoot. Moe van het steeds maar om een zusje vragen dat nooit kwam, nam ze uiteindelijk genoegen met de schone slaapster.

Waarom zei ze niets terwijl ze toch zo levend leek? Ze voelde de leegte die haar vader had achtergelaten... en die van haar moeder. Ze voelde haar eigen leegte: alle leegten op aarde, in een doffe echo. Als ze maar één hartelijke, liefdevol uitgesproken zin kon voelen, iets wat haar zei dat ze bestond.

Zonder woorden kan de mond een zwart gat worden. Een diepe put zonder water.

'Zeg iets tegen me, Sienna,' zei ze toen ze de kast opendeed.

De lieve tiener doemde weer op uit de schaduwen, beeldschoon... en zwijgend.

'Heb jij nog verlangens die je vervuld wilt zien? Zijn ze nog levend? Of zijn ze ook gestorven en net als jij niet begraven? Wie heeft dit met je gedaan, wie? Waarom hebben ze je nooit begraven?'

Het serene gelaat leek verzonken in een zalige, vredige slaap.

'Wie ben je?'

Voor Mazarine was La Sainte een raadsel. Een ziel gekooid tussen glas. Een verse roos die spoedig haar eerste en laatste zucht zou uitademen. Een stukje leven bevroren in de tijd. Ineens herinnerde ze zich dat ze het medaillon om had dat ze die ochtend had weggenomen en ze raakte het weer aan, liet haar vingers over het vreemde, erin gegraveerde symbool glijden. Wat zou die mengeling van verstrengelde bogen en gekruiste initialen betekenen? Waarom zou ze het hebben gedragen?

Toen ze de kast opendeed, begon dat wat haar hele leven gesluimerd had in de lucht te zweven. Het waren vage vragen waarop ze geen antwoord wist.

Nu ze niet langer bang was voor La Sainte ontwaakte er een nieuwe angst, de angst geen van haar onzekerheden te kunnen wegnemen.

Die nacht, na weinig te hebben aangenomen, veel te hebben bedacht en tot geen enkele conclusie gekomen te zijn, liet ze zich daar op haar kussen overspoelen door een kleine vreugde, waardoor ze de wirwar van levensvragen even van zich af kon zetten: ze stelde zich Cádiz' gezicht voor terwijl hij naar de voeten keek die ze op het hout geschilderd had en ze viel met een glimlach in slaap.

5

Cádiz was hongerig wakker geworden; hongerig naar alomtegenwoordigheid, naar dualisme. Echter niet naar dat wat zijn schilderijen toonden maar een ander, in alle opzichten onmogelijk dualisme. Hij wilde tegelijkertijd jong en oud zijn. De kracht van zijn twintigste en de wijsheid van zijn zestigste bezitten. Het non-conformistische elan waardoor hij zoveel wegen had onderzocht tot hij het licht gevonden had in de duisterste diepten van de mens: de onderdrukte verlangens.

Beheersing over het eigen lichaam is een illusie; daarin schuilt geen troost, er is een wankel evenwicht. Aangeboren schroom en schaamtegevoelens moeten een uitweg vinden; een dierlijkheid die met zichzelf geconfronteerd wordt en alle atavistische redeneringen overschrijdt en doorbreekt om terug te keren naar de helderheid van het primaire wezen.

Zijn werk was geen mutilatie, zoals sommigen het durfden te noemen; het was juist het tegendeel: een schokaanval, een botsing van grote krachten. Eén schilderij met twee gezichten. De mens geconfronteerd met zijn spookbeelden en verlangens. Aan de ene kant de zedige, maagdelijke virtuositeit en aan de andere het instinct in zijn zuiverste vorm; een nonchalant opgetilde rok en het blootgelegde verlangen dat opdoemt uit de schaduw van een vinger.

Door dat non-conformisme uit zijn jonge jaren had hij alle hindernissen weten te nemen en het had hem tot de wereldtop gebracht; die obsessieve zoektocht naar een illusoir perfectionisme had hem roem geschonken, maar doodde hem nu langzaam. Hij kon het niet verdragen slechter te zijn dan een ander en een mindere van zijn leerlinge, dat onbeduidende meisje dat in zijn wond had lopen wroeten tot ze een opening had gemaakt waardoor hij leegbloedde. Hoe lang had ze nodig gehad om hem een lesje in meesterschap te geven? Twee uur? Hoeveel schilderijen had hij de afgelopen maanden vernietigd? Vijftig, honderd? Voeten had hij nooit nodig gehad om zijn wereld uit te drukken. Wat was dat toch met de voeten die Mazarine had geschilderd? Waarom waren ze nu zo belangrijk? Waarom voelde hij zich zo zwak tegenover het leven?

Hij begon heimwee te krijgen, en die heimwee was het onmiskenbare teken dat hij niet langer wás en zich moest verlustigen in het verleden om niet voorgoed verloren te gaan in de rookwolken van zijn doodsvuur. Hij voelde steeds minder en herinnerde zich steeds meer.

Hij loog al een hele tijd tegen zijn vrouw over de hoeveelheid schilderijen die hij de laatste maanden gemaakt had, en wimpelde haar nieuwsgierigheid af met het excuus dat hij ze niet wilde laten zien voor hij de hele collectie voltooid had. En dat deed hij niet alleen voor zichzelf, omdat zijn trots hem niet toeliet zijn creatieve onvruchtbaarheid te aanvaarden, maar ook om Sara's gloriedagen niet te verpesten, want hij wist dat ze het hoogtepunt van haar roem beleefde. En al had hij nooit een spoortje afgunst gevoeld, zijn huidige toestand maakte het hem niet makkelijk zoveel genialiteit te verdragen, en al helemaal niet bij zijn vrouw.

Uur na uur, dag na dag sloot hij zich op in La Ruche, liet niemand toe onder het mom van 'de kunstenaar mag niet gestoord worden' en zocht zijn toevlucht in de whisky. Hij wilde oplossen in zijn penselen, niet wetend hoe hij zich moest ontdoen van de stremming in zijn binnenste die hem langzaam naar de vernietiging zou voeren.

De wanorde zat in hemzelf. Zijn manier van het universum herordenen bestond eruit het niet te ordenen. Tegen de heersende regels ingaan was hem altijd prima afgegaan. Uit de band springen beschermde hem tegen de wereld, maar dat werkte nu niet meer. Van wanorde was hij overgegaan naar existentiële chaos. Al heel lang hadden de kleuren hun schakeringen verloren en betekenden ze niets meer voor hem.

Hij liep onrustig naar het raam, ademde wasemwolkjes uit die het glas deden beslaan en een geïmproviseerd doek creëerden, waarop hij contouren tekende die ontstonden en verdwenen zonder voltooid te worden. Het ijzeren portaal was verlaten en het bemoste stenen pad, spetterend van licht en stilte, verzwaarde de middag voor hem. Mazarine was nog niet in zicht en het was al na vieren. Hij keek op zijn horloge: ze was een uur te laat. Sinds drie weken was de enige die zijn atelier inkwam zijn leerlinge. En hoewel hij niet goed wist waarom hij haar binnenliet, want in wezen maakte haar aanwezigheid hem alleen maar sterker bewust van zijn gebrek aan creativiteit, was zij het ook door wie hij zich een god voelde – een geraffineerde tweeslachtigheid, nog een dualisme. Misère en Almacht samen.

Als een god lag het in zijn handen haar blij of verdrietig te maken. Mazarine bewonderde hem en wachtte onderdanig op zijn goed- of afkeuring. Zij, met haar stuitende jeugd en haar bovennatuurlijke talent, lag aan zijn voeten. Meester en leerlinge, elk vertolkte perfect zijn rol. Wat kon hij op dat moment nog meer van het leven verwachten?

Dat meisje was zijn steunpunt om niet te vallen, zij was het die zijn instorting duidelijk maakte, maar ook zijn verrijzenis, al behandelde hij haar met een aan autisme grenzende onverschilligheid.

Hij kon niet schilderen als ze niet in zijn buurt was. Het was alsof de aura die haar omgaf, die argeloosheid en verholen scherpzinnigheid, hem inspiratie schonk. Een overheveling van energie, een gevecht tussen scheppende krachten. Als zij er was, nam zijn sensorische mechanisme enorm toe. Het elan dat uit Mazarines schetsen sprak, vulde het vertrek met animo en magie.

'Waarom kom je niet? Waar zit je verdorie?'

6

Ze werd gevolgd. Ze wist zeker dat ze gevolgd werd en bovendien al een heel tijdje. Die middag was Mazarine van haar normale route afgeweken enkel om vast te stellen wat ze al vreesde. Die man, die eruitzag als een aan lager wal geraakte zeeman en loensende, troebele ogen had, was zojuist uit *ristorante* Gallo-Romano gekomen, waarbij hij niet goed oplettend tegen de deur aan was gelopen, en zat haar op de hielen. Gedurende de hele maaltijd had hij tegenover haar gezeten en zijn dwalende, hinderlijke ogen geen seconde van haar borst afgehaald, waardoor de pasta haar niet meer smaakte, ze die halverwege liet staan en min of meer wegvluchtte. Maar die kerel wilde haar óf niet laten gaan óf hij was op weg naar dezelfde plek als zij.

Ze besloot de rue Saint-Jacques in te slaan, waar op dat tijdstip een meute studenten liep, tot ze bij La Sorbonne kwam en daar naar binnen ging. Eenmaal binnen mengde ze zich onder de chaotische groepjes en deed of ze bij een stel jongeren hoorde die op weg waren naar een van de collegezalen. De man met de troebele ogen was buiten gebleven. Twintig minuten lang doolde Mazarine door de gangen, de tijd dodend, tot ze uiteindelijk de universiteit weer verliet. Ze keek om zich heen; de vreemde snoeshaan was verdwenen.

Ditmaal moest ze de metro wel nemen, ook al had ze daar een hekel aan, om niet nog later bij Cádiz' atelier aan te komen. Onderweg probeerde ze het voorval van zich af te zetten door haar gedachten over een haar onbekend genoegen te laten gaan: hoe zou het zijn een vader te hebben? Een toegenegen man die zich om haar bekommerde en haar beschermde, haar alles zou geven waar ze behoefte aan had. Haar angsten suste met verhaaltjes over prinsessen die uit de klauwen van het gevaar werden gered door het zwaard van een knappe ridder. Haar ogen sloot met een kus en een 'je hoeft niet bang te zijn, roep me maar als er iets is' wanneer het stormde en onweerde; haar in zijn sterke armen wiegde; de gaten in haar gevoelsleven opvulde met de zekerheid van de vaderlijke liefde, een liefde die niets verwacht en alles geeft. Ze had niemand. Ze had zelfs geen foto meer van hem, geen enkele herinnering. Alleen de akelige kilte van zijn voorhoofd toen ze hem met haar kinderlippen kuste, liggend in de kist die hem voorgoed bij haar had weggehaald. Waar was die gezegende hemel waar haar vader naartoe was gegaan? Waarom had haar moeder haar niet verteld, voor zij eveneens was gegaan, dat er geen hemel bestaat, dat de plek waar zij die voor eeuwig verstillen naartoe gaan het centrum van het niets is?

Er is geen terugkeer. Het lichaam vergaat als de bladeren van de bomen; de materie keert terug naar de aarde. Maar... en de ziel dan? Die bezielende kracht die je laat voelen, waar ging die heen? Ze wilde geloven dat die van haar vader intact was gebleven, dat ze hem in een gebaar, ergens onderweg, weer tegen zou komen. Dat in de metro de halte HEMEL bestond, en dat daar als ze uitstapte de weg zou zijn die haar naar hem voerde. Mazarine sloeg haar armen om zich heen en voelde een kou, een intense kou midden in juli. En als ze nu eens hard zou roepen of iemand haar wilde omhelzen?

De enige omhelzingen die ze had gekregen waren van René gekomen, haar vriend, haar metgezel in haar angsten, haar vaste vriend, als je dat wat ze met hem had gehad al verkering kon noemen: elke avond gaan luisteren hoe hij tegenover haar huis contrabas speelde, in de kelder La Guillotine, de kroeg voor nostalgische jazzliefhebbers uit het Quartier Latin, en daarna zijn hand vasthouden om haar gevoel van onveiligheid tot bedaren te brengen. Waarom was hij zonder afscheid te nemen vertrokken? Ze kwam zijn vlucht naar Praag bij toeval te weten, doordat ze de knipsels, de ansichtkaarten en foto's bekeek die aan de wanden van dat lokaal werden opgehangen. Daar was hij, met zijn instrument op de rug, optredend als straatmuzikant midden op het Oude Stadsplein. Zonder glimlach en met een lege blik, vol angst, dezelfde die ze zo vaak bij hem had gezien. Dezelfde die zij op dat moment moest hebben.

Overdreef ze? Waarom voelde ze die knoop in haar maag en stonden de haren in haar nek overeind? Ze wierp een snelle blik op de andere passagiers, zoekend naar de weerzinwekkende man die haar volgde, maar het enige wat ze zag waren jongeren die opgingen in de muziek uit hun iPods, dames verdiept in de nieuwste bestseller, ouderen verzonken in hun herinneringen en zakenmannen die met hun agenda in de weer waren. Hij was er niet.

Ze ontspande. Cádiz wachtte op haar.

Zou hij geïrriteerd zijn over haar uitblijven? Ze stelde zichzelf gerust met de gedachte hoeveel hij gevorderd was sinds ze bij hem kwam.

Hoewel ze niet communiceerden tijdens de uren die ze dagelijks samen doorbrachten, was ze ervan overtuigd dat er zich iets positiefs voltrok. Beetje bij beetje leerde ze hoe belangrijk het was dat een kunstenaar met zijn innerlijke waanzin kon leven; dat zag ze bij haar leermeester. Dat wat zijn werk uitdrukte, waren niet meer en niet minder dan verborgen spoken, en de zijne waren geworteld in het verlangen: hij verlangde te veel. Ze wist dat de schilder haar werk heimelijk in de gaten hield en al merkte ze niets bijzonders aan hem, toch begon Mazarine te geloven dat het hem wel beviel wat ze maakte. Dat hij misschien wel verlangde naar wat zij had. Dat hij... jaloers op haar was?

De monotone stem die haar halte aankondigde bracht haar terug in de werkelijkheid. Toen ze bij de rue des Morillons uitstapte, trok er een rilling door haar hele lichaam en stond haar hart stil. De man met de troebele ogen stond haar flauwtjes glimlachend bij het station op te wachten, met een pijp in zijn door de hazenlip misvormde mond. Toen hij haar zag, liet hij een dichte rookpluim ontsnappen en begon weer achter haar aan te lopen, ditmaal heel brutaal.

Mazarines hart klopte als een bezetene. Wat wilde die vreselijke man die zijn griezelige ogen niet van haar af kon houden? Ze keek naar haar borst om een antwoord te vinden. Het medaillon bewoog op en neer op het ritme van haar angst. Ze was doodsbang. Toen ze bij de deur van het atelier kwam, drukte ze wanhopig schreeuwend op de bel: 'CÁDIZ! CÁAAAAAADIZ!'

De stem van de schilder antwoordde: 'Ik kom al... ik kom al... Wel allemachtig. Wat is er in godsnaam met jou aan de hand?'

De man verdween zonder een spoor achter te laten.

7

Voor het beroemde Atelier in de rue Campagne-Première nummer 17, waar Sara Miller haar studio had, had zich een lange rij mensen gevormd. De fotografe was met een omvangrijke reportage bezig: fullcolorportretten van anonieme personen die ze diezelfde ochtend op straat had aangehouden, precies zoals ze hen had gevonden, zonder enige vorm van schmink of *atrezzo.* Van de straat geplukte artiesten, uit de wijk Beaubourg meegesleepte mimespelers, uit Montmartre gekomen barokke muzikanten, uit het niets opgedoken jongleurs, schilders van de Pont Neuf, boekverkopers van de oevers van de Seine, hopeloze drugsverslaafden, clochards met hun winkelwagens van de supermarkt volgestouwd met troep, omaatjes met poedeltjes en zonder bezigheden... Tussen al die figuren wachtte een man met troebele ogen en een loensende blik ongeduldig op zijn beurt en liet intussen rookpluimen uit de holte van zijn gehavende mond ontsnappen. Sara was geïntrigeerd geraakt door die schele, sinistere ogen, kleurloos geworden door dat bleke vlies, die het leven leken gade te slaan zonder het te zien; een mysterieus contrast om met haar camera te vangen. Ze was hem tegengekomen in de buurt van de Saint-Séverin-kerk, waar hij wat rondhing, en ook al had hij geen antwoord gegeven toen ze hem vroeg naar de sessie te komen, toch was hij daar.

De assistente van de fotografe riep hem binnen, en liet zich tegen haar cheffin ontvallen dat die man haar afschuw en angst inboezemde.

Zolang de sessie duurde deed de onbekende alles wat de vrouw hem vroeg, met de volgzaamheid die eigen is aan een gehoorzaam kind; hij deed alles, behalve zijn shirt uittrekken. Nadat ze hadden gezegd dat hij kon gaan, incasseerde hij zijn geld en vertrok zonder ook maar één woord te zeggen.

'Hij is stom,' merkte de assistente op.

'Volgens mij niet,' antwoordde Sara.

'Vond je hem er niet eng uitzien?'

'Stel je voor dat ik bang zou rondlopen bij alles wat ik wil vereeuwigen.'

'Is je niet opgevallen hoe angstvallig hij de knopen van zijn overhemd tot bovenaan dichtknoopte?'

'Schaamte.'

'Of hij wilde iets verbergen.'

'Een litteken?'

'Zou kunnen.'

'Misschien mist hij wel een tepel,' opperde de assistente lachend.

'Of zit hij onder de piercings en tatoeages.'

'Dat denk ik niet,' vervolgde de assistente. 'Als dat het geval was had hij ze allemaal als trofeeën geshowd. Dat soort lui vindt het prachtig ze te laten zien.'

'Hebben we nog iemand?'

'Nee, niemand. Hij was de laatste.'

8

De schemering was over de passage de Dantzig gevallen en kleurde de door de tijd aangetaste kariatiden die de ingang van het atelier bewaakten okergeel. Overgoten door het laatste zonlicht was het paviljoen van Eiffel op zijn mooist, en de door het struikgewas overwoekerde overblijfselen van de hoofdeloze sculpturen ritselden hun laatste geheim. De zomer vulde volop de oren van de enkele kunstenaars die de ouderwetse traditie in ere hielden en nog steeds rondom het paviljoen woonden, in een onmogelijke poging het artistieke Parijs van de jaren twintig te laten herleven, toen de luister volop in die tuinen schitterde en Kiki, naast model en minnares van hen allen te zijn, de kunstenaars ook deed vibreren met haar flair en vrolijkheid, ver boven de mooiste meisjes uittorenend als de grote muze van Montparnasse: haar koningin. Nu, bijna een eeuw later, was het een onbeduidend hondje met de naam Kiki dat de rust van de buurt met zijn geblaf verstoorde.

Binnen, in La Ruche, probeerde de schilder vergeefs een ontredderde Mazarine tot bedaren te brengen. De handen van het meisje trilden ongecontroleerd, ze was ten prooi gevallen aan hysterie. Hij vond het heel moeilijk zich in iemand in te leven wanneer zich moeilijkheden voordeden. Hij haatte zwakte. Hij irriteerde zich aan andermans onzekerheid en kon nooit de woorden vinden waar de ander op dat moment behoefte aan had. Hij kon niet meeleven. In situaties als deze werd alles gereduceerd tot een absurde intolerantie. Soms dienen woorden alleen om langs elkaar heen te praten; zijn het dode letters. Een gesprek zonder tekens, tussen doofstommen. Zij stond alleen in haar angst en hij in zijn onbegrip. Twee monologen die elkaar nergens kruisten. Daarom gaf hij de voorkeur aan de stilte van zijn doeken. Stress en spanningen losten op in de stromen van zijn schilderkunst, een kunst die niets van hem eiste en hem de vrije hand liet.

Toen hij inzag dat niets wat hij deed of zei haar kon kalmeren bood Cádiz haar maar een slok whisky aan uit de veldfles die hij altijd in zijn zak had.

'Drink hier wat van, het zal je goeddoen.'

Mazarine, die nooit alcohol dronk, nam een flinke slok.

'Beter?'

Het meisje keek hem aan en de schilder las een groot verdriet in haar mooie, ondoorgrondelijke ogen. Hij wilde meer weten.

'Woon je alleen?'

Eerst een lange stilte, daarna fluisterend: 'Nee.'

Cádiz merkte dat ze niet wilde praten.

'Zullen we beginnen?'

Ze knikte.

'Vandaag gaan we het anders doen. Breng me het doek eens dat je gisteren hebt gemaakt.'

Mazarine kwam terug met een groot doek zonder lijst en spreidde het uit op de vloer.

'Ik heb zin om te dromen. Kun jij dromen?'

Het meisje, dat nog steeds op troostende woorden wachtte, gaf geen antwoord.

'Oké, dan doen we het in stilte. Dat wordt nog mooier.'

Cádiz bleef naar zijn leerlinge kijken. Haar broze aanblik straalde een soort morbide schoonheid uit. Alle rebellie die ze de afgelopen weken tentoongespreid had verdween, maakte plaats voor een fascinerende, hulpeloze schoonheid.

Mazarine sloeg hem aandachtig gade. Had ze het goed gehoord? Had haar meester 'WE' gezegd? Hij en zij? SAMEN? Het zou voor het eerst zijn dat een schilderij van Cádiz 'quatre-mains' geschilderd werd.

De schilder liep naar zijn leerlinge toe zonder zijn blik ook maar een moment van haar af te halen, en toen hij voor haar stond knielde hij. Het meisje volgde zijn bewegingen, gehypnotiseerd door zijn oude, diepzinnige ogen, zonder ook maar te durven knipperen. Langzaam schoven zijn handen de stof van haar jeans weg die de voeten van zijn leerlinge aan het oog onttrok. De wrijving veroorzaakte een aangename kriebeling bij Mazarine.

Ze vond het prettig. Niemand had ooit haar voeten aangeraakt; het voelde als een ontheiliging van haar intiemste lichaamsdeel.

Een voor een, als in een vertraagde ceremonie, werd elke teen zachtjes door Cádiz' wijsvinger beroerd. Hij drong elke ruimte binnen in een poging het ontoegankelijke te strelen. Vervolgens, er alle tijd voor nemend, schoof hij haar broek verder omhoog tot een stel volmaakte benen zichtbaar werd.

Mazarine voelde de handen van haar meester tussen haar benen, al waren ze niet verder gegaan dan haar enkels. Wat gebeurde er met haar?

Nog steeds in volstrekte stilte nam Cádiz wat zwarte verf en trok met een penseel een paar dunne lijnen waarmee sandalen werden gesuggereerd. Terwijl hij daarmee bezig was, besefte de schilder dat in deze voeten zijn redding lag. Het verlangen dat achter dat beeld school was enorm. Het deed zijn hart weer kloppen als in zijn jonge jaren. Zijn schepping verliep via zijn verlangen.

'Mazarine...' Cádiz' stem leek anders te klinken, 'leer me je te schilderen.'

'Ik kan geen les geven.'

'Leer het. Hier heb je mijn handen.'

Zonder zich twee keer te bedenken pakte Mazarine de hand van de schilder waarin hij het penseel hield, keek ze naar haar voeten die in de spiegel weerkaatst werden en met een paar meesterlijke halen schetste ze ze op het doek. Cádiz had de scheppende kracht van het meisje gevoeld. Ze leefde, en aarzelde niet voor het doek.

De leerlinge keek hem uitdagend aan, wetend dat ze meesterlijk was.

'Niet slecht,' mompelde de schilder glimlachend, 'helemaal niet slecht. Goed, nu ik.'

Boven de door Mazarine getrokken contouren begon Cádiz op formidabele wijze een bloedrood uit te smeren. Hij baadde in het zweet, bedekte en onthulde. Hij was bezeten door de kunst. Hij streelde, schraapte en eigende zich razend toe, maakte in een sacrale strijd een eind aan dat maagdelijk wit. Vanaf de voeten verbreidde de vlek zich in de lengte en breedte van het schilderij, alsof een enorme druppel bloed zich tussen de toeschouwer en de geschilderde voeten had geplaatst. Het resultaat was indrukwekkend.

Cádiz stond te hijgen voor het doek. De trance liep ten einde.

'Het is magnifiek,' zei Mazarine.

'"De waarde van dingen schuilt niet in de tijd die ze kosten, maar in de intensiteit waarmee ze plaatsvinden." Dat heb ik ooit ergens gelezen.'

Mazarine keek naar haar voeten. Dus dat noemde hij intensiteit. En dat wat zij had gevoeld... hoe noemde je dat?

'Laat me je wassen.'

Cádiz haalde een bak water en even gevoelvol als hij ze eerst had beschilderd verwijderde hij nu de verf van de voeten van zijn leerlinge. Terwijl hij daarmee bezig was, wist Mazarine dat alles veranderd was. Nu was ze belangrijk voor iemand, en die persoon had haar nodig. Nadat hij ze had afgedroogd, kon de meester zich niet inhouden en bracht zijn lippen naar haar voeten.

'Dank je,' zuchtte hij, terwijl hij ze kuste.

9

In de donkere kamer van haar studio hing Sara Miller de zojuist ontwikkelde foto's te drogen die ze op de dag van haar straatvangst had gemaakt. Ondanks de moderne techniek gaf ze de voorkeur aan het handwerk van de bakken, de vloeistoffen, papier dat kalm in dompelbaden gespoeld werd, en de bekoring van de handschoen en de papiertang. Pas daarna, als het echt nodig was, deed ze een beroep op de wonderen der techniek, en dan alleen als aanvulling, nooit als hoofdinstrument. Ze was de vaste overtuiging toegedaan dat als de technologie niet beteugeld werd, deze uiteindelijk de wereld zou overnemen en het verfrissende, gevoelige instinct van de mens vernietigd zou worden.

Het idee dat ze wilde uitvoeren was eenvoudig maar ambitieus. Met behulp van haar nieuwstegeneratiecomputer zou ze alle beelden dusdanig digitaliseren dat deze haar in plaats van foto's driedimensionale 'personen' terug zou geven, die alleen nog hoefden te ademen om echt te zijn. De hele tentoonstelling had een ondertoon van politiek protest; de *underground* naar de *overground* gebracht, naar de oppervlakte, zichtbaar voor iedereen. Het Parijs van de zwervers in de portieken, op de pleinen, onder de bruggen en op de minst toeristische plekken zou op een grandioos toneel worden geplaatst: Les Champs Élysées. Personages als de clochard met zijn winkelwagentje boordevol blikjes, eenzaamheid, kapotte poppen en afval zouden zich mengen met de voorbijgangers in de grote laan en, om een nog spectaculairder effect te bewerkstelligen, groter, bijna een meter langer dan de gemiddelde persoon, zodat je absoluut niet om ze heen kon. Zoals hun marginale toestand hen onzichtbaar maakte, zo zou deze tentoonstelling ze hun bestaan teruggeven.

'Moet je dit eens zien, Sara,' zei haar assistente terwijl ze op het scherm van haar Apple een beeld uitvergrootte.

'Wat is er?'

'Kun je je de man nog herinneren die zoveel indruk op ons maakte?'

'Die heel aparte voor wie je zo bang was?'

De vrouw knikte. 'Kijk eens wat ik heb ontdekt.'

Sara liep naar haar toe en bestudeerde aandachtig datgene wat het meisje met haar vinger aanwees.

'Allemachtig!'

10

Rond één uur 's nachts stond Yeux Nébuleux, de man met de troebele ogen, vanuit een telefooncel in de rue Monge te bellen.

'Neem me niet kwalijk dat ik u zo laat nog stoor, meneer. Ik heb de hele dag geprobeerd u te bereiken, maar ik kreeg almaar dat akelige antwoordapparaat.'

'...'

'Als ik niet had gedacht dat het belangrijk was, had ik niet zo aangehouden.'

'...'

'Zoals ik u gisteren al zei, is het volgens mij geen kopie. En, meneer, ik kan u zeggen dat ik het van heel dichtbij heb gezien en het zou weleens authentiek kunnen zijn.'

'...'

U weet zelf hoe lang we hiernaar gezocht hebben. Veel gegevens heb ik niet, al zou ik dat graag willen. Het is... hoe zal ik het zeggen, meer een voorgevoel.'

'...'

'Nee, nee. Ik geloof dat ik haar een beetje bang gemaakt heb.'

'...'

'Zoals u wilt.'

'...'

'Met alle respect, meneer, maar denkt u dat ze enig idee heeft van de waarde ervan? Ze draagt het alsof het een souvenirtje is, zo'n ding dat je op de vlooienmarkt kunt kopen.'

'...'

'Goed, meneer. We laten haar met rust. Rust tussen aanhalingstekens uiteraard.'

11

Ze vond het heerlijk te zien hoe de avond zich uitstortte over de oevers van de Seine. Die namiddag had het hard geregend en ondanks de voor het tijdstip van het jaar ongebruikelijk zware regenval zwierven er nog steeds verdwaalde wolken door de lucht, net als zij verloren in het grote niets. Meegevoerd en getint door een oude zon die als een uitgeputte schilder haar laatste penseelstreken zette; wolken, zo wit, zo eenzaam, zo door een ander geschilderd... net als zij. Op treurige avonden als deze bekroop Mazarine het gevoel dat ze niet eens op het gezelschap van zichzelf kon rekenen omdat ze overal buiten stond, zelfs buiten haar eigen leven.

Sinds ze met haar lessen bij Cádiz was begonnen, kwamen de weekenden haar eindeloos voor. Ze verfrommelde de uren als de onbeschreven bladzijden van een boek en wierp ze ongehaast in de rivier. Keek hoe ze dreven en vervolgens verdwenen tussen de boten, de mensen en hun gelach; alsof ze door dit te doen een zelfmoord tegemoet sprong, en alsof die val haar ten slotte van haar eigen afwezigheid zou verlossen.

Sinds Cádiz meer aandacht aan haar besteedde, sinds haar hand de hand van de schilder was geworden was haar gevoel verweesd te zijn afgenomen, dat was waar, maar tussen dat en geloven dat haar leven waardevol was, gaapte een wijde kloof.

Praten deden ze nooit veel, maar ze bleven wel voortdurend naar elkaar kijken, en ze was ervan overtuigd dat in de doorleefde ogen van haar leraar meer lag dan een onderzoekende blik naar de ik van de ander.

De middagen waren een subtiele ceremonie van blikken geworden. Het was of hij al zijn krachten hervond alleen maar door naar haar te kijken. Er was niets onbetamelijks, niets erotisch, maar toch voelde ze dat er zich iets voltrok tijdens hun samenzijn. Een soort warme bescherming, maar ook een aantrekkingskracht die mogelijk veroorzaakt werd door al haar gemis. Opeens had ze zin hem te horen. Ze zou niets zeggen, ze wilde alleen naar zijn diepe stem luisteren. Ze haalde haar mobieltje uit haar rugzak, toetste zijn nummer in en een vrouw nam op. Ze verbrak de verbinding.

Ze ging de oude boekhandel Shakespeare and Co. binnen; daar werd ze geconfronteerd met Cádiz' gezicht op de voorkant van een monumentaal boek dat wel vijftien kilo moest wegen en dat op een grote lessenaar lag: *Cádiz – Schaamteloos Dualisme – Lichaam en ziel van het verlangen.* Ze bladerde het een hele tijd door, ontdekte foto's van haar leraar, uit alle tijden, tot ze bij de foto kwam die ze het mooist vond. Daar stond hij, gehuld in een rookspiraal die van zijn borst opsteeg, als vanuit het centrum van zijn ziel, en zijn ogen drongen door de blauwgrijze rook heen en vestigden zich wellustig op haar. Ze zou dat enorme boek graag meenemen, maar dat was onmogelijk, het kostte vijfduizend euro. Een luxueus artikel, zelfs voor hen die veel geld hadden. Gebruikmakend van een moment van onoplettendheid van de verkoper haalde Mazarine een stanleymesje uit haar rugzak en met vaste hand sneed ze de pagina eruit, rolde die snel op en vluchtte zonder achterom te kijken de winkel uit. Niemand had haar gezien.

Pas in de rue Galande, en voor ze haar huis binnenging, bleef ze even staan voor de etalage van een antiekzaak waar tussen Griekse vazen en art-nouveausculpturen kleine, incomplete voorwerpen in zilver en brons waren uitgestald met een kaartje erbij waarop stond: *Argent de Grèce et de Rome antiques: monnaie cassée et à l'effigie de chouette, oiseau d'Athéna, déesse de la ságese... ancienne monnaie romaine du IIIe siècle av. J.-C... Fleur d'Argent. Birmanie XVIIIe siècle...* Mazarine moest aan haar eigen penning denken die, hoewel hij niet op een van de in die winkel uitgestalde munten leek, daar toch wel iets van weg had. Misschien het oud-zijn?

Net toen ze de deur van haar huis wilde opendoen, ging haar mobieltje. Cádiz' nummer knipperde op het scherm.

'*Allô?*'

De stem van een vrouw met een licht buitenlands accent vroeg vanaf de andere kant: 'Met wie spreek ik?'

Mazarine schrok en verbrak de verbinding. Even later ging de telefoon weer. 'Waarom hing je op? Had je soms een andere stem verwacht?'

Ditmaal zette ze haar telefoon uit.

12

Dit was haar nog nooit overkomen. Sara Miller merkte iets vreemds op bij haar man. Gedurende haar hele huwelijksleven had ze tegen haar vriendinnen gepocht dat ze alles van hem wist; dat ze de dingen die hem zorgen baarden aanvoelde en in zijn ogen las, en zo op problemen kon anticiperen voor er geen oplossing meer mogelijk was. Ditmaal was het anders. Al twee maanden bedreven ze de liefde niet meer, en dat kwam niet omdat ze het niet hadden geprobeerd; volgens het doktersrapport dat ze bij toeval in Cádiz' jasje had gevonden, ging het om een tijdelijke impotentie. Wellicht te veel obsessieve spanningen, te veel angst om oud te worden, te veel verlangen naar nog meer roem, te veel van het leven vragen. Te veel ego.

Hij, zo hartstochtelijk en seksueel, zo verslaafd aan het sensuele en het innig genieten van de rijkdom van de huid. Met die sterke en soms tirannieke persoonlijkheid, weerspiegeld in alles wat hij schiep en wat hem omringde, moest hij wel lijden. Hoewel Sara erop aangedrongen had samen uitgebreid over de kwestie te praten, had haar man zich verscholen in de stilte, in de whisky en in zijn volgende expositie. En zij had het gerespecteerd, hem de ruimte gegeven, die gemarkeerd werd door zijn afwezigheid.

De weekenden waren een andere zaak. Dan was hij zichzelf weer: de grote Cádiz.

Dan waren ze samen in hun luxueuze penthouse in de rue de la Pompe, waar ze uitgelezen diners voor hun beste vrienden organiseerden. Een besloten clubje van schilders, dichters en romanciers die in de jaren zeventig waren begonnen, toen ze allemaal nog arm waren en zich een weg probeerden te banen in dat postexistentialistische, met een restje bohème melancholie, Parijs. De onderwerpen waren altijd dezelfde, de geschiedenissen herhaalden zich, maar de afloop verschilde. Het was een rijk genot zoveel denkers bij elkaar te hebben, die behalve van het heden te genieten ook over de jaren heen konden springen en terugkeren naar een veel ludieker Montmartre of naar de Boulevard Montparnasse in de tijd van het opkomende surrealisme, of zonder uit hun stoel te komen naar de catacomben vliegen van de eerste kunstuitingen, of het nu geschreven, gesproken, vertolkte, gezongen of geschilderde kunst was.

Die zaterdag ging Cádiz' telefoon toen hij een whisky voor zichzelf inschonk. Het was niet haar gewoonte de mobiel van haar man op te nemen, uit respect voor zijn privacy, en ze wist niet waarom ze het ditmaal wel gedaan had.

'Lieverd, iemand belde je net maar zei niets,' zei Sara toen ze hem terug zag komen.

'Laat eens zien.' Cádiz zocht op de lijst van oproepen. Daar stond het nummer van Mazarine, hij herkende het niet. 'Geen idee wie het geweest is. Ze proberen het nog wel een keer.'

Maar de telefoon was niet meer gegaan.

Daarom, en vooral door een intuïtieve ingeving, had Sara tegen het einde van de middag het schimmige nummer teruggebeld.

Het was niet de eerste keer dat ze die stiltes aan de telefoon meemaakte. Toen ze klein was, kreeg haar vader geregeld anonieme telefoontjes, vaak bedreigende, ten gevolge van zijn positie als onomkoopbare rechter. Eerst was ze daar even bang voor geweest als voor het donker, maar later, met het verstrijken van de jaren en haar groeiende besef dat het om lafhartige telefoontjes ging, deden ze haar niets meer. Ze werden zo gewoon dat het gezin ze als anekdotes opvatte die zich voegden bij vele andere en deel gingen uitmaken van het leven en de grapjes van de Millers.

De eerste jaren die ze met Cádiz samenwoonde was het anders geweest. De stoet vrouwen, onder wie modellen, schilderessen, dichteressen, revolutionaire hippies en kunsthandelaarsters, aangetrokken door de bekoring van de succesvolle, extravagante schilder, had een van de sappigste 'oorlogen' gevormd: voor haar... en ook voor hem. Al die tijd wisten ze allerhande bombardementen te overleven – telefoontjes, mascara, ogen, knipoogjes, monden, briefjes, plotselinge flauwtes en verleidingstrucs – op grond van een hechte, open relatie die gebaseerd was op vertrouwen. De alcohol, hasj en diepzinnige verhandelingen die slechts naar een aanlokkelijk niets leidden, waren puur vertier en ook niet meer dan dat: vertier. De volledige saamhorigheid die hen bond, stond boven de conventionele normen, slippertjes, vooroordelen en onnodige beloften. Ze hadden zich bij het frisse Parijs gevoegd, het Parijs van de libertijnse vrijheden en van het doorbreken van stereotypen, en ze stelden hun eigen wetten op.

Maar dat was inmiddels lang geleden. In die tijd waren beiden stralend jong, werden ze meegesleept door het vuur van de triomf en was er geen wolkje in hun leven te bekennen. Nu lag het anders, zo ervoer Sara dat althans.

Haar beroepsmatige werkelijkheid, die grote ster die met een eigen licht aan het firmament van het beeld schitterde, was weliswaar onbetwistbaar, maar haar intiemste werkelijkheid, die ene die door geen enkele van de negatieven die ze dagelijks manipuleerde geregistreerd werd, was gekoppeld aan haar oneindige liefde voor Cádiz.

Het deed haar weinig dat de meest recalcitrante Hollywoodsterren ernaar hunkerden zich door haar te laten fotograferen; of dat de meest schuwe en eenzelvige intellectuelen haar de bijzondere reportage op een presenteerblaadje aanboden; of dat een Arabische sjeik haar wilde contracteren en haar gouden bergen beloofde als ze zijn gast maar wilde zijn. Wat ze op dat punt van haar leven wilde bewerkstelligen, en waar ze maar niet in slaagde, was het geluk van haar echtgenoot.

Ze leefden elk hun eigen leven en het lukte haar niet daar verandering in te brengen. Het was alsof ze te veel snelheid hadden gekregen en in een waanzinnige race waren beland zonder te kunnen bijsturen of afremmen. Ze waren verstrikt geraakt in de teugels en werden onbarmhartig over de grond meegesleept. De maalstroom van de triomf had hen zo opgeslokt dat ze verloren waren in zijn wateren. Ze verdronken in het succes.

Wat de galerie betrof, liep alles op rolletjes. Wat haarzelf betrof, kon ze nog geen oordeel geven over wat er gebeurde.

‘Wanneer laat je me eens iets zien van waar je mee bezig bent?’ vroeg Sara haar man terwijl ze in de olijf van haar martini beet. ‘Ik ben erg benieuwd.’

Cádiz liep naar haar toe en kuste haar in de nek, waardoor de haren van zijn vrouw overeind gingen staan.

'Niet zo ongeduldig. Alles op zijn tijd.'

'Ik vind je wat... tja, hoe zal ik het zeggen, wat... rustiger? We zouden vanavond best eens uit kunnen gaan zoals vroeger, ons onderdompelen in onze oude wijk, vermomd als arme studenten naar een jazzkelder gaan en daarna...'

'Daar wil ik niet over praten, Sara.'

'En wat bedoel je met DAAR?'

'Dat weet je best.'

'Je hebt me niet begrepen, lieverd. Ik wilde alleen maar een beetje plezier maken door eens ergens anders heen te gaan.'

Cádiz liep bij Sara vandaan, ging voor het raam staan dat uitkeek op de avenue Foch. Parijs, schoongeveegd door de avond, spreidde haar eenzaamheid tentoon. Boven het natte asfalt trokken de auto's een goudkleurig spoor, voortbewegend in een trage processie. Hij dacht aan Mazarine. Aan haar blote voeten.

13

Ze had de buitgemaakte bladzijde met de afbeelding van Cádiz gehuld in rook en zinnelijkheid aan de wand naast haar bed geplakt. Het was de eerste keer dat ze iets in haar kamer ophing en toen ze het resultaat zag beviel het haar. Snel haalde ze haar penselen en acrylverf om rond het portret van haar leraar tientallen voeten te schilderen die uit het schilderij wegliepen en het plafond besmeurden met rode en zwarte voetstappen; door elkaar heen lopende figuren die doelloos rondzwierven en in een wonderlijke, surrealistische wanorde op de beeltenis van Cádiz stapten. Zo was kunst. Een doek, een moment. De ziel. Een witte wand, een ontwijding. Een vlek, twee, honderd. Een vóór en een na. Zoals het beste en het slechtste van het leven. Wat niet geschilderd wordt, bestaat niet. Was dat niet wat Cádiz afgelopen vrijdag had gezegd toen hij haar rug beschilderde?

De vochtige verf op haar huid, de kille beroering van het penseel, strelend en sporen achterlatend, bracht in haar binnenste een sublieme kriebeling teweeg. En daarna, altijd na het schilderen, de trage wasceremonie. Het druppelende water, binnendringend, een weg zoekend, plooien waar het doorheen kon glijden tot zich dunne, profane riviertjes vormden. Ja, bij Cádiz voelde ze zich een breekbaar meisje, beschermd.

Ze hielp hem. Ze wist dat het werk dat in La Ruche vorm kreeg de grenzen van zijn vorige exposities overschreed. Het feit dat het thema voeten voor het eerst in het Schaamteloos Dualisme werd opgenomen was een uitdaging die zijn mogelijkheden als revolutionair schilder verveelvoudigde. Het verruimde zijn horizon. Er waren veel soorten 'schaamteloos dualisme' mogelijk; het kon zeker verplaatst worden naar de dingen; de levenloze wereld paste daar eveneens in. De wand die ze daarnet met haar penseelstreken had ontwijd, vertoonde niet langer dat zedige grijs van een treurig doek.

Mazarine nestelde zich in haar bed, dacht aan Cádiz. Opeens begon ze een liedje te improviseren en zong zichzelf zachtjes wiegend in slaap: 'Ik ben niets van wat me overkomt. Mijn ik splijt zich.' Had ze dat bij Freud gelezen?

Ze sliep.

Uren later liep iemand heimelijk door het groene huis.

Yeux Nébuleux had het slot weten te forceren en profiteerde van zijn katachtige behendigheid. Hij zocht, opende laden, dozen; hij keek, speurde, doorzocht wandmeubels; hij onderzocht boeken, mappen en folders, stilletjes gevolgd door Mazarines kat, die in een hypnotische trance leek te verkeren. Er was niets. Dat wat hij zocht bevond zich niet op de begane grond. Hij wist niet eens zeker of het wel ergens in dat huis was; hij had gewoon goede sier willen maken, de slimste zijn, kijken of hij de grote baas een verrassing kon bezorgen en en passant de anderen eveneens.

Toen hij de trap op liep, hoorde hij een stem.

'Mademoiselle? ... Kom eens bij me, poesje. Mademoiselle, wat ben je toch stout. Laat je me zomaar alleen.'

Het was Mazarine die haar siamees riep.

'Moet ik je soms komen halen?'

Stilte. Nog geen zacht miauwtje.

'Goed, ik kom al.'

Yeux Nébuleux verstopte zich snel achter de keukendeur en keek hoe het gracieuze lichaam van het meisje de trap af kwam. Onder haar katoenen nachtpon schemerde een frêle lichaam, met een smalle taille en glooiende heupen. Een prachtexemplaar, dacht de indringer. Toen ze zich voorover-boog om de kat te pakken, keek de man strak naar het medaillon dat tussen de borsten van het jonge meisje bungelde en naar haar kleine, stevige borsten. Hij had zin zijn hand uit te steken en ze aan te raken.

'Zo is het beter.' Nadat Mazarine haar had opgetild, gaf ze de kat een kusje op haar snuit en liep weer naar boven.

14

Parijs ontwaakte met de maandagmorgenblues. In het Quartier Latin creëerden de metalen rolluiken die de etalages en deuren van de winkels bedekten een vals klinkende symfonie van protesterend geknars toen ze door het personeel omhooggehaald werden. De trottoirs werden schoon gespoten en de geur van koffie en versgebakken croissants begon zich te verspreiden. Mazarine had een nacht met terugkerende nachtmerries achter de rug waaruit ze doodmoe was ontwaakt. Ze had gedroomd dat ze werd gadegeslagen. Naast zich rook ze de stank van geschroeid vlees. Een smerige gedaante verhinderde haar het bed uit te komen. Toen ze haar ogen had opengedaan staarde een paar troebele ogen haar wezenloos aan. Ze had gegild, maar haar stem was in haar droge keel blijven steken. Ze wilde wegrennen, vluchten, maar haar voeten zaten vastgeplakt aan de vloer, werkten niet meer. Daarna kreeg ze die andere nachtmerrie weer: haar benen werden week, zoals de klokken van Dalí. Ze dropen van haar lichaam af, haar hele lichaam droop weg tot ze in elkaar zakte, gesmolten was tot een grote, vormloze plas. Toen ze wakker werd, stroomde het licht haar kamer binnen en lag ze onder de lakens. Geen indringer of spook te bekennen, geen stank geen troebele ogen, niets in haar buurt.

Ze nam een douche, kleedde zich ongehaast aan en voor ze het huis verliet ging ze nog even naar de kamer van La Sainte; ze schoof de twee grendels weg, inmiddels een dagelijks ritueel, trok aan de hendel en daar verscheen de schone slaapster.

'Hoi Sienna,' zei ze, intussen het glas schoonvegend. 'Weet je, ik denk dat ik verliefd ben. Ja, net wat je hoort: ver-liefd. Maar ik zeg niet op wie. Dat is geheim.'

Minuten later ging ze de trap af op de manier van toen ze klein was: glijdend over de oude mahoniehouten leuning. Bij de voordeur merkte ze iets vreemds op aan het slot. De sleutel draaide niet zo soepel als anders, hij stokte ergens. Ze zou het slot laten vervangen en aan de binnenkant een grendel laten plaatsen. Ze dacht aan René, hoe handig hij overal mee was.

Buiten bleef ze weer staan voor de antiekwinkel, waar de munten nog steeds in de etalage lagen. Achter in de zaak zat een oude man, die zo uit de vergetelheid kon komen, gebogen over een barok bureau en het was net of hij een onderdeel van het waardevolle meubilair was. Ze sloeg hem gehypnotiseerd gade. De warrige, zilverkleurige krullen, de aan zijn gelaat klevende monocle, het strikje om zijn hals, het onberispelijke vest, de lange, volle baard; ja, hij moest uit een andere tijd komen. De oude man poetste met een mystiek aandoende toewijding het lijfje van een kleine danseres die een boog in haar handen hield. Hij voelde haar blik, keek op en met een vriendelijk gebaar nodigde hij het meisje uit binnen te komen, maar ze sloeg het aanbod af; toen stond hij op en schuifelde voorzichtig door de winkel, de meubels en heilige ornamenten ontwijkend, tot hij bij de deur was.

'Kom binnen, jongedame. Zoek je iets speciaals? Een cadeau misschien?'

Mazarine schudde haar hoofd. 'Ik keek alleen maar. Neem me niet kwalijk, ik wilde u niet afleiden.'

'Er zijn afleidingen die op prijs gesteld worden. Jij leeft, meisje. En dit,' hij wees naar de voorwerpen in zijn winkel, 'zijn allemaal levenloze dingen.'

'Maar wel heel mooi,' vulde ze aan.

'Een kerkhof zonder graven. Tussen zoveel ouderdom verrimpel je helemaal. Zie je niet hoe oud ik ben geworden? In werkelijkheid ben ik pas twintig.' De antiquair knipoogde en ontlokte haar een lachje.

'Ik moet gaan,' zei het meisje.

'Woon je hier in de buurt?'

'Dichtbij.'

'Kom wanneer je wilt.' De oude man deed de deur open. De luchtstroom liet de aan het plafond hangende veelkleurige glazen buisjes tinkelen en ze deden Mazarine muzikaal uitgeleide. Net voor hij de deur sloot, merkte de oude man het medaillon op dat om haar hals hing.

'Een prachtstuk,' zei hij. 'Een erfstuk?'

Mazarine antwoordde niet.

De man leek haar zwijgen niet te bemerken en herhaalde: 'Absoluut prachtig...' en hij voegde daar zacht aan toe: 'Wees heel voorzichtig.'

Het meisje keek hem vragend aan, maar hij besloot het gesprek met een verzoek: 'Kom snel weer eens langs, daarmee vrolijk je de ogen van deze oude man een beetje op.'

'Wees heel voorzichtig... voorzichtig... voorzichtig...' De echo van de woorden van de antiquair begeleidde Mazarines voetstappen op haar weg naar de kunstacademie, waar ze zich had ingeschreven voor een zomercursus etsen maken. Ze nam haar gebruikelijke route, liep onder de monsters van haar kindertijd door. Weer bedreigden de waterspuwers van de oude kerk haar, leken ze op het punt te staan zich met hun roofvogelachtige klauwen op haar borst te storten. Weer was ze bang voor ze. Wilden ook zij haar iets afnemen?

Ze herinnerde zich de weerzinwekkende man die haar tot Cádiz' atelier had gevolgd en plotseling liep er een koude rilling over haar rug. Maar deze mengde zich met de geur van Marokkaanse specerijen die haar Babylonische buurt bezwangerde, met Arabische muziek, Griekse en Italiaanse stemmen die luidkeels zongen, de geur van verse vis die uit de Japanse restaurants ontsnapte, het klokgelui van de Notre Dame en de gewaarwording van kou doordat ze op blote voeten over de oude straatstenen liep. Zonder te weten waarom maakte ze een omweg en liep langs haar oude school, het Lycée Fénelon, die hartje zomer een verlaten indruk maakte: de deuren gesloten en haar oude klok die als altijd een onmogelijk tijdstip aangaf.

Daar had ze René leren kennen, de enige die haar grote geheim deelde. De enige die Sienna had gezien, al was het slechts één keer en bovendien al jaren geleden. En ze had hem op het glas laten zweren dat hij nooit iets tegen iemand zou zeggen, en René had niets gezegd, had haar niet eens gedag gezegd. Hij was zonder waarschuwing vertrokken; had haar geen tijd gegund zich voor te bereiden op het verlies. Hij was weggegaan zoals alles uit haar leven wegging, stilletjes. Nu was haar geheim niet veilig meer... of misschien juist wel, omdat hij was vertrokken?

Ze hield niet van hem, daar was ze heel zeker van, want de enige keer dat hij haar een kus had willen geven, had ze hem bruusk afgeweerd toen ze in zijn adem het onbeholpen verlangen gewaarwerd dat in zijn vurige zoen lag. En het was niet zo dat hij niet knap was, want veel van haar klasgenootjes hadden naar hem gesmacht; het kwam doordat de chemie tussen hen niet werkte. Hun lichamen bestonden uit onverenigbare materie. Hoewel ze het veelvuldig had geprobeerd en het bijna onmogelijke had gedaan om hem te begeren, was René voor haar blijven steken op de drempel van een zelfzuchtige vriendschap: haar behoefte aan gezelschap. Nu wilde ze hem graag weer ontmoeten, om in ieder geval iemand te hebben met wie ze het enige wat ze te bieden had kon delen: haar angsten en onzekerheden, al was ze ervan overtuigd dat dat niet zou gebeuren.

Ze moest meer te weten zien te komen over Sienna en die eeuwenoude nevel die haar slapende lichaam omhulde. Haar moeders geheimzinnige gedoe over Sienna's herkomst, haar gebod dat niemand mocht weten dat ze bestond, haar ziekelijke verering, haar dwangmatige gebeden, het voortdurende vergelijken waardoor ze de rivale van een dode was geworden. Ze moest te weten zien te komen wat in het stilzwijgen van haar ouders besloten lag... en, vooral, in het medaillon.

Sinds ze het om had, veranderde haar leven. Hoe precies kon ze niet uitleggen, maar het was duidelijk dat haar werk steeds beter werd; alsof de goddelijke gratie haar met haar toverstaf had aangeraakt en alles wat ze maakte voor haar ogen op onverklaarbare wijze veranderde. Ze vergeleek haar schetsen met die in haar tekenblokken van de academie, en anders dan in deze was haar huidige werk ferm en rijp. Ze kreeg het gevoel dat die oude penning haar bijzondere amulet was, de bron van haar succes... De reden waarom Cádiz haar nodig had?

15

Misschien huizen passie en liefde enkel in het observeren van het beminde, dacht Cádiz toen hij Mazarine naar het hek van de galerij van La Ruche zag lopen en het pad naar zijn atelier inslaan. Hij deed de deur voor haar open en wachtte erachter, liet het aan zijn leerlinge over die verder open te duwen.

Hij had zich haar het hele weekend voor de geest gehaald en nu hij haar voor zich had, wilde hij in stilte naar haar kijken; zonder woorden die de bijzondere magie zouden verbreken die het gadeslaan van haar gracieuze, plotseling zo onmisbare beeld bij hem teweegbracht.

Ze keken elkaar aan en zwegen, volledig in de ban van de ontmoeting. Leerlinge en meester, zachtheid en kracht, jeugd en rijpheid, argeloosheid en meesterschap, impulsiviteit en bezinning, instinct en ervaring, een evenwichtige schoonheid vermenigvuldigd in contrasten.

Cádiz' ogen gleden langzaam over haar lichaam tot ze vol overgave op haar voeten bleven rusten. De jeans van zijn leerlinge sleepte over de grond en haar blanke tenen doemden onbedekt op, namen de zachte streling van die doorleefde ogen in ontvangst. Een vage verwachting, een belofte.

De daar opborrelende hartstocht baande zich een eigen weg, zonder rekening met hen te houden.

Na vele kwijnende lentes ontsproot verlaat een loot in Cádiz' hart. Alles wat de laatste jaren uit zijn leven was vertrokken en hem voor de poorten van een kleurloos einde had gebracht verdween. De spooktrein waar hij onbewust was ingestapt en die hem slinks naar een met tegenzin geaccepteerde ouderdom voerde, schonk hem nu een reis terug naar het leven.

Een meisje dat zijn dochter kon zijn toonde hem een weg van licht die hem uit de donkere tunnel kon halen. En hij zou zich door dat licht laten overspoelen, al zou het hem verblinden en bleef hij blind achter. Kijken... meer niet. Een nieuw genot.

'Mazarine...'

Bij het horen van haar meesters stem voelde Mazarine een vlinder tussen haar benen fladderen.

'Trek je T-shirt uit.'

Ze gehoorzaamde.

'We gaan vliegen.'

De aanblik van zijn leerlinge, die haar tere borsten en het tussen haar borsten bungelende medaillon ontblootte, ontlokte Cádiz nieuwe inspiratie.

'Je bent net een Byzantijnse maagd,' zei hij.

Zonder haar met meer dan het uiteinde van zijn penseel aan te raken, schetste de schilder met twaalf granaatkleurige stippen een kruis onder haar borsten. De vochtigheid van de verf voegde zich kameraadschappelijk bij Mazarines dorst en verzadigde haar huid. Een dikke druppel maakte zich los van het kruis en rolde naar beneden. Hij gleed over haar navel, drong haar broek binnen en landde midden op haar pubis.

Een zucht.

Het zonlicht schitterde fel op het medaillon en onthulde de voorstelling in reliëf.

'Ken je de betekenis ervan?' vroeg Cádiz op de munt wijzend.

Mazarine voelde de druppel op haar pubis, bevend, naar binnen dringend. Ze kon niet antwoorden. Haar gedachten waren daarbeneden.

Cádiz begon op het maagdelijke doek te schilderen, streelde het hongerig, nam het wanhopig in bezit, met al zijn herverkregen passie. Een onstuitbare opwinding die zijn lichaam en geest in vuur en vlam zette. Het verlangen, voortgekomen uit het observeren van zijn leerlinge, streek neer op het doek en sublimeerde het, veranderde het in een luisterrijk kunstwerk.

Hoe kon hij de nodige afstand bewaren, niet te dicht bij haar komen, om die magie niet te verbreken?

Meer verf, meer kleuren, meer penseelstreken.

De schilder ging zonder onderscheid te maken van het doek naar de huid, in een fantastische, chromatische waanzin.

Verwarring en chaos. Huid en doek, één enkel lichaam. Over Mazarines borst gleed weer een druppel en nog een en nog een, ze kwamen, daalden zonder toestemming, schonden haar intiemste wezen, haar schaamte, haar niet-weten. Ze gleden vrijmoedig haar jeans in, streelden haar benen en voelden aan als vele vingers; rivieren die eindigden op haar voeten en ze met leven beschilderden.

Een stilte en opnieuw de cello, zijn stem.

'Mazarine...'

De leerlinge sloeg haar van verlangen glanzende ogen op en richtte ze uitdagend op haar meester. Wat zou hij haar nog meer vragen?

'Trek je jeans uit.'

Het was waanzin. Dat spel kon ze niet meespelen; ze wist niet wat zou volgen, wat ze voelde. Alles om haar heen draaide.

Ze verroerde zich niet.

'Mazarine...' herhaalde Cádiz. 'Trek je jeans uit... alsjeblieft...'

16

De eerste personages voor de expositie waren bijna af, en met de figuren die daar op de vloer lagen had Sara Millers studio veel weg van een armenziekenhuis of een geïmproviseerd mortuarium. Ze waren zo realistisch en indrukwekkend dat Sara ervoor gekozen had ze te bedekken om verder te kunnen werken zonder afgeleid te worden.

De officiële opening was begin oktober, over een kleine drie weken, en het zou de eerste expositie worden waarop haar werk in de buitenlucht vertoond werd. In haar studio heerste chaos, was het een komen en gaan van specialisten met computers, spotlights en meetapparatuur, die de geraffineerdste conserveringstechnieken hadden en toepasten. Het leger werklieden bevoelde, tilde op, smeerde in, droogde, en legde de polemische lichamen weer neer die een hevig protest tegen hun marginalisering in de Parijse samenleving voorspelden.

Van alle 'rustenden' was, afgezien van de clochard en een op een geraamte lijkende oude vrouw, de man met de wazige ogen en de gehavende mond wiens loensende, kleurloze blik overal en nergens op gericht was de figuur die de meeste indruk maakte.

Sara was erin geslaagd een foto van hem te maken voor hij zijn overhemd had dichtgeknoopt, en wat haar assistente had ontdekt toen ze het beeld had uitvergroot, was een indrukwekkend rond litteken in de vorm van een oud zegel, niet te ontcijferen door iemand die het niet kende. Het was alsof een gloeiend brandijzer op zijn borst was gedrukt, exact daar waar zijn hart zat, waardoor zijn huid schroeisporen vertoonde die onmogelijk te verbergen waren. Zonder aarzelen had de fotografe die opname uitgekozen voor de tentoonstelling. Nu deze in een driedimensionale figuur was veranderd, was de vreemde passant angstaanjagend.

'Allemachtig, wat heeft hij daar zitten?' vroeg een van de technici terwijl hij naar het litteken wees.

'Het zal wel een symbool zijn,' antwoordde de assistente en ze liep naar de figuur toe.

'Ze hebben hem als een beest gebrandmerkt.'

'Dat geloof ik niet. Misschien heeft hij het zelf gedaan; hij kan het best voor de lol gedaan hebben, omdat hij het mooi vindt. Of misschien was het een ritueel, een soort inwijding bij een groep. Ik heb veel over sekten gelezen en reportages gezien op Discovery Channel. Je staat er versteld van hoeveel mensen in de eenentwintigste eeuw vastzitten in een andere tijd.'

'Maar om jezelf zoiets aan te doen... jezelf zo te pijnigen.'

'Er zijn zoveel dingen die we niet weten van anderen.' Ze werkte de wenkbrauwen van de figuur bij en praatte gewoon door. 'Echt veel. Als ik je zou vertellen dat ik lid ben van de broederschap van de recalcitrante losbandigen en dat we 's nachts in een grot bij elkaar komen om leuzen te scanderen, zou je dat dan geloven?' Het meisje keek iedereen onderzoekend aan. 'Nee toch? Dit gebeurt allemaal en we weten het niet. Schijn bedriegt.'

'Nou, in ieder geval zou ik deze kerel 's avonds niet graag tegenkomen. Heb je zijn ogen gezien?'

'Jullie moeten niet meteen het slechtste denken; ik zie zijn gevoelige kant wel.'

'Mijn god, deze hier is verliefd geworden!'

Sara kwam tussenbeide. 'Kom op, jongens. We moeten nog veel doen en de tijd begint te dringen. Laat die arme drommel met rust.'

Ze waren niet op vakantie geweest, maar Sara had de indruk dat Cádiz dat ditmaal niet had gehinderd. Haar man leek eindelijk de weg terug gevonden te hebben; hij werd meegesleurd door een maalstroom van creativiteit, en naar wat hij haar vertelde, want ze had nog steeds niets mogen zien, zou zijn nieuwe werk veel tongen losmaken. Al zag ze hem maar weinig, ze was blij hem weer zo gelukkig te zien. De weken van verwijdering en mannelijke ongerustheid waren voorbij en nu keerde hij hernieuwd en vurig terug naar het echtelijke bed; met alle onstuimigheid van een tweede jeugd die hem al snel even jong of jonger zelfs maakte dan toen ze hem had leren kennen. Het was alsof zijn intiemste problemen eindelijk waren opgelost en de weg was vrijgemaakt voor een andere Cádiz, leuker en uitdagender. Een minnaar die maximaal wilde genieten. Werd hij wakker, dan werd zij dat ook, want hun respectievelijke verlangens hadden altijd als communicerende vaten gewerkt.

Vanaf het moment waarop haar cameralens Cádiz had ontdekt, die lang vervlogen mei '68, was haar seksualiteit totaal veranderd.

Samen hadden ze alle taboes verbroken, soms stilzwijgend, andere keren al pratend. De intellectuele voordrachten waar ze allebei dol op waren, brachten hen ertoe vraagtekens te plaatsen bij kwesties als identiteit en waarden, en om de regels te overtreden. Hun lichamen waren dingen waarvan de dierlijkheid uitsteeg boven de stereotiepe ordening van vrouwelijk of mannelijk, van goed of slecht, van mooi of lelijk. Ze leefden in een imaginaire wereld en lieten zich door hun instinct meevoeren, veranderden hun lijf in tempels om mee te experimenteren; elke uitdrukking, elke beweging, een schreeuw, een traan, de stilte, suggereerde een nieuwe stijl, soms in de fotografie en andere keren in de schilderkunst, maar altijd scheppend. Ze waren geobsedeerd om het genot te sublimeren, idealiseerden de huid. Ze plaatsten het materiële van het vlees op één hoogte met het etherische van de geest.

En dat was zich in al hun werk gaan uiten.

Lange tijd waren ze samen opgegaan. Beiden beeldden hetzelfde uit, maar met verschillende technieken. Het was een kunst die het scandaleuze afzette tegen het moraliserende.

De verwantschap tussen hen stond onomstotelijk vast. Het werk van beiden werd gevoed door de hartstocht en de primaire emoties die ze samen beleefden. Ze schiepen een geestelijke band met de personages die ze fotografeerden of schilderden om zo de vergissing te voorkomen het gefotografeerde of geschilderde als een enkele realiteit te interpreteren: het nagebootste of door de camera gevangen beeld. Beiden genoten ervan visuele verhalen te vertellen, veel alternatieve werkelijkheden te bieden, het object te vervreemden van de nietszeggende banaliteit van het eerste gezicht. Wie de waarheid wilde voelen, moest in het onzichtbare van het schilderij of de foto graven.

Met de jaren waren ze liefde en werk gaan scheiden, en dat had hen niet zozeer verarmd maar eerder verrijkt. Daarom waren ze de critici, die hun uiterste best hadden gedaan het vuurtje van de jaloezie aan te wakkeren, openlijk dankbaar.

Zij die snoevend beweerden dat Sara haar man schaamteloos imiteerde, moesten toegeven dat datgene wat tussen de twee bestond geen imitatie was, maar een artistieke symbiose, een intiem spel dat ze naar eigen goeddunken oppakten en weer weglegden en dat niet alleen de groei van hun respectievelijke kunst niet in de weg stond, maar hen juist in staat stelde experimentele psycho-artistieke universums met bijzondere dimensies te scheppen.

De dagen vlogen voorbij tussen de afgevallen bladeren van de net ingevallen herfst, met voorbereidingen en dingen die op het laatste moment tegenzaten, haar geïdealiseerde verwachtingen en haar hervonden seksleven.

Die ochtend was het eerste wat Sara Miller deed toen ze wakker werd de gordijnen openschuiven en naar wolken zoeken, maar na verscheidene intens grijze dagen was het enige wat ze zag een grote, luie maan die besloten had te blijven en het strakke blauw van de hemel te doorbreken. De opening was gered.

Ze profiteerde van haar vreugde en kroop weer tussen de lakens om zich tegen Cádiz' lome lijf te nestelen, die nog in de schemer van de slaap verzonken was. Toen hij haar zo dichtbij voelde, omhelsde haar man haar innig, streelde haar borsten en fluisterde een naam: 'Mazarine...'

17

Tegen het vallen van de avond verdrongen zich honderden toeschouwers achter het veiligheidslint op Les Champs Élysées en dreigden de trottoirs te overspoelen waar Sara's prachtige figuren tentoongesteld waren en waar de hoge genodigden wandelden. Vele bekende figuren uit de kunstenaars- en glamourwereld liepen schandelijk pralend te koop met hun uiterlijke luxe en innerlijke armoe, en paradeerden lachend tussen de *fantasques* in afwachting van de opdringerige camera's. Critici scherpten hun pen en zwierven rond de straatfiguren, op jacht naar een bijtend commentaar, een mankement of een dissonant in het geheel. Radio, pers en tv, met hun camera's, microfoons en flitslichten, filmden, maakten opnamen en schoten dwangmatig plaatjes van alles wat op hun weg kwam. Excentrieke kunsthandelaren vuurden aan één stuk door lachsalvo's af tussen ijzige miljonairs. Iedereen, werkelijk iedereen wachtte verlangend op de triomfantelijke aankomst van de fotografe en de kunstschilder.

Nadat het verkeer tien minuten was stilgezet deed het doffe gekletter van tientallen hoeven op het plaveisel het publiek verstommen. Een majestueus span glanzend witte arabieren met wapperende, zijdeachtige manen stoof de grote laan op; vanaf de Place de la Concorde kwam de stoet plechtig dichterbij, gevolgd door een vreemde, goudgeschilderde vuilniswagen die in het voorbijgaan honderden goudkleurige papiertjes uitstrooide waarop de naam van de tentoonstelling stond: *Identités*.

Nadat ze de emblematische laan genomen hadden, vormden de paarden een rij aan weerszijden van de vuilniswagen en al hinnikend begeleidden ze de wagen tot ze voor het Grand Palais stilhielden. Een uitroep van verbazing was hun ontvangst.

Uit de achterkant van de vrachtwagen stapte Sara Miller, gevolgd door haar echtgenoot. Beiden gingen in nachtzwart gekleed en werden overladen met een daverend applaus.

Terwijl de artiesten groetten en voor de media poseerden, bereikte een meisje op blote voeten dat een zwarte jas achter zich aan sleepte en zich met haar ellebogen een weg door de menigte had gebaand eindelijk het lint dat de toegang tot het Grand Palais versperde, en daar wachtte ze.

Cádiz zag haar vanuit de verte. Dat intens bleke, frisse gezicht zonder enige vorm van make-up was zo puur dat het pijn deed. De zwarte baret verborg haar kortgeknipte roodblonde haren, en in de duisternis schitterden haar ogen als twee gouden munten, met een glans die het midden hield tussen argeloos en verdorven: een purende koningin.

Ze kwamen dichterbij, omringd door fotografen en microfoons die onbarmhartig vragen afvuurden.

'Wat vindt u van het werk van uw vrouw?'

Een camera verhinderde hem haar te zien. Hij ontweek ze en liep op haar af zonder te kunnen voorkomen dat zijn blik naar haar blote voeten werd getrokken.

'Ziet u het als een politiek protest?'

Wat voor de duivel deed ze hier?

'Is het een subversieve tentoonstelling?'

Beeldschoon... en ongewenst.

'Betekent uw zwijgen dat u geen mening wilt geven?'

Zijn stille, vragende ogen vestigden zich op Mazarine. Maakten haar verwijten, bevalen haar weg te gaan...

'Overweegt u voor uw volgende expositie eveneens een hommage aan de marginalen?'

Of ze kon blijven, maar dan uit het zicht... zodat hij wist dat ze in de buurt was.

'Denkt u dat de recente rellen in de voorsteden iets te maken hebben met wat nu getoond wordt?'

Sara fluisterde hem iets toe, maar hij luisterde niet. Al zijn zintuigen waren op Mazarine gericht. Op de opgewonden golven in haar ogen, op de blote huid van haar voeten.

'Cádiz, wat is er met je aan de hand?' vroeg de fotografe, gebruikmakend van een korte pauze in het spervuur van de journalisten. Haar echtgenoot kwam weer tot zichzelf en pakte haar bij de arm om haar bij de menigte vandaan te leiden, en, uiteraard, bij zijn leerlinge vandaan.

'Te veel mensen. Zullen we naar binnen gaan? Ik heb een dubbele whisky nodig.'

Mazarine keek naar de fotografe, nam haar van top tot teen op. Dus dat was de vrouw van Cádiz die ze zo vaak in boeken en tijdschriften had gezien, die ze al dagen bestudeerde, die met haar schilder sliep, met wie hij alles deelde... behalve de vreugde die zij hem schonk. Al vond ze het vreselijk, ze moest toegeven dat ze er niet alleen goed uitzag maar ook een imposante vrouw was die kracht en talent uitstraalde.

Hun blikken kruisten elkaar even en Sara Miller schonk haar een warme glimlach, die het meisje beantwoordde terwijl ze tersluiks naar haar leermeester keek, zodat hij niet zou vergeten voor wie ze hier was.

Het beroemde paar ging op in de zwerm gasten, de vele begroetingen en camera's terwijl Mazarine achterbleef, overgeleverd aan haar diepe eenzaamheid.

Vele minuten later begon de menigte nieuwsgierigen op te lossen in de schemering toen ze beseften dat er verder niets meer zou gebeuren en dat er onweer in de lucht hing. Ineens rook het naar regen en doorkliefden bliksemflitsen een hemel die inmiddels bedekt was met donkere wolken. Roerloos bleven de ogen van het meisje strak naar de deur staren waardoor Cádiz en Sara waren verdwenen. Haar bevroren voeten bewegingloos op de afgesleten stoeptegels.

Ze zou niet weggaan. Ze wilde Cádiz weer zien, wilde dat hij haar aanwezigheid voelde. Ze moest hem intimideren, hem laten merken dat ze ook op andere tijdstippen bestond en niet alleen tijdens het schilderen. Ze wilde dat hij rekening met haar hield.

Een plotselinge hoosbui barstte los en bezorgde haar een regenbad dat haar in een mum van tijd doorweekte. Haar wollen jas droop van het water, rekte uit onder het gewicht, groeide, ging open en waaierde uit, verspreidde zich als een enorm wortelstelsel over het trottoir ... haar voeten bleven onbeweeglijk.

Vanuit het Grand Palais zag Cádiz haar wegsmelten in de regen; hij stond daar stilletjes, zijn hoofd niet bij het feest, met zijn glas whisky en zijn somberte. Door de ruit ontmoetten hun vloeibare blikken elkaar langzaam, zwijgend, en begonnen toen te spreken.

'Mazarine, kleintje... Waarom laat je je zo natregenen?'

'Cádiz... laat me niet alleen. Zie je niet dat ik je nodig heb?'

'Op sommige plaatsen moet je niet zijn.'

'Ben ik het niet die je inspiratie geeft?'

'Wat we samen beleven is een droom. Maak die niet stuk door hem met de werkelijkheid te vermengen.'

'Ik heb het koud.'

'Kleintje, mijn kleintje... je beeft helemaal. Ga naar huis.'

'Als je maar even je armen om me heen sloeg...'

'Morgen ben ik weer bij je, zodra het licht wordt.'

'Ik heb je omhelzing nodig.'

'Morgen ga je voor me poseren. En zie ik je vogellijfje weer, zal ik je onrustige hart voelen.'

'Raak me aan.'

'Alleen door naar je te kijken...'

'Je handen voelen, zoals ik je penseel op mijn huid voel.'

'Zonder je te breken of te bezoedelen. Zuiver. Een maagd, mijn maagd.'

'Cádiz...'

'Mijn kleintje. Wat ben je laat in mijn leven gekomen.'

'Een kus. Ik wil alleen maar een kus. Je tong de mijne voelen zoeken, zuigend. Laat me ontdekken waar je kus naar smaakt.'

'Zo laat! ... Dit rode en violette verlangen. Nee, ik kan je beter schilderen. Dit verlangen consumeer ik liever niet. Een geschilderd verlangen sterft niet.'

'Je omhelzing. Ik heb je omhelzing nodig.'

'We doen alsof we elkaar voelen. Laat me je doek van huid in reliëf voelen, het met mijn ogen voelen.'

'De aanraking van een lichaam. Je warmte... ik heb het koud.'

'Zodat de betovering niet verbroken wordt.'

'Kom...'

'Zodat de kunst vrij kan vloeien.'

'Alsjeblieft...'

'De ongebondenheid van de kunst, de ziel, via jouw ogen verbonden met mijn vingers... verder niets.'

'Cádiz...'

'Ga naar huis, kleintje. Morgen dromen we verder.'

'Kom...'

Mazarines tranen vermengden zich met de regen terwijl Cádiz bij het raam wegliep. Ze voelde een woede en hulpeloosheid in zich opwellen die haar ziel overhoophaalden. Haar snikken namen toe en haar eenzaamheid groeide samen met haar jas, haar wortels hechtten zich aan het asfalt. Ze was een verlaten boom te midden van het niets. Plotseling ging de hemel furieus tekeer en bliksemde uitzinnig; zilveren zwaarden vormden een kring van licht en schaduw om haar heen die haar leek te beschermen; daarbinnen was de regen opgehouden. Een luid glasgerinkel deed het Grand Palais schudden en maakte zich meester van zijn muren, hulde het in onzekerheid. Op het ritme van de donder doofden de lichten en gingen weer aan. Het was of de kille deken van de nacht de ruimte waar de officiële opening werd gevierd was binnengedrongen en genadeloos op alle zalen neerstreek. Buiten tekende Mazarines silhouet zich spookachtig en hooghartig af. Onoverwinnelijk.

Aan de overkant van de straat, verborgen achter een gordijn van rook en water, bekeek Yeux Nébuleux zijn beeltenis met bewondering en woede. Aan de ene kant was het indrukwekkend zichzelf met zijn enorme aanwezigheid het natte trottoir te zien beheersen; aan de andere kant voelde hij dat hij iedereen had verraden door het heiligste wat hij bezat openlijk te tonen: het symbool. Wat moest hij tegen de anderen zeggen als ze zagen dat hij er geen been in had gezien datgene te laten fotograferen wat hij verborgen moest houden?

Toen hij in de gaten kreeg dat de stortbui de gendarmes had verdreven en het werk onbewaakt was achtergebleven, liep hij onophoudelijk rookwolkjes producerend langzaam op de bijzondere groep beelden af.

Op de grond werden de golvende, van kou rillende schaduwen weerspiegeld, en in een solitair spel vertrapte hij ze met zijn schoenen. Bij het grote glazen paleis aangekomen, trok iets opeens zijn aandacht. Daar, midden op straat, tegenover de entree, stond als een plantaardig standbeeld, als de enige boom die de verwoesting van een oerwoud had overleefd, een vrouw in een donkere jas en met een zwarte baret weg te smelten. Hij herkende haar. Het was het meisje met het medaillon. Zonder aarzelen liep hij op haar af.

18

Al meer dan een week was Mazarine niet naar La Ruche gekomen en haar afwezigheid maakte Cádiz wanhopig. De laatste keer dat hij haar had gezien was op die avond in de regen, maar toen het feest was afgelopen en hij haar op het trottoir had gezocht, was ze verdwenen; hoewel hij haar meerdere malen en op verschillende tijdstippen had gebeld, was haar telefoon altijd uitgeschakeld. En al wist hij waar ze woonde, hij dacht er niet aan haar op te zoeken. Hij wilde niet dat ze zijn vertwijfeling zou bespeuren. Ongemerkt was hij zich naar haar gaan voegen; naar haar stiltes, haar ogen en haar huid, haar sensualiteit en vitaliteit. Zijn leven draaide om haar en nu hij haar niet om zich heen had, stokte zijn werk.

Het was alsof dat meisje zich zijn creatieve geest had toegeëigend, hem naakt in het niets van het begin had laten staan. Alles wat hij probeerde mislukte, en zijn nervositeit en slechte humeur waren enorm toegenomen.

De criteria waarlangs hij altijd had gewerkt vervaagden in een creatieve hulpeloosheid en afhankelijkheid, die hem uiteindelijk lieten inzien hoe belangrijk Mazarine in zijn leven was. Nu wist hij hoeveel hij voor haar voelde. Hij miste haar op een angstwekkende manier en verweet het zichzelf dat hij die regenachtige avond niet naar haar was toe gegaan om haar tenminste te laten merken hoeveel verdriet het hem deed haar zo eenzaam te zien. Het kostte hem moeite het toe te geven maar HIJ HAD HAAR NODIG.

Behalve zijn onzekerheid op schildergebied, het niet weten welke richting hij moest nemen, voelde hij nu ook weer zijn onzekerheid tussen de lakens.

Op een nacht, toen hij om wat te kalmeren toenadering tot zijn vrouw had gezocht met de bedoeling de liefde te bedrijven, was de schaduw van zijn impotentie boven hun lichamen blijven zweven, en hoezeer Sara ook haar best deed hem op te monteren en hem overlaadde met begripvolle strelingen, zijn frustratie had hem in de vroege ochtenduren de straat op gedreven.

Uiteindelijk had hij een taxi genomen, in een poging voor zichzelf weg te vluchten, en eindigde hij in zijn vroegere straat, waar hij vele jaren had gewoond: de rue Saint-André-des-Arts. Na daar een tijdje te hebben rondgedoold tussen onbekenden bleef hij staan voor wat ooit zijn schildershol was geweest.

In de winter van 1965 was hij vanuit Sevilla naar Parijs gekomen, weggelopen van zijn ouders, die wilden dat hij visser zou worden in zijn geboorteplaats Cádiz, met verborgen in een oude sok het karige spaargeld van Bernarda, zijn Sevilliaanse tante die zijn droom altijd had gesteund.

Ondanks zijn jonge leeftijd wist hij heel goed wat hij wilde. Hij had zich in het hoofd gezet zich op de plek van de toenmalige Parijse kunstenaarsbeweging te installeren: het Quartier Latin. Na dagenlang van logement naar logement te hebben gezworven had hij op een avond een groep Latijns-Amerikanen leren kennen, net zulke dromers als hij, die hem op hun zolderverdieping hadden uitgenodigd, en daar had hij uiteindelijk een kamer gedeeld met een Uruguayaanse dichteres, twee Colombiaanse schrijvers en een Argentijn die als de idioot fungeerde door de verstandige vent uit te hangen.

In die tijd hadden zijn versleten schoenen vol gaten zonder protest de natte straten doorstaan met behulp van stukken krantenpapier die hij erin stopte; dat was niet belangrijk. Artistiek gesproken was hij nog niemand, maar hij voelde zich al een god. Avond aan avond gedijde hij schor op de bitterzoete, van bier en rook doortrokken bijeenkomsten, en als de eenzaamheid eens 'zwaar op hem drukte' en hij behoefte had aan de troost van een vrouw, dan verwarmde de Uruguayaanse zijn lakens. Ze deelden haar met zijn vieren, zonder jaloezie of verplichtingen, en met de instemming van haarzelf; ze beweerde van allemaal evenveel te houden.

Op die plek was alles waardevol. Van hun opgewekte monologen, hun liedjes en protesten tot de honger en angst. Niet de kou zo zonder verwarming, noch de kapotte banken, noch de rommelende hongerige magen, en zelfs niet het geluid van vocht dat op regenachtige nachten door het dak sijpelde en zijn hoofd martelde, kon hem ontmoedigen. Alles maakte deel uit van zijn vooruitgang in het leven. Het was de bohème beginperiode van zijn toekomst als kunstschilder.

Hij was ervan overtuigd dat de som van zijn inspanningen hem tot de hoogste trede zou brengen. Dingen die anderen belangrijk leken te vinden, zoals geld, maatschappelijke positie, familie, reizen, verkeringen, religie en toekomst, lieten hem koud. De visuele taal was zijn bijbel, zijn grote rebellie.

In die kleine ruimte was zijn innerlijke grootsheid tot wasdom gekomen, had hem zelfs een vernisje van overtuigd intellectueel gegeven.

Vervolgens kwamen de straatleuzen.

Zijn persoonlijke rebellie voegde zich bij die van velen. Zijn protest viel samen met het gelanceerde protest door een nieuw denkende Franse jeugd die, net als hij, hongerde naar vrijheid en ernaar verlangde de wereld te veranderen.

Hij had zich aangesloten bij de Meirevolutie van '68, de grote roep om het leven.

Hij was maar een minuscuul onderdeeltje van de massa dromen die de straat opging om haar idealen rond te strooien, ze op de muren en de grond te verspreiden. Zijn denkbeelden werden net als die van andere schilders geconcretiseerd in snel neergekalkte graffiti op de muren van de Sorbonne, op standbeelden en in parken. De strijd was de moeite waard.

Net als velen geloofde hij dat kunst denkbeelden kon veranderen, een gevoelvol instrument was dat verstarde instituties kon wakker schudden. Een protest dat de cultuur herdefinieerde als nuttig voor de belanghebbenden zelf: de kunstenaars.

Alle soorten kunstenaars moesten bevrijd worden van onaanvaardbare mythevormingen. Theater, film, literatuur, schilder- en beeldhouwkunst mochten niet langer onderworpen zijn aan de absurditeit van een kapitalistisch systeem dat enkel op zoek was naar winst, puur en exclusief voor zichzelf. De tijd was gekomen om af te rekenen met het laisser faire dat de wereld in een stortplaats van nonsens had veranderd. Hij maakte deel uit van de *contestation*, van de protestbeweging die overal vraagtekens bij plaatste...

En met die contestation was Sara verschenen.

Die beeldschone Amerikaanse met haar dappere camera en snoeperige lippen die zijn hart met haar aromatische kus wist te vangen en op magische wijze in zijn muze en aanbiddelijke minnares was veranderd. In zijn zus en zijn moeder, degene die zijn angsten suste en hem beschermde tegen zijn onbehagen, met haar kracht zijn zwakheden verhulde. De grote ontdekster die hem almachtig had gemaakt, een ware schilder van het verlangen: de god van het penseel.

Hij had alles aan haar te danken, al had hij haar dat nooit gezegd. Misschien zou zijn leven een andere wending hebben genomen, zou zijn kunst een andere zijn geweest als hij haar niet had ontmoet. Ze stak hem aan met haar levensenergie, haar kracht en optimisme.

Zijn hele leven had hij zijn gezicht naar haar gewend. Zijn successen en uitglijders, zijn angsten en onzekerheden, zijn kleine misstappen, zelfs zijn onvermijdelijke affaires hadden voor Sara's goedige ogen plaatsgevonden.

Samen hadden ze de snelle sprong gemaakt die hen plotseling van de armoede in de weelde had geworpen. Zonder ophef, alsof het de normaalste zaak van de wereld was. Iets waartoe ze voorbestemd waren.

Van zijn ouders had hij pas jaren later weer wat vernomen, toen hij internationaal was doorgebroken en zijn roem boven die van alle contemporaine kunstenaars uitstak.

In een vernietigende brief verweten ze hem dat hij zijn achternaam verloochende, alsof hij aan zijn verleden wilde ontsnappen. Hij moest hun uitleggen dat het feit dat hij zijn naam niet gebruikte niets met schaamte te maken had, maar dat het een zakelijke strategie was. Hij noemde zich niet langer Antequera maar had zich omgedoopt tot Cádiz als eerbetoon aan zijn afkomst en aan die enorme vurige zon die nooit onder leek te gaan en zijn herinneringen verwarmde.

Een vrouwelijke stem riep hem terug in de werkelijkheid.

'Heb je een sigaret?'

De schilder haalde een pakje Marlboro uit zijn jaszak en bood haar er een aan. Het meisje pakte er drie.

'Mag het?'

'Neem ze allemaal maar.' Hij gaf haar het pakje. 'Ik heb nog meer.'

De onbekende stak de straat over en liet aan een groep dronken jongeren zien wat ze gescoord had.

'Wat is er, opa, hebben ze je laten zitten voor een ander?' schreeuwde een van hen onder luid gelach van de rest.

Cádiz dacht aan Mazarine. Hij wilde geen vluchtige schaduwen blijven najagen, de honger van de tijd voelen, dat onmogelijk te vervullen verlangen weer jong te zijn. Maar haar afwezigheid prikte letterlijk op zijn huid.

Het gelach klonk steeds zwakker tot het wegstierf in de asgrijze nacht. Zijn aandacht werd getrokken door een verlicht uithangbord voor hem: Theâtre Chochotte. Het silhouet van een naakt vrouwenlichaam in de entree suggereerde een show. Hij dacht aan alle lichamen die hij in de loop van zijn leven geschilderd had, aan Sara's lichaam dat door de jaren was uitgezakt, aan dat van Mazarine, bruisend van leven... aan zijn impotentie. Hij ging naar binnen.

Hij liep de smerige trap af naar de kelder, die een verloederde sfeer uitademde, met muffe gordijnen, ranzige divans en een zwakke verlichting. Voor acht eenzame oude mannen bedreven twee meisjes gevoelvol de liefde op het ritme van de muziek. Hun geurige lichamen rolden langzaam over een Perzisch tapijt, werden met een zoete schaamteloosheid getoond; ze spreidden hun benen en streelden elkaar zonder naar het publiek te kijken.

Tongen op geslachtsdelen, zwarte en blonde verwarde haren die door de lucht zwierden, vrouwenvingers die vochtige duisternissen binnendrongen, gezucht, gekreun, reagerende borsten, zwarte laarzen en een ketting als enige kleding... en Cádiz voelde niets. Geen spoor van begeerte.

Mazarine... wat heb je met me gedaan? Waarom kunnen mijn ogen alleen nog in jouw lichaam verdrinken?

Hij liet de show voor wat die was toen een van de meisjes naar hem toe kwam met de bedoeling hem te verleiden.

Buiten was het ijzig koud. Hij herinnerde zich zijn laatste gesprek met Mazarine, toen zijn penseel over haar buik gleed en hij een blauwe pijl schetste waarvan de punt haar pubis raakte. Van een gespannen stilte waren ze overgegaan tot een wederzijds genieten van dat wat inmiddels een ritueel geworden was: al schilderend strelen en door de penseelstreken gestreeld worden. Het kunstwerk vorderde gestaag en groeide in vele variaties, als een symfonie. Beiden verkeerden in een toestand van genot, verbonden door een dunne draad.

'Weet je, Cádiz? Soms zou ik graag al vragend door het leven gaan. Misschien ontmoet ik dan op een dag de persoon die de waarheid in pacht heeft, de waarheid die ik wil horen,' had ze gezegd terwijl ze haar zuchten bedwong.

'Dé waarheid bestaat niet. Er zijn vele waarheden en doorgaans zijn ze nergens te vinden. We smeden ze zelf... met onze vervulde verlangens. Zodra een verlangen vervuld wordt, is er een evidente waarheid.'

'Aan jouw antwoord heb ik niets. Vertel me eens, waarom wordt de een altijd verlaten en heeft de ander altijd gezelschap?'

'Dat is een gevoel, geen fysieke toestand. Voel jij je in de steek gelaten?'

'Ja, door jou.'

'Wat je niet bezit, kun je ook niet in de steek laten.'

'Maar ik voel me iemands bezit. Wanneer ik bij jou ben, bezit je via je ogen mijn huid, ontneem je me die terwijl je naar me kijkt.'

'Geniet je van het gevoel geobserveerd te worden?'

'Natuurlijk.'

'Nou, dan ben je zelf medeplichtig aan het verlaten worden.'

'Probeer je jezelf vrij te pleiten door mij erbij te betrekken? ... Denk maar niet dat je iets gewonnen hebt met wat je daarnet hebt gezegd.'

'Ik wil helemaal niet winnen als ik door te verliezen naar je kan kijken.'

Mazarines argeloze lach had hem geprikkeld.

'Blijf lachen,' zei hij terwijl hij twee streken op het doek zette. 'Doe nu je ogen dicht.'

Hij was dichterbij gekomen, voelde haar adem. Hij was een centimeter van haar lippen af, van haar tanden, haar roze tong. Hij had op het punt gestaan haar te kussen, maar kon zich net op tijd inhouden. En dat betekende meer dan een kus. De intentie was machtiger dan de voltrekking.

'Ben je een of andere test aan het doen?' vroeg ze.

'Ik schat alleen de afstanden.'

'Wees maar voorzichtig met dat kijken. Het zou zomaar kunnen dat het doek naar jou komt.'

'Waag het niet. Denk eraan, ik ben je leraar.'

'Mooie leraar ben je. Als je dat echt was, zou je me leren...'

'Je wat leren?'

'Wat denk je...?'

De lach van zijn leerlinge vermengde zich met de echo van zijn voetstappen die weergalmden in de verlaten straten van het Quartier Latin. Zijn schaduw slingerde over het trottoir; toen hij die opmerkte doemde Mazarines stem weer in zijn herinnering op.

'Schemeringen behoren toe aan het rijk der schaduwen, is je dat wel eens opgevallen? Op straat rekken lichamen uit, vallen verslagen neer, worden vertrapt, sterven van de kou... Verdwijnen, worden opgeslokt door de duisternis. Wat betekent de nacht voor jou?'

'Dat waar het de dag aan ontbreekt...' Hij keek op en richtte zijn blik strak op haar. 'Jouw afwezigheid.'

'Ervaar je mijn afwezigheid als een verlating?'

'Nee, want ik weet zeker dat je morgen weer komt... Je komt toch weer?'

'Doet het je pijn me niet te zien?'

'Ik zou jou nooit met pijn willen associëren. Ik geef de voorkeur aan vreugde. Wanneer ik je zie, ben ik gelukkig.'

'En wanneer je me niet ziet?'

'Dan leef ik een ander leven.'

'Welk leven?'

'Het werkelijke leven.'

'Je past het dualisme dus ook op je eigen leven toe. En welk deel van het dualisme ben ik?'

'Ik wil je niet classificeren. Je bent het dualisme in zuivere staat. Niet mijn dualisme. We zijn allemaal duale wezens. Ik zie je als argeloos maar ook als boosaardig, en dat bevalt me.'

'Maestro van het dualisme, wat zijn jouw gedachten over tijd?'

'Tijd?' ... Hij dacht even na. 'Dat is waar het ons allemaal aan ontbreekt. Op dit moment, waar het me aan ontbreekt om jou te benaderen.'

Mazarine keek hem uitdagend aan.

'Je hebt de hele middag. Ik ben er nog maar net.'

'Dat soort tijd bedoel ik niet, kleintje. Mijn werkelijke tijd telt bijna veertig jaar meer dan de jouwe.'

'Vergeet dat soort tijd, je bent hier... en ik eveneens.'

'Mijn kleine Mazarine, al zijn we allebei hier, een samengaan is onmogelijk.'

'Je bent alleen maar ver weg omdat je dat wilt. Kom eens hier.' Het meisje strekte haar armen naar hem uit. 'Kom eens dichterbij.'

'Nee... zo is het beter.'

'Waarom?'

'Op een dag zul je weten waarom. Je bent te jong om dat te begrijpen.'

'Je zei dat je me ooit zou laten doordringen tot de plek waar je angsten huizen.'

'Ach kleintje, ik heb nooit beweerd dat ik bang ben.'

'Denk je dan dat het geen vrees is die je tegenhoudt naar me toe te komen? We hebben allemaal onze angsten. Ik heb zelfs iemand gekend die ze verzamelde.'

'Goed, laten we ervan uitgaan dat ik ze heb. Als jij me jouw geheimen vertelt, dan laat ik je mijn angsten zien.'

'Ik heb geen geheimen.'

'Leugenaarster.'

'En jij? Weet je zeker dat je geen angsten hebt?'

Cádiz knikte lachend.

'Leugenaar.'

Vrees. Natuurlijk kende hij vrees. Op dit moment was hij bang dat ze nooit meer terug zou komen. Hoe was het mogelijk dat zoiets hem, op zijn leeftijd, overkwam? Waar vluchtte hij voor door zijn huis bij nacht en ontij te verlaten? Wat zocht hij in die straten?

Hij was teruggekeerd naar zijn verleden. Hij liep door een reeds afgelegd scenario, probeerde dromen uit de poel van zijn herinneringen op te diepen die nuttig voor zijn heden konden zijn. Een ergens in een hoekje vergeten verlangen, iets wat in die straten was achtergebleven, heel intens ervaren door hem en door zijn vrouw, iets wat hen zou doen opleven... beiden. Hij wilde graag weer net zo naar Sara verlangen als in de beginperiode van hun relatie, hun begeerte laten samenvallen met de tijd, hij wilde dat verlangen en leeftijd samenkwamen, dat hij het onvermijdelijke kon accepteren: het begin van hun verval. Maar de herinnering aan zijn leerlinge belette hem dat.

Plotseling, toen hij bij een straathoek kwam, gloeide in de duisternis een zwerm blauwe glimwormen op en ze verlichtten zijn weg met hun flakkerende schijnsel. Het leken net vluchtige sterren die je kon aanraken.

Ongemerkt hadden zijn voeten hem naar het groene huis gevoerd, waaruit een waterval van lila bloemaren stroomde die de rue Saint-Julien-le-Pauvre van hun geur doordrong. De indrukwekkende struik liep weelderig langs de muren naar beneden, bedekte de voordeur en waaierde uit over de straat. Het was een plantaardige rivier die zich haastte haar dorst in de Seine te lessen.

Te midden van de lavendelbloemen doemden uit het groen twee helle ogen op die hem beloerden. Het was een kat.

'Ga weg. Ik moet je niet,' zei hij.

Het dier staarde hem strak aan, zonder zich te verroeren.

Binnen zocht Mazarine haar mascotte in het schemerduister; ze kon niet slapen. De koorts van de longontsteking was nog niet geweken en al was ze uit het ziekenhuis ontslagen, ze voelde zich nog heel zwak.

'Mademoiselle...' Haar geroep klonk heel zacht.

Ze sleepte zich naar het raam en werd overvallen door een hoestbui. Bijna aan het einde van haar krachten slaagde ze erin haar hoofd naar buiten te steken terwijl ze zich met een deken tegen de kou beschermde.

'Mademoiselle... wat doe je? Akelige kat.'

Weer een hoestbui, en deze dwong haar terug te keren naar haar bed.

19

'Wat is er met je, meisje?' had de antiquair aan Mazarine gevraagd toen hij haar op straat was tegengekomen. 'Je ziet er belabberd uit.'

'Niets,' antwoordde ze, al wist ze best dat ze al twee nachten onophoudelijk lag te hoesten en dat de koorts toenam.

'Waarom loop je op blote voeten? Heb je geen schoenen?'

'Die wil ik niet.'

'In deze kou kun je toch niet zo rondlopen, dat is waanzin. Aan je ogen te zien heb je koorts.' Hij legde zijn hand even op haar voorhoofd. 'Je voelt heel warm aan. Waar zijn je ouders? Weten ze dat je ziek bent?'

'Te veel vra...' Mazarine begon te hoesten tot ze naar adem snakkend ineenzakte.

De oude man had haar direct naar het dichtstbijzijnde ziekenhuis gebracht, waar ze besloten haar op te nemen nadat de diagnose 'zware longontsteking' was gesteld.

De hele week had Arcadius haar dagelijks bezocht, hij had geen dag overgeslagen. Mazarine deed hem denken aan zijn enige kleindochter, die bijna een jaar eerder bij een onzinnig voorval was gestorven. Ze was ongeveer even oud als zij en had er net zo eenzaam uitgezien.

Hij begon chocolaatjes mee te brengen. Hij ging stilletjes naast haar bed zitten en probeerde achter haar gedachten en vooral achter haar gevoelens te komen, probeerde via haar zijn verloren kleindochter te begrijpen. Voor een op leeftijd zijnde, alleen levende man kan het heel moeilijk zijn zich na zoveel jaren in de wereld van een jongere te verplaatsen. Geleefd en vooral geleden hebben, creëert een beschermende laag van afstandelijkheid die heel lastig af te leggen is. Je plaatst geen vraagtekens meer bij de illusie: ze is eenvoudigweg verdwenen en het noodlot wordt deel van iemands werkelijkheid, verandert hem ongewild in een ongelovig wezen, een houding die hijzelf niet kan waarderen.

In het ziekenhuis vroegen ze hem of hij familie was. Hij had gelogen, want hij wist dat ze hem anders verboden zouden hebben voor haar te zorgen en hij moest zich gewoon bevrijden van zijn schuldgevoel over zijn kleindochters dood. Hij kon haar niet nog eens in de steek laten.

Hoewel Mazarine hem niet onthulde waar haar ouders waren, ging hij ervan uit dat ze óf geen contact meer hadden vanwege iets wat met de opstandigheid van de jeugd te maken had, óf dat ze op reis waren óf dat ze, net als de moeder van zijn kleindochter, gestorven waren. Overduidelijk was wel dat haar ogen hem niet bedrogen. Vanaf de eerste dag dat hij haar zijn winkel had zien binnenkomen wist hij dat ze iets verborg.

Er zijn ogen die niet kunnen liegen. Een verdrietige blik herken je onmiddellijk; daarachter schuilt een kille wereld die je raakt. De ogen huilen zonder een enkele traan te laten vallen en, al lacht de mond, ze staan los van het gelaat, zijn vreemd aan de vormelijke grimas. Dat was de laatste blik geweest die hij bij zijn kleindochter had gezien die middag dat ze elkaar in zijn winkel gedag zeiden, alsof er niets aan de hand was, voordat ze in de Seine sprong. Een blik die hij pas later begrepen had, toen hij niets meer kon doen, toen hij haar tengere lichaam dat uit het water van de rivier was gehaald moest identificeren, drie dagen na haar verdwijning.

'Waarom bezoekt u me hier, monsieur?' vroeg Mazarine toen ze wakker werd en hem opnieuw naast haar bed aantrof.

'Hoe vaak heb ik je al niet gevraagd me niet zo te noemen? Telkens als je dat doet, voel ik me jaren ouder. Arcadius, ik heet Arcadius.'

'Goed, Arcadius. Maar waarom zorgt u voor me? U brengt heel veel tijd bij me door en verwaarloost uw *boutique*.'

'Ik heb je al eens verteld dat ik op een kerkhof van levenloze dingen leef. Ik betwijfel of ze me missen. Als doden al iets positiefs hebben, dan is het dat ze niet meer voelen... niet meer lijden.'

'Denkt u? Er zijn doden die heel levend blijven nadat ze gestorven zijn. Sommige laten hun eigen onzekerheden na, andere hun mysteries, dat wat ze verzwegen toen ze nog een stem hadden.'

'Ben je wees?' drong de oude man aan.

Mazarine ontweek een antwoord.

'Ik heb een kat die inmiddels uitgehongerd moet zijn.'

'Maak je geen zorgen, die heb ik meegenomen. Ze is in mijn winkel.'

'Hoe kan dat nou?'

'Gisteren dook ze hier ineens op.' Hij wees naar het kale raam in de kamer. 'Een miauwende harige bal die maar bleef janken; ik ging ervan uit dat ze van jou was.'

Plotseling betastte Mazarine radeloos haar borst. Het was er niet, het medaillon was verdwenen.

De antiquair wist wat ze zocht en glimlachte.

'Maak je geen zorgen. Ik heb het. Ze hadden het je afgedaan toen de röntgenfoto's van je borstkas werden gemaakt. Heb je enig idee wat het is dat je om je hals draagt, jongedame?'

'Geef me het terug, alstublieft.'

'Dat doe ik als jij me vertelt hoe je eraan gekomen bent.'

'U hebt het recht niet het te confisqueren.'

'Lieve meid, voor iets als dit,' hij liet het medaillon zien en stopte het weer weg, 'hebben veel mensen gedood. Ik kan het beter bij me houden tot je hier weg mag.'

'Alstublieft...' smeekte Mazarine.

'Straks moeten ze meer foto's maken of lig je te slapen. Ze nemen het weg en daarna weet je niet wat ermee gebeurd is. Bij mij is het veiliger. Vertrouw je me?'

'Wat dat inhoudt, weet ik niet. Vertrouwen is een woord dat niemand me geleerd heeft.' Het meisje stak haar hand uit. 'Geef me mijn medaillon.'

De oude man leek niet te horen wat ze zei.

'Vele, vele jaren geleden, ergens in de twaalfde eeuw, verdween een heel volk vanwege dat symbool en dat wat het vertegenwoordigde. Wil je er meer over weten?'

Wat ze hoorde, verbaasde Mazarine. De nevelen waarin Sienna's lichaam gehuld was en die zoveel eeuwen opgesloten waren geweest in het obscurantisme van die kist, zouden mogelijk gaan optrekken. Eindelijk zouden haar vragen beantwoord worden. Ze knikte gretig.

'Ze waren magnifiek. Ze verkondigden op een sublieme manier de liefde. Ze schiepen hun eigen geloof, een artistieke liefdeswereld die alle conventies oversteeg. Het was liefde in zuivere vorm. Hun moderniteit en verfijning werd veroordeeld, enkel en alleen omdat die tegen de gevestigde orde inging en niet overeenstemde met de door de Romeinse Kerk uitgevaardigde voorschriften.'

'En wat hield die liefde in?'

'Voor hen bestond het woord zonde niet. Maar wel de dualistische visie op het universum.'

'Dus... alles was geoorloofd.'

'Nee, zo simpel is het niet samen te vatten. Het was een grootse ideologie waarin alle kunstvormen samensmolten in de liefde. Een liefde vrij van vrees en taboes, iets wat in die tijd ondenkbaar was. Maar ze hadden hun eigen geloofsovertuiging. Laat me je, voor ik verder ga, zeggen dat ze tegen alles streden, dat ze zelfs hun leven gaven om hun doctrine te redden. Als die voortgang had gevonden, zou de liefde nu heel anders zijn. Veel vrouwen stierven op de brandstapel, beschuldigd van hekserij, andere werden gestenigd...'

'Gestenigd?' Mazarine dacht aan de sporen op Sienna's gelaat. Die verwondingen zouden door stenen kunnen zijn veroorzaakt.

De antiquair vervolgde: 'Ja, en verkracht door heren met een twijfelachtige moraal, die hen als jachttrofee wilden.'

'Maar wat deden ze om zo'n lot te ver...' Een hoestaanval verhinderde Mazarine de zin af te maken. Ze liep blauw aan en kon bijna geen lucht krijgen. De oude man drukte op het belletje en bracht een glas water naar haar lippen.

'Hier, neem een slokje.'

Het meisje bleef hoesten en uit haar neus liep een dun straaltje bloed.

Een verpleegster kwam binnen; toen ze de bejaarde man zag, viel ze tegen hem uit. 'U moet haar ook niet laten praten. Ze is heel zwak. Wat is dat nou voor verzorging. Doe me een plezier en vertrek.'

Mazarine greep de hand van de antiquair vast. Toen ze dat gebaar zag, besloot de zuster hem nog een kans te geven. 'Goed,' zei ze terwijl ze het gezicht van de zieke schoonmaakte. 'U mag nog even blijven, op voorwaarde dat u haar laat slapen. Dat is nu het beste voor haar.'

Na een poosje was de hoestbui over. Mazarine was stil en uitgeput. Met betraande ogen en een uitgestoken hand vroeg ze de oude man weer om het medaillon.

'Wat ben je toch eigenwijs.' Arcadius stak zijn hand in zijn colbert, haalde het eruit en gaf het haar. 'Het is je eigen verantwoordelijkheid.'

Op de derde verdieping van het Val de Grâce-ziekenhuis zwierf een scheel kijkende man met een gedoofde pijp in zijn gehavende mond onrustig rond, wachtend op het moment dat de oude man de kamer zou verlaten.

20

Sinds de avond waarop hij haar blootsvoets in de regen had zien staan liep Yeux Nébuleux onafgebroken te peinzen.

Een van de kenmerken van het behoren tot de Orde van de Arts Amantis was dat vrouwen hun voeten nooit bedekten. Hoewel dat gebruik in de loop der tijd was verdwenen, leefde het wellicht ergens op een onbekende plek weer op. En daar het meisje bovendien het medaillon droeg, was het echt niet vergezocht te veronderstellen dat ze misschien wel de verblijfplaats van La Sainte kende, aangezien het symbool alleen van haar hals geroofd kon zijn.

Het stond duidelijk in de oude Occitaanse geschriften die gered hadden kunnen worden van de massale vernietiging waaraan ze ten prooi waren gevallen: ... *en diep in de nacht drong een groep gelovigen via die onherbergzame bergpassen het woud in, enkel verlicht door het verlangen de plek te vinden waar de beulen het verminkte lichaam van La Sainte verborgen hielden. Gebruikmakend van de vermoeidheid van de moordenaars, die hun door de dood bevredigde woede nog lagen uit te slapen, redde de diepbedroefde groep haar van de laatste vernedering. Haar blozende, tere huid straalde nog steeds de warmte van het leven uit. Bevangen door een oneindige smart vingen ze haar gevloeide bloed op in een kelk en wikkelden haar deerniswekkende lichaam in een smetteloze doek. Vervolgens droegen ze haar naar een geheime grot, verborgen door het struikgewas, waar de eerbiedwaardige oude vrouwen op haar komst wachtten. Daar, bij het licht van fakkels en met water uit de gewijde bron, reinigden de achtenswaardige vrouwen een voor een de ontelbare verwondingen die waren veroorzaakt door de gruwelijkheden en de wrede steniging. Ze zalfden haar tere huid met geurige zalfjes en oliën, en zegenden haar voeten door ze te merken met het kruis. Toen haar lichaam eenmaal een stralende, gouden aura had verkregen, bedekten ze haar met een tuniek van glanzend brokaat, verrijkt met goud en purper, daarmee recht doend aan haar klasse, en vlochten ze overvloedig lavendeltakjes door haar lange, maagdelijke haren. Haar verfijnde voorhoofd werd getooid met een krans van wilde blauwe bloemetjes, en voor ze de ceremonie beëindigden, legden ze het symbool van de Arts Amantis op haar borst, een penning van plaatzilver met de gewijde initialen van hun gelukzalige geloofsleer. Daarna omgaven ze haar met licht en tranen, blootsvoets uitgevoerde dansen en zuivere gezangen van dichters die haar tot het aanbreken van de dag aanbaden en gezelschap hielden, het meisje dat ze zo zeer hadden bemind...*

Als dat alles waar was, dan was het aannemelijk dat de jonge vrouw van de regen iets met de Orde te maken had en misschien wel tot een van haar geheime afsplitsingen behoorde. Toch klopte er iets niet: niemand die er op kon bogen die geloofsovertuiging te belijden, zou zomaar met het heilige medaillon rondlopen zonder het te beschermen; de grootse relikwie van wat die had voorgesteld en weer zou kunnen worden. Hoe was het mogelijk dat ze dat zo ongegeneerd deed, als een van de voorwaarden volstrekte discretie was?

De nacht dat hij het huis van het meisje was binnengeglipt had hij haar het medaillon kunnen afnemen toen ze lag te slapen, maar dat zou niet correct zijn geweest. De instructie die hij had gekregen was haar gangen nagaan zonder enige vorm van inmenging, en zo had hij het uitgevoerd. Hij was niet alleen in extase geraakt bij haar verfijnde aanblik als van een slapende maagd, maar had ook de intense energie die haar lichaam uitstraalde vastgesteld door stilletjes naast haar te gaan liggen. Zo bleef hij tot het ochtendgloren naar haar kijken, en toen hij het groene huis verliet, voelde hij zich herboren. Het was alsof dat meisje haar frisheid aan hem had doorgegeven. Alleen al door haar aanwezigheid verkreeg zijn lichaam een grote kracht; hij voelde zich meer mens.

Enkele dagen later had hij het nog eens geprobeerd, maar had hij de deur niet open gekregen. Een drievoudige sluiting had hem verhinderd het slot te forceren.

Daarom was hij, toen hij haar zo alleen en verregend midden op straat had aangetroffen, gaan denken dat het lot hen weer had samengebracht en dat dat iets betekende. Het waren te veel onverklaarbare toevalligheden. Hij wilde vaststellen of ze bij zijn geloofsgenoten hoorde en ging weer op haar af, maar dat had hij op een verkeerde manier gedaan. Toen hij voor haar stond, had hij haar recht op de man af het consigne van de Orde gedeclameerd, *mon énergie, c'est l'amour*, en als antwoord het geheime wachtwoord *je l'accepte, je te le donne* verwacht. Toen ze hem hoorde, ging ze er ontzet vandoor, sprong tussen de auto's die op dat moment in Les Champs Élysées reden en waar ze bijna onder kwam. Ondanks de afwijzing was hij achter haar aan gerend en wilde haar toeschreeuwen dat ze niet bang hoefde te zijn, dat hij haar geen kwaad wilde doen, maar het meisje met het medaillon leek een geschrokken gazelle, en in haar wilde vlucht was ze hem ontsnapt. Hij gaf zich niet gewonnen en nam een taxi om zo eerder dan zij in de rue Galande aan te komen. Toen de auto voor de groene gevel stopte, merkte hij dat in de kamer van het meisje net een lamp aanging. Op onbegrijpelijke wijze was Mazarine voor hem gearriveerd.

Na zijn belevenissen van die nacht waren er minstens twee mogelijkheden: de eerste was dat ze geschrokken was daar ze betrokken was bij een hypothetische roof van het lichaam van La Sainte, en, als tweede, wellicht waarschijnlijker, dat ze lid was van de Orde en de ontmoeting haar had overvallen. In beide gevallen wist het meisje dat hij ergens naar op zoek was, want het was duidelijk dat ze hem had herkend. Meer dan ooit moest hij haar zien te benaderen om de twijfels weg te nemen. Hij zou hoe dan ook, al moest hij daarvoor ongehoorzaam zijn, moeten uitvinden wat ze verborg.

De volgende ochtend besloot hij, ook al was dat niet precies het bevel van zijn superieur, haar in de gaten te houden en op eigen houtje te handelen.

Terwijl hij het groene huis observeerde en wachtte tot ze in de deuropening zou verschijnen, zag hij haar plotsklaps op het trottoir, weer blootsvoets, staan praten met een oude man die haar aan zijn uitdrukking te zien vermanend toesprak. Zonder daar verder over na te kunnen denken, was hij getuige van haar ineenzakken. Zo wist hij van haar ziekte en haar opname in het Val de Grâce.

Voor de rest was het een peulenschil geweest: door de oude man te volgen was hij achter haar kamernummer gekomen.

Hoewel hij elke dag naar het ziekenhuis was gegaan, was het tot nu toe onmogelijk gebleken bij haar te komen. Het verplegend personeel bleef haar kamer maar in- en uitgaan met injecties, maskers, vernevelspullen en ademhalingsapparatuur. Altijd was er wel iemand bij haar en wat hij wilde was alleen met haar zijn, in volledige privacy. Hij stond al vijf dagen vergeefs op wacht en het personeel begon hem in de gaten te houden.

Nu zag het ernaar uit dat hij eindelijk naar binnen kon. De oude man had afscheid genomen en de nachtzuster had het meisje een slaapmiddel toegediend. Hij stelde zich voor hoe ze in het schemerduister lag te slapen en hij raakte opgewonden. Hij sloop op zijn tenen de kamer in en liep rechtstreeks op het bed af. Daar was ze, zuiver en engelachtig, slapend. Hij tilde de lakens op en kroop naast haar. Opnieuw voelde hij die vrouwelijke kracht waarover hij al zoveel gelezen had, maar die hij, afgezien van die ene gestolen nacht, nooit had kunnen vaststellen. Ondanks haar ziek-zijn was haar zuivere energie toegenomen. Hij bleef naar haar kijken, vulde zich met haar kracht, waardoor zij verzwakte. Door haar nachthemd heen schemerden haar tere borsten, en daartussen glinsterde het medaillon.

Een halfuur later verliet de man met de kleurloze ogen met een tevreden trek rond zijn hazenlip het ziekenhuis, zijn handen in zijn jaszakken gestoken. Zijn vingers streelden het bobbelige, metalen materiaal van een penning. Hij omklemde hem stevig in zijn gebalde vuist en glimlachte.

21

'Mijn medaillon!' schreeuwde Mazarine toen ze wakker werd en besefte dat ze het niet meer om had. 'Geef het me terug.'

Arcadius streelde haar haren.

'Ach, jongedame, ditmaal moet ik je zeggen dat ik het niet heb. Ik heb het je gisteren teruggegeven, weet je nog?'

'Dat is niet waar, zeg dat het niet waar is. U heeft het.'

'Rustig maar, we laten de verpleegster komen, misschien weet zij iets.'

Arcadius drukte op het belletje en een zuster in een witte jurk kwam binnen.

'Dit meisje wil weten of u om een of andere reden het medaillon dat ze om had hebt weggehaald.'

'Ik zou het u niet kunnen zeggen, ik begin net. Ik ga het even aan de nachtploeg vragen, al betwijfel ik dat ze dat hebben gedaan. Hoe zag het eruit?'

Mazarine barstte in tranen uit.

'Niet huilen, liefje.' De oude man nam de handen van het jonge meisje tussen de zijne. 'Het komt wel weer tevoorschijn, waarschijnlijk hebben zij het. Weet je zeker dat je het om had?'

'Heel zeker. Voor ik ging slapen heb ik het nog onder mijn nachthemd gestopt.'

De verpleegster liep weg en kwam een paar minuten later terug; ze vroeg de oude man even mee te komen.

'Het is mogelijk dat ze slachtoffer van een diefstal is geworden,' zei ze zachtjes tegen hem. 'Het gebeurt niet vaak, maar af en toe komt het voor. Daarom vragen we de patiënten als ze worden opgenomen om geen waardevolle voorwerpen op hun kamer te bewaren.' De verpleegster keek de oude man met een hulpeloos gezicht aan. 'Het spijt me.'

'Heeft ze het?' vroeg Mazarine benauwd.

Hij hoefde geen antwoord te geven; de neergeslagen blik van de antiquair zei genoeg. Hij ging bij haar zitten en mompelde: 'Ik heb je gewaarschuwd, jongedame. En of ik je gewaarschuwd heb.'

22

Het was authentiek.

Alvorens contact op te nemen met de leden van de Orde, was Yeux Nébuleux stiekem naar een juwelier gegaan die gespecialiseerd was in middeleeuwse kunst, en die had na het voorwerp zorgvuldig te hebben bestudeerd geconcludeerd dat het medaillon zonder enige twijfel authentiek was. Destijds werden aan zilver bepaalde krachten toegeschreven, waardoor voorwerpen die van dat metaal waren gemaakt amuletten werden die beschermden tegen boze geesten, de pest, de dood op het strijdtoneel en, in dit geval het belangrijkste, het verzekerde de drager ervan van de eeuwige liefde van zijn geliefde. En als je daarbij de waarde van een uniek exemplaar, van een heilig, historisch relikwie optelde, dan zou het symbool een exorbitant bedrag op de zwarte markt kunnen opbrengen.

Na het horen van dat bericht stond Yeux Nébuleux in een ware tweestrijd. Nu werd hij geprikkeld door ambitie, iets wat hij nooit had bezeten. De oude penning van de Orde van de Arts Amantis was in zijn bezit en door alle vermogens die eraan toegekend werden, zou hij zich kunnen verrijken. Als hij het nu eens verkocht aan de hoogste bieder? Zijn handen beefden alleen al bij de gedachte. Hij stelde zichzelf voor, omgeven door luxe, bevelen gevend, vragend en ontvangend. Hij hoefde er niets over te zeggen; als hij het stuk liet namaken en het duplicaat aan het meisje gaf, zou niemand ooit de waarheid te weten komen, niet eens zij.

'Het moet onmiddellijk worden doorgegeven aan de Orde. Dat doet u, toch?' zei de edelsmid.

Yeux Nébuleux verstijfde toen hij dat hoorde. Zijn droom vervloog.

'Hoe weet u van de...?'

'Van de Orde? We zijn met velen... op zoek naar hetzelfde. Waar is het lichaam?'

'Dat weet ik nog niet.'

'We moeten bij elkaar komen.'

'Met hoeveel zijn jullie?' Zonder het antwoord af te wachten ging Yeux Nébuleux verder: 'Zijn er vrouwen in jullie groep?'

'Die zijn verdwenen, er is er geen meer over. En in jullie groep?'

'Ook niet.'

'Zonder vrouwen zijn de Arts Amantis gedoemd te verdwijnen.'

'Nou, er is een jonge vrouw... het meisje dat het medaillon droeg.'

'Behoort ze tot de Broederschap?'

'Dat heb ik nog niet kunnen verifiëren. Ik ga met mijn superieur praten, we moeten zo snel mogelijk bij elkaar komen.'

'ALLEMAAL,' voegde de edelsmid eraan toe.

'Allemaal.'

Voor hij vertrok, stak Yeux Nébuleux zijn hand op.

'Mon énergie, c'est l'amour.'

De juwelier strekte de zijne uit.

'Je l'accepte. Je te le donne.'

23

Ze had het terug. Hoe het was gebeurd wist ze niet, maar die ochtend hing het medaillon op onverklaarbare wijze weer om haar hals. Nu wilde Mazarine meer dan ooit weten welk geheim achter het medaillon school.

Haar toestand was langzaam verbeterd en die dag zou ze uit het ziekenhuis worden ontslagen. Arcadius kwam binnen met een boeket lavendel in zijn hand en gaf het haar.

'Die heb ik bij jouw huis geplukt, weet je. De lavendel blijft zich maar over het trottoir verspreiden en haar heerlijke geur afgeven. De pastoor van de Saint-Julien-le-Pauvre zegt dat binnenkort niemand meer zijn kerk zal binnengaan en dat hij door jouw schuld zonder parochianen komt te zitten.'

Het meisje bracht het boeket naar haar neus en snoof diep.

'Raad eens wat terug is...'

De oude man trok verbaasd zijn wenkbrauwen op terwijl ze rechtop ging zitten en het medaillon liet zien.

'Hoe is het mogelijk?'

'Ik begrijp het evenmin. De verpleegsters zeggen dat zij het niet zijn geweest.'

'Laat me eens kijken.' Arcadius bestudeerde het van dichtbij. 'Je had het toch niet zelf verstopt, hè?'

'Hoe kunt u dat nou denken!'

'Dan begrijp ik er niets van. Het snijdt geen hout dat degene die het gestolen heeft het weer teruggeeft. Al helemaal niet als je bedenkt dat het een stuk is waarvoor een fortuin neergelegd zou worden. Je moet me vertellen hoe je eraan gekomen bent. Misschien begrijpen we het dan.'

Mazarine bekeek het medaillon in haar hand. Ze kon het niet onthullen. La Sainte was haar familie, de enige die ze had.

'Het was van...' ze dacht even na '... van mijn oma. Ja, van mijn oma.'

'En wie was je oma?'

'Ik heb haar niet gekend, ze heeft me het nagelaten.'

'Nagelaten...' herhaalde de oude man. 'Waar kwam je oma vandaan?'

'Dat weet ik niet, Arcadius.'

'Nou, dat is eenvoudig op te lossen: vraag het aan je ouders. Kan ik eens met hen praten?'

'Ze zijn er nooit. Ze reizen heel veel.'

'Mazarine, je verbergt iets voor me. Luister eens, jongedame, ik kan heel veel begrijpen, ook dat je wees bent en verder niemand meer hebt. Dat is geen zonde, het is... pech. Velen van ons staan alleen in het leven en dat maakt ons echt niet tot besmette mensen. Ben je dat? Ben je wees?'

'Nee, dat ben ik niet. En ik wil niet dat u me hier nog eens iets over vraagt.'

'Je hebt een slechte relatie met hen, nietwaar?'

'Laten we zeggen...' het meisje besloot de leugen voort te zetten, 'dat er geen communicatie tussen ons is.'

'Zoals bij de meeste jongeren het geval is. Je voelt je onbegrepen, is het niet?'

Het meisje knikte, niet op haar gemak omdat ze moest liegen tegen iemand die zich zo geweldig had gedragen en die zo'n goed mens leek te zijn, maar ze kon niet anders.

'Ik vraag je dit alles,' vervolgde de antiquair, 'alleen maar om het mysterie achter jouw medaillon te ontrafelen.'

'Arcadius, u vertelde me laatst dat het het symbool was van een sekte. Om wat voor sekte ging het?'

'Een middeleeuwse, ketterse sekte.'

'Wat wil dat zeggen, ketters?'

'Dat ze vraagtekens plaatsten bij de gevestigde Kerk, daarom werden ze als atheïsten beschouwd. Ze noemden zich de Arts Amantis, maar de ware oorsprong van hun doctrine gaat terug tot de tiende eeuw, tot de bogomilen.'

'Bogomilen? Wat is dat?' onderbrak Mazarine hem.

'Een in Bulgarije ontstane beweging. Door de Kerk werden ze als ketters beschouwd omdat ze de Heilige Drie-eenheid, de goddelijkheid van Christus en van zijn menselijke gedaante ontkenden. Doordat ze hevig vervolgd werden, verspreidden ze zich over West-Europa en drongen ook in Frankrijk door, alwaar ze op hun gemak hun dualistische geloofsleer konden ontwikkelen.'

Toen ze het woord 'dualistische' hoorde, moest Mazarine meteen aan Cádiz en zijn Schaamteloos Dualisme denken.

'Mazarine... luister je wel?'

'Jazeker, neem me niet kwalijk. Dit alles is nieuw voor me. U had het over de dualistische geloofsleer.'

'Precies. Dualistisch omdat ze in twee machtige scheppende krachten geloofden: een die verantwoordelijk was voor de schepping van al het goede, en de ander voor al het kwade. Het was een religie die vijandig tegenover het katholicisme stond, het misschien wel vervangen zou hebben als ze niet zo wreed en beestachtig uitgeroeid was.

In het zuiden van Frankrijk waren het de katharen die haar vol vertrouwen verspreidden. Ze beschouwden de Kerk als een corrupt instituut; algemeen gesproken verwierpen ze haar sacramenten, rituelen en hiërarchie, de losbandige monniken en nonnen. Voor hen was het weer opnemen van de zuivere leer van Christus het belangrijkst: vrijwillige armoede, strikte kuisheid, broederliefde en een ascetisch leven. Dit zorgde ervoor dat sommigen er een immorele levenswijze op na gingen houden, waarbij ze naar voren brachten dat de enige hel bestond uit het opsluiten van de geest in het lichaam, en dat anderen een weg zochten die niets met absolute verboden of immoraliteit van doen had.'

'En wat hebben de Arts Amantis met dat alles te maken?'

'Nou, heel veel, laten we zeggen dat ze de dissidenten van het katharisme waren. Het waren merendeels jonge kunstenaars, gezegend met een grote gevoeligheid en spiritualiteit, die zich wel in de meeste dogma's konden vinden maar het met een ervan niet eens waren: het slechte dat voortkwam uit de vleselijke lust hoefde de mens absoluut niet te veroordelen. Naar een lichaam verlangen was niet slecht; verlossing was niet te vinden in het je ontzeggen van genot; zuiverheid bereiken was niet te vinden in het verbod. Je kon zuiver zijn door het lichaam op te vatten als een gewijde tempel, als schenkende en ontvangende levensenergie.'

'Ze geloofden dus in de vrije liefde?'

'Niet op de manier van nu. Voor hen moest de fysieke beleving van twee lichamen transcenderen naar het spirituele niveau en werd deze gekenmerkt door de cultus aan en fascinatie voor het vrouwelijke. Die beoefenen hield in dat je het leven zegende. De man koos een vrouw, zijn spirituele vrouw, en wijdde zich volledig aan haar. De mogelijkheid haar fysiek te bezitten werd vanaf het eerste begin uitgesloten, al was het wel mogelijk haar lichaam te aanschouwen en zelfs te strelen; in ruil voor deze vrijwillige ontoegankelijkheid uitte de enorme innerlijke spanning die werd opgewekt zich in een luisterrijke bloei van alle schone kunsten uit die tijd.'

'In wezen koos de kunstenaar een muze, nietwaar, Arcadius?'

'Iets in die geest. Bij de transmutatie van het verlangen in een artistiek kunstwerk werd de vrouw vergoddelijkt. En als de vrouw in kwestie ook nog eens maagd was, namen de kracht en vitaliteit toe.'

Mazarine keek hem aan zonder er iets van te begrijpen. Bogomilen, ketters, katharen, maagden... Geschiedenis was nooit haar sterke punt geweest en wat de antiquair haar vertelde, klonk haar ver en onbegrijpelijk in de oren.

'Je begrijpt het niet, hè? Laten we zeggen dat de Arts Amantis...' hij dacht even na, 'een soort "contemplatieve hippies" waren, al bevalt die omschrijving me niet echt. Ik moet je nog veel meer uitleggen, het raffinement van hun kunst bijvoorbeeld. Ik zal je een oud boek laten zien waarin summier over hun oorsprong en levensstijl wordt verteld, maar je moet zelf veel invullen want men heeft maar weinig van de vlammen weten te redden. Zelf heb ik een reconstructie gemaakt op basis van vermoedens en legenden. Je zult het wel zien. Gaandeweg zul je alles begrijpen. Je gaat een reis in de tijd maken, zoals ik indertijd, toen ik het las, tot je in dat tijdperk bent beland.' Hij stond plotseling op. 'Kom, ga je klaarmaken. Ik ben hier om je naar huis te brengen, weet je nog?'

'Belooft u me dat we hier verder over zullen praten?'

'Zodra je je weer goed voelt, nodig je me uit voor een kopje koffie en...'

Het meisje liet hem niet uitpraten; ze ging ervan uit dat ze elkaar nu regelmatig zouden zien.

'En Mademoiselle? Ik ben een slechte moeder, ik heb al dagen niet meer naar haar gevraagd. Die arme kat van me.'

'Helemaal niet arm, jongedame; ze was heel gelukkig toen ze de gordijnen van mijn winkel ruïneerde.'

De arts, vergezeld door zijn assistente, onderbrak hen. Hij had de ontslagpapieren en de laatste schriftelijk genoteerde adviezen bij zich die hij aan Arcadius overhandigde. Vervolgens wendde hij zich tot Mazarine.

'Als u snel wilt herstellen, dan raad ik u aan de eerste twee weken niet naar buiten te gaan. En dan nog iets: ik moet u erop wijzen, voor het geval niemand dat heeft gedaan,' hij keek naar de oude man, 'dat het pure waanzin is om met deze temperaturen blootsvoets de straat op te gaan, mejuffrouw. Doe wat u niet laten kunt, maar als ik u was zou ik niets riskeren. Een belachelijkere mode heb ik niet eerder meegemaakt.'

Hij nam afscheid en de verpleegster bleef nog even om uit te leggen welke formaliteiten ze moesten afhandelen voor ze het ziekenhuis zouden verlaten. Toen ze eindelijk weer alleen waren, haalde Arcadius een paar sportschoenen uit een tas en gaf ze aan het meisje.

'Ze zijn van mijn kleindochter geweest. Dat vind je niet erg, toch?'

Mazarine paste de schoenen. Ze waren een beetje aan de grote kant, maar ze trok ze met tegenzin aan; haar voeten konden het niet meer verdragen door iets bedekt te worden, afgezien van de verf waarmee Cádiz ze tooide.

Ze dacht aan hem. Ze miste hem heel erg, maar vanwege zijn gedrag toen die avond was ze ook zo kwaad op hem dat ze niet wist welk van de twee sterker was, haar woede of de behoefte die ze aan hem had.

24

Had hij nou Mazarines stem gehoord? Of was het zijn verbeelding die hem parten speelde? Cádiz wist bijna zeker dat zij het meisje was dat de kat had geroepen. Hij keek zoekend omhoog naar het raam, maar ze was er niet meer.

Bij het horen van zijn vrouwtjes stem klom de kleine katachtige, die eerst midden op straat op hem af was komen zetten, langs de lavendelstruik omhoog en glipte door het geopende raam van het mysterieuze huis naar binnen.

Cádiz besloot haar te roepen.

'Mazariiiiine...'

Stilte, alleen geblaf in de verte. Hij deed nog een poging, ditmaal schreeuwend.

'MAZARIIIIINE.'

De naam weergalmde in de kille nachtelijke verlatenheid, ging en keerde terug door de rue Galande, op zoek naar antwoord. Een buurtbewoner verscheen en bracht hem met een vermanend 'SSSSSTTTTTTT!' tot zwijgen.

In het groene huis had Mazarine daarnet de onmiskenbare stem van Cádiz haar horen roepen en ze vroeg zich af hoe hij erachter was gekomen dat ze daar woonde. Het gevoel ziek te zijn verdween als bij toverslag, werd weggevaagd door haar blijdschap hem in de buurt te weten.

Buiten begonnen de klokken van de Notre Dame te luiden en kondigden een vroege ochtend aan, een landerige, pessimistisch aandoende betrokken hemel trotserend. In haar binnenste begonnen andere klokjes te klinken. Haar meester stond buiten en zij hunkerde ernaar hem te zien. Ze ging naar het raam en net toen ze iets wilde zeggen kreeg ze weer een hoestaanval.

'Mazarine... ben jij het?'

De hoest hield aan, belette haar het spreken.

'Mijn god, je bent ziek! Is er iemand bij je?'

Een hele tijd kon Mazarine niet antwoorden. Toen Cádiz zag dat ze wat rustiger werd, ging hij verder: 'Ben je alleen?'

Het meisje knikte.

'Mag ik binnenkomen?'

Mazarine aarzelde even maar wierp hem toch de sleutels toe en Cádiz baande zich een weg door het geurende struikgewas tot hij bij de voordeur kwam. Toen ze merkte dat haar meester in de hal was, riep ze: 'Kom maar naar boven.'

Cádiz wierp een snelle blik om zich heen. Een barse, grijze schemering hulde de plek in een deken van verlatenheid. De grote woonkamer was kil en in het schemerdonker wekten de anachronistische meubels en brokaten gordijnen de indruk in een andere eeuw te zijn beland. Aan het plafond hing een enorme kristallen kroonluchter die bedekt was met een dikke laag vergetelheid. Hij liet zijn blik over de slaperige wandmeubels glijden die uitpuilden van boeken en oud porselein, op zoek naar een spoor van gezinsleven. Niets. Alles rook naar opsluiting en beklemmende eenzaamheid.

Op de overloop wachtte Mazarine hem op als een prachtige spookverschijning, blootsvoets, in haar witte nachthemd en met een aanhoudend gehoest.

'Het spijt me,' zei hij terwijl hij de trap op liep. 'Waarom heb je me niet laten weten dat je ziek bent?'

Het fragiele lichaam van zijn leerlinge schokte nog steeds onder de hoestbui. Desondanks was ze beeldschoon. Haar verwarde haren en kinderlijke slordigheid omgaven haar met een onwerkelijk aandoende heldere aura. Hij omhelsde haar, ze rook naar warme dekens; het contact met haar tengere lijf, onder de dunne naaktheid van haar katoenen pyjama, wekte een dubbel gevoel in hem op, vaderlijk en tegelijk erotisch. Het eerste hinderde hem. Hij probeerde het te verjagen. Hij wilde haar in geen geval als een dochter beschouwen. Hij bleef haar liever begeren. De gewaarwording haar alleen en verlaten in die schemering, op die sombere plek te voelen wond hem ontzettend op, al wist hij niet waarom.

'Ik mis je, mijn kleintje.'

Hoewel ze zich zwak voelde en de omhelzing van haar meester heel prettig was, wilde Mazarine zich toch niet zonder slag of stoot aan hem overgeven. Ze was diep gekwetst omdat hij haar die avond in de regen genegeerd had.

'Hoe wist je dat ik hier woonde?'

'Dit is ook mijn buurt.'

'Woon je hier dan?'

'Niet meer. Ik woonde hier jaren geleden, in de Saint-André-des-Arts, maar dit is nog steeds mijn lievelingsbuurt. Vandaag ben ik hiernaartoe gekomen om mezelf te vinden.'

'Om jezelf te vinden?'

'Ja. Wanneer je jezelf vanbinnen bent kwijtgeraakt rest je in wezen niets anders dan jezelf buiten te gaan zoeken. En weet je waar je dan uitkomt? Paradoxaal genoeg op de plaatsen waar je woonde toen je dacht dat je niemand was.'

'En vandaag was je jezelf kwijtgeraakt?'

'Hoe ouder je bent, hoe verlorener je kunt zijn. Rijpheid garandeert niet altijd wijsheid, kleintje.'

'Wat geeft jou het gevoel verloren te zijn?' vroeg Mazarine, terwijl ze de ruwe handen van de schilder met haar vingers omsloot.

Cádiz antwoordde niet. Er waren zoveel dingen die hem zich zo lieten voelen dat hij maar liever zweeg en haar naar haar slaapkamer bracht.

'Je bent ziek, je moet rusten. Ik blijf tot je slaapt.'

'Nou, dan ga ik niet slapen.'

'Wat ben je toch mooi! Natuurlijk ga je slapen. Denk eraan dat ik hier de oudste ben en dat je me moet gehoorzamen.'

Mazarine lachte, ze was haar boosheid vergeten. Ze ging in bed liggen en liet naast zich een plekje vrij. 'Kom bij me liggen.'

Cádiz deed zijn jas uit en zette een stoel naast het bed.

'Geen sprake van. Laat me naar je kijken terwijl je slaapt.'

'Kom.' Mazarines uitgestrekte armen drongen aan.

Hij gaf toe. Hij was ook zo moe. Uiteindelijk trok hij zijn schoenen uit en ging stil naast haar liggen. De warmte van zijn leerlinges koortsige lichaam verdreef de kou van de straat en daarmee ook zijn levensmoeheid. De tederheid die Mazarine in hem opwekte was immens, het verlangen oneindig. Met zijn vinger trok hij de zachte contouren van haar gezicht na; zij omvatte alle primaire kleuren; zuivere, niet gemengd en evenmin aangelengd met terpentijn. Uitdaging en vrede. Zijn ochtendblik gaf zich stralend over aan de strelingen. Haar gelaat leek een geopende jasmijn uit te beelden, of sloot zich als een slapende bloem. Haar vurige wangen hadden de kleur van het leven. Hij begeerde haar en daarin, in die onbevredigde hartstocht, lag het intense leven, al liet die hem tevens lijden.

Hij wilde wegzinken in dat jonge lichaam, wilde dat de frisheid ervan hem zou verlossen en hem liet voelen dat hij het nog wel kon, dat dat schijnbaar levenloze deel alleen maar sliep, maar iets hield hem tegen. Hij was ervan overtuigd dat als zijn vuur eenmaal geblust was alles zou instorten. Zijn carrière en zijn leven.

Nooit, bij geen enkele vrouw, was hem dit overkomen.

In zijn wildste jaren waren begeerte en bevrediging altijd hand in hand gegaan. Als een model hem wel aanstond, schilderde hij haar, raakte hij opgewonden, vrijde met haar en dankte haar af. Opwelling en bevrediging, honger en eten, dorst en water maakten allemaal deel uit van hetzelfde spel. Alles waar hij naar hongerde werd vervuld, altijd.

Opeens, terwijl hij Mazarines lippen streelde, werden zijn ogen naar de wand getrokken. Daar was hij, overlopend van kracht en zelfvertrouwen, en met ogen die durf en toekomst uitstraalden. Een bladzijde uit een andere tijd, uit een boek gescheurd en slordig op de wand geplakt, illustreerde de dromen van een jong meisje dat nog maar net met haar leven begon.

Die andere, papieren, Cádiz, fris en levenslustig, sloeg hem zelfverzekerd gade tussen de rook van een al opgebrande sigaret door.

Waar was de Cádiz gebleven die overliep van te verwezenlijken idealen? Was het de ouderdom geweest die ze hem had afgenomen?

De zekerheid dat waar je van droomde in werkelijkheid slechts half voltooid zou worden, ontnam het dromen zijn mooie, magische aureool.

Waren het soms geen dromen, die verlangens die hem 's ochtends hadden doen opstaan?

Zoveel weten, zo vaak zijn grenzen te hebben vastgesteld door over de schreef te gaan hadden tot gevolg dat hij nu in een veel jongere huid op zoek moest naar datgene wat hij zelf bij handenvol had weggeworpen, denkend dat het nooit zou opraken.

Nu klampte hij zich wanhopig vast aan wat hem nog restte en dat was niet eens van hemzelf. Hij leefde in een permanente slapeloosheid. In een deprimerende vooravond die hem niets bracht. Die hem ook liet denken, aangezien zijn huid nog niet in staat van ontbinding verkeerde, dat hij nog leefde.

Hij was naar zijn oude buurt gegaan om zichzelf terug te vinden en was plotseling tot het besef gekomen dat hij daar niet meer was. Hij was een schim geworden die leefde door een verlangen, een door Mazarine opgewekt verlangen.

Door haar leefde hij.

25

Ditmaal wist Sara Miller dat die plotselinge vlucht voortvloeide uit iets anders.

Hoewel ze eraan gewend was dat Cádiz soms midden in de nacht opstond en naar zijn atelier snelde om te schilderen, voortgedreven door een dwingende behoefte, had haar mans gedrag van de laatste dagen haar gewaarschuwd dat er iets vreemds met hem aan de hand was.

Sinds de avond van de officiële opening in het Grand Palais leek Cádiz volstrekt van de wereld te zijn. Het was alsof hij de zin van zijn leven niet meer zag. Zijn aard van geboren winnaar klopte niet meer met zijn gedrag van de laatste tijd, dat werd gekenmerkt door onzekerheid. Hij dronk meer dan ooit en was nog geslotener dan normaal. Zijn gezicht drukte een gevaarlijk verlangen uit dat hem dwangmatig in en uit liet gaan, komen en weer vertrekken, alsof hij op iets wachtte wat maar niet plaatsvond. Het was of zijn leven gebroken was en niets wat hij deed nog zin had.

Hij liet de krant voor wat die was zonder hem te lezen; hij eiste, beval en wanneer ze hem het gevraagde brachten behandelde hij de bedienden als een tiran. Als Sara hem iets vroeg, gaf hij geen antwoord. Hij ontweek zijn vrouw, vooral 's nachts, kwam pas laat in bed, wanneer hij zeker wist dat ze al sliep.

En Sara kon er niet meer tegen.

Wie had in de loop van zijn bestaan nu geen niet-opgebiechte geheimen? Stiekem leegten opgevuld en frustraties afgereageerd? Zou iemand haar durven vragen, aan haar, de succesvolle Sara Miller, in de herfst van haar leven, wat haar mening was over het huwelijk, de toekomst, haar diepste gevoelens, over dat wat ze had beleefd en haar niet meer afgenomen kon worden?

Al die jaren levend met andermans misère, waargenomen door de lens van de camera. Almaar doen alsof alles een betekenis had, of twee, of drie. Archeologie van de ziel bedrijven via de ogen van de gefotografeerden, verdwaalden die eruitzagen alsof ze zonder pijntje en succesvol door het leven gingen. De grote leugen. Velen van hen leefden een dissonant bestaan, hadden hun verlangens in de ijskast gezet.

Al die jaren zoekend om verborgen universele werkelijkheden te onthullen die alleen de rijpheid je onbarmhartig leert. Namelijk dat het leven een komen en gaan is, van en naar het niets. Dat we een stel arme, gekooide hamsters zijn die een rad laten bewegen dat ons nergens brengt, maar ons wel zo uitput dat we denken dat we vele kilometers van het leven hebben afgelegd en dat onze inspanning de moeite waard is geweest, waardoor we het verdienen te slapen, want morgen is er weer een dag. Meer illusies, nieuwe doelen en uitdagingen en we zetten het rad weer in beweging, om te lopen, lopen en nog eens lopen zonder ook maar één stap te doen die ons naar een verloren paradijs brengt waar alles zin krijgt.

Ja. Ze was lusteloos, en leeg, en moedeloos, en ze voelde zich alleen, heel erg alleen en uitgeblust.

Haar man mocht dan onder zijn plotselinge impotentie lijden, maar zij torste een langzame frigiditeit mee die ongemerkt haar leven was binnengeslopen. Almaar doen alsof, een aaneenschakeling, nacht na nacht. Sensorische droogte, vaginale droogte, geestelijke droogte. Sinds wanneer?

De menopauze was het niet, die had ze al achter de rug, die had hormonen weggenomen en warmteaanvallen, hartkloppingen en transpiratieaanvallen geschonken. Wat ze nu voelde of onderging was iets anders.

Haar man mocht dan aan het einde van de opera die hij opvoerde zijn gekomen, maar zij had de voorlaatste zwanenzang al vertolkt.

Waarom, als er zoveel liefde bestond, zoveel vertrouwen, waren ze niet in staat geweest het geheel van hun eenzaamheid en ellende samen te aanvaarden?

Waarom praatten ze nooit over de schaduw die boven hen zweefde, de ouderdom die dag en nacht op de loer lag?

Hun respectieve inwendige rimpels begonnen pijn te doen. Bij elk op een andere manier. Het waren plooien die zich gaandeweg hadden gevormd terwijl ze lachten en het geweldig naar hun zin hadden. Barsten waarin zich vuil had afgezet, viezigheid die nooit werd schoongemaakt en die niemand, behalve zijzelf, kon weghalen, als ze tenminste nog op tijd waren.

Ze stond bij het ochtendgloren op. De contouren van een ijzig Parijs dat van bovenaf, door het raam gezien, wolken van vermoeide geeuwen uitspuwde, vertroebelden Sara's bespiegelende innerlijke landschap nog meer.

Cádiz was niet thuisgekomen.

'Madame... is alles in orde?' De stem van haar hulp onderbrak haar overpeinzingen. 'Hebt u trek in een kop koffie?'

'Ach, mijn beste Juliette, wat ik op dit moment zou willen is niet in een koffiepot te vinden.'

Juliette werkte al heel lang bij hen. Ze was hartelijk en discreet, en Sara beschouwde haar als een lid van het gezin.

'Maakt u zich geen zorgen, madame.' De oude bediende keek haar liefdevol aan. 'Ze komen allemaal weer terug.'

'Terugkeren lost niets op. Het is veel gecompliceerder.'

'Soms gaan we weg om onszelf te vinden. Naarmate we ouder worden, raken we onszelf kwijt. We weten niet wat we met al die wijsheid aan moeten. We zouden ons liever laten schoonwassen en ons naakt blootstellen aan de onwetendheid. Het probleem met de leeftijd is dat niets ons nog verbaast, en juist in de verbazing ligt het leven.'

'Ik heb overal genoeg van, Juliette. Ik zou graag weer ergens van willen sidderen, beven van genot... Ik voel me verwelkt.'

'We willen allemaal graag zijn wat we eens waren. Voelen wat we eens voelden. Op dit punt van ons leven verbazen zelfs dromen ons niet meer, madame. We gaan onszelf herhalen.'

Het geluid van een sleutel die in het slot van de voordeur werd omgedraaid onderbrak hen. Cádiz was gearriveerd. Juliette ging naar de keuken om hen alleen te laten.

'Waarom ben je al zo vroeg op?' vroeg de schilder aan zijn echtgenote terwijl hij naar haar toe liep en haar een kus gaf, die ze ontweek.

'Waar ben je geweest?'

'Die vraag heb je me nog nooit gesteld, Sara.'

'Ik heb je ook nog nooit zo ver weg gevoeld.'

'Wat is er met je?'

'Met mij niets. Wat is er met jou aan de hand, Antequera?'

Cádiz liep naar het barmeubel en schonk zich een dubbele whisky in. Wanneer zijn vrouw boos was, iets wat maar zelden gebeurde, noemde ze hem bij zijn achternaam.

'Moet je al zo vroeg drinken?'

'Ik heb niet geslapen.'

'Vertel eens, wat heb je verdorie toch?'

'Sara... ik weet het niet.'

'Ik wil de waarheid weten.'

'Welke waarheid? Een concrete waarheid is er nooit. Dé waarheid bestaat niet. Een uitspraak wordt waarheid als die overeenkomt met dat wat je wilt horen. Wat wil je horen, dat ik nog veel verlorener ben dan jij?'

Sara sloeg hem gade, wachtend op een antwoord. Cádiz leegde in één teug zijn glas whisky.

'Een verlangen... ik ben verstrikt geraakt in een verlangen,' zei hij heel zacht.

'Ben je verliefd? Is dat het wat er aan de hand is? Is dat het wat je me hiermee wilt duidelijk maken?'

'Ik ben uitgeput, Sara.'

'Geef me verdorie antwoord.'

Cádiz keek haar met een vermoeide blik aan. Hij had geen energie om iets te bekennen, zelfs niet om zijn mond open te doen.

'Nee. Ik ben niet verliefd, absoluut niet. Ik ben niet hier en niet daar... ik ben nergens meer. Ik ben mijn identiteit kwijt. Begrijp je me?'

'Waar kom je vandaan?'

Cádiz liep weg, zonder te antwoorden. Hij wist dat Sara niet zou begrijpen wat hij door Mazarine voelde; dat het heel moeilijk zou zijn haar uit te leggen dat hij de nacht had doorgebracht in het bed van een meisje van drieëntwintig, en dat hij zich door de energie die haar lichaam uitstraalde intens levend voelde. Dat hij haar niet alleen niet had aangeraakt, maar dat alleen het kijken naar haar weer zin aan zijn leven gaf. Hij ging naar de slaapkamer. Sara eveneens.

Toen zijn vrouw hem weer iets wilde vragen, hield de schilder haar tegen.

'Nee, Sara... alsjeblieft. Nu niet, ik kan je niets zeggen.'

Voor de ogen van haar man rukte Sara zich de pyjama van het lijf tot ze volledig naakt was, en haar slappe borsten tussen haar handen nemend beet ze hem toe: 'Kunnen ze je niet meer verleiden? Vind je ze te afgeleefd? Heb je geen zin meer om aan ze te zuigen?'

Cádiz sloeg zijn ogen neer.

'Lafaard! Kijk naar me, ik ben het, je vrouw. De Sara van altijd, oud geworden, net als jij. Of heb je jezelf soms niet gezien. Kom mee!'

Ze greep hem bij de arm en sleurde hem naar de spiegel.

'Heb je jezelf wel eens goed bekeken?'

Hysterisch probeerde Sara hem van zijn kleding te ontdoen, maar hij belette het haar.

'Kijk naar jezelf! Denk je soms dat wat weerspiegeld wordt een leugen is? Dat de spiegel je voor de gek houdt? Je bent oud, OUD, net als ik. Onze huid is slap. We beginnen naar vroeger te ruiken en geen enkel parfum kan dat verhullen. Onze monden smaken niet meer naar honing, ze smaken naar schimmel, naar SCHIMMEL. Begrijp je dat? KIJK NAAR JEZELF! Je bent kaal en pafferig geworden. Denk je soms dat ik dat niet in de gaten heb? Je wenkbrauwen groeien, de haren groeien uit je oren... KIJK NAAR JEZELF! Zie je die rimpels niet? Of zie je alleen de mijne?'

Cádiz voelde medelijden voor hen allebei. Tijdens de worsteling zakte ze in elkaar en begon te huilen. Op de vloer krulde ze zich op, haar bleke naaktheid vormde een vlek op het parket.

Hij omhelsde haar.

Een maalstroom van chaotische hartstochten voerde hen mee en wierp hen op het bed. Sara rukte het overhemd van zijn lijf. Hij deed haastig zijn broek naar beneden. Zijn mannelijkheid richtte zich onstuimig op uit zijn lethargische toestand. Op het lichaam van zijn vrouw barstte hij in een ontredderd gesnik uit. Sara kreunde. Cádiz huilde. Wát ze voelden wisten ze niet, maar ze vóélden. Hun levende lijven kromden zich, kraakten, groeiden, verstrengelden zich, maakten zich hongerig weer los. Ze stegen, stegen, stegen... tot ze zich in een geheugenloze afgrond stortten. Zonder namen of verleden. De ogen gesloten om elkaar niet te hoeven zien en ontgoocheld te worden. Een duikvlucht... De terugkeer.

Ze sliepen de hele dag, bang hun ogen te openen en een fletse werkelijkheid aan te treffen. Een schilderij zonder kleuren, een foto zonder lijnen, vervaagd door het licht van de tijd. Bang te ontwaken in een andere droom of nachtmerrie waarin ze niet zouden leven.

26

Die avond waren de leden van de Arts Amantis zoals gewoonlijk bij elkaar gekomen in de oude catacomben van Parijs, in een zaal ver bij de toeristische route vandaan waar nog steeds de macabere sfeer van andere tijden hing. De ingang leidde via een smalle tunnel naar een rustiek kalkstenen pantheon, waar zich de botten van een aantal van hun voorgangers bevonden, die waren afgeslacht tijdens de vroegere Occitaanse bloedbaden en daar uiteindelijk hun rustplaats hadden gevonden. In een entourage van fakkels, echo's en schemerduister besprak de groep de enige kwestie die de laatste tijd van belang was: La Sainte.

Ze waren met velen en voor de gelegenheid hadden ze zich gehuld in witte mantels met op de borst het symbool geborduurd. Schilders, schrijvers, professoren, musici, artiesten, personen die enkel de wens hadden geërfd een doctrine te doen voortleven die in onbruik was geraakt. Onder hen was geen vrouw te bekennen.

'Het lichaam?' vroeg Yeux Nébuleux aan de leider van de Orde. 'Ik heb geen idee waar we dat kunnen vinden, meneer. Ik weet niet eens of het bestaat.'

'Wat is belangrijker, het lichaam van La Sainte vinden of erachter komen of het meisje een nazaat van haar is?' vroeg een van de aanwezigen.

'Waarom denk je dat ze een nazaat is? Misschien overdrijven we en is niets wat het lijkt.'

'Hoe zit het dan met het medaillon?' vroeg een van hen.

'En met de oude man die bij haar is?' zei een ander.

'En als het nu eens een valstrik is?'

'We zouden best met een bedriegster van doen kunnen hebben...'

'Of met een lichtzinnig persoon.'

'Ja, wie het waagt met ons symbool te spelen is het niet waard bij de Broederschap te horen.'

'Misschien is het gewoon een angstig meisje. Heeft niemand daaraan gedacht?'

'ORDE!' schreeuwde de leider. 'Zo komen we nergens. Deze bijeenkomst is niet bedoeld om maar wat te gissen, maar om deze kwestie aan te pakken. Onze voorgangers hebben hun hersenen gepijnigd om achter de verblijfplaats van La Sainte te komen. En nu,' hij wees naar Yeux Nébuleux, 'beweert onze broeder een deugdelijk spoor te hebben gevonden. Laat hem spreken.'

'Ja, laat hem spreken,' antwoordden ze in koor.

Yeux Nébuleux knikte nerveus terwijl hij aanvulde: 'De edelsmid kan het bevestigen.'

'Klopt, meneer,' zei de juwelier. 'Het stuk dat ik heb onderzocht zou authentiek kunnen zijn. De inscriptie is zonder enige twijfel het symbool van de Orde. Het metaal is geen legering: het is puur zilver uit de elfde eeuw, gegraveerd op de wijze van de munten uit die tijd. Ik zou, vrijwel zonder bang te zijn het mis te hebben, zeggen dat het om het medaillon gaat dat La Sainte omgehangen kreeg toen ze stierf.'

'Ook al had je niet de opdracht het weg te nemen,' de leider wierp Yeux Nébuleux een verwijtende blik toe, 'geeft dit ons toch enige zekerheid. We weten nu dat het spoor dat eeuwenlang verdwenen was weer oplicht en onder ons is.'

'Ze is schilderes, meneer. Daarom durf ik ook te stellen dat ze een van de onzen kan zijn. Misschien hoort ze wel bij een tak van de Arts Amantis die we niet kennen.'

'Dat betwijfel ik,' viel een van de aanwezigen in.

'Ze gaat iedere middag naar La Ruche om lessen te volgen.'

Yeux Nébuleux probeerde belangrijk te lijken.

'La Ruche?' vroeg een van de kunstenaars. 'Waar Cádiz zijn atelier heeft?'

'Ken je hem?' wilde de leider weten.

'Wie kent hem nou niet, meneer. Dankzij hem is mijn werk onbekend gebleven. Hij heeft alles gemonopoliseerd: galerieën, kunsthandelaren, grote exposities, publicaties...'

'Denk je dat die Cádiz vermoedt wie ze zou kunnen zijn?' vroeg de leider weer.

'Als dat zo is, zijn we verloren. Die man heeft zoveel invloed dat hij haar kan laten verdwijnen zonder dat we haar ooit nog kunnen terugvinden. Heel Parijs ligt aan zijn voeten.'

'Wat zou zich in het atelier van de schilder afspelen?'

'Is het bij niemand van jullie opgekomen dat het lichaam van La Sainte daar weleens verborgen kan zijn? Het is een uiterst afgezonderde plek! Niemand zou ooit denken dat daar iets verborgen is.'

De aanwezigen waren in een spiraal van gissingen terechtgekomen. Ze raadden, oordeelden en veroordeelden. Door al die veronderstellingen kreeg de bijeenkomst een heel andere wending. Ze waren allemaal enorm opgewonden.

'Schaamteloos Dualisme!' schreeuwde de beledigde kunstenaar. 'De nepstroming die die kerel heeft verzonnen om zijn werk een naam te geven en het tegen exorbitante prijzen te verkopen. Pure rotzooi!'

'Hou toch je mond,' diende een ander hem van repliek. 'Bij jou is het gewoon de kift. Je bent niet objectief.'

'Maar wat heeft het Schaamteloos Dualisme met onze heilige te maken?' vroeg een van de aanwezigen.

'Stilte alstublieft, heren,' zei de leider en terwijl hij naar Yeux Nébuleux keek, voegde hij eraan toe: 'Heb je foto's van het meisje meegebracht?'

'Ja, meneer. En ook van het medaillon.'

Yeux Nébuleux haalde een enveloppe onder zijn tuniek vandaan met daarin een stel foto's van een slapende Mazarine, genomen tijdens de nacht waarop hij haar huis was binnengedrongen, en hij spreidde ze uit op het stenen altaar. Allen kwamen dichterbij. Toen ze haar zagen, riepen ze in koor uit: 'Het is een maagd!'

'Jij,' de leider wees op Yeux Nébuleux. 'Jij gaat het atelier van de schilder onderzoeken en probeert daar iets te vinden. Maak foto's van alles wat je tegenkomt en wat met het meisje te maken heeft, ook al lijkt het niet van belang te zijn. Volg haar overal maar schrik haar vooral niet af,' benadrukte hij. 'Wees discreet en zorg ervoor dat ze je niet nog eens ziet. Deze opdracht vereist slimheid, geen geweld. We hebben hier eeuwen op moeten wachten, laten we niet proberen alles in twee dagen op te lossen. We komen weer bij elkaar zodra het moment daar is.'

De leider van de Orde sloot de bijeenkomst. En met opgeheven hand declameerde hij vol overgave: '*Mon énergie, c'est l'amour.*'

In koor antwoordden ze: '*Je l'accepte. Je te le donne.*'

27

Mazarine liep blootsvoets op het ijskoude trottoir van Les Champs Élysées en sleepte haar zwarte wollen jas, haar eenzaamheid en desillusies met zich mee. Na haar herstel had ze haar geliefde bezoekjes aan La Ruche hervat, en de dagen gingen voorbij, heen en weer getrokken tussen liefde en frustratie omdat ze de formule niet kon vinden om de grens die Cádiz tussen hen getrokken had over te steken. Van beide zijden een toestand van niet-leven die in evenwicht bleef als een manoeuvrerende koorddanser op het koord van een niet-gestilde honger. Een overweldigende gretigheid zonder uitweg.

Woede en liefde. Gevangenis en kilte.

Sara Millers expositie vulde nog steeds de trottoirs en had van de anonieme mensen die zich als een schreeuw op het onpersoonlijke plaveisel van het leven verhieven een alledaags tafereel gemaakt. Niemand keek naar hen. Andermans misère deed de voorbijgangers niets meer. Ze hadden zelf al genoeg ellende te dragen om daar ook nog eens het gewicht van anderen aan toe te voegen.

Op haar weg door de brede avenue stuitte Mazarine ineens op de beeltenis van de man die haar dagenlang had gevolgd. Ze kon haar ogen niet geloven. Daar stond haar weerzinwekkende achtervolger, uitdagend, en tot haar verbazing met een indrukwekkend teken op zijn borst dat haar bekend voorkwam.

Zonder haar ogen van hem af te wenden, tastte Mazarine onder haar jas tot ze het medaillon voelde. Ze haalde het ongelovig tevoorschijn, keek en vergeleek: het merkteken dat die man op zijn huid had was identiek aan het symbool dat zij om haar hals droeg. Wat gebeurde er? Wat zat er achter dat symbool? Wie was die vreemde, afstotelijke man? Wat wilde hij? Ze verborg het medaillon weer onder haar jas en keek om zich heen, zoekend naar de troebele ogen die haar de laatste tijd steeds volgden. Ze waren er niet.

Die avond had ze met Cádiz afgesproken bij de Arc de Triomphe. Het was voor het eerst dat ze buiten het atelier hadden afgesproken. Onderweg begonnen fijne sneeuwvlokjes op haar gezicht te vallen, als voorbode van een satijnzachte, witte nacht. Ze hield van sneeuw; zijn witte deken liet al het straatvuil verdwijnen. Hij veranderde Parijs in een melancholieke stad, een door iedereen vergeten plek waar het waanzinnige geschreeuw van de wereld wegstierf in een witte stilte.

Binnen enkele minuten waren de straten smetteloos. Mensen zochten haastig beschutting, paraplu's werden opgestoken, maar zij wandelde rustig verder en keek naar de sporen die haar blote voeten achterlieten. De grond was veranderd in een groot doek om te beschilderen.

Na zo veel barrevoets te zijn gegaan deed niets haar nog pijn. Ze voelde kou noch warmte; ze was immuun geworden voor de weersomstandigheden. Ze kwam bij het einde van de avenue en het donkere silhouet van haar schilder doemde op in het nevelige landschap.

Daar stond hij, onder de Arc de Triomphe. Alleen en ondoorgrondelijk, in zijn zwarte, met sneeuw bespikkelde jas en met zijn verwarde witte haarlokken, dampende wolkjes uitademend die zich vermengden met de nevel. Met een warme blik en ingehouden lust stond hij naar haar te staren.

'Waarom heb je hier met me afgesproken?' vroeg Mazarine terwijl ze hem een kusje op zijn neus gaf.

'Het is onze zege.'

'Zege? Over wat?'

'Over het leven. We tarten het en we zijn aan de winnende hand.'

'Dat denk jij. Het leven heeft allang van ons gewonnen, het laat ons niet samenzijn. Het heeft jouw hoofd met vooroordelen gevuld.'

'Ach, kleintje, je hoeft niet samen te zijn om je gelukkig te voelen.'

'Je bent een masochist... en bovendien een sadist.'

'Ik ben een realist... en bovendien een dromer.'

'Ik weet niet waarom ik nog naar je atelier ga, en evenmin waarom ik hiernaartoe ben gekomen. Ik weet niet eens waarom ik me nog iets van je aantrek.'

'Omdat je niet anders kunt.'

'Ik ben je voorwaarden beu, hoor je me? Daaraan kun je inderdaad je leeftijd aflezen. Het is net of je alles bestudeert en afweegt. En het is zo makkelijk om je gewoon te laten gaan!'

'Gaan? Waarheen? Daar waar jij heen wilt ben ik al geweest. En geloof me maar,' hij omhelsde haar teder, 'je loopt niets mis. Wat wij doen is veel opwindender. Kom...'

Cádiz nam haar mee naar een neonspot die vanaf de grond een lichtbundel verspreidde.

'Kom voor me staan.'

Mazarine speelde mee, en met zijn warme adem maakte Cádiz een stralenkrans in de lucht die tot haar lippen reikte. Toen blies zij een ademtocht uit, en halverwege voegden de twee zich samen en vormden een perfect zichtbare, witte verbinding.

'Voel je mijn kus?'

'Ja,' antwoordde ze lachend.

'Nou, die is exclusief en uniek. Zo kussen alleen jij en ik elkaar.'

'Ik wil meer.'

Cádiz kwam dichterbij tot hij haar lippen raakte en daar stopte hij.

'Laten we gaan,' zei hij en hij nam haar bij de hand.

Ze liepen de trap op terwijl hun zielen elkaar beroerden, tot ze bij de top van de boog gekomen waren. Boven was geen toerist te bekennen.

Een gevoel van macht en eindeloosheid overweldigde hen. Vanaf die hoogte kon het leven zijn zoals zij het wilden. Ze waren meester over hun eigen grootsheid. Ze bevonden zich in het centrum van een stralende ster, l'Etoile, waar de aders van de stad samenkwamen. Auto's kwamen en gingen, in monotoon gechoreografeerde stromen. Verkeerslichten ordenden en automatiseerden, verboden of veroorloofden. Niemand was ongehoorzaam. De mensen vergaten hun rebellie, hadden zich met hun leven verzoend. Niemand sloeg zijn ogen op om naar boven te kijken.

Cádiz voelde zich opeens jonger dan ooit. Daar, boven op die boog, lag de wereld aan zijn voeten.

Het ging steeds harder sneeuwen. Een kille tule streelde hen in stilte. De blote voeten van zijn leerlinge straalden op het wit en hij kon zijn ogen niet van ze afhouden.

'Laat me ze kussen,' zei hij.

Mazarine zag hoe hij zich, zonder haar antwoord af te wachten, op ze stortte als een kind op een snoepje. Hij kuste ze langzaam, devoot, liet het puntje van zijn tong over elke teen glijden, doordringen in de plooien ertussen, de rijp absorberen. Hij likte elke centimeter. Zijn lust groeide. Mazarine voelde zijn hete, smachtende tong. Zou het ditmaal gebeuren?

Ze deed haar jas open.

Haar huid was haar enige kleding. Haar naakte lichaam werd blootgesteld aan de sneeuw. De vlokken vielen op haar schouders, gleden tussen haar warme borsten, glibberden over haar honingzoete pubis. Ze smolten en druppelden op Cádiz' gelaat, die van beneden af naar haar keek, haar met zijn ogen verslond.

Hij kon zich niet langer beheersen.

Zo veel lichamen gezien, geschetst, bezeten en geschilderd, en alleen dit was hem de baas. Hij legde haar onstuimig op de grond, trok haar jas weg. Zijn leerlinges naakte schoonheid op de deken van sneeuw, enkel gekleed met het medaillon, maakte hem gek van wellust. Hij was bezeten. Hij was een verliefde waanzinnige. Mazarines hart zocht een uitweg, was op hol geslagen. Dat van Cádiz bevond zich in zijn vingertoppen.

De handen van de meester gleden tussen de benen van zijn leerlinge. Een zacht gekreun. Nog nooit had iemand het gewaagd dat plekje aan te raken.

'Ik kan het niet,' schreeuwde Cádiz.

Hij kon het niet. Al zijn angsten wervelden ongecontroleerd rond: zijn expositie die heel binnenkort geopend werd, het publiek, zijn werk, de pers, zijn ego, de leeftijd, zijn woede, zijn belofte, het opdrogen van zijn creativiteit, zijn impotentie... Sara. De angst alles wat hij bereikt had te verliezen verlamde hem. De glorieuze minuten waarin hij zich koning van de wereld had gevoeld waren voorbij, waren overgegaan in een beangstigende onzekerheid die hij vergeefs probeerde te verbergen. Hij kwam weer bij zijn positieven. Mazarines gloeiende lichaam, uitgestrekt in de sneeuw, hijgde verbijsterd.

'Het spijt me, kleintje. Het spijt me echt,' zei hij terwijl hij haar jas pakte en haar naaktheid bedekte.

Op de bovenste trede van de trap die naar het panoramaterras van de Arc leidde, sloeg Yeux Nébuleux het tafereel gade, op zoek naar een spoor dat hem naar La Sainte zou leiden.

Bij de vlam van de onbekende soldaat namen ze afscheid van elkaar, in een ritueel van schreeuwende stilte. Wensend dat het zwakke vuur verwarmde wat zojuist was verkild. Hij liep lusteloos weg door de avenue Foch, schaamtevol en diep weggedoken in zijn jas. Zij bleef als versteend voor het flauwe licht staan, vermorzelde met haar voeten de vleugels van een bronzen adelaar die nooit het luchtruim zou kiezen.

Voordat ze hem liet gaan, had Mazarine hem willen uitschelden, hem alles voor de voeten willen werpen wat ze dacht en voelde, maar hij zag er zo verslagen uit dat ze maar liever zweeg. Ze had verder ook niemand. Als ze hem helemaal kwijtraakte, was ze verloren. Ze bleef een triest meisje, leeg en alleen. Een gebroken vogeltje, nog voor het vleugels had gekregen. Een sfinx van gips, hol vanbinnen.

Ze was zonder aangename herinneringen volwassen geworden.

Van haar vader was haar alleen de dodelijke kilte van diens voorhoofd, daar in de kist liggend, bijgebleven, en van haar moeder haar onderzoekende ogen, haar gefrustreerde woedeaanvallen, haar vermanende vinger om haar manieren bij te brengen en haar onverdraaglijke regels die alleen maar hadden gediend om haar kindertijd te vergallen.

Haar hele leven was getekend door angsten, overdag en 's nachts. De geur van paniek zat in haar kleding. Een kindertijd zonder hoop of woorden. De zucht zich bemind te voelen, een verlangen dat door niemand werd vervuld. Daarom bestond haar geliefde kinderspel eruit zich in de kast van La Sainte te verstoppen en net te doen of ze zelf ook een heilige was. Soms een goede, andere keren een slechte. In dat donkere schuilhoekje vond ze alles wat ze nodig had. Het was de enige plek waar ze niet het gevoel had dat haar leven een vergissing was, dat ze het product van een ongelukje was. Dat ze geboren was om een ding te zijn, als gewoon nog een meubelstuk in dat lugubere huis.

Het was een heilige plek die velerlei vormen kon aannemen.

Daar kon ze zich tot in het oneindige uitrekken of naar wens krimpen tot ze een onbeduidend maar hinderlijk stofje was geworden, een stofje dat als een smet op de ziel van haar moeder lag. Dat haar verwekster herinnerde aan haar bezoeking... Dat haar uiteindelijk had gedood. Want zelfs daarvan had ze Mazarine op haar doodsbed beschuldigd. Zelfs op dat laatste moment had haar moeder haar geen liefhebbende woorden geschonken.

Daar bracht haar verbeelding tot stand wat ze wilde horen. Alles stroomde als in de bedding van een rivier. Het was heel eenvoudig.

Ze praatte met La Sainte en voelde dat deze naar haar luisterde; dat luisteren was hetzelfde als bemind worden.

Daar kon ze haar ogen sluiten en een kleurig leven, zoals in films fantaseren; de omhelzingen uittekenen die niemand haar schonk, de kussen verzinnen die ze nooit kreeg. Daar was ze niemand tot last, was ze heel welkom. Daar maakte ze deel uit van een geschiedenis, voelde ze zich geen bedreigende en hinderlijke sta-in-de-weg. Daar wandelde ze door parken en op stranden, door straten zonder monsters, en de mensen lachten haar toe, daar was ze niet onzichtbaar. Daar was alles omkeerbaar. Duisternis was licht. Het lelijke mooi. Een dode was een levende. Een meisje een pop. Een traan een lach, een stilte een woord.

In de eeuwige slaap van La Sainte lag heel de magie van haar leven. Daarom hield ze van haar.

Nu wilde ze snel terug naar huis en bij Sienna in de kast kruipen. Ze had behoefte aan haar troost, wilde dat ze tegen haar praatte. Ze wilde iets, iets wat de dood kon zijn... of het leven. Op dit soort momenten waren deze min of meer gelijk...

Mazarine versnelde haar pas, trok haar jas om zich heen terwijl de tranen over haar wangen rolden, bevroren en op haar nog rode wangen in diamanten veranderden. De sneeuw viel gestaag en vanaf de terrasjes aan Les Champs Élysées maakten zich stemmen los, rookslierten en de geur van bier en koffie. Uiteindelijk, net voor de Place de la Concorde, verdween ze in de metro-ingang.

28

Die ochtend was Pascal opgestaan met de mooie verschijning die hem uit zijn slaap gehouden had nog vers in het geheugen: het beeld van het meisje met de zwarte jas en de blote voeten dat hij de vorige avond in Les Champs Élysées had gezien. Haar lange wollen jas viel open en dicht op het ritme van haar voetstappen en liet een stel grenzeloze benen zien waar geen einde aan leek te komen. Een engel op blote voeten, verdwaald op aarde. Hadden zijn ogen dat echt gezien?

Hij verweet zichzelf dat hij niet naar haar toe gegaan was, maar zijn schroom en respect voor andermans tranen hadden hem tegengehouden. Het meisje zag er wonderlijk droevig uit, opgaand in haar innerlijke verwarring.

Wat een traan verborg had hij nooit kunnen ontrafelen, hoewel hij er vele had gezien.

Hij was teruggekomen van Harvard nadat hij met lof een postdoctoraal in psychosen had behaald, en nu moest hij zijn leven in Parijs opnieuw opbouwen.

Onder de douche dacht hij weer aan het meisje. Wie ging nu, als hij tenminste bij zijn volle verstand was, blootsvoets door de sneeuw? Wat een sensualiteit kon een beeld uitstralen dat niet in de context paste, niet aansloot bij het seizoen!

Hoeveel blote voeten had hij niet op het strand gezien, en die hadden nooit een spoortje van innerlijke verrukking bij hem opgewekt. Maar de aantrekkingskracht van dit stel had hem de hele nacht wakker gehouden.

Op zijn dertigste was de menselijke psyche nog steeds een oceaan om te verkennen en te ontdekken. Daarom had hij besloten zijn leven aan de studie ervan te wijden, want ondanks de vele sessies psychoanalyse waaraan hij zich had onderworpen, kende hij zichzelf nog steeds niet. En nu geloofde hij dat hij door anderen te begrijpen, hij tevens zijn diepste 'ik' zou kunnen blootleggen. Zijn patiënten als spiegel. En terwijl zij dachten dat ze hem betaalden om begrepen te worden, probeerde hij alleen maar via hen zichzelf te vinden.

Mensen wekten medelijden bij hem op. Het merendeel leefde als gemankeerde personen, in afwachting van de goedkeuring van de wereld om hun rol van levende wezens bevestigd te zien.

Hoe meer hij studeerde en zich in de mens verdiepte, hoe verder hij zich leek te verwijderen van het ontdekken van de waarheid. Hoe verder hij zich verwijderd voelde van de plek die de aarde wordt genoemd. Hij was eveneens een slachtoffer van het leven. Ongevraagd op de wereld gezet, en nu moest hij allerlei toeren uithalen om de zin van het deel uitmaken van die wereld te ontdekken. Hoeveel mensen zouden hetzelfde denken?

Hij trok zijn verschoten jeans en een leren jasje aan en ging naar buiten. Het was bijna kerst en hij had nog geen enkel cadeautje gekocht. De ochtend besteedde hij aan het bekijken van etalages en het bezoeken van antiekwinkels, op zoek naar iets wat de waarde kon uitdrukken van datgene wat hij al heel lang niet meer tegen zijn ouders had gezegd: dat hij van hen hield, ook al hadden ze hem vaak aan zijn lot overgelaten.

Toen hij alles had, nam hij een taxi naar de rue Robert Lindet en ging naar de bar op de hoek, waar hij wachtte om zijn vader te verrassen met zijn terugkeer.

Terwijl hij de deur van het atelier in de gaten hield, doodde hij de tijd met het observeren van een man die onder veel gevloek dwangmatig op een gokkast ramde. Nog iemand die ziek van eenzaamheid was en op drift geraakt door de zucht naar een kortstondige triomf, dacht hij.

Plotseling ging de oude ijzeren deur open en daarbij vielen opgehoopte sneeuwvlokken op de zwarte jas van een meisje. Pascal liet zijn kop koffie voor wat die was en zijn blik gleed naar haar voeten: ze was blootsvoets. Hij sprong op. Had haar herkend. Het meisje dat uit La Ruche kwam was hetzelfde meisje dat hem de afgelopen nacht uit zijn slaap gehouden had. Hij keek hoe ze wegliep door de passage de Dantzig en zonder te aarzelen besloot hij haar te volgen. Twee blokken verderop sprak hij haar aan.

'Waarom huilde je gisteravond? Wie jou verdriet doet verdient je tranen niet.'

Mazarine keek verbaasd op en ontmoette een stel goedige ogen die haar streelden.

'Laat me met rust,' zei ze afwerend terwijl ze verder liep.

'Neem me niet kwalijk, ik wil alleen maar even met je praten. Ik zag je gisteren op Les Champs Élysées; je zag er heel droevig uit.'

'Het spijt me. Ik praat niet met vreemden.'

'Wat kan ik doen zodat je me niet als een vreemde beschouwt?'

'Niet tegen me praten.'

'Als ik iemand wist die me aan je kon voorstellen, zou je me dan niet langer als een vreemde zien?'

Mazarine monsterde hem eens goed en knikte toen.

Dus besloot Pascal het spel van 'iemand anders zijn' te spelen. Hij ging voor haar staan, deed een toevallige ontmoeting na.

'Hoi meisje metdezwartejasenblotevoeten: mag ik je voorstellen aan mijn vriend Pascal. Hij wil je dolgraag leren kennen... Pascal, kom eens, doe niet zo verlegen.' Hij stak zijn hand uit naar Mazarine en glimlachend schudde ze die.

Het spel van de onbekende was hetzelfde spel dat zij met La Sainte deed. De truc had gewerkt.

'Hoe heet je?'

'Mazarine.'

'Een muzikale naam. Woon je hier in de buurt?'

'Nee, maar ik hou van wandelen.'

'Mag ik een stukje met je meelopen?'

'Een klein stukje dan.'

Ze wandelden onder een grijze wolkendeken, die kou voorspelde en een witte kerst aankondigde.

'Wat doe je vanavond?' vroeg Pascal om het gesprek niet te laten stokken, ook al was het nog zo banaal.

'Wat ik altijd doe.'

'Het is kerstavond, vier je dat niet?'

'Kerst... Wat houdt kerst in?'

'Ik weet het niet. Ik denk dan aan familie, bezoekjes, cadeautjes, omhelzingen...'

'... en stompzinnigheid,' vulde Mazarine aan. 'Ik vind het maar niets.'

'Heb je geen herinneringen aan die dagen? Ik probeer die vast te houden. Het is het weinige dat ik van mijn kindertijd overheb.'

'Hoor eens...' Mazarine veranderde van onderwerp. 'Ik blijf hier.'

'Hier? Midden in de Jardin du Luxembourg? ... Waar is je huis dan?'

'We hebben genoeg gepraat. Dag Pascal. Geniet van je kerstavond.'

'Ga nog niet weg. Mag ik je een keertje bellen?'

Mazarine dacht even na. Een beetje gezelschap zou misschien niet slecht zijn. Cádiz had geen greintje belangstelling laten blijken voor wat zij vanavond zou doen.

Ze gaf hem het nummer van haar mobiel en ze spraken af binnenkort samen te gaan eten, zodra de feestdagen voorbij waren.

Pascal liep met tegenzin weg, blikte een paar keer achterom om naar het meisje te kijken dat op een bankje had plaatsgenomen. Hij wilde haar daar niet achterlaten, maar haar evenmin lastigvallen. Hij was gefascineerd door haar afwezige uitstraling en de melancholie die uit haar ogen sprak.

Mazarine had haar ogen van Pascal afgewend en keek naar de grote bevroren fontein, waar twee verdwaalde vogels langs gleden. In het midden ervan stierven de standbeelden van David en Goliat van de kou. De kale bomen vormden een troosteloze aanblik. Het park, dat 's zomers uitpuilde van jongeren die zaten te zonnen en op hun baguettes, hun eisen en boeken kauwden, was verlaten. Net zo verlaten als zijzelf in alle jaargetijden.

Haar gedachten bleven bij Pascal hangen. Waarom had ze niet gewild dat hij bleef, hij leek toch zo onschuldig? Waarom kon ze geen contacten leggen? Waarom strafte ze zichzelf zo?

Toen ze thuiskwam, vond ze voor de deur een pakje met een grote strik en een kaart met een Kerstman erop. Toen ze die openvouwde, klonk een 'ho ho ho'. Het pakje was afkomstig van Arcadius: hij nodigde haar uit om samen in zijn winkel kerstavond te vieren. Ze had geen zin. Ze ging naar boven en sloot zich op in de kast, waar Sienna op haar wachtte.

29

Ring... Ring... Ring... Mazarines telefoon bleef rinkelen, maar ze had geen zin op te nemen. Ze had zich verstopt in haar geheime schuilplaats, een plekje dat velen als abnormaal zouden beschouwen maar dat voor haar de enig leefbare plek was: haar toevluchtsoord.

Daar verzorgde ze haar wonden, wetend dat de draden waarmee ze die hechtte ragfijn waren en weer zouden breken. Ze restaureerde zichzelf alsof ze een oud schilderij was dat door vandalen en de tijd vernield was; ze legde gaasjes aan, vulde gaten, drukte randen tegen elkaar, haalde kleuren op, verborg de spoken die in de schaduwen opdoemden.

Ziek was ze niet, nee. Het was alleen dat gevoel van leegte, van verlatenheid, voortgekomen uit een nare kindertijd, uit afwezige ouders.

Ring... Ring... Ring... De telefoon hield aan en liet haar niet met rust.

Ze was helemaal stuk, overmand door eenzaamheid, had zin zichzelf te verscheuren, was gevangen in de afwezigheid van een onmogelijke liefde die gaf en nam en haar telkens als die haar beroerde verder uitholde. De liefde... een plotseling opgekomen dorst die haar keel uitdroogde en haar verstikte. Een nieuwe, niet eerder gevoelde honger die niet in haar maag maar in haar ziel gierde.

Het gezicht van Cádiz, de alles bedekkende sneeuw. Zij, naakt, haar schaamte. Een brandende... of gedoofde vlam, het eerbetoon aan een onbekende soldaat, die niemand iets kon schelen. Beter geen herinneringen. Een afwezigheid van herinneringen, van gezichten, van gebaren. Geen lichaam hebben. Afzien van de herinnering aan de aanraking, de blik, het woord... Doodgeboren zijn. Ja, doodgeboren. Een bedrieglijke aanwezigheid. Zijn zonder te zijn.

Ring... Ring... Ring... Waarom lieten ze haar niet met rust?

Ze kwam de kast uit en nam op.

'Mazarine? Met Pascal. Weet je nog? We hebben elkaar vanmiddag ontmoet.'

'Wat wil je?'

'Je zien. Ik heb iets voor je.'

'Bespaar me je cadeautjes.'

'Het is geen cadeautje.'

'O... wat is het dan?'

'Dat zie je wel.'

'Het is al heel laat.'

'Ik accepteer geen nee.'

'Laat me met rust.'

'Je wilt helemaal niet dat ik je met rust laat, Mazarine. Dat is alleen maar een schild, een verdediging. Je woorden komen niet overeen met wat ik in je ogen heb gelezen. Zoals je weet zijn de ogen de spiegel van de ziel.'

'En wat weet jij van de ziel?'

'Veel. We zijn gelijkgestemde zielen.'

'Je kent me niet eens.'

'Ik niet. Maar mijn ziel wel.'

'Hou op als een betweter tegen me te praten.'

'Vanwaar al die woede? ... Of is het pijn?' Pascals stem werd zachter. 'Ik wil je geen verdriet doen. Vertrouw me, alsjeblieft.'

Mazarine wilde ophangen maar kon het niet. Ze vocht met zichzelf om de hand niet te weigeren die naar haar uitgestoken werd. Ze keek naar La Sainte en vroeg haar om raad. Ze wilde dat deze 'ja' tegen haar zou zeggen, dat het goed voor haar was met hem af te spreken. Ze besprak het met haar tot ze eruit waren: ze zou hem ontmoeten.

Ze spraken af elkaar een halfuur later in café La Palette te ontmoeten, in de rue de Seine.

Toen ze daar aankwam, was Pascal er al, met een bos rozen in zijn hand en een warme glimlach op zijn lippen. Een stille maan bekroonde een heldere nacht boven een Parijs dat geurde naar versgevallen sneeuw. Geroezemoes drong door de ramen van de huizen naar buiten, vulde de middernachtelijke kilte met leven en vreugde.

Vanwege kerstavond was het café gesloten, net als veel andere gelegenheden.

Ze wandelden over de sneeuw tot ze bij de oever van de rivier kwamen, zonder ook maar een woord te wisselen. Daar had Mazarine op dat moment behoefte aan. Een levende ziel die rekening met haar hield, haar niet dwong te praten of te zwijgen over iets wat ze niet wilde. Iemand die niet deed alsof, maar gewoon wás. Een anoniem persoon, zonder naam die hooggehouden moest worden – dat was althans wat ze geloofde –, die haar alleen maar gezelschap wilde houden in die naargeestige nacht. Dat was het cadeau: een vriendschap zonder vragen, geboren uit het niets, uit een toevallige ontmoeting.

Pascal had besloten zijn mond niet open te doen zolang zij het niet deed. Hij was volledig in de ban geraakt van haar bovennatuurlijke verschijning, van haar weerloze uitstraling en haar raadselachtige wereld. Haar blote voeten en haar extreme geslotenheid. Ze zou een geval voor zijn praktijk kunnen zijn, of misschien ook niet. Achtervolgde hij haar vanwege haar mogelijke ziektebeeld? Nee. Niet daarom, hij kon zichzelf niet voor de gek houden. Wat het ook mocht zijn, het gooide al zijn denkbeelden overhoop. Alles wat hij had gelezen en geanalyseerd met betrekking tot liefde op het eerste gezicht, zijn overtuiging dat het een onmogelijke theorie was, dat aantrekkingskracht en liefde twee heel verschillende dingen waren, was de vorige avond in rook opgegaan toen hij haar op Les Champs Élysées had zien lopen. Uiteindelijk zegevierde de emotie over het verstand. Moeilijke gevallen waren zijn specialiteit geweest, maar geen ervan had met verliefd worden te maken. En op haar was hij verliefd geworden als op geen ander, en ook nog eens hopeloos verliefd.

Zoals bij iedereen had een deel van dat meisje zich teruggetrokken op een verre plek. En het was dat intieme, onbereikbare territorium dat in de diepten van haar ogen schitterde wat hem het meest fascineerde. Mazarine zou van hem zijn, hoe lang het ook mocht duren om haar te veroveren.

Je gelooft niet in liefde op het eerste gezicht, tot die zich plotseling aandient en je overrompelt, dacht Pascal, terwijl hij naar het heldere profiel van het meisje keek, naar haar kin, haar hals... en haar voeten.

De stilte reeg voortdurend verstomde woorden aaneen die tussen hen heen en weer gingen zonder hun bestemming te vinden. Eindelijk ontglipte er een.

'Koud...' zei Mazarine. 'Ik heb het koud.'

Pascal trok zijn jas uit en sloeg die om haar heen. Vervolgens zijn arm. Ze liet hem begaan, ze voelde zich te zwak.

'Elk woord dat we zeggen bevat gewaarwordingen, straalt leven of dood uit. Heb je daar wel eens over nagedacht?' vroeg Mazarine.

'Nooit, maar je hebt gelijk...' Pascal zocht een woord dat haar warm kon inpakken. 'Vuur. Maakt het woord vuur je warmer?'

Mazarine dacht na tot ze de warmte van een brandende haard had gevisualiseerd en knikte toen.

Een tijdlang verzonnen ze woorden en verwijderden ze zich al dromend van Parijs. Verzonken ze in meer etherische werelden. In woorden die zweefden als een libelle of een bloemblaadje, die streelden als een veertje of een penseel, die smaken afgaven van honing of wijn ... tot ze weer landden in de schaduw van de Pont au Double, vlak bij Mazarines huis.

'Wat doe jij, Pascal?'

'Luisteren.'

'Luisteren naar wat?'

'Levens.'

'Laat me niet schrikken. Je bent toch geen pastoor? Je gaat me toch niet vertellen dat je door zonde getroffen zieltjes redt en dat je me daarom hebt opgezocht, hè? Ben ik je barmhartige daad van de dag? Zeg op...'

'Nee.'

'Nou... wat ben je dan?'

'Al een hele tijd probeer ik meer dan een beroep te zijn.'

'Goed, dan zeg je het niet. Ik raad wel.'

Pascal wachtte niet tot ze verder ging.

'Ik ben psychiater.'

'Ofwel, je leeft tussen gestoorden.' Ze trok een gek gezicht. 'Of beter gezegd, je bent zelf een beetje gestoord.'

'We zijn allemaal lichtelijk gestoord, Mazarine. Dat maakt deel uit van het evenwicht. Ons bestaan is als een open cirkel. Een gemis of frustratie dwingt ons tot een zoektocht en deze weer tot een andere en weer een andere... Wanneer de cirkel gesloten wordt, houden we op te leven.'

'Praat me niet over leven.'

'Dan kunnen we beter helemaal niet praten...'

Pascal trok haar nog dichter tegen zich aan. Hij voelde de energie die Mazarines frêle lichaam uitstraalde. Die trok hem zo sterk aan dat hij haar niet kon loslaten. Ze liet zich omarmen en meevoeren, haar hoofd rustend op de schouder die haar bescherming bood. Ze leken net een stel dat al heel lang verliefd was en in hun nachtelijke liefde op de oevers van de Seine wandelde. Hun behoefte bracht hen tot elkaar, dat duistere gebied dat je beter niet kon betreden om niet in zijn valkuil te trappen: de exacte mate van individuele eenzaamheid, onmogelijk op te vullen.

Toch wist Pascal niet dat Mazarines geest bij Cádiz was.

Ze stelde zich hem voor tussen elegante mensen en stromen champagne, feestvierend met zijn vrouw en wie weet met wie nog meer, feesten waar zij niet bestond en ook nooit zou bestaan. Hoe meer ze daaraan dacht, hoe dichter ze tegen Pascal aankroop.

Ze kwamen bij de Notre Dame, waar een dronkenlap tussen kartonnen dozen en lege flessen lag te slapen, en zonder af te wachten of Pascal haar misschien zou zoenen, drukte Mazarine haar lippen op de zijne en gaf hem een lange, diepe, vochtige kus die hem de adem benam. In tegenstelling tot haar leraar liet hij zich wel gaan.

30

Yeux Nébuleux was wanhopig. Al die dagen van Mazarines gangen nagaan had alleen zijn eigen opwinding opgeleverd en verder niets. Niet een van haar gedragingen deed vermoeden dat ze iets verborg, en al helemaal niet dat ze tot een mogelijke groep afvalligen van de Arts Amantis behoorde. Alles wat hij deed scheen hem nu een saaie, volstrekt onvruchtbare routine. Mazarine was het typische solitaire, rebelse meisje dat net als vele andere het gezelschap van oudere mannen verkoos boven dat van jongens van haar eigen leeftijd. En hij was haar nog wel gaan beschouwen als de verrijzenis van La Sainte, maar nu voelde hij bijna een plaatsvervangende schaamte voor haar ongegeneerde gedrag. Vooral voor datgene waarvan hij getuige was geweest op de Arc de Triomphe. Een dergelijke vrouw kon op geen enkele manier tot de Orde behoren. Het was één ding om zich te laten bewonderen, de energie die ze bezat aan te bieden zodat die passief ontvangen werd, maar het was een heel ander ding om schaamteloos in de sneeuw te rollebollen.

Hij was er nu bijna zeker van dat het medaillon haar puur toevallig in handen was gevallen en dat, doordat zij het droeg, de waarde ervan tekort werd gedaan. Het enige wat hij nog moest doen voordat hij de Orde zou voorstellen een streep onder de zaak te zetten en hij zijn excuses aan de voorzitter zou aanbieden vanwege de veroorzaakte onrust, was een manier vinden om haar zonder haar af te schrikken te ondervragen en zo uit te vinden hoe ze aan het medaillon gekomen was, iets wat hem wellicht kon helpen bij het opsporen van het lichaam. Of in het uiterste geval het medaillon terugpakken, de hele zaak vergeten en het zelf als relikwie houden.

Op haar afgaan zou een zekere afwijzing inhouden, aangezien zijn uiterlijk hem altijd al had belet om toenadering tot vrouwen te zoeken, tenzij hij daarmee medelijden opwekte.

De enige keer dat het hem gelukt was het groene huis binnen te dringen, en dat was al een aantal maanden geleden, had hij niets verdachts gevonden. Afgezien van de wonderlijke energie die het meisje uitstraalde, door hemzelf bevestigd en die La Sainte volgens de vertellingen eveneens bezat, wees niets erop dat ze bij de Orde betrokken zou zijn.

Na Arcadius al dagenlang niet meer gesproken te hebben, nodigde Mazarine hem die zaterdag uit in La Friterie te ontbijten. Zoals hij haar telefonisch had beloofd bracht de oude man een oud, in het Occitaans geschreven perkament mee met een kleine illustratie erop waarvan de vorm deed denken aan het reliëf van het medaillon.

Aan een aangrenzend tafeltje luisterde Yeux Nébuleux aandachtig terwijl hij een *café au lait* dronk en zich achter de pagina's van het laatste nummer van *Le Figaro* verschool.

'Mijn lieve kind,' zei de antiquair ernstig. 'Ik wil dat je je goed bewust bent van de waarde van wat je om je hals draagt. Ik heb wat onderzoek verricht en ben daarbij op een verhaal gestuit...

OCCITANIË, 8 JANUARI 1244

OP DE BEBOSTE HELLINGEN VAN DE BERG POG

'Neeeee! ... Neeeee!'

Een beeldschoon tienermeisje rende barrevoets tussen het besneeuwde struikgewas door om te ontvluchten aan de smerige handen en het gehijg van een monnik.

'Genade... Heb mededogen,' smeekte ze.

Hij kreeg haar tengere lichaam uiteindelijk te pakken en smeet haar ruw op de sneeuw.

'Alstublieft...' huilde ze. 'Alstublieft...'

Terwijl haar achtervolger haar met een ziekelijke wellust de jurk van het lijf scheurde tot ze naakt voor hem lag, hield de horde dolzinnige beesten die hem vergezelde zich gereed om zich op haar te storten.

Het ontroostbare gejammer van een jongen mengde zich met dat van haar en verbrak de stilte van de nacht zonder dat iemand hen hoorde. De hele vallei ademde de geur van de dood uit.

Nadat de monnik al zijn instincten ontladen had, zijn dolk van opgericht vlees keer op keer woest tussen de benen van het meisje had gestoken, vielen de andere beulen als gieren aan op de overgebleven resten.

'Heks! ...'

Hun aanvallen scheurden haar open...

'Duivelskind! ...'

Ze braken haar...

'Dochter van Lucifer! ...'

Ze vernederden haar...

Zaad, druipend speeksel, kwetsend en brandend vocht. Een beestachtige meute verslond haar, verscheurde al bijtend haar hart.

Haar laatste smeekbeden verstomden onder de smerige handen van de monnik die haar mond stijf dichtdrukte en haar belette te ademen. Langzaam hielden haar benen op te vechten, verslapten haar armen, sloten haar poriën zich.

De overweldiging van haar ziel, haar schaamte, de dodelijke verwonding en haar vreselijke pijn lieten haar levenloos achter. Haar kristalheldere ogen staarden naar de hemel. Een verre, rode maan was getuige van haar dood. Op de sneeuw verbreidde zich stilletjes een grote vlek, van bloed en geweld.

'Je hebt haar gedood!' schreeuwde een van hen.

'Verdomde ketterse! Ze kon niet wachten zodat we haar levend konden verbranden.'

'Wat maakt het uit. Laten we haar in brand steken,' suggereerde een ander.

'Nee!' De leider pakte een steen van de grond en smeet die tegen het gezicht van het meisje. Toen de anderen dat zagen, deden ze hetzelfde.

Een regen van stenen kwam neer op het lichaam van de overweldigde maagd...

Het deed geen pijn meer.

... tot ze eronder begraven lag.

Terwijl Arcadius een kille, sobere vertelling voorlas, had Mazarine zich met een gekweld en bedrukt hart het geschreeuw, de beledigingen en het getreiter, de angst en de onmacht van het meisje voorgesteld, verloren, midden in het bos. Ze was ervan overtuigd dat dat tienermeisje La Sainte was. Ze voelde het. De verwondingen op het gelaat die ze al zoveel jaar had willen wegvegen, alsof ze van krijt waren, en die haar zo intrigeerden zouden veroorzaakt kunnen zijn door die brute steniging. Dat meisje moest Sienna zijn. Opeens onderbrak Mazarine hem.

'Weet je hoe ze heette?'

'Nee. Dit perkament is niet compleet. Ik heb het bij toeval gevonden, verstopt tussen de bladzijden van een oud boek dat tussen een van die ogenschijnlijk oninteressante partijen zat. Een oude bibliotheek van een oude man die gestorven is, en zijn zoon, die blijkbaar niet op de hoogte was van zijn vaders verzameling, heeft die aan de hoogste bieder verkocht.'

'Maar... in het ziekenhuis had je het over de Arts Amantis.'

'Dat klopt, maar ik kan niets met zekerheid zeggen. Het zijn allemaal veronderstellingen, conclusies waartoe mijn "oudemannenslimheid" me geleid hebben. Ik mis nog veel gegevens.'

'En het medaillon?'

'Daar gaat het nu net om. Wat ik niet begrijp is wat dit zegel,' hij wees naar een klein teken in een hoekje van het perkament, 'het symbool van de Arts Amantis, met dit verhaal te maken heeft. Kijk.' De oude man haalde een loep uit zijn zak en hield die boven het document. 'Doet deze tekening je niet aan de inscriptie van jouw medaillon denken?'

Mazarine hield de penning bij het perkament en vergeleek ze.

'Ze zijn... identiek!'

'Deze geschiedenis is ongetwijfeld verbonden met de Arts Amantis, lieve meid. Jammer genoeg zijn het losse stukjes. Niet afdoend.'

'Wat is er met het lichaam gebeurd?'

'Als we uitgaan van de toenmalige tradities hebben de overweldigers het waarschijnlijk als trofee meegenomen.'

'Maar wat moesten ze ermee?'

'Aan anderen laten zien, angst zaaien. Vergeet niet dat het meisje voor hen een heks was: dé grote buit van hun jacht. Bloeddorstige leeuwen met de kop van een gazelle in hun muil.'

'En als het niet zo is gegaan?'

'Nou, het zou kunnen dat dat meisje de dochter van een feodale heer was, en dat, ook al was ze dood, haar lichaam werd opgehaald om het een waardige begrafenis te geven.'

'En als ze haar nu eens niet hebben begraven, Arcadius?'

'Ach meisje! Nu beland je in het schimmige gebied van de relikwieën.

Weet je dat ze daar al vele jaren, heel veel jaren in handelden? Er werden exorbitante bedragen voor betaald. Ze werden als ware juweeltjes beschouwd. Wie er een wist te bemachtigen, op welke manier dan ook, was verzekerd van de ware, eeuwige schat. Om dergelijke, bij uitstek heilige gunsten te verwerven, werden de vreselijkste gruweldaden begaan. Lichamen van zogeheten martelaren werden in stukken gesneden en elk deel werd apart verkocht. En als iemand een compleet lichaam te pakken kreeg, was dat van onschatbare waarde.'

Mazarine kon zich niet voorstellen dat iemand Sienna in stukken kon snijden. In haar ogen leefde haar heilige nog steeds. De grote vraag was: hoe was dat lichaam in haar huis terechtgekomen? Waarom al dat geheimzinnige gedoe wanneer ze over haar hadden gesproken?

De enige zinspelingen op de dode die haar moeder elke ochtend uitsprak waren: 'Ga eens kijken hoe La Sainte de nacht heeft doorstaan' en 'Raak haar niet aan!' gevolgd door 'Haal het niet in je hoofd iemand te vertellen dat Sienna hier woont'. De rest, het werkelijk belangrijke, was blijven hangen in de mist van haar ondoordringbare stilte.

Arcadius merkte dat het meisje niet meer luisterde en riep haar bij de les.

'Mazarine, waar zit je met je gedachten?'

'Ik dacht aan... dat arme meisje. Het spijt me, ga verder.'

'Ik moet je oma spreken.'

'Onmogelijk, Arcadius.'

'En jij, lieve meid, je wilt veel weten maar niet meewerken. Als we maar een spoor hadden. Vertel eens... waar is je oma?'

'Dood, Arcadius. Mijn oma is dood.'

'Goed, als we meer over het medaillon willen weten, zit er dus niets anders op dan met je ouders te praten.'

'Dat...' het meisje sloeg haar ogen neer, 'zal evenmin mogelijk zijn.'

'Aha... *mon chérie*, eindelijk vertrouw je me.' De antiquair sloeg zijn armen om haar heen. 'Je bent wees, nietwaar?'

Aan het andere tafeltje volgde Yeux Nébuleux zonder met zijn ogen te knipperen het gesprek. De oude man wist veel meer dan hij had gedacht. Hij moest hoe dan ook dat oude perkament te pakken zien te krijgen om het aan zijn superieur te laten zien, waarbij hij hem en passant kon demonstreren hoe efficiënt hij in het speurwerk was. Deze moest eindelijk trots kunnen zijn op het straatkind dat hij vele jaren eerder uit de hakselmachine van de sloop gered had.

Verkracht! Waarom was er bij de Orde nooit gesproken over de manier waarop La Sainte echt aan haar einde was gekomen? Zouden ze geen idee hebben van wat zich destijds had afgespeeld?

La Sainte, aan wie al eeuwenlang zoveel geheime ceremonies waren gewijd, was verkracht door een weerzinwekkende monnik! Verkracht, in de sneeuw.

IN DE SNEEUW?

Was het mogelijk dat de geschiedenis zich herhaalde? Wat hij had gezien op de Arc de Triomphe... was dat niet eveneens een soort verkrachting geweest? Waarom had die oude schilder zich anders in de sneeuw op het lichaam van het meisje gestort? Om haar te verkrachten!

Ja, Mazarine kon niemand anders zijn dan... de reïncarnatie van La Sainte! Vandaar ook de onverklaarbare energie die haar huid uitstraalde.

In Mazarines lichaam huisde de geest van Sienna.

31

De aangename verrassing waarmee Sara en Cádiz op kerstavond te maken kregen, leidde hen even af van hun inzinkingen en ruzies van de laatste dagen.

Ze konden maar niet geloven dat hun zoon, nadat hij jarenlang niets van hen had willen weten, opeens was verschenen, beladen met cadeautjes, zonder enig verwijt – die waren ze inmiddels gewend – en vrolijker dan ze hem ooit hadden gezien.

Die jongen, alleen gelaten in zijn glazen kasteel aan de rue de la Pompe terwijl zijn ouders zich wentelden in de schijnwerpers, hun reizen, exposities en roem, was anders bij hen teruggekomen. Althans dat merkte Sara toen ze hem omhelsde. Hij had zich door haar laten kussen en zelfs een kort maar ontspannen gesprekje met zijn vader gevoerd zonder dat een van tweeën geïrriteerd raakte.

Het postdoc, het volwassen worden en wie weet wat nog meer hadden zijn minachting omgebogen en ervoor gezorgd dat het feest die avond de familiesfeer van vroegere kerstdagen uitademde.

Toen ze hem zo dicht bij zich had, had Sara zin gekregen om bergen koekjes voor hem te bakken, de koekjes waar hij toen hij klein was zo vaak om had gevraagd samen te maken en waarvoor ze 'geen tijd' had gehad; om hem alle verhaaltjes te vertellen die ze niet had verteld omdat ze 'geen tijd' had gehad; om naar al zijn belevenissen te luisteren, wat ze nooit had gedaan omdat ze daarvoor 'geen tijd' had gehad.

Ze had zin gekregen hem in haar armen te nemen, hem te strelen, in bad te stoppen, af te drogen, zijn haar te kammen en hem aan te kleden. Hem naar school te brengen en weer op te halen. Met hem in het park te spelen en tikkertje te doen en op het strand zandkastelen te maken en in bomen te klimmen en samen in het reuzenrad en de achtbaan te gaan en van de glijbaan af en met hem te gillen in het spookhuis.

En hem mee te nemen naar de bioscoop; een moeder met haar zoon, geen vervangster en een in de steek gelaten jongetje. En zich samen onder de dekens verstoppen en in het donker met de zaklantaarn te spelen die ze hem zo vaak had laten uitdoen, en hem speels wakker kietelen... en naar zijn gelach luisteren.

Ze had zin gekregen alle nooit gezongen kinderliedjes voor hem te zingen, *Frère Jacques, frère Jacques, dormez-vous, dormez-vous? Sonnez les matines, sonnez les matines, ding, dang, dong...* maar die tijd was voorbij. Haar zoon paste niet meer op haar schoot en zou die verlate euforische moederliefde niet begrijpen.

Nu pas besefte ze het.

Het beruchte 'tijdgebrek' had haar beroofd van het grootste genot dat een moeder kon hebben: genieten van haar kind op de eenvoudigste, meest alledaagse momenten. Ze had de lekkerste stukjes van de levenstaart aan zich voorbij laten gaan.

Pascal was opgegroeid in de marge van hun drukke kunstenaarsbestaan en wijdde zich nu aan een andere kunst die veel moeilijker en minder glansrijk was: proberen de mensen in dit immense universum te begrijpen, zichzelf inbegrepen.

Hij was met een heel speciale wens teruggekeerd naar Parijs. Hij moest zijn gekwetste gevoelens helen via de personen die hem de wonden hadden toegebracht: zijn ouders.

Freud noch Jung, Adler, Reich, Klein en zelfs Lacan niet, met al hun theorieën, therapieën en analyses, waren in staat geweest zijn leegten en non-conformisme op te vullen. Na lang te hebben rondgezworven en geëxperimenteerd was hij nu teruggekomen om de meest simpele basistechniek toe te passen: genezing middels begrip en liefde. Rancune had hem alleen maar van zijn ouders gescheiden en daardoor waren vele jaren verloren gegaan waarin geen van drieën had gewonnen.

Die verwijdering – opgezocht door een studie in het buitenland, vele cursussen afgesloten met diploma's, een master en een dissertatie aan de meest prestigieuze universiteiten ter wereld – had hem weliswaar gevuld met kennis, maar niet met genegenheid.

Dat hij op zijn dertigste niet één keer verliefd was geworden, had misschien wel te maken met het feit dat hij in zijn onderbewuste nog niet wist welk type vrouw hij zocht. Zijn eigen innerlijk was een van de moeilijkst op te lossen zaken. Hij was teruggekeerd om in zijn moeder te zoeken wat hij was kwijtgeraakt.

'Sara...' Al van kleins af sprak hij haar niet met moeder aan. 'Ik blijf niet lang.'

'Waarom niet?'

'Ik heb met iemand afgesproken.'

'Met een meisje?' Sara keek hem liefdevol aan. 'Heb je een vriendin? We weten zo weinig van je.'

'En ik. Ik ken mezelf evenmin.'

'Soms denken we dat we onszelf niet kennen, maar zijn we alleen maar verward. We verdwalen terwijl we proberen te ontdekken wat we niet begrijpen. Laat me eens naar je kijken.' Ze tilde het hoofd van haar zoon op en keek hem diep in de ogen. 'Ben je verliefd?'

'Misschien.'

'Weet je dat niet, jongen? Wanneer de liefde je overvalt is er geen plaats voor onduidelijkheid. Ze is even onmiskenbaar als een geboorte. Zoals toen jij met een schreeuw al huilend ter wereld kwam...' Ze viel stil, verzonk in herinneringen. 'Het was de mooiste dag van mijn leven. Ik kan nog steeds de geur van je pasgeboren lijfje ruiken. Je spartelde tussen mijn benen als een grote vis op zoek naar de zee. Je was zo intens levend! Je was glibberig, nat...'

Pascal keek naar de vrouw tegenover hem. Ze zag er opgebrand en verslagen uit. Niet de Sara die hij zich herinnerde van zijn kindertijd. Die levenslustige, beeldschone verschijning, en altijd actief, hoe actiever hoe levendiger. Altijd met plannen op het laatste moment, briljante gesprekken en dringende telefoontjes. Hij voelde medelijden met haar en met zichzelf.

'Je was een prachtige baby. Je keek me aan met je nieuwsgierige ogen, zocht hongerig met je mondje, krabbend, vragend... en ik... wat een idioot was ik! Ik wilde je niet zelf voeden om dit hangende zaakje – ze raakte haar borsten aan – niet te verpesten, mijn vrouwelijke trots. Wat veel stomme vergissingen! Wat was het eenvoudig om van je te houden!'

'Moeder...'

'Zo heb je me al heel lang niet meer genoemd.' Sara ging wat dichter bij hem staan en keek hem teder aan. 'Je bent... hoe zal ik het zeggen? Anders.'

'Jij ook.'

'Ik heb zoveel vergissingen begaan! Je hebt er geen idee van hoezeer ik mijn veelvuldige afwezigheid betreur. Ik kon geen echte moeder zijn.'

'Het maakt niet uit. Gebeurd is gebeurd. Ik heb me ook vergist door zo lang weg te blijven. Hoe is het met je?' Hij pakte zijn moeders hand.

'Ik ben er... gewoon. Zonder adjectieven. Al een hele tijd ben ik er alleen maar, weet je.'

'En... Cádiz?' Hij wierp een blik op zijn vader, die aan de andere kant van de kamer een whisky stond te drinken terwijl hij afwezig naar de sneeuwval staarde. 'Hoe gaat het met hem?'

'Hij leeft al dagen in een andere wereld.'

'Gaat het niet goed tussen jullie?'

Sara antwoordde niet; daarentegen gaf ze hem een goede raad.

'Profiteer ervan dat je jong bent en voelt. Alles raakt uitgeput. Je zou eens vanaf dit punt, met mijn zestig jaren, moeten kunnen beleven hoe iemand het leven dan beziet. Je vader en ik zijn overlevenden aan het worden. Overlevenden van een niets.'

'Moet je horen wat je zegt! Je zou je moeten schamen. Je bent pas op de helft van je leven. Kijk eens naar je foto's! Naar je exposities! Naar al jullie kunst! Ik heb jullie via het nieuws gevolgd.'

'Let maar niet op alles wat ze zeggen. Al dat vluchtige licht is niet in staat zoveel duisternis te verlichten.'

'Wat er met jou aan de hand is, is dat je gedeprimeerd bent.'

'Of ik ben in de werkelijkheid beland, lieverd. Je sterft niet alleen aan de buitenkant. Ik begin mijn dood vanbinnen te voelen. Die is het ergst, en weet je waarom? Omdat hij in het geniep werkt, heel langzaam, zodat niemand het merkt. En opeens, *wham*, kom je hem tegen, onverstoorbaar in je geest rondzwervend, en wanneer dat tot je doordringt heeft hij zich alles al toegeëigend.'

Pascal keek op de klok.

'Ik hou je op, lieverd. We praten een andere keer wel.'

'Het spijt me, moeder. Ik ben al te laat. Ik zou graag verder met je praten. Wat je zegt... is niet helemaal waar.'

Sara keek hem sceptisch aan, maar wilde hem niet tegenspreken.

'Ga nou maar.'

'Ik kan niet wegblijven.'

'Dat weet ik wel. Ik zie het aan je ogen: ze verraden je. We praten een andere keer verder, goed? Nu je toch weer hier bent...'

'Wens me succes.'

'Als ik haar was zou ik voor je smelten.'

Pascal liep naar zijn vader toe en gaf hem ten afscheid een hand – zijn mildheid was nog niet zo groot dat hij hem wilde omhelzen. Cádiz bleef zwijgen, volstrekt afwezig, met zijn lege whiskyglas en zijn op de rue Galande gerichte verlangens. Hij keek niet eens opzij om hem te zien vertrekken.

Sara daarentegen liep met hem mee tot de deur. Voordat ze afscheid namen, omhelsden ze elkaar langdurig. Het lichaam van haar zoon accepteerde haar weer. Zijn warme borst was die van een sterke, gevoelige man. Misschien schuilde het kind dat hij was geweest, de kleine Pascal, nog ergens in een hoekje van zijn hart. Misschien... en zou ze er vroeg of laat toegang tot krijgen.

Pascal wist niet of hij nog terug zou komen. Terugkeren naar die ruimte waar hij zoveel eenzame momenten in de gangen en kamers had doorgebracht, met telefoontjes en stemmen van ouders die ergens ver weg zaten, daar kwam zijn hart tegen in opstand.

Vanavond had hij alle verlatenheid uit zijn kindertijd herbeleefd, maar zijn begrip ontwaakte eveneens.

Wat was dat voor liefde die altijd maar wilde ontvangen zonder ooit te geven? De enige weg om elkaar weer te vinden was die van het begrip. Door haar te begrijpen zou hij zichzelf begrijpen. Daarna volgde wellicht zijn vader.

Hij sloot de deur en dacht dat de wil de eerste stap was naar genezing van de ziel. Nu wist hij dat hij iemand had, genaamd moeder, omdat hij dat zo wilde.

32

De dagen schakelden zich aaneen. Een lange trein met meerdere stopplaatsen: Cádiz, Pascal, Arcadius, Sienna... Verlangen, verwarring, mysterie, verdriet...

Van avonden doortrokken van kou en verlatenheid was Mazarine overgegaan op avonden met cafébezoeken en hervonden gevoelens.

Sinds ze Pascal regelmatig zag, voelde ze zich verward. Aan de ene kant was ze ervan overtuigd dat de obsessieve aantrekkingskracht die Cádiz op haar uitoefende niet te verhelpen was en niet zou bedaren zolang deze niet geconsumeerd was. Aan de andere kant vond ze het heerlijk iemand te hebben die haar attent behandelde, haar altijd een plezier wilde doen. Die haar wilde geven wat de schilder haar weigerde.

Pascal vroeg almaar naar haar leven en zij speelde mee, loog hem voor, verzon een ander, aantrekkelijker en interessanter leven, denkend dat ze hem daarmee om de tuin kon leiden. Maar door al dat gefantaseer vergat ze soms wat ze had gezegd en was het heel lastig om het verhaal te laten kloppen.

Een van haar grootste leugens was dat haar ouders in het buitenland verbleven en dat ze elkaar af en toe zagen. Een andere, en eigenlijk wist ze niet waarom ze het had gezegd, was dat ze een tweelingzus had.

Ze was volstrekt gesloten over haar adres, ook al hield Pascal aan dat de plek hem niet uitmaakte, dat hij haar gewoon naar huis wilde brengen en nog even op een rustig plekje met haar samen wilde zijn zonder altijd maar naar een rokerig en lawaaierig café of bar te moeten gaan.

Ze wist dat ze de psychiater in haar macht had, vanwege het simpele feit dat hij smoorverliefd op haar was geworden en haar voor geen goud ter wereld kwijt leek te willen. Maar zoals ze Pascal volledig in haar macht had, zo lukte haar dat niet met haar leraar. In La Ruche gedroeg ze zich als een verwachtingsvolle leerlinge, gedwee en tegen wil en dank zwak.

Ze treuzelde opzettelijk met de schilderijen, bang dat Cádiz haar aanwezigheid niet langer nodig had zodra ze klaar waren en dat, zo wist ze, zou ze niet kunnen verdragen.

De rijpheid van de schilder lokte haar veel meer dan de jeugdigheid van de psychiater. Ze smachtte ernaar dat Cádiz haar aanraakte en haar eindelijk tot de zijne zou maken, een koortsachtig verlangen dat aanhield en toenam, terwijl ze bij Pascal compromitterende strelingen juist ontweek.

Tussen beide mannen bestond meer dan een kloof. Ze vergeleek en vond in elk van hen redenen om hen niet te verlaten.

Wat Pascal te over had, ontbrak bij Cádiz. Wat de psychiater niet had, verkwanselde de schilder.

De gesprekken met haar leraar voerden haar naar een wereld boordevol ervaringen en verleden, altijd het verleden. Met hem wandelde ze door een scenario van aanhoudende teleurstelling en ongeloof; van schaduwen, lawaai en schijnwerpers, die de herinneringen niet eens konden verlichten. Met de pessimistische blik van zijn leeftijd liet de meester haar een andere wereld zien. Een wereld die veel meer aansloot bij haar, bij haar desillusies en lust om te verdwijnen dan die van Pascal, zo vol van verwachtingen en doelstellingen.

Bij Cádiz wist ze zeker dat niets zeker was, en in die onzekerheid lag haar lijden en haar vreugde. Dat ongewisse was haar grootste prikkel. Hij kon haar elk moment vragen te vertrekken, omdat 'het grootse schilderij' inmiddels af was. Leerde haar meester haar iets? Ze wist het niet. Het zou kunnen... of ook niet. Wat maakte het uit! Het was wel duidelijk dat ze hem nodig had. De hartstocht die hij in haar opwekte, die ziekelijke, obsessieve opwinding doodde haar en wekte haar weer tot leven, telkens weer.

Bij Pascal daarentegen voelde ze een gematigde zinnelijkheid. Zacht en ingetogen; niet dat hij geen hogere temperaturen wilde of minder aantrekkelijk was – in feite was hij veel knapper dan Cádiz –, maar zij kon zich niet laten gaan. Het minutieuze overleg waarmee de psychiater te werk ging benam haar de lust haar gevoelens te peilen. Als ze bij hem was, speelde de seksuele kant niet. Daarvoor moest ze uit de band springen.

Ze dwaalde weg als ze hem hoorde praten over zijn drang bepaalde doelen te halen, het onmogelijke te bereiken, de wereld te veranderen en de grote redder van lijdende zielen te zijn. De plannen waarin hij haar begon te betrekken stonden heel ver van haar verlangens af. Het waren beelden weerkaatst in een onzichtbare spiegel.

Sinds Arcadius haar het verhaal van de verkrachting had verteld was haar relatie met La Sainte veel inniger. Nu sprak ze niet alleen tegen haar, maar kamde ook haar haren en zorgde voor haar alsof ze een zusje was. Haar frisse, mooie gelaatstrekken deden haar betwijfelen of ze wel echt dood was. Ze verwachtte dat Sienna uit haar slaap zou ontwaken en de verloren jaren ging leven.

Op een ochtend, toen ze haar wilde wassen, voelde ze tot haar verbazing dat Sienna's huid glad en lauwwarm was. Haar gelaat straalde en haar rode wangen leken te gloeien.

Door haar kapotte tuniek heen, precies op de plaats van haar hart, tekende zich op haar borst scherp het gebrandmerkte symbool van de Arts Amantis af. Hetzelfde symbool dat ze had gezien op de afbeelding van de man die haar had gevolgd, en dat nog steeds op Les Champs Élysées tentoongesteld stond.

Veranderde Sienna? Of was het haar eigen verlangen waardoor ze La Sainte op een andere manier zag? Welk verband kon er zijn tussen die vieze man en de schone slaapster? Hoe lang zou ze haar geheim nog kunnen bewaren?

Ze moest met Arcadius praten.

Maar... wat moest ze tegen hem zeggen als ze niet kon vertellen wat ze verborgen hield? Wat ze in haar kast bewaarde was meer dan het lichaam van een heilige. Het waren alle geschiedenissen, en dan vooral die van haarzelf, haar meest intieme; die van Mazarine opgesloten in haar stilte. Haar leven, haar tranen, haar frustraties en haar lach. Daar huisde niet alleen Sienna, zij was daar ook. Bracht ze dat lichaam aan het licht, dan kwam haar eigen ziel ook bloot te liggen.

Ze moest met Arcadius praten.

33

Wat had hij toch met Mazarines voeten? Als hij ze niet zag, had hij het gevoel te stikken. Nu hij ze onder zijn lippen had, wist Cádiz dat hij ze niet mocht verliezen.

'Weet je hoe ik me voel?' vroeg hij aan zijn leerlinge terwijl hij vol toewijding op haar tenen zoog, een voor een. 'Als de laatste drenkeling van een schip dat op zee ten onder is gegaan. Me vastklemmend aan jouw voeten drijf ik op de verlaten wateren van het leven.'

'Wat heb je toch met mijn voeten?'

'Ik zal je iets vertellen wat me is overkomen toen ik nog veel jonger was dan jij nu. Maar ik waarschuw je: het is je ten strengste verboden me uit te lachen, afgesproken?'

Mazarine knikte speels, liet een geluidloze schaterlach klinken. Ze ging met haar hand langs haar mond en met een plechtig gebaar deed ze alsof ze haar lach tussen haar vingers nam en onder haar T-shirt stopte.

'Klaar?'

'Jazeker, mijnheer,' speelde ze mee.

'Ik moet toen achttien zijn geweest. In die tijd was ik straatschilder in Sevilla... Ahhhh, Sevilla! We zouden een keer naar Andalusië moeten, jij en ik, schilderen, dromen... Ik zou je laten kennismaken met de pure vreugde... Córdoba, Granada... de witte dorpen: zakdoeken in de wind. Je zou verliefd worden op die zon, mijn kleintje. Daar vind je het geweldigste licht. Het is vol en zinnelijk. Het tekent silhouetten en schaduwen als geen ander... het licht dat een ware schilder nodig heeft.' Hij sloot nostalgisch zijn ogen. 'Ahhhh, Sevilla! ... wat een sensuele sfeer! Heupen die verlokken tot zondigen, ogen die zachtjes doorboren, libertijnse lippen, schaterlachen die sappig uiteenspatten als rijpe pruimen... Ik zie je daar voor me, dansend op je blote voeten...' Cádiz' Andalusische bloed bruiste ineens onstuimig. 'In een rode flamencojurk... bloedend rood. Of nee, wit is beter, bevlekt met je maagdelijkheid... prachtig! ...'

Even droomde de schilder dat hij weer jong was en hand in hand met zijn leerlinge door de wijk Santa Cruz liep. Hij zag hoe ze huppelend over het plaza de Doña Elvira danste. Met haar gevleugelde voeten boven de oevers van de Guadalquivir zweefde. In zijn trance hoorde hij duidelijk de kletterende hoeven van de paarden... ze reden in een koets door het park María Luisa.

Mazarine wilde meer weten en onderbrak zijn droom.

'Cádiz, wat is je in Sevilla overkomen?'

'Je hebt gelijk, ik dwaalde af. Goed, terwijl ik aantekeningen in mijn schrift maakte van alles wat me verwonderde, begon voor me een beeldschone zigeunerin met karamelbruine ogen, lippen als bloeiende saffraan en haren als van een wilde merrie midden op straat *bulerías* te zingen en te dansen. Ze beweerde het lot van ongelovigen te kunnen voorspellen. Ik, een volstrekte leek op het gebied van de liefde, wist meteen toen ik haar zag wat begeerte was: LEVEN, mijn kleintje, PUUR LEVEN. En dat is niet veranderd. Ik denk nog steeds hetzelfde: begeerte is wat de wereld voortstuwt. Zonder begeerte zou het leven ophouden...'

Mazarine sloeg hem in vervoering gade. Onder het praten was hij overgegaan van het kussen van haar voeten op het ze beschilderen met vuurtongen die langs haar benen omhoog kropen en via de punt van het penseel haar naakte geslacht raakten. Een laaiend vuur.

'Ik wist dat ik mijn maagdelijkheid in haar en door haar zou verliezen. Ik greep haar met mijn ogen en verleidde haar, voerde haar al zoenend mee door steegjes. We gingen naar een armoedig hotelletje, op zoek naar het leven tussen onze benen. En ach, mijn kleintje! ... Toen ze haar schoenen uitdeed en haar kousen uittrok...'

'Wat toen?' vroeg ze nieuwsgierig.

'Verrezen er twee monsters. Een stel enorme voeten, met een hoge wreef, een adernetwerk en mannelijke tenen die niet bij haar gezicht pasten.'

Mazarine barstte in lachen uit.

'Ik zei toch dat je me niet mocht uitlachen.'

'Sorry, ik kon me niet inhouden. En wat deed je toen?'

‘Mijn god, moet je je voorstellen! Wat kon ik doen? Dat meisje keek me smachtend aan. Ik bedekte haar voeten meteen met het laken, maar zij bleef dat maar afwerpen... Ik bedekte haar en zij wierp het laken net zo hard weer af... Het arme kind begreep het niet.’

Mazarine kon niet ophouden met lachen.

‘Hoe langer ik naar haar voeten keek, hoe erger ik ze vond. Het was vreselijk. Ik besloot me op de bovenste zone te concentreren. Vanaf haar knieën omhoog. Ik wilde vergeten wat ik had gezien.’

‘En?’

‘En niets. Ik kon het niet. Het beeld was te sterk. Haar harde teennagels bleven in mijn gedachten hangen. Hoewel ze mijn reactie zag, of misschien juist daarom, hield de zigeunerin maar aan. Plotseling kwam het bij me op haar te vragen of ze haar schoenen weer wilde aantrekken, dat het me opwond haar zo te zien. En uiteindelijk, na veel, heel veel inspanning lukte het me. Maar het kwaad was geschied.’

Mazarine huilde van het lachen.

‘Dus je lacht toch, hè? Wacht maar.’

Het jonge meisje rende weg toen ze zag dat Cádiz een grote pot verf over haar heen wilde gieten. Binnen enkele seconden lag ze op de grond, badend in oranjeroodtinten.

‘Rollen,’ beval Cádiz haar uitgelaten. ‘Boeten moet je voor je spot, onverstandig meisje.’

Mazarine bleef lachen, doopte haar handen in de verf, trok met haar vingers lijnen over haar lichaam. Haar naakte geslacht klopte.

‘Ga door, raak jezelf aan... streel jezelf. Precies zo ga ik je schilderen, kleintje. Met deze glans die in je ogen schittert. Het wordt het mooiste schilderij van de expositie: *Zichzelf beminnende maagd*.’

Cádiz stortte zich weer op het leven. Op een twee meter breed doek vereeuwigde hij een eindeloze, onbevredigde begeerte. Zijn penselen drukten al zijn wellust uit. Ze waren het verlengde van zijn hongerige geslacht; ze verzonken uitzinnig in het doek, bevruchtten het keer op keer... zijn opwinding groeide via zijn kunst.

Mazarine zwolg in haar eigen genot. Zichzelf beschilderend, haar hele lichaam strelend, ontdekte ze de kunst om te genieten van de eigen aanraking. Haar wijsvinger bewoog zich voort, verkende verboden plekjes, beklom heuvels, gleed door dalen en rivieren, verlustigde zich in haar vochtige bronnen. Ze ging in en uit zonder iemand iets te vragen... en zonder schaamte.

De ogen van haar leraar waren aan haar lichaam gekluisterd, het was een nieuwe kunst. Via het schilderij waren ze verbonden door een dierlijk instinct, zonder elkaar aan te raken.

Waarom kon ze dit niet voor Pascal voelen?

34

ARRÊTE! C'EST ICI L'EMPIRE DE LA MORT.

Die avond liepen enkelen van de Arts Amantis plechtig en voorzien van fakkels, hun waardige mantels en credo's onder de stenen boog met de gebeitelde inscriptie door die toegang gaf tot de catacomben.

De oude Gallisch-Romeinse groeven, omgevormd tot crypten waar overdag massa's toeristen liepen, veranderden 's nachts in een plek voor clandestiene ontmoetingen als die waaraan zij nu gingen deelnemen.

Meer dan driehonderd jaar geleden mengden hun voorgangers zich onder het volk dat de miljoenen botten van alle Parijse begraafplaatsen naar de groeve overbracht, benutten die gebeurtenis om daar, op een veilige plek, de honderden stoffelijke overschotten van de Arts Amantis die in Occitanië waren afgeslacht te verbergen. In het holst van de nacht waren de overblijfselen onder zwarte doeken op karren door heel Parijs heen gevoerd en bij de ondergrondse ruimtes gearriveerd, zonder dat iemand in de gaten had dat die resten niet afkomstig waren van een van de kerkhoven in de omgeving.

Later hadden ze in de driehonderd kilometer lange galerijen boordevol botten en schedels een grote tempel gebouwd, een arbeid die hun eindeloze nachten van stil zwoegen had gekost. De toegang verliep via een marmeren steen waarop in het Latijn stond gebeiteld: *Animae et Corpore: Principium et Finis.* De in de wand gecamoufleerde ingang kwam uit op een ingewikkeld gangenstelsel – Het Labyrint van de Verdwaalden – dat onmogelijk te betreden was zonder te verdwalen, behalve voor de Arts Amantis.

Net als in de rest van de catacomben bevatte dat bijzondere, tien meter hoge gewelf rijen netjes geordende botten die in een cirkel rond het altaar waren gegroepeerd.

Hoewel geen van de Arts Amantis het lichaam van La Sainte ooit had gezien, wisten ze dat het vele jaren op die gewijde plek was vereerd. Het grote kalkstenen blok wachtte nog steeds op de verdwenen relikwie.

'Broeders,' begon de leider van de Orde. 'Vandaag zijn we bijeengekomen om beslissingen te nemen. Onze broeder,' hij wees naar Yeux Nébuleux, 'is stug doorgegaan met de moeilijke zoektocht die ons allen aangaat en hij heeft ons iets belangrijks te melden. Begin maar, Jérémie.'

Yeux Nébuleux schraapte zijn keel en probeerde zijn angst af te schudden. De paniek niet aan de verwachtingen van zijn superieur te kunnen voldoen maakte zich meester van zijn tong.

'Enk... enke... enkele dagen geleden had ik toegang tot gevoelige gegevens met betrekking tot onze Sainte, informatie die ik heel waardevol acht. Ik ben zo vrij geweest een document dat allang in ons bezit had moeten zijn uit de zaak van de antiquair te ontvreemden. Een getuigenis, van vitaal belang zou ik zelfs durven beweren, over de geschiedenis van onze aanbeden Sainte.'

Yeux Nébuleux haalde een dunne houten koker onder zijn mantel vandaan. Hij maakte hem open en overhandigde de leider het perkament dat Arcadius die zaterdagochtend in La Friterie aan Mazarine had laten zien.

'Kom dichterbij,' beval de leider van de Orde terwijl hij het perkament ontrolde.

De Arts Amantis vormden een kring rondom het altaar en luisterden aandachtig naar de stem van de leider, die het Occitaanse document voorlas. Toen hij klaar was, viel er een ijzige stilte in de ruimte.

'Wat een schofterige streek,' mompelde een van hen.

'Onze Sainte kan nooit zulk schandalig gedrag ten deel gevallen zijn.'

'Wie zegt ons dat zij het was?'

'Om wie zou het anders kunnen gaan? Kijk,' zei een van hen en hij wees naar een hoekje van het perkament. 'Het is ons zegel. We wisten altijd al dat het document waarin gesproken wordt over de ceremonie van het terugkrijgen van het lichaam incompleet was. De grote waarheid ontbrak.'

'Verkrachting is erger dan de brandstapel. Het lichaam van onze maagd is onderworpen aan de afschuwelijkste belediging.'

'En dat is nog niet het ergste,' ging Yeux Nébuleux verder. 'We staan op het punt haar nogmaals te verliezen.'

'Wat bedoel je daarmee, Jérémie? Verliezen... wie?'

'De nieuwe heilige. Ik kan jullie verzekeren dat haar lichaam een bovennatuurlijke energie uitstraalt. Ik heb het zelf vastgesteld toen ik heel dicht bij haar was.' Yeux Nébuleux dacht terug aan de nacht waarop hij naast haar had geslapen. 'Het meisje... is de reïncarnatie van onze Sienna.'

Een luid geroezemoes steeg op, maar hij bracht het met zijn stem tot zwijgen.

'Laatst heb ik bijna nóg een verkrachtingstafereel in de sneeuw meegemaakt. De geschiedenis wil zich herhalen. Een zekere Cádiz stond op het punt haar voor mijn ogen te overweldigen.'

'En waarom is zijn kunst zo succesvol, denken jullie?' onderbrak de schilder die Cádiz kende jaloers. 'Hij voedt zich met haar kracht, een kracht die ons toekomt.'

'We weten niet eens of ze een van de onzen is. Het zijn puur veronderstellingen. Waar is het lichaam, Jérémie? Je had ons beloofd het te vinden. Je blijft ook dezelfde middelmatige kerel. Je kunt ook niets.'

'Stilte! Laten we niet nerveus worden. Alles op zijn tijd,' sprak de leider.

'De Orde is niet meer wat hij geweest is, meneer,' zei een van de aanwezigen. 'We vervallen tot jaloezie en haat terwijl de kunst verdwijnt. Hoe lang is er al geen ware bloei meer geweest? Haar ware essentie verdwijnt. Haar herinnering. Minimalisme, conceptualisme, afwijzing van het expressionisme... van het realisme... de abstracte kunst. De schilderkunst lijdt onder een vreselijke visuele vervuiling. Computers, internet, de nabijheid van het beeld, video... Er is geen voorhoede meer. Niets vraagt meer om de mens en het geweld, of de mens en de liefde. Er is geen inspiratie... Dood en begeerte, Eros en Thanatos. Oorlog en de armzalige condition humaine... Niets beweegt ons nog.'

'Inderdaad,' bevestigde een ander. 'We zijn drooggevallen.'

'De Orde is meer dan alleen Kunst. Hoe staat het met jullie geloof? We mogen niet denken dat ambitie het enige is wat ons beweegt. Onze spiritualiteit moet boven alles staan. Denk maar aan onze levensopvatting: "optreden zonder op te treden". Een gespannen, subtiele kracht op zoek naar de eenheid en het herstel van alles wat de wereld beweegt. Geloof en liefde, broeders. De strijd van de krijger en de spiritualiteit van de geestelijke. De drift van de devotie en de passie van de liefde.'

'Maar we hebben niemand om te vereren.'

'Dat is niet waar. We hebben onze martelares vereerd zonder haar bij ons te hebben, omdat we weten dat ze bestaat. Onze heilige dame moet al onze handelingen blijven sturen.'

'Denken jullie echt dat haar lichaam voldoende macht heeft om de Orde zijn levenskracht terug te geven? Hoe gaat ons leven eruitzien als we haar vinden?' vroeg de scepticus.

'Het is iets heiligs, zuiver een kwestie van geloof. Als je er niet in gelooft, ben je het niet waardig tot deze Broederschap te behoren.'

'Zo is het genoeg. Absolutisme is een slechte zaak,' viel de leider in. 'Ons voornaamste doel is Sienna's lichaam terugkrijgen. Alles wat ons daarvan afleidt moeten we terzijde schuiven. Ik stel het volgende voor: laten we Jérémie ons vertrouwen geven, aangezien hij met deze zaak bekend is, en ik help jullie er maar even aan herinneren dat hij het was die het meisje met het medaillon heeft ontdekt. Hij zal op zijn instinct afgaan. Heb je al een plan, Jérémie?'

Yeux Nébuleux knikte voor hij begon te spreken.

'Zoals ik jullie op de vorige bijeenkomst al zei, ben ik ervan overtuigd dat het lichaam van La Sainte verborgen is in het atelier van de schilder. Maar het is me niet gelukt binnen te komen. Het beveiligingsmechanisme is niet te kraken. Is het bij niemand van jullie opgekomen dat Cádiz tot een tak van de Arts Amantis zou kunnen behoren? Ze zeggen tenslotte dat hij een groot schilder is.'

'Die gedachte is niet zo vreemd en die hebben we ook overwogen. Zijn werk gaat over het dualisme, en de oorsprong van onze doctrine ligt in de dualiteit van de mens. Maar... waarom zou hij het meisje dan kwaad willen doen?'

'Weet je zeker dat hij haar kwaad wil doen?'

Yeux Nébuleux antwoordde: 'Na Sienna's geschiedenis te hebben gehoord, en gezien te hebben wat ik heb gezien, zijn er grote overeenkomsten.'

'Te veel veronderstellingen,' viel de scepticus in.

'En als ik zijn atelier eens met een smoesje probeer binnen te komen?' suggereerde de jaloerse schilder. 'Dan ontdekken we wellicht meer. Misschien heeft hij wel iets te maken met de verdwijning van het lichaam.'

'Ik help je maar even herinneren dat La Sainte al uit deze crypte is verdwenen toen de schilder nog niet eens geboren was.'

'Noch een van ons,' liet in de verte een stem zich horen.

'Je idee is niet slecht... helemaal niet slecht,' oordeelde de leider van de Orde terwijl hij zich tot de schilder richtte. 'Goed. De volgende stap is proberen contact te leggen met Cádiz.'

'Geef me een paar dagen,' verzocht Yeux Nébuleux. 'Ik zou eerst graag wat naspeuringen willen doen naar een andere figuur die regelmatig in de omgeving van het meisje opduikt. Ik weet nog niets over hem, maar het lijkt me interessant uit te zoeken wie hij is.'

'Akkoord,' besloot de leider. 'We wachten op je telefoontje om in actie te komen.'

35

Het was drie uur 's nachts en hoewel haar slaapkamer verwarmd was, was Sara Miller rillend van de kou en met een onbestemd gevoel van onbehagen wakker geworden. De laatste jaren ging de kou al in de herfst in haar botten zitten en verdween pas weer als het voorjaar ruim zijn intrede had gedaan.

Ze stond op en liep op de tast door de gang naar het raam van de grote woonkamer. Haar lichaam en haar ziel deden pijn. Ze stak een sigaret op en keek naar buiten. De koudegolf die Europa teisterde had Parijs bereikt en zijn straten en monumenten bevroren. In de verte tekende zich in de mist somber het silhouet van de Eiffeltoren af. De schimmen verhieven zich boven de stad, schiepen een geheel van postume vormen. Een asgrauw landschap van troosteloze dromen, verloren in de luister van een lege stad.

Ze had nergens zin in. Alle energie die haar tijdens haar leven had voortgedreven ebde weg. Haar laatste werk prijkte nog triomfantelijk op de trottoirs van Les Champs Élysées, maar ze had geen lust verder te gaan. Ze keek op de klok en besloot haar agente en tevens vriendin in New York te bellen. Aan de andere kant van de lijn klonk een kreet van vreugde.

'Sara! Hoezo ben je op dit tijdstip wakker?'

'Ik moest met iemand praten.'

'Is er iets met je?'

'Ik kan niet slapen, het is vreselijk koud.'

'Je hebt me nog nooit gebeld om te zeggen dat je het koud hebt. Er is iets ernstigs met je aan de hand.'

'Misschien.'

'En Cádiz?'

'Hij slaapt.'

'Zo'n antwoord bedoel ik niet. Gaat alles goed tussen jullie?'

'Ja, ik geloof van wel.'

'Geloof je het... of weet je het zeker?'

Sara bleef stil.

'Sara?' vroeg de stem.

De fotografe begon weer te spreken: 'Ik geloof dat hij tot over zijn oren verliefd is, maar hoe lang ik er ook over nadenk, ik heb geen idee op wie.'

'Maar... je hebt je toch nooit iets van Cádiz' verliefdheden aangetrokken?'

'Ik voel dat het deze keer anders is. Hij is zo gesloten als wat; hij wil er niet met me over praten en ik wil zijn komende expositie niet vergallen. Na lang wachten lijkt zijn werk eindelijk te vorderen.'

'Waarom kom je niet hierheen?'

'En hem alleen laten?'

'Een paar dagen zal je goeddoen. Momenteel heb ik een expositie van een geweldige Colombiaanse schilderes: Catalina Mejía. Je moet haar schilderijen zien. Ze zijn magnifiek.'

'Ik zal erover nadenken.'

'Je zult nieuwe mensen leren kennen. Je bent al een hele tijd niet meer in je stad geweest. Ik zal je aan vrienden voorstellen en dan vergeet je alles even. Laat Cádiz jou maar missen...'

'En als ik hem kwijtraak?'

'Als je hem kwijtraakt? ... Heb ik dat goed gehoord? Dit is niet de Sara die ik altijd al heb bewonderd. Wie zich zorgen zou moeten maken om iemand kwijt te raken is hij. Wat jij nodig hebt is er even tussenuit zijn. In die wilde jaren ben je hem toch ook niet kwijtgeraakt? ... Vergeet hem... voor een paar dagen. Ik heb een idee dat ik met je wil bespreken. Het zal inslaan als een bom!'

'Ik loop nergens meer warm voor.'

'Wacht maar tot ik je vertel wat ik in mijn hoofd heb, dan loop je echt wel warm. Kom je?'

'Ik beloof niets.'

'Jawel, je komt. Zeg dat je komt.'

'Wanneer is die expositie?'

'Over twee weken, precies goed om niet langer te hoeven nadenken.'

'Goed, ik kom.'

Toen ze ophing, kroop ze weer in zichzelf, in haar inwendige cocon. Een minuscule vlinder had haar vleugels verloren en veranderd in een rups sleepte ze zich naar haar nestje. Waarom kon ze dat verlies, wat zich nog niet eens had voorgedaan, niet van zich afschudden?

Ze stak een nieuwe sigaret op, en nog een en nog een, tot de dag aanbrak. De akelige nacht had haar beklemming niet meegenomen. Ze moest iets doen. Nadenken. Bewegen. Zoeken. Vinden. Het monster van de twijfel afleiden. Begrijpen. Doen alsof ze bestond. Eten. Lopen. Over onzinnige dingen praten. Lachen om niets. Huilen van het lachen. Ook al kwam de lach niet. Met tegenzin scheppen. Bij alle spiegels vandaan blijven. En bij ruiten, die haar gemoedstoestand weerkaatsten.

'Wat is er, lieverd?' De stem van haar man klonk ver weg.

Glimlachen. Ze moest glimlachen. Sara toverde een glimlach op haar gezicht en antwoordde: 'Het is de kou, ik kon er niet van slapen.'

'Kom eens hier.' Cádiz sloeg zijn arm om haar heen en trok haar tegen zich aan.

'Ik ga naar New York,' zei ze terwijl ze zich losmaakte uit zijn omhelzing.

'Naar New York? Hoezo? Waarvoor?'

'Jij en ik weten allebei dat er iets mis is tussen ons. Ik ben niet achterlijk.'

'Ik begrijp je niet, Sara.'

'Jij moet iets afhandelen en ditmaal kan ik je niet helpen. Ik moet een tijdje weg van alles, ook van mijn eigen verwarring. Ik ben moe, heel moe.'

'Denk je dat New York een goede plek is om uit te rusten?'

'Daar ben ik geboren. Ik wil door de straten dolen, weer niemand zijn.'

'Je hoeft niet weg. Mijn probleem kent geen oplossing, het is niet wat je denkt.'

'Lieg niet tegen jezelf, Cádiz.'

'Kijk naar me! Ik ben oud, Sara. Je hebt het zelf tegen me gezegd. Oud... en dat is alles. Alleen nog oud, en daar walg ik van. Ouderdom is het einde. Toen we jong waren maakten we ons nooit zorgen over het verstrijken van de tijd. We dachten dat die er altijd zou zijn, aan onze zijde. Gevend en gevend terwijl hij in werkelijkheid elke seconde nam en nam. Hij dronk ons bloed met zijn zomerse vreugde. We praten en... hij is hier, voel je hem niet? Hij besluipt ons met zijn wrede tiktak. Hapt onze adem weg. Berooft ons van de lucht; de kruimels vreugde die ons nog zouden kunnen resten... Hij ontneemt me alles... Opeens werd ik wakker in mijn ergste nachtmerrie: ik ben niet langer geschikt schoonheid te bereiken.'

'Is ze knap?'

'Sara... er is niemand.'

'Alles veroudert, Cádiz. Zelfs datgene wat eens mooi was kan weerzinwekkend worden. Niemand ontkomt aan de tijd, niemand. Het enige wat niet verandert is eerlijkheid. Die veroudert gewoon niet. Eerlijk zijn tegen onszelf...' Sara keek hem liefdevol aan, '... en tegen de mensen die we liefhebben.'

'Er is niemand.'

Toen Sara voor de tweede maal haar mans ontkenning hoorde, wist ze zeker dat hij loog. Dat ze beeldschoon was. Dat de onbekende beeldschoon en jong was, iets wat zij niet meer was. Dat Cádiz verliefd was... en dat hij zou lijden. Dat zij zouden lijden.

Een paar uur later vroeg ze haar secretaresse een suite in Hotel Mercer in New York te boeken. Ze zou niet over twee weken maar de volgende dag al vertrekken.

36

Sinds hij met Mazarine omging, deed Pascal zijn best zich te gedragen als een man zonder beroep, al begon de houding van het meisje de psychiater in hem zorgen te baren. Hij merkte dat ze een geheim leven had waartoe hij geen toegang had. Hij wist vrijwel zeker dat het tweelingzusje een kinderlijk verzinsel was dat wellicht een gemis verhulde. Maar haar aantrekkingskracht was zo groot dat hij zich niet aan haar invloed kon onttrekken. Hij was overgeleverd aan haar wil.

De aureool van weerloosheid, die contrasteerde met de felheid waarmee ze haar argumenten uiteenzette, fascineerde hem. Als ze iets niet wilde, kon geen mens haar overhalen. Zij was het die in hun relatie overheerste, en hij, zich ervan bewust dat hij een verliefde verliezer was, liet zich door haar kracht meeslepen.

Hoewel hij haar had gesmeekt niet blootsvoets naar buiten te gaan, in elk geval niet tot de winter minder streng was geworden, trok Mazarine zich niets van hem aan. En al voelde hij de sensualiteit die haar voeten uitstraalden tot in het diepst van zijn lichaam – hij wist niet waarom hij zichzelf dat fijnzinnige beeld zou willen ontnemen –, ze maakten eveneens zijn instinct van beschermer wakker.

Nooit eerder had hij een vrouw ontmoet die zoveel energie uitstraalde en die zoveel uiteenlopende gewaarwordingen bij hem teweegbracht. De paar uurtjes die ze 's avonds aan hem besteedde, maakten zijn dagen ruimschoots goed.

Ze was een krachtige maalstroom die hem meesleepte, verleidde, hem tot gek worden toe benevelde. Hij verlangde uit alle macht naar haar. Maar de afstand die ze vanaf het begin had geschapen, belette het hem haar op een andere manier te benaderen dan die van een ouderwetse verloving. Het was alsof Mazarine buiten de tijd en het gewone leven stond. Lichamelijke toenadering zoeken was ondenkbaar en dat verhevigde zijn verlangen. Wanneer hij haar naast zich voelde, werd hij overmand door een mystieke onwerkelijkheid. Na in zijn jongere jaren alle affaires te hebben gehad die hij maar wilde, werd hij nu verslagen door wat hij voor Mazarine voelde.

Ze liepen hand in hand tussen de avondlijke drukte die was begonnen. De Boulevard Saint-Germain nam sereen de passanten op die hun werk ontvluchtten en opgingen in gesprekken, gelach, uitroepen en plannen voor de avond. Terwijl Mazarine als een hongerig meisje genietend een *palmier pur beurre* verorberde die ze net bij een banketbakker had gekocht stelde Pascal voor naar zijn favoriete boekhandel te gaan: L'Écume des Pages. Aan de groene tafels werden honderden boeken over architectuur, fotografie en kunst doorgebladerd en geanalyseerd door hen die, ook al waren ze niet in staat ze te kopen, zichzelf niet het plezier van het kijken ontzegden. Art nouveau, art deco, modernisme, rationalisme... Alle stromingen in de schilderkunst. Impressionisme, surrealisme, expressionisme, die Brücke... De boeken in luxueuze edities wedijverden in schoonheid, waaronder dat over Cádiz met door Sara gemaakte foto's de grote sensatie was. Hetzelfde boek dat Mazarine in boekhandel Shakespeare and Co. had gezien en waaruit ze een bladzijde had gestolen, werd doorgebladerd door een klant die intussen aantekeningen maakte.

Pascal wilde het meisje al bijna vertellen dat de man in dat boek zijn vader was, maar hij hield zich in. Mazarine wilde hem al bijna vertellen dat de man in dat boek haar geliefde leraar was, maar ze hield zich in. Alleen al bij het zien van zijn foto's kromp haar hart ineen. Ze kon niet langer gearmd met Pascal lopen.

'Laten we hier weggaan,' zei ze terwijl ze de palmier die ze niet meer door haar keel kon krijgen in een prullenbak gooide. 'Ik stik hier in die boekenlucht.'

'Nou, daar hou ik juist het meest van: de geur van gedrukte pagina's.' Pascal keek naar haar, ze was spierwit. 'Voel je je wel goed? Ik trakteer je op een kop koffie, oké?'

Mazarine was verdrietig omdat haar leraar op dat moment niet bij haar was, omdat de hartstochtelijke Pascal Cádiz niet was.

Eenmaal in Les Deux Magots verschool ze zich achter haar ondoorgrondelijke stilte, het schild dat de psychiater zo onderhand wel kende. Ze was vertrokken terwijl het schuim van haar cappuccino oploste in het kopje en het lepeltje almaar ronddraaide en herinneringen vermengde. Cádiz' gezicht, zijn ogen wanneer hij haar observeerde, zijn lach terwijl hij haar achternazat... zijn handen terwijl hij haar lichaam beschilderde. Ze kon niet zonder hem. Ze had Cádiz nodig om te bestaan. Na een hele tijd brak haar stem door: 'Pascal, denk je dat levens die zijn stukgegaan nog gelijmd kunnen worden? Dat de scherven verzameld en samengevoegd kunnen worden, alsof het gebroken porselein betreft?'

'Waarom vraag je me dat?'

'Jij heelt toch levens? Dat is immers je werk?'

'Om een leven te helen moet je er op de eerste plaats van houden. Van het leven houden.'

'Hoe kun je van iets ongrijpbaars houden?'

'Het leven is niet ongrijpbaar, Mazarine. Raak jezelf eens aan. Het is jouw lichaam, jouw adem, dat wat je ziet.'... Hij streelde met zijn vinger over haar lippen. 'Wat je voelt.'

'We hebben lief wat we niet kunnen krijgen, Pascal. De zoetheid is in het gemis. Wat we bezitten doet ons geen pijn. Maar wat we niet kunnen krijgen...'

'Wie heeft je gezegd dat liefde verdriet is?'

'Hou je niet het meest van water wanneer je dorst hebt? Zodra het verlangen en het verlangde object worden samengevoegd lost alles op, is het niet meer de moeite waard.'

Pascal kwam dichterbij, zocht haar mond.

'Laat me eens proberen. Ik heb dorst.'

'Nee,' zei Mazarine terwijl ze hem wegduwde. 'Ik wil niet dat je mijn gedachten overneemt. Ik hou van jouw manier van denken.'

'Het zou ook kunnen dat je de mijne overneemt,' voegde Pascal eraan toe terwijl hij weer dichterbij kwam. Hij zocht haar mond en kuste haar. 'Mijn dorst naar jou wordt niet door het drinken gelest, besef je dat? Ik blijf dorstig. Hoe meer ik van je water drink, hoe meer ik ervan hou.'

Mazarine dacht aan dorst. Aan haar dorst. Ze dorstte naar Cádiz. Een brandende dorst die haar keel dichtkneep. Een stille pijn die smeekte en uitholde. Niet één enkele kus. Cádiz had haar niet één enkele kus gegeven.

'Waarom ben je zo bedroefd, kleintje?'

'Noem me geen kleintje, hoor je me? Noem me nooit meer kleintje.'

Mazarine wilde dat woord voor haar leermeester reserveren. Het behoorde hem toe. Hij had haar het eerst zo genoemd, en inderdaad, waarom zou ze het niet toegeven, bij haar leraar voelde ze zich klein en hulpeloos.

'Al goed,' antwoordde Pascal. 'Ik wilde je alleen maar met mijn woorden strelen.'

'Nou, kies dan maar een ander, *mon amour*.'

Pascal wilde het spel niet meespelen en kwam terug op wat hij werkelijk belangrijk vond.

'Wat maakt je zo bedroefd? Is het hetzelfde waardoor je de avond dat ik je voor het eerst zag moest huilen?'

'Hoor eens, Pascal, ik twijfel niet aan je goede bedoelingen en weet dat je me wilt helpen, maar laat me je één ding zeggen: ten eerste ben ik geen patiënt van je, en ten tweede hoef je je over mij geen zorgen te maken, want er is echt niets met me aan de hand. Als je bij me wilt zijn moet je begrijpen dat stilte en melancholie deel uitmaken van mijn karakter.'

'We gaan nu al bijna drie maanden met elkaar om en ik weet niet eens wat je doet.'

'Dat heeft niets te maken met wat je me vraagt.'

'Ik wil je niet het gevoel geven dat ik je verhoor. Dat is niet mijn bedoeling. Door de liefde die ik voor je voel wil ik je beter leren kennen... om verder te komen.'

'Verder komen? Tot waar? Denk je dat we verder komen als je meer van me weet?'

'Of we verder komen weet ik niet, maar we lopen elkaar in elk geval niet mis. Het zou kunnen gebeuren dat we geen toekomst samen hebben omdat we niets van elkaar weten.'

'Toekomst? Dat woord heeft geen toekomst. Besef je niet dat de halve mensheid geen heden heeft door altijd maar aan de toekomst te denken? Leven om dood te gaan. Dat is de toekomst. Wat is het verschil tussen leven en dood?'

'Een kloof, Mazarine. Tussen leven en dood gaapt een wijde kloof die je niet wilt zien.'

'Dood is enkel slapen. Je ogen sluiten. Uitrusten. Wat maakt het uit. We zijn hier maar tijdelijk. Daarom is het niet belangrijk wat je doet, want alles wat je doet dient alleen maar als afleiding om niet te zien dat we richting de dood gaan.'

'Goed, het maakt niet uit dat je me het niet wilt vertellen.'

'Ik heb Schone Kunsten gestudeerd.'

'En je zus?'

'Ach! Mijn zus slaapt de hele dag. Zij neemt het er echt van. Ze doet niets.'

'En je ouders?'

'Ik heb je al verteld dat ze altijd weg zijn. Ik zie ze nooit.'

'Mis je ze?'

Mazarine dacht terug aan het moment waarop ze het kille voorhoofd van haar vader kuste, en knikte.

'Mijn vader. Alleen mijn vader... soms.'

'Vertel je hem dat?'

'Nee.' Mazarine sloeg haar ogen op en keek Pascal strak aan. 'Luister, ik wil hier niet over praten. Waarom doe je niet net als ik? Is je niet opgevallen dat ik je nooit iets vraag? Weet je waarom niet? Omdat ik dat niet belangrijk vind. Deze momenten, als we praten en wandelen, die zijn belangrijk voor me. Trakteer je me op een etentje? Hier vlakbij is een bistrootje.'

Op tafel lagen Mazarines baret en sjaal. Haar blote voeten straalden op de geblokte vloer. Pascal stond op en legde wat geld bij de rekening. Terwijl hij zijn jas aantrok en zich opmaakte te vertrekken, bedacht hij dat hij meteen bij thuiskomst het boek over psychopathologie zou opzoeken.

37

De kou bleef haar onverbiddelijk achtervolgen. In New York was Sara Miller met een voor de tijd van het jaar ongebruikelijke sneeuwstorm verwelkomd. De laatste tien jaar was de East River niet meer dichtgevroren, maar nu toonden haar wateren stilgelegde schepen te midden van het ijs. Desondanks was ze blij daar te zijn.

Terwijl de taxi over de Brooklyn Bridge reed, probeerde ze in Manhattans verminkte skyline het vroegere landschap op te roepen, dat waar ze zoveel reportages had gemaakt met de Twin Towers als symbool van de financiële macht.

Sinds de afschuwelijke aanslag van 11 september was de geest van de stad veranderd. Toen waren niet alleen de Twin Towers verdwenen. Er waren inmiddels jaren voorbijgegaan, maar de verschrikkelijke slachting verspreidde nog steeds haar expansiegolf. Hoewel er niet meer over gesproken werd, uit angst met het verdriet geconfronteerd te worden, hadden alle gelaten hun barsten verenigd in één groot litteken: dat van de angst. Telkens als ze terugkwam, las ze in die gezichten de schaduw van de ontzetting, van de drieduizend zielen die voorgoed ronddoolden in het collectieve bewustzijn van de Big Apple. Het kostte haar nog steeds moeite die pijnlijke, visuele impact die haar in het gezicht sloeg te verwerken.

Nu was ze teruggekomen, op de vlucht voor haar eigen schaduw, maar deze reisde koppig met haar mee.

Toen ze haar koffer inpakte, had Cádiz erop aangedrongen dat ze bleef. Haar reis zou toch niets veranderen, maar zij voelde sterker dan ooit de behoefte weg te gaan.

Op weg naar het vliegveld probeerde ze Pascal te bereiken om afscheid van hem te nemen, maar dat was onmogelijk gebleken; uit haar mobiel klonk een geautomatiseerde stem die meedeelde dat het gekozen nummer niet in bedrijf was. Na het gezamenlijke kerstdiner was hun zoon opnieuw uit hun leven verdwenen.

Naarmate de dagen verstreken was het zien en praten met hem een mooie herinnering geworden, een echte kerstdroom. Dat was het grote cadeau geweest: zijn toenadering.

Haar zoon maakte haar verdrietig.

Ze wist niets van hem en zijn leven en daar schaamde ze zich voor. Ze had aan de zijlijn gestaan bij zijn kinderzorgen, zijn opstandige periode als puber en, met alle zekerheid, ook bij zijn emotionele leemten. Ze wist niet hoe hij zoveel had kunnen bereiken zonder een deugdelijke, liefdevolle steun te hebben gehad.

De jaren in het internaat in Zwitserland, dat had Cádiz en haar het beste voor zijn ontwikkeling geleken, hadden hem definitief van hen verwijderd en hem naar een wereld gevoerd van luxueus gestoffeerde eenzaamheid. Op de bank stond altijd geld voor zijn opwellingen, die overigens nooit iets anders hadden ingehouden dan studeren, studeren en nog eens studeren. En al had die wereld waarin hij alle materiële zaken tot zijn beschikking had hem kunnen verpesten, zijn gedrag liet juist het tegendeel zien. Hij had het overleefd. Nu begon ze haar zoons obsessie met studeren te begrijpen; die honger naar kennis was enkel een manier om zijn leegten te vullen. Zou hij nog in Parijs zijn? Of was hij ergens op deze aardbol weer een cursus gaan volgen? Hoe kon ze hem terugkrijgen?

De taxi stopte voor het hotel. Eindelijk was ze gearriveerd. Een beschaafde portier ontving haar met een paraplu. In de lobby heerste een drukte van belang. Karl Lagerfeld, in een strakke zwarte pantalon en het eeuwige witte overhemd met hoge boord, was daar met zijn team ontwerpers en modellen. Zijn beringde vingers bevalen geagiteerd. Buiten probeerden paparazzi vergeefs door de ruit heen opnamen te maken voor de modemagazines. Aan de andere kant van de ruimte bestudeerde Benicio del Toro, verscholen onder zijn pet, zijn nieuwste script, terwijl aan het naburige tafeltje de zanger Robbie Williams met een vriend zat te lachen. Dat was het Mercer. Daar gebeurde alles alsof het de gewoonste zaak van de wereld was. Hoewel het vol beroemdheden was, keek niemand naar een ander. Daar voelden ze zich op hun gemak, want hun populariteit was niets bijzonders, en al deden de paparazzi nog zo hun best zich te vermommen, ze kwamen met geen mogelijkheid binnen.

Ze gaven haar haar vaste suite en meteen toen ze binnenkwam, besloot ze een bad te nemen om de kou uit haar botten te verdrijven. In het water viel ze in slaap. Ze werd wakker van de telefoon.

'Sara?'

'*Oh, my God!* Waar ben je?'

'Heb je enig idee hoe laat het is? Ik ben in de lobby. We hadden afgesproken samen te eten, weet je nog?'

'Het spijt me. Kom alsjeblieft boven.'

Sara hulde zich in de badmantel en snelde naar de deur. Ze vielen in elkaars armen. Anne was haar beste vriendin, haar agente en haar grote troosteres. Ze kleedde zich aan en bracht haar intussen volledig op de hoogte. Ze vertelde over Cádiz, Pascal, de expositie... Ze besloten in het hotelrestaurant te dineren.

Ze gingen naar beneden en dronken twee Dry Martini's terwijl ze op hun tafeltje wachtten.

'Ik vertelde laatst dat ik iets moois voor je had, Sara,' zei Anne met haar aanstekelijke levenslust. 'Je zult me wel niet geloven, maar toen je me belde had ik net een spectaculaire droom.'

'Goed, barst maar los. Waar gaat het om?'

'Het is een verrukkelijke klus en je kunt je de esthetiek ervan niet voorstellen. Zoals je weet, krijg ik geweldige ideeën wanneer ik droom.'

'Kom op, hou op jezelf te verkopen en vertel verder.'

'Ik wil dat je het precies zo uitvoert als ik heb gedroomd.'

'Dat zien we wel.'

'Ik droomde, Sara, dat je een reportage over dikke mensen maakte. De prachtige dikkerds van Botero. Foto's in gloeiende kleuren op zinnebeeldige plekken in New York. Stelletjes, gezinnen, intieme foto's... Je weet dat je hier een spectaculaire cast kunt vinden. Moet je je voorstellen, met dit materiaal zetten we niet alleen een fantastische expositie op, maar maken we ook een boek van reusachtig formaat. Ik denk aan een meter bij zeventig centimeter. En een gelimiteerde oplage van vijfduizend gesigneerde exemplaren, kun je je het voorstellen? En we verkopen ze met een schitterende standaard van titanium om het boek op te zetten. Een waar kunstwerk, voor de verzamelaar. Wat vind je ervan?'

Sara keek haar niet bepaald enthousiast aan. Zweeg.

'Zie je het niet?' ging Anne door, alsof ze haar matheid niet had opgemerkt. 'Als je wilt kunnen we morgen al van start gaan. Ik begin met de casting, de vergunningen, de locaties, de rechten... Dat soort dingen. En je weet dat New York aan je voeten ligt als het om een project van jou gaat, dat heb je in al deze jaren wel bereikt.'

'Ik weet niet... ik heb niet echt fut.'

'Kom op, joh. Wat jij nodig hebt is een flinke bedrijvigheid, je weer vitaal voelen en deze reportage is pure energie. Denk eens aan een zwaarlijvig stel in Tiffany's.' Anne gebaarde, schetste het decor in de lucht. 'Hij, kijkend naar zijn vrouw, die in bloedrood gekleed gaat en bij wie er geen diamant meer bij kan. Haar lijf behangen met halssnoeren, oorhangers, armbanden en ringen terwijl ze in haar geopende mond de grootste diamant ter wereld heeft en die naar binnen probeert te werken. Weet je hoe we de tentoonstelling noemen? *Excesses*.'

Hoe langer ze luisterde, hoe aantrekkelijker het thema Sara leek.

'Je vindt het interessant...' Anne keek haar strak aan. 'Ik zie de schittering in je ogen die je alleen hebt wanneer iets je werkelijk interesseert. De kleding zou voor rekening komen van Berta Guerín, die fantastische styliste die alles altijd voor je gedaan krijgt. We laten haar uit Barcelona overkomen. Nou, wat zeg je ervan?'

'Oké, jij je zin. Maar we doen het op mijn manier.'

'Zoals altijd.'

Ze namen pizza met witte truffels, een exquise gerecht dat Sara in Parijs heel erg miste, en spraken af elkaar de volgende dag in Annes galerie te ontmoeten om de droom van *Excesses* in gang te zetten.

Het bordes van Radio City Hall, de liften van het Chryslergebouw, de receptie van het Waldorf Astoria, Madison Square Garden, een limousine voor de ingang van het Plaza, vormden enkele van de plaatsen die Sara had uitgekozen voor de grote reportage.

De vergunningen kwamen en de dagen verstreken. Grote concentraties dikke mensen voor de deur van het castingbureau, een wervelende stroom coupeuses die de maatkleding maakte, schoenmakers, visagisten en kappers, de styling, alles was in gang gezet en leidde de fotografe af van haar verdriet.

In Anne's Gallery in Wooster Street werd de indrukwekkende tentoonstelling *Gemoedstoestanden* van Catalina Mejía met een cocktail geopend, en Sara Miller liep wat rond met haar glas champagne, ontweek de typisch leeghoofdige gesprekken voor dit soort gelegenheden en begreep niet wat ze daar verdorie deed tussen al die artiesten die ze niet wenste te leren kennen. Plotseling zag ze de Colombiaanse schilderes naar haar toe komen.

'Je schilderijen bevallen me,' zei Sara. 'Ze zijn helder en organisch. Zoals je weet is de ziel van een schilderij een kloppend orgaan, en de jouwe kloppen.'

'Dank je wel... Hoe gaat het met Cádiz?'

'Oh... goed, goed. Heel druk met zijn komende expositie.'

'Anne vertelde me dat je een fantastisch project onder handen hebt.'

'Nou ja, je kent Anne. Ze vangt je in haar wonderlijke netten. Eigenlijk zou ik een soort paradijs willen vinden om een ander project te realiseren waar ik al een tijd mee rondloop. Een landschap met eindeloze bergen als achtergrond, heel veel groen. Oeroude bomen. Ik wil een natuurlijke barokkunst maken. Bomen in plaats van grandioze kathedralen. De grootsheid van het landschap tegenover de nietigheid van de mens.'

'Wacht even...' Catalina riep een man die achter in de galerij stond. 'Ik heb het meest fantastische landschap dat je je kunt voorstellen voor je: de Quindío.'

'Quindío? En wat mag dat wel zijn?'

'Een weelderige, natuurlijke overdaad, een magische plek in het Colombiaanse gebergte. De oude *quimbaya*-stammen doopten de plek Quindío, wat in het Quechua paradijs betekent. En ze zaten er echt niet naast. Ik heb daar op één middag maar liefst vier regenbogen geteld, de ene op de andere. De hellingen zijn bezaaid met koffiebomen die doorbuigen onder hun trossen vruchten, en met bananenbomen die ze met hun schaduw beschutten... Bamboebossen, drinkend van de rivieren, overal loom bloeiende orchideeën, genesteld op vochtige boomstammen, en er zijn onvoorstelbare vlinders die op je komen zitten en zich tam door de vochtige lucht laten strelen. Daar is zo veel...'

Een man van een jaar of vijftig, gekleed in onberispelijk zwart, kwam naar hen toe en Catalina begroette hem met een: 'Ik vertelde haar net hoe je streek eruitziet, Germán. Laat me je voorstellen aan...' De net aangekomene onderbrak haar en bracht met een plechtig gebaar de hand van de fotografe naar zijn lippen. 'Je hoeft ons niet voor te stellen. Sara, het is een eer u te ontmoeten. Uw werk is buitengewoon. Ik kom net uit Parijs waar ik uw laatste tentoonstelling heb mogen bewonderen: werkelijk indrukwekkend.'

Altijd wanneer ze haar complimenteerden voelde Sara zich ongemakkelijk. Ze wist nooit in hoeverre hun uitspraken snobistisch of gemeend waren. Ze deed de lof met een flauw glimlachje af, maar de net aangekomene ging door met zijn lovende woorden...

'Wees niet zo bescheiden. U heeft inmiddels geschiedenis geschreven...' zei hij, waardoor ze moest blozen, iets wat haar al lange tijd niet was overkomen.

'Germán heeft een schitterende haciënda midden in het koffiegebied,' verduidelijkte Catalina.

'Waar u vanaf nu hartelijk uitgenodigd bent,' voegde de haciënda-eigenaar eraan toe. 'Kent u Colombia?'

Sara schudde haar hoofd.

'Een fotografe met uw gevoeligheid,' hij keek haar diep in de ogen, 'zou dat niet mogen missen.'

Anne onderbrak hen. Ze zocht Catalina. Een stel was verliefd geworden op een van haar schilderijen.

'Ik steel haar even van jullie,' zei ze met een knipoog.

Zijn warme toon met dat accent van slepende, muzikale s'en, het intelligente gesprek, zijn frisse, open lach en de diepzwarte ogen en verfijnde manieren van Germán Naranjo leidden de fotografe bedreven naar een puur landschap dat zich moeiteloos voor haar ogen aftekende. Twee glazen champagne, drie, vier... de eerste lach... de laatste kans? En als ze nu eens 'ja' zei en na haar reportage in New York naar Colombia zou gaan?

38

Wat was dat toch met die man die bleef volhouden bij de deur van La Ruche? Waarom liet hij hem niet met rust? Als hij hem inderdaad kende uit zijn studietijd aan de Academie voor Schone Kunsten, zoals hij door de intercom beweerde, waarom kon hij zich zijn naam dan niet herinneren?

Na drie dagen van irritante volharding besloot Cádiz hem binnen te laten.

De schilder van de Orde van de Arts Amantis zette eindelijk voet in het atelier van zijn rivaal. Met een gefingeerde kameraadschap vertelde hij in geuren en kleuren over het docententeam uit die tijd, tot Cádiz zich inderdaad herinnerde dat ze samen hadden gestudeerd. Wat hij zich niet herinnerde, was de jaloezie die de ander altijd voor hem had gekoesterd.

Mazarine stond voor een doek te schilderen in een lichtstraal die door de grote koepel in het dak binnenviel en haar in een tere verschijning veranderde. Nu hij haar zag, begreep de man waarom Jérémie haar als de reïncarnatie van La Sainte beschouwde. Haar energie was ontegenzeglijk en de streken van haar hand deskundig en trefzeker.

'Je leerlinge?' De afgunstige schilder van de Arts Amantis wees naar het meisje.

Cádiz antwoordde niet. Hij vond de inmenging en overdreven familiariteit van de figuur niet prettig.

'Waarvoor ben je gekomen, Flavien? Ik kan mijn tijd niet verdoen. Er zijn te veel jaren verstreken; we zijn te oud om nu nog te denken dat we ergens collega's in zijn.'

'Ik zou je graag onder vier ogen willen spreken, over een belangrijke kwestie.'

'Ga je gang, we zijn onder vier ogen.'

'En zij?'

'Ze hoort bij de familie.'

'Goed dan. Heb je wel eens van de oude katharen gehoord?'

'De katharen? Waar wil je heen? Wat hebben die met jou of mij te maken?'

'Veel. Volgens mij is jouw Schaamteloos Dualisme geïnspireerd op het dualisme dat zij aanhingen.'

'Denk je dat ik de term Schaamteloos Dualisme zelf heb verzonnen? Ik begrijp echt niet waar je het over hebt.'

'We denken dat je tot een afsplitsing van de katharen behoort. Misschien ben je een halfbroer van ons, al ben je wel...' hij bekeek hem cynisch, 'een slechte broer. Je verbergt iets wat niet alleen van jou is.'

'Wie zijn die "we" die dat denken? Waar heb je het verdorie over. Ben je soms gek geworden?'

'Je hebt iets wat ons toebehoort en je zult het ons geven ook. Goedschiks... of kwaadschiks.'

Verderop hoorde Mazarine het gesprek. Waarom vroeg iemand Cádiz naar de katharen?

'Waar heb je het lichaam van onze heilige, onze Sainte verborgen?'

Lichaam? Sainte? Had ze dat goed gehoord? Mazarine ging rechtop staan.

'Welke heilige? Maak dat je wegkomt! Verdwijn uit mijn atelier!' Cádiz greep hem bij de arm en sleurde hem naar de deur.

'Je zou je succes met ons moeten delen, Cádiz... en je inspiratiebron ook,' hij keek naar Mazarine, die vlug het medaillon wegstopte.

'Wegwezen, Flavien! Je bent compleet gestoord.'

'Heb je haar tussen je verf begraven?' Hij wees op de grote hopen die de vloer bedekten. 'Of wellicht achter de wand?' Hij liet zijn ogen over het hele vertrek glijden. 'Heeft zij je de roem en glorie gebracht?'

'Eruit, eruit! Wegwezen of ik bel de politie.'

'We weten dat je onze Sienna verbergt en we zullen wel ontdekken waar. Ik waarschuw je: we zullen niet rusten eer we haar gevonden hebben. Ik ben niet alleen, we zijn met velen. Vergeet dat niet.'

'Opdonderen... opgedonderd nu!'

'Cádiz... wat gebeurt er?' vroeg Mazarine heel zacht.

'Rustig maar, deze meneer gaat al weg.'

'Misschien heeft het meisje ons iets te vertellen?'

Mazarine liep naar de man toe en keek hem zelfverzekerd in de ogen, hoewel hij haar eigenlijk een ontzettende angst aanjoeg.

'Wat is er, meneer? Kost het u moeite te accepteren dat er een betere schilder is dan u? Is het soms afgunst die achter uw woorden schuilt?'

'Laat hem, Mazarine.'

De schilder van de Arts Amantis richtte zijn blik op haar en ontwaarde het medaillon onder haar T-shirt.

'Je zou graag alleen met me willen praten, nietwaar, jongedame? Misschien weet je meer dan hij,' zei hij terwijl Cádiz hem duwend en trekkend naar de uitgang werkte en de deur voor zijn neus dichtgooide.

'Waag het niet hier ooit nog te komen, begrepen?'

Hij had het verknald... en hoe! Een lomperd eersteklas, dat was hij. Waarom had hij zich niet kunnen inhouden en iets beters verzinnen waardoor hij gaandeweg met de schilder bevriend had kunnen raken?

Zijn afgunst was sterker geweest dan zijn gezond verstand. Hem omringd zien met magnifieke schilderijen, gehuld in die aureool van grandeur en goddelijke inspiratie, was een arrogante, diep vernederende provocatie geweest.

En nu, hoe moest hij tegen de Arts Amantis zeggen dat hij zich de prachtige kans had laten ontglippen die zich op een presenteerblaadje had voorgedaan?

Flavien foeterde zichzelf uit toen hij door de rue des Morillons naar de metro liep.

En het meisje... die maagdelijke schoonheid die op het punt had gestaan hem toe te lachen, wat een kracht balde zich in haar fragiele lichaam samen!

'Idioot, je bent een idioot!' riep hij hardop uit terwijl hij de trap naar de metro afdaalde.

De mensen die net waren uitgestapt draaiden zich om.

'Ja, dames en heren,' hij posteerde zich voor hen. 'Hier ziet u de grootste idioot van Parijs.'

De mensen ontweken hem, denkend met een van de vele gekken van doen te hebben die de straten van de stad bevolkten.

'IDIOOOOOT! Je verdient een pak slaag,' herhaalde hij terwijl de deuren zich achter hem sloten.

39

In het atelier was Mazarine opgehouden met schilderen. Ze was doodsbang. De man die daarnet was vertrokken wilde haar haar heilige afnemen. Haar beroven van het enige wat ze had.

'Kleintje, je beeft helemaal.' Cádiz liep naar haar toe en omhelsde haar. 'Maak je geen zorgen. In de loop van mijn leven ben ik wel vaker een gestoorde tegen het lijf gelopen. Zielige lui! Hoewel ze gewelddadig willen lijken zijn ze ongevaarlijk. Stel je voor, mij om het lichaam van een heilige vragen,' lachte hij hartelijk. 'En dan dat verhaal dat we halfbroers zouden zijn...'

Mazarines gedachten werkten op volle toeren. Waarom kon ze niemand de waarheid vertellen? En als ze dat nu eens tegen Cádiz deed? Nee. Tegen hem al helemaal niet. Wat zou hij wel niet van haar denken? En de antiquair? Als ze Arcadius haar geheim zou vertellen, zou hij haar dan helpen? En Pascal? Nee, ze kon niemand in vertrouwen nemen.

Als iemand haar haar Sainte afnam, kon ze niet verder leven... wilde ze het niet... zou ze niet weten hoe...

'Mazarine, vergeet het incident. Het is absoluut onbelangrijk. Zullen we verdergaan?'

Ze zou liever sterven dan Sienna verliezen.

'Dat misbaksel heeft je inspiratie weggenomen. We pauzeren even. Zullen we een eindje gaan lopen?' Hij dacht na. 'Ik heb het, ik trakteer je op een etentje.'

Mazarine verjoeg de donkere wolken die in haar hoofd rondspookten.

'Etentje? Buiten de deur?'

Hij had haar nooit eerder mee uit gevraagd. Hun samenzijn beperkte zich tot La Ruche. Afgezien van die avond op de Arc de Triomphe waren ze door de buitenwereld niet samen gezien.

'We gaan naar een heel bijzondere plaats waar ik je al heel lang mee naartoe wil nemen. Waar de muren de intieme bekentenissen van de grootsten uit de kunstwereld in zich herbergen.'

'Waar dan?'

'Hartje Montparnasse. Als jij en ik eens in die tijd hadden geleefd... nou... La Rotonde, La Coupole, Le Dôme, La Closerie des Lilas. Jij, mijn grote muze, mijn liefde, mijn schilderes... (een zucht) mijn geliefde... Verloren in de Cantine van Vassilieff, dronken wordend van de kunst. Verenigd tot in het delirium door deze liefde voor de schoonheid, die me zoveel heeft gegeven en me zo verteert. Die intense vreugde uitdrukt, besmeurd verdriet... moordlustige woede, vluchtige frustratie... Jij en ik, de grote wals dansend: het theater van het leven, mijn kleintje. De beeldschone farce. De magistraal vertolkte komedie.'

Mazarine keek verliefd naar hem. Dat was wat ze het meest in hem liefhad. Die passie die hij met woorden over haar uitstortte. Zijn onverstandige gezond verstand.

'Jij mag kiezen.'

'Ik kan niet kiezen.' Mazarine deed haar handen voor haar ogen. 'Breng me waar je maar wilt.'

'Je wilt dus... spelen? Dat mag ik wel. Maak je klaar.'

Cádiz trok zijn overall uit en deed zijn jas aan.

Ze gingen naar buiten. De gewaarwording hand in hand met haar leraar te lopen vervulde haar met vreugde. Ze wilde springen, schreeuwen. Ze voelde zich meisje en vrouw tegelijk. Belangrijk.

Hoewel Cádiz aandrong een taxi te nemen wilde zij liever lopen. Voor niets ter wereld wilde ze het gevoel missen van de koude lucht op haar van euforische verliefdheid brandende wangen.

Hij sloeg zijn arm om haar heen en drukte haar stevig tegen zich aan, ze lachten. Ze speelden dat ze kinderen waren, sprongen over plassen, telden hun passen, belden aan bij onbekenden om er vervolgens als een haas vandoor te gaan. Zij schonk hem kinderlijke gekkigheden...

Haar blote voeten zakten weg in de resten sneeuw, die wegsmolt in de zon; ze werden modderig en Cádiz' zakdoek maakte ze weer schoon. Ze praatten, ze zong Parijse liedjes van de onsterfelijke Edith Piaf...

Quand il me prend dans ses bras,
Il me parle tout bas
Je vois la vie en rose...

Ze was gelukkig. De tijd bestond niet.

Il me dit des mots d'amour
Des mots de tous les jours,
Et ça me fait quelque chose...

Ze was bij hem, zweefde.

Il est entré dans mon coeur,
Une part de bonheur
Dont je connais la cause...

Een oneindige ruimte... niets of alles eromheen. Eén waarheid: alleen zij en Cádiz.

C'est lui pour moi,
Moi pour lui dans la vie
Il me l'a dit, l'a juré
Pour la vie.

De Boulevard Montparnasse, de Raspail... wat maakte het uit. Haar droom wandelde in een vage ruimte. Was ze op de *rive gauche* of de *rive droite*? Geen van beide. Een transparant moment in het leven... *la vie en rose.*

Et dès que je l'aperçois
Alors je sens en moi
Mon coeur qui bat.

Hier en daar ontlook een glimp van de lente. Bij enkele terrasjes werd het beschermende plastic verwijderd, gordijnen die naar de straat hongerende eters buitensloten van de kou en het leven. De tafeltjes van de *bistrots* en *rôtisseries* vulden opnieuw de trottoirs... *Bonjour, mademoiselle; bonjour, monsieur... nous avons des Coquilles Saint-Jacques, entières et vivantes, de belle taille...* de obers inviteerden, wekten de lust op buiten te eten.

Het bier schuimde, het glas van de bierpullen tinkelde, allen vierden het jaargetijde dat gelach beloofde. Zelfs de warm ingepakte *Balzac* van Rodin leek van zijn voetstuk te willen afdalen om te feesten. De mensen wilden geloven dat de kou was weggetrokken. Voor hen bestond die niet meer.

Toen ze in de Boulevard Montparnasse kwamen, bedekte Cádiz Mazarines ogen met zijn zwarte sjaal. Ze stemde verrukt in. Ze wist dat dit soort rituelen bij hen hoorde.

'Laat je je leiden?'

'Ik ben geheel de jouwe.'

'Eens kijken of je het raadt.'

Onder de verbaasde blik van de voorbijgangers voerde de schilder zijn tijdelijk blinde leerlinge over het trottoir.

'Doen we het raadspelletje?'

Mazarine knikte opgewonden.

'Waar breng ik je naartoe?'

'La Closerie des Lilas?'

'Koud, koud.'

'Ik weet het. La Rotonde.'

'Sint-Balzac, beschijn haar.'

'Eens kijken... Het standbeeld van Balzac?'

Cádiz lachte. 'IJskoud.'

Ze staken de laan over, het verkeerslicht sprong bijna op rood.

'Rennen, kleintje.'

Op klaarlichte dag in het donker midden op straat lopen was een geheel nieuwe, opwindende ervaring die haar gehoor verscherpte. Het getoeter, haar blote voeten op het asfalt, alles was heerlijk. Ze bleven staan.

'Geef je het op?'

'Nee, laat me nog even denken...' Na een korte stilte: 'Ik weet het, La Coupole. Het is vast La Coupole.'

De maître van Le Dôme kwam hen tegemoet en Cádiz maande hem met een gebaar tot zwijgen.

Ze gingen naar binnen en de ogen van de cliëntèle vestigden zich op het geblinddoekte meisje met haar zwarte jas en blote voeten, en op haar oudere, mysterieuze metgezel. Mazarine hoorde het geroezemoes om haar heen en voelde hun onderzoekende blikken, maar het deed haar niets. Niets of niemand kon haar vreugde bederven.

De leermeester hielp haar de trap op naar het tafeltje dat altijd voor hem gereserveerd was, ook al kwam hij vaak niet opdagen. Toen haalde hij de sjaal weg.

Mazarine was ontroerd. De ruimte hing vol kleine taferelen met foto's en verwijzingen naar Modigliani. Het restaurant was één grote allegorie op het meest vitale moment van het artistieke Parijs. De wanden puilden uit van anekdotes, schilders en modellen; de bohème sfeer van het Parijs van Kiki.

'Je zei toch dat Modigliani je favoriete schilder was? Nou, hier heb je hem. Dit was zijn plekje. Hier kwam hij eten met Jeanne Hébuterne, zijn grote en laatste liefde.'

Op de wand had de Italiaan geschreven: *Een vrouw schilderen is haar bezitten.*

'Een vrouw schilderen is haar bezitten,' las Cádiz hardop voor terwijl hij naar Mazarine keek. 'Je hebt volkomen gelijk, beste kerel.'

'Nou, daar ben ik het niet mee eens.'

'We gaan niet twisten over het onbetwistbare. Jij bent inmiddels de mijne.'

Mazarine raakte geïrriteerd.

'De jouwe? ... Wees daar maar niet zo zeker van.'

Voor het eerst bespeurde Cádiz een spoor van twijfel bij zichzelf. De gedachte was nooit bij hem opgekomen dat hij haar niet zou hebben, dat iemand hem van zijn geluk kon beroven.

'Heb je een vriend?'

Mazarine loog. 'Nee, maar het zou kunnen gebeuren,' lachte ze listig toen ze zijn plotselinge interesse bemerkte. 'Ben je jaloers, meester?'

'Helemaal niet! Ook al zou je iemand hebben, jij, kleintje, bent al van mij. En als je me niet gelooft, kijk dan maar naar onze doeken.'

'Schilderijen... zijn niet meer dan geschilderde voorstellingen.'

'Jij als schilderes zou dat nooit mogen zeggen.'

'Wat telt is de waarheid, Cádiz.'

'Ik heb ooit horen zeggen dat de waarheid een leugen is.'

'Als dat zo is... wat is de leugen dan?' vroeg Mazarine.

'Weet je hoeveel waarheden een doek kan bevatten? Alle en geen enkele. Maar er is iets wat die doeken niet kunnen verhullen: dat wat we voelen als we ze schilderen. Dat is inderdaad een waarheid. Die doeken schreeuwen verlangen uit, kleintje. VERLANGEN. Picasso zei: "Mijn innerlijke ik is onvermijdelijk in mijn schilderij aanwezig... wat ik ook doe, hij is daar. Wellicht zelfs te nadrukkelijk... Het probleem is de rest." Alsjeblieft: jouw verlangen en het mijne, één grote innerlijke ik, samengesmolten zonder zich te kunnen verbergen.'

Mazarine keek hem zwijgend aan. Plotseling kwam de zin die ze kort daarvoor had uitgesproken weer bij Cádiz op: *De jouwe?... Wees daar maar niet zo zeker van*, en weer voelde hij, sterker ditmaal, een steek van jaloezie. Hij zweeg, keek haar in de ogen en terwijl hij haar handen nam vroeg hij nog eens, nu smekend: 'Mijn kleintje... heb je een vriend?'

40

Mazarine had al drie opeenvolgende avonden hun afspraak met zwakke, doorzichtige smoesjes afgezegd en haar stem klonk oprecht, alsof ze zich op een vriendelijke manier van hem wilde ontdoen.

Hoewel hij ernaar hunkerde haar te zien, besloot Pascal haar niet te belagen en die vrijgekomen tijd te gebruiken om haar geval te bestuderen.

Het psychologische plaatje dat hij van haar probeerde te schetsen steunde echt nergens op. Leemten vol vermoedens, waarschijnlijkheden en bovenal stiltes. Met zoveel lege plekken was het bijna onmogelijk tot een conclusie te komen.

Hij trachtte een kaart van haar te maken.

Naam: Mazarine.
Achternaam: ?
Leeftijd: 23.
Ouders: ...... In leven: ?
Broers/zussen: Ja. Een tweelingzus.
Naam van de zus: ?
Wie werd als eerste geboren, zij of haar zus: ?
Kindertijd: ?
Relatie met vader: ? mogelijk gemis vader.
Relatie met moeder: mogelijk onbegrip.
Studie: Schone Kunsten. (Toont grote gevoeligheid.)
Wat doet ze momenteel: ?
Adres: ? Het Quartier Latin?

Niets, niets en nog eens niets. Hij wist niets van haar en toch was hij tot over zijn oren verliefd. Maar zijn liefde was niet blind: zijn beroep bedroog hem niet. Hoe langer hij haar observeerde, hoe sterker hij ervan overtuigd raakte dat ze iets verborg, hoewel hij zijn vinger er niet achter kreeg. Mazarine had onneembare barrières opgeworpen waar het haar gevoelsleven en alles wat met haar familie en vrienden te maken had betrof. Het was of ze nooit een herinnering of verleden had gehad en die avond toen hij haar op Les Champs Élysées zag lopen uit het niets was geschapen.

Haar onmiskenbaar afwezige momenten wanneer ze samen waren, dat zomaar wegzakken, weer terugkeren en een al voorbij gesprek hervatten. De duidelijke zinspelingen op hoe weinig het heden voor haar betekende, de bespiegelingen waaruit haar twijfel aan de toekomst en de zin van het leven bleek, het gebrek aan emoties dat ze toonde wanneer hij toenadering zocht en de buitengewone zachtheid waarmee ze soms over de dood sprak, gaven haar een vreemde status. Was ze normaal of abnormaal? Wie durfde het aan de regels voor normaal-zijn te dicteren in een wereld waarin er uit die naam steeds meer waanzin werd bedreven? Hij voelde zich verloren. Hij begon de boekenplanken te doorzoeken die vol stonden met verhandelingen over psychiatrie, psychologie, neurologie... Hij sloeg boeken open en weer dicht. Zocht in zijn archief, haalde mappen met oude gevallen tevoorschijn om iets te ontdekken wat hem op een spoor kon brengen.

Hij zocht, wetend dat hij daar geen antwoord zou vinden, dat geen enkel boek zijn twijfels kon wegnemen. Hij zocht, trachtte ergens op een pagina datgene te vinden wat hij niet kon invullen... Hij zocht eenvoudigweg om zich niet alleen te voelen.

Hij pakte het DSM-IV, het *Diagnostic and Statistical Manual of Mental Disorders*, en bladerde het langzaam door. Een oneindig aantal classificaties, trauma's en kwellingen verschenen in alfabetische volgorde. Bij de A: *Abuse, Agoraphobia, Alcohol, Amnesia, Anorexia, Anxiety*... Bij de B: *Bipolar, Bulimia, Borderline*... Bij de C: *Catalepsia, Cleptomania, Consume of Substances, Cocaine, Cannabis, Compulsions*... Bij de D: *Dementia, Delusion, Delirium, Depersonalization, Depression, Desintegration, Dissociative disorder, Dyssomnia*... menselijke trauma's, kwetsuren die meestal door de omgeving waren veroorzaakt. Het deed hem verdriet dat zoveel mensen zichzelf waren kwijtgeraakt. In die duisternis die tijdens zijn spreekuur zo veelvuldig klopte en die hem zo uitputte, maar ook kracht gaf om verder te strijden. Terwijl hij de pagina's doorliep, kwam hij bij 'Aanpassingsstoornissen' en las verder tot hij bij 'Niet Anders Omschreven Persoonlijkheidsstoornissen' was: 'deze categorie dient voor stoornissen in het persoonlijk functioneren die niet voldoen aan de criteria van een van de specifieke persoonlijkheidsstoornissen'. Aan welke stoornis zou Mazarine lijden? Antisociale stoornis? Antisociaal depressief met melancholische kenmerken? Met een hysterisch patroon?

Met een klap sloeg hij het boek dicht. Maar... waar was hij mee bezig?

Wat als er nu eens niets met haar aan de hand was, maar juist met hem?

Hij wilde zo graag dat hun relatie zich verdiepte en in zijn tempo groeide, dat het feit dat Mazarine hem niet volgde een groot ongeduld bij hem opwekte.

Wie was hij om een oordeel te vellen over Mazarines mentale gezondheid? Had hij wel eens goed naar zichzelf gekeken? Als hij de patiënt was, bij welk type stoornis zou hij zichzelf dan indelen? Of beschouwde hij zichzelf als heel evenwichtig en dacht hij nergens last van te hebben? Was hij soms perfect?

Nadat hij zichzelf uitgebreid verwijten had gemaakt zette hij de *DSM-IV* terug in de kast en controleerde zijn mobieltje. Geen oproep van Mazarine. Ze was nooit naar hem op zoek, stuurde hem nooit berichtjes. Als het niet van hem uitging, zou Mazarine op dezelfde manier uit zijn leven verdwijnen als ze was verschenen. Vervliegend als een wolk poedersneeuw in een sneeuwstorm. Soms had hij het idee dat hun relatie volledig van hem afhing en dat zij zich eenvoudig liet liefhebben.

Hij kon zich niet meer bedwingen.

Hij belde haar.

Mazarine liep hand in hand met Cádiz in de rue Galande toen haar telefoon ging.

'Neem op,' zei Cádiz toen hij zag dat ze hem wilde laten gaan.

'Het is niet belangrijk.'

'Wees zo goed op te nemen,' drong haar leraar aan. 'Of mag ik het gesprek soms niet horen?'

Ze was vergeten haar mobiel uit te zetten.

'Allô?'

'Neem me niet kwalijk dat ik je zo laat nog bel, maar ik wilde graag weten hoe het met je gaat.'

Cádiz liet haar hand los.

'We praten een ander keertje wel,' antwoordde Mazarine geïrriteerd.

'Ben je bezig?'

'Ja, luister... ik bel je wel. *D'accord?*'

Pascal hield aan, hij voelde dat het meisje niet alleen was.

'Is er iemand bij je?'

'*Au revoir!*'

Ze verbrak de verbinding.

Ze had een vriend. Het was zeker dat ze al iemand had. Hoe had hij ook kunnen denken dat ze nog vrij was? Maar als dat zo was, waarom had ze het dan niet gezegd? Waarom had ze toegestaan dat hij zich illusies maakte? Getrouwd? Nee, onmogelijk. Daar was ze te jong voor. En als ze nu eens een dubbelleven leidde? Een *belle du jour* was? Pascal werd gek van jaloezie.

Ze had een vriend. Hij wist het zeker. Cádiz voelde dat Mazarine nerveus was na het telefoontje.

'Wie was dat?'

'Een vriendin.'

'Lieg niet tegen me, kleintje. Ongewild hoorde ik een mannenstem.'

'Het was een vriendin en zo is het genoeg. Ik vraag jou toch ook niet naar je vrouw? Nou, vraag mij dan ook niets.'

'Hoe is hij? Hij is vast jong, nietwaar?'

'Ik heb je al gezegd dat er niemand is. Ongelukkig genoeg heb jij mijn hart veroverd.'

'En wat denk je dat je met het mijne hebt gedaan?'

Mazarine keek hem triomfantelijk aan.

'Er is trouwens wel iets wat ik wil weten: waarom vraag je me de laatste tijd 's avonds mee uit? Waar is Sara?'

Het horen van de naam van zijn vrouw ergerde Cádiz.

'Waarom moet je haar nu noemen?'

'Omdat ze bestaat.'

'Je hebt alles verpest.'

'Ze is er niet, hè?'

'Ik ben niet van plan met jou over mijn andere leven te praten.'

'Heel goed. Vraag van mij dan ook geen openhartigheid. Als jij recht hebt op een leven zonder mij, dan heb ik recht op een leven zonder jou. Wat vind je ervan als we een dergelijke relatie dualisme...' ze dacht even na, '... Schaamteloos Dualisme noemen?'

Cádiz antwoordde niet. Hij wist dat het meisje volkomen gelijk had, maar dat zou hij niet toegeven. Hij veranderde van onderwerp.

'Je wilt me dus je toevluchtsoord laten zien.'

'Nee, niet mijn toevluchtsoord.' Mazarine dacht aan haar kast. 'Daar gaat niemand anders naar binnen dan ik... tenzij ik iemand volledig vertrouw en daarvoor is eerlijkheid en loyaliteit nodig. Wat denk jij dan? Ik heb ook zo mijn geheimen. Wat ik je wil laten zien is iets anders. Een heel bijzondere bar. La Guillotine, een kelder waar een groep muzikanten te gekke jazz speelt. Je vergeet zelfs dat je er gek kunt worden van claustrofobie.'

Toen ze er vlakbij waren, vroeg Cádiz bevreemd: 'Is dat niet jouw huis?'

'Ja, de pub is er precies tegenover.'

'Zijn je ouders terug? Want je zei laatst toch dat je ouders hebt? Achter de ramen brandt licht.'

Mazarine liet altijd het licht aan, ook overdag. Zo had ze het idee dat er iemand op haar wachtte als ze 's avonds thuiskwam: de alomtegenwoordige aanwezigheid van Sienna.

'Je hebt me nog nooit iets over hen verteld.'

'Over wie? O, ja... omdat ik ook niets te vertellen heb. Zij leven hun eigen leven; vandaag zijn ze er, maar morgen kunnen ze weer vertrokken zijn zonder zelfs maar gedag te zeggen. We zijn erg op onszelf. Ik vraag niet waar zij heen gaan en op hun beurt laten zij mij met rust. *Liberté familière. C'est la vie, mon amour.* Kom...'

Het meisje trok haar leraar de bar in. Het stond er blauw van de rook en een trompet slingerde het geluid van een magnifieke solopartij door de lucht. Ze daalden de smalle stenen trap af en gingen op de treden zitten toen bleek dat alle tafeltjes bezet waren. De groep jongens vertolkte meesterlijk 'Cornet Shop Suey', een klassieker van Louis Armstrong.

Cádiz keek om zich heen. Een ruimte afgeladen met jongeren die hulde brachten aan muziekcreaties uit andere tijden, die de vergetelheid vanwege hun kracht genade had geschonken. Daar was het grote, vluchtige erfgoed verzameld: het jonge vlees en het frisse intellect, met de gave datgene te redden wat zij als een moderne klassieker beschouwden. Daar was hij, dag en nacht geketend aan Mazarine. Haar jeugd en kracht indrinkend als het grote levenselixer.

Sara's vertrek was echt een opluchting geweest, nu hoefde hij zich niet meer in allerlei bochten te wringen om sowieso onzinnige verklaringen te bedenken. De wijsheid die hij zo in zijn vrouw bewonderde, liet hem vrij om uit te proberen en een besluit te nemen. En of hij uitprobeerde! Hij probeerde dat te zijn wat hij niet kon zijn. De partner van een meisje van drieëntwintig dat heel goed zijn dochter had kunnen zijn, zijn kleindochter zelfs, maar hij gaf zich niet gewonnen. Die jeugdige hand leidde hem en liet hem dingen zien, met een spontaniteit die hij al heel lang geleden was kwijtgeraakt. Ze bracht hem naar de vreugde... iets wat heel ver weg was. Ze reikte hem een touw dat hem met het leven verbond. Hij sloeg zijn arm om haar heen en Mazarine vlijde haar hoofd tegen zijn schouder. Toen hij haar zo dichtbij voelde, stopte Cádiz zijn neus in haar haren en kuste ze. Ze roken naar perzikshampoo, naar lente.

In het schemerduister van de bar werd de stilte enkel verbroken door een intieme stem, een perfecte imitatie van Ella Fitzgerald... *Oh, Lady be good*, en het donkere, trefzekere geluid van een contrabas à la Ray Brown.

Hij zag haar. Was zij het? Ja.

Daar, op de trap, zat het meisje van zijn dromen: Mazarine, in de armen van een ander. Van wie? Een hoofd verhinderde hem het zicht op de man. Hij veranderde van houding om hem in beeld te krijgen, maar kon alleen een witte haardos ontwaren. Ze was met een oude vent!

41

Al vele dagen had Arcadius niets meer van Mazarine gehoord en daarom verbaasde het hem haar die ochtend zijn winkel te zien binnenkomen.

'Je hebt me behoorlijk laten zitten, jongedame. Doet het je niets deze arme oude man zo te laten lijden? Waar heb je gezeten? Telkens als ik je kwam opzoeken, was je niet thuis.'

'Het spijt me, Arcadius. Ik heb het de laatste tijd heel druk. Ik moet met u praten.'

'Wat is er aan de hand? Ik merk dat je erg opgewonden bent.'

'Ik trakteer u op een kop koffie. Hebt u daar tijd voor?'

'Voor jou ben ik altijd beschikbaar.'

De antiquair stond op, pakte zijn regenjas en draaide het bordje om dat aan de deur hing: *Fermé.*

Ze liepen naar buiten. Een stralende zon liet haar licht op de rue Galande schijnen. De lente maakte haar triomfantelijke entree, vulde de straten met toeristen die op hun kaarten zochten hoe ze bij het Île de la Cité moesten komen. Het bloemenstalletje overspoelde de trottoirs met geurende aanbiedingen. Rozen, lelies, zonnebloemen en exotische takken aromatiseerden de lucht terwijl ze blozend hun kleurenpracht toonden. Ze ontweken de emmers en liepen in de richting van de Saint-Séverin.

'U moet me meer over relikwieën vertellen, Arcadius.'

'Laatst is er 's nachts ingebroken in mijn winkel.'

'Wat zegt u?'

'Ze hebben me bestolen. Herinner je je het perkament nog dat ik je heb laten zien?' Het meisje knikte. 'Het is verdwenen. Het slot was geforceerd en alles was overhoopgehaald. Ze zochten geld en toen ze dat niet vonden, besloten ze wat spullen mee te nemen, waaronder het boek waarin het perkament zat.'

'Denkt u dat ze echt op zoek waren naar geld? Zouden ze niet juist op het perkament uit zijn geweest, op wat erachter verscholen gaat?'

'Waarom denk je dat?'

'Ik weet het niet, Arcadius, maar onlangs vertelde u me dat er een handel in relikwieën bestaat. In dat perkament wordt over een lichaam gesproken. Misschien zoeken ze dat wel: het lichaam van een martelares.'

'Hier?'

'En waarom niet? U heeft heel waardevolle voorwerpen.'

'Jij weet hier meer van, hè?'

Mazarine wilde het hem wel vertellen maar durfde niet. Ze koos voor het gebruikelijke recept: liegen.

'Laatst hoorde ik toevallig een gesprek.'

'Tussen wie?' vroeg de antiquair geïntrigeerd.

'Twee onbekenden. Ze spraken over de katharen, het dualisme en over een sekte... Een van hen had het over het lichaam van een heilige.'

'Er zijn nog steeds sekten die volstrekt in het geheim voortleven. Weet je wie het waren?'

'Het leken me twee kunstenaars en ze hadden het over inspiratie... over dingen die u me hebt verteld en die te maken hebben met de Arts Amantis.'

'Waar was het?'

'De plek doet er niet toe, Arcadius. Ik zat te eten in...' ze dacht even na over wat ze moest zeggen, 'in de Boulevard Montparnasse.'

'Zouden het afstammelingen van de Arts Amantis zijn die nog onder ons verkeren?' vroeg de oude man zich hardop af.

'Blijkbaar zoeken ze het lichaam van een heilige genaamd Sienna. Hebt u enig idee waarom ze het willen hebben, Arcadius?'

'Je hebt mijn nieuwsgierigheid weer eens geprikkeld. Ik weet niet wat dat met jou is, maar je geeft me het gevoel te leven.' De oude man nam haar hand en kuste die teder. 'Een gezegend meisje, dat ben je. En nu moet je me meer vertellen.'

'Ik ben bang...'

'Waarvoor?'

'Dat ze me mijn medaillon willen afnemen.'

'Dat medaillon is niet wat ze willen. Nu weet ik zeker dat het tijdelijke verlies ervan een diefstal betrof. Waarom ze het teruggegeven hebben is me niet duidelijk, want feitelijk zou je het kunnen beschouwen als een heilig relikwie, tenzij ze denken...' hij pauzeerde even, 'dat jij ze op een spoor kunt brengen.'

'Ik?'

'Heb je wel eens het gevoel gehad dat je in de gaten gehouden werd?'

'Een paar maanden geleden. Een sinister uitziende man volgde me een tijdje maar kreeg er genoeg van.'

'Waarom heb je dat niet tegen me gezegd?'

'Toen kende ik u nog niet.'

Arcadius verzonk in gepeins.

'Ik krijg net een idee,' zei hij na een korte stilte. 'Een oude vriend van me wil ons misschien wel helpen... als hij nog leeft, uiteraard.'

'Wie is het?'

'Een oude zilversmid, lid van de Parijse Vrijmetselarij van Edelsmeden. Al heb ik in geen jaren contact met hem gehad. Hmmm... God mag weten waar hij uithangt. En je weet, meisje, dat het op deze leeftijd heel waarschijnlijk is dat hij naar die ene woestijn is vertrokken waar lichamen in een fluistering veranderen die door niemand wordt gehoord.'

'En wat kan hij weten?'

'Ik begrijp niet waarom ik daar niet eerder aan heb gedacht! Hij zou iets kunnen weten... veel zelfs. Ik heb hem altijd als een ontwikkeld en gereserveerd persoon beschouwd; we wisten allemaal dat hij zo zijn geheimen had. Hij was het die me voor het eerst over de Arts Amantis vertelde, en nu ik erover nadenk, met een voor hem ongebruikelijke heftigheid.'

'Is hij gevaarlijk?'

'Wie? Hij?'

'Of... de Arts Amantis?'

'Alles in het leven is gevaarlijk als je het vanuit de angst beziet, Mazarine. Het enige wat we daadwerkelijk moeten vrezen is de angst zelf, zoals Roosevelt heel wijs heeft gezegd.'

'Dus, u gaat hem bellen?'

'Laten we hopen dat hij nog leeft. In deze wereld blijven me telkens minder mensen over. Ik vrees dat ik zelf ook in een tijd leef die niet meer van mij is.'

'Zeg dat niet, Arcadius.'

'Vertel eens, waarom wil je zoveel weten? Waar komt je medaillon vandaan?'

Mazarine gaf hem een kus op zijn wang.

'Het gevoel bekruipt me dat je me nog veel op te biechten hebt, jongedame. Wat zou je ervan vinden als jij mijn vragen eens beantwoordt in plaats van mijn oude vriend te raadplegen?'

'Ik moet weten waarom ze dat lichaam willen hebben, Arcadius. Dat is het enige wat ik u kan zeggen. Alstublieft...'

'Al goed. Ik weet niet waar je mee bezig bent. Ik weet zelfs niet wie je werkelijk bent, maar op mijn leeftijd... denk je dat het nog iets uitmaakt? Ik ga proberen mijn vriend te pakken te krijgen. Wat wil je toch bereiken met al dat geheimzinnige gedoe?'

'Vraag me verder niets, alstublieft. Ooit zal ik u het vertellen. Maar beloof me dat u me nu helpt. Doet u dat?'

'Hmmm... Als je me nog een kus geeft, zal ik erover nadenken.'

Mazarine kuste hem weer en de antiquair lachte.

'Ik waarschuw je maar even dat als mijn vriend gestorven mocht zijn, ik verder niemand heb. Dan weet je dat alvast.'

42

De tentoonstelling *Excesses* was formidabel. Indrukwekkend werk, zoals alles wat uit Sara Millers camera kwam. Elke foto was een artistiek wonder. Provocerende botsingen, intrigerend, ironisch en grotesk, in een fascinerende enscenering met buitensporig luxe en satirische verkwistingen die aan de perfectie grensden. Na een lang verblijf in haar stad, dat inmiddels al zo'n zeven weken had geduurd, stond Sara voor het dilemma terug te keren naar Parijs of te ontsnappen naar een andere plaats op de aardbol. Ze wilde graag naar een plek waar de wind haar zou meevoeren en liet vervliegen tot ze uit het leven was losgemaakt. Ze wilde voorgoed vergeten dat ze bestond. Ze had zin het eindpunt te bereiken, de laatste drempel over te gaan die haar in de anonimiteit van het niets bracht.

Van Cádiz had ze niets meer gehoord, dat wilde ze ook niet. Of dat was althans wat ze tegen zichzelf zei. Ze wist zeker dat haar man op dat moment een intense liefdesgeschiedenis beleefde, want zelfs tijdens hun zwaarste crisis had hij nooit nagelaten haar te bellen. Zijn stilte deed haar pijn, maar ze wist dat ze die zelf had bewerkstelligd door weg te gaan, en uit eergevoel was ze niet bereid die te verbreken.

Van de Big Apple nam ze kleine hapjes om de honger zich begrepen en omringd te voelen te verzachten.

Maar ze stilden hem niet. De Big Apple was niet meer dan dat: een aanlokkelijke vrucht die verleidde maar niet voedde.

Elke avond ging ze dineren met Anne, die haar geen moment met rust liet en haar probeerde af te leiden door vrienden uit te nodigen die haar prezen en als de godin van de fotografie beschouwden. Woorden, holle frasen, oppervlakkigheden, kluchten, enkele herkenningsloze toespraken. Bij geen ervan vond ze aansluiting, want wat Sara nodig had was harmonie vinden. Een buitenwereld die overeenkwam met haar binnenwereld. Een treffen van ideeën en gevoelens, een dialoog die overeenstemde met haar intiemste belevingen. Bespiegelingen over het bestaan en de aftakeling van man en vrouw tijdens de ondergang van het leven.

Ze moest over de mens praten, over zijn onbevredigde behoeften, zijn emoties en verdriet. Iemand ontmoeten die tegen haar zei, ja, het is volkomen terecht dat je voelt wat je voelt, die zei dat wat ze doormaakte normaal was.

Het scheen haar toe dat ze alleen was in die dolende overpeinzingen waarvan ze uitgeput raakte, in die existentiële crisis waarin ze was geraakt. Maar ze wist dat neerslachtigheid voor de meeste mensen besmet was. En zij was heel neerslachtig. Een gesprek met haar kon heel vervelend zijn voor hen die poogden te ontsnappen aan de werkelijkheid en de voorkeur gaven aan het beschermende schild van de banaliteit.

Midden in een belachelijk stompzinnige redevoering stond Sara op.

'Ik ga.'

Iedereen draaide zich om. Ze begrepen niet hoe zo'n succesvolle, coole vrouw zich niet op haar gemak kon voelen in de Lotus, hét restaurant in Meatpacking District.

Anne kwam onmiddellijk overeind en zei: 'Sara... zie je hen?' Ze wees naar een groep kunstenaars. 'Ze zijn hier speciaal voor jou.'

'Het spijt me, ik wil jullie dinertje niet verpesten.'

'Ik ga met je mee.'

'Geen sprake van, jij blijft hier. Je hebt al genoeg gedaan.'

'Je weet dat ik van je hou, Sara, en ik vind het vreselijk je te zien lijden. Een vrouw als jij mag zichzelf niet toestaan...'

De fotografe viel haar in de rede: 'Mag me wat niet toestaan? Het zit me tot hier, dat wel of niet toestaan. Ik wil dat woord uit mijn woordenboek schrappen.'

'Je hebt gelijk, het spijt me. Wie ben ik om je advies te geven?'

'En weet je wat het ergste is, Anne? Voor het eerst in mijn leven weet ik niet wat ik moet doen.'

'Nou, als je het niet weet, doe dan niets. Wacht gewoon af...'

'Dat kan ik niet. Morgen stap ik op het eerste het beste vliegtuig dat vertrekt.'

'Zo kun je toch nergens naartoe gaan.'

'Dat zou weleens het recept kunnen zijn. Geen vaste bestemming of werk dat wacht. Mijn hele leven was altijd gepland.'

'Je zult je hetzelfde voelen als hier, alleen eenzamer. Doe het niet.'

'Dag Anne.'

Sara wilde niet toegeven aan de smeekbeden van haar vriendin, die tot het allerlaatste moment aandrong met haar mee te gaan. Ze liep naar buiten. In haar hart zat een gat dat ze niet kon opvullen. Ze wilde huilen, maar er kwam geen enkele traan. Ze was opgedroogd.

De avondlucht rook naar teer en verbrande benzine. Ze wilde lopen, verdwalen en zich doelloos door haar voetstappen laten leiden.

Vanuit de luchtkokers van het metronet stegen warme waterdampen op, kropen door de roosters in het trottoir naar buiten en vormden fantasmagorische spiralen. De trottoirs waren even leeg als zij.

Onderweg kwam ze een paar *homeless* tegen, gehuld in de pagina's van *The New York Times*, *The Independent* en *The Wall Street Journal*. Voorpaginaberichten die het behoeftige lichaam van daklozen bedekten. Een foto die ze niet zou maken omdat het zinloos was dat onrecht aan de kaak te stellen. Hoeveel jaren was ze niet bezig geweest de wereld datgene te tonen waarvan haar ogen getuige waren? De afbrokkelende planeet aarde: hongersnoden, uittochten, oorlogen, mishandelde vrouwen... een verloren, uit de koers geraakte carrière. De essentie van haar beroep, haar aanklachtreportages waren zuiver precieus vermaak geworden.

Haar jaren waren verloren gegaan aan het najagen van een onmogelijke droom, want hoeveel aanklachten ze ook uitbeeldde, op iedere hoek bleef een niet-opgeloste geschiedenis bestaan.

Prostituees, armen, jongeren, ouderen, gelach, verdriet... In de duistere nacht fonkelde de menselijke misère als sterren.

In het holst van de nacht kwam ze bij haar hotel aan, met vermoeide voeten en een verwarde ziel, en voor ze naar boven ging bestelde ze een Dry Martini in de bar van de lobby. Haar ogen namen een voor een de verlaten tafeltjes op. Achterin stond een man door het grote raam naar buiten te kijken en intussen een glas champagne te drinken. Het licht van buiten viel op het kristallen glas en veranderde de vloeistof in goud. Sara kon het niet nalaten dat tafereel vast te leggen, het was perfect: *De eenzaamheid van de reiziger*.

Ze pakte een klein fototoestel dat ze altijd in haar tas had en drukte af. De man, die voelde dat hij geobserveerd werd, draaide zich om en liep naar degene toe die net een foto van hem had gemaakt.

Aanvankelijk herkende Sara hem niet, maar toen hij dichterbij gekomen was en ze zag wie hij was, schaamde ze zich.

'Het spijt me,' zei ze. 'Ik kon het niet laten. Het licht, je achterkant, het glas...'

'Hoor ik dat goed, Sara Miller? ... Het streelt me dat je lens me interessant heeft bevonden.'

'Wat doe je hier?'

'Ik ben vandaag aangekomen. Je weet wel, mijn leven is een gaan van hier naar daar. Je was zo lovend over dit hotel dat ik besloot het eens te proberen.'

'Ik wist niet eens dat je vertrokken was.'

'Nou, je hebt me ook nooit gebeld. Hoe zou ik je het dan kunnen zeggen?'

'Morgen... vertrek ik.'

'Ga je terug naar Parijs?'

Sara ontweek het antwoord.

'Wat ik je die avond van de cocktail voorstelde was serieus bedoeld, zonder verplichtingen. Je kunt net zo lang op mijn landgoed, op San Jorge, blijven als je wilt. Waarom weet ik niet, maar ik heb het idee dat de Colombiaanse lucht je heel goed zal doen.'

De fotografe nodigde hem uit bij haar te komen zitten. Ze was verheugd hem weer te zien. Ook al hadden ze niet lang met elkaar gepraat, Germán Naranjo leek haar een betrouwbare man. Ze begreep nog steeds niet waarom hij zo aardig tegen haar was.

'Woon je op het platteland?'

'Dat zou ik graag willen, maar het gaat niet. Weet je, Sara, je wordt uiteindelijk een slaaf van je eigen fortuin. Soms ben ik dit alles zo beu. Vind je dat niet belachelijk? Ik zou graag terugkeren naar mijn landelijke herkomst van paarden, koeien en melken.'

'En waarom doe je dat dan niet?'

'Omdat het te laat is. Mijn leven heeft een andere wending genomen en het zou me heel moeilijk vallen daaruit te stappen. Daar ben ik niet klaar voor.'

'Heb je een gezin?'

'Mijn vrouw... pardon, mijn ex-vrouw, is weer een ander verhaal.'

'Wat bedoel je daarmee?'

'Nou, ze is een nieuw leven begonnen.' In zijn stem klonk onbewust een droeve ondertoon. 'En mijn twee kinderen zijn gelukkig in Miami.'

'Je hebt het over je ex-vrouw, over je kinderen, maar... jijzelf dan?'

'Ik? Als je bedoelt weer verliefd worden, nou, daar moet ik niets van hebben.'

'Het doet je pijn?'

'Wie doet dit leven geen pijn, Sara! Je kunt maar beter afleiding zoeken, en dat is wat ik je voorstel. Neem je het aan?'

'Dat kan ik niet, maar in elk geval bedankt voor je aanbod.'

'Nog een Dry Martini?'

'Waarom ook niet?'

De kelner bekeek hen met een slaperig gezicht. Tien minuten later was hij terug met nog een glas champagne en de cocktail.

'Je bent veel te jong om zo alleen te zijn,' zei Sara en ze beet in de olijf van haar drankje.

'Achtenveertig jaar is niet niks als je ze intensief hebt geleefd. Maar waarom vertel je niet wat over jezelf?'

'Stel je voor, als jij al zegt dat achtenveertig niet niks is, wat moet ik dan wel niet zeggen met mijn bijna zestig? Ik ben een vermoeide oude vrouw, volstrekt oninteressant. Al mijn kracht is in mijn foto's gaan zitten. Ze hebben me van mijn leven beroofd.'

De alcohol begon effect te sorteren en haar tong werd losser.

'Heb je een tevreden gevoel?'

'Laat me niet lachen. Gehele bevrediging bestaat niet. Er is altijd wel iets wat haar tenietdoet. Schuldcomplexen, bijvoorbeeld.'

'Sara... ik voel dat je inwendig ergens om schreeuwt.'

'Naar Colombia gaan, bijvoorbeeld?'

'Waarom niet? Ik zou alles voor je in gereedheid laten brengen. Het personeel van de *finca* staat tot je beschikking. Die reportage waarover je het had zou subliem worden. Er zijn magnifieke bomen: *ceibas, samanes, carboneros, guaduales, yarumos*... de rivier La Vieja...'

'Het klinkt heel mooi.'

'Het is heel mooi,' corrigeerde Germán haar. 'Je zult het genot voelen terug te keren naar je kindertijd. Weet je hoeveel meisjes oorbellen maken van de zaden van de *guama*? Op de haciënda is een schooltje voor de dochters van de arbeiders. Zij leren je het wel.'

'Guama?' Sara lachte. Zij, veranderd in een meisje met oorhangers... dat zag ze nog niet voor zich.

'Je zou kunnen meehelpen als lerares in... Wat denk je van fotografie? Je Spaans is heel goed.'

Sara keek naar hem, haar glas was leeg. Ze wilde nog een Dry Martini. Germán bestelde meer champagne.

'Sara, soms geeft het leven je cadeautjes. Je moet leren die aan te nemen. Je zult alleen zijn, met tienduizend hectare exclusief voor jou. Wat zeg je ervan?'

De fotografe dacht even na en antwoordde toen: 'Goed. Ik ga naar je paradijs... hoe zei je ook weer dat de indianen het hebben gedoopt?'

'Quindío.'

De barkeeper nam afscheid en ze bleven alleen in de ruimte achter, pratend over alles wat maar in hen opkwam.

Aspiraties, illusies, ontrouw, frustraties, eenzaamheid, gezelschap, jeugd, ouderdom... Kunst, veel over kunst. Boeken, steden, exotische zaken, schaarste, weelde... De onderwerpen vloeiden rijkelijk terwijl de Dry Martini's snel door Sara's bloed stroomden en de glazen champagne in Germáns neuronen bruisten.

Eindelijk, tegen het ochtendgloren en toen het nachtpersoneel van het Mercer werd afgelost, besloten ze met tegenzin een punt achter hun samenzijn te zetten.

In de lift drukte Sara op de 3. Germán deed niets. Dat verbaasde haar.

'Op welke verdieping moet jij zijn?'

'Dezelfde als jij.'

De liftdeuren sloten en de intimiteit van het staal bracht een ongemakkelijke stilte met zich mee, waardoor ze niet wisten waar ze moesten kijken. Op de derde etage stopte de lift.

'We zijn er,' zei Sara om maar iets te zeggen.

'Ja, we zijn er,' beaamde Germán.

Na al het gepraat waren ze tot zwijgen vervallen.

Ze liepen in stilte door de gang. Voor de deur van haar kamer stopte ze en opende de deur. Hij ging naar de kamer ertegenover. Met een snelle blik zeiden ze gedag en glipten naar binnen. Toen Sara in bed kroop, vielen de eerste zonnestralen warm op de lakens.

Ze verzonk in een diepe slaap en droomde van het stralende groen dat ze op het punt stond te leren kennen. Van de rivier La Vieja en haar stroomversnellingen, van de ceibas en guaduales, van de honderden vlinders die als gevleugelde bloemblaadjes op haar neerdaalden... Ze was in het paradijs Quindío en haar lichaam kromp; ze was klein, miniem, een grassprietje op de onmetelijke berg... Een, twee, drie... vijf; tientallen regenbogen tekenden zich af tegen de hemel, alleen voor haar, een kleurig gestreept, eindeloos gewelf... ze was gelukkig.

43

Ze bleef nog twee dagen in New York en gebruikte ze om af te spreken met haar enig overgebleven broer en om het graf van haar ouders te bezoeken. Het vluchten had geen haast meer. Ze had een bestemming gevonden en zou zich door het avontuur laten meeslepen.

Germán Naranjo zag ze niet meer, aangezien hij de dag volgend op hun nachtelijk samenzijn al heel vroeg uit het hotel was vertrokken met achterlating van een kort briefje en een kaartje met namen en telefoonnummers.

Lieve Sara,
San Jorge verwacht je. Het personeel op de haciënda is met de voorbereidingen bezig. Je hoeft alleen maar de dag en het tijdstip van je aankomst aan mijn secretaris door te geven. Op het kaartje vind je de telefoonnummers (het mijne eveneens voor het geval je dat bent kwijtgeraakt).
Geniet van het paradijs terwijl ik brand in deze financiële hel.
Kus,
Germán.

Ze zou alleen zijn, wat zoveel betekende als naakt, in een immens land dat ze helemaal niet kende. En als de eenzaamheid nu eens erger was dan het lawaai?

En als ze daarentegen rust zou vinden en met zichzelf in het reine zou komen?

Voor ze het Mercer verliet, belde ze naar Pascals woning. Vanwege het tijdsverschil moest hij daar nu zijn. De telefoon ging vele malen over tot ze eindelijk de slaperige stem van haar zoon hoorde.

'Pascal?'

'Met wie spreek ik?'

'Met je moeder... ik ben het, je moeder.'

'Is er iets gebeurd?' Pascal deed het lampje aan en keek op de wekker. Het was 04.25 in de ochtend. 'Weet je wel hoe laat het is?'

'Neem me niet kwalijk, jongen. Ik wilde je stem even horen,' Sara's stem brak.

'Moeder, gaat het wel goed met je? Waar ben je?'

'In New York.'

'En Cádiz?'

'Weet ik niet.'

'Er is iets met je.'

Sara zweeg. Praten met haar zoon ontroerde haar. Ze slikte en antwoordde toen: 'Nee, echt niet. Ik wilde alleen dat je wist... dat ik veel van je hou.'

'Dat weet ik, moeder, dat weet ik. Wanneer kom je terug?'

'Ik moet een tijdje verdwijnen. Je begrijpt het wel, hè? Ik duik onder op een plek overal ver vandaan, maar ik wilde dat jij het wist... voor het geval me iets overkomt.'

'Laat me niet zo schrikken. Zijn jullie... uit elkaar?'

'Wel, laten we zeggen dat we moeten nadenken. Je weet hoe dat gaat met huwelijkscrises. Soms heb je even genoeg van de ander.'

'Heeft hij je slecht behandeld?'

'Laat maar, dat zijn onze zaken. Ik ga naar Colombia. Ik ben uitgenodigd een paar dagen naar het koffiegebied te komen.'

'Naar... Colombia?'

'Ze zeggen dat het een fascinerend land is. En je kent mijn zwak voor schoonheid. Ik trek me een tijdje terug uit de wereld, Pascal. Daar heb ik al zo lang behoefte aan! Geen mobieltjes en verplichtingen. Het lijkt misschien vreemd, maar sinds dat akelige apparaat zijn intrede heeft gedaan is de privacy verdwenen, moet je er altijd zijn, ook wanneer je dat niet wilt.'

'Weet nog iemand... waar je naartoe gaat?'

'Bedoel je je vader? Nee, en ik wil ook niet dat hij het weet. Maar noteer deze nummers even voor het geval dat.'

Sara dicteerde de nummers op het kaartje dat Germán had achtergelaten en Pascal noteerde ze, drukte haar op het hart goed op zichzelf te passen.

'Moeder... wanneer je terugbent, moet ik met je praten.'

'Waarover? Zeg het me nu maar.'

'Nee. Het is te belangrijk om over de telefoon te bespreken. Laat me weten wanneer je weer hier bent, goed?'

'Je maakt me heel nieuwsgierig.'

'Mooi, dan heb je een reden om snel terug te komen.'

'Geef je me een aanwijzing?'

Pascal antwoordde niet.

'Ik hou van je, moeder.'

'En ik van jou, zoon.'

Sara Miller verbrak de verbinding, een glimlach speelde rond haar lippen. Haar relatie met Pascal was aan het veranderen. Hij kwam nabij en hartelijk over, en hij maakte zich zorgen om haar. Wat zou hij haar te vertellen hebben?

Ze wilde niet dat Anne haar naar het vliegveld JFK bracht en ze wilde haar evenmin iets over haar geheime reis vertellen; ze sprak zelfs niet over de nacht die ze in gezelschap van Germán had doorgebracht. Ze wilde niet dat Anne ergens over zou speculeren waarover niets te speculeren viel. Ze namen telefonisch afscheid en spraken af de details voor de officiële opening van haar laatste werk later uit te werken.

In Bogotá werd ze verwelkomd door een man met een zangerige stem en beschaafde manieren, die haar na een hoffelijke begroeting via gangen buiten het normale passagiersgebied naar een privévliegtuig leidde. Germán Naranjo had opdracht gegeven haar te behandelen naar wat ze was: een wereldwijd gerespecteerde kunstenares.

Toen het vliegtuig opsteeg, schilderde zich aan de andere kant van het raampje het magnifieke landschap voor haar ogen af. De savanne strekte zich majestueus uit en liet haar eeuwige lente zien. De vleugels van het vliegtuig doorsneden het veld van prachtig gevormde wolken die ze onophoudelijk fotografeerde. Ze kreeg zin de deur te openen en op die luchtige wattenmassa te springen.

Naarmate ze de koffiestreek naderden, won het schouwspel aan schoonheid. De huid van dat land streelde de zinnen.

Op een vlechtwerk van blauwige bergen was een uitgebreid gebied van gewatteerde delen te ontwaren die van bovenaf een onbeschrijfelijke, plantaardige sprei vormden. Een sobere apotheose van koffie, bloemen, palmen, kronkelende rivieren, watervallen, meren... groen, veel groen dat krachtig voor haar ogen explodeerde. Na het weelderige visuele welkomstbanket landden ze op het vliegveld van Armenia, waar een aangename warmte haar tegemoetkwam.

Ze was bij haar schuilplaats gearriveerd. Zonder vooropgezet plan bood het leven haar een pauze op haar weg.

De eerste nacht bracht ze door op het dak van een overdekte veranda, kijkend naar een sterrenhemel zoals ze die nooit eerder had gezien en die vluchtig de donkere plekjes in haar ziel verlichtte. De vochtige geur van aarde bedwelmde haar... de door oehoes verbroken stilte suste haar in slaap. Op die plek was de tijd een andere tijd, zweefde de ruimte in een magische onwerkelijkheid. Alles was relatief. Hier was de wereld niet doorgedrongen. Die ongecompliceerdheid verwonderde haar.

Dagenlang zwierf ze over met een machete gebaande paden en raakte gaandeweg vertrouwd met de fauna van de omgeving; ze vertelden haar oude legenden, zoals die van de yarumobomen die ontkiemden uit mojojoy-wormen, en die van de met goud behangen oude vrouw die de veroveraars op de rivieroever hadden aangetroffen, en ze legden haar uit dat de rivier daarom La Vieja was genoemd; ze maakte foto's van beklemmende wilgen die midden in het oerwoud leken te treuren; ze stapte in gammele Willys-jeeps en zocht een plaatsje tussen boeren, kakelende kippen, balen koffie en trossen bananen; ze bezocht Salento met zijn kleurige gevels, zijn vlaggenplein, zijn in zondagse outfit gestoken kinderen die rondfietsten met een wapperend driekleurig vaantje; ze ging kroegen binnen die afgeladen waren met boeren en waar de tafels vol bierflessen stonden; ze leerde luidkeels de *guasca* zingen, en ze legden haar uit dat ze die volksliedjes uit volle borst moest zingen om de *tusa*, het hartzeer, kwijt te raken; ze bezocht de Valle del Cocora met haar eindeloze park van waspalmen die langs de hemel streken; ze at versgevangen forellen tot ze niet meer kon... Ze deed alles om bij dat onopgesmukte universum te horen. Ze vergat wie ze was... maar niet door wie ze leed.

Wat zou er intussen in Parijs gebeuren?

Na een lange wandeling lag ze uit te rusten in een hangmat en soesde weg in de lome warmte van de namiddag; zo trof Germán Naranjo haar aan. Sara had haar ogen gesloten en hij dacht dat ze sliep. Hij sloop op zijn tenen dichterbij en observeerde haar een hele poos. Een van zijn grootste pleziertjes bestond eruit de kwetsbaarheid van een slapende vrouw gade te slaan. Uit dat tafereel sprak een zekere barokke romantiek. Een schitterend moment, het losraken uit de bewustzijnstoestand en het begin van de weldadige slaap. Hij eigende zich haar rust toe. Die momenten waren van hem.

Ze moest heel mooi zijn geweest. De ontspannen slaap streek haar huid glad en hij kon zich indenken hoe ze er in haar jonge jaren had uitgezien. Een serene, elegante schoonheid. Haar ovale, trotse gezicht gaf zich over aan een diepe zucht. Haar borst ging ritmisch op en neer. Zou ze dromen?

Ineens, alsof ze zijn gedachten had gehoord, opende Sara haar ogen. De betovering was verbroken.

'Mijn god... Wat een verrassing! Ik wist niet dat je zou komen. Wanneer ben je gearriveerd?' zei ze terwijl ze een poging deed om haar blouse te fatsoeneren en overeind te komen.

'Waag het niet om op te staan. Ik was je aan het observeren.'

'Mij?'

'Ja, observeren is niet exclusief voorbehouden aan fotografen.'

'En wat zag je?'

'Een mooie vrouw.'

'Leugenaar.'

'Een Dry Martini?'

'Waarom ook niet? Sinds New York heb ik er niet een meer gehad. Ik ben overgestapt op brandewijn...'

'Ik merk wel dat je je de lokale gebruiken hebt eigen gemaakt. Dat is geweldig.'

'Germán...' Sara pauzeerde even. 'Dank je wel. Deze reis is het mooiste cadeau dat ik de laatste jaren heb gekregen. Ik ben je er een schuldig.'

'Ons gesprek die nacht in het hotel, het feit dat je naar me hebt geluisterd, was voor mij eveneens een groot cadeau. We staan dus quitte.'

De landeigenaar riep de butler en deze kwam terug met een dienblad waarop twee cocktails prijkten.

'Ik trakteer je vanavond op een paardenrit. Het is vollemaan,' zei Germán nadat ze hadden geklonken.

'Ik weet niet of ik het nog kan. Ik heb in geen jaren op een paard gezeten.'

'Laat je gewoon meevoeren en volg zijn tempo. Paardrijden is een kwestie van harmonie, bewegen op een innerlijke muziek. Perfecte maten. Jij en het paard, verworden tot één enkel wezen. Het is als... de liefde bedrijven.'

Sara zweeg. De liefde bedrijven. Dat had ze al heel lang niet meer gedaan! Voelen... Hoe zou het zijn die aangename kitteling in haar binnenste weer te beleven? Ze veranderde van onderwerp.

'Ik heb geen geschikte spullen bij me.'

'Ik verzeker je dat je die vanavond...' hij keek haar diep in de ogen, 'niet nodig zult hebben.'

44

Mazarine keek peinzend naar Sienna's verfijnde gelaat. Haar eeuwige slaap was anders dan die van de doden; terwijl laatstgenoemden zielloos waren geworden, veranderd in kille wassen figuren zoals ze in het Musée Grévin had gezien, leek zij juist te stralen van leven. Ze hield haar borst in het oog, wachtend op de diepe zucht die Sienna uit de eeuwige lethargie zou doen ontwaken, en soms, heel soms, meende ze een geurige vleug lavendel waar te nemen die als aankondiging van het aanbreken van de lente boven haar zweefde.

Het bezoek van de schilder die La Ruche was binnengevallen en haar leraar luidkeels om een heilige had gevraagd, de vreemde figuur die haar dagenlang had gevolgd en de beslist niet-absurde veronderstellingen van de antiquair hielden al haar onrust levend. Nu wilde ze weten hoe het lichaam in haar huis terechtgekomen was.

Wat had Sienna van doen met wat er allemaal gebeurde? Hoe was het mogelijk dat ze zelf geen enkel familielid meer had, geen grootouders, geen ooms en tantes, geen neven en nichten, niemand die ze naar de herkomst van dat geheim kon vragen? Zouden haar ouders een document of een aanwijzing hebben achtergelaten, waaruit ze kon begrijpen wat er nu allemaal voorviel? Waarom wilden ze haar het lichaam van haar geliefde Sienna afnemen, als dat het enige was wat ze nog in haar leven had?

Ze zocht met haar ogen de inhoud van de glazen kist centimeter voor centimeter af, zoekend naar een bijzonderheid. Wat van Sienna's tuniek restte leek nietszeggend te zijn. Alleen de met gouddraad geborduurde randen van haar kleed vielen op: teksten die waarschijnlijk in het Occitaans geschreven waren, moeilijk te ontcijferen gezien de slechte staat waarin ze zich bevonden.

En in haar handen? Haar blik bleef verbaasd op ze rusten. Wat was dat wat ze tussen haar vingers ontwaarde? Dat dunne koordje, als een ring om haar middelvinger gewonden... hoe was het mogelijk dat ze het niet eerder had opgemerkt? Tussen haar gevouwen handen leek iets verborgen te zijn.

Mazarine kwam nog wat dichterbij.

'Neem me niet kwalijk, Sienna,' zei ze terwijl ze behoedzaam haar lauwwarme, slapende handen optilde.

Een sleutel! Verborgen in haar handen lag een roestige, aan een leren koordje bevestigde sleutel. Langzaam en heel voorzichtig wikkelde Mazarine het ragfijne koordje los.

Een sleutel? Zou dat het zijn wat degenen die achter het lichaam aan zaten zochten? Maar... een sleutel waarvan? Waar leidde deze vondst naartoe?

Een sleutel zonder slot was niets, niet meer dan een niet-opgeloste helft. Die ontdekking moest haar zonder meer naar een of andere plek of naar een groot geheim voeren. Ze zou hem eerst eens goed bestuderen. De vreemde arabesken hadden ongetwijfeld een betekenis, en die zes kleine reliëfs over de lengte van de sleutel leken exclusief ergens voor ontworpen te zijn. Ze bekeek de laatste aandachtig: de minuscule bewerking... maar... het was hetzelfde symbool als van het medaillon!

Wie zou de sleutel daar hebben verstopt? Nu moest ze het slot vinden, wat zo ongeveer neerkwam op het zoeken naar een naald in een hooiberg. Ze snelde naar haar slaapkamer en verstopte de sleutel onder haar kussen; vervolgens zei ze La Sainte gedag en vertelde haar zachtjes over haar plannen.

Ze verliet het huis en liep naar de winkel van Arcadius. Het glazen mobiel dat aan de deur hing kondigde haar komst aan en verbrak de diepe stilte in de zaak. De oude man keek op, maar ditmaal kwam hij niet naar haar toe lopen.

'Dag, Arcadius. Bent u niet blij me te zien?'

'Je bent altijd een lust voor mijn oog, jongedame. Maar de laatste tijd speelt mijn ischias op.'

'Arme man. Zal ik met u meegaan naar de dokter?'

'Maak je om mij geen zorgen en barst maar los. Je kwam zo binnen stuiven... Heb je me iets te vertellen?'

'Ik wilde vragen of u uw vriend de edelsmid nog hebt kunnen bereiken.'

'Ik heb hem inmiddels gelokaliseerd en wat het belangrijkste is: hij leeft nog. Maar ik heb hem nog niet gesproken. De keren dat ik belde was hij niet thuis, al ben ik intussen wel bevriend geraakt met zijn vrouw; blijkbaar ziet ze me voor iemand anders aan en ze heeft me bepaalde dingen verteld.'

'Wat dan?'

'Zaken die voor ons interessant zijn. De oude vrouw mag dan aan ouderdomsdementie lijden, maar wat ze me vertelde was heel coherent. Haar man gaat 's avonds soms op pad, zegt dat hij dan een vergadering heeft met leden van een broederschap, en niet bepaald die van de Parijse edelsmeden.'

'U moet snel met hem spreken, Arcadius. Het is belangrijk.'

'Goed, meisje, maar vanwaar die haast?'

'Dat weet u wel... ook al vertel ik u niets, u heeft de gave mijn gedachten te lezen.'

'Ik zou ook graag de gave bezitten die te corrigeren. Zo kom je nergens. Het vervelende is dat ik tegenover een zeer sterke rivaal sta: je jeugd.' De oude man pakte de telefoon. 'Laten we het nog eens proberen.'

Ditmaal was de juwelier thuis. Ze praatten wat en spraken voor diezelfde namiddag af. Met een uiterst onbenullig smoesje had Arcadius het voor elkaar gekregen dat de edelsmid hem wilde spreken.

Klokslag vieren kwam de zilversmid Arcadius' winkel binnen, dezelfde man die maanden eerder Mazarines medaillon had onderzocht, dat waardevolle exemplaar waarmee de figuur met de troebele ogen was komen aanzetten.

De eerste minuten haalden ze herinneringen aan vroegere tijden op, vervolgens klaagden ze over hun leeftijd en ouderdomskwaaltjes en daarna kwamen ze ter zake.

Arcadius legde uit dat hij hem had gebeld om de authenticiteit vast te stellen van een zending oude juwelen en munten die hij net had binnengekregen. Nadat hij ze had bekeken en de stukken had geverifieerd, raakten de juwelier en de antiquair verdiept in een lang, geanimeerd gesprek.

In de loop van de namiddag ontstond een ware kameraadschap tussen hen. Een soort eensgezindheid, want het bleek dat ze dezelfde ideeën deelden over elk willekeurig onderwerp dat ter sprake kwam. De edelsmid was een verstokte eenling, een bewonderaar van schoonheid in alle opzichten, afstammeling van een dynastie van ambachtslieden die hun kunst in metalen vereeuwigden. Arcadius daarentegen was de hoeder van die en van vele andere kunstvormen. Had de taak op zich genomen stukken die door gestorvenen waren achtergelaten op te sporen, te kopen, schoon te maken, op te poetsen, te verzorgen en restaureren en nieuwe eigenaren te vinden die ze wisten te waarderen en goed voor ze zorgden. Vaak had hij de prijs van een stuk wat laten zakken wanneer hij in de ogen van een koper de glans van liefde bespeurde.

Uiteindelijk at de antiquair 's avonds bij de edelsmid thuis. Een intelligent gesprek dat ging over de Merovingers, Visigoten, tempeliers, zwarte maagden, vrijmetselaars, melkieten... geschiedenissen vol haat en liefde. Van bloedige strijd en tegenover elkaar geplaatste waarheden.

Nadat ze een aantal glaasjes huisgestookte armagnac hadden gedronken en een al jaren niet meer door hem geproefde Davidoff Chateau Margaux hadden gerookt, kwamen ze al pratend in Zuid-Frankrijk terecht. Ze sprongen over de eeuwen heen en verloren zich in het Occitaanse land tussen kathaarse *parfaits* en *parfaites*, troubadours, feodale heren, rituelen als het *consolamentum* en bepaalde voorschriften. Tegen middernacht deden de Arts Amantis eindelijk hun opwachting, en met hen de duistere, onvolledige geschiedenis van La Sainte.

Arcadius kon zijn nieuwsgierigheid niet bedwingen.

'Hoe kan het dat er zo weinig bekend is over hun meest aanbeden wezen?'

'Een diefstal. De vreselijke, onvergeeflijke diefstal van een kist waarin haar hele geschiedenis besloten zat. Wat bewaard gebleven is, werd uit de oneindige diepten van de tijd gered door families die traditiegetrouw besloten het verhaal te vertellen en zo werd het als een geheimvolle legende van generatie op generatie doorgegeven. Naar verluidt was La Sainte de dochter van een machtige feodale heer. Een uitzonderlijk vriendelijke en mooie prinses. Ze wandelde vergezeld van haar dienstmeisje door de straten, en, zo wordt verteld, omgeven door een vies bedelaarshof dat rond haar samendrong op zoek naar gunsten, en ook dat ze niet de minste angst of scrupules had, naar hen toe liep en hen met haar zachte handen aanraakte, hen genas van lepra en andere aandoeningen, zelfs die van de geest. Voor velen betekende alleen al haar aanschouwen genezing. Haar vader kon haar niet tegenhouden. De kracht van haar goedheid was zo groot dat geen mens niet aan haar voeten lag. Ze was de vaandeldraagster van de gerechtigheid. In haar kasteel vonden tientallen behoeftigen, oudjes, gebrekkigen, gekken en in de steek gelaten mensen onderdak, begrip en eten. Alles wat uit haar handen kwam, veranderde in kunst. Ze borduurde, schilderde en zong als een engel, maar dat wil niet zeggen dat ze zwak was. Ondanks haar jonge leeftijd, ze was net zestien, was haar kracht in heel de streek voelbaar. De Arts Amantis aanbaden haar omdat ze alles vertegenwoordigde wat zij wilden zijn: liefde en kunst in zuivere vorm.'

'En wat is er met haar gebeurd?'

'Ze werd vermoord. Tot voor kort dacht men dat ze gestenigd was, maar nu wordt beweerd dat ze stierf toen ze door een aantal monniken werd verkracht.'

'Wie beweren dat?'

'Tja, zo laat op de avond kan ik je misschien wel iets toevertrouwen, Arcadius.' De edelsmid dacht even na en hoewel niemand hen kon horen liet hij zijn stem toch dalen. 'Ik behoor tot de Arts Amantis.'

'Wil je zeggen dat de Arts Amantis nog steeds bestaan?'

'Niet zoals vroeger. Jammer genoeg heeft de broederschap beduidend aan kracht ingeboet. Er zijn personen die er niet thuishoren, maar ze verstoten past niet bij onze principes.'

Arcadius wilde veel meer weten.

'En waar bevinden ze zich?'

'Onder ons. Jij, ik, iedereen kan ertoe behoren zonder dat iemand dat in de gaten heeft.'

'Fascinerend!'

'Dat is het zeker. Je zou versteld staan van de diversiteit van onze leden, in enkele gevallen zelfs antagonistisch. Maar wat nog wel behouden lijkt te zijn is de liefde voor de kunst; daarin zijn we eensgezind. Helaas richten jaloezie en haat ons te gronde. Daarom is het zo belangrijk terug te gaan naar het begin. Het lichaam van La Sainte te vinden en de kist die onze hele geschiedenis bevat. Naar verluidt ging er zelfs nog na haar dood een genezende kracht van haar uit.'

'Ze kan aan plunderingen ten prooi zijn gevallen,' zei Arcadius. 'Per slot van rekening was ze een relikwie. Er bestaan nog steeds georganiseerde bendes die daarin handelen.'

'Weet jij daar meer over?'

'In de kringen waarin ik verkeer, hoor je wel eens verhalen over botten van heiligen, heilige kelken...'

De zilversmid zag in Arcadius een lichtpuntje. Wellicht kon hij hen helpen bij de zoektocht.

'Je zou met me mee moeten gaan naar onze volgende samenkomst,' zei hij. 'Ik introduceer je als een van de onzen; een familielid uit het zuiden van het land. Hoe lijkt je dat?'

Arcadius knikte tevreden. Het was meer dan hij had durven hopen. Hij dacht aan Mazarine.

'Ik zal er zijn.'

'Eerst moeten we een mantel voor je maken. Mijn vrouw is daar een expert in; ze kan fantastisch borduren. Laat dat maar aan mij over, vriend.'

45

Hij had niets van Sara gehoord. Met het verstrijken van de dagen was tussen hem en zijn vrouw een stilzwijgende overeenkomst gegroeid die hen vrijstelde van de verplichting contact met elkaar te zoeken, en hoewel dat aanvankelijk een opluchting was geweest, begon het hem nu zorgen te baren. Wat als haar eens iets overkomen was?

Hij belde Anne in New York, die verbaasd was te horen dat haar vriendin nog niet terug was. Ze verkeerde in de veronderstelling dat Sara al dagen in Parijs was. Nee. Ze had geen flauw idee, antwoordde ze toen Cádiz vroeg of ze wist waar hij haar kon vinden. Sara's mobiel stond uit of had geen bereik, zoals de stem verkondigde, en hij kon geen bericht achterlaten. Niemand had iets van haar gehoord.

Toen ze merkte dat hij het benauwd kreeg, besloot Anne hem gerust te stellen en vertelde hem dat Sara twee dagen voor haar vertrek met haar gesproken had over haar wens een tijdje te verdwijnen en, haar kennende, zat ze nu vast bij een of andere inboorlingenstam ergens in een uithoek van de wereld, en maakte ze aan één stuk door foto's.

'Maak je niet ongerust, Cádiz. Het gaat vast prima met haar. Wij vrouwen hebben soms wat lucht nodig om weer op te bloeien. Je gedraagt je toch wel netjes, hè... ouwe boef?'

'Anne, mocht je iets van haar horen, bel me dan; en vertel haar vooral niet dat ik naar haar op zoek was.'

'Ik weet niet wat er met jullie aan de hand is, en ik wil me daar ook niet mee bemoeien, maar één ding zeg ik je wel: het is het niet waard alles weg te gooien; jullie hebben samen zoveel meegemaakt.'

Cádiz gaf er de voorkeur aan niets toe te lichten. Niemand zou zijn vreemde situatie begrijpen. Nu hij blijkbaar alleen was, zonder Sara en vrij in zijn doen en laten, was het enige wat hij wilde de namiddagen als een verliefde jongeling doorbrengen aan de zijde van het meisje dat hem teruggehaald had in het leven. Een platonische liefde die dimensies aannam van de meest onwaarschijnlijke geschiedenis ooit verteld. Hij bezag zichzelf en herkende zich niet meer.

Mazarine lachte en keek hoe Cádiz vergeefs probeerde haar voeten op een van de schilderijen te schetsen.

'Waarom laat je dat niet aan mij over. Accepteer het. Voeten zijn niet je sterkste kant. Het opgelopen trauma bij de Andalusische heeft je ongeschikt gemaakt ze te schilderen.'

'Zou kunnen... maar niet om ze te strelen.'

'Daarin heb je gelijk.'

Cádiz bracht het fijne penseel naar de voeten van zijn leerlinge en liet het langzaam tussen haar tenen glijden en vroeg haar intussen: 'Waarom wilde je gisteravond niet met me afspreken, kleintje?'

Door de strelingen van haar meester kon ze niet nadenken.

'Geef antwoord, Mazarine.'

Het penseel drong traag binnen en dat wond haar op.

'Ik had...'

'Wat had je?'

Het marterhaar streelde. De aanblik ervan liet haar wegdromen.

'... een afspraak.'

'Met hem?'

'Kan.'

Cádiz trok abrupt het penseel terug en zij ervoer het als een straf.

'Waarom doe je het, Mazarine?'

'Omdat jij me alleen maar wilt om te kunnen schilderen. Hij daarentegen...'

'Ben je met hem naar bed geweest?'

'Daar... geef ik je geen antwoord op.'

'Waag het niet. Je bent van mij.'

'Je vergist je, jij wilt niet dat dat zo is.'

'Je hebt geen idee waartoe ik in staat ben.'

'Is dat een bedreiging?'

‘Enkel liefde. Alsjeblieft, Mazarine...’

‘Denk maar niet dat ik eeuwig blijf wachten.’

‘Ik kan je niet verbieden een vriend te hebben, maar je moet wel weten dat het idee jou in de armen van een ander te zien me woest maakt. Ik waarschuw je, wakker mijn jaloezie niet aan.’

‘En wat dan met die van mij? Denk je dat ik geen jaloerse gevoelens heb?’

‘Laten we erover ophouden. Het leidt nergens toe.’

‘Weer bezig je twee werelden te scheiden? Oké, maestro. Jij zult het wel weten. Vanavond... kan ik ook niet met je afspreken.’

‘Uiteraard spreken we niet af. Jij blijft hier, maakt deze schilderijen af.’ Hij wees naar een paar doeken op de vloer.

‘Geen sprake van.’

Cádiz voelde zich machteloos tegenover haar onverwachte rebellie. Hij had zin haar de kleren van het lijf te scheuren en haar daar, tussen de doeken, te nemen; zijn angsten te vergeten en voor even de Cádiz van vroeger te zijn.

‘Je gaat niet met hem uit.’

‘Natuurlijk wel.’ Mazarine had de sleutel gevonden om hem te prikkelen. ‘Hij houdt van me, weet je. Hij houdt echt van me.’

‘Ik ook, Mazarine. Zie je dat soms niet?’

‘Bewijs het me dan.’

‘Seks is niet alles. Zijn mijn bedoelingen niet goed genoeg? Voel je niet dat ik van je hou? Ik geloof dat je me niet begrijpt, kleintje, maar dat reken ik je niet aan. Op jouw leeftijd denk je anders over liefde.’

‘Liefde houdt op elke leeftijd hetzelfde in, Cádiz. Alleen de buitenkant verandert, maar... vanbinnen? Neem nou jaloezie, verwachtingen, de drang te voelen en te bezitten... Denk je dat die bij jou anders zijn omdat je ouder bent dan ik?’

‘Ik heb mijn bestemming al bereikt.’

‘Dat is niet waar. Op dit moment zou je die kunnen wijzigen, als je dat zou willen, uiteraard. Maar je wilt het niet. Je hebt je wil oud laten worden. Daarin schuilt het probleem bij jou en niet in je lichaam. Maar het doet er niet toe, want je hebt besloten het niet te willen begrijpen.’

‘Jij praat op deze manier omdat je niet weet hoe het is zo te moeten zijn. Jij kijkt in de spiegel en deze weerkaatst een prachtig beeld.’

‘En voor jou is het niet voldoende te weten dat jouw beeld van rijpe man voor mij mooi kan zijn? Mijn perceptie telt niet? Passie hoeft niet rechtstreeks verbonden te zijn met dat wat jij beschouwt als schoonheid. Hoe is het mogelijk dat jij een kunstenaar bent?'

'We zullen het nooit met elkaar eens worden, Mazarine.'

'Toen ik je nog niet kende, bewonderde ik je. Maar nu lijk je te zwelgen in zelfmedelijden en zijn mijn gevoelens verward, weet ik niet meer wat ik voor je moet voelen. Het bevalt me helemaal niet je van het voetstuk te halen waarop ik je geplaatst had. Misschien is dat wel de essentie van wat ik voel: een beeld van je te hebben gecreëerd dat niet echt is. Weet je waarom we niet verder komen? Omdat er een niet-bevredigd verlangen is.'

'Je vergist je, kleintje. Juist daardoor,' hij spreidde zijn armen en wees op de doeken die de wanden vulden, 'zijn deze doeken zo imposant.'

'Insinueer je nu dat wanneer we klaar zijn met de schilderijen het moment daar is dat onze lichamen in vuur en vlam zullen staan?'

'Aanvankelijk zal het geweldig zijn; een steekvlam, droog hout dat vlam vat, springende vonken, samen dansende vuurtongen, hoger, almaar hoger... Een grote brand, oplaaiend, alles verterend. En dan, met het verstrijken van de jaren, is daar opeens de sleur; vochtig hout dat niet wil branden, vlammen die niet opstijgen, warmte die niet verwarmt... Kreten van genot veranderd in redeneringen.' Mazarine luisterde zwijgend. Ze had zin te zeggen dat zoiets met haar niet zou gebeuren, dat ze elke dag nieuwe genoegens voor hem zou bedenken, maar ze wist dat hij haar niet zou geloven. 'En we zullen onze lichamen verruilen voor filosofie, het gehijg voor verhandelingen, de zuchten voor het nieuws... Nu voel ik hoe je als een vogeltje ineenkrimpt wanneer mijn penseel je beroert. Ik bespeur je passie en die wekt bij mij een andere op, ongepast, vreemd... vol wellust en wroeging, en daaruit ontstaat een beeld. De ziel verbonden met het penseel, seks verbonden met kleuren... krachtig opwellend.' Cádiz streek met zijn hand over Mazarines hoofd, trok het naar zich toe en kuste haar op haar voorhoofd. 'Dat, mijn kleintje, kun je niet weten omdat je het niet hebt meegemaakt.'

'Het is net of je jezelf op de proef stelt.'

'Zou kunnen. Niet alleen jongeren proberen hun grenzen uit.'

'Jouw grenzen gaan over de mijne heen en doen me pijn. Is het wel eens in je opgekomen dat je mij pijn zou kunnen doen?'

'Je hebt verwachtingen gekweekt; je geest heeft ze gekweekt. Daar heb ik geen schuld aan.'

'Je bent een egoïst, Cádiz. Het ergste is dat ik zelfs van je egoïsme hou.'

Plotseling onderbrak Mazarines mobiel hen. Ze was vergeten hem uit te zetten.

'Hij belt je. Hij kan niet zonder je,' smaalde Cádiz.

Mazarine nam op en sprak op zachte, lieve toon om de jaloezie van haar leraar te voeden. Het was Pascal. Hij belde om haar uit te nodigen voor het avondeten. Hij moest haar iets belangrijks vertellen.

'D'accord. Ik zal er zijn, mon amour,' zei ze terwijl ze Cádiz strak aankeek.

'Hoe durf je in mijn bijzijn zo tegen hem te praten,' zei de schilder woedend.

'Wat ben je aan het doen, Mazarine?' wilde Pascal weten voor hij de verbinding verbrak, geïntrigeerd een mannenstem te horen.

'Ik zit in de les.'

'Vertel hem de waarheid. Vertel hem wat je daarnet tegen mij hebt gezegd, dat je van me houdt.' Cádiz bleef het gesprek verstoren.

'Mazarine, er is een man bij je. Heb je een vriend?' drong Pascal aan.

'Het is mijn leraar. Hij heeft een pesthumeur.'

Cádiz, gek van jaloezie, probeerde de telefoon uit haar hand te grissen en Mazarine verbrak de verbinding, rende als een gek door het vertrek, wegvluchtend voor de maestro die haar achternazat. Achter haar vielen schilderijen om, wankelden ezels, vlogen paletten door de lucht, werden penselen afgeschoten als pijlen zonder boog, op zoek naar de roos om te doorboren. Een spiraal van razernij liet het atelier rond zijn centrum wervelen, veranderde de plek in het oog van een orkaan. Na in de ronde ruimte gerend en gerend te hebben om aan Cádiz' toorn te ontsnappen, vloog Mazarine de wenteltrap op die naar de glazen koepel van La Ruche leidde. Dat had ze nog nooit gedurfd. Boven was een enorm bed, het witlinnen beddengoed eraf geworpen, de lakens wapperend in de binnenstorm en de kussenveren wild rondwervelend in de roerige lucht.

Cádiz haalde haar in, duwde haar met alle woede van zijn jaloezie naar het bed. Ze viel op haar buik en hij rukte haar in één keer de kleding van het lijf; bij de aanblik van haar naakte rug en het gescheurde slipje afgetekend tegen haar huid richtte zijn geslacht zich op. Hij liet zich op haar vallen. Was dat niet wat ze wilde? Nou, ze zou het krijgen. Toen hij de rits van zijn broek opendeed, hoorde hij haar huilen en smeken, en door haar tranen kwam hij weer bij zinnen. De wind ging plotseling liggen. De orkaan was voorbij. Wat voor gruweldaad had hij bijna begaan? Hij kuste haar centimeter voor centimeter, plooi voor plooi en vroeg haar vergiffenis. Haar gesnik deed hem tot in het diepst van zijn ziel pijn, was een bevestiging van zijn stompzinnigheid en laagheid. Nee, zo moest het niet gaan.

Mocht hij het ooit met haar doen, dan zou hij met haar de liefde bedrijven zoals hij nooit eerder had gedaan: SUBLIEM.

46

Sinds ze met Cádiz omging, rookte Mazarine en dat betekende een flinke hap uit haar schamele wezenpensioen. Ze liep de kiosk uit en telde het wisselgeld: ze had nog vijftig euro en zeventig cent om de laatste tien dagen van april door te komen en om datgene te kopen waar ze haar zinnen op had gezet.

Altijd wanneer het nieuwe seizoen begon en de reclame met knappe, de laatste mode showende modellen aanzette tot kopen, vermeed ze de etalages van de modezaken en liet de verlokking nieuwe spullen aan te schaffen over aan anderen. Haar garderobe beperkte zich tot twee spijkerbroeken, vier T-shirts, drie truien en haar eeuwige jas.

Ze kon zich de luxe van een gril niet veroorloven. Het beetje geld dat ze overhield nadat ze het water en licht, de telefoon en het eten had betaald, gaf ze uit aan verf en schilderslinnen die ze kocht bij Magasin Sennelier aan de quai Voltaire, waar ze een studentenkorting kreeg.

Die namiddag wilde ze alleen een dunne jas bemachtigen, want de jas die ze droeg was veel te dik voor de lente.

Sinds ze naar het atelier van Cádiz ging, was zwart haar uniform en enige kleding geworden. In een vintagezaakje in haar buurt vond ze, tegen een spotprijs, een zwarte tweedehands herenregenjas, en ze nam hem.

Op blote voeten en in de net aangeschafte jas verscheen ze in Hôtel Costes. Bij haar binnenkomst werd ze omhuld door een sfeer van gesmolten kaarsen, barokke gordijnen, roodfluwelen sofa's en chill-outloungemuziek. Aan de bar wachtte Pascal op haar.

'Een *mojito*? Die zijn hier fantastisch,' zei hij terwijl hij haar een glas geurend naar versgeplukte munt aanbood. 'Laat me je eens bekijken... Je ziet er prachtig uit.'

Mazarine boog zich naar hem toe en gaf hem een vluchtig kusje op zijn mond.

'Niet zo,' fluisterde hij. 'Ik zal je moeten leren kussen.'

Hij trok haar naar zich toe en voor de ogen van iedereen kuste hij haar nog eens, ditmaal hartstochtelijk.

Wat had Pascal die avond dat hij zo anders leek? Het was alsof hij in tweeën gespleten was, en dat uit die mysterieuze mist van precieze psychiater een ander, veel hartstochtelijker en zelfverzekerder wezen was opgekomen, veel leuker en gedurfder.

'Ik zou graag willen weten... wat heb je opeens?' vroeg Mazarine na de kus.

'Nu begrijp ik waanzinnig verliefde mensen. Het verstand telt niet meer. De liefde sleurt hen mee, verplettert en smoort hen, maar ze herrijzen door een kus. Je vraagt... wat ik heb? Wat er met me aan de hand is, is dat ik niet kan verdragen je niet te zien. Ik haat de leegte die je achterlaat wanneer je er niet bent. Wat er aan de hand is, is dat ik van je hou.'

Ze kuste hem nog eens. Ze wilde voelen wat hij voelde; voor even de pijn die Cádiz bij haar veroorzaakte vergeten. Ze sloot haar ogen en liet zich meevoeren... Nee, nee, nee... Of misschien wel? Een lichte kriebel, bijna onmerkbaar... Ja. Ja! Zijn kussen bevielen haar. Ze waren zacht en sappig. Zijn tong drong langzaam binnen, volgde ongehaast haar lippen – randen van een strand dat golven beloofde – en uiteindelijk sprong hij als een vliegende vis in de zilte zee van haar mond, zoekend naar de diepten om zich in te verankeren. Zich verstrengelende en weer bevrijdende tongen; donkere labyrinten, stemloze echo's, warm speeksel met de geest van de toekomst en de smaak van munt.

'Mazarine... ik hou van je.' Pascal liet de woorden langs haar vochtige tanden glijden en bleef haar kussen. 'Wie je echt bent weet ik niet. Soms denk ik zelfs dat je niet tot deze wereld behoort... maar ik hou van je.'

'En ik van jou, Pascal.'

Mazarine wilde zich met liefde vullen, zich laten vollopen met redenen die haar aanzetten zijn gevoelens te beantwoorden; zich ontdoen van die verstikkende dorst naar Cádiz en zich laten volstromen met dorst naar Pascal: fris en zuiver water binnen het bereik van haar mond.

'Ik zou je graag van alles vragen, weet je. Twijfels die me overvallen, leemten met betrekking tot je leven, maar ik wil mijn liefde niet laten afhangen van jouw verklaringen. Liefde moet boven alles verheven zijn. Bovendien ben ik ervan overtuigd dat geen van je antwoorden mijn gevoelens voor jou kan veranderen...'

'Je weet inmiddels dat ik een hekel aan regels heb,' zei Mazarine.

'Ik weet het.' Pascal keek naar de blote voeten van het meisje. 'Dat is me duidelijk. Om die reden, en alle regels van de tijd verbrekend, zou ik je iets willen voorstellen...'

Plotseling onderbrak de ober hen.

'Monsieur Antequera?'

Pascal knikte.

'Uw tafel is gereed. U kunt plaatsnemen.'

Ze lieten zich door de gangen leiden die de imposante binnenplaats omgaven. Ze kwamen door een zaaltje, twee, drie, tot ze bij een discreet hoekje kwamen waar een flakkerende kaars hen verwelkomde.

Ze aten, dronken, spraken, lachten, kusten elkaar en toen het nagerecht werd opgediend verscheen de maître met een schaal die afgedekt was met een grote zilveren stolp.

'*Crème brulée, mademoiselle*,' kondigde hij aan terwijl hij die voor haar neerzette.

'Ik heb geen nagerecht besteld.'

'Ik verzeker u dat u dit niet mag missen.'

Mazarine keek naar Pascal, die haar aankeek alsof hij nergens van wist.

'Sta me toe u te vertellen dat dit soort nagerecht enkel onthuld mag worden door de hand van wie het gaat nuttigen. *S'il vous plaît...*'

Mazarine keek weer naar Pascal en met een gebaar nodigde de psychiater haar uit de stolp te verwijderen. De maître trok zich terug, liet hen alleen.

Toen ze die optilde, zag ze een kleine taart in de vorm van een geopend sieradendoosje met in het midden een spectaculaire ring bezet met briljanten. Op het bord stond met chocoladesiroop geschreven: *Wil je met me...?*

'Trouwen?'

'Ik weet dat het je wat voorbarig kan lijken, maar...'

'Trouwen?' herhaalde ze zonder haar ogen te kunnen geloven.

'Het hoeft niet nu meteen.'

Mazarine pakte de in chocolade gedoopte ring en, niet wetend wat ze moest zeggen, bracht hem naar haar mond en likte hem af.

De briljant schitterde tussen haar lippen, als een bloem van licht.

'Je bent gek, Pascal. Hij is... prachtig.'

'Wil je?'

Ze kon niet antwoorden. Een brok van angst, beklemming, droefenis... en in de diepten ervan een soort vreemde vreugde verhinderde haar het spreken. Een ring die een belofte symboliseerde. Afstand doen van iets waardoor een andere deur voor haar werd geopend. Zij, getrouwd met Pascal. En hoe moest dat dan met Cádiz? En met Sienna?

'Laat me je hem omdoen.'

Pascal strekte zijn hand uit en Mazarine gaf hem de ring. Het was nooit in haar opgekomen dat iemand de rest van zijn leven met haar zou willen doorbrengen. Dat ze bijzonder voor iemand was.

De ring gleed om haar ringvinger terwijl haar gedachten heen en weer sprongen tussen La Ruche en Hôtel Costes, tussen Cádiz en Pascal, tussen de waanzin en het verstand, de passie en de rust, het ja en het nee, het nee en het ja, in een mengeling van verwarde gevoelens.

'Je geeft geen antwoord, *mon petit chou.* Wanneer je naar de ring kijkt, wil ik slechts dat je beseft hoe geweldig je bent en hoeveel ik van je hou.'

In Mazarines ogen zag Pascal twee stille meren die dreigden te overstromen.

Ze wist niet wat ze moest doen. Als ze de ring accepteerde, dan hield dat verlies en vergetelheid in. Cádiz verliezen, hun namiddagen vergeten, die passie waardoor ze werd meegesleept... hun schilderen. Ze zou niet meer samen met hem schilderen. Een rustig leven, zonder hartkloppingen. Het zou betekenen dat ze hem de waarheid moest vertellen: dat ze volstrekt alleen was. Dat ze hem had voorgelogen; dat ze geen zus, geen ouders, helemaal niets had wat haar bond, en daarbij nog dat Sienna hun leven zou delen omdat ze haar altijd dicht bij zich moest voelen.

'Hé! ... Ik wil je alleen blij maken. Ik hou van je, Mazarine. Dat is alles.'

Ze keek naar haar hand: de diamant ving haar gedachten en weerkaatste haar zonnige en donkere gedachten. Flonkeringen van angst en twijfel... haar vingers speelden met de ring. Deed ze hem af? Gaf ze hem terug? Pascals ogen, overstromend van liefde, keken haar sereen aan. Wat als ze nee tegen hem zei, dat ze haar kleurloze leven niet wilde opgeven? Nee. Dat kon ze hem niet aandoen. Ze hield ook van hem.

'Ik moet je zeggen...'

'Sst...' Pascal legde zijn wijsvinger op de lippen van zijn verloofde. 'Zeg niets. Laat me in de droom dat je ogen ja zeggen, dat je op een dag de plek waar je stiltes huizen voor me zult openstellen. Nee, zeg niets. Laat me gek worden van vreugde je de mijne te weten, ook al ben je dat nog niet.'

Mazarine zei niets.

47

Het was een warme avond. Op de achtergrond schiep het blauwige schijnsel van de maan kronkelige schaduwen op de koffieplantages die in een ritmische dans op de maat van de wind deinden. De geur van versgemalen koffie aromatiseerde de lucht en verspreidde zich ongehinderd door de bergen. Padden en krekels hieven hun klaaglijke lied aan, verveeld door al die nachtelijke rust. In de stallen hinnikten de paarden nerveus. Sara Miller hield vol dat ze niet zonder zadel kon rijden, maar Germán lachte.

'Vergeet nou even wat je wel en niet kunt. Ik geef je mijn beste merrie.'

'Wat als ze me afwerpt?'

'Je valt niet. Weet je dat een paard je angst kan voelen? Die kun je dus beter van je afzetten.'

'Ik kan het niet.'

'Sara... in 's hemelsnaam!'

Germán hielp haar opstijgen en ze greep zich vast aan de witte manen van het dier, dat onaangedaan bleef staan.

'Ik ben gek.'

'Dat ben je niet. Je leeft.'

'En ik ben gek...'

Germán, gezeten op een prachtig dier, stelde zich voor haar op.

'Klaar?'

Sara knikte nerveus.

'Laten we gaan!'

De paarden wisten wat ze deden. Ze lieten het huis achter zich en sloegen een pad in dat naar een eindeloze vallei leidde. Weilanden badend in het maanlicht, slapende bananenaanplant, onder trossen vruchten doorbuigende koffiestruiken, uit bergbeekjes drinkende guaduales. Ze reden omhoog tot ze bij Morro de la Felicidad waren en vandaar aanschouwden ze het ontspringen van de rivier La Vieja. Een stilte van levende natuur vergezelde hen.

Plotseling sprintte Germáns paard in een wilde galop weg en de witte merrie waarop Sara zat volgde hem heuvelafwaarts.

'Grijp je vast, het beste komt nu,' riep de landeigenaar genietend van de avond.

'Germaaaaaaaán...'

De dieren galoppeerden harmonieus in de richting van een donkere, bedauwde vlakte. De gang over een gammele hangbrug, de opwinding, de angst, het hart in de keel, de hoeven op het trillende hout, de angst te vallen, de adrenalinestoot...

Sara begon te genieten. Haar angst was tijdens de rit van het paard gesprongen.

Langzaamaan werden de paarden rustiger tot ze bij een open plek in een bos kwamen, waar ze stilhielden. Honderden vlinders dwarrelden boven minuscule bloemetjes, aan de rand van een waterval met wanden die met mos en orchideeën bedekt waren. De maan stortte zich uit over het water en produceerde een buitengewoon licht. Een betoverende plek.

'Het is... wonderbaarlijk,' zei Sara nog nahijgend van de rit.

'Niemand kent deze plek,' lichtte hij toe. 'Weet je waarom niet? Omdat ze deze brug niet over durven. Ze noemen het de dodenbrug. Ze zeggen dat wie haar oversteekt niet terugkomt; wat ze niet weten is dat wie hier geweest is anders terugkeert.'

Ze stegen af.

'Wat een licht! Je krijgt zin weer jong te zijn.'

'Een slokje?' opperde hij.

'Ga me nou niet vertellen dat...'

Germán toverde een fles aguardiente uit zijn jack tevoorschijn.

'Dat was het makkelijkst om mee te nemen,' zei hij terwijl hij haar de jenever aanbood. Sara nam een flinke teug.

'Ik weet inmiddels waarom ze het aguardiente noemen. Het glijdt als *agua ardiente*, als brandend water door je keel.'

De landeigenaar spreidde zijn jack uit op het gras en nodigde haar uit te gaan zitten.

'Wat is er met je leven aan de hand, Sara?'

'Hoezo vraag je me dat?'

'Ik zie het in je ogen. Je draagt een grote... wanhoop mee. Neem me niet kwalijk dat ik erover begin, maar ik denk dat het goed is om het eens uit te spreken. Wat is er met je man?'

'Verpest de avond nou niet, alsjeblieft.'

'Verdriet waarover je niet spreekt, verdwijnt niet.'

'Ik zou liever over iets anders praten.'

'Ik mag dan jonger zijn dan jij, maar ik kan je verzekeren dat ik het nodige heb meegemaakt... zelfs verraad. Er gebeuren onverwachte dingen, dingen waarvan je nooit had gedacht dat die zouden gebeuren, die opeens alles op losse schroeven zetten en ons zelfs laten twijfelen aan het leven.'

'Soms zou ik liever geen stem hebben, Germán. In een contemplatieve toestand verkeren. Ik wil niet oordelen, ik ben het beu oordelen uit te spreken. Ik ben niemand, enkel een van de vele mensen, en vol fouten.'

'Dat zeg je omdat je gekwetst bent.'

'Ik zou hier graag blijven, op deze schuilplaats, ver verwijderd van het leven en er toch zo vol van. Wachtend op de dag, de nacht, de sterren... Als een losse steen in deze rivier rollen en door de botsingen afgesleten worden tot ik niet meer ben. Verdwijnen tussen de rotsen en het water. Geluid zijn, stilte... en dan niets.'

'Je kunt blijven. Je weet het, mijn huis is jouw huis. Maar... het is niet goed voor je. Je ontvlucht je werkelijkheid. Je verhult je problemen met weer een reportage.'

'Dat is het enige wat ik heb. Mijn camera.'

'Dat is niet het enige; maar ik moet zeggen dat je buitengewoon bent. Bij jouw foto's... heb ik over zoveel dingen nagedacht! Al geloof je het misschien niet, je hebt me enorm geholpen. Het enige wat ik nu doe, is je een wederdienst bewijzen.'

De fles jenever was onder het praten leeg geraakt en hun geest vermoeid van al het bezinnen. Germán begon zich zonder enige schaamte voor Sara's ogen uit te kleden.

'Maar... wat ben je van plan?' vroeg Sara verbaasd.

'Dit mag je niet missen,' antwoordde Germán hartelijk, en hij rende naar een grote rots. 'Het is gezegend water.' En hij dook in de waterval.

Het geluid van zijn lichaam dat het water raakte, nodigde haar uit ook in het water te springen.

'Kooooom!' Germáns stem weergalmde tussen de groenige wanden.

De brandewijn liet zich merken. Sara dacht niet langer na. Hoe oud was ze? Maakte het wat uit dat haar borsten niet meer fier rechtop stonden? Dat een vreemde, onbekend met haar huid, haar zonder kleren zag? Waar was die Sara van mei '68 gebleven?

Ze werd bekropen door een zoete onverschilligheid. Haar verleden glipte weg door de gaten van de vergetelheid. Ja, zichzelf vergeten, voor even of voor altijd. Haar zelfportret veranderd in een wazig negatief. Vergeten... een verfrissende dood.

'Kom ook, Sara,' riep hij weer.

Ze kleedde zich zonder te kijken uit, en vanaf de steile rots strekte ze haar armen uit en wierp zich in de lucht. Een vlucht over een frisse, vernevelende waterval. Een gewaarwording van leven, val en dood. De zwoele lucht die haar lichaam streelde... de zoete onverschilligheid. Leven of niet leven... dat is het dilemma. De stem van Germán: 'KIJK UIT, SARA!'

Water, water, water, water... een klap; haar handen raakten de bodem. De vissen, het groene licht, het mos... de gewichtloosheid van haar lichaam... de rust. Een vochtige stilte. Een stilte. Niets, niets, niets... En opeens, Germáns mond die haar terughaalde, haar vullend met lucht... tot ze weer bij bewustzijn kwam.

Hun naakte lichamen in het gras. Een uil, hen observerend vanuit een *samán*.

Sara, voor de ogen van de man. Ze was niet langer Sara Miller, ze was een leeftijdsloze, tijdloze vrouw.

'Doe je ogen dicht,' zei hij.

Sara gehoorzaamde. Op het gras zag Germán in dat serene gelaat met vochtige haren weer de jonge en beeldschone vrouw van de hangmat. De sereniteit gaf haar haar jeugd terug.

'Je moest eens weten hoe mooi je zo bent. Slapend... overgeleverd aan de stroom van de dromen.'

De avondlucht omhulde hen. De vlinders streken met hun vleugels langs Sara's lichaam, bepoederden haar met iriserend stuifmeel.

Ze wilde haar ogen niet openen. Nee, ze zou ze niet openen. Ze moest zichzelf vergeten... voelen. Ze was gestorven en herrezen.

48

Een sleutel. Een sleutel waarvan ze niet wist waar die haar zou brengen. Een sleutel verborgen in Sienna's handen... Wat zou hij kunnen betekenen?

Mazarine doorzocht als een gek het hele huis terwijl haar kat haar verbaasd over al die drukte op de voet volgde. Ze opende laden, haalde kasten overhoop, tilde meubels op, gooide kleren op de grond, kiepte dozen om waarin tientallen papieren en oude rekeningen zaten. Ze klom op het trapje, onderzocht zwijgend de levenloze voorwerpen die ze tegenkwam. Niets.

Alleen de kelder bleef nog over.

Met behulp van een zaklantaarn ging ze voorzichtig naar beneden en kwam bij een vochtige, muf ruikende kamer volgestouwd met mysterieuze voorwerpen. Ze liet het schijnsel over enkele stukken gaan: een en al rommel. Schoolwerkjes opgestapeld op de planken, verborgen achter asgrijze tuleweefsels. Een oude, roestige koekjestrommel met foto's, veel foto's van slapende... of dode mensen – sinds ze weer naar La Sainte ging, vond ze het moeilijk een onderscheid te maken tussen dood en leven – en een verzameling ansichtkaarten van Parijs eind negentiende eeuw. Niets.

Ze speurde verder.

Achterin, tegen de afgebladderde muur, ontdekte ze een oude houten kist die met een leren koord was dichtgebonden. Ze trok de kist naar zich toe, maakte snel de knoop los en tilde het deksel op. Daarin lag gewikkeld in rood fluweel... een bijzonder muziekinstrument.

Wat was het? Een vreemd en wonderlijk... Mazarine pakte het en zonder te aarzelen begon ze meesterlijk te spelen. Ze had het instrument nog nooit gezien, maar toch was haar vreugde het gevonden te hebben heel werkelijk. Alsof ze iets van zichzelf teruggevonden had. *La miá mandora dolça*, dacht ze met het instrument in haar armen. Waar kwamen die woorden vandaan... en die taal? Ze streek weer over de snaren. Het klonk als de muziek die ze ooit had gehoord op concerten met middeleeuwse muziek waar haar moeder haar mee naartoe nam toen ze nog klein was, tegenover de Notre Dame.

Een hele poos kon ze niet ophouden te spelen. Van wie was het geweest? Niet van haar moeder, haar had ze er nooit op horen spelen. Muziek had bij haar thuis altijd geschitterd door afwezigheid; stilte had de enige muzikale noot gevormd. Van haar vader? Haar grootouders? Er moesten voorouders zijn geweest. Ze was niet uit het niets gekomen.

Ze verliet de kelder, nam de oude luit mee en rende met twee treden tegelijk naar boven tot ze in de kamer was waar Sienna's lichaam rustte. Ze deed de kast open en trok de glazen kist tevoorschijn. De schone slaapster was nog mooier.

'Hoi,' zei ze opgewonden. 'Moet je eens kijken wat ik heb gevonden.'

Mazarine zette een vloeiende, zoete melodie in, en haar stem vertolkte een onbekend lied dat ze niettemin uit haar hoofd kende.

Be-m cuidava d'amor gardar
Que ia trop no-m fezes doler,
Mas era sai eu ben de ver
C'us no-s pot de lleis escremir,
Quant eu d'amar no-m posc tenir
Lieis que no-m deingna retener!
E car me torna e non chaler
Per trop amar m'er a morir,
C'autr'amors no-m pot esgauzir
Ne aquesta non posc aver.

'Vind je het mooi?'

Een lavendelgeur steeg op uit de kist, verspreidde zich door de lucht. Mazarine snoof.

'Ja, je vindt het mooi. Hmmm... je ruikt naar lavendelvelden. Het doet me denken aan...' ze dacht even na, 'waar doet me deze geur aan denken?'

In een flits bevond ze zich in een ander leven. Ze rende over een geurig bloeiend veld en viel voorover met haar schort vol lavendeltakken. Het gelaat van een man boven het hare, gelach, zijn zweet, zijn lippen, de geur van vochtige aarde, van zachtheid; een huid warm als een hermelijnen deken die haar vreugde bedekte... de gewaarwording van intens geluk en, plotseling, de herinnering aan een vreselijke smart... brandende velden. Wanhoop. Gegil waar niemand naar luisterde. Een verscheurende pijn tussen haar benen, de ontering van haar heiligdom, beesten die geweld over haar weerloosheid uitbraakten; een, twee, drie... en nog een en nog een en nog een.

Mazarine huilde zonder ophouden, en haar tranen vielen op Sienna's verwonde gelaat, overspoelden haar met verdriet.

Waar kwamen die beelden vandaan? En die pijn? Werd ze gek? Zou ze Arcadius vertellen wat haar overkwam?

'Kon je me maar zeggen wat ik moet doen,' verzuchtte Mazarine zachtjes. 'Vertel eens, wat wordt geopend met de sleutel die je zo zorgvuldig in je handen verborgen hield?'

Als uit een voorgevoel gleden haar ogen over de vier wanden van de alkoof, op zoek naar een mogelijke verstopplaats. Ze knielde neer en inspecteerde langzaam de randen van de kist. Het koperen beslag op de hoeken van het glas leek geen geheim te verbergen... of misschien toch? Het was prachtige edelsmeedkunst, en ondanks haar pogingen lukte het haar niet te begrijpen wat die bewerking in tekeningen en letters betekende. Ze zocht verder. Het meubelstuk waar de doodskist op rustte, leek degelijk; ze beklopte zoekend het hout. Geen geheime ruimtes. Ze keerde terug naar de binnenkant van de kist, onderzocht het tienerlichaam centimeter voor centimeter met haar ogen. Haar koperrode haren vielen in glanzende golven om haar heen. Haar ranke voeten waren verblindend mooi. Ze kreeg een idee: ze zou haar schilderen. Dat met de sleutel kwam later wel. Van dit beeld zou ze hét toonbeeld van het Schaamteloos Dualisme maken. Cádiz zou zijn ogen niet geloven.

Ze rende naar haar kamer en haalde de spullen die ze nodig had. Rond Sienna spreidde ze paletten, penselen, acryl- en olieverf, houtskool en oplosmiddelen uit. En een stel houten panelen die ze gereserveerd had voor een dualistisch zelfportret – de twee gezichten van haar ik – dat ze aan Cádiz had willen geven zodra het werk klaar was.

Dagenlang was ze aan het schilderen, bezeten door een tomeloze energie. Die trance voerde haar naar een tijdloze dimensie, waardoor ze Cádiz en Pascal volstrekt vergat. De tijd veranderde in passievolle kunst. Honger in voedzame, krachtige penseelstreken. Haar mobieltje ging en ging maar tot de batterij leeg was. Dag en nacht waren één. Na een week waren de twee schilderijen klaar; ze straalden een indrukwekkende kracht uit. De kracht van een nieuwe kunst. Van het figuratieve expressionisme sprong deze naar een surrealistisch hyperrealisme. Op het moment dat ze de laatste hand aan het werk legde, hoorde ze de bel van de voordeur aanhoudend klinken. Wie kon dat zijn? Nee, ze ging niet naar beneden. Het belangrijkste moest nog gedaan: de finishing touch aanbrengen. Ze hoorde de antiquair roepen.

'MAZARINE... ALS JE THUIS BENT, DOE DAN OPEN, HET IS DRINGEND.'

Zei hij... dringend?

'IK KOM ERAAN.'

Met een paar flinke stappen was het meisje bij de voordeur.

'Wat is er, Arcadius?'

'Jongedame, je bent een ramp. Je komt met je spookbeelden naar mijn winkel en vervolgens verdwijn je. Wil je niet weten hoe het met mijn vriend de edelsmid is afgelopen?'

'Neem me niet kwalijk, Arcadius, ik heb het heel druk gehad.'

'Jij moet iemand hebben die je wat regels oplegt.' De oude man snoof eens diep. 'Wat is dat voor lucht?'

'Ik ben aan het schilderen.'

'Nee, niet de verflucht. Wat ik ruik is de geur van,' hij dacht even na, 'lavendel. Alsof zich in dit huis een lavendelveld bevindt.'

Mazarine wilde hem de herkomst niet uitleggen. Het was inderdaad zo dat sinds ze begonnen was Sienna te schilderen, haar lichaam een steeds sterkere geur verspreidde; maar omdat ze die al zoveel dagen inademde, merkte ze het niet meer.

Arcadius vervolgde: 'Mijn vriend heeft me uitgenodigd een clandestiene bijeenkomst van de Arts Amantis bij te wonen.'

'Dus... ze bestaan?'

'Ze bestaan niet alleen: het is een stevig gevestigde loge.'

'Mag ik mee?'

Arcadius schudde zijn hoofd.

'Alstublieft...' smeekte Mazarine. 'Het is echt heel belangrijk voor me.'

'Als je me nou vertelde waarom het zo belangrijk is, zou ik het misschien kunnen proberen.'

'Dat kan ik niet, Arcadius. Op dit moment kan ik het u nog niet vertellen.'

'Ik weet niet hoe je het voor elkaar krijgt me altijd weer te overtuigen. Ik zal eens met mijn vriend praten en kijken wat mogelijk is.'

'Dank u wel.'

'Bedank me nog maar niet.'

Arcadius kon nog steeds niet thuisbrengen wat hij in de sfeer gewaarwerd. Het was net of Mazarine niet alleen was. Alsof een stralende aanwezigheid haar vergezelde.

'Mag ik zien wat je aan het schilderen bent?' vroeg hij.

Mazarine maakte een sprongetje van schrik en posteerde zich zenuwachtig voor de trap.

'Onmogelijk.'

'Goed dan, meisjelief. Vergeet het bijwonen van een vergadering dan maar. Je hebt te veel geheimen.'

'Op een dag zal ik u een lange geschiedenis vertellen. Dat ik dat tot nu toe niet gedaan heb, komt omdat ik niet weet hoe die begint.'

'Jong ben je zeker. Er zijn verhalen die bij het eind kunnen beginnen.'

'In dit geval niet, Arcadius.' Mazarine merkte dat de oude man zich ergerde, liep naar hem toe en gaf hem een kus op zijn wang. 'Word alstublieft niet boos.'

Hij kon niet boos worden. Al zei hij het niet tegen haar, hij voelde een diepe genegenheid voor het meisje; ze vertegenwoordigde zijn geliefde verdwenen kleindochter.

'Trouwens, nu we het toch over verhalen hebben, weet u al iets meer over La Sainte?' vroeg ze.

Arcadius vertelde haar alles wat de edelsmid uiteengezet had op de avond van hun ontmoeting. Over haar afkomst en goedheid tot en met de verdwijning van haar lichaam en een kistje waarin haar geschiedenis bewaard werd. Mazarine vatte het voor zichzelf samen. Het lichaam had zij, het was van haar, en al zouden ze bij hoog en laag beweren dat het van anderen was, niemand zou het haar kunnen afnemen. Wat het kistje betrof...

'Heb je een momentje? Dan bel ik mijn vriend even op,' zei de oude man terwijl hij het nummer van de edelsmid intoetste.

Met een leugentje kreeg Arcadius het voor elkaar dat de zilversmid erin toestemde, onder de belofte van volstrekte geheimhouding, Mazarine eveneens mee te nemen, nog steeds denkend dat de aanwezigheid van de twee indringers de speurtocht naar het lichaam ten goede kwam... Arcadius verzweeg dat zijn metgezel een vrouw was.

De echtgenote van de edelsmid zou niet één maar twee mantels borduren.

49

Toen hij de diamant aan Mazarines vinger ontdekte, kostte het Cádiz grote moeite zijn jaloezie te bedwingen. Het was duidelijk een verlovingsring. Zoveel dagen niet in het atelier verschijnen, dan bestond er geen twijfel meer: hij raakte haar kwijt. Hij moest op zijn tong bijten om haar niet te vragen waar ze vorige week had uitgehangen en waarom ze zijn telefoontjes niet had beantwoord.

De leegte ontstaan door haar afwezigheid was onverdraaglijk, en hoezeer hij ook zijn best deed vooruitgang te boeken, zijn werk bleef hangen in een limbus van onzekerheden die zijn ego weigerde te erkennen.

Met haar kwam de levenskracht als een ware lente-uitbarsting zijn deur binnen. Alleen al door haar te zien voelde hij het leven weer. Ze had twee schilderijen bij zich die ze bijna niet kon dragen, zo groot waren ze.

'Doe je ogen dicht,' zei zijn leerlinge vrolijk, alsof ze hem de vorige middag nog had gezien.

'Vind je niet dat je me een verklaring schuldig bent? Ik ben bijna doodgegaan door je wegblijven.'

'Zodra je dit ziet, is een verklaring overbodig. Ogen dicht, ouwe bullebak.'

Hij kon het niet. Hij werd gek van jaloezie.

'Ogen dicht,' drong Mazarine aan.

'Bij wie ben je geweest?'

'Ik denk er niet aan je te antwoorden zolang je je ogen niet dichtdoet.'

Ze had hem in haar macht. Zijn leerlinge had hem volledig in haar macht. Uiteindelijk gehoorzaamde hij.

Gebruikmakend van de tijdelijke blindheid van haar leraar, legde Mazarine de twee schilderijen op de vloer.

Op de een stond een heel levendig uitgebeelde Sienna. Met geopende ogen en rondzwierende haren, haar naakte lichaam, dat enkel gekleed was in Occitaanse woorden, rees op uit een meer van letters. Mazarine had dezelfde teksten op La Sainte geschilderd die in het metalen beslag van de kist gegraveerd waren. Haar voeten waren gevangen in een stoffen zak, waardoor ze een groot mysterie opriepen. Op het andere doek rustte de serene heilige, slapend in haar doodskist, op een bed van lavendel. Van haar volledig door de tuniek bedekte lichaam waren alleen haar voeten zichtbaar, die met een eigen licht straalden.

'Je kunt ze opendoen,' zei Mazarine.

De schilder kon zijn ogen niet geloven. Het werk was indrukwekkend, hij had er geen woorden voor. Het was het mooiste wat hij ooit had gezien; kracht en breekbaarheid contrasteerden in hun uitersten. Een schoonheid die hem in zijn ziel raakte. Toen hij ze zag, rolde er een traan over zijn wang die hij snel wegveegde. Kunst kon nooit-geuite emoties in hem losmaken.

'Hoe vind je ze? Denk je dat ze in jouw Schaamteloos Dualisme passen?'

Cádiz had zin haar te overladen met kussen. Dit overtrof alles wat hij zelf had gemaakt, maar zijn trots was groot en hij zou het haar niet bekennen.

'In grote lijnen bevallen ze me wel. Hoewel je te veel aandacht aan details schenkt,' hij observeerde ze nog steeds, '... zijn ze absoluut niet slecht. We zouden ze in de tentoonstelling kunnen onderbrengen.'

'Echt? Dus... je vindt ze goed?'

Cádiz antwoordde met een wedervraag, probeerde het gesprek een andere wending te geven.

'Mag ik verdorie weten wat je daar aan je vinger hebt?'

Mazarine keek naar de briljant.

'Bedoel je dit? Het is mijn verlovingsring.'

De schilder voelde de woede van zijn jaloezie in zijn maag gloeien, en de pijn van zijn impotentie in zijn hart. Hij kon niets van haar eisen, aangezien hij haar niets gaf, maar toch, dat gevoel van bezit, het idee dat hem iets afgenomen werd dat helemaal van hem was, maakte hem gek. De kleine Mazarine behoorde hem toe.

'Dit kun je me niet aandoen,' zei hij verslagen.

'Ach, Cádiz, Cádiz!...' Mazarine trok een ironisch gezicht, wist dat ze had gewonnen.

'Je houdt niet van hem.'

'Dat kun jij niet weten.'

'Ik weet het wel, kleintje. Je houdt van mij.'

'Je bent arrogant, en het doet je pijn te verliezen, nietwaar?'

'Mazarine, je begaat een vergissing.'

'Het zou mijn vergissing zijn, niet de jouwe. Zorg jij nou maar voor je eigen zaken.'

'Je begrijpt er niets van. Aan mijn zijde kun je een onvoorstelbare toekomst als kunstenares tegemoet zien.'

'Aan jouw zijde? Aan welke zijde... aan de rechter of aan de linker? Aan welke zijde staat Sara?'

De telefoon in La Ruche onderbrak hen en aangezien deze nooit overging, nam Cádiz op. Vier dagen geleden was Sara teruggekeerd uit haar vrijwillige ballingschap en ze belde hem om te zeggen dat Pascal met hen beiden wilde praten over een heel belangrijke kwestie. Hij mocht niet ontbreken. Die avond zouden ze in La Closerie des Lilas dineren.

50

Toen het vliegtuig het luchtruim koos en het luchtige wolkendek doorkruiste dat gekleurd werd door de vallende avond en het in groen en blauwtinten vervlochten landschap almaar kleiner werd, vloeiden bij Sara de tranen. Al haar van kleins af ingehouden tranen. Tranen die ze nooit om iemand had gehuild. Tranen om zichzelf, om die vreugde die ze wellicht nooit meer zou voelen. Daarbeneden lagen de mooiste dagen die ze op rijpere leeftijd had beleefd. Ontdekte gevoelens kwamen en gingen op de golven van de lucht. Beelden, niet gefotografeerd maar voor altijd vastgelegd in haar ziel. En nu... wat zou ze nu doen? Ze wist dat ze de beslissing terug te keren bijna tegen zichzelf in had genomen, dat ze haar gevoelens geweld aandeed. En al was ze niet overtuigd, iets zei haar wel dat het de moeite van het proberen waard was.

Als Cádiz en zij verloren waren, als geen van beiden het roer van hun relatie in handen nam, wie zou hen dan vlot trekken? Ze kon de boot van haar leven, waarvoor ze zo gevochten had, niet zomaar laten zinken.

Germán was een cadeau van het leven geweest. Een droom. Bij hem had ze in één enkele nacht de zin van het zijn geleerd. Zijn eenvoudige, van gezond verstand doortrokken gesprekken hadden haar een beeld van zichzelf getoond waarvan ze nooit gedacht had het te fotograferen. Ze was geen meisje meer, maar haar leven was evenmin voorbij. Ze had nog veel om te doen en om van te genieten. Ze ging een nieuwe fase tegemoet, met een open geest. Zonder verwachtingen of vastgestelde doelen, genietend van het eenvoudige. Door bescheiden te zijn en de wijsheid van de tijd te accepteren, kon ze opnieuw geboren worden. Die verre man, verschenen in haar herfst, had haar een les gegeven die eruit bestond zichzelf te accepteren zoals ze was: haar leeftijd, haar innerlijke tekorten, haar lichaam en haar behoeften.

Toegedekt door het lied van de padden en de nacht had die naar vochtige aarde geurende man haar op het gras liefgehad, oneindig teder. En zij had zich gewoonweg laten liefhebben, zonder beloften. Wetend dat het een onmogelijke droom was.

In zijn armen had niet alleen haar lichaam gebeefd, haar ziel was ontwaakt uit een eeuwenlange lethargie. Zijn vaardige handen hadden haar niet zozeer gestreeld, maar hadden haar het genot getoond van de aanraking die niet vanbuiten gevoeld wordt maar op de huid van de ziel. Zijn vingers beroerden haar schuilplaats, een regen doordrenkte haar droogte met gevoelens. Een eeuwigdurend moment.

Terwijl hij haar liefhad, hadden tientallen vlinders boven haar lichaam gedanst en in hun vlucht dat gouden stof losgelaten dat haar met pracht had overdekt; een schoonheid verschenen uit het niets die haar verwelkte huid beroerde. En vervolgens, de witte rug van haar merrie op de laatste rit... zonder zadel. Wapperende manen in de wind onder de sterren. Hun naakte lichamen in een ritmische dierlijkheid. Dier en ruiter, handlangers in die nacht zonder terugkeer...

Ze had geen afscheid genomen om niet zwak te worden. Ze wist dat als ze hem weer zag, als haar lichaam hem weer zou voelen, ze in staat geweest was alles achter zich te laten en daar te blijven. Maar ze had nog een schuld in te lossen bij haar zoon en, meer dan bij Cádiz, bij haarzelf. Ze was nooit gevlucht voor problemen, daarin school haar kracht. Als ze ergens trots op was, was het wel dat ze moeilijkheden nooit uit de weg was gegaan. Haar moed kon niet alleen in haar oeuvre uitgedrukt worden. Nee, nu moest ze de werkelijkheid beleven, ook al vormden atrezzo of landschap geen onderdeel van enige esthetische schoonheid.

Ze was geland op Charles de Gaulle, torste met tegenzin haar verdriet mee. De brief die ze op het laatste moment aan Germán had geschreven zat nog in haar tas. Die vroege ochtend was haar moed beperkt gebleven tot het nemen van een taxi en verdwijnen. Ze wist dat hij het zou begrijpen; ongezegd was alles gezegd. De stilte voorafgaand aan hun samenzijn had dit uitgeschreeuwd. Onbewust had ze op hem gewacht gedurende de tijd dat ze alleen op de finca was geweest. Nu keerde ze terug om zich van haar taak te kwijten: haar man en haar zoon herwinnen. En voor ze zelf ook verloren zou zijn, zichzelf herwinnen.

Na drie maanden leek Parijs haar te stralen van schoonheid. Bij haar vertrek had ze een vermoeide stad achtergelaten, naargeestig en ineengedoken van de kou, en nu werd ze verwelkomd door een andere stad, trots, groen en bloeiend.

Juliette kwam haar tegemoet, discreet als altijd, maar zonder haar blijdschap te kunnen verhullen. Ze omhelsde haar en zei intussen hoezeer ze haar had gemist.

'*Tout va bien, Juliette?*'

'*Très bien, madame.*'

'En meneer?'

'Als altijd aan het werk in zijn atelier.'

'Woont hij hier nog?'

'Wat zegt u nou weer, madame! Hij slaapt elke nacht in zijn eigen bed.'

Juliette bracht haar een Dry Martini en Sara verdween met het glas door de gang. Het licht stroomde de kamer in. Dat vertrek waar ze zoveel nachten de liefde had bedreven, kwam haar nu voor als een onpersoonlijke ruimte waarin ze zichzelf niet terugzag.

Overal verspreid stonden en lagen de foto's van haar leven. In de wandmeubels, tussen de boeken, op tafeltjes, op haar bureau. Haar man was alom aanwezig. Cádiz tijdens zijn eerste expositie, Cádiz die een massaal eerbetoon kreeg, Cádiz met zijn eeuwige sigaret, de rook en de ogen van Cádiz, Cádiz' met verf besmeurde werkhanden, Pascal met verwaaide krulletjes, in zijn blootje op het strand met een stralend jonge Cádiz, Pascal die zijn eerste stapjes zette, Pascal die zijn eten uitspuugde... En zij dan? Waar was zij? Onzichtbaar! Ze had altijd achter de camera gestaan. In dat huis bestond ze gewoonweg niet.

Ze nam een lang bad, wilde haar samengebalde verdriet verdunnen. In het water dreven de laatste restjes van de liefkozingen die nog in haar plooien zaten. Haar lichaam nam weer de rijpheid aan, maar ditmaal met de zekerheid dat de Sara die ze geweest was niet teruggekeerd was.

De avond van haar thuiskomst kon Cádiz zijn ogen niet geloven. Zijn vrouw wachtte hem op, net als altijd voor het grote raam, alsof de tijd niet verstreken was. Ze was knap, fris, en werd omhuld door een nieuw parfum. Haar slanke gestalte, gekleed in onberispelijk linnen, beheerste de kamer. Haar vochtige, loshangende haar viel op haar schouders en omlijstte haar gedistingeerde gelaat. Ze nam kleine slokjes van haar Dry Martini en luisterde intussen naar 'La dernière minute'.

Hij was blij haar te zien. Hij had vele jaren met haar samengeleefd; veel strijd, triomfen, verwachtingen en zorgen met haar gedeeld. De verrassing bezorgde hem een onbestemd, aangenaam gevoel. Een ondefinieerbare mengeling van vreugde en droefenis. Het moment was aangebroken om dat wat hij niet wilde onder ogen te zien. De gedwongen opsluiting keerde terug, de innerlijke twijfel. Hij liep glimlachend naar haar toe en vroeg: 'Sara, waar...?'

Zijn vrouw viel hem in de rede. 'Nee. Ik wil niet dat je me vraagt waar ik geweest ben. Het enige wat telt is dat ik teruggekomen ben en dat jij... hier nog bent. Ben je zover om te kunnen praten?'

Na een lange stilte, die een eeuwigheid leek te duren, antwoordde Cádiz: 'Nee.'

'Goed. Ik zal hier zijn, wacht op je. Ik geloof dat we elkaar eerlijkheid verschuldigd zijn na alles wat ons leven samen heeft betekend.' Sara bespeurde de onrust van een in het nauw gedreven dier in de blik van haar man. 'Wees maar niet bang, ik ben niet van plan bij je te slapen. Juliette heeft de logeerkamer voor me in orde gebracht.'

'Ik ga wel naar die kamer. Ik ben het die hoort te vertrekken.'

'Cádiz, de plek is het probleem niet. Dat heb ik zelf ondervonden toen ik weg was. Je kunt niet vluchten voor iets wat in je binnenste zit.'

Zoals altijd wanneer hij zich geïntimideerd voelde, veranderde hij van onderwerp.

'Hoe was het in New York?'

Ze liet zich niet afleiden. 'Ooit moet je met al je spoken afrekenen, Cádiz, zelfs met datgene wat jou nu te pakken heeft.'

'Gun me tijd, Sara. Het enige wat ik je vraag is tijd.'

'Ik ben niet de eigenares van de tijd die je me vraagt. Niemand is eigenaar van de tijd, al gaan we er allemaal van uit dat we dat wel zijn. Weet je wat ik de afgelopen maanden heb ontdekt? Dat we onszelf nog moeten ontdekken. Vind je dat niet fantastisch? Het punt is dat we nog steeds onze jeugdige kleding willen aantrekken, maar die past ons niet meer omdat we niet langer zijn wat we dachten te zijn. We gedragen ons volgens verouderde patronen.'

'Wat als ik nog steeds diegene ben op wie je verliefd geworden bent?'

'De spiegel laat je de werkelijkheid zien: de geleefde jaren.'

'Ik weiger te accepteren dat mijn leven slechts datgene is wat de spiegel weerkaatst, Sara. Ik heb waanzin nodig om te kunnen bestaan. Ik prefereer de jeugd, de kracht, de vreugde van de dwaasheid.'

'Je hebt voor de makkelijkste weg gekozen. Maar jammer genoeg zal die je meer frustraties brengen.'

'Hoe weet je dat?'

'Daarvan ben ik overtuigd. Het is dezelfde die ik ook wilde nemen. Soms moeten we iets leren, ook al denken we dat we alles al weten.'

'Ik wil het hier niet meer over hebben. Ik zei je toch dat ik er nog niet klaar voor was. Als dit de rijpheid is, dan ben ik daar nog lichtjaren van verwijderd. En bovendien interesseert het me niet.'

'Je bent hoogmoedig. Voor je welzijn heb je bescheidenheid nodig, Cádiz. Een instelling die jou vreemd is.'

Bij die laatste zin vertrok hij zonder gedag te zeggen. Sara bleef onbeweeglijk voor het grote raam staan, kleine slokjes van haar Dry Martini nemend.

Ze wist dat het niet gemakkelijk voor hem zou zijn; voor haar evenmin, maar zij had besloten verstandig te zijn. Koste wat het kost, ze zou hem niet in de steek laten. Ze zou niet toelaten dat haar echtgenoot te pletter sloeg tegen zijn fata morgana van geluk.

51

Die nacht kwamen de Arts Amantis bijeen in de catacomben. Yeux Nébuleux zou geen nieuw spoor aandragen; zijn pogingen iets belangrijks te ontdekken waren op niets uitgelopen. Hij had genoeg van de naspeuringen naar Pascal, over wie hij vrijwel alles wist, van het volgen van het meisje, haar doen en laten kon hij opdreunen, van het in de gaten houden van de antiquair en Cádiz' teruggetrokkenheid, en zo onderhand was hij tot de conclusie gekomen dat geen van deze personen meer zou onthullen, simpelweg omdat er niets te onthullen viel. Twee weken eerder had hij zijn onderzoek al gestaakt.

Tijdens de vorige bijeenkomsten was onder de leden een gedeelde onverschilligheid merkbaar geworden. Langzamerhand hervatten ze hun gewone samenkomsten en probeerden de vlam van een geschiedenis brandend te houden die almaar zwakker werd. Lusteloos en zonder enig zicht op een toekomst. Met leeftijden waarop de zorgen waren gekomen, wachtend op een einde als een hoopje anonieme botten die achter een stel donkere, vochtige muren rustte. Net als hun voorgangers, maar dan erger. De cultus zou doodbloeden en de energie van de kunst en de liefde, die in andere tijden zoveel licht had gegeven, zou de absolute duisternis ingaan.

De mogelijkheid de kennis en filosofie van de Orde door te geven aan volgende generaties werd een onbereikbare droom die niemand haalbaar leek. De Arts Amantis dreigden een legende te worden; dat was de harde werkelijkheid waaraan ze maar moesten wennen.

Na het gestuntel van Flavien, de afgunstige schilder die alles verpest had, hadden ze geen alternatief plan meer. Ze dachten nog wel dat de beroemde schepper van het Schaamteloos Dualisme de sleutel was tot de verdwijning van het lichaam van La Sainte, maar ze zagen niet in hoe ze hem nogmaals konden benaderen.

Het medaillon, het meisje met de blote voeten, het talent van de schilder, alles en niets. Ze hadden niets om zich aan vast te houden.

De geheime ingang tot de catacomben bevond zich bij de kruising van de rue de la Tombe-Issoire en de rue de l'Aude. Daar heel dichtbij wachtten Arcadius en Mazarine vol spanning op de komst van de edelsmid, die de tunieken voor hen zou meebrengen en hun enkele aanwijzingen zou geven. Het was bijna middernacht en niets deed vermoeden dat daar een bijeenkomst zou plaatsvinden. Op straat was geen levende ziel te bekennen. De minuten verstreken in een gespannen stilte. Wat als ze zich vergist hadden en dit niet de ontmoetingsplek was?

Arcadius begon ongeduldig te worden, maar ineens stopte op enkele meters bij hen vandaan een indrukwekkende zwarte auto met getinte ruiten. Twee grote kerels die eruitzagen als bodyguards stapten uit, en na hen een heel elegante man die, nadat hij eerst naar links en rechts had gekeken en had vastgesteld dat niemand hem in de gaten hield, opging in de duisternis van een smal portiek. Enkele minuten later arriveerde nog een auto, en nog een, en nog veel meer. Al de silhouetten losten als nachtelijke spoken op in de schaduwen van die portiek. Geen ervan maakte aanstalten naar hen toe te komen. Zij, exact zoals ze met de edelsmid hadden afgesproken, bleven wachten in de bar op de hoek.

'Arcadius, weet je zeker dat dit de goede plek is?' vroeg Mazarine.

'Heel zeker.'

De antiquair had net het medaillon om de hals van het meisje ontdekt.

'Ik heb je toch gezegd het niet om te doen.'

'Ik kan het niet afdoen, Arcadius. Het is mijn amulet. Daarmee kan me niets overkomen.'

'Stop het in godsnaam weg!' Hij keek naar haar voeten, verward. 'En je hebt geen schoenen aangedaan! Mag ik weten wat voor spelletje je speelt? Het is al erg genoeg dat ik hem niet gezegd heb dat je een vrouw bent.'

Terwijl ze zaten te bekvechten, kwam de zilversmid binnen.

'Eindelijk!' zei Arcadius toen hij hem zag. Mazarine verborg snel het medaillon tussen haar borsten.

'Je hebt me niet verteld dat de persoon die je meebracht zo jong was, en al helemaal niet dat het om een vrouw ging.'

'Ze is mijn kleindochter. Ondanks haar jeugd heeft ze echt een neus voor het opsporen van relikwieën.'

'Al goed; laten we opschieten. Mijn vrouw kwam tijd tekort om de tunieken te maken, daarom ben ik ook later dan de bedoeling was. Iedereen moet er intussen al zijn.'

Uit een tas haalde hij een van de mantels tevoorschijn en gaf hem aan Mazarine.

'U moet zich goed bedekken, jongedame. Anders trekt u te veel de aandacht; u bent heel mooi.'

Toen Mazarine de mantel wilde openvouwen hield de edelsmid haar tegen.

'Niet hier, trek hem aan wanneer we binnen zijn. En zeg vooral niets.'

Hij gaf hun de laatste aanwijzingen, waaronder het wachtwoord van de Orde.

Arcadius liet een bankbiljet achter op het tafeltje in de verlaten bar en ze vertrokken.

Ze staken de straat over en kwamen bij de portiek, waar een smalle metalen deur was waartegen ze alleen maar een duwtje hoefden te geven om die te openen.

Eenmaal binnen wachtte hun een smalle wenteltrap.

'Hier naar beneden.'

Het was aardedonker. De edelsmid ontstak een fakkel.

'Ik reken op jullie volledige discretie,' zei hij terwijl hij zijn stem liet dalen. 'En denk eraan, vergeet voorgoed waar jullie zijn geweest.'

'Daar kun je op vertrouwen,' beloofde de antiquair.

De trap was steil en ongemakkelijk. Het steen ademde een kleverige vochtigheid uit die overal in doordrong en verstikkend was. Van het plafond druppelde vocht en ze liepen tussen kalkachtige stalactieten die de stoutmoedige wandelaars als messen bedreigden. Arcadius merkte dat zijn hart sneller klopte. Afgesloten ruimtes joegen hem angst aan. Mazarine was bang.

Toen ze onder aan de trap waren gekomen, moest de oude man even uitrusten voor ze de tocht konden voortzetten; hij dreef van het zweet en zijn slapen klopten.

'Voelt u zich wel goed, Ar... grootvader?' vroeg het meisje.

'Het gaat zo over; opsluiting ben ik niet gewend.'

Na een paar minuten pauze drong de edelsmid erop aan dat ze de mantels aantrokken. Een beverige Mazarine hielp eerst de antiquair, en vervolgens trok ze de hare aan.

De trap lag achter hen. Nu liepen ze door donkere gangen met talloze inscripties in het Latijn en Frans, en duizenden netjes gerangschikte botten: *Hie in somno pacis requiescunt. Majores principium et finis. Toute vie a sa mort, toute mort a sa vie. Homo sicut foenum dies ejus; tamquam flos agri, sic efflorebit: quoniam spiritus per transibit in illo, et non subsistet et non cognoscet amplius locum suum...*

Tweeduizend meter afgelegd en de druk op Arcadius' borst wilde maar niet wijken. Desondanks weigerde hij te zeggen dat hij zich steeds beroerder voelde. Zijn gejaagde ademhaling verried hem.

'Wil je terug?' vroeg de edelsmid aan de antiquair.

Arcadius schudde zijn hoofd. 'Het gaat wel over, dat weet ik zeker. Gaan jullie maar vooruit, ik haal jullie straks wel in...'

'Geen sprake van, grootvader. Ik ga niet zonder u verder,' zei het meisje terwijl ze zijn arm vastpakte.

'Het is nog maar een klein stukje. Zien jullie dat grote rotsblok?' De juwelier wees naar het einde van de gang. 'Daarachter ontmoeten we de anderen.'

Arcadius leverde nog een laatste inspanning en ze liepen verder tot de aangegeven plek. De edelsmid drukte op een verborgen knop en de steen verschoof. Plotsklaps bevonden ze zich in een ondergrondse tempel waarin tientallen mannen in brokaten mantels stonden te mompelen. Bij het horen van de voetstappen van het zojuist gearriveerde drietal viel de menigte stil.

'Mon énergie, c'est l'amour,' zeiden de drie terwijl ze met hoog geheven handen op de groep afliepen.

De Arts Amantis antwoordden in koor: 'Je l'accepte. Je te le donne.'

Langzaam ging Arcadius' hart weer wat rustiger kloppen.

Ook al had hij veel gehoord en gelezen over loges en broederschappen, toch maakte het schouwspel grote indruk op hem. Die in het wit gehulde mannen, verzameld op zo'n macabere plek, gegroepeerd rond een zuilvoet die blijkbaar het offeraltaar was, leken net middeleeuwse monniken. Hun identiteit bleef volledig verborgen onder de opgezette kappen. De oude man keek naar het meisje. Ze kon zich probleemloos onder hen mengen. De spookachtige duisternis, versterkt door de fakkels en kaarsen, was haar beste bondgenoot. Het enige wat onbedekt was, waren haar voeten.

Het tafereel van aan de wanden hangende beenderen en schedels, de tunieken en murmelende stemmen, mysteries en griezelige schaduwen maakte Mazarine bang en verward. Op de borst van al die anonieme mannen was het symbool van haar geliefde medaillon geborduurd. Hoe kon haar heilige bij zo'n eigenaardige sekte horen? Een stem onderbrak haar gedachten.

'Broeders...' zei de leider van de Orde. 'Maandenlang hebben we met een droom geleefd. De droom onze Sienna weer bij ons te hebben. De droom een prachtige, zuivere doctrine die indertijd zoveel wonderen heeft bewerkstelligd nieuw leven in te blazen. Het is erg jammer, terwijl we toch zo creatief zijn, dat we niet in staat zijn geweest een manier te bedenken om het grote mysterie dat het meisje en de beroemde schilder omgeeft te ontrafelen. De afgunst van onze broeder Flavien,' hij zocht zijn gezicht onder de mannen met kappen zonder hem te kunnen onderscheiden, 'heeft de toenadering die we zochten verijdeld. Als dat gestuntel niet had plaatsgevonden, zouden we nu ongetwijfeld feestvieren. Ik was in de verleiding hen met de wet in mijn hand te benaderen, maar gezien mijn identiteit zou een openlijke inmenging schadelijk zijn, zou het voor onnodige opschudding zorgen. Niettemin bestaan er ook andere vormen. Intimidatie is er een van. Al zijn we vredelievende mensen, en dat mogen we nooit vergeten, we kunnen druk uitoefenen. We weten dat het meisje in het bezit is van het medaillon van onze heilige.' Toen ze dat hoorde verstijfde Mazarine. Ze hadden het over haar. Ze voelde onder haar mantel en omklemde de penning. 'Waarom benaderen we haar niet en vragen haar gewoon waar ze hem vandaan heeft?'

'Meneer, als u me toestaat...' Yeux Nébuleux viel hem in de rede. 'Ik denk dat ze zou liegen.'

'Dat denk ik niet, Jérémie. Misschien weet ze niet hoe belangrijk het is.'

'Wat als zij het lichaam niet heeft maar de schilder haar het medaillon in een vlaag van verliefdheid heeft geschonken?' onderbrak de jaloerse schilder hem.

'Ik vrees dat je het recht om je mening te uiten hebt verspeeld, Flavien.' De leider vervolgde zijn toespraak, negeerde hem. 'In het geval het meisje het lichaam van La Sainte heeft, iets wat ik betwijfel gezien haar jeugdige leeftijd, dan zou ze een ernstig misdrijf begaan: illegaal bezit van een middeleeuws relikwie. Het lichaam behoort haar niet toe, het is van ons. Het probleem is dat wij evenmin beschikken over de benodigde documenten die aantonen dat wij de eigenaar zijn.'

'Maar dat weet ze niet,' voegde Yeux Nébuleux eraan toe.

Arcadius keek strak naar Mazarine, vragend. Mazarine schudde haar hoofd.

'Meneer...' De edelsmid stak zijn hand op. 'Er zijn nog andere mogelijkheden die we tijdens onze bijeenkomsten nooit hebben overwogen. In plaats van de koe bij de hoorns te vatten hebben we onze wonden gelikt. Al eeuwenlang vindt overal ter wereld een levendige handel in relikwieën plaats. Net als bij geroofde kunst gebeurt dit in volstrekte clandestiniteit. Het is mogelijk dat Sienna's lichaam aan die waanzinnige handel ten prooi is gevallen en dat het in afzonderlijke delen geëindigd is die aan de hoogste bieder zijn verkocht.'

'Ik betwijfel het. Daar zouden we via een van onze vele kanalen iets over gehoord hebben. Maar... ga verder, Sebastién.'

'Vandaag is een neef van me onder ons,' de juwelier wees naar Arcadius, 'eveneens een van de onzen, gisteravond is hij uit Toulouse aangekomen. Hij is kunstverzamelaar en behoort tot de gilde van antiquairs in ons land.'

Arcadius maakte een kleine buiging.

'Wat hebt u ons te melden, broeder?'

'Met alle respect, maar ik denk dat jullie niet op de goede weg zitten met dat meisje. We zouden het in een andere richting moeten zoeken en ons concentreren op de handel in relikwieën.'

'Dat zou gelijkstaan aan het zoeken naar een speld in een hooiberg.'

'Mogelijk. Hoewel... ik geloof niet dat er veel lichamen met de kenmerken van onze heilige zijn.'

'Natuurlijk zijn die er. U vergeet de vele heiligen en martelaren die de katholieke Kerk bezit en die over de hele wereld verspreid zijn. Volgens de geheime dagboeken van onze voorgangers is het lichaam tijdens de Eerste Wereldoorlog vanaf deze plek verdwenen. Nadien zijn vele jaren verstreken.'

'Desondanks is het niet onmogelijk het terug te vinden,' verzekerde Arcadius op stellige toon.

De groep raakte opgewonden over het voorstel. In de ruimte was een toenemend geroezemoes hoorbaar. Mazarine was doodsbang; ze had daarnet tussen de gezichten met kappen dat van de sinistere man met de troebele ogen ontdekt die haar vele dagen had gevolgd. Voetje voor voetje verwijderde ze zich, tot ze achter een pilaar stond.

De leider van de Arts Amantis hernam het woord en de stemmen verstomden.

'We moeten toegeven dat de zoektocht die onze geliefde broeder Jérémie begonnen is niet de gewenste resultaten heeft opgeleverd. Dat de simpele strategieën die we hebben toegepast onvoldoende en zinloos zijn. Daarom, als we verder willen gaan met iets wat niet meer dan een veronderstelling is, en waarvan ik niet al te veel verwachtingen heb, zullen we Sebastiéns voorstel volgen. Jullie,' hij gebaarde naar Arcadius en de edelsmid, 'nemen het onderzoek naar bendes die in relikwieën en martelaren handelen op je; het kan geen kwaad jullie erop te wijzen dat discretie bovenaan staat. Jij,' hij zocht Flavien, 'vertoont je niet meer in de buurt van de schilder, of doet ook maar iets wat hem zou kunnen alarmeren. En wat het meisje betreft,' hij richtte zich tot Yeux Nébuleux, 'met haar ga ik zelf bezig. Ik zal zo omzichtig te werk gaan dat ze het niet eens in de gaten heeft.'

52

Waarom was ze opeens verdwenen zonder iets tegen hem te zeggen? Betekende dat zwijgen simpelweg nadenken? Haar ongerijmde afwezigheden maakten hem gek, maar zorgden er tevens voor dat hij nog verliefder werd.

Het raadsel dat uit haar twijfelende ogen sprak, de magnetische aantrekkingskracht die van haar huid uitging, de onverwachte lichtflits die uit haar hulpeloze geest schoot, de subtiele kracht waarmee ze in haar, naar hij vermoedde, astronomische eenzaamheid kon denken, de zuivere, ingehouden passie van haar gebaren, alles aan haar was ondraaglijk verwarrend. Dat onwerkelijke leven, boordevol twijfels en vermoedens, had hem volledig in de greep.

Na het romantische diner in Hôtel Costes had Pascal niets meer van Mazarine gehoord. Haar telefoon ging over en over, maar ze nam niet op. Ze had het contact verbroken. Na twee dagen vergeefs te hebben aangehouden, meldde het antwoordapparaat dat er geen berichten meer achtergelaten konden worden.

Hoewel hij geen onmiddellijk antwoord op zijn aanzoek had gevraagd, ging Pascal ervan uit dat hun verloving een feit was aangezien ze zijn ring had aangenomen. Met de diamant als symbool streed hij tegen een onbekende schim: zijn rivaal.

Hij was nu de volle overtuiging toegedaan dat zijn verloofde door twijfels overmand was en een gevecht met haar gevoelens leverde waar hij geen toegang toe had. Als er een ander was, iets wat heel waarschijnlijk leek, moest diegene nu bij haar zijn. Alleen de gedachte al deed hem pijn.

Intussen was zijn moeder, de grote afwezige, nog steeds niet opgedoken. Hoewel hij wist waar hij haar kon bereiken, peinsde hij er niet over dat te doen. Wanneer hij haar het meest nodig had, was ze er nooit...

En Cádiz telde al helemaal niet mee.

In de wachtkamer zaten patiënten. Tussen hen zat Sara Miller in een tijdschrift te bladeren. Ze wilde haar zoon verrassen en was zonder aankondiging verschenen. Na een paar minuten liet de secretaresse, die het spel meespeelde, haar naar binnen gaan. Toen hij haar omhelsde, voelde Pascal hoezeer hij haar had gemist.

'Je bent terug! Ik dacht net aan je. Ik heb je blijkbaar met mijn gedachten hiernaartoe gehaald.'

'Het spijt me dat ik je niet heb gebeld, Pascal. Maar je weet hoe...'

'Moeder, je hebt je hele leven al "het spijt me" tegen me gezegd en... heeft het enige zin gehad? Dat het je erg spijt doet niets af aan je afwezigheden.'

Pascal nodigde haar uit plaats te nemen op de divan in de sobere kamer.

'Kijk niet zo naar me, Sara. Het is zeker geen verwijt; het is gewoon de realiteit. Maar nu ben je er.' Hij pakte haar hand, probeerde de schaduwen te verdrijven. 'Vertel eens, wanneer ben je teruggekomen? En hoe is het met Cádiz? Weet je dat hij me op een middag heeft gebeld om je verblijfplaats te achterhalen? Uiteraard heb ik niets gezegd... Hoe was het in Colombia?'

Sara Miller wilde geen van zijn vragen beantwoorden. Ze was daar voor iets anders wat haar intrigeerde.

'Wat wilde je me vertellen? Toen ik je vanuit New York belde, zei je dat je het over iets heel belangrijks wilde hebben en dat je dat liever niet over de telefoon deed.'

'O... dat.' Op Pascals gezicht verscheen een sombere uitdrukking. 'Nou, ik kan je nog niets zeggen. Alles verandert zo snel dat...'

'Jongen, gaat het wel goed met je? Ik vind je... ik weet niet, een beetje verdrietig misschien?'

'Denk je echt dat ik dat ben?' repliceerde Pascal lichtelijk ironisch. De oude wond werd weer opengehaald. Hij was verdrietig, alleen en woedend. Woedend op haar, op zijn vader, op Mazarine, op de hele wereld. 'Ik ben blij dat je eindelijk gaat beseffen dat ik ook gevoelens heb. Denk je dat ik door me hieraan te wijden...' hij spreidde zijn armen om zijn spreekkamer aan te duiden, 'al mijn leegte kan vullen? Ik ben eveneens een mens, moeder, vergeet dat niet. Ik heb altijd al gevoelens gehad...' hij keek haar verslagen aan, 'en zeker toen ik klein was en je nodig had.'

Sara wilde iets zeggen, maar Pascal belette het haar.

'Misschien hebben die gevoelens me wel het sterkst getekend. Mijn eenzaamheid, de gewaarwording verloren te zijn in een enorme, gevoelloze leegte. De emoties die me nu omringen zijn slechts de echo's van dat verleden. Ik dacht dat ik genezen was, dat dit beroep me had gered, maar... het is moeilijk om eroverheen te komen, moeder, heel moeilijk. Mijn relaties met vrouwen zijn getekend door jouw afwezigheid. En die afwezigheid betekent angst, de angst niemand te hebben die van me houdt.'

'Het spijt me, jongen. Ik wist niet beter... Ik dacht dat je gelukkig was. Je hebt me nooit iets gezegd.'

'Sommige noodkreten worden geluidloos geslaakt. Als ouders zich ervan bewust zouden zijn dat hun daden, ook al lijken ze nog zo onbeduidend, bij een kind ernstige ontregelingen kunnen veroorzaken, dan zouden ze veel dingen nalaten, dat kan ik je verzekeren. Je kunt je niet voorstellen hoeveel leed tussen deze vier muren zweeft.'

'En jou? Wat doet jou op dit moment verdriet, jongen?'

Pascal bleef stil.

'Is het dat meisje met wie je op kerstavond had afgesproken?'

'Hoe weet je dat?'

'Moeders, ook al doen we niet alles goed, blijven moeders. De baarmoeder begrijpt uitdrukkingen en stiltes. Vertel me eens over haar.'

Het beeld van die avond, de sneeuw en haar blote voeten, kwam hem weer voor de geest.

'Ze is fantastisch.' Het enthousiasme deed zijn stem sprankelen. 'Intelligent, beeldschoon... raadselachtig.'

'Mijn god, je klinkt als een puber, Pascal. Je bent net een verliefde knaap. Je bent niet objectief.'

'Is liefde dan objectief, Sara?'

'Je hebt gelijk. Liefde is objectief noch niet-objectief. Liefde, is gewoon. Niets kan die beschrijven, al hebben vele schrijvers een poging gedaan. Wanneer ze komt, weet je ook zeker dat ze gekomen is, want haar alomtegenwoordige aanwezigheid verpulvert alles. Als ze dit meisje naar jou vragen... zou ze dan hetzelfde zeggen?'

'Ik heb haar gevraagd mijn vrouw te worden...'

'Is dat het wat je me wilde vertellen? Dat is geweldig, jongen. Dus... je gaat trouwen?'

'Ik weet het nog niet.'

'Hoezo je weet het nog niet?'

'Ze denkt erover.'

'Een slechte zaak, Pascal. Over zoiets denk je niet na: het gaat vanzelf.'

'Bij haar niet. Je kent haar niet, ze is heel bijzonder.'

Plotseling begon de zak van Pascals jas te trillen. Het was zijn mobiel en op het scherm lichtte Mazarines naam op. Zijn hart sloeg over; zijn rebelse meisje kwam met een antwoord. Hij gebaarde Sara hem alleen te laten en deze las op haar zoons gezicht dat het om een delicate kwestie ging. Ze trok zich terug in de bibliotheek, waar ze afleiding vond bij de vele titels die in de boekenkasten stonden.

Nadat ze zich had verontschuldigd voor haar afwezigheid en hem had uitgelegd dat haar stilte niets te maken had met hun verloving maar met haar werk, gaf Mazarine hem haar jawoord. Een volmondig ja. Dat ze er de afgelopen dagen over nagedacht had en dat ze het wilde. Dat ze wat tijd nodig had, misschien een jaar, misschien wat minder, omdat haar huidige bezigheden al haar aandacht opeisten. Dat hij haar zou moeten helpen veel pijnlijke zaken te boven te komen. Dat ze hem moest waarschuwen dat hij helemaal niets van haar wist en wellicht nooit toegang zou krijgen tot haar duisterste kanten. Maar dat als hij haar met al haar schaduwzijden accepteerde, hij op haar kon rekenen. Als hij kon wachten, als hij haar stiltes kon respecteren, als hij haar niet op te biechten geheimen kon begrijpen...

Pascal had als een tiener alleen het ja gehoord.

'Ik wil je graag aan mijn ouders voorstellen,' zei hij trots.

'Goed, maar... reken niet op die van mij.'

Ze namen afscheid met een 'kusje en tot later, mon amour'. 's Avonds zouden ze elkaar gewoontegetrouw in café La Palette, in de rue de Seine, treffen.

'Moeder,' zei Pascal stralend van vreugde. 'Bel Cádiz. Nu heb ik inderdaad groot nieuws voor jullie. Zullen we morgenavond met zijn drieën eten?'

53

Uiteindelijk waren de plannen gewijzigd. Het etentje in La Closerie des Lilas vond niet plaats. Profiterend van de vroege zomerse warmte organiseerde Sara daarentegen een veel geweldiger diner op het terras van hun appartement in de rue de la Pompe. De aanstaande schoondochter zou ook komen.

De woning was feestelijk aangekleed. De tafel was gedekt met wit linnen; in de vazen bloeiden weer blanke lelies; op de tafeltjes lagen tientallen albums met kinderfoto's van Pascal. Alles was gereed voor de triomfantelijke entree van het verliefde paar. Hoewel het een intieme, gezellige gelegenheid betrof, waren de bedienden gekleed als op vroegere feestjes, in jacquet en met handschoenen; een dienstmeisje inspecteerde de ceremoniële borden, glazen en het bestek. De champagne stond koud in de ijskast; in de keuken verspreidde zich de truffelgeur van een schuim dat de kreeft die nog onder de kraan lag te spartelen zou vergezellen. Uit de oven wasemde de zoete geur van appels. Het deed Juliette goed dat de plek, voor één avond, de sfeer van de meest traditionele gezinnen uitademde.

Waar het deze woning aan ontbrak was leven. Waar het madame en monsieur aan ontbrak was een kleinkind. Pascal, het kind dat ze zo liefdevol had verzorgd, was met groot nieuws teruggekeerd: hij ging trouwen. Ze zouden het meisje dat zijn vrouw werd leren kennen. Binnen een paar jaar zouden er weer kinderstemmen klinken. Zou de lange gang 's zondags met gelach gevuld worden.

Sara keek op de klok: over een uur zouden Pascal en zijn verloofde komen, en Cádiz was nog niet thuis.

In La Ruche was Mazarine onrustig. Ze had Cádiz gewaarschuwd dat ze die avond niet kon blijven omdat ze iets belangrijks te doen had, maar hij bleef aandringen. De doeken voor de expositie waren zo goed als klaar en alleen aan de laatste twee schilderijen ontbrak de finishing touch nog.

'Vandaag kan ik niet, het spijt me Cádiz.'

'Je hebt geen keus. Je MOET blijven.'

'Niet alleen jij, maar ook ik heb een ander leven.'

'Kleintje... je wilt dat ik voor jou uit mijn andere wereld stap. Heb je er wel eens over nagedacht waarin dat routineuze leven dat je zo begeert zou uitmonden?'

'Je vergist je. Ik verlang niets meer.'

'Zeg tegen de persoon die zich tussen ons heeft gedrongen dat je vanavond niet kunt, zeg het hem!'

'Ik ga.'

'Ik waarschuw je: als je door die deur gaat, zet je geen voet meer in mijn atelier, nooit meer...'

Mazarine pakte haar rugzak en zonder te antwoorden liep ze naar de deur.

'Nooit meer!' herhaalde Cádiz in een wanhopige poging haar tegen te houden.

De deur ging dicht en de schilder besefte wat hij zojuist had gedaan. Een woedende schreeuw deed La Ruche op zijn grondvesten wankelen.

'DWAAS! DAAR ZUL JE SPIJT VAN KRIJGEN!'

De ijzeren poort klemde en een geschrokken Mazarine begon aan de spijlen te rammelen. Het slot gaf niet mee. In de passage de Dantzig was geen levende ziel te bekennen die haar te hulp kon schieten.

De razernij van haar meester nam toe.

De woedende bomen rond La Ruche zwiepten wild met hun takken; de wortels ontwaakten, deden de aarde kraken. Hoofden en torso's van tussen het gras verdoolde marmeren sculpturen voegden zich samen in een macabere dans van verminkten die uit hun graven waren gekropen en nu op haar afkwamen. Het gebouw, met zijn opengesperde muilen, wilde haar opslokken; de kariatiden bij de entree verlieten het portaal en liepen dreigend op haar af. Het waren allemaal monsters die haar wilden verslinden. De plek was veranderd in een sinister woud vol adders. Woekerkruid gleed kruipend over de grond, bereikte haar voeten, klom omhoog langs haar benen en slingerde zich om haar heen tot ze bijna stikte. Haar kinderangsten keerden terug en verlamden haar.

Cádiz stortte zich op haar, greep haar bij haar polsen, trok haar armen omhoog en plantte haar zo tegen de portiek. Ze voelde zijn adem als van een gewonde leeuw en zijn allesverterende woede. Hij deed haar pijn.

Tijdens hun worsteling volgde Cádiz haar als een dolleman met zijn mond. Zijn kwellende tong striemde over haar gezicht, over haar ogen, haar wenkbrauwen, haar neus, haar oorlelletjes. Haar hals gloeide. Hij likte haar hongerig. Verlangend van zichzelf weg te vluchten, probeerde hij haar lippen te vinden. Haar met een kus te doden. Niet zomaar een kus; het was de eerste die hij op haar lichaam drukte. Een verterend vuur dat haar lippen verwoestte en haar bewustzijn opslurpte, haar in duizenden stukjes brak tot haar ziel uiteenviel. Hij kuste haar een, twee, drie, honderden keren tot haar mond met leegte gevuld was. Tot haar lippen overstroomden van droefenis. Tot het waanzinnige beest in hem rustiger werd en tijdens zijn kus in slaap viel.

Nog steeds buiten zichzelf opende Cádiz het hek.

'Nu wel, ja, verdwijn,' zei hij met gebroken stem.

Mazarine vluchtte huilend weg.

54

Tien minuten na het afgesproken tijdstip verscheen Mazarine in de rue de la Pompe, slepend met haar eeuwige zwarte jas en op blote voeten. Pascal zag haar aankomen, stelde zich voor wat zijn moeder zou denken als ze haar zag. Ze zou haar bevallen. Sara had een open geest en in het archief van haar jeugdherinneringen bewaarde ze de bohème waanzin van de opstandigen. Mazarine was een van hen. Een niet aan de tijd aangepast wezen.

Toen hij haar voor zich had, zag hij de twijfel in haar ogen glinsteren.

'Mon petit chou,' zei hij liefdevol en hij kuste haar. 'Je hoeft nergens bang voor te zijn, ze zullen je fantastisch vinden. En zo niet, nou, dan zijn we snel klaar en gaan we weer.'

Maar daar dacht Mazarine niet aan. Haar lippen deden nog pijn van Cádiz' kus. Waarom had hij dat gedaan, juist nu?

Pascal ontdekte de rode striemen op de polsen van zijn verloofde.

'Wat is er gebeurd?'

'O...' Mazarine keek naar haar handen. 'Het is niets.'

'Niets?'

'Geen vragen, alsjeblieft,' smeekte ze terwijl ze dicht tegen hem aankroop, 'maar hou me stevig vast.'

Dat deed Pascal en Mazarine verborg haar hoofd tegen zijn borst, die naar bescherming en rust geurde.

'Laten we gaan,' mompelde ze, verscholen in zijn omhelzing. 'Je ouders wachten.'

Nadat ze de conciërge en de veiligheidsagenten, die de entree vanuit de portiersloge bewaakten sinds de zoon van een Arabische sjeik zijn intrek had genomen in het gebouw, hadden gegroet kwamen ze bij de lift. De vorstelijke luxe die het gebouw en de begane grond uitademden, bedrukte Mazarine. En als ze nu eens niet klaar was voor deze formele ontmoeting? En niet wist hoe ze zich moest gedragen? En ze haar op het eerste gezicht al verwierpen? Zou ze wegvluchten? Pascals arm lag nog om haar heen. Ze kon het niet. Ze keek naar hem en hij lachte haar toe.

Een belletje kondigde aan dat ze de negende verdieping hadden bereikt. De lift hield stil.

'We zijn er,' zei hij terwijl hij haar hand pakte. 'Maar... je transpireert helemaal! Je hoeft nergens bang voor te zijn, mon amour. Ze bijten niet.'

Mazarine keek hem hulpeloos aan. Met zijn kus had Cádiz al haar kracht opgezogen.

Pascal sprak verder: 'Je zult een fantastische oude vrouw leren kennen, ze heeft me grootgebracht. Ze heet Juliette; ze is ongeveer zoveel als mijn moeder. Als je iets wilt weten over mijn kinderstreken, dan moet je het haar vragen. Hé! ... Kijk me eens aan.' Hij tilde teder haar kin op. 'Maak je geen zorgen of je wel bij mijn ouders in de smaak valt, zij moeten jou juist voor zich winnen. Jullie kunnen vast goed met elkaar opschieten. Het zijn net als jij grote artiesten.'

Pascal gebruikte niet de sleutel die hij nog steeds had, maar belde aan.

'Ik doe wel open,' schreeuwde Cádiz uit de kamer.

Hij was nog niet lang thuis en had net genoeg tijd gehad om snel wat water over zijn gezicht te gooien, zich om te kleden en een geurtje op te doen. Zijn lichaam stond nog strak van de mengeling van liefde en haat die hij zojuist had beleefd.

'Wacht even,' zei Sara terwijl ze haar blouse rechttrok voor de spiegel. 'De eerste ontmoeting wil ik niet missen.'

Toen hij de deur opendeed, kon Cádiz zijn ogen niet geloven. Voor hem stond een stralende Pascal met zijn arm om...

...'ZIJN' KLEINTJE!

Maar wie dacht ze verdorie wel wie ze was!

De stem van zijn zoon loste op in een nevel van onsamenhangende woorden. Van syllaben die verdwenen zodra ze met de lucht in aanraking kwamen.

'S ra...

Cád z

dit'

leegte – leegte – leegte

Cádiz' oren sloten zich af. Hij zag de lippen van zijn zoon bewegen, maar wilde het niet begrijpen.

'mijn ver...

loof

Ma rine...'

Een taal die zich kwijnend uitrekte.

Mazarines lippen verbleekten tot ze de blauwige kleur van de dood hadden aangenomen. Haar wangen trokken wit weg van ontzetting en kleurden niet meer bij. Voor haar stond haar schilder, haar passie, haar vreugde, haar verdriet, haar pijn, haar mishandelaar... haar grote liefde.

CÁDIZ

Had een zoon.

CÁDIZ

Vader van degene die haar redding betekende.

CÁDIZ

De man die haar huid had doen ontwaken.

CÁDIZ

Haar kunst.

CÁDIZ

Haar leven.

Sara Miller, zich onbewust van de inwendige opwinding van haar man en haar aanstaande schoondochter, gaf Pascal een klinkende kus, omhelsde Mazarine en haalde haar daarmee uit haar verdoving.

'Zeg je niets tegen hen?' vroeg Sara aan haar man terwijl ze zich tot haar zoon wendde. 'Precies zoals je me hebt gevraagd, heb ik helemaal niets tegen je vader gezegd. Daarom is de verrassing zo groot voor hem.'

'Inderdaad, het komt volslagen onverwacht,' mompelde Cádiz terwijl hij uit alle macht probeerde zich te herstellen. 'Hoe zei je ook weer dat je heette?'

De bazige ogen van de schilder boorden zich in de onthutste irissen van zijn leerlinge en onderwierpen haar.

Mazarine was helemaal de kluts kwijt, de vraag overviel haar. Hoe moest ze deze nieuwe situatie het hoofd bieden waarin haar geliefde leraar was veranderd in een wrede, onbekende schoonvader? Haar naam vragen... wat was dat voor komedie? Wat moest ze doen? Meespelen? Haar stem was sneller dan haar gedachten. Ze was sterk en ze had een voorsprong: ze was de verloofde van zijn zoon.

Ze richtte haar gele blik op de schilder en antwoordde: 'Mazarine.'

Cádiz hunkerde ernaar haar te kwetsen.

'Mazarine hoe? ... Heb je geen achternaam?'

'Gewoon Mazarine,' viel Pascal haar bij, in een poging haar te beschermen.

'Je hoeft me nergens tegen te beschermen, mon amour,' zei ze, terwijl ze de reactie van haar meester peilde. 'Het lijkt me dat Cádiz evenmin de echte naam van je vader is, toch?' Ze keek de schilder speels aan. 'Zo zijn wij kunstenaars. We raken onze identiteit kwijt... soms. Hoe heet u trouwens?'

'Gaan we naar binnen of blijven we de hele avond in de deuropening staan?' merkte Sara op om de pijnlijke situatie te doorbreken.

'Volgens mij zijn we allemaal een beetje nerveus,' zei Pascal terwijl hij een arm om het middel van zijn verloofde legde.

'Zo'n bericht krijgen we niet elke dag,' zei Sara tegen haar toekomstige schoondochter. 'Vergeef ons bepaalde...'

Cádiz liet zijn vrouw haar zin niet afmaken. 'Het spijt me, Mazarine. Het was niet mijn bedoeling...'

Het meisje viel hem op joviale toon in de rede. 'Het maakt niet uit. Het was wel grappig.'

De schilder, nog aangeslagen door het zien van zijn leerlinge en haar laatste woorden, duwde tegen de deur en twee imposante schilderijen van zijn hand verwelkomden het zojuist gearriveerde paar. In de gang schitterden grote, brandende kandelaars. Een eindeloze rij geurkaarsen ontving de verloofden en hulde hen in een zacht gouden licht. Een bedeesde, nieuwsgierige Juliette verscheen aan het einde van de gang en toen hij haar zag riep Pascal haar: 'Kom eens, Juliette, ik wil je aan mijn aanstaande echtgenote voorstellen.'

De vrouw kwam dichterbij en nadat Sara haar een instemmende blik had toegeworpen, begroette ze het meisje.

'*Bonsoir, mademoiselle.*'

'Ze is echt een prinses, hè?' Pascals vraag was een bevestiging.

'Zeker, monsieur.'

Cádiz hoorde hen in de verte. Hij kon daar niet blijven. Die verschrikkelijke nachtmerrie kon geen werkelijkheid zijn. Een alcoholtransfusie die hem ongevoelig maakte, dat was waar hij behoefte aan had, een fles Macallan 30 years in zijn aderen legen. Hij begaf zich naar de bar en begon te drinken. *Trop tard pour moi*, bromde hij binnensmonds. *C'est tout, mon petit idiot. Le grandeur est insignifiante.* Cádiz sprak in zichzelf, schonk intussen de ijskoude whisky in die de butler voor hem uit de ijskast had gehaald en die hij dronk alsof het water was, terwijl hij vanaf een afstand toekeek hoe het jonge paar en zijn vrouw lachten. *La mort, c'est la propre vie. Merde!*

Een hele fles whisky, maar het lijden werd niet minder. De pijn die hij voelde kwam van twee kanten.

Nog een fles.

Klok – klok – klok.

Niet alleen Mazarine wreef hem haar wulpse jeugdigheid in, maar nu voegde zijn zoon zich ook bij de hoon, maakte hem bewust van zijn onherroepelijke verval en zijn groteske einde.

Klok – klok – klok.

En zijn dorst dan? Die dorst naar lichamen en kunst? Door de ouderdom ging zijn spierstelsel tot ontbinding over en uit zijn kunst welden etterpuisten op. Was hij in staat te leven als een levende dode? Wetend dat zijn liefste nooit van hem zou zijn? Zou hij verder kunnen, wetend dat zijn zoon van zijn vrucht smulde?

Klok – klok – klok.

Vloeibare pijn.

Braakneigingen van droge tranen, van een misselijke woede die hij niet wilde voelen maar niet kon verdrijven.

Zijn lichaam: Dode Natuur.

Een krachteloos schilderij dat voor zijn ogen uiteenviel. Flarden verschraalde roem die verloren gingen in de duisternis. Een opgebrande kaars, een lichtloze droom. Gebarsten doeken die verbrokkelden, waarvan de arme, geschrapte ziel niet mocht glanzen...

'Cádiz...' riep zijn vrouw hem, 'je mist een geweldig gesprek.'

... en niemand die het wist. Het gezin. Wat hield dat in, gezin? Nee. Hij had nooit een gezin willen stichten, dat was een ongelukje geweest. Zijn leven was balanceren, spelen met zijn vrijheid om te zijn en te bestaan. Aan zichzelf denken, alleen aan zichzelf. Trouw zijn aan zijn verlangens, aan zijn intiemste dualisme. De schoonheid aanbidden, de esthetica van het leven. Dat was de ware liefde voor de kunst. Zich bewonderd weten door de wereld. De dood verrassen voordat die hem kon verrassen.

Klok – klok – klok.

Het gezin: een seismograaf voor verklote hedens. Absoluut geen zegen. Een inspanning zonder beloning. Pascal? Een gescheurd condoom en een niet-uitgevoerde abortus in hartje Londen. Hield hij van hem? Misschien. Nu hij hem zo met zijn kleintje zag uiteraard NIET. Wat betekende dat eigenlijk, liefde voor je kind?

Klok – klok – klok.

'Cádiiiz!' Sara drong aan.

'Het geeft niet, moeder.' De stem van zijn zoon excuseerde hem.

'Ik kom zo,' riep Cádiz terwijl hij zag dat Mazarine opstond en wegliep in de richting van het toilet.

Hij pakte de fles en nadat hij had vastgesteld dat niemand naar hem keek, ging hij eveneens de gang in waarin zijn leerlinge daarnet verdwenen was, om een toevallige ontmoeting te ensceneren; hij verborg zich in de duisternis van de kleine leeskamer, heel dicht bij de deur waardoor Mazarine weer tevoorschijn moest komen. Eenmaal binnen lag hij op de loer, als een waakzame leeuw die tracht zijn prooi te vangen. Toen hij haar naar buiten zag komen, sprong hij op haar af, trok haar aan haar arm de kamer binnen en deed de deur op dubbel slot.

'Neem een slok,' zei hij terwijl hij de fles aan haar lippen zette. 'Heb je daar geen behoefte aan?'

Mazarine weigerde.

'Hoe durf je! Besef je niet wat je me aandoet, dondersteen?'

'Laat me los! Je bent...'

Cádiz' mond liet haar niet uitspreken. Hij moest haar met zijn kussen verzwelgen. Ze was van hém. Zijn zoon kon hem zijn liefste niet afnemen.

'Je bent gestoord!' Mazarine duwde hem weg, 'en... dronken.'

'En verliefd,' antwoordde hij terwijl hij haar regenjas losmaakte.

'Nee, nu is het te laat, maestro.'

'Je verlangt naar me, kleintje. Dat weet ik. Besef je niet hoezeer ik je gerespecteerd heb? Dat ik de liefde niet met je bedreven heb, was alleen om je te beschermen.'

'Dat is een leugen. Je hebt van me geprofiteerd. Je hebt me gebruikt. Nu ben ik het die "jou beschermt", door afstand te bewaren.'

'Mazarine, maak me niet kwaa...'

'Wat? Ga je me in het bijzijn van je gezin afstraffen? Wil je dat ze jouw streken gewaarworden?'

Cádiz kuste haar opnieuw en Mazarine smolt onder zijn lippen. Het bloed bruiste in haar aderen. Ongelukkig genoeg voelde ze het tot in het diepst van haar ziel. Ja, ze hield waanzinnig, beestachtig veel van haar meester.

Buiten de kamer onderbrak Pascals stem hen. Hij liep in de richting van het toilet. 'Mazarine, is alles oké?'

'Laat haar toch, jongen,' riep Sara. 'Ze komt vanzelf.'

Cádiz en Mazarine hielden zich stil tot de voetstappen zich verwijderden.

'Laat me los, ik moet gaan,' zei ze zachtjes.

'Zeg dat je van me houdt, dat je alleen uit berekening met hem bent...'

'Het is je zoon, Cádiz. Vergeet dat niet.'

Mazarine maakte zich los uit zijn stevige omhelzing, draaide de sleutel om en verliet het vertrek heimelijk. Niemand zag haar. Toen ze op het terras kwam, verontschuldigde ze zich voor haar afwezigheid.

'Ik was verdwaald. Dit huis is zo groot en heeft zoveel deuren dat ik... in een andere kamer terechtkwam.'

'Het geeft niet, liefje. Je zult hier snel wennen.' Sara keek haar onderzoekend aan. 'Weet je dat je gezicht me bekend voorkomt? Ik vergeet er nooit een, het zal wel beroepsdeformatie zijn: een fotografisch geheugen.'

Mazarine liet zich door haar toekomstige schoonmoeder bekijken.

'Ik weet alweer waar ik je gezien heb,' riep ze verheugd uit. 'Het was in Les Champs Élysées, op de dag van de opening van mijn expositie. Jij was daar ook, nietwaar? Ik weet nog dat ik dacht dat ik fantastische foto's van je zou kunnen maken, maar later, door die chaos, vergat ik het. Ik ben helemaal weg van je gelaatstrekken. Je straalt een geweldige weerloosheid uit... begrijp me niet verkeerd. Ik twijfel er niet aan dat dat niets met je karakter van doen heeft.'

'Moeder, overdrijf niet zo.'

'Jij begrijpt me wel, hè, Mazarine?'

Sara wierp de verloofde van haar zoon een samenzweerderige blik toe, en deze knikte glimlachend, met de vlinders van de verliefde spanning nog in haar buik.

Al snel voegde Cádiz zich bij hen en Sara gaf de bedienden instructies.

'Zullen we aan tafel gaan?'

De avond geurde naar oranjebloesem. Mazarine snoof genietend. 'Wat ruikt het heerlijk!'

'Dat is de oranjebloesem die Cádiz jaren geleden heeft gepoot. Zijn tante stuurde hem de plantjes vanuit Sevilla. Het is het enige wat hij niet vergeet van zijn Andalusische geboortegrond, hij verzorgt ze alsof het zijn kinderen zijn. Al zou je het niet denken, soms is hij een geweldige tuinman. Zie je die terraspotten daar? Dat heeft hij allemaal opgekweekt. Dat alles is uit zijn handen voortgekomen. Kunst bloeit altijd in vele richtingen, wordt wel gezegd. Een goed artiest beperkt zich niet tot één discipline.'

De schilder liep naar de boompjes toe en brak er een paar takjes af; hij bracht ze naar zijn neus en na de geur diep ingesnoven te hebben ging hij naar Mazarine.

'Mag ik?' vroeg hij aan zijn zoon terwijl hij met een gebaar zijn bedoeling om het haar van diens verloofde te versieren duidelijk maakte.

'Natuurlijk,' antwoordde Pascal. 'Wil je het?'

Mazarine knikte en de schilder vlocht de oranjebloesem voor de ogen van zijn vrouw en zijn zoon door haar haren tot ze er als een echte bruid uitzag.

'Je bent net een maagd...'

'Je ziet er prachtig uit,' zei Pascal en hij kuste haar op haar wang.

'We zouden naar Andalusië moeten gaan... samen,' merkte Cádiz op met een begerige blik op zijn leerlinge.

'Alles op zijn tijd,' viel Sara in, en ze wees ieder zijn plek aan tafel.

Cádiz zat naast Mazarine en Sara en Pascal namen tegenover hen plaats.

De avond hulde hen in een blauwgetinte schemer. Hun gezichten, slechts getekend door het zachte gouden licht, glansden in de duisternis. Door het briesje flakkerden de kaarsvlammetjes en creëerden ze een bevend spel van licht en schaduw op het gesteven linnen. Mazarine ontdekte de weerkaatsing van de maan in haar glas wijn en speelde ermee. Ze keek op en Pascal lachte haar toe. Een onrustige wind maakte haar haren in de war en de kleine bloesemblaadjes maakten zich los, eindigden op Cádiz' bord.

'De maagd is haar bloemen kwijtgeraakt,' lachte de schilder. 'Het maakt niet uit, kleintje. Voor jou zullen de sinaasappelbomen blijven bloeien.'

Toen ze het woord 'kleintje' hoorde, dacht Mazarine terug aan de hartstochtelijke kus die Cádiz haar gegeven had, en de vlinders begonnen opnieuw in haar buik te fladderen.

Het begin van het diner werd voorafgegaan door een aromatische stilte.

De bedienden volgden elkaar op met heerlijk geurende dienbladen. Het gesprek sprong van kunst naar reizen, van schilderen naar kunsthandelaren, van de film naar boeken, van acteurs naar schrijvers, van het verleden naar het heden, van de liefde naar de verplichtingen, tot het uiteindelijk in een geschiedenis uitmondde: Mazarine had Sara gevraagd hoe ze Cádiz had leren kennen.

'Er zijn geschiedenissen die alle betovering verliezen zodra ze verteld worden. En als je het niet erg vindt, aangezien ik de onze graag wil behouden omdat het misschien wel het enige is wat voor ons intact is gebleven,' ze wierp Cádiz een verwijtende blik toe, 'als je het niet erg vindt wil ik alleen kwijt dat het... geweldig was.'

Sara dwaalde door de tijd en dacht terug aan die hartstochtelijke kus op straat die hen had geïsoleerd van het geschreeuw, de leuzen, de gummiknuppels en de stenen.

'Moeder.' Pascal riep haar. 'Vertel je niet verder?'

Sara keerde terug van dat haarscherpe beeld en belandde weer in het heden.

'Geen sprake van. Wat nu van belang is, is jullie geschiedenis. Waarom vertellen jullie ons niet hoe je elkaar hebt leren kennen?'

Onder de tafel liet Cádiz zijn hand heel lichtjes op de knie van zijn leerlinge rusten. Toen ze zijn vingers voelde, verstrakte Mazarine.

'Het spijt me, moeder,' antwoordde Pascal. 'Je hebt daarnet iets heel belangrijks gezegd: wat je vertelt, bestaat niet langer. Ik ben het volkomen met je eens. Als we onze geschiedenis vertellen, zou die ongetwijfeld haar betovering verliezen, dus houd ik die ook liever geheim, toch, mon amour?'

De hand opende haar jas, op zoek naar haar huid...

'*Oui*,' antwoordde Mazarine met trillende stem.

... bleef op haar dijen rusten. Streelde haar als nooit tevoren, zachtjes, heel zachtjes.

'Goed... zullen we het dan over je komende expositie hebben?' stelde Sara haar man voor. 'Je moet nu bijna alles gereed hebben.'

De hand klom omhoog. De vingers van de schilder kropen ongehaast over haar been en ze kon het hem niet beletten. Haar hart verhinderde het.

'Als het jullie niet uitmaakt, heb ik liever dat het voor iedereen een verrassing is. Je weet heel goed,' hij keek Sara aan, 'dat ik nooit over mijn werk praat voordat het tentoongesteld wordt.'

De hand klom verder en verder. Glipte haar slipje binnen, wilde tussen de vochtige plooien haar ziel beroeren. Hij vond die en zonk erin weg.

De kreeft wachtte op het bord.

Ze kon het niet. Dat kon ze Pascal niet aandoen. Ze kon geen weerstand bieden aan zoveel gevoel. De ogen van haar verloofde keken haar vriendelijk aan. Mazarine trok Cádiz' vingers weg en legde haar handen op tafel, verlangde ernaar dat Pascal ze in de zijne zou nemen.

'Heb je geen trek?' vroeg Sara aan het meisje met een blik op de onaangeroerde kreeft.

'Wel, ik...'

'Zal ik wat anders voor je laten klaarmaken?'

Pascal keek Mazarine verliefd aan.

'Je kunt eten wat je wilt, lieverd.'

Cádiz bleef stil, afwezig van wat er om hem heen gebeurde, nog nagenietend van die heimelijke, wellustige minuten. En dronk zijn ijskoude whisky uit het waterglas. Plotseling herhaalde hij: 'We zouden naar Andalusië moeten gaan.'

'Ik vind het geen slecht idee,' merkte Pascal op. 'Volgens mij zou die reis ons allemaal goeddoen. We zijn al in geen jaren samen weg geweest! Als ik me het goed herinner, was ik nog een kind. Jullie gingen altijd alleen.'

'Pascal...' zei Sara met een smekende ondertoon in haar warme stem. 'Begin nou niet...'

'Het is geen verwijt, moeder.'

'Natuurlijk maken we die reis! Voor mij is dit het eerste waar ik in tijden echt zin in heb, maar eerst hebben we nog de officiële opening van je vader.'

'En de zomer.'

'En de bruiloft. Want... jullie hebben ons de datum nog niet verteld. Wanneer willen jullie trouwen?' vroeg Sara enthousiast. 'Ik neem aan dat we voor die tijd je ouders zullen ontmoeten, nietwaar?'

De schilder onderbrak haar. 'Dan is het veel te warm. In de zomer gaat niet.'

'Gaat wat niet, Cádiz?'

'De vakantie. Want...' de schilder wendde zich tot Mazarine, 'ik neem aan dat jullie nog een tijdje wachten met de bruiloft, hè, kleintje?'

Mazarine had haar kracht hervonden. Hoewel ze in werkelijkheid volledig bevangen was door de passie die de maestro in haar opwekte, vond ze dit nieuwe aspect, het spel hem te beheersen en gek van jaloezie te maken, fantastisch.

'We weten het nog niet. Het zou best kunnen dat...' ze keek naar Pascal, 'we jullie een verrassing bezorgen.'

Cádiz leegde in één teug zijn glas.

'Andalusië...?' Hij verzonk in gepeins en plotseling deed de whisky hem een schitterende ingeving cadeau. 'Andalusië... nee, misschien toch niet. We gaan verder naar het zuiden... naar de woestijn.'

55

Sinds zijn terugkeer uit Praag had René vergeefs geprobeerd met Mazarine in contact te komen. Hij twijfelde eraan of ze nog in het groene huis woonde, want de eerste dagen na zijn aankomst had hij telkens weer bij haar aangebeld en op haar deur gebonsd zonder dat er ooit werd opengedaan.

Hij had spijt van zijn abrupte verdwijning. Zijn vertrek was voortgekomen uit een ongewone opwelling van trots die geen enkele zin had gehad, aangezien de 'stad van de honderd koepels', met al die avonden in pubs, clubs en jazzconcerten er niet in was geslaagd het beeld van het meisje dat zijn grote liefde was geweest uit te wissen. Als een zielige stumper bleef hij verliefd op Mazarine. Verliefd... en nu ook woedend. Hij voelde zich vernederd door de schoolvriendin die zijn kussen zo vaak had weggeveegd, hem op liefdesgebied had afgewezen en hem in de saaie hoek van pure vriendschap zonder hartstocht had geplaatst, een plaats die hij, om haar niet helemaal te verliezen, morrend had ingenomen terwijl hij deed alsof het hem niets kon schelen.

Vriend.

Een vriend die lange tijd haar loodgieter was geweest, de man die haar vloeren schoonmaakte, de scharnieren oliede, die als zakdoek fungeerde om haar tranen te drogen, en verder als alles wat maar nodig was om haar te kunnen zien en haar een glimlach te ontlokken. De 'Belle' van de school en de puisterige puber, de pispaal van het Lycée Fénelon, bedelend aan de voeten van de prinses.

Hij was gevlucht voordat Mazarine zou beseffen dat hij de rol van 'goede jongen' helemaal zat was; voordat de woede die hij vanbinnen voelde een weg naar buiten zou vinden en hem zou dwingen haar pijn te doen. Want hij had er genoeg van dat ze niets teruggaf; had er genoeg van de aardige René te zijn.

Sympathie.

Dat was wat ze voor hem voelde, zo had ze hem ooit verteld. Sympathie... en kameraadschap en vriendschap, wat een belachelijke, kinderlijke gevoelens! Ze zei dat ze hem vertrouwde en dat hij haar beste vriend was. En dat een ware vriend nooit iets terugverwachtte voor de aangeboden vriendschap. En bla bla bla... Zij van haar kant had niets gegeven. Maar des te meer gevraagd, en of ze vroeg! René hier, René daar... breng me dit, haal dat. Troost me, want ik ben verdrietig opgestaan. Snif, snif, snif... Krokodillentranen. Als ze het hem gevraagd had, zou hij naar de hemel zijn opgestegen om de maan voor haar te plukken en die aan haar voeten te leggen.

Nu niet meer; de maan en de sterren, niets van dat al: totale eclips.

Haat.

Hij begon te beseffen wat haat was. Hij was furieus.

Sinds de avond dat hij haar zo klef met die oude vent in La Guillotine had gezien, zon hij onophoudelijk op wraak. Als hij haar weer zag, nou, dan zou ze weten wat het betekende hem te beledigen. De René die ze had gekend bestond niet meer. Een nieuwe René was opgestaan, een man met gevoel van eigenwaarde.

Hij zou wachten.

In La Friterie zou hij alle uren die nodig waren wachten, hoeveel dagen het ook mocht duren, tot hij haar zag aankomen. Alleen al om het gezicht te zien dat ze zou trekken wanneer ze hem zag. Alleen om te kijken welke leugen ze zou vertellen wanneer hij tegen haar zei dat hij haar met die oude knar had gezien.

'René!'

Ze had hem ontdekt. Na avondenlang bij de ingang van de rue Galande nummer 75 te hebben gepost, kwam Mazarine met uitgestoken armen en een glimlach rond haar lippen op hem af.

'*Oh la la!... Mon Dieu!* Je bent terug!'

Als altijd was ze beeldschoon en blijkbaar was ze blij hem te zien.

'Wat doe je hier? Ik heb almaar in La Guillotine naar je gevraagd tot ze me het eindelijk vertelden. Hoe was het in Praag? Waarom heb je niet gezegd dat je wegging? Laat me je eens bekijken. Je ziet er fantastisch uit.'

Zij zag er inderdaad fantastisch uit, maar hij... zou ze de draak met hem steken?

'Waarom zeg je niets?'

Zoals gewoonlijk intimideerde haar betoverende verschijning hem. Hij hakkelde: 'Ik... ik ben blij je te zien.'

'Kom op. Doe niet zo verlegen en geef me een kus.'

En weer hield ze hem haar wangen voor, weer de smakeloze kus van een stomme broer.

'Maak je nog steeds muziek?'

René knikte.

'En jij, schil... schil... schilder je nog steeds?'

'Meer dan ooit. Ik schilder nu elke dag. Binnenkort wordt een expositie geopend en als je die ziet, zul je trots zijn op je vriendin.'

'N... nog nieuws?'

Mazarine keek hem vrolijk aan, pakte hem aanhankelijk vast en fluisterde in zijn oor: 'Ik ga trouwen.'

Bruusk trok René zijn arm los uit Mazarines greep.

'Zeg nou niet... Ach, René, René, René... Ben je nog steeds niet verlost van dat waanidee dat je verliefd op me zou zijn? Alsjeblieft zeg, jij en ik zijn zo ongeveer broer en zus. Weet je niet meer hoe vaak we het erover hebben gehad? Ik dacht dat je die onzin inmiddels uit je hoofd had gezet.'

Mazarine lachte klaterend.

Ze dreef de spot met hem. Zoals altijd vernederde ze hem. Met die engelachtige onschuld, dat gezicht van 'ik heb niets gedaan' dat hem verplichtte haar alles te vergeven. Maar ditmaal was ze te ver gegaan. Nu zou zijn wraak zoet als honing zijn. Het enige wat hem overbleef: ZICH WREKEN.

56

Na het etentje in de rue de la Pompe voelde Mazarine zich reddeloos verloren. Haar emotionele leven was één grote warboel, een maalstroom die haar het nadenken belette en haar van de angst naar de vermetelheid en van de vreugde naar de paniek deed schieten. Ineens was haar leven het centrum van een op hol geslagen carrousel geworden die met een centrifugerende kracht almaar ronddraaide en dreigde haar uit te werpen, de lucht in te slingeren terwijl zij zich vastklemde aan een fragiele paal die op breken stond. Dat waar ze het sterkst naar verlangd had, leek zich nu op een presenteerblaadje aan te bieden: haar schilder smachtte ernaar haar in zijn armen te houden. Maar dat was nog het minste. Er waren vele open fronten en geen ervan kon ze dichten. Ze had het idee dat haar leven door anderen geregeerd werd en dat zij het epicentrum was van een catastrofe die op het punt stond zich te voltrekken. Te midden van al die spanning was het enige wat haar kalmeerde bij Sienna zijn.

Wanneer ze naar haar toe ging, werd ze omgeven door een vredige, beschermende gewaarwording. De kleine luit werd de brug naar haar ziel. Die muziek, gespeeld door Joost mocht weten wie en die uit haar eigen vingers vloeide, en die onbekende taal die onophoudelijk in haar hoofd zoemde en vlot over haar lippen stroomde, waren het enige wat haar tot rust bracht.

De band die ze met het tienermeisje met het engelachtige gelaat had, werd met de dag sterker en intiemer. Ze wekte een immense liefde bij haar op. Na gezongen en nog meer gezongen te hebben, verstomde de luit samen met haar.

'Sienna,' zei ze terwijl ze haar haren streelde. 'Mag ik je iets vertellen?'

La Sainte leek naar haar te luisteren.

'Ik voel me verloren, het is alsof ik door een dikke mist loop die me dreigt op te slokken. Sta dat niet toe, Sienna, dat hij me opslokt. Ze willen ons scheiden. Die mannen weten niet dat jij en ik één zijn... dat ik je nodig heb; ze weten niets van ons tweeën. Ik... hoe moet ik het zeggen? Soms is het net of ik een ander leven leef, dat ik aan- en uitga middels een knop waar ik geen controle over heb... omdat ik in werkelijkheid niet besta. Zeg eens, Sienna, geloof jij dat ik besta? Ben ik wellicht een droom, verzonnen door een of andere idioot? Waar ben ik? Doe je ogen open en kijk naar me. Ik heb iemand nodig die me de uitgang wijst van deze donkere tunnel waarin ik me bevind. Zie ik er gelukkig uit? ... Geloof dat maar niet. Jij weet heel goed dat het niet zo is. Gezichten bedriegen, ze verbergen de ziel van de mens, we dragen allemaal een masker om in dit circus op te treden: het grote publiek eveneens, dat simuleert verstandig te zijn. Als je me kon zien zou je zeggen: Mazarine heeft het geluk gevonden! Pfff! Ik zou je voor de gek gehouden hebben; je zou in mijn val gelopen zijn. Maar tegen jou kan ik niet liegen, Sienna. Ik ben eenzamer dan de eenzaamheid zelf. In wezen stellen wij mensen maar heel weinig voor. We leven omdat we niet anders kunnen. We lopen in de val, in de hongerige leeuwenkuil. Iedereen wil iets van je: het grabbelen, de verdeling van de lichamen, de ziel... een hartstochtelijk moment, warmte, aandacht, beloften, je woorden. Je kracht, de roem, je stilte, je vreugde... tot aan je gedachten en toekomst toe, waarvan je niet eens weet of die er zal zijn. Alles voor iedereen en uiteindelijk voor niemand. Want tijdens de verdeling gaan we aan flarden. Dat altruïsme van geven zonder te nemen bestaat niet. We willen sterk zijn en eindigen ondraaglijk zwak. We willen intelligent zijn, maar zijn niet meer dan een stel armzalige dieren die verdwaald zijn in deze verwarrende jungle vol dwergen. De stompzinnige komedie van de schijn, omdat we niet weten wat we zijn. Hoe was jouw leven, Sienna? Iets zegt me dat jouw tijd anders was dan de mijne. Dat jij niet zoals ik in stukken uiteengevallen was. Dat jij niet elke avond opnieuw de stukjes van de vloer hoefde te rapen en te lijmen om de straat op te gaan en te doen alsof er niets aan de hand is.

En nu... wat moet ik nu, Sienna? Waar vind ik het antwoord op mijn leven? Ben ik slecht? Ben ik goed? Welke straf wacht me omdat ik gelukkig wil zijn en niet weet hoe? ... Laatst heb ik je geschilderd. Kon je maar zien hoe mooi je op die schilderijen bent! En hoe ik de Grote Schilder van zijn stuk heb gebracht. De Grote God! Je had zijn ogen eens moeten zien, met tranen van afgunst... en ik deed net of ik niets in de gaten had, in mijn rol van onbaatzuchtige leerlinge. Het was helemaal niet moeilijk om je te schilderen, of misschien was ik het niet die dat deed. Wellicht was het dat wezen dat in me huist en dat ik niet ken. Die aanwezigheid die dichterbij komt en zich weer verwijdert, me in bezit neemt en me weer verlaat, al naargelang het hem uitkomt... Ik moet gaan, weet je. Iets dwingt me je nu te verlaten.'

Nadat ze afscheid had genomen, sloot Mazarine het deksel van de glazen kist, haalde de hendel van het mechanisme over en het lichaam gleed de kast in.

Net toen ze naar buiten wilde gaan, bedacht ze zich, liep weer naar boven en controleerde of de kast op slot zat. Vervolgens liep ze elk raam en elke opening na, voor het geval iemand van de Arts Amantis het lef had bij het huis op te duiken.

Ze moest naar La Ruche, maar ze was bang opnieuw met Cádiz' hartstocht geconfronteerd te worden. Met zijn betoverende handen die haar pijnigden en streelden en haar uiteindelijk deden smelten en willoos maakten. Ze wilde hem wel en niet zien. Wat zou er tussen hen gebeuren na dat rampzalige toeval in de rue de la Pompe?

De opening van de expositie naderde snel en overal op straat hingen affiches waarop de terugkeer van het genie van de dualistische schilderkunst werd aangekondigd.

Mazarine liep verdwaasd door de Boulevard Montparnasse toen een stem haar wakker schudde. Het was Sara, die op weg was naar haar studio en haar riep toen ze Mazarine aan de overkant zag lopen. 'Mazarine!'

De fotografe gebaarde dat ze op haar moest wachten, en toen het verkeerslicht van kleur veranderde stak ze de straat over.

'Wat een verrassing, lieverd! Waar ga je heen?'

'Naar mijn werk.'

'Zeg nou niet dat je hier in de buurt werkt. Zo meteen blijkt nog dat we buren zijn.'

Mazarine aarzelde.

'Nou, eigenlijk is het nogal uit de buurt, maar... ik mag graag te voet gaan. Ik ben eraan gewend de grond te voelen.'

Sara wierp een snelle blik op de voeten van het meisje.

'Ik zie het. Toen ik jong was, liepen we net als jij blootsvoets. Het was een gekte die een eerbewijs aan de vrijheid voorstelde, aan de vrede, de liefde en de schoonheid. De cultus aan een primair hedonisme. Ik heb nooit een echte hippie kunnen zijn, daar had ik geen tijd voor. Ik had al heel jong een drukke baan, maar in veel dingen voelde ik me één met hen. Ik was een gefrustreerde hippie.'

Mazarine bekeek haar liefdevol. Ze vond Pascals moeder heel sympathiek, ze was een goed mens. Ze dacht aan wat er in de rue de la Pompe was voorgevallen tussen haar en Cádiz, en ze schaamde zich.

'Heb je even tijd? Waarom ga je niet even mee naar mijn studio? Die is hiertegenover.' De fotografe wees naar een kleine zijstraat die op de laan uitkwam. 'Het heeft me veel moeite gekost die te bemachtigen. Het is een magnifiek gebouw en het betekent veel voor me. Hier had Man Ray, mijn grote idool uit mijn jeugd, zijn studio.'

'Sara, nog bedankt voor het etentje.'

'Geen dank.' De vrouw haakte haar arm door die van Mazarine en samen liepen ze verder. 'Het enige wat ik verlang is dat je mijn zoon gelukkig maakt. Het is een geweldige jongen.'

'Ik weet het,' viel Mazarine haar bij terwijl ze een steek van schuld in haar binnenste voelde prikken.

Ze staken de laan over en arriveerden bij nummer 31 van de rue Champagne-Première, het spectaculaire gebouw met de grandioze grote ramen en de modernistische decoraties in plantenmotieven van de architect Arfvidson, waarop in de jaren twintig zoveel kunstenaars verliefd geworden waren.

Toen ze de studio binnengingen, zag ze restanten van foto's van de tentoonstelling *Identités*, wanordelijk aan de wanden gehangen en ertegenaan gezet.

'Ik vond je expositie geweldig.'

'Ach... moet je je indenken. Die is er al niet meer, tegenwoordig gaat alles zo snel voorbij! Wie weet waar deze figuren zullen eindigen.'

Vanaf de vloer keek een stel troebele ogen Mazarine strak aan.

'Ken je... ze allemaal?' vroeg het meisje, terwijl ze naar de foto wees van de man die haar een tijdje had gevolgd en die ze die ene nacht in de catacomben had weergezien.

'Welnee! Het zijn mensen die ik op straat ben tegengekomen. Deze arme kerel ziet er sinister uit, hè? Wellicht valt het wel mee. Schijn bedriegt meestal.'

De aanblik van een angstige Mazarine, kijkend naar de foto, inspireerde Sara.

'Blijf staan, verroer je niet.'

De fotografe pakte haar camera en begon een, twee, drie, twintig plaatjes te schieten. Ze nam vanuit alle hoeken foto's. Voeten, handen, mond. Van achteren, met haar lange regenjas die over de grond sleepte. Van opzij: haar hals, haar profiel, haar donkere wenkbrauwen. Van voren, de lange jas open: haar huid, haar bovenlichaam, de aanzet van haar kleine borsten... klik, klik, klik... en zooooooooom op het medaillon.

Was dat niet het symbool dat ook op de borst van de man stond die ze voor de expositie had gefotografeerd? Dit was al de derde keer dat ze het zag. Wanneer en waar de eerste keer was geweest, kon ze zich niet herinneren, maar nu ze het terugzag wist ze zeker dat ze dat embleem eerder bij iemand... of iets had gezien.

57

Cádiz verwelkomde haar alsof er niets was voorgevallen. Alsof de avond van het etentje en de verloving met Pascal nooit hadden bestaan. Zijn leerlinge kwam om het laatste werk af te maken en hij ontving haar met zijn beste glimlach.

'Goed, mijn kleintje. We zijn er bijna,' zei hij toen ze eenmaal voor hem stond in haar stug geworden, met vele kleuren besmeurde schort. Hij was heel attent en hartelijker dan ooit.

Mazarine was volledig uit het lood geslagen.

'Geef me het donkerrood even aan.'

Het meisje reikte hem argwanend de pot verf aan.

'Wat ben je van plan?'

De schilder liep naar de schilderijen die zij van Sienna had gemaakt.

'Aan deze doeken,' hij bekeek ze vanuit alle hoeken, 'ontbreekt iets.'

'Nee! Raak ze niet aan. Ze zijn perfect,' smeekte Mazarine.

'Wind je niet op, ik ga "jouw heilige" geen schade toebrengen. Deze twee schilderijen moeten dezelfde sfeer uitademen als de andere. Snap je dat niet? Als je wilt dat ik ze in de tentoonstelling opneem, en ik weet dat je dat wilt, moet ik er wat aan toevoegen. Vertrouw je me?'

'Absoluut niet! Hoe zou ik iemand kunnen vertrouwen die maar wat doet.'

'Ik weet niet waarover je het hebt.'

'Denk je niet dat we zouden moeten praten over datgene wat laatst gebeurd is?'

'Ik weet nog steeds niet waarover je het hebt.'

Cádiz nam een beetje verf, roerde die op zijn palet en in een trance van wellustige woede begon hij grote druppels olieverf op het acryl te smijten, die op de levendige afbeelding van La Sainte terechtkwamen. Het bloed vloeide over het doek, drong door tot gewijde plekjes, onteerde het, verkrachtte het hongerig.

'Stop!' snikte Mazarine. 'Je doodt haar!'

De onderdrukte begeerte van de schilder overspoelde het schilderij. Het werk van zijn leerlinge verkrachten stond gelijk aan haar verkrachten, haar volledig bezitten.

'Stoppen zeg ik!'

Het meisje probeerde hem tegen te houden, worstelde met zijn hand.

'Laat me los. Hoe durf je me te onderbreken! Besef je niet wat er op dit moment met je schilderij gebeurt? Het roemen van de mannelijkheid, dat ontbrak eraan. Het doek doorloopt een traject dat van macht naar verkrachting gaat, van vernietiging naar victorie. Jouw zachte hand had mijn woede nodig.'

Zou hij gelijk hebben? Als wat hij deed nu eens geen wraakneming op haar was via haar schilderij, maar het krachtiger maakte, sublimeerde? Mazarine was verward.

'Het heeft zijn zuiverheid verloren, Cádiz. De zedigheid die het uitademde.'

'Luister eens, kleintje. Picasso heeft ooit gezegd dat een kunstwerk enkel tegen de zeden ingaat als het niet heeft wat het had kunnen hebben. Je zou trots moeten zijn omdat ik het in mijn werk opneem. En nu, kijk en zwijg. Ben je vergeten dat je hier bent gekomen om te leren?'

'Om te leren? Weet je zeker dat het niet voor beide partijen een leerschool is geweest? Cádiz, ik moet zeggen dat je een schaamteloze vent bent.'

'Ach, mijn kleine rebel. Je bent vandaag strijdlustig... en driftig. Ik vind het leuk die fonkeling in je ogen te zien, dat maakt ze levendig.'

Dus hij stak de draak met haar. Mazarine had zin hem te kwetsen.

'We hebben besloten de bruiloft te vervroegen,' zei ze treiterend.

Cádiz verblikte noch verbloosde.

'Zullen we verdergaan? We moeten onze huid nog afstropen en aan deze schilderijen toedienen... We zijn bij het einde gekomen. Dit,' herhaalde Cádiz, 'is het einde.'

Toen ze zijn laatste woorden hoorde, voelde Mazarine een steek van pijn. Nam hij afscheid van haar? Dus ze zou hem niet meer als haar leermeester ontmoeten? En zij dan? Wat zou ze zijn zonder haar passie? Zonder de persoon die haar grote liefde was, haar dood en verlossing? Cádiz, de schepper van haar leven en haar kunst. Als ze hem kwijtraakte, wat restte haar dan nog om zich levend te voelen?

Een schaduw omfloerste haar blik. Tranen rolden over haar wangen en ze veegde ze boos weg. Ze wilde niet dat Cádiz haar zag huilen, maar ze kon het niet verhinderen.

'Wees niet bedroefd, kleintje.' Cádiz' ernstige stem scheurde door haar verdriet. 'We zien elkaar terug. Je maakt inmiddels deel uit van mijn leven... het lot heeft daarvoor gezorgd. Er zijn gevoelens die boven het verstand en de tijd uitstijgen... en die hebben, zonder mogelijke uitweg, hun bestemming bereikt. Je hebt een toeschouwer van me gemaakt. Het schouwspel gaat verder en vanaf mijn zitplaats zal ik applaudisseren.'

'En wat er laatst 's avonds tussen ons gebeurde?'

'Het spijt me, kleintje, ik kan me niets herinneren. Je moet begrijpen dat je op mijn leeftijd dingen vergeet. Is er dan iets gebeurd?'

Mazarine liep woedend weg en sloot zich op in het toilet. Hoe kon hij vergeten zijn wat hij onder het tafellaken bij haar had gedaan? Die herinnering die haar 's nachts uit haar slaap hield?

Cádiz herinnerde zich alles, maar was absoluut niet van plan dat toe te geven. Het spel was nog maar net begonnen. Zijn bedoelingen gingen verder, veel verder. En al helemaal in aanmerking genomen dat degene die hem zijn kleintje wilde afnemen niemand minder was dan zijn eigen zoon.

58

Zijn onderzoek vorderde gestaag. Gaandeweg was Arcadius de smerige wereld van de illegaliteit binnengedrongen waar, hoe ongelofelijk het ook klinkt, nog altijd gehandeld werd in 'vleselijke relikwieën', zoals de lichamen en lichaamsdelen van zogeheten heiligen of martelaren in het gebruikelijke argot werden genoemd.

In de loop van de geschiedenis hadden relikwieën, meer dan een geestelijke vrede te bieden, ware emotionele brandhaarden en de laagste instincten aangewakkerd en ontketenden ze onder de gelovigen twisten, verhit gegrabbel, roof en zelfs oorlogen.

Het onaantastbare gebruik een relikwie te bezitten zette eerder aan tot haat en afgunst dan tot het welzijn dat uit het bezit ervan zou voortvloeien. Die obsessieve passie, in de middeleeuwen aangemoedigd en versterkt door de kruistochten en de bemachtigde buit in het Heilige Land, beperkte zich niet tot het gewone, onwetende volk. De grootste liefhebbers van deze talismans waren de adel en de feodale heren, die zelfs hun leven verpandden voor hun zoektocht en het uitbreiden van hun collectie. Allen hoopten er bovennatuurlijke krachten in te vinden die hen konden verlossen van de misère en tekorten, en beschermden tegen alle onheil die voortkwam uit hun zondige leven. Want angst was onderdeel van het leven en die hadden alle stervelingen gemeen.

Tijdens zijn onderzoek kwam Arcadius te weten dat er organische en anorganische, aardse en hemelse relikwieën waren, een oneindige classificatie die aan elk ervan een onschatbare waarde toekende. Bloed en zweet, tanden, haar, dijbenen, nagels, vingers, habijten, houtdelen, huidfragmenten, stenen, een heel scala aan te leveren koopwaar, al naargelang de wensen van de fanatiekste gelovige.

Er werd zelfs gesproken over 'de heilige voorhuid van Christus' in relatie tot zuster Agnes Blannbekin, een mystieke non die in Wenen was gestorven en van wie gezegd werd dat ze onbeschrijfelijke trances van gemeenschap beleefde: het heilige stukje huid verscheen haar met een volle, zoete smaak en vervulde haar van vreugde en vrede. Ten gevolge van die geschiedenis begon overal ter wereld de adoratie van 'heilige voorhuiden' welig te tieren en in Charroux, Frankrijk, werd zelfs een broederschap opgericht met de naam 'Broederschap van de Heilige Voorhuid'.

Onder al die informatie was er één verhaal dat sterk de belangstelling van de antiquair trok. Het lichaam van een tienermeisje met de kenmerken en de leeftijd van Sienna en dat uit dezelfde tijd stamde, had op de ondergrondse markt van de maffia gezworven, en tijdens een geheime internetveiling met gecodeerde wachtwoorden waaraan mysterieuze kopers hadden deelgenomen, waren exorbitante bedragen bereikt die het lichaam bijna op één hoogte stelden met de lijkwade van Turijn. Er werd gezegd dat het lichaam, dat niemand met eigen ogen had gezien, verborgen was in de provincie Barcelona, in een oude herenboerderij.

Het ging om een relikwie die zich in perfecte staat bevond, ondanks het feit dat zij ontelbare keren was verplaatst en geroofd. Haar naam werd geheimgehouden om haar te behoeden voor de plunderingen die men toeschreef aan bendes uit het voormalig Oostblok. De lange orale overlevering had de legende tot een vaststaand feit gemaakt: het lichaam was door het Vaticaan aan een dappere heer geschonken om hem te belonen voor de onverschrokkenheid waarmee hij tijdens de derde kruistocht ten strijde was getrokken tegen de ongelovigen. De inzet van die edele ridder was zo briljant en voorbeeldig geweest dat hij niet slechts een vinger maar een heel lichaam verdiende, en bovendien een zuiver lichaam: dat van een maagd. Er werd ook beweerd dat de relikwie in kwestie vergezeld ging van een document in het Latijn waarin de authenticiteit ervan bevestigd werd en waarin verklaard werd dat La Sainte, na haar steniging, nog steeds onbedorven was.

Verscheidene weken lang, ondanks het feit dat zijn gezondheid er niet op vooruitging, hield Arcadius zich met het spoor bezig. Hem fascineerde die mysterieuze wereld van gedreven fanatici, hemelse magie en aashonden die vochten om de overblijfselen van arme stervelingen die, doordat ze het beste van zichzelf gegeven hadden, als gekwelde zielen over de wereld zwierven, niet gerechtigd om vredig onder de grond te rusten.

Hij bracht de edelsmid op de hoogte van zijn voornemen het spoor te volgen dat blijkbaar samenviel met dat van de Broederschap. Hij reisde naar Barcelona, alwaar hij in het geheim met oude mensen sprak die beweerden de geschiedenis van de verborgen Sainte te kennen, en ieder van hen bracht hem op een spoor dat vervolgens doodliep. Uit de meest bizarre en meest simpele legenden koos hij de geschiedenis die hem zonder meer het meest coherent leek. En terwijl hij wachtte op contacten waarvan zijn bekenden hem druppelsgewijs voorzagen, benutte hij de namiddagen om te genieten van de *Ciutat Comtal*, zoals die indrukwekkende stad ook wel genoemd werd. Hij zoog zich vol met haar magnifieke architectuur, haar Middellandse Zee, haar keuken en kunst, haar straten bezaaid met modernistische juweeltjes en avant-gardistische ontwerpen. Hij wilde alles fotograferen, weer jong zijn om in die wonderlijke stad te wonen, een stad die alles had en in vele opzichten overliep van schoonheid. Haar gotische wijk en straten die vergeven waren van geschiedenis en antiquairs, haar romaanse kerken en geplaveide steegjes, haar oude markten, haar zee en haar vitaliteit.

En net toen hij eraan wende zijn tijd door te brengen met deze mediterrane genoegens kreeg hij een telefoontje dat hem voor een bezoek plaatste.

Het 'beroemde' lichaam van La Sainte had vele jaren gerust in de geheime crypte van een familie uit Manresa, een dorpje in de buurt van Barcelona. Van deze familie was alleen een oude, ongetrouwde vrouw overgebleven die aan allerlei ouderdomskwaaltjes leed, maar hem wel wilde ontvangen om hem datgene te vertellen wat ze wist.

Vanaf het plaza Catalunya nam Arcadius de trein naar Manresa, en eenmaal daar een taxi die hem voor de vervallen herenboerderij afzette. Na verscheidene minuten met de deurklopper te hebben gebonsd, hoorde hij een stem die chagrijnig in het Catalaans bromde: '*Ara, vaig... Que s'haurà cregut aquest franchute amb tanta pressa.*'

De deur ging open en de oude vrouw toverde een verlegen glimlach op haar zure gezicht toen ze de antiquair zag. Die oude Franse kerel was zo slecht nog niet.

'*Perdoni.* Maar soms...'

'Het geeft niet.'

De vrouw liet hem binnen; de benauwde sfeer van zweterig steen doordrenkte zijn pak. Nadat ze hem op een sober glas kraanwater had onthaald, nodigde ze hem uit plaats te nemen.

'Ik hoopte al heel lang de geschiedenis van La Sainte aan iemand als u te kunnen vertellen; ik weet niet waarom ik het gevoel heb dat u me zult geloven. Ik was het beu dat iedereen de spot met me dreef, me als de dorpsgek beschouwde, moet u weten.' Arcadius keek haar respectvol aan en gebaarde haar uitnodigend verder te vertellen. 'Er was een tijd, heel lang geleden, dat in dit huis het lichaam van een heilige aanbeden werd. De mensen vormden lange rijen om haar te kunnen zien en haar gunsten te ontvangen. Naar verluidt genas ze niet alleen zieken en inspireerde ze kunstenaars, maar verlichtte ze ook liefdesverdriet. Kom mee.'

De oude vrouw bracht hem naar een donkere kamer met gerafelde fluwelen gordijnen en restanten van meubels die destijds heel luxueus waren geweest. In andere omstandigheden, dacht de antiquair, zouden die juweeltjes die over de vloer verspreid waren in zijn winkel geëindigd zijn.

Achterin beheerste een imposante eikenhouten kast met roestig ijzerbeslag de kamer. Toen hij dichterbij kwam, herkende hij op een van de beslagen het symbool van de Arts Amantis.

De vrouw trok aan de deurknop en met een akelig geknars werd een smalle gang zichtbaar die naar een geheime kapel leidde, waar in het midden een statig stenen altaar de ruimte overheerste.

'Hier werd ze vereerd.'

Arcadius herinnerde zich het altaar in de catacomben van Parijs dat hij enkele weken eerder had gezien, tijdens een nacht vol fakkels, riten en schaduwen. In de muur was dezelfde inscriptie gebeiteld: *Toute vie a sa mort, toute mort a sa vie.* Een rilling trok door hem heen, zijn hart maakte een sprongetje. Geen twijfel mogelijk. Hij zat op het goede spoor!

'Weet u... hoe ze heette?'

De oude vrouw boog haar hoofd als teken van bevestiging.

59

De tentoonstelling was één waarheid uitgebeeld op honderd doeken; een magnifieke, aanvallende lading die op de toeschouwer werd afgevuurd. Het meest organische dat ooit door een contemporaine kunstenaar geschilderd was.

De organiserende directeur van de expositie was begeesterd over het juweel dat hij in handen had. Hij zorgde voor de lastige vergunningen, deed zijn best de dienstdoende politici over te halen om mee te werken aan de totstandkoming van dat buitengewone, unieke visuele effect.

Als plaats voor de officiële opening had Cádiz de Arc de Triomphe gekozen en hij wilde de boog letterlijk aankleden met de schilderijen die de tentoonstelling inhuldigden.

Aan de kant van Les Champs Élysées was de uitgekozen afbeelding een vergroting van het door Mazarine geschilderde doek *Levende Sainte*. Aan de zijde van de avenue de la Grande Armée zou het schilderij van de *Slapende Sainte* de boog bedekken. Een dualisme dat de lichtstad in tweeën deelde. Aan de ene pool de Egyptische Obélisque, het verleden. Aan de andere de l'Arche de la Défense, de toekomst. De twee gezichten van een roemrijk Parijs.

Door Cádiz' bemoeienissen straalden beide schilderwerken een wanhopige erotiek uit. De directeur van de expositie was ervan overtuigd dat de psychologische en emotionele kracht die van de doeken uitging niemand onberoerd kon laten. En als hij de Arc de Triomphe te pakken kon krijgen, was een mondiale weerklank in alle mogelijke media gegarandeerd. Na talrijke formaliteiten te hebben afgehandeld en zijn connecties te hebben uitgeperst kon de ploeg eindelijk aan het werk.

De zomer ontstak de vreugde in de Parijse lanen, parken en straten. Overal in de stad wapperden vlaggen die de inauguratie aankondigden van Cádiz' ophanden zijnde expositie, genaamd *Aan je voeten*, die op 17 juli voor het publiek toegankelijk zou zijn. Ergens op een hoek keek een meisje met blote voeten verdrietig naar een verlicht billboard, waarop de foto van de schilder prijkte die haar vanachter de rooksluier leek te bespotten. Het was dezelfde foto die ze tijden geleden in een boekhandel had gestolen en die ze nog steeds aan de muur had hangen.

Mazarine had niets meer van Cádiz gehoord.

Sinds de dag dat hij haar schilderijen met zijn woede en zijn plotseling vergeetachtige geest had getekend – een vergetelheid die hij had verzonnen om zich te bevrijden van alles wat hij haar had laten voelen, die avond van het etentje – had ze niet één berichtje meer van hem ontvangen. Die pijnlijke middag vol verlies waarop de doeken over de vloer van het atelier verspreid lagen, had haar meester arrogant en afstandelijk afscheid genomen: 'Je hoeft morgen niet terug te komen. Ik bel je wel... mocht ik je nog nodig hebben.' Maar de dagen gingen voorbij en hij belde niet: hij had haar niet nodig.

Het bittere gevoel van verlatenheid verhinderde haar te leven.

Ze stond op zonder te weten wat ze moest doen. Al haar illusies, haar dagelijkse bezigheden, haar maandenlange routine en haar plannen waren op slag verdwenen en ze was niet in staat zoveel leegte te verwerken. Ongemerkt had ze een wereld opgebouwd die om haar schilder draaide. Hij was het wezen van haar wezen. Haar leven en dood. Haar drijfveer, haar grote drijfveer. Haar enige reden van bestaan.

Ze bracht de ochtenden door als een donker bolletje, een larve, verscholen in de kast bij Sienna, huilend en schreeuwend in de hoop dat haar kreten eindelijk de eenzaamheid zouden vertederen en deze haar het telefoontje zou schenken. Ze wilde haar kleren uitrukken, branden op een brandstapel, almaar dunner worden en in rook opgaan. Verkolen, en al haar gevoelens en pijn laten verdwijnen in haar as. Slapen, slapen zonder te dromen. Sterven. Niemand begreep haar, zelfs haar geliefde heilige niet, die zich van haar verdriet leek af te wenden.

'Sieeeeenna! Hij heeft me laten vallen Hij heeft me verlaten. Hoor je me? Of maakt het jou niets uit? Zie je mijn leegte dan niet? Heb je enig idee wat ik met deze pijn aan moet die maar niet weg wil gaan? Help me! Het doet pijn... heel erg pijn. Alles is me ontnomen. Ik wilde een wereld scheppen die me van deze gefragmenteerde dood zou verlossen, maar zelfs die heeft hij me ontstolen. Hij heeft me de schilderijen die ik van je heb gemaakt afgepakt. Hij heeft ze met zijn razernij verpest. Hij heeft je net zo gemaakt als anderen hebben gedaan, bezoedeld met pijn. En ik wilde je graag puur en levend... IK HAAT HEM!' Haar gekerm weerkaatste tegen de wanden. 'IK HAAT HEM, die ellendeling. En IK HOU VAN HEM. En ik begrijp mezelf niet, en dit kloteleven evenmin. Begreep jij er iets van toen je het leefde?' Haar tranen condenseerden tegen het plafond en vielen als regendruppels weer op haar neer. 'Ik heb rust nodig. Ik speur in mijn botten, in deze stomme spieren, in mijn bloed, naar een reden om verder te leven, maar die kan ik niet vinden. WEET IEMAND OP DEZE VERVLOEKTE AARDBOL WAAR HET LICHT IS? De liefde heeft me te gronde gericht, Sienna. Heeft deze komst op aarde van het leven beroofd!'

's Avonds kreeg ze een telefoontje van Pascal. Hij wilde dat ze met hem meeging naar de opening van zijn vaders expositie.

'Mon petit chou, ik ben al in geen jaren naar een evenement van Cádiz geweest, maar deze keer wil ik wel gaan. Mijn moeder heeft het me gevraagd en ik weet dat ze zich er heel erg op verheugt. Ga je met me mee?'

Mazarine dacht erover na. Hoe moest ze tegen hem zeggen dat ze aan het einde van haar Latijn was, dat het weerzien met haar schilder haar zou breken? Haar gezond verstand was als een flinterdun papier dat al kon scheuren enkel door naar hem te kijken.

Stilte.

'Ben je er nog?'

'Ik weet niet of ik kan,' antwoordde ze eindelijk, onzeker.

'Natuurlijk kun je. Jij bent toch een fantastische schilderes?'

'Dat... vind jij alleen.'

Pascal probeerde haar te overreden.

'Je moet gaan. De mensen die het al hebben gezien zeggen dat het formidabel is en dat er een sublieme erotiek uit spreekt.'

Had hij het over erotiek? Zij wist inderdaad wat die doeken betekenden. Veeleer dan erotisch geladen waren ze de neerslag van onbeschrijfelijke momenten waarin kracht en beheersing verenigd waren met zachtheid en frisheid. Daar, tussen de penseelstreken, waren al haar verlangens uitgestort en verborgen; de enige momenten dat ze daadwerkelijk gelukkig was geweest.

Toen zijn verloofde geen antwoord gaf, drong Pascal liefdevol aan.

'Als je dat liever hebt, zeg ik tegen Cádiz dat híj het je zelf moet vragen, wil je dat?'

'Waag het niet.'

'Goed, dwing me er dan ook niet toe, mon amour,' zei hij zachtjes, haar met zijn stem strelend.

'Ik weet het niet, Pascal. Op dit moment... wil ik alleen zijn.'

'Geen denken aan! Laat me je zeggen dat alleen-zijn, behalve een heel enkele keer, een slechte raadgever is. Het vervormt de realiteit en het leidt je naar tunnels zonder uitgang. Ook al is het niet helemaal ethisch, je zou eens naar mijn praktijk moeten komen, en ik maak echt geen grapje. Ik vind je al een hele tijd down. Het zou je goeddoen die geslotenheid een keer aan de kant te zetten. En, verdorie, ik wil bij je zijn. Weet je niet dat liefde alles geneest? Ik hou van je... en ik mis je heel erg. Wat is je antwoord?'

Stilte.

'Kom je naar de expositie?'

Stilte.

Wat deed ze bij Pascal? Zoveel liefde verdiende ze niet...

'Dit zwijgen... betekent dat ja?'

Mazarine dacht aan de handen van de schilder die over haar lichaam gleden en ze sidderde. Ze moest hem weer zien.

'Goed,' antwoordde ze. 'Ik zal er zijn.'

60

De grote dag was aangebroken. Die zeventiende juli ontstak een vurige zon de hemel, trok rode steekvlammen die omhoog leken te schieten uit de zegevierende boog en zich vandaar krachtig verspreidden, waardoor het oneindige, blauwe doek in brand werd gezet.

Yeux Nébuleux keek vanaf de laan naar het gigantische schilderij dat de Arc de Triomphe bedekte, ontroerd door de schoonheid van *Levende Sainte.*

Hoewel de leider hem tijdens de laatste vergadering duidelijk te kennen had gegeven dat hij niet meer in de buurt van Mazarine en de schilder moest komen, was hij voor de verandering ongehoorzaam. Hij droomde ervan de ontdekker van de grootse relikwie te zijn en door iedereen te worden erkend en uitgeroepen als redder van de Orde. Hij had genoeg van de spot en minachting, van het feit dat de leden van de Broederschap hem onderwaardeerden en beklaagden. Hij mocht dan afstotelijk zijn, maar gek was hij niet. Wat de anderen met hun gezonde ogen niet zagen, had hij met zijn bleke, loensende ogen ontdekt.

Hem konden ze niet voor de gek houden. De beeltenis op het vergrote schilderij moest van La Sainte zijn en hij zou haar koste wat het kost vinden, al moest hij daarvoor geweld gebruiken.

En als hij het meisje nu eens gijzelde en de schilder chanteerde? Hij had foto's van hen, liggend in de sneeuw op het terras van de Arc. Nu hij wist dat de jongen met wie Mazarine omging niemand minder was dan de zoon van de dualist, zouden die foto's belangrijk kunnen zijn. En als hij zijn zieligheid zou uitbuiten en haar medelijden opwekte? En als hij tijdens de persconferentie, op het interessantste moment, een vraag op hem afvuurde die hem in het nauw dreef en hem tot een bekentenis dwong? En als...? Ja, hij was heel intelligent. Hij, Jérémie Cabiròl, was werkelijk geniaal. Opties genoeg, en allemaal een superieur wezen waardig. Eigenlijk verdiende hij het al tijden om de Arts Amantis te leiden. Met het lichaam in zijn macht zou alles veranderen.

Hij liep naar de voet van de Arc, waar honderden nieuwsgierigen en verslaggevers samendrongen. Hij mengde zich onder de journalisten en probeerde zich voor een van hen uit te geven, maar net toen hij naar boven wilde gaan vroeg een stel bewakers naar zijn persidentificatie; en al voerde hij een hele voorstelling op, ze verboden hem de toegang.

Hij gaf zich niet gewonnen en wachtte.

Boven op het monument was het schouwspel schitterend. De top van de Arc was ingericht – hekwerken waren weggehaald en vloeren genivelleerd – om de genodigden een vlotte doorgang zonder visuele verstoringen te bieden. De schilderijen werden twee aan twee getoond en hingen in de lucht middels een ingewikkeld systeem van katrollen en stalen draden die vanaf alle hoeken van het terras liepen. De kunstwerken waren dusdanig geplaatst dat de toeschouwer hun dualisme kon aanschouwen zonder zich te hoeven verplaatsen, aangezien ze om elkaar heen draaiden.

In het midden van het terras leek de schilder als heer en meester van de wereld te zweven, net als zijn schilderijen, omgeven door een wervelende groep persoonlijkheden. Zonder dat iemand het merkte, gleden zijn ogen over de genodigden, zoekend naar zijn leerlinge.

Plotseling viel zijn blik op een paar blote voeten waarop dezelfde lijnen waren geverfd die hij had getrokken wanneer hij Mazarine beschilderde. Hij keek op; daar stond ze, voor hem, bleek en beeldschoon, aan de arm van Pascal.

'Dank je, jongen. Ik dacht dat je misschien niet zou komen.'

'Ik zei toch dat ik ditmaal niet zou ontbreken. Bovendien wilde ik dat Mazarine zag waartoe je in staat bent als niemand je ziet.'

Cádiz glimlachte, ontweek de onderzoekende blik van zijn leerlinge.

'Waar is Sara?' vroeg Pascal.

'Ze zal wel stompzinnige vragen aan het beantwoorden zijn. Je kent dat wel, we bevinden ons in het vuur van de ijdelheid.'

'En waar je dat branden, ontken het maar niet, nog steeds geweldig vindt,' merkte zijn zoon enigszins sarcastisch op.

‘Kom op, Pascal, dit is het toneel van het leven. We zijn allemaal acteurs, nietwaar, Mazarine?’

‘Als u het zegt,’ antwoordde het meisje met een verdrietige ondertoon.

Niet één blik.

Haar schilder had haar niet één keer aangekeken. Hij sprak en vermeed dat hun ogen elkaar kruisten.

‘Wat vind je van dit alles?’ vroeg Cádiz aan Mazarine terwijl hij om zich heen gebaarde.

‘Interesseert het u werkelijk wat de mening van deze arme schilderes is?’

Sara kwam met een glas whisky naar hen toe en gaf het aan Cádiz.

‘Alsjeblieft, je grote “liefde”. Je hebt me er inmiddels van overtuigd dat je niet zonder kunt leven. Het is het enige wat je werkelijk liefhebt.’

De schilder leegde het glas in één teug; op dit soort momenten was hij niet genegen tot een woordenwisseling. Terwijl zijn vrouw hun schoondochter en hun zoon kuste, kwam de directeur van de expositie naar hen toe lopen en met zijn geaffecteerde maniertjes en piepstem vroeg hij: ‘Vinden jullie het niet a-dem-be-ne-mend?’ En zonder het antwoord af te wachten greep hij Cádiz bij de arm en fluisterde hem iets in het oor.

Cádiz liep met hem mee. Op de benedenverdieping zou de persconferentie beginnen.

Mazarine vroeg aan Pascal wat er aan de hand was en hij antwoordde dat zijn vader met de journalisten zou spreken.

Haar hart begon wild te kloppen. Het moment naderde. Precies zoals Cádiz het haar die avond van hun etentje in Le Dôme had beloofd, zou hij haar nu noemen. Zou hij haar voor de ogen van de wereld presenteren als de medeauteur en de onmiskenbare inspirator van dat wonder.

Na een lange toespraak doorspekt met intellectuele uitspraken en provocerende oppervlakkigheden – zoals ‘het wonder van het absurde berust hierop, het absurd te laten zijn’, ‘het doek is je intiemste spiegel’, ‘je moet het absolute uitbeelden, in de schilderkunst bestaan geen halve waarheden’ afgemaakt met de magistrale afsluiting ‘de verleiding is de schets van een passioneel ontwerp’ die de verslaggevers aanzette tot applaus, vette koppen en vragen – maakte de directeur een eind aan de tussenkomst van de schilder.

Dus dat was alles wat ze was geweest: een stel penseelstreken, een opzet zonder doel... een simpele schets!

Geen enkele vermelding.

Cádiz eigende zich al het werk toe. Zelfs van de schilderijen waarop Sienna stond had hij beweerd dat ze op een moment van mystieke trance uit zijn handen waren gekomen.

Hij was walgelijk, laaghartig, weerzinwekkend, smerig... DENIGREREND!

Mazarine haastte zich de trap af zonder dat Pascal het merkte. Ze moest weg van die stuitende farce; niemand mocht de stortregen zien die uit haar ogen opwelde. De tranen rolden weer over haar wangen; het was een huilbui die zijn tentakels om haar heen slingerde, haar keel met zijn vloeibare omhelzing dichtkneep.

Wat een egoïsme, wat een manipulatie, wat een vernedering! Ze doolde verloren door de straten; ze wilde die zo begeerde lichtheid van het niets meer voelen vinden. Dat wanhopige gevoel dat haar afhankelijk maakte van die verachtelijke, egotrippende figuur uitrukken.

Geluidloos ging haar mobiel over en over, terwijl haar schim de wereld schuwde. De voorbijgangers wisten niets van het idee dat zich in haar hoofd begon te vormen en dat met elke stap meer en meer haar verlossing werd. Het verlangen was in haar opgekomen geen verlangens meer te hebben... Ja, ze zou zich op hem wreken door te verdwijnen.

Ze had er genoeg van dat 'iets' te moeten verdragen dat haar doodde door haar tot het leven te veroordelen; ze had genoeg van het lijden, die akelige eenzaamheid te moeten verdragen. Genoeg van het rekken van het wachten. Het wachten op liefde... het wachten op die doorleefde ogen, die keken en beloofden maar niets gaven. Ze zou hem alles schenken wat ze had geschilderd, zodat hij zich in de roem kon wentelen en dronken worden van het succes.

De nacht sloot zich boven haar lange silhouet tot de desolaatheid zich volledig meester had gemaakt van haar ziel. Bij de Pont Neuf riep het donkere water van de Seine haar... en Yeux Nébuleux eveneens.

61

De klokken van de Notre Dame luidden als een gek de onheilspellende muziek die een naderende ramp aankondigde. Mazarine klom op de reling van de brug, haar blik strak gericht op haar intense verlangen naar slaap en dood. Op de ene oever verhief zich hooghartig het Paleis van Justitie. Op de andere was alle kunst ter wereld verzameld: het Louvre. Waar was de gerechtigheid in de kunst gebleven?

La justice n'existe pas... l'art, een komedie met hongerige adders... *l'amour... Je suis une goutte absente de rien.* O... Cádiz, vervloekte Cádiz. Ik moet je gezicht verdunnen in een zee van oplosmiddelen; je hongerige blik verpulveren. Je hebt je alles toegeëigend wat ik had en niet had, maar het was van mij... Ik heb me als vanachter een spiegel geschilderd, mezelf. Die schilderijen bevatten mijn herrijzenis, wist je dat niet? En jij hebt me die ontstolen. Je hebt me mijn ziel afgenomen. Je hebt me dodelijk verwond met je bedrieglijke handen, die streelden en onrechtmatig in bezit namen. Ik weet niet waar ik me moet verstoppen voor zoveel verlatenheid, die me als een hyena achtervolgt en me steeds weer vindt. Me ervan verlossen, zou het mogelijk zijn verlossing te vinden als het water jouw sporen van mijn lichaam wast? Jij hebt mijn wezen opgezogen. Ik ben niet, in mij is niets meer; ik zoek mezelf in mijn herinneringen en ik ben er niet meer. Het is voorbij.

'Mazarine...' Een bedeesde stem riep haar opnieuw.

Ze luisterde niet.

Het belangrijke bevindt zich in de diepte. Vallen, vallen, vallen en niet meer bovenkomen. Mijn voeten verzonken in de modder, de aarde die me opslokt; dat is mijn begrafenis.

'Doe het niet, alstublieft...'

Alles gleed uiteindelijk van haar af. De droefenis bedroefde niet meer, de pijn deed geen pijn meer, het wachten wachtte niet meer. Voor het eerst was de eenzaamheid mooi. De angst had de angst overwonnen.

Yeux Nébuleux liep langzaam naar haar toe.

'Het is te waardevol om zomaar weg te gooien...'

Op de reling wankelden Mazarines voeten onvast.

Springen, ze hoefde alleen maar te springen en al haar verdriet zou verdrinken. Ze stond op de grens vrede te vinden, op de grens van haar moed... of van haar lafheid? De essentie bevond zich in het midden, in de afgrond die haar overal van zou bevrijden.

Wie niet weet te leven, verdient het niet te leven.

'Laat me u helpen... Ik heb hetzelfde gevoeld als u.'

Eén voet in de lucht, de andere... en de zwarte regenjas spreidde zich uit als een feniks... de langverwachte vlucht.

62

Water en lichaam. De vochtige schok van een onderbroken ballade. De opengesperde muil van de rivier schrokte in één hap Mazarines lichaam op. Deinend op het troebele water verbreidde zich een zwarte vlek: haar regenjas.

Een groep jongeren die op dat moment op de brug liep, verdrong zich bij de reling.

'Er is een meisje naar beneden gevallen!' schreeuwde een van hen.

'Ze is niet gevallen, ze is gesprongen,' corrigeerde een ander.

'Of ze is erin gegooid,' opperde een meisje. 'Ik zag dat ze ruzie met iemand had.'

'Hij moet haar geduwd hebben, ik weet zeker dat hij haar geduwd heeft,' viel een vierde bij.

'Wie?'

'Die man daar.'

De jongen had naar de vreemdeling gewezen die nog met een onthutste blik bij de reling stond.

Toen hij hoorde dat ze hem beschuldigden en hij had vastgesteld dat Mazarine niet bovenkwam, klom Yeux Nébuleux plotseling ook op de rand en zonder dat iemand het kon verhinderen sprong hij haar achterna.

Een algemene uitroep begeleidde zijn val.

Op de oever van de Seine heerste een grote opwinding. Een langsvarend schip, dat met een toeristische rondvaart inclusief diner en feestavond bezig was, werd geattendeerd op de val van de twee personen en de kapitein waarschuwde onmiddellijk de autoriteiten.

Binnen enkele minuten waren twee patrouilleboten van de *gendarmerie* ter plaatse en met hun sterke zoeklichten begonnen ze naar de lichamen te speuren.

Ze zochten de hele nacht. Eerst alleen aan de oppervlakte, later met duikers en speciale uitrustingen ook in de diepte, tot het licht werd.

Niets. De lichamen waren verdwenen.

63

Pascal had niet gemerkt op welk moment zijn verloofde was vertrokken. Hij kreeg haar afwezigheid in de gaten toen hij naar zijn vader wilde gaan om hem te feliciteren. Eerst dacht hij dat ze op het toilet was, maar toen de tijd verstreek en ze maar niet terugkwam, begon hij haar tussen de genodigden te zoeken. Hij speurde het hele terras af, liep de trappen van de Arc af en weer op, keek overal rond in de gedachte dat ze in een interessant gesprek verwikkeld was geraakt met een van de vele kunstenaars die zich her en der over de expositieruimte hadden verspreid. Maar Mazarine was nergens. Verbaasd dat hij haar niet kon vinden, ging hij naar Sara en vroeg haar hem te helpen om Mazarine tussen de groepjes die zich inmiddels gevormd hadden te lokaliseren. Niemand had haar gezien.

Cádiz kwam naar Pascal toe.

'En je verloofde?'

'Weet jij waar ze is?' Pascal beantwoordde zijn vaders vraag met een wedervraag.

'Was ze dan niet bij jou?' vroeg Cádiz weer.

'Jawel, maar ineens was ze verdwenen. Ik dacht dat ze alvast vooruitgegaan was om je te feliciteren.'

'Misschien houdt dit meisje niet van menigten,' zei Sara.

'Moeder, ga nou geen fobieën verzinnen.'

'Het is echt geen onzin; ik heb een periode gehad dat ik die niet kon verdragen. Ze is waarschijnlijk weggegaan en heeft je dat niet willen zeggen om je avond niet te bederven.'

'Onmogelijk. We hadden afgesproken samen te eten.'

Cádiz' ogen zochten tussen de sandalen en schoenen naar de blote voeten van zijn leerlinge. Eerst ongehaast, na enkele minuten wanhopig.

Ze was er niet. Mazarine was weggevlucht, vast woedend omdat hij haar niet had genoemd. Hij kende haar onvoorspelbare, onbesuisde karakter en haar impulsieve gedrag.

Toen hij zijn toespraak begon was hij nog van plan haar te presenteren, hij schiep er zelfs een morbide behagen in dat zijn zoon en zijn vrouw te weten zouden komen dat de hand van het nieuwe familielid achter zijn titanenwerk school. Maar denken was één en doen twee. Juist op het moment dat hij de mededeling wilde doen, sloegen zijn woorden een andere richting in. Hij had het niet gekund; zijn ijdelheid was niet bestand tegen het feit dat de wereld hem als een zwakke figuur zou kunnen beschouwen die, omdat hij niet in staat was zichzelf te verbeteren, zijn toevlucht had moeten nemen tot een beginnelinge om dit te bereiken.

Mazarine moest het begrijpen. Zijn leerschool had een prijs: in ruil voor al zijn wijsheid en techniek moest zij haar eerste werken opofferen. Dat hadden vele kunstschilders en beeldhouwers in hun beginperiode ondervonden: Modigliani, Chagall, Soutine, Kikoïne, Léger en Pascin hadden hun schilderijen geruild voor een kop hete soep. Hijzelf had zich ook vernederd door doeken te maken die anderen signeerden, door schilderijen van de grote meesters uit het Louvre te kopiëren om ze vervolgens voor verf, penselen en schilderslinnen te ruilen. Alle begin had zijn prijs. Geven en nemen, was dat niet het handelsbeginsel?

Hij verwijderde zich langzaam, ontweek de uitroepen en loftuitingen van enkele aanwezigen die een vluchtig moment van roem zochten, op jacht naar de flits van een verdwaalde fotograaf.

Mazarine was er niet, en hij wilde haar vinden om het uit te leggen. Hij belde naar haar mobiel, een, twee, drie, vier keer... hij begon dwangmatig, woedend, angstig, wanhopig haar nummer te kiezen. Dat hij haar nooit belde was één ding, maar dat ze niet opnam wanneer hij haar nodig had een ander. Ze móést opnemen, verdomme! Wie dacht ze wel wie ze was? Nu was hij het die kwaad was. Hoe kon ze hem dit aandoen, op een dag die voor beiden zo belangrijk was?

Aan de andere kant van het terras deed Pascal hetzelfde.

Die nacht sliep geen van beiden. Toen het dag werd, belden ze opnieuw, Pascal vanuit de passage Dauphine en Cádiz vanuit de rue de la Pompe.

Het mobieltje zat in de rugzak die een clochard verlaten had gevonden op de Pont Neuf, vroeg in de morgen van haar verdwijning.

De zwerver had de tas omgekiept, wanhopig op zoek naar geld, naar iets wat kon dienen om een fles wijn te kopen, de goedkoopste die er te vinden was.

Op de tegels van het trottoir lichtte de telefoon voor de zesde maal op.

Zou hij opnemen? Als hij nu eens geld vroeg in ruil voor de rugzak? Al met al had hij hem niet gestolen. Hij had hem alleen maar gepakt voordat een ander dat deed.

Het apparaat lichtte voor de zoveelste keer geluidloos op. Zou hij hem verkopen? Hij bekeek de telefoon eens goed; voor dat ding zou hij vrijwel niets krijgen. Hij was oud en behoorlijk beschadigd.

Hij keek in de portemonnee en vond haar identiteitsbewijs: de rugzak was van een beeldschoon meisje. Hij staarde naar de banale pasfoto, en in die gouden ogen zag hij de betovering, de verleiding en de belofte die hem zijn hele leven waren ontzegd. Wat was ze mooi! Een nacht met zo'n stuk doorbrengen zou niet slecht zijn, absoluut niet slecht!

Hij keek naar het adres: rue Galande 75. Dat was maar drie blokken hiervandaan. Hij stopte de legitimatie in zijn zak en zocht verder. Hij vond een zakdoek, een tekenblok met naaktschetsen, een zonnebril en... een sleutelbos.

64

Arcadius kwam geïntrigeerd en tevreden in Parijs terug. De resultaten van zijn tocht waren meer dan bevredigend. Hoewel de verblijfplaats van het lichaam van La Sainte nog steeds onbekend was, maakte de fascinerende geschiedenis die de oude vrouw uit Manresa hem had verteld een eind aan veel speculaties die onder de handelaren rondgingen. Na die geschiedenis gehoord te hebben, was hij eveneens in de ban geraakt van de onbekende tiener en begreep hij zelfs de enorme obsessie van de Arts Amantis om haar te vinden. Hij wilde haar nu ook zien, om zo vele dingen te kunnen begrijpen.

Vroegtijdige doden hadden een mysterieuze aureool die hem intrigeerde. Het was of het lichaam, op het moment van die ontijdige dood, in tweeën gesplitst werd. Licht en schaduw zagen zich gedwongen te scheiden. Het levenslicht doofde, maar een duistere, onbekende sfeer nam het vaandel over, stroomde krachtiger dan het leven zelf. Een kristallen, etherisch 'iets', tijd- en ruimteloos, een soort onzichtbare magneet trok alles wat het naderde krachtig aan: de laatste bescherming die het behoedde voor de vergetelheid. Door in anderen te beleven wat de dood hun had ontstolen, bleven die wezens voortbestaan.

Dat was wat hem met Sienna overkwam. Hij kende haar niet, maar net als bij iedereen het geval was, kon ze hem onmogelijk koud laten. Ze hield hen met haar ontastbare aanwezigheid gevangen.

En als die relikwie inderdaad al de gaven bezat die eraan werden toegeschreven? Het absurde hield op te bestaan op het moment dat iemand geloofde. En in Sienna geloofden velen.

Eén kwestie bleef maar door zijn hoofd spoken en al zijn overpeinzingen brachten geen antwoord: het medaillon.

Hoe kon dat meisje het waardevolle medaillon om hebben dat, zoals verondersteld werd, La Sainte toebehoorde?

Arcadius dacht weer aan Mazarine. Sinds zijn vertrek naar Barcelona had hij niets van haar gehoord en hij wilde haar uitnodigen 's avonds samen te eten om haar zijn jongste belevenissen en bevindingen te vertellen. Hij bracht de dag in zijn winkel door, lezend, onderzoekend, veronderstellend, mogelijke wegen bedenkend die hem naar de verblijfplaats van La Sainte konden leiden. Tegen het einde van de dag, nadat hij het traliewerk naar beneden had gelaten en de hangsloten had bevestigd, ging hij op weg naar het groene huis.

Zoals elke zomer was de buurt op dat tijdstip vergeven van zuinige toeristen op sandalen met sokken en voorzien van kaarten, vakantiegangers die nog geen euro spendeerden aan antiquiteiten omdat ze het oude minderwaardig vonden; ze kenden de waarde niet van een doorleefd object. Ongelofelijk, dacht Arcadius, maar voor zijn handel was dit het slechtste seizoen van het jaar. Onder het lopen maakte hij de rekening op: hij had al weken absoluut niets verkocht. Als het zo doorging, zou zijn winkel het volgende jaar niet halen en zou hij zich gedwongen zien in het 'tehuis van de vergetenen' te gaan wonen, zoals hij bejaardentehuizen noemde, want hij twijfelde er niet aan dat zonder werk de ouderdom hem zou overrompelen. Daarom was Mazarine zo belangrijk, want zij gaf hem een reden om te leven. Mazarine... en nu ook La Sainte.

Toen hij bij haar huis kwam, was hij verbaasd. Weer beletten de dichte lavendelstruiken hem de toegang, net als toen Mazarine ziek was geworden en in het ziekenhuis lag. Onbegrijpelijk genoeg bleef de lavendel zich maar voortplanten en groeien. Nu nam die niet alleen het trottoir in bezit maar drong zelfs door in de entree van de Saint-Julien-le-Pauvre-kerk, tot haar deuren, en in het René Viviani-park.

Hij liep verder, duwde moeizaam de geurige bloemen opzij tot hij bij de voordeur was. Te midden van het struikgewas scheen het huis verlaten. Hij belde diverse malen aan, maar niemand deed open. Plotseling dook Mademoiselle op en draaide om zijn benen. Hij belde Mazarines mobiele nummer en kreeg het antwoordapparaat.

'Zie je nu hoe slecht je bazinnetje is, Mademoiselle? Ze heeft ons zonder iets te zeggen verlaten,' zei hij tegen de kat terwijl hij haar oppakte. 'Je hebt vast in geen dagen te eten gehad, hè? Kom maar mee.'

Uiteindelijk nam hij de kat mee en liet een boodschap voor Mazarine achter waarin hij haar verzocht zo snel mogelijk contact met hem op te nemen.

Ondertussen wist Pascal niet of hij de verdwijning van zijn verloofde nu moest melden bij de autoriteiten of dat hij moest afwachten. Er waren drie dagen verstreken en ze gaf nog steeds geen levensteken.

Als hij naar de politie ging, waren de enige gegevens die hij kon verstrekken haar voornaam, leeftijd, beroep en de laatste plek waar hij haar had gezien. Hij wist geen achternaam, geen adres, geen familie, niets wat zijn getuigenis kon staven. Als hij zei dat ze zijn verloofde was, zouden ze op zijn minst denken dat hij een doorgedraaide idioot was – het niet-weten van deze essentiële details maakte hem ongeloofwaardig – of dat ze met een rancuneuze vent van doen hadden die het niet kon verdragen dat zijn vriendin hem had verlaten.

Stel dat Mazarines stilte te maken had met een van haar raadselachtige perioden van afstandelijkheid en hij alles stukmaakte door de boel op stelten te zetten? Maar wat als ze zich niet goed voelde en er iets met haar aan de hand was? Hij was verward, wanhopig en tegelijkertijd woedend vanwege zijn eigen stommiteit. Hoe was het mogelijk dat er op dit punt van hun relatie nog zoveel leemten met betrekking tot haar leven waren, dat hij vrijwel niets van haar omgeving en haar leven wist? Waarom gedroeg hij zich bij haar als een zwakkeling terwijl hij een sterke man was, in staat de strijd aan te binden met andermans problemen en deze op te lossen? Waarom bleef hij vrezen dat ze hem zou verlaten?

Hij had geen keus, hij was overgeleverd aan de omstandigheden. Hij kon afwachten... of afwachten. Mazarine was opnieuw in rook opgegaan.

65

Na een krachtsinspanning waardoor hij bijna verdronk, almaar zoekend en tastend in de diepten van dat modderige water, wist Yeux Nébuleux uiteindelijk Mazarines levenloze lichaam te vinden. Hij wilde het voor zichzelf.

Geruisloos zwemmend sleepte hij het verslapte meisje mee. Hij bleef in duistere zones, ontweek de nieuwsgierige blikken vanaf de brug, de zoeklichten en lantaarns van de reddingspatrouille en bereikte de kant. Zijn kracht was het enige waar hij ooit trots op was geweest en hij ging tot het uiterste om het meisje uit het water te halen. De oever was hier steil en moeilijk toegankelijk. Hij droeg haar over zijn schouder op zoek naar een plek om haar te reanimeren. Die vond hij.

Toen hij haar uitgestrekt op de stenen zag liggen, overgeleverd aan haar bleke naaktheid, voelde Yeux Nébuleux een enorm verdriet. Hij legde zijn oor op haar borst. Het hart van dat beeldschone meisje klopte niet meer, en hij wilde haar het leven teruggeven. Hoe deden ze dat ook alweer in de film? ... Hij dekte haar neus af en begon haar met zijn hazenlip te kussen, vulde haar borstkas met teugen levensadem. Een, twee, vele keren... maar haar levensfuncties reageerden niet. Ze was ijskoud, maar leek te slapen. Hij hield het een hele tijd vol, teder, energiek, leegde zijn longen in de hare, schonk haar alles wat hij haar te geven had... tot de vermoeidheid hem overmande.

Hij had haar geen nieuw leven kunnen inblazen.

Hij dacht aan de twee gestolen nachten, waarin hij tussen de lakens van dat meisje was gekropen en haar warme lichaam had gevoeld dat hem die enorme huivering van vrede en welbehagen had geschonken, de enige goede gewaarwording van zijn leven, en hij barstte in tranen uit. Was hij tot huilen in staat? Dat wat uit zijn levenloze ogen droop, waren dat tranen? Ineens meende hij een heel zwak gekreun te horen.

Ze leefde!

Hij nam haar in zijn armen en wreef haar huid tot haar lichaam warm werd. Het meisje was nog bewusteloos maar ademde wel. Hij bedekte haar met zijn natte hemd en nam haar weer in zijn armen. Terwijl hij vergeefs de nieuwsgierige blikken ontweek die hem verbaasd volgden, snelde hij door de Boulevard Sébastopol en sloeg een nauw steegje in waar hij een Pakistaanse winkel zag die nog open was. De eigenaar, die vermoedde dat die sinistere kerel het meisje wat had aangedaan, verkocht hem de twee Indiase pyjama's die hij dringend eiste. Hij zou er niets voor rekenen; het enige wat hij wilde was dat de man zo snel mogelijk verdween, want hij wilde geen gedonder met de politie.

Na veel omwegen kwam Yeux Nébuleux eindelijk met zijn prachtige lading bij zijn woning aan.

Terwijl hij haar op zijn bed legde en met twee dikke dekens toedekte, droomde Mazarine van de expositie op de Arc de Triomphe. De onbereikbare schilderijen werden door een waanzinnige wind omhooggetild, en zij klampte zich vast aan het doek van La Sainte om het niet te verliezen; maar een stroperige, rode vloeistof die naar ijzer en dood rook, maakte zich los van het schilderij en viel in haar ogen, benam haar het zicht. Hoe verder ze haar armen uitrekte om het doek te pakken te krijgen, hoe hoger het steeg. La Sainte had het schilderij verlaten en wandelde rond, omgeven door voeten die eveneens van de schilderijen waren weggevlucht en nonchalant zonder lichaam door de lucht liepen. De onthutste aanwezigen renden achter de kunstwerken aan die bevrijd van de stalen draden boven Parijs vlogen. Ze schreeuwde, maar niemand hoorde haar. Ze had geen stem. Ze keek naar haar naakte lichaam en uit haar opengereten borst welde een straaltje bloed dat groeide en groeide, tot het een stroperige stroom werd die langs haar benen gleed en haar ongerepte voeten besmeurde. Vanuit de verte sloeg Cádiz haar gade, gehuld in zijn ondoorgrondelijke, grijze rookwolken, en zijn hyena-achtige lach liet zijn scherpe roofdiertanden vrij, klaar om haar te verslinden. Een beet in haar borst. Haar volledig uitgerukte hart tussen Cádiz' tanden. Een ondraaglijke pijn. Een snik.

Yeux Nébuleux zag een traan over de wang van het meisje glijden.

Mazarine keek naar haar lichaam. Een vriendelijke hand heelde het lege gat, stopte een bosje lavendel op de plek waar haar hart gezeten had. Het deed pijn.

De tranen bleven over haar gezicht rollen en Yeux Nébuleux depte ze met zijn vinger. Zou hij proberen haar te wekken?

'Mazarine,' zei hij terwijl hij haar behoedzaam bij haar schouders heen en weer schudde.

Cádiz schilderde weer op haar huid en ze was gelukkig. De Arc de Triomphe was voor hen, en hun lichamen rolden in de sneeuw. Het was niet koud. Ze gloeiden van genot.

Vijf dagen lang putte Yeux Nébuleux zich uit in zorgen.

Mazarine deed haar ogen niet open, maar dronk wel met kleine slokjes de kruidenaftreksels en bouillons die een stel kalme handen haar gaf. Ze liet haar voeten inwrijven met amandelolie, haar ogen tot rust komen met koude kamillezakjes, haar lichaam reinigen met de lauwwarme, naar zeep geurende handdoeken, haar haren kammen en zich aankleden met zacht katoen. Ze luisterde naar een diepe, schorre stem die haar sprookjesachtige verhalen vertelde over dieren en prinsessen.

Cádiz verzorgde en beschermde haar. Zijn handen voedden haar en zijn omhelzingen verkwikten haar. Niemand kon haar pijn doen, in bed voelde ze zich veilig. Sienna was eindelijk ontwaakt uit haar eeuwige slaap en hield haar tijdens haar herstel gezelschap. Alles was aangenaam.

De ochtend waarop ze haar ogen opende, stuitte haar blik opeens op een weerzinwekkend gezicht dat haar vol aanbidding gadesloeg, en haar hart sloeg over.

'Waag het niet me aan te raken.'

'Welkom in het leven, jongedame.'

'Wat doet u hier? Ga onmiddellijk bij me vandaan... Ga weg!'

'U hoeft niet bang te zijn, ik doe u niets. Bovendien kán ik niet weggaan want dit is mijn huis.'

Mazarine kwam overeind en keek om zich heen. Het was waar. Die donkere, naargeestige kamer met het lage, benauwende plafond, bijna zonder daglicht en met een sobere minimale inrichting, was niet haar kamer. Ze wilde opstaan, maar haar hoofd duizelde. Yeux Nébuleux wilde haar ondersteunen, maar Mazarine kroop weg in een hoekje van het bed.

'U moet niet meteen opstaan,' zei hij vaderlijk. 'U hebt vele dagen geslapen en zou draaierig kunnen worden.'

'Blijf uit mijn buurt.'

'Wees niet bang, ik wil u geen pijn doen. Als ik dat had gewild, had ik u op de bodem van de rivier laten liggen.'

'Wie heeft u gevraagd me te redden? Verdomme! Mag ik weten wat ik op deze akelige plek doe?'

'U kunt beter hier zijn dan wegrotten, vindt u ook niet?'

Mazarine gaf geen antwoord; ze drukte zich steeds steviger tegen de wand.

'Waarom wilde u zelfmoord plegen?'

'Dat gaat u niets aan, dat gaat niemand iets aan.'

'U vergist zich. U bent heel waardevol.'

'Waardevol? Laat me niet lachen!'

Mazarine keek naar haar borst. Het medaillon was verdwenen.

'Waar is het?'

'Waar is wat?' vroeg Yeux Nébuleux, niet-begrijpend waar ze het over had.

'Mijn medaillon. Ik had het om.'

De man zweeg.

'O, mijn god!' Mazarine barstte in tranen uit.

Jérémie stond snel op en kwam terug met het waardevolle sieraad in zijn hand.

'Als u me vertelt waarom het zo belangrijk voor u is, geef ik het u terug.'

Mazarine wilde wegvluchten van die sinistere plek, weg van die afschrikwekkende figuur.

'Geef op.'

'U weet niet hoeveel moeite het me heeft gekost het te redden,' zei hij langzaam, sissend. 'Bijna nog meer dan het redden van u.'

'Ik ben u heel dankbaar.' Het meisje veinsde vriendelijkheid en stak intussen haar hand uit. 'En geef het me nu terug.'

'Waar hebt u het vandaan?'

Ze moest duizeligheid voorwenden.

'Ik voel me niet goed.'

'Ik zei het u toch? Ga liggen en rust uit. Ik haal even een glas water voor u.'

'U moet het me teruggeven, alstublieft. Ik wil naar huis, mijn ouders wachten op me.'

'U hebt geen ouders.'

Toen ze zich betrapt wist, vroeg Mazarine: 'Wat weet u nog meer over mij?'

'Alles.'

'Ik volg u niet.'

'U volgt me best. Ik weet van uw relatie met de schilder... en met zijn zoon, natuurlijk. Arme jongen, waarom doet u dat?'

'Wat?'

'Hem bedriegen.'

'Bemoei u met uw eigen zaken.'

'Mazarine, u bent een goed meisje.'

'Nee, dat ben ik niet.'

'Dat bent u wel, niemand is helemaal slecht. Al weten we dat we in wezen niets voorstellen, er is een moment dat we waardevol zijn, en dit is uw moment. Blijf bij die oude vent uit de buurt, hij is niet goed voor u.'

'Kom me niet met morele praatjes aanzetten. Wat wilt u van me?'

Yeux Nébuleux keek haar met zijn kille ogen aan.

'La Sainte.'

Mazarine werd bang, maar ze veinsde onverschilligheid.

'Als u me vertelt waarom u haar wilt, valt er misschien over te praten.'

Ze was van plan bij de eerste gelegenheid te vluchten. Ze keek om zich heen, maar zag geen enkele uitweg.

'We hebben het er nog wel over,' zei Jérémie. 'Nu moet u rusten en zich ontspannen, u bent nog heel zwak.'

'Ben ik soms... uw gevangene?'

Yeux Nébuleux antwoordde niet.

66

In de eindeloze stilte van La Ruche had Cádiz zich weer hermetisch opgesloten. Hoewel zijn werk unaniem door de critici was geprezen en er gezegd werd dat met deze tentoonstelling, meer dan in enige voorgaande, zijn dualisme de door de mens meegetorste preutsheid en schaamte aan flarden scheurde, liet dat alles hem koud; zijn intiemste frustraties bleven in het diepst van zijn ziel borrelen. Hij herdacht obsessief de momenten van samenzijn met Mazarine: haar ranke voeten overgeleverd aan zijn handen, haar gelaat dat oplichtte van verlangen, haar ogen die gloeiden van concentratie en boosheid, het krachtige licht dat haar maagdelijke rug plaveide, hun spelletjes en gelach, hun achtervolgingen en woede... haar aanmatigende jeugd.

Nooit eerder was hij door zoveel pijn overmand als op dat moment. Nu hij alles had, had hij absoluut niets. Het gevoel van verlies en verslagenheid was allesbeheersend. Het was niet de vreemde gewaarwording die hem beving telkens als hij na een lange periode van werken een fase succesvol had afgesloten, nee, zo was het niet. Met deze roemrijke bevalling was al zijn scheppende energie, zijn wens om voort te gaan vervluchtigd. Tegenover een beginnelinge had hij zich als de almachtige voorgedaan, terwijl hij in wezen niet meer was dan een zielige imbeciel met wie het gedaan was. En het ergste was dat hij er met niemand over kon praten, want door het toe te geven verlaagde hij zichzelf tot het niveau van een romantische, verliefde sterveling. Hij zou dan moeten erkennen dat hij het was die zich vergiste, en niet de anderen, en dat zou hij nooit doen, zelfs niet in zijn laatste levensminuut. Het had hem heel veel gekost te worden wie hij was, en dat zou hij niet zomaar tenietdoen vanwege zo'n laag-bij-de-gronds gevoel als liefde.

Het ergste beleefde hij nu, nu hij probeerde de emoties die dat meisje bij hem had losgemaakt tot zwijgen te brengen, emoties die hem bevrijdden en verpletterden, alles tegelijkertijd. Zij, ogenschijnlijk zo breekbaar, was uit hun leven verdwenen als een venijnige bidsprinkhaan die hen half verslonden had, hen besmet had met het virus van de dood.

Hij belde voortdurend zijn zoon op, waarbij hij voorwendde zich zorgen te maken om diens gemoedstoestand terwijl hij in werkelijkheid enkel iets over zijn leerlinge te weten wilde komen.

Sara daarentegen probeerde de gemoederen te sussen en analyseerde objectief Mazarines geschiedenis en haar onverwachte verdwijning; daarmee wilde ze de ongerustheid van haar zoon wegnemen.

Een meisje met zulke vreemde eigenschappen liet veel te wensen over. Het was prima dat ze haar buitenissigheden had, bijvoorbeeld dat ze geen schoenen wilde dragen en die anachronistische manier van kleden, maar dat haar aanstaande echtgenoot bijna niets over haar leven wist en zelfs geen idee had waar hij haar moest zoeken, nee, dat was beslist niet normaal. Maar daar had Pascal niets aan, hoe vaak ze het ook herhaalde.

'Ik weet niet waar ze woont, Cádiz,' bekende Pascal zijn vader de laatste keer dat deze hem had gebeld. 'Als ik het wist, zou ik de deur intrappen, hemel en aarde bewegen om haar boven water te krijgen, reken daar maar op. Je hebt geen idee hoe vaak ik door het Quartier Latin ben gelopen om haar te zoeken. Ik weet dat ze daar woont.'

'Hoe weet je dat?'

'We spraken altijd af in een café in Saint-Germain, want ze zei dat het vlak bij haar huis was.'

'Vergeet dat meisje, ik vind haar maar niets. Je zou,' Cádiz woog elk woord, '... je zou elke vrouw kunnen krijgen die je wilt; ik heb geen idee waarom je op deze valt. Ze is heel vreemd, daar hebben je moeder en ik het over gehad, heeft ze je dat niet verteld?'

'Als je me gerust wilt stellen, nou, dan moet je weten dat je woorden niets uithalen. Ik hou van haar en ze bevalt me, met al haar mysteries.'

'Ook al zou een van die mysteries inhouden dat ze een ander heeft?'

Pascal wist dat zijn vader de vinger op de zere plek had gelegd.

'Waag het niet zoiets zelfs maar te insinueren. En als je me belt om dat soort dingen te verkondigen, dan kun je het maar beter laten. Soms heb ik het gevoel dat je ervan geniet me te zien lijden. Geniet je ervan... of lijkt het alleen maar zo?'

'Je bent een naïeveling. Je kunt wel wat ervaring gebruiken, op velerlei gebied, daarom voel je je nu zo.'

'Vertel me eens, heeft al die ervaring van jou je gelukkiger gemaakt? Heb je gekregen wat je wilde, VADER? Ik weet niet waarom ik het gevoel heb dat je ons allemaal belazert. Dat je leven is samengesteld uit deeltjes egoïsme, snobisme en verachting die op dit moment in musea, galerieën en huizen hangen.'

'Waarom haat je me, Pascal?'

'Je vergist je. Ik haat je niet, ik heb medelijden met je, je hebt geen idee hoeveel. Weet je zelf wie je bent of is je dualisme een scheiding tussen je diepste "ik" en jou...? Heb je wel een "ik"? Je leeft je leven in twee versies. En als je dat wat je schildert niet meetelt... blijft er dan nog iets van je over?'

'Wil je zeggen dat ik een lichaam ben dat uiteenvalt in een schilderij om vervolgens weg te kwijnen van leegte?'

'Dat heb ik niet gezegd. Het zijn uiteindelijk je eigen woorden.'

'Wat heb ik je in 's hemelsnaam misdaan, Pascal?'

'Je bent een lafaard geweest. In al die jaren heb je nooit de moed gehad me recht in mijn gezicht te zeggen dat je me nooit hebt gewild.'

'Heeft Sara je iets verteld?'

Pascal verbrak de verbinding.

67

Nu had hij het inderdaad verknald, dacht Cádiz met de telefoon in zijn hand. Hij, die juist contact met zijn zoon wilde houden om in de buurt van Mazarine te zijn, had alles verpest met een stompzinnige opmerking. Hij koos het nummer nogmaals en Pascal nam met een bitse stem op.

'Wat wil je?'

'Mijn excuses aanbieden.'

'Jij?'

'Waarom niet? Jij bent toch zo begripvol naar je patiënten toe? Dan kun je dat ook wel een beetje voor je vader zijn.'

'Goed, vertel.'

'Het spijt me dat ik dat over Mazarine heb gezegd... let maar niet op me, het waren de woorden van een oude macho.'

Cádiz pauzeerde even om zijn zoons reactie te peilen en toen hij niets hoorde ging hij verder. 'Maak je geen zorgen, ze komt wel terug.'

'Hoe weet je dat?'

'Vergeet niet dat ik een kunstenaar ben en tussen ons bestaat een geheime code die onophoudelijk signalen uitzendt. Vanaf het moment dat ik haar voor de deur zag staan, wist ik dat het een sterk en gevoelig meisje was, een vulkaan die op uitbarsten stond. Ze heeft het karakter, de passie en het bloed van een schilderes, en dat maakt haar zo speciaal: een ruwe diamant.'

Zijn vader had gelijk. Mazarine was een raadselachtige, hooghartige droom. Haar hart was een dijk die elk moment kon breken en het zou meegesleurd worden door alle passie en spanning die in dat tere lichaam school. En hij wilde daar zijn om in die immense rivier te verdrinken en zelf te stromen... eindelijk stromen.

'Pascal?'

'Ja?'

'Weet je nog dat ik tegen jullie zei dat we met zijn vieren naar het zuiden zouden moeten gaan?'

'Je bent gek. Hoe kun je daaraan denken als we niet eens weten of Mazarine terugkomt?'

'Omdat ik daar niet aan twijfel; je verloofde komt terug.'

'Ik zou je graag geloven.'

'Heeft ze het wel eens eerder gedaan?'

'Wat?'

'Verdwijnen.'

'Ja.'

'Zie je wel?'

'Cádiz... dank je wel. Ik bied je mijn excuses aan...'

'Waarvoor?'

'Voor de dingen die ik heb gezegd.'

'We praten er niet meer over, afgesproken?'

68

De warmte in die donkere kamer dreigde haar te verstikken. In de hoeken van het plafond weefden spinnen hun web om onvoorzichtige prooien te vangen. De slordig geschilderde muren, behangen met landschappen die uit tijdschriften geknipt waren en half losgeraakte foto's van maagdelijke tieners, kwamen op haar af. Mazarines ogen speurden zorgvuldig elke centimeter af, op zoek naar een manier om te ontsnappen aan die opsluiting waaraan geen einde leek te komen.

Al behandelde Yeux Nébuleux haar attent en liefdevol, hij weigerde haar vrij te laten.

Elke ochtend bracht hij haar als ontbijt de palmier au beurre waar ze zo van hield en een schaaltje yoghurt met verse aardbeien, kersen en stukjes appel. Hij maakte alles klaar waar ze om vroeg en deed al het mogelijke om het haar zo comfortabel en prettig mogelijk te maken. En ook al was hij slechtgehumeurd, Mazarine wist dat hij niet zo onaangenaam was als hij eruitzag.

Ze kon hem niet haten. Achter zijn afstotende uiterlijk, dat hij als een beschermend schild gebruikte, school een angstige, verdrietige jongen. Zijn lelijkheid en het feit dat zijn moeder hem verstoten had, beletten hem elke vorm van nader contact, maar in wezen was hij niet slecht, daarvan was ze overtuigd... al kon ze zich vergissen.

Tijdens hun gesprekken had de arme kerel haar zijn treurige geschiedenis verteld. Hoe hij tussen de vuilnis had weten te overleven, midden in de winter, blauw van de kou en gewikkeld in een bundel vochtige kranten. Dat, verduidelijkte hij, kon hij zich niet zelf herinneren, maar wel iemand die medelijden met hem had gekregen en jarenlang voor hem had gezorgd, tot hij volwassen was. Aan die persoon dankte hij zijn leven en de enige familie die hij kende: de Arts Amantis.

Alles wat hij wist over de oorsprong van die kunst- en liefdeminnende kunstenaars vertelde hij haar onder het eten, genietend.

Mazarine begon het waarom van de achtervolging en de zoektocht naar Sienna te begrijpen: de romantische idee om via haar aanwezigheid en de cultus met haar lichaam de geest van alles wat betekenis had terug te krijgen.

Ze kon zich haar voorstellen als een beeldschoon meisje wandelend door de vruchtbare streek van de Languedoc, in dat paradijs van kunst, cultuur en wetenschap, met heldendichten, muziekconcerten, volkstheater en de minneliedjes van troubadours. Samen met schilders en muzikanten ergens in een kasteel, met boeren en edelen een vreugde delend zonder voortekenen van de dood.

Bij Yeux Nébuleux leerde ze meer dan in al die middagen bij Arcadius.

Zij, die nooit interesse voor geschiedenis had gehad en zichzelf als een onwetende beschouwde met betrekking tot alles wat met het verleden te maken had, wist nu van de groepering van de Albigenzen en van de vibrerende kracht die vrouwen van adel en uit het gewone volk in de middeleeuwen tentoongespreid hadden; van het open, ontwikkelde Europa dat gekenmerkt werd door religieuze gemeenschappen die vrijzinnige idealen verdedigden en waarin de actieve rol van de vrouw fundamenteel was; van de verwoede strijd die ze moesten leveren om zich te voegen bij de 'mannelijke kracht' van hun echtgenoten, hun vaders en broers, om mee te vechten tegen de legers van de kruisvaarders, mannen van ijzer die vanuit Rome aangezet door paus Innocentius III en geleid door Simon de Montfort besloten hadden hen uit te roeien.

In die bloedige, onrechtvaardige strijd die hen uiteindelijk vernietigde, waren het de vrouwen uit Toulouse geweest, zo luidt de legende, die met hun moed de dood van de wrede Montfort hadden bewerkstelligd door met een vanaf de kantelen geworpen steen zijn hoofd te verbrijzelen.

Al streden de katharen en de Arts Amantis voor verschillende idealen, als het erop aankwam hun diepzinnige principes te verdedigen vormden ze één enkel leger.

Jérémie was een beklagenswaardige expert.

Zijn precaire fysieke toestand kwam absoluut niet overeen met zijn geleerdheid. Zijn hele bezit lag verspreid over de vloer. Honderden slordig opgestapelde boeken vormden gebouwen van ouderwets papier, waardoor zijn kleine woning in een stad van oude wolkenkrabbers veranderde.

Hoe meer boeken Mazarine opensloeg, hoe meer verrassingen ze tegenkwam.

Achter het katharisme en de beweging van de Arts Amantis school een grote levensfilosofie: een wereld met een buitengewoon rijke symboliek en iconografie waarin vele Keltische sagen uit het noorden, Joodse mysteries en de gnostische kennis van de oriëntaalse wereld waren opgenomen. Hun symboliek was nauw verbonden met de tempelorde.

Dankzij die bladzijden wist ze nu dat het teken dat Cádiz een keer op haar borst had geschilderd geen Byzantijns kruis was. In werkelijkheid was het een Occitaans kruis: de twaalfpuntige ster. Verspreid over de wereld waren er veel van dit soort mysterieuze symbolen, gebruikt in de beeldende, muzikale en literaire bewegingen. Elk ervan had onder andere de cultus met de zonnegod en het vuur opgenomen, de taal van de heilige brieven, de equinoxen en zonnewenden, de obelisk, de heilige bomen, het pentagram en het getal vijf, de heilige graal, de duif en haar allegorie op de liefde, de dialoog en het begrip tussen wezens, het dualisme goed en kwaad, de vis...

Het was een fascinerende wereld waarmee ze zich onverklaarbaar nauw verwant voelde. Haar onrust en verdriet smolten weg in de zee van kennis die zich plotseling aan haar openbaarde. Zij, die eerst uit het leven had willen verdwijnen, ontdekte nu dat er een ander soort bestaan was dat niets met roem en glorie van doen had, maar met simpele doelen die haar dagen zin konden geven. Met wat ze nu wist, kon ze de meest fantastische schilderijen maken die je je maar kon voorstellen. Cádiz zou daarbij verbleken; ze had hem absoluut niet meer nodig. En als ze haar leven eens aan het schilderen van dromen zou wijden en afzag van de liefde?

'Ik moet terug naar de wereld,' zei Mazarine tegen Jérémie na vele middagen lezend te hebben doorgebracht. 'Jij, die zoveel van kunst weet, moet begrijpen dat schilderen mijn leven is; ik kan niet voor eeuwig tussen deze boeken blijven zitten... hoe geweldig ze ook zijn; als ik dat doe, ga ik dood.'

'Doodgaan? Was dat niet wat je wilde toen je in de rivier sprong? Moet je zien wat een verschil! Sterven door te verdrinken in de modderige Seine, zoals je toen wilde, of sterven door een vergiftiging aan letteren en wetenschap, verdrinken in kennis.'

Mazarine wist dat Jérémie haar wilde laten nadenken.

'Die avond op de brug wilde ik niet zozeer heengaan maar... vluchten; vluchten naar het niets, vluchten voor iets wat me niet eens achtervolgde. Wat moet je wanneer iemand je kapotmaakt? Wanneer een almachtige hand besluit je de grond in te boren? Wat kun je doen wanneer je je een nul voelt... wanneer je de allesoverheersende gewaarwording bekruipt een dwaas te zijn? Het leven en de levenden hebben niets met elkaar gemeen, vind je ook niet? Het lijkt alsof het een niet voor het ander is geschapen.'

Yeux Nébuleux bleef onbewogen.

'Het spijt me, Mazarine. Ik kan je niet laten gaan.'

'Waarom niet? Net nu ik de zin van de onzin die het leven is inzie, wil je me doden door me te laten leven. Ik kan echt niet geloven dat je me gered hebt om me hier voorgoed op te sluiten.'

'Je weigert te zeggen waar het lichaam van La Sainte is. Je weigert toe te geven dat die schilder je kwaad wil doen. Je weigert me te vertellen wat er met je is gebeurd, en ik moet je beschermen, voor het te laat is.'

'Me beschermen tegen wat?'

'Waar is het lichaam?'

'Ik begrijp die manie van je niet om te denken dat ik het heb. Waarom zou ik het willen?'

'Nou, hoe kan het dan dat je het heilige medaillon draagt? De verklaringen die je me geeft slaan nergens op. De enig mogelijke is dat je weet waar het lichaam verborgen is.'

Mazarine antwoordde niet.

'Het maakt niet uit, vroeg of laat vind ik het wel,' voegde hij er bars aan toe.

Hij was gekwetst. Zonder nog iets te zeggen stond hij op, liep de deur uit en deed die op dubbel slot.

Toen ze besefte dat hij wegging, rende Mazarine naar de deur, begon erop te bonzen en smeekte: 'ALSJEBLIEFT, JÉRÉMIE... DOE ME DIT NIET AAN... LAAT ME MET JE MEEGAAN.'

De voetstappen verwijderden zich en stierven weg in een doodse stilte.

Die nacht kwam Yeux Nébuleux niet thuis.

De volgende morgen werd Mazarine doordrongen van angst en met een vastomlijnd idee wakker: ze moest vluchten. Gebruikmaken van de afwezigheid van haar bewaker en zo snel mogelijk ontsnappen.

Die man kon heel vriendelijk zijn, maar hij gedroeg zich vreemd. Ze begon te denken dat hij haar nooit zou laten gaan, ook al zou ze hem opbiechten waar Sienna's lichaam verborgen was, iets wat ze sowieso nooit zou doen. Zijn obsessie om voor haar te zorgen, haar te beschermen en naast haar te slapen, al was het alleen om te zien hoe ze haar ogen dichtdeed en zich overgaf aan de slaap, werd ondraaglijk. Als hij haar iets aandeed, zou niemand het te weten komen. Ze besefte dat het afbraakpand... volstrekt verlaten was!

69

Tien uur 's morgens, elf uur, twaalf uur, twee uur, drie... Yeux Nébuleux kwam niet terug en Mazarine had geen manier gevonden om te ontsnappen. Ze werd bekropen door een claustrofobisch gevoel. Wat was die beklemming die ze in haar maag voelde, die haar hart sneller deed kloppen, haar handen vochtig maakte en waardoor ze misselijk werd? De deur leek zich van haar te verwijderen, de muren ongecontroleerd te golven. PANIEK! ZE HAD EEN PANIEKAANVAL.

Ze snelde naar de badkamer om water in haar gezicht te gooien en toen ze haar ogen opsloeg en in de spiegel keek, ontdekte ze ineens een klein bovenlicht dat in de spiegel weerkaatst werd. Ze draaide zich om om het te zoeken en vond het boven de badkuip. Het hart klopte haar in de keel.

Haastig pakte ze een stoel en klom erop om het te onderzoeken. Het ruitje was mat en afgesloten, maar ze leek vaag een lichtpunt te ontwaren. Er was maar één manier om erachter te komen waar die opening heen leidde en dat was het glas breken.

Ze greep het eerste wat ze vond en gaf zo hard ze kon twee klappen tegen het glas. Het sprong kapot. De opening bleek een luchtkoker die ergens naartoe liep. Ze schatte de afmetingen. Als haar hoofd erdoor paste, zou haar hele lichaam erdoor kunnen; dat had ze tenminste altijd horen vertellen. Ze wurmde haar hoofd door het gat en op dat moment keken twee glinsterende ogen haar recht aan: een rat.

'Wegwezen!' schreeuwde ze doodsbenauwd. Het knaagdier vluchtte geschrokken weg.

Ze waagde een nieuwe poging. Terwijl ze daarmee bezig was, hoorde ze het gerammel van een sleutelbos toen een sleutel in het slot werd gestoken. Yeux Nébuleux was terug.

70

De koker kwam uit in een gladde muur die naar de achterkant van het vervallen gebouw leidde. Mazarine keek en maakte een snelle schatting: zes meter hoog. Zou ze springen? Ze had geen keus; deed ze het niet dan liep ze het risico dat Yeux Nébuleux haar te pakken kreeg. In de verte hoorde ze de deur opengaan en zonder verder na te denken sprong ze. Ze kwam boven op een stel vuilniszakken en rommel terecht die haar val braken. Haar knieën bloedden en haar gezicht, dat rood van angst was, gloeide. Haar hele lichaam deed pijn, maar ze kon lopen.

Zonder achterom te kijken rende ze weg. Ze stak straten over, sloeg hoeken om, ging steegjes door tot ze eindelijk bij de rue de Rivoli kwam: ze was gered! Nog maar een paar stappen en ze was bij de Boulevard Sébastopol.

Alles scheen rustig. De straten ademden vrolijk de middagwarmte uit. Ze zag de helle lucht weer, voelde de vingers van de zon haar vermoeide huid strelen, hoorde het gegil van kinderen die achter de duiven aan renden. Gearmde stelletjes liepen na een lange werkdag rustig te wandelen terwijl ze hun problemen en successen van de dag bespraken; het waren geen diepzinnige gesprekken; het geluk was niet weggelegd voor denkers. In de eenvoud van het alledaagse was meer gelach te vinden dan in het intellectuele. Het belangrijkste onderwerp was welke film ze zouden kijken, op welk terras ze zouden uitrusten of waar ze zouden gaan eten. Alles heel rustig. Het leven was niet stilgezet met haar verdwijning.

Hoe zou het met Cádiz zijn? En met Pascal? Zouden ze haar gemist hebben? ... Miste zij hen?

Nu pas dacht ze eraan: toen ze had willen sterven, was haar rugzak achtergebleven op een bankje op de Pont Neuf. Haar sleutels, haar portemonnee, haar mobiel... Nou ja, het deed er niet toe.

Het meisje dat had willen verdwijnen was een ander dan zij. Ze was tegelijkertijd verdrietig en gelukkig. Wat ze in het huis van die man had meegemaakt, diende een doel: haar haar levenslust teruggeven. Vrijheid verlangen. Als hij er niet was geweest, had het moment van verzoening met het leven niet plaatsgevonden. Die onvoorziene omstandigheid had haar laten inzien dat het toeval bestond, dat in het kunnen begrijpen van de taal der toevalligheden de wijsheid lag. Hoeveel mensen die in een vlaag van wanhoop zelfmoord hadden gepleegd zouden nog in leven zijn als een Jérémie hen gered had? Nu begreep ze dat de ziel, net als het weer, uit seizoenen bestond. Dat er stormachtige weken waren, met sneeuwbuien en sneeuwstormen... zonnige en bewolkte uren, regenachtige minuten, koude, lauwe en warme maanden. Ze was terug in het leven en had zin iets te doen, wát precies wist ze nog niet, en met een toekomst die ze nog niet kon benoemen.

Was haar verdriet verdwenen?

Nee.

Ze wist het toen ze op de quai Saint-Michel kwam, toen ze geconfronteerd werd met een op een zuil geplakte affiche van Cádiz' expositie. Een steek van woede en pijn doorboorde haar hart. Waarom had hij haar dat aangedaan? Waarom? Waarom? Waarom?

Waarom kon ze die gekmakende liefde niet voor Pascal voelen? Wat had die man, verdorie, die haar naar de dood had doen verlangen?

Ze kon haar herinneringen niet wegwassen of uitwissen, ook al zou ze het willen. Haar huid was bezoedeld door de handen van haar meester. Elke centimeter onteerd door zijn vingers, zijn penselen, zijn verlangen, zijn woede... zijn jaloezie. Ze kon niet eens aan hem denken, want als ze dat deed klopte haar bloed in elke porie, verhinderde de opwinding al haar bewegingen en raakte ze in een gepassioneerde trance. Het maakte haar vreselijk boos het te moeten toegeven, maar wat Cádiz die avond van het etentje onder de tafel bij haar had gedaan, had ze prettig gevonden. Verdomme!

Als haar begeerte op haar leraar was gericht, welke plek bleef dan voor Pascal over? Ze was niet in staat twee begeerten in haar lichaam te laten samengaan... of wel? Ze wist het niet, ze had niet eerder liefgehad. Bestond er een school waar je kon leren liefhebben? Dat van geven en ontvangen?

Strelingen ruilen voor liefde? Of liefde voor strelingen? Als Cádiz' handen haar aanraakten, moesten die van Pascal stil blijven. Als Cádiz' tong haar likte, mocht die van Pascal haar lippen zelfs niet beroeren. Wat kon ze doen om geen van beiden te verliezen?

De man die ze zei te haten en te beminnen, hoe moest ze de haat laten verdwijnen? En de man die ze niet zo beminde, hoe kon ze meer van hem gaan houden?

Ze liep langs de Seine, keek naar de boten die voorbijvoeren. De boekenstalletjes toonden hun tweedehands exemplaren, verfrommeld door al de kennis die ze bevatten. Niemand keek ernaar, behalve zij. Nu kende ze de waarde van de letteren en de fascinerende werelden die, door erin te kijken, opengingen en onbeteugeld voortbewogen. Ze bleef staan om een exemplaar zonder titel door te bladeren, dat een intrigerende geschiedenis over de tempeliers bleek te bevatten. Ze kon het niet kopen, ze had geen cent meer.

Plotseling merkte ze dat ze heel moe was, haar pijnlijke lijf liet zich voelen en ze had enorm veel zin naar huis te gaan, naar Sienna, om haar over de belevenissen van haar odyssee te vertellen... En als de man met de troebele ogen haar nu eens opwachtte? Als dat zo was, zou ze keihard gaan schreeuwen, om hulp roepen, ze zou zich niet nog eens door hem laten opsluiten.

Naarmate ze dichter bij haar buurt kwam, bekroop haar een soort dwaze, chaotische angst. Een geur van as en rook, die alleen zij scheen op te merken, drong haarscherp in haar neus.

Toen ze in de rue Saint-Julien-le-Pauvre kwam, werd ze geconfronteerd met een troosteloze aanblik. Het omvangrijke lavendelveld dat ooit uit de ramen van haar huis was opgekomen en als een waterval langs de gevel naar beneden liep waar het de straat met zijn paarse aroma overspoelde, was veranderd in een verbrand struikgewas. Geen levend blaadje groen of stengel te bekennen.

Ze holde naar de ingang en bekeek de muren van haar huis: alles leek in orde. Alleen de lavendel was door de brand, of wat het ook geweest was, getroffen. Ze dacht aan Mademoiselle. Zou ze van honger zijn doodgegaan?

Ze liep snel naar een kleine bloempot en zocht eronder, een plekje dat haar moeder haar had laten zien, naar de duplicaatsleutel. Hij lag er. Toen ze hem in het slot wilde steken sloeg haar hart over: de deur was open.

Ze weigerde het te geloven, maar in haar hart wist ze het al. Een innerlijke stem zei haar dat er iets verschrikkelijks was gebeurd. Een gloeiend vuur brandde in haar keel, veranderde in een hartverscheurende jammerkreet.

'SIEEEEEEEEEENNA!'

Gek van verdriet stormde Mazarine de trap op en rende de kamer van La Sainte in. De kast stond wijd open en de glazen kist was verdwenen.

71

Wat moest hij zonder Mazarine?

Sinds haar verdwijning gingen de dagen leeg en zich traag herhalend voorbij. Een onzekere augustusmaand stond voor de deur en Parijs was inmiddels leeggestroomd. Als psychiater wist hij niet welke therapie hij moest toepassen, want zelfs zijn beste redeneringen gingen de mist in wanneer hij zich haar in de armen van een ander voorstelde. Zijn mogelijkheden tot afleiding raakten uitgeput. Zijn patiënten gingen op reis, in de hoop dat een vakantie hun ziel zou verwarmen... Zelfs de ellende droomde van een paar dagen rust. 's Zomers trokken de spanningen en het verdriet weg, verscholen achter een grote zonnebril; ze bivakkeerden op stranden, in de schaduw van een palmboom of smoorden in zee en zout. Sommigen bedronken zich en voor even dachten ze de gelukzaligheid te hebben gevonden, dat vloeibare geluk dat via hun slokdarm naar beneden gleed en het gat dat het meeste pijn deed vulde en verdoofde. Anderen maskeerden de blauwe plekken van hun verslagenheid en frustraties met een prachtig bruin kleurtje. Na de vakantie kwam alle verdriet, pijnlijker dan ooit, weer naar boven.

Zijn verloofde was door de aarde of de lucht, het water of het vuur verzwolgen. Het leven had haar opgeslokt. Hij was het beu de straten van de wijk vanbuiten te leren, dus bleef hem enkel nog het wachten over. Wachten op wat? Want het was aannemelijk dat ze nooit terug zou komen. Mazarine was een ijle waas geweest die in de horizon van het niets was opgegaan.

Hij speurde in zijn geest maar vond geen enkele goede reden die haar vertrek rechtvaardigde. Hij zweefde in een stilstand, in een fataal moment dat nooit tot ontknoping kwam.

Wel of niet?

De onzekerheid over wat zou volgen maakte hem het leven onmogelijk. Hij had er spijt van zich illusies te hebben gemaakt. Hij, die het zo vaak had over je concentreren op het heden zonder zelfs maar het verleden af te sluiten, had inmiddels een toekomst gepland aan de zijde van iemand die heel goed een geestverschijning kon zijn geweest.

Hij keek op de klok. De avond viel en zijn praktijk was leeg. Zijn secretaresse was een poosje geleden vertrokken en had hem '*bonnes vacances*' gewenst. Prettige vakantie? Waar naartoe? Hij ging niet weg. Zijn vrije dagen zouden bestaan uit zoeken en afwachten. Hij dacht er niet aan het tegen iemand te zeggen, zelfs niet tegen zijn ouders; de schande van het moeten accepteren dat hij zonder nadere uitleg was verlaten, was erg genoeg. Met Cádiz en Sara sprak hij er niet meer over. Hoewel zijn moeder het onmogelijke deed hem af te leiden met plannen voor de zomer, weigerde hij om ook maar voor een ervan enthousiast te raken. Het leek of iedereen hem wilde laten vergeten dat hij verloofd was geweest, hem ervan wilde overtuigen dat het voorgevallene een product van zijn verbeelding was. En als hij niet zo koppig was, zou het ze nog gelukt zijn ook.

Die avond zou hij voor de verandering de straten en omgeving van Saint-Germain weer doorkruisen.

Hij borg de patiëntendossiers van de namiddag op, deed het licht en de airco uit en keek of alles in orde was; de praktijk zou een maand gesloten blijven. Net toen hij in de lift wilde stappen, deed het geluid van een zacht gesnik hem omkijken.

In een hoek, ineengedoken op de grond, zat een meisje te huilen.

'Mijn god!'

Pascal kon zijn ogen niet geloven. Daar zat ze, haar blote voeten badend in een plas tranen. Oneindig verdrietig, maar in leven. Hij haastte zich haar in zijn armen te nemen.

'Waar ben je geweest? Wat hebben ze je aangedaan? Wat is er met je gebeurd?'

Gesnik.

'Waarom huil je?'

Geen woord.

Pascal tilde haar op. Ze liet zich naar zijn praktijk dragen, had als een invalide meisje haar armen om zijn nek geslagen. Eenmaal binnen wilde Pascal haar op de bank van zijn spreekkamer leggen, maar Mazarine liet hem niet los.

'Goed,' zei hij liefdevol. 'Blijf maar hier, dicht bij mijn hart.'

Hij wiegde haar zonder vragen te stellen, liet de tranen hun werk doen. Zo bleven ze tot middernacht zitten, gehuld in de schemer van de kamer en de droeve stilte van haar gejammer.

'Ik ga je niet om verklaringen vragen, maar ik wil wel dat je weet dat verdriet waarover niet gesproken wordt zich uiteindelijk gaat wortelen. Bij grote bomen moet je ook vermijden dat ze te dicht bij je huis staan, want op den duur wurgen ze het, verslinden ze de funderingen, verwoesten het. Vergeet niet, mon petit chou, dat jij meester bent over je verdriet tot je het overboord zet.'

Maar Mazarine kon niet praten; sinds haar ontdekking van Sienna's verdwijning was ze haar stem kwijt.

'Wil je mee naar mijn huis?' vroeg Pascal terwijl hij haar haren streelde.

Mazarine schudde haar hoofd.

'Ik zal je niet aanraken, mocht je daar bang voor zijn.'

Haar ogen keken hem aan, een overlopende poel van verdriet.

'Waarom zeg je niets tegen me?'

Mazarine sloeg haar armen weer om zijn nek.

'Wie je dit heeft aangedaan, zal zich mij nog lang herinneren! Kun je lopen?'

Ze knikte.

'Goed, dan gaan we.'

Toen hij met haar in zijn woning in de passage Dauphine was aangekomen, maakte Pascal een bad met badzout en geurige oliën voor haar klaar. Hij wilde de shocktoestand waarin ze zich bevond doorbreken door haar met weldadige gewaarwordingen te omhullen. Alsof ze een klein meisje was, kleedde hij haar uit en zij liet zich uitkleden, vertrokken uit haar lichaam, haar blik op het raam gevestigd... weggevlogen naar het niets. Haar zo weerloos zien wekte in Pascal een enorme tederheid op. Hij liet haar behoedzaam in het water glijden en vroeg: 'Zal ik muziek voor je opzetten?'

Mazarine antwoordde niet.

'Vind je het prettig als ik bij je blijf?'

Niets, niet het minste teken.

'Ik maak een kruidenthee voor je. Ik zal de deur openlaten, d'accord?'

Een vocale stoornis. Mazarine leed aan een volledige stemuitval. Een acute afonie, waarschijnlijk veroorzaakt door een heel heftige gewaarwording.

In de jaren dat hij zijn beroep uitoefende, had hij nog nooit zo'n geval behandeld, al had hij indertijd tijdens zijn stage in een psychiatrisch ziekenhuis in Buenos Aires wel van dichtbij de geschiedenis gevolgd van een tienermeisje, dat een familiegeheim met zich meedroeg en hetzelfde conversiesymptoom vertoonde. Van het verdere verloop van haar aandoening wist hij niets en evenmin of ze uiteindelijk haar stem teruggekregen had, want een paar dagen na haar opname was ze naar een andere afdeling overgebracht, en hoewel het een intrigerend geval was, was hij het uit het oog verloren.

Hoe moest hij Mazarine uit die toestand halen als hij niet eens wist wat de aanleiding ertoe was geweest?

Om haar te kunnen behandelen moest hij meer gegevens hebben. Waar was haar familie? Waarom leek het of ze alleen op de wereld was?

En als hij haar eens vroeg het gebeurde voor hem op te schrijven?

Na zijn boeken te hebben geraadpleegd en een collega te hebben gebeld met wie hij de kwestie besprak, ging Pascal terug naar de badkamer en trof daar een diep slapende Mazarine aan.

Hij haalde haar uit het water en droeg haar naar het bed. Droogde haar af, trok haar een van zijn pyjama's aan en legde vervolgens een deken over haar heen. Hij week de hele nacht niet van haar zijde, had de illusie dat ze bij het ochtendgloren haar stem terug zou hebben, maar toen Mazarine haar ogen opende, leek ze nog verder weg te zijn. Haar toestand was verslechterd. Ze keek zelfs niet naar hem wanneer hij haar naam noemde en reageerde op geen enkele geluids- of visuele prikkel. Hij onderwierp haar aan een algemeen onderzoek, en hoewel alles in orde leek wist Pascal dat binnen in haar iets gebroken was. Even kwam het in hem op haar naar het ziekenhuis te brengen, maar hij verwierp die gedachte meteen weer. Haar laten opnemen zou de situatie alleen maar compliceren. Het enige alternatief was haar in zijn woning te houden en haar te observeren. Hij zou zich met hart en ziel inzetten om haar uit die afgrond te halen, al moest hij daarvoor alles opgeven.

72

Cádiz vernam twee weken later dat Mazarine was opgedoken. Na Sara's koppige volharding hem in de vakantieperiode niet alleen te laten, had Pascal hun uiteindelijk verteld dat zijn verloofde bij hem was en aan een vreemde vorm van afwezigheid leed die haar in een volledig zwijgen dompelde. Terwijl hij met hen telefoneerde, hield Pascal zijn verloofde in de gaten, die voor het raam zat.

'We gaan niet zonder jou weg... en natuurlijk ook niet zonder haar,' zei Cádiz tegen zijn zoon. Hij onderdrukte het verlangen in zijn stem om haar weer te zien. Hij had zich dagenlang in zijn atelier opgesloten en zijn bezorgdheid over haar verdwijning in een vloed van whisky verneveld.

'Laat ons je helpen,' smeekte Sara. 'Misschien wil ze met mij praten. Wij vrouwen begrijpen elkaar soms beter.'

'Moeder... zo eenvoudig is het niet. Ze lijkt *míj* niet eens te herkennen.'

'Je zou een arts moeten raadplegen,' suggereerde de kunstschilder.

'Ben je soms vergeten dat IK een arts ben?' diende Pascal hem geërgerd van repliek.

'Ik wil niet zeggen dat jij het niet kunt, jongen, maar je bent te veel bij de zaak betrokken. Laat mij het anders eens proberen.'

'Jou?'

'Waarom niet? Het zou om een crisis kunnen gaan die met de kunst te maken heeft. Wij schilders maken allemaal wel een crisis door aangaande onze identiteit of toekomst. Wellicht stelt ze zich voor mij open.'

'Waarom heb ik het jullie toch verteld?'

'We zijn je ouders, Pascal. Goede of slechte...' verontschuldigde Sara zich nerveus. '... we zijn voor jou geweest wat de omstandigheden ons toelieten, maar we houden van je en willen je helpen.'

'Nou, de beste hulp die jullie me kunnen geven is rustig samen op vakantie gaan.'

Hij kon het niet.

Weggaan in de wetenschap dat ze in het huis van zijn zoon was, nee, dat was te veel. Hij moest haar in zijn buurt hebben, haar beschermen. Cádiz drong aan: 'Ik weet dat het niet het beste moment is, maar ik had jullie voorgesteld met zijn vieren een reis te maken en nu dacht ik zo...'

'Mazarine is niet in staat te reizen,' viel Pascal hem in de rede. 'Jullie weten niet hoe ze eraan toe is.'

'Waarom niet?' vroeg Sara. 'Misschien reageert ze als ze ergens anders is.'

'Het is een psychische kwestie, moeder.'

'En wie heeft nou nooit zoiets meegemaakt? Waarom moeten we haar als een zieke behandelen? Misschien heeft ze alleen maar behoefte aan liefde, zich bemind te voelen. Op mij kwam ze altijd als een heel eenzaam meisje over. Waar is haar familie?'

'Die heeft ze niet. Ik weet vrijwel zeker dat ze alleen op de wereld is.'

'Nou, reden te meer om haar te laten voelen dat ze nu een familie heeft. Je vaders idee van die vakantie is helemaal niet gek. Ik ben ervoor.'

'We zouden naar Marokko kunnen gaan en in de woestijn kamperen,' suggereerde Cádiz.

'Ik denk niet dat het de oplossing is,' antwoordde Pascal moedeloos.

'Jij bent nu niet in staat te weten wat goed voor jullie is. Laat je voor één keer eens door ons helpen,' hield Sara aan. 'De woestijn heeft de betovering van de stilte. Jij hebt het nog niet meegemaakt, maar ik wel. Ik weet waarover ik het heb. Mazarine is gevoelig; in die zee van zand zal ze de vrede vinden die ze nodig heeft. Het licht, de kleuren, de geuren... al haar inwendige sensoriële snaren zullen weer gaan klinken. Je zult het zien.'

Pascal zweeg; hij was het spoor volledig bijster. Misschien zag hij de oplossing niet omdat hij zoveel van haar hield. Nu begreep hij waarom een arts nooit een familielid opereerde. Gevoelens en professie gingen niet samen.

'Nou, wat zeg je... Ga je akkoord?'

Hij antwoordde niet.

'Laat mij met haar praten,' drong Sara aan.

'Goed. Ik verwacht je vanmiddag, moeder... En alleen.'

Via de andere telefoon hoorde Cádiz het antwoord van zijn zoon.

'Ik zal alles regelen,' zei de schilder op warme, vaderlijke toon. 'We vertrekken zo snel mogelijk.'

73

In het Amanjena-resort bij Marrakech had hij het Al-Hamra gereserveerd, een luxueus Maison in het hotel waar ze eerst een paar dagen zouden uitrusten voor ze de woestijn in trokken. Hij weigerde te geloven wat zijn zoon hem over Mazarine had verteld. Het was gewoon onmogelijk dat zijn kleintje aan zo'n vreemd 'stiltesyndroom' leed.

Binnen vierentwintig uur had Cádiz de reis geregeld, met zijn gedachten enkel gericht op zijn leerlinge... en hem. Hij stelde zich voor wat ze, zij die Parijs nooit uit geweest was, daar op die exotische plek zou voelen.

Hij wilde haar meenemen naar de soek in de stad, wilde dat ze daar gek zou worden van het eindeloze gamma van aardetinten die de koopmannen uitstalden; hij zou ze allemaal voor haar kopen en haar leren hoe ze die moest gebruiken. Ze zouden veel schilderijen maken en met nieuwe technieken experimenteren; ze zouden scheuren, lijmen, mengen... hij zou haar weer voor zichzelf hebben. Een nieuwe collectie, nog gewaagder. La Ruche, de heilige tempel van hen beiden. Kunst en liefde, versmolten tot één lichaam. En ditmaal... zou hij haar aan de wereld presenteren en zouden ze zich misschien, waarom ook niet, ergens terugtrekken op een geheime schuilplaats.

Zijn tijd raakte op.

Hij zou alles achter zich laten! Hij zou met Pascal en Sara praten... ze moesten het begrijpen. En als ze het niet begrepen, nou, jammer dan voor hen. Mazarine hoorde bij hem, zijn zoon was later verschenen en probeerde hem iets af te nemen wat van hem was. Gerechtigheid en vrijheid, hoe paradoxaal! Twee botsende concepten. Woorden die verfrommeld in de vuilnisbak eindigden telkens als zich een doel tegen elke prijs aandiende.

Opnieuw beginnen, zijn laatste kans.

Het ging er niet om een nieuw gezin te stichten, meer zaad te verspreiden, meer vlees en leed te scheppen; het ging hem erom datgene wat hem nog restte volop te leven. Een leven opengesteld voor het genot, het verlangen, de huid. Meer voelen... de sensualiteit tot het uiterste doorvoeren, en met die poging de scheppende kracht sublimeren.

De tijd uitdagen, tegen hem ingaan. Dat vervloekte, allesverslindende roofdier er niet met zijn prooi vandoor laten gaan. De kruimels verzamelen die hij hem in de loop der jaren had geschonken, alsof hij een gulle god was, en ze hem in zijn gezicht smijten. Een punt zetten achter al die jaren van bedrog. Hij had de valkuil gezien. Nu wilde hij alles. Waarvoor bestonden anders de zintuigen? Die waren er toch om gevoeld te worden? Dit was het moment, en als iedereen dacht dat hij gek geworden was, des te beter. Waanzin was een van de kenmerken van de kunstenaar. Ze zouden zeggen 'Cádiz is gek geworden!' simpelweg omdat hij gelukkig wilde zijn. Ik zou dan denken: de waanzin is welkom als ik daardoor mijn bevrediging vind. Ik zou ze aankijken met mijn masker van waanzinnige en ze laten kletsen.

Op hoeveel stukjes geluk had hij recht? En als hij als mens nu eens recht had op de hele taart en zich volpropte met vreugde? En als je je dat recht nu eens zelf toekende? Ja. Hij zou gelukkig worden en daarmee Mazarine ook gelukkig maken.

Cádiz raakte verwikkeld in die spiraal die hem liet vibreren. Plannen makend, peinzend, dromend...

Hij en Mazarine, verdwalend in het labyrint van aromatische winkeltjes, alle geuren proberend... doortrokken van jasmijn, rozen en sandelolie.

Hij en Mazarine, in een spel met de kameleonverkopers; hij zou vragen ze op zijn T-shirt te zetten om haar te zien lachen en gillen van angst.

Hij en Mazarine, gehuld in de geur van net geboend ceder; verstopt tussen houten kisten, linnen en laarzen, strelingen en kusjes stelend.

Hij en Mazarine, kijkend naar de wonderlijke chaos in de straten vol djellaba's en geschreeuw.

Hij zou bij het vallen van de avond een keer met haar wegglippen om haar de geprojecteerde schaduwen op de kilometerslange oude muren te laten zien; het plein Jemaa-el-Fna met zijn slangenbezweerders, verhalenvertellers en gesluierde vrouwen die loerden op buitenlandse huiden waarop ze hun hennakunsten konden vertonen...

En ze zouden weer schilderen en over de tijd en het leven praten, zoals ze op de middagen van penseelstreken en schepping deden.

Ja, op deze reis zou Mazarine begrijpen dat hij haar, ondanks zijn stomme lompheid en zijn enorme arrogantie, nog steeds als een idioot liefhad.

Op het moment dat Cádiz het reisschema nakeek dat het reisbureau hem had gestuurd en hij de laatste wijzigingen aanbracht, kwam Sara verslagen terug van haar bezoek aan haar zoons woning.

'Wat is er?' vroeg Cádiz terwijl hij probeerde zijn bezorgdheid te verbergen. 'Hoe gaat het met het meisje?'

'Heel slecht. Volgens mij heeft het arme kind een ernstig probleem. Ik praatte tegen haar, maar ze keek niet eens naar me. Het is net of ze zich in een andere wereld bevindt. Ik vraag me af of het wel goed voor haar is in die toestand op reis te gaan.'

'Natuurlijk is het goed voor haar, Sara. Wat afleiding kan geen kwaad. We zullen goed voor haar zorgen en het zal haar aan niets ontbreken.'

'Het doet me veel verdriet Pascal zo bezorgd te zien. Hij houdt echt van haar.'

Cádiz stond abrupt op en liep naar de deur.

'Waar ga je heen?' vroeg Sara.

Hij antwoordde niet. Zou hij proberen haar te zien te krijgen?

74

Toen hij op het punt stond de woning van zijn zoon binnen te gaan, kreeg Cádiz spijt. Hij maakte zich ongerust dat Mazarine, als ze hem herkende, niets van hem zou willen weten. Hij hunkerde ernaar haar te zien, maar was bang dat hij zich niet zou kunnen beheersen en haar in zijn armen zou nemen om haar daar snel vandaan te halen.

'Wat is er, Cádiz?' vroeg Pascal terwijl hij de deur openhield. 'Kom je niet binnen?'

'Waar is ze?'

Pascal wees naar het grote raam aan de achterkant. Het silhouet van zijn leerlinge tekende zich af in het tegenlicht, was omgeven door een schitterende, witte stralenkrans, waardoor ze een onwerkelijke verschijning leek. Ze zat met haar gezicht naar het raam en in de kamer hing een luchtbel van stilte die haar isoleerde van de wereld. Haar blote voeten staken scherp af tegen het donkere parket. Het geluid van de deur deed haar niets.

'Daar zit ze de hele dag en zelfs voor het eten staat ze niet op. Het enige afwijkende dat ze vandaag heeft gedaan was tussen mijn kleren zoeken en een zwarte regenjas aantrekken die ze vond.'

'We nemen haar mee.'

'Geloof je dat echt, vader?'

'Ik weet het zeker.'

'En als haar toestand niet verbetert?'

'Ze wordt beter.'

'Hopelijk heb je gelijk.'

'Ze is een kunstenares en ik ken er geen een die onverschillig blijft bij schoonheid. Als stilte is wat ze zoekt, dan zullen we haar de mooiste stilte geven die op de wereld bestaat. Een oneindige stilte, van licht en gouden stof, badend in zon en eenzaamheid.'

'En als ze niet meer gaat praten?'

'Ze zal ontwaken.'

75

Ze ontmoetten elkaar op Charles de Gaulle. Cádiz zag hen in de verte aankomen, maar gaf er de voorkeur aan niets tegen Sara te zeggen. Zijn zoon had zijn arm om Mazarine heen geslagen, die zich wezenloos liet meevoeren. Het was hem niet gelukt haar schoenen te laten dragen of iets anders dan de regenjas, en haar toestand van zwijgen in crescendo maakte haar tot een afwezige maagd. Ze leek een marmeren stilte te herbergen, een staat van eenzaamheid te hebben bereikt waardoor ze via haar ogen in contact kon komen met andere wonderlijke eenzaamheden die door de luchthaven wandelden. Wie naar haar keek, werd bevangen door haar serene hooghartigheid. In haar voorbijgaan verstomde elk geluid. Niemand waagde het de vrede te doorbreken die haar lange regenjas meedroeg.

Cádiz werd gek van onmacht bij die droeve aanblik; hij, die alles voor elkaar kon krijgen, moest haar terughalen in het leven. Hij zou niet toestaan dat ze zich in die duistere wereld verloor. Hij liep op haar af en omhelsde haar teder, noemde haar kleintje, maar haar armen bleven neergehangen.

Ook Sara raakte ontroerd toen ze haar zag. Sinds het bezoek dat ze aan de woning van haar zoon had gebracht, leek het meisje nog verder weg te zijn, en misschien daardoor nog veel mooier.

Ze namen het privévliegtuig en gedurende de drie uur die de vlucht duurde, sprak niemand. Het was of Mazarines aanwezigheid hen aanstak met stilte, alsof praten, het uitspreken van een willekeurig woord, haar kon bezeren.

Vier eenzaamheden zonder ontmoetingspunt. Variaties op eenzelfde melodie.

Cádiz hield zijn spanningen onder controle met ijskoude whisky, trachtte zijn herinneringen met zijn nagels los te krabben, zonder zijn ogen te kunnen losmaken van de blote voeten van zijn leerlinge die hem lieten dromen van de schildermiddagen, erotiek en hun gedeelde gelach in La Ruche.

Sara leidde haar gedachten af door voor de zoveelste keer *De Kreutzer Sonate* van Tolstoj te lezen; soms werd haar hart beroerd door de geschiedenis die ze met Germán had beleefd, wat een nasmaak van nostalgie en leegte achterliet.

Pascal, verdiept in medische hypothesen, droomde ervan de toverformule te vinden om Mazarine te redden en tot de zijne te maken, terwijl zijn schouder haar slapende hoofd ondersteunde en zijn vingers haar handen streelden.

Mazarine, de grote afwezige, droomde te zijn wie ze niet was. Een jong meisje, omgeven door lavendel, slapend. Belevend wat de doden beleven: een vredig niets.

Nog voor het donker werd, landden ze in Ouarzazate. Na een lange discussie of het wel of niet goed voor Mazarine zou zijn, besloten ze unaniem hun verblijf in Marrakech te annuleren omdat het daar te luidruchtig was.

Op het vliegveld werden ze opgewacht door een chauffeur die hen naar het Dar Ahlam in Skoura bracht, een van de weelderigste hotels ter wereld, aan de poorten van de woestijn. Ze hadden een schitterende villa met twee kamers gereserveerd, omgeven door palmbomen, fonteinen en bloembedden, alwaar ze de eerste nacht zouden doorbrengen voor ze aanvingen met hun tocht, op de rug van kamelen, door de eindeloze zandzee.

Na een heerlijk diner bij kaarslicht, met geuren, blikken en schaduwen, gingen ze naar bed.

Maar Cádiz kon niet in slaap komen. Terwijl de anderen sliepen doolde hij door het huis. Hij glipte de donkere gang in, die alleen werd verlicht door de kaarsen in de kandelaars op de vloer die de bedienden hadden laten branden, en hij zag dat de deur van de kamer waarin Pascal en Mazarine sliepen een stukje openstond. Geruisloos ging hij naar binnen. Het zachte licht dat door het raam sijpelde viel op het gelaat van zijn leerlinge, die opgekruld naast zijn zoon leek te dromen. Hij sloeg hen een tijdje gade. Ze vormden een prachtig paar. Hij voelde woede en verdriet, liefde en frustratie. Hij keek naar Pascal en hoezeer hij ook tegen zijn gevoelens vocht, hij moest toegeven dat hij van hem hield. Die jongen was vlees van zijn vlees. Hoe kon hij hem nu pijn doen?

Hij keek naar haar en een waanzin scheen zich meester van hem te maken en hem aan te zetten haar van Pascal af te pakken. Hem het bed uit te gooien. Mazarine was zijn kleintje, zijn schat. Waarom had hij zich ertussen moeten dringen?

Het was onmogelijk, hij kon haar niet uit zijn hoofd zetten. De obsessie die hij voelde, zette zijn lichaam in vuur en vlam, maakte hem gek. Zijn lichamelijke relatie met Sara was voorbij en ze deden niets om die te herstellen... ze konden het niet meer. Hij was volledig impotent, maar de koorts hield aan; het was een koorts om in elk geval één keer dat jonge lichaam te bezitten, haar op welke manier dan ook te bezitten. Haar bij zich hebben, al was het maar om haar voeten te kussen, ze te likken en erop te sabbelen, ze te beschilderen en te strelen.

Plotseling kreunde Mazarine en werd Pascal wakker. Hij was verbaasd zijn vader te zien.

'Wat doe je hier?'

Cádiz improviseerde: 'Het spijt me jongen, ik kon niet slapen. Ik zag de deur openstaan en dacht...'

Pascal viel hem in de rede: 'Ssstt. Zachtjes, straks maak je haar nog wakker. Wat wilde je zeggen?'

'Tja...' Cádiz pauzeerde even. 'Ik dacht ineens dat als we haar een doek en verf gaven... als ze zou schilderen... als ik dat samen met haar zou doen...'

'Het lijkt me geen slecht idee, ik snap niet waarom ik er niet eerder aan gedacht heb. Vind je het erg morgen verder te praten?'

Ze spraken er niet over.

De drukke dag nam hen volledig in beslag. Sara was al vroeg naar de soek gegaan en keerde terug met kleding voor Mazarine, die na eerst geweigerd te hebben de jas uit te doen uiteindelijk had geaccepteerd die te vervangen door een zwarte tuniek. Cádiz ging hun uit de weg, was naar de kunstwinkels gevlucht en kwam beladen met verf, kleurstof, penselen en schilderdoek terug.

Bij het vallen van de avond bereikten ze, gezeten op kamelen, de duinen.

In het kamp wachtte hun rond een groot vuur een groep muzikanten die begon te spelen zodra ze hen zagen aankomen.

Het geluid van de *krakebs* en de *tbels* gevoegd bij de *zghorits* van de Berbers vormde een uniek concert dat de schaduwen betoverde en helder in de maanloze nacht opsteeg.

Mazarines ogen leken op die onvoorstelbare hemel met een mozaïek van nevelige sterrenwolken te reageren en even meende Pascal een flauw lachje rond haar lippen te bespeuren.

Ze werden nomaden. Elke dag braken ze het kamp op en legden een ander traject in de woestijn af. 's Ochtends genoten ze van het landschap, 's middags bezochten ze oasen en 's avonds aten ze tajines, dadels, noten en gedroogde vruchten, en proefden de heerlijkste gerechten bij de warmte van het vuur en de muziek. Mazarines stilte was een onderdeel van de tocht geworden. Haar waarneming, haar mogelijke genezing.

Cádiz bracht de uren opgesloten in een tent door die hij bij wijze van atelier liet opzetten. Daar dienden zich beeldschone Berbervrouwen aan die hij vervolgens schetste, en hielp de whisky hem om het absurde idee dat zich in zijn hoofd begon te vormen niet te verwezenlijken.

Pascal wachtte ongehaast tot het wonder van het woord zich in Mazarine zou voltrekken, terwijl Sara met haar fototoestel de woestijn doorkruiste en al het fantastische wat ze tegenkwam vastlegde.

Een stoet Arabieren volgde hen waar ze maar gingen en voorzag onmiddellijk in al hun wensen.

Op een ochtend besloot de fotografe in een vlaag van waanzin diep de woestijn in te trekken om daar de blauwzwarte mensen te portretteren. Onder het personeel dat hen bediende, had de schoonheid van een van hen haar aandacht getrokken. Die mensen waren de zogeheten ballingen van de aarde omdat de Egyptenaren hen tweeduizend jaar eerder hadden uitgezet, en ongewild waren ze de erfgenamen geworden van dit uitgestrekte gebied, dat eens groen en vruchtbaar was geweest. Ze wilde een reportage maken die de wereld die andere, inmiddels niet meer bestaande woestijn toonde. Ze zouden naakt in een smartelijke exodus voorbijtrekken, hun blauwzwarte huid afstekend tegen het bruingeel van de steriele aarde. Ze zou laten zien hoe het zwervend bestaan op de zandvlakte was.

Ze zou met twee helpers naar een dorpje gaan, waar de oude nomadengebruiken nog in stand gehouden werden, en tussen hen bivakkeren tot ze bevriend raakten, hen onbeschroomd kon fotograferen.

Aangezien de reportage verscheidene dagen in beslag zou nemen, had ze afgesproken de anderen later in te halen.

Die avond, bij de vlammen van het vuur en het gezang van de *Howariyat*-vrouwen, voelde Cádiz dat Mazarines ogen hem gadesloegen. Over Pascals schouder heen keek ze strak naar hem met de felheid van hun beginperiode. Een brandende blik.

Was ze terug? Hij moest het uitzoeken.

76

Ze kwamen bij een oase waar hun, verscholen tussen palmbomen, een kashba wachtte die aan de cultus van het lichaam was gewijd. Paleiszalen met door bloemblaadjes geparfumeerde zwembaden, pilaren overdekt met Moorse mozaïeken en glaskeramiek vormden een verfijnde entourage voor verpozing. In dat paradijs bloeide de huid weer op door massages, aromatherapieën, baden, peelings en oliën.

Cádiz had opgedragen de tenten ver bij het gebouw vandaan op te zetten om de avontuurlijke geest te handhaven die hen tot nu toe had vergezeld.

De hele middag zat Mazarine, met haar ogen gericht op de duinen, onder een palmboom op een tekenblok illusoire landschappen te schetsen terwijl Pascal een patiëntendossier bestudeerde en Cádiz haar heimelijk gadesloeg. Af en toe draaide ze haar hoofd naar de tenten, alsof ze de ogen van de schilder voelde, maar aangezien ze hem niet ontwaarde, trok ze zich weer terug in haar dromerige wereld.

Die avond kón Cádiz niet meer.

Hij was ervan overtuigd dat Mazarine met hen allebei speelde. Waarom keek ze hem anders op die manier aan? Tijdens het avondeten speelden haar blote voeten met het zand, bedekkend en onthullend, terwijl haar gloeiende ogen hem verteerden. Ze provoceerde hem.

Hij móést haar aanraken, zijn handen over haar hele lijf laten glijden. Haar beschilderen en haar intens met zijn vingers natrekken, tot hij haar de eerste kreun ontlokte. Een zucht, iets wat hem zei dat ze het in het diepst van haar ziel voelde. Ze moest tegen hem spreken.

In één teug dronk hij het glas whisky leeg dat de bediende hem had gebracht en hij verdween enkele uren.

Tegen middernacht keerde hij terug en trof Mazarine alleen aan, met haar armen gespreid op het zand liggend terwijl ze naar de sterrenhemel staarde.

'Hallo, kleintje... Wat een geweldig doek, hè?' zei hij terwijl hij eveneens zijn blik op het firmament richtte.

Mazarine wendde haar blik niet van de sterren af.

'Ze bestaan niet meer. De meeste sterren waar je naar kijkt zijn duizenden jaren geleden geëindigd. Ze lieten ons hun schoonheid na en doofden vervolgens. Wat een schitterend offer van liefde en esthetiek!'

Geen enkel teken dat ze hem had gehoord.

'Waar is Pascal?'

Mazarine keek nog steeds niet naar hem.

'Wat vind je ervan om op dat doek ons schilderij te maken?' vroeg hij terwijl hij op de hemel wees.

De schilder kreeg geen antwoord, maar hield vol. Hij geloofde niet dat Mazarine niet naar hem luisterde.

'Wacht op me, kleintje. Ik ben zo terug.'

Cádiz liep naar de tent van zijn zoon en trof hem aan met de olielamp nog brandend en een handboek over psychiatrie opengeslagen op zijn borst. Hij was diep in slaap. De schilder ging behoedzaam naar binnen en doofde de lamp.

Bij zijn terugkomst was Mazarine verdwenen. Wanhopig begon hij haar tussen de duinen te zoeken, maar een donkere rust omhulde hem. In de verte tekenden zich in de duisternis de contouren af van het oude gebouw. Plotseling meende hij haar te zien. Ze rende naakt naar de oase. Was het een nachtelijke fata morgana?

Hij begon te lopen, zijn hart oplaaiend van begeerte, en haalde haar in.

'Wat wil je van me?' vroeg hij terwijl hij haar bij de arm pakte.

Mazarine bevrijdde zich en zonder zelfs maar naar hem te kijken vervolgde ze haar weg naar de kashba. Hij pakte haar hand weer, ditmaal heel zacht, en leidde haar naar een deur van het paleis die, precies zoals hij had verzocht, open was.

Ze gingen naar binnen.

De gangen waren leeg en de echo van hun voetstappen schond de aromatische, vochtige rust van munt en muskus die in de schemering dreef.

'Kom mee...'

Cádiz voerde Mazarine mee naar de zone van de baden en zwembaden. Het zwakke schijnsel van de olielampjes dat de hoeken verlichtte, gaf de plek iets van een heiligdom. Het water weerkaatste de lichtjes van de fonteinen, waaruit kleine gekleurde stromen vloeiden. Er hing een magische sfeer.

Ze liepen door het vertrek tot ze bij de *hammãm* kwamen. Toen hij de deur opende, kwam hun een wolk van aromatische dampen tegemoet. Achterin wachtte de spookachtige gedaante van een vrouw met een zwarte tulband hen op, omgeven door flesjes en potten henna, modder, wierook, handschoenen, bloemblaadjes en oliën.

'*Vous pouvez partir, madame*,' zei Cádiz tegen haar terwijl hij naar de uitgang wees.

'*Bonsoir, sidi. Bonsoir, lala*,' antwoordde de Marokkaanse en ze verdween in de nevelen.

'Kleintje... ik ga je voorbereiden zoals ze hier de bruidjes op de huwelijksceremonie voorbereiden. Ik ga je een *hammãm marocain*-behandeling geven.'

Mazarine keek hem met een serene hooghartigheid aan. Ze droeg haar naaktheid met de elegantie van een prinses.

'Blijf staan en verroer je niet,' beduidde hij haar.

Ze gehoorzaamde, haar blik vast op de ogen van haar meester gericht.

'Doe nu je benen uit elkaar.'

Mazarine deed het niet.

'Kom op... doe je benen uit elkaar. Wees niet bang.'

Cádiz moest neerknielen om haar duidelijk te maken wat hij wilde.

'Ik wil je alleen maar baden, mijn kleintje.'

Dat geliefde lichaam voor zich hebben, bezorgde hem een eindeloos genot. Het was niet de hongerige wellust die kort ervoor in hem geklopt had, maar een kalm verlangen om haar traag en teder te strelen. Hij wilde haar inzepen alsof ze een klein meisje was, haar inwrijven en parfumeren. Haar langzaam vertroetelen.

Toen ze zover was, begon hij lauwwarm water over haar lichaam te gieten dat hij met een koperen kom uit een bassin schepte. Hij bevochtigde haar tot ze van hoofd tot voeten nat was.

Ze vond het prettig.

Mazarine bemerkte hoe door dat gezegende water een oeroud, vloeibaar genot in haar ontwaakte, waardoor ze zich onderdeel voelde van een wateruniversum. Die gewaarwording opende haar poriën. Het water liep lauw over haar dorstige huid, schonk haar zintuiglijke indrukken. De handen van haar schilder zeepten haar in met velletjes glycerine die naar rozen en vochtige aarde geurden. Haar huid ontwaakte.

Zijn vingers streken subtiel over haar lichaam, eigenden zich plekjes toe, verkenden plooien, hoekjes, lijnen en rondingen. Ontlokten haar stille kreten die enkel in de gloeiende glans van haar gouden irissen waarneembaar waren. Hij bleef naar haar kijken terwijl zijn handen haar beschilderden, binnengingen, dieper doordrongen, afbakenden en weer naar buiten traden. Zij, veranderd in een levend doek, behield de aanblik van een standbeeld, opgaand in het genot terwijl ze zich liet beschilderen met strelingen.

'Nu ga ik je schoonwassen. Ga hier liggen.' Cádiz hielp haar zich neer te vlijen op een tableau van vochtige tegels. Mazarines gewillige lichaam gaf zich over aan de wensen van haar meester. Ze wilde blijven voelen, meer voelen... Met een handschoen wreef hij haar huid tot die volledig gescrubd en zacht was.

Alsof het een gewijd ritueel betrof, zeepte hij haar opnieuw plechtig in, goot uiterst langzaam bakjes water over haar lichaam leeg.

Hij was gelukkig terwijl hij haar baadde, wetend dat ze zich in die vochtigheid aan hem had overgeleverd terwijl hij fantasievolle liefkozingen op haar schilderde. Alleen al hierdoor voelde hij dat zijn ziel zich herstelde van het duistere verlangen dat hem het leven onmogelijk maakte.

Terwijl Mazarine hongerde naar die ruwe handen, fluisterde haar leraar haar toe: 'Weet je wat dit is?' Cádiz liet haar een kom zien die gevuld was met een dikke, naar amandelen en jasmijn geurende emulsie. 'Het is modder. En nu ga ik je ermee insmeren.'

Mazarine glimlachte.

'Je vindt het leuk, hè?'

Net toen de schilder haar wilde insmeren, greep ze opeens een handvol en gooide die in zijn gezicht.

'Je wilt dus spelen...'

Het meisje was overeind gekomen en leegde de aardewerken kom modder op de borst van haar leraar.

'Goed, goed, ik geef me over. Doe met me wat je wilt.'

Ze ging gehurkt boven hem zitten en nog steeds zwijgend besmeurde ze hem tot het mengsel helemaal op was.

'We zijn nog niet klaar,' zei Cádiz. 'Mocht je denken dat dit in een puinhoop eindigt, dan vergis je je, kleintje. Je bent een ongemanierd meisje. Doe je ogen dicht.'

Mazarine hield haar ogen op die van de schilder gevestigd.

'Kom op, luister. Of je doet je ogen dicht of ik ben genoodzaakt...'

Het meisje glimlachte weer. Het spel beviel haar.

Ze sloot haar ogen en voelde hoe vanaf haar hoofd een waterval van koel, naar munt geurend water over haar heen viel, dat een gewaarwording van samentrekken van haar huid achterliet, iets wat ze vroeger in haar keel had gevoeld als ze een mentholsnoepje at.

'En ga nu weer liggen.' Cádiz beval en zij gehoorzaamde. 'En doe je ogen weer dicht.'

Uit een sandelhouten kistje nam de schilder enkele watten en dompelde ze in ijskoud rozenwater. Vervolgens legde hij ze op haar oogleden.

Hij pakte een handdoek, die eveneens doordrenkt was met rozenwater, en maakte daarmee een voor een haar tenen schoon. De kunstschilder kon zich niet inhouden bij de aanblik van die aromatische voeten en kuste ze. Die ranke voeten waren zijn voedsel.

Mazarine voelde de tong van haar leraar weer plekjes ontwijden, haar tenen spreidend om er vervolgens een voor een met die eindeloze honger op te sabbelen. Ze slaakte een kreet van genot, maar hij hoorde het niet.

Tegen het ochtendgloren verlieten ze het paleis. Ze leek gelukkig. Een bleke zon begon tussen de duinen op te komen en een zacht briesje streelde hun gezicht. Cádiz had Mazarine een badmantel aangedaan en had zijn arm om haar heen geslagen. Hij hield van haar; hij wist nu sterker dan ooit dat hij van haar hield en niet zonder haar kon.

Met dat ritueel was zijn lichaam herboren. Net als in zijn jongere jaren richtte zijn lid zich fier op, ontwaakte, groeide, zocht... voelde weer.

Zij was het wonder.

77

Waar zat ze?

Midden in de nacht zocht Pascal als een gek overal in het kamp naar Mazarine. Hij was wakker geworden van een nachtmerrie en toen hij besefte dat ze niet naast hem lag, was hij haar gaan zoeken.

Ze was niet bij de palm waaronder ze de hele middag en avond had gezeten, niet in de toiletruimtes die een paar meter verderop geïnstalleerd waren, niet in de geïmproviseerde woonkamer waar ze doorgaans heen ging om thee te drinken en dadels te eten, en evenmin in de tent die dienstdeed als zijn vaders atelier, waarin hij ook keek in de gedachte dat haar nieuwsgierigheid haar daarheen had kunnen leiden. Het was vijf uur in de morgen en Mazarine was verdwenen.

Wanhopig ging hij Cádiz' *jaima* binnen om zijn hulp te vragen, maar trof die verlaten aan.

Het kamp begon te ontwaken. Een eindje bij de tenten vandaan waren mannen in blauwe djellaba's de dieren aan het voeren, terwijl bedienden beladen met etenswaren en serviesgoed zich stilletjes voortbewogen. Pascal liep naar de groep toe en vroeg naar Mazarine. Na een lange discussie in het Arabisch tijdens welke ze het blijkbaar niet met elkaar eens konden worden, meldde een van hen hem in het Frans dat iemand verzekerde dat hij het meisje in gezelschap van de schilder had gezien. Pascal kalmeerde. Als ze bij zijn vader was, had hij niets te vrezen. Hij besloot te wachten tot het licht werd, maar toen ze niet terugkwamen ging hij hen zoeken.

Een kilometer daarvandaan observeerden een gearmde Cádiz en Mazarine het opkomen van de zon boven de duinen.

Dat golvende landschap verbreidde haar dromerige stilte tot in het oneindige, rustig afwachtend tot de lichtstraal het bevruchtte.

'Hier is het. Voor je,' zei Cádiz terwijl hij zijn armen spreidde, 'de onmetelijkheid van een oceaan zonder golven. Luister, mijn kleintje... deze plek spreekt; haar stilte vertelt ons dat we deeltjes "niets" zijn... pure leegte... Laat het genot van de leegte tot je doordringen.'

Mazarine sloot haar ogen en voelde het niets, gedempt door die dorstige, in stof veranderde aarde. Ze strekte zich uit op het zand en Cádiz kon zijn ogen niet van haar afhouden. De badmantel viel open en een roze knopje van haar borst werd zichtbaar. Het leek de transparantie van vochtige bloemblaadjes uit te stralen. Opnieuw een explosie van gevoelens. De extase van het vlees klopte in zijn slapen.

'Je bent mooi,' zei Cádiz terwijl hij met zijn wijsvinger een cirkel rond de aureool trok.

De zon liet zich zien, omgaf de contouren van Mazarines lichaam met een gouden krans. De eindeloze zee van zand nam de tint aan van het amberkleurige licht van de dageraad.

Met zijn hand opende de schilder haar badjas verder tot ze volledig naakt was. Mazarine voelde weer hoe ze onder zijn handen wegsmolt en vervluchtigde.

Plotseling begon de schilder op het ritme van die warme leegte handenvol zand te pakken die hij op het lichaam van zijn leerlinge liet vallen. Een dun straaltje liep traag over haar huid, trok over haar hals, streelde de top van haar borsten, gleed als zijde over haar buik, overspoelde het holletje van haar navel, stroomde naar haar onderbuik, waarbij het geometrische figuren van genot tekende.

Cádiz wist dat haar lichaam reageerde. De tepels van zijn leerlinge werden hard, haar zachte pubis wachtte ongeduldig.

Het was licht geworden.

Meer zand. Op haar gloeiende geslacht viel onafgebroken een oneindige stroom zandkorrels. De gouden deeltjes boorden zich in haar geslacht... openden het. Mazarine wilde schreeuwen... waarom kon ze niet schreeuwen als ze gek werd van genot?

Cádiz' mond bewoog zich naar de hare, opende langzaam, heel langzaam met zijn tong haar lippen. Vervolgens, vermengd speeksel, een stroom die naar het centrum van haar lichaam liep, zich op dat punt nestelde. Zin om te schreeuwen, te praten, te zeggen: ga door, hou nooit meer op. Maar de woorden vervlogen als het zand onder de zuchten van de schilder. Haar schone en geurige lichaam, haar gebade en bevoelde lichaam. Haar door zijn handen beschilderde en opnieuw beschilderde lichaam. Haar lichaam dat niet langer van haar was, maar van degene die haar had laten ontwaken. Niets was nu nog belangrijk. Ze wilde zich laten gaan... wilde dat hij haar nam en haar dronk, dat hij haar beet en verscheurde.

Hij kon zich niet beheersen. Ditmaal niet.

Cádiz stond in vuur en vlam.

Geen strelingen meer, geen aanschouwingen meer. Geen vruchteloze kunst meer.

Hij móést haar binnendringen, ook al zou hij daarna sterven. Ook al zou hij daarna voorgoed uit ieders leven verdwijnen... ook al zou hij daarna in as veranderen.

Terwijl een briesje over hun lichamen speelde en de zon op zijn rug viel, spreidde Cádiz haar benen en met één enkele stoot nam hij haar.

Plotseling opende zich een weg midden in haar lichaam en spleet haar in tweeën.

Pijn en genot in haar binnenste. De tranen rolden over haar wangen. Het deed pijn, het brandde, het lid van haar schilder was een verterend vuur. Op haar gezicht vermengden de tranen van haar meester zich met de hare. Ze huilden allebei, één stoot, twee, drie, pijn, genot, pijn, genot, genot, genot, genot... Mazarine slaakte een kreet en ditmaal hoorde Cádiz het wel.

Ze was terug in het leven.

78

Hij zag hen in de verte. Op een heuvel tekenden zich in het ochtendlicht twee witte stipjes af. Ze moesten het zijn, al klopte de witte kleding niet met het zwart dat Mazarine altijd droeg.

Pascal was verheugd. Hij wilde sneller, maar zijn benen zakten weg in het zand en hij kwam bijna niet vooruit. De lichamen bewogen en de wind wierp een zandsluier op die hem verhinderde hen duidelijk te zien. Hij bleef lopen en toen hij dacht dat hij binnen gehoorsafstand was, riep hij hen.

'MAZARIIIIINE... CAAAAÁDIZ...'

Maar ze antwoordden niet. Wat deden ze daar toch? Hij kwam langzaam dichterbij, probeerde hun bewegingen scherper te zien. Maar hoe dichter hij bij hen scheen te komen, hoe verder weg ze waren. Dat was de luchtspiegeling van de woestijn; afstanden leken zich naar eigen goeddunken te vergroten of verkleinen.

Tien minuten later had hij hen bereikt. Ze zaten met de rug naar hem toe en zijn vader had zijn arm om zijn verloofde heen geslagen. Was het waar wat hij meende te horen? Mazarines stem klonk helder in die deken van stilte.

Hij riep hen opnieuw en ditmaal draaide Cádiz zich om.

Wat moest hij doen?

Zijn zoon kwam stralend van geluk dichterbij.

'Mon amour...' zei Pascal tegen Mazarine terwijl hij haar omhelsde. 'Ik kan het bijna niet geloven, je praat! Weet je wat dat betekent? Je hebt je stem terug. Wat heeft mijn vader, de wonderdokter, gedaan waardoor je weer spreekt, nou?'

Mazarine liet zich onzeker omhelzen. Haar lichaam trilde nog als gevolg van de aardbeving die haar had doen schokken.

Cádiz verwijderde zich en begon naar het kamp terug te lopen.

'Ga nog niet weg,' zei Pascal tegen hem. 'Je moet me de toverformule vertellen.'

'Ik ben moe, jongen. Heel moe. Als je het niet erg vindt, praten we er later over...' Hij keek naar Mazarine. 'Jij zou ook moeten rusten, kleintje. Het is een lange nacht geweest.'

Pascal bekeek zijn verloofde eens goed, die er plotseling oneindig bedroefd uitzag.

'Ik wil graag alleen zijn,' zei ze mat.

'Heb ik soms iets belangrijks onderbroken?' mengde Pascal zich gekwetst in hun gesprek.

Cádiz en Mazarine keken elkaar aan.

'Ze is zich alleen haar gevoelens bewust geworden, Pascal,' verduidelijkte Cádiz terwijl hij teder naar zijn leerlinge keek. 'Dat is het ware wonder geweest, toch, Mazarine? De natuur deed de rest. Deze dageraad, de oneindigheid... misschien stonden de woorden op het punt door te breken en hebben ze simpelweg besloten dat vandaag te doen...' Zijn vermoeide stem stierf weg. 'Ik laat jullie alleen.'

'Waarom gaan we niet samen terug?' stelde Pascal voor, zonder goed te begrijpen wat er gebeurde.

'Ik blijf nog even,' antwoordde ze.

'Dat is goed, lieverd.' Pascal gaf haar een vluchtige kus op haar lippen. 'Maar laat me niet nog eens lijden. Verdwijn niet opnieuw.'

Toen ze in het kamp aankwamen, wachtte Sara Miller hen op in een van de jaima's. Ze was heel gelukkig, behangen met halskettingen en getooid met hennaschilderingen, teruggekeerd.

'Die hebben ze ginds in het kamp gemaakt,' zei ze terwijl ze haar handen liet zien. 'Jullie kunnen je niet voorstellen wat een reportage ik gemaakt heb... Wat is er met jullie? Ik ben maar twee dagen weg geweest en ik vind jullie... ik weet het niet, veranderd. Hoe gaat het met Mazarine?'

Pascal liep naar zijn moeder toe en omhelsde haar.

'Ze praat weer.'

'Echt? Dat is fantastisch nieuws. Sinds wanneer?'

'Sinds nu.'

'Hoe kwam dat?'

Pascal keek zijn vader vragend aan en deze besloot te antwoorden.

'Gisteravond, toen ik een wandeling maakte, kwam ik haar tegen en ineens kwam het in me op dat het een goed idee zou zijn haar mee te nemen naar de kashba en haar een hammãm marocain te laten geven, je weet wel hoe geweldig dat is. Ik sprak met de vrouw van het badcentrum en liet haar daar achter. Ik ben ervan overtuigd dat het haar goedgedaan heeft, want toen ik haar vanochtend weer zag, sprak ze.'

'En waar is ze nu?'

'Ze komt zo, moeder.'

'Dit moeten we vieren, vinden jullie ook niet?' Sara keek haar echtgenoot en haar zoon enthousiast aan. 'We ontbijten met champagne!'

79

Het had nergens toe gediend, zijn goede zorgen, zijn attenties en al die lange middagen dat hij haar had ingewijd in zijn kennis van de Arts Amantis. Het meisje was via de luchtkoker in de badkamer ontsnapt. Ze had hem zomaar verlaten en met die vlucht schopte ze een deel van zijn plannen in de war.

'Ondankbare meid!' mompelde Yeux Nébuleux terwijl hij de glasscherven opruimde die over de vloer verspreid lagen.

Zou hij haar zoeken? Hij kende haar huis vanbuiten. Zou hij haar ontvoeren? Ze was uiteindelijk net zo alleen en verlaten als hij. Ze zouden twee eenzame mensen zijn die elkaar gezelschap hielden, een ongelovige eenheid die ervoor koos dat het leven hen leefde, de grote leugen van de mens onderuithalend dat hij zelf heer en meester over zijn dagen was. Hij zou met haar samenwonen. De energie die haar maagdelijke lichaam uitstraalde, vulde hem met kracht, de kracht die hij nodig had om de leden van de Orde te laten zien dat hij, de weerzinwekkende, stuntelige Jérémie, veel meer waard was dan zij allemaal bij elkaar.

Nee, op dit moment kon hij beter afwachten. Elke actie kon achterdocht wekken. Als de leider inderdaad Mazarine zelf benaderde, dan was het niet handig als hij hem daar tegenkwam; nee, niet voor de plannen die hij had. Op de laatste vergadering had hij beloofd uit de buurt van het meisje te blijven en daar had hij zich niet aan gehouden.

Hij zou de Arts Amantis niets over het gebeuren melden noch naar een van hun vergaderingen gaan. Zijn voornemen bestond eruit de Orde in iets grandioos te veranderen. Een hernieuwde doctrine. Hij was het beu bij die zwakke, doelloze groep te horen die in niets op de vroegere beweging leek. Dat waar hij al lezend en onderzoekend helemaal was ingedoken, het geniale idee dat ineens in hem was opgekomen, ja, dat was inderdaad kunst en liefde; niet die groep verslagen mannen die hunkerde naar een verleden dat nooit zou terugkeren.

Hij ging het internet op en zocht tot hij iets gevonden had om in contact te treden met de relikwieënmaffia. Hoeveel zouden ze hem geven voor wat hij te bieden had...?

80

Arcadius hield van de zomerregen, want behalve de lucht verfriste hij ook zijn geest. De bui die zojuist boven Parijs was losgebarsten zuiverde de contouren van de huizen en veranderde de straten in zachte zuchten met de geur van teer. Dunne waterstroompjes daalden solitair op de rue Saint-Jacques neer. Hoewel hij een paraplu bij zich had, besloot hij zich te laten natregenen. Hij moest zich laten verrassen door het leven, de genoeglijke momenten beleven. Hij wilde in geen geval zo'n onverschillig wezen worden als zoveel anderen, want hij was ervan overtuigd dat hij dan nergens meer aandacht aan zou schenken en hij had nog veel te doen. Waar hij het meest naar verlangde was Mazarine weerzien.

Hij miste haar; zij was het die hem zijn levenslust teruggegeven had, die hem had geleerd zonder beschutting door de regen te lopen. Nu ze er niet was, begreep hij haar drang blootsvoets te gaan, haar jeugdige rebellie. Hij begreep zelfs dat ze de waarheid voor hem verborg.

De laatste keer dat ze samen waren was in de catacomben geweest, en dat was al twee maanden geleden.

Van haar restte hem alleen Mademoiselle nog, die zijn onafscheidelijke metgezel was geworden. Al zijn gedachten sprak hij hardop uit tegen de kat, alsof hij door dat te doen op een of andere manier in verbinding stond met haar bazinnetje.

'Weet je, Mademoiselle? Wij mensen maken onszelf het leven moeilijk omdat we een zin willen vinden voor ons bestaan. Zij die schrijven geven in hun geschriften vorm aan hun duisterste ik, zoekend naar het woord dat hen verlost. Zij die schilderen proberen met kleuren en vormen hun diepst verborgen gedachten en gevoelens uit te drukken, dat wat ze niet durven uitspreken. Zij die geheimen bewaren willen in wezen ontdekt worden. Zij die doceren willen eigenlijk leren. Zij die haten hebben eenvoudigweg behoefte aan liefde. Zij die niet spreken willen gehoord worden. Zij die schreeuwen zijn wanhopig op zoek naar hun stilte. We zijn ontzettend gecompliceerd...'

De kat kneep haar ogen dicht en keek vervolgens een andere kant op.

Toen hij in de rue Galande kwam, werd hij verdrietig. Zonder Mazarine was de plek niet meer dezelfde.

Nadat hij de gestoorde, kwijlende zwerver eruit had gezet die hij meer dan een maand geleden in de woning had aangetroffen, besloot de antiquair het groene huis in de gaten te houden. De clochard was erin geslaagd het huis deels leeg te halen en allerlei spulletjes en meubels te verkopen om aan drank te komen, en al boerend en stinkend had hij Arcadius verteld dat hij daar was omdat hij een oom van het meisje was, iets wat hij absoluut niet geloofde.

Ook al had hij Mazarines verdwijning aan een van haar excentrieke gedragingen toegeschreven, hij begon nu toch bezorgd te worden. Het meisje gaf maar geen levenstekenen, en zolang ze niet opdook zou hij de wachter van haar bezittingen zijn.

Hij kende de indeling en de geheime plekjes van het huis perfect, want de stijl kwam overeen met een serie inmiddels verdwenen panden, waarvan er een van hem was geweest. De namiddagen verdiepte hij zich in de oude woning: onderzoekend, in laden rommelend, puzzelend op vermoedens, op vragen het antwoord zoekend dat Mazarine hem niet had willen onthullen.

Hij wist, dat had hij kunnen opmaken uit een stel documenten die hij was tegengekomen, dat het meisje geen ouders en broers of zussen had, en dat haar leven uit een warrige serie gebeurtenissen zonder ogenschijnlijke betekenis bestond.

Hij wist dat ze van een wezenpensioen leefde en dat haar meest geliefde bezittingen zich beperkten tot kranten- en tijdschriftenknipsels over een grootmeester van de schilderkunst, de omstreden en aanbeden Cádiz, en verder bijna niets. Zou ze verliefd op die man zijn? Gezien de poster die ze had opgehangen, inderdaad. Waarom werden sommige jonge meisjes verliefd op oude mannen en, andersom, een jongeman nooit op een oude vrouw?

Hij wist dat ze stapelgek op kunst was en dat ze mogelijk een luit bespeelde, het vreemde instrument uit de middeleeuwen dat hij naast haar bed had aangetroffen.

Maar wat definitief zijn vermoedens had bevestigd was de indrukwekkende ontdekking die hij in de slaapkamer aan de achterkant had gedaan. Hij was er nu bijna zeker van dat zijn hypothesen bewaarheid werden. Het liet geen plaats voor twijfels: hij was betrokken geraakt bij iets heel belangrijks en wist niet hoever hij kon gaan door niets te onthullen. Als hij alles op een rijtje zette, van hetgeen de mevrouw uit Manresa hem had verteld tot hetgeen hij in Mazarines huis had ontdekt, was de geschiedenis die hij in handen had van onschatbare waarde.

81

De dag na de viering keerden ze terug naar Parijs. In het vliegtuig hing een gespannen stilte waarvoor niemand zich verantwoordelijk scheen te achten. Plotseling zei Cádiz iets.

'Ik verafschuw onderdrukte emoties.'

'Wat bedoel je?' vroeg Sara.

'Mensen die niet vibreren als ze oog in oog met het leven staan. Ik, bijvoorbeeld, moet sidderen wanneer ik schilder. Ik vind het prettig in elk schilderij te sterven. Dat is het orgasme van een dood en een gelijktijdige verrijzenis. Wat vind jij, Mazarine?'

De vraag overviel het meisje, dat in haar schetsblok zat te tekenen om de beklemming de baas te blijven die ze ervoer door na het gebeurde in gezelschap van Pascal en Sara te zijn. Ze had het gevoel dat als ze naar hen keek, ze het bedrog van haar gezicht zouden kunnen aflezen. Desondanks liet ze zich niet door Cádiz afschrikken en antwoordde terwijl ze hem vast aankeek: 'Ik neem aan dat u het hebt over de geestelijke gewaarwording die een gelukzalig moment van het lichaam vergezelt.'

Pascal sloeg zijn arm om Mazarine heen.

'Maak je niet druk, mon amour; mijn vader geniet ervan anderen te intimideren.'

'Het is interessant het orgasme met de dood te vergelijken,' vervolgde Mazarine. 'Ik denk echter dat het orgasme een vluchtig moment is en de dood daarentegen definitief.'

'Geloof dat maar niet.' Cádiz wierp haar een sensuele blik toe waardoor ze zich ineens naakt voelde. 'Het kan gebeuren dat na dat moment van vleselijke samenvoeging, ik doel op het moment waarop een man zich in een vrouw voegt, de lichamen niet meer te scheiden zijn. Als twee gelijke energieën elkaar gevonden hebben, blijft hij voorgoed in haar en zij in hem. In dat geval zouden ze tot die dood veroordeeld zijn.'

'Ik veronderstel dat u in uw standpunt geen rekening houdt met het feit dat het leven doorgaat. Ofwel, dat alles afhangt van de wijze waarop ieder van hen het ervaart, want voor dat orgasme of die dood, zoals u dat soort ontmoetingen noemt, zijn twee personen nodig.'

'Ik vrees dat je een sterke tegenstandster bent tegengekomen voor je disputen,' merkte Sara glimlachend op.

Cádiz negeerde haar commentaar en vervolgde: 'Denk je dat je kunt leven terwijl je dood bent?'

'We sterven elke dag, maar dat vergeten we. Als we dat niet deden, zouden we geen leven hebben. Vergeten is een defensief mechanisme, een sluier die we gebruiken om dat wat ons pijn doet te verhullen.'

'Goed, en nu houden jullie op over al die dood en pijn,' onderbrak Sara en ze probeerde het gesprek een andere richting in te leiden. 'Waarom hebben we het niet over jullie plannen?' Ze had het onderwerp van de bruiloft te berde gebracht. 'Ik heb een idee gekregen dat geweldig zou kunnen uitpakken.'

'Ik denk dat Mazarine nog herstellende is van haar stemverlies,' zei Pascal terwijl hij het meisje een kus op haar voorhoofd gaf. 'We moeten haar nu niet vermoeien.'

'Praten over iets wat je graag wilt, en helemaal als de liefde de hoofdrol speelt, zou een reden tot vreugde moeten zijn. Ik zie niet in waarom ze er niet over zou willen praten,' merkte Cádiz op. 'Tenzij...'

Mazarine sneed hem de pas af. 'Welk idee heb je, Sara?'

'Jullie huwelijk in Venetië laten plaatsvinden. Dat zou van een adembenemende, wonderschone esthetiek kunnen worden, zien jullie het al voor je?'

'Bedoel je daarmee het gedurende carnaval te laten voltrekken?'

'Niet echt. We zouden een andere datum kiezen, maar wel de geest ervan overnemen. Als plaats nemen we het Canal Grande en we veranderen het in een luisterrijk decor.'

'We zijn niet van plan om een groots sociaal evenement van onze bruiloft te maken, moeder. Het waar en hoe is absoluut onbelangrijk voor ons,' verklaarde Pascal.

'Nou, dat zou niet zo moeten zijn,' sprak Sara hem tegen. 'De vorm mag dan volstrekt ondergeschikt zijn aan de betekenis, maar hij helpt wel een gebeurtenis te sublimeren, deze onvergetelijk te maken. Dat het een sociaal evenement wordt, maakt deel uit van het banale spel waaraan we allemaal meedoen, met dat verschil dat sommigen er rotsvast in geloven en anderen, zoals wij, er eenvoudig van genieten in de wetenschap dat dat alles niet meer is dan een schijnvertoning.'

Mazarine keek naar Cádiz, probeerde uit zijn gezicht op te maken wat hij voelde, maar zijn blik was even kil als het ijs dat in zijn whisky dreef.

Het maakte haar onzeker. Er waren momenten dat hij waanzinnig veel van haar leek te houden en onder hun geschiedenis leed, en andere waarop ze hem als een verdorven poppenkastspeler zag genieten terwijl hij naar eigen goeddunken aan de touwtjes van hun leven trok. Hij kwetste haar. Ze besloot de schilder te provoceren.

'Sara's idee is magnifiek,' zei ze enthousiast.

'Vind je dat echt?' vroeg Pascal verbaasd. 'Ik dacht dat je iets eenvoudigs prettig zou vinden.'

'Dat vind ik ook, maar wat je moeder zegt om er een onvergetelijk moment van te maken kan ik ook begrijpen. Cádiz,' Mazarine prikkelde hem opnieuw, '... ik vind u erg stil. Wat is uw mening?'

Cádiz staarde haar aan en zijn warme, diepe stem scheurde het woordenspel in tweeën.

'Ben je gelukkig?'

'Wat is dat nou voor vraag, Cádiz?' wilde Sara weten. 'Zie je dat dan niet? Natuurlijk zijn ze gelukkig! Dat jij niet gelukkig bent, wil niet zeggen dat anderen het niet kunnen zijn.'

De schilder wierp zijn vrouw een hatelijke blik toe.

'Wie zegt dat ik niet gelukkig ben? Je vergist je, schat. Ik ben nog nooit zo gelukkig geweest als nu.'

'Moeder... beginnen jullie nou niet.' Pascal wilde de ruzie die blijkbaar op uitbarsten stond vermijden.

'Dit soort opmerkingen maakt eveneens deel uit van de liefdespartituur, toch, Cádiz?' zei Sara ironisch.

Pascal keek naar zijn verloofde en lichtte dat wat net gezegd was toe. 'Ze zijn al hun hele leven bij elkaar en, al zou je het niet denken, ze houden zielsveel van elkaar.'

Mazarine liet haar ogen over de wolken dwalen. Ze wilde niet denken, luisteren of besluiten nemen; ze wilde niet nadenken over wat komende was: de scheiding van haar meester... de onzekerheid en het geconfronteerd worden met haar grote verdriet... het verlies van Sienna. Ze wilde zich liever nog even een vrij vogeltje voelen dat zonder pijnlijke last door het leven vloog. Met het groen aan haar voeten, het blauw boven haar hoofd en een oneindige horizon om te bereiken. De stem van de piloot meldde dat ze over enkele ogenblikken zouden landen. Het was voorbij; de grote reis was afgelopen. Landen, nooit beter gezegd. Dalen, de grond raken; dat wat ze niet wilde. Wat zou nu volgen... na wat er was gebeurd?

Met zijn vleugels doorsneed het vliegtuig een dikke wolk en gedurende een paar minuten waren ze ondergedoken in een tunnel van watten. Toen ze eruit kwamen, doemde een groen landschap bezaaid met bebouwing op. De droom was over. Dat stille, golvende landschap waar haar geliefde meester haar had bezeten, was heel ver weg; ze keerde terug in een geknakte werkelijkheid.

'Je hebt mijn vraag niet beantwoord,' hervatte de schilder zijn aanval.

Pascal keek zijn vader aan. 'Nu is het genoeg...'

'Het maakt niet uit, lieverd. Het stoort me niet,' zei Mazarine terwijl ze haar blik op de doorleefde ogen van de kunstenaar richtte. 'Er zijn vragen die hun antwoord impliciet in zich dragen, en wie ze stelt, kent die maar al te goed. Laat me de vraag terugkaatsen, Cádiz... denkt u dat ik gelukkig ben?'

De laatste zin vervloog letter voor letter, zonder antwoord, in de lucht. Sara begreep het spel niet meer.

Het geluid van het vliegtuig dat de landingsbaan raakte, was een mooie aanleiding om van onderwerp te veranderen.

'Alfred haalt ons op.'

'Alfred?'

'De nieuwe chauffeur,' verduidelijkte Sara.

'Wij geven de voorkeur aan een taxi,' zei Pascal tegen zijn moeder. 'Toch, mon amour?'

Mazarine knikte en wierp een laatste blik op Cádiz, die hij prefereerde niet te zien.

Ze namen met een vluchtige kus en omhelzing afscheid en spraken af elkaar snel weer te zien om met de voorbereidingen van het huwelijk in Venetië te beginnen.

Niemand had het nog over Mazarines familie. Na de periode van haar stemverlies ging iedereen ervan uit dat ze die niet had.

Sara zou alles met betrekking tot het huwelijk op zich nemen; het was de drijfveer die ze nodig had als afleiding van haar diepst verborgen frustraties.

82

Zou ze gaan... of niet gaan?

Mazarine wist niet wat ze moest doen. Teruggaan naar het groene huis hield in geconfronteerd worden met het verdriet en de angst. Zonder Sienna betekende die plek verwoesting en vergetelheid, een gloeiende brok in haar keel en de verschrikking geen geluid meer voort te brengen.

Hoe moest ze haar eigen aanwezigheid uitwissen? Hoe moest ze het hoofd bieden aan wat ze niet kon uitspreken nu ze niemand meer had tegen wie ze het kon zeggen? Wanneer ze met La Sainte sprak, vond ze altijd overal een antwoord op. Op dit moment liep haar hoofd over van vragen en onzekerheden, kronkelend als slangen; een Medusa die smeekte uit haar lijden verlost te worden door het zwaard van een barmhartige Perseus; iemand die haar hoofd in één houw afhakte om niet meer te hoeven denken.

Ze had zich al tien dagen in Pascals woning opgesloten, en hoewel de passage Dauphine slechts een paar blokken van haar huis lag, had ze nog niet de moed gehad naar buiten te gaan, uit angst geconfronteerd te worden met die wereld die haar achtervolgde. Het medaillon had ze niet meer, Jérémie had het haar afgenomen. De kracht die ze had bezeten sinds ze het droeg, was niet meer in haar. Haar kinderangsten kwamen heviger dan ooit terug. Het ging niet om de angst voor de waterspuwers van de Saint-Séverin-kerk of voor de dood; die had ze overwonnen. Het was een angst die van haarzelf uitging en zich overal waar ze ging verbreidde. Toch moest ze terug naar de rue Galande om het enige wat haar mogelijk nog van La Sainte restte te zoeken: het kistje of wat het ook mocht zijn dat bij de eigenaardige sleutel hoorde die ze maanden geleden verborgen in haar handen had gevonden. Ze bedacht dat ze daar misschien het diepste wezen van haar verleden zou vinden, dat wat haar niet lukte in zichzelf te ontdekken.

De eerste nacht na hun terugkeer dat ze bij Pascal in bed sliep, vermeed ze het contact met zijn lichaam. Ook al deelden ze al meer dan een maand het bed, de liefde hadden ze nog niet bedreven. Nadat eenmaal stilzwijgend duidelijk was geworden dat ze dat niet zouden doen, hadden ze de daaropvolgende dagen geslapen alsof ze vrienden waren die tijdens een nachtelijk onweer beschutting bij elkaar zochten. Tot op een vroege ochtend Pascals hand in het donker naar haar tastte. De zachte aanraking van zijn vingers onder haar nachtpon had haar opgewonden en gewekt; even dacht ze dat het Cádiz was. Toen ze haar vergissing bemerkte probeerde ze op te staan, maar Pascal omhelsde haar innig en fluisterde haar toe dat hij zielsveel van haar hield.

'Binnenkort ben je mijn vrouw... Weet je hoe lang ik al wacht? Ik ben niet van steen, *mon trésor*. Wees niet bang, ik zal heel voorzichtig zijn.'

Ze had zich in stilte door hem laten liefhebben om uit te vinden wat ze zou voelen, maar het beeld van haar schilder verdrong alles. Ze was in de woestijn, tijdens die ene dageraad. Zijn geur hing nog om haar lichaam, zijn lippen gleden over haar hals, zijn wijsvinger streek over de rondingen van haar borsten, zijn vaste hand spreidde haar trillende benen... zijn vochtige tong scheidde haar tenen, zijn sporen markeerden de hoekjes van haar vochtige geslacht... Ze opende haar ogen; haar pijn en genot waren een andere. Het was niet het ochtendgloren van toen, er was geen woestijn, geen zon en geen zand.

Ze huilde om zichzelf, om Pascal en om Cádiz; om het verlies van Sienna, om haar gefrustreerde doodsverlangen, omdat ze niet wist welke weg ze moest nemen, omdat ze niet wist of ze wel verder wilde... maar haar verloofde dacht dat het tranen waren van puur genot, van pure liefde.

83

Ze begon elke morgen naar de passage de Dantzig te gaan, alsof ze nog steeds de assistente van de schilder was. Ze posteerde zich tegenover La Ruche en bleef daar tot het einde van de middag, trachtend een glimp van hem op te vangen. Ze wist dat hij er was want het licht in zijn atelier was aan, maar hoe vaak ze ook aanbelde, Cádiz deed niet open. Door die pijnlijke afwijzing nam haar verlangen alleen maar toe. Ze moest hem zien, door hem aangeraakt worden, bemind worden, het beleefde opnieuw beleven. Hij moest tegen haar zeggen 'annuleer die bruiloft en ga met mij mee'.

Niets.

Sinds hun koele afscheid op het vliegveld had ze niets meer van hem gehoord, afgezien van hetgeen Sara haar vertelde wanneer ze bij elkaar kwamen om de pompeuze ceremonie in Venetië voor te bereiden. Ze zei dat haar man opnieuw een uitzinnige passie voor het schilderen doormaakte, dat hij de dagen opgesloten in zijn atelier doorbracht en dwangmatig aan het werk was zonder dat ook maar iemand hem mocht storen. Die vervoering vloeide ongetwijfeld voort uit een gigantisch project. Zijn laatste collectie was tegen exorbitante bedragen geveild en de musea hadden erom gevochten.

Mazarine vernam dat de schilderijen die het meest hadden opgebracht de doeken waren die zij bij haar thuis van La Sainte had gemaakt en die door de galerie waren uitgekozen als symbool van de tentoonstelling. Een anonieme koper had een waar fortuin voor ze neergelegd.

Na haar diepe teleurstelling en ontroostbare verdriet tijdens die avond van de opening op de Arc de Triomphe, die haar bijna het leven had gekost, was haar houding omgeslagen. Ze zou niet langer vechten of lijden om als medeauteur erkend te worden. Ze schonk haar meester de heldenrol, haar werk en de maandenlange inspiratie in ruil voor nog zo'n dageraad als ze in de woestijn had meegemaakt. Haar liefde was groter dan haar zelfzucht. Hoe kon ze hem dat laten weten?

Ze was nog steeds niet naar het groene huis gegaan. Haar obsessie voor de schilder liet haar nergens anders aan denken dan aan hem. Haar hongerende gevoelens verwoestten haar. Nu begreep ze het: dat was de dood waarover Cádiz in het vliegtuig had gesproken. Uiteindelijk waren honger en dood één enkele wrede, verscheurende gewaarwording. Ze had geen rekening gehouden met de scheiding of met de dag erna. Ze was in het moment van het orgasme gebleven.

Ze wilde die middagen terug waarop haar leven zin had gehad; het met onkruid overwoekerde hek dat op haar wachtte, het geluid van de bel, een deur die openging, haar meester die haar verwelkomde... hun voorbereidingen, het idee, het begin, de schetsen, varianten van eenzelfde gevoel. Vervolgens de uitwerking, de vergissing, een veeg erover, twee, alles bedekt... vreugde. En aan het einde van de middag de bevrediging van een schemering die doortrokken was van kracht, gevoelens, kleuren, penselen en gelach.

Ze stelde zich hem voor met zijn witte lokken, transpirerend, zijn ogen half dichtgeknepen om de schaduwen in te schatten, zijn met verf besmeurde handen, zijn aderen, zijn kracht... en zijn diepe, rauwe stem, die zo geliefde stem die haar vroeg zich uit te kleden om op haar huid nieuwe dualismen te scheppen.

'CAAAAAAÁDIZ...'

Mazarine riep hem vanaf het trottoir.

'DOE OPEN, WE MOETEN PRATEN... CAAAAAAÁDIZ...'

Waarom deed hij haar dit aan? Waarom bleef ze hem als een idioot roepen? Waarom kreeg ze er niet eindelijk genoeg van? Waar was haar gevoel van eigenwaarde gebleven? Of hadden haar ouders haar dat niet gegeven? Waarom kon ze haar gevoelens, ook al deed ze nog zo haar best, niet rationaliseren, ze beteugelen en leiden?

'CAAAAAÁDIZ...'

De laatste schreeuw.

Net toen ze wilde weggaan, zag ze hem bij het raam verschijnen, zijn haren in de war, ijzig. Zijn blik gleed over haar heen zonder ook maar even stil te houden. Alsof ze zwerfvuil was, een lege zak, voortgeblazen door de wind, dwarrelend in de lucht. Haar stem was een vaag geluid geweest dat hem had gestoord. Hij verdween, trok de jaloezieën met een ruk dicht.

84

René had wekenlang op zijn wraakplan gebroed.

Hij zou wachten en op een nacht, gebruikmakend van het feit dat de buren de zomerse hitte begonnen te ontvluchten, het slot van het groene huis forceren. Hij zou naar de kamer aan de achterkant gaan, de kast openen en het lichaam van La Sainte uit de kist halen. Vervolgens zou hij het in een grote grijze zak stoppen, zo een die je in dure winkels bij jassen en kostuums kreeg, en haar met behulp van een deken naar beneden schuiven over de brede houten trapleuning, waar hij als kind zo vaak met Mazarine afgegleden was. Hij zou het lichaam in de oude Citroën leggen die een vriend hem had geleend en die hij voor de deur had geparkeerd en hij zou ermee naar Parijs-Oost rijden, naar de voorstad Clichy-sous-Bois. Daar, op een braakliggend stuk grond dat hij al uitgekozen had, zou hij haar in brand steken. De dag erna zou hij de as met een brief, waarin hij alles zou zeggen wat hij al die jaren had opgekropt, voor de deur van Mazarines huis achterlaten. Hij zou zich laten inspireren door haar lach, haar zangerige, spottende lach... inderdaad, ook spottend, die nog steeds zwaar in de lucht dreef. Die hij met zijn hand kon aanraken. Hij had genoeg van haar vriendelijke, arrogante opmerkingen, was het beu een braaf jongetje te zijn dat vlijtig uitstekende cijfers haalde, maar een dikke onvoldoende voor genegenheid. Dat hij stapelgek op haar was? En wat dan nog! Het maakte niet uit. Mazarine bleef hem negeren, of hij nu goede dingen deed of niet. Door dat plan te bedenken amuseerde hij zich tenminste nog een beetje en werd de sleur van weer een dag als alle andere doorbroken. Het ging hem erom een interessantere manier van bestaan te vinden. Hoe dan ook de tijd doden voordat die hem met een vuile dolksteek in de rug te pakken nam. Liever een oude man met sinistere ideeën en een hart van steen worden dan een zachtaardige, naar liefde snakkende jongeman zijn. Eindelijk eens buiten de wet handelen, zijn eigen wet creërend, die van oog om oog, tand om tand, waar zijn inwendige stem al tijden om riep, want naar de andere had hij niet geluisterd.

Na het gedaan te hebben, La Sainte verbranden, zou hij geen greintje spijt voelen. Spijt was iets voor zwakkelingen, een plotselinge ziekte die hij niet wilde krijgen, zelfs niet via een indirecte besmetting. Het leven was absoluut fictie en hij zou zijn steentje bijdragen zodat dat ook zo bleef.

Er kon niets misgaan.

Maar alles was misgegaan. De nacht waarop hij besloten had het plan uit te voeren, had hij de Citroën voor nummer 75 in de rue Galande geparkeerd, maar toen hij het slot wilde forceren merkte hij dat het geen weerstand bood. De deur was opengebroken en het huis overhoopgehaald. Toen hij de kamer binnenging, zag hij de kast openstaan. De kist met het lichaam van La Sainte was verdwenen. Iemand was hem voor geweest.

Hij was opnieuw alleen met zijn contrabas, zijn eenzaamheid en een onbeheersbare haat. Hij was er ziek van. Wilde met de wereld afrekenen.

Voor hij vertrok, haalde hij met van woede trillende handen de jerrycan benzine uit de auto waarmee hij het lichaam van La Sainte had willen overgieten en leegde hem volledig over het eerste wat hij tegenkwam: de prachtige lavendelbegroeiing die de ingang van Mazarines huis bedekte. Vervolgens wierp hij een lucifer. In een mum van tijd brandde het.

Vanuit de tuin van de Saint-Julien-le-Pauvre-kerk staarde hij naar de vlammen en toen zijn dorst naar wraak een beetje gelest was, besloot hij naar het station te gaan. Hij zou de eerste trein naar Praag nemen. Terugkeren naar haar straten voordat de haat hem helemaal in zijn greep kreeg en hem dwong nog een dwaasheid te begaan, een grotere wellicht.

85

Hij was in de ban van haar betovering. Hoezeer hij ook zijn best deed, hij kon het niet nalaten telkens naar haar te kijken. Zijn ogen gleden over de contouren van het gelaat met de perfecte trekken, op zoek naar een foutje. Het lange koperrode haar golfde glanzend over haar schouders op haar gerafelde kleding. Hij kon gewoon niet geloven dat het jonge meisje zo mooi was en had kunnen ontkomen aan het bederf en de ontbinding die hem zoveel angst aanjoegen. Dat ze de brutaliteit van de dood had getrotseerd. Dat was de allerhoogste kunst: een lichaam dat boven de eeuwen en het leven uitsteeg, de schoonheid ervan boven de vergetelheid plaatste. Die schone slaapster loochende met haar aanwezigheid het evidente.

La Sainte bezat waar het de tijd aan ontbrak: stilstaan.

Die was blijven stilstaan op het moment van haar grootste fleur en vitaliteit. De jaren waren voorbijgegaan zonder haar te beduimelen en haar huid had een jeugdigheid behouden die nog steeds naar lavendelvelden geurde. In haar eeuwige slaap bleef dat meisje bloeien.

Hij had haar. Ze was van hem. Hij voelde hoe haar kracht overal in doordrong, toenam en zich in de lucht verspreidde. Eindelijk waren ze samen!

Terwijl hij haar in vervoering bekeek, besloot hij haar een andere plek te geven en haar in het midden van het vertrek te plaatsen, zodat het licht van de witte zon die door de ruiten binnendrong haar zou beschijnen. Maar toen hij de kist probeerde op te tillen, belette een ongewoon gewicht hem dat. Hij begreep er niets van. Toen hij haar uit de kast van Mazarines huis haalde, had de lichtheid van dat lichaam hem juist verbaasd. Het kostte hem geen enkele moeite haar op te tillen. Zelfs de kist van geslepen glas met bronzen beslag woog niets. Alles aan haar was ijl en vluchtig. Niettemin bezat ze een schitterende kracht. Hij haalde de steekkar die hij had gebruikt om haar te vervoeren en probeerde het opnieuw door de doodskist bij de onderkant op te tillen: onmogelijk! La Sainte was onvoorstelbaar zwaar.

'Het is goed,' zei hij. 'Als dit is wat je wilt... blijf dan maar hier.'

86

Het schijnsel van de fakkels projecteerde de anonieme silhouetten van de Arts Amantis op de duizenden verzamelde beenderen en schedels aan de muren. Beschermd door de volledige anonimiteit die de kap van zijn mantel hem bood, had Arcadius zich opnieuw in het ondergrondse Parijs begeven, ditmaal om de Arts Amantis verslag uit te brengen van zijn tocht naar Barcelona. Hij trotseerde in zijn eentje de claustrofobie die het lopen in die smalle, vochtige gangen bij hem opwekte. Hoewel hij geprobeerd had de ontmoeting op de lange baan te schuiven, hadden de druk van de edelsmid en de gretigheid van de leden om de details van zijn naspeuringen te horen hem gedwongen daar voor iedereen te verschijnen.

De leider van de Orde kon maar niet begrijpen waarom zijn onderneming in alle opzichten vruchteloos was gebleken.

'Ik was in de veronderstelling dat uw reis enkele van onze vraagstukken zou ophelderen,' zei hij na de eerste woorden van de antiquair te hebben gehoord.

'Dat was ook de bedoeling, meneer,' antwoordde Arcadius eerbiedig. 'Maar de realiteit is heel anders gebleken. Alles wat ik u breng zijn helaas legenden van een oude, eenzaam levende vrouw. Niets wat ons helpt onze lacunes aan te vullen. De sporen leken naar een belangrijke ontdekking te leiden, maar het is op niets uitgelopen. Die geschiedenis, die ogenschijnlijk overeenstemde met die van onze geliefde Sienna, behoort in werkelijkheid bij een andere heilige, een jonge katholieke martelares. In wezen ontving een voorvader van die voorkomende bejaarde vrouw, een ridder die deelnam aan de kruistochten, dat ongeschonden lichaam als beloning voor zijn inspanningen tijdens de strijd tegen de Moren...'

Gebruikmakend van zijn spitsvondige redenaarskunsten zette de oude Arcadius omstandig een andere geschiedenis uiteen: die van de martelares St.-Clara. Met sterke argumenten, die hij overnam van hetgeen hij tijdens zijn omzwervingen in het Catalaanse gebied had gehoord, gaf hij dusdanig een draai aan zijn verhaal dat iedereen ervan overtuigd raakte dat die geschiedenis in het geheel niets te maken had met datgene waar zij naar op zoek waren.

'Goed, broeder uit Toulouse. Je hebt al het mogelijke gedaan en daar zijn we je dankbaar voor.' Voor hij zijn toespraak vervolgde, sloeg de aanvoerder van de Arts Amantis de afwachtende, kappen dragende groep gade die zwijgend voor hem stond. 'De afgelopen maanden hebben we met een illusie geleefd... een illusie die gaandeweg een obsessie is geworden. Misschien hadden onze vermoeide harten een droom nodig om te blijven kloppen.' Hij pauzeerde lang en ging daarna verder. 'Al dat gespeculeer heeft absoluut niets opgeleverd. Ikzelf was ook in de val gelopen door te denken dat Sienna binnen handbereik was. Op een nacht heb ik een bezoek gebracht aan het huis waar het meisje met het medaillon woont en ik moet jullie bekennen dat ik, na het hele huis grondig doorzocht te hebben, absoluut niets heb aangetroffen wat ons verder zou kunnen helpen.'

Arcadius wist dat hij onmogelijk iets had kunnen vinden, want dat 'iets' was inmiddels in zijn bezit.

Alleen moest Mazarine weer opduiken... Mazarine en de sleutel.

'Daarom,' sprak de leider, 'is het moment aangebroken om ons af te vragen of het zinvol is die vruchteloze zoektocht voort te zetten. We zijn valse verwachtingen gaan koesteren en hebben ons daardoor laten afleiden van wat we onder ogen moeten zien: broeders... onze orde nadert haar einde.'

Een doodse stilte daalde op de aanwezigen neer.

'Het enige licht dat ons rest, komt van deze zwakke fakkels... en van deze plek. Een dromerige, gewijde plek, omgeven door doden. Verwachten we soms dat zij,' hij wees naar de schedels aan de muur, 'ons het leven dat ze niet hebben, teruggeven om ons daadwerkelijk levend te voelen? Waar zijn we al deze jaren mee bezig geweest? Heren, onze zwakheid komt uit onszelf. We mogen niet verwachten dat onze kracht voortkomt uit het lichaam van een slapend tienermeisje...'

'Wat wilt u ons daarmee zeggen, meester?' vroeg een van de aanwezigen.

'Ik kan niet langer jullie leider zijn... ik geloof niet meer.'

87

Geen leider en geen heilige. Een ideologisch cataclysme dat hij misschien had kunnen voorkomen. Maar hij zou niets doen. Datgene wat al enkele weken in zijn bezit was, diende nergens toe zonder Mazarine. Zij was de enige die wist waar verdorie de sleutel verstopt was.

Die augustusmiddag, nadat hij de zwerver die hij in het huis van zijn jonge vriendin had aangetroffen met harde hand buiten de deur had gezet, had Arcadius zijn ogen niet kunnen geloven.

Gedreven door een onverklaarbare ingeving leidden zijn voeten hem naar de mysterieuze slaapkamer aan de achterkant. Daar was hij op een ingebouwde kast gestuit met dezelfde kenmerken als die in de herenboerderij in Manresa.

In de oude muurkast was een grote lege ruimte waar voorheen een omvangrijke hutkoffer had gestaan, gezien de sporen die op het hout waren achtergebleven. Maar het belangrijkste school in de diepte. Nadat hij het houten paneel dat dienstdeed als wand had weggehaald, had Arcadius een geheime deur aangetroffen.

Wat in de meeste huizen in de rue Galande een kleine geheime bergruimte voor sieraden en documenten was, gaf in die kast toegang tot een donkere, ellenlange tunnel. Zijn claustrofobische beklemming had het bijna gewonnen van zijn nieuwsgierigheid, maar uiteindelijk had de laatste gezegevierd.

Het eerste wat hij deed was een lantaarn halen waarmee hij die vreemde, op onverklaarbare wijze naar bloeiende lavendel geurende gang onderzocht.

Niets leek betekenis te hebben en toch paste alles in elkaar. De geurige lavendel die in die kamer ontlook en als een waterval over de buitenmuren van het huis viel, de raadselen waarmee Mazarines leven omgeven was, haar stiltes, haar verdwijningen, het medaillon... Hij stond op het punt iets groots te ontdekken, zijn hart zei het hem, maar hij begreep niet waarom hij de uitverkorene was. Hij deed zijn uiterste best om zijn engtevrees te overwinnen en vervolgde zijn weg door de smalle tunnel; hij daalde en daalde, tot hij op een muur stuitte die hem de pas afsneed. Bij het licht van de lantaarn onderzocht hij de plek, ervan overtuigd dat hij het einde nog niet bereikt had. Centimeter voor centimeter speurde hij de randen en het begroeide plafond af, streek over de bemoste wand, en net toen hij ermee wilde stoppen hield een zwakke glinstering tussen de bloemhalmen hem tegen. Hij bukte zich om zich ervan te vergewissen dat het geen luchtspiegeling was. Overwoekerd door takken en wortels leek een bronzen plaat met een prachtig gebeeldhouwde duif in hoogreliëf de oplossing te verbergen. De duif, symbool van de liefde, in de dichterlijke en muzikale kunst gebruikt door de magnifieke Occitaanse troubadours; de duif, de heilige geest voor de fervente katholieken; de duif... zuiverheid, harmonie, hoop en geluk. Bij wijze van olijftakje hield ze een ring in haar snavel. Arcadius trok er krachtig aan en voor het mechanisme in werking trad, scheen de vogel een keer met haar vleugels te klapwieken. Behoedzaam ging hij naar binnen. De opening gaf toegang tot niets minder dan... de ondergrondse ruimte onder het altaar van de Saint-Julien-le-Pauvre-kerk!

Hij beklom voorzichtig, op de tast de stenen trap die hij aan de andere kant aantrof, bang iemand tegen te komen. Maar de kapel was leeg en de bogen van het gewelf werden slechts verlicht door votiefkaarsen. Hij bekeek de plek. Aan de linkerkant van de retabel boven het altaar rustten in een kleine urn de botten en haren van een kloosterlinge, enkele foto's en een bordje waarop haar geschiedenis en wonderen werden verhaald, samen met twee inscripties: *Je passerai mon ciel à faire du bien sur la terre. Aimer c'est tout donner et se donner soi-même.* Nee, dit was niet wat hij zocht.

Hij speurde verder. Wat kon hij op een dergelijke plek tegenkomen dat van de Arts Amantis was? Naast de heilige kloosterlinge, keken de barmhartige ogen van de beeltenis van St.-Juan Crisóstomo, de schutspatroon van de kerk, naar de met acanthusbladmotieven en harpijen versierde kapitelen. Onder hem stond een metalen kistje in een donkere, met een ruit afgeschermde nis. Arcadius liet het licht op het kistje schijnen, onderwierp het aan een nauwkeurig onderzoek en ontdekte in het midden ervan, vervlochten tussen letters en tekeningen, het symbool van de Arts Amantis.

Daar was het! Het kistje kwam overeen met de gedetailleerde beschrijving die de bejaarde vrouw uit Manresa had gegeven. Als het waar was wat ze hem verteld had, dan bevatte dat kistje Sienna's hele geschiedenis. Onderaan stond een inscriptie: *No dormatz plus, suau vos ressidatz.* (Slaap niet langer, word zacht wakker.)

Wat deed dat Occitaanse kistje in die parochiekerk met een Grieks-melkitisch-katholieke ritus?

Het geknars van een deur en het sloffende geluid van schoenen dwongen hem zich achter een pilaar te verstoppen. Een oudere man doofde de laatste kaarsen en verdween in de duisternis.

Nu hij zover gekomen was, moest hij meer uitvinden, het kistje pakken en de inhoud bestuderen. Maar... hoe moest hij het eruit halen zonder dat het heiligschennis leek?

Een paar minuten lang bekeek hij het mechanisme aandachtig. Het glas was op ambachtelijke wijze voor de nis geplaatst. Het weghalen en terugplaatsen zou niet moeilijk zijn; het was een kwestie van geduld en handigheid, iets wat hij te over had. Hij besloot aan het werk te gaan; na ruim twee uur zweten en af en toe pauzeren, lukte het hem het kistje eruit te halen.

Misschien kwam het door de legering van metalen waarvan de kleine kist gemaakt was dat hij zo abnormaal zwaar was. Hij worstelde een hele tijd om het open te krijgen. Hij bracht al zijn meesterschap in stelling, probeerde sleutels, kleine haken en spelden die hem nooit in de steek hadden gelaten en die hij altijd bij zich had. Het lukte hem niet! Het was volstrekt onmogelijk de kist op een andere manier te openen dan met de bijbehorende sleutel. Het binnenwerk was oud en ingenieus, en zelfs met het meest geavanceerde gereedschap zou het niet lukken het slot te forceren. De ingewikkelde structuur was speciaal ontworpen om alle aanvallen af te slaan. Het was een prachtig, geraffineerd kunstwerk... van de oude Arts Amantis.

Weer hoorde hij voetstappen en een deur die openging. Hij knipte de lantaarn uit en zette het kistje geruisloos terug op zijn plaats.

'Is daar iemand?' vroeg een stem in de duisternis.

Arcadius hield zijn adem in. Hij had net beseft dat zijn gereedschap nog over de vloer verspreid lag, samen met de ruit die hij verwijderd had. De stem drong aan.

'Jérémie... ben jij het? Wat is dat toch voor gewoonte altijd in het donker rond te scharrelen.'

Arcadius kuchte, stamelde bevestigend.

'Ik heb je gezegd dat je altijd welkom bent, maar het bevalt me niet dat je zonder iets te zeggen naar binnen gaat.'

'Ik ga al...' mompelde Arcadius, die zo weinig mogelijk probeerde te zeggen om geen argwaan te wekken.

'Goed. Vergeet niet af te sluiten als je weggaat.'

De man verdween en Arcadius pakte het kistje weer.

Toen de avond viel, verliet hij Mazarines huis met de kat en zijn waardevolle vondst. Hoewel hij absoluut niet van gestolen goed hield, had zijn gretige nieuwsgierigheid het gewonnen.

88

De grote dag was aangebroken. Ze was in Venetië, op het terras van Hotel Danieli, en de boten, zich onbewust van haar innerlijke onrust, gleden kalm door het grote kanaal onder een bescheiden geschreeuw van meeuwen en het valse gezang van de gondeliers.

Die zeer oude schoonheid, afgedaald naar een schilderij van Bellini, overweldigde haar en wekte tranen van genot op. Door deze kanalen waren de meest sublieme schildermeesters en kunstenaars gegaan: Tiziano, Giorgione, Lotto, Tintoretto, Veronese, Canaletto, Tiepolo, Carpaccio, de grote Michelangelo... En nu was zij daar, nietig, in die magische omgeving die boven de tijd was uitgestegen. Alles was prachtig... maar gelukkig was ze niet.

Mazarine verborg haar droefenis achter haar eeuwige zwarte jas. Zij, Pascal en Sara waren vijf dagen voor de bruiloft aangekomen om de laatste bijzonderheden te regelen, en al had ze Cádiz na hun tocht door de woestijn niet meer teruggezien, ze wist dat haar geliefde en gehate meester vroeg of laat zijn opwachting zou maken.

'Maak je geen zorgen, liefje,' zei Sara hartelijk. 'Je zult iemand hebben die je naar het altaar brengt. Cádiz is nou eenmaal zo, dat weet je. Hij vindt het prachtig om op belangrijke momenten de toon aan te geven, en hij komt wel, natuurlijk komt hij. Ik geloof eigenlijk dat hij altijd in het middelpunt van de belangstelling wil staan. Aanbeden wil worden...'

'Te veel succes,' voegde Pascal eraan toe terwijl hij een arm om Mazarine heen sloeg.

Omdat ze geen vader had en Pascal het zo had voorgesteld, zou de schilder haar de kerk binnenleiden. Mazarine had zich daar uit alle macht tegen verzet, maar de anderen hadden het opgevat als schroom, en al met al had ze het niet kunnen tegenhouden. En nu, alleen al bij de gedachte dat ze hem zou weerzien, bonsde tot haar verdriet het hart haar in de keel.

'Je bent heel stil, mon petit chou,' zei haar aanstaande.

'Gespannen, alleen maar gespannen,' antwoordde ze. Ze had hem niet willen vertellen dat ze al vele dagen in spanning zat. Sinds hun reis naar Marokko was haar menstruatie uitgebleven en nu had ze er al twee gemist. Desondanks voelde ze niets vreemds. Geen misselijk- of duizeligheid en ze meende zelfs dat ze de laatste tijd was afgevallen.

Volgens de zwangerschapstest die ze een paar minuten voor ze naar Venetië vlogen had gedaan met een apparaatje dat ze bij een drogist op de luchthaven had gekocht, was de uitslag negatief... of had ze het niet goed gelezen? De rode stip die in het venster van het staafje was verschenen... betekende dat positief of negatief? Ze moest het haastig in de prullenbak gooien toen ze Sara's stem aan de andere kant van de deur hoorde die haar vroeg of ze zich wel goed voelde. Nu moest ze de test herhalen. Maar hoe?

'Je bent... hoe moet ik het zeggen... afwezig,' zei Pascal weer. 'Ben je er niet zeker van?'

'Natuurlijk wel, gekkie. Maak je geen zorgen. Ik ben een beetje nostalgisch.'

'Je familie, hè?'

Mazarine knikte.

Had ze Sienna nog maar! Met haar praten had altijd alles opgelost. Ze wilde zich in de kast verstoppen, naast haar gaan zitten en uit de wereld verdwijnen. Waarom hadden ze haar dat wat ze het meest liefhad afgenomen? Ze was ervan overtuigd dat die verdorven Jérémie het had gedaan. Daarom was de man die haar gevangenhield de nacht voor haar ontsnapping niet thuisgekomen. Maar hoe was hij te weten gekomen waar het lichaam verborgen was? Waarvoor wilde hij het? Wat was het dat La Sainte zo behoedzaam in haar handen had verborgen? Het enige wat ze nu nog van haar schone slaapster had, was de sleutel die met een koordje aan haar vinger vastzat. Na veel zoeken had ze geen lade, kistje of koffer gevonden waar de sleutel op paste, en ze besloot hem ergens te verstoppen waar niemand hem kon vinden: op een van haar collagedoeken. Daar, tussen het beschilderde en verkreukelde papier was hij veilig, dat wist ze zeker. In elk geval tot ze terug was en naar het groene huis zou gaan, waar ze haar schilderatelier wilde inrichten.

'Vertel je me een keer iets over hen?' Pascal onderbrak haar gedachten.

'Over mijn ouders?' vroeg Mazarine en zonder het antwoord af te wachten vervolgde ze, 'misschien op een dag wel. Maar nu moet ik alleen zijn. Ze zeggen dat de bruidegom de bruid niet mag zien tot de plechtigheid plaatsvindt.'

'Wie dat zegt is verbitterd.' Hij benaderde haar van achteren en sloeg zijn armen om haar middel. 'Waarom zouden we ons deze momenten samen ontzeggen? Het uitzicht dat je nu hebt, is zo vast veel mooier...' En hij kuste haar blote nek.

Mazarine hield vol. 'Het is niet zozeer een gewoonte maar een wet dat de bruidegom de bruid niet mag zien.'

'Mon amour, wetten zijn er om overtreden te worden. Zij die ze opstelden hadden geen vak geleerd. Hoe kan ik nu tot vanavond wachten om je te zien? De bruidegom zou kunnen sterven aan ondervoeding. Heb medelijden met deze arme man...'

Mazarine glimlachte. Even stelde ze zich voor dat ze een normaal meisje was, blij, op het punt haar grote droom in vervulling te zien gaan. Dat alles goed zou aflopen. Dat als ze Cádiz zag, ze niet zou voelen dat haar hart verscheurd werd. Dat ze verliefd was op Pascal en gelukkig zou zijn, dat zij gelukkig zouden zijn... hij, zij, iedereen... ook haar zoon of dochter die ze in zich droeg, als ze iemand in zich droeg...

Het huwelijk zou bij het vallen van de avond voltrokken worden in de San Marco Basiliek en het feest, dat volledig geregeld was door Sara en haar speciale ploeg decorateurs, zou plaatsvinden in het grote Palazzo Pisani-Moretta.

De gasten zouden gekleed in carnavalskostuums met pruiken en maskers in een optocht van gondels arriveren voordat het bruidspaar, na de plechtigheid vermomd als *nobiles* in vorstelijke, ouderwetse kleding, zijn triomfantelijke entree zou maken.

Gaandeweg raakte het Canal Grande bedekt met duizenden bloemen en drijvende kaarsjes waar de grote sloep met het bruidspaar tussendoor zou glijden. In hun voorbijgaan, ook over het *Canalazzo*, zouden sopranen de Ave Maria's van Schubert en Gounod vertolken en de sacrale werken van Niedermeyer, Mascagni, Mendelssohn, Rossini en Franck.

Vanuit de hele wereld was inmiddels een select gezelschap genodigden gearriveerd en velen maakten zich op te genieten van het pompeuze, originele feest dat de fotografe had georganiseerd, en van de drie dagen vol festiviteiten die volgden op de verbintenis en de uiterst serene stad volledig in hun ban zouden houden.

Cádiz was zojuist gearriveerd. Sara had het haar telefonisch laten weten toen de kapper en zijn assistenten haar gereedmaakten voor de plechtigheid. Tot op het laatst had Mazarine erop gestaan in het zwart te gaan en niemand had haar daarvan kunnen afbrengen. Haar bruidsjurk was de mooiste en meest bijzondere die ooit op een huwelijksfeest was gezien: een ingetogen mantel van wilde zijde die nauw om haar lichaam sloot, met aan de voorzijde een rij knoopjes, en die aan de onderzijde openviel en haar blote voeten vrijliet. Niets om haar hals noch in haar oren. Alleen het decolleté, haar intens bleke huid die afstak tegen de rouw van haar jurk. En op haar voorhoofd, hangend aan een exclusief diadeem, rustte een traan van onyx op het plekje tussen haar gouden ogen.

Sara had haar lievelingsstyliste in dienst genomen om alles te regelen, dezelfde die ze altijd nam voor de garderobe van haar beste foto's, zodat Mazarine de mooiste bruid ooit zou worden.

Terwijl ze haar opmaakten, kon Mazarine haar gedachten niet stopzetten. Nog een paar minuten, dan zou ze hem weer zien. Hoe kon ze naast hem lopen, zich aan zijn arm naar het altaar laten leiden om met een ander te trouwen?

Een traan rolde over haar wang.

'Nu niet, mon chérie. Je mag niet huilen. Je vernielt al het werk dat ik gedaan heb,' zei de man terwijl hij de traan met een tissue depte.

Nog een traan, en nog een, en nog een... een stil, onhoudbaar verdriet.

'Zo kan ik niet werken... *merde*!'

De visagist wierp het penseel op de vloer.

'Ze heeft alles verpest,' zei hij tegen de anderen.

Mazarine stond op, liep naar de deur en terwijl ze die opendeed schreeuwde ze: 'Donder op, verdomme. Laat me alleen!'

De ploeg verliet verontwaardigd de kamer. Net toen ze de deur wilde sluiten greep iemand aan de andere kant de deurknop.

'Verdwijn!' hield ze luid aan en ze probeerde de deur dicht te doen, maar de kracht van de ander daarbuiten belette het haar.

De deur zwaaide weer open. Voor haar stond Cádiz.

Toen hij haar zo zag, in het zwart gekleed met het koperblonde haar dat haar gezicht omlijstte en de tranen nog in haar ogen, zei hij met zijn lage stem: 'Beeldschoon, werkelijk beeldschoon.'

Mazarine probeerde de deur te sluiten.

'Ben je echt bereid tot alles wat nu volgt? Ga je door met deze farce, fingeren dat je van mijn zoon houdt terwijl jij en ik de waarheid kennen? ... Ik weet wat de bron van je tranen is, kleintje.'

'Ga weg. Je bent een cynicus.'

'Treuzel niet, ik wacht op je.'

'Waarom doe je me dit aan?'

'Waarom doe jij me dit aan, Mazarine?'

Plotseling verscheen Sara in de gang.

'Aha... hier ben je,' zei ze tegen Cádiz. 'Is ze geen prachtig bruidje?'

Toen ze de sporen van tranen bij Mazarine zag, liep ze naar haar toe en omhelsde haar.

'Je bent nerveus, dat is heel normaal. Welke bruid is dat nu niet net voor de plechtigheid? Maak je geen zorgen, alles zal prima verlopen. Jean-Luc vertelde me dat hij zijn werk niet heeft kunnen afmaken. Zal ik je helpen?'

'Nee, dank je wel,' antwoordde Mazarine niet op haar gemak. 'Ik doe het zelf... Sorry, maar ik moet even alleen zijn.'

'Natuurlijk, meisje... Kom, Cádiz, het is bijna tijd. Je moet je nog omkleden.' Ze liet haar blik over de gekreukte jeans en het zwarte overhemd van haar man gaan. 'Je denkt toch zeker niet dat je haar in die kleding naar het altaar kunt brengen? Je moet de bruid waardig zijn.'

89

Mazarine verliet het hotel in haar eentje, op weg naar het Piazza San Marco, met de onyxen traan op haar voorhoofd, een bosje zwarte oranjebloesem in haar hand en een sereen, onverstoorbaar gelaat. Op haar wangen was geen spoor van tranen meer te bekennen. Geen glinstering. Haar blik weerspiegelde droefheid noch vreugde; in enkele minuten was ze veranderd in een ontoegankelijke bruid.

Ze stak blootsvoets de brug over die haar naar het plein bracht en terwijl ze dat deed, bleef ze even staan om naar de Ponte dei Sospiri te kijken; vanaf een afstand werd ze geëscorteerd door de ogen van het groepje assistenten dat Sara had gecontracteerd. Een zwarte koets, getooid met zwarte orchideeën en getrokken door een dozijn asgrijze paarden, wachtte haar op om het korte traject naar de kerk af te leggen.

Ze stapte statig in. In hun voorbijgaan voegde zich een nieuwsgierige menigte bij de stoet zingende kinderen die rookkleurige bloemblaadjes wierpen. Eenmaal bij het Palazzo Ducale aangekomen, was de mensenmassa zo groot geworden dat het de koetsier de grootste moeite kostte vooruit te komen. De mensen verdrongen zich om de koets, ervan overtuigd dat het om een superfilmproductie ging. Uiteindelijk kon de koets het laatste stuk pas afleggen nadat de carabinieri hadden ingegrepen en ze hielden stil voor de basiliek.

Cádiz wachtte haar op, onberispelijk gekleed in jacquet. Vanuit de koets verscheen een blote voet, zoekend naar een steunpunt om te kunnen uitstappen. Toen hij deze zag, ging alles wat hij voor haar voelde borrelen. Die voeten die hij zo veelvuldig had gekust, die maagd die hem tot waanzin had gedreven... Hij kreeg zin haar te roven en met haar te vluchten, midden op het plein de liefde met haar te bedrijven en tegen iedereen te schreeuwen dat ze van hem was. Maar weer hield hij zich in, en zonder een woord te zeggen bood hij haar zijn hand en hielp haar uitstappen. De farce begon.

In de kerk wachtte Pascal op hen, vergezeld door Sara.

De plechtigheid vond zonder enige valse noot plaats. De imposante basiliek lichtte op en boog voor zoveel schoonheid. Het koorgezang gleed over de bijzondere Byzantijnse mozaïeken, rolde over de prachtige, golvende tegels, steeg op naar de koepel en streek langs de statige pantocrator. De aria's ontsnapten en overspoelden het plein, waar alle activiteiten werden gestaakt. De triomfantelijke stemmen zweefden over de kanalen en heel Venetië wist dat het huwelijk voltrokken was. De klokken van de Santa Maria della Salute, van de San Giorgio Maggiore, van de San Zanipolo, de Dei Frari, de San Sebastiano, de San Zaccaria en alle overige kerken van Venetië begonnen te luiden en sloten zich aan bij die van de San Marco om het te vieren. Om acht uur in de avond was de stad van de kanalen de apotheose van een klokkenconcert.

Mazarine had haar jawoord gegeven. Een jawoord waarvan alleen zij wist hoeveel het haar gekost had. Een 'ja' dat haar verbond met Pascal... en ook voorgoed met Cádiz. Terwijl ze het uitsprak, hadden haar ogen die van haar meester gekruist. Van wie van de twee was het kind dat ze droeg?

90

Twee uur na de inzegening was het een drukte van belang in het Palazzo Pisani-Moretta. Bij de aanlegsteiger was het een komen en gaan van gondels waaruit tientallen gasten stapten, getooid in luisterrijke carnavalskostuums en achttiende-eeuwse maskers.

Iedereen wachtte op de komst van het pasgetrouwde paar, maar ze waren al binnen en hadden zich verborgen achter hun vermomming onder de mensen gemengd. Het spel bestond eruit te raden wie het waren.

Het paleis, helemaal verlicht door kaarsen en fakkels, straalde de authenticiteit van vroegere eeuwen uit. Acrobaten en harlekijns traden op in de open ruimtes, terwijl in de zalen op de eerste en tweede verdieping clavichordisten, fluitisten en strijkkwartetten barokke muziek vertolkten. In een hoek bespeelde een knappe vrouw virtuoos de harp, in een andere trad een vuurspuwer op. Bovenin liep een koorddanser over een staaldraad van de ene kant van de zaal naar de andere. Beneden deed een pierrot alsof hij een standbeeld was en haalde een lenige dwerg acrobatische toeren in de lucht uit waarbij hij landde op het hoofd van een reus.

In het floersen schijnsel van de kroonluchters veranderden kronkelende schaduwen in bezweringen en spookbeelden van een verleden dat vol geheimen en ijdele samenzweringen herleefde. Alles was en was niet. Bedrog en werkelijkheid verworden tot een magnifieke waanzin. Een hoek, een trap, elk portaal veranderde in een godslasterlijke plek. Op een ervan leek een *dux* met zijn *corno ducale* vervloekingen uit te kramen. Op een andere deed een grote dame alsof ze met haar zeer laag uitgesneden decolleté een *cardinale* uitdaagde. Vier bleke hofdames en een *corteggiatore* smeedden een sinister plan tegen een groteske Mozart die een donkere gang met zijn aanstellerige lach vulde.

Na het bijzondere diner, met pauzes tussen de verschillende gangen waarin de genodigden op zoek naar *divertimenti* door de zalen dwaalden, werd de sfeer steeds uitbundiger.

Met het witte *bautta*, het typisch Venetiaanse masker, voor zijn gezicht, een pruik op en in Casanova-kostuum gestoken, liep Pascal in zijn eentje rond en genoot van het spel niet te zijn wie hij was. Hij mengde zich in de groepjes, genoot van het spreken en vragen met een stem die door het bijzondere masker vervormd werd.

Mazarine had in de uren voor de huwelijksinzegening haar zwangerschap bevestigd gezien en doolde nu verloren in haar overpeinzingen door de zalen zonder ergens rust te kunnen vinden. De nabijheid van Cádiz in de kerk, zijn intense blik die dwars door haar heen ging, zijn ruwe handen en de levendige herinnering aan dat moment in de woestijn, maakten haar gek. Het gouden masker waarover een zwarte traan rolde en de tulen rouw-*cappuccio* die rond haar gezicht viel, veranderden haar in een mysterieuze gouden weduwe, een *vedova dorata*.

Ze ging zalen binnen en weer uit, ontweek elke disgenoot die haar wilde aanspreken. Vluchtte ze of zocht ze iemand? In haar onderbewuste wilde ze haar schilder treffen. Maar... waarom wilde ze hem zien? Zodat hij haar zou kwetsen? Ze keek rond en rond. Tussen al die maskers en schmink, geschater, gelach en stiltes zou iedereen hem kunnen zijn. Ze wist niet als wie hij verkleed was, ze wist niet eens zeker of hij wel aanwezig was bij het banket... Helaas had het sacrament dat ze zojuist ontvangen had, de inzegening van het huwelijk, haar niet verlost van die heimelijke passie.

Ze ging naar de tweede verdieping. In de verte hoorde ze een menuet. Ze voelde zich buiten al wat haar omringde staan. Waarom had ze het gedaan? Waarom was ze niet weggevlucht? Waarom had ze 'ja' gezegd tegen al die ijdele verkwisting. Uit trots? ... Uit woede? Tegen wie ging ze in door toe te staan dat dat spel doorging? Had ze Cádiz ermee? Nee. Ze had alleen zichzelf ermee. En Pascal, die het absoluut niet verdiende. En Sara? Hoe zat het met de vrouw die haar enkel met vriendelijkheid en begrip had overladen?

Ze ging de Sala della Allegoria Nuziale binnen, die onbegrijpelijk genoeg leeg was. De gordijnen dansten op het briesje dat van zee kwam. Plotseling doemde vanuit de duisternis een schaduw op en twee witte handen grepen haar onverhoeds beet en voerden haar naar de hoek waar een solitair raam uitzicht op het grote kanaal bood. De gehandschoende handen tilden wellustig haar jurk op, zochten gehaast, en haar naakte huid kreeg een aanval te verduren van het satijn van die hongerende vingers. Ze draaide zich om om hem te zien. Het was Giacomo Casanova.

'Niet hier, Pascal,' zei ze toen ze de vermomming herkende.

Maar de gemaskerde antwoordde niet. Hij stoorde zich volstrekt niet aan haar verzoek, de handschoenen gingen door. Ze drongen oneerbiedig in haar decolleté, knepen zachtjes in de puntige knopjes van haar borsten, omvatten ze, trokken eraan, lieten ze groeien. Met een ruk trok de gemaskerde man de gouden linten los waarmee het bovenlijfje gesloten werd.

Het was Pascal niet; hij kon het niet zijn. De manier waarop hij haar helemaal opnam, de zinnelijkheid waarmee hij haar uittekende, die smachtende woede... Die gehandschoende handen overweldigden haar kleding zoals alleen haar meester dat kon doen.

Mazarine kreunde.

Casanova wierp haar op een van de tafels en begon wanhopig rokken, petticoats, onderrokken en kant omhoog te schuiven tot hij haar frisse dijen en haar verlangende, vochtige fluwelen geslacht gevonden had. Daar was de vulkaan... en eveneens de kristalheldere bron waaraan hij zijn dorstige begeerte kon stillen. Hij streelde haar langzaam, gleed met zijn vingers over de gesloten blaadjes van de roos die begon te ontluiken, en plotseling, zonder dat ze het verwachtte, trok hij haar naar zijn onderlijf en in een enkele beweging stiet hij zijn zwaard diep in haar.

Een zacht gejammer weerkaatste in de zaal.

Het vuur in haar buik, de gloeiende lava die door de valleien stroomde. Zijn zwaard trok zich traag terug... en boorde zich nog krachtiger in haar. Hij beminde haar hongerig en wanhopig, alsof het de laatste seconden van zijn leven waren. Alsof hij op dat moment stierf en weer tot leven kwam. Hij vulde haar helemaal met zijn warme vlees. Vier benen, twee lichamen... Eén gloeiend heet wezen, brandend, tot het uiteenviel. Dat kon alleen hij zijn.

'Cádizzz...' fluisterde Mazarine toen ze weer tot zichzelf kwam. 'Wat hebben we gedaan?'

De schilder gaf geen antwoord. Hij verwijderde haar masker en dat geliefde gelaat, vochtig van tranen, maakte hem weer uitzinnig. Langzaam streelde hij de contouren van haar lippen, liet zijn vingers haar mond binnengaan, een voor een, terwijl zij het witte bautta verwijderde waarachter zijn gezicht schuilging. Ze stonden weer oog in oog met elkaar.

'Je bent mooi,' zei ze terwijl ze zijn wang streelde.

'Lieg niet...'

Zijn doorleefde blik loste op in het goud van de ogen van zijn leerlinge. De energie keerde terug in hun lichaam. Hun tongen begonnen een nieuw duel. Hun lauwwarme speeksel ontmoette elkaar, rivier en zee, zee en rivier... Ze dronken elkaar dorstig, alsof ze eeuwen door de woestijn hadden gezworven. Hij kuste haar alsof het de eerste en laatste keer was. Hij dronk haar langzaam, de beste wijn, tot hij haar de laatste druppel ontstolen had.

'Liefde is in de kus,' zei hij, en zijn zware stem echode naar het plafond. 'Een kus kan niet liegen... liegen... liegen... Als hij niet waarachtig is, schreeuwt hij... schreeuwt... schreeuwt...'

Mazarine vergat alles en droomde dat ze gelukkig was. Dat ze in de basiliek haar jawoord aan Cádiz had gegeven.

'Mijn kleintje, je hebt me gedood...'

91

Terwijl Cádiz en Mazarine elkaar beminden, stond in de deuropening van de Sala della Allegoria Nuziale een vrouw getooid in het schitterende kostuum van een *contessa* uit het cinquecento hen te observeren.

Geen twijfel mogelijk. De silhouetten die zich aftekenden tegen het achterste raam moesten van het pasgetrouwde stel zijn, dat aan de drukte was ontsnapt om elkaar lief te hebben zonder dat iemand hen zag. Haar zoon en haar schoondochter. Giacomo Casanova en de vedova dorata. Ze had zelf hun kostuums uitgekozen. Ze bedreven de liefde op een plekje achteraf in het pallazo, verborgen voor de wereld.

Ze zuchtte toen ze hen gadesloeg. Haar zoon was even hartstochtelijk als zijn vader. Bij het horen van hun gehijg schaamde ze zich dat ze hen bespiedde en besloot de plek te verlaten.

Net toen ze dat wilde doen hoorde ze zacht de vermoeide, onmiskenbare stem van haar echtgenoot tegen de muren weerkaatst worden. 'Liefde is in de kus. Een kus kan niet liegen...' Wat deed die uitspraak daar, zwevend in die zaal? Die Giacomo Casanova op Mazarines lichaam was... Wat was daar verdorie aan de gang?

'Moeder...'

Sara draaide zich om. Pascal riep haar vanuit de verte. Hij liep de trap op met het masker in zijn hand. Nog een Casanova.

Ze moest tot zichzelf komen, haar zoon bij dat tafereel vandaan houden: zijn vader die de liefde bedreef met het meisje dat net zijn echtgenote was geworden...

Had ze dat echt gehoord? De woorden waarmee Cádiz haar verliefd had laten worden, die lang vervlogen mei '68, diezelfde woorden... sprak haar man ze nu uit tegen haar schoondochter?

Mijn god! Waar was ze? Wat gebeurde er? Een oorverdovend gegons in haar oren, een duizelig gevoel, misselijkheid.

Sara Miller stond daar als verlamd. Wat haar ogen zagen kon ze niet verwerken. Ze wilde terugdeinzen en naar voren lopen. Wegvluchten, maar ook naar hen toe gaan om hun net zo lang in het gezicht te slaan tot haar hand van haar lichaam viel.

Ze kon niet toestaan dat haar zoon hen zag. Hij zou sterven van verdriet. Ze moest reageren, verhinderen dat hij dichterbij kwam.

In de gang tussen de trap en de zaal waren net een vrouw, die Simonetta Vespucci op de *Venus* van Botticelli voorstelde, en haar man, authentiek verkleed als Giuliano de' Medici, naar Pascal toe gelopen en feliciteerden hem.

Sara reageerde niet. In haar verdwaasde gedachten volgden de momenten zich op die ze het afgelopen jaar met Cádiz had beleefd. Zijn vreemde gedrag, zijn onrust en buitensporig whiskygebruik, zijn verdwijningen en het mijden van het echtelijk bed, het telefoontje dat ze had aangenomen, zijn kilte, de existentiële angst van haar man. Die merkwaardige volharding om met zijn zoon en diens verloofde naar Marokko te gaan, de disputen tussen hem en Mazarine... Sinds wanneer werd ze bedrogen? Sinds wanneer werden ZIJ bedrogen?

Wat betekende die afschuwelijke toestand?

Ze voelde een dodelijke pijn. Het was anders dan andere keren toen ze, wetend dat ze jong was, uit liefde en om modern te zijn de affaires van haar man door de vingers had gezien. Wat ze nu voelde was een oneindige droefheid, een dodelijke vermoeidheid. De gewaarwording in een meer zonder water te hebben geroeid, zich haar hele leven belachelijk te hebben gemaakt. Ze voelde haat, lust om te doden, om weg te vluchten van dat tafereel. Het met één veeg uit te wissen. Ze had medelijden met Cádiz, met zichzelf, met haar zoon, met dat hulpeloze meisje. Ze was woedend omdat ze leefde. Omdat ze op die vreselijk lege, dwalende wereld was. Omdat ze in de man met wie ze haar hele leven had gedeeld een stompzinnige, ongelukkige vreemdeling zag. Een mens zonder ethiek en waarden. Een verloren, dwalend beest. Een schoft. Ze voelde iets wat ze niet eerder had gevoeld. Iets wat haar in een afgrond smeet terwijl ze zich nergens aan kon vastgrijpen. Ze viel, viel, viel...

Waarom was Cádiz' tijd niet gelijk met de hare op gegaan? Waarom niet? Waarom niet? Waarom niet?

Wat deed ze in die onzinnige wereld?

Ze verliet geruisloos de plek terwijl de geliefden, zich onbewust van wat er om hen heen gebeurde, elkaar bleven kussen. Ze liep naar haar zoon. Het stel waarmee hij net had gesproken, begaf zich naar een andere zaal.

'Ik kan Mazarine nergens vinden,' zei Pascal toen ze dichterbij kwam. 'Ik denk dat ze zich niet lekker voelt. Tijdens het eten heeft ze geen hap genomen.'

Sara gaf geen antwoord.

'Is er iets met je?'

'Ik ben een beetje moe.'

'Waar is Cádiz? Ik heb hem de hele avond nog niet gezien.'

Sara loog. 'Ik evenmin. Kom.' Ze pakte de arm van haar zoon, probeerde uit alle macht haar verdriet te verbergen en leidde hem naar de trap. 'Ik help je zoeken. Ik meende dat ik haar beneden heb gezien, in de grote zaal.'

'Moeder, ik ben echt de gelukkigste man op aarde.'

92

De herfst keerde terug, bezaaide de trottoirs en parken van Parijs met bruingele roodtinten. De bladeren, vermoeid van zoveel zon, vielen op de jassen van de passanten die in hun tegenspoed gehuld bleven. Een nieuwe cyclus diende zich aan, het rad dat niemand stopzette. Wetten waaraan iedereen zwijgend gehoorzaamde, als in een verveelde choreografie, van tevoren ingestudeerd, door niemand gedirigeerd. De straten bleven dezelfde, de terrasjes van de cafés werden weer met plastic afgeschermd en in de restaurants werden de kaarten van het seizoen afgestoft. De studenten keerden terug naar hun discussies, de zwervers bleven zwerven, de vreugde bleef voor anderen bloeien en het eigen verdriet kon niet begraven worden.

Alles was afgelopen.

De dag van haar huwelijk was voor Mazarine het begin van een leven in zwart-wit, en de grote finale van haar passie.

Samen met Cádiz was alle kleur uit haar leven verdwenen. Die ontmoeting in de Sala della Allegoria Nuziale was het afscheid geweest. Dat wist ze later, toen de weken voorbijgingen en de herinnering aan zijn vertrek haar meest heftige obsessie werd. Staande voor het raam volgden haar ogen zijn schim. Ze zag hem weggaan in een gondel en verdwijnen in de mist van het grote kanaal... een spookachtige stilte.

Ze had het leven en de dood geproefd, en precies zoals haar schilder het die middag toen ze terugkeerden uit de woestijn had verkondigd, was ze veroordeeld tot een leven zonder leven. Met een verborgen muziek in haar ziel die ze niet kon laten klinken. Waarom kon je toch niet leven volgens de stem van je hart? Waarom weigerde de rede haar een kans te geven?

Ze had hem niet meer gezien.

Van Pascal hoorde ze dat haar meester zich had opgesloten in La Ruche en dat hij sinds de scheiding niemand meer wilde zien.

Na hun terugkeer uit Venetië had Sara hem hun woning in de rue de la Pompe uitgezet. Met een kille waardigheid en een diepe pijn had ze hem, toen haar man absoluut niets van wat zich op dat bruiloftsfeest had afgespeeld ontkende of bevestigde, meegedeeld dat alles voorbij was.

Cádiz had niets gezegd en wilde niets meenemen. Hij vertrok zonder ook maar een van de vragen die zijn vrouw hem nadrukkelijk stelde te beantwoorden. Hij had op alles gezwegen, in alles toegestemd en niets scheen hem wat uit te maken.

Wat Sara het meest pijn had gedaan, was dat hij zich niet verdedigd had. Dat hij tot op het laatst die arrogantie had behouden. Dat ze moest vaststellen dat ze een verwaande, zichzelf aanbiddende man had liefgehad, een man die al die loyale jaren niet verdiende.

Zoals zoveel andere keren had hij kunnen zeggen dat het hem erg speet, dat hij het onmogelijk had kunnen vermijden, dat zijn zwakheid hem parten had gespeeld, dat hij verstrikt was geraakt. Dat hij haar een waarheid moest opbiechten, de andere, die verborgen was achter het masker van succesvol schilder, die van hulpeloze man. Niets. Geen spoor van menselijkheid of medeleven voor haar verdriet. Zelfs niet voor hetgeen hij zijn zoon aandeed, mocht deze erachter komen.

Hoe had ze een berouw kunnen aanvaarden wat hij niet toonde? Als hij het had uitgelegd, als hij afgedaald was naar het niveau van een sterveling, dan had ze hem misschien kunnen begrijpen. Maar... welke waarde konden die ogen hebben die haar niets vertelden en naar haar keken zonder haar te zien, met de mijlenverre afstandelijkheid van een standbeeld?

Ze hoopte dat hij zich zou tonen zoals hij was geweest toen ze hem had leren kennen: een eenvoudig mens, een normaal mens die fouten maakte en bovendien de moed had dat te aanvaarden en ze met woorden goedmaakte. Ze wilde doordringen in zijn geest, in dat volstrekt ontoegankelijke plekje, waarvan ze begon te twijfelen of ook maar iemand het bezat.

Wat had het voor waarde trouw te zijn? Vleselijke ontrouw was niet belangrijk. Die, ook al deed het haar pijn, kon ze begrijpen. Wat ze niet kon verdragen was die andere, ook wel trouweloosheid genoemd. Daar was ze niet tegen gewapend.

Op dit punt van hun leven was eerlijkheid het enige wat hen had kunnen redden. Maar die had hij niet getoond. Wilde hij niet tonen.

Gedurende vele dagen weigerde Sara Miller iets te zeggen, ook al drong Pascal aan dat ze naar de praktijk van een collega moest gaan om wat haar zoveel pijn deed van zich af te praten.

In haar verdriet dook ze onder in de donkere kamer van haar studio. Herleefde daar het verloop van haar leven tussen de duizenden negatieven die ze bewaard had.

Ze wilde wat ze voelde uitbannen, ontwikkelde alle foto's die ze van haar echtgenoot had gemaakt toen hij nog Antequera was, de schilder van de zolderkamer in de rue Saint-André-des-Arts. Die eenvoudige jongen met zijn zigeunerhaardos die leuzen schreeuwde en met hoop gekleurde straatstenen gooide.

Elk portret omvatte een moment van hun leven samen. De verpozing van een kus die naar nicotine en kauwgum smaakte. Rook en mint. Gelach en stilte. De Leica die vastliep. Het filmrolletje dat vol was. Handen en adem. Het tintelende kristal van haar vreugde. Strelingen... IJl speeksel.

En als hij nu eens gesproken had? Hoe had hij met woorden kunnen rechtvaardigen wat zij voor haar ogen had zien gloeien?

Hij schilderde haar met zijn handen, nam haar ziel met een dierlijke honger.

Nee. Zo had hij haar nooit liefgehad.

93

Yeux Nébuleux was te laat gekomen. Iemand had het kistje gestolen dat in de Saint-Julien-le-Pauvre-kerk verborgen was.

'Ik had het ook eerder moeten meenemen,' tierde hij toen hij de lege nis ontdekte. '*Fils de pute!*'

De avond dat hij Mazarine alleen opgesloten had achtergelaten, was hij naar het groene huis gegaan op zoek naar informatie, ervan overtuigd dat hij daar de oplossing zou vinden van veel van de raadselen die La Sainte omgaven. Na urenlang vergeefs te hebben gezocht en net toen hij zijn bezoekje wilde beëindigen, dwong iets in een van de slaapkamers hem tot stilstaan. Een kast met gapende deuren toonde haar binnenste. Gezien de sporen die hij daarbinnen tegenkwam, scheen de kast iets heel waardevols te hebben bevat. Hij speurde verder en opeens, terwijl hij de achterkant verkende, ontdekte hij een dubbele wand... Hij had een geheime tunnel gevonden!

Hij was die ingegaan met de gretigheid van iemand die weet dat hij op het punt staat een schat te ontdekken, tot hij ongelofelijk genoeg onder het altaar van de Saint-Julien-le-Pauvre was uitgekomen. Daar had hij in een van de nissen datgene aangetroffen wat heel goed het mysterieuze kistje kon zijn dat Sienna's geschiedenis bevatte.

Dat zo veelvuldig beschreven, maar door niemand geziene kistje... bestond!

Naar verluidt was het tegelijk met het lichaam van La Sainte uit de catacomben verdwenen en net als naar het lichaam had men er jarenlang vergeefs naar gezocht, tot het uiteindelijk ook als verloren gegaan werd beschouwd.

Hoewel Jérémie twijfelde of hij het kistje in de kerk zou achterlaten of zou meenemen, besloot hij uiteindelijk het niet aan te raken; ten eerste omdat overplaatsing het risico inhield dat Mazarine het zou ontdekken, aangezien hij haar nog steeds in zijn kleine woning gevangenhield, en ten tweede omdat hij het altaar van de Saint-Julien-le-Pauvre als een veilige plek zag.

Gebruikmakend van zijn ongelukkige uiterlijk en zijn belezenheid wist Yeux Nébuleux binnen enkele uren het vertrouwen van de pastoor te winnen. Hij sprak in vloeiend Grieks over de riten van de melkieten, over Grégoire de Tours en de grote beschermheilige Sancti Juliani martyris, de omvangrijke restauratie van de kerk in 1651 en over alle patriarchen, en schetste een beeld van zichzelf als een praktiserend godvruchtig man die mensen moest schuwen omdat zijn deerniswekkende uiterlijk al wie hem zag beangstigde. Hij kreeg het voor elkaar dat hij buiten de normale misuren naar binnen mocht, en hoorde van de eenzaam levende geestelijke allerlei verhalen over de buurt, de bewoners en de kerkgemeente, de relikwieën die in de kerk bewaard werden en ook hoe het vreemde kistje daar terechtgekomen was.

Zoals in de parochiegeschriften opgetekend stond, was in 1915, ten tijde van de Eerste Wereldoorlog, op een ochtend de kleine kist aangetroffen naast de resten van de kloosterlinge die in een van de zijkapellen rustten. Niemand kon verklaren hoe de kist daar gekomen was, want in die dagen waren alle kerkdeuren gesloten; het werd als een soort wonder beschouwd. En hoewel niemand kon bevestigen dat het kistje aan de non toebehoorde, want ze waren er nooit in geslaagd het te openen, was het ten slotte deel gaan uitmaken van haar persoonlijke voorwerpen.

Het bevond zich al meer dan negentig jaar op die plek en de kist was een waardevol onderdeel van het grote altaar geworden.

PARIJS, 22 MAART 1915

Die ijzige ochtend, terwijl ze in de verte schoten hoorden, namen meester en kunstschilder Antoine Cavalier en zijn vrouw het besluit: ze konden niet langer wachten. De soldaten hadden ontdekt dat de catacomben een goede schuilplaats boden en de vijandelijke troepen zochten hen daar. Om middernacht zouden ze het lichaam van La Sainte en het kistje uit de tempel halen en bij hen thuis verbergen.

De geheime eed, die van generatie op generatie was overgegaan, verplichtte hun haar bij dreigend gevaar te beschermen, en dat was nu overduidelijk het geval.

In een andere eeuw, halverwege de achttiende eeuw, hadden hun voorouders haar uit Spanje gehaald toen in de herenboerderij in Manresa waar ze werd vereerd een constante stroom onbekende bedevaartgangers tot stand was gekomen en op een dag een gek had getracht het glas van de doodskist te breken en haar lichaam te ontwijden. Nu was het hun beurt haar te redden.

Midden in een sneeuwstorm en onder de bombardementen van Duitse zeppelins die de stad in een spookachtig rood schijnsel hulden, verliet het echtpaar Cavalier de ondergrondse toegang en trok een kar met de waardevolle lading voort.

Het kostte hun vier eindeloze uren om nummer 75 van de rue Galande te bereiken, puinhopen en wachtposten omzeilend, het hoofd biedend aan de ijzige kou en de angst, ploeterend door de dikke mist. De wind blies een spervuur van sneeuw op hen af en ze klemden zich vast aan de kar, probeerden het slapende meisje te beschermen. Daarna was alles eenvoudig. Eenmaal binnen had het meisje het gewicht van een bloemblaadje aangenomen. Ze brachten haar naar de slaapkamer aan de achterkant en voelden haar ongewone, bijzondere lichtheid. Cavalier was maanden bezig geweest met het vergroten van de kleine ruimte, waarin ze hun schamele waardevolle voorwerpen bewaarden, achter de kastwand van die kamer, tot hij een geheime doorgang had gemaakt die precies onder het midden van het grote altaar in de aangrenzende kerk uitkwam. Daar konden ze haar en zichzelf verstoppen, de tunnel zelfs gebruiken om te vluchten, mocht dat nodig zijn.

Geheel volgens plan verborgen ze diezelfde nacht de twee kisten. De kleine, die de geschiedenis van La Sainte bevatte, werd bij de resten van de non in de kapel van de Saint-Julien-le-Pauvre gezet. De grote, met het lichaam van Sienna, bleef in de tunnel.

PARIJS, 1917

De lichtstad doofde. In de cafés en restaurants van Montparnasse, waar een nieuwe kunst opborrelde, werd de avondklok ingesteld en de bijeenkomsten tijdens welke eerst zoveel grote plannen oprezen, verkommerden.

Ten gevolge van de oorlog was de kunsthandel beduidend afgenomen en de salons sloten hun deuren. Vele buitenlandse kunstenaars, onder wie enkele leden van de Orde, zagen zich gedwongen te vertrekken vanwege de precaire omstandigheden waaronder ze leefden. De steun die de Franse regering organiseerde was niet voldoende om hen te beschermen. Voedsel werd schaars en de animo was op een dieptepunt beland. Door de grote uittocht verzwakte de Broederschap en de bijeenkomsten in de catacomben werden stopgezet.

De weinige leden die waren gebleven, troffen elkaar in een kleine, door Maria Vassilieff gedreven kantine in de Avenue du Maine en omdat de politie deze als een 'besloten club' beschouwde, gold daar de avondklok niet en zat het er elke avond vol. Daar mengden de Arts Amantis zich met Max Jacob, Apollinaire, Braque, Modigliani, Ortiz de Zárate, Matisse, Brancusi en Picasso die, ook al waren ze bevriend, nooit een vermoeden hadden van het bestaan van de Orde.

Zolang de oorlog duurde bleef Sienna verborgen. Meester Cavalier en zijn vrouw besloten niet aan de Orde te onthullen wat ze hadden gedaan toen ze merkten dat sinds Sienna's komst lavendel in de tunnel bloeide en hun eigen kunst steeds grootser werd. Dat beeldschone tienermeisje, bloed van hun bloed, wilde bij hen blijven. Waarom moesten ze haar met anderen delen als ze zelf besloten had daar te blijven? Als ze smeekte om in het groene huis te mogen blijven door alles in haar omgeving te laten opbloeien?

Ze vertelden nooit iets en de versie die over Sienna's verdwijning rondging, was dat de ondergrondse tempel ten prooi was gevallen aan plunderingen door Duitse troepen.

Hoewel de stad in een chaos was veranderd en het verdwijnen van een dood lichaam voor de Parijzenaars volstrekt onbelangrijk was, gaven de Arts Amantis het niet op en zochten maandenlang heimelijk op alle plekken waarvan ze vermoedden dat ze zou kunnen zijn. De roof had hen in het grootste ongeluk gestort.

Na de dood van Cavalier kreeg zijn jonge zoon de opdracht Sienna's lichaam te beschermen en dat deed hij, vastbesloten niemand ooit de plek te onthullen waar ze zich bevond.

Het Quartier Latin was een borrelende smeltpot van schrijvers, kunstenaars en bohemiens geworden en door de middeleeuwse straatjes trokken honderden, naar intellect hongerende jongeren. In benauwde 'chambres de bonnes' ontstonden revolutionaire theorieën, discussies 'ad honorem' en enkele gewaagde schilderingen; de oude kelders liepen over van jazz, alcohol, rook en rebellie.

De Tweede Wereldoorlog was inmiddels tweeëntwintig jaar afgelopen en de gevaren die La Sainte liep behoorden tot het verleden.

Sienna's geschiedenis was in de loop der tijd steeds vager geworden en voor Raymond Cavalier was datgene wat hij zijn grootmoeder zo vaak had horen vertellen een legende. Noch zijn vader noch zijn moeder wilde die bevestigen. Ze beweerden dat wat de oude vrouw vertelde het product was van haar ziekte: ouderdomsdelirium. Door de naweeën van de oorlog was de bejaarde vrouw haar onderscheidingsvermogen kwijtgeraakt.

Maar die voorstelling veranderde op de middag dat Raymond samen met een vriend thuiskwam van zijn practicum in een schilderatelier. Bij de ingang van het groene huis hadden ze allebei iets vreemds opgemerkt: boven hun hoofd regende het lavendelbloemen die uit het raam van de kamer kwamen waar, zo had de oude vrouw in de minuten voor haar dood herhaald, het lichaam van La Sainte zich bevond: de kamer die hij nooit had durven betreden.

Raymond Cavalier besloot zijn vriend het vreemde verhaal van zijn grootmoeder te vertellen en samen ondernamen ze de zoektocht; met zijn tweeën had hij daar voldoende moed voor. Hij meende dat als hetgeen hij zo vaak gehoord had waar was, er in de achterwand van de kast in die kamer een geheime deur moest zijn, een tunnel, een heilige in een kist en een lavendelstruik.

Ze gingen stilletjes naar boven, alsof ze bang waren dat iemand hen kon horen ook al wisten ze dat er niemand thuis was. Ze liepen door de gang tot ze bij de kamer waren. Als altijd was de deur gesloten. Cavalier keek naar zijn vriend en draaide aan de deurknop, maar hij gaf niet mee. Ze probeerden het slot open te krijgen, en toen dat niet lukte besloten ze de deur in te trappen. Een schop, twee, drie, harder...

Een berg paarsblauwe bloemen viel over hen heen, verstikte hen met hun geur. De deur had meegegeven. Ze waren stomverbaasd door wat ze zagen: dat slapende vertrek leek een eigen leven te hebben. Het bed dat schuilging onder bloemen die een aangename geur verspreidden, het sobere nachtkastje waarop een boek klaarlag voor het leesuurtje in de namiddag, de kast die wijd open stond en waarin ouderwetse kledingstukken van fijn linnen hingen. Na de inhoud bekeken te hebben, haalden ze de kast leeg.

Ze zochten en zochten, maar vonden niets. Ze tastten elke centimeter af en beklopten de achterwand tot ze meenden een hol geluid te horen. Daar was het: een plaat eikenhout die over een andere viel, en daarachter een spookachtige schuilplaats ruikend naar vochtige aarde en geneeskrachtige kruiden. Tientallen glimwormen leken tegelijkertijd op te gloeien en verlichtten de weg met een blauwig schijnsel.

Ze waren met stomheid geslagen over hun vondst. Nooit van hun leven hadden ze zoiets gezien. De geheime gang bestond niet alleen, maar daar concentreerde zich bovendien een energie die in al hun poriën doordrong en hun diep in hun ziel trof. Dat slapende tienermeisje straalde een zuiver gouden licht uit dat vervaagde in de schaduwen en het lavendelaroma. Haar slaap leek die van een teer vogeltje, op het punt wakker te worden en zijn vlucht in te zetten. Niets kon meer leven uitademen dan dat dode meisje.

Nee. Ze konden hun ogen niet van haar afhouden. Zoveel schoonheid mocht niet in die tunnel worden weggestopt.

94

Mazarine kon haar twee verliezen niet te boven komen. Cádiz en Sienna waren de stuwende kracht van haar leven geweest. Lichaam en ziel. Ze had beiden verloren en met dat verlies verdween ook dat waarvan ze dacht dat het haar 'ik' was. Haar eenzaamheid kwam en ging, paradeerde arrogant over haar lichaam. Het lichaam van een vreemde, dat schilderde, bewoog en perfect de rol van een verliefd, pasgehuwd meisje speelde. Een in tweeën gesplitst lichaam dat haar belette te beleven wat in haar binnenste ontstond. Haar droefheid was onverenigbaar met haar zwangerschap. Ze voelde zich niet verwant met dat nietige wezentje dat begon te kloppen en gaandeweg een plek in haar buik bezette. Het bestaan drukte opnieuw zwaar op haar en haar keel brandde weer van al die ingehouden droge tranen: ze torste twee niet-betreurde doden mee.

Ze had nu geen drijfveer meer, al smeekte haar innerlijke ik erom die wel te hebben. Ze bestonden niet meer, de uren van wachten, de getelde minuten, de openliggende ochtenden... die naar haar verlangende ogen.

Ze schilderde en schilderde, probeerde in haar werken te verdwijnen. Inktzwarte nevels die uit een ijzig wit opstegen, de diepten waar haar ziel nu doolde. Geen greintje kleur.

Wie de schilderijen had gezien, zei dat ze een glorieus moment uitdrukten. Dat dat wit en zwart dat haar werk tentoonspreidde het toppunt van de verheerlijking van het leven was.

Pascal daarentegen was met de dag gelukkiger. Sinds Mazarine hem op de oever van het Lago di Garda, waar ze hun wittebroodsweken doorbrachten, had verteld dat ze zwanger was, deed hij niets anders dan haar vertroetelen. Alles verliep wonderbaarlijk goed. Zijn patiëntenbestand nam toe en hij was blij dat zijn leven eindelijk samenviel met zijn droom. Het enige wat hem stak was dat hij Sara en Cádiz op dit moment niet kon helpen; het isolement waarin beiden zich hadden gehuld, belette hem samen met zijn familie van het goede nieuws te genieten. Hoewel hij bij allebei een boodschap met het bericht had achtergelaten, had geen van tweeën gereageerd.

'Waar ga je zo vroeg heen?' vroeg Pascal aan zijn vrouw, verbaasd haar naar de deur te zien gaan. 'Je gaat nooit op dit tijdstip weg. Schilder je vandaag niet?'

'Ik moet een eindje lopen...'

'Je zou die gewoonte om blootsvoets te gaan eens moeten opgeven.'

'Dat kan ik niet.'

'Je wordt nog ziek. Het sneeuwt.'

'Ik moet de sneeuw voelen.'

'Zal ik met je meegaan?'

'Ik ben zo terug.'

Mazarine maakte zich met een vluchtig kusje los van haar man.

Ze ging naar de passage de Dantzig. Ze kon het niet verdragen nog een dag niets van hem te horen. Ze werd gek.

De sneeuw herinnerde haar aan haar meester. Onder haar voeten veranderde het knisperen van het versgevallen tapijt in muziek. Ze dacht terug aan hun speelse middagen, de verfdruppels die naar beneden gleden, zoekend... naar binnen glippend... die gewaarwording te zweven van opwinding... de schilderijen die overliepen van poëzie, dualisme, oneerbiedigheid.

Haar dikke buik verhinderde haar niet te beleven wat haar geslacht voelde door de herinnering op te halen.

Voor de ingang van La Ruche bleef ze staan en keek naar boven. Zoals gewoonlijk waren de jaloezieën halfopen. Ze stelde zich hem voor, verloren in zijn wanorde, zijn eenzaamheid met kleine teugjes drinkend uit zijn glas whisky, zijn gezicht vervagend achter een sluier rook.

Waarom was ze daar, als ze wist dat hij toch niet opendeed?

Ze was daar omdat ze zich niet langer kon bedwingen. Omdat haar innerlijke strijd haar doodde. Ze was daar omdat ze hem moest zien, omdat hij haar moest zien... haar in deze toestand zien... moest weten dat ze misschien zijn kind droeg...

Ze was daar omdat ze opleefde in het vervloekte gevaar van zijn betovering. Omdat ze hem tegen elke prijs weer wilde zien, zelfs in de wetenschap dat ze daarmee haar eigen vernietiging tegemoet ging.

Ze drukte aanhoudend op de intercomknop zonder haar blik van de ramen van het atelier af te wenden.

De schim van zijn silhouet tekende zich af achter de jaloezieën. Ze wist zeker dat hij haar bespiedde. Ze voelde zijn ogen de afstand overbruggen. De dolk van zijn adem de lucht doorsnijden en lauwwarm haar lippen bereiken. Hij opende ze met geweld, zijn etherische tong hulde zich warm in haar speeksel, tot hij haar ziel had bereikt.

Zwanger!

Dat was de boodschap die Pascals opgewekte stem op het antwoordapparaat in zijn atelier had achtergelaten. Hij luisterde er honderd keer naar en smeet het apparaat vervolgens tegen de muur.

Zijn kleintje was ZWANGER.

Daar stond ze, binnen handbereik, heel dichtbij en toch onbereikbaar. Een zwarte vlek in het ongerepte landschap. Haar jas golfde over haar opbollende buikje... haar in de sneeuw weggezakte voeten riepen hem.

Hij wilde haar niet zien, wilde haar wel zien, wilde niet, wilde wel... wat was het nu? Die vervloekte twijfel! Zijn verstand beval, dwong hem nee te zeggen.

Waarvoor was ze gekomen? Waarom vergat ze hem niet eens en voor altijd? Begreep ze niet dat zijn stilte sprak? Hij schreeuwde haar zwijgend toe weg te gaan... weg te gaan voor het voor iedereen te laat was. Voor hij een nog grotere waanzin beging dan hij al had gedaan. Hij wilde haar niet nog meer pijn doen... haar niet, niemand. Hij wilde niet meer gepijnigd worden door hartstochten. Hij moest zijn verlangens begraven. Leven tussen het alles en het niets. Op het scherp van de dood.

Zijn grote macht had hem niet bevrijd van zijn obsessies; ze doemden allemaal weer op, als geoefende monsters die hem wilden wurgen.

Nee, ze moest geen toenadering meer zoeken; de Cádiz die ze had gekend bestond niet meer, hij wist niet of hij nog leefde. Inmiddels kende hij de valstrik van het leven, hij wilde zich naakt in een doek nestelen en slapen...

'Je krijgt een cadeau van me, kleintje,' mompelde Cádiz voor hij bij het raam vandaan liep.

95

Nummer 31 in de rue Champagne-Première was een slagveld bezaaid met foto's. Op de vloer van haar studio had Sara Miller de honderden afdrukken uitgespreid die ze in de loop van hun gezamenlijke leven van haar man had gemaakt. Ze zocht iets op de foto's, wát wist ze niet precies. De wirwar van lijnen die hen had verbonden, dat wat hen had gescheiden, een via het oog van haar Leica bevroren moment dat haar zou zeggen wanneer de neergang was ingezet. Destijds dacht ze dat ze op een dag zijn ziel zou bezitten door hem heel veel te fotograferen, dat ze zou doordringen tot die plek waar ze nooit toegang toe had gehad.

Zijn hele leven was daar. In de vele geschilderde doeken en de foto's van hem die ze had gemaakt.

Nietszeggend papier. Een niet-aflatende strijd om te bewijzen, te bemachtigen, te zijn...

Zijn jeugdige onstuimigheid, zijn zwarte krullen in de wind, de eerste grijze haren, de lijnen op zijn gezicht... Zijn glimlach, zijn gefronste wenkbrauwen, de woede-uitbarstingen, de indruk wekken dat te zijn wat hij nog niet was, zijn eruditie, de interviews. Zijn scheppingsproces, stap voor stap vastgelegd: Cádiz denkend, Cádiz verbeeldend, Cádiz die het goed en kwaad in kunst veranderde. Cádiz met een opgeheven penseel en een uitdagende blik.

De eerste schilderijen... De expositie die hem de roem had gebracht en hem tot schepper van het Schaamteloos Dualisme had gemaakt: *Onteerde maagden*.

Sara's ogen zwierven verdrietig en gedesoriënteerd over de stapels ontwikkeld materiaal. Plotseling trok een afbeelding haar aandacht. Het was een foto die ze van haar man had gemaakt, een paar dagen nadat ze elkaar hadden leren kennen, en waarop hij in trance verkeerde, de laatste hand legde aan een van de maagden. Het schilderij waarvan de critici zeiden dat het een hypnotiserende werking op de toeschouwer had, de intimiderende verleiding van twee gespannen krachten, dat het een spiritualiteit en losbandigheid uitademde die hand in hand gingen. Wat stond er op dat schilderij waardoor het haar zo fascineerde?

Ze nam de foto mee naar haar werktafel, legde hem onder de lamp en onderzocht hem met de dradenteller.

Ze was echt prachtig. Het jonge meisje bezat een bijzondere verleidingskracht. Haar etherische naaktheid, haar uitdagende ogen...

Wat waren die vreemde lijnen die gesuggereerd werden op de tepel van het meisje? Waar deden ze haar aan denken?

Ze deden haar denken aan... het medaillon dat Mazarine droeg op de dag dat ze haar had gefotografeerd!

Ze deden haar denken aan... het brute brandmerk op de borst van die vreemde man die ze op straat geworven had!

Ze haastte zich naar haar archief en zocht de afbeeldingen van het meisje en van de man met de troebele ogen en de hazenlip.

96

Hij dronk al twee dagen onafgebroken.

Hij keek in de spiegel en herkende zichzelf niet...

Daar was hij.

Voor het eerst als wat hij niet was: zijn eigen rechter.

Zijn ogen, gedistantieerd van zijn lichaam, observeerden hem kil en verloren zich in duisternissen die hij nooit had verkend. Donkere hoeken vol melancholie en angst. Ondraaglijke gebreken nu. De leeftijd maakte hem tot een weerzinwekkende, teerhartige brij. Hij stond voor een twijfel die geen enkele whisky kon wegnemen. Op een kruispunt, een weg met twee tegengestelde bordjes: waarheid en leugen. Opnieuw die vervloekte dualiteit. Waarom kon hij niet ergens in het midden van de contrasten leven? Waarom zocht zijn leven altijd de uitersten op?

Daar was hij.

Cádiz tegenover Cádiz, Cádiz tegen Cádiz. Een veroordeelde die op het punt stond zichzelf te onthoofden. De guillotine daalde en... zoef, een zuivere houw, zijn hoofd dat op een doek rolde, zijn laatste dualisme, zijn postume werk. Waarom had hij het gedaan, op het hoogtepunt van zijn roem? zouden de aasgieren zich afvragen; belust op antwoorden en zich het recht toemetend een oordeel te vellen, zou elk van hen zijn krassende grafschrift verkondigen: hij was gek, hij was een vergane held, een snobistische absurdist, zijn kunst was waardeloos, hij was een zwendelaar in dromen, hij had geen inspiratie. Ze zouden lachen, drinken op zijn naam, de resten verorberen en met het verstrijken van de jaren zou niemand zich hem nog herinneren.

Daar was hij.

Zichzelf bekijkend zonder zichzelf te zien. Zijn identiteit ging schuil achter een baard. Een masker dat hem nergens tegen beschermde, zelfs niet tegen zijn strikt rechtvaardige blik: de ondergang van zijn leugenachtige carrière.

Misschien voegde het beeld zich ergens in een hoekje van die spiegel samen. Misschien zouden die twee gescheiden lichamen, zijn ego en hij, zich verzoenen en dat wat komende was vergemakkelijken... dat waarvan elk mens zich verzekerd wist: de dood.

Hij had zichzelf verheven tot de grote schepper. Hij had het leven laverend op de ene oever geleefd, zijn eigen rive gauche, waar de genoegens, het applaus, de fantasieën, het doodeenvoudige bedrog huisden... zonder op de spoken te letten die op de andere oever van zijn bestaan zwierven. Alleen, hij was alleen. En uit zijn handen zou geen nieuw werk meer ontstaan. Zijn vingers waren bevangen door een pijn die ze liet beven...

Er was geen weg terug. Voor de laatste keer zou hij veinzen hem te zijn. Hij nam zijn mes en schoor zich.

97

De pers wachtte onrustig. Over een paar minuten zou de schilder verschijnen. Camera's, spotlights, opnameapparatuur en microfoons zwermden in het binnenste van het filmhuis, dat voor de gelegenheid in een plechtig decor was veranderd.

Het bericht dat de grote Cádiz hen wilde zien deed het culturele wereldje gonzen van verwachtingen. Hij gaf een persconferentie in La Pagode, de prachtige Japanse tempel die de directeur van Bon Marché eind negentiende eeuw uit Japan had laten komen als cadeau voor zijn innig beminde geliefde. Waarom had hij op die ongewone plaats met hen afgesproken? Had het een speciale betekenis? Hij had geëist dat het nieuws niet naar buiten mocht komen voordat de bijeenkomst was afgelopen, en voor het eerst had iedereen het stiltepact gerespecteerd.

Ineens barstten in La Pagode de flitsen los en het geroezemoes werd sterker, mondde uit in tientallen vragen. Gekleed in een zwart pak, zwart overhemd en zwarte stropdas, een en al sobere rouw, deed Cádiz zijn opwachting.

'Maestro... gaat u ons over uw volgende schepping vertellen?' riep een van de aanwezigen.

Een spervuur van vragen.

'Hoe voelt het dat een kunstwerk van u tegen de hoogste prijs is verkocht die een schilder ooit gekregen heeft?'

'Is het waar dat Sara Miller en u uit elkaar zijn?'

'Denkt u het *Légion d'honneur* dat de regering u zojuist heeft toegekend te aanvaarden?'

Vragen, vragen, vragen...

Voor het eerst voerde Cádiz een persconferentie zonder zijn legertje publiciteitsmensen. Te midden van de meute die hem bestookte, bleef hij dankzij de whisky ogenschijnlijk kalm en onverstoorbaar.

Minutenlang sloeg hij hen afstandelijk gade, alsof hij niets met dat spektakel van doen had. Een lucht zwaar van verwachtingen dreef boven die vragende hoofden. Plotseling begreep hij de enorme macht van de stilte. Deze was het die hen uiteindelijk tot zwijgen bracht. Hij liep naar de microfoon en zijn rauwe stem schuurde langs de muren van de oude pagode.

'Dames en heren, dank u voor uw komst. U zult zich afvragen waarom u hier bent, wat er achter deze geheimzinnige oproep schuilt. Goed, ik zal kort zijn. Ik waarschuw u dat ik, als ik u eenmaal heb meegedeeld wat ik te zeggen heb, geen enkele vraag beantwoord. Is dat duidelijk?' Cádiz keek om zich heen en na een lange pauze ging hij door. 'Op 17 juli heb ik op de Arc de Triomphe mijn jongste expositie geopend. Een werk dat door velen wordt beschouwd als de ultieme expressie van het Schaamteloos Dualisme. Schilderijen die een ware beroering in de kunsthandel hebben teweeggebracht en nu in het bezit zijn van grote musea en van de belangrijkste kunstverzamelaars ter wereld. Goed, ik moet u bekennen...' zijn mond was droog, hij had dringend behoefte aan een slok whisky om verder te kunnen spreken, '... dat de voeten op genoemde doeken, dat fantastische universum waarin de honderd schilderijen van de tentoonstelling zich verlustigen, niet van mijn hand zijn.'

Zijn toespraak werd onderbroken door de sissende adem die allen ontsnapte.

'Niet een van deze doeken, niet één, was mogelijk geweest als in mijn leven geen buitengewone schilderes was verschenen. Een jonge beginnelinge die naar mijn atelier kwam om te leren... leren wat ze te over weet. Dames en heren: de juweeltjes van schilderkunst die het vaandel van mijn expositie voerden zijn het werk van... Mazarine Cavalier. Ik heb niets meer te zeggen. Goedendag.'

Een algeheel rumoer maakte zich meester van de ruimte. Verslaggevers holden, fotografen zoomden in op het gesloten gelaat van de schilder die, belaagd door flitsen en camera's, zwijgend La Pagode verliet.

98

Het journaal van twaalf uur 's middags opende met het spectaculaire bericht en een pasfoto van Mazarine Cavalier die het hele beeld vulde. Cádiz had de kunstwereld bedrogen door schilderijen te signeren die niet uitsluitend van zijn hand waren. Sommigen zetten hem neer als de grootste oplichter aller tijden. Zijn ergste vijanden sabelden hem neer. Voor de gevels van de meest prestigieuze veilinghuizen getuigden verslaggevers in Londen, New York, Tokio, Brussel, Stockholm en Milaan van de keten van de verontwaardiging die door de wereld golfde. Ontstelde museumdirecteurs werden geïnterviewd. Ze vroegen gerechtigheid, verklaringen, teruggave van het geld, vernietiging van de doeken... De hel was losgebroken.

Mazarine, die net op dat moment naar het nieuws keek, verstijfde toen ze haar foto op het scherm zag. Haar hart sloeg over, kondigde gevaar aan. Wat voor dwaasheid had haar schilder begaan? Waarom had hij dat gedaan? Ze begreep er helemaal niets van. Ze opende de deur en haastte zich gek van angst naar La Ruche.

99

Sara Miller had besloten Cádiz' bezittingen naar zijn atelier in de passage de Dantzig te laten overbrengen. Ze had geen idee hoe hij die opsluiting kon volhouden zonder zijn spulletjes. Zijn stilte was angstaanjagend. Niemand had hem naar buiten zien gaan sinds hij zich daar teruggetrokken had, en dat was al bijna vier maanden geleden.

In zijn kleedkamer zijn, bezorgde haar een ondraaglijke pijn. Elk voorwerp droeg zijn stempel. Waarom kon ze hem toch niet haten? Ze had zijn overhemden en stropdassen, zijn pakken en overjassen bedachtzaam bewaard in een poging het laatste afscheid uit te stellen: dat van zijn spullen.

In de laden hing nog steeds zijn geur, als een geest. De notitieboekjes waarin hij aantekeningen maakte van allerlei beelden die zijn aandacht trokken, waren van hem doordrenkt. Misschien was het moeilijkste van zijn afwezigheid wel het voelen dat in die levenloze spullen de ziel van hun eigenaar ontkiemde. Bladzijde na bladzijde bekeek ze zijn krachtige, trefzekere schetsen, de herhaalde tekeningen waarin hij toekomstige stijlen en nieuwe wegen onderzocht; ineens vielen enkele dubbelgevouwen vellen papier, afkomstig uit een oud tijdschrift, uit het boekje op de grond. Ze raapte ze op en spreidde ze open.

Dat symbool dat ze had ontdekt op de foto's van Mazarine, op de van de straat geplukte man en op het schilderij van haar man, verscheen opnieuw in dat artikel, waarvan de kop luidde: 'De Arts Amantis bestonden'. Ze las het zorgvuldig en was stomverbaasd. Er werd gesproken over een oude sekte... over kunst, het dualisme goed en kwaad, over een verdwenen heilige... over de vrouw als absolute scheppingsbron, over geestelijke liefde als opwekster van verlangen en bezielster van de kunst. Er werd gesproken over katharen, ketters...

Het gevoel bekroop haar dat er iets vreemds aan de gang was. Ze leegde de kast, de laden, het bureau. Inspecteerde de kamer waarin haar man zich placht op te sluiten, onderzocht zijn archief, de bibliotheek, de boeken... tot ze plotseling in een halfduistere hoek van de studeerkamer, achter een prachtig beeld van Henry Moore, een oude koffer zag staan.

Wat deed dat ding daar? Waarom kon ze zich die niet herinneren?

Ze haalde de koffer naar het licht en probeerde hem te openen, maar hij was met een hangslot afgesloten. Ze riep Juliette en vroeg om een hamer. Even later bracht de huishoudster hem. Ze wachtte tot Juliette weg was en begon toen te slaan; uiteindelijk sprong het slot open. Toen ze de koffer opendeed, vond ze iets ongelofelijks: een mysterieuze witte tuniek waarop het vreemde symbool was geborduurd.

Wat deed dat ding in haar huis?

De telefoons begonnen te rinkelen. Juliette nam op en even later rinkelden ze opnieuw. Binnen een paar minuten was het een hels kabaal in de woning. Op Sara's mobiel, die sinds ze uit elkaar waren op stil stond, kwamen voortdurend sms'jes en boodschappen binnen, tot op het beeldscherm knipperde dat er geen berichten meer konden worden ontvangen.

Er werd op de kamerdeur geklopt en de stem van de huishoudster riep haar met klem.

'Madame... madame...'

'Wat is er, Juliette?'

'De telefoon, madame. Die blijft maar rinkelen en het hoofd beveiliging van het gebouw zegt dat de portiersloge vol cameramensen en journalisten staat die naar u vragen. Het schijnt dat ze u vragen willen stellen over monsieur Cádiz.'

'Ik ben er voor niemand.'

'Ik heb ze al gezegd dat u niet thuis bent, maar ze blijven volhouden. Ze willen uw mening over de verklaring die monsieur daarnet voor de pers heeft afgelegd.'

Sara stopte de mantel terug in de koffer en haastte zich naar de deur.

'Wat voor verklaring, Juliette?'

'Ik weet het niet, madame, ik begrijp er niets van.'

Sara Miller ging naar de keuken, belde naar de portiersloge en gaf de beveiligingsman strikte orders de verslaggevers het gebouw uit te bonjouren.

Vervolgens koos ze het nummer van de voicemail en luisterde een voor een de berichten op haar mobiel af.

Piep

'Dag Sara, ik kan gewoon niet geloven wat ik daarnet op het nieuws zag. Is het waar wat Cádiz zei? Bel me even.'

Piep

'Dag Sara, wat doet verdorie de foto van je schoondochter op tv? Wat is dat voor waanzin die je man net uitkraamde? Bel me even.'

Piep

'Oh, my God! Sara... Wat gebeurt er? New York staat op zijn kop door dit bericht. Bel me even...'

Piep

'Zeg dat het niet waar is, Sara. Ik weiger te geloven wat je man net heeft verklaard. Je moet helemaal stuk zijn. Bel me even.'

Piep

Alle boodschappen hadden het over iets wat Cádiz had gedaan, maar op geen ervan was te horen wat hij had verklaard. Ze moest het te weten komen zonder daarvoor iemand te moeten bellen. Ze snelde naar de woonkamer en drukte op de afstandsbediening van de tv, zapte vertwijfeld langs de zenders tot ze het harde gelaat van haar man zag en zijn vermoeide stem hoorde.

'... niet een van deze doeken, niet één, was mogelijk geweest als in mijn leven geen buitengewone schilderes was verschenen. Een jonge beginnelinge die naar mijn atelier kwam om te leren... leren wat ze te over weet.

Dames en heren: de juweeltjes van schilderkunst die het vaandel van mijn expositie voerden zijn het werk van... Mazarine Cavalier. Ik heb niets meer te zeggen.'

Sara wilde niets meer horen. Ze liep naar de hal, pakte haar jas van de kapstok en vertrok.

Juliette hoorde de deur met een klap dichtslaan.

100

Mazarine snelde vertwijfeld over de trottoirs van het 15de arrondissement. De straten werden langer, de verkeerslichten veranderden niet van kleur, het asfalt gleed weg onder haar voeten. Plotseling spande alles tegen haar samen. Ze moest er zo snel mogelijk komen en met Cádiz spreken, maar een akelige stormwind blies haar een andere richting in.

De passanten grepen zich vast aan palen, deden hun jas dicht, wikkelden hun sjaal om, trokken handschoenen aan en klemden hun sigaret tussen hun tanden terwijl de wind die in as veranderde. Boven Parijs hadden zich dichte, donkere wolken samengepakt die dreigden hen te begraven.

Ze kwam niet vooruit en er was geen taxi te zien. Haar voeten bevroren. In haar buik protesteerde de onbekende kleine. Ze voelde het lijfje bewegen; het vroeg haar zich niet te haasten. Het had een plekje in haar binnenste veroverd en sprak haar nu toe.

Ze was bang, oneindig bang voor alles... Voor wat Cádiz had gedaan, bang dat ze niet wist hoe ze dat wat na het bericht zou volgen het hoofd moest bieden... en, bovenal, bang dat ze geen moeder zou kunnen zijn.

Het begon te sneeuwen toen ze eindelijk de hoek van de rue Robert Lindet had bereikt. De witte sluier veranderde de passage de Dantzig in een spookachtige plek, vergeten door de wereld. Een uithoek badend in maagdelijkheid, zwevend tussen de slaap en het leven. Onder het lopen draaide ze de palm van haar handen naar boven en ving de vallende minieme ijskristallen op, die vervolgens in tranen veranderden. Ze hield van sneeuw omdat deze met haar witte stilte de onzuiverheden bedekte. Waarom kon die niet tot in haar ziel komen en de zwarte gaten daar eveneens bedekken?

Ze liep door het verlaten straatje en stond stil voor nummer 2. Hoewel het overdag was, was La Ruche in duisternis gehuld. Achter de ijzeren hekken verraste haar een blauwige omgeving. De tuin was een zee van lavendel. Overal steeg haar geur op en de onthoofde lichamen van de sculpturen die over de grond verspreid lagen, waren nu begraven onder de bloemtakken; zelfs het pad naar de kariatiden die de ingang van het atelier bewaakten, werd er door bedolven. Het was of de lente haar intrek had genomen op dat verlaten groene eiland en de kou geen vat kreeg op de bloemen. Ondanks de sneeuw zwermden honderden blauwe glimwormen door de lucht en verspreidden hun luminescentie. Een gevoel van vrede daalde op haar neer. Ze keek omhoog, zoekend naar een licht in Cádiz' atelier, maar ze zag niets. Ze wist zeker dat hij er niet was. Ze drukte minutenlang op de bel. Niemand deed open. Ze hield aan. Belde het nummer van het atelier, van zijn mobiel. Stuurde meerdere sms'jes waarin ze hem smeekte contact met haar op te nemen, en na een uur te hebben gewacht zonder te weten wat ze moest doen, besloot ze maar te vertrekken. Maar net toen ze wilde gaan, hielden de waardige ogen van Sara haar tegen.

'Is het van hem?' vroeg de fotografe terwijl ze naar haar bolle buik keek.

'Wat zeg je?'

'Ik vraag of dat wat je daarin hebt,' ze wees op Mazarines buik, '... van Cádiz is...'

Mazarine wendde haar blik af en haar ogen vulden zich met tranen.

'Antwoord je niet?'

Ze kon niets zeggen. De opgehoopte tranen in haar keel verstikten haar.

'Ik... ik weet het niet.'

'Waarom heb je het gedaan? ... Waarom?'

'...'

'Kijk me aan.'

Ze kon het niet. Ze schaamde zich. Ze hield van de vrouw die haar schonk wat haar moeder haar nooit had kunnen geven: genegenheid. Door haar had ze zich waardevol gevoeld.

'Besef je niet dat je ons verwoest hebt? Had je niet genoeg aan mijn man? Aan het stelen van zijn kunst?' De sneeuw verkilde haar woorden. 'Waarom moest je het ook nog met Pascal aanleggen?'

'...'

'Zeg iets...'

Ze stikte. Ze kon niet langer bij haar zijn, moest wegvluchten, van alles wegvluchten. Welke verklaring kon ze geven als ze zelf niet eens wist door welke kracht ze werd meegesleurd? Wat moest er nu van haar worden? Ze begon te rennen.

'MAZARIIIIINE...'

Ze kon niet stoppen. Ze moest in het niets verdwijnen, het einde van de wereld bereiken, een plek waar niets haar nog pijn deed, waar ze geen verklaringen hoefde te geven.

'WACHT...'

Sara ging achter haar aan.

Toen het meisje besefte dat Sara haar volgde, ging ze nog harder lopen, maar de grond was bevroren en toen ze met haar voeten op een verijsd stuk stapte, gleed ze uit. Een doffe bons.

'MAZARINE! ... O, mijn god!'

Sara probeerde haar vergeefs overeind te trekken. Het meisje was bewusteloos. Ze legde haar hoofd op haar schoot en in een poging haar bij te brengen nam ze een handvol sneeuw en wreef daarmee over haar gezicht.

'Ik wilde je niets aandoen. Kom op, kom terug...!'

Door de val was Mazarines jas opengevallen en werd haar blote buik onthuld. Dat ronde, stille nest riep haar. Sara kon het niet nalaten. Ze legde haar hand erop en begon de ronding te strelen; die was lauwwarm en bewoog. Een oneindige tederheid overweldigde haar. Daar was het... haar kleinkind... of het broertje of zusje van haar zoon, het leven opeisend.

101

Zijn voeten leidden hem naar de Arc de Triomphe. Hij wilde geen verklaringen geven noch vragen beantwoorden. Hij wilde niemand zien noch door iemand gezien worden.

Hij had zojuist artistieke zelfmoord gepleegd en als een gewonde leeuw wilde hij in alle eenzaamheid zijn wonden likken: hij had gezegevierd! Cádiz, het grote egomonster sleepte zich dodelijk verwond voort. Het deed pijn, natuurlijk deed het pijn; hij had veertig jaar lang, dag en nacht, uur na uur met hem samengeleefd; hij had hem gekleed, gevoed en verzorgd; hij had hem geholpen zich in zijn passies te wentelen en had hem eraan gewend alles wat hij wilde meteen te krijgen. Hij was zo trots op hem dat hij hem met zijn beste glimlach aan de hele wereld had getoond. Hij hield van hem...

En hij zieltoogde. Hoe moest hij vanaf nu verder? Hij bevrijdde zich... Bevrijdde hij zich? Vanaf die dag zou zijn leven een onbekende weg inslaan. Welke weg? Zou hij weer Antequera kunnen zijn, die eenvoudige jongen die zonsondergangen schilderde op het strand van Barbate en de visjes bakte die in zijn aas beten? Die zijn schilderijen voor een paar cent op de pleinen van Sevilla verkocht en zijn frustraties uithuilde tegen de monumentale boezem van zijn tante? Misschien was hij nog op tijd om datgene wat hij op het oude zand van zijn kindertijd had achtergelaten te herkrijgen... misschien. Maar eerst moest hij helemaal boven op de boog klimmen en die avond met Mazarine in de sneeuw herbeleven. Het moment van oneindigheid toen ze zich beiden plotseling dronken van macht hadden gevoeld, heersers over de wereld en het leven. De uitgestrekte armen van zijn kleintje en hij met zijn armen rond haar middel, de argeloze glimlach op haar frisse gelaat; die onbeschaamde jeugdigheid van een ander die hem met leven injecteerde. Die flits van vreugde die hen van heel ver weg had verlicht, en waarvan alleen de echo over was.

Nu begreep hij het.

Niemand was ergens heer en meester van, niet eens van zichzelf en toch, zonder ergens heer en meester van te zijn, maakte hij zich zijn bedrieglijke lot tot last en torste het mee. Hij voelde zich verantwoordelijk voor iets waar hij absoluut niet om gevraagd had: het leven. Elke beslissing, een haastig uitgesproken ja of nee, maakte hem tot zijn eigen cipier. Heer en meester van dat niets wat aan hem ging kleven en dat zich met hand en tand aan een stompzinnige gedachte vastklemde: de illusie te zijn. Een nietig korreltje veranderd in een reusachtige rots vol viezigheid. Hoe groter we worden, hoe meer ketenen. Hoe meer we weten, hoe meer dwalingen. Hoe meer we hebben, hoe meer angsten. De triomf, een kluister. De mislukking, nog een kluister. Als je bemint, de gevangenis van het voelen; als je niet bemint, die van de eenzaamheid. Als je verlangt, de hel van het bezitten; als je bezit, de angst het niet te kunnen behouden... of almaar meer te verlangen. De mens verworden tot slachtoffer van zijn eigen luchtspiegelingen.

Je gaat door het leven en wilt ervaring opdoen, past op je aan geen enkele steen te stoten waaraan je je zou kunnen bezeren; ervan overtuigd dat de wijsheid van de volwassenheid je behoedt voor vergissingen. En ineens doemt uit het niets een droom op. En jij, die niet meer in dromen gelooft, klampt je wanhopig aan zijn staart vast in een poging je in zijn vlucht te verheffen en zo voor een kort moment te voelen dat je je vergiste, dat het wél zo kan zijn. Dat je wel de vlakke realiteit kunt ontstijgen; dat die droom je heeft gered van die perfecte, stompzinnige dood bij leven waaraan je jaar na jaar had gewerkt. Nee, naïviteit was niet enkel een euvel van de jeugd. Het was de ergste kwaal van de ouderdom.

De sneeuw viel gestaag op Parijs, bekleedde de naakte straten met zijn mysterieuze wit. De in de zijstraten van de laan geparkeerde auto's verdwenen, bedolven onder de sneeuw, en de trottoirs werden steeds moeilijker begaanbaar. Cádiz merkte het niet. De tranen hoopten zich op in zijn ogen, kwamen los en hij liet ze op zijn gezicht bevriezen. Huilen, voelen... Hij wendde zich af van Mazarine, van Sara, van Pascal, van alles en iedereen.

Zou hij een wereld kunnen construeren waarin het niets zijn gezelschap vormde?

Hij was bij de Arc gekomen. Hij bleef staan en keek omhoog: DE ZEGE. Muren van uitgehouwen stenen die spraken over gewonnen veldslagen, veroverde steden en vergeten doden. Daar waren ze: de grandeur van de Boog en de onbeduidendheid van de schilder, oog in oog. Elk vechtend om de wereld zijn kracht en moed te tonen.

Wie zou ooit hebben gedacht dat de grote Cádiz de kruimeltjes vreugde die hij op de grond had laten vallen zou oprapen? Wie zou ooit hebben gezegd dat hij in zoveel sentiment verstrikt zou raken?

Hij zocht de plek waar hij die avond met Mazarine net had gedaan of hij haar met zijn adem kuste, maar kon die niet terugvinden. Het neonlicht was onder de sneeuw verdwenen. Alles was verdwenen. Hij was de overlevende van een verwelkte herinnering... maar hij kon haar aan de vergetelheid ontrukken. Als hij zich concentreerde, zou hij daarin slagen. Hij hoorde de weerkaatsing van haar lach... Hij zag de warme wasem van zijn adem de hare ontmoeten. In het neonschijnsel die witte verbintenis vormen. Haar ranke voeten wegzakkend in de sneeuw.

'*Voel je mijn kus?*'

'*Ja.*'

'*Nou, die is exclusief en uniek. Zo kussen alleen jij en ik elkaar.*'

'*Ik wil meer...*'

Ik wil meer... ik wil meer... ik wil meer...

Als een hongerig meisje dat een zalig snoepje proefde, vroeg Mazarine om meer... en uiteindelijk had hij haar meer gegeven. Alles wat hij geven kon; wat zijn cipiers, zijn vervloekte innerlijke contradicties hem hadden toegestaan.

Hij stak een sigaret op, haalde de flacon whisky uit zijn jaszak en nadat hij op de herinnering had getoost bracht hij die naar zijn mond en dronk hem leeg. De brandende sterkedrank liet hem zich lichter voelen.

Hij hing daar een tijdje rond. Afgezien van twee werknemers die achter het beslagen glas van de loketten zaten te lachen, was de plek verlaten. Hij besloot niet met de lift te gaan; net als toen zou hij de trap nemen. Hij keek naar de afstand die hij moest afleggen en die kwam hem daarbeneden eindeloos voor. Voor hij aan de klim begon, ging hij op een trede zitten om uit te rusten. Vlak bij hem rilde een oude zwerfster van de kou. Hij werd geraakt door haar weerloosheid, trok zijn jas uit en legde die om haar heen. De vrouw vertrok geen spier. Uiteindelijk, toen hij zijn sigaret ophad, stond hij op en begon naar boven te klimmen. Aan de trap leek geen einde te komen; hij vorderde langzaam, trede voor trede, moeizaam als een stervende. Hij hijgde, transpireerde... torste de last der eeuwen mee. Hij was doodop van al dat bezinnen. Nu wilde hij zich ontdoen van zijn geest. Die vanaf de hoogte naar beneden werpen, tegen het plaveisel te pletter laten slaan... en daarmee zijn herinneringen laten verdwijnen, dat wat geweest was, dat wat niet had kunnen zijn... Zich verliezen in de lichtheid van de leegte.

Hij kon het niet.

Toen hij boven kwam, wankelde hij. Languit liggend in de sneeuw wachtte het zachte lichaam van Mazarine hem op. Haar jas geopend, haar kleine borsten met vervaagde tepels, de frisse roos van haar koperkleurige pubis, fonkelend in de kou. Hij wreef in zijn ogen... ze was er niet. Zijn verbeelding speelde hem parten. De maagdelijke sneeuw was een lege sponde. Het terras een kil toneel vol spookbeelden.

Plotseling vuurde een duistere stem achter zijn rug op hem af: 'Ik heb het altijd vermoed...'

Cádiz draaide zich verbaasd om.

'... maar ik had geen bewijs.'

Een sinistere schim kwam door de mist op hem af en boorde zijn troebele ogen in hem. Zijn ruwe stem klonk op uit zijn hazenlip, was gehuld in een kleverige wolk van haat.

'Je woonde de bijeenkomsten bij en beschermde je identiteit met de mantel, zoals iedereen... maar ik wist dat je anders was. Je sprak niet; je was de enige die nooit sprak of je mening gaf. De enige die geen haast had iets te vinden. Op een nacht, na afloop van de vergadering, besloot ik je te volgen...'

Yeux Nébuleux liep dreigend met een dolk op Cádiz af en deze deinsde terug.

'Vanochtend, toen je eindelijk het atelier verliet, heb ik al je ingenieuze alarmsystemen uitgeschakeld. Weet je hoe? Ik heb er maanden aan gewerkt. Ja, die gestoorde Jérémie, de risee van de Orde... Ik heb alle systemen bestudeerd. Kabels doorgeknipt, signalen omgeleid, je infraroodnetwerk is een lachertje, kinderspel, meneer Antequera... of moet ik je Excellentie noemen?'

Yeux Nébuleux had Cádiz naar de balustrade gedreven.

'Smerige klootzak! Je wilde haar voor jezelf, hè? Wat moest jij je slim voelen! Die naïeve idioten in de catacomben en jij je intussen lavend aan haar gunsten...'

Met zijn ene hand greep hij de revers van Cádiz' jasje en met de andere zette hij hem de dolk op de keel.

'Weet je waarom ik je nog niet vermoord, verdomde ellendeling? Omdat ik het kistje nog moet hebben en jij gaat me vertellen waar je het verstopt hebt.'

Yeux Nébuleux beukte hem woedend tegen het traliewerk terwijl hij furieus schreeuwde: 'SPREEK, SPREEK, SPREEEEEEEEEK...!'

Cádiz' rug voelde gebroken; de klappen troffen hem vol in zijn nieren. Hij moest iets doen, hem wegduwen, zich van hem bevrijden. Die gek zou hem vermoorden.

'Al goed, ik zal het je vertellen.'

'Dat is beter.'

Cádiz profiteerde ervan dat Yeux Nébuleux zijn waakzaamheid wat liet verslappen en wierp hem tegen de grond, maar deze greep hem krachtig bij de enkel en Cádiz viel eveneens. Midden in de sneeuwstorm rolden de twee figuren over de grond om de dolk te pakken te krijgen die uit Jérémies hand was gevallen en in de dichte sneeuw verloren ging.

Na een flinke worsteling en na bruut te zijn afgestraft door de stalen neuzen van de laarzen van zijn belager, slaagde de schilder erin op te staan. Maar Yeux Nébuleux drong hem weer tegen het traliewerk dat het terras omheinde en met zijn ongewone kracht dreef hij hem in het nauw, tot zijn halve lichaam in het niets hing.

'Waar is het kistje?' herhaalde hij dreigend.

Met zijn knie stootte Cádiz vol in Jérémies kruis, die een kreet van pijn slaakte en de druk verminderde. De lichamen hingen gevaarlijk over het hekwerk; ze vochten, grepen elkaar vast en worstelden om los te komen. De sneeuw viel onverbiddelijk op hun gezicht, verhinderde hun het zicht. Beneden was het eiland van beton verdwenen onder een ongerepte deken.

Onder het gewicht van beide mannen bezweek een deel van het hekwerk en Jérémie hing in de leegte, klemde zich vast aan Cádiz' arm. Een paar seconden lang probeerde de schilder hem vertwijfeld te redden, maar het zware lichaam van zijn belager trok hen allebei naar de afgrond.

Opeens bleef Cádiz' riem achter een van de spijlen haken en gleed de hand van Yeux Nébuleux steeds verder weg langs de mouw van zijn pak.

Voor hij viel boorden Jérémies uitpuilende ogen zich vragend in die van Cádiz.

Hij zag hem dalen tussen de sneeuwvlokken, in zijn vlucht van stervende raaf. Zijn jas uitgespreid en met een doordringende schreeuw. Vervolgens een doffe dreun en de bloedvlek verbreidde zich als een omgevallen blik verf over het koude doek, vormde een spectaculair doodsschilderij.

Toen hij bij het hekwerk vandaan liep, trilde Cádiz. Zijn benen konden hem niet dragen en zijn hele lijf schokte. Een straaltje bloed liep uit zijn mond. Hij begon over het terras te lopen zonder zijn kalmte te kunnen hervinden. De lucht rook roestig. Plotseling had hij het gevoel dat een dikke, stroperige vloeistof uit zijn buik opwelde. Hij keek en onder zijn ribben zag hij de dolk zitten. Met beide handen probeerde hij die eruit te trekken, maar zijn kracht had hem verlaten. Hij zakte in elkaar.

Hij zag haar aankomen.

Ze rende naar hem toe. Naakt en fris, met haar wapperende jas, haar uitgestoken armen en een kathaars kruis van twaalf met rood geschilderde punten tussen haar borsten waarvan zich een druppel losmaakte die over haar buik gleed, over haar frisse pubis en op haar voet landde. Ze lachte... en haar lach stierf weg in de stilte.

Hij dacht niet meer.

Alleen een overweldigend, intens vredig gevoel. De gewaarwording dat niets meer hoefde. Dat hij boven het universum zweefde, veranderd in een sneeuwvlokje.

Dus dat was de dood, dacht hij, voor hij wegvloog.

102

De sirenes gilden in een chaotisch Parijs dat door de enorme sneeuwval die de straten bleef teisteren, geblokkeerd was. La Ruche brandde al zes uur en ondanks de vele inspanningen van de brandweerlieden om de situatie meester te worden, bleef het vuur woeden. Het licht ontvlambare materiaal in het atelier had het gevoed en de belendende huizen werden bedreigd door de hoog uitslaande vlammen, die duivelse, dansende figuren in de wittige omgeving schiepen.

Geen van de mannen slaagde erin naar binnen te gaan en men giste nog of de schilder in het pand was, want pogingen contact met hem te krijgen waren vruchteloos gebleven.

Het razende gebulder verspreidde zich over het 15de arrondissement en de tv-camera's, die onder het onverbiddelijke sneeuwgordijn een onneembare menselijke muur vormden, zonden op alle kanalen de noodlottige ramp live uit.

Het was nog niet duidelijk of de brand was aangestoken of dat het enkel een catastrofaal ongelukje was geweest. Niemand slaagde erin contact te krijgen met Sara Miller, en de familie had zich in een volstrekt stilzwijgen gehuld waar het de jongste gebeurtenissen rond de schilder betrof.

103

Pascal kreeg het bericht in de deuropening van zijn woning in de passage Dauphine. Een *commissaire* van de *police secrète* deelde hem op ernstige toon het nieuws mee. Het levenloze lichaam van zijn vader was op het terras van de Arc de Triomphe gevonden, met een dolk in zijn buik. De vermeende moordenaar had bij de misdaad het leven gelaten. Pascal moest mee naar het mortuarium om het lichaam te identificeren.

'Bent u... zeker van wat u zegt?'

'Het spijt me, monsieur. Een oude vrouw heeft het ontdekt. Ze vertelde ons dat uw vader even daarvoor zijn jas om haar schouders had gelegd. De vrouw zei dat ze een vreemde figuur, wiens gezicht half verscholen ging achter een sjaal, na uw vader naar boven zag gaan, maar dat ze het niet verdacht vond; sommigen vinden het leuk Parijs op een namiddag met sneeuw vanuit de hoogte te bekijken.'

De commissaris stak zijn hand uit en zijn assistent overhandigde hem een zak.

'Alstublieft. De oude vrouw heeft me hem gegeven.'

Pascal, die weigerde te geloven wat hij zojuist had gehoord, haalde de jas uit de zak en bracht hem naar zijn gezicht. Hij sloot zijn ogen. De jas rook naar zijn vader. Hij werd overmand door een diepe droefenis.

'Monsieur, wilt u dat we buiten wachten?'

'Alstublieft, ik heb een momentje nodig... ik moet met mijn moeder praten.'

In zijn slaapkamer lag Mazarine in bed bij te komen; haar schoonmoeder was bij haar. Nadat ze haar naar het ziekenhuis had gebracht waar ze haar onderzochten om vast te stellen dat de baby noch zij schade had ondervonden van de val, had Sara Miller haar naar de woning van haar zoon gebracht. Ze hadden nergens meer over gesproken, maar tussen hen was stilzwijgend een stiltepact gesloten met betrekking tot het vaderschap van de baby.

'Moeder...' Pascal kwam met een wasbleek gezicht en met Cádiz' jas over zijn arm de kamer binnen.

'Wat is er?' vroeg Mazarine.

'Ja, wat is er, jongen? Je bent doodsbleek. En die jas... Is dat niet de jas van je vader?'

'Ik moet je iets vertellen...'

Mazarine vermoedde dat het om Cádiz ging.

'Hebben ze de brand kunnen blussen?' vroeg Sara terwijl ze een vreselijk voorgevoel probeerde te onderdrukken.

'Het gaat om... papa.'

Pascal noemde Cádiz nooit papa. Het was een woord waarvan hij al in zijn kindertijd had afgezien. Zijn ogen stonden glazig en hij was intens bleek.

Sara en Mazarine stonden op, ze vreesden het ergste.

'Het spijt me, moeder.'

Pascal viel zijn moeder in de armen en begon als een kind te huilen.

Mazarine zakte bewusteloos op de grond.

104

Ze beviel twee maanden te vroeg. Hoezeer de artsen ook hun best deden, ze slaagden er niet in de bevalling uit te stellen. Na een aanhoudende depressie, tijdens welke ze opnieuw in de stilte viel, en een langdurig verblijf in de kliniek, waar ze absolute rust moest houden, gaf de geboorte van een prachtig meisje haar het leven... en haar stem terug.

Gedurende die lange, smartelijke weken voor de bevalling wenste Mazarine met heel haar hart te sterven. Elke ochtend wanneer ze haar ogen opendeed en moest vaststellen dat ze nog leefde, barstte ze in tranen uit en bleef met een verloren blik naar het raam staren tot de avond viel; vermoeid van het huilen viel ze in slaap en droomde opnieuw dat haar wens de volgende dag in vervulling zou gaan. En zo ging het door, nacht na nacht.

Pascals inspanningen om haar uit het gat te krijgen liepen op niets uit. Het was Sara Miller die, ondanks haar eigen grote verdriet, uiteindelijk haar emotionele steunpilaar werd. Ze bracht hele dagen in de kliniek door, overstelpte haar met genegenheid, sprak tegen haar en las haar voor. Aan Mazarine besteedde ze de tijd die ze voor haar zoon nooit had gehad. Ze begreep haar verdriet, al slaagde ze er niet in zichzelf te begrijpen, kon ze niet verklaren waarom ze bij haar was. Ze moest haar haten, maar hield daarentegen van haar. Ze hield van het wezentje dat ze in haar buik droeg.

Ondanks de vocale stoornis waardoor ze voor de tweede maal haar stem had verloren, gebaarde Mazarine op een middag, na vele dagen naar Sara geluisterd te hebben, om pen en papier en begon ze schriftelijk met haar te communiceren.

Geleidelijk aan vertelde ze haar geschiedenis, een geschiedenis waarover ze nooit met iemand gesproken had, zelfs niet met Pascal. Ze beantwoordde onbeschroomd Sara's vragen, en door dat te doen kwam er rust in haar geest. Het was of ze een rampzalig oud zeer had onderdrukt en door het op te schrijven dreef ze eindelijk een angstig meisje uit haar gevangenis.

Ze vertelde over haar moeder en het weinige wat ze zich van haar vader herinnerde. Over haar eenzaamheid en haar leven in het groene huis met La Sainte en haar kat Mademoiselle.

Ze verhaalde over het wegkruipen in de kast, over haar solitaire gesprekken en over de eenzaamheid die haar verlokte zichzelf te laten verdwijnen. Over de gewaarwording die haar plotsklaps overviel en haar in de niet-wereld plaatste, als enige overlevende van een gezonken schip. Over die ellendige angst te voelen dat haar geest vol gaten zat, en dat door die lekken haar gevoelens wegglipten, dat ze haar allemaal ontsnapten, behalve de pijn, de eenzaamheid en het verdriet.

Ze vertelde over de dag dat ze de grote glazen kist had geopend, over het medaillon, het gevolgd worden, haar zelfmoordpoging en over de opsluiting door Yeux Nébuleux.

Ze verhaalde alles wat ze wist over de Arts Amantis en hoe ze Cádiz uiteindelijk had leren kennen, de enige persoon door wie ze zich belangrijk had gevoeld, de enige die haar nodig had gehad. De enige van wie ze waanzinnig veel gehouden had.

Ze vertelde over haar innerlijke strijd en hoezeer ze alles wat er gebeurd was betreurde.

Ze stortte alles uit op het papier: haar tranen, haar angsten, haar vreugde, haar twijfels... vele dagen van schrijven, lezen en verscheuren. Een geheim van hen beiden dat ze eeuwig voor zich zouden houden.

En op de laatste bladzijde, toen er vrijwel niets meer te zeggen viel, ontdekte ze in het diepst van haar ziel een naam, een verdwaald gevoel dat ze niet kon beschrijven: Pascal.

105

Op een middag, toen Mazarine net haar kleintje de borst had gegeven, kwam Pascal glimlachend binnen.

'Je hebt bezoek, mon amour.'

'Ik?'

'Ja, jij... en Sienna.'

'Wie dan?'

'Dat verklap ik niet.' Hij liep naar haar toe en kuste haar op de mond. 'Het is een verrassing.'

'Goed dan. Je maakt het heel spannend voor ons, nietwaar, *mon petit poussin*?' Mazarine kuste teder de kleine vingertjes van haar dochter.

Pascal verliet de kamer en na een paar minuten keerde hij terug met een bejaarde man, die een leren tas in zijn hand had met een opening waaruit een kat haar kopje stak.

'ARCADIUS!' riep Mazarine verrast.

'Mijn lieve kind! Ik zie dat je geen tijd verloren hebt laten gaan.'

De antiquair liep naar haar toe, gaf haar een kus en aaide over het hoofdje van het kleintje.

'Wat heerlijk je weer te zien! Wat is dat lang geleden!'

'Ze is beeldschoon. Net als haar moeder,' merkte de oude man lachend op en hij kwam dichterbij om het meisje een kus te geven. 'Mag ik?'

'Natuurlijk.'

Het kleine ding rimpelde haar neusje toen ze de baard van de bejaarde op haar voorhoofd voelde.

'De vader moet apetrots zijn.'

'Net wat je zegt.'

Arcadius vestigde zijn blik weer op Mazarine.

'Je hebt geen idee hoeveel moeite het me gekost heeft je te vinden, jongedame. Op een dag was je verdwenen en had je alles in de steek gelaten.'

'Jij was eveneens weggegaan, weet je nog? Naar Barcelona. Je belde me maar niet... en ik wist niet waar ik je kon bereiken.' Ze keek hem verwijtend aan. 'Daarna... is er zoveel gebeurd!'

'Ik weet het, ik weet het. Mijn arme meisje! Had me maar vertrouwd.'

Arcadius pakte haar handen.

'Lieve hemel... kijk eens wie we daar hebben,' zei Mazarine opgewonden terwijl ze naar de tas keek die op de grond stond. 'Maar dat is Mademoiselle!'

Mazarine overhandigde de baby aan Pascal.

'Ga maar naar papa, schattebout.'

Vervolgens pakte ze de kat en na haar begroet en geaaid te hebben stopte ze haar terug in de tas.

'Ik laat jullie alleen. Jullie hebben vast veel bij te praten. Ik neem dit prinsesje mee... olala, ik geloof dat ze een schone luier nodig heeft.'

Pascal verdween met Sienna en liet de antiquair alleen met Mazarine.

'Ga zitten, Arcadius.'

De oude man nam plaats.

'Het spijt me heel erg, lieve meid. Ik weet hoeveel je geleden hebt. Ik zag op het nieuws wat er met Cádiz' laatste werk aan de hand was, hoorde van jouw hoofdrol in die tentoonstelling... en van zijn tragische einde. Je hield van hem, hè?'

Mazarine antwoordde niet, dat was niet nodig. In de diepten van haar ogen had Arcadius het antwoord gezien. Hij besloot niet verder op haar gevoelens in te gaan. Haar pijn was nog vers.

'Weet je hoe ik je gevonden heb? Na heel veel aandringen lukte het me Sara te pakken te krijgen. Een fantastische vrouw... en ze houdt van je.'

'Dat is ze zeker.' Mazarine pakte de handen van de bejaarde man. 'Het spijt me dat ik je niet heb opgezocht, Arcadius. Ik was zo in de war!'

'Het geeft niet, niets gebeurt zomaar. Misschien moest je dat alles alleen doormaken. Ik heb iets voor je, ik denk dat je het verschrikkelijk mist.'

De antiquair stak zijn hand in de zak van zijn colbert en haalde er een klein, in cadeaupapier verpakt doosje uit.

Terwijl Mazarine het openmaakte, zei hij: 'Ik heb het uit de handen van de relikwieënmaffia weten te redden. Jérémie verkocht het aan de hoogste bieder.'

Het meisje pakte het medaillon en terwijl ze met vochtige ogen naar de oude man keek, deed ze het opnieuw om.

'Ik weet niet hoe ik je moet bedanken. Het is meer dan waar ik ooit van heb durven dromen; ik beschouwde het als verloren.'

Ze zwegen een tijdje tot Arcadius weer begon te praten. 'Mazarine...'

'Ja...?'

'Ik ben hier voor iets belangrijks... Je moet weten dat ik een antiek, afgesloten kistje in mijn bezit heb dat jou toebehoort.'

Ze keek hem vragend aan.

'Sinds je verdwijning heb ik op je huis gepast. Er opgepast... en het ook doorzocht. Vergeef me mijn brutaliteit, maar je was door zoveel mysteries omgeven en alle informatie die ik op mijn reis naar Barcelona had vergaard leidde naar jou. Achter de kast waarin je het lichaam verborgen hield, vond ik een tunnel die me naar de kleine kist leidde. Dat kistje is van jou. En volgens de legende bevat het de hele geschiedenis van La Sainte.'

'Nee, Arcadius, hou jij het maar. Je bent een expert in oudheden en zult er goed voor kunnen zorgen. Dat kistje was van Sienna, en zij... is er niet meer.'

'Je vergist je.'

106

La Ruche had de hele nacht gebrand.

Tegen de vroege ochtend, toen de brandweermannen het portaal in konden, gloeiden er in de tuin nog steeds stukken hout tussen het verkoolde puin en de dikke rookwolken.

De hevige sneeuwval en de as hadden de grond veranderd in een dikke drab die aan hun laarzen plakte en hen maar moeizaam vooruit liet komen. La Ruche en de omringende bouwwerken leken door de vlammen verzwolgen te zijn. Te midden van dat troosteloze landschap vol rook en kou verhieven zich onverstoorbaar twee zwartgeblakerde kariatiden die de ingang van het atelier bewaakten. In die uitgebluste omgeving tekende zich hooghartig het ijzeren geraamte van La Ruche af. Het skelet van het voormalige paviljoen van Brits-Indië had het vuur doorstaan. Eiffels constructie was overeind gebleven.

Ze gingen naar binnen en begonnen tussen de puinresten te zoeken. Plotseling trok iets in die atmosfeer vol rook en nevel, beschenen door het geelgouden licht van een lantaarn de aandacht.

'Moet je dit zien,' schreeuwde een van de mannen terwijl hij zijn lantaarn op een grote berg richtte die in het midden verrees van wat blijkbaar het atelier was geweest.

De andere brandweerlieden kwamen erbij.

'Haal de brandslang!' beval de brandweerofficier.

Een sterke waterstraal werd op de hoop puin gericht en deze spoot krachtig de dikke laag as en troep weg...

'Wat is het?'

'Een meisje!'

'Het lichaam van een tiener.'

'Een maagd.'

'Het is net of ze slaapt!'

De grote kist van geslepen glas kwam ongeschonden onder het water vandaan.

107

Sara Miller overhandigde Mazarine een brief.

'Deze vond ik tussen de papieren die Cádiz in zijn kluis bewaarde. Ik denk dat je hem moet lezen.'

Mazarine haalde verscheidene vergeelde vellen, die kennelijk op een ouderwetse schrijfmachine getypt waren, uit de enveloppe.

Parijs, 22 oktober 1982

Beste vriend,

Je zult wel verbaasd zijn dat ik je na zoveel jaren van stilte schrijf. Ik weet niet waarom ik, ondanks het feit dat onze levens verschillende wegen hebben genomen, altijd heb geloofd dat tussen ons beiden een vriendschap is bezegeld die mij in elk geval heel veel vreugde heeft gebracht in de tijd dat we die hadden. Misschien was het feit dat we samen mijn grote geheim hebben ontdekt van wezenlijk belang om deze te verdiepen.

Jouw successen deden me deugd als waren ze van mezelf. Je verdient het, je bent een geweldig kunstenaar. Toen ik je die middag na onze ontdekking tijdens het practicum het penseel zag pakken en je jezelf in het avontuur zag storten om dat doek leven in te blazen, besefte ik dat je al groots was. Je was veranderd, wij waren veranderd. De indrukwekkende aanblik van dat slapende tienermeisje had ons anders gemaakt. Vervolgens kwam ons zoeken, jouw non-conformisme en het ontstaan van je Schaamteloos Dualisme, dat je in het universum van de sterren plaatste die met een eigen licht schitteren. Ik daarentegen doofde. Ik liet het schilderen voor wat het was en wijdde me aan een grijze, roemloze arbeid. Ik moest overleven.

Antequera (ik mag je wel bij de naam noemen waaronder ik je heb leren kennen, toch?), sinds enkele maanden draag ik een vreselijke ziekte mee die tot mijn dood zal leiden. En voor ik heenga moet ik je mijn twee kostbaarste kleinoden toevertrouwen.

Nadat we Sienna's lichaam hadden gezien, heeft mijn vader me de waarheid verteld die hij gedurende vele jaren verborgen had gehouden; toen het was uitgekomen kon hij niet anders meer. Hij vond het verschrikkelijk het lichaam van een dood meisje in huis te hebben, hij vond het macaber, en hoezeer hij ook zijn best deed, hij kon maar niet begrijpen waarom ze haar niet hadden begraven. Maar hij respecteerde de familietraditie en liet haar daar in de tunnel waar zijn vader, mijn grootvader, haar had verborgen; daar waar jij en ik haar hebben ontdekt.
Voor hij stierf heb ik hem beloofd haar op dezelfde plek te bewaren. Maar ze was zo mooi dat ik haar echt niet in die koude gang kon laten. Dus besloot ik in de kast een mechanisme aan te brengen waarmee ik haar kon verbergen en tevens kon gadeslaan wanneer ik maar wilde.
Ik heb haar jarenlang geobserveerd. De betovering die haar gelaat op me uitoefent, treft me nog steeds.

Ik begon naar de geheime bijeenkomsten van de Arts Amantis te gaan (herinner je je nog dat ik je een keer vroeg mee te gaan?), waarbij mijn identiteit verborgen bleef door een mantel, dezelfde die je in de koffer vindt die bij deze brief

hoort. Je treft daarin ook een kaart aan waarop aangegeven staat hoe je bij hen kunt komen, en enkele uit een oud tijdschrift gescheurde pagina's waarin over de essentie van de Orde wordt gesproken. Onder de titel 'De Arts Amantis bestonden' vind je zeer interessante, betrouwbare informatie die je alles zal doen begrijpen. Maar vergis je niet; de groep die je in het ondergrondse Parijs zult ontmoeten lijkt in niets op hen die de Orde hebben opgericht; ik bestudeer ze al vele jaren. Er leeft veel haat en afgunst onder het masker van goedheid.
Ik denk dat het van vitaal belang is dat je gaat. Je zult erachter kunnen komen wat ze van plan zijn, maar pas op. Ze zijn al jaren op zoek naar het lichaam, maar ze zijn het niet waardig haar te bezitten. La Sainte moet in het groene huis blijven, onder jouw bescherming, vanaf een afstand.

Ik ben laat getrouwd, met een artieste zoals ik, die deze gecompliceerde, vreemde familiegeschiedenis begreep en genegenheid voor dat tienermeisje ging koesteren, een meisje dat voor ons een lid van het gezin is.

Je zult je wel afvragen waarom ik je dit alles vertel. Het zit zo, een klein jaar geleden heb ik een dochter gekregen. Ja, kun je je het voorstellen? Ik, die het altijd over vrijheid had... Een prachtige dochter die ik aanbid en helaas niet zal zien opgroeien: mijn kleine Mazarine. Ze vormt mijn enige verdriet. Ik zal haar niet in mijn armen kunnen houden en wiegen. Ze zal niet weten wie ik was en hoeveel ik van haar hield. Ik zal haar niet kunnen helpen de wereld te ontdekken of een potlood in haar zachte hand kunnen leggen en haar het genoegen van vormen scheppen kunnen leren. We zullen elkaar niet kunnen bekladderen met verf en spelen dat we gelukkig zijn.

Het is vreemd, ik had nooit gedacht dat mijn dood zich zo vroeg zou aandienen. En nu ik zijn adem voel, zijn schaduw me op de hielen zit, ben ik niet bang. Het is ongelofelijk hoe weinig je nodig hebt wanneer je op het punt staat heen te gaan. Weet je, Antequera, voor we sterven veranderen we in vissers. En nu, als de pijn me het toelaat, vis ik in het meer van mijn geheugen herinneringen op. Het leven is een moment dat continu wegvlucht, en wij hollen erachteraan maar bereiken het nooit.

Ik weet zeker dat mijn vrouw voor mijn kleine Mazarine zal zorgen wanneer ik er niet meer ben. Maar als haar moeder eveneens wegvalt, smeek ik je over haar te waken. Ik heb niemand anders die ik kan vertrouwen. Het spijt me, het spijt me heel erg.

Toen we jong waren hebben we eens beloofd elkaar in en bij alles te steunen, en ik geloofde in deze belofte. Hopelijk heeft je succes er niet toe geleid dat je die bent vergeten. Herinner je je onze belofte nog?

Ik vertrouw je datgene toe wat ik het meest liefheb: mijn geliefde dochter en mijn onbegrijpelijke, in een kist opgesloten verleden: Sienna.

Laat ze alsjeblieft niet in de steek. Ik zal je eeuwig dankbaar zijn.
Alle goeds voor jou, je vrouw en je zoon.

Tot ziens, mijn vriend.
RAYMOND CAVALIER

Mazarine zweeg, ontroerd door de woorden die ze zojuist had gelezen. In de brief klonk de stem van haar vader, de onbekende die ze in haar kinderjaren zo erg had gemist, de man naar wie ze altijd heimwee zou hebben. Wat kon je veel van een vader houden zonder hem zelfs maar te kennen! Waarom moest dat haar zijn overkomen?

Ze begon alles te begrijpen. Haar fascinatie voor Cádiz kwam van haar vader. Die was ontstaan toen ze op haar zestiende op een middag een staafje houtskool in een kast zocht en op pagina's was gestuit waarin over de kunstenaar en zijn Schaamteloos Dualisme werd gesproken. Cádiz en hij waren vrienden! Daarom had hij haar, toen ze hem had gebeld om te vragen of ze in zijn atelier mocht assisteren en hij haar naam vroeg, zo snel laten komen. Alles was te eenvoudig geweest. Wat had de schilder haar niet allemaal over haar vader kunnen vertellen? Verdomme! Waarom had hij het haar niet gezegd?

En nu, waarom bleef ze ondanks alles wat voorgevallen was die hartstochtelijke liefde voor Cádiz voelen? ... Hoe moest ze dat vreselijke gevoel van verlies in haar binnenste kwijtraken dat haar verpletterde en haar hart verwoestte? Haar tranen vielen op de opengevouwen vellen papier. Ze huilde om haar vader, om Cádiz... De twee beelden vermengden zich. Beide deden haar pijn. Waar was de grens van de liefde? Het onderscheid? Het moest haar uitgelegd worden. Ze moest zich van die last ontdoen, haar laatste innerlijke strijd leveren, die gekooide angst laten wegvliegen. De deuren openzetten... terugkeren naar die tijd zonder uren. Haar vader en Cádiz vormden nu een cirkel die almaar in haar hart ronddraaide, een spiraal die haar doorboorde en perforeerde. Ze begreep het leven niet.

Sara omhelsde haar.

'Je komt vaak dingen tegen die je nooit zult begrijpen... Je moet jezelf niet kwellen, lieverd. We leren, we leren voortdurend, zelfs op het moment van onze dood. Hij vormt onze laatste les: de ultieme. Wees niet bang tijdens je leven vergissingen te begaan. Onthoud: je leeft en dat biedt je de mogelijkheid tot corrigeren. Corrigeren is een geschenk, weet je. Maar weinigen weten het op waarde te schatten. Je bent niet alleen, Mazarine. Onthoud, je zult nooit meer alleen zijn.'

108

Ze hadden afgesproken voor nummer 75 van de rue Galande. Arcadius stond haar op de hoek op te wachten met het waardevolle kistje in zijn armen. De entree van het huis was anders geworden. Op het trottoir, waar voorheen de lavendel uitbundig had gebloeid, viel nu het licht van een okerkleurige avond die de tegels in baren brons veranderde.

'Ben je erop voorbereid?' vroeg de bejaarde man ter begroeting.

'We zijn nooit voorbereid op onze gevoelens, Arcadius. Ik weet niet wat ik zal voelen wanneer ik binnen ben.'

Ze liepen samen naar de deur. Toen Mazarine die opendeed, stelde ze vast dat haar huis veranderd was... of misschien was zij niet meer dezelfde. Op haar vierentwintigste voelde ze zich veel te volwassen; het was of ze in een paar maanden tijd het hele leven had geabsorbeerd, alles had beleefd. Haar passie had haar uitgeput.

'Je hebt bloemen neergezet,' zei het meisje dof toen ze de vaas met paarse takken op het tafeltje in de hal zag staan.

'Lavendel... uit de Provence, nou ja, dat zei de bloemist althans.'

Mazarine bedankte hem met een glimlach.

'Je hebt de sleutel, hè?' vroeg de oude man.

'Wacht hier even,' antwoordde ze terwijl ze haar tas op een stoel legde en al pratend wegliep. 'Ik heb hem een poosje onder mijn kussen bewaard tot ik besloot een veiliger plekje te zoeken. Ik wist dat hij belangrijk moest zijn omdat Sienna hem in haar handen verborgen had.'

Mazarine liep langzaam de trap op; de herinneringen kwamen haar tegemoet. Toen ze bij de gang kwam, kon ze het niet nalaten naar de kamer van

La Sainte te gaan. Alles was normaal. Even schoot het door haar heen dat Sienna er zou zijn en ze deed de kast open, maar de bergplaats was leeg. Ze staarde een tijdje naar de ruimte waar ze zich zoveel middagen teruggetrokken had, en haar leven trok in een flits aan haar voorbij.

'Mazarine... is alles goed met je?'

'Ik kom eraan.'

Ze liep vlug naar haar kamer, naar de collage waar ze de sleutel tussen het acryl had laten verdwijnen. Daar was hij, naast de plaat van Cádiz. Voor ze hem uit het schilderij peuterde, keek ze even naar haar schilder, en zijn door de rook versluierde ogen blikten levendig terug, druppelden haar ziel binnen. Terwijl ze naar hem keek, hoorde ze de echo van zijn warme cellostem: *Onthoud, mijn kleintje, de ware kunstenaar sterft nooit. Zijn onsterfelijke ziel blijft eeuwig in zijn werk achter...* Ja, Cádiz leefde voort... en niet alleen in zijn werk.

Enkele minuten later ging Mazarine met de sleutel naar beneden.

'Ik moest hem eerst schoonmaken, hij zat onder de opgedroogde verf,' zei ze tegen Arcadius terwijl ze hem de sleutel overhandigde.

De bejaarde man bestudeerde hem.

'Hier is het symbool,' bevestigde hij wijzend naar het minuscule zegel op een van de tandjes.

Arcadius liep naar de kist en stak de sleutel in het slot, maar toen hij die wilde omdraaien lukte het niet.

'Ik geloof niet dat dit de goede sleutel is,' merkte het meisje op.

'Hij moet het zijn, hij past precies.'

De oude man haalde de sleutel er weer uit en probeerde het nogmaals.

'Laat mij eens,' zei Mazarine toen ze zag dat het niet ging.

Voor ze een poging deed, nam ze nauwkeurig de kleine kist op. Het was een indrukwekkend stuk edelsmeedkunst. Ze liet haar vingers over het metaal glijden en onder een grote robijn, als een druppel bloed, vond ze een inscriptie: *No dormatz plus, suau vos ressidatz.* (Slaap niet langer, word zacht wakker.)

Die zin vertelde haar iets... Ze dacht even na en ineens kwam dat Occitaanse lied in haar op dat over haar lippen was gevloeid toen ze de luit had gevonden... Het kistje sliep. Ze moest het zachtjes wekken. Ja, dat moest het zijn... het heel rustig openen! De kist zou met muziek ontwaken.

Ze pakte de sleutel en telde de tandjes: het waren er zes. Ze stak alleen het eerste erin en draaide langzaam. Uit het binnenste klonk een zuivere muzieknoot op. Zonder de sleutel terug te trekken liet ze hem wat dieper glijden en draaide weer; het kistje antwoordde met een hogere noot. Zes woorden, zes reacties. En op het laatst, toen ze de sleutel er helemaal in stak, de zeven muzieknoten. Het Occitaanse lied klonk in haar hoofd. Het slot was open.

Voor de verwonderde ogen van Mazarine ontwaakte het kistje met een geeuw die rook naar verse aarde en eindeloze lavendelvelden. Tussen de lavendel rustte een heel oud, in leer gevat geschrift met het symbool van de Arts Amantis erin gebrand.

'Kom, pak het,' zei Arcadius.

Het meisje nam het uit de kist. Een dun koordje was verscheidene malen om het boek gewonden. Ze wikkelde het los terwijl bij beiden de stilte groeide.

Toen ze het opende, trof ze een wonderbaarlijk kunstwerk aan. Het geschrift was samengesteld uit een opeenvolging van sublieme perkamenten, meesterlijk geïllustreerd in goud en prachtige kleurtinten. Uit elke penseel- en penstreek sprak een trefzekere hand en een buitengewone gevoeligheid. De afbeeldingen vertelden minutieus een geschiedenis en waren vergezeld van Occitaanse teksten, opgetekend in een precieuze, gekrulde kalligrafie.

Mazarine begon vlot te lezen; ze begreep de langue d'oc alsof het haar moedertaal betrof. Het was geschreven in de eerste persoon, door Sienna.

Naast haar bleef de antiquair zwijgen. De uren gingen voorbij. De schemering omhulde hen, de vroege ochtend en de zon daalden op hen neer. De ochtend verstreek, de middag, en opnieuw was het avond... en opeens barstte Mazarine in tranen uit.

109

Toen Sienna veertien jaren telde, zond haar vader, Gérard Cavalier, kenner op het gebied van de toenmalige Italiaanse kunstbeweging, een schrijven naar de grote meester Giotto di Bondone met het verzoek een opdracht te aanvaarden. Hij wilde hem op de gewelven van de grote zaal van zijn paleis een fresco laten schilderen waarin zijn prachtige dochter de hoofdrol speelde. Hij wist dat zijn kunst grandioos was en dat hij gevraagd werd door de machtigste mannen van Italië, daar zijn revolutionaire schilderkunst als geen ander de natuur dramatiseerde en de idee van goddelijkheid en het alledaagse bij elkaar bracht. Zijn dochter zou een maagd voorstellen die blootsvoets door de lavendelvelden wandelde.

Gedurende vele middagen poseerde Sienna in de lavendelvelden voor de schilder, onder het wakende oog van haar gezelschapsdame, die zich op de achtergrond hield. Hij maakte schetsen van haar uitdrukkingen en vertelde intussen over zijn bijzondere werkwijze om aan het plantenleven kleuren te onttrekken die hij als een alchemist vermengde en omzette in verfstoffen. Zij sprak over de doctrines waarin ze vast geloofde, over kunst, en begeleid door haar luit zong ze troubadoursliederen over onmogelijke liefdes voor hem. Gefascineerd door zijn schilderkunst werd ze smoorverliefd op Giotto, en haar schoonheid en intelligentie maakten de oude schilder gek van liefde.

Op een namiddag toen het al begon te schemeren, ze waren alleen, holde Sienna door het struikgewas en struikelde over een wortel; Giotto haastte zich haar overeind te helpen. Op dat moment kruisten hun blikken elkaar. Ze zeiden niets. De kracht die hen dagenlang had gehypnotiseerd ontlaadde zich als een storm. Hun ogen raakten en streelden elkaar, hun huid gloeide zonder dat ze elkaar zelfs maar hadden aangeraakt.

Tussen de lavendel bedreven ze hongerig en angstig de liefde, zij, zonder iets van het leven te weten, hij, wetend dat hij een doodzonde beging. Nadat ze door haar chaperonne waren betrapt, zag de schilder zich genoodzaakt te vluchten om het vege lijf te redden, en ondanks de vele brieven die Sienna hem stuurde, hoorde ze nooit meer iets van hem.

Daarna volgden acht maanden opsluiting, een stille bevalling... haar dochter, door haar ouders omgedoopt tot haar kleine zusje... haar innerlijke verdriet, haar gebeden en de vervolmaking en verlossing van haar geest middels de schilderkunst.

Terwijl haar lippen gebeden prevelden, ontsproot uit haar handen een mysterieuze kunst die alles een andere vorm gaf. Haar vurige verlangen naar zondeloosheid en de zuiverheid van haar daden namen toe tot ze een puur en barmhartig wezen was geworden met de gave van genezing in haar handen. Alles wat ze aanraakte, bloeide op.

Wie in haar buurt kwam, sprak over haar kracht en haar goedheid. Ze werd door iedereen bemind en al snel veranderde ze in La Sainte.

Sienna vormde de bezieling van de groep kunstenaars, musici, troubadours en ambachtslieden, en er was geen bijeenkomst waarop niet over haar schoonheid werd gesproken of haar deugden geroemd werden. Allen verlangden naar haar, hielden van haar en aanbaden haar, omdat ze in haar de liefde en de kunst in een perfect evenwicht zagen groeien.

Ondanks haar buitengewone schoonheid waagde geen enkele man het haar met een andere bedoeling te benaderen dan een kort moment in haar bedwelmende gezelschap te verkeren, en geen enkele vrouw kon afgunstig zijn op haar schoonheid, want hoewel ze aards was leek haar gedaante te vervagen in een onvergankelijke aureool van puurheid.

Maar op een dag kwam het verhaal dat in de regio Languedoc een tienermeisje leefde dat als een heilige werd aanbeden het tribunaal van het Heilig Officie ter ore. Men zei dat het meisje in kwestie over kwade krachten beschikte, melaatsen genas en de mannen het hoofd op hol bracht, ze met obscene gedachten en ziekelijke verliefdheden behekste. Zonder haar te kennen of gezien te hebben werd Sienna ter dood veroordeeld.

Daarom, toen ze haar verkrachte en gestenigde lichaam aantroffen, toen de dolzinnige meute monniken een ketter van haar had gemaakt, wilden de Arts Amantis haar behouden als wie ze voor hen was geweest: hun geliefde Sainte.

Na de noodlottige nacht waarin Sienna stierf, volgden meer aanvallen. Een groot leger met Simon de Montfort aan het hoofd veranderde de steden, dorpen en gehuchten van de Languedoc in een immens kerkhof. Een sinistere plek waar blinden ronddoolden, hand- en voetlozen, opengereten gevangenen in kooien met priemende ijzeren staven. Tientallen doden die tegen de muren waren gecrepeerd.

Met de uitroeiing van de katharen kwam ook het einde van de Arts Amantis. Slechts weinigen wisten aan dat bloedbad te ontkomen, onder wie een klein meisje en het ongeschonden lichaam van haar nog heel jonge moeder: La Sainte.

110

'Mon amour, er is telefoon voor je. Het is blijkbaar belangrijk.'

Pascal gaf de telefoon aan zijn vrouw.

'Mazarine Cavalier?' vroeg iemand aan de andere kant van de lijn.

'Ja...'

'De president van de republiek wil u spreken. Een moment, alstublieft.'

De monotone stem van de secretaresse werd vervangen door een muziekje. Na enkele seconden... 'Mevrouw Cavalier, het doet me genoegen u te kunnen meedelen dat de reconstructie van La Ruche gereed is. Gezien de onmogelijkheid Sienna's lichaam te verplaatsen, en uw aanbevelingen opvolgend, zijn alle werkzaamheden verricht terwijl een solide stalen constructie haar afschermde. Het is een monumentaal gebouw geworden. Een heilige tempel die, met u aan het hoofd, zonder enige twijfel een formidabel centrum van artistieke schepping zal worden.'

Met de overhandiging van La Ruche sloot Louis Renard zijn hoofdstuk af als geheime leider van de Orde van de Arts Amantis.

111

La Ruche werd een toevluchtsoord voor de kunst.

Vanuit de hele wereld was er een toeloop van jonge kunstenaars vol dromen die zich in de kleine appartementen rond de passage de Dantzig installeerden; ze wilden die plek voelen, zich laven aan de onuitputtelijke bron van inspiratie waar de revolutie en frisheid, de mengeling van culturen en talenten een schepping met vele interpretaties bevorderde. Daar experimenteerden dichters, musici, schilders, beeldhouwers, fotografen, ontwerpers en cineasten zonder vooroordelen; de kunsten smolten samen, alle ideeën werden meegenomen. Oplichtende gezichten, ogen die brandden van concentratie en woede, vreugdekreten vanwege de vondst van een juiste lijn, een perfecte zin; vruchten, modellen, stoffen, spotlights, stillevens, panelen, papier en perkamenten. Een bruisend Babel; leven dat leven voortbracht... een nieuw Montparnasse.

112

In het midden van het atelier, onder de glazen koepel, sliep La Sainte terwijl Mazarine de laatste hand legde aan een prachtig retabel. Ze had door het Occitaanse gebied gereisd en plekken die ze nooit had gezien als de hare herkend. Ze was naar Italië geweest en had in de werken van Giotto haar voorouders gevonden. Door haar aderen vloeide het bloed van die schilder en dat van Sienna; ze voelde haar nu in elke streek die ze zette.

Ineens zag ze hem binnenkomen. Hij liep langzaam, bestudeerde de schilderijen die half afgemaakt op de ezels stonden, wandelde rond tussen de doeken die uitgespreid op de vloer lagen. Het was voor het eerst dat ze op die manier naar hem keek, van veraf, vanaf een afstand die haar tot een distante waarneemster maakte. Zijn imposante verschijning bracht haar van haar stuk. Zijn haar zat verward en hij rookte onafgebroken, waarbij in zijn voorbijgaan blauwige slierten in de lucht omhoogkringelden. Hij fascineerde haar.

'Lieverd... we moeten gaan anders komen we te laat.'

Hij was van haar. Die fantastische man was haar echtgenoot.

'Mamaaa...' Haar dochter kwam aan de hand van het kindermeisje binnen.

Mazarine snelde naar haar toe en overlaadde haar met kusjes.

'Zeg, jongedame, mag ik weten... wat je zonder schoenen doet?'

'Moet je horen wie het zegt,' zei Pascal tegen Mazarine terwijl hij naar haar blote voeten keek.

Terwijl ze praatten drukte het kleine meisje haar gezicht tegen het glas waarachter Sienna's blozende lichaam rustte. Een oud medaillon op haar borst trok haar aandacht.

'Mag ik haar aanraken?' vroeg het meisje dat naar La Sainte wees.

'Sssstt... nu niet. Ze slaapt,' fluisterde Mazarine.

113

Na de verkeersopstoppingen te hebben ontweken, kwamen Mazarine, Pascal en Sienna nog net op tijd op de luchthaven om afscheid te nemen. Sara wachtte hen op in de vertrekhal. Ze zag er sereen en gelukkig uit.

'Hier, oma, ik heb een tekening voor je gemaakt zodat je aan me denkt.'

'Laat eens kijken...'

Mazarine pakte de tekening voordat haar dochter die aan haar oma kon geven. De schets was perfect en... de voeten ontbraken.

'Waar ga je naartoe, oma?'

Sara Miller omhelsde Sienna en kuste haar.

'Naar het paradijs, lieverd... naar het paradijs.'

Het volgende wil ik graag schriftelijk vastleggen...

Dit boek is geboren op een avond dat we bij onze vrienden Teresa Soler en Ángel Cequier thuis zaten te eten.

'Wil je een verhaal horen dat zo uit een roman zou kunnen komen?' vroeg Ángel me enthousiast.

Voor mij, zo langzamerhand een echte jager op verhalen, beelden en dromen geworden, was wat hij me aanbood een waar geschenk.

'Natuurlijk,' antwoordde ik. 'Ik ben een en al oor.'

Teresa, die een wezenlijk onderdeel van de geschiedenis vormde, begon te vertellen. Naarmate het verhaal vorderde, kon ik mijn oren niet geloven. Dat het ongeschonden lichaam van een klein tienermeisje deel had uitgemaakt van het gezin, eeuw na eeuw, generatie op generatie, was een werkelijkheid die ver boven de fictie uitsteeg.

Het was waar. Het lichaam van de gestenigde heilige, dat tegenwoordig op uitdrukkelijk verzoek van de familie in de Basílica de Santa María de la Seu in Manresa rust, had een bevoorrechte plek in het oude huis van de Solers gehad; een bijzondere kast die als ze geopend werd veranderde in een kleine kapel met een altaar waaronder de kist met het tienermeisje stond.

Het boek over St.-Clara Martelares moet nog worden geschreven; dat tere lichaam, door het Vaticaan aan een voorouder van de Solers geschonken uit erkentelijkheid voor zijn belangrijke aan de Kerk geleverde diensten, wacht nog op haar geschiedenis. Maar dat beeld van een slapend meisje was in mijn ziel gegrift en vormde de kiem voor het ontstaan van een andere geschiedenis: die van Sienna. Dank je wel, Ángel; dank je wel, Teresa.

Ik ben zo vrij geweest het leven van Giotto di Bondone vijftig jaar te vervroegen, zodat hij en niemand anders Sienna in de lavendelvelden kon schilderen. Zijn enorme genialiteit als initiator van de driedimensionale ruimte, waarbij hij de 'platte' stijl van de Byzantijnse kunst die de middeleeuwen domineerde achter zich liet, maakte hem tot een ware voorloper van de renaissance. De ochtend waarop ik hem in Fiesole ontdekte, beloofde ik hem, staande voor zijn werk, dat hij ooit als eregast in een van mijn boeken zou optreden. Ik heb mijn woord gestand gedaan, Giotto!

Verder lopen in deze geschiedenis feit en fictie dusdanig dooreen dat je op een kille dag in Parijs, wandelend door de met kasseien geplaveide straten van het Quartier Latin, een beeldschoon meisje kunt tegenkomen dat blootsvoets gaat, een lange zwarte jas meesleept terwijl in haar voorbijgaan honderden lavendeltakken ontkiemen.

Ik wil mijn allerliefste zielszusjes, Cili en Patri, bedanken omdat ze elke dag met hun woorden de oceaan oversteken om bij me te zijn en me te omhullen met hun geweldige liefde. Ik voel jullie altijd aan mijn zijde.

Mijn allerliefste dochter Ángela, een explosie van talent en gevoeligheid, een zachtaardige kracht, voor de verfijndheid van haar hand bij het vormgeven van de omslag voor de Spaanse uitgave van dit boek.

Mijn allerliefste dochter María, een orkaan van optimisme en frisheid, voor haar droom om van mijn romans de grootse films te maken die ze op een dag zal regisseren.

Ten slotte wil ik dit boek afsluiten met mijn dank aan een fantastische man die me sinds negentien jaar vergezelt, stimuleert, adviseert, begrijpt en, bovenal, bemint met een integere liefde, de ware, de liefde die er altijd, altijd is. Dank je wel, Joaquín.

– LEESTIP –

Ángela Becerra
ZIJ, DIE ALLES HAD

Na een ernstig ongeval is Ella niet meer in staat te schrijven. Verslagen en verloren reist ze af naar Florence, op zoek naar een fascinerende geschiedenis die haar vader haar eens vertelde en waarover ze een roman wil schrijven. In haar drang zich levend te voelen, schept ze een mysterieus en zwijgend personage, La Donna di Lacrima, die in haar fantastische zolderappartement aan de via Ghibellina heren ontvangt. Deze heren vertellen haar over hun leven en bewonderen haar lichaam en haar stilte. Niemand herkent haar als de eenzame, droevige schrijfster die boeken restaureert en elke avond om zeven uur een oude boekhandel aan de Mercato Nuovo bezoekt, waar een boekhandelaar die even eenzaam en mysterieus is als zij, op haar wacht.

Met dit ontroerende verhaal, vol sensualiteit en symboliek, verkent Ángela Becerra de broosheid van de mens en zijn voortdurende gevecht om het geluk en de ware zin van het leven te vinden.

De pers over Ángela Becerra:
'Ángela Becerra heeft het, de pure *duende*, dat magische tintje met een beetje gekte, ironie, ondeugendheid, die aantrekkingskracht die verder gaat dan pure esthetiek.'
El País

'Becerra hanteert die typisch Zuid-Amerikaanse schrijfstijl vol magie en feeërieke beelden.' *Elle*

'In Becerra's romans klinken echo's door van García Márquez, Allende, Coelho en Esquivel.' *El Tiempo*

Ángela Becerra (Colombia, 1957) ontving voor haar romans diverse prijzen, zoals de Chicago Book Expo of America, de Latin Literary Award (diverse malen), de Premio Azorín de Novela en de Premio al Mejor Libro Colombiano de Ficción. Voor *Zij die alles had* ontving ze in 2009 de prestigieuze Premio Planeta Casamérica. Haar werk wordt in meer dan twintig landen vertaald.

PAPERBACK
ISBN 978 90 5831 526 7